テラ・ノストラ

テラ・ノストラ

Terra Nostra

カルロス・フエンテス
Carlos Fuentes

本田誠二 訳
HONDA Seiji

水声社

フィクションの楽しみ

【謝辞】

ルイス・ブニュエルとアルベルト・ヒロネーリャへ。本書が最初に漠然と頭に浮かんだのは、貴兄らとのリヨン駅での会話がきっかけだった。カルロス・サウラとジェラルディン・チャプリンへ。貴兄らはマドリードの腐ったミートパイの生みの親であった。マリア・デル・ピラールとホセ・ドノソ、メルセデスとガブリエル・ガルシア・マルケス、パトリシアとマリオ・バルガス・リョサへ。貴兄らのバルセローナでの一方ならぬ、長時間のおもてなしに感謝する。モニク・ラングとフアン・ゴイティソロへ。ポワソニエール通りに匿ってくれて感謝する。マリー・ホセとオクタビオ・パスへ。何年にも及ぶ、不断の刺激的な対話に感謝する。

ロベルト・マッタへ。（実際には仮面である）アメリカ密林を表象する羽根でできた地図の所有者であった。ホセ・ルイス・クエバスとフランシスコ・デ・ケベード・イ・ベネーガスへ。天性の才知と、彼の陰気な出会いの形象によって、困難に際し助けを求めたときに駆けつけてくれた。妹ベルタ・ビグナルと医師ジョバンニ・ウルバーニ（ローマの機能回復医療センター）へ。絵画の生死に関する貴重な指摘に対して感謝する。エレーナ・アガロッシ・シッツィア（パドゥア大学）、ミフラ・ポマランス（エルサレム・ヘブライ大学）、ロンド・カメロン（アトランタ大学）、マルティン・ダイアモンド（ノースイリノイ大学）へ。本小説の様々な主題的側面についての筆者の質問に快く応じてくださったことに感謝する。同じ意味で、ノーマン・コーンの千年王国に関してなされた研究調査に大いに助けられたことに感謝の意を表する。また記憶術に関してはフランセス・A・イエイツに対しても同様である。

ジーン・フランコへ。イギリス大英博物館の図書館において閲覧の便宜をはかってもらったことに感謝する。アンヌ・ハーキンスへ。ワシントンD・Cの国会図書館の閲覧に便宜をはかってもらい、参考文献の分野で貴重で的確なアドバイスを戴いたことに感謝する。ジャージー・コシンキへ。作家としての活きた連帯感を共有できたことに感謝する。最後に、ジェイムス・H・ビリントン（ウッドロー・ウィルソン国際学術研究所）および、高度な研究と完全な知的自由を行使した当所員へ。本書はこの方々のおかげで完成した。

一九六八年冬、ロンドン、ハムステッド・ヒル・ガーデンズにて

一九七四年冬、アメリカ・バージニア州チェスターブルック・ファームにて

目次

第Ⅰ部　旧世界

第II部　新世界

第III部　別世界

●主な登場人物●

【王と宮廷】
フェリペ美王（フランドル出身のスペイン王）　**狂女王ファナ**（フェリペ美王の妃）
フェリペ（〈セニョール〉と呼ばれる王。フェリペ美王の世継ぎ）
イサベル（〈セニョーラ〉と呼ばれる王妃。フェリペの妃でイギリス人の従妹。エリザベス・チューダー）　**道化**
グスマン（セニョール・フェリペの秘書・勢子頭）　**フリアン修道士**（宮廷画家）
トリビオ修道士（占星術師）　**年代記作家**（詩人・宮廷付書記）
ペドロ・デル・アグア（医師）　**ホセ・ルイス・クエバス**（医師）
アントニオ・サウラ（医師）
サンティアゴ・デ・バエナ修道士　**司教**　**テルエルの異端審問官**
ゴンサロ・デ・ウリョア（カラトラバ騎士修道会会長）　**イネス**（その娘、修練者）
ミラグロス（修道院長）　**アングスティアス**（修道女）　**クレメンシア**（修道女）
ドローレス（修道女）　**レメディオス**（修道女）　**アスセーナ**（セニョーラ・イサベルの侍女）　**ロリーリャ**（セニョーラ・イサベルの侍女）　**侏儒女バルバリーカ**（ファナ狂女王付の侍女）

【非嫡出子】（ルドビーコの〈子供たち〉）
巡礼者（フェリペ美王とセレスティーナの間の子）　**ドン・ファン**（フェリペ美王とセニョーラ・イサベルとの間の子）　**痴呆王**（フェリペ美王と雌オオカミの間の子）

【夢想家】
ルドビーコ（神学者）　**ペドロ**（百姓・水夫）　**シモン**（修道士）
セレスティーナ（百姓娘・魔女・取り持ち女）　**ミハイル・ベン・サマ**（放浪者）
ドン・キホーテ・デ・ラ・マンチャ（遍歴の騎士）　**サンチョ・パンサ**（その従士）

【労働者】
ヘロニモ（鍛冶職人・セレスティーナの夫）　**マルティン**（ナバラ出身の農奴）
ヌーニョ（対モーロ戦歩兵の息子）　**カティリノン**（バリャドリード出のならず者）

【地中海人】
セサル・ティベリウス（アウグストゥス家の血を引く第二代ローマ皇帝）
テオドールス（皇帝の秘書・顧問）　**ファビアヌス、ガイウス、ペルシウス、シンティア、レスビア**（すべてティベリウス帝の性的相手）　**ポンティス・ピラト**（ユダヤのローマ行政長官）
ナザレ人（ユダヤの預言者）　**クレメンス**（奴隷）　**アグリッパ・ポストゥムスの亡霊**
ユダヤの医者（トレードのシナゴーグにおける）　**アレクサンドリアの書記**
スプリトのマギ（祭司）たち　**ドンノ・ヴァレリオ・カミッロ**（ヴェネチアの人文主義者・愛書家）

【フランドル人】
ベギン修道院（ブルージュ）の修道女たち　**シュベスター・カトレイ**（ベガール派の狂信的信者）　**ヒエロニムス・ボッシュ**（画家・アダム派の信者）　**ブラバント公爵**

【土着民】
記憶の王　蝶の女　太った王子　地獄の白い王たち　大いなる声の王

【パリ人】
ポーロ・フェーボ（サンドイッチマン）　セレスティーナ（路上の絵描き）
ルドビーコ（鞭打ち苦行者）　シモン（修道士・苦行者のリーダー）
マダム・ザハリア（下宿管理人）　ラファエル・デ・バレンティン（遊び人）
ヴィオレット・ゴーチエ（高級娼婦）　ジャベール（警官）　ジャン・バルジャン（かつての囚人）　オリヴェイラ（アルゼンチン人亡命者）　ブエンディア（コロンビア人大佐）
サンティアゴ・サバリタ（ペルー人ジャーナリスト）　エステバンとソフィア（キューバ人の従兄弟たち）　ウンベルト（聾唖のチリ人）　クーバ・ベネガス（キューバ人歌手）
ワルキューレ（リトアニアの保護者）

シルヴィアに

そのおばけは何を求めているのだ？

（ゴヤ『気まぐれ』）

中央にあるのは灼熱のみすぼらしいメセータ。
お前のように苦しむ者を多く生み出した
継母たる土地よ、なんでこんなに苦しませるのだ

（セルヌーダ「サンスエーニャに生まれて」）

すっかり変わってしまった
恐ろしい美が生まれた……

（イェイツ「イースター　1916」）

第I部

旧世界

肉、天球、セーヌのほとりの灰色の目

別の動物のことを夢見た最初の動物。怪物的ともいうべき、二本足で歩行することのできた最初の脊椎動物。かくして人間は、いまだに創造の源である泥土を、のほほんと、ありのままの姿で地を這いずりまわる動物たちの間に、恐怖を撒き散らしたのである。電話の最初の呼び鈴、最初の沸騰、最初の歌、最初の水着、こうしたものはことごとく恐怖に満ちみちていた。

ポーロ・フェーボは七月十四日早暁四時ころ、扉と窓をあけたまま、屋根裏部屋で眠っていたが、そうしたものを夢に見、自らに答えをだそうとしていた。すると夢の中で、ぼやっと顔のない修道士の姿が現れた。男は純然たるイメージの夢をことばでもって追い続けながら、自らの名前について思いをめぐらせていた。

——しかし、のろくもなければ怠けもしない理性の示すところ、異常なるものは繰り返されるや否や、ありきたりなものになる。もはや繰り返されることもなければ、ありきたりで当たり前のこととして通っていたことが、今度は驚くべきこととされるのだ。地を這いずりまわること、伝書鳩を放つこと、生の鹿肉を食すこと、ハゲタカに貪り食わせることで自然の摂理と循環をまっとうさせるべく、死者を山頂にさらすこと。

三十三日と半日前、セーヌ川の水が沸き立って奇跡的な大災害が起こってもおかしくはなかった。一カ月後、その現象のことを省みるものは一人としてなかった。黒い渡し舟は当初、突然の沸き立ちに襲われ、岸壁に激しく打ち付けられ、不可抗力に抗うことをやめてしまっていた。川辺の人々はウール地のキャップをかぶり、黒タバコの火を消し、まるで蜥蜴のように埠頭に上がってきた。船の骨組みは、ベアルヌ公アンリ〔フランス王アンリ四世のこと。パリのポン・ヌフの傍らにその像が建っている〕がアイロニカルに見下ろすところに寄せ集められた。それは石炭と鉄と木っ端の壮麗なる廃墟であった。

ノートルダムのガーゴイルこそ、出来事一般を抽象化することを知る唯一の存在であったが、黒い石の目を光らせて街をずっと遠くまで睥睨していた。結局、一千二百万のパリ市民はなぜこうした昔からの悪魔たちが、舌を出し、恐ろしげな面妖で自分たちの街を見下ろしていたのか、そのわけを理解したのである。それはあたかも最初に彫られたときのモチーフが、騒々しい現在ととも

に開示されているかのようであった。まちがいなく忍耐強いガーゴイルたちは、しっかと目を開け、二股に切れた舌で鼻歌を歌いたいと願いつつ、八世紀もの時を過ごしてきたのである。夜明け近くになると、遠くにはサクレ・クールの丸屋根と正面が、その黒い姿をくっきりと浮き上がらせた。目を落とせばすぐ近くに、ルーヴル美術館の模型のような姿が透けて見えた。

無能な当局者たちはうすっぺらな調査の末に、サクレ・クールの黒色も本当は白の大理石であり、手前のルーヴルも目には見えないが本当はガラスなのだとしてしまった。大聖堂内部の聖像も、建物の色が変わったことに合わせるかのように、その民族性を変えてしまった。人は黒光りするコンゴ女性のマリア像の前で、どうして十字を切ることなどできようか。ニグロイドのキリストの分厚い唇から、どうして赦免など期待することができようか。ところが多くの人々は、美術館の絵画や彫刻がくすんで見えるのは、ガラスの壁面や床面、天井とのコントラストからそうなるのだと勝手に思い込んでいた。ところが《サモトラケのニケ》が何の支えもなく屹立しているのを、誰も不思議には思わなかったのである。結局、そこには翼があって当然ということになった。ふたたび疑念にとりつかれたのは、ファラオの仮面がいとも軽やかに今取り込んだばかりといった、さりげない重厚さを漂わせつつも、自由にして新たな様相を帯びて、モナリザやダヴィッドのナポレオン像に重なってきたときであった。さらに言うなら、透明性のなかにあった通常の枠組みがはずれ、純然たる因習的な空間が解き放たれたことで、腕を組んだモナリザが一人きりではないことがわかったのである。彼女は微笑んでいた。

三十三日半が過ぎ、その間に凱旋門は砂に、エッフェル塔は動物園へと見かけ上の姿を変えた。われわれが見かけ上と言ったのは、一旦最初の揺れが収まると、誰もわざわざ砂に触れようとはしなかったからであり、砂といえども明らかに石に見えたからである。砂であれ石であれ、そこに居止まり、ついに誰一人として、それ以外のものを求めたりはしなかった。つまり人が求めたのは、新たな性質などではなく、認知しうる形態であり気力を奮い立たせる場所であった。ところが石でできた凱旋門が、ベルシャス通りとバビロン通りの交差点にあった、とある薬局の場所に出現したとしたら、何という混乱を引き起こしただろうか。

エッフェル塔について言うと、それは姿を変えたことで自殺予備軍の者たちから非難を浴びた。彼らはそうすることで気違いじみた意図をあからさまにしたが、骨組みだけはどうしても残してほしかった。それは似たような落下台が作られることを期待していたからである。

「単に高さが高いというだけではないんだ。死へのジャンプをする場所はどうしても名所でなくてはならんからさ」と、いつもの常連客がカフェ《ル・ブーケ》でポーロ・フェーボに言った。彼は十四から四十の齢を数えるまで、たえず自殺を志願してきた男であった。ポーロにそう言ったのはありきたりな午後だったが、その間にもわれらの若くハンサムな友人は、いつもの仕事にずっとかまけていて、もしそうでもしていなければ、日曜の晩に満員の映画館で《火事だ！》と叫ぶやもしれぬと信じて疑わなかった。

民衆は世界博覧会の錆びた固定具が、サルのブランコや、ライオンの傾斜路、クマや夥しい数の鳥類のねぐらとなっていることを喜んだ。およそ一世紀間におよぶ再生と象徴と連想のはたらきによって、固定具はありふれた悲しくも身近な状態へと姿を変えてしまったのである。いまでは多くの鳩がたえず集まったり飛び立ったり、鷲鳥が群れをつくったり、フクロウがじっとひとり佇んだり、優柔不断でとぼけた様で群がるコウモリの姿となって、人々の心を楽しませていた。ところがある少年が大空にハゲタカの姿を見つけてそれを指差したとき、不安が萌《きざ》した。というのも猛禽は先端まで羽を大きく広げて、パッシー通りの上を大きく旋回するや、突如としてサン・シュルピス聖堂〔ノートルダム聖堂に継ぐ大きさを誇るパリ六区にあるカトリック聖堂〕の鐘楼をめがけてまっしぐらに急降下したからである。そしてハゲタカは聖堂の、いつ果てるともなく行われている改修箇所の足場にゆっくり羽を休めた。そして強欲といらだたしさを漂わせて、人気のない通りを見下ろした。

ポーロ・フェーボは金色の前髪を目元からかき上げ、肩までかかるふさふさとした長髪を片手で（というのも隻腕だったからだが）整えた。彼は夏の日差しを浴びようとして、古い建物の八階にある自分の部屋の小窓に身をのりだした。パリの夏の朝の時間、太陽はいつものように、細々した街の香りの供奉を引きつれて、熱した炎の車輪を繰る御者のごとく立ち現れた。というのも、星の王たる太陽が七月に撒き散らす香りは、十二月に天の女王たる月がかき集める香りとは大いに異なっていたからである。とはいえ、今日は……ポーロはいつもの香りを記憶の中でいくつか手繰り寄せながら、サン・シュルピス教会の鐘楼のほうに目をやった。ハゲタカはじっと足場に佇んでいた。ポーロはにおいを嗅いだが無駄であった。焼きあがったばかりのパンも、常ならぬ花も、チコリーの煮込みも、湿った路上もなんの香りも発しなかった。彼は以前であれば、夏の朝を迎えるべく、そして近くにあるコルス埠頭の市場の花のつぼみの香りを、遠くから感じようとして、じっと目を閉じたものであった。ところが今日は近くのサン・ジェルマン市場の甜菜《てんさい》やキャベツのにおいも、ゴロワーズやジタンのタバコの煙のにおいも、ワラや材木の上にぶちまけられたぶどう酒のにおいすらしないのである。フール街は息をすることすら拒んでいたし、陽炎は太陽が繰るいつもの乗り物ではなかった。じっと動かずにいたハゲタカは、ふいごの吐き出す風といっしょに、聖堂の鐘楼から出てくるもくもくとした黒煙にまぎれて、いつのまにか姿を消していた。何のにおいもしなかった大きな部分が、突如として、攻撃的で巨大なあえぎに襲われた。それはあたかも地獄から肺臓のあらゆる血流がどっと押し出されたかのようであった。ポーロは肉と髪と爪の焼かれたようなにおいを嗅いだ。

彼は二十二度目の夏ではじめて窓を閉じ、何をしたらいいか分からぬまま佇んでいた。閉めるや否や気づいたのは、窓が夜も昼も、夏も冬も、雨でも雷でも、いつも開けっぱなしのままだったということで、窓自体が紛うことなき自由の象徴でもあったことが懐かしく思い出された。彼は自分と自分を取り巻く世界が何の手立てもなく老いていくのだという感情と、いつもとは違う自分の煮え切らない態度とが、ほとんど同じものとは思えなかった。即座に次のような問いで自分の態度に決着をつけた。「いったい何が起きているというのだ？　自由で開けっ放しの窓をはじめて閉めたりして？　何かゴミでも燃やしてでもいるからか？　いや違う、肉の焼けるにおいだ。動物か疫病人か生贄でも焼いているのだろうか？」。ポーロ・フェーボはいつも裸のまま寝るのが普通だったが（これは彼の自由を象徴するよく練られたイメージである）、すぐにシャワーヘッドのついた浴室に入り、白塗りのブリキに勢いよくはじける水音を耳にした。金色に輝く陰毛に泡をたっぷり立てるまで丹念に石鹸をなすりつけた。片腕を挙げて、シャワーを顔の方に向けてかけ、水が唇の間から滴るにまかせた。そして栓を閉め、体を拭いてその小さな非の打ち所のない懺悔室から出た。そこでは朝のあらゆる罪科が洗い流されたものの、唯一、例の素朴な疑問だけが洗い残された。彼は朝食を用意するでもなく、革のサンダルをつっかけ、リーヴァイスの黄色のコーデュロイをはき、イチゴ色のシャツを着ると、あれほどまでに楽しかった部屋に一瞥を食らわせ、低く迫った天井に頭をぶつけつつ、急いで階段を降りていった。踊り場ごとに置き忘れてある空のごみ容器には目もくれなかった。

中二階で立ち止まり、管理人の部屋をノックした。返事がなかったので、ひょっとしたら手紙が来ているかもしれないと思い、取りに入ろうとした。管理人のドアがどれもそうであるように、そこも下半分は板で上半分はガラスでできていた。ポーロはマダム・ザハリアの沈んださびしげな顔が小さなカーテンの陰から現れなければ、不在だということがわかっていた。彼女には他人の目から隠すべきものなど何もなかったので（というのも、本人がよく口にしていた表現によれば、《ガラスの館》に住んでいたからである）、間借り人たちにしてみると、鏡のそばに区分けして置かれている、自分宛のわずかな手紙を取りに入っても、何の不都合もなかったのである。結局ポーロはその愛想ひとつない洞穴に入っていこうと決心した。そこにあったかつての兵士たちの記念写真は、いつもながらのキャベツの煮込み料理の湯気のせいで、曇って見えなくなっていた。あの時はヴェルダンの地に斃れ〔第一次大戦のヴェルダンの戦いのこと。この地でフランスとドイツが激戦を交え、七十万におよぶ死傷者を出した〕、ここでもまた湯気で覆われてしまったのだ。すこし前までポーロ・フェーボの心を占めていたのが、失望や老いのしるしとしての夏のにおいが見つからなかったことによる、煮え切らない気持ちだったとすると、今は（ありそうもない手紙を取りに管理人室に入っていくという）行動そのものが、持ち前の無邪気な行為に思えた。彼はこうした感覚に没入しつつ敷居をまたいだ。しかし肉体的な目新しさは精神的なそれよりも強烈であった。思い出す限り、台所で何の煮炊きの湯気も上がってはいなかったのはその時だけだった。死んだ兵士たちの写真は、澄み切った鏡のように、犬死の犠牲者として、やさしく葬り去るべき彼らの姿を映し出していた。マダム・ザハリアの部屋からはにおいすら立ち消えていた。しかし雑音だけはあった。女管理人はいつもほど沈んだ様子もなく、自分の粗末な寝室の、昔の冬の花があしらってあるマットレスの上で、喉もとで泡をぶくぶくさせるようにうめいていたのである。

ポーロ・フェーボは数日経たねば、マダム・ザハリアの状態や姿勢、あるいは原因と結果から受けた印象を自分なりに分析してみる気にはなれないだろう。ひょっとしたら主人公の許可なく、先手を打つことも可能かもしれない。彼にとって朝の方程式は逆転したのである。つまり世界は取り返しのつかないかたちで若返り、とっさの決定を下すことが必要となったからである。彼は深く考えることもせずにバケツ一杯の水を汲みに走り、ストーブの火をつけ、湯を沸かす準備にかかった。そうこうする間に、先祖代々の叡智が働いたのか、あるいは単に慌てふためいていただけなのか、とっさにタオルをかき集め、シーツを引き裂いていた。女管理人が生きているという事実は、それこそ過去三十三日半もの間、何度となく繰り返されてきた。ポーロは使えるほうの片腕を歯でたくしあげ（もう一方の袖は、切断された付け根部分のところでピンで留めてあった）、マダム・ザハリアの熱い太腿と開かれた両足の間にかがみこんで、まもなく出てくる子どもの頭を引っ張り出そうと構えていた。すると女管理人はうめくようにして泡を吹いた。ポーロは湯が沸騰する音を聞いて火からバケツを下ろし、シーツの端切れを中に突っ込んだ。そしてベッドの傍らに戻って待ち受けていると、想像していたような頭ではなく、青みがかった小さな足がでてきた。マダム・ザハリアの下腹部は大洋が収縮するかのように悲鳴をあげた。ポーロの切断した腕の断端部分は、相方を懐かしむ大理石のように脈打っていた。

子どもが逆子で生まれたとき、ポーロは子の尻をつよくゆさぶり、へその緒を切って結んだ。そして胎盤をバケツの中に入れ、血を拭くなどしてなすべきことを行った。子どもの性器に目をやると男の子だということがわかったが、左右の足には各々六本の指がついていた。何にもまして驚いたのは、背中に誕生のしるしを目にしたときである。背中のくぼみに盛り上がった赤い十字があったからである。彼は子どもを生んだばかりの九十を超える老婆のもとに連れて行くべきか、さもなければ、むしろ彼自身が抱いてあやし、感染したり仮死状態に陥ってしまわないように、引き離しておくべきか判断に迷った。彼は後者を選んだ。実際に老いたマダム・ザハリアが年甲斐もなく生んだ自分の子どもを、絞め殺すか食らいつくのでは、という恐れを感じたからである。マダムは間借り人宛ての、めったに来ないわずかな手紙を鏡と縁枠の間によくしまっておいたが、彼はその古い金縁のついた鏡のほうに近づいた。

たしかにそこには彼宛の手紙が一通あった。それはまれに届くことはあっても、ひどく遅配される通知書のひとつくらいに思った。というのもこの時代、郵便事業そのものがほとんど地に堕ちていたからである。百年前であれば大きな進歩と見えたものが、もはや十分かつ迅速に機能してはいなかった。塩素も十分な殺菌力がなかったし、郵便は遅配が常だった。ワクチンといえども細菌の力をしのぐ力をもちえなかった。人間は無防備であったのに対して、虫けらどもは何とも強《したた》かであった。

　彼が封書のところに近寄り、見てみるとそこには切手が貼られていなかった。嬰児を胸に押し付けるようして手紙を区分け箱から取り出した。手紙はコケの生えかけた古い石膏で封蠟してあるだけで、封筒は古く黄ばんでいて、差出人の文字は見るからに時代おくれで古ぼけて見えた。手紙を手に取るとぷるんとした水銀が数滴紙の上に落ちて球体をつくり、床にすべり落ちた。ポーロは嬰児をしっかり抱きとめながら、朱色の石膏の封蠟部分を歯で開封すると、しわだらけの薄い羊皮紙を取り出したが、それはほとんど透明な絹でできているかのように見えた。そこには次のような言葉が書き連ねてあった。

「『奇跡の対話』において年代記作家カエサリウス・フォン・ハイステルバッハ〔十三世紀ドイツ・オベンドーレンドルフ近郊の寒村のシトー派修道院長〕が警告して言うには、聖なる書の源であり、あらゆる叡智の泉たるパリの街において、悪魔は賢人たちの頭に、邪悪な知性を言葉巧みに吹き込んだとのこと。そなたは用心せねばならない。パリのみならず世界中で二つの力が鬩《せめ》ぎあっている。もちろんここパリで、戦いはより先鋭化しているように見えるかもしれないが。そなたがここで生まれ、育ち、暮らすことは時の偶然の差配によるものである。そなたはたしかにここで生まれたが、別の場所でそうなる可能性もあったのだ。それはどうでもいい。多くの者たちが生まれるだろうが、両足に六本の指をもち、背中に十字を刻印して生まれる者はただ一人だけであろう。そなたはその子をヨハンネス・アグリッパと名づけねばならない。長い年月、彼は待ち望まれてきたのであり、原初の王国を受け継ぐのは彼である。加えて別の時代といえども、彼はそなたの息子である。この申し渡しを決して怠ってはならない。われわれはそなたに期待している。いつかそなたと出会うこととなろう。われわれを探し出そうとはするな」。

　この異常とも思える指令書に署名していたのはルドビーコとセレスティーナという二人の人物であった。ポーロはサン・シュルピス聖堂の煙の中で嗅ぎ、嫉妬深いハゲタカの中に予感した死という存在から、こうして片腕で抱きとめ、不思議な手紙が言うように、取り出したというよりも引きずり出したとしか思えない、幼い生命へと逆転が起きたことに驚愕していて、手紙をじっくり読み返す時間もないほどであった。彼はルドビーコやセレスティーナなどという者など知らないし、ましてや、こんな老婆と寝たことなどもないと、絶対的な確信をもって二度にわたって否認した。彼は指の間に血のにじむ水を少しだけとると、それを稀有なかたちで嬰児の頭に振りまいた。そして手紙で指示されたようにこう呟いた。

――Ego baptiso te : Iohannes Agrippa.〔われはそなたヨハンネス・アグリッパに洗礼を施すなり〕。

　彼はそうした後、マダム・ザハリア婆さんの唯一のわずかな間の正式な夫であって、塹壕とタンクと細菌ガスによる、どこかの忘れられた戦争で戦死した〈毛むくじゃら〉〔第一次大戦で勇敢で男らしいフランス兵をそう呼んだ〕の頑強な男の写真の方に目くばせした。彼は嬰児をうろたえ気味の老婆の腕の中に移すと、手を洗い、振り向くことなく、任務をやり遂げたことに満足を覚えて部屋を出た。

　これは本当のことだったのだろうか。彼は何世紀もの間、変わることなくフール通りからサン・ジェルマン大通りへ抜ける、ごく狭い道であるシソー通りに面した重い扉を開けて外に出た。そして七月の輝かしい朝を満喫しようとする気持ちに覆いかぶさろうとしていた、新たな驚愕と戦わねばならなかった。世界は若返ろうとしていたのか、さもなければ老いていこうとしていたのか。ポーロの頭はその通りと同じように、陽を浴びた街角であり、薄暗い砂漠となっていた。

　カフェ《ル・ブーケ》はもともと人の出入りが多く、扉は開けっ放しで路上にテーブルや椅子が出ていたので、客を呼び込みやすかった。しかしカウンター越しの鏡を張った壁には、緑や琥珀色のボトルがきちんと並べてあるのが見えるだけで、長い銅製の手すりにはあわてて付けた指紋がほんのわずか残っているだけだった。テレビは電源が抜かれており、タバコの陳列ケースの近くでは蜂がぶんぶんうなっていた。ポーロは手を伸ばしてアニス酒をとると、ボトルから直接一口ぐびりとやった。その後、カウンターの後ろに目をやり、カフェ・バー兼タバコ屋の看板である二枚の厚紙を探した。その中に頭を突っ込み、肩の上で二枚をつなぐ革の吊り紐を調整した。いつもながらのサンドイッチマン姿で、再びフール通りに出て、開いた店や閉鎖された店の傍らを通るとき、もはや彼には何の気がかりもなかった。

ポーロの若い肉体にはおそらく老人の楽観主義が隠れていたのであろう。彼は単に看板を前後にぶらさげる仕事をこなして、つましい報酬をもらうだけではなかった。地下鉄が十分以上停車し、地下の照明が消えているときに、指示にしたがって何事もなかったかのように、新聞を読み続けるという安全規則を繰り返していたのである。ダチョウ・ポーロ〔事なかれ主義者〕。マダム・ザハリアのような事件が起こらないかぎり（時代が時代だからといって、あえて火中の栗を拾うものなどあろうか）、彼には普段の生活リズムを中断する理由などなかった。いや本当はずっと多くあったのだ。《ぼくは信じ続けている……太陽は毎日昇るし、新しい太陽は新しい日を予感させてくれる、未来が昨日になった新しい日を。ぼくは信じ続けている……今日という日が、前には予見できず、後には繰り返すことのない時の一頁を閉じる瞬間に、明日という日を約束することを》。彼はこうした思いに耽っていて、ますます濃くなってゆく煙に包まれているのに気づかなかった。何気ない習慣（これはやむ方なく意地悪い法律〔サンドイッチマンのように、人間を広告看板にすることは人間の尊厳に関わるとして禁止したこと〕によって凍結されることとなるが）に引きずられるまま、足をサン・シュルピス広場へ向けて、カフェの常連客たちに、前は踝まで、後ろは膝裏まで届くような看板を見せることとした。煙に包まれたとき最初に考えたのは、カフェ《ル・ブーケ》に足を運ぶように誘う看板の文字を誰も読めなくなってしまうことだった。ふと目を上げると、広場の四つの銅像すら見えなくなっているのに気づいた。とはいうものの、ポーロにとっては看板の文字だけが自らが引き受け、果たさねばならぬ広告の唯一の証人であった。青年は阿呆のようにひとりごちて言った。もくもくと吐き出される煙は聖人の祈祷者の口から沸きあがったものだと。さきほど自分の屋根裏部屋の窓で嗅いだのと同じ、そのむかつくような臭いは、ボシュエ〔十七世紀フランスの宗教家〕の歯の間からも、フェヌロン〔十七世紀フランスの聖職者で『テレマックの冒険』の著者〕の唇からも、マシヨン〔十七世紀のフランスの聖職者で説教家〕の舌からも、フレシエ〔十七世紀フランスの聖職者で詩人、ニーム司教〕の口蓋からも、また石でできた無菌の空洞から出てきたわけでもなかった。近づいていた訳でもないのに臭いがきつくなったと感じたのは、耳が最初にボナパルト通りにとらえた、目に見えない行進のリズムによってであった。彼にはそれがすぐに何であるか分かった。周囲をとりまくあらゆるもののざわめきであった。

煙が彼を取り巻いていた。しかし煙に取り囲まれた者というのは、自らの肉体的存在の周りに明るい空間部分を保っていると信じている。煙に捕らえられた者は誰一人として、自分が物質的に煙に呑み込まれているとは感じない。ポーロは自分は煙などではないとつぶやいた。煙は四人の聖職者で説教師の銅像〔サン・シュルピス広場にある噴水を彩るボシュエ、フェヌロン、マシヨン、フレシエの四体の像のこと〕を包みこむかのように自分を包んでいるだけだ。彼は煙から煙へと片腕を差し伸べたが、怯えたように胸を覆う看板の後ろに手をすぐに引っ込めた。しかしわずかな間、煙の中に差し伸べた腕は、他者の肉、素早く動く見知らぬ裸の肉体に触れた。彼はまるでバターのようにべとつく脂肪の感触を記憶に留めていた指を引っ込めた。他者の肉体、目には見えないが現にそこにあって、素早い動きをする脂ぎった肉体。彼の隻腕の感覚にうそ偽りはなかった。誰もそれを見てはいなかった。しかしポーロは恐怖を感じたことを恥じた。恐怖の本当の原因は煙に包まれて教会のほうへ赴く、素早く動く肉体の列を偶然みつけたからではなく、煙に呑み込まれつつも差し伸べた己の片腕の姿だった。目に見えず、消え去った、空気に切り落とされて一本しかない腕。一本しか残っていない腕。肉体的存在の優位を確認するために、回復した手でふぐりをまさぐった。頭は腕や性器から隔たった上のほうで、別の軌道を巡っていた。再度勝ち誇った理性によって彼が知らされたのは、原因によって結果が生み出され、結果から問題が提起され、問題から解法が求められるということ、また解法は成功か失敗かにかかって、新たな結果、問題、解法をもたらす原因になるということだった。理屈ではそうなるものの、ポーロにはこうした論理が今経験したばかりの感覚といかなる関係をもっているかが分からなかった。そして彼は誰も目に止めようともせぬ看板を背負い、煙の中に佇んだまままそこに立ち続けていた。

仕事の契約時にカフェのマスターは彼にこう諭した。

――しつこいと嫌われるし、ろくなことはない。ライバルのカフェの前を一、二度通ったら見切りをつけて、そそくさと別の場所に移動するんだぞ。

ポーロはサン・シュルピス広場と、煙の臭い、手の感触、異臭から逃げ出した。他の臭いはしなかった。それはサン・シュルピスのそれが、他のすべてを圧倒していたからである。脂肪や肉、爪や髪の焦げる臭いは、花やタバコやワラや濡れた歩道の臭いをかき消した。彼は走った。

　われらの英雄は時々しくじりはするものの、基本的にはまともな男であった。そうした自覚のせいで、大通りに近づいたと見るや、もし一朝一夕にすべてが変わってしまうことなどなければ、(三十三日半前から) 慣れ親しんできた見世物を、そこでまた見られるものと思い、歩幅を縮めて歩き出した。

　どの道を通っていけば一番楽に教会に出られるか想像をめぐらせた。しかし人通りの絶えたボナパルト通りからでも、またレーヌ通りやドラゴン通りからでも、サン・ジェルマン大通りで背中と頭を寄せて居並ぶ小さな群集の姿が目に入った。彼らは先の方に向かって六列を作り、木の上に登ったり、当日の前夜から確保していたと思われるスタンドに腰をおろしたりしていた。彼は何はさておき、見世物から最も離れたところとなるドラゴン通りを通って行った。そしてあっという間にカフェ《ル・ブーケ》のマスターに追いついた。マスターは妻といっしょに、パンやチーズ、アーティチョークなどをどっさり盛ったカゴを携えて、大通りに向かうところであった。

——遅れているみたいですね、とポーロは二人に言った。

——そんなことはないよ。今朝はもう三回も食べ物を取りに戻っているんだ、とマスターは彼にへつらいの表情をつくって答えた。

——あなた方は前列の方まで行く権利があるんですよね、何てうらやましい。

　するとマスターはポーロのぶら下げている看板を見やり、彼の仕事への精勤ぶりをよしとして微笑んだ。

——権利以上のものだよ。義務というところかな。われわれがいなけりゃ、みんな飢え死にしちまうからな。

　ポーロは本当は彼らにこう尋ねてみたかった、いったい何がおきたんです、どうしてあなた方みたいな、どうしようもないほどケチな人たちが (これははっきりしているので、愚痴をこぼしているわけではない) 食べ物を気前よく施しているっていうのは？　何か恐れることでもあるんですか？　なぜそんなことをするんですと、しかしこう聞くに止めた。

——あなた方とご一緒させてもらえませんか？

　カフェのマスター夫妻は肩をすぼめ、彼に身振りで古い通りに沿ってわき道までついてくるように言った。そこではマスターの妻が頭にカゴをのせて、食べ物をもってきたので道を開けておくれ、と何度も叫んでいた。マスターとポーロは警察が置いた防止柵と家々の間に繰り出していた群集の間を無理やりくぐりぬけた。すると一本の手が延びてきてチーズをかっさらおうとした。マスターはとっさにならず者の頭をたたいた。

——これはな、苦行者のためのものだ、恥知らず！

　マスターの妻もまた悪戯者の頭をつよく小突いた。

——金をちゃんと払うんだよ！　ただで食いたいなら巡礼にでもなりな！

　ポーロは〈カップ〉という言葉をつぶやいた。《われわれは笑おうと思って来たのか、それとも涙を流しにきたのか？　われわれは生まれようとしているのか、それとも死のうとしているのか？》〔『伝道の書』第三章「生まれるに時があり、死ぬるに時があり……泣くに時があり、笑うに時があり」から〕。

　始めなのか終わりなのか、原因なのか結果なのか、問題なのか解決なのか。いったいわれわれは何を生きているのか？　理性は新たにこうした問いを発した。しかし理性よりも素早い記憶は、過去へ引き返し、カルチエ・ラタンのとある映画館へと戻っていった。ポーロは食べ物を担いだマスター夫妻の後についてドラゴン通りを通っていった。彼は子どものころ見た映画を思い出していた。それは『夜と霧』という題名の映画〔ナチによるユダヤ人虐殺を告発したフランスのドキュメンタリー映画。アラン・レネ監督作品で一九五五年製作〕で、意味のない死体の山に戦慄を覚えたものであった。

「霧、サン・シュルピス広場の煙、ハゲタカの群がる鐘楼から立ち上る靄」……。夜と霧、最終的解決、原因、結果、問題、解決……。

　人々の視線を浴びる中、見世物の幕が切って落とされた。彼は物思いと恐怖感と懐かしさの入り混じった状態から、突如引き戻された。サーカスや悲劇、洗礼式や通夜などの行事は、改めて先祖とのつながりを思い起こさせるものだった。通りに沿って行く間に彼らの頭部を強い日差しから守っていたのは、フリギアの縁なし帽であった。そこには三色の花飾りと色とりどりのペナントがたくさんついていた。スタンド席の最前列は何人かの老婆たちのために取っておかれたものであった。彼女らはもちろんお決まりの聖像に奉献するためだが、せっせと編み物をしたり、自分たちの前を真昼間から火のついた蠟燭や旗をもって横切っていく、兵士たちや多くの大人や子どもたちに向けて大声をあげていた。各々の兵士の前には蠟燭をもち、肩に鎌をかついだ聖職者が露払いとなって行進していた。その誰もが裸足姿の疲れきった様子で、緋色のペナントの縫い取り文字の示す、さまざまな場所から行進してきた。それはマント、ポントワーズ、ボンヌマリー、ヌムール、サン・サエン、サンリス、ボワシー・サン・アヴォワール・プールなどの地区〔すべてパリから数十キロ離れた郊外の土地〕であった。五十人、百人、二百人といった髭をはやした汚らしい身なりの男たちの集団、痛々しい身体をやっとのことで引きずっている少年たち、手を黒く汚し、鼻をたらし、目やにをつけた子どもたち。誰もが取り付かれたかのように、次のようなカンティレーナ〔短い叙情詩〕を口ずさんでいた。

場所はここ
時はいま
いまここで
ここでいま

各々の兵士はサン・ジェルマン教会の正面辺りで他の仲間たちと合流しようとしていた。彼らは万歳と乾杯の最中で、冗談を飛ばしあう者もいれば、陰気でぞっとする光景に見入っている者もいた。また三々五々、カルマニョーレの歌や《何とかなるさ》という歌〔ともにフランス革命の際に大流行した歌〕を思い出したように歌っている、ぶらぶらした一団もあった。人々は、詩人ヴィヨンを吊るせ、権力の簒奪者ボナパルトを銃殺せよと、矛盾したことを同時に口々に呼ばわっていた。そしてバスチーユに向かえ、ヴェルサイユのチエール〔十九世紀のフランスの政治家。パリ・コミューンを弾圧したことで知られる〕政府を打倒せよなどと要求し、詩人のグランゴワールやプレヴェールの詩を口々に朗誦し、ギザ公爵の暗殺〔カトリックとしてユグノーの首魁ガスパール・ド・コリニーを殺すよう命じた〕や王妃マルゴ〔マルグリット・ド・ヴァロワのこと。フランス王アンリ四世の最初の妻で後に離婚した〕の余りの仕打ちに対し大声で抗議し、ぬるま湯を張った浴槽において亡くなった国民の友たる人物の死と、アナ・デ・アウストリア〔スペインのフェリペ三世の娘でルイ十三世の妻、バッキンガム公ジョルジュ・ヴィリエールとの情事で夫と別居した〕が、寒々とした寝室で産んだ後の太陽王〔ルイ十四世〕の誕生を告げていた。こちらで土鍋料理のチキンのことを叫ぶ者がいれば、あちらでは背嚢に収めた陸軍元帥の官杖のことを言う者もある、さらにパリは立派なミサに値するとか、あちらで《富み栄えあれ》と言えば、こちらでは《権力に想像力を》などと叫ぶ者もいる。すると誰とも知れぬ、泣き叫ぶような鋭い声が他の声を圧して、まるで何かに憑かれたかのように大声で叫んだ。《おお犯罪よ、そなたの名の下でどれだけの自由が侵されるのか》。フール通りからオデオン交差点まで、何千もの人々が好みの場所を探し求めてしのぎを削っていた。また彼らは歌を歌い、口にものを頬張り、嘆き悲しんだり、くたくたに消耗したり、抱き合ったり、小突きあったり、冗談を飛ばしあったり、泣いたり、酒を飲んだりしていた。一方で、時は汚濁した排水口に向かうかのように、パリのほうへ忍び込んでいった。裸足の巡礼たちは手をつないで二重の輪をつくっていた。先端は北側ではガリマール書店やカフェ《ル・ボナパルト》まで、東側はカフェ《ドゥ・マゴ》まで、南側はドラッグストアやレコード店《ヴィダル》やブティック《テッドラピドス》まで、そして西側は、地味な屋根を戴き高く聳える当の教会にまで及んでいた。かつての服役囚と私服刑事が、恐るおそる下水溝の金属蓋を下からもちあげ、目で見ても信用できないといった様子でそこで起きていることを見つめていた。彼らは再びパリの下水溝の暗い迷路の中に入り込んで、姿を消した。肺病やみの娼婦が高いアパルトマンの閉じた窓の後ろから、気乗りのしない失意の表情でみつめていたが、カーテンを引くと、ソファーにもたれかかり、薄明かりの中で別れのアリアを歌っていた。山高帽をかぶりチノパンをはき、フロックコートをはおった痩せぎすの熱っぽい若者が、群集には目もくれずにゆっくりと歩いていた。彼が注目していたのは、自分の手の平の中で数分間で縮んでいく小さな〈あら皮〉〔バルザックの小説『あら皮』にあやかったもので、オナガー（野生ロバ）の皮をもっている者は望みをすべてかなえることができるが、命が縮まっていくという。あら皮もそれに合わせて縮んでいき、それで自分の余命を知ることができるとされた〕であった。ポーロとマスター夫妻は申し合わせたとおり、カフェ《ドゥ・マゴ》あたりまでやってくると、奥さんは亭主にカゴを手渡した。亭主は妻に言った。

――もういいから帰れ、女たちからは何も受け取れないことぐらい分かっているだろう？

奥さんはぶつぶつ言いながら、群集の中に紛れ込んでしまった。

――毎日変わったことがあるもんだわ、人生が素晴らしいものになったたってことね。

ポーロとマスターは、黙ったまま脱衣し始めた巡礼たちの二重の輪のほうに赴いた。彼らはカゴを携えた二人の男が近づいてくるのを見て、互いに言葉もかけずに見合った。叫び声も出さねば、歓喜の声も上がらなかった。彼らは地に跪《ひざまず》くと、二人の供給人の前でうなだれた頭を上げることもせず、一人ずつ、パンとチーズとアーティチョークを手に取り、貪るように食った。その間、ずっと聖体拝領の恰好で跪き、お辞儀をしたままパンをちぎり、チーズを味わい、アーティチョークの葉をちぎって食べていた。それはあたかもこうした食べ物が最初にして最後の食事であるかのようであり、食べるという基本的行為を思い出しつつ、予見しているかのようにも見えた。あるいはそのことを思い出したくなかったかのようにも、未来の本能のうちに、そのことを刻み込もうとでもするかのようにも見えた（人類学者ポーロ）。彼らは食べる速度を速めていった。それは円陣の中心から、手に鞭をもった修道士が、彼らのほうへやってくるのが分かったからである。巡礼たちはポーロとマスターの前で再び頭を垂れると、二重の輪を形作っていた他の男たちや少年や子供らがそうしたのと同様に、彼らもまた服を脱ぎ終えた。彼らはみな腰から踝までのジュート地の、ぴったりしたスカートしか穿いていなかった。

修道士が二重の輪の中央から再度、ものすごい音を立てて鞭を振り下ろすと、内側の輪にいた巡礼たちは、一人ずつゆっくりと手を広げながら、うつ伏せになって地に倒れた。すると今かいまかと熱中して見ていた群集のざわめきは、そこでぱたりと止んだ。倒れた巡礼たちの後ろに立っていた男たちや少年や子どもたちは、各々がもっていた鞭で身体に触れながら、横たわる巡礼の上をまたいだ。しかし外側の大きな輪の方では、誰もが皆手を広げうつ伏せになっていたわけではなかった。中にはグロテスクな恰好をする者もいた。〈伝道師〉ポーロは輪のまわりを見渡し、贖わねばならぬ罪をほとんど型どおりに繰り返して言った（われわれは、あらゆる罪にはそれ本来の罰が含まれている、ということを教わらなかったか？）。贖わねばならない罪というのは、そこに見られたような怒りに震える拳や、貪欲に握り締められた手、散りぢりになり青みがかった肉体、止め処なく揺さぶられる痩せた尻、太陽に過不足なくさらされた腹、高慢と蔑視をあらわす強烈なポーズ、だらりとした手に優しく支えられた頭、卑猥な唇、欲深な目などであった。

修道士は彼らのところに赴いた。すると群集は水を打ったように静かになった。最初に鞭が空を切ってうなり、すぐに拳や手、尻や腹、頭や唇にびしびしと当てられた。そこにいたほとんどの者が叫び声を押し殺していた。嗚咽をもらす者もいた。修道士は一振りごとにお決まりの言葉を繰り返した。

——立つんだ、聖なる殉教者の誉れのために。人間の身体が、かつてのままの姿ではなく球体になって復活するなどと言ったり、考えたりする者は地獄へ堕ちるがいい……。

彼は、ポーロのすぐそばで拳を震わせていた猫背の白髪老人の前で足を止めて、同じ言葉を繰り返した。われらの美しい若き友人は身震いして、苦行者の赤紫色になった手に鞭が振り下ろされるたびに指を噛んだ。彼は自分の周りでも、群集たちが同じように身を震わせ、唇を噛みしめているのを見て取った。彼らが同じように目を凝らして見ていたのは、修道士の鞭と鞭打たれる老人の手であった。そのとき大きな力が働いてポーロの視線は上を向いた。そのとき修道士の目とかち合ったのである。暗い目であった。目は頭巾の奥に消えて見えなくなった。蒼ざめた顔に嵌め込まれた無表情の目であった。

修道士はぐっと怒りを抑えた様子の老人に最後の鞭打ちを加え、ポーロの方を見据えたまま、同じ決まり文句を繰り返した。ポーロはもはや彼の言葉など聴いてはいなかった。彼が耳にしたのは、あたかも開いた口から息を吐いても、二度と閉じることができないかのような、内にこもった喘ぐような修道士の声だけであった。修道士はポーロに背を向けると輪の中央に戻っていった。

第一幕は終わり、ざわめくような歓声が人々の喉から湧きあがった。老婆たちは編み針同士をカチカチたたき、男たちは大声で叫んだ。子どもたちはよじ登っていたバナナの木の葉を揺すった。警察官はランタンを高く掲げて、ネズミが跋扈し黒い水の流れる暗い迷路のような下水溝の中で、逃亡者を追跡し続けていた。娼婦は闇の中で咳をした。熱病に冒された痩せぎすの若者が、絶望的な思いで拳を握りしめた。〈あら皮〉は手の平から蒸発してしまっていたからである。それはまるで生命が、彼の流動的な視線から抜け出てしまったかのようであった。苦行者たちは立ち上がった。各々の手には、先端が鉄になっている六本の紐のついた鞭があった。修道士は空を切って鞭がもう一度振り下ろされ、再び沈黙が訪れた。苦行者たちは立ち上がった。各々の手には、先端が鉄になっている六本の紐のついた鞭があった。修道士は賛美歌を歌ったが、ポーロには最初の歌詞がほとんど聞き取れなかった。

—— Nec in aerea vel quail bet alia carne ut quidam delirant surrecturos nos credimus, sed in ista, qua vivimus, consistimus et movemur.〔われらはたわけた者どもが言うように、空虚な肉体とかそれに類するかたちで復活をとげるとは思っていない、いま活動し、生き長らえ、現に生きているこの肉体のまま復活するのである〕〔第一一トレード教会会議信経、第六〇条より〕。

待ち望まれていた司式者の最初の言葉は、三十三日と十二時間の間の新しい言葉でもあり、古い言葉でもあり、また若々しくもあり、古めかしくもあった。しかしその言葉は頭巾姿のこの男が、最初にサン・ジェルマン前の苦行者らの二重の輪の中央に陣取り、はじめて賛美歌を歌ったときと同じ驚きでもって受けとめられた。今は遠い昔となったとはいえ、あの時、群衆は賛美歌が終わるまでじっと静かに聞き入っていて、終わるや否や大挙して、近くの本屋にラテン語入門書を求めに走ったように見えた。というのも、よくできる者でも、Gallia divisa est in parte tres.〔全ガリアは三つの部分に別れている〕〔ユリウス・カエサル『ガリア戦記』の冒頭部分〕という意味がほとんど分からなかったからである。しかし今や群衆は誰もが、興奮を催させるような機会はできるだけ少なくし、せめてそんな時でも気持ちをあまり高ぶらせるべきではないと直感的に感じ取っていたのか、修道士が最初の歌詞を歌うと、叫び声を上げてすすり泣きし始めたのである。

　己自身の反響のような叫び声は、大きな擬声語のように口々に発せられて長くうなるような波となって、ひとつの街角で失せては、次の街角で再び盛り返し、二息つく間にもとに戻っていった。つまり鐘、祈り、詩、歌、砂漠での嗚咽、密林の彷徨というような音となった。苦行者たちは天を仰いで歌っていた。修道士は彼らに、来るべき日のために祈りと敬虔と恐れの生活をするように説いた。鞭は等間隔でピシッピシッという音を立てて、苦行者のむき出しの背中に振り下ろされた。それを遮るものは唯一、尖がった金属が肉に食い込むときの音だけであった。まさにそのとき、若者の乱れた髪は太陽の下で、つかの間の黒い光環のように見えたが、彼は先んじて発した群集の叫び声や、仲間たちのうめき声、修道士の繰り言を圧するような大声で叫んだのである。革の鞭が皮膚に振り下ろされるたびに、いっしょに鉄鋲が肉に食い込んだ。頑強な若者は、鞭打ち苦行者の反復的で円環的で、果てしもなく続く動作の中に捉えられ、力いっぱい腿から矢を引き抜いた。流れ出た鮮血が中庭の敷石を汚した。そのときポーロはこの男の痩せぎすの肉は腫れ上がって、褐色というよりも緑がかっているぞ、と心の中で呟いた。彼が傷を負った苦行者の球根のような緑の目の中に見てとったのは、その場限りの苦悶であり、黄ばんだ額には、冷たい汗が胴鎧のように玉となってじっとり浮き出ていた。

　自らの身に苦行を課した若者のニュースは人々の口から口へと伝っていき、彼らは喜びと哀切の混じった気持ちから、感極まって喝采をした。ポーロはそうした見世物に背を向けると、彼にとっての胴鎧であり、役立たずの風車の羽である紙看板のおかげで、人に道を開けてもらって、フュルシュテンベルク広場の方へ歩いていった。ポーロはかつてメロビング朝の歴代の王たちの霊廟であり、ノルマン人によって焼かれ、ルイ七世によって再建され、教皇アレクサンドロス三世によって献納された、例の寺院〔サン・ジェルマン・デ・プレ教会〕からすでに遠ざかっていたため、自らに苦行を課した男が彼の方に腕を差し出すかのようにしている姿を、もはや目にすることはできなかった。男はフランス語なまりのスペイン語で、呟くようにぶつぶつとこう言っていた。

――おれはルドビーコだ、お前に手紙を書いた……受けとってないのか？　もうおれのことを覚えていないのか？

広場はもとのままであった。ポーロはベンチに腰をかけ、時が経つのを忘れさせてくれる特別な場所でもあるかのように、丸い白色街燈と赤いホウオウボクの花が左右対称に配置された静かな広場に目を奪われた。ポーロは片手で一方の耳をふさいだ。パリはひとつのイメージであった。カフェのマスターの妻はお礼を言って去った。生活は素晴らしいものになっていた。いろいろなことが起きていた。うんざりするような日常は崩れ去っていた。彼女にとってものごとには新たな意味が生まれていた（いったい他にどれだけ多くの人々に、そういうことがありえただろうか？）。多くの人々にとって、存在とはひとつの空想であり、人生とは異なるとはいえ、人生だとみなすあらゆるものとの対応であった（彼女にとってもそうしたものだったのか？）。修道士の唇はかすかに動いていた。彼の言葉は群集と苦行者たちが立てるやかましい音にかき消された。ポーロはフュルシュテンベルク広場のベンチに腰掛けながら、例の生気のない目をした男が、ポーロに書いたと言っていたのは、実際に本当のことだったのかその真偽を図りかねていた。それはこの単純きわまる命題から引き出される系といったものが、理解できなかったからである。つまり今朝のパリにおいて、一人の老婆が出産し、一人のカフェの女マスターが生きることに感動を覚えた、ということについてである。女マスターはどこにでもいるような、髪をきつく束ね、赤い頬をした愛想のよい、押し出しのある女であった。卑しい彼女は貪欲そうに、他に思うところもなく一心に、箱の中に集めたセンティモ硬貨を数えていた。彼女はいかなる驚異的力や恐怖感のせいで、このような太っ腹になりえたのだろうか。ポーロは自分の片手に目をやり、生命と運命、愛と死をつかさどる手相線の間で、へばりついて硬くなった油脂の残りかすを見つめた。そういえば、幼いころ『夜と霧』という映画を観たことがあったなあ、最終的解決とかいって、むやみやたらと死体が出てきた映画だった……。ポーロは頭を振った。

――われわれは現実的にならねばならぬ。おれは今朝何千という群集の間を行き来した。これほど多くの人間が一時にカフェ《ル・ブーケ》の広告を目にしたのは初めてだ。でも一人として目を留めた者はいなかった。おれの看板など町中で行われた見世物とはとうてい太刀打ちできなかった。マスターが求めたような、より多くの宣伝効果が期待できた日が、皮肉にも、まったく人の関心を呼ばない日になろうとは！　群集がいかに多かろうと、関心がまったくなかろうと、おれの知ったことか。人気のないさびしい通りを歩こうが、人ごみの中をぶらつこうが、どのみち同じことだ。

Quod este demostratum.〔明証なるもの〕。デカルト的ポーロ。考察によって彼は鼓舞されることもなければ、落ち込むこともなかった。あまつさえ、西の空に雲が大きく広がっていた。雲はすぐにも反対方向に移動していく太陽と、物凄い速さで遭遇することとなろう。夏の心地よい日差しは消え去ろうとしていた。ポーロは看板を前後に掲げつつ、ため息をついて立ち上がると、バランスをどうにか取りながら、ヤコブ通りの方にゆっくりでもなく、急ぐでもなく歩いていった。時々立ち止まっては骨董品店のショーウィンドーにある小物を眺めた。そこには小さな金製のハサミとか古いルーペ、有名人の自署、ミニチュア辞書、銀でできたちっぽけな拳、死んだクモを中央に配した羽根の仮面とか布などがあった。通りは静かだったので、心の落ち着きをすぐにでも取り戻せそうに思えた。しかしショーウィンドーに映った自分の姿を見たとき、呟いてこう独りごちた。片手の人間が本当に平静でいられようか？　片端者ポーロ。

彼は埃をかぶって黄色くなった新聞を並べている、見放されたキオスクの前で立ち止まった。最も目をひく見出しのいくつかを読んでみた。《ジュネーヴの世界保健機関、遺伝学者を緊急招集》《奇妙にも無人化したマドリード》《北米海軍によるメキシコ侵略》……。彼は思っていた以上に速いスピードで動いていく雲のほうに目をやった。大学通りの狭い吹き抜け部分では、光と影が心臓の鼓動のように規則正しく入れ替わっていた。それは雲からもれる光であり、太陽のつくりだす影だと、ポーロは自分に繰り返して言った。誰かがフライパンを反射させて遊んでいるのかもしれない、いや、そうではない、あれはまだサン・シュルピス教会から立ち上る煙ではない、おかしなことに広場の上でじっと滞っているではないか。あそこからくる煙であれば灰が混じっているが、この煙には水が含まれている。ポーロはボーヌ通りからセーヌ川まで洗礼詩（というのも彼が生まれたころ、洗礼は古めかしい聖歌集ではなく、詩のアンソロジーに則って行われるのが常だった）を口ずさみながら下りていった。詩は政治的裏切りと馬鹿らしいユーモアの違いすら分からぬ、気の狂った老人が書いたものであった。老人は昔風の媚態と同様に進歩主義者の無邪気さも同じように嫌っていた。現在を豊かにすることのない過去を受け入れることも、過去を理解しようとしない現在を受け入れることもしなかった。あらゆる兆候とあらゆる原因とを混同した。《三つの街で女たちを歌ってきたが、誰もかれも同じさ。今度は太陽を歌うとしよう、どうだい？　ほとんど誰もかれも灰色の目をしていた、今度は太陽を歌うとしよう》。

　ヴォルテール河岸に沿っていたのは、若い娘に老婆、痩せた女に太った女、楽しげな女に慰めようもない不幸な女、淑やかな女に落ち着きのない女、通路の両側にもたれた女に埠頭の欄干に肘をついている女、建物の足元にしゃがみこむ女、こうしたあらゆる女たちが、七月の太陽と雲の作り出す素早い動きの下で、日を浴びたり影になったりしていた。七月、とポーロはつぶやいた。パリでは七月にあらゆることが起きるのだ。過ぎ去った過去の七月のカレンダーだけをたくさん集めたとして、本当のパリの身振りや言葉、横顔のどれ一つとして失われてはいないはずである。七月は群集にとって怒りの月であり、恋人たちにとって愛《アモール》の月である。七月は敷石であり、自転車であり、ゆったり流れる川である。七月は街の手風琴であり、首を刎ねられた多くの王たちである。七月にはスーラの暑さとイヴ・モンタンの声がある。七月にはデュフィ〔ラウル・デュフィのこと。野獣派に分類される二十世紀のフランス画家で《色彩の魔術師》と称される〕の色とルネ・クレール〔フランスの映画監督・脚本家〕の眼差しがある……ポーロ・トリビア〔つまらぬポーロ〕……しかしどの年の七月でもいいが、七月という月が世紀の最後にして次世紀の最初を告げる月（つまり、わが人生で初めてだ、ポーロ・ピューベル〔青春のポーロ〕）となったのは、これが最初であった。たとえ紀元二千年が古い世紀の最後の年であり、新世紀の最初の年かどうかといった点について、混乱や議論が多々あろうとも。七月。あらゆる疑念とあらゆる恐怖を消し去るってくれる次の十二月、次の一月の何と遠いことよ。

七月。見返りを求めぬ巨大なる灼熱の反射鏡たる太陽が、相反する瞬きをするたびに明らかにしてくれたのは、パリという街が開かれた空間であると同時に、ひとつの洞穴だということだった。サン・ジェルマンではあらゆるものが喧騒にまみれているとすると、ここサン・シュルピス広場のように、すべてが軽いざわめきで仕切られた沈黙と化す場所もあった。広場で裸足の者たちが行進しているとすると、埠頭のほうでは、微かにすすり泣きが聞こえた。

アレクサンドル三世橋からサン・ミシェル橋まで、視線の及ぶところまで歩道に寝そべっていた女たちが、他の女たちの介抱を受けていた。マダム・ザハリア家の奇跡は、埠頭一帯の女たちを巻き込む集団的奇跡となった。つまりあらゆる年代、容姿、身分の女たちが出産に臨んでいたのである。

ポーロ・フェーボは産婦たちの間をかき分けて行った。彼は動くたびに膝やひかがみにぶつかる看板の上に書いてある文字を、そのうちの一人くらいは、読もうという気になる女もいるだろうと期待していた。というのも今直面している事態から脱して、状況が好転すれば店のカフェに顔をだしてくれると考えたからである。この件に関してはさほど多くの期待はしていなかった。シーツやガウン、タオルに身を包み、踝までストッキングを丸めて下ろし、臍までスカートをたぐり上げたパリの女たちは、出産の最中にあったり、準備に入ったり、すでに出産を終えたりなどしていた。たまたま通りすがりに女の手を借りて出産した女たちはその場を立ち退かされ、助産婦は新たにそこにやってきた妊婦たちに手を貸し始めた。彼女たちはアレクサンドル三世橋からサン・ミシェル橋まで、ずっと列をつくって順番を待っていたのである。ポーロは自問した。いったいいつの時点で、助産婦は自らが妊婦となって出産に臨んだのだろうか、あるいは臨むことになるのだろうか。そうなった場合、出産をすませた女やまだ産んでいない女が、介抱するしかないのだろうか。もしマダム・ザハリアの奇跡が特殊ではなくて一般的だとしたら、サン・ジェルマン・デ・プレの光景を眺めながら、靴下を編んだり、フリギア帽をかぶり直したりしていた老婆たちもまた、かつて出産したり、これからも出産することがあるのだろうか。何はともあれ、川に面する貸し部屋はすべて空けられ、嬰児を抱えた母親たちがそこに連れてこられた。それは産褥期に必要な安息がとられ、暗黙のうちに新生児の誕生を野外でお祝いした後のことであった。

ポーロが横たわる女たちや、訴えるようなうめき声、吐き戻している嬰児たちの間を歩きながら不安に思っていたのは、この種の細々した事柄などではなく、産婦たちが彼に向ける眼差しであった。おそらく最も若い者たちであろうが、彼女たちは彼のことを父かもしれないと思っていたのだろう。というのも彼はそのときサン・ジェルマン教会の前で、鞭打ち苦行者たちを褒め称えていたからである。希望に満ちた眼差しを向ける者もあれば、失望の色を見せる者たちもいた。しかしよくあるように、希望に満ちていた者がすぐに漠然とした失望に変わってしまうこともあれば、逆に、失望の色を見せていた者が、見せ掛けの期待に足をすくわれてしまうこともある。ポーロはそうした嬰児たちの一人たりとも自分の子ではないことを確信していた。隻腕男の姿を目にした女たちもまた、同様にそんなことはもはや信じてはいなかった。というのも、せいぜい片腕男とセックスしたことくらいしか覚えている者はないだろうし、他の人間と取り違えるくらいが落ちだろう。

母親の胸に抱かれている嬰児もあれば、驚きと怒りに駆られた母親から引き離された子もいた。また産婆からあやされて渋っている子もいた。とはいえ、若い娘たちの至福や三十路女の諦念などが、七月のパリのこうした光景に共通する印ではなかった。むしろ共通していたのは、多くの適齢期の娘たちや、それを上回る数の年増女たちが、老婆たちといっしょになって、悪戯っぽくも呆然とした表情をしていたことである。老女たちの中には、しゃきっとしていた者もあれば、牧人杖のように背の曲がっている者もあった。老女たちは昨日まで、思い出や飼い猫、テレビ番組、湯の入ったポットなどにかまけていたはずである。八十歳になろうという皺だらけの老女たちは、通りをたどたどしく歩き、通行人に悪態をついたり、老いの一徹で一日中、マーケットや階段の入り口で議論を交わしたりしていた。こうした老女たちは物凄く、ぞっとするような、それでいてほっとするようなパリの女性老人社会を形作っていて、しゃべりまくり、目配せをし、当惑気味に質問するかと思えば、思わせぶりな態度をとったりして、曖昧な態度を見せた。ポーロは連中を眺めているだけで、老女のうち誰一人として、自分の子どもの父親が誰なのか分からないだろうという結論に達した。

彼はもの珍しさと悪意の視線を浴びつつ進んでいった。老女の中には手を伸ばしてわれらの英雄の足に触れる者もあった。またそのうちの一人が別の近くの老女に向かって、あの片端者で金髪の恰好いい若者は黙ってはいるが、本当は、あの強欲女が鳴らしもののように揺すっている紫色の嬰児の父親だ、などと吹き込んでいた。そうした噂話は広がっていく気配が見えた。ポーロが恐れていたのはその結果が予見できないものになることだった。スケープゴート。『夜と霧』。リンチ法。憤怒。修道女フアナ・デ・ロス・アンヘレス〔一六三四年にフランスのルダンという町で、土地のウルスラ会修道女たちは集団で悪魔憑きとなった。修道院長のソル・フアナは後に超能力をもった苦行者とされた。修道会の師グランディエ神父は火刑に処せられた。この話は一九七一年に『悪魔たち』という名称で映画化された〕。オックス・ボー事件〔一九四三年公開のウェスタン映画。邦題「牛泥棒」。リンチの問題を提起し、正義の名のもとの欺瞞と群衆心理の恐怖をテーマとしている〕。ポーロ・シネマライブラリー。老女の射るような目つきにポーロはたじろいだ。彼は一瞬、自分が何かに憑かれた、獰猛な女たちの一団に取り囲まれているように感じた。最初は老いさらばえた老女たち、次に熟年の婦人たち、最後に若い娘たちであった。こうした連中が彼のほうに押し寄せてきて、キスしたり、つねったり、引っかいたりしたが、それは九カ月前に性交した相手は隻腕の男であり、それ以外ありえないと確信していたからである。女たちは不具のせいでこんなに多くの者たちを孕ませることができたのだと言い募り、父親であることを認知せよと迫った。若者が否認するたびに見境もなく怒り狂い、何としても告白するまでは、彼を裸にして去勢し、キンタマまで食らい尽くし、柱に吊るして、贖いの生贄にしてやると脅迫するほどだった。すると彼は悪賢くも純朴さを装ってこう繰り返した。

——ぼくはぼくなんです。ぼくであるにすぎません。街のカフェのしがないサンドイッチマンとして、どうにか食いつないでいるだけの、哀れな片端者ですよ。つましいながらも満足して生きるしか、生きるすべはないんです。本当に他にすべはないんですよ。

彼は射るような目つきの老いぼれ婆さんに、突き放すような態度で視線を返した。ポーロの視線を受けて老女もまたたじろぎ、眉根を寄せて首を悲しげに振った。老女は皺だらけの唇を赤ん坊に押し付けると、顎を震わせてめそめそ泣き出した。目には馬鹿らしさと恐怖の色が現れていた。ポーロは彼女を見たとき、図らずも、他を寄せ付けぬ勝利のイメージが、自分の心を過ぎるに任せていた。その光景はとりとめのない出産のイメージとは裏腹なものであった。ポーロは心の銀幕に、油塗れで煙に包まれて見えなくなった裸足の男たちが、列をなしていく映像を映し出していた。彼らは猛禽類に見張られた教会の、ぞっとするような臭いの中に入っていった。つまりサン・シュルピス教会である。彼がそうしたイメージを心から目に、また自分の目から老女の目に投影したとき、ある考えがそれに付け加った。つまり最終的解決、厳密に計画された死というものである。彼は心のなかで呟いた、これは前から知っていたわけではなく、そのとき思いついたのだと。単にあの映画と中心的シンボルを思い出しただけであり、老女が身を横たえた地面や歩道の上にじっと留まっているような、戦慄すべき恐怖のイメージを老女に与えようとしただけであった。

ポーロがそうしたイメージを、本当に老女に伝えられたのかどうかは誰も知ることはないだろうし、それはどうでもいいことである。彼が求めていたのはテレパシー能力を証明することなどではなく、彼自身がサン・シュルピス教会の記憶と直感から解放されることであった。教会は昔観た懐かしい映画の記憶をひもといて観たとき、犯罪の行われた寺院、絶滅の部屋と化していた。彼は老女にそのイメージを移転させ、受け継がせたことに安らぎを覚えた。イメージと、おそらく死の運命をである。しかしすぐに彼は自らに問いただした、死は若者が老人に受け渡すものなのか、それとも若者が老人から受け継ぐものなのか。善良なる人間にとって無秩序は悪である。彼らはこうした日常的限界ゆえに、思いもしなかったような状況下で、とうていありそうには見えない場所で、平安を見出すことができるのだ。ポーロは頭がくらくら回るように感じた。容赦なき秩序がサン・シュルピス教会を支配し、いかなる善もそこには存在しなかった。ヴォルテール埠頭には恐ろしい無秩序が支配していたが、そこにはいかなる悪も存在しえなかった。ただしそれも、生が死の様相を呈し、死が生の横顔を見せることがなかったとしての話だが。ポーロの前には、歩道の反対側からポンデザール橋が長く伸びて見えた。それは中学校の土手から透明ガラスのルーヴル美術館までを繋ぐ鋼鉄製の橋であった。橋が始まる先端部分は、野天で産婦たちを収容する見せ掛けのスキャンダラスな病院（じきに雨が降り始めるだろうが、そのときはどうなることか？）となっていた。橋はごうごうと音を立てて沸き立つように流れる、押さえの効かない水流の上にかかっていた。橋はこうした大災害の兆候の真只中にあってもなお、ひとりぽつねんとしてあった。女たちが埠頭に行くのにどうして他の橋に殺到し、この橋を避けたのか、その理由を知ることはできなかった。規則だったのか、自らの意志だったのか、曰く言い難い恐怖心からだったのか、誰もポンデザール橋を通って行こうとする者はなかった。こうして、この橋は孤高のバランスを保って輝いていたのである。

ポーロは都市という名の天秤の、小皿に置かれた煙と血の加重があまりに大きく、ひっくりかえってしまいそうな地点に向かっているような感覚に襲われた。彼は橋の階段を昇ったが、目にしたものを信ずることができなかった。セーヌ川の広い流域は、ガラス張りの新しいルーヴル美術館の風貌と、ノートルダム寺院の先端を切り取ったような二つの塔の物見櫓とがシテ島のところで分岐している。数分前まで奇跡的なものと思われていた変貌が、今では細々とした、何ということもないもののように見えた。低く垂れ込めた靄が川面を覆い、大型ボートの残骸を人目から隠していた。パリの街と空は、水晶と光の新鮮な雰囲気をかもし出していた、それは大地と止んだ嵐の間にあるガラスと金の帯のようにも見えた。

ある少女が橋の真ん中に腰を下ろしていた。遠くのほうからは、逆光となっていて（ポーロはポンデザール橋につながる階段を昇っていた）、黒いくっきりした点になっていた。ポーロはそこに近づくにつれ、横顔に色彩が見えてきた。三つ編みに束ねた髪は栗色、長い上張りは紫色、ネックレスは緑色であった。少女は橋のアスファルトの上で絵を描いていた。ポーロが彼女のもとに近づいても目線を上げはしなかった。彼は描写をさらに続けた。ボーンチャイナのような細くしっかりした首筋、高い鼻梁、タトゥーを入れた唇……彼女は色チョークで描いていた。そこは多くの画学生たちが通行人の寄付を求めたり、学費を稼いだり、里帰りの旅費を捻出するべく、何年にもわたって著名画の模写をしたり、新しい題材を描いたりしている場所だったが、彼女もそういう者たちの一人であった。昔のパリであれば、日暮れ時、路上にさまざまな言葉でチョーク書きで《ありがとう》という文字が書いてある通りを、若者たちがギター片手に歌う愛と抗議のバラードを聴きつつ、コインが投げ込まれる音を耳にして、この橋をそぞろ歩きするのも楽しみの一つであった。

いまその場で絵を描いているのは、少女だけだった。

彼女は拙い筆使いながらも凡庸な営みに没頭していた。黒い円を描くとそこを起点に青、ざくろ色、緑、黄色などさまざまな色の部分を放射線状に塗り分けていった。ポーロは大分前に似たような形をどこかで見たような気がして、それを思い出そうとした。少女の前に立ち止まって見ると、絵よりも彼女の唇のほうがずっと興味深いように思えた。そこには紫と黄と緑の、気まぐれな蛇の形をしたタトゥーが彫りこまれていて、口の動きに合わせて自由に動いたが、ときに彼女の唇に従っているかと思えば、それとは別の独自の動きも見せていた。タトゥーはもう一つの別な唇であり、同時に少女だけの唇でもあった。しかし唇全体に刻まれた皺や光る唾のすべてを際立たせ、より深みをもたせる色彩のコントラストのせいで、豊饒で完璧なものとなっていた。少女の傍らには長い緑色をしたボトルが一本置いてあった。ポーロはきっと彩色した唇から、じかに自分のぶどう酒を飲むのだろうと思った。しかしボトルは古めかしい、手付かずの赤い封蠟でしっかり閉められていた。

丸い雫がひとつ、さらに別のもっと大きな雫がポタポタとデッサンの上に落ちてきた。ポーロは黒雲をはらんだ空を見上げると、少女もポーロと上空を見た。彼は彼女に視線をやることもせず、何はさておき雨の雫で消えかかったデッサンのことを考えた。そしてすぐに、どういう訳かわからぬまま、何日間も夢の中で頭をぐるぐる回っていた言葉、まさしくその瞬間まで言い表せなかった言葉のことを考えた。タトゥーをつけた唇が動きまわり、考えていたことをズバリ言い当てた。

——別の動物のことを夢見た最初の動物とは、何と信じがたい存在なんでしょう。

ポーロは即座に逃げ出したい衝動にかられた。首を埠頭のほうに向けると、そこにはもはや誰もいなかった。ますます雨が強く降ってきたので、産婆や産婦たちは逃げ込む場所を探し回らねばならなくなった。少女はポーロが午前中、無駄足を踏んでぶらさげてきた看板のひとつを読みながら、タトゥー唇を動かしていた。隻腕の若者の肉体に安らぎが戻った。安らぎは誇りに変わり、ポーロはカフェのマスター夫妻にこの姿を見てもらえたらよかったのにと思った。カフェ《ル・ブーケ》の看板をこれほど熱心に、灰色の目（だよね？）で眺めてくれた者など絶えてなかった。ポーロは胸を膨らませた。彼はちゃんと給金に見合うことをやっていたのだ。彼は深く息をついた。そして痴れ者のように振舞っていた。少女がカフェのつまらない宣伝文句など読んでいないことは、その目を見ればすぐに分かることだった。雨はますます強くなった。少女が描いていたデッサン画は濁色の逆巻いている川の方に飛ばされてしまった。看板の文字が同じようにして雨に洗われてしまったことは言うまでもない。しかし少女は眉根をしかめ、唇に曰く言いがたい表情をうかべつつも、読み続けていた。

彼女は立ち上がると、雨の中をポーロの方に近づいてきた。ポーロは後じさりした。少女は手を差し出した。

――これはこれはようこそ。午前中ずっと待っていたんです。私は昨夜着きました。でもご迷惑かと思って……でもルドビーコがどうしてもあの手紙をお渡しするようにって。受け取りました？　ともかく独りで街を歩いてみたかったし……私も女ですから(笑う)。不意の出来事があるときって独りの方がいいし、理屈は後で男の人から聞くことにするわ。どうしてそんな変な顔で見るの？

今日お訪ねするって言わなかったかしら。一緒にお誓いしたわよね。覚えてないのかしら。今日、七月十四日にこの橋の上で再会するってことを。でもいいわ、去年、橋はなかったですものね。私たちはきっとこの場所に橋ができるはずだって夢に描いていたんだわ。でももうお分かりでしょう？　私たちの願いはかなったのよ。でもよく分からないの。去年までセーヌ川の橋はぜんぶ木でできていたけれど、現在はどうなっているのかしら？　いえ、いいの、まだ答えなくてもいいの。最後まで聞いて。スペインからの旅は長くて辛いものよ。ホテルはいっぱいだし、ますます旅は危険になってきて……徒党を組んだ連中が、ほんとうに悪魔の手でも借りているのかと思うほど、素早く移動しているのよ。トレードからオルレアンまではどこもかしこも怖いわよ。連中ときたら土地や収穫物、馬小屋まで焼き払ったの。修道院や教会、邸宅など片っ端から襲撃し破壊するのよ。本当に恐ろしい連中なの。自分たちの聖戦に組しない者たちは、誰一人生かしてはおかないんだから。いたるところに飢えをばら撒いているし、本当にご立派だこと。貧しき者、浮浪者、ならず者、恋人たちはみな連中と組んでいるんだから。そうすれば罪は罰せられないとか、貧しい者はどんな罪を犯しても許されるとか吹き込んでいるのよ。連中は貪欲による堕落や進歩のもつ欺瞞、個人の虚栄より大きな罪はないとか言っているわ。個人の名前を含めて、所有するものすべてを放棄するしか救いはないとも。私たちは皆誰もが神聖な存在だから、すべてのものが共有だなんて言っているわ。新しい王国の到来は近いらしいし、そうすれば至福の中で暮らせるんだそうよ。この冬に始まるとか言って千年王国の到来を待ち望んでいるの。でも決まった日にどうこうするのではなくて、世界が再生する機会ということらしいわ。隠遁詩人を呼び出して、一緒に歌っているの、歴史のない民族は時から抜け出ることはない、なぜなら歴史は時間を越えた瞬間が織り成したものだから、といった内容よ。ルドビーコは先生よ。真実の歴史はそうした一瞬一瞬を生きること、そうした時を栄光あるものにすることだと言っているわ。今までのように、時というものを、雲をつかむような得体のしれぬ、貪欲な未来などに捧げて、犠牲にすることではないって。とかく私たちは未来の時が現在という瞬間になるたびに、未来なんて切望したってどうせ手にしえないなどと言い訳して、現代という瞬間を撥ねつけてしまうからよ。わたしは連中の姿を見てきたわ。物乞いや姦淫者、気違い、子ども、痴れ者、踊り子、歌手、詩人、背教した聖職者、幻視の隠者などからなる騒々しい一団よ。また教室を放棄した教師とか、ありえもしないことが実現するだなんて予言する学生もいたわ。たとえば新しい千年王国での生活は犠牲とか仕事、財産などという概念を追放して、唯一の原則である快楽にとって代えるんだそうよ。こうした混乱から究極の共同体が生まれるとか言って。つまり最小にして完璧なものということ。連中の先頭に立っていたのは一人の聖職者だったわ。その姿を見はしたけれど、表情のない眼差しと生気のない顔だったわ。声も耳にしたけれど、それは喘ぐような張りのないか細い声だったわ。別の機会にも目にしたことがあったけれど、そのときはシモンと言っていたわ。私は約束どおりあなたに会いにきたのよ。今度はあなたが私に、分からないことを説明してくれる番よ。どうしてパリはこんなに変わってしまったのかしら？　火がないのに煌々と明るいのはなぜ？　どうして荷車に牛がいないの？　女が化粧をしているのはなぜかしら？　口を開いていないのに声が聞こえるわ。壁に貼り付いているのは祈祷書かしら？　動く絵のようなものがあるわ。家に衣服がないのにどうして物干しロープが渡されているのかしら？　中に鳥がいないのにどうして鳥かごが上下しているのかしら？　地獄から出てくる煙がどうして街に広がっているの？　火を使わないで温められた食べ物とか、櫃に入れられた雪とかは？　ねえ、来てみて。もう一度わたしを腕に抱いて、全部話してちょうだい。

少女はポーロの姿を見てこう言った。彼は職業柄、街中の人に毎日のように見られてはいたが、このように彼女に見られたことは、いつもとは大いに異なる何ものかを意味した。街中を見渡す限り、次々と子供が生まれ、人々がばたばたと死んでいった。子供は生まれると洗礼を受け、人は死ぬと、何はどうあれ、名前を刻んだ墓石の下に埋葬される。しかし生まれる子供にしろ、死にゆく者にしろ、あるいは苦行者・巡礼者やサン・ジェルマンの群集にしろ、少女の目を引いたのはそうしたものなどではなく、パリに見られるあらゆる日常的でありふれたもの、道理にかなったものであった。たとえば空の鳥かごが上げ下げされる様などである。ポーロは彼に話しかけてきた少女の唇に描かれた絵柄にうっとり見とれていた。少女は二つの口をもっていた。おそらく一方で自らの愛を語るとしたら、もう一方では憎しみならぬ神秘を語るはずである。神秘に対する愛。愛に対する神秘。神秘と憎しみを混同することの愚かしさ。一方が現代の言葉を語るとしたら、他方は忘れ去られた時代の言葉を語るだろう。ポーロは後じさりし、少女は前に出てきた。紫の上張りが風に揺れた。顔と髪の毛に雨が降りかかっていたが、唇の図柄は消えることなく、静かに動いていた。

——どうしたの？　わたしが見えないの？　今日戻ってくるって言ったでしょう？

生まれようが死のうが、彼はポーロその人であり、ポーロとして洗礼を受け、カフェ《ル・ブーケ》のサンドイッチマンにして隻腕の若者ポーロとして、埋葬されるはずであった。最初から最後までポーロという人物として見られていた。取って見てみろ、どこに詩の本があるのか？　どこにおれの名前がポーロだと書いてある？　あらゆる兆候と原因を混同する気違い老人〔エズラ・パウンドを暗示している〕によって書かれたとでも？　ヴェネチアの亡霊、詩人リブラ、アメリカの精神病院に隔離され、格子付の部屋に入れられたリブラのことか？　灰色の目だよな？　少女の灰色の目は彼の姿を捉えていたが、唇は言葉にはならない別の名前を言おうとしていた〔パウンドの「キーノ(Cino)」という詩には、ポーロ・フェーボと同じ名前の人物 Pollo Phoibee と灰色の目をした女たちが出てくる。「わたしは三つの町で女たちを歌った。しかしすべて一人だ。わたしは太陽を歌うだろう。女たちはほとんど灰色の目をしていた。しかしすべて一人だ。わたしは太陽を歌うだろう」〕。

——フアン、フアン……。

いったい誰が生まれようとし、誰が死のうとしていたのか。セーヌ河岸で生まれたばかりの赤ん坊のうちの一人に、いったい誰が遺体を見ることなどできようか。誰がわたしのことを思い出すために、生き残ったのだろうか？　ポーロはこうしたことを漠然と自分に問いかけていた。謎を解く手段が一つだけあると思った。胸からぶら下げた看板の上に書かれた文言を読み、少女があれほど食い入るように読んだのは、何だったのか見てみようと思った。しかし宣伝文句は民衆が読むべきものであって、彼が読むものではなかった。解読しようとして首をかしげたが、顔の上にかかる長髪を吹き飛ばそうとする強風に逆らったせいで、目はますます見えなくなっていた。また次第に近づいてくる焼けた爪の臭いや、オイルと胎盤に触れた時の記憶とも逆らい、わけも分からず再生の記憶に指示されるがままに書き留めた言葉とも逆らっていた。その言葉とは「ヨハンネス・アグリッパよ、われは汝に洗礼を授ける」というものだった。ポーロはバランスを失って倒れそうになった。

　少女は腕を伸ばしてポーロを抱きとめようとした。彼女の眼差しの中に通り過ぎた同一の疑問や記憶や残存は、彼の中でこそ型どおりのものだったが、彼女の中ではこと細かな形をとっていた。彼女は若者に片手しかないことを、どうして知りえただろう。少女は袖口のピン留めでひっかき傷をつけた手で虚空をつかんでいた。ポーロは転倒した。

　白い二枚の看板は一瞬、イカロスの翼のように見えた。ポーロは嵐によって燃え上がったパリの空を見上げたが、それはあたかも光と雲のあいだの闘争が、空を焼く大火災に巻き上がるかのようであった。橋は霧のなかに船のように浮かんでいた。ポンデザール橋の黒い竜骨、遠くに見えるサン・ミシェル橋の石の帆、アレクサンドル三世橋の金色のマストに煌めく檣頭《しょうとう》電光〔聖エルモの火——船のマストや地表の突出部に現われるコロナ放電現象のこと〕。金髪の美しい若者は、じきに沸き立つセーヌの流れに身を沈めた。何よりもまず彼の叫び声は、静かで緩慢だが容赦のない霧によって攫われてしまった。しかし彼の印ともいうべき一本だけの白い手は、しばらくの間、水面につき出ていた。

　少女は橋の鉄製の欄干から手を差し出し、別の手で緑色の封蠟されたボトルを川に投げ込んだ。彼女は彼が手を伸ばして古瓶をつかんでほしいと願った。霧に包まれた川の流れを見つめようとしたが見えず、頭をうなだれた。

　彼女はしばらくそうした姿勢のままでいた。その後、橋の中央に戻り、再びそこで腰をおろした。脚を交差し、胸をそびやかせ、髪の毛を雨と風にさらしたままでいたが、それは自らの精神をまったく無関心な瞑想に委ねたかのようであった。その後、嵐の真只中、橋の上に稲光が走り雷が落ちた。彼女は頭を上げてそれを見た。すぐに頭を腕の間に抱え込んだ。光は白い鳩となって少女の頭頂部にとまった。しかしそうするかしないうちに、雨のせいで鳩の羽の白い色が落ち始めた。鳩の本当の色が現れるにつれ、少女は言葉を発することなく何度もこう繰り返した。

――ていき、ていき、いだうょちていきをしなはのしたわ、よしなはのしたわがれこ(Sagio. Sagio. Otneuc im sagio euq oesed. Otneuc im se etse.)。

セニョールの足元

物語は以下の通り。

捕吏は前夜から道具をすべてそろえて山の峠に陣取っていた。旅人宿には勢子《せこ》や猟犬、荷車に荷物、つるはしと火縄銃、掛け布に角笛などがあって、見るからにお祭り気分を漂わせていた。セニョール〔この小説でセニョールと称される人物はフェリペ二世をイメージしているが、歴史的人物としてではなく、ハプスブルク家の歴代の王を統合したような複合的な存在である〕は早々と立ち上がると、七月早暁の素晴らしい太陽を拝もうと寝室の窓を開けた。村は涼しい渓谷いっぱいに広がり、山のふもとに至ってその姿を消していく樫の林に取り囲まれていた。渓谷はいまだに日陰の中で眠っていた。しかし太陽は鋭くとがった山の稜線の間から輝きを放っていた。

グスマン〔コルテスをイメージさせ、新大陸の征服者を象徴する人物〕が入ってきて、セニョールに狩の準備が出来た旨を伝えた。勢子たちはすでに山に出かけていた。足跡や痕跡から、あの時に追いかけた鹿がまだ支脈にいるということが分かった。セニョールは笑顔をつくろうとした。勢子頭のほうをじっと見ると、彼は目を落とした。セニョールは満足げに片手を腰に当てていた。役人たるこの秘書は再三にわたって、慇懃かつ用心深く、山ではどんな狩が行われているか、それはどの場所で、どこで狩り立てたらいいか、といったことを報告しにやってきた。セニョールはそうすることが自然なふるまいであったので、傲慢であることをことさら装う必要などなかったが、狩猟というスポーツが本当のところは嫌いで、どうでもいいのだという気持ちを隠そうとするときだけは、あえて傲慢な態度をとった。しかし代行者たる勢子頭が、まだ鹿狩りができるということを報告すると、セニョールは安堵と安心の表情を浮かべた。グスマンを正面から見据え、微笑み、軽い懐かしさの感情すら伴って息をつくこともできた。そしてこうした場所で過ごした幼年時代のことを思い出した。暑さゆえに狩猟隊も鹿も、山のもっとも美しい場所に足を運ぶこととなるだろう。そこでは泉や緑陰があって、高原に降り注ぐ厳しい夏の太陽から、少しでも身を避けることができたのである。

セニョールは猟犬をもっと多く用意するように命じた。夏の日は長く、犬たちの疲れも早かったからである。ラバに水を運ばせるようにとも言った。また犬たちをあまり疲れさせないように指示し、より涼しく潤いのある場所で、存分に走らせるように命じた。勢子頭は一礼すると、セニョールに背を向けることなく部屋を辞した。セニョールは再び窓辺に近寄ると、狩猟隊を呼び寄せる角笛の音がすぐにも耳に入った。

嵐も明け方には止むだろう。引き潮が砂浜を洗っていた。破れた軍旗が二つの岩の間で風をはらんでふくらみ、はたはたと翻っていた。ベルガンチン船が舳先を小川の河口のところにあるくぼ地に向けて、長い間放置されていた。靄が静かに海面に立ちこめ、地平線が見えなくなっていた。嵐のさなか、海岸にある唯一の灯台は消えてしまった。灯台守がいつも一緒にいる犬を抱き、二人して燃え盛る暖炉の火のそばで横になっていたとのことである。

セニョールは角笛が山に入る合図をして鳴り響くと、狩猟隊の中に合流した。緑の衣服を身にまとい、モーロ風のこぢんまりとした頭巾を被って、早駆けの馬を繰って到着した。後からは徒や騎乗のお供がついてきた。従者たちは野営せねばならぬときに備えて、テントに鍬、鉈、大鍬などを携えていた。セニョールはこれで準備万端、すべてうまくいくとつぶやいた。素晴らしい朝の陽光が、その日の狩りが素早く安全に行われることを約束し、黄昏時までに峠に戻れることを予感させた。晩になれば旅宿で、大祝宴を催す手はずになっていた。宿では捕吏がぶどう酒の樽をいくつか用意していて、鹿肉を貪り食いながら歌に興じる予定であった。従者たちが獲物袋にいれてきたものには、火打石、火口、針と糸、さまざまな治療道具などがあった。

セニョールはいつもの習慣に合わせて、祈りの言葉を唱えた。そして十人の勢子の先頭を行く自分の調教犬、白のアラーノ種でボカネグラ〈黒口〉という名の犬だったが、それに優しい眼差しを向けた。勢子の誰もが片手に槍を携え、もう一方の手で、逸《はや》る猟犬たちを制止していた。鎖でつながれていた犬の幅広の首輪には血統を表わす徽章と、《未だならず》（Nondum）という王朝の標語〔若きカルロス五世がスペインの王位に就く以前、ネーデルラントにおいて用いた紋章のモットー。後にはスペイン国王となって以降は《さらに彼方へ》Plus Ultraとなった〕が光り輝いていた。セニョールは山の麓にきてゆったりと足を止めると、玄武岩の丘と周囲にある乾燥したぶどう畑を悲しげな様子で眺めた。彼は幼い頃、早暁に夏の果樹園を散歩したことがあったのをふと思い出した。あらゆる山には四つの顔があるというのは確かである。山を一端から見る限り、他の方からどのように見えるかはわからない。諺では立派な指揮官も時には間違えると言うが、セニョールはあえて懐旧の思いに駆られたからといって、異を唱えることもしなければ、失望したからといって取り消し命令を下すということもしなかった。勢子頭というのは元来間違いを犯すことなどない。鹿は幼い頃に見た小川や薄暗い森の間などではなく、山の乾燥した斜面のほうにいたのである。当初の記憶に残る果樹園は、もはやかつての姿を残してはいなかった。日差しをあびながら山の断崖や峡谷を長い間歩き回ったのは、長いこと頑張れば高い場所に到達し、そこから第三の可能性である、涼しい海が一望できるとの期待があったからである。

海岸のこの場所を訪れる者はほとんどなかった。嵐と太陽とは互いに優位を争っていたが、ともに容赦なく過酷なことでは同じであった。暑い時期、海は大地の表面に触れるたびに、ぱちぱちと泡のはじける音がした。崩れやすくすぐにも攫われやすい、熱した黒い砂に、素足のまま触れていることなどとうていできなかった。頑丈な乗馬ズボンですら干からびさせるほどであった。小川は病身の大鷹の皮膚のごとく干上がり、蛇行部分にはかつての難破船の残骸が無残な姿をさらしていた。影も風も通らないオーブンのような中に閉じ込められた肉体が、砂浜をずっと進んでいくためには、びくともしない重い日よけテントと悪戦苦闘せねばならなかった。この浜辺を前進することを考えただけでもぞっとし、一刻も早くそこから逃げ出して、波打つ砂丘に上りたいという思いに襲われたが、その後すぐに思ったのは、山と海岸を隔てる砂漠でも、徒歩でなら渡って行くこともできるということだった。

しかし砂漠は運命線のなくなった死体の手のような平坦な砂地だった。ここで難破して亡くなった者たちの話はよく知られていた（大災害でも起こらなければ、誰もこんな辺鄙な土地に流されてはこないだろう）。難破者たちは渦に翻弄されつつも自らの幻影と戦った。幻影よ、どうして冷たいまま地に伏せたまま立ち上がらないのだと言って罵り、自分たちの頭上に漂うように求めた。そして彼らは跪いて己の幻影を絞め殺した。ここで不幸な彼らの脳みそは融けてしまった。ぎたぎたと塗りつけるような太陽は海辺から去り、代わりに嵐がやってきて、己の仕事を全うした。

人が漂流物の散らばった場所から期待するのは、怒涛逆巻く海から、からくも命を救われて漂着した哀れな人間の姿である。空っぽの櫃に磁力を失ったコンパス、船の肋材、石化した従士たちの壊れた方陣盾のようにすら見えた、風や日差しで磨耗した舳先の船首、亡霊の像が立ち並ぶ荒野、舵や引き裂かれた旗、栓が閉まり封蠟されたままの緑色のボトル。そこは昔の海図で《災難岬》と呼ばれたところであった。年代記にはモルッカ諸島やジパング、カタイなどから財宝を積んで沈没したガレオン船や、カディス出身の船員を乗せたまま失踪したナオ船についての情報が満載されていた。ナオ船は対異教徒戦争によるすべての捕虜を乗せていたが、主人と奴隷という異なる身分とはいえ、災難に遇うことで運命をともにしたのである。補足の意味で言うと、ここには岩礁に衝突して沈んだ帆船についても語られている。帆船には愛し合う恋人同士が駆け落ちするために乗り込んでいたとのこと。年代記ならぬ迷信（言葉にこそ出ないが、迷信は大概いつも年代記の滋養分である）によれば、嵐の晩にはいつも、視界をさえぎる靄というよりも亡霊のように見える、聖エルモの火（檣頭電光）で炎に包まれたカラベラ船の艦隊が、この辺りを通ると伝えられている。この火はメーンマストのところで燃え上がり、捕虜にされたカリフたちの蒼白な顔を照らし出していた。

騎乗の者四人と徒の者八人が疲れきった猟犬といっしょに戻ってきて、知らせどおりだと述べた。逃げまわる鹿の居場所はつかめていた。グスマンは鐙の上に立ちあがり、喉仏にまで達する編みこんだ長い髭をなでつけながら、立て続けに命令を出した。他の鹿を追うために多めの犬を待機させせよ、一回の探索には四頭以上の猟犬を使うな、勢子たちは声を出さずに静かにしていろ、犬どもが唸って鹿が逃げ出さないようにしておけ、等々。

セニョールは自分の椅子から、怖気づいた鹿についてのパラドックスを反芻していた。鹿を上手く仕留めるためには、馬鹿とはいえ勇猛な敵よりも、なおいっそう多くの警戒心が必要なのだ。純粋素朴な意気込み、用心深い怯懦。彼は自分の顔が隠れるほどの、フード付頭巾をすっぽり被って、最良の防御法は恐怖心だ、と照りつける日差しの下を進みながら呟いた。

　鹿がいそうな古巣を探し出そうと、猟犬十二頭が山に放たれた。グスマンはセニョールの傍らで、鹿は新しい餌をさがしているが、夏だからあの時の鹿が向かうのは水場にちがいないと耳打ちした。「この山には水路は一つしかないですから、たどっていくのはわけないですよ。どの沼地に行けば水があるかも簡単に分かります」。セニョールは深く考えもせず頷き、日差しの強さと退屈さでくたばりそうだと言った。しかしグスマンは返事を待っていた。セニョールは勢子頭の日焼けした顔を見て、彼が職務上の実務的返答だけでなく、階級に関する、じかに触れ得ない別のかたちの返事も待っていることを理解した。グスマンは暗に何をなすべきか問いただそうとしたのだが、セニョールの方は命令を下さねばならないと考えていた。彼は勢子頭に、前をいく犬たちが最初の追い立てから、口から泡を吹いて戻ってきたときのために、とりあえず新たに十頭の猟犬を用意しておくようにと言いつけた。グスマンは一礼をするとすぐに頭をあげ、セニョールが言い忘れた詳細を付け加えて、命令を繰り返した。詳細とは、勢子の一団がすぐにでも尾根の高いところに赴いて、そこから作戦の全容を静かに見張るということであった。

　彼はあれこれと人選を行い、十名ほどの勢子が集まった。選ばれた勢子たちの間に、さらに山を登っていかねばならないということで、不平のひとつも言いたいといった雰囲気が広がった。グスマンは反抗的なざわめきを感じ取り、微笑むと、手を短剣の柄においた。セニョールは短剣を楽しげになでている代行者の動きを制止した。彼は何の危険も伴わぬつまらぬ任務を遂行するようにとの命令を受けて、馬鹿にされたように感じている男集団の方を冷ややかに眺めた。各々の顔に表れていたのは、高く険しい山頂の方に隊を進めて行かねばならないことの疲労感で、おのずと恨みつらみも出てこようというものだった。また鹿を最初に見つけたのは自分たちなのに、それを仕留めることができず、それに触れるのは最後になってしまうことが、やりきれないといった面持ちであった。

　セニョールは腹を立て、反抗的な集団のほうに馬を進めた。彼がそうした行動をとっただけで、一同はうつむいてしまい、ぶつぶつ不平をこぼすのを止めてしまった。彼らは互いに見合ったり、セニョールのほうを見たりするのを避けた。グスマンは早速腹心の勢子を三人選び出すと、見張り役に命ぜられて気乗りのしない仲間の隊列に加えた。彼らは縄につながれた囚人たちの護衛のように、一人は先頭に、もう一人は中間に、そして他は最後尾についた。グスマンは最後にこう言った。

――大弓はもっていくな。指で矢をもちこたえるのは難しいからな。覚えとけ、相手は臆病な鹿だ、声を出してはだめだし、銃などもってのほかだ。煙と火で追い込むのだ。

セニョールは彼の言うことなど聞いてはいなかった。彼はいつもながらの無頓着なそぶりを見せつつも、威風堂々とした恰好で、焼け爛れて白い地肌をさらす山にずんずん入って行った。セニョールは自分が姿を現し、グスマンの命令を受けたとたんに、骨を抜かれたように身をひそめてしまった反抗的な連中の態度に、完全に嫌気がさしていたのである。彼はほどなくして山のすばらしい地形に目を見張ったが、かつてここに手綱を繰ってやってきたのは、頭を研ぎ澄ますためではなく、頭を休めるためだったということを、繰り返し思い出した。彼は祭壇の前に跪いたり、僧院の周囲を歩き回ったりして、深い物思いに耽っていたが、時折、いま遂行している仕事のことが何度も頭をよぎった。彼は山でしっかり手柄を立てて皆の記憶に留めさせるべきなのに、必要以上に長い間、心を他のことに向けていた。しかし今まではずっと、勢子頭のグスマンに注意される前に、あるいは妻が嫌気をさして黙りこくり、非難の眼差しをむける前に、狩猟の命令を下すことによって、生まれつきの性向に合致した行動を適宜とってきたのである。妻はセニョールの淡々とした言い方に、いかにも思いあがったような言い方でこう言い返した。

――いつかあなたも危険な動物に出会って危ない目に遇うわ。危険な思いをしたことを忘れてはだめよ。今はもう若くはないんだから……。

彼は賢明にも、堂々とした素振りと凛々しい姿勢をつよく印象付けた。また騎乗のまま長い間日差しを受けて喉が渇いていたが、威厳を失墜するのがいやだったので、水すら求めなかった。というのも臣下たちが威厳ある王の存在を感じとり、噂話に耳を傾けたりしないようにする必要があったからである。彼の隠居が長引くや、疑わしい秘密が人々の口から口へと広がり、ひょっとして恐ろしい形で姿をくらましたのではと想像する者がでてきた。われわれのセニョールは亡くなられたのか？　僧院に籠もられたか、正気を失われたのか？　代わりに王妃か生母か秘書か、あるいは愛犬でも政務を執っているのだろうか？

彼は眉根をしかめて上のほうを見上げた。監視の勢子たちは角笛を吹き鳴らすことを禁じられていたので、牡鹿を目にしたとき、煙を焚いて仲間たちにその存在を知らせた。セニョールの背後では、猟犬どもが獲物を目にしたせいで興奮し、キャンキャン吠えながら追跡を始めた。セニョールのそばを通り過ぎていった犬たちは、息せき切って騒がしく追いすがろうとしていたため、勢子たちにきつく制止された。猟犬は古い足跡をみつけるのがうまく、しかも恐れ知らずであった。セニョールは傍らに、鞭打ちを食らって吠え立てないようにつよく制止された犬たちの、激しい息遣いをじかに感じた。

猟犬は軽い土煙をあげて疾走し、まもなく山の起伏部分で姿を消した。セニョールは一人取り残されたように感じた。自分の他には、小さく悲しげな目をして後からついてくるアラーノ犬のボカネグラと、忠実な護衛の者だけしかいなかった。彼らもまた猟犬や先遣隊の倹しい勢子たちと同様、積極的に山狩りに加わろうと息せき切っていた。とはいえ護衛の仕事柄、ナギイカダやヤドリギなどの薬草をいっぱいつめた狩猟袋を携えて、セニョールの背後をしっかり守っていなければならなかった。

そのとき予期せずして空が一転かき曇り、セニョールの目に微笑が浮かんだ。暑さをしのぐまでもなく猛暑から逃れられると思ったからである。勢子頭が予定していた念入りな狩猟作戦は、命令するときに発する鶴の一声と同じく、決してゆるがせにできないものだったが、それも天候の急変、自然の気まぐれによって、まったくの烏有に帰した。二重の安らぎと二重の喜び。セニョールはそれをしかと認めた。

かくて嵐は太陽の日差しにピリオドを打ち、反対に太陽は嵐の荒天に終止符を打った。太陽は砂丘を越えて百歩も進むことのできない、熱く焼けた肉体を海辺まで運び、嵐は貪欲な太陽に難破の廃墟をこのときとばかり見せつけた。金髪で敬虔な若者はおそらく意識を失い、見捨てられたままずっとそこに居留まっていたのだろう。顔の半分はぬかるんだ砂浜に埋まり、足は淀んだ波に洗われていた。長い金色の髪には海草が絡まりついていた。大きく開かれた二本の腕は、海草でできた十字架のように、あるいはあたかもヨードと塩のツタから養分を得ている海草でできているかのように見えた。片方の顔の眉毛と睫毛と唇は、砂丘の黒い砂で覆われていた。黄色のパンツとずぶぬれになったイチゴ色の下着は、ずたずたに裂け、肉にへばりついていた。蟹が身体を這い回り、もし誰かが砂丘の上からそのありさまを見たならば、寂しい旅人の一人くらいにしか思わなかっただろう。それ以前も以後も、多くの旅人が幸運にも海岸に打ち寄せられ、感謝の言葉を吐いて、口づけをしていたからである。

ここはいったいどこの国だ？

もし旅人が出立するとしたら、広大無辺の荒れた大海原の彼方に見出すこともできない未知の土地に口づけするはずである。大洋の行き着く先は世界規模の瀑布となって逆巻いているはずであった。もし戻ってきたとするならば、豊饒な土地に口づけし、低い声で語りかけるかもしれない。なぜならば、その土地以上にこうした手柄を語るにふさわしい相手はいなかったからである。つまり彼が戦場や征服地に携えていった軍旗にまつわる冒険や、仲間たちの属していた軍隊や艦隊の運命についてである。そうした者たちは、最下層の臣下たちが最高位の大公たちの名のもとで、身をもって戦った作戦によって解放されたり亡命した者たちであった。

しかし彼は無駄な努力と知りつつも、海と格闘し続けている夢を見ていた。突風によって眼は見えなくなり、泡立ちによって声も出せなくなり、波が頭上にかぶさってきて、ついには低い声で、これではまるで海の大聖堂の底に連れて行かれる死体のようだ、と呟いた。まさに塩と火によって防腐処置を施された死体であった。たしかに海は難破者の肉体を救った〔クリストーバル・コロンはエンリケ公のサグレスの居城に近い、ポルトガルの最西端サン・ヴィセンテ岬の海岸に打ち上げられた。従って難破者はコロンブスをイメージしている〕。しかし名前は攫って拉致してしまったのである。砂浜の上に海草で腕をからませて横たわっていたが、裸体を砂丘の上からじっと見張っている者たちはそこにある印を認めた。それは肩甲骨の間の赤い十字であった。砂地に顔をうつ伏したまま、腕は大きく広げていた。一方の拳には、救命板のようにしっかりと握られた長いボトルがあった。それは封蠟された緑色のもので、若者の肉体とともに死からまぬかれたのである。

雨が野外テントの天幕の上で激しい音を立てていた。中でセニョールは象牙椅子に腰掛け、手を伸ばしてボカネグラの頭をなでていた。犬には白目部分がほとんどなかったが、わずかに残る血走った白目を向けて、哀しげな表情で彼を見つめていた。それは主人に対する忠誠心からぐっと抑えていた、狩りへの欲求を眼差しでもって暗に示そうとしているかのようであった。ボカネグラは室内で飼うように躾《しつ》けられてはいたものの、胸当てや胴鎧をまとい、頸には鋲のついた鉄の首輪をつけていた。セニョールは愛犬の柔らかな毛で包まれたすべすべの皮膚をなでまわし、いつも主人の傍らに控えて、目の前を他の猟犬たちが行き交うのを眺めているだけだったこの犬も、別の狩猟に出動するように求められれば、すぐにでもそうした寂しさも消え去るだろうと思った。セニョールとて時には先走りしすぎて道に迷ったり、襲われたりすることがあったが、そうした時こそボカネグラの腕の見せ所であったはずである。常日頃、主人の足元に寝そべっていたが、そうした折には、主人の体や靴の臭いをかぎ分け、主人を守るべく猛々しい吠え声を立てて、山の端の峰まで追いかけていった。かつてセニョールの父が猪に襲われたとき、一緒に連れてきていた飼い犬の鋭敏で荒削りな本能のおかげで、一命をとりとめたことがあった。犬は鋭い犬歯ととげのついた首輪を、熱心さを競い合うライバルたちの手ですでに傷を負っていた猪の、目元と首筋に食い込ませたのである。

セニョールは時たまこうした時間に、耳を立てたマスチフ犬の近くに口を寄せて、あたかも慰めのつもりで、いつか似たような冒険を味わわせてやると約束でもしているかのように、何度も繰り返しこの話を語り聞かせていた。しかし今それをするわけにはいかない。グスマンは自分の職分をよくわきまえていたので、この山間の峠でテントを張るように命令を発していた。そこであれば、くぼ地にある古巣から鹿が必ず飛び出してくるはずであった。護衛の召使いたちは午後の間ずっと、手斧でゴジアオイやヤマモモの木を刈り取っていたが、それはセニョールが雨宿りする際に、より高い場所に身を避け、狩りの行く末を見極められるようにとの配慮からであった。別の者たちは峠のところで、テントの先端に山鎌をつかって鋲を打ち込んでいたが、それはセニョールが止むかたなく、山で夜を明かすことになるかもしれなかったからである。だめだ、ボカネグラ、まだここはお前の出番ではないだろう？　しかしいつか危険が迫って、勇敢なところを示すときがきても、おそらく本能を失った飼い犬などには、猛然と敵に挑んでいくことなどかなうまい。

雨が降っていた。グスマンの命令で野営テントの近くに張っていた網もずぶぬれになっていた。峡谷は布や縄でもって封鎖され、鹿はそこに囲い込まれ、セニョールの足元で射止められるはずであった。グスマンはグレーハウンド犬を各々の位置につかせ、また馬たちも鹿が狼狽して射止められるべきところで待たせた。グスマンは徒の者たちを配置した。獲物は一方の側から逃げ出そうとすれば、布や縄にぶつかり、柵囲いから逃げ出そうとすれば、狩人たちの手に落ちる手はずであった。

《グスマンは自分の職分をよくわきまえていた》。

セニョールは愛犬の頭を押さえつけた。ボカネグラは頭を動かそうとして、主人の指を首輪の鋲でかるく引っかいた。セニョールは指を口に当て、血を吸った。彼は心の中でどうか軽い引っかき傷程度で、血が流れ出るようなことがないようにと祈った。まさかこの私に、多くの先祖たちに起きたように、出血が止まらなかったせいで死ぬようなことが起きないようにと願った〔ハプスブルク家の人々は近親婚を繰り返したことで血友病が多かった。これは別名「王家の病」と言われる〕。彼はこうした先祖の記憶を無理やり消し去ろうとして、直近の記憶に心を集中させた。見張り役の狩猟隊が朝方、反抗的な態度をとったことなどであった。しかしその出来事に思い煩い続ける必然性はなかった。グスマンはただセニョールに仕えるという自らの職分を、よくわきまえているということを示したに過ぎなかった。彼が最前線の勢子隊を、最下層の者たちの間から選び出したというのは、当たり前のことであった。これほどのありがたくない仕事に就こうとする者が他にいただろうか。訳が分からなかったせいで、どうしても受け入れがたかったのは、最も貧しい者たちが最も反抗的な態度をとったという点であった。しかし、このことについては彼にも、勢子頭にも責任を負わすことはできなかった。何はともあれ、反抗的態度はすぐにも取り押さえられた。とはいえ、疑問は答えられぬままであった。それはどうしてこうした貧しい者たちが、隣接した鉱滓地から宮殿〔エル・エスコリアル宮殿とは「〈鉱滓〉の地」という意味〕にまで引き上げられ、決定的に生活を向上させる状況に置かれながら、不平をたらたらとこぼし、責任を回避しようと汲々としているのか、本当は彼ら自身がなぜ選ばれたのか一番よく知っているはずなのに、という疑問であった。誇りというのは、唯一、血筋のよさとか、知識の広さの特権であったのではないか？　かつて何者でもなく、何も所有していなかった者たちが、何かを与えられた途端に反旗を翻そうとするのはなぜなのか。セニョールはこの不思議を突き止めるのには、父たる大公〔フェリペ美王のこと〕がよく口にしていた格言を当てはめるに越したことないと考えた。この世のあらゆる乞食の中で最も貧しい乞食を少しでも厚遇してみるがいい。さっそく傲慢な自惚れ郷士のように振る舞うだろう。息子よ、眼差しひとつでもその気にさせてはならぬ、あれはどうでもいい連中なのだ。

見張り役の狩猟隊はしばらくの間、岩山の高い平坦地で雨に打たれていた。靄が立ち込めて視界はきかず、彼らの話し声は、静かにするようにという命令と、ざわめくような風の音でかき消されてしまった。風の音はこうした山男たちの荒々しい叫び声のみならず、高い音色で鳴り響く角笛の音をもかき消すに足るものであった。彼らはおそらく山の高いところから、セニョールが自分たちに話しかけるまでもなく、自分たちのほうを一瞬ちらっと見たのだということを、彼に再確認しようとしていたのである。もしセニョールの父の言っていたことが正しければ、そうした一瞥からこそ、さまざまな傲慢さや反逆心が生まれたのであろう。悪態をつく勢子たちは、おそらく王の位にあるセニョールのことを想像していたはずである。王の身分とは、誰にもまして狩猟を楽しむことのできるような地位であった。楽しみとは、狩猟隊が山に入っていくところを見たり、隠れた場所から獲物を追い立てる方法とか、どういった間違いを犯したらどのように正すかといったことを理解したり、狩猟全体を統括し、最後のクライマックスにも立ち会ったり、あるいは褒美の割り振りをしたり、仕事の良し悪しで論功行賞を与えたりすることであった。貧しいあの勢子たちが、王のいる刺激的な狩猟隊の中心部から遠ざかる、ということでいやいやながら山を登っていったとしても、彼らには、セニョールもまた自分たちと同様、野営テントの中で雨宿りをしつつ、狩猟の行く末を知ることもなく、愛犬の首輪によって引っかき傷を負い、待ちわびていたことなどは想像の及ぶところではなかった。セニョールは指の傷をオランダ布のハンカチで覆ったので、血はほとんど止まって乾いていた。今度は神様のおかげで死ぬことはないだろう。野蛮な勢子たちがテントの中で犬といっしょにいるセニョールの姿を見たら、きっとまたぶつぶつ不平を鳴らすはずである。セニョールの血筋はもはや狩猟の楽しさを味わうことを忘れてしまったのだ、これこそ新たな形でなされる戦闘の予行演習だというのに。おそらく礼拝堂の香煙や敬虔さからくる軟弱さのせいで、主君の豪胆さはどこかに消えてしまったのだ。より力が強く、より知識があり、いかなる臣下よりも豪胆で、忍耐強いからこそ主君なのである。もしそうでなければ、臣下が主君となり、主君は奴僕となるがいい。セニョールが死んだとき、いったい誰が後を継ぐのだ？　息子はどこにいる？　どうして奥方は妊娠したといっては、いつも流産ばかりしてまともに子を産まないのだ？　こうしたことが山でも旅人宿でも、鍛冶屋でも、瓦工場でもささやかれた。

猟犬のボカネグラは突然、太く短い脚ですっくと跳ね起きた。胴当てと首輪はテントの淡い光に照らされてきらりと光った。犬は走ってテントをくぐり抜けると、吠えながら姿を消した。セニョールはもはや何も考えたくはなかった。なぜ犬が騒がしい振る舞いをするのか、そのわけを考えたくもなかった。ハンカチで包んだ手を前にして目を閉じているほうがよかったし、苦い思いをかみしめながらでも一人でいるほうがましだった。また記憶と驚愕と予感の空間が、乳色の空白で占められてしまえばいいとも思った。彼は祈りの言葉を呟いて、こう神に問いかけていた。鹿狩りで鹿を射止めることにはたしかにいささかの快楽があるが、臣たる王の私は、ただひたすら神のさらなる栄光のために、たとえ快楽を感じることがなかったとしても、快楽というものを退けるのだということを、神も私もしっかりわきまえていさえすれば、それで十分なのだろうか。

「これはあいつだ」と横たわる難破者の体に身元を明かす印を見てとった男が、取り囲んだ者たちに言った。

誰もが馬に拍車を当て、砂丘の黒味がかった砂を巻き上げて下りて行った。馬は身動きしない体に近づくといななきを上げた。男たちは馬から下りて男のほうに進むと、周りを取り囲んだ。乗馬靴でぬるくなった水たまりを踏むと、ぴしゃぴしゃという音を立てた。馬たちは思いもよらぬ臭いを近くで嗅いだせいで、興奮ぎみに何度も息を吐き、深く不思議な眠りの下に秘められた恐怖心のようなものを、直感的に感じ取っているように見えた。海辺は嵐の後で暑くなり、黒く濁った潮を寄せては返す動きをずっと静かにくりかえしていた。

一団の頭目の男が体の近くに跪き、指で背中の十字に触れ、腋の下に手を突っ込んで仰向けにひっくり返した。難破した若者の唇は開いていて、顔の半分は砂で薄汚れていた。編んだ長髭の男が手で合図を送ると、他の男たちが若者を宙に持ち上げたので、つかんでいたボトルが手から抜け、波にさらわれてしまった。難破者は一頭の馬に乗せられたが、そのさまは背中に猟の獲物をのせて運んでいるかのようであった。両腕は鞍に結びつけられ、だらりと垂れた頭は汗まみれの馬の横腹のところで支えられた。頭目があらたな命令を下すと、他の者たちはいっせいに砂丘を上っていった。彼らは遠くの山の端まで広がる岩の多い平坦な高台にまで達した。

そのとき深い靄の真ん中あたりで、拍車をひきずるような、あるいは金属が石塊にぶつかるような音が聞こえた。その後、黒光りする黒檀でできた一台の輿が現れた。重い輿を下から担ぐ四人の黒人は、馬にのせて難破者を連れて行こうとする集団のほうに近づいて行った。

輿の中から小さな鈴の音が鳴ったので、担いでいた黒人たちは立ち止まった。鈴が再び鳴った。運び手たちは掛け声を出し、力強い腕で引き手をもち上げて、腰を砂丘の地面に置いた。嵐の後に襲ってきた蒸し暑さと疲れに打ち負かされたのか、四人の裸体の男たちは地面に倒れこんでしまった。胴体も足も汗が滴っていた。

「立つんだ、ならず者が！」と編み髭の男が叫んだ。彼は棹立ちになった馬に怒りをぶつける一方で、鞭を振り上げて運搬人の一人の背中に鞭を当て、輿の周りをぐるぐる回った。四人の黒人たちは立ち上がったが、黄色い目には空ろな不満の色が浮かんでいた。しかし引かれた御簾の奥から女の声がするとそれも消えた。

――ほっといてやりなさいよ、グスマン。きつい旅だったからでしょう。

騎手は円陣を描きつつ黒人に鞭を当てながら、馬の荒い鼻息の上からこう叫んだ。

――奥さまが外出なさるときはこいつらの御付きがないとまずいのだ。このご時世は危険そのものだからな。

御簾の間から長手袋をはめた手がのぞいた。

――もっと時代がよければ、こうした御付きの者なども必要ないでしょうに。貴方の従者などはとうてい信用できないでしょうからね、グスマン？

彼女は御簾を引いて開け放った。

難破した若者は、てっきり海の手で死体処理を施されたものと思い込んでいた。目を半開きにした彼のこめかみのところには血が脈打っていた。靄の切れ間に見えるこの砂丘の光景は、海底に触れたときに見たものと、さほど違いはなかったはずである。彼の想像ではそこは燃える火の海底であった。というのも船首楼から海に落ちたとき、唯一目に見たものは迫ってくる波頭ではなく、遠ざかりゆく燃える檣頭電光だったからである。この聖エルモの火はメーンマストの先端部分に灯されていた。意識を失ったまま砂浜に揚げられたとき、厚い靄が彼を包み込んでいた。しかし目を開けたとき、輿の御簾がどけられ、そこに目に飛び込んできたのは、海底でもなければ、砂丘でも火の光でも靄でもなく、別の人間の視線であった。

——あの男かしら？

若者が女の黒い目を見つめたように、彼のほうを見つめていた女がこう尋ねた。高い頬骨の下に納まった彼女の目は、蒼白い顔とは対照的にらんらんと輝いていた。彼女は男のほうを見ていたが、彼もまた砂まみれの睫のせいでよく見えなかったとはいえ、眼差しを彼女のほうに向けていたのに気付くことはなかった。

顔をよく見させて、と女は言った。

若者はドレープのついた黒衣に身を包んだ身体が、輿の中でいかにも勿体をつけた動作をしながら安らいでいるさまを見てとった。それはあたかも神経質だが不動の姿勢をとって、女の長手袋の手首のところに止まっている鳥のように見えた。編み髭の男は隻腕の難破者の髪の毛をつかむと、荒々しく頭を持ち上げた。若者のぼう漠たる視線が、円形襟の高く白い縁が目立つ女の、いらだたしげな容貌に突き刺さった。

女は提灯袖に包んだ片手を上げると、黒人たちの看守に向かって人差し指で命じてこう言った。

——男を連れて行きなさい。

際限のない喘ぎ声が砂丘に響きわたった。それは身体が靄にむかって吐き出した吐息であった。迅速にぴくぴく震える肉体。白い犬が素早くうなり声をあげて指揮官の馬に跳びかかった。指揮官は一瞬、何が起きたのかわからず、すぐにベルトから短剣を抜いた。一方、犬のほうは騎手の足に噛みつこうと跳びかかり、いなないて後ろ足立ちする馬の腹にトゲを突き立てた。騎手は手綱をつよく引くと、トゲつきの首輪で今にも拳を引っ掻こうとしていた犬の頭に短剣を突き刺した。犬は悲鳴をあげ、見覚えのない旅人の顔に哀しげな眼差しを向けつつ、地面にばったり倒れてしまった。

夜になってセニョールは疲れた身体をひきずって野営テントに入り、椅子に腰掛けると、自分の肩に毛布をかけた。雨はすでに上がっていて、侍者たちは何時間もの間ボカネグラを探し回った。しかし勢子たちは愚かにも、犬は飼い主の臭いから離れられないと言わんばかりに、逃げた犬の足跡を辿る代わりに、テントの周りをぐるぐる回るばかりであった。セニョールはひどく悲しい思いを抱きつつ、愛犬がいなくなったものと諦めた。彼は一層の寒さを身に覚えた。

彼が祈祷書をとってこれから読もうとしていたとき、グスマンが汚れた服をまとい顔に汗をにじませながら、見るからに長い間狩猟に行っていたことを物語る様子で、テント入り口のシートを除けて入ってきた。彼はセニョールに、とうとう鹿を射止めて野営地に戻ってきた旨を報告した。雨のせいで足跡が消されたため、手こずったのだと言い訳をした。射止められてくたばった鹿は、セニョールに喜んでもらうべく戸口から離れたところに置かれていた。

セニョールは軽く身震いし、祈祷書を地面に落とした。すぐに拾おうとして少し身をかがめた。しかしグスマンがあわてて主人の前に跪いて、祈祷書を取り上げ、持ち主に返した。グスマンは跪いた姿勢のまま、それを手渡そうと視線を上げた際、しばらくセニョールの顔をじっと窺った。そのとき眉を吊り上げたせいか、主人の感情を逆撫ですることとなった。しかしセニョールは、服従と敬意を示す臣下の素早い行動をたしなめることはできなかった。それは目に見えるそうした行為が、もっとも優秀な臣下のものであったからである。とはいえ臣下の眼差しの裏に隠された意図は、何とも得体の知れないものだったので、認めたいとも退けたいとも願っていたセニョールは、どう解釈したらいいのか判断に迷った。

グスマンの手の傷はセニョールの傷に触れた。両者の傷を覆っているハンカチは質の異なるものであったが、首輪の棘による引っかき傷であることに変わりはなかった。

セニョールが立ち上がったので、グスマンは手際よく意図を察して——読み続けるつもりなのか、それとも野営テントのほうに行くつもりなのだろうか——ビスカヤの外套を手にとると、それを開いて主人の肩にかけようとした。

——外套をもってきてよかった、とセニョールが言った。

——優れた勢子たるもの、天候は信じないものです、とグスマンは答えた。

セニョールは狩猟長が肩に外套をかけている間、じっと動かずにいた。すぐにグスマンはセニョールがテントを再び開けて出て行くのを待った。セニョールは頭巾の下に顔を隠し、かがり火が燃える野営地に向かった。グスマンは恭しい態度をとった。セニョールは出て行くと、立ち止まって足元に横たわる鹿の死体を眺めていた。

勢子たちのひとりが手に短剣を携えて獲物のほうに進んできた。セニョールはグスマンに目をやった。グスマンは手を挙げた。勢子が短剣を投げると、狩猟長は空中でそれを受けとめた。彼は鹿の前に跪くと、一刀両断で首を掻っ切った。

その後、角を狩猟刀で切り落とすと、後ろ足の皮を切り裂き、関節のところで足を外すと神経が露出した。

彼は立ち上がると、鹿を神経部分のところで刺し棒に吊るして、その場で皮を剥ぐように命じた。

グスマンは勢子に短刀を戻すと、刺し棒を前にして佇んでいた。鹿の死体はグスマンとセニョールの間に吊るされていたのである。

勢子たちは獣の飛節から下腹部全体にかけて皮を剥ぎ始めた。それが終わると、表返しにし、膀胱、反芻胃、内臓を取り去った。その後、内臓を手桶に投げ込むと、鹿から滴る血で手桶は一杯になった。

セニョールは夜闇と頭巾のふたつでもって覆われていることを感謝した。しかしグスマンはかがり火の発する異様なまでの輝きに助けられ、しっかりとその場面を眺めていた。勢子たちは鹿の胸部から首のあたりまでを解体すると、肝臓と心臓などを取り出した。グスマンは先に手を出して、心臓を受け取った。他の内臓部分は不安におびえるセニョールの心臓の鼓動と同じような音をたてて、血の手桶に落とされた。セニョールは思わず手を握り締め、神に祈るようなポーズをとった。グスマンのほうはその間、短剣の柄をなで回していた。

鹿の頭部は首筋のところで切り落とされた。セニョールは鹿を解体する作業が続いてはいたものの、かがり火の傍らで、角を落とし、呆けたように口を開いた驚くほど柔和な表情の鹿の頭を見つめるだけだった。褐色でガラスの様な半分開いた目からは、まだ息があるようにすら見えた。しかし背後には、勝ち誇ったような死神の亡霊が控えていた。

いまや何人かの勢子たちが獣の内臓を小さく切り分けていた。そして火で焼いてから、血とパンと合わせてまぜこぜにした。鹿の角を落とし、脚を縛り、八つ裂きにしている間に、唯一セニョールと職務代行者を分け隔てていたのは死体だけだった。狩猟隊は皆がみな、血気にはやっていたので、彼らのことなどそっちのけであった。内臓と血とパンはかがり火のそばに置かれ、周りには狩猟に参加した猟犬ともども、勢子たちが寄り集まった。勢子たちは片手で犬を制し、もう一方の手で狩猟笛を支えていた。セニョールは興奮した状況のせいで、今までもっていた特権的な立場から降りねばならなくなった。喘ぐように息せき切った神経質な多くの犬たち、犬を抑えつけると同時に角笛を操作するという二つの仕事に関わっている勢子たち、こうした者たちの存在によって、本来であれば主人はその場ですぐにもテントに戻り、誰にも気付かれることなく信仰書を再び繙くことをしたかもしれなかったが、実際にはそうはしなかった。彼には次の行動として、自らが命令を下さねばならないということが分かっていた。どのような指図によっても、素早く形どおりにやれば、勢子たち一同は角笛をいっせいに吹き鳴らし、狩猟の終了を告げることとなるはずであった。

セニョールはさっそく自らが退いた暗闇のほうから手を挙げる仕草をした。しかしそうする前に、勢子たちは先に角笛を吹き始めてしまった。力強い角笛が鳴り渡って暗闇を引き裂いた。かすれた嘆き声がひとつになって沸きあがったが、それは飛ぶというよりは、出発した山へ戻っていくかのようで、金属の蹄で固められた大地の太鼓の上を早足駆けでいくように思えた。しかしセニョールはいかなる合図もしなかった。とはいえすべてのことが彼の指示であるかのように起き、きちんと行われた。彼がついに手を挙げて合図をしたときには、腕は虚空になすすべもなく留まっていた。すでに時は遅すぎたのである。彼はグスマンがその時、全体に関わることにかまけていて、遠くにいてくれたことを感謝した。また指示するべき言葉も指図をすることもなく、お決まりの命令が果たされたことで、唖然とした姿を彼に見られることがなかったことで安堵した。

角笛の鳴り響く音を合図に猟犬たちは餌に飛びついていった。かがり火の明かりで犬のがつがつと貪る口元が照らし出され、背中の震えがくっきりと見えた。飢えた猟犬の群れに囲まれて、グスマンは獲物の内臓を投げ槍の先に高く掲げた。すると獣たちはそれにとびつこうと先を争った。角笛のつんざくような音と生来の獰猛さにけしかけられた犬たちは、あたかも光り輝く肉の川と化していた。彼らの赤い舌は直立したグスマンの身体を燃やす火花となっていた。グスマンもまた汗をかきつつも満足げで、投げ槍を差し出しながら、猟犬たちに餌を与えていた。犬たちもまた腹いっぱい食べて満足し、今にも次の猟に出たいというそぶりを示した。セニョールはそうした光景から目をそむけた。彼を支配していたのは、終わりのない円環的な思念からくる冷や汗であった。

その後、犬たちが口の周りを血と炭で赤黒く汚して貪っている一方で、グスマンのほうは短剣で鹿の心臓の先に十字を印して、それを四つに切り分けた。高笑いをしながら断片を四方向に投げると、勢子たちもまたその日の獲物に満足していっしょに笑った。狩猟長はこうして邪眼払いをしたのだが、彼らはグスマンの颯爽とした振る舞いの一つひとつに対して、声を張り上げて、「主の祈り」「アベ・マリア」「クレド」「サルベ・レジナ」を唱えていた。

セニョール、とグスマンは最後に彼のほうに近づいて言った。

——閣下から皆に、今日の狩りの褒賞と懲罰を言い渡してくださいませ。

傷を負い、汚れ、疲れきった姿で微笑みつつ、こう言い添えた。

——みんな疲れきっていますし、すぐに山間の峠まで戻ろうと思っていますので、どうかすぐにお願いいたします。

——最初に射止めたのは誰だ、とセニョールは尋ねた。

——私めでございます、と狩猟長が答えた。

——そなたは時間通りに戻ったな？　とセニョールは頬杖をついて言った。

——それはいったいどういうことで？

セニョールは人差し指で厚い上唇をなでていた。頭巾で隠れた主人の目が狩猟長のブーツに注がれていることに誰も気付かなかった。彼はブーツに山間の乾いた褐色の土とはまったく異なる、海辺の黒砂の痕跡を見てとっていたのである。グスマンは主人の手に自分とまったく同じような傷があることに初めて気付いた。そこで戸惑いながら自分の手を隠した。褒賞？　懲罰？　セニョールとグスマンはそれを誰に与えたらいいのか思案した。グスマンとセニョールは自分たちのこと、猟犬のボカネグラ、反抗的な守備隊のことを思った。

彼が目を覚ましたのは、女性の手で顔をやさしくなでられたからであった。彼女はそうすることで、海辺の湿った黒い砂粒を取り払っていた。青年は第二の夢から覚め、次の夢に入ろうとしていた。彼はシルクの枕とアーミンの毛布、綴れ織りのカーテンと強い香りの香水の漂うベッドに横たわり、心地よい揺れの中でまどろんでいた。若者は深く広々とした安逸さに身をゆだねて、息を吸うたびに砂の黒い色を眺めていた。

彼はスプリングとエアーのよく揺れるベッドに横たわっているのだ、と自分に言い聞かせていた。女は片手でずっと彼の顔をなで続けていた。しかし自分の姿勢から彼女のもう一方の手が彼の視界に入った。手にはざらついた脂ぎった手袋がはめられていて、そこにオオタカが凛とした姿勢で止まっていた。くぼんだ猛禽の目は難破者の目をじっとみつめていたが、彼が半分目を開け半分眠っているような状態で瞬きをしたときでも、オオタカの鋭い視線に変化はなく、依然として人を眠らせるような力がそなわっていた。あたかもそれは職人が鳥の頭に、古くなり磨り減って黒ずんだ、二枚の銅貨を嵌め込んだかのように見えた。視線には時間のない二つの数字があった。気の荒いオオタカは微動だにせずじっと止まっていた。女所有者の手袋の上でしっかり止まっていられるように、胸をそびやかし、両足を十分に開いた姿勢をとっていた。猛禽の脚と女性の手とは一体化していたので、鳥の黒い爪は手袋の脂ぎった指先の延長のように見えた。あまりにじっとしていたので、マルタの彫像〔エジプトのピラミッドよりも古い紀元前四千年ごろ、マルタ島で造られたとされる粘土製の小さな〈マルタのウェヌス像〉のこと〕のようであった。猛禽が動いている生き物だというのは、脚に結わえつけられていた鈴からしか分からなかった。鈴の音は道中、ひきずってきた鉄の留め金や鋲の立てる、止め処のない音と交じり合っていた。

若者は彼をなでている女の顔を見ようとして頭を動かした。彼はあの朝靄の中で輿のカーテン越しに現れた、銀色の蒼白い顔立ちをいま一度見ることになるはずだと確信していた。あの時、彼女は彼のことを例の男かどうか尋ねたが、そのとき彼女は自分が彼に見られているかどうか分からぬまま、彼のほうを眺めていたのである。しかし今回、黒いヴェールをしていたせいで、寝物語の中で膝枕をしている女の顔は見えなかった。セニョーラ（難破者を馬の背にくくりつけた荒くれ男は彼女をそう呼んだ）は紋織りのビロードと絹でできた黒衣をまとう彫像であった。つま先から頭までドレープとヴェールで全身を覆っていた。

　手だけがいまここに生きてあることを指し示していた。片手で若者の顔をなでながらそこについた砂を取り去り、別の手で不動のままの猛禽を支えていた。難破者は自分になされるかもしれぬ問いかけを恐れていた。そなたは何者か？　彼がセニョーラを恐れていたのは、返事ができないと思っていたからであった。彼は香水の香りのする奥行きのある輿の中に寝かしつけられたとき、自分のことをこの世で最も弱い男だと悟った。あのような問いかけには答えられまい。誰かが「そなたはこういう人物である」と言ってくれるのを待つべきであろう。また名無しになってもいいのかと脅迫されたり、不快で偽りのものであろうとも、ともあれ彼が受け入れねばならなくなるような、自身の素性を、誰かが明らかにしてくれるまで待つことにしよう。彼は自分に最初に名前を授けてくれる人間の言いなりになるはずであった。横になっていた彼が考え、理解したのはこのことだけであった。しかし彼の感覚——夢、揺れ、香水、オオタカの催眠術師のような眼差し——を抑えつけるような濃い靄にもかかわらず、彼の額と頬を優しくなでている女の指先の感触によって、彼は目を覚ましていたし、オオタカがセニョーラの手袋をはめた手にしがみついているように、光り輝く漂流板にしがみつくことができた。難破者の脆弱な論理が固まってきたのは、それ以外に手近に繰れる論理がなかったからだが、それによると、もし誰かが彼のことを知っていて名前を呼んだとしたなら、そのときは彼もまた、自分を同定してくれる人物のことが分かって、その名前を呼ぶだろうということであった。そうすれば自分たちが何者か分かるはずであった。

そこで女性のスカートにそっと触れ、しばらくその感触を楽しんでいたが、再び、揺れと香水の香りと疲労によって押しつぶされそうな気がしたので、両手を挙げ、女性の顔を被っているヴェールに近づけた。

彼女は叫んだ。あるいは叫んだように彼は思った。ヴェールの向こうに口元は見えなかったが、叫び声のせいで重苦しい雰囲気が一挙に打ち砕かれたように思った。彼は彼女の顔に手を近づけたとき、女が声を出したのだと思った。そして次のことがすべて同時に起きたように感じた。輿がその場に止まり、うめくような太い声がし、女がオオタカのぶざまな頭を若者の頭のほうに近づけ、鳥が先触れとなる昏睡から目覚め、鈴がはげしく揺さぶられ、一方で、先ほどまで優しく愛撫していたセニョーラの手が、いまでは荒々しくなり、難破者の目を乱暴に閉じたというふうに。彼は辛くも、はずされたヴェールの向こうで、口が開き、猟犬の首輪の鋲のように鋭く研ぎ澄まされた歯が並んでいるのを見た。そのあとオオタカが、燃える海の砂と太陽で日焼けした彼の首元に降りてきた。彼は長く広くぶ厚い嘴《くちばし》の孔から出てくる、冷たい気息を肌の上に感じた。彼は圧倒するような奢侈に埋め尽くされた、輿という空間の中に留まった叫び声の発する言葉を聞いた。叫び声は、誰でも秘密は墓までもっていく権利があるのだと主張していた。若い囚人は、オオタカの息づかいと女のそれを、猛禽の冷たい嘴とセニョーラの鋭い歯とを区別することができなかった。そのとき執拗な飢えが、鋭い牙を彼の首元に食い込ませた。

その晩、ボカネグラはへとへとになって頭から血を流して旅籠に入った。勢子たちはその姿を見てお祭り気分が吹っ飛んだ。飲むのを止め、歌うのを中止した。彼らはこういう小唄〔『古代カスティーリャ詞華選』一八二一年、第二部〈教訓詩〉第八七より〕を歌っていた。

日々の暮らしは辛きもの
苦痛ばかりが身にしみる
なのにそなたは豪勢な
自分の城をお粗末な
あばら家などに代えるのか

盛り上がっていた談笑は止んだ。諍いごとにも終止符が打たれた。一同は白く美しい猟犬が汚れた姿でうなだれて入ってくるのを、びっくりした不安な面持ちで見つめた。犬の脚には砂浜の黒砂がついており、頭にはぱっくりと傷口があいていた。

セニョールの部屋に通されると、彼は犬の手当てをするように命じた。侍者たちはやっとのことで蠟燭の明かりで、獲物袋を開けることができた。セニョールは祈祷台に跪き、祈祷書を開いたままにしたが、旅行中に携えてきた黒の十字架には背を向けてしまった。彼は主人の寝室で猟犬に治療を施すのはまずいと思って、犬を裏庭に引き出そうとした侍者たちに一瞥を食らわすと、首を横にふり、中で治療するように命じた。侍者たちは御意とあってはしようがないと、礼をしてしぶしぶ命令に従った。彼らは主人を前にすると、起きたことを好き勝手に評定したり、あやふやな事柄にとんでもない解釈を加えることなどできなくなった。

セニョールは改めて静かに跪き、侍者たちが暗黙裏のうちに反逆するのではないかといぶかった。つましい身分ゆえに、主人の恩顧以上のもの、王国の他の召使たちに優る身分の仕事を与えろ、などと要求するのではないかと勘ぐった。しかし侍者たちは犬の治療をすることで、自分たちの無分別な不満や、賢明な疑念などすっかり忘れてしまった。

侍者のひとりが傷の周囲二指幅ほどの犬の毛を引っ張り、傷を洗って皮と肉を針で縫い合わせたが、針といっても太く粗野で醜いしろものであった。別の男が深鍋で脱脂綿を煮沸し、第三の男がぶどう酒を煮立てた。太い糸で傷口を、ゆる過ぎもしなければ、きつ過ぎもしない程度にたくさん縫っていった。最初の侍者が獲物袋から取り出し傷口に処方したのは、カシの葉、シュロの樹皮、リュウケツジュの血、焼いたマルビウムとオオムギ、ビワの葉、プリヨハッカの根などであった。二人目の侍者がぶどう酒にひたして熱くした粗い布をよくしぼり、粉薬の上に置いた。その間に、第三の男は最初に当てた布の上に乾いた布を置いて、最後に布の包帯で全体を縛った。

かわいそうなボカネグラは床の上に横になりひいひいうなっていた。侍者たちは黙ったまま外に出ると、セニョールは祈祷台に跪いた姿勢で、ビロードの腕木に頭をもたせかけて寝入ってしまった。彼は粉薬の悪臭、深鍋から上がる煙、空中にたちこめた犬の血から出る古びた鉄気の臭い、そしてお前の横たわる海浜の黒砂が、床の上にその痕跡をとどめているのを見て眩暈を起こしてしまった。お前自身とまったく同一のお前の肉体が、古い痕跡の上の新たな痕跡となるごとく、砂浜のくっきりとした背景の中に新たに置かれていた。海がお前を置き去りした今朝という時間に、砂浜はお前と同様のひとつの肉体を置き去りにした。お前は前と同じ砂浜に横たわっている。海草のからまった腕を十字に開き、背中の扁平部分に十字を印し、封蠟された長い緑色のボトルを握りしめ、お前の前の記憶は新しいもの古いもの、すべてが嵐と火事によってかき消され、睫、眉毛、唇は砂丘の砂に覆われていた。一方のボカネグラはひいひいうなり、セニョールは夢の中で、自らの栄光の日を何度も何度も記憶に呼び戻しては、それを愛犬に語るのである。しかし犬のほうは、ただ黒い砂浜の恐怖を学ぼうとしているだけだった。ところがセニョールは、勝利の日に、栄光を称えんがために建造するよう命じた宮殿に、明日にも戻ろうとする口実を探すだけであった。

勝利

都市は激戦の後、陥落した。野営地の彼のもとにその知らせがもたらされた。彼らは引き続いて陥落した市に入った。彼らは早速、軍隊のドイツ人傭兵の鎧のごとく黒光りする自分たちの記憶の中で、また包囲された街の周りにある潟湖のように濁った水のような記憶の中で、ブラバントとバタビアの低地で、異端者との激戦のイメージを蘇らせた。かつてこれらの地には、セニョールの遠い先祖たちとスペイン領内で戦って敗れたヴァルド派や弊履派の頑迷な子孫たちが逃げ込んでいた。彼らは幇助者や異端再転向者の一団とともに、伝統的に異端者の逃亡場所、受け入れ場所として好都合なこれら北部地方こそ、復活を果たすにふさわしい領地だとみなしていたのである。こうした異端者たちはモグラのごとく、土の中に掘ったトンネルから信仰の土台を掘り起こす一方で、レオンやアラゴン、カタルーニャなどでは、日中堂々と、悪魔的な傲慢さを漂わせつつ、己の姿を堂々とさらして信念を披歴したため、容易に追及の的にされたのである。

セニョールはこうした低地国〔ネーデルランド〕の平原地帯を眺めると、そこでゆっくり活動するためには熟慮する必要があると考えた。一方、起伏の多いイベリア半島は男たちの名誉と誇りを試す土地であり、切り立った高い山々の頂にならって、そこから挑戦状を突きつけ、ペドロ・ヴァルドがやったように、大っぴらに悪口雑言を吐く丸腰の軍隊を召集しようという気にさせた。この人物はレオン商人で、貧しさを標榜し、聖職者の富と悪徳を非難し、女を含めたすべての人間が秘蹟を与え、司式を行うことのできる世俗教会を創設し、そうした聖務にふさわしくないとみなす聖職者を排除し、聖堂から足を遠ざけ、家でお祈りをすれば足りると説いた。そうしてペドロ・ヴァルドは弊履派《インサバトス》という名の恐るべき集団を組織したのである。というのも、この異端集団に属す者たちは、かつては裕福な人間だったが、指導者の教えにしたがって、財産を捨て去り、貧しさの象徴として上部を切り裂いた靴を履いていたからである。同時に、あらゆる所有物を否定し、喜捨だけで露命をつなぐ《レオンの貧者》とも呼ばれていた。集団の内部において私有物は存在せず、ローマを欲深のまやかし、邪悪で略奪的な雌狼、冠位についた蛇などと呼んだ。また多くの信徒たちは、謎めいた秘儀を執り行って人の目を引き、カタリ派の異端者やプロヴァンスの反抗的な吟遊詩人たちとも手を組んだ。こうした者たちは人体を苦しみと罪のやどる場所とみなし、イエス・キリストや聖人たちによるこの世の慰めは、生前も死ぬときも役に立たぬとした。そして肉体は己の罪深い性をこの世で蕩尽し、神にふさわしく浄化されたかたちで天に召されねばならないとした。カトリック王ペドロ二世〔一一七八―一二一三年。アラゴンのアルフォンソ二世の子でバルセローナ伯〕はヴァルド派異端を根こそぎにし、レオンの貧者による執拗な反乱を押さえ込んだ。セニョールは先祖の言葉を肝に銘じ、自分のための言葉としてこう繰り返した。「もし貴族であれ平民であれ、誰でもいい、このわれらの王国に異端者をみつけたならば、殺し、手足を殺ぎ、財産を没収するなりして、あらゆる害を与えよ。そうしたからといっていかなる罰を受けることもない。むしろわれらの恩顧に値するものとなろう」。

手に取ることのできる存在の、輝かしくも黒く、混濁して清明なる記憶。つまり異端者たちは沼沢地に守られ、大きな掘割に囲まれ、さほど高くない丘の上に位置する城壁都市のなかに集められていたのである。彼らはブラバントやバタビアの公爵たちから保護を受け、ローマの神聖な権力者たちに対抗する、暫定的権力を懇願するように唆された異端者のようでもあった。こうした者たちは自らのために、神の取り分の代わりに皇帝のそれ〔税金のこと、『マタイによる福音書』二二－二一から〕を要求したが、それは十分の一税を免除してもらい、免罪符の売り上げ金を少しは蔵に貯めこみ、北欧の薄暗い港に巣くう商人や高利貸しに利をもたらすためでもあった。かくてセニョールは苦笑いを浮かべた。ヴァルド派的禁欲やカタリ派的罪と結び付けられた異端者たちは、今やアダム派と称され、それに打ち勝つと主張している、欲心や富、権力に奉仕することとなった。こうしたことだけで異端者やローマに盾突く王たち、蔵いっぱいの財貨にのみ忠実な商人たちに対する、今の戦いが正当化されるには十分であった。主よ、どうか我に力を与えたまえ、貴方の名において彼らと戦うべく、戦士たるわが父より受け継いだキリスト教的力の名の下で。

母はセニョールに幼少のころからよく言った。「いつでもお父様を見習いなさいよ。お父様はね、あるとき一カ月もの間、鎧兜をまとったまま寝起きされたの。そうすることで肉体を痛めつけ、精神を鍛えられたのよ」。セニョールは包囲戦で陥落した街に入ると、王位継承者にふさわしい者としての名乗りをあげた。彼の記憶には、包囲戦の現場で実際に目にした、火薬で引きちぎられた顔や、なまなましくもぎ取られた肉片、投石器や大砲で吹き飛ばされた目や手足などがまざまざと蘇った。また昔から領主たちが包囲戦でやってきた戦争で見られたのと似たような残虐な場面が思い出された。手斧を打ち込まれて傷ついた肉に食い込んだ鎖帷子の網目。敵の目に投げつけられた生石灰。肉弾戦。馬同士の戦い。敵方の騎手が死んだのは、相手の行動によってではなく、ただ単に秘密裏に頭を鉄で囲っていたせいで、自らの兜によって殺されたのである。つまり湖沼を渡る際に重い武具が災いして溺れ死んだのである。あるいはきしむ鎧の中で、熱射病にかかって命を落としたりもした。またもんどり打って落馬した際に、セニョールの刃にかかって落命した者もある。彼らは起き上がろうとして亀のようにもがこうとしたが、重い鎧のせいでそれもかなわなかった。ところがセニョール軍の戦の仕方は敏捷さを第一とする戦法であった。彼が引き連れてきたのはスペインの歩兵隊で、生まれがアストゥリアスで鉱山夫であったため、穴を掘ったり採掘したりすることに長けていた。また勝利のための真の武器ともいうべき身軽な騎馬隊が、いったん異端者の守護者たる公爵の重武装隊に襲い掛かったときは、後衛部隊として働いたのである。勝利はライン川上流とダニューブ川出身のドイツ人の中から徴発された傭兵によるものであった。彼らは給料が不足しない限り、戦争が起こった際に最も有効に立ち働く戦力であったが、もしそういう事態になったときは、容易に敵方に寝返ってしまうという危険性があった。ピストイアというイタリアの村で発明されたピストルという新型の軽量武器を用いるドイツ人騎兵《ライター》もあった。彼らはピストル五、六丁をぶっ放すだけで、出会い頭の敵の騎馬軍団をあっというまに蹴散らすほどの、輝かしい戦果を確かなものとしていた。騎士たちは重い武具をまとい、とてつもない槍を携えていたせいで身動きがとれなかった。ドイツ兵たちは武具や鎧が黒一色だったので、〈黒軍団〉と呼ばれていた。

　確かに彼らの勝利にはちがいなかった。しかしその勝利は同時に冷たく透徹した戦争技術に基づくものであり、父から学んだ学問のせいで冷やされた信仰心に鼓吹されて、手に入れたセニョールの勝利でもあった。敵方の重騎兵は散り散りになり、高楼と要塞によって守られた街の城壁に廃残の身を隠した。さまざまな箇所で決壊していた川の水と深い掘割のせいで、城壁のまわりには沼沢や沼地ができていた。セニョールはこの自然の要塞を落とした。沼や川には重装備のせいで溺れ死んだ騎手たちのすがたが見えた。セニョールは川岸で歩兵軍団の到着を待っていた何隻かの古い船を用いて、急場の近道を作ろうと考え、一隻の船を別の船のそばに据えて、両方に土をいっぱい詰め込んだ。俊敏なドイツ人たちは早速漁民たちから土地の情報を入手してきた。それは沼の深さが人間の腰くらいで渡っていけるのはどのあたりか、というものであった。包囲された街に向かって軽快に進め、どの軍馬にも一升のエンバクを与えよ、将兵や憲兵たちは従者などにかまってばかりいるな、素早い行動をせよ、敵は城壁の外で軍旗を四つも失ったぞ、連中は街中で身を隠しているはずだ、渡河用に大板を組め、沼地の上に粗朶の道を作れ、潜んでいる敵から攻撃を受けるやも知れぬ、川のそばにある森から樹木を伐り出すんだ、それを使って身を守るか身を隠せ、夜暗くなれば人間も樹木も区別できなくなる。水車や風車、馬引き水車が動いているところを見ると、おおわが神よ、ありがたい、風が強まったと見える。強い風で火の回りも速かろう、ドイツ兵たちは馬を駆って船でつくった近道を通って行くがいい、歩兵隊は大板と木枝をぎっしり敷いた束の上を通って、その後について行くがいい、市外の見せ掛けだけの集落の藁小屋には火をかけよ、敵は見かけは浅くても奥は深くなっている機略に富んだ塹壕を造っておる、あの黒煙を見ると、どうやら街は炎に包まれたようだ、連中の方からはわが軍は見えないだろうが、われわれの方からは城壁の扶け壁がよく見えるぞ、さあアストゥリアスの鉱夫ども、われわれが街の堀に近づけるように塹壕の網を掘るがいい。死体を運ぶときの布に入れて運び出したほうがましに見える、この腐った火薬で要塞に発破をかけよ、勝利を収めた川岸から大砲をぶち込むがいい。塔は次々倒れていく。塁壁も同様だ。後戻りしてはならぬ。月日は経とうとも街は包囲に持ちこたえるぞ、しかしわれわれには中で起きていることが分かっておる。人間や動物どもの死臭がする。脱走兵どもは壊れた塔から沼に身を躍らせておる。街を追い出された連中がわれわれの前衛部隊のところまでやってきて、こうほざいておる、「われわれはもともと戦争などごめんだ、公爵と異端者どものせいで、城壁修理の仕事に無理やり就かされているだけなんだ。もしそれを拒めば公衆の面前で鞭打ちを食らわされる。もし意地を張って言うことをきかなければ、木に吊るされるのが落ちだ。もし取り決めごとを受け入れなければ、敵の手で街から追い出されるんだが、公爵に言わせれば、これは鞭打ちや縛り首よりもっと悪いらしい。こんなことを言うのも、この街にはもはや糧食も武器もないからなんだ。とはいえ戦う気力だけはある、最後には煮えたぎった瀝青鍋をぶちまけ、石や矢だけでも戦うさ。射手や腕力だけは事欠かないが、大砲やカルバリン砲などはまったくありゃしない」。

するとセニョールは命令を発して兵士たちに防盾をまとって、石つぶてから身を守るように言った。また破損した城壁と崩落した塔の近くの場所を確保し、小さな掩蔽壕の中で身の安全を図るように命じた。そうすれば公爵方の石と矢による反撃だけでなく、セニョール方の大砲と火縄銃の攻撃からも、身を守ることができたからである。またドイツ人騎馬兵たちには、街の後方出口に留まっているように命じた。一方、歩兵隊はついに城壁に突破口をつくるに至り、機雷を爆破させ、いくつもの塔を壊滅させ、驚愕する人々を尻目に入城をはたした。公爵と異端者どもは殿の方から逃走を図った。しかしそこにはピストルと短剣を身構えたドイツ兵たちが、待ち伏せしていたのである。恐るべき騎兵中隊は、黒光りする鎧に身を包んだラインラント人たちと、銅色の輝きを放つ鎧をまとったダニューブ川の傭兵たちからなっていたが、彼らは短剣とピストルを構えて逃亡者たちに襲い掛かった。騎乗のドイツ兵たちは殺しまくり、スペイン兵たちもまた塹壕を掘り、火薬を爆発させた。午後の一時に《血の軍旗》を携えた司令官が、崩れ落ちて廃墟となった塔の一番高いところに旗を掲げた。城門は開け放たれ、街にかかる橋は落とされ、セニョールが入城をはたした。

セニョールは凱旋入城に際して、互角の力をもった領主同士のありふれた戦争とか、双方とも同等の力を備えた傭兵同士の戦争などには無関心な住民側の歓迎など期待しえないとしても、せめて味方の軍隊からはそれが得られるものと期待していた。彼は狭い街路を進んでいった。家の窓辺からは彼の頭上と、馬具をまとった駿馬の上に、羽根と藁が雲のように、嵐のごとく舞い下りた。

こりゃいったいどうしたことだ？　どういう意味だ？とセニョールは一軒の家から出てきた司令官に、馬上から尋ねた。司令官は顔を紅潮させて、スペイン兵が金を捜し求めて家々に入り込み、短剣で寝床をずたずたに切り裂いたためだと伝えた。それは北方住民が元来けちで、金を貯め込む性質ゆえ、枕元に金を隠しているはずだから真っ先にそこを狙うべしとされていたからである。兵士たちは住民を窓から放り出していたかもしれないが、住民は身の安全を図ろうと、貯えを残したまままさっさと逃げ出したのである。少なくとも兵士たちはそう考えていた。兵士たちはこれが信仰のための十字軍であって、戦利品を獲得するための戦争などではないことが分からないのか。教皇がフランドルの異端者たちを根絶するために、あらゆるキリスト教君主の中でも私を〈信仰の防衛者〉として任命されたことを知らないのか。セニョールは司令官にこう問いただしたが、彼は首を振るだけであった。

――十字軍であろうとなかろうと、この戦争は金で雇われた多くの傭兵たちによって引き起こされたものでございます、セニョール、本当は誰ひとり好きこのんで犠牲的精神で戦ってはおりませぬ。戦争を生業にしているからやっているだけで……誰と戦おうとどうでもいいのでございます。給金と戦利品が手に入るのなら……セニョールはこの十字軍に、ご自分の領地の農民たちを駆り出すこともできますでしょうに。とはいっても、こうした連中は鍬を扱うことはできても、剣は無理でしょうな。ましてや火縄銃や短銃、勝利を導いた大砲などはとうてい扱えますまい。神は褒め称えられるべしですな、神の摂理のおかげでことわが軍に関しては、疎んじられて罵声を浴びることもないわけですから。なにしろ軍の名誉は、敵を打ち破ることに最大の誉れがあるわけですからな。略奪行為にともなう不名誉は甘んじて受けることにしましょう、セニョール、これも勝利に伴う試練といったところでしょう？　敗者の名誉など蛆や蠅の餌食にしてやりましょう――。

司令官はその場から遠ざかって行った。その日の午後、セニョールの頭上には、新鮮な花が降り注ぐこともなければ、怯え切った市民たちが降ってくることもなかった。唯一、降ってきたのは切り裂かれた枕やクッションから飛び出した詰め物であった。通りでは犬たちが、司令官の呼び寄せた蠅や蛆の先を越して、死体をわれ先にと貪っていた。セニョールは怒りに駆られて大聖堂の前にくると、守備隊の弩射手たちに命じて、壮大な尖塔形の建物の扉をすべて目一杯開けるように言いつけた。この大聖堂は古より殉教者たちを埋葬してきた、参事会教会であった。セニョールは彼らに対して、教会の鐘を鳴らし、人々が信仰の敵に対する勝利を祝うべく、大いなるテ・デウム〔神に恵みを感謝する祈り〕にはせ参じるようにせよと命じた。弩射手たちは苦々しく、またいらだったような様子すら見せた。中庭に累々と転がっている死体の悪臭から遠ざかろうとして顔を手で覆う者もあれば、笑いをこらえようとしてそうする者もあった。はっきりした理由を知ることは難しかった。弩射手たちによって扉が開けられ、セニョールはそれを見届けると、自らの疑問を問いただそうとするでもなく、独り言のように言った。

――命令を下してからそれを執行させるまでの間は、いつもこのように落ち着かない気分になる……。

彼自身も手袋で鼻と口を覆わざるをえなくなった。通りに放置されている死体から発する悪臭は、大聖堂からもれ出てくる汚物の臭気と混じりあった。

ドイツの兵士や騎手たちは回廊に沿って、笑いながら歩いていた。中には祭壇の隅で脱糞する者もあれば、告解場の中で放尿している者もあった。聖堂を出入りしている犬たちは、通りにふんだんにあっても人間の腐肉には不満げな様子で、酔っ払った兵隊たちの嘔吐物を舌で転がしていた。弩射手たちはセニョールに命じられるまでもなく、荒々しく突拍子もない動きを見せた。やおらその場から仲間たちを排除し、捕らえようとしたのである。それは確かだった。あるいは弩射手たちは敷居の暗がりにセニョールが立っていて、そこから彼らを見ていると、知らせようとしただけかもしれない。しかしセニョールは指で合図をし、弩射手たちを引きとめると、指を唇に当てた。

確かにセニョールが最初になすべきことは、こうした瀆神的な行為を妨げようとしなかった弩射手たちを罰することであった。その後すぐに、実際にこうした行為に走った者たちに罰を与えればよかった。しかし彼は辛い思いをかみしめながらも、大聖堂の隅の暗がりにある柱の陰に、よりかかったままでいようという衝動に駆られた。彼は腕を少し動かすことで、弩射手たちにその場を離れるように指示した。そして最後に大扉がいま一度閉じられると、その場に一人きりとなった。彼はこの日の軍事的大勝利から湧き上がる満足の気持ちを、すっかり打ち消すかのような、内面的敗北感に襲われた。あの名も知らぬ司令官の言っていたことは間違いだった。もし勝利から得られたものがこうした不名誉だとしたら、敵に対する勝利に優るものとして王位につけるべきは名誉だろう。セニョールは柱に頭をもたせかけ、信仰にとっての勝利の日を勝ち取ったドイツ人兵士たちの、傍若無人な騒々しさと、むかつくような冗談に対して、屈服させられたような思いを抱いた（哀れなボカネグラよ、聞いているか）。

祭壇の近くで何が起きていたか、はっきり見きわめることは難しかった。酔っ払いたちの卑猥な言葉を威圧するかのように、黒装束の騎手が発する大きな喉音が響きわたった。一同は静まり返ったところでその声に聞き入った。ドイツ語で話し終えたところで、仲間たちは、殺せ、殺せと口々に大きな声で叫ぶと、銅でできた鎧や、

〈黒軍団〉という名称の所以たる黒い鎧ともども、そばにあったサーベルを握り締めた。それらは祭壇の下、黒く赤銅色をしたクソの上や傍らに束ねて、置かれていたものだった。真っ暗闇の中で剣の打ち合いが始まった。黒軍団のラインラント人と銅の鎧をまとったオーストリア人が、互いに罵り合い、殺してやると言って脅迫し合い、苦悶の快感による叫び声をあげていた。犬よ、私には連中がよく見えなかったので、ふたたび目を閉じて過去へと旅立った。他にも瀆神的なことを想像し、そうした怪物的な騒音と臭気から、コンスタンティノープルのサンタ・ソフィア教会における、かつてのフランス十字軍の行状を生き写しにしたようなイメージを重ね合わせた。あの当時、連中は畏れ多くも聖体容器から水を飲み、卑猥な戯れ歌を歌いながら、総大司教の玉座に娼婦を腰掛けさせるということまでやってのけたのである。私はキリスト教徒たちが血を膝まで滴らせながら、騎乗のまま聖なる身廊を荒らしまわって、エルサレムの神殿を陥落させた日のことを思い出した。しかしそれは異教徒の血だったのだ、ボカネグラよ。

セニョールは柱に寄りかかりながら、果てしない疲れを感じていた。勝利によって疲労困憊していたのである。彼にとっては確かにそうだったが、こと兵士たちに関してはそうではなかった。戦闘は大聖堂の中でまだ続いていた。ドイツ人傭兵たちは自分たちの給料に見合った義務を超える働きをしていた。彼はその情景に密かに魅入られたかのように（そう確かに魅入られていたのだ、ボカネグラよ）、長い間じっと目を閉じたままでいた。あのときそう確信していたし（今でも確信しているのだが）、ああした情景を繰り広げることで、神は軍事的増長に釘を刺し、武力による勝利など忘れ去らせ、魂の救済のためのいつ果てるともない戦いを、心に呼び覚まそうとされたのである。この戦争はまさに、北方の凍結した海の近くに避難した異端者たちに対する、キリスト教徒の戦いに他ならなかったではないか。アダム主義者と称し、父アダムの名の下で偽装している最後のワルド派やカタリ派に対する戦いであった。彼らは楽園追放以前に、神によって最初に創造されたアダムのごとく振舞っている、と信じていたのである。

——この世以上にひどいところはないのだから、煉獄も地獄もありはしない、あるのは人間の罪深い性だけである。それはこの世で得られたものだから、この世で清められねばならない。また性愛の過剰に対しては、地獄的な苦しみを味わわねばならない。なぜならば人間が楽園を追放されたのは情欲のせいだったからで、あらゆる獣性から身を遠ざけ、死に際しては純潔のまま天と合体せねばならない。われわれは死に際して、義なる者たちの魂を慰めるべく、イエス・キリストと聖人たちが立ち会ってくれるなどとは思わない。なぜならば、いかなる魂といえども、この世を去るときは大きな痛みを伴うはずだし、生そのものが痛みだったからである。その埋め合わせとして、われわれは死んだ後、魂が意識を保つこともなければ、かつて愛したものを思い出すこともないのである。かくあれかし――。

　こうした言葉がセニョールを包み込む暗闇から発せられ、それを聞いて彼は凍りついた。彼は最初それが、そこに埋葬されている、ネロによる三人の殉教者のうちの一人〔聖ペテロ〕から発せられたのではないかと思った。しかしその後すぐ、ガイウス、ヴィクトリクス、ゲルマニクスと呼ばれる者たちの物言わぬ墓のほうに目をやったとき、暗闇そのものから発せられた言葉なのかもしれないと思いなおした。

――アダムは世の最初の王であった。彼にはかかる地位が与えられた際に、自らの終焉に関する命令も下されている。アダムよ、そなたの信仰の第一戒とは以下のものである。今日、汝が肉をもって罪を犯すならば、明日という日に魂を浄化し、己が死を乗り越えることとなろう。汝の肉体が蘇ることは決してない。もし快楽の中に肉体を蕩尽せしめるならば、汝の清き魂は神の霊と合体し、神そのものとなろう。神となった汝の魂には地上で過ごした時間の記憶はなくなる。もし汝が姦淫をなさなかったならば、一再ならず畜生の姿に転生するだろう、それが汝にとっての地獄である。そのとき汝は人間の知性でもって克服しえなかったことを、畜生の本能でもって蕩尽せしめるに至るであろう――。

　セニョールは暗闇に目をじっと凝らして、こうしたことを語るのは誰なのか判別しようとした。暗闇から人物を切り離すことはできたが、人物から暗闇を切り離すことはできなかった。その見知らぬ人物は聖堂参事会のように黒々とした衣服に、手から顔から身体中をすっぽり包んでいた。彼は栄光に輝くセニョールのかすかに震える姿を前にして、こう述べた。

――レオンからプロヴァンスへ、プロヴァンスからフランドルへ、真実は肉体を燃え立たせてきた。したがってそなたの軍隊もそなたの勝利も、何の役にも立つまい。われわれ説教師の血筋はそなたの王侯の血筋よりもずっと古い。われわれはビザンチンを発ってからトラキア、ブルガリアを放浪し、見知らぬ土地を経て、スペイン、アキタニア、トゥールーズへとやってきた。そなたの先祖たるカトリック王ペドロの命でわれわれの家は焼失し、俗語で書かれた我らの福音書も焼かれた。王はわれわれ貧者の十字軍に合流した金持ちたちの城を奪って、自らのものとした。そなたの先祖たる征服者ドン・ハイメは、われわれをカタルーニャとアラゴンの異端審問所の責め苦と拷問台へと送った。われらの荒廃したプロヴァンスのことを歌ってくれたのは、唯一トルバドゥールだけであった。《かつて目にしたこの土地を、もはや再び見ざるなり》。考えてもみよ、そなたは今日という日、ついにわれわれを打ち負かしたのだ。しかし覚えておくがいい、われわれはそなたよりも生き長らえるだろう。そなたの力の及ばぬ遠い森の中で、冷たい月の光に照らされて、罪から浄化されて天の生活に至るべく、肉体を交わりつくすのだ。牢獄も責め苦も戦争も火刑も、二つの肉体が合体することを妨げることはできぬ。祭壇に目を向けてそなたの兵士らの有様を見るがいい、クソそのものだ。私の眼差しに目を凝らしてわが軍を見てみよ、天国そのものだ。そなたには肉の喜びと神秘の交わりとの見境がつかなくなる地上の楽園の快楽に歯向くことなど、何もできまい。そなたは父祖たるアダムとイヴが行ったような性行為に、われわれを駆り立てるような法悦境に邪魔立てすることなどできまい。罪を犯す前の性交、それこそがわれらの秘密である。われわれが人間としての定めを全うするのは、父祖たる彼らから負わされた重荷から永遠に解放され、天において地上のことを忘れ去る魂となり、われらの天における定めを全うするためである。そなたの傭兵軍団が、われわれに太刀打ちなどできようはずもない。そなたが死の初めを表わすとすれば、われわれは生殖のそれを表わしている。そなたが死体を生み出すとしたら、われわれは魂を生み出す。見ているがいい、そなたの死者たちとわれらの生者たちとが、今後はどれほど早く増加していくかを。そなたには何の手出しもできまい。われらの自由な精神は夜という別の岸辺で息づいていき、そこからわれわれは高らかに宣言する、罪とは単に、無力な思想の当然忘れさるべき言葉にすぎないのだということを。また無原罪とは、アダムが自らが死すべき存在だと知ったとき、地上において全うした定めのことだと――。

——そなたはどこから来たのだ、とセニョールは辛うじて尋ねた。

——どこからでもない、と影の男は答えた。

——どこからでもないだと？

——アダムからとでも言っておこう。

——そなたは何者だ？

——何者でもない。

——何が望みだ？

——何も。

——それではどうしてそんな高飛車な言い方をするんだ？

——高飛車でも何でもない。それがすべてだ。貧しい者こそ罪が許されるというではないか。恩寵を得つつ姦淫することができるのは貧者だけだ。しかし強欲な者は永遠に滅びて、断罪されたら二度と救われない。もし貧しさという境遇がなければ、そなたに言ったことのどれもが偽りとなるだろう。それこそがキリストの教えだ。

——否、それは彼の助言だ。

——キリストは宮廷人などではなかった。実例を示して教えを説いたのだ。

——罪深い奴だな、お前は、キリストにでもなったつもりか。

——贅に酔いしれているどこかの教皇などよりも、よほどキリストとの距離は近い。

——教会はそなたと仲間たちに対して、二つの武器をもって応えた、つまりフランシスコ会的清貧と、ドミニコ会的規律だ。

——ローマにいる反キリストは自らの真の姿をうまく隠蔽しているし、徹底してなさねばならぬことを中途半端にして、人の目を逸らしている。

——何はともあれ、そなたはフランシスコ会士から清貧の教えを受けるがいい。そなたの傲慢さを見るにつけ、清貧とは程遠いことが分かるからだ。ドミニコ会士からは規律を学ぶがいい。そなたの夢は行動とずいぶんかけ離れているからな。

——わが行動は貧しさなり。ドミニコ会士などクソ食らえ。わが夢はわが誇りなり。フランシスコ会士とは馬が合わぬ。

——これからどこにいくつもりだ？

——絶対的自由の世界へ。

——それは何のことだ？

——神と彼自身とを分け隔てすることをせず、あらゆる衝動とうまく折り合って生きている人間のことだ。彼は過去も未来も見ないが、それは自由な精神にとって、前も後もないからだ。

――そなたの名は？

影の男は笑って言った、――名もなき野生人だ。

そう言うと、セニョールのほうに近づいてきた。セニョールは突如目にした男の熱い息づかいと、自らの手の上の熱い手を感じた。

――そなたは今日われわれを敗北させたと思っているらしい。それが正しくないことを神に感謝するがいい。なぜならば、もしそなたがわれらを打ち負かすとしたら、そなた自身の負けとなるだからだ。本当に勝ったとでも思っているのか？　祭壇のほうを見てみるがいい。王冠を戴く蛇たるローマの名のもとで、われらを打ち負かした軍隊のありさまを見てみよ。地上の真の権力者たちこそ打ち負かすべきであって、その相手は、あの世で愉楽と貧しさ、純潔と忘却を約束するわれわれではないだろう？　何ももっていない者どもは、われらとともに来るがいい。われわれは無敵であり、誰からも何ひとつ奪われはしないからだ。

――どうか言ってくれ、お前はいったい何者なのだ？

――思い出すがいい、ルドビーコだ。覚えているか？　またいつか会うことにしよう、フェリペよ……。

セニョールは男の笑い声の背後で、緑の目がきらっと光るのを瞬間的に認めた。彼は柱の傍らに膝まずくと、実際にそれを見ていたとしたのなら、それは目を閉じていたからかもしれないし、またすべてが夢物語だったのなら、実際に目を開けて見ていたのかもしれない、と感じていた。大聖堂の中の叫び声はますます大きくなり、大きな笑い声は吐き気を催す臭い以上により激しくなった。セニョールは暗闇で手を差し伸べたが、影の男はもはやそこにはいなかった。

その夜、光るものといえば互いにぶつかり合う剣から出る閃光くらいであった。勝利を収めたとはいえ、戦士たちは乏しい勝利しか収めず、持ち前の精力を出し切っていなかったせいで、大量の汗をかきつつ、仲間うちの果てしなき決戦を戦っていた。乏しい勝利というのは、自らの意志による貧窮というその場限りの豊かさと、罪に関する逆説的な神性を唱える異端者たちに対して、傭兵たちが勝ちとったものだったからである。この勝利は十字架にかけられたイエスの祭壇の前にクソと血が供えられるという、邪教の祭祀さながらの姿を呈していた。

セニョールは十字を切りつつ、アッシリア的本能〔古代アッシリア兵はプロの戦闘集団で、その残虐性と暴力性から殺人本能を体現しているとみなされた〕というのは何としても、血を見ることによって呼び覚まされるものだと考えた。またバビロニアの大淫婦〔悪魔の住む所の意でここはローマ・カトリック教会のこと〕はあらゆる王位と祭壇に居座っているし、さらに傭兵は煉獄を経ずに天国に行くためには、職務上の責務たる戦争、つまり真の異端者に対する戦争をしっかり果たしておきさえすればいい、などとほざいて神学的な慈愛を騙ったのである。傭兵たちは破門者たちに対する戦いに勝利はしたが、その結果、聖体拝領の祭壇を冒瀆するだけに終わった。それはたしかに戦争だったが、兵士同士の戦争となった。いったいどんな武器を用いて？　私はひとりか？　王たるキリストにとって勝利の日を勝ち得たとしたら、それは武器に対する丸腰の戦争によってではなかったか？　私はひとりか？　キリスト教世界は脇腹から血を流していた。男を知ることなく妊娠した、永遠の処女たる聖母マリアから生まれた、真の人間にして神たるイエス。私は低い声で祈りを捧げた、ボカネグラよ。クソと尿と嘔吐物に血の臭いが入り混じっていた。また剣のぶつかりあう音と、床の上で回る聖体容器の雑音が混じりあった。

ついに男たちは疲れきって、祭壇の前や、身廊や告解場、説教壇の内で、あるいは聖体顕示台の後ろや食堂のテーブルクロスの下で眠り込んでしまった。一人の酔っ払った兵士だけが鼻歌を歌いながら、四つん這いになって動き回り、生きていることを身をもって示していた。他の者たちは戦場のように、その場で死んでいるように見えた。しかしこの四つん這いの男は、祭壇にある磔刑像の足元に、クソを手でかき集めて小山にしていた。どうやら、笑ったり泣いたりしていたらしい。セニョールもまた寝ずの番を続けることができなくなった。その夜、どこにも光はなかったのだろうか。セニョールのところにはあった。クソが苦悶のイエス・キリストの足元で、黄金のごとく輝いていたからである。その名もなき皆からの供え物の輝きのせいで、セニョールの秘密の祈りが掻き乱された。

彼はひっきりなしに『伝道の書』の一節「あらゆる権力、命短かし」（Omnis Potentatus vita brevis.）を唱えていた。彼は今夜、自らの人生においてそのことを証明したいと思っていた。つまり大地の深くに眠る金と人間の内臓からひり出されるクソと、両者を生み出した創造主にとって、掘り出し、供え、報いるべき、より価値ある贈り物はどちらなのかと。

　夢と現《うつつ》を区別できなくなったセニョールは、震えながらむせび泣きつつ、大聖堂を後にした。長い夜の押し迫った時間に、陥落したせいで街のがらんとして人気のなくなった通りを、廃墟と化した要塞のほうに歩いていった。彼が塔まで上って見てみると、そこには細かく砕かれた砂岩に《血の軍旗》が据えられていた。上から見下ろして見ると、そこには風車が点在し、こぢんまりとした森に囲まれた低地が見渡せた。その土地は蒼白い月の光に照らされて、冷たく御しにくい潮汐が押し寄せ、人々を脅かす北海のところまで、波打つように、穏やかかつ平坦に広がっていた。

　彼は大聖堂を出たとき、物言わぬ月になんともいえぬ懐かしさを覚えていた。改めて大聖堂を眺めた。それを見るにつけ、ダニューブ川上流とライン川地帯の野蛮な傭兵たちが、血と残骸の掛け値なき最高の供物を、われらの主に対して行ったのは、まさに直感的なことだったのか、それを知ることはもはやできないという気持ちに再び襲われた。兵士たちが戦闘中に祭壇の前でなしたことが、ほんとうの供犠であったのかどうか、それが彼には分からなかった。彼は穢された大聖堂のことを思い、その瞬間、新たに別の大聖堂、つまり〈聖体〉の大聖堂、〈秘蹟〉の要塞ともいうべきもの〔エル・エスコリアル宮〕を造ろうと心に誓った。それは酔いどれ兵士たちに穢されることのないような、堅固な石でできた保管場所でなければならなかった。そして絢爛さや美しさよりも、神々しい厳めしさによって、神罰たるスキタイ人アッティラの軍勢すら驚嘆させるような、世紀の驚異たるべきものとしなければならなかった。というのも、信仰のための戦いに勝利を収めたドイツ人たちは、まさにアッティラやその軍勢の子孫だったからである。

　セニョールは塔の瓦礫の間に突っ立ち、苦悶する夜の灰色の強風ではためく旗のそばに身を置いて、物言わぬ月を眺めながら、穢されることのない〈聖体〉の要塞たる大聖堂建造の趣意書の文言を口に出して語った。われわれは主なる神より賜った、そして日々賜っている、多くの大いなる恩恵あればこそ、われらの行いと営みを神のためになしてきたのであり、聖なる信仰のもとで王国を維持することができるのであります。神の僕《しもべ》たる者たちが神の教えと模範を示すことによってこそ、聖なる信仰は守られ、いや増すのです。そうすることでわれらは自分たち、およびわれらに先立つ者や後を継ぐ者たちのために神にとりなしを求め、魂の救済と、われらが王国の安泰を図ることができるのです。そのためにこそ私はこの大いなる、神聖にして有用な、巧緻に富んだ、規模や配置において並ぶもののない、世界の第八の奇跡ともいうべき大聖堂を建造するつもりです。それは肉体と精神の安らぎのための離宮となるでしょう。しかしそれはつまらぬ娯楽のためではなく、神に没頭し、神を称える合唱や祈り、喜捨、沈黙、研究、学問が絶えることなく行われる場所となるはずです。それはカトリック教会の容赦なき敵対者およびその異端者たち、それにかくも多くの土地の聖堂を情け容赦もなく踏み躙《にじ》ってきた中傷者たちが、精神の混乱と屈辱を覚えるものとなるでしょう、アーメン。

　もしこれがセニョールによる大声の祈りで、彼が祈りつつ〈血の軍旗〉を手ずから降ろしたとするならば、ここに本作戦はクライマックスを迎えたということであったろう。この勝利は模範的といってもよかった。傭兵軍はもはや村々や飼い葉を焼かれてしまって、荒廃したこの低地には入り込まなかったはずであった。この勝利を見せしめとしよう。セニョールは父の勝利の証であった古い旗に口づけすると、死んだ父の彷徨う魂がどこからでも聞こえるように、実際にこう祈った。

――父よ、私はあなたが遺された領地財産にふさわしい人間となるべく、あなたのように勇敢に戦おうと誓いました〔フェリペ二世の実際の父カルロス五世は、ヨーロッパを長い間転戦し、異端者および異教徒との戦いに明け暮れた〕。そしてわれらと神の威光に服従しようとせぬ地域の寒村や要塞において、己の姿を大ぴらに見せつけ、あなたのように一カ月もの間、戦場で眠りつつ戦おうと心に決めました。父よ、私はその誓いを果たしました。私はあなたに対して負った義務を果たしました。これからは神に対する義務を果たさねばなりません。もはやこれからは戦争には参りません。もはや私は疲れきってしまい、気力もありません。父よ、どうかお許しください、そしてご理解ください。これからの私の戦いは唯一魂との戦いとなるでしょう。私は武器を用いた自分の最後の戦いに勝ち、そしてそれに負けたのです――。

　彼は陥落した市の濠に勝利の軍旗を投げ入れた。紅と黄の混じった水鳥が一羽、灰色の水面に一瞬、浮かび上がったと思うとすぐに、敗者の武具をまとったままの死体のそばで再び潜ってしまった。

――忠実なボカネグラ、お前は何の夢を見ているんだ？　今日そばから離れて逃げていったとき、どこに行ったのだ？　誰の手で傷つけられたのだ？　何か覚えていることはないのか？　こうやって話しかけているのにお前には何も言えないのか？

　セニョールは傷口に触れようというつもりはなかったが、そこを被っていた粗麻部分を優しくなでた。犬は痛みでうめき声を出した。犬はかつて身に受けた危険を思い出したのか、海辺の黒い砂のほうに戻っていった。


お前は何者だ？


　疲れきったさざ波がお前の裸足を洗う。カモメが水面すれすれに飛び交い、お前は鳥たちの心を落ち着かすざわめきを聞いて、目覚めるような気がする。しかしお前を待ちうけながら、お前のためだけにとってあった、体のぬくもりを受けとるぬかるみのことを、お前なりに頭に描くこともできる。お前がかつてここにきたことを伝えるのは、お前の暗い意識の深奥と、受けたばかりの心の傷痕である。お前は熱をもった喉元に手をやり、そうしながら頭を上げる。

　最初に周辺を見回してみる。お前は大災害の爪痕を見るにつけ、不毛で曇った別の目でものを見ているような気がする。ただ一つ、お前と同じように海水に洗われて、緑色のボトルが一本、湿った砂浜に突き刺さるように光っている。その輝きは腹を空かせ、渇えたお前が、己の生そのものだと考えていたものである。何か飲み物が入っているに違いない、封蠟を施され詮を閉められたボトル。お前は光り輝いているのはボトルのせいだと思っていたが、本当はお前自身の飢えた視線にすぎないことに気付く。お前はボトルを手に取って揺り動かすが、いかなる液体も入ってはいない。その代わりにあったのは白っぽいよじれた根のような気味の悪い大根、おそらく巻かれた硬い紙であったろう。ボトルを力なく海に投げ返し、再び視線を上げて、今度は遠くを眺める。

　太陽は砂丘の向こう側に沈もうとしている。お前は近くの山頂のあたりで、自分の視線と太陽の間を、ゆっくり歩いていく者たちの姿を目にする。黒くくっきりと浮き上がった複数の人影は、ゆっくり音もなく歩いていく。歩きながら立てる砂煙が宙を舞い、黄昏の光のなかに舞い落ちる。

　おそらくお前は歌詞のない陰気な喉音だけの賛美歌を聞いているのだろう。うつむき加減に歩いていく者たちは、身軽に進んで行く者もあれば、乗馬で行く者もあったが、あたかも全員が重い荷物を背負っているかのように見える。お前には語ることはできまい。行列は砂丘の端から端まで途切れることなく長く広がっている。お前はたえず太鼓を打ち鳴らす音を聞く。腕を上げて合図を送る。挨拶のつもりで大声を上げるが、それは挨拶を求める叫び声となる。お前の口からはいかなる声も出ないのだ。お前は立ち上がり、体を揺すって泥をはらうと、砂丘のほうへ走っていくが、深く柔らかな砂に足を取られて、なかなか進めない。お前はとうてい上のほうにはたどり着けないのではないかと思う、浜辺からはすぐ近くに見えて、簡単に行けそうにみえるのだが……。

砂丘の砂がお前の頭上に崩れ落ちてくる。お前の口はふさがれ、眼はみえなくなり、耳も聞こえなくなれば、息もつけなくなる。それでもまだ目は砂丘で隠れ穴をせっせと作っている昆虫たちを追っている。昆虫たちはお前のやけ気味のぶざまな足元で、篩《ふるい》の中の砂金のようにうごめいている。お前は感謝の気持ちに満たされて、大地の驚異に目を見張る。大地はもっとも卑しい虫の作るトンネルの中まで生命を育んでいる。お前にはここまでどうやってたどり着いたのか見当もつかない。しかし、本能的に身動きして目覚めたおかげで、自分が救われたのだということ、そしてそのことを感謝すべきだと思い至った。誰かが砂丘の高いところからお前に叫んでいる。黒い腕が振られて挨拶しているように見える。一本の縄が下りてきて額に触れる。お前は全力でそれにつかまり、目を閉じ、口をあけて仰向けのまま、身動きせぬ小籠のように引き上げられる。お前は自分の体が打ち負かされたように感じる。何人かの腕が高いところでお前を引き上げ、持ち上げようとする。お前は兵士たちが砂丘に置いた矛槍のそばで何度も倒れる。お前は自分の足を感じることができない。お前のせいで一行は足止めを食らったのだ。兵士たちはぶつぶつと恨みがましい言葉を吐く。甲高い声がとどろくと、兵士たちはたじろぐことなく意を決し、お前を置き去りにしていく。お前が砂まみれの乾いた舌を外に出して、その場に横たわったままでいる一方で、隊商のほうは再び歩み始め、太鼓の音を響かせていく。

お前は疲れているせいで目が見えなくなっていて、一行の通り過ぎる姿があたかも亡霊のような、茫漠たる光る影のようにしか見えない。矛槍をもった兵士たちの後からは騎馬の将官が二人ついていく、さらにその後ろには櫃や深鍋、酒の入った皮袋、紐に結わえ付けられた紐玉葱やピーマンなどを載せたラバに跨る多くの者たちがつき従っている。ラバ追いたちは歯抜けの口で、口笛を吹きつつ追い立てている。また傷が癒えないままの頬には大粒の汗が光っている。女たちは頭の上に陶器の水甕を載せて裸足で歩いていく。男たちは麦わら帽子を被り、先端に猪の頭をかたどった長い棍棒をしっかり握り締めている。猜疑心の強そうな猟犬を従えた狩人の一隊もあれば、腐りかけのシャコや蛆のわいた野ウサギなどを吊るした棒杭を担いだ、アルパルガータ〔スペインの履物。底は麻やジュートなどで編んだもので甲側はズックや紐などで作られている〕を履いた一対の男たちもいる。つましい駕篭かきたちが担ぐ輿に乗っているのは、目が飛び出しそうな女や目が窪んで落ち込んだ女、頬の赤い女や干からびた肌をした女たちで、みんな一様に暑さで息苦しくなり、手でもって扇いでいる。干からびた肌の女までが、顎下から、羊皮紙と厚紙でできた飾り襟まで滴る汗をハンカチで拭き取っている。もう少しまともな駕篭《かご》かきは、眼鏡が鼻までずれ落ちたり、黒リボンでそれを吊り下げている、賢者風の顔立ちをした男たちに占有されている。胡椒の香りのする顎鬚をたくわえた駕篭かきの草履ばきには穴があいている。お前が浜辺で耳にした悲しげな賛美歌――ついにその歌詞「信徒たちの魂の神よ、われらの礼拝行列にお出ましあれ、そなたの女奴隷たる女王ファナの魂にかけて」をお前は解き明かすのだ――を歌っている、フードを被った修道士たちの肩が背負ってゆっくり進んでいるのは、余りの暑さと自分の尿の臭いや香の煙にへばりきって腰掛けた聖職者たちである。次に見えるのは二頭の興奮気味の馬が引く革の馬車で、小さなカーテンが引かれている。その後にやってくるのはゆったりとした動作の六頭の馬が引く馬車で、矛槍の守備兵たちに護衛されている立派で重々しい黒い霊柩車は、荷車に載せられたオオタカのように見える。中に収められているのは、床にねじで固定された黒色の棺で、ガラスの覆いに落日の光を受けていて、あたかも砂地に暮らす昆虫の光り輝く甲羅のように見える。お前はそうした昆虫を目にしただろう。私はお前に話を聞いてもらいたい。聞くがいい。私がお前の代わりに見聞きするのだ。

霊柩車の後ろには嘆き悲しみ、涙にくれた、黒布で顔を覆った物乞いの葬列たちがごそごそとついてくる。その隠れた襤褸からは傷だらけでやせ細った手が伸びて、空のお椀を消え入る太陽に向けて差し出す。中でもとりわけ大胆な物乞いたちが、時々走りだしては一片の兎肉を乞うために進み出てくる。しかし彼らは足蹴にされて追い返される。しかし連中は好きなように、行ったり来たり、走ったり、道中で道草を食ったりするのである。ところが大弓で武装した別の守備兵たちに取り囲まれた者といえば、事情が違った。皆一様に辛そうに足を引き摺って歩いている。女たちは裂けた長い絹の衣をまとい、片腕や両手で顔を覆い隠し、また黒い目をした浅黒い男たちは、緊張した喉に囚われの身となっていた歌の一節を、辛そうに飲み込んでしまって、声に出そうともしない。もじゃもじゃの髭をたくわえ長く伸ばした汚い髪の男たちは、襤褸を身にまとい、痛々しそうな素振りで、心臓部の上に縫いとりをされた、黄色の丸い継ぎ当てを隠そうとする。こうした連中の間には、空を見上げながら、「夕暮れには改宗せねばなるまいさ、犬のように腹を空かせ、市を包囲するだろう……」などと鼻歌を歌いながら、見回っている一人の修道士がいる。

物乞いと囚人たちの後ろには、黒づくめの小姓がひとりゆっくり歩いている。彼は黒いビロードで覆われた太鼓をたたいて、息詰まるようなリズムを繰り返している。それは砂を踏みつける足音や車輪、馬蹄のリズムと同じものである。黒い靴下、黒の革サンダル、黒太鼓のバチを支える黒手袋。こうした黒づくめの中で小姓の顔だけが金の葡萄のように輝いている。痩せてはいるがきりっとした顔、まちがいない。お前が本当にこの小姓を見たら、つんと高い鼻や灰色の目、刺青をいれた唇などが確認できるし、よく見えないお前がいろいろな噂を頼りにあやふやに理解することもなくなろう。小姓は前をしっかり見据えている。太鼓バチの革でできた先端が生み出すリズムによって、行列の上に漂う荘厳な賛歌がさまになる（言い換えると唯一、まとまるのである）。「われらの安らぎの住まいたる女王フアナの安らかなる至福を、光の明るさを」。この行列の歌は、「夕暮れには改宗せねばなるまいさ、犬のように腹を空かせ……」という内容の、修道士が囚人の間で歌っていた鼻歌に対抗し、その息の根を止めるものである。

お前は誰かから「お前は何者だ」と尋ねられることをひどく恐れていた。それはどういう名前を名乗ったらいいか分からなかったからだ。そこで今では、お前は人に恐がられるのではないかという恐れから、太鼓の息詰まるようなリズムに合わせて行進する、唇にタトゥーをいれた小姓に、あえて同じ質問をしようともしない。当初、お前は海を背にして砂浜に跪き、隊商が通り過ぎるのを見ても、いったいどうなっているのか分からず混乱していた。その後、すぐに起き上がった。長い行列は砂煙に包まれて（死にかけた長い影でいっそう際立った）時間を打ち消すような遠方の幻影を生み出した。お前は瞬間的に思った、あの長い隊商の行列、葬列であると同時に祭礼のそれであり、玉葱や矛槍、馬、駕篭かき、物乞い、アラブ人とユダヤ人の囚人、駕篭かき、賛美歌、棺、太鼓といったものを携えた行列を、永遠に見失ってしまうのではないかと。あるいは単に砂浜から夢想しただけの光景だったのか、あるいは、これは夢想した難破の中で起きた水死と、その海での埋葬にふさわしい別のイメージだったのかもしれないと。

お前は立ち上がると、供奉の殿《しんがり》を守る人物たる、黒づくめの小姓の肩に手を触れようとして走っていく。小姓はお前を見ようとして振り向くことはしない。ひたすら太鼓のリズムに合わせて行進し続けている。これはおそらくお前がその質問をしても彼から答えがかえってこないだろうと思っていることを、彼がわきまえているということを、お前もまたわきまえていることを知りながら、あえて「お前は何者だ？」と問いかけようとする、お前に対する挑戦からだろう。お前はあたかも隊商と自分を隔てている距離が空間ではなく、時間によって測るものであるかのように走っていく。走りはするものの、彼にお前自身が認識していないお前のそうした部分を、彼に話しかけるのをやめることはしない。何という無分別なお前よ。お前は久しく鏡の中に自らの姿を映してみることはなかった。瓜二つのイメージの中に自己を認めることなく、どれだけの時間が経ったことか。暴風雨のせいでお前はこの海岸に打ち上げられ、顔を消されてしまったものなのかどうか、檣頭電光（コロナ放電）で肌を焼かれてしまったものなのか、波浪で髪の毛を奪い去られたものなのか、砂によって永遠に唇と目を痛めつけられてしまったのか、そんなことがお前に分かるはずもなかろう。暴風雨と剣。檣頭電光と蛆虫。波浪と火薬。砂と手斧。お前は海草のまきついた腕を広げる。お前は自分がどういった姿を世の中に提供し、世の中がお前をどのように見るか知る由もない。難破者、孤児、哀れな不幸者であるお前を。

鼓手はお前を見ようと振り向きもしない。またお前も彼にあえて何も尋ねはしない。お前は彼の肩に触れるが、その呼びかけには無反応である。お前は彼の前を走るが、彼の目はまるでお前が存在していないかのように通過してしまう。お前は飛び跳ねたり、ぼやいたり、跪いたり、再び立ち上がったり、旗竿のように腕を動かしたりするが、小姓は何事もなかったかのように行進し、供奉は再びお前を置き去りにしてしまう。

今やお前は砂丘に沿って走っていき、鼓手を追い越し、イスラム教徒、ユダヤ人、物乞い、騎乗の矛槍兵などを次々と追い越す。それは騎馬守備隊の思いもよらぬ素早い動作で、霊柩車に這い上がり、間髪入れず、ガラスの覆いを付けられた黒いキルティングの絹でできた寝床のほうに一瞥を与える。寝床は黒の紋織りの花を四方に飾ってあり、そこには大きな目をかっと見開き、プラムのような紫色の肌をした、青みがかった人物が横たわっている。顎の突き出た相をし、唇は厚く半開きで、絹のブラウスにロケットをつけ、ビロードの鍔なし帽を被っている。矛槍兵たちがすでにお前のほうに襲い掛かってくる。お前は豪腕で首根っこと腕を押さえ込まれ、砂地の上に放り出される。剣の一撃を食らったお前は下唇をぐっさり切られる。お前は自分の血の味を味わい、自らの存在をこうしたかたちで証したことに、愚か者のごとく満足を感じて微笑む。囚人たちの説教師たる修道士もまた、おおげさな身振りで、打ちのめされたお前のところにやってくる。自分のためにお前にこう問いただす。

「お前は何と言う名前だ？」しかしお前は答えるすべがない。修道士は笑うが、そんなことはどうでもいい。

——奴はサンタ・フェとかサンタンヘル〔コロンブスが一四九二年四月十七日にカトリック両王と交わした航海契約をサンタ・フェ協約という。サンタ・フェ協約に従ってコロンブスに資金援助をしたのがアラゴン王室の財務長官で有力ユダヤ人改宗者ルイス・デ・サンタンヘルである〕、ベレスとかパテルノイという名前だというはずです。確実にマラーノやコンベルソですぜ〔サルバドール・デ・マダリアーガは強くコロンブスのユダヤ的血統を主張している〕。そのことは認めないでしょうが。きっと旧キリスト教徒だと言い張るでしょうが、顔はどう見ても、ユダヤ教に舞い戻ったユダヤ人異端者や、飢えた犬といった顔つきですぜ。奴はわしらの尻尾につかねばなりませんよ。その証拠に、腐った豚肉でも食わせてみりゃいいんです。おいしそうな顔をするか、吐き気を催すか見ものですぜ。どう見てもマラーノのコンベルソといった風情ですぜ。偽りのキリスト教徒で、紛うことなき偽ユダヤ教徒ですぜ、さあ、さあ、尻尾についた、尻尾についた……。

物乞いたちはお前の存在に気付かなかったが、それは明らかにお前が連中と区別できないからだ。ところが今、修道士がお前をマラーノ呼ばわりする一方で、連中は立ち止まって、面白そうな騒動でも起きないものかと期待して、修道士に優る勘のよさで、お前の血の臭いをかいでいる。連中は気難しそうな顔つきで互いに顔を見合わせ、痩せ細った歯茎を吸って、疥癬《かいせん》にかかった頭をかきむしり、物欲しそうな様子を見せる。そして砂地に棒を打ち込んでから、血を流して倒れたままのお前がいる場所のほうに走ってくる。お前は矛槍兵たちに取り囲まれ、妬み深そうな修道士はお前の近くで飛びまわっている。連中は自分たちの頭越しや足の間から、また兵士たちの腰を抱きしめながら、修道士の耳元に大声で叫びながら、お前のほうを見ては唾を吐きかけ、拳を握って脅しをかけて、こう言うのだ。

――何者だ。

――難破者だ。

――とんでもない、異端者だ、この修道士がそう言っている……。

――おい、おい、サントゥルデ、海岸を見てみろ。

――残骸が残っているのか。

――いや、ない。

――いや、あるぞ。

――樌やボトルや軍旗などが見えるぞ。

――海岸に猫が見えるか。

――いや、見えない。

――他の人間がいるか。

――いや、いない。

――猫も人間もいない。残骸を拾い集めに行けよ。

――こいつは難破者だ。

――棒打ちでやっちまえ。

――残骸は奴のものだ。

――棒打ちしろと言ってるだろう、この阿呆。人間も猫も生き残っていないのなら、残骸はわれわれのものだ、それが決まりってものさ。

――やつは異端者だ。

――やつはマラーノだ。

――やつは囚人だ。

――どうしてもう一人余計に食わせねばならんのだ。

――やつがアラーの息子だろうと、モーセの息子だろうとどっちでもいい。そんなことはいつまでたっても埒が明かんことさ。棒打ちを食らわせろ。

彼らは砂地から棒を引き抜くと、それを空中で振り回し、矛槍兵と修道士双方の腕と足の間に突き立てた。彼らはお前の脇腹を槍で刺し、馬鹿笑いや歯抜け男の叫び声が飛び交う中でお前を脅しつけ、唾を吐きかける。一方、矛槍兵たちはお前を足蹴にし、悪態をつきながら砂地に沿って引きずっていく。物乞いたちはぶつぶつ不平を言い、修道士は囚人たちの群れのほうに戻っていく。そしてお前は、カーテンの引かれたゆっくりと走る小さな馬車のほうに引きずられていく。

女旅行者の独白

旦那様、貴方がどういう方であれ、静かな心と感謝の気持ちをもってくださいね。貴方はあまりに遠くに行ってしまわれた。無分別な振る舞いも若気の至りと思って、許してあげましょう。人の心の神秘を尊重することが、どういうことか未だに学んでいないのですもの。

人の心の神秘というのは、旦那様、概してわたしたちが、ともに共有したり理解したりできない苦しみです。

静かにして聞いてください。

わたしの姿を覗こうとしてカーテンを引いたりしないで。

静かにして聞いてくださいよ。

見ようとしないで！　これはわたしのためではなく夫の幸せのために話すことなのです。

貴方がどういう方で、どこに赴かれるのか、それは分かりません。

貴方にお話しようと思うことは、離ればなれになったらすぐにでも忘れ去られるでしょう。

このことだけは確かです。たとえ貴方が思い出そうと思って千年生きようとも。

しょせん無理なことですわ。わたしたちは夜にだけ旅をしています。貴方はわたしたちが昼間に出会えるのが、例外的なことだということが分からないのですわ。わたしはいつも途中でこういった事故が起きるのではないかと恐れていたのです。ありがたいことにこの霊柩車には一条の光も差し込んできません。カーテンは厚く、黒塗りのガラスは鉛でしっかり封印されていますし。旦那様、この部屋の中で呼吸ができるなんてまさに奇跡です。でも少しばかり新鮮な空気がはいってこないと……でも日中はずっとここにある空気だけで十分です、どうせ修道院についたら休息をとりますし、召使たちが馬車の清掃をするでしょうから。

空気と光ですわ。未だにうそ偽りの感覚を信じている者だけが、そうしたものを必要とするのです。旦那様、このことだけは言っておきます。長年教えを受けて学んだのは、わたしたちが五感しか頼るものがないということでした。思想は開花してもすぐに朽ち果ててしまうし、記憶も失われ、希望は決して叶いませんし、感情はいつも不安定です。臭覚、触覚、聴覚、視覚、味覚だけが、わたしたちの存在と世界の現実を確かなものとしてくれる唯一のものです。貴方もそう信じておられるでしょう。否定なさったりはしないでしょう。わたしには貴方の姿を目に見たり、聞いたりする必要はありません。でもこの時点でも貴方の心臓は、感覚がそれを願っているせいでしょう、鼓動を打っているのが分かるのです。貴方はその気になれば、わたしの臭いを嗅いだり、触れたり、聞いたり、見たり、口づけしたりすることもできるでしょう。でも旦那様、わたしなんて貴方にとってはどうでもいいのでしょう？　貴方がわたしに興味をもったのは、ご自分の存在を証するためだけだったのですもの。貴方はここにいて、ご自分の感覚の持ち主となっていますわ。もしわたしがそれと裏腹なことでも言おうものなら……。

貴方はいったいどういうお方なのですか？　わたしには分かりません。わたし自身、いったい何者なのでしょう？　貴方にはお分かりになりますまい。しかし貴方の感覚だけが、お互いどういう人間なのかを確かめるすべとなるはずです。貴方の感覚と引き換えに、はっきりした形でご自分の感覚を守っていくために、貴方はわたしを二度にわたって、深く考えもせず、犠牲にしようというのだわ。なぜなら貴方にとっての感覚は、人生は貴方のために作られたのであって、貴方が人生のために作られたものではないという、空しく傲慢な見方とさほど違いはないのですから。貴方は今でも、世の中が貴方自身の肌身の内で頂点を極めるものと信じておられる。きっとそうでしょう？　貴方はご自分が被造物の頂点で特権を有する存在だと信じておられるのでしょう。わたしが貴方に忠告したい第一のことは、そうした自惚れを捨て去ることです。わたしのそばにあっては、貴方の感覚は何の役にも立ちません。貴方はわたしの言葉を聞いているし、そうすることで、わたしに合わせて振る舞うこともできれば、逆らって行動することもできると思っているわ。ちょっと止めてちょうだい。息をしないで、この霊柩車の中には空気がなくなっているのよ。目も開けないで、光などないわ。聞こうとしないで。わたしがいま語っている言葉は、貴方に向かって言っているのではないのよ。貴方はわたしの言葉など聞いていないし、何にも聞こえないはずよ。この霊柩車だったら、どんな大きな物音だって、封印されたガラスケースを通り抜けられないでしょう。わたしが歌うように命じた賛美歌でも、葬列の悲しみを告げる太鼓の音だって……。

わたしたちは自分たちの家庭を捨て去りました。そして、人がめったにしないこうした行為の代償を払わねばなりません。家庭というのは習慣上どうしても捨て去ることはできないものですが、あえてそれを望んで家庭を捨て去るわけですから、いかにも家庭とは物惜しみしない気前のいい存在なのでしょう。追放とはわたしたちの原点への素晴らしいオマージュです。本当にそうなのです、旦那様、貴方もまた磁石をもたずに道を歩んでいるのですよね。きっとこれからはいっしょに歩んでいけるでしょう。今では時間そのものがそのコンパスを失ってしまいました。わたしが昼間旅行するのはこれが初めてです。それは二つのことを意味します。一つはわたしたちが偶然に出会ったということ。もう一つは、偶然の出会いによって失われたすべての時間を取り戻すまで、わたしたちは放浪し続けなければならないということです。つまり再び、夜が明けるまでということです。代議員がとまどった様子を見せるに違いありません。彼の職務は一時も離さず、膝元に置いている砂時計で、時間を測ることです（貴方は彼に会ったことはありませんでしたか？　粗末な輿に乗って旅をする人ですよ。眼鏡がいつも鼻からずり落ちていて……）。ところが昨日のこと、砂時計の砂がいつものように上から下へ落ちないで、動きを逆転してしまったのです。つまり重力に逆らったのです。あのときもし不幸な代議員が――彼は不思議なことを毛嫌いする人物でした――正常に計測するために、すぐに時計を逆さにしなかったなら、上の枡はすぐにでも一杯になっていたことでしょう。正常に、ということです！　あたかも世の中の始めとか、光と闇の交替とか、小麦が生育するためには一粒が死なねばならないとか、アルゴスの体やメドゥーサの視線とか、蝶や神々の受胎とか、われらが主イエス・キリストの奇跡とか、そうしたことすべてが正常であるかのように。旦那様、正常とは何ですか、教えてください。わたしは貴方に宇宙の正常ならざる秩序から外れるものをひとつお示ししましょう。貴方はわたしに正常なものを示してください。わたしは正常なるがゆえにそれを奇跡と呼ぶことにします。

わたしたちはその時点から原点に引き戻されています。そして代議員が砂時計をひっくり返してからというもの、星辰の運行、出現、消滅、滞留によって支配されているのです。おそらく星辰もわたしたちと同様、生まれ、生き、死んでいくのでしょう。でもひょっとしたら、わたしたちの有為転変や動揺ぶりを天からしっかり見つめているのかもしれません。旦那様、わたしたちはこうした星辰を支配することはできません。そのことでは貴方も異論はないでしょう。貴方は、ご自分の感覚を支配できることをずっと信じてください。月の満ち欠けを支配しようだなんて願ってはなりません。わたしたちは手の内にある砂時計を繰ることができるだけです。太陽面を回転させることなどできない相談です。それによって、一日得をしたか損をしたか分かるはずもないのです。新たな太陽のお出ましを期待する以外にとるべき手段はありませんせん。そして自分たちの日常生活を再開し、修道院に赴き、そこで一宿一飯を乞い、一日をそこで過ごし、夜になったらそこを辞す、ということくらいしか……。

でもわたしの馬車の彩り豊かなカーテンから、日が差し込むことはありません。わたしは召使たちにすっかり任せています。わたしたちは彼らが日が昇ったというのを見て、昇ったと判断するのです。わたしは自分では知ることはできません。知りたいとも思いません。毎日朝日を拝むとき、わたしたちは新しい修道院を訪れることとなるのです。わたしは檻褸にくるまったままここから下ろされるでしょう。そして窓のない独房に連れていかれます。その後は地下の納骨堂です。その後は、再び霊柩車に舞い戻りますけど、その時はいつも暗闇にとり囲まれているでしょう……。旦那様、せいぜい気をつけましょう。わたしたちは彼らのまやかしに身を委ねているのです。彼らは太陽が昇ったと出まかせを言うこともできます。わたしたちがいつも暗闇を求めていることを逆手にとるのです。貴方は今朝彼らの姿をごらんになったでしょう？　信頼できる人間たちではありません。お分かりのように、いつもながらの習慣で暮らしているだけですわ。でも習慣は、個々人に対して影響を及ぼすだけです。旦那様、わたしは先祖代々引き継いだもので暮らしているのです。こちらは種に関わっていますわ。

彼らが悪い人間だというのではありません。反対です。親身になって仕えてくれるし、痒いところに手がとどくような配慮もしてくれますわ。でもきっとすごく疲れているはずです。わたしたちが修道院を出てからというもの、一度も休んでいないのですもの。きっと自分たちが何か間違いを犯したせいで、わたしが罰としてこうした行脚を彼らに課したとでも思っているのではないかしら。

馬たちも下唇に泡を貯めているはずだわ。ラバ追いたちは足にまめでも作ってしまったのかもしれません。へたをすると食糧は腐ってしまったかもしれないわ。多分モーロ人もユダヤ人もわたしたちの野ウサギやウズラなど受け付けないでしょうし、物乞いたちすら食べないでしょう。哀れな捕吏や供奉の女たちも、さぞかし汗をかいていることでしょう。

可哀想な女たちだこと。笑ってごめんなさい。お望みなら、なぜわたしが笑うのか想像してみて。貴方の耳に聞こえるのは怒声くらいでしょう。本当に可哀想な女たちね。でも貴方、わたしは騙されたの、そう騙されたのよ。夜が明けるころきっとあの修道院に着くはずだわ。わたしは召使たちの思う壺なのだわ。連中がいなければ散歩ひとつできないのだから。何もかも準備するのは連中の仕事。ひとつとして欠けるものがあってはいけないし。わたしの息子は太っ腹だから、貴方がごらんになったものをわたしの命令どおり、きちんと取り揃えてくれたのよ。四十三人の矛槍兵に将校たち、執事に代議員、監査官、医者に財務係、召使、ソムリエ、捕吏、八人の女官、十五人の老婦人（ああ、ご主人様、笑ってしまいます。でも笑っても驚かないでください）、十四人の従僕、二人の銀細工師とその下僕、十八人の料理人とその下働き、教誨師と三十三人の囚人、イスラム教徒とユダヤ教徒の偽改宗者といった連中よ。わが息子殿はこういったやり方で、放浪の旅をさせて、スペイン中の片田舎の村人たちに、わたしたちが呪わしい信仰を根絶やしにし、誹謗中傷の声を絶つべく、いかに毅然として戦っているかを、見せつけようとしているのだわ。つまり改宗者を装う猫を被ったあらゆるマラーノたちが、国の審議会に潜り込み、そこでわたしたちの名の下で、議論し、物事を取り決めしているんだと、信じ込ませようというわけです。でもそうじゃないの。みんなに知って欲しいのは、執拗なまでの不信心に対して、わたしたちもまた同じように執拗なまでに迫害しているということ。わたしはアラブ人もユダヤ人もまぜこぜにしたら面白いと思います。なぜなら連中は互いに憎み合っているからです。ユダヤ人はアラブ人から盗み、アラブ人はユダヤ人を殺すことが掟となっているのですから、この地で誰もが騒乱に巻き込まれ、屈辱を味わうことになるのです。ですからラバ追い、伝令、馬丁、狩人、異教徒の奉公人、年金生活者、わたしの十三人の聖職者、鼓手、小姓といった者たちの悲しみは、いつまで経っても消えることはありません。こういったことはみな、貴方が見聞きしたことかもしれないし、しなかったことかもしれませんが。バルバリーカというのはわたしの忠実な友人ですが、わたしについてきてくれる唯一の女性です。貴方は見ることができないでしょう、とても小柄ですし、醜い欠点をひとつもっているので、柳行李に入って旅をすると言ってきかないのです。これ以上のことが期待できたでしょうか。わたしは一つのこと以外、何も求めなかったのです。旦那様、親に対する子の感謝の気持ちから、こうした長旅は荷物を背負って、一人でしてもよかったし、こんな行列を組むことなく、村から村へ、僧院から僧院へ、粗末な衣を着て、一宿一飯の施しを乞いつつ、わずかなもので満足しつつ、旅回りをしてもよかったのです。いわば昼も夜も、孤独と裸形と暗闇の中で旅することでした。一人きりで荷物を担いで、ということです。もしわたしに力があったら、もし肉体的にできたことなら……。

それがわたしの気持ちでした。彼は何も踊りをするためや、愛想を振りまくためでもなければ、わたしだって贅をきそったり、子供を生むためでもなかったわけですから。祭りは終わって、わたしたちだけが残りました。彼が触れた服はすべて燃やすように言いつけました。わたしたちの寝床は中庭で焚き木にするように命じました。当初、わたしは自分が死ぬときまで、また夫の訃報がもたらされるときまでは、スカートがぼろになってずれ落ちたり、部屋履きが紙のように磨り減って履けなくなったり、胴着が縫い目で綻んでしまったりするまでは、着たきりで過ごそうと心に決めていました。しかし実際には、一度限りで服を全部脱ぎ、ずっと身につけるつもりで、この粗末な服を着ることにしました。それはひもで縫い付けた、継ぎはぎだらけのものでした。しかし貴方も見れば分かるでしょう。わたしは黒づくめの襤褸を纏わされています。外を見ることも、呼吸することも許されません。今では自分ひとりで何一つ脱ぐこともできないのですから。これはわたしの思いとは裏腹です。わたしは必要不可欠なもの、水で浸したパンとか時にはオートミールの粥、せいぜいチキンスープくらいでよかったのです。床に寝てもかまいませんでした。

貴方、人間の経験するあらゆるさもしさをもってしても、死がもたらす空しさの埋め合わせになどはなりますまい。でもわたしはそうしようと思ったから、そうするのです。でも息子がつよく言い張るものですから、こうした細々した配慮の中で旅をしています。わたしの決まり事は単純です。旦那様、貴方は辛苦から逃れるためにロバに乗るわけでもなく、石ころや棘から身を守るつましい乗馬服を着るでもなく、世の中を渡り歩いているのですから、最も単純なやり方が儀礼のせいで、どれほど複雑なものになってしまったかを知ったら、ずいぶん驚かれるでしょうね。結局、儀礼が実体になってしまったわけですし、一番重要な核心が、どうでもいいような外見に成り下がってしまいました。

どうか日が落ちるたびに、わたしを馬車に運び入れてくださいよ。そしてきちんとカーテンを引いて、扉と窓を閉めてもらいたい。そして馬の準備もきちんと行って、わたしの馬車の後から黒い霊柩車についてきてもらいます。わたしたちの道しるべとなるように松明を灯してくださいよ。夜通しで旅を続けてもらいます。早暁になったら修道士や矛槍兵たちは、最寄の修道院に行って、恭しくも重々しく、耐え難い太陽から身を避けるための避難場所を求めてもらいます。わたしを移動させるときは、いつもやるように、襤褸を着たままこっそりと兵士たちに担がせて、殺風景な部屋に通すのですよ。わたしの後ろから夫の遺体を下ろしてもらいます。葬送のミサを準備してください。そして時間になったらわたしに知らせてもらって、ミサを催してください。そしてわたしを他でもない忠実なバルバリーカといっしょに、棺台の下に放置してほしいのです。日が暮れたらわたしたちを引き取りに来てください。そして修道士への献金を行った後、また旅を続けてもらいます。

わたしの辛さをしっかり受けとめてもらいたい。死者と二人きりでそっとしておいてほしい。いかなる女も近寄らせないで！　でもバルバリーカは別、あの人はそんな女ではないし、夫がへんな気を起こすようなタイプではないわ。女の足音が聞こえるわ、女のささやき声や、礼装が擦れる音とか、クリノリン〔鯨骨などで作られスカートを膨らませるアンダースカート〕の軋む音なんかも、それに甲高い笑い声や、もののやり取りで出るため息なども。修道院の壁は愛欲のよがり声で揺れているわ。空ろな壁も卑猥な悦楽でぐらぐらするほど。独居房の扉の向こうでは、女がひとりで歓喜にむせんでいるのです。女は誰ひとり近寄ってはなりません。旦那様、わたしはどんなことでも耐え忍びます。息子から押し付けられた高くつく供奉たちとか、誰にも知られたくないとあれだけ言っておいたのに、わたしの思いを土足で踏み躙られたことか、どうしても死出のお供をしたいというわたしの気持ちを愚弄されたり……ああ、本当に哀れなわたしだこと。着るものもなく襤褸をまとい、腹を空かせ、老いて孤独な姿をさらし、行く先々に包まれた重たい荷物を引きずっていくのですもの。まるで粗布をまとった物乞い女だわ。でも何もかも受け入れるわ。ただし女がそばに寄ることだけは許しません。夫はやっとわたしのものになったのですもの、永遠にわたしだけのものに……。

旦那様、亡くなった貴方に初めてキスをしようとしたとき、そのためには遺体を覆っていた鉛の封印と木材と蠟の被膜を取り除かねばなりませんでした。でもやっとご遺体にキスすることができました。皆さんはわたしに対して寛大で優しい目を向けてくれました。「誰もあの方の気持ちを逆撫でするようなことは、一切してはなりませぬ。本懐を遂げさせてやりなされ。自分で自分を労わるようになれば、少しずつ遺体は埋葬せねばならないものだということに得心がいくでしょう」というつぶやきが交わされましたが、わたしには愚かな同情のように聞こえました。

わたしはお城に幽閉されていた際でも、やりたいと思ったことを果たすことができました〔フェリペ美王の亡き王妃、狂女王フアナは後にトルデシーリャスの城塞に幽閉された〕。つまり皮コートを打ち遣り、シルクのシユミーズを引き裂き（旦那様、本当にそうしたのです、本当に、本当に）、彼の胸元からロケットを、頭からはビロードの鍔なし帽子をひったくりました。紋織りのズボン（バルバリーカ、本当にそうなのよ）と桃色のストッキングを引きずり下ろし、彼について言われていたこと、寝室や控えの間や、厨房、厩、僧院などで飛び交っていた噂が、はたして本当のことかどうかを確かめようとしました。つまり「彼女のご亭主は若くて美男子、逞しい体の持ち主だったらしいわ、あちらの方も精力絶倫だったそうよ。ところでご亭主はいつも多くの若い人たち、若い相談役に取り囲まれていて、この連中は彼に知恵をつけたり、若い娘たちの前で彼のことをあれこれ吹き込んだりして、いかがわしい場所によく連れて行ったそうよ」。

こんな噂を耳にしたら、真偽のほどを確かめたくもなるでしょう。わたしはこの馬車のように、暗くて黒々とした寝室で知った夫しか知りません。あの楽しみを味わうときでも、何の前触れもなく、言葉すらかけてもらえず、真っ暗な中でこちらを見さえしないのです。というのも夫は領主権を振りかざすことのできた、裕福な村や田舎の高級娼婦のほうしか目を向けなかったし、そんな女たちからしか目を向けられなかったのです。わたしはいつも暗がりで抱かれました。それにわたしは跡継ぎを作る道具のようにしか見られていませんでした。わたしに対してはいつも、スペイン・カトリックの清き結婚に則れば、あらゆる視覚や触覚の感覚的喜び、前戯や後戯が禁じられるような、そうした儀典書を引き合いに出す始末でした。とりわけそれが王家の婚姻ということだったからです。というのも早い時期の婚姻関係が結ばれるのは、とりもなおさず、子孫繁栄という鉄則を完遂することのみを目的としていたからです。旦那様、貴方はどのようにして感覚が滅ぶのか、儀式によってどのように感覚の息が止められ、現実離れした想像力しか受け皿のない状態に置かれるのか、お分かりですか。今こうして亡くなって初めて、完全な貴方を、それも貴方だけを、わたしの気まぐれに完全に従った、動かぬ姿の貴方を見ることができるのです。それも毎晩、何の変哲もない、祈祷台すらない冷たい石のわたしたちの穴倉で……。

わたしは博学な薬剤師ドン・ペドロ・デル・アグアを呼ばせ、夫の遺体から心臓以外のすべての内臓器官を取り除いて、完全に空洞にしてくれるように命じました。というのもデル・アグア師によると、心臓は残しておいたほうがいいと勧められたからでした。彼は空洞部分と切開部分を、アロエや明礬《みょうばん》、フウチョウボク、ニガヨモギ、灰汁を処方に従って煮立てた液と、それに度数の高い焼酎に強い酢、粒塩などを加えたもので洗浄しました。遺体の処理が終わると、二ファネーガの粒塩の中に八時間さらして乾燥させました。その後、ニガヨモギ、ローズマリー、安息香、ベンゾイン、明礬、クミン、ニガクサ、ミルラ、生石灰などの粉末、糸杉の枝三十束、そして入るだけの量の黒香油をそこに過不足なく詰め込みました。空洞部分が埋められると、デル・アグア師は皮なめし商の用いる針で空洞部分の端を手繰るようにして縫合し、その後、頭部、顔、手を除く遺体部分に、灌水器で溶けた液体成分、つまりテレビン油、黒ピッチ、ベンゾイン、アカシアの溶液を振り撒くことで、油の塗布をしました。引き続き、師は塗布された部分をすべて、セイヨウナツユキソウ、安息香、蠟、乳香、トラガカントゴムなどの混ざったリカーを染ませた包帯でぐるぐる巻きにしました。デル・アグア師は、夫はこれで時間の経過によって朽ち果てることなく、永遠に保存されるはずだと言って立ち去りました。こうして夫はわたしのものとなりました。

　わたしは祭壇まで撤去するように命じました。そして窓は黒く塗りつぶすように言いつけました。それはわたしたちが訪ねるどの礼拝堂も、提供される勤行が同一のものとなるようにとの思いからでした。王の棺自体が、わたしが望み要求し、手に入れた厳格さに対する侮辱のように思えました。棺を覆う緋色のマント、銀張りの装飾、細工の施された十字架などは人を愚弄するかのように見えました。四つの燭台は人を侮辱しているかのようでした。蠟燭の灯は人を小ばかにするように、ちらちら明滅していました。わたしは皆に言われました、「奥様、旦那様は生前、奢侈とお祭り騒ぎが大好きでした。奥様は舞踏会の夜、ブラバント〔現ベルギーのフランドルの地方、フェリペ美王はブラバント公爵でもあった〕の宮殿の中庭でご出産されました。ところが旦那様のほうは奥様が陣痛で苦しんでおいでのとき、何と若い娘たちの尻を追い回していたのです。奥様はこっそりと憚りに行かれました。わたしたちはそこでお姿を拝見いたしました。そしてその場で今のわたしたちの国王陛下であられる息子さんがお生まれになりました。すぐに産婆たちがかけつけました。というのも臍の緒が巻きついて親王さまの首を締め付けていたからです。鬱血がでて顔は紫色になっていましたし、血の海に溺れそうになっていました」。

　これがわたしに言われたことです。今のわたしはこうした豪奢いっぺんの生活を止め、防腐処理をされた死体を、まざまざと心に焼き付けることで、生きることの意味を見出そうと思っています。かつてわたしも子供を出産する際に、死線を彷徨ったことがありました。ラケルのごとくわが子を「腹を痛めた子」と宣言しましたし、世の人々に「腹を痛めた子は幸せとの相性がいい」とも言いました。わたしは香料がいっぱい詰められた、包帯巻きの遺体の露わになった足に口づけしました。あたりは突如しーんと静まり返りました。

　旦那様、わたしは耳を蠟で栓をしなければなりませぬ。目を閉じつつ、心ならずも耳をそばだてて生きていくことなどできませぬ。そんなことでもすれば、棺桶の扉が軋んで開いたり、拷問された肉体を移し変えたり、目に見えぬ空ろな足音がしたりするのを耳にしなければならなくなりますし、へたをすれば、容貌がじわじわ再生していくとか、死体の爪や毛髪が音を立てて成長しているとか、生まれたときからあったのに死んだときには死体から消えてなくなった手の指紋が再生したりしているとか、そういった声が早速聞こえてくるのがおちですものね。旦那様、ほんとうに駄目ですよ、どうかご自分の感覚を蕩尽してくださるように。貴方に申し上げましたわよね、人が一人孤独に愛する者とともにあろうとしたら、そうする以外の手立てはないってことを。ペドロ・デル・アグア師はもう行ってしまっていません。一所懸命にやっていただいたけれど、それに感謝したらいいのか呪ったらいいのか、わたしにはわかりませんでした。わたしはこれで朽ちることのない肉体を完全に所有することになりました。それはまるで生きているかのようで、他の男たちと何ら変わらないように見えましたし、女たちも美男子が眠っているくらいにしか思わなかったでしょう。女たちの声に耳を傾けているんじゃないでしょうね。ああ女たちときたら！　ええ実際、わたしはたしかにデル・アグア師の学問を呪いましたわ。亡夫の生前の姿をわたしに取り戻して、朽ちることのない永遠の肉体を約束してくれたのはいいのですけど、唯一わたしだけのものとなるはずだった腐敗する体、埃と蛆にまみれ悪臭を放つ肉や白骨を、奪われてしまったのですもの。

わたしが話していることがお分かりになりますか、旦那様。計ることのできない時というのがあるのをお分りですか？　それはあらゆるものを取り込んでしまうものなのです。つまり欲望を満たしたことの満足と自責の念、過ぎてしまったことに対する熱望と恐怖の入り混じった気持ち、これから起きることに対する恐怖や欲求といったものです。きっと貴方はわたしの話していることがお分かりにはならないでしょう。貴方は時というものがいつも前に進んでいくとお思いですよね。あらゆることが未来に起こると。貴方は未来を望んでおられるし、それなくしては何も考えられないはずです。貴方は、時というものが消滅し、愛の特権的な時間に行きつくまで、歩んできた道を戻っていき、そこで歩みを止めることを心から求めている人間たちに、何の機会も与えようとはなさらないのですか。わたしがドン・フェリペ公の死体の防腐処理をしたのは、ほかでもない、生きているように見えれば、亡夫が無理なく蘇るのではとの思いからでした。もしわたしの目論見が功を奏し、わたしが「時よ、そこで止まれ、もう動くな、未来にも過去にも、そこで止まれ」と言って、わたしの言うがままに、時が過去に遡ったとすればの話ですが。もしその目論見が外れれば、生きたように見える亡夫の似姿が、そこに住まうことのできる別の男、つまりその肉体の中に住んで、不朽の亡夫の永遠の姿を、自らの死すべき哀れな覆いと交換したいと願っている男を、引き寄せるのではないかと思っています。

貴方はあざけるような目をされていますが、わたしがどうかしてしまったとでもお思いなのでしょう。貴方は時を計るすべをご存知です。でもわたしは存じません。それはまず最初に、自分が同一の存在だと感じたからですし、その後、自分が異質な存在だと感じたからです。わたしは前と後との間で、永遠に自分の時間を失ってしまいました。そうしたことを語れるのは、何も記憶していない人間か、何も想像できない人間だけです。最初とその後と申し上げましたが、わたしは前の時間と後の時間、つまり永遠の時間たる唯一の瞬間のことを言っているのです。なぜならば前後の時間というのは、完全な合一、愛の結合の中では永遠だからです。旦那様、貴方はご自分の口元においたわたしの手が分りますか。わたしは微笑みながら、甘く囁き、頭をなでているのですよ。早くして、バルバリーカ。旦那様、わたしに触れようとしてはだめですよ。何はともあれ、お分かりでしょう、わたしたちは二つの独自の肉体を持つ異なる存在だからこそ、即座に敵同士となってしまうのだということを。反目しあう母親同士から生まれた二つの肉体を和解させることなど、一人の人間ではできかねます。現実そのものを無理して捻じ曲げ、わたしたちの想像力に従わせ、その突拍子もない境界の彼方まで拡張せねばなりません。早くして、バルバリーカ。彼は二度と戻ってこないわよ。これがわたしたちの最後の機会になるかもしれないのよ、急いで、走ってきて、飛んできて、立ち去って、戻って、娘さんったら。わたしは夫の身体のリズムに合わせて呼吸をしようと思います。身体そのものになりきろうと思います。ねえ貴方。なりきろうとすることに、自分の身体の中のあらゆる倦怠や気力のすべてを集中させるのです。貴方には悪いようにはしませんからね。わたし自身、呼吸を止めて、貴方が息をしているか聞いてみましょう。貴方の音一つ立てぬ静かな息は、願ったり叶ったりで、貴方の蘇りの最初の兆候でしょう。貴方に理解してもらいたいのは、その兆候はわたしが少しでも不注意にしていたらきっと見逃したかもしれないということよ。もしわたしがちょっとでも動いたりすれば、貴方が再び呼吸を始めたかどうか分らないでしょうね。わたしはあらゆる雑音を遮断しました。ただし自分の苦しみに等しいあの歌や、自分の心臓の鼓動に等しい太鼓の音は別ですけど。旦那様、どうかわたしを抱いて眠ってください。（あの人たる貴方よ）貴方の死すべき定めの片割れを抱いて眠ってください。おそらく今朝（わたしたちは夜しか旅ができないの、わたしは封印された馬車に乗って、あの人たる貴方は黒い霊柩車に載せられて……）、貴方は夢の中でお話されるでしょう。でも夫の見る夢は、わたしが夢見た夫婦の一体感とは異なるものでしょうけど。

その場合はもう一度夫を殺さねばならないでしょうね。お分かりになりまして？　せめて死ぬことで、わたしたちは等しくなるということでしょう。夢はそれがたとえいっしょに見る夢であろうとも、互いに異なる、別々に動きまわる存在であることを、改めて教えてくれるでしょう。本当の死者というものが、死の中で夢見ることもなく、死の完全な消滅によって死んで同等で同一の存在となるのに対して、死を夢みることも、夢の中の死もどちらも、わたしたちを引き離すことなく、異なる欲求を呼び覚ますことなどしません。互いの夢を取り替えっこしましょう、旦那様。でもそんなことはとうてい無理な願いというものよね。わたしはあの人のことを夢見ましょう。しかしあの人は女たちばかり夢見ることでしょう。わたしたちはこうして別々のままになるのだわ。いや、旦那様、いや、行ってしまわないで。もうこれ以上触れないと約束するわ。そうする必要もないわけですし。聞こえたの、バルバリーカ？　もう必要ないのよ。わたしはあの人の上に（貴方はもう何も感じないでしょうから、貴方ではなくあの人と言うわ）重なるように横になっていたら、震えがきました。そして互いの夢が異なるものとなって、わたしたちを別の存在にしてしまうことがないように願ってむせび泣きしました。でもどうすることもできませんでした。じっと静かに抱き合った二つの身体の中で、彼が急速に遠ざかっていく感覚を覚えました。そこで彼を取り押さえようとして、横たわる亡夫の身体全体を舌で嘗め回しました。ところが舌は胡椒や丁子《ちょうじ》だけでなく、何と、蛆やアロエまでも味わってしまったのです。

わたしは所詮、影法師を手に入れることしかできないのではと思いました。自分で自分を慰めました。同じ棺桶に入ったまま、自分の重みの下で眠る男のことを考えました。生きるよすがを得たような気がしました。初めての海岸に初めて打ち寄せる波。大地に都市を建設しようとする決意。塵芥の上に帝国を築こうという決意。わたしは永遠に半開きのままの唇にキスしました。明日は今日となり、今日は昨日となる、というあの声を繰り返しました。またいつでもそうするつもりです。わたしは自分たちの愛と絶望と憎しみと孤独という、心の動きをすべて取り上げてしまう、塵芥と石の不動そのものになりきりました。自分の頬を、かつて亡夫の男根が脈打った、今では切り取られた白霜にこすりつけました。生きているときも死んでからも、見ることのかなわなかった夫の性器。デル・アグア師が目の前で腐敗する内臓をすっかり取り除こうとしていた際に、わたしに背を向けて見せようとしなかったのは、すでに崩れかけた性器を切断するところだったのです。亡夫は別の人間であって同一の存在でした。彼のことを夢に見ていたときだけ、彼は話をしたり、動作をしていました。わたしはずっと夫の情婦であり、女主人であり、妻でした。でもそれも空想の中でのことにすぎません。デル・アグア師のもろもろの努力も無駄でした。わたしは情婦として彼のことを思い出しながら、やろうと思えば埋葬することもできたからです。わたしはこう考え、ある決心をし、バルバリーカに頼んで綱で鞭打つように言いつけました。彼女は涙を流しながら言いつけに従いました。わたしはそのとき自分のことだけを考えていたのです。わたしといえども王家の血筋をひく一人にすぎなかったのです。

　わたしは亡夫の眠る姿を見つめました。そう呼ばれたとおりの美男子でした。おそらく夢だけが、物議をかもした人生最後の花道だったのでしょう。父親にして夫、愛人だったフェリペ、毎晩黒猫に貪り食われるのね。女王は統治するのにまともな判断力をもっていませんでした。いや、唯一まともだったのは、絶望の淵をさまよいつつ、死のさなかにあって、死を超越したところで愛したときだけです。旦那様、わたしたちの家は塵芥でいっぱいになってしまいました。ですからカスティーリャとアラゴンの家も、触れてみればわかるような、塵芥と雑音と騒動そのものなのです。貴方には耳に入りませんか、打ち震えるという本来のすがたに立ち戻る前に、孤独な夢にまるごと引き戻されたあの鐘の音が。女王は統治するのにまともな判断力をもっていませんでした。女王は息子に譲位しました〔ファナには六人子供がいて、息子はカルロスとフェルディナンドだが、実際に譲位したのはカルロスである。しかし彼は次に言うように末子ではなく長男であり、ここで言う息子とはカルロスの長男フェリペ二世のことと解釈される〕。このラケル〔ヤコブの妻〕の末子は涙を見せることもなければ、母親の仕事を引き継ぎ、死ぬまで統治することに疑問を差し挟みもしないのです。貴方には聞こえませんか、どういうことが起きたのかを告げるあの賛美歌が。「われらの安らぎの住まいたる女王ファナの安らかなる至福を、光の明るさを……」。神の奴僕たる女王が亡くなったのです、旦那様。でも再び新しい女王として復活したのです、生前は腰の軽い恩知らずな哀れな夫でしたが、死んでみれば真面目で忠実な夫になりました。

　女王は亡くなりました。死者の世話をするのに死者よりふさわしい者はありません。女王は息子の呼び声に応じて赴こうとしています。息子はカスティーリャのとある荒れ果てた庭園に、先祖代々の墓を建造しました。そこはいまや、手斧や槍、大鍬、それに今この瞬間に自分の最後の故郷たるスペインの霊廟に赴かんとしている王の古い骨のような、白い石灰窯や水盤といったものによって、塵芥と火口の荒地と化しています。わたしたちは埃と灰と暴風雨に襲われながら、到着することとなるでしょう。そして死衣に身を包んだ姿で静かに「死者のための祈り」や「わが神を想え」や交唱「汝ら我に心を開け」などを聞くことになるでしょう。また古い話を思い出すかもしれません。

　わたしたちの王様――どうか天国行かれますように――は、病に伏す前、二、三時間も寒い場所でボール遊びに一生懸命打ち興じられました。その結果、薄着のままだったので風邪を召されたのです。そして月曜日の朝、お熱を出され、喉びことというところが肥大して腫れ上がり、だらりと垂れ下がっていました。それに舌や口蓋も同様でしたので、ほとんど唾を飲み込むこともできず、話もできない状態でした。そこで背中と首筋に吸角〔体表の患部の血液を吸い寄せた、昔の医療器具〕を当てたのですが、それで楽になりました。その日は熱も下がり、医者たちは翌火曜日に下剤をかけることにしました。しかしそうする前に亡くなったのです。

　ああ、旦那様。貴方は風邪で亡くなったご自分の遺体が、スペイン中に連れまわされるなんて、お笑い種だとおっしゃるでしょうね。生前は、供奉で引き連れてきたここらの料理人見習いと同様の、残酷で浮気者、軽薄で女たらしだった貴方のご遺体が。わが夫君はいかにも放埒でしたので、昨日は行く先々の村で、女たちはわが美男王の葬列から離れて、家に引きこもっているようにとの達しを出したのですが、それにもかかわらず、わたしたちは運命の悪戯で、ヘロニモ派の尼僧修道院に迷い込んでしまいました。それはまるでドン・フェリペ美王が自らを包む暗がりから欲望を満たそうとし続けるかのようでしたが、尼僧たちはわたしたちが到着しても、顔さえ向けようともしませんでした。顔を覆ったまま差し向けてきたのは、そこでお勤めに励んでいる、髭も生えていない、うだつの上がらぬ若い数人の侍祭たちでした。考えてもみてください、修道女たちは聖なるミサの時間のみならず、お棺が地下納骨堂に安置された後ですら、姿を見せなかったのですよ。あの連中ときたら、黒い蛾のごとくひらひら舞って、さかりのついた狡賢く貪欲な雌猫のごとく、わたしの苦しみの上を通り過ぎていったのです。そしてわたしの姿をみてせせら笑ったのですよ、生前、王にはぺこぺこしていたくせに。

　蛾とか雌猫ですって？　とんでもない、ポルキュスとケト〔ギリシア神話の海神とその妹たる妻で、この両親から三人の姉妹ゴルゴンが生まれた〕の間の、蛇髪の娘たちですよ。苦行の独居房にいるメドゥーサ〔ゴルゴン三姉妹のひとりで、髪は蛇で、見る者を石に変えるという〕たちです。石のような眼差しの修道院長たちです。ちりちり燃える大蠟燭をもったキルケ〔ホメロスにでてくる魔女〕です。睫を焼いた修道女たちです。身体は二つわかれているのに、目も鋭い牙もひとつという不思議な怪物グライアエ〔ゴルゴンの姉妹〕です。もつれた灰色の髪をした修練者たちです。祭壇を司るテュポエウス〔ギリシア神話で百個の蛇の頭、きらきら光る目、恐ろしい声をした怪物〕です。自分自身のスカプラリオ〔肩から前後に垂らす修道士の肩衣〕で首をくくるハルピュイア〔鳥の体に女性の顔と胸をもつ怪物〕です。十字架の宝冠から舞い降りてきて、亡夫の唇に乾いた唇を押し付けるキマイラ〔ライオンの頭、竜の尾、山羊の胴を持ち、口から火炎を吐く怪獣〕たちです。毒を含んだ大理石の白い乳房をさらしたハリモグラです。旦那様、そうした連中が飛んだり、キスしたり、触れたり、乳を吸ったり、毛の生えた羽根を広げたり、牝山羊の足を開いたり、牝ライオンの爪を突き立てたり、牝犬の尻を差し出したり、亡夫の残骸を湿った鼻で嗅いだりしているさまをごらんなさい。香と魚とミルラとニンニクの臭いを嗅いでごらんなさい。蠟と汗と聖油と尿を嗅いでごらんなさい、旦那様。そう、今このときに感覚を呼び覚まして、わたしが感じ取ったものを感じとってください。死んでしまっても貴方の肉体はわたしのものにはなりえなかったのね。どうか貴方、見てちょうだい、舞い上がる白い頭巾と、黄色い爪の大いなる野望を。聞いてちょうだい、ばらけてしまったロザリオの音と、引き裂かれたシーツの音を。わたしだけのものであった亡夫の体が、連中の黒い僧服で包まれてしまうなんて。夫があからさまに穢した修道院に、亡夫の遺体が戻っていくのね。こんどはそこで遺体を穢そうというのだわ。この国には、生きてはいても晩生の侍祭の愛撫などより、売女あさりの王様〔フェリペ美王のこと〕の死んだ愛撫のほうがましという女ばかりだわ。尼僧どもはお祈りをしなさい。国を治めるのは女王よ。

わたしたちはそうした混乱、そうした堪えがたい接触から逃げ出しました。ですから貴方はわたしたちが日中、何事もなく旅をしていく姿をごらんになれたのです。旦那様、いまわたしがやろうとすることを、お笑い種だなんて誰にも言わせはしません。つまり死んで初めて貴方を自分だけのものにするということです。それがわたしの目論見ですし、防腐処理された亡夫や、さかりのついたヘロニモ派の尼僧たちの卑しい欲望によってそれが挫かれたことは、先刻ご承知のとおりです。でももしわたしひとりのものでないとするならば、わたしたち王家のものとなりましょう。わたしたちは死ぬかもしれませんが、わたしたちの地上におけるイメージは滅びることはありません。永遠にわたしのものとなって、こうしてその遺体を引いていく、いともやんごとなきお方の永久の葬列は、服喪や儀式かもしれませんが、同時に、もしわたしが正しければ――というのも人に言わせると、聡明なわたしのたどり着いた最後の港は狂気だそうですから――それは遊戯であり、技であり、倒錯でもあるのです。わたしたちの場合のように、もし悪についての想像力が力に付加されることがないならば、生き延びていける個人の力などありえません。これこそ、すべてを有している者たちが、何ものも持たない者たちに提供することです。貴方はお分かりでしょう？　一切を剥ぎ取られた可哀想な貴方。旦那様、この愛とこの情景を享受しうる人間だけが、力をもつにふさわしい人です。駆け引きの余地はありません。わたしはスペインがわたしに与えてくれないものを、スペインに差し上げましょう。つまり尽きることなく貪りつくす奢侈としての死のイメージです。その代わり、わたしたちが墓地を生きいきと維持しうるように、あなた方の生命とわずかばかりの財宝と、腕力と、夢と汗と名誉をお与えください。可哀想な貴方、死の無意味を踏まえて聳え立つ力を、傷つけるものなど何もありません。なぜなら、人間にとって、不可避そのものの死にのみ、意味があるのですから。不滅性というのは、とうていありえそうもない幻想で、狂気そのものです。

旦那様、貴方がわたしと同じくらい長生きできないのは残念です。またわたしの夢の中に入り込んで、わたしの姿をご覧いただけないのがとても残念です。今のわたしは気が狂い、未だに建設されていない宮殿の回廊を彷徨い、上流階層の婚姻とか狂気をもってしかとうてい耐えきれない、喪失の痛みに呆然となって、永遠の時を歴代王の死の近く、その墓の足元に打ちひしがれたままでいます。旦那様、今のわたしは、太陽あふれる土地で起こったこと、つまり堕落したわたしたちの血をひく、もう一人の王の死を嘆き悲しみながら、最後は靄にかすむ牧草と雨に包まれたお城に閉じ込められたまま、あらゆる王たちの母となり、あらゆる人々の母となり、誰よりも長生きして、城から城へ、地下墓地から地下墓地へ、何世紀もの間彷徨っていく自分の姿を、夢に見るだけでなく、実感もしているのです。わたしは自分がまるで雀のように、乾ききって小さく縮こまり震えているように思えます。古人形のような服装で、破れて黄ばんだレースの部屋着をまとい、誰もまともに耳を貸さないのに、歯抜けのつぶやき声でこう言うつもりです。「皆さんは最後の王のことを忘れてはなりません、どうか神様がわたしたちに、悲しみを蘇らせることはあっても、憎しみを掻き立てるようなことのない記憶をお与えくださいますよう……」。

真実の贈り物には、それに見合った埋め合わせができないところがあります。そして真正な捧げ物には、いかなる比較もいかなる価値をも超える部分があります。旦那様、わたしには自分の名誉と地位が邪魔をして、埋め合わせとして、わたしの贈り物にふさわしい、あるいはそれを超えるようなものなど、何も受け入れることができないのです。つまりわたしの贈り物というのは、完璧にして最終的な、贖うことのできない比類なき、王位と身体です。わたしは自分の命を死に捧げます。死はわたしに真実の命を与えてくれるからです。まず最初に自分は生まれたときに死ぬものだと思いました。死ぬことを知らずに生まれたのです。次に死ぬとき、死ぬことを知って再び生まれました。それこそが贈り物です。それこそわたしの崇拝する、超えることのできない捧げ物です。いいえ、わたしの行いは完全ではありません。でも不足はありません。さあ、安らかにお眠りなさい。貴方はわたしの言ったことをすっかり忘れていいのですよ。わたしの言ったことはすべて明日の時点で発した言葉です。この葬列は貴方が計りうる時間とは逆の方向に進んでいます。わたしたちは死からやってきたのですよ。どのような生が葬列の最後にわたしたちを待ち受けているというのでしょう。貴方はご自分の忌々しい好奇心のせいで、わたしたちと一緒になってしまったのです。でもどうか誰もわたしの鷹揚さにけちをつけないでいただきたい。

旦那様、貴方にも贈り物をお持ちしましたわ。どうやら皆を待たしているようですね、時間通りに行かねばなりませんわ、はい、はい。

ざわめきの集合

沈黙は決して絶対的なものとはならないでしょう。貴方がこう呟くのは、沈黙の声を耳にするからです。しかし遺棄はおそらく絶対的なものとなりましょう。むき出しのあられのなさも同様です。暗闇は間違いなく絶対的なものです。場所それ自体の寂しさと、永遠に抱き合った者たちの孤独は、(彼女は貴方に語っているのです、旦那様) ざわめきの集合 (太鼓、霊柩車のきしる車輪の音、馬たちのいななき、厳かな賛美歌『光の明るさを』、女の喘ぎ声、貴方が今朝夜を明かした海岸、再び貴方の名前のように未知の土地で、遠くから聞こえる波がくだける鋭い音) を呼び寄せるように見えます。こうしたざわめきの集合は、みせかけの沈黙の中で (あたかも自分自身の武器による疲労を利用するかのように) より執拗で、より鋭く、より騒がしい暗示を散りばめるのです。つまりわれわれを取り巻く沈黙は (旦那様、彼女が貴方の膝元で頭をもたせかけて語っているのですよ)、沈黙の仮面、つまりその代弁者なのです。

貴方はもはや何も語ることはできません。貴方は女旅行者の唇によって口をふさがれて語ることができず、口づけされている間にも、彼女の言葉を反復して、図らずもこう言うのです。「旦那様、間違ってはなりません。これはわたしの声であり、貴方の喉と口から出てくるのは貴方の言葉なのですよ」。貴方は、自分の上に身を投げかけている彼女が呼び寄せているものの名において、そうしたことを語っているのです。貴方は彼女のごとく、エネルギーに転換する惰性そのものです。貴方は路上で見つけられたのであり、貴方の運命は別ものでした。彼女が貴方の唇から自分の唇を離し、あまりにも小さな手を貴方の顔に這わすさまは、あたかもご自分の顔でありながら、決して見ることのかなわなかった顔を、人に描いてもらうようでした。彼女の指は小さいものの、重厚でごつごつしていました。指には貴方の顔の上に配置された、さまざまな色や石や羽根があったと言えるかもしれません。かつての貴方の顔は、湿った指を動かすたびに失われてしまいましたが。彼女は爪でもって貴方の歯を、あたかも尖らせるかのようになでまわします。ずんぐりとした手のひらでもって髪を深く梳くさまは、まるで毛染めをするかのようです。手が頬の上にかかったとき、そのせいでカナリアの羽根のように軽い顎鬚が生えてきます。貴方は驚いてとっさに手を顎にもっていきます。不思議な感触はあまりに女性の声とはかけ離れていて、彼女とは無縁のように見えるのですが、貴方の昔の皮膚の上に作用します。突如として太鼓の単調で永続的な音が止んでしまいました。唯一聞こえたのは、イスラム教徒の囚人の閉じられた唇からもれたうめき声だけでした。その後、賛美歌も止んでしまいました。彼女は貴方にそのことを気付かせました。沈黙が生まれ、貴方は髪の毛や爪が生長するさまと、顔の容貌が変化し、手のひらの守護線が消え去り、方向を違え、再生するさまを耳にするのです。

「亡夫の身体がわたしのものとなるのは、わたしの思いの中でだけです。それを貴方にプレゼントいたします、旦那様。それはわが愛の名においてというのではなく、わたしたちの権力の名のもとで、そこに住んでもらいたいからです。それこそがわたしの贈り物です。貴方はそれを拒むこともできなければ、それに報いることもできません」。

貴方は虚無と呼ぶしかないものにどっぷりと浸かっています。何はさておき、あの太鼓は外の世界から届いたメッセージであり、聖なるメッカへ向けて飛び立とうと考えている、いかがわしいモリスコの歌と同様、一条の光も差さない霊柩車の暗闇から逃れるための糸でした。それは心臓の鼓動でした（職もなければ特権もない旦那様）。死者の心臓でした（旦那様、わたしは貴方にペドロ・デル・アグア師が心臓以外の内臓をすっかり除去したと申しませんでしたか?）。貴方はそれとも知らず、ずっとお聞きになったでしょう? 貴方が聞いていることに気付いたときはもう手遅れです。聞きなれないざわめきは、騒々しいものすべてに取って代わられました。騒動、がやがや声、大声、大騒ぎ、喧騒といったものが彼らを取り囲んでいて、霊柩車は貴方が中に入れられてから初めて止まりました。貴方にはどういった理由で、いったいどこで、物乞いや矛槍兵や修道士などと結びついた脅迫が、内部で起こったのかお分かりにはならないでしょう。

馬車の扉が開くと、光が白刃の反乱のごとく差し込みます。すると矛槍兵や修道士たちが、何やら驚いてぶつぶつ言って大騒ぎをしている、その頭越しに女が叫び声を上げます。矛槍兵たちは得体が知れないせいで、なおさら恐怖をおぼえる危険に対しても、本能的な警戒心をもってはいますが、そのとき誰を守り、誰に攻撃をしかけたらいいのかも分らず、手に武器をもったまま踵でくるりと回っています。また修道士たちはといえば、愚かしくも疑い深い様子で、石臼のように、馬車のほうに走っていきます。供奉で引き連れている怪しい淑女どもは、自らのいい加減な変装に気を遣わなかったせいで、かつらを落としてしまい、スカートをたくし上げた勢いで、曲がった毛深い脚をさらけだす始末です。また『主は称えられよ』を歌いながら霊柩車の周りに跪いている物乞いたちは、霊柩車の最も近くの存在だということで、奇跡の最初の目撃者となります。アラブ人は「魂はひとつ、魂はひとつ、老アヴェロエスは死んだが、彼の学問は死なず」と押し殺したような声で歌っています。素顔のままのモリスコ女は顔を手で隠しながら、こう鼻歌を歌っています、「死んだ者たちの心臓は奇跡のしるし、スペインとお仲間に、大変な災いがやってきた」。用心深いユダヤ人は「セフィロト、セフィロト、すべてはすべてから出てくる、すべては一つのものから出てくる、アドナイ〔ユダヤ教・キリスト教・イスラム教の唯一神YHVHの名前の一つ。「わが神」を意味するとされ、神と人間との関係を如実に示すとされる〕の道は三十二、神はひとつ、しかし流出を生む母は三人なり、三人の母と七人の分身、これはカバラの語りしこと」とぶつぶつ呟いています。ユダヤ人の言うことを聞いた教師の修道士は興奮気味にこう叫んでいます。「やっぱり、そうだ、やっぱりわしは正しかった、ユダヤの転びマラーノが、か細いわが指の間からもれ出てしまいおった。王の霊柩車に乗り込み、畏れ多くもわれらがこよなき女王陛下に魔法をかけ、己が変身の哲学の虜にしよった。本当はあの男こそ、われらの三位一体の真理の虜にしたかったものを。不信心な者は鳥や蛇、一角獣や死体に変えられてしまえ。キリスト教徒だけが一なるもので、一なる存在の創造主の似姿なのだ。キリスト教徒は生まれ、苦しみ、死のうとも、常に一体で一なる存在、一であって二とか三、七とかではなく常に一なのだ」。厨房の下働きどもは腐った野ウサギを放りだし、山道の低い灌木の間を走って隠れてしまいました。有力者たちは突如馬丁たちが見捨てた輿から、もんどりうって落下し、また水差しが岩にぶつかって砕け散るなど、ここはまるで混乱の巷になっています。霊柩車の中の貴方のそばで、こんな騒々しさが起こっているばかりか、ぎらぎら照りつける夏の午後の太陽に照らされて白く見える遺体は、垂れ下がった艦褸の後ろの方で温まり、顔を隠していています。艦褸で覆っているのは、ぽっちゃりした小人の女ですが、貴方の顔をとげとげしい目つきで見つめ、歯抜けの口をさらして笑っています。

「彼を押さえて、とり逃がさないで」と、例の女が再び大声をあげて叫んでいます。それというのも、貴方が霊柩車から飛び出してしまったからです。ああ、哀れな貴方。貴方は大虐殺でも目にして恐れおののいているかに見える多くの従者たちの間で、灰色の目をした鼓手を探し回っているのです。矛槍兵たちはじっとしてはいけないとでも思ったのか、恐怖に身を震わせながらも、貴方を取り押さえようとします。彼らの無邪気な目の中で奇跡が輝いています。彼らはどうしようもなかったのです。しかし危険だけは察知していました。女の声を耳にした彼らは、すさまじい声で命じられたことに感謝しました。そこで早速命令を果たそうという気になりました。しかし貴方の姿を見るや、驚愕して、もしや触れてはいけないものなのでは、という思いがよぎったのです。唯一、革張りの馬車で旅をする女の新たな命令が下ったことで、ようやく恐るおそる、貴方を捕まえる気になりました。

貴方は彼らに決して抵抗しません。それはこうした気違いどもの供奉の中で、唯一、落ち着いた目をした人物の視線を感じたからです。貴方はご自分の周りで跪こうとする物乞いたちに目もくれません。連中は恐るおそるうつむいて、聖人にでも触れるかのように、貴方に触れようと手を差し伸べています。そしてこう呟きながら貴方から恵みを求めています。「お前さんが難破したとき〔一五〇六年にフェリペ美王はファナと共に艦隊を組んでフランドルからスペインに向う途上、嵐に遭い、辛くも難破を免れてイギリス海岸に漂着した〕、漂流物を盗もうと思えば、棒打ちを食らわして殺すこともできたのだ……」。物乞いたちはそのときの連中でした。

二人の従僕が、いつも艦褸を身にまとって顔を隠した女をもちあげ、霊柩車にそのまま運んで行きます。女旅行者の後ろ側で、侏儒女が革張りの馬車から下りようとして蹴つまづきます。というのもこの女はサイズに合わない、あまりに大きすぎる金襴のドレスを身にまとっているからです。腕のところでそれをたくしあげ、ウエストの周りに厚い帯をまいております。随伴者や侍者たちの多くは、恭しく、侏儒女と廃疾女性に道を開けます。ところが貴方に対しては一顧だにせず、彼女らの後から運んでいくのです。

彼らは黒塗りの霊柩車のところで立ち止まります。恐ろしいほどの沈黙が支配しています。従僕たちは担いだ女を、霊柩車の床にねじ止めしたガラスケースのところに運んできます。襤褸で顔を隠した女は鋭い眼光をきらりと光らせますが、今度は大声を出すことはしません。

沈黙のあとには、疑い深そうな感嘆の声が続いて起きます。かつて物乞いたちがやったように、皆が霊柩車の周りに崩れ落ちるように跪くのです。皆が同一のものを目にしました。それは貴方が今朝身につけていた服をまとった死体です。それは《災難岬》の海岸に打ち上げられたとき、身につけていた服ですが、火や海や砂でぼろぼろにされていなければ、見分けられなかったかもしれません。黄色のストッキングとイチゴ色のシャツは引き裂かれていて、四隅に黒い紋織りの花を飾った、黒絹キルティングの棺の中の、ガラスカバーの下に横たわる遺体に、濡れたまま張り付いているとのことです。顔の上（あるいは、顔そのものなのでしょうか？）には、赤や黄、緑、青といった色とりどりの羽根をあしらった布、マスクが被せてあります。口の部分にはクモの輪が載せられています。また折れた矢がマスクの肋材のように、死体の首元、こめかみ、額のところに置かれています。遺体はもはや修道院から修道院へ、未亡人の手で引き回される高貴な王のそれではありません。物乞いや囚人たちは、以前この奇跡を目にしましたが、今、奇跡を目の当たりにしているのは宮廷人であり、女旅行者の従僕たちなのです。

こういった証拠を前にして、皆は貴方のことをじろじろ見始めました。封印された霊柩車の中に安置されたまま引き回される、痛めつけられた哀れな姿の貴方を。貴方は驚きの目を向ける皆のせいで、自分自身をしっかり見据えたり、安息香のにおいのするビロードの鍔なし帽子や、アロエの香りのする絹シャツの上に置かれたロケットに触れたり、バラ色のストッキングや、鋲の香りを留める革ケープを見たり、またいつもやっていたように、指で薄い鬚に覆われた顎に触れたりすることを強いられるのです。貴方の感覚では髭は金髪ということでしたけれど。皆が貴方の周りに跪いています。唯一、襤褸着をまとった女性だけが、従僕に支えられて立ったままでいます。一方、矛槍兵や公証人、料理人と下働き、捕吏、見せ掛けだけの供奉の女たちは、頌歌を歌いながら十字を切っています。またユダヤ人たちはセフトリ、セフトリ〔セフィロトの言い換え〕、すべては流出であり、世界は変容すると呟いています。またアラブ人はこれを潮にアラーを称え、こうした奇跡の中には、救いか呪いのどちらがあるのかといったことを自問しています。侏儒女もまた跪いては おりません。ぬけぬけと偽りの敬意を浮かべた、しかめ面で十字を切っています。塗りたくった手が露わになると、急いでだぶだぶの服の襞の中に引っ込めてしまいます。

　女性は襤褸で覆った顔を一度として見せることなく、こう言うのです。

——息子は貴方の姿を見たら満足するでしょうね。

　そして召使たちにこう命じます。

——ぜひとも王様の足に口づけをしたい。

　彼らが抱き上げていた身体を貴方の足元にもっていくと、彼女は足に口づけをします。いまや立ったままでいるのは貴方だけです。己の名前も顔も知らず、二度とそうしたものを取り戻せないのではないかと恐れている名高い貴方と、貴方を前にした鼓手だけです。鼓手は灰色の目をした、唇にタトゥーを入れた男で、目でしっかりと貴方を見据え、言葉を発することなく唇を動かしています。しかし貴方は失神して倒れる前の一瞬を、読み取ることができるのです。ご自身とかけ離れたご自身の仇敵、理解できないものの黒い侵入に屈した、新たな肉体の仇敵であったかつての貴方の生です。それは貴方の新たな、そして望みもしない死すべき外形と干戈を交える中で忘れ去っていたものです。一通のメッセージが道を切り開こうとしています。

——ごきげんよう、わたしたちは貴方をお待ちしていました。

　しかしこの黄昏のざわめきの集合の中で、鼓手だけは言葉を発しませんが、廃疾の女旅行者の言葉のみ甲高く響いています。途中で貴方をつかまえた彷徨える亡霊よ、彼を起こしてわたしの馬車に連れてきておくれ。さあ、出発、出発。もう立ち止まったりしてはなりません。わたしたちの痛ましい巡礼は終わりました。皆さんわたしたちの到着をお待ちかねですよ。墓所はちゃんと準備できていますからね。捕吏、公証人、矛槍兵、皆の者、わが息子ドン・フェリペ殿の造った王の墓所に向けて出発！　あそこなら死者も生者も安らぎを見出せましょう。海岸をあとにしてメセータへ、山懐に抱かれて建造された、山そのものといってもいいような宮殿へ、いざ出発。皆、わたしたちの墓場に赴きましょう。

職工たち

以前、われわれがよく家畜を囲っていたゴジアオイの灌木はどこにあったかな？　マルティンは両手を石灰鉢に突っ込んで、水で石灰を消和しようと躍起になっている仲間の二人のほうに笑顔をみせた。暴風雨や大雪や、その他の悪天候のときに家畜はどこにかくまってやったらいいんだろう？　ヌーニョは石灰の窯のほうに歩いていった。カティリノンはすべて順調にいっており、後も上首尾にいくはずだと言った。マルティンは石灰で腕に火傷したと思い、浸けていた水桶から腕を引き出した。

彼らは腕と手を胸と額に当ててぬぐってから、人夫たちのそばにやってきた。彼らは固い部分に行きつくまで地面を掘り下げていて、その後掘った土を裏庭の外に放り投げていた。ちょうどお昼の一時で、休息と食事の時間であった。マルティンは起重機を使って働く労働者たちにそのことを大声で知らせたが、声はあたかも建築現場の足場の上で交わされたように聞こえた。

――吊り上げろ。

――回せ。

――引っ張れ。

――支えろ。

――止めろ。

――揺らせ。

――戻せ。

――かき回せ。

この場所には決して涸れることのない泉があった。マルティンはもう一度微笑んだ。泉のそばに、夏や冬に動物たちが唯一の避難所としていた森があった。カティリノンは目配せして大声で笑いながら言った、「ああ、どうもその様子じゃ、お前をこれ以上弄ぶことはできなくなりそうだな」。すると皆もいっしょになって大笑いした。

採石場ではあらゆる石が切り出されていた。工事現場の足元や礼拝堂ではほとんど槌音は聞こえなかった。マルティンと友人たちは、レンガ工場のレンガの上に腰をおろして食事をした。その後、別れてからマルティンは採石場のほうに歩いていった。手で口をぬぐい、鏨《たがね》を手にとった。現場監督が石工たちのあいだを歩き回り、この特別な仕事のために必要な指図を、優しい口調で何度も繰り返していた。この国にはいまだかつてこれに類するものはあったためしがないのだ。職工に鞍替えした牧人たちでは、セニョールのお辛い御心のうちで考え出された宮殿を建造するのは難しかったかもしれぬ。それは監督が職工たちによく繰り返していた言葉を用いれば、受けたとりなしと恩恵に対する、際立ったかたちの奉仕を神に捧げるためであった。監督によれば、切り出した石の面はきちんと整っていなければならなかった。マルティンは鑿と定規で縁取りを入れた。段組み職人は笑顔を浮かべつつ、いとも容易く、縁にハンマーを小さく二回ずつ打ち込んだが、その際に切り出した石の前面に出っ張りや穴ぼこや、突付き穴やバラ状の穴などができないように気を配った。マルティンはそんなわけで、鑿を入れてきれいに仕上げをする必要はなかった。かくしてすべての箇所がきれいに荒削りされていた。マルティンは圧しつけるような太陽のほうを見て、ゴジアオイの灌木や家畜や、夏も冬も涸れることのない泉が無性に恋しくなった。

後になって彼は採石場の水が流れ込む主水路に赴いた。そこには人夫たちの何人かが石を切り出しては手押し車で運び出していた。マルティンは自分の仕事ではなかったが、あとで鑿を当てて、磨きをかけようと思っている粗削りする前の石の塊を運ぶ手伝いをした。石切り場の鍛冶工場で働いていたヘロニモに頷いて挨拶をした。この髭面の男は工具を研いだり、金型を加工したり、ハンマーやツルハシが止むをえず、ふいごの熱を被ってしまわないように工夫することでは、並ぶもののないほど優れた技量をもっていた。とはいうものの、昨日、彼は必要以上に工具を磨きすぎたという理由で非難を受けた。これは一日分の労賃がカットされることを意味した。ヘロニモはマルティンに、そんなことは気にしていないと言った。だってわれわれは皆自分にできる精一杯の仕事をやるだけだろう。現場監督たちはありもしない欠点をほじくり出すのが自分たちの仕事なのさ。連中は寄生虫みたいなもんさ。それが連中の生活条件なんだから、時々欠点を暴きださなければ、逆にすぐ自分たちが無能者のレッテルを貼られるわけだからな。

彼らは午後四時半になると、塩とオリーブオイルとガルバンソ豆を取り合わせた一皿の食事を一緒にとった。マルティンは時間を計った。それは夏真っ盛りの時期であった。冬時間が始まるにはまだ二カ月足りなかった。今の時期は夏の長い日差しを活用せねばならなかったが、その反面、長い労働に付き合わされてくたくたとなった。五月の聖十字架発見の祝日〔五月三日〕から九月の聖十字架称賛の祝日〔九月十四日〕までは、朝六時に仕事に就き、十一時まで、午後は一時から四時まで休むことなく労働し、この時期は三十分休息し、四時半から仕事を再開して日没まで続けることになっていた。しかし七月は太陽が沈まないんだ、とカティリノンは笑って言った。彼はバリャドリードではいつも貯えを入れた手提げを携え、なかなか夜の来ない長い夏を、安食堂から安食堂へとはしごして過ごしたものだった。実入りの不安定さは確実な喜びとうまく手を取り合っていたのである。マルティンは酸っぱい噛みかけのガルバンソ豆を、石灰製造業者の足元に吐き出した。そして三カ月毎の為替手形による五ドゥカードの支払いでは、ブルゴ・デ・オスーナまではとうてい行けない、と彼に言った。そこは毎朝牛たちが荷車に花崗岩を積んで出てくる場所であった。髭面のヘロニモはおどけ者のマルティンの頭を軽く小突くと、こう言った。

――牛どもはな、街の安食堂のことを夢見ている貧しいピカロより、きちんきちんと餌にありついているんだ。牛どもは牧草やワラ、ライ麦、小麦を大量に施されているだけではなく、二年分の備蓄があって安泰ときている。わしらは年に二千ファネーガのパンを修道院に納めねばならんし、通りすがりの貧民に同量のパンを差し出す義務もある。ところが工事が終わったとたん、何の備蓄ももらえないし、通りをうろつく物乞いになったとしても、ピカロ・カトー〔カティリノンのこと〕ですら夢にも描けないような悲惨さを味わうのは目に見えているんだ。この野郎はバリャドリードを出てから、子供時代と同じ悲惨な生活をすべく故郷に戻ってくることになるんだが、子供時代は階段の下に置き去りにされて、犬どもと残飯を取り合いしたんだとよ。

カティリノンは目配せして言った――でもな、少なくとも残飯くらいはあるよ、それに空腹が知恵を生むとも言うしな。知恵があればすべて上手くいくんだ。鶏肉屋は鶏の頭や羽根を通りに投げ捨てるだろうし、肉屋は店の入り口で獣を屠殺して血を流さすよな、その血はぶどう酒がないとき、少し水を加えればいい飲み物になるんだ。豚もあちこち自由に走っているし、魚屋は売り物にならないくずを通りに捨てるだろう。

ヘロニモは目配せして言った――魚屋が捨てるのは腐ったやつだからでさ、客は買おうと思えば買えるけれど、あえて買わないからさ。カティリノン、お前は生まれつきの馬鹿だな。空腹で頭がおかしくなった気違いだらけの都会で、ペストで死んじまいな。

するとヌーニョもこう付け加えた――お前はここで自分の仕事に満足していればいいんだ。さもないと砂でも食わなけりゃならなくなるぞ。幸いなことに、この工事はいつ終わるともわからぬから、子孫が代々引き継いでやっていけるかもしれぬ。

するとカティリノンはふざけて涙をぬぐう仕草をし、俺には小言はいらねえから金をくれよ、と言った。

――もし俺が馬鹿なら、ペラーレスの馬鹿になるつもりだ、だってあいつときたら、自分が仕えていた尼さんを一人残らず孕ませたというじゃないか。また俺様は初め鍋で煮られて、その後フライパンで焼かれたサンタ・レブラーダ〔野ウサギ料理〕にはなりたくねえ。俺たちは皆ひどい扱いをされているんだ、こうして生きてられるのは奇跡ってもんだろうが。そうだろう、マルティン、お前の兄貴は何歳で死んだっけ？　ヘロニモ、お前の親父の場合は？　短い人生一回限りってことぐらいが慰めだって。そうだろう、兄弟たち。腐った水にじめじめした部屋しか与えられねえ。俺たちはここでも都会でも、同じように生きなけりゃならないんだ。ここでもあそこでもな。わずかな明かりにもうもうたる煙、動物も人間も、どちらもたった一つの入り口しかねえんだ。

――わしの兄貴だって？　とマルティンは答えた。――わしらはアラゴン王国のナバーラの百姓だった。王様は正義の裁きをわしらに約束してくれた。ところが領主どもときたら、自分たちのための正義を守ることは熱心そのものだけれど、わしら農奴たちを締め付け、現物と現金支払いでもって、何代生きても払えねえくらいの重税を負わせやがる。俺の兄貴は長男だったが、地元の領主に年貢が納められねえってんで、わしらよりもっと羽振りのいい村人に借金をしたってわけよ。領主は兄貴に対して、村人よりまず先に支払いをするように求めた。そうする権利があるからだと。そしてこの地では領主は臣下たちを焼いて食おうが煮て食おうが勝手だ、好きなときに財産を没収したり、あらゆる訴えを踏み潰しても、守ってくれる王もいなければ法律もないなどと抜かしおった。兄貴は払えねえもんだから、教会に逃げ込んだのよ。そうしたら領主はその手は食わぬといって兄貴を捕まえ、わしらのような哀れな百姓にはいかなる権利もない、それに対して、自分のような領主は生殺与奪の権利があって、殺し方も選べる、飢え、渇水、寒さと選り取りみどりだと抜かしやがった。そこで領主は農奴への見せしめとして、真冬に兄貴を素っ裸にして、軍隊が取り囲む丘に置き去りにして、飢えと渇きと寒さで殺すように命じたんだ。兄貴は七日目に、その丘で飢えと寒さと渇きで死んだってわけよ。わしらは遠巻きにして死ぬさまを見ていた。兄貴のためには何にもしてやれなかったんだ。兄貴は土に還ったよ。飢えて渇いた冷たい土にな。土そのものになったってわけだ。わしは逃げた。そしてカスティーリャにやってきた。そしてこの仕事で腕一本で食っているってわけよ。誰からも素性を聞かれたことあねえ。故郷がどこなのか聞こうっていう奴は誰もいねえしな。この建設工事には、何はともあれ早急に労働力が必要なんだ。わが国の領主は逃げ出そうする奴を死刑にすると命じている。わしはあんたがたの中に紛れ込んで見分けがつかなくなっているんで、誰にもここにいることを知られたくないんだ。

――俺たちには、とヌーニョが言った――モーロ人と戦って、国境を守るという大義があったから、俺たちの領地に領主が住むことぐらいは許して、その代わり領主とおさらばするくらいの権利は与えてもらったんだ。これで領主の農奴ではなく王の領民ということになったわけよ。こんなわけで、領主はわしらを王領に縛り付けておくわけにいかなくなったから、俺はこうやってここに来れたってわけさ。

――お前はずいぶん南にいたよな、とマルティンは言った。

――お前のほうはずいぶん北だったよな？　とヌーニョは笑って答えた。

――北だろうと南だろうと、とヘロニモが呟いた――どっちにしろ労賃の少なさに変わりはねえやね。ユダヤ人ひとりで二百スエルドももらえるところを、わしら農民は百しかもらえねえ。

――馬鹿なやつらだな、お前らは、とカティリノンが笑った――お前たちが話しているのは、みんなどうでもいいお笑い種よ。だってそうだろう、生活なんかより威厳のほうがずっと大事だったんじゃないのか？　お前さんたちのような百姓の中には、ぺこぺこと頭を下げ従順なところを見せて、領主の恩顧を勝ち取って、しまいには自由権や郷士身分まで手に入れた奴らもいたけどな。

――お前さんに、連中がどれほど苦労したか分るもんか、とマルティンは向かっ腹を立てて言った――初夜権ってものがあるだろう、それに農奴間で結婚すりゃいつ引き裂かれるかわかりゃしない。家族は家族じゃないんだ。父親なんぞには家族の中にちゃんとした居場所がないときてる。領主にゃ財産、生命、名誉、生死の一切合切を握られているが、農奴は死体まで自分のものじゃねえんだ。

――まあ大人しくしてじっと耐えるんだな、とピカロ・カトー〔カティリノン〕は目配せして言った――領主から逃げ出したり、領主に反旗を掲げたり、反抗したりしなかった奴らは、農奴から臣下に、臣下から殖民者に、殖民者から地主になりおおせているだろうが。才覚ある奴らにはいつでも出世する道があるってことよ。

――おいカティリーノ、お前にとって出世の道ってのはいったい何だい？　ここではみんな一緒に同じガルバンソ豆をかじって、同じ量のオリーブオイルを使って料理して、土地の石鹸を同じ分量使って身体を洗っているじゃねえか。

ピカロは馬鹿笑いして言った――俺様みたいな男はな、偉い領主の従僕にだってなれるんだ。従僕はな、殿様の素っ裸の姿も目にすれば、クソしている音だって耳にするんだぞ。

鍛冶工場の老人があきれた顔をして立ち上がると、大声でこうのたまわった。

――わしの親父はな、この土地にやってきたときは、ひどく貧しくてな、どうしようもなくなって領主の父親の僕《しもべ》として身を売ったのじゃ。そこで教会に姿を見せねばならないときは、自分の卑しい身分を明らかにするために、首に縄を巻いて、頭に一マラベディを置いて行ったそうじゃ。領主は親父に保護と耕す土地と、仕事を約束したが、どうやらわしの見るところ、土地からは収益は上がらん。海を越えて行っても同じことじゃろう。いくら土地を耕してもうだつが上がらん。イエス様も聖人様も居眠りをなさってござるわい。兄弟たち、わしらはこの工事をやっていても、苦労は食いつなぐためだけで終わるし、わしらを養ってくれた土地を干上がらせるだけで終わるぞ。これからどうなるか考えてみるべきだろうが。そしてもう起きてしまったことなど忘れちまうことだ。

わが罪のすべて

彼は足元でうたた寝をする犬を従えながら、祈祷台でビロードの腕木に手を組んで跪く男の姿を目にする。おそらく午前中ずっと、絵画を眺める男を眺めつつ過ごすこととなろう。

絵画――イタリアの光り輝く蒼ざめた空気を浴びた裸男の集団が、見る側に対して背を向けている。彼らは広くがらんとした広場の方向を向いて、石の祭壇の上でポーズをとった人物の説教を聴いている。広場までの直線的な遠望は、背景に透明で緑がかった霞がかかっているせいで、ぼやけて見えなくなっている。姿を見れば説教師がどういう人物かが一目瞭然である。彼は白いドレープの長衣をまとった風采から威厳のある優しさ漂わせ、人を教え諭すような手つきで、人差し指を天に向けている。顔には精悍さに苦悩や諦念が入り混じった表情が見られる。鼻筋が通り、唇は薄く、顎髭と口髭は栗色をしている。金髪ふうの長い髪をもち、眉毛はきわめて細く、広い額をしている。しかし何か物足りなく、また何か余計な印象を与える。頭部には従来からあるような後光の輪は描かれていない。目は本来見るべき方向である天のほうを向いていない。

セニョールは組んだ手の間に頭を沈め、何度も呟いた（前の言葉が反響してさらに大きく聞こえたが、それはこの地下礼拝堂ではどうしても音が反響するせいである）。「もし人が人体の形成が悪魔の仕業であり、母胎における妊娠が悪魔的働きの産物、呪いだと言うなら、それもいい、呪いだ、呪い、呪いということにしよう」。

彼は三度胸を叩いた。アラーノ犬が落ち着かない様子で唸った。叩く音と唸り声が地下納骨室や壁面や露わな床面に撥ね返ってうつろに反響した。セニョールは咳をしながらケープに身をくるんだ。そして呪いという言葉を三度繰り返した。

絵画――視線は向けられるべき方向に向けられてはいない。目は非情なのか、それとも無愛想なのか、異なる印の秘密でももっているのか、眺めていると思われる対象に近づきすぎているのか、あるいは遠ざかりすぎているのだろうか？　期待していたとおり、幻視的ではないのか、おおらかではないのか、すぐにでも身を犠牲にする態度ではないのか、伝説の致命的な結末を知らぬままなのか、確かに官能的な目をしてはいるが、それとて地上であって、天上に向けているのでないということか？　目がとらえるのは裸の男たちであり、視線は余りにも下を向いている。

グスマンは地下礼拝堂の柱の陰にかくれていれば、セニョールが胸を叩いた際にどんなことを考えていたのか、想像してこう言ったかもしれない。「わしはここで跪いてなどしてはいけなかった。自分の意識を見極めようとして絵画など見つめていてはいけなかった。どういうわけか不当にも遅れをとったこの建設に、すぐにでも取り掛からねばならぬのに」。

セニョールが命じたさまざまな行列部隊は旅の途上にあって、次第に宮殿に近づいていった。斥候と伝令たちが見たというところによると、行列は海辺近くの平坦で木々の茂った山々を、重たい荷物を引きずりながらも旅籠に逗留し、松林の中で身を守ったり、ピスタチオの雑木林に迷い込んだり、沼地で足をとられて足止めを食ったりしたという。しかしたゆまず行進して、セニョールの命で取り決められた場所、つまり宮殿たる霊廟に到着した。セニョールは唯一、いわゆるイタリア絵画の神秘といったものに、心と目を奪われていた。

猟犬ボカネグラの唸り声すら、飼い主に対する非難のように思えたのかもしれない。「自分自身が、大至急で建設すべし、という明確な意志を申し渡したのではなかったか」。

宮殿――上にも外にも、周囲の広大な平原に花崗岩のブロックが積み重なっている。六十人の石工の師匠たちが、配下の者たちといっしょに大理石を扱う仕事に携わり、一方で牛車が石を積んで次々と到着する。左官や大工、鍛冶職人に刺繍職人、金細工師、木こりといった者たちが、照りつける太陽の下、平坦地に工房や居酒屋、仮小屋を立ち上げている。一方で、フランドルの異端者に対する勝利から戻ったセニョール、ドン・フェリペ王の早急に建設したいという熱望に従い、王命をもって伐採された山や平原の中でも、最後の避難所たる栗林の近くでは、すでに建築の定礎がなされた。夏や冬の気温の厳しさから宮殿を守ってくれるはずの松林は、手斧によって永遠に伐採された。グスマンはセニョールが「宮殿は山のおかげで冬の北風から守られるといい。また夏には涼しい西風が吹いてくれるとありがたい」と言ったのも尤もなことだと思った。しかしそれ以上にはっきりしていたのは、今や禿山となってしまったからには、それももはや期待できないということであった。セニョールの期待と建設上の必要性とは両立しえなかったのである。地下礼拝堂に閉じこもっていたセニョールにはそのことが分らなかった。

セニョールは咳をした。鼻と喉がからからになっているように感じた。立ち上がって礼拝堂に隣接した部屋で水差しを探したいという思いに駆られた。しかし首につけていた聖遺物のたくさんはいった革袋を撫でまわすことで、苦しみに耐えるほうを選んだ。あらゆる身近な物質的消耗の背後には、永遠の命をもった尽きることのない豊かさがあるのだ、と考えると渇きも収まった。彼が建設しているのは未来のためであったのは確かだが、同時に魂の救済のためでもあった。そこには時間というものはない。彼はこう呟いた。「それは単なる考えではない、別の場所なのだ。永遠の命というのは、本当は誰もが手に入れて当然のものだった。人間の命は生きた年数ではなく、徳性でもって数えられるべきだ。年を多くとったからといって、あの世が約束されるものでもない。それはよりよく生きた者のものだ。永生は誰もが手に入れてしかるべきものなら、このわしが己れと神の正義にかけて、わがものたる永生を手に入れてどうしていけないことがあろう？　そうした確信を目に見るかたちの証拠として、つまり〈聖なる聖体の秘蹟〉に捧げた宮殿を、後世に残すことなど大したことではない。

　こうしたこともすべて、わしに永生が保証されて初めて出てくることだ。またわしが不完全だからこそ、なすこと言うことにおいて、罪を赦してくれるようにと努め、戦争、狩猟、鷹狩、肉欲などの感覚の悦びをことごとく退けて苦行を行い、聖体のための城砦をせっせと築いているのではないか。畏くもわが罪が赦されるのなら、苦行をしない王などはキリスト教王たりえないということ、そして弱さ脆さが苦行によって消え去ることで、神の怒りを呼び覚ますことなく、また罪の記憶すら呼び覚ましはしないのだと申し上げる。あらゆる人々の苦行の勤めを果たすだけに止まらず、もし王ゆえに、最後の審判で断罪されでもして、臣下たちをどん底に落とすはめになりかねないような人間に対して、永生が拒まれることなどあっていいのだろうか」。

　こうしたことをわきまえることは（と独り呟いた。あるいは、彼のことを見ていた臣下が彼の代わりに言った）、ほとんど自らを不死の存在だと認識することに等しかった。セニョールはそうした自惚れを退けた。暗いキリスト像の不安げな眼差しを見て、こう呟いた。「わたしたちは死者たちのあらゆる肉が復活することを認める」（Confitemur fieri resurrectionem carnis omnis mortorum.）。

　絵画——片隅にある暗いキリスト像は、見る側に背を向けている裸の男たちのほうを見つめている。広々と、奥深くまで続く清楚なアーケードは、イタリア半島の斬新で空間を重視した建築法に則った現代的なものである。せわしなく動く視線を釘付けにするのは、微細な亀裂の中にコガネムシ、コオロギ、生え出たばかりの草などが、小さな起伏で浮き出るように描かれた大理石の床面であった。広場は現代風のものに見える。遠近画法によって遥か遠くにかすんだように描かれた情景は、いったいいつの時代のものだろう。遠景は後光のないキリストと裸体の男たちが演ずる、聖なる劇場の前舞台のそれに呼応するかのように、輪となって遠いコーラスを響かせていたのだが。時間の中に消え失せたかのように、遠くに微細に描かれた情景。絵画空間における際立った遠近法のせいで、情景は遠ざかり、遥かな時間そのものと化している。

　セニョールは腕を大きく広げて十字の形になるように、磨かれた御影石の床に身を横たえた。ケープをつけたままうつ伏せになっていたが、ケープの上に刺繍されていた黄色の十字架は、祭壇の放つすべての光彩を一身に集めているように見えた。祭壇は聖体顕示台を保存するために、きめ細かな細工と装飾が施されていたが、顕示台こそ碧玉の台座に集中する光の源であった。台座は金色メタルの縞模様が象嵌され、柱はよく鍛えた鋼をはじめどんな道具をもってしても、打ち毀すことのできないほど堅固で上等にできていた。つまりダイヤモンドを用いて加工し、仕上げられていたのである。セニョールの額は冷え切った床に触れていた。床は顕示台の光と同様に、焼け付くような地面やぎらぎら照りつける太陽とも無縁であった。地面と太陽は地下礼拝堂の外と頭上で、乾いた埃を巻き上げていた。とはいえ、すこぶる長く続く神聖な空間の奥には、終わりのない幅広の階段があったが、それは焼け付くような暑い平原につながっているはずだった。冷たい御影石にふれたことで、セニョールの熱っぽい頭には忘れたいと思っていた像がいくつかよぎった。しかし彼は背後にある終わりなき階段のことや、建築物を仕上げるという当面の義務のことを考えることで、そうした像を頭から吹っ切った。仕上げるといっても、自らの肖像にすべく、アトス山を伐って加工するように命じた、アレクサンダー大王のようなギリシア的傲慢さは避けたいと思っていた〔ウィトルビウスによると、建築家ディノクラテスはアレクサンダー大王にアトス山を変形して彼の巨人像にするように提案し、大王はそれを受け入れて結局、アレクサンドリアの街を建設したという〕。この地スペインのこうした建物においては、天上の住まいになぞらえて、昼夜の別なく天使たちのお勤めを行い、絶えることなく行う祈祷を通して、王たちの安寧と地位の安定を祈り上げたり、人間の罪に対して当然下されるべき、神の怒りをなだめたりすることとなる。この時点でセニョールが祈っていたのはそうしたことであった。彼は人間の行動を規定する徳性の中で、分別こそ最高の価値だとは知りながら、頭の中で政治と宗教を切り離すことはできなかったのだろう。分別の種類の中でも王にとって最も役立つのは政治である。聖バシレイオス〔ギリシア教父、四世紀の最も重要なキリスト教神学者のひとり〕は策略とか狡知などといった、不適切な名辞で、政治というものを誹謗中傷する者たちに不平を鳴らしている。彼らは策略的で狡知にたけた行動などというのは、国の平和と生命である精神の分別とは違って、有害な肉のそれであるということに気付かないのである。セニョールが苦行の祈りの中で希っていたのは、まさにこのことであった。彼の中ではもはや、青春時代の狡知とか、肉の策略だとか、戦争の模擬実験などは棚上げされてしまった。分別と政治が融合したしるしとして、一記念碑を造り上げること以上に好ましいものが何かあったであろうか。記念碑と呼ぶのは聖アウグスティヌスの顰みに倣えば（「それでもって心を呼び起こすものが記念碑と言われる」momumentum decitur, eo quod moneat mentem.）、心を呼び起こすものである。となれば、真の記念碑であれば、政治的分別を宗教的栄光に転化しないようなものはどこにもないだろう。なぜならば、この世で永生を失うような忠告を、真に受けた者など一人としてなかったからである。

絵画――六カ月目に御使ガブリエルが神からつかわされて、ナザレというガリラアの町の一処女のもとにきた。この処女はダビデ家の出であるヨセフという人のいいなづけになっていて、名をマリアといった。御使がマリアのところにきて言った、「恵まれた女よ、おめでとう、主があなたと共におられます」。この言葉にマリアはひどく胸騒ぎがして、このあいさつは何のことであろうかと、思いめぐらしていた。すると御使が言った、「恐れるな、マリアよ、あなたは神から恵みをいただいているのです。見よ、あなたは身ごもって男の子を産むでしょう。その子をイエスと名づけなさい。彼は大いなる者となり、いと高き者の子と、となえられるでしょう。そして、主なる神は彼に父ダビデの王座をお与えになり、彼はとこしえにヤコブの家を支配し、その支配は限りなく続くでしょう」〔ルカによる福音書、第一章、二六－三三〕。

宮殿――密使たちは建築中の壮大な宮殿の陰気さを打ち消すような、光り輝く宝物を捜し求めて大陸中を旅してきた。財宝はいまそこにあるものもあれば、移送途上にあるものもあった。予期せぬかたちで倉庫に保管されているものもあれば、これから獣たちの背に載せられるものもあった。クエンカでは立派な鉄格子が造られたし、サラゴーサには青銅製の欄干があった。スペインとイタリアの鉱脈からは、グレー、白、緑、赤の大理石が産出した。フィレンツェでは飾り衝立のための青銅の彫像が鋳られた。ミラノでは霊廟のための彫像が鋳られた。フランドルからは燭台が、またトレードからは十字架と提げ香炉がもたらされた。またポルトガルの修道院ではテーブルクロス、スペルペリティウム〔聖職者が法衣の上に着る袖の広い短白衣〕、アルバ〔司祭がミサのときに着用する白麻の長衣〕、手拭き〔ミサのとき司祭が使う〕、麻布、ルアン織、キャラコ、オランダ布などの逸品が仕上げられた。セニョールは傷ついた片手を、アルコバサの修道女たちの手で刺繍されたオランダ布のハンカチで包んでいたが、その片手で顔を覆った。聖画はブルージュ、コルマール、ラヴェンナ、ヘルトゲンブッシュといった場所で描かれていた。セニョールが午前中眺めていた絵はオルヴィエートから持ち込まれたものであった〔イタリア中部オルヴィエートの大聖堂にあるシニョレッリによる「最後の審判」をモチーフとした壁画連作のこと。ミケランジェロの「最後の審判」に着想を与えたと言われる〕。噂によるとヘルトゲンブッシュは呪われた森で、アダム派の異端者たちが聖体にまつわる乱痴気騒ぎを執り行い、各々の肉体をキリストの祭壇と化して、救済の聖体拝領として性交を繰り広げたという。かつてローマ人に征服され、〈古の都市《ウルブス・ヴェトゥス》〉と化した、エトルリアのボルスキ人の町は、白と黒で彩られた大聖堂のあった中心地で、質素とはいえ精力あふれた、悲しみを抱えた画家たちの故郷でもあった。

絵画――ヨセフもダビデの家系であり、またその血統であったので、ガリラヤの町ナザレを出て、ユダヤのベツレヘムというダビデの町へ上って行った。それはすでに身重になっていた許婚の妻マリアと共に、登録をするためであった。ところが、彼らがベツレヘムに滞在している間に、マリアは月が満ちて、初子を産み、布にくるんで、飼葉おけの中に寝かせた。客間には彼らのいる余地がなかったからである。さて、この地方で羊飼たちが夜、野宿しながら羊の群れの番をしていた。すると主の御使が現れ、言った、「恐れるな、見よ、すべての民に与えられる大きな喜びを、あなたがたに伝える。きょうダビデの町に、あなたがたの救主がお生まれになった」。ヘロデ王はこのことを聞いて最初不安を感じた。その後ひどく怒って、ベツレヘムにいる二歳以下のすべての男の子を殺すように命じた。しかし主の使が夢でヨセフに現れて言った、「立って、幼な子とその母を連れて、エジプトに逃げなさい」。そしてそこで彼らはヘロデが死ぬまでそこにとどまっていた。それは、主が預言者によって「エジプトからわが子を呼び出した」と言われたことが、成就するためである〔ルカによる福音書、第二章、四－一一、マタイによる福音書、第二章、三－一五〕。

猟犬ボカネグラはいつものような神経質な動作で、包帯を巻いた頭を動かしたが、耳は動かすことはできなかった。おそらく傷がまだ癒えていないせいか、肉を荒っぽく縫合したせいか、あるいは粗布の帯がきつかったせいか、持ち前の本能に疑いを抱いているようだった。犬は主人の傍らに身を横たえると、高い鉄の格子扉の後ろに隠れた、修道女たちの祈祷席のほうを見た。

グスマンは犬が自分の臭いを知りすぎるほど知っていて、手をつよく恐れていることをいいことに、柱の後ろに隠れて観察した。セニョーラは祈祷席の化粧格子窓の後ろで、長いこと人に見られることなく、ものを見ていることだろう。最初はアラーノ犬の低い唸り声に不安を覚えていたが、ボカネグラに対する恐怖心は得体の知れぬ恐ろしさではなく、目に見えるそれだということにやっと得心がいった。セニョーラは犬と同様、床にうつ伏せになって腕を十字に広げて横たわる主人を眺めた。もぞもぞと信仰告白を呟いていた彼の背中にある、刺繡された十字には祭壇の光が射していた。セニョーラは夫と同様にじっと動かずにいたが、すっくと立ったままであった（グスマンはできたら格子扉の向こうの世界に潜り込みたいと思った）。そして毅然たる姿勢や態度を見せることが、どれだけ威厳を示すことになるか、いつにもまして（というのは誰も彼女を見てはいなかったからだが）よくわきまえていた。影に包まれた彼女は、苛立たしさの中で示した自らの威厳の大きさを、自分以外誰一人として目に留める者がいないのだと、改めて思った。彼女もまた絵画の遠景のひとつを眺めていた。

絵画——そのときイエスは、ガリラヤを出てヨルダン川に現れ、ヨハネのところにきて、バプテスマを受けようとされた。ところがヨハネは、それを思いとどまらせようとして言った、「わたしこそあなたからバプテスマを受けるはずですのに、あなたがわたしのところにおいでになるのですか」。しかし、イエスは答えて言われた、「今は受けさせてもらいたい、このように、すべての正しいことを成就するのは、われわれにふさわしいことである」。そこでヨハネはイエスの言われるとおりにした。すると、見よ、天が開け、神の御霊が鳩のように自分の上に下ってくるのを、ごらんになった。また天から声があって言った、「これはわたしの愛する子、わたしの心にかなう者である」〔マタイによる福音書、第三章、一三－一七〕。

セニョーラは手袋をはめた手に停まったオオタカの禿げた頭をさするように撫でていた。鈴を外され、水と鹿の心臓の軽い朝食をとって、暑さを凌いだオオタカだったが、鹿の心臓はセニョーラが内陣にやってくる前に毎朝のように、手ずから与えていたものである。彼女は内陣から無為に過ごす夫の姿を毎朝のように眺めていた。しかし猛禽が生まれついた性質から、暗闇とともにそわそわし出す時というものが、いつもどおりやってきた。オオタカは当初、夏の猛暑から逃れられるので、こうした暗闇をありがたく思いはするものの、徐々に明るい光を懐かしむようになった。セニョーラはオオタカの胴体と頭部をやさしく撫でてやった（グスマンにはそうした動作が分った）。猛禽の熱く乾いた体には夏の暑さがこたえた。したがって涼しく暗い、こうした場所に連れてくる必要があった。いつの日か修道女の祈祷席に隠れたオオタカが、犬やセニョールに見つかった折には、それが言い訳となるはずだ（と何度もセニョーラは心の中で繰り返した）。

グスマンは猛禽の性質上、獲物を狙う目と獲物の間には邪魔なものが、全くないような広々とした空間が必要だということを、一再ならず彼女に忠告していた。――セニョーラ、オオタカは獲物が一旦視界に入ったら、それに向かって矢のごとく急襲するものです――。セニョーラは鳥の胸部に力強い鼓動を感じたが、その際、緊急事態に動物の本能というのはより強くはたらくものであり、このオオタカも無限大の暗闇を信じて、女主人の手元から本能に任せて飛び立ったあげく、礼拝堂や格子窓の鉄柵に衝突して死んでしまうか、羽根を折るかしてしまうのではないかという恐れを抱いた。グスマンはかってそうしたことをセニョーラに言っていた。

絵画――イエスは神の宮にお入りになり、そこで売り買いをしていた者たちをひとり残らず追い出した。両替商の金とその台をひっくり返し、鳩を売る人々の椅子も同様にした。彼らに言った――わが家は祈りの家と呼ばれるだろう、しかしお前たちはそれを泥棒の巣窟にしてしまった――。そして律法学者とパリサイ人にこう言った――あなたがたはわざわいである。あなたがたは、天国を閉ざして人々をはいらせない。――偽善な律法学者、パリサイ人たちよ。あなたがたは、わざわいである。ハッカ、イノンド、クミンなどの薬味の十分の一を宮に納めておりながら、律法の中でもっと重要な、公平とあわれみと忠実とを見逃している。――偽善な律法学者、パリサイ人たちよ。あなたがたは、わざわいである。あなたがたは白く塗った墓に似ている。外側は美しく見えるが、内側は死人の骨や、あらゆる不潔なものでいっぱいである〔ヨハネによる福音書、第二章、一四－一六、マタイによる福音書、第二三章、一三、二三、二七〕。また弟子たちにはこう言った。――地上に平和をもたらすために、わたしがきたと思うな。平和ではなく、つるぎを投げ込むためにきたのである。わたしがきたのは、人をその父と、娘をその母と、嫁をそのしゅうとめと仲たがいさせるためである。そして家の者が、その人の敵となるであろう。わたしよりも父または母を愛する者は、わたしにふさわしくない。わたしよりもむすこや娘を愛する者は、わたしにふさわしくない。また自分の十字架をとってわたしに従ってこない者はわたしにふさわしくない。自分の命を得ている者はそれを失い、わたしのために自分の命を失っている者は、それを得るであろう〔マタイによる福音書、第一〇章、三四－三九〕。

セニョーラは猛禽の絶望的な鼓動を感じ取ると、黒いフードで鳥の頭を包み込み、格子窓、祭壇、絵画のほうに背を向けた。彼女は密やかな恥ずかしさと、傲然たる意志といった、相反する感情の不釣合いをあえて強調しながら、静かにゆっくりと、ほとんど抜き足差し足で、きりっと背筋を伸ばしてらせん階段を昇っていった。そして板やブロック、工具などがたくさん積まれていた平地の、目の眩むような陽光の下でずっと佇んでいた。

宮殿――すでに地下納骨堂、礼拝堂、祈祷室が建設されていたが、それに沿って修道尼院とセニョールの居室、がらんとした中庭が長く伸びていた。中庭の周囲には石のアーケードがあって、さまざまな次の間とつながっていた。こうした部屋はまだ建築にかかっていない主聖堂とつながっていくはずだった。しかし居室のすべてに二重の窓（ステンドグラスと木の扉）がはめ込んであった。窓は、必要とあらばベッドからミサを聴くことができるように、また聖職者とは別々に、聖務に励むことができるような設計がなされていた。

そうこうする間も、セニョーラは自分の部屋に戻るのに、礼拝堂をぐるりと回っていかねばならなかったが、それは礼拝堂の中を通りたくなかったことに加えて、まだ建築の終わっていない記念の石階段を上りたくなかったからである。彼女は部屋の居並ぶ歩廊を通って部屋に戻るのに、太陽の下、建築現場と資材がおいてある場所を通らねばならなかった（職工たちに見られるので、これが一番いやであった）。彼女がいつものように脂を塗った手袋にオオタカをとまらせ、蒼白い手でそれを押さえながら、（羽根は少なくとも筋肉の多い）卓越した肉体をもった猛禽の、不規則な脈動を身近に感じることに、どれほどの喜びを感じていたかなどということは、他の誰一人想像も及ばなかった。脈打つ鼓動からは、鳴らしものをつけたまま、今にも飛び立ちたいという欲求が伝わってきた。オオタカは鈴を鳴らすことで猛禽ならではの食欲と、獲物を狙って急降下しようという強い意志を示したのである。しっかり深く食い込んだ強力な爪にかかれば、急襲を逃れうるどんな獰猛な猪とてなかった。

彼女は毎朝、遠くからではあるが、夫セニョールの苦悩と信条告白を分かち合いながら、礼拝堂に戻るつもりだった。また毎朝、脈動が伝わってくる温もりのある禿頭のオオタカを、撫でてかわいがってやろうと思っていた。オルヴィエートから運び込まれた（という噂の）絵画を横目でちらっと見た。

絵画――裸男の一団はセニョールとセニョーラに背を向けてキリスト像を眺めている。セニョールはキリストの俯き加減の目線を眺め、一方のセニョーラは男たちの締りのいい小さな臀部を見ている。グスマンはといえば絵画に見入る主人夫妻のほうを眺めるはずだ。彼は戸惑いがちに視線を上げると、絵画のほうが逆に彼のほうを見ているのに気付く。

毎朝、セニョーラは猛禽を手にしながら自分たちの寝室に戻ってくるが、オオタカの脈打つ体を愛撫することで、官能的喜びを得ているのだなどと、誰かに疑われていようとはよもや想像もしない。セニョーラは己の快感に浸りながら、宮殿で働く職工たちを一顧だにしなかった。

マルティンは石を積んだ手押し車を支えたまま立ち止まった。石の重みで頭はうなだれていた。汗が額と頬を伝っていた。彼は睫にかかって視界を曇らす埃と混じった汗を飲み込んだ。平原からの照り返しで、地面の上でゆらゆら揺れる蜃気楼が改めて目に入った。それは全身黒のビロードに身を包み、フープで膨らんだ長いスカートを引きずって、ゆっくりしていながら同時に、足早な歩調で歩く凛とした女性であった。しっかりと確たる歩調でありながら、まるで地面にふれずに歩いているかのように見えた。小さな足はほとんど外からは見えなかった。レースのついたフープスカートが、そうした微妙な心理といっしょに見え隠れしていた。猛禽の腹に片手を置いたまま、もう一方の手は頭巾をかぶせたオオタカが、脂を塗った手袋の中で休めるように広げていた。いまだ血なまぐさい臭いが漂うなかで、耐え難い日の照り返しを抑え込むような、赤い石を填め込んだ指輪がそこにはあった。白色の高いひだ襟でくっきり浮かび上がった顔……セニョーラの額には熱い汗が吹き出ていた。蠅を追い払おうとして鳥の腹から手を引き抜いた。彼女は宮殿の中に入っていった。

　マルティンはそうした光景に目を奪われて、しばらくその場で石の重みにうなだれたままでいた。彼は同時にがさつで力強い、日に焼けた毛深い自分の体のことを思った。シャツは汗にまみれ、臍のあたりまでまくれ上がっていた。彼が角ばった顔に剃刀を当てるのは日曜日だけだった。手は豚の表皮のようにざらざらだった。頭を振るとどこかに歩いて行った。

　絵画——イエスはこの群集を見て、山に登り、座につかれると、弟子たちがみもとに近寄ってきた。そこで、イエスは口を開き、彼らに教えて言われた。——心の貧しい人たちは、さいわいである、天国は彼らのものである。柔和な人たちは、さいわいである、彼らは地を受けつぐであろう。悲しんでいる人たちは、さいわいである、彼らは慰められるであろう。義に飢えかわいている人たちは、さいわいである。彼らは飽き足りるようになるであろう。義のために迫害されてきた人たちは、さいわいである、天国は彼らのものである。何人も二人の主人に仕えることはできない。そなたたちは神と富に仕えることはできない——〔マタイによる福音書、第五章、一－一〇〕。

　セニョールは腕を開いてうつ伏せのまま、むせび声を上げた。そして頭を上げると、礼拝堂に掲げられた大きな絵画のなかの、はるか彼方の残影のように描かれた極小の場面を眺めた。彼は孤独を感じてこう叫んだ。

——Tibi soli peccavi et malum coram te feci; laborabi in gemitu meo, lavabo per singulas noctes lectum meum; recogitabo tibi omnes meos in amaritudine animae meae…〔わたしは貴方に対してのみ過ちを犯しました。そして貴方の前で悪をなしました。悲しみの中で辛い思いをしました。これからは夜毎に己の墓を洗うことにします。貴方に対して、己のすべてを魂の苛酷さの中で再考するつもりです〕。

　絵画——彼らが出て行くと、シモンという名のキレネ〔現リビアにある旧ギリシアの植民市〕人が郊外から出てきたのを捕えて十字架を負わせた。そして、されこうべという意味のゴルゴタという所にきたとき、彼らは苦みをまぜたぶどう酒を飲ませようとしたが、イエスはそれをなめただけで、飲もうとされなかった。彼らはイエスを十字架につけてから、くじを引いて、着物を分け、そこにすわってイエスの番をしていた。そして頭の上の方に、「これはユダヤ人の王イエス」と書いた罪状書きをかかげた。民衆は立って見ていた。役人たちもあざ笑って言った、「彼は他人を救った。もし彼が神のキリスト、選ばれた者であるなら、自分自身を救うがよい」〔ルカによる福音書、第二三章、二六－三八〕。

セニョールは傷つけないように、ボカネグラの傷口を覆っていた粗布を軽く撫でた。猟犬は唸りながら、拷問者が近づいてくるのを臭いで嗅ぎわけた。ちょうどグスマンが柱からこちらにやってきたが、アラーノ犬はそれを知って唸り声を止めた。犬は恐怖で黙りこくった。臣下は倒れたままの主人のほうに、さりげなく進んでいった。彼は主人の傍らに立ち止まると、かがみ込むようにしてセニョールの開いた腕に、ほんのわずかだけ手で触れた。そんな苦行などしても、健康には何の役にも立たないとつぶやいていた。セニョールは目を閉じ、ひどく打ちのめされたように感じた。同時に貪り食いたい欲求に捕らわれていた。

セニョールは立ち上がろうとする際にグスマンが手助けするのを許し、さらに礼拝堂の脇に建築された寝室に連れていくことも許した。寝室はベッドから出ることなく聖務に立ち会うことができるように、そしてまた（現在のように）誰にも見られないで、礼拝堂から次の間に行けるようにとの目的で造られたものであった。

セニョールは従者に助けられ、猟犬を従えて、両唇の間に指が入るくらい口を半開きにして、空ろな眼差しで、やっとのことで喘ぐように口呼吸をしていた。セニョールは当初、頭のなかに座をしめていたものの、その後、全身に広がっていった強い痛みを訴えた。低い声で何かを言ったが、そうする間にも歩を進めて、よたよたしながら寝室の窓に寄りかかった。グスマンには何を口にしたのか分らなかった。

絵画――時はもう昼の十二時ごろであったが、太陽は光を失い、全地は暗くなって、三時に及んだ。そして聖所の幕がまん中から裂けた。そのとき、イエスは声高く叫んで言われた、「父よ、わたしの霊をみ手にゆだねます」。こう言ってついに息を引きとられた〔ルカによる福音書、第二三章、四四－四六〕。

とはいえ、彼はわかったふりをしてへつらうように同意し、主人を寝床に運びいれ、ケープと上履きを脱がせ、ズボンを緩めて襟カラーを解いた。

セニョールは口を開けたまま、部屋の周囲を見回した。彼は部屋の黒い天蓋の下で、黒いシーツの上に横になった。部屋の三方の壁は黒いカーテンで覆われ、四番目の壁には褐色や黄土色の色調の大きな地図がかけられていた。光といえば、こよなく高い場所にすえつけられた天窓から射す明かりしかなかった。それを開閉するには、先にフックのついた長い棹が必要だった。グスマンは片手に酢の入った小瓶を、片手に小箱をひとつもって近づいた。セニョールは口を開けて呆然とし、口を閉じようと努めた。彼は喉を絞めつけられるような気がした。グスマンは主人の無毛の白い胸を酢でもってこすると、首に結わえ付けられた聖遺物の袋がじゃらじゃらと鳴った。セニョールは口を閉じたまま呼吸しようとし、手を開いて指を動かし、小瓶に近づけようと努めた。グスマンは何も言うことはなかったのだろう。実際に彼は必要最小限のことしかしゃべらなかった。セニョールの喉の奥では扁桃腺肥大が萎縮し、日ごとに硬化していた。彼は再び口を開けて、指を動かそうとした。

グスマンは酢で濡れた手でもって、主人の拳を力まかせに広げた。小瓶の中にはいっていた指輪を次々に取り出すと、失血を防ぐためにと、薬指に宝石付きの金指輪をはめた。残りの四指には合金指輪をはめたが、それは痙攣予防のためであった。再度、薬指には前の指輪に重ねるように、最も効験あらたかな、聖ペトロの歯と髪を閉じ込めたダイヤの指輪をはめた。同じ手のひらには、痛風を治すとされた青石を握らせた。一方の手のひらには梅毒を退治するべき緑石をもたせた。

絵画――一同が食事をしているとき、イエスはパンを取り、祝福してこれをさき、弟子たちに与えて言われた。「取れ、これはわたしのからだである」。また杯を取り、感謝して彼らに与えて言われた。「みな、この杯から飲め。これは、罪のゆるしを得させるようにと、多くの人のために流すわたしの契約の血である」「十二人の中のひとりで、わたしと一緒にパンをひたしている者が、それである」〔マルコによる福音書、第一四章、二〇－二四〕。

セニョールは一時間近く震えながら喘いでいた。一方、召使は神妙な姿勢で、部屋の一番奥まった暗いところに立ったままでいた。犬は寝台の下に寝転がっていた。おそらくそのときの休息は、余りに心騒がす夢のようなものであったろう。おそらく、傭兵戦や聖戦などの陽気で無慈悲なあらゆる移動以上に疲労感を与える、目を開けたまま見る悪夢のようなものであったはずである。おそらく……神の国で新しく飲むその日までは、わたしは決して二度と、ぶどうの実から作ったものを飲むことをしない。セニョールはすぐに何か飲む物を求めた。グスマンは銅皿にあったメロンを半分に切った。セニョールは座って貪り始めた。グスマンは丁寧にお辞儀をすると、ベッドのへりに膝をついた。

二人の視線が交わった。セニョールは床に種を吐き出した。グスマンはときどき主人の絹のように細い髪の中に手を入れ、目ざとくノミを見つけては、大きい音を立てて爪でつぶしては捨てていた。主人のほうはメロンの種を目新しいタイルの床に吐き出していた。

宮殿――中庭には新たな中庭が付け足され、修道女や召使、兵士のための部屋が当初の矩形の建物の、次の間に付設されることとなる。奥行きも横幅も大きな、御影石でできた矩形の建物は、宮殿の中心となるべきもので、厳密に対称形のローマ陣営を模したものであると同時に、聖ラウレンティウスが責め苦に味わったときの焼き串を裏返した形も模していた。中央には大聖堂が建造されることとなっていた。外部は要塞ふうに見える厳然とした城砦であり、内部は広大でがらんとした単一身廊の構造である。建物全体は帯状に囲まれていて、遠くから見ると、果てしない地平線と平原の中に、直線でかたどられた城砦のようにかすんで見える。そこには気まぐれででてきたものは一つとしてなく、よく磨かれた白い敷石盤の上に填め込まれた、単一の灰色の御影石のように、美しく彫りこまれていた。対照的な敷石の白さは、建物にさらに陰鬱な印象を与えるものとなった。

彼女はそれを前に見ていたような気がした。しかしそのときだけは、いつの日か宮殿の庭のほうを向くことになるはずの二重かんぬきの窓から、広大な平原だけを眺めていた。平原は太陽と伐採の二つの攻撃を受けて、雄牛の骨のように白化した御影石の岩山に囲まれて、遠くのほうまで果てしなく広がっていた。岩山から切り出された、岩山そのもののような宮殿。彼女は以前それを眺めたとき、セニョールが一度だけ言ったこと、つまりどんなものであれ、同時に修道院と宮殿たるべき建物、つまり王たちの霊廟と、聖なる秘蹟の要塞となるべきものを大至急、建造するべしといった内容のことを、何の造作もなく思い出して、今一度繰り返した。その計画には水も漏らさぬ厳粛さがそなわっていたので、いかなる豪華さも貪欲さもなければ、場違いなものもなかった。セニョールはそうしたことを考えていた。いまや職工たちの一団が彼の考えを実践に移していた。

　セニョーラは部屋からうんざりするような平原を眺めながら、夫の目論見が実現することになるのではという不安を抱きつつも、いつも人知れず次のように信じていたことを白状した。つまり成るべくしてなる世の中であり、何らかの偶然や予見しえぬ気まぐれや、逆に十分予見しうる意志の阻喪によって、セニョールのマスタープランには、多くはなくともなお一層好ましいと思われるような、わずかなそうした変更がいくつかなされねばならず、それがセニョールの気持ちに水を差すことになるだろうということだった。

――セニョール、羊飼いたちは羊の毛を刈りに、わたしの窓辺にやってくるかしら？　それとも歌でも歌いにきてくれるかしらね？

――ここはな、お祭りの場所などではなくて、この世の終わりまでやらねばならぬ永遠の死者への奉献のための場所じゃないか。

――でも浴場はどうなの？　セニョール。

――浴場はアラブ人の習慣だから、わが宮殿には作らぬ。わしの祖母を見習うんだな、婆様は一度として靴を履き替えもしなかったし、死ぬときには、ヘラを使ってそれを脱がさねばならなかったほどだ〔反イスラム的な姿勢を貫いたカトリック女王イサベルのことか？〕。

――セニョール、カトリック王の中で最大のシャルルマーニュ王は、カリフのハルン・アル・ラシッド〔七六三―七六六年。イスラム帝国の最盛期を画する第五代アッバース朝カリフ。『千夜一夜物語』で語られた物語は彼とその宮廷において起きた出来事である。また彼はシャルルマーニュから受け取った水時計の、一時間ごとに時を知らせる仕掛けを魔法ととらえた〕から、絹や燭台、芳香、奴隷、香油、象牙製のチェス、多色簾のついた大きな野営テント、洗面台に銅の小玉が落ちて時を刻む水時計などを贈呈されても、キリスト教の名折れとも感じなかったでしょうに……。

――でも、ここはな、宝物といえば、わしが集めてくるように命じたわれらが主の聖遺物しかないからな。つまりあの絢爛たる箱に収められた、神聖きわまりない頭髪とか髭の一本とか……もし主がわれら人間のつまらぬ部分まで愛するとおっしゃるなら、われらが主の髪の毛一本のために死んでもおかしくはあるまい。他の聖遺物といえば、聞くだに畏れ多い、ましてや目にすればいかなるものとなるとも知れぬ、イエスが頭に被せられし十一個の茨の棘こそ、同数の世界を豊かにした宝物である。わしのために茨の苦痛を忍ばれた御神の慈愛に比べれば、わしが主のために忍んだものなど何一つとてない……それに、かの従順極まりなき神の子羊たるお方が、両手と頸《くび》を縊られていた綱もまた、そうした聖遺物のひとつだ。

——セニョール、わたしには豪華さを伴わない権勢など、想像もできませんわ。それに人工のライオンとか機械仕掛けで歌う小鳥とか、宙に上下する玉座といったものを欠いたビザンティン宮廷など、とうてい悪い冗談としか思えません。皇帝フェデリックス〔神聖ローマ皇帝フリードリヒ二世のこと。アラビア語を解しイスラム文化に深い関心を抱いた〕がダマスカスのスルタン〔エルサレムを統治するアイユーブ朝の首長アル・カーミルのこと。フリードリヒとの間でエルサレム返還の交渉を行い、期限付きでエルサレムはキリスト教徒に返還された〕から、どのようにして動くのか分らないような、星の運行を黒のビロード地の上で指し示す、宝石づくめの霊体〔アストラル・ボディ。魔術用語で死んだ時点で肉体を離れるとされる反物質的な霊的実体。幽体〕を贈られたときでも、それを受け取ったからといって神を穢すことにはならなかったでしょう？

——セニョーラ、そここそ、教皇ヨハネス〔ヨハネス十二世（九三七？—九六四年）のこと。その淫乱と無軌道ぶりから《姦通者》の異名をとった〕が教皇庁を売春宿に変えたことから始まって、最後には枢機卿を去勢し、悪魔の健康を祝して酒を酌み交わし、ユピテルとウェヌスを呼び出して加勢を頼みつつ、一晩中、サイコロ遊びをして過ごした、そうした場所だったのだ。

——偉大な人物というのは、いつでも世の人が目を見張るようなことをしたがるものよ。

——わしの禁欲的振る舞いといったものはな、いまの時代のみならず来世にとっても驚愕かもしれぬぞ。なぜといって、われわれが死ねば、この宮殿は何世紀にもわたって死者たちのための永久のミサが捧げられることとなろうし、二人の修道士が聖体を前にして、わが魂のみならず、わが縁者たる故人たちの魂のための祈祷を、夜を日に継いでたえず捧げてくれるはずだからだ。毎日、二時間ずつ違う修道士がそれをすれば、一日に二十四人の修道士たちが、楽しく課業をこなすことができよう、さほどきつくない祈祷という仕事であればな。わしは遺言書でそう指示するつもりじゃ。世間は目を剥くだろうな、セニョーラ。名高きマカベ家の王子シモンは、死んだ兄王ヨナタスを永遠に追悼しようとして、浜辺に壮大な墓を建造するように命じたが、それは航海者たちが誰でも死した彼の栄光をつぶさに見てとることができるようにとの思いからだったのだ。彼にとって、兄の卓越した徳性は、それを外国人がいくら多く知ろうと、霊廟がいくら雄弁に語り聞かせようとも、とうてい語りつくせないほどだと思ったのだ。だからな、セニョーラ、わしも同様のことをするのだ。ただこの墓所は航海者の目にこそ入らぬが、われらの高地までやってこようとする巡礼たちの目には留まるはずだ。たえず神と天使たちが、天からみそなわすこととなろうが、わしにとっては、それ以外何も望むべきものなどないわ。

――あなたは死者のことをおっしゃっているのね。わたしはただ自分のためにちょっとした飾りがほしいだけなの。生きている者たちのための……。

――この邸宅で唯一の装飾は、異教徒らの信仰を凌駕する、キリスト教の象徴たる十字架のついた天球だけだ。われわれの信仰はいかなるものにも優っている。建物すべてが均一で質素そのものだ。この場所について言うとしたらこうだ、一本の柱を通してすべてがお見通し、とな。

――セニョール、セニョール、後生ですから、美しさを求めるわたしの切なる思いをむげにしないでください。幼少のみぎりから、かつてのアラブ人たちがこの土地に残していった、樹木や泉、彩色タイル、楽しい情景のかもし出す美しさを一片なりとも、手に入れたいと願ってきたのですもの。

――イサベル、そなたはやっぱりイギリス女だな〔フェリペ二世が一五五四年に二番目に結婚したのがイングランドのメアリー・チューダーだが、ここでいうイサベルとは名前が違う。一五五九年に結婚した三番目のフランス王女イサベル・デ・ヴァロワとは国籍が違う。〕。さもなければ、異教徒たちの誘惑にそんなにふうに屈することはあるまいに。このスペインの地を再征服するのに、われわれはどれほどの犠牲を払ったものか。

――セニョール、スペインの地とおっしゃるけれど、もともと彼らのものだったのでしょう。だから何もなかったところに、庭園や噴水やメスキータを作ったわけでしょうに。あなた方は他人のものを取り上げただけなのでしょう、セニョール？

――馬鹿を言え、お前は自分の言っていることの意味が分っていないとみえる。お前はわれわれが定めとして、どうしてもなさねばならぬことを、頭ごなしに否定しようというのだな。つまり異教徒の災いからスペインをすっかり洗い清め、奴らを根絶やしにし、手足をもぎ取り、そして苛みを受けてはいても、純粋無垢なままの我らの遺骨とともに、自分たちだけの国になるという定めのことだ。そなたがこうした堅忍さの中で、罪深い感覚が享受しうる安らぎがどんなものか知りたいと思ったら、わしが建造している世界の八番目の奇跡ともいうべき、この建物のもっとも高い部分を眺めてみるがいい。黄金の球体が頂上を飾っておるだろう。こうすることで、われらの祖先たちがモーロ人の諸都市を再征服した際にそうしたように、信仰の勝利を高らかに謳いあげるつもりなのだ。球体の中には神の厳しい裁きに身をさらす異教徒たちの頭部が見えるはずだ。

セニョーラは黄昏せまる中、悲しげな様子でそれを見上げた。彼女がそこに嗅ぎとったのは、ある耐え難い侮辱であった。その臭いはもっと耐え難い疑念に変わっていった。彼女は焼かれた人間の肉や爪、髪の毛の臭いを嗅ぎとったのである。

絵画――イエスは御霊に満ちてヨルダン川から帰り、荒野を四十日のあいだ御霊にひきまわされて、悪魔の試みにあわれた。そのあいだ何も食べず、その日数がつきると、空腹になられた。そこで悪魔が言った、「もしあなたが神の子であるなら、この石に、パンになれと命じてごらんなさい」。イエスは答えて言われた、『人はパンだけで生きるものではない』と書いてある〔ルカによる福音書、第四章、一―四〕。

外で何が起きているのか、とセニョールが頭を抱えたままの姿勢で尋ねた。するとグスマンは何にも起きてはおりませんが、と答えた。ただ二十四歳の哀れな若者が、この夏に十三歳になる二人の少年たちと、陛下の厨房の裏手にある藪の中で、良からぬ振る舞い〔男色〕に及んだということで、忌まわしい罪の代償として、いま馬小屋のところで焼き殺されているだけですよ。奴は昨日の時点で、自分の罪を認めて深く悔い改める姿勢を見せたんですがね。奴の言葉じゃ、天使たちですら彼の罪を許してほしいと嘆くはずだし、奴の罪は天使たちのそれであって、決して悪魔の誘いによる罪じゃないと言ったのです。セニョール、奴は裁判官たちによる断罪と、彼らの好奇心にあえて挑もうとでもするかのように、そう言ったのです。そのせいでこうして火炙りの刑に服することになったのですが、その仔細についちゃあ、分ったようで本当は分らぬままですがね。陛下自身が死刑執行に署名されているのですが、もうお忘れですか?

絵画――ピラトは祭司長たちと役人たちと民衆とを呼び集めて言った、「おまえたちは、この人を民衆を惑わすものとしてわたしのところに連れてきたので、おまえたちの面前で調べたが、訴え出ているような罪は、この人に少しも認められなかった。この人は何ら死に当るようなことはしていないのである。だから、彼をむち打ってから、ゆるしてやることにしよう」。祭ごとにピラトがひとりの囚人をゆるしてやることになっていた。ところが、彼らはいっせいに叫んで言った、「その人を殺せ。バラバをゆるしてくれ」。このバラバは、都で起こった暴動と殺人とのかどで、獄に投ぜられていた者である。ピラトはイエスをゆるしてやりたいと思って、もう一度かれらに呼びかけた。しかし彼らは、わめきたてて「十字架につけよ、彼を十字架につけよ」と言いつづけた。ピラトは手のつけようがなく、かえって暴動になりそうなのを見て、水を取り、群集の前で手を洗って言った、「この人の血について、わたしには責任がない。おまえたちが自分で始末をするがよい」。すると、民衆全体が答えて言った、「その血の責任は、われわれとわれわれの子孫の上にかかってもよい」〔ルカによる福音書、第二三章、一三－二一、マタイによる福音書、第二七章、二二四－二五〕。

セニョールは硬直した指を眺め、目を閉じると、すこし張りの出てきた声で、若者の言うことにも一理あると言った。たしかに、聖人というまさに神の選ばれた人々が声を大にして叫んでおられたが、それは天使といえども涙と苦行なくしては罪人を許すことなどできないことをご存知だったからだ。神は間違いなく最後の審判に当たって、自分よりも下にある者すべての犯した違犯の贖いをさせるための物差しをお持ちである。それこそ人間や天使の犯した罪に対する罰だが、それがどうなっているのかは計り知れない。しかしひとつだけはっきりしているのは、神のみがすべてから解き放たれている、ということだ。そうなると神よりも劣るものはすべて、罪を犯すということになる。たとえ王位にあっても、熾天使であろうとも。単に完全ではないという理由だけで、罪を犯すのだ。

セニョールは未だにベッドに埋もれたままであった。そして聖人たちが大声でこんなことを言っているのが聞こえると言った。「わたしが罪を犯したのはあなたに対してだけです、あなたに対してのみ悪をなしたのです。ですから秘密裏になされた犯罪などありはしません。神は悪をみそなわすお方です、たとえ心の中で思っただけの悪であろうとも。神は罪に酔いしれておられる。それは神ならざるものすべてには罪深い欠点があるからです」。グスマン、そういうわけで誰もが神の前では罪深い存在となったのだ。神の裁きの場でわれわれはみな罪人となるのだ、するとお前はわしにこう言うだろう、「悪のことを考えなかった人間など誰ひとりいないのでは？」。だけどすぐお前はわしの主張が正しいということが分かるはずだ。わしはこう答えてやろう、「誰一人、生きて存在しているということだけで、罪深くないものなどありゃしないのだ。法によって不意打ちを食らい、司直の場に引き出されることがなかった人間が、この世で唯一罪からのがれているなんてことがあっていいものか。わしは嗚咽のなかで苦しみ、毎夜のごとく頭をうなだれて涙で褥をぬらせたものだ」とセニョールは言い添えた。「神よ、わたしはあなたゆえに、辛い孤独の中で、今まで過ごしてきたあらゆる歳月とわが罪を振りかえってみるつもりです」。セニョールはベッドから起き上がろうとしたが、腫れた足がうずいてそれもかなわなかった。

——グスマン、そろそろ奴を許してやってもいいころかな?

するとと従者は頭を横に振った。もう余りにも遅すぎたのである。若者の身体は火炎の中で燃え尽きていた。

——セニョール、たしかにおっしゃるとおり、人は誰もが神に対して罪を犯しました。しかし心の中で犯した罪、こう言ってよければ存在する罪を裁くのは神のみです。権力者が正当な理由で人を裁けるのは、それが行動に出たときだけです。

——わしの場合はあらゆる罪だ、とセニョールはベッドにくくりつけられたまま呟いた。明日になればよくなるだろう、明日になればな、と彼は一人ごちた。

——明日がどういう日かお教えしましょうか。

するとセニョールは頭を横に振り、臣下に手を振って立ち去らせた。

——神こそ褒め称えられるべし。

——神こそ栄光の存在たれ。

宮殿——礼拝堂にあるただ一つの内陣に沿ってある一方の壁には、セニョールの居室につながる扉があり、もうひとつの壁には修道女たちの祈祷室の、斜め格子の飾り窓が開いていた。そうした壁にそって、これから入る人を待ち望んでいるかのように、口を開けた墓が並んでいた。斑岩や大理石、ジャスパーでできた墓石が口をあけたまま列をなしていて、ピラミッド形の墓石や柱基をどっしりとした敷石が下支えしていた。墓碑銘にはセニョールの先祖の名前がひとつずつ刻まれていた。オルドーニョ某、ラミーロ某、アルフォンソやウラーカという名の者たち、ペドロ、ハイメ、ブランカやレオノール、サンチョ、フェルナンドを名乗った歴代の王たちであった。各々の墓石には名前と生年、没年の下には、端書きが副《そな》えられていて、横たわる大理石の似像が死者を象っていた。あらゆる端書きの言葉は自らの思いや罪、悔悟、罪と死と結び付けられていた。端書きは「この人物はそうしたいと願っていた善をなさず、したくないと思っていた悪をなした」「姦淫、堕落、淫乱という肉の罪を犯したことは明らかである、『罪は涙と苦行なくしては消滅せざるものなり』」「天使も熾天使も力はない」「肉は理性とは相反する別の法に従っていた」「肉のうちにあった罪の律法の虜となった」といったものである。幸せのすべてを音楽とか、卑猥で空しい歌とか、冒険、狩猟、服飾、富、権力、復讐、他人の評価においている者はいまこそしかと見ておくがいい。かかる儚い快楽は、救いようのない永遠の腹立たしさ、容赦なき塵と化してしまうことを。「幸薄き王妃は自らの遺骸から死を救い出したり」「王座にありし者の罪は類をみず、贖罪はなおいっそう困難である」「神はよりよいものを与えるべく奪うなり」。惨めな人間たちの魂が身にまとっている悪しき習慣や習い、忌まわしき訓戒、そうしたものの見せしめとして、どうなったかといえば、人は傲慢さゆえにライオンに、復讐心ゆえに虎に、淫欲ゆえにラバや馬や豚に、わがままゆえに魚に、自惚れゆえに孔雀に、悪魔的な狡賢さゆえに雌狐に、貪欲さゆえにサルや狼に、無感覚と悪意ゆえに、ロバに、能天気さゆえに羊に、悪戯ゆえに山羊に換えられてしまうのである。一言でいえば、この世の栄光は短く儚いのである。「死神は希望という葉の背後に忍び寄り、希望を灰と化したり」。内陣の奥にあって、平地につながる階段が、上へ上へとどこまでも続いて延びていた。あらゆる人たちが、服喪の人々を伴い、聖職者たちに護衛され、修道院全体、あらゆる修道会の参事会がこぞってお供をする中で、広い階段をつたって、町々や大聖堂をめぐりつつそこを目指して行進し、永遠の墓所に下りていったに違いなかった。ここに着いて、墓石で休憩をとろうとするや否や、墓石の上に敷石が落ちてこようとしていた。平地から階段に入る入り口は、こうした予定通りの儀式のときだけは、閉鎖されることとなっていた。遺体安置所の傍らには修道女の祈祷室、ジャスパーや金色に輝く柱に支えられた祭壇、オルヴィエートからもってこられた（という話の）絵画、セニョールの居室などがいつものようにあった。

絵画——イエスがヨハネの弟子たちと話していると、そこにある首長がやってきて彼に近づくと前に跪いてこう言った。「私の娘が死んでしまいました。どうか私の家にいらして、娘の上に手をかざしてください、そうすれば生き返るでしょうから」。イエスは立ち上がると、弟子たちといっしょに彼についていった。イエスが首長の家に着き、笛吹き奏者や泣き女たちの姿を目にすると、こう言った。「みんな引き下がるがいい、娘は死んではいない。眠っているだけだ」。人々はイエスのことを嘲笑した。イエスは一同を外に追い出した後、再び入ってきて、娘の手をとると、娘は起き上がった。そのことは土地中に知れ渡った。

外は依然として七月の太陽がつよく照りつけていた。マルティンは肩をすくめて言った、ここには町ひとつ建設するに足るほど多くの人々がいる。馬小屋のそばで少年が焼け死ぬのを目撃した大勢の者たちのほとんどは、その場に留まっていた。あちらこちらで大きな鉛板が型に流し込まれたり、萱《かや》や麻が織られたり、それを太綱や縄やロープ、波型に巻き上げられていた。さらに彼方では木挽きや大工たちが多く立ち働いていた。近くではテントの下で刺繡職人たちが黙々と、サテンの織物やもつれ部分、フリンジや糸かがりと格闘していた。太陽は砂漠にも似たこの土地の上にずっと留まっていた。マルティンは採石場で楔を手に取るとき、まじまじと土地を見つめた。ひょっとしたらどうしようもないこうした大地にも、隠れた農場とか涸れ川などがあるのではないかといぶかりながら。蒼ざめた金色の光のおかげで、何レグアも岩ばかりが続く平原に、埃が舞い立つさまを目で追うことができた。

マルティンは休みやすみしながらふいごを吹いて、一日中、鍛造した鎖の輪を填め込んでいた、髭もじゃの男へロニモに言った。――お前もその女を見たことがあるだろう？　すると鍛冶屋は別の問いかけをしてこう答えた。――お前は生きたまま焼き殺された少年が誰だか分かるか？

鳴らない時計がひとつある

かくてセニョールは早暁にこっそりとベッドから起き上がると、黒のどっしりとした外套をはおった。いつもながらのやりかたで物音一つ立てずに寝室を抜け出すと、オルヴィエートから運び込まれた絵画に目もくれず、礼拝堂を横切り、階段の下までやってきた。あまりにも静かに来たので、生まれつき敏感なボカネグラですら、主人の動きを察知して背伸びをすることもなかった。犬は頭に包帯をまいたまま、傷口あたりと足に海岸の黒砂をべったり貼り付けたままの姿で、ベッドの足元で横になっていた。
しかしこの日の早暁、（セニョールは今日が何日なのかいつも必ず知らせるように言いつけていた。一人の少年が昨日、建築中の宮殿の馬小屋の近くで焼き殺された。宮殿そのものの工事は予定よりも遅れをとっていた。その一方で、霊柩車は予定の時間に間に合うように時間と空間との戦いに邁進していた。ヘロニモは道具類にあまりに磨きをかけすぎたことで罰せられた。マルティンはセニョーラが手の上にオオタカをのせて行くところを目にした。一人の青年が黒い砂浜で、うつ伏せになり手を十字に広げて横たわっている）セニョールは寝室から出る前に、手に外套をもったまましばらくじっとして、犬を眺めていた。彼はなぜ犬がそんなふうに朝の睡魔に襲われているのか自問した。そんなことはどうでもいいと、問いに答えを出そうとはしなかった。高原の新鮮そのものの早朝の空気を、最初に吸い込んでみたいと思っていた。そのすがすがしさは前日の猛火の埋め合わせとするに十分であったし、数時間もすればやってくるやり切れぬ暑さの予兆とも縁がなかった。寝室から出ると礼拝堂を横切り、階段の袂までやってきた。

犬がいつもどおりの反応を示さなかったということと、恐るおそる未完成の石段のほうにこうやって近づいていくことに、どういう問題点があったのだろう。セニョールが下から数えると、地下納骨堂から羊飼いたちのかつての平坦地に通じる、完成済みの広い階段が三十三段あるのがわかった。幅広い石階段はきちんと彫り込まれていて、荒仕上げが施されていた。それを仕上げた職工は何と言う人物だったのだろう。どんな顔つきをしていて、どんな夢を抱いていたのだろう。石段はどこまで達するものだったのだろう。セニョールは手を額に当てた。外の高原は人が行き来し、ますます繁殖を重ねる汗まみれの世界で、石段を建造した職人と出会えるかもしれない。彼はそのことをよくわきまえていた。なぜそんなことを再び問いただそうとしたのか。なぜ払暁前に起き出して、あえて自分の目でその石段の出来具合を見にきたのか。それは威風堂々とした葬列を実現し、供奉が終《つい》の棲家へ同行できるようにという、単にそれだけの理由から構想された石段であった。突貫工事で完成せよという彼の命令は、なぜ果たされなかったのか。彼自身、毎日長い時間かけてやるべき祈りや反省、苦行を始める前に、下から見上げるだけで、なぜそうした石段をあえて上ろうとしなかったのか。

なぜあえて最初の一歩を踏み出そうとしなかったのか。青春時代から今のような熟年に移っていく間に忘れ去った、失われた感情、血のたぎりといったものが、太股の間、胸のうちに蘇ってきた。それは両足の間に再び巡りはじめ、生まれ変わった容貌の光り輝く緊張の中で、再び輝き出した。セニョールは足を上げると、第一段目を上ろうとした。

彼は即座に目算を始めた。まだ朝の四時にもなっていなかった。最初に目にしたのは吊る下がったままの自分の黒い部屋履きであった。その後、視線を高いところにある階段の端のほうに向けてみた。自分の履物のように暗い夜が、彼に視線を返してきた。彼はあえて行動を起こそうと決心した。一段目を上ったのである。右足を一段目に乗せると、すぐに薄明は、指をばら色に輝かすような曙光に変わった。左足を二段目にかけて踏み込むと、今度は曙光が消え去って、暑い朝の身を焦がすような光に変わった。セニョールの肉体は息せき切って次のステップを上ろうとして高ぶり、しばらくの間、喜びの震えと恐怖の悪寒の区別もつかぬまま、おののいていた。

ボカネグラが居室から礼拝堂を通って階段まで走ってきた。セニョールは何げなく、眠りこける犬のそばでしばらく自問していたことで、犬が深い眠りから覚めてしまったのではないか、という思いがよぎった。いま犬は細くとがった口をあけて涎をたらしながら、激しく走ってくる。あたかもここで主人をしっかり守らねばならないとでもいうように、主人のほうに向かってくる。主人はといえば、ぶるぶる震えながら、独り言のように言った、「わしのことは見分けられまい」。

しかしボカネグラは階段の下で足を止め、あえて階段を上ろうとはしなかった。そこには主人のセニョールが高いところから差し込む激しい光線を受けて、粉々の影になっていたからである。つまり光によってセニョールは太陽の柱、埃じみた柱と化していた。最初、アラーノ犬は激しく吠え立てたので、セニョールは自分が何も悪いことをしていないのに、どうして吠え立てるのか見当がつかなかった。実は犬と飼い主とも、自分たちに何が起きているのか分かっていなかったのである。セニョールは犬がわけもなく激しく吠えるのと、自分がわけもなく無性に震えていることに全く区別がつかないと思った。犬は吠えて階段の一段目に近づくと、石段が燃えてでもいるかのようにそこから逃げ出した。本当はもっと悪かった（主人はよく観察していた）、というのも、犬は階段のところにセニョールの姿を見ることができなかったので、犬にとっては階段そのものが存在していなかったからである。しかし主人の存在を匂いでは感じとった。しかしそれは犬がそのとき体験したときの匂いではなく、セニョールとかつて偶然出会ったときのそれであった。熱情は体内で消え失せ、もはや若いときの高揚感が再び蘇ってくるとも思えなかった。セニョールは熟年という捉え方を呪った。そして熟年とは腐敗と同じものではないかと思った。彼は盲目的な行動に駆り立てる意志のことを呪った、それはあるとき青春という名の唯一の永遠性から、自分を引き離し、遠ざけてしまったのだ。「リンゴは木から切り取られた。あとはただ腐るのみ」。

そのときセニョールは最初のステップに足をかけたまま、ボカネグラの紋章つきの棘つき首輪のところに、手を伸ばすという間違いをしでかした。犬は唸り声をあげて頭を震わせ、棘を食い込ませようとするや否や、一段目のステップに引きずり上げようとする主人の手に牙を立てようとした。セニョールは心の中で、これも主人だということが分からないことで起こした行動だから仕方ないと思っていたが、次第にはっきりとした憎しみに変わっていった。けんか腰の犬はそれが主人だということに気づいてはいなかった。あまつさえ敵か何かが、浸入してきたかのように見なしていたのである。犬はセニョールが階段を上ろうとした際に、我が物にしようとしていた場所も時間も、共有することを拒否したのである。セニョールは一段目のステップから地下納骨堂の全容を見てとった。礼拝堂は階段から奥の祭壇部分まで銅板に装飾がほどこされ、きらびやかなイタリア絵画がかけられ、ジャスパーでできた宝物台があった。時を移さず、とてつもない怒りがセニョールの心を支配した。王は自分が勝利した日、酔っ払った兵士も飢えた犬も決して穢すことのできないような、信仰の要塞を打ち建てることを心に誓った。彼はまさしく自分の生と死のために選んだ場所のとば口にいたのである。自らの手で、自分自身のために建てた場所の入口で、階段を引きずり上げられるのを拒む犬に対して己が身を守りながら。セニョールは遠くに祭壇の明りを見てとると、犬から荒々しく、頭部の包帯を取り去った。ボカネグラは痛々しそうに唸った。砂まみれのかさぶたが当て布にひっついていて、それをひっぱったからである。

ボカネグラはひいひい悲鳴を上げながら頭を垂れ、震える足の間に包帯を引きずりながら、主人の居室に戻っていった。セニョールは階段をさらに上ろうか、それとも礼拝堂の花崗岩の床に下りようか迷っていた。彼は右足を動かすと、二段目に足をかけた。しかし今回は以前の楽しげで軽やかな足取りが、鉛のような重たさに変わってしまった。恐怖心があったからである。彼は身を翻すと、一段目のステップに足を置いた。高いところに眼をやると、太陽は蒼穹から姿を消していて、夜明けの近いことを予告していた。セニョールは左足を動かし、完全に一段目から下りた。再び上方に目をやると、そこには階段の先端のところに空の裂け目が見えた。曙光が先立つ夜闇に場所を与えていた。

小姓のキス

鼓手たる侍者は、黒づくめの衣裳に身を包み、砂丘から浜辺へと下りてくると、遭難した若者の傍らに跪いた。若者の濡れた頭を撫で、顔を洗ってきれいにしてやった。顔の半分は濡れた砂にうずまっていて、泥まみれの仮面となっていた。洗ってきれいになった半面は、(鼓手の小姓が呟くに)天使の顔のようだった。

若者は長い眠りから目覚めて飛び起きた。彼は叫んでこう言った、船首のデッキから逆巻く海に落下した時点から、夢の中でされていた愛撫と、小姓のそれとがどうしても区別できないと。夢というのは馬車の中の女性たちとの出会いのことであった。彼はある若い女性から貪欲そうな唇と尖った歯で、今一度首に食らいつかれるのではという危惧を抱いた。また襤褸をまとった老婆から、皺だらけの唇と、歯抜けの歯茎で股間に覆いかぶさられるのではという恐れを抱いた。若者は無邪気な目を向けて鼓手たる小姓の、タトゥー入りの唇を眺めた。唇には別の女たちのもの欲しそうな口が、あたかも盾の中に野原と武具とが、また軍旗に紋章と風とが合さり、溶け込んでいるかのように思えた。小姓は夢にみた二人の女そのものでは、と信じるまでに至った。二人は両性具有の別の存在と化していた。もしも小姓が半分男で半分女という存在であるならば、自己完結していて、自己を愛するだけで十分であろう。難破した若者を慰め、生き返らそうとしてやったこうした愛撫は、無意味な行動であったか、さもなくば限りなく慈愛にあふれたものであった。しかしただそれだけだった。もし小姓が男なら、難破者は迫りくる死の恐怖と孤独の中で、長い間待ち望んだ友人の愛として彼の行為を受け入れもしただろう。小姓のタトゥー入りの唇が自分の唇に近づいてきたとき、別の女たちのビャクダンとキノコの重い息づかいではなく、密林の香水、燃える柴、野外のなめし革工場の匂いがしたのである。小姓は若者の顔を両手で囲い込み、難破者の開いた口に、自分の生暖かい柔らかな舌を近づけた。二つの舌は絡まりあい、若者はこう考えた。「おれは生還したのだ。一体俺は何者だ？　俺は生きかえったのだ。ところでお前は誰だ？　俺は夢を見ていたのか。俺たちはいったい何者なのか？」。彼は再び大声でそのようなことを繰り返したように思った。というのも、愛撫をし続ける彼に耳のそばで、小姓がこう答えたからである。――誰もかもお前の名前など忘れてしまったわ。私はセレスティーナというのよ。すこし私の話を聞いておくれ。その後いっしょに来ておくれ。

セニョールは記憶を手繰りだす

グスマンの態度に怒りといったものはなかった。ただ自分の職務をわきまえつつ、他人の過ちを見下すような、言葉には出さぬとはいえ深い蔑視の気持ちがあった。そうした蔑視といえども、セニョールの罪を明るみに出すことで、不正をただすためにする必要な行動なのだという風を装っていた。主人は辛そうに息をつき、下顎をこすりつつ、こうした細々したことや、グスマンの心と振る舞いの乖離から明らかになることなどに注意を払う余裕はなかった。それよりもずっと強力なある事実のことで頭が一杯になっていたからである。ちょうど朝の五時であった。夜が明けたばかりの時刻で、犬のボカネグラはちょうど一時間前の太陽が天頂に達したときに、身に起きた不幸からグスマンの手で癒された。

セニョールは臣下のほうを見たが、彼のなすがままにさせた。グスマンは犬の痛みをやわらげようとしてオリーブオイルを塗ってやった。その後、溶かされた古い豚の脂を手にとると、傷口に膏薬にして貼った。最後に犬の身体に板をはりつけ、掻き毟らないようにした。

――今はこうして風にさらしているほうがいい。そうすればすぐに乾くだろう。

セニョールはむずがゆかったので耳をかくと、もう一度様子を見てみた。するとグスマンは犬の治療を終え、暖炉のところにかがんで、薪をくべ紙くずでもって火を点けようとしていた。セニョールは暖炉の火のそばの豪勢な椅子に腰をかけた。グスマンが自分の要求が何か分かっているはずだと意識しながら。セニョールはその日が夏の一日であったにもかかわらず、寒さで震えていた。暖炉の火は顎の突き出た彼の横顔と、グスマンの鋭い顔の上で、同じようにちらちら炎を映し出していた。

――セニョールに今日が誕生日だとお知らせしなければなりません。前もってお知らせしなかったことをお許しください。犬の具合が悪かったもので……。

――いいんだよ、別にどうということはない、とセニョールは片手でグスマンの弁解をなだめるように、息を切らせて言った。――わしこそ不注意から犬をこんな風にしてしまって申し訳ない……。

――セニョールは犬どもにかかずらうことなどありはしません。そのために私めがおりまする……。

――今は何時だ？

――朝の五時でございます、閣下。

――確かか？

――例の勢子がいつも正確な時間を知っておりまする。

――のう、一体誰が礼拝堂から平地に通じる階段を作ったのじゃ？

――誰とおっしゃいますと？　もちろん多くの者たちでございます。みな記憶すべき名もないような者たちで。

――どうして建築を終了しないのだ？　まもなく葬列の供奉たちがやって来ようというのに。どこから地下納骨堂に入るつもりじゃ。

――地下納骨堂に行くためには、われわれと同様、平地や通路、中庭、地下牢などをぐるりと廻らねばなりますまい、セニョール。

――答えになっておらん。なぜ階段を建造し終えなかったのじゃ？

――誰もセニョールの瞑想の邪魔をしてはいけないと思っていたからでございましょう。セニョールはほぼ終日、祭壇の前に額づいておられましたでしょう？　セニョールがお祈りをされると、工事が遅れをとるということでして。

――わしが祈祷し、瞑想するとな？　思い出したぞ、たしかにそうだ、すべての日々が記憶が戻ってくる……グスマン、そなたは人生の一日でいいから、昔とは違った振る舞いをして生きてみたらどうだ？

――われわれは過去の悪い思いをただそうと心に思い描いてきましたが、すでに成ってしまったことは神さまといえども取り返しはつきません。

——もし神がわしにそうした力を授けてくれるとしたら？

——人々は悪魔から授かった才能と見なすのではありませんか？

——……もしわしの思うとおり、過去に遡って、死んだものを蘇らせ、忘れられたものを復活させることが神から許されるなら……？

——時間を変えるというだけでなく、時間が生起する空間も変えられたらいいんじゃありませんか？

——そうすれば若返ることもできよう……。

——この宮殿はずいぶん苦労して建設されておりますが、いつか塵のごとく崩壊してしまうでしょう。思い出してもください、五年前ここは羊飼いたちの果樹園でして、そこには何の建物もなかったのですから……時間が早く過ぎるように神さまにお願いしたほうがよろしゅうございます。そうすれば工事の結果、思い通りのものとなっているか、分かるというものですから。

——出来上がりを見るころには、わしも老いておろうな。

——いや亡くなっておられるかも。つまり不滅になられているということですが、セニョール。

——老いておろうと、不滅になろうと、未来において見るものは、単に過去に見ていたはずのものにすぎまい。何もない平地、戦いで破壊され、朽ち果てた見る影もない建物、ねたみや無関心、それに見放されたものといった……。

——そうなればセニョールは夢こそ失ってしまうかもしれませんが、知識だけは得たということになるのでは？

——グスマン、そなたは哲学者になったのう。わしは夢を追っていたいのじゃ。

——どうか思いが実現いたしますよう。しかし時はいつも幻滅となるものです。時がわれわれに対して言い当て、確実に約束してくれるのは、死だけです。取り戻したとしても、愚弄するように自由というものをわれわれに課すのです。

——もう一度選択することだ、グスマン、もう一度な……。

——ええ、たしかに。でも最初と同じ選択をしてしまえば、何の驚きもない日常的な幸せを生きるだけだと分かっていながら、ということですか？　もし異なる選択をすれば、懐古の思いや疑念に苛まれることになるのでは？　二番目の選択よりも最初の選択のほうがよかったということになるのでは？　実際にそうだったのです。どちらにしろ、われわれは前よりも自由を失ってしまうはずです。良かれ悪しかれ、唯一選択するという自由を、一時に、しかも永遠に取り潰してしまうことになるでしょう……。

――今日はいつもより言葉数が多いのう、グスマン。

――セニョールが私めに今日が何の日なのか、教えるようにおっしゃったからです。今日は旦那様の誕生日でございます。憚りながら申し上げれば、私めはあなた様のことを多分に考えてまいりました。つらつら考えましたのは、二度の選択をするということは、自由意志を愚弄することであります。われわれが自由意志を乱用することは許されませぬ。愚弄してやったと思いきや、愚弄されているのはわれわれのほうです。自由意志の本当の顔というのは必然という顔でございます。セニョール、われわれは自分たちの過去と未来の、真の主人とならねばなりますまい。そして現在の時を生き抜くのです。

――この今の時というのがわしにとっては一番長く辛いのじゃ。

――セニョールが過去ばかり見ておられるとすると、塩の柱に変えられてしまいますよ〔旧約聖書によると、ロトの妻は後ろを振り向いてはいけないという神の命令に背いて、後ろを振り向いたせいで塩の柱に変えられた〕。セニョールには、ご尊父以上に優れた大きな権力が集中しているのですから……。

――どれほどの代償を払えばいいというのか、そなたにも分かるまい？　グスマン、わしも若かったのじゃ。

――セニョールはいろいろな王国を一つにまとめてこられました。若い頃は異端者の叛乱を押しつぶしてこられましたし、モーロ人を押し止め、ユダヤ人を迫害しました。信仰と世界支配の象徴を集約したような、このような立派な要塞を建設されました。諸都市に対する貸付利子でどれほどの小領主たちが破産し、セニョールの権威に服して、中央権力の必要を受け入れたことでしょう。この地方の羊飼いや農民たちが今では宮殿建設の担い手になっています。セニョールは連中に日当を与えて、生計を立てるしかないようにしてしまわれました。収穫物から何ファネガもの現物徴収をするよりか、給料を払わないで済ますほうがよっぽど楽です。なぜなら、給料というのは計測可能な土地で、どれだけ集められるか決まっていますが、給料ということになると、目に見えない形で操作できますからね。間違いなくセニョールに対しては、他にも大きな仕事が期待されています。セニョールには死後ではなく、生前にそれを見つけていただかねばなりますまい。

――新たに始めることもできようが……そうしたほうが

いいのかもしれぬな……。

——何のことですか？　閣下。

——都市のことじゃ、都市のことよ。われわれがこうして暮らしている場所のことじゃ、グスマン。

——セニョールは今と同じ労働力と資材を使わねばなりますまい。つまりここにいる労働者や石材のことですが。

——しかし発想は違ったものとなろう。

——発想ですって？　セニョール？

——建設目的のことよ。

——それがどれほど立派なものであっても、連中はセニョールが思っていたのとは違ったものを造ってしまうのでは？

——それも一度は考えた。

——失礼、セニョール。いつまでも考えるのを止めないでくださいよ。

——分かった、そうしよう。ところでグスマン、わしに紙とペンとインクを寄越してくれ。そしてこれから述べることをよく聞いてくれ。これは誕生日にやりたいと思っておったことなのじゃ。記憶をしっかり留めておくということをな。書き留めておくれ、紙に書き留められなければ何もなかったと同じことじゃ。この宮殿の石材とてそのことが記されなければ、煙のごとく消え去るまでじゃ。しかし、この建築が完成をみない間は、いったいどんな話が書けるというのじゃ？　どんな話が？　わが年代記作家はどこにおる？

——ガレー船送りにいたしました、閣下。

——ガレー船だと？　ああ確かにそうじゃった。ならばグスマン、そなたが書き記すがいい、わしの話をよく聞くのだぞ。

セニョールは自分の土地を訪れる

セニョールは日が暮れると二十人の武装兵の先頭に立ってやってきた。彼らは靄の立ち込める野を早馬で走り抜け、小麦の穂を叩き落すようにして走って行った。そして高々と松明を掲げ、平原の中央にある小屋に着いたとき、藁屋根に松明を投げつけた。それはペドロと彼の二人の息子を、あたかも動物のように、ねぐらから追い出すためであった。セニョールがこの騎馬行列を始める前に言っていたのは、明りも煙も動物も人間たちもみんな入り口は一つしかないということであった。

セニョールは高い駿馬の上から老いた農夫に、奴隷の義務を果たしていないことを非難した。ペドロは果たしてないわけではないと言った。昔からのやり方に従えば、セニョールに渡すべきものは収穫物の一部にすぎず全部ではなかった。残りは自分を含めて家族を養い、市場で売るためにとっておかれるのが決まりであった。ペドロは炎に包まれた屋根から、擦り切れたそばかすだらけの皮膚をした、黄色の馬に乗ったセニョールの姿に目をやりつつ、そう語った。ペドロの皮膚は馬のそれのように見えた。

セニョールは言った――わし自身の他に決まりなどありはしない。場所は辺鄙なところにあるのだし、廃れた昔の決まりなど、いまさら持ち出してもしょうがあるまい。

ペドロの息子たちは、有無を言わせずセニョールの軍隊に入って働かねばならぬと言い添えた。次の収穫物はすべてを城門のところで差し出さねばならないはめとなった。セニョールは言った。――命令に従うのだ、さもないとお前の土地を焼き払って、雑草ひとつ生えない土地にしてしまうぞ。

ペドロの息子たちは捕縛され、馬に乗せられる一方、兵士の一行は城へと戻っていった。ペドロは炎に包まれた小屋の傍らでじっと佇んでいた。

相続人

タカは独居房の壁に見境もなくぶつかってきた。猛禽が方向感覚を完全に失ってやみくもに飛び回り、壁面にぶつかったり、際限なくあると思っている暗闇に何度となく身を躍らすのをみて、若いフェリペは「タカに目をえぐられる、タカに目をえぐられる」と手で顔を覆って繰り返した。

セニョールが独居房の扉を開けると、突然の光に反応して、猛禽はさらに激昂した。しかしセニョールは見境のなくなったタカに近づくと、手袋をはめた手を差し伸べた。タカは脂染みた革手袋の上に静かに止まった。セニョールは温かい羽根と痩せぎすの体をやさしく撫で、嘴を水と食べ物に近づけてやった。セニョールはややむっとした様子の少年のほうを見やると、王宮の広間に連れて行った。そこでは女たちが刺繍をしたり、宮廷楽人が歌ったり、吟遊詩人が飛び跳ねたりしていた。

セニョールは息子にタカを休ませるのには、暗い場所と食餌が必要だと説明した。しかしタカに暗闇がどこまでもあると思わせるような場所はよくない、そうすれば猛禽は夜を支配できるような気になってしまい、獲物を捕獲しようという本能が呼び覚まされて、盲滅法に飛び回ることになるからだ、と言った。

——こうしたことも知らねばだめだぞ、いいか。いつかお前にはわしの地位と特権を譲る日が来るはずだからな。しかしわれわれが自由に支配できる叡智の蓄積も重要だ。それがなければ地位も特権も、空しい願いにすぎないからな。

——お父さん、ぼくは図書館で古い書物を読んでいますよ。ラテン語も熱心に勉強していますし。

——わしが言う叡智というのはな、ラテン語の知識をはるかに超えるものなのだぞ。

——二度とお父さんを失望させたりはしませんよ。

父子の会話は、吟遊詩人がカブリオールをやって見せたので水を差されてしまった。彼は屈託のないけばけばしい笑いを振り撒きながら、二人のところにやってくると、甲高くは見えるものの本当はとても低い声で、道化には腹話術の心得もあるし、秘密もたくさん知っている、もっと聞きたい人はどうぞ御代を、と言った。遠ざかって行ってしまったが、次のカブリオールのところで息が詰まって倒れてしまった。口から蒼い泡をぶくぶく吹いて死んでしまった。

音楽は止んで城住みの婦人はみな逃げ帰った。しかしフェリペは何かに突き動かされるかのように吟遊詩人のところに近寄ると、とんがり頭巾の鐘飾りの下の、死に顔に眺め入った。緋色の仮面には何かしら決定的に不快で歪んだ、不吉なものがあるような気がした。フェリペは跪くと、吟遊詩人の遺骸を抱きしめた。父王の宮廷で彼が提供してくれた楽しい時間のことを思い出した。その後、道化が身につけていたベルトのバックルを手にとると、通路のところに遺骸を引きずっていった。吟遊詩人は物まねやカブリオール、飛び跳ね、バランス、小唄、代金をとってやる秘密の暴露など、本当はあまりやりたくもないことをやったのだと想像した。あまり気の進まないのにこうしたことをやることで、いったい誰のまねをし、誰を騙そうとし、誰を憎んでいたのだろうか。彼の秘められた生活は、死の様相の中で明らかになった。つまり愛すべき存在ではなかった。

農夫ペドロの二人の息子は吟遊詩人の部屋に住んでいた。したがってフェリペがそこに遺骸をひきずっていき、それを粗末な藁ベッドに据えたとき、その二人に出会った。しかし二人の青年は垢抜けした服に女性っぽい愛らしい顔をしたフェリペを見て、彼のことを城の召使か、確かに小姓にちがいないと思い込み、セニョールは自分たちにどんな境遇をあてがうつもりなのか、知っているかどうかを尋ねた。二人は逃亡するつもりでいること、それに主人をもたずに辻々を巡って歌ったり、踊ったり、愛したり、苦行したりして、この世が終わりを告げ、別のよりよい世界が始まるまで、自由に暮らす人々もいるとフェリペに語った。

しかしフェリペは彼らの言うことに耳を傾けているようには見えなかった。道化の遺骸のそばで小さな子の甲高い鳴き声が聞こえた。相続人は驚いて眼をしばたたせて見ると、乳飲み子が粗末な毛布に包まれて、遺骸のそばの藁ベッドに置かれていた。吟遊詩人に生後まもない子がいたとは知らなかった。しかしあえて真相を突き止めようともしなかった。それは自分のことを小姓と思い込んでいた二人の少年の前で、うっかり口をすべらせないためであった。

――逃げ出そう、とペドロの息子の一人が言った。――お前さんは出口を知っているだろう、手助けをしてくれよ。

――ぼくらを助けてくれ。いっしょに来いよ、と二番目の息子が言った。――約束の千年至福の年が近づいているんだ、つまりキリストが再臨されるんだ。

――キリストが戻ってくるのを、手をこまねいて待っていてはだめなんだ、とペドロの最初の息子が言った。――ぼくらは自由な存在にならなければいけない。それにはここを出て、森に暮らす自由な人々と一緒にならなきゃならないのさ。連中がどこにいるかはぼくらがよく知っているよ。

タカと鳩

顔の皮膚が突き出た頬骨にぴんと張ったアウグスティノ会の高位の修道士が、赤いフェルト帽子を被った学生の集団に近づいて、もの静かに神聖なる真実を繰り返して言った。――人間というものは生まれつき断罪されるべき存在である。それはアダムの罪によって、本性が生まれつき堕落させられたからである。神の手助けなくしてこうした本性の限界からのがれうる者は一人としていない。そうした恩寵を与えてくれるのはひとりローマ教会のみである。

若い神学生ルドビーコは荒々しく立ち上がると、修道士の言葉を遮った。彼は異端者ペレギウスの思想について考えるように要求した。ペレギウスは神の恩寵は無限なものであって、いかなる第三者の権力を借りずとも、あらゆる人間にとって直接近づきうる賜物であると見なした。また神学生はオリゲネスの教えを検討することも求めた。オリゲネスは神の広大無辺の愛は、悪魔の存在を許すほどまで至ったと信じていた。

修道士は一瞬、驚愕のあまり呆然となってしまった。その後すぐにフードで顔を隠し、立ち去ろうとした。

——お前はアダムの罪を否定するつもりか？　と改悛者の忌々しい怒りを含んで、神学生のルドビーコに問い質した。

——いいえ。しかし死すべき存在として造られたアダムは、罪があろうとなかろうと死んだはずだと言いたいだけです。アダムの罪はアダム自身にだけ罰として返ってきたのであって、人類すべてではありません。なぜなら、生まれてくる子供は楽園追放以前のアダムと同様、神を侮辱したわけではなく、純粋無垢のまま生まれてくるからです。

——神の掟とは何だ？　と高位の修道士は叫んだ。彼は静かにその答えを聞こうと待ったが、答えが返ってこないので、痺れをきらせて、こう傲然と言い放った。

——それはカルタゴ宗教会議であり、エフェソス公会議であり、聖アウグスティヌスの書き物のことだ。

明らかにそうした場を用意した神学生たちは、そのときタカと鳩を一羽ずつ同時に空に放った。白鳩はルドビーコの肩に止まり、猛禽は嘴で修道士の胸のあたりを攻撃し、頭上にフンを垂らした。それを見た神学生らは快哉を叫んで笑い転げ、修道士は教室を逃げ出した。連中はガラスをぶち壊すのに絶好の機会だと思い定めた。

城の女たち

二人の女はまだ服を着終えていなかった。雌犬の出産に気を取られていたからである。犬のそばにしゃがみ込み、若い娘のほうが生まれた仔犬たちを愛撫している間に、侍女は、雌犬の血の出ている開いた傷口から、自分の股の間に頑丈にはめられた貞操帯のほうを見やった。彼女は若い娘に気分が悪くないかどうか問い質した。悪くはない、具合はいいと娘が答えた。以前はずっとよくなかったが、もっとひどくはなっていないとも。しかし侍女は不満げに愚痴をこぼし、女の運命は動物と同様、血を流し、出産し、詩人たちが〈信仰の華〉と呼ぶものに、閂をかけて押さえ込むだけなのだと言った。華だとか、信仰だとかいっても、彼女は所詮、枯れ果ててしまっていた。アスセーナ（白百合）という名前も洗礼名というわけではなく、習慣上そう呼ばれているだけだった。思い定めた彼女の騎士、といってもこの土地のしがない鍛冶屋ふぜいだったが、モーロと戦いに行く前に、あるいは、若い娘には失礼、掃き清めた場所でクソをひる前に、彼女の貞操帯に閂をかけたのである。唯一はっきりしていたのは、長い不在のせいで夫は、忘れられてしまったということである。

ところで件のアスセーナは優しげに城住まいの若い娘を見やり、ひとつお願いがあると言った。娘は笑顔をつくっていいわよと承諾した。侍女は吟遊詩人が死んだ際に、生まれたばかりの子を藁ベッドに残して逝ったことを説明した。どこの子かも分からず、どうしてそこにいたのかという謎も死んだ道化しか知り得なかった。彼女はこっそりと子供の面倒を見てやろうと決心したが、なにせ年を食っていて乳がでない。今お産を終えたばかりの雌犬の乳房をかりて、授乳できないものだろうか。

娘は一瞬むかつく様子を見せたが、すぐに顔を赤らめ、いいわよと微笑んで答えた。ところで彼女たちは急いで身づくろいを終え、城砦の礼拝堂に赴かねばならなかった。そこで二人はひざまずいて聖体拝領を受けた。しかし娘が口を開けて、司祭が長く薄い彼女の舌にホスティアを置いたとき、それは蛇に変わってしまった。娘は吐き出すと大声で叫んだ。司祭は腹を立て、彼女に礼拝堂からすぐに出て行くように命じた。神ご自身がこうした侮辱的行為の証人となった。いかなる女といえども貞節にもとる女は聖堂に足を踏み入れることはできないのである。ましてやキリストの身体を受け入れることなどは。娘は恐怖にかられて叫び声をあげ、司祭はつぎのような激しい言葉をなげつけた。

——月のものとは悪魔がイヴの腐敗した肉体を通っていくことに他ならないのだ。

フェリペはこの娘のことを遠巻きにして愛していた。そして髭なしの突き出た下顎をなで続けながら、礼拝堂におけるこの場面を見つめていた。

初夜権

穀物倉庫で農民同士の歌あり、踊りあり、酒ありの大きな婚礼が催されていた。新婚の二人は、赤ら顔をした鍛冶職人と、十六歳の顔色のさえない痩せぎすの少女であった。花婿は花嫁の腰に両腕を回し、花嫁も同様にして踊っていた。二人とも顔を密着させていたので、ときどきキスを交わすことも成り行きであった。そうこうしていると、一同の耳に中庭に大きな蹄の音がとどろいて、誰もが恐怖を覚えた。セニョールと彼と同じフェリペという名の息子が闖入してきたのである。領主たるセニョールは言葉一つ発することなく、花嫁のところに近づくと、手をとってフェリペに引き渡した。

その後すぐ息子と花嫁を近くの小屋に連れて行くと、フェリペに女と寝るように言いつけた。若者はいやだと抵抗した。父親に押されて震えている少女のところに近づくと、早朝ミサのさなか、礼拝堂から追い出された別の少女、つまり城の娘そのものの姿がそこにはあった。とはいえ、その顔を思い描いたからといって欲求を刺激されたわけではなかった。むしろ、欲求はあっても触れてはならぬ何ものかのように、深い愛の概念がしっかりと心に根付いてしまったのである。若者や麗しき宮廷楽人たちが歌っていたのは、離ればなれの恋人同士や、互いに余りに遠方にいて、会いたくとも会うこともかなわぬ、懐かしき愛人たちの愛を歌ったものではなかったか。

セニョールは突如、息子を打ちやり、自分でブーツと下穿きを脱ぎ捨てると、そそくさと、冷たく、傲慢に、暴力的かつ執拗に、花嫁の操を奪ってしまった。その間、息子のフェリペの方は魚油のはいった洗面器に浸された綿ガーゼの悪臭と湯気の間で、その光景を眺めていた。父親は出発し、フェリペに一人で城に戻るように言いつけた。

フェリペはむせび泣く少女に自分の名前を教え、彼女も自分はセレスティーナだと名乗った。

小さな異端審問官

神学生ルドビーコは張りのある皮膚をした例の修道士によって、異端審問所の前に引き出された。そこでアウグスティノ会士は異端審問官に向かって、若者の考え方は神学的にみて間違いであるだけでなく、実際的な危険を孕んでいると申し立てた。それが民衆の間にまで浸透すれば、教会組織の存続と有効性まで危うくしかねない、という理由からであった。

異端審問官は修道士に対して、苛立ちを隠さず、そんなにしゃかりきになりなさんな、と再三言い含めた。

彼は前かがみになった小柄の男性で、ビロードのビレタ（角帽）を被っていた。一方、ルドビーコに対しては、思い直して考えを改めるように優しく説いた。そうすればすべてなかったことにしようとも言った。老人は舌なめずりをしながら、自分の目的は言葉による論争をすることではなく、われわれがあるがままの世界を受け入れねばならない、ということを平和的に頭と心に言い聞かすことだと言った。なぜならばわれわれが生きている世界は、それなりにきちんと秩序立っていて、反抗せずその中で自らの立場を受け入れる者たちは、実り豊な報いが得られるようになっているからであった。

　熱情的なルドビーコは立ち上がると激しい調子でこう問いかけた。

――誰かに乗っ取られて神が不在となった世界というのもあるのでは？　神の存在が自由に恩寵を待ち望もうとしている者たちにとって、見えなくなっている世界というのもあるのでは？

　それを聞いた異端審問官はぶるぶると震えて、同様に立ち上がったので、ルドビーコは青い鉛枠を施された窓まで跳び上がり、大司教座を戴く都市〔サラマンカ〕の赤屋根伝いに走り去った。

　余りにも窓を手荒く閉めていったもので、鉛枠が修道士と異端審問官の足元で崩れ落ちてしまった。それを見た審問官はこう言った。

――こわれたガラスに応じて、大学に払ってもらうべき請求額を増してくださいよ。今後こうした馬鹿げた問題を、私のところに持ち込まないように願います。反逆者というのは相手にすれば増長するものだが、無視しておれば消えてなくなるものですからな。

ペスト

　死体は通りに累々と横たわり、戸口には×印が素早く塗られて他と区別されていた。黄色の旗〔ペストを表わす旗〕が高楼で恨みがましい風に打ち据えられて、翩翻《へんぽん》とひるがえっていた。乞食たちもあえて物乞いをすることはなかった。ただ広場の周辺で犬を追いかけている男の姿を眺めているだけであった。とうとう犬をつかまえると棒打ちして殺してしまったが、それは動物が悪疫の原因だと噂されていたからである。かつて染物屋から流されていた汚水も今では涸れてしまった。いまでは窓から小便や大便を投げ捨てる者も誰一人なかった。汚物を食らいつつ通りで放し飼いにされていた豚といえども死に絶えた。肉屋の戸口で屠殺された家畜の死体はその場で腐敗をきたし、通りに打ち捨てられた魚や鶏の頭も腐っていた。こうしたご馳走に蠅が黒だかりになって密集していた。病人たちは家から放り出され、行く当てもなく独り彷徨っていた。行き着く先はゴミの山にたむろしている別の感染者たちのところであった。

黒ずんだ死体がいくつも川面に浮かび、黒い魚が汚染された川岸で打ち上げられていた。墓は暴かれて遺骸に火を放たれていた。町中に垂れ込める陰鬱で重苦しい空気を吹き飛ばそうという期待をこめて、いくつかの物悲しげな楽団が広場で音楽を奏でていた。

あえて町を通ろうとする者はごく僅かであった。どうしても通らざるをえない場合は、黒地の分厚く長いガウンと皮手袋、長靴、グラスつきのマスク、ベルガモットの油をたっぷり詰めたくちばしを着けねばならなかった。修道院は閉鎖されていた。扉も窓もレンガでふさがれた。

しかしシモンという名の、素朴で善良な修道士があえて通りに出ようとしたことがあった。彼は自分の義務が病人を介抱し治療することだと思っていたからである。シモンは病人に近づく前に、自分の服を酢で浸し、腰の周りには、干からびた血を染み込ませ、潰したカエルの死体で固められた帯を締めていた。病人たちの告解を聴く際にはいつも背を向けたが、それはペスト患者の息が灰色の薄膜となって水壺に掛かってしまうかもしれないからであった。

病人たちは苦しみを訴え、嘔吐した。黒くなった潰瘍は、墨の噴火口のように破裂した。シモンは酢に浸したホスティアを終油の秘蹟として、長い棒の先端に串刺しにして提供した。しかし死にかけた者たちは、誰もがキリストの身体を受け付けずに吐き出してしまった。

町は自らの塵芥の重みで息絶えようとしていた。動物や植物の大量の残骸にもまして多くあったのは、腐敗していく人間の死体であった。そのとき、村長がシモンに近づいてきて、彼に監獄に行ってくれないかと頼んだ。そこで囚人たちが通りの死体を片付けて火葬する仕事をしてくれるならば、ペストが終焉した際に、自由の身にしてやるという申し出をしてもらいたい、とのことであった。

シモンは監獄に行ってそうした申し出をすることとした。しかし囚人にも危険が伴うということも警告するつもりだった。彼らは土牢に隔離されていたため、ペストに罹らずにすんでいたのである。一旦、土牢から出された囚人たちは町中の死体をかき集めることで、多くは犠牲になるかもしれないが、生き残った者は自由の身となるというものであった。

囚人たちはシモンの申し出を受け入れた。素朴な修道士は彼らを町に連れ出し、彼らはさっそくそこで死体を荷車に積み上げ始めた。死体を焼く黒煙が、大空を自由に舞っている鳥たちを襲った。鐘楼では黒い羽のカラスが群がっていた。

セレスティーナ

細身の蒼ざめた花嫁はベッドにもぐり込み、そこで昼も夜も、日がな一日震えていた。花婿が彼女のそばに来ようとしても、セレスティーナはいつも大声をあげて夫が近くにくることを拒んだ。鍛冶職人の若者はうなだれて、妻を一人にしておくしかなかった。

セレスティーナは独りになると、病人の悪寒をすこしでも和らげようとして絶えず掻き立てていた暖炉の火に近づいた。そして蒼白い手を炎にかざし、縄を口で噛んで、自分の心の不満や叫びを押し殺そうとした。長いことそうすることで、手はひどい火傷を負い、痕跡すら残らぬほどの潰瘍となり、縄は濡れた糸のように細くなってしまった。いまだ童貞の夫は新妻の両手を見るや、何が起きたのか問い質した。すると彼女はこう答えた。

――わたしは悪魔と交わってしまったのよ。

逃走

その夜、フェリペは二人の農夫の少年といっしょに城を抜け出した。三人は近くの森に身を隠し、緑あふれる強かな自然との抱擁をたっぷり味わった。彼らは一睡もしなかった。それはフェリペが若者たちに質問を浴びせ、彼らもまたキリストの再臨を準備する空位期間のいかさま王たちや、照明派や、自由派たちの軍隊をどこで見つけられるか、細々とフェリペに語ったからである。

夜明けが近づくと、セニョールの狩猟隊のうちの三人が、獰猛な猟犬の後を追って森に入ってきた。フェリペは高い松の木によじ登り、そこに身を隠した。しかしペドロの二人の息子たちは追い立てに遭い、猟犬に貪り食われてしまった。

猟師たちが立ち去ると、フェリペは木から下り、自分なりの考えでペドロの二人の息子が言っていた場所を目指して歩いて行った。夜になって音楽を耳にしたフェリペは、ある空き地にやってくると、そこで複数の男女が裸になって踊り、歌っているのを目にした。それは《神というのは私のこと、私は実は神なのよ、あらゆるものは神のもの、生まれ変わりはどこにでもある》というものだった。若者は不幸な友人たちの血なまぐさい、バラバラにされた死体のことを思い出した。彼は服を脱ぎ捨てると、踊り手たちの輪に入った。彼は連中と同様に陶酔し、踊り、大声で叫んだ。

シモンの顔

町におけるペストは終息した。囚人たちは最後の死体を埋葬し、修道士シモンは彼らに手を貸した。黄色の旗は降ろされ、修道士は焚き火の周りで囚人たちといっしょになった。一同はいっしょに過ごした時間のことを語り合った。みなが友人同士となった。

最後に短い沈黙が訪れた。シモンは囚人たちが自由の身となったことを告げた。多くの者たちが命を落とした。それは悲しいことだが現実であった。しかし生き残った者たちは命以上のものを勝ち取った。自由を得たのである。皮袋のぶどう酒を飲み干したとき、村長と矛槍兵たちが彼らのところにやってきた。何のことはない、ただ村長は武装兵たちに、もう一度彼らを投獄するように命じたのである。恩寵のときは終わった。生き残った囚人のだれもが、判決による刑期がすむまで監獄に逆戻りすることとなった。

囚人のひとりがシモンの顔に唾を吐いた。

森にて

セレスティーナは自分の家を飛び出した。彼女もまた傷ついた手を新鮮な泉の水で洗い清めた後、クルミや植物の根で食いつなぎながら、森をさ迷い歩いた。夜になると大木の根元に腰を下ろし、スカートの下に隠し持ってきたいくつかの布人形に小麦粉を詰め込んだ。それらを愛撫し、胸につよく抱きしめ、悪魔を呼び出すと、自分を犯して子を与えてくれるように祈願した。しかしこうした祈願をするやいなや、ひゅうひゅうと唸っていた森のざわめきが一層強まった。森だけが彼女の声を聞いていたに違いない。

ある夜、興奮した様子の老人が二人、おぼつかない足取りで、遠くで催された祭りから戻ろうとしていた。たまたま彼女の声を聞いた二人は、姿を見ようとして枝をかき分けた。セレスティーナの興奮の度合いは耐え難いところまで達していたので、二人の老人は彼女の上にのしかかって、代わるがわる犯してしまった。しかし痩せぎすで顔色の悪い少女は、そのことに気づきもしなかった。それは幻想の中で完全に自分を失っていたからである。おそらく祈願したことが聞き届けられたとでも思ったのだろう。ついに二本の尻尾をもった悪魔が、彼女を孕ませてしまったのである。老人たちは小麦粉が詰まった人形が何を意味するのか怪訝に思ったが、肩をすくめると、笑いながら人形をずたずたに引き裂いてしまった。

　老人たちが立ち去ると、セレスティーナは長い間憔悴しきったまま、そこにひとり取り残されていた。その後、彼女の耳元に、音楽と歌の音が次第に近くに聞こえてきた。シリス〔苦行者が着用した下着〕を身につけ、肩に草刈鎌を担いだ男女の大きな集団の先頭に立ってフェリペがやってきた。フェリペは心臓が飛び出るくらいに驚いた。それはセレスティーナを見た途端、ある日の午後、父親が初夜権を行使して犯した花嫁その人であることを見てとったからである。フェリペは彼女のそばで跪き、髪の毛をやさしく撫でるとこう言った。

――もうこれ以上苦しまなくていい。罪といってもすぐに罰せられるものではないからな。これからお前のような貧しい者たちは、愛ゆえに断罪されることなく愛することができるのだ。ぼくらと一緒に来るがいい。

　彼はこう言うとセレスティーナの焼けただれた手をとった。すると女はこう答えた。

――いいえ、貴方こそわたしといっしょに来てください。わたしは夢を見たのです。わたしたちは海のほうに行かねばなりません。

　歌を口ずさむ集団はずんずん同じ方向に進んで行った。フェリペはもし他に手を施さねば夢が正夢になることをわきまえていたので、セレスティーナといっしょに反対方向に赴いた。

船

　老農夫ペドロは海岸までやってくると、そこで船を一隻建造する仕事にとりかかった。まだ腕っぷしは強く海を眺めるたびに力がさらに増してくるように感じた。その朝、海辺から砂丘のほうを眺めていると、修道士のシモンが埃まみれの姿で下りてくるのが目に入った。服はぼろ着をまとっていた。彼はペドロにこう尋ねた。

――お前は船乗りか？　これからどこに行くつもりか？

老人は修道士にそんな質問は余計だ、もしいっしょに来たければすぐに仕事を始めねばならないと言った。しかし二人の男がハンマーと釘を集めに立ち去る前に、神学生ルドビーコ――そのときの彼は物乞いの服に身を包んでいた――が広大な砂地の高いところに姿を現し、砂浜のほうに下りてきて、旅に同行させてもらえないかと二人に尋ねた。というのも舟に乗ればここからかなり遠くに行くことができたからである。

ルドビーコもまた船の建造に加わることとなった。日が暮れる頃、夢うつつのままのセレスティーナがフェリペと姿を現し、両者とも一緒に船旅をしたいと申し出た。ペドロはまず仕事で一緒に協力すれば、皆を連れて行ってやると言った。

――お前さんは食事係だ、いいか娘さん。そこの若いの、お前は何か食べ物を探して来い。

ペドロはフェリペに良く研いだナイフを手渡した。

五人はその日の仕事を終えると、フェリペが狩りで手に入れた鹿の肉を食した。セレスティーナは船が完成したらどこに行くつもりか尋ねた。ペドロはどこに行くにせよ、ここよりはましだろうと答えた。ルドビーコはもっと自由でもっと豊かな土地がきっとあるはずだと語った。全世界が巨大な監獄というはずはない、という理由からであった。

――大海原の果てには瀑布があるから、あまり遠くには行けまい、と修道士シモンが言った。

――修道士さんよ、たしかにお前さんの言うとおりだ、とフェリペが笑った、――ならばどうしてここに居止まって、勝手知ったるこの世の中を変えようとしないんだ？

――あなただったらどうするつもりですか？　と神学生ルドビーコは尋ねた。――もしできるとしたら、どんな世界を建設したいですか？

五人とも互いに身を寄せ合い、やり遂げた仕事と美味しい食事に満足を覚えていた。ペドロは金持ちも貧乏人もない世界、人やものごとに好き勝手な権力を振るう人間のいない世界を考えていると言った。彼の話は夢想的であると同時に突拍子もないものだったが、誰もが他の者たちから必要とするものを、自由に要求したり受け取ったりできる社会、それでいて、自分に求められるものしか与える義務のない社会のことを思い描いていた。そうなれば、誰もが好きなことをする自由をもてるようになる。というのも、あらゆる職業が自然で有益なものとなるからである。

誰もがセレスティーナのほうを窺った。少女は胸に手を強く当てて目を閉じると、何ものも禁じられることのない世界、すべての男女が自分たちの求める、愛する相手を選べるような社会を想像していた。なぜならばあらゆる愛が自然で、祝福を受けたものだからであった。神は被造物のあらゆる欲求を、それが愛と生命の欲求であるかぎり、よしとされている。しかし憎しみと死のそれを認めはしない。創造主自身が被造物の心の中に、愛の欲求の種子を植え込んだのではなかったのか。

修道士シモンはこう言った。——愛が存在しうるのは、唯一、病いや死がなくなったときです。わたしが夢想する世界というのは、生まれる子供のだれもが幸せで不死の存在となるような世界です。そうすれば誰も苦しみや死の恐れを抱くことはなくなるでしょう。この世に生まれてくることが、永遠の命を授かることを意味するでしょうし、そうなればこの世こそ天国となり、天国はこの世に存在することとなりますから。

——しかしそうなると、と神学生のルドビーコが口を挟んだ。——神なき世界ということになる。あなた方の想像する世界は、権力も金も、タブーも痛みも死もない世界ということで、各々の人間が神ということとなるし、そうなれば神という存在自体が不可能で嘘となってしまう。というのも神の属性がすべての男や女や子供のそれになってしまう。つまり恩寵とか不滅性、至高善といった神の属性が……この世における天国ですって？　修道士さん？　そうなるとそれは神なき世界ですよ。神の秘密の誇らしい場所というのは、この世なき天国ですからね。

そのとき一同は若きフェリペのほうに視線を向けて暗黙の期待を寄せた。しかしセニョールの息子は、他の者たちがみな心に思い描いたものを、自分なりに想像した後でなら話してもいいと言った。

ペドロの夢

お前は老いても幸せに自分の共同体〔革命自治区、自治体。一五〇二年にカスティーリャの諸都市で形成された反王権組織のこと。コムニダーデス〕で暮らしていける。収穫物は全員のものだし、誰でも隣人から取ったり受け取ったりできるのだ。共同体は奴隷制の氾濫する海に囲まれた自由の孤島のようなものである。ある日暮れ時、お前は建て直した小屋から日の入りをじっと眺めていると、人の声とざわめきを耳にする。一人の男がお前の前に連れてこられる。彼は盗みを働いたとして捕縛され、裁かれねばならない。彼はコミューンの掟を破った最初の男である。

お前はこの男を穀物倉庫に集まった民衆たちの前に引っぱってくると、こう尋ねる。

――なぜお前は盗んだのだ？　ここではすべてのものが共有だというのに。

男は自分が何をしたのか知らなかったのです、どうかお許しくださいと懇願する。犯罪に対する刺激は義務感よりも強いものがあった。実際にここではすべてが万人の共有物であったので、強欲さ以上に大きな刺激となったのは、危険や冒険、スリルを求める気持ちのほうであった。こうした昔からの性向を、一朝一夕に別のものに取って代えることなどできるはずもない。男は自分の罪を告白し、許してもらおうとして戻ってきた。何の価値もないもの、共同体の食料貯蔵庫でみつけた古くて長い緑色のボトル、コケが蒸し、クモの巣に覆われ、いかにも古い漆喰で封印されたボトルを盗んだのである。危険とはいえ身震いするほどのスリルを感じたからである。しかしすぐに恥ずかしくなり、恐怖を覚えて共同体から逃げ出した。セニョールの兵士たちに捕らえられ、王宮に連行されてきた。そこで拷問にかけられ、セニョールに共同体の存在を明かしたのである。

老人よ、怒りを抑えるんだ。恐怖心などおくびにも出すな。お前は自分を守る最大の武器が、誰にも知られていないことだということを、よくわきまえているはずだ。セニョールは次の収穫の取り入れがすむまで、あるいは婚礼があって初夜権を行使できるときまで、連中のところには行かないのは知っているだろう？　だからお前はいかなる者も収穫前に結婚することを禁じたのだ。そうすれば、そのときまでに共同体は十分力を蓄えて強くなり、セニョールと対決できるようになると信じたのだろう。お前は目の前にいる悔いた男に尋ねるがいい。――お前は、盗んだボトルをもったままセニョールの庇護の下においてもらえたかもしれなかったのに、どうして戻ってきたのだ？

くるぶしを拷問用の縄で痛めつけられた、痩せた男はお前にこう答える。――私は二重の裏切りを働いたことで、贖罪の苦行をしに戻ったのです。友人たちを守るために戦おうと思ったからです。明日になればセニョールの軍隊がわれわれのところに押し寄せてくるでしょう、そうすればわれわれの夢も潰えてしまいます……。

お前は彼にこう尋ねる。――盗んだボトルはどこにある?

すると彼はうなだれて――どういうわけかセニョールから取り上げられてしまったのです、と答え、次のように懇願する。

――私は裏切り者です。泥棒をしたと自白しました。どうか皆さんのもとに戻らせてください、そしていっしょに戦わせてください。痩せているといっても、まだまだ人には負けません。

お前は彼を許そうと決意する。しかし総会は抵抗する。過ちを繰り返そうとする者に対する見せしめとして、死刑を要求する者たちの声が聞こえる。もっと悪いことに、この男が戻ってきたのは、セニョールが共同体内部のスパイとして利用しようとしているからだ、と多くの者たちは言う。老人よ、お前は熱く語って聞かせねばならぬ。ここでは一滴の血も流してはならぬ。落ち着いて考えてみることだ、泥棒や密告者が一朝一夕に自らの本能を変えることなどありえなかったこと、ここに集まった群衆といえども、自分の本能を押さえ込むことなどできない、ということを。かつて共同体住民〔都市住民コムネロスのこと〕はお前に歯向かったことがあった。セニョールがいったん攻撃すれば、流血はさけられまい。実際にそうした運命の決戦の期限が、突如早められてしまったということもある。お前は拷問のせいでまだ血の止まらない密告者のくるぶしに目を向けている。住民の一人がお前に答える、密告者は許されることで、共同体に居留まり、密告し続けることができるようにするという、セニョールの謀りごとであることははっきりしている。お前は皆から事実を回避していると非難を受け、屈強な男たち何人かも出て行ってしまう。すぐにもお前は春の生暖かな夜に、ハンマーとのこぎりで立ち働く者たちの物音を耳にする。

お前の民は穀物倉庫の内部で、まず議論をたたかわせ、その後で裁定をくだす。われわれが安穏に暮らせるのは、自分たちの生活の掟が全員に受け入れられたときのみである。一方で、われわれは自分たちの同胞愛の掟をいったん棚上げして、それに値しない者たちを共通の敵として果断に処断せねばならない。老人よ、お前は彼らの心を鎮めるように努めねばならない。遅かれ早かれ、われわれの良き模範が世に広がっていくためにも、われわれは安穏に孤立して生きていくべきだと、言わねばならぬ。われわれは戦争ではなく説得によって勝利をえなければならない、と言うべきである。共同体住民はお前に面とむかって叫ぶだろう、われらは自衛せねばならないのだ、もし壊滅させられたとしたら、いかなる模範も示すことなどできないだろう。お前は弱々しい声で主張するのだ、セニョールと交渉したらどうだろう、われわれが新たな生活様式を続ける権利を得る見返りに、今回は収穫物を差し上げるという条件で。すると総会はお前のことをあけすけに嘲笑する。

　裏切り者は死刑に処して、広場の中央に立てられた真新しい絞首台で、即日吊るしてやるべきだ。民衆は大工の中から一人を選んで防衛隊を組織させる。新たな指導者の下す命令は、野にバリケードを築くこと、それに人民軍を組織して、今後裏切り行為が起きないように隣人たちを監視することである。

　老人――お前には自分の小屋に居留まっていてもらいたい。時々、少女の集団が共同体の創立者としてのお前〔コムネロスの反乱の主謀者の一人がPedrolaso de la vegaである。ペドロという名はそこから来ているかもしれない〕に敬意を表しに、花束を渡しにやってくる。しかし現実に何が起きているのかあえて知ろうとしてはならぬ。今度の指導者は、もしお前が再び話したり、総会で言ったようなことを蒸し返したりすれば、共同体から追放すると言っている。もし共同体の外で執拗に同じ議論をしたりすれば、裏切り者とみなされて、白昼堂々と殺される。お前も自分の窓から、広場に立てられた絞首台が見えるだろう。想像してみるがいい、死刑執行人とお前の二人だけがじっと動かずにずっと待ったままでいる、ところがお前の目の前では、不可解な世界がすばやく過ぎ去っていく、馬車行列や泣き叫び、火縄銃や火事などのざわめきが、とりとめのないかたちで展開していく……。セニョールとことを構えるために共同体住民が用いる武器はどこから調達するのだ？　お前がそんなことを知ろうと首を突っ込むのは、あなた方を常に抑圧してきたセニョールのライバルたる人物の軍旗や歩兵たちの姿を、広場で目にする日である。毎日のように新たな者たちが絞首台で吊るされている。お前はそれが共同体の人間なのかセニョールの兵士なのか、知りもしなければ、知りたいとも思わない。どうやら（しばしば悲しみにくれた女たちが、あえて噂話をお前の耳に入れる）多くの共同体住民は、新指導者が生き残る必要性を大いに鼓吹して、セニョールの好敵手たる貴族たちと結んだ同盟に対して、反対の立場をとったとのことである。あるとき新指導者がお前のもとを訪れ、こう言った。

――ペドロ、われわれがいつかまた安穏に暮らせるようになった暁には、絞首台があるあの場所に、お前の記念碑を建ててやれる日もこよう。

セレスティーナの夢

フェリペは少女の手をとった。

――お前はぼくを選んだのだろう、そうだろう、セレスティーナ? ぼくははっきりお前を選んだのだよ。こっちにおいで、われらの愛に乾杯して飲もうじゃないか。新しい友人たちといっしょに働いて、老人の船を早く建造し終えようじゃないか。そして新天地に旅立つことにしよう。われらはみな良い友人同士になった。みんな五人ともだ。でも愛するお前とぼくは、星の下で愛し合うさ、船が静かに未知の海を渡っていく間にね。神学生のルドビーコもぼくらの友人になった。でも毎晩、その日の辛い仕事が終って一杯飲んでいるとき、ぼくがお前の目を見つめていると、奴はグラスで遮って、お前を見せないようにするんだ。どうやら奴の目には、ぼくがお前を愛していると見えるらしい。

お前とぼくの間は互いに何の説明もいらない、セレスティーナ。じきにルドビーコが毎晩、毛布の下のぼくらのところにもぐりこんでくるはずだ。ぼくは奴のことを兄弟のように愛している。お前もぼくが愛しているのだから奴を愛してくれよ。憎しみも疑念も嫉妬もごめん蒙るよ。お前とセックスして得られる満足は、奴にも同じように味わわせてやるつもりだ。時としてお前はこんな思いに駆られるかもしれない、わたしは船上の唯一の女。二人がわたしを求めても不思議はない、と。しかしルドビーコの情熱、優しい感触、いつもの堅苦しい話し振りとはずいぶんかけ離れた、今しがた発したような言葉遣い、お前に与え、お前から受けた快楽の素晴らしさ、こうしたものすべてから奴がお前を愛しているのははっきりしている。なぜならお前はセレスティーナであり、お前以外の女など愛せないからだ。お前はセレスティーナで、ぼくのものだし、ルドビーコはお前のものだ。

ひょっとしたらあいつはぼく以上にお前を愛しているのかも、という思いがふとよぎるんだ、セレスティーナ。

奴はお前もぼくも愛している。お前を通じてぼくを愛しているのかもしれない。お前はぼくへの自由きままな忠誠心のせいで、ぼくから離れ、奴にあまりにも近づき過ぎたんじゃないかと思っているようだ。ぼくは奴を愛している、兄弟みたいなものだからな。お前は奴のことをなお一層愛して、ぼくを喜ばせてくれなきゃだめだよ。

老人ペドロは日中、舵にへばりついているが、修道士のするのはお祈りか釣りのどちらかだ。ルドビーコとぼくはきつい仕事をやりおおせてから、メーンマストに上って、帆を張りめぐらし、地平線をしっかり見極めて、嵐雲が見えればラテンスルを準備し、深さを測り、甲板を洗ったり磨いたり、そして船がほとんど止まっているかのように、海の中心から離れて行くように見えない、そうした果てしない大海原を永遠に眺めている。ぼくらはいつも自分たちの肩や手を触れ合わせている。ぼくらはロープを二人で力をあわせて引っ張ることを学んだし、合わせた筋肉の力と素晴らしさも知った。われわれは体の重さを左右同等に振り分けるのは、船のバランスを保つのに重要なことだといわんばかりに、今もって双子のように振る舞っている。われわれの体は夏の日差しのもとでいっしょに汗をかく。皮膚は黒く焼けるし、頭髪は大洋の金色に輝く光に染まってしまう。おいセレスティーナよ、顔色がよくないぞ。一日中いつも日陰で魚に塩をしたり、硬くなった丸パンをスライスしたりしてぼくらから遠ざかっているからだ。自分たちのやっているような活動的な仕事とは無縁だ。それにラテン語的発想の教養派的冗談とも縁遠いし、ぼくらがともに受けた高等教育の片鱗を示すような才知や語呂合わせなど、全然わからなくてひどい屈辱感を味わっているのだろう。ルドビーコがぼくにこう言うとするだろう、

Crinis flavus, os decorum cervixque candidula, sermo blandus et suavis; sed quid laudem singula?［「金髪、愛らしい口、白い首筋、優しく柔らかな話し振り、そのどれもが称賛に値する」］。そうしたら、ぼくは奴の額をなでてやりながらこう答えるのさ、Totus pulcher et decorus, nec est in te macula, sed vacare castitati talis nequit formula...［「あらゆる美しさや愛らしさも、そなた自身に汚名はないが、もし貞節に欠けるとすれば、そうした決まりもすぐに覆る」］。

毎晩、ぼくらがお前のところに近づくのは、自分たち同士が近づくためなのだ。ぼくは奴のことを考えると興奮して、お前とセックスする。奴だって同じことだ、わ

ざわざぼくには言わないだけで。ゆっくりと過ぎる夜は当てもなく漂流していく。回を重ねるごとに、お前はぼくらの欲望の通路になっていく。自分たちを互いにわが者とする目的で、ぼくらが手に入れねばならない何ものかにだ。ある夜、ついにお前は一人きりになり、ぼくらは二人きりになった。筋肉質で日焼けした肉体同士は互いの欲望を満たしあったが、お前のほうの欲望は挫折を味わった。

さあ分かっただろう、自分たちから離れてうずくまっているお前、もしもう一度自分の欲望を満たそうと思ったら、ぼくを痛めつけるか、兄弟たるわが恋人を傷つけるかせねばなるまい。修道士のいる反対側の甲板のほうを見てみろ。行って奴の足元に座って、そこでまた自分の布人形でも縫い始めたらどうだ？　そして遠くから呼ぶ暗い叫び声でも聞いているがいい。唸っていろ、セレスティーナ、打ちひしがれたメス犬みたいに唸っているがいい。お前の唇を濡らす、燐光を発する海の水滴の中に、お前のかけがえのない恋人である悪魔のキスを探し求めるがいい。

シモンの夢

フェリペが話し終えると、修道士シモンが頭を横に振ってこう言った。

――君は間違っている。終わりから始めたからだ。真実の平和、真実の愛、真の正義や喜びが実現するには、その前にこれ以上、病いや死があってはなるまい。

フェリペはシモンの澄んだ悲痛な目を見つめた。自分の父親の意欲に富んだ黒い眉根が頭に浮かんだ。そして修道士に言った。

――兄弟のシモン、われわれが今日食事をしていたときに君が話してくれたが、例の恐ろしい悪疫を体験したんだね。死と戦う人間たちを見たと言っていたよな。でも本当に戦ったのは囚人だけだったわけだ。そうすれば自由を与えると約束して。しかし君が思い描いた完全な世界では、死など存在しないわけだろう。もし確実に死がないということになれば、自由への熱望などありえまい？

修道士さんよ、ここで少し休ませてもらうよ。ちょっと君の町のことをもう一度思い出してもらいたい。一人の子供が領主のお城に生まれたとしよう。そして同時にその町の薄暗い馬小屋で同じように子供が生まれたとしよう。誰もが喜んだが、それは金持ちの両親も貧乏な両親も、ともに自分たちの子供が永遠の命を生きることが分かっていたからだ。

二人の子供は成長した。一人は鷹狩、弓矢、狩猟、ラテン語の技術に秀で、もう一方の子供は父親の職業を継いだ。つまり熱した鉄を鍛えたり、竈の火を絶やさぬようにしたり、強力なふいごを操作したりすることを学んだのだ。王宮で生まれ、そこで育った少年の名は……。

――フェリペでしょう？　とセレスティーナはつぶやいた。

――そうフェリペ、ということにしておこう。鍛冶屋の若者の名前は……。

――ヘロニモでしょう？　とまたセレスティーナがつぶやいた。

――ということにしておこう、とフェリペは続けた。――修道士さんよ、鍛冶屋の徒弟のことを思い描いてくれ。奴は二十歳になると、セレスティーナ似の田舎の娘と結婚したんだ。しかし婚礼の夜、お城の若君が姿をみせて、特権的な初夜権をふりかざして、自分のために花嫁を奪ってしまった。セレスティーナの憂鬱は、嵩じて狂気に近いものとなった。花婿が近寄ることすら拒むようになってしまった。若い鍛冶屋は憎悪の念をたぎらせ、若き領主たるぼくフェリペに復讐せずにはおかないという気になった。しかしわれわれ二人は不死の存在だ。奴はぼくを殺せないし、ぼくも奴を亡き者にすることはかなわない。

われわれはどちらも死によって嘆き悲しむことはないわけだから、それにとって代わるものを見つけねばなるまい。ぼくは非在をもって死に置き代える。ぼくを憎んでいても若い鍛冶屋を殺すわけにはいかないし、老人よ、あんたが反抗的だからといって、またセレスティーナよ、お前が妖術使いだからといって、またルドビーコよ、お前が異端者だからといって、死刑を宣告することなどできないわけだからな。ぼくにとっては誰一人として存在しない、死んだ人間なのだ。

修道士さんよ、ぼくの奴隷たちが住むこととなったお前の町を見てみるがいい、もはや城壁をめぐらせ、ぼくの住民と武器でもって包囲されてしまっているじゃないか。ぼくの広大な諸都市において投獄されている、お前の亡霊たちの足音を聞くがいい。ぼくは町を包囲した。お前たちに包囲網を敷いたとしても、それは不滅の肉体に対してではなく、その中に宿る死すべき魂に対してだ。

修道士さんよ、これこそお前の夢の弱点というもの。つまりもし肉体が滅びることがないとしたなら、魂がその名において滅びることとなろう。そうなれば生命は価値のないものとなる。ぼくは人間の自由というものを否定してきた。そしていまや人間は奴隷的境遇を死でもって置き代えることもかなわない。抑圧された人間が、他者の自由の代わりに与えることができる唯一の富、つまり彼らに死を与えることもできない。

修道士さんよ、ぼくは今後ずっと自分の城で暮らすこととなろう。衛兵に守られて、あえて外出することもなくね。ぼくは自分自身の不可能な死以上に、悪いものを体験するのではないかと恐れている。つまり、わが奴隷たちの目の中に叛乱の炎がきらめいているからだ。叛乱といってもお前さんたち修道士や老人が知っているような、あるいは望んでいるような、そうした物騒な叛乱ではなくて、単に自分の権力を認めないような、そんな叛乱だよ。とはいっても、ぼくとて大勢の者が理性を超えて押し寄せてくるのは恐ろしいことには変わりはないがね。わが城、わが島を呑み込む勢いで押し寄せる生きた亡霊たちは、専制君主を亡き者にすることができないとなると、逆に彼を名もなき有象無象の集団のリーダーに担ぎ上げてしまうんだ。

ぼくは連中を抹殺したりはしなかった。ただその非在を宣告しただけだ。連中はどうして同じかたちで、ぼくに報いようとはしなかったんだろう。これこそ若き鍛冶屋にとって格好の意趣返しとなるはずだろうに。奴はぼくが生き続けることも知らずに、ぼくを殺そうとするだろう。修道士のシモン、お前は自分の町の有象無象の中で暮らすがいい。情けをかけても無駄だろうし、ぼくの恐れる叛乱の炎を探し求めても詮無いだろうが。だって不死の人間といえども、死ぬということを確信してこそ反旗を掲げるものだろう？　だとしたら決して叛乱などしないはずだ。連中はぼくだと分からぬまま、ぼくを殺そうとするだろう。ぼくの権力には振るうべき相手がなくなってしまうだろうな。

お前もぼくも、ぼくも連中も、曖昧で不確かな素振りを際限もなく繰り返しながら、こうして生きてゆくことになるだろう。そうしたものからは、われらが死を早めたり、死を遅らせようとして、生き、戦い、考え、愛し求めた過去の時代のことは、ほとんど蘇ってくることなどあるまい。修道士よ、われわれは永遠に生きてゆくことになるはずだ。山や川や海や空と同様に。そうなれば不動の存在となって自分たちの顔かたちを失い、流れや侵食のもつ巨大で盲目的な力にさらされるだけとなろう。

　われわれはみな夢遊病者だ、お前はお前の暮らす町で、ぼくは自分の城で。最後には城を出て、町を歩き回るだろう。しかし誰からも気づかれることはないはずだ。誰もぼくのことが分からないだろう。それは丘の麓のところにある石が、丘のことを知らないのと一緒だ。お前とぼくはいつか出会うことがあるかもしれない。しかし二人とも不死の存在だから、二人の視線が会うことは決してあるまい。

　兄弟のシモンよ、われわれの指先が触れ合うことはあるかもしれない。唇から〈肉体〉という言葉がたどたどしく発せられることはあっても、〈シモン〉と〈フェリペ〉という言葉が発せられることは決してあるまい。肉体、髪、石、水、棘といった言葉が出てきたとしても。

ルドビーコの夢

　神学生は重々しく是認しはしたが、すぐに首を振って何度となく否定した。否、とフェリペに言った。――君の三段論法は正しくない。完全なる世界というのは、ぼくのいう前提にかかっている。つまり善き社会、善き愛、永遠の命というのは、ひとえにあらゆる人間が神となるかどうかにかかっている。つまり人がみな自身の直接的な恩寵の源であることが必要なのだ。そうなるとすべての人の中に神の属性が存在するということなり、神は存在しなくなってしまうだろう。でも人間自体はもはや何も追い求めもしなければ、何も傷つけることもないから、最終的には存在しうるはずだ。彼自身の恩寵は自分自身とあらゆる被造物を愛するための十分条件となる。

　再び若きフェリペは、気にかかっていたルドビーコの方から視線を移して、陰鬱で疑り深そうなセレスティーナの方に向けつつ、こう述べた。

――わが兄弟のルドビーコよ、お前は神の恩寵に満たされ、自分自身が神になったように信じ込んではいるものの、どうしても容赦ない二つの要求と戦うことを余儀なくされて、神学生の狭い屋根裏部屋に閉じこもっているようだな。今夜のような冬の寒い日には、体を暖炉で温めようとしても、十一月の大雨のせいで薪が湿っているものだから、なかなか温まらないだろう。

　お前は神の恩寵が自分のむさ苦しい部屋だけに留まる

ことなく、自分を超えて広く人々に及べばいいのにと願っているようだな。そして恩寵のおかげで、自らの安らかな魂が限界を超えられればいい、地上の火と天空の雨が、自らの意志に従えばいいとも願っているようだ。そうした火や雨をお前は呪っているが、暖かな暖炉の火に向かって、ぬかるんだ田舎道を歩いている老人ペドロにとっては、そうしたものこそすばらしい存在なのだ。

お前は自問しているはずだ、ルドビーコ。恩寵によって得られる満足によって、創造の誘惑を断ち切ることができようかとなどと、この問題を反芻している一方で、湿気た生の薪の近くで震えているとしたら、自然を支配できない恩寵などは、ひょっとしたら役立たずのしろものではないのかなどと、なぜそうした恩寵の空白を、自然の創造という偶有性でもって満たす必要があったのだろうかと。

お前は創造に先立つ神の存在について考えているようだな。お前の考えだと、そうした神というのは、創造を誘発する黒い光を帯びた孤独な透明性ということらしい。神がアダムを思い描くこと自体、自らに不足があると告白しているのだろう。お前は木っ端ひとつに火が点けば、ずっと消えずに燃え続けるだろうと想像しながらも、暖炉の火を点けられないことで頭をかっかさせているんだ。これがお前の恩寵の、目に見える賜物だったのか、お前のいう神とは実際にはこうしたものだったのか。そうだとすれば恩寵も創造も、本当はひとつということになるではないか。つまり共通の呼び名があるとすれば、叡智ということだろう。そうすればお前はたしかに、神智を手に入れることとなって、神そのものとなるだろうし、神は不必要な存在となるだろう。なぜならばお前自身が神のごとくに、新たな自然を呼び寄せることができるからだ。神はそれを一回限りのこととして、傲慢かつ危険を冒して(自らが欠けるもののある存在だと知って悲しみ)、自然を呼び寄せたのだが。

お前は錬金術の秘法を学んでいる。何年もたゆまず勉強をしている。お前は自分の仕事を終える前に、腰の曲がった老人となってしまうだろう。消え入るような火の上や、粘着性の瀝青、緑がかった油の上にかがみこみ、そうしたものを混ぜ合わせたり、謎を究明したり、瞬間的な輝きを固定しようとしたり、しつこいきらめきを消そうとしたり、輝きの前で苦しんだり、炎のない霊気を前にして喜んだり、海岸から聖エルモの火を思い描いたり、泥炭地をぶらぶら歩いたり、芥子《かいし》や亜麻を蒸留したり、人間が発明したあらゆる燃料、お前の発明になるそれを極性化したり、磁性化したりなどしてかまけているうちに。まったく聖書の呪いは正確そのものだ。恩寵も創造もそれだけでは、お前に叡智を与えてはくれなかっただろう。学知というのはただで得られるものではない。お前は自分の額に汗して、それを得なければならなかったはずだ。

お前は自分の人生を実利的な恩寵に捧げてきたが、いまや誇りをもってその結果をお前の町の立派な市議会に示すべきときだろう。司祭たちの中にはお前が黒魔術を行っていると非難するものもある。しかし中産階級の者たちはお前の思っているように、信仰と有益性とがどうしても折り合わねばならぬと考えて、教会のうるさ方の口を封じている。そういうわけで、じきに町の近くに有益な工場が作られて、お前の薪なんかも白熱光を帯びて、そこから農民の小屋や領主のお城や、組合の竈に供給されることだろう。そうすれば誰一人寒さに凍えるものなどなくなるはずだ。お前は神が見落としていた点で勝利を収めたのだ。つまり薪は乾燥していて初めて役立つのに、うっかりそれを湿気させてしまうということだ。冬に天の水甕を空っぽにしてしまうというのもそれだ。文明世界はお前にそのことを感謝するだろう。お前の思いつきになる蒸気が、大空を黄色の霧で、また通り道を厄介な松脂で汚したからといって、そんなことは大したことではない。恩寵、創造、叡智の三つがお前の中に集まっている。お前は真理の客観的規範といったものを打ち建てたのだ。

お前は忘れられた恩寵が提起する、さまざまな疑問から自由になり、孤独者と言われることからも救われ、孤独の中でも老いてなお誇り高くあって——この恩寵というのはお前の創造の原動力であり、お前の叡智の寄る辺なき萌芽なのだが——野を馬で駆け巡り、自分の名声を確認することを大いなる歓びとするだろう。お前の贈り物がいかに有益かということで人々がどれほど感謝しているか知って、自分の喜びとするだろう。あらゆる家の暖炉からは黄色い煙がにおってくるが、一軒だけ煙の立たない家がある。お前は呆然と立ちすくみ、その小屋に入っていく。

あそこに座っているのはセレスティーナだ。彼女もまた年老いた。陰気で皺だらけの本当の魔女となってしまった。火のついていない暖炉のそばで凍えるように座り込んでいる。人形の腹に小麦粉を詰め込んで縫いつけながら。彼女は悪魔じみた連祷を口ずさみ、無聊を慰めるお仲間を実際に呼び出すのだ。彼女の空ろな目が物語っているのは、己の声が求めようとする存在についての真実の知識である。彼女もまた孤独の中にあって、叡智という名の身近な存在を求めているのだ。

お前はセレスティーナにどうして火をつけないのかと尋ねる。すると彼女は火など必要もなければ、求めもしないからだと答える。煙を出せば、家族友人が驚いて訪ねてこなくなってしまうからだと言う。お前は腹立たしい素振りをみせる。女よ、無知な女よ、迷信深い女よ、結局お前は女だ。しかし本当のことをいえば、お前の心はそのことで、とてつもない醜聞を経験したのだ。つまり人類に対するお前の贈り物を評価しない奴がいるということだ。お前の優れた恩寵の確固たる証拠を。

皺だらけの女妖術師はお前の顔色を読み取ろうとしていたが、最後にこう吹聴した。

——お前は自分の知っていることならよくわきまえていよう。しかしわしはお前が決してわからないことでもわきまえておる。どうかわしを一人にしておくれ。

老いてなお誇り高き賢者ルドビーコよ、お前は悲痛な思いに堪えつつ、ますますやる気を固めて、ゆっくりと市に戻るがいい。数日後、宗教裁判所にセレスティーナを密告するがいい、数日後、衛兵隊によって火刑場に引き出されていくセレスティーナの姿を見るだろう。頑迷な魔女は柱に括り付けられ、死刑執行人がその足元で、乾いた薪に火を点け、ぱちぱち音を立てて燃え上がらせるのである。もちろんお前の発明が、こうしたケースで利用されることはなかった。

どこにもない

三人の男と例の女の四人は、若いフェリペが話し終えるのを長い間静かに待った。青年自身、曙の海のほうを眺めていた。彼らは言葉を交わしながら夜を過ごした。太陽が現れるころ、セニョールの後継者は日の光のもとで、死んだ吟遊詩人の恐ろしい顔を見分けることができたように思った。そのあとすぐにセレスティーナをしっかり見据えると、目配せしてこう伝えたのである。——お願いだから他の者たちには、ぼくが何者か言わないでほしい。彼女は頷いた。

厳しい態度で最初に立ち上がったのは神学生のルドビーコであった。彼は斧を手にすると、誰からも制止されることなく（誰もそうしたくなかったか、あえてそうするつもりもなかった）、老人の船の船体をぶち壊しにかかった。船は粉々に壊されてしまった。その後、紅潮したようすで斧を黒砂に振り下ろすと、しゃがれた声でこう呟いた。

――ありえない場所などは、いかなる場所にも存在しない。われわれは異なる時空の中で異なる生について夢想してきた。そうした時間も空間も存在してはいないのだ。気違いども、戻るとしよう。老人よ、自分の土地と自分の収穫物、自分の取立てに戻るがいい。修道士よ、自分の悪疫と自分の治療に戻るがいい。女よ、自分の狂気と自分の悪魔どものところへ戻るがいい。お前、フェリペ、お前は唯一どこから来た人間なのか分からない人間だが、知られざるところへ戻るがいい。ぼくも自分の運命である拷問と死に直面すべく、戻るとしよう。テルエルの異端審問官が言わんとしたことはもっともだった。つまりこの世界は、考えうるもっとも素晴らしい世界ではなかったかもしれないが、現に存在している最良の世界であると。

フェリペは夜明けに打ち寄せる波のそばでじっと跪いていた。他の者たちは立ち上がって砂丘のほうへ歩いていった。ついにフェリペは彼らの方へ走りよると、こう言った。

――悪かった。完全な世界とはどんな世界なのか、君たちはまだぼくに尋ねていなかったな。少しチャンスをくれないか？

一行は砂地の高い峰のところで立ち止まると、言葉を介さずして若者に問いかけた。フェリペはこう述べた。

――諸君も分かるだろう、未来にユートピアなど存在しないんだ。他の場所にあるわけでもない。ユートピアの時代というのは、まさに今という時間のことだ。ユートピアの場所とはまさしくここ、この場所のことだ。

今、ここで

かくてフェリペは狂気じみた若い魔女と、誇り高い神学生、非の打ち所のない農夫、つましい修道士を町へ連れて帰った。町で彼らにこう言った。

――完全な世界をご覧あれ。

彼らはすでに見知っているものに目を向けてみた。子供たちはわいわい騒いで遊んでいる。司祭たちは免罪符を売買し、行商人が触れ声を出し、物乞いたちが足を引きずって歩き、商売敵同士が争い合い、学生同士が議論を交わしている。しかし一方では恋人同士が睦言を交し合い、奥まった通りでは恋人同士がキスし合い、ジンとベーコン、焼き豚、オニオンフライの混じった強烈なにおいが漂っている。臙脂服をまとい紅い手袋をした学者仲間がわけの分からぬお喋りに興じ、灰色の外套をまとい、紫の帽子をかぶったライ病やみとか、緋色の服に身を包んだ娼婦たち、ガウンの上に二重の十字架を刺繍している解放された異端者たち、心臓の上に丸い黄色の当て布をつけたユダヤ人、棕櫚を高々と掲げてエルサレムから帰還した巡礼者たち、顔にベロニカの聖骸布をつけてローマから戻ってきた者たち、帽子に帆立貝を縫い付けてコンポステーラから戻ってきた者たち、物騒な司祭トマス・ベケット〔十二世紀イングランドの聖職者でカンタベリー大司教。イングランド王ヘンリー二世との諍いで聖堂内で暗殺されたが、教皇により列聖され多くの巡礼者がカンタベリー大聖堂を訪れるようになった〕の血の一滴を、小さなビンに入れてカンタベリーから戻ってきたものたちなどなど。

　しかしこうした見慣れた光景、ざわめき、町のにおいといったものは、知られざる中心、地下に潜む力から、音も出さず急速に動いている世界の、単なる外皮にすぎなかった。フェリペはそうした事実を仲間たちにじかに指し示した。踊りはいつもの楽しそうな舞踊に見えたが、本当は異なっていた。少し目を凝らしてみれば、隠れた意匠がどんなものかすぐに分かるはずであった。人々は手を取り合っていっしょになって踊った。町中があでやかな三つ編みのように織りなされていった。それは楽団の弾くファイフとリュート、マンドリン、サルテリオ、レベッカに導かれるかのように、体をくねらせる蛇のような動きを見せた。そこで五人の友人たちは手に手を取って、踊り手たちの輪に入っていった。そこで目にしたのは、別の変化のしるしであった。どういうことかというと、修道士や修道女が修道院や尼僧院から、ユダヤ人がユダヤ人街から、イスラム教徒が小農場から、魔術師が塔から、阿呆が施療院から、囚人が監獄から、子供が家から出てきたのである。ガローテや斧、槍、収穫用の熊手を携えて武装した者たちも彼らと合流した。そのうちの一人がフェリペに近づくとこう言った。

――ここに皆そろっています。貴方がお命じになった場所と時間に。

　フェリペが頷くと、多くの者たちは荷車に乗り、別の者たちは去勢牛をその代わりに使って引いていった。一方、ぼろぼろの粗織物をまとい、体中に垢をこびりつかせ、潰瘍性のかさぶたをつけた、裸足で毛むくじゃらな男たちの一団が、その後に続いて登場し、手負いの猫のごとく、フェリペの「時はいま、場所はここ」という言葉を口ずさみ歌いながら、手厳しく自分の体に鞭を当てながら膝行で町に入っていった。

　フェリペ本人が群衆の先頭に立ってこう叫んだ。

――エルサレムは近い。

　群衆もまた叫び声を上げると、町の城壁を越え、野の方にむかって彼の後について行った。道すがら流民たちは野を焼き払い破壊した。するとライ病やみが崩れた腕をその日の黒い煙に近づけてこう言った。

――再臨の時は近づいた。キリストはこの地上に再び戻ってこられる。焼き尽くせ、破壊せよ。過去の時代の石ころ一つといえども残すな。過去の悪疫を一つとして残すな。われわれは新しい時代には、不毛な土地で何ひとつまとわず裸でいるべきだ。アーメン。

　彼らは歌を口ずさみ、踊りつつ、膝行で膝から血を流しつつ、胸を鞭打ちながら進んでいった。彼らがはっきり断言していうには、川は流れを止めたので、渡る際に暑い日の不動の氷が脚に当たることはなかった。丘は行進しようとすると平地となり、雲は目にみえるかたちで、大地に置かれたもろい盾の上に降りてきた。盾は強烈な太陽から、新たな至福千年王国の十字軍、キリストに従う者たち、第三のヨアキム時代〔イタリアの神秘思想家ヨアキム・デ・フローリスは世界の歴史を父・子・聖霊に対応する三つの時代に区分し、一二六〇年に第三期が始まるとする千年王国思想を説いた〕の予言者たち、つまり反キリストの最後の日々を過ごした、高揚した民族を守るために置かれたものであった。そう述べたのは額に汗した修道士たちであった。また他のことをぶつぶつと噂し合っていたのは、この行列でフェリペについてきたアラブ人とユダヤ人であった。

　すると低く垂れ込めた雲の間に聳え立つ要塞を目にした子供たちが、歌を歌いだし、大声で叫んで、こう問いかけた。――これはエルサレムなの？　しかしフェリペはそれが父の王宮にすぎないことを知っていた。そこで彼は男たちに、城に攻撃をしかけるべく武器を準備するように命じた。しかし王宮の濠にさしかかると、橋が架けられていて、城門が開け放たれているのが分かった。

　彼らは黙ったまま荷車から降りた。子供たちは母親のスカートにしがみついた。苦行者たちは鞭を落とした。ローマからの巡礼者はベロニカの聖骸布の後ろからそっと覗いていた。

　人々はいっせいに驚愕した様子でセニョールの王宮

に入っていった。王宮では大掛かりな昼食が突如中断し、テーブルは放棄されてしまった。音楽家たちの楽器は、冷えて灰だらけとなった暖炉のそばで、乱雑に置き去りにされていた。頭を落とされた鹿からは黒い脂が滴れ落ちていた。壁掛けはじっと垂れ下がっていたが、平らな黄土色の図柄で描かれたけばけばしい一角獣と狩人たちは、フェリペの軍勢に歓迎の意を表しているように見えた。そうこうすると、驚愕はとてつもない騒動に取って代わられた。群衆がぶどう酒のビンや楽器を取り上げ、焼いたシャコやぶどうをぱくつき出したからである。老若男女問わず、誰もが部屋や寝室、通路を走り回り、踊り狂い、壁掛けをひっぺがし、それを身にまとい、あげくには兜や帽子、ティアラ、角帽、尖形帽、薄絹までつけまくる始末であった。また金の鎖や銀のイヤリング、儀礼用の勲章、空の洗面器まで引っぱり出して身に飾ったりもした。見つけた宝石箱や櫃、小箱類はどれもこれも空っぽになった。変節した修道士たちは緋色の売笑婦たちのサービスの見返りに免罪符を提供し、イギリスからの巡礼者たちは聖人の血をぶどう酒と混ぜ合わせ、酔っ払いの司祭は誰からも〈祝祭の主〉ともてはやされ、バケツの水を三杯もぶちまけられ、一方で、ブラバントの異端者は乱交パーティーのさなかに世の終末がくると雄叫びをあげる。つまり戦争と悲惨、天から降り注ぐ火炎、人類の足元にぱっくり口を開けた飢えという名の深淵のことである。唯一生き残るのは選ばれた者だけ。ユダヤ人は汚らわしい子豚の料理を断固拒絶し、ムデハルは見つけた金貨を呑み込んでやろうと決意する。

祝祭は三日三晩続いた。誰もが眠気と愛、哀しげな興奮、開いた傷口、未消化、酩酊によって打ち負かされ、くたばっていた。しかしこうした狂乱の裏で、また偶然にも哀しげな歌や何度もなされる祈祷、ぐうたらした振る舞いをさんざん見せられた裏で、五人の友人たちが最初に行ったのは、まず観察すること、そして後に自分たちのやり方で行動するということであった。セレスティーナとフェリペはテンの毛皮の柔らかかベッドでいっしょに枕を交わすことであり、神学生ルドビーコはすぐにその二人といっしょになることだった。というのも三人の若者は、セニョールの息子が結局、出帆することはなかった例の船の上で、自分たちの愛の物語を思い描いた時以来、そんなことしか考えていなかったからである。

熟年の二人、修道士のシモンと農夫のペドロはゆっくりと王宮を抜け出すと、濠の反対側から握手を交わし、それぞれ別の方向に去っていった。シモンは呟いた、病人たちが他の不幸な町々で彼のことを待ちわびているかもしれないと。ペドロはそろそろ浜辺に帰って新しい船でも建造するころかと。

シモンとペドロが互いに別れを告げると、王宮の橋がしだいに上がっていった。二人の老人はもう一度立ち止まると、鎖の重くきしる音と、木製のタラップがぎいぎいいう音が聞こえた。しかし彼らには誰が橋を上げているのか見ることはできなかった。二人はため息をつくと、各々の道を辿っていった。もし彼らがもう少し待っていたら、持ち上がった橋の反対側の激しい衝突音を聞いていたかもしれない。それは浸透可能な外堡と化していた。また助けてという絶望的な叫び声、囚人たちの悲痛の叫び声を耳にしたかもしれない。

見返り

虐殺が終ったときセニョールの兵士たちは兵舎に戻った。兵舎には短いアポカリプシス（黙示録的破局）の長い祝祭の間中、ずっと武器が隠匿されていたが、再び血塗られた剣が再びそこで鞘に収められた。フェリペは死体を一日中、王宮の居室や奥まった部屋にさらしものにしておくように命じた。セニョールはしだいに悪臭が堪えられなくなった時点で、すべての死体を、王宮の中庭中央に積み上げた焚き木にくべて燃やすように指示した。フェリペは父に、セレスティーナとルドビーコが彼に大きな悦びを与えてくれたことから、いかなる処罰も与えないように求めた。

――あの快楽はぼくの教育の一部となったんだ、父さん。すべてがラテン語の本などでは学べないそうした教育学の一部となったんだよ。父さんも遺産を受け継ぐ価値ある人間となりたいのなら、ぼくにそれを学べと言っていたよね。

セニョールは息子がなしたことを感謝した。そのことではっきりしたのは、息子は将来権力を移譲されるにふさわしい人間だということであった。父は息子の額を悪戯っぽく押さえ、目配せして、親子で同じ女を味わうのも悪くはないと呟いた。しばらく笑ってから、フェリペに見返りとして好きなものを要求するように言った。

――父さん、あの城詰めの娘と添わせてください。ほら助任司祭から叱られ礼拝堂を追放された、イギリス人の従姉妹ですよ。

かったわけですから。

——そんな要求ならいつでもお安いご用だ、息子よ。いつでもそんなことは言ってくれれば叶えてやったのにな。

——ええ、でもそれにふさわしい人間にならねばならなかったわけですから。

沈黙の時間

それは一年で最も静かな夜であった。守衛たちは眠りこけていたし、犬もまた長いことじらされることに疲れ果て、ぐったり寝込んでいた。その日、セニョールの息子は城詰めの娘の結婚式を執り行った。神学生ルドビーコは寝静まった頃を見はからい、セレスティーナのところに近づいて、準備するように言った。二人は手に手をとって城から逃げ出そうとしていたのである。

——いったいどこに行こうというの？　と狐につままれたような調子で少女が尋ねた。

——まず森に行く。そこで身を隠すんだ、と神学生が答えた。——その後であの老人を探すんだ。おそらく浜辺に戻ったのだろう。そこで船を建造してるはずだ。あるいはあの修道士と出くわすかもしれない。きっとどこか悲惨な目にあった町にいるよ。早くしろよ、セレスティーナ。

——きっと私たち失敗するわ。ルドビーコ、あの若者が言っていたように……だって夢に見たんですもの。

——うん、一度ならず何度か失敗するかもしれない。でも失敗は成功の母と言うしな。ほら、早くしろよ。猟犬が目を覚ますといけないから。

——貴方の言うことが理解できないわ。でも付いていくしか……ええ、行きましょう。なすべきことをするだけだわ。

——さあ、行こう、わが恋人よ。

訓戒的演説

——哀れな不幸な子よ、お前は一体未来から何を望んでいるのだ？　どうして家を捨て去り、他人のものとはいえ豊かな土地を捨て去ったのだ、お前を愛し守ってくれる人たちがいたというのに？　この十字軍の中で何をしているのだ？　何を約束してもらったのだ？　踊るのをやめて聞くがいい、騒いではならぬ。お前は何が不幸なのだ？　少年よ。何が心配なのだ？　友だちを集めてこい。そして静かにするように言うんだ。何てうるさい騒音なんだ！　これじゃ話もできやしなければ、聞き取ることもできやしない。ファイフやガイタや太鼓をやめて、私の話を聴くように言ってやれ。世界はきちんと秩序立っている。われわれが闇から抜け出るのは大変だった。お前たちにはあれがどんなことだったか分かるまい。若者たちよ、あれはまさに暗黒、野蛮、軍隊の略奪、流血、犯罪、無知といったものだった。われわれはそうした地獄からやっとのことで抜け出したのだ。一度ならず気絶して倒れたし、一度ならずゴート人の剣とモンゴル人の焼き討ち、フン族の馬の群れによって、自分たちの建物を木っ端微塵に破壊されたのだ。見てみよ、われわれは一つの場所を生み出し、一つの安定した秩序を作り上げたではないか。よく耕された農地、強固な要塞で守られた都市、山の頂に聳える城といったものを見てみるがいい。そして立派な父親のごときわれわれの君主セニョールが、忠誠心の見返りに与えてくださる庇護に感謝すべきだ。若者たちよ、自分たちの教室に戻るがいい。この辺りで何をしているのだ？　ボローニャやサラマンカ、パリに戻るのだ。こうした物乞いや売春婦、偽りの異端創始者たちの有象無象に付いていったって真理など見つかるわけがない、そうではなく教父学の教えや、哲学の頂点たる天上博士トマス・アクイナスの中にこそ真理があるのだ。彼は人間存在にとって可能な叡智のすべてを、永遠性に向けて集大成したのだ。こうした官能と音楽や異端的な疑念・発想の高揚の乱痴気騒ぎの中に、天国を探し求めることなかれ。なぜなら、註釈書の中で定義された天界しか、天界といわれるものは存在しないからだ。つまり目に見ているような物質界、それに天使たちの住む精神界、福者たちが聖なる三位一体とじかに向き合っている知性界のことだ。若者たち、各々の天界には地上ではっきり定まった場所がある。王たるセニョールが命令し、私はそれに従う。学生は学び、聖職者はわれらの来世の準備をしてくれる。博士は不変の真理を明らかにしてくれる。そう、お前たちが主張していることは間違っている、正しくない。キリストの受難によってアダムの原罪が贖われたからわれわれは自由だ、といった考え方だ。また神の恩寵は教会権力の介在なく、すべての人が手にしうるといった解釈もだ。罪を贖われた人間の肉体は、固有の本質、固有の輝き、他の肉体との喜ばしき接触を、享受することができるという見方も。しかも罪に対する恐れなく、今日ベッドに横になるように、明日にも墓に横たわることになることも忘れ去って。新しいエルサレムがこの地上に建設されるというのも正しくない。異端者ペラギウスの教えなど呪われるがいい、ヒッポナの聖アウグスティヌスに論破されていい気味だ。眉唾物のオリゲネスの教えも同様だ。オリゲネスはどういうわけか、去勢という恐ろしい行為によって、自分の思想を世に高く評価させたのだ。陰険なイタリア人修道士ヨアキム・デ・フローリスの教えも間違っている。というのも人間は異端のペラギウス派が主張したように、誰でも恩寵を得られるわけではなく、教会の中でこそ得ることが許されるからである。また信徒の心の中で実現するようなものだから、思索家オリゲネスが考えたような至福千年王国などありえないし、ヨアキム主義的な狂人が予言したような、第三の時代なども起こりえないだろう。そういう時代は苦悩する人類にとっての安息日で安らぎの時となり、そうなれば精神が完全に世を支配することとなり、キリストと教会はどうでもいい存在となる、ということらしい。お前たちがこうした裸足のならず者の有象無象といっしょについていき、安寧を得られると思ったら大間違いだ。連中は土地や収穫物、馬小屋、村々に火を放ち、修道院、教会、隠者の庵を襲って破壊し、荒らしまわった城から食べ物や衣服を略奪し、働きもせずに完全な悦びの中で暮らすなどと嘯《うそぶ》いている。あまつさえ、そうしたことをやるのはキリストの第二の来臨を早めるためだと言ってはばからない。でもそのキリストは本当のところは反キリストであって、人をたぶらかす残酷な、しかし戦って打ち破られる羽目となる専制君主である。反キリストというのは、地上の天国たる千年至福のしるしともいうべきものだが、そんなものは領主がすべてを所有し、奴僕が何も所有しないというこの地上では、とうてい考えられないものである。これがどんな混乱だというのか？　お前たちは千年至福王国が唯一、破壊されて見る影もなくなった空漠とした土地、あたかも世界創造の第一日目のような光景の土地に建設されると言っている。しかし、親愛なる友人たちよ、創造には歴史というものがなかったからこそ、反復はないのだ。さらに加えてお前たちが主張しているのはこうだ、そうした荒廃した土地でしか新たなキリストを迎え入れることはできない、それは実際には敵として戦うべき反キリストなわけで、彼が敗北すれば、そのときまさに精神が何の妨げもなく、個体に血肉化するのではなく、逆にあらゆるものの中に血肉化したかたちで、支配を世界に及ぼす幸せな時代が確約されることとなるからだと。もし人をたぶらかす残酷な専制君主が、打ち滅ぼされるどころか、自らが歴史そのものとなり変わり、涙と恐怖と悲惨の第三の時代に幅を効かすこととなったらどうだろう？

本来創造の営みは繰り返されないものであり、もし繰り返す場合には、それをカモフラージュしているのだと理解する者たちが、その反キリストによって武器で打ち負かされ、また創造の営みを否定せんとしていた歴史そのものの中に取り込まれたら？　またそうすることで、反キリストが創造主と偽って振る舞うための武器と、支配者として懲罰を受けずに振る舞うという、二重の武器を手にすることとなったら？　その王国がとうていこの世にはありえぬ、キリストを模倣すると言うのはこういうことなのか？　キリストを見出すことができるとしたら、それは唯一、あらゆる時代が完成し、地上からも歴史からも隔たり、また歴史に属さぬものすべてを歴史の流れの中に取り込もうとする、終末論的な熱狂からも隔たった天上においてであろう。連中はほんとうに貧困によって罪が消え去るとか、財産の共有やセックスの高揚、舞踏の官能、あらゆる権威の拒絶、森や海岸、街中での何の束縛もない放浪生活によって、既成の秩序を取って代えたり、打ち負かしたりできると思っているのか？

しかし諸君、よく聞くがいい。踊るな、どうして注意して聴こうとしないんだ？　歌うな、何というやかましさ！　どうしたら私の話を聞いてくれるんだ？　忌々しい聖ビトゥス〔舞踏病患者の守護聖人〕の病よ！　お前たちは気が狂っている、病気だ。身体を休めろ、そして家に帰るがいい。祝祭は終った、宴はいつまでも続くものではない、熱狂的な叛逆者たちの丸腰の十字軍は、領主館の弔いの焚き火の中で火祭りにされるのが落ちだ。途方もないことは忘れろ、不可能なことは考えるな、ありのままの現実を受け入れ、夢から覚めるのだ。たしかにセニョールは初夜権をもっておられるし、収穫物のみならず体面ももっておられる。そして自らの戦争のために徴兵することも、自らの奢侈のために貢物を課すこともできる。たしかに司教は免罪符を売りさばくことができるし、魔女を火刑場に送ることも、イエス・キリストをわれわれと同じ純然たる人間だなどという異端者を拷問することもできる。不幸な子供たちよ、疑うな、考えるな、夢想するな。この世こそ唯一の世界なのだ、ここで世界は終るのだし、海の向こうには何もないし、新しい世界を探しに船出する者は、所詮、愚者の船に乗せられた惨めな徒刑囚となるはめになる。大地は平坦で、宇宙の中心であり、諸君が探し求めている土地など存在しないのだ。そんな場所などない、そんな場所などないのだ！

修道士シモンは、当時の町中をあちこち走りながらこう叫んでいた。町中がペストで息を止められていて、ゴミの下に埋もれていた。彼の目は痛みをこらえながらも、ずっと以前から輝きを失っていた。喘ぐような響きのない声、表情の消えた眼差し、色を失った顔。

茨の灰

少年は太鼓触れ役の小姓が話を終えると――その女というのはお前なんだろう、セレスティーナ？ と波頭が砕ける場所に座ったまま尋ねた。

――私もセレスティーナという名前よ、と彼女は答えた。

――それじゃ、どうして男装して弔いの行列に加わって旅しているんだい？

小姓は悲しげに若者の方を見た。彼女の美しい灰色の瞳は「もう私のこと覚えてないのかしら？ あなたに与えた印象ってこんなに薄かったのかしら」と問いかけていた。しかしタトゥーを施した唇が語ったのは次のような別のことだった。

――私は森で父と暮らしていました。父の話では森は他の土地で言えば砂漠のようなものでした。何もない場所、何かあればそこに逃げ込むような場所だからです。私たちがたまたま暮らしているこの社会には、そこから逃げ出したくなるようなものが有り余るほどあるでしょう？

人は空間によって身を守ってもらいたいものなのよ。父や父の両親からも言われたものよ、世の中はペスト、貧困、早死、戦争だから、自分たちは世の中から逃げ出したのだと。私が十一歳になったとき、なぜなのか質問したの。でもあまりよく理解できなかったわ。先祖たちの記憶では（こうしたイメージしか記憶にないの、きっと父の記憶をフィルターにして、私の記憶に入ってきたということかしら）、悪疫に汚染されたそうした町々、戦争、侵略、有象無象のとりとめのない人々、規律正しい部隊があたかも真昼の亡霊のように通り過ぎていったわ。きつい仕事と飢え……私はどうしてもよく理解できなかった。ただある種のイメージだけが頭に残ったの。それらを通して私が聞き取ったのは、残酷な世界が崩壊して、その代わりに、新たな、しかし前と同様に残酷な世界がゆっくりと建設されるということだった。私たちの生活はとても素朴なものでした。粗末な小屋に暮らしていました。私は一年中、羊飼いの生活を送っていました。若い頃のことをよく覚えています。あらゆることに意味があり、場所がありました。眠たげな夏の空と早い時期から下りる冬の霜、カウベルと羊の鳴き声、太陽が一年だったとすると、月は一カ月になりました。昼が微笑みだとすると、夜は恐怖でした。でも私が何よりもよく覚えているのは、秋の季節です。九月から十二月までの間、生活は忘れがたい香りに満たされました。その時期は洗濯に用いるために灰をかき集めたり、染物に使うために樫の木の樹皮や、松明や蠟燭を作るために松脂を、野性の蜜蜂からハチミツを集めたりもしました。

私たちは孤立して暮らしていました。父は私たちが小屋から遠ざかっていく際に、私に昔のローマ街道を教えてくれました。その通路は今でこそ草生して、侵略者たちの手でズタズタにされてしまいましたが、かつてはローマ帝国の誇りでした。石畳が真っ直ぐ伸びてきれいに整備されていました。私たちはハチミツや松明、蠟燭、染料などを商いました。私は買い付け人が、新しい道を辿る旅行者たちの間でみつけた服を、縫ったり染めたりし始めました。父の話だと、旅行者たちというのは、オーバーズボンを着用して、祝祭や霊場、港や大学などの間を行き来していたそうです。そのようにしてコンポステーラ、ボローニャ、ヴェネチア、シャルトル、アントワープ、バルチック海などの遠い、楽しげな名前を覚えたのです。世界が自分たちの暮らす森をはるかに超えて広がっていることを知りました。徒歩の者も騎乗の者も、運搬用の獣も商人の乗る荷車も、城の間を行き来するためだけの旧街道を見捨ててしまいました。旅行者に言わせると、要塞の近くを通るのは怖い、なぜなら男たちが決まって略奪したり、女を強姦したりするからだそうです。またあらゆる取り立てをするそうです。私は父に尋ねました、「セニョールってどういう人なの?」。するとこう答えたのです。「父さんがお前を愛するようには、子供たちを愛さない父親さ」。私はよく分かりませんでした。私はハチミツと蠟燭を売って服と交換してもらい、それをすぐに灰で洗濯し、樹皮で色染めしてから、再びタマネギやカモと交換しました。こうして父の手助けをしていました。私たちはいっしょに家畜の世話をし、子羊の毛を刈り取る時期がくれば、父はずっと離れた森で私たちが暮らし続けることができるように、セニョールに何梱かの羊毛を献上しに、王宮にまで参上しました。しかし次第に私たちの森は危険で一杯になってきました。

私は初めてセニョールにあったときのことを覚えています。彼はそれまで一度も私たちのところを訪れたことはありませんでした。しかしある日、司祭や騎士や農民、牧人たちを伴って、私たちのところへお出ましになりこう告げたのです。セニョールは今後、復活祭と聖霊降臨の大祝日の前日は除いて、毎週土曜日に、狩猟にいそしみ、狼狩りをするために、辺りにワナを仕掛けるとのことでした。私はいつも狼を追いやるために焚き火や薪を燃やしていたのですが、狼を殺したり、捕まえたりする必要があるとは思ってもみませんでした。そこで父は言いました。

――皆さんは森に入りたいとおっしゃる。そうなるとわれわれもいつか平穏に暮らしていけなくなります。そうなれば新たに人気のない土地を探し求めて、ここを出て行かねばなりません。

私はセニョールのおびえた固い眼差しの中に、自分の存在を誇示しようとする意図や、いつか誰からも認められなくなるのでは、という恐れを抱いていることを見てとりました。こんなことをなんと十二歳の少女が理解したのです。私たちといえども、少女から女に脱皮していく際に、そのときまで愛してくれた人たちから、認めてもらえなくなるのではないかという恐れを抱いています。

そのとき私の幼年時代で最も不思議なことが起きました。よく晴れた春の夜のことでした、羊たちの面倒を見ていました。満月で香気漂う夜だったのですが、自分と群れから身を守るためにいつものように火を起こしていました。すると近くで獣のうめくような悲痛の鳴き声が聞こえたのです。狼でも近づいてきたのかと思い、薪を一本手に取りました。実際、そうだったのです。ただそのうめき声は私にある事を知らせるためだったのです。それは猛獣の遠吠えとか、すぐにでも警戒心を呼び寄せるものではなく、とても優しく悲痛にみちた間近な声でした。私は松明を下げて見てみました。そこで浮かび上がったのは耳をぴんと立て、熱っぽい眼差しをした大きな灰色の雌狼でした。私は話せるようになってから、何よりもまず、狼のことについて学びました。それは私たちにとって最大の危険だったからです。この雌狼は穏やかでしたが、私はこう呟きました。「狼は狼、歯をなくしても心はそのまま」。しかし雌狼はセニョールが土曜ごとの狩猟で仕掛けたワナにかかったため足を傷つけていたのです。そこで私は子供じみた無邪気なやり方で獣のそばに跪き、こちらに出した足を手にとりました。

雌狼は私の手をぺろぺろ舐めました。そして焚き火のそばにもたれかかりました。そのとき獣が大きな腹をしていて、傷の痛みだけではなく、何かもっと重大なことで苦しんでいるのではないかと気づきました。私は羊がお産をするのを見たことがあったので、何が起きていたのかすぐに察しがつきました。雌狼のとがった頭を撫でてやり、しばらく待ちました。するとほどなく出産したのです。遭難したお若い方、これがどれほどの驚きだったか想像してみてください。両足の間から、人間の子供と同じ二本の青紫の小さな足が出てきたのですから。輪をかけて驚いたのは、最も怪物的といってもいい動物である雄羊が生まれる際には、双頭の奇形で生まれるときですら、頭から先に生まれるものなのに、この雌狼は足が先に出る逆子、それも人間の子供を生んだということです。

それは一人の子供でした。出てくるのに手間取ることはありませんでした。青味がかったずんぐりとした体型の子で、私はおそるおそる手に取ってみました。というのも子供が生まれたのが、なんと森の中で、しかも茨や土埃、羊たちの鳴き声、誕生をお祝いするようなカウベルの鳴り響く音の中で起きたことだったからです。そのとき雌狼は唸り声を上げただけで、赤子を舐め、牙で臍の緒を噛み切りました。私は手を乳房に当てました。そこで悟ったのは、ものはかなり知ってはいても、私はまだほんの少女にすぎないということでした。雌狼は足でもって新生児を乳首に近づけ、乳を含ませました。そのとき子供の背中に十字のしるしがあるのを目にしました。その色のついた十字ではなく、肉が盛り上がったものでした。遭難した方、肉と化した十字だったのです。

私はどうしたらいいか分かりませんでした。父の家に雌狼と乳児を連れて行こうかとも思いました。しかし茨から彼らを遠ざけ、離れたところに引っ張っていこうとしたところ、雌狼が再び唸り声を上げ、手に噛みつこうとしました。私は恐怖と驚きと後悔の気持ちを抱きつつ、自分たちの小屋に引き返しました。父に起きたことを話したところ、馬鹿なことを言うなと笑われ、注意するように言われました。そして言い伝えに「狼は肉を腹いっぱい食べたら、修道士に変身する」というのがあると教えてくれました。

翌日、早い時間に茨のあるところに戻ってみると、そこには雌狼も子供もいませんでした。私は涙を流し、彼らのことを思うと気がきではありませんでした。雌狼が子供を守れるような、奥まったところにねぐらを見つけられるように祈りました。さもなければ二人とも次の土曜日の狩りで殺されてしまったかもしれません。父はことが起きた場所にやってきて、何も見つからないことが分かると、家畜を世話しているときは居眠りをしてはならないと私に言いました。夢の中に狼が出てきたりすれば、夢を見ている間に、本当に狼が出てくることがあるからだと申しました。

森の境界がどんどん狭まるにつれて、森から得られる楽しみごとも増えてはいきますが、そんなときでも、私はその不思議な出来事を一度も忘れたことはありません。今でも青春時代に会った多くの通りすがりの人たちのことを覚えています。大学に赴こうとする学生たちに、騎士や聖職者たち、吟遊詩人や宮廷楽人、薬売り、魔術師、季節労働者、解放農奴、無職の兵士、物乞い、水入れを下げるための掛け鉤のついた長い棒で防備した裸足の巡礼などでした。この巡礼たちはキリスト教の聖地をめぐる旅人でした。また不平不満をならしていた農夫たちは、自分の土地を失ったか、セニョールから要求された貢物とか町から課せられ税金を払えなかったかして、城壁から抜け出て、自分のための農地や森を手に入れようとしていたのです。私はあの誕生のように謎めいたことが起きたことから、雌狼から生まれて乳を飲んだ子供は、生まれた場所である茨の上を踏み越えていくこうした人々すべての運命と、何らかのかたちでつながっているのではないかと思わざるをえませんでした。

ある日、私の疑問には答えが出ました。といってもそれは消え入るような不完全な答えでした。というのも、思い出すことをやっと学んだばかりの少女の記憶から出てきた答えだったからです。今さっき思い出したことですが、雌狼の出産の数カ月前に、セニョールの使用人数人が馬に乗って通っていきました。彼らは歌を歌いながら、旗を掲げ、駿馬の背に尾長猿を乗せて、いかにもこれ見よがしといった様子でした。王宮で仕える者たちの中で、猿と同様に鞍に膝を当てて乗っていたのが、セニョールの吟遊詩人でした。彼は派手なストッキングをはき、鈴のついたとんがり頭巾をかぶっていました。この道化は笑いながら、年端のいかぬブロンドの幼い子供に高い高いをして、私たちの森の新鮮な木々に見せるかのように持ち上げていました。その子供も背中の肩甲骨の間に、浮き出た十字のしるしをもっていました。供奉は急いで遠ざかっていきました。父にこのことを話すと、父は笑って、私がまだまだ夢見がちな幼い少女だと言いました。そして背中にナイフで十字を傷つけたり、熱した鉄を押し当てて十字を刻印するというのは、昔の十字軍の習慣で、巡礼たちの昔からの掟だということも。しかしここにいたのは、ごくごく小さな幼児だったのです。もし子供と道化がもう一度、私たちの森を辿って行くとすれば、きっとそのときは近づいていって、こう言うでしょう。――私はあなたを知っています。生まれるところを見たのですから。

もし森が旅の通り道になっていたとするならば（私は戸惑いながらも、どれほど多くの見慣れぬものを目にしたことでしょう。王冠や刀剣、アラブの刻印のはいった貨幣がいっぱい詰まった櫃とか、人を魅了する東洋の香辛料を詰め込んだ大櫃などを積んでいく隊商などです）、同時に、そこには森ならではの危険もたくさんありました。かつて私たちは孤立していましたが、そのときには囲い込まれているように感じていました。それは狼だけではなく、旅人たちの行く手で待ち伏せするため、繁みに隠れていた盗賊たちのせいでもあります。しかしもっと悪いことは、かつての領主たちが領地において貯め込んだ負債のせいで、暗い森に逃げ込んでいて、彼らが馬に乗って待ち伏せしていたことです。そのことは父から聞かされました。連中は長い抜き身をもっていました。それをもっているだけで災難から身を守ることができたからです。

ある日、セニョールが黄色の馬にまたがり、再度私たちの家にやってきました。彼は父に今までどおり土地と牧畜の収穫物を納めるだけではだめで、今後は、住いと牧畜、染色に使用する土地の使用料を現金で支払うように要求しました。父はお金もなければ使ったこともない、いつも物々交換をしてきたと答えました。するとセニョールは、羊毛やハチミツ、染色の代価として、カモやタマネギを得るのではなく、お金を要求すると言ったのです。――お前たちはびっくりして目にはいらなかったのか？　農奴よ、この森が櫃や大櫃の通り道となっておるのを。中に入っておるものは、これから諸々の町の商人たちに売りつけるためのものじゃ。それを購入するためにはな、そしてわが王宮を豪勢に飾り立て、城詰めの女たちに綺羅を張らせるためには、どうしても金が必要なのじゃ。

このことで私たちの従来の習慣がどれほど破壊され、またお金の工面をどうつけたらいいか、町の商人とどう付き合ったらいいかという問題が持ち上がったとしても、父の心を不安に陥れたのは、そのことではなく、セニョールが私に向けた視線と父に向けた問いかけでした。娘さんはいつ結婚するのか、とか、――すぐに嫁がせろ、この辺りには土地を失った騎士どもがうろうろしているからな、連中は土地は失っても、処女好みの趣味は全く失ってはいない。街の住民が自分の生活と財産を守るために組織をつくっているのといっしょで、自分たちの領主権を失ったことの意趣返しをしようとしておる。お前の娘のように、森で独りさびしく暮らす者たちの娘たちを手玉にとろうとしているのだ。何はともあれ、とセニョールは笑いました。――娘の処女膜はわしのためにとって置くように、いいな。わしは領主であり続けるし、中産階級や斜陽諸侯らの犠牲のもとでますます力を蓄えていくことは間違いない。ともかくあらゆる者たちから娘をよく守っておれ、牧人よ、後になってお前とわしのために、娘を守れなかったなどとは言わせぬぞ。

セニョールはこう言うと、笑いながら馬に乗って立ち去りました。単純素朴な父はその日以来、私に男装させようと決意しました。たとえ私がお嫁に行くとか、領主に処女を奪われるとかされる前に、セニョールが熱病で亡くなったとしても。粗悪な長衣をまとい、同じようなオーバーズボンをはき、髪を少年のように短く切り、前と同じように染色や牧畜の仕事を続けました。そして私は完全な女に成長しました。何年か経ち、父も老いましたが、生活はほとんど何も変わりませんでした。ところがある日、死んだ父の領土と特権を受け継いだドン・フェリペ王の武装兵たちが姿を見せました。その使命は森に暮らすあらゆる若者たちを、軍役と雑役のためにかき集めることでした。そこで私も幼少時からの安全な隠家であった樫の木の森で捕らえられ、軍隊に連行されてしまいました。そのとき、私は自分に対する恩知らずな容赦ない運命について思いを巡らせました。なぜならば男装しようと女装しようと、不幸は合い携えて私を付けねらっていたからです。

フェリペ王は私が少年のような姿でいるのを見て、本当は女だということに気づきませんでした。しかし私の姿には、記憶の中で何か心をかき乱すものがあったのでしょうか。でも私は一度もお会いしたことはございませんと断言しました。新たなセニョールは、私に王宮のご母堂に仕えるようにとお命じになりました。後で知ったことですが、そこでは女たちが出入りできない決まりになっていました。私は牧女だったときフルートの吹き方を学んでいたので、執事にそのことを知らせました。それは自分の楽しみのためでもあり、職務上、それで他の人々を楽しませることができればとの期待からでした。私は召使や兵士たちから離れて独りきりで暮らしていましたし、彼らの前で裸になることも決してしませんでした。私は楽士たちの部屋で眠ることができました。彼らは早朝や夜は酔い覚めの睡眠に余念がなく、私のことに気を留める余裕などなく、日中はまた日中で、防腐処理を施した亡夫の遺骸の前で、たえず跪いて一心不乱に祈っている王宮の女主人の不注意をいいことに、食料貯蔵庫から食べ物やぶどう酒をちょろまかすことに腐心していて、私には無関心だったのです。先代セニョールの息子の母上〔狂女王フアナ〕は、自分の家からあらゆる陽気な音楽を放逐してしまわれました。私の音楽の才能を高く買っておいででしたが、私には太鼓の叩き方を学ぶように命じられました。それは永遠に服喪の生活をしたいとのご意向で、葬送以外の音は聞きたくなかったからでした。老淑女が亡夫の亡骸をひきずって長い巡礼を始めたとき、私に黒づくめの格好で太鼓を叩き、悲痛な思いを告げる小姓のごとく、行列の殿《しんがり》を守るようにお命じになられました。現在のセニョールのご母堂は、供奉として女を一人も認めていません。それは女すべてに嫉妬を感じておられるからです。それはあたかも亡夫の亡骸が生前、浮名を流したように、死んだ今でも背信行為を犯すことができるかのようでした。私は男装していたおかげで、幸いそうした魔手にかからなくてすんだのです。とはいっても、こうした不幸な境遇に陥ったことは陥ったのですけれど。

　どうやら話が肝腎なところから逸れていってしまいそうなので、この浜辺に陽が落ちるように、きちんと終ることにします。村長と矛槍兵には高い代償を払ってもらうことになりますが、唯一彼らの間違いがもとで、私たちは昨日、セニョールのミイラ化した亡骸をどうしても欲しいという修道女たちの修道院に入りました。私たちはいつも老淑女が望むように、一晩中暗闇に包まれて旅行してから、修道院で日中を過ごしてきたのですが、そうする代わりに、逃げ出してきて昼間こうして旅行しているのです。そして私はこうしてあなたにめぐり逢えたというわけです。今度はあなたが私に付いてきてくれないと。

　――おれは何者なんだ？　どこから来たんだろう？　と

遭難者は言った。

しかし小姓はとっくに自分の話を終えてしまっていて、それに答えようとはしなかった。遭難者のほうに両手を広げると、彼は片手だけ差し出した。もう一方の手には、何とも説明のできない魔力につかれたかのように、封蠟でしっかり詮がされた緑のボトルをつかんでいた。それはこの《災難岬》に打ち上げられた残骸のひとつであった。

セニョールは眠る

セニョールは自分の話の途中で気を失った。それはちょうどルドビーコとセレスティーナとの情事を思い出したときであった（その情事は老人ペドロの船の中での架空のできごとであり、血なまぐさい王宮の中の現実の話であった。とはいえ真実というよりも夢想的・幻想的であった）。グスマンは彼に睡眠薬を少し処方した。セニョールは宮廷年代記作家によって忠実に転記された、修道士シモンの訓戒的演説を繰り返すようなかたちで話を終えたとき、もう一度グスマンに睡眠薬を要求した。従者が丁寧にそれを用意していると、セニョールはこう呟いた。

――こいつは自分の誕生日に思い出したいと思っていた話だ。その日はわしの死んだ先祖たちすべての、第二の埋葬の日ともなるだろう。先代のセニョール〔フェリペ美王〕は、ああどうか天国で安らかにお眠りあれ、わが父であられた方。若いときのわしの名前はフェリペだった。

――城詰めの娘は？　とグスマンは王子に睡眠薬を渡しながら聞いた。

――あれはわれらの聖母で、ここに住んでおられる……

彼はまぶたを閉じてもう一度「われらの聖母」と繰り返した。祈りはなかなか終わらなかった。睡眠薬のおかげで彼は深い昏睡状態に陥り、その中で石だらけの渓谷の奥まったところで、鷲やオオタカなどに取り囲まれている夢を見た。彼はきわめて緩慢な動作で、出口を探そうとした。しかし渓谷は自然の監獄のようになっていて、切り立った岩壁に囲まれた深く大きな土牢のように見えた。それは桟のついてない遠い彼方の窓のように、ただひとつぽっかりと空いていた。あたかも鳥しか近づけないような、彼方の大空から切り取られたような蒼い継ぎ当てのようにも見えた。猛禽類はそこから遠く彼方へ飛び立ち、荒々しく急降下して、見捨てられ囚われの身となった、恐怖心よりも悲痛な思いでいるセニョールの体に、襲い掛かってきたのである。鷲や鷹はセニョールを傷めつけた後、再び大空へ舞い戻っていった。するとすぐに何の脈絡もなく、自分が異なる三人の人間、三つの異なる時代に属す、異なる三つの顔をもった一人の人間となったような夢を見た。三人は空しか出口のないような、この岩だらけの渓谷で捕縛されたのである。彼は雪渓の尖った岩のあいだを這うようにして、分身でもあった最初の男の瞳のほうに近づいていった。彼と瓜二つの人物の片方の目の中に見たのは、猟犬どもにずたずたにされたペドロの息子たちであった。もう一方の目に見たのは、若い時分の彼自身の姿で、父の鷹から身を守ろうとしている姿であった。しかし心の窓にこうした光景が映し出されていた分身たる最初の男の顔は、農夫の息子たちと逃げ出した若者のそれでもなければ、鷹に恐れをなした若者のそれでもなかった。そうではなく、運命の日に王宮で虐殺されるべく連行され、虐殺された子供や女、農夫、職人、物乞い、売春婦、ライ病やみ、ユダヤ人、ムデハル、苦行者、異端創始者、気違い、囚人、楽士などの死体の間を、縫うように通り抜けていった、例の男そのものの顔であった。そうした虐殺は息子フェリペが父王たるセニョールに対して、若いながらも老いた父の後継者としてふさわしい人間であることを、アピールするために行われたのである。

どうして魅力的であると同時に残虐な顔をもったこの人物の顔に、怖気づいた若者の悲痛なるイメージがつきまとっていたのだろう？　夢見る男は自分の問いかけに答えることができなかった。彼は最初の男から逃げ出し、第三の男に出会った。いまや彼は太陽に顔を向けて、平坦な岩の上に横になっている黒服の老人になり代わっていた。しかし太陽は光を撥ね付けられていたせいで、蠟のような老人の顔を照らし出すこともできなければ、溶かすこともできなかった。また顔の穴の部分からは老人の皮膚には劣るが、白い蛆がごそごそうごめいていた。両耳、両唇の間、両鼻翼からうじゃうじゃと身をよじらせて。白く窪んだ虹彩の後ろ側、角膜の下側には、蛆になる前の卵がびっしりと集落をつくっていた。

彼――夢見る男、第二の男、現在のセニョール、グスマンのもってきた睡眠薬で深い眠りに誘い込まれた犠牲者――は第三の男から離れると、岩の間でうつ伏せになって身を横たえた。腕を十字に広げ、赦しを乞うた。しかし測定可能な期間に及んでいた彼の支配はすでに終っていた。彼はうつ伏せのまま口をあけて、呼吸しようにもまともに呼吸できず、砕かれた岩の宮殿の囚人として、そこに永遠にあるだろうという気がした。ひょっとしたら、その間にツバメが両方の手のひらに巣をかけたり、鷹や鷲が近づいてきたりするかもしれなかった。猛禽たちはまやかしの信じられないような種に対する愛の感情に動かされ、彼をついばむのをやめるだろう。というのも、彼自身が鷲、敵に負かされた鷹、石でできた鷲となっていたはずだからである。「狼は狼と噛みつき合うことはない」とセニョールは夢の祈りの中で呟いた。彼はこの猛禽類の監獄の中で、彼らの本能のもつ暗黙の了解といったものを疑うことはなかった。そしてそれが、別の種類の恐怖について思いめぐらすきっかけとなったのである。彼は呟いて言った、鷲と狼、狼と羊、ツバメと鷲、精神的な愛人と放蕩者、敬虔なキリスト教徒と血に飢えた犯罪者、几帳面な真理の読者といい加減な虚偽の捏造者……スペイン人騎士たる俺もまた、お前たちの中の一人に過ぎないのだ。

高い監獄、凍えた太陽、蠟でできた肉、女屠殺者……と夢想者は言ってすすり泣きした。――息子たちはどこにいるのだ？　受け継いだものを誰に受け継がせればいいのだ？

グスマンは語る

セニョールはベッドに俯きになり、十字に腕を広げた姿勢で、悪夢の中で何度も寝返りを打っていた。グスマンはますます神経をぴりぴりさせながら、ベッドの周りを歩き回っていた。それはあたかもセニョールの見ている落ち着きのない夢が、臣下たる自分が処方した睡眠薬とは裏腹な作用をしているのを、見届けているかのようであった。とはいえ、人間の顔をしたマンドラゴラの雄花と雌花、白花と黒花、砒素と煙水晶の、こうした混合以上に強力な効き目をもった麻酔剤は存在しなかった。グスマンは主人が祈祷室の床でいつもお祈りをするときのような姿勢でうつ向き、また（グスマンはそれを察知できなかったが）あの時点で夢見ていたときと同じ姿勢を繰り返していたとき、ということは、実生活でも夢の中でも同じ姿勢をとっていたということになるが、そんなときにだけ、こんな独り言を言った、この主人は恐ろしい徹夜の苦行に精を出していたあのセニョールではなく、セニョールの悪夢の中の主人そのものだと。犬の治療をしたり、オオタカを飼育したり、獲物を追わせる技にたけていた男グスマンの無表情な仮面が落ちた。仮面が落ちるとかつての素顔が戻った。偽りなき本人の顔の上で、慣れのせいでたやすく維持された肉の薄皮。骨ばったグスマンの真実の顔が再び現れたが、それは猟犬が見ればすぐ分かる、鹿が見れば恐れを抱き、オオタカが見れば平然と受け入れる、そうした紛うことなきグスマンの顔であった。セニョールですら、従僕がもっとも見せたくないと思っているときに、うっかりと覗いて見てしまったことのある、そうした貪欲な横顔であった。それは祈祷書を拾おうとして前かがみになるときの顔であり、命令を履行しようとして引き下がるときのそれであった。

彼は長い短刀を引き抜くと、それをセニョールの背中に当てて、彼に向かって「俺はここにいる、あんたの夢は俺のもの、意識のないあんたの肉体も俺のもの。だって自分の体を見ようにも、あんたにはとうていかなわないんだから」と語った。「もし人間の価値が、その人間を殺そうとしている人間に約束される値段で決定されるとしたら、セニョールよ、あんたには値段もつかないぜ。あんたを殺したって、いくらも払ってもらえないからよ。もし俺があんたを殺そうと思えば、一滴の血も流さずにやるべきだし、一銭ももらわずにせにゃなるまい。しかしあんたは俺の殺意に気づいたら、俺様を殺すためにどれだけ払うつもりかね、セニョール？　こうして役どころは交代するんだ、つまりあんたは大人物だから、あんたを殺そうする者には事欠かず、誰も俺に褒美なんかくれやしないが、俺様の方はどうという人間じゃないから、俺を殺して自分の命を救うためだったら、あんたはそんな犠牲も払うだろうよ」。

グスマンはグスマンに話すのを止めた。声を上げると、ボカネグラは耳を立てた。ばか者、あんたの権力は分不相応というものよ。自分の罪が無辜の人間を殺したということではなく、殺戮の犠牲者の中にあんたの父母、それに許婚を含めそこなったということ、もしそうしていれば、犯罪の絶対的自由の上に、あんたの絶対的権威を打ち建てることもできたのに、といったことをあんたは何としても納得しないだろうな。つまりあんたが即位したのは何も王家の必要によってでもなければ、相続にふさわしい人間だという痛切な思いに後押しされたわけでもない。誰に対して借りをつくることもなく、権力の座についたわけだ。孤独。フェリペ坊や、あんたはまだ自分の犯罪を十分に活かしきってはいない。あんたは自らの犯罪を、自分の絶対主義を容赦なく発動させるための手段とするのではなく、その代わりに、王位継承の致命的な路線の上に刻印してしまった。だから心ならずも不平をこぼすことになるのだ。それは父親の手足をもぎ取るなどということをやって、悔いているからに他ならない。あんたは父親の臣下たちを殺すという犯罪に手を染めた瞬間、致命的に老化してしまった。証人が欲しかったとでも？　それで神学生と魔女を赦してやるという間違いを犯したとでも？　この俺、グスマンがあんたに言っておく、そのことを後悔することになるとな。なぜなら、山賊ですらたとえ相手に罪がなくとも、敵を救ったりしてはいけないことくらいよくわきまえている。命を救われた時点で、感謝の気持ちなど吹っ飛んで、復讐の鬼と化すもんだからな。証人が欲しかったとでも？　あんたは俺に、あそこで語った事実が日の目をみるようにと、自分の告白したことを書き留めるように命じた。書かれたものは、あんた一人のために存在し、書面になったもの以上にはっきり証言してくれるものもないからな。その気になれば俺はそんなものは、今すぐにでも燃やしてしまえるんだ、そして消し去ったり付け加えたりして書き換えることもできる。あんたがルドビーコとセレスティーナを殺したということも書いてもいいんだ。そうすれば、あんたも書いてあるということで、それを信じることになろう。もしあの男と女が出てくるとすれば、おそらく亡霊としてだろうよ。あんたは一人ぼっちになってしまった。証人がいなければ、あんたがやらかしたことは、絶対的なものとなったかもしれない、そうなればあんたと世の人々は共犯者となったろうし、証人はあんたの嘆きを聞かされる不満げ犬などではなく、歴史そのものということになろう。苦しげで哀れなフェリペ坊や、よく聞くがいい、いじましい禁欲的行為なんぞやるから、年不相応に老けてしまったのだ。このグスマン様があんたにそう言っているんだ。俺はあんたが思っているような、あるいはそう思いたかったような人間じゃない。新参者の俺にはごくごくつまらぬ恩恵でもそれを大盤振る舞いすれば、とほうもなく大きな恩恵にみえると思ったのかもしれない。しかしグスマン様はあんたに言っておくが、売女の息子でもなければ、父なし子でもない、あんたと同じれっきとした騎士さまよ。ただ借金で破産しただけのこと。垢で汚れたならず者などではなく、無力化しただけの公子様よ。エストレマドゥーラの埃っぽいさびれた村のこそ泥などではなく、あんたと同様、鷹狩や狩猟、弓道、乗馬を学ぶ機会もあった。グアダラマの追いはぎの仲間になったこともない。ただ目に見えない社会の動きを理解したり抑えこんだりすることのできない郷士にすぎなかった。その動きの中で、あらゆる権力の基盤である確固たる土地が、摑み所のない金に変わろうとしていたし、末永く残すべく造られた城砦もまた、冬の間のツバメのごとくわずかな時間しか持たない。それというのもライ病やみであふれた忌々しい町の、城砦もなければ大砲ももたない高利貸しや商人、糞ったれなどの金力によって、落されてしまったからである。セニョール、わしの両親も祖父母も、あんたの先祖たちの前で、立派に敬意を表して君臣の誓いを行い、あんた方の庇護を受ける代わりにあんた方に奉仕するという契約を取り結んだ。こうしてわれわれは皆、自分たちの社会の基本原則を守ってきたんだ。つまり、土地のない領主もなければ、領主のいない土地もないという原則を。こうして力と必要性の均衡を維持してきたんだ。つまり、強者たるセニョールの権力と引き換えに、弱者の庇護と存続を図るという均衡のことだ。この大きな契約の中の、かなり大きいとはいえ、小さく凝縮された契約ともいえる、俺にとっては致命的に重要な契約というのは、あんたの庇護と引き換えに、貴族の臣下たちに与えたわれらの奉仕によって、互いの血筋が異なり、運命も異なるがゆえに、貴族はいつも貴族、百姓はいつも百姓、ということを確たるものにしようとしたんだ。セニョール、俺を見てみろ、郷士に生まれて、あげくは従者になりはてた、それもすべてあんたのせいだ。あんたは取り決めを果たさなかった。われらの奉仕は続いたのに、あんたの庇護は続かなかった。あんたは土地に根付いたわれらの権力が、金とか商取引に基づく権力を前にして、弱体化するにまかせたのだ。あんたは「反逆者は騒ぎ立てれば増長するが、無視すれば消えるもの」というかの嫉妬深いアウグスティノ会士〔ルターのこと〕について述べた老異端審問官の忠告も忘れ去り、異端を掃討するために金のかかる遠征に精力を注ぎ込んだ。あんたは自分の財産を浪費して、ひとを寄せ付けないような厳しい、何の役にも立たぬ霊廟をおっ建てた。俗衆というのは権力とは死のことだとも思わず、豪奢そのものだとみなしている。あんたは心の持ちようが悪いせいで、利益を宗教に向けたというわけか。悪賢い王は逆に、宗教を利益に従わせるものだ。しかしあんたの不毛な強迫観念や異端性、死体愛好癖の裏にある現実の世界は、動いていてすべてを変えてしまう。あんたは高貴な臣下たちを無防備な状態においた。あんたは異端者を迫害し、墓を建造するのにあまりに熱中しすぎたのだ。われらは自分たちの土地を売らねばならなかったし、借金もせねばならず、町の市場と競合できないので自分たちの工房を閉じねばならなかったし、挙句には奴隷たちに自由を売るはめになった。諸都市の権力に前にしたとき、あんたはわれらの力を殺ぐことで自分の権力を大きくできると思い込んだ。われらはあんたの十字軍と霊廟の費用を被らされた。しかしあんたは異端者を根絶やしにすることができなかっただけではない。一人の反逆者が殉死すれば、十人がその代わりに現れてくるからだ。あんたが孤独な政治のお供をさせようと、自分の先祖たちの遺骸を生き返らせようといっても、それはできない相談だ。それはあんたが、王と諸都市の間にある貴族的権威のさまざまな階層を破壊してしまったからだ。その結果、今ではそれら二つの権力しか残っていないってざまだ。もはや小郷士といった連中は、小貴族ではなくなってしまったからだ。セニョールよ、それで俺は自分を破壊したものと一つになろうとしたんだ。敵に征服されないように、敵の陣営に加わったというわけよ。それであんたに仕えようと思い、あんたと組んだというわけだ。そうすれば双方に関与することもできるし、そうこうする間に二つの権力争いに決着がつくだろうと思ってさ。セニョールよ、決着は必ずつくはずだ。間違いない。そうしたら、俺は勝者につくよ。おれのやり方を世間じゃ、政略とか呼んでいる。悪い解決法が二つある場合、ましなほう、より安全なほうを選択するということだ。これはあんたの宮殿を建設し、あんたの猪を追いかける人間のくずどもに対して、自分の言葉で話すことを学んだグスマン様が言っているのだ。農民を手なずけ、鞭と飴を代わるがわる提供することを学んだグスマン様が言っているんだ。鹿の心臓を切り裂いたり、俗衆どもにこうした儀礼をもっておもねるのは俺の性には合わん。このグスマン様はやむなくピカロや密告者にならざるをえなかった。そのため自分の領地で何が起きているのか、王が群盗の中で彼らのために便宜を図ったり、そうすることで連中の好意を勝ち得ているのを、全くご存じない殿方たちのお気に入りになったというわけよ。俺はあんたと同じように、時間を越えた神の支配権を得るべき知識を身につけてきた。しかしいろんな状況から、新しい人間たちが王権を相続した権力者と戦うのに必要な、現世的・世俗的な悪知恵を身につけざるをえなくなったのだ。このグスマン様はあんたと同様、犯罪にだって手を染める。しかし王室の摂理などという大義など振りまわさない。政治的歴史の名においてそうするだけだ。あんたは相続がいつまでも続くとでも思っているのだろう、そのせいであんたは偶然にも厄介な出産の当事者になったというわけだ。ところがこうした新しい人間たち〔中産階級〕は、単純素朴な自分たちの個人的な意志をそれにぶつけたのだ。これは後にも先にもないことだった。この意志というのは、それ自体で燃え尽き、その拡散する力が歴史と呼ばれているものだ。俺は二つの党派に属しているんだ、ご主人様よ、あの新しい人間たちに対する復讐に駆り立てられるのは、乳母日笠の幼年時代の思い出があるからだし、俺の運命をあざ笑う町の連中たちによって押さえつけられた記憶があるからだ。連中の生活というのは、金貨が人から人へ渡るのと同じような速さで流れていく。あんたに対する復讐に駆り立てられるとしたら、それはあんたがこうして眠っている間に、あんたに対して問いただしていること、そのこと自体に理由がある。つまり、あんたは権力を小貴族から根こそぎ奪いはしなかったが、大ブルジョアを前にして、権力を維持することもしないような、黄昏れて腐敗した集約物である王たちの最後の王だ。あんたは力に対してはピカロよりも劣るのか？　ピカロよりも知識が劣るのか？　しかしあんたはピカロがいなければ、われわれの最後の王たる光り輝く黄昏《たそがれ》の証人以上にはなれまい。なんともはや……俺はじっと耐えながら自分の時間を計ることにしよう。あんたの犬を治療し、あんたが権力者の顔を維持できるように、狩猟の指図をすることにしよう。あんたの権力と新しい人間どもの避けがたい対決を準備することとしよう。もし自分の意欲が弱まることなく、運命に見放されることがなければ、両者の間の審判となるつもりだ。ご心配なく、いつかあんたの名の下で支配することになるんだから、フランスのなまくらな王たちの執事が権力を振るったように。

犬たちがやってくる

グスマンはセニョールの眠り込んだ体のまわりを、短刀をかざしてぶらぶらと回った。痛々しくうろたえ気味のボカネグラは低い声でうなっていた。するとグスマンは笑って、短剣を抜き放った。扉のところまで歩いていくと、ボカネグラのうなり声が一層強さを増した。扉を開けると、狩猟隊の忠実な助人たちの手から、群がって鼻をくんくんさせ、何かを期待しているかのような猟犬たちの引き綱と、混合物の入った容器を受け取った。彼は猟犬たちを居室に入れた。ボカネグラは板にくくりつけられたままだったので、動きがとれなかったが、絶望的な調子で吠え立てた。他の犬たちはボカネグラのほうに臭いをかぎに近づいた。グスマンは猟犬の個々の名前を呼んだ。こいつはフラゴーソ、こいつはエルミターニャ、這いつくばっているのはプレシアーダ、じっとしている奴はエレルエロ、こいつはブランディル。彼は出産が長引いているせいで苦しげな、おなかの大きなエルミターニャの足を持ち上げ、乳房や黒い乳首を撫でてやった。その後、眠りこけているセニョールのベッドに横たえると、水で薄めたぶどう酒でこねた灰の入った器を取り、それを半開きになっていた雌犬の性器にしっかりと塗布した。それから笑いながらプレシアーダのところに行くとこう言った。

——かわいいプレシアーダよ、どうしている？　どうだ、一日中ものを食べないと調子がいいだろうが？　お前がどれほどきれいな目をしているか見せてやりたいよ、さあ食べな、食べな……。

グスマンは雌犬のもとにわずかな酵母パンを近づけてやった。飢えたようにがつがつ食べている間に、肛門に三粒の岩塩を押し込んで犬を驚かせた。次にエレルエロを自由にしてやると、塩に刺激を受けて盛った犬は身をぶるんと震わせて、雌犬の黒々とした陰部にまっしぐらに走りより、セニョールのベッドの上でのしかかると交尾し始めた。グスマンはブランディルを同じベッドに呼び寄せると、人間の排泄物と山羊の乳を混ぜたものを与えた。犬はエレルエロとプレシアーダが八本足の双頭の怪物のようにつるんで交尾している間に、ベッドの上でおしっこをし始めた。またエルミターニャはついに飼い主の寝床で、つぎつぎと二頭の仔犬を産み落とした。各々の仔犬は、母犬のずんぐりとした足と生暖かな鼻の間のシルクのシーツの窪みの中に生まれ、舌できれいに拭ってもらった後、犬歯で臍の緒を切ってもらった。そして母犬は鼻先で子供たちを、ぴくぴく鼓動を打つ自分の乳首のほうに近づけた。ボカネグラは自分の出番がきたにもかかわらず、主人を守ってやれないことにいらだって吠えていた。グスマンは尻尾の毛を三本ほど引き抜くと、猟犬はよく調教されていたのですぐに静かになった。それは家から追い出されることを恐れていたからである。勢子頭はフラゴーソの首根っこをとると、セニョールの座る大官椅子まで引っぱっていった。そこには主人の服が放り出されていた。

――フラゴーソ、かわいいフラゴーソ、と毛むくじゃらな耳に口を寄せてつぶやいた。――われらのセニョールの服はいい匂いがするだろう？　嗅いでみな……いいから服の上を歩いてごらん、さあ。

　グスマンは犬のふぐりを探り当てると、ペニスをつかみ、しごいてベッドの上に射精させた。犬はマンドラゴラの濃厚な毒気によって麻酔をかけられ、眠り込んだ主人の上に覆いかぶさった。グスマンは大官椅子に放り出された、皺だらけになった主人の服の上に腰を下ろし、主人の果てしない夢をわが物として、そうした光景を笑いながら眺めていた。

――俺は犬どもに対してはどう扱ったらいいか、よくわきまえているが、セニョールのことはどうにもできない……フェリペさんよ、豚の糞と脂の混じった俺の軟膏と並べて、あんたの魔除けはどうなっているんだ？　来るべき時が来ても、俺はあんたを救えないよ、セニョール。

　そう言うと彼は、哀しげに這いつくばり、戸惑いと後悔の念に苛まれたボカネグラのほうに目をやった。そしてこう言った。

――お前のことはよく知っている、お前が俺のことを知っているってこともな。ただな、お前は俺が本当に考えていること、したいと思っていることを知っているんだよな。セニョールにはお前以上に忠実な、本当の味方はいない。お前がご主人に、いま見たり聞いたりしたことを話せないのが残念だ。お前が唯一知っていることをな。残念だ、可哀想なボカネグラ。もちろんわれわれはライバル同士ということになる。お前は俺のことを気をつけたほうがいいぞ、俺もお前のことは気をつける。お前には武器があるが、俺を脅すための言葉がない。俺はお前に対する武器として、刀剣と言葉をもっている。

　セニョールは若者と老人につき添われ、切り立った岩壁の奥底で、祈り声をぶつぶつ唱えていた。その中で三つのことを懇願していた。それは短い人生、不動の世界、永遠の栄光であった。

ファン・アグリッパ

セニョーラ〔セニョールの妃イサベルのこと〕は閉じ込められ、騒音を聞かされるはめとなった。毎日繰り返される騒音でその日が満たされるほどに、当然耳に入ってくると思われる騒音を、毎日、少しずつ聞かされるはめとなった。そうした騒音のせいで、騒音そのものを待ち望んで、それを耳にするということしかできなくなった。例外的な雑音を待ち望もうとする気持ち、決まりきったざわめきの単調さを打ち破るような、偶発的な雑音があってもいいのではという気持ちもある。いつも聞こえるのは朝課、雄鶏の時を告げる鳴き声、槌音、ブルゴ・デ・オスーナから去勢牛に引かれてくる荷車の車輪の音、鍛冶屋のふいごの音、大工たちの呼び声、水売りの笑い声、居酒屋の立てる煙のぱちぱちいう音、干し草と藁のはいった梱《こり》を落とす音、サンダルの擦れる音、石切り場のスレートのきしむ音、割れてはいてもきちんとはまったタイル屋根のがらんとした音、犬たちの吠え声、空を舞うオオタカの羽根音、グスマンの用心深い足音、セニョールの祈りの単調な歌声、昼下がりの重くるしい鐘の音……こうしたものが日々繰り返される日常のざわめきである。こうした雑音こそ、打ち壊してばらばらにしてしまいたいものだった。しかしその後すぐに思いもかけない雑音が襲ってくることが懸念された。それならばいつもの聞きなれた騒音のほうがましだった。人には期待しないまでも、待ち望むということがある。

セニョーラは一晩中、泣き明かした。何も苦しみゆえに泣いたわけではない。苦しみであれば、何か異常なものとして退けていただろう。そうではなく、品位を保つべく極端なまでに外見にこだわることで、隠してきた屈辱感ゆえであった。

——あの方は断罪されました。宮殿の厩のそばで生きたまま火あぶりにされるでしょう、とグスマンは彼女に言った。

セニョーラは自分の部屋ならではの豪華さを楽しむかのように、視線をゆっくりと泳がせた。部屋には夫が建築物にどうしても与えようと考えていた神秘主義的な厳格さを、当初から際立たせようとする装飾が施されていた。そうした意図はうまいこと達成されていた。セニョーラがグスマンと修道士画家フリアンの手を借りて、こっそりと装飾を施したこうしたアラビア風の片隅といえども、彼女が目指していた最高のものとは程遠かった。つまり彼女は有名なポワティエのアリエノール・ダキテーヌの愛の宮廷とか、トレヴィソで開催された典雅な祝典などをそこで再現しようと考えたのである。そうした楽しく陽気な宮廷では、〈アモール城〉の貴婦人たちが、黒装束で身を包んだパドヴァと白装束のヴェネチアのライヴァル同士の騎士たちの攻撃から城を守らねばならなかった。しかし生姜、カルダモン、胡椒、樟脳、麝香の香りが漂うとはえ、この部屋には、愛の快楽のための調度品といえるものは一つとしてなかった。セニョーラはいつか手放さねばならなくなるかもしれないとはいえ、ずっと享受し続けたいという気持ちから抜けられなかった、そうした贅沢三昧に対する罪滅ぼしとして、黒人の馬丁を呼び寄せ、香水たっぷりの垂れ幕つきの輿に乗ったり、手袋をつけた手元に鷹を止まらせたり、人気のない町や海岸、山に、例の新たな囚人を探しに出かけたりせざるをえなかった。彼なくしては彼女が装飾のために施した部屋の豪華さは、単なる劇場の書割とか、奥行きのない緞帳とか、コルドバのカリフ、ヒシャム二世の金襴のヴェールと変わるところはなかった。セニョーラは実際には、自分の運命と夫のセニョールの母たる忌々しい姑〔狂女王フアナ〕のそれとは全く対照的だと考えていた。というのは、彼女が新たな恋人を捜し求めて危険な場所を歩き回っているのに対し、姑は永遠の恋人の永遠の亡骸を担いで歩き回っていたからである。

王宮の図像画家であった修道士のフリアンは、セニョーラの夢見た人物と場所を、陶磁器の形見入れの上に細かい筆遣いで描きながら、毎晩遅くまで時間を過ごした。場所というのは《災難岬》の海岸であり、人物というのは肩甲骨の間に隆起した赤い十字をもつ、裸体で海岸にうつ伏せで横たわる若者であった。フリアン修道士はセニョーラが彼に処方してくれたベラドンナに感謝した。その麻薬は覚醒しながら夢想し、本当はそこにいながらいないような感覚をもたらし、遠くにありながら近くにあるような、また夢の中にありながら、夢を見ている本人のような自覚をもたらす、そうした感覚を呼び覚ますものであった。一方で修道士の蒼ざめた手は、セニョーラから伝えられた夢想的内容に目に見えるような形象を与えていた。セニョーラはそうした芸術の最終的意味づけを自分自身のためにとっておいた。つまりそれは他でもない彼女自身の存在というものであった。ところがフリアン修道士は麻薬による失神のさなかにあって、難破者と思われる人物の両足の指を六本にして描くなど、絵に細かい描写を加えていった。

――六本指をもつ人間というのは、特権として家系の血筋を新しいものにすることを運命付けられている。考えてもみてください、セニョーラ、あなた方の間にお子さんが授からなかったのは、ご自分たちのせいではありません。セニョールが従兄弟〔セニョーラがフェリペ二世が生涯に結婚した四人の女性の誰に当たるかは不明だが、最初に結婚したポルトガルの王女マリア・マヌエラとは従兄弟同士であった〕に当たるという血統上の積もりつもった欠点からくるのです。もし王家の系譜を厳密にたどっていけば、ご先祖たちがごくごく限られた数になることがお分かりになるでしょう。今生きている人物は三十人もの亡霊を背後に抱えているのです。それこそ生者と死者の間にある関係というものです。セニョーラ、貴女は系譜をさかのぼってみれば、何世紀もの間、俗衆とか危険な悪疫との接触を一切断って、さまざまな城砦に幽閉された、近親相姦的な六人の兄弟にまで辿りつくのです。貴女は幽閉された兄弟たちから、歴代の王たちの誕生、恋愛、死について、聞かされることでしょう。一つ確かに言えるのは、極端な近親婚を重ねることは、過剰な多産と同様、王家の存続にとって良いことは何もないということです。ペルシアの王カンビュセス〔アケメネス朝ペルシア第二代の王。紀元前五二二年没〕は妹メロエと結婚し、妊娠したと知るや、彼女の腹を足蹴にして殺してしまいました。どうかこうした例に、ある種の近親婚のはらむ犯罪性を見てとっていただきたい。しかし一方では、余計で余りあまった懐胎ともいうべき双生によって、大いなる三つの王家が滅びました。それはカエサル家、アントニウス家、カロリング家です。血統は新しいものとすべきです、セニョーラ。不毛な近親婚でもなければ、多産でもなく、ひとえに規範をともなった愛こそが重要です。規範とはおのずと美しさと正しさを生み出すものだからです。貴女の臣下たちを欺こうとされるのはもうおやめください、セニョーラ。跡継ぎのお子さんを待ち望む人々の期待感をやわらげる目的で、よくやるようにご自分の妊娠を公にするということで、貴女はフープに詰め物をいれて、世を欺かねばならなくなるのが関の山です。実際に妊娠などされてはいないわけですし、その後で同様のやりかたで、今度は流産されましたと発表せねばならなくなるだけでしょう。期待はずれの思いというのは、あからさまな反感とまでいかなくとも、苛立ちに変わりやすいものです。セニョールのみならずセニョーラ、貴女もまた、あまりにも過去の認知にこだわって生きようとされていますが、認知は新しいものに変えねばなりません。この世の中、慣習が法律を作り、二度繰り返されたことで慣習となるのですから。貴女の領土に対する諸権利は絶えず行使されねばなりません、さもなければ権利そのものを失いかねません。セニョールが権力者たちの血を流してやろうと目論む者たちに対して、流血をもって戦争を行ったり、脅迫したりすることはもはやありません。貴女が出産する姿を見られることもないでしょう。貴女は用心を怠ってはなりません。芝居がかった力を見せて、ご自分の不満を制止してください。息子さんを一人作ることによって、真の意味での希望をかなえてください。貴女は〈楽しいイギリス〉《アングリアプレナヨキス》〔イングランド王ヘンリー二世の年代記作家の造語で、十二世紀のイギリスの都市の成長、農業の発展、建築や哲学の進歩などを讃えた言葉〕の娘ですから、カスティーリャ的な厳格さには当然、反対なさるでしょう。完全に貴女は人生を快楽に賭けておられます。セニョーラ、どうか快楽を義務感と結びつけてくださいませ。そうすればあらゆる利益を手にすることができましょう。もしその気になっていただけるなら、どうか私めを頼りにして下さって結構です。父子の血のつながりを証明する唯一の裏づけとしては、私めが切手や細密画、メダル、銅版画に貴女のご子息として描くものの中に、セニョールの面影〔ハプスブルク家伝来の下顎が突き出た特徴的容貌〕が髣髴とされることをもって、民衆も後世の人々も納得するはずです。私とて王子の顔つきを変えて描くことはかないません。しかし図像にわれらのセニョールたる、父親とされる人物の遺伝的特徴を強調して描くことくらいはできます。本工事の粗野な現場監督とか、火刑場で焼かれる運命の、貴女の最後の恋人たる哀れな若者とか、黒人の馬丁たちの一人ということでもかまいませんが、本物の父親となる人物の特徴などはすっかり消し去るつもりです。しかし焼かれて死ぬとしても、主要な宗教的犯罪によってではなく、副次的な理由で死ぬということについては、神に感謝せねばなりません。ともあれ、私たちの問題に戻りますと、俗衆は貴女のお子さんの顔を、この王国で流通する、私めが描き出す姿を刻印した貨幣でしか知り得ないはずです。本物と彫られた像とを比較することなどできはしません。貴女が遠くにある高いバルコニーからお子さんをお見せくださるときには、遠方からぼんやりとしか見ることはないでしょう。後世の人々も、私めが貴女の御心のとおりに描く画像でしかお子さんの顔を知ることはできますまい。お子さんがどれほど美男子であろうと、容貌にはこの王家の烙印ともいうべき、突顎という特徴をしっかり描こうと思っています。

——あなたの言うとおりね、わたしはあの美しい少年の手で妊娠するべきだったわ。

——確かに美しい男ですよ、でも彼のことは考え召さるな。もうじきに死ぬ定めですから。貴女の夢にでてきた、もう一人の若者のことを考えたほうがよろしいのでは？

——その別の若者というのは何という名前だったかしら？

——フアン〔＝ヨハンネス〕・アグリッパです。思い出してもみてください、両足の指が六本ずつあって、背中には肉の隆起した十字がついている男ですよ。

——この名前とそうしたしるしにはどんな意味があるのかしら？

——ローマ帝国がまだ終わっていないということです。

——どうしてそんなことが分かるの？

——貴女が夢の中でごらんになったでしょう？　セニョーラ。

——あの夢がすべて自分の見た夢だったかどうか分からないのよ、ほんとうに……。

——夢によってはそれで現実を占うことのできるものもあれば、現実と両立するものもありますよ。

——まさか！　あんたは口に出すことよりずっと物知りなのね。

——もし何でもかんでも口にしたら、セニョーラは私のことを信用なさらなくなるでしょう？　私はセニョーラの秘密をばらしたりはしません。ですから貴女も、私が自分の秘密をばらしたりするように求めたりしないでください。

——分かったわ、そのとおりね。何もかも知ってしまったら、あんたのことが興味なくなるし……。

セニョーラと細密画家の修道士の双方は、ナス科植物の麻薬性効果のもとで、瞳孔を拡大させたまま、見ている感覚もなく互いに顔を見合わせていた。しかし、この金髪で禿げた背の高い華奢な司祭は、流血と戦争、寝室と処刑台のあらゆる出来事を通じて、装いも新たな、しかし不朽にして終りなき帝国のイメージを目の中に浮かべていた。ところが唯一セニョーラの暗い瞳に浮かんでいたのは、偶発的なものであり、永続的なものではなかった。偶発的なものとは快楽であった。永続的なものとは、フリアンが彼女に課そうとしていた義務であった。

セニョーラは海岸に横たわる、無限に拡大した若者の姿を眺めていた。そして快楽と妊娠の萌芽を、若者の両腿の間にかすかに見てとろうとしていた。しかし実際にはその二つの萌芽が、いっしょに生まれうるかどうかは分からなかった。

——いつ？

――明日でございます。

――明日、夫は気が進まないとは言っていたけれど、狩りに出かけるわ。

――それは好都合です。そちらに気を取られているでしょうから。どうか海岸までいらしてください、セニョーラ。

――グスマンにはあなたから、輿とオオタカとリビアの馬丁どもを用意しておくように言っておいて。

――あの男は警護兵に貴女のお供をさせようとするでしょう。場所が辺鄙なところですから。

――わたしの命令どおりにやらせます。フリアン修道士、もしあなたの予言が確かなら、褒美を遣わすわ。

――わが敬虔なる痛悔の心が、他に望むものなどございません。

《短い人生、永遠の栄光、不動の世界》

セニョールが目覚めたとき、自分のベッドが汚れているのは、岩の間で見ていた夢のさなかに、鷲が襲撃したり、オオタカが悪ふざけをしたせいにちがいないと思った。ボカネグラは疲れきった姿で板に括り付けられたままでいた。セニョールは肉体的にはまだ悪夢の続きを見ているかのような気持ちにとらわれていたので、不快感は感じなかった。寝室から立ち上がる何ともいえない臭気は、べっとりとした唾や便秘性の糞、動物の胎盤、尿や血液の汚れ、精液と脂などのそれで、夢に伴って出てきた《短い人生、永遠の栄光、不動の世界》という軽い警句の三連句の謎を解こうとする思いに比べたら、さほど強烈なものではなかった。

しかし自分が勝利を収めた日になされた聖堂に対する冒瀆の記憶が、突如よみがえってきた。糞と血、銅と鉄、それらは一体何のしるしだったのだろうか？　相続とか約束なのか、残滓とか曙なのか？

セニョールは顔のそばで光の煌きを感じ取った。振り向いて、ベッドの枕元にある水差しのそばにおいてある手鏡を覗いてみた。そこに写ったのは口をあけて咆哮する人間の姿であった。しかし息詰まるような口からは、吐息も叫び声も出てくることはなかった。

彼は手鏡を手にとると、恐ろしいほど静まり返った、汚らわしい控えの間を出て礼拝堂に向かった。ところが礼拝堂には、触れるのも汚らわしい寝室とはちがって、もっと大きく現実的な危険があったのである。

たしかにそこでもオルヴィエートからもってこられた

絵画の一角を占める、光なきキリストに今一度、問いかける時間的余裕はあった。しかし返事は得られなかったので、階段のほうに歩いていった。

手鏡をもったまま一段目の前に佇んだ。

手鏡を視線の高さまでもち上げると、それに眼を凝らした。

彼は彼であった。三十七年前に生まれた男で、広い額と蠟のように白い皮膚、残忍そうな眼と優しそうなもう一つの眼（両目ともゆっくり動くトカゲに似た瞼に覆われていた）、真っ直ぐな鼻筋、あたかも神がつらい呼吸を楽にしてやろうと広げてくれたかのような広い小鼻、分厚い唇、突き出た顎。唇と顎は、つややかな顎鬚と口ひげによって、また首を隠し、胴体と頭を分ける白く高いひだ襟によってカモフラージュされていた。ひだ襟の上にのせられた頭部は、捕獲された猛禽の体に似ていた。

セニョールは自分の顔を眺め、若い時分にペドロの息子たちと森の中に逃げ込み、セレスティーナと海岸までやってきた日のことを思い出そうとした。その日は巻き毛の頭部とはだけた胸に風がつよく吹きつけていた。ブーツは棘でひっかかれ、シャツは枝木がまとわり付いていた。神学生ルドビーコのそばで船の帆を引っ張るときの、足腰の強靭さと、日焼けした両腕の黒光りをどうして想像できたろうか。

すでにあの時の彼ではなかった。しかしここにいる男も未だにそうではない。彼は鏡を覗きながら一段目の階段を上った。どれほどわずかな変化でも、彼の研ぎ澄まされた注意力、秘密の目的をかいくぐることはできなかった。あたかも呼吸がますます難しくなったかのように口を大きく開いていた。二段目を上った。鏡の中で見えたのは、皺が少し落ち込み、隈のできた目の周りで、網状に極細の糸でもって織りなされている様子だった。

彼は三段目を上った。光が素早く不思議な変化をきたすのを気にも留めず、鏡の中でさまざまな変化をみせる像にのみ注意をはらっていた。セニョールの前歯は欠けていたせいで、目と口の周りの皺を消すことはできなかった。四段目に上がると、髭と毛髪は八月の入道雲や一月の野のように白く照り返した。口は開けっ放しの状態で、苦しげに空気を吸おうとするが、ほとんど口に入ることはなかった。血走った目には、もう勘弁してくれと言わんばかりに、余りに多くの事柄が走馬灯のごとく思い出された。

セニョールは五段目に至り、前の段にすぐに下りなくてすむためには、大きな努力を払わねばならなかった。鏡の中で見られる息のできなくなった顔は、死ぬ前のあきらめの姿そのものであった。首には包帯がまかれ、耳からは膿汁が流れ、鼻腔には蛆虫が這い出していた。すでに死んでいるのか、瀕死の状態なのか？　それを究明するためには勇気を出して六段目を上らねばならなかった。鏡の中の彼の容貌は動かず、顎の部分は首の包帯で覆われていた。

彼は階段を上りながら、そうしたイメージから逃げ出そうとした。目が反射する暗闇に慣れきった後では、鏡の亡霊の中に入り込んで、細かいゆっくりした動作でずたずたにされた顎の包帯と、湿気と土の重みで食い荒らされた顎自体とを区別することは、ほとんど不可能に近かった。しかし口はついに閉じられ、もはやそれ以上空気を求めることはなかった。七段目の階段で、鏡は水銀の中にいくつもの鏡を併せ持っているかのように見えた。というのも顔の肉が骨に領分を譲るにつれ、顔は白っぽく、銀色をした、燐光を発する各々の層で、何倍にもその数を増やしていたからである。八段目の高さで光って見えていたのは骨だけだった。それはひとつの骸骨で、前に見た亡霊ほどセニョールを驚かすものではなかった。どうして彼自身の骸骨でなければならなかったのか？　もし死神にとっての勝利が、個々の顔を失わしめることであったとしたら、それを他の骸骨とどうして区別できたのか？　彼は素早く上った。骸骨は四つの永遠に続く階段を通じてずっと存続していた。しかし十三段目になると、その中央部で骨が輝く長々とした暗闇が消え去った。

その代わりに、濁っていながら同時に透明な、不思議な空が現れた。それは日蝕で見られる金属の蒼穹のように、あたかも白い光の層が付け加わることで、新たな、濃密で、ヴェールのかかった透明性が形づくられるごとく、楕円形の鏡を汚してしまった。まさにそのときに、セニョールは以前のことを記憶に手繰り寄せ、かつて出てきた顔は唯一顔だけでなく、今こうして再生しようとしている音をも伴っていたことに気づいた。そう、それは鳥の鳴き声であり、織物を踏みしめたり、擦れたりする音であった。余りにも速く、余りにも消え入りやすくて、何の音か判別のつかないものであった。余りにも低い声であり、記憶をたぐるしか思い出せないような極めてやかましい雷鳴であった。近くで、それもごく近くで、余りにも近くで生長している草木の音であった。遠くでは羊や馬やロバや牛の鳴き声が、また犬の吠える声や遠吠え、虫のぶんぶんいう唸り声が聞こえた。セニョールがこうした音を記憶に呼び覚まさねばならなかったのは、そうした無の時間において、騒音もまた止んだからである。そしてセニョールが最も懐かしがったのは、不在の鳥たちであった。

蒼穹は次の段に上がるとぱっと開け、金属的な光が砕け散った。しかし突風と光――その光は見たこともないような色の球体、火の三角柱、燐の柱、驚くべき謎めいた螺旋状の塊になっていた――が通り過ぎたせいで、始めもなければ終わりもない、無際限で摑みどころのない、そうした空間全体に居留まることはできなくなった。セニョールはもし自分の顔が、たとえ再建しうるにしても、散りぢりになった塵芥という形であれ、まだ存在するとしたならば、それは始めもなければ終わりもない、そうした何ものかを眺めているだけの狂気の顔となるにちがいないと思った。彼は宮廷天文学者のトリビオ修道士のことを思い出した。この男はあるときセニョールに、エリダヌス川について話したことがあった。この川はブランデンブルクの王錫のもとで、光り輝く砂をもって天空を流れる川で、星辰の城壁を照らし、不死鳥の墓に水を供給していた。彼は次の階段を上り、鏡の中に密林の鬱蒼とした樹林を眺めたとき、そうした流れる星辰の群れから落下していくような感覚にとらわれた。その密林では太陽の光は届かず、びっちりと茂った葉も、古代の石化して死んだ植物相のように動きはしなかった。植物相は次の階段に至って初めて生命をとり戻したが、それは水を湛えて波打つ海のような、柔軟性を取り戻したからである。

この水の滴る肉感的な植物相の真ん中で、再び、一点が光り輝いたが、その中でセニョールは自分を認識することなく自他の区別をつけることができた。その一点とは白い水滴であった。彼はそこに命が宿っているということを知っただけでなく、それがまさに自分の命だということを絶望的なかたちで想像した。彼が階段を上ると、光の反照は再び曇ってしまった。それは真夜中の泥であり、あらゆるメダルの裏側であり、陰暦であり、灰の宮殿、雨の記憶、最初の言葉、相手のことを夢見て存在の最初の息吹を与え合う動物たちであった。創造されたのではなく、夢想された存在。夢見ることで自らを創造していく。

セニョールは身震いしながら、行きたいと思っていた階段まで到着した。髪のない、形も定かでない白っぽいものが、褐色の水の中で泳いでいた。それはものすごい速度で進んでいた。形の定かでない胎児の視線には、眠りこんだような光り輝く二つの卵が見られた。二つの眼球は血管と神経の薄い網によって体と結びつけられていた。白っぽい体は毛で覆われ、ずんぐりとした短い脚が、束縛から逃れようとするかのように、うごめき始めた。セニョールは恐ろしいうめき声を耳にした。突如としてあらゆる騒音が止んだ。世界が再び川と瀑布と大波、囀り、火事、行進、トランペット、口笛、擦り切れた薄琥珀織、引っかき傷のついた小皿、斧やふいごで働く者たちのざわめきで満たされた。鏡の中には生まれたばかりの狼の仔が映っていた。ついにセニョールは憑かれたように階段を上るのを止め、ますます身震いしながらその両目を眺めた。一つは残忍そうな目であり、もう一方は優しげであった。それは鼻腔を広げて苦しげにあえいでいた。牙は鋭くとがっていた。セニョールは鏡を視界から遠ざけることなく、またゆっくりと階段を上った。狼は大きく成長していて、遠くに見える草原を走っていた。狼は武器や隊旗をもった者たちに追い詰められていたが、セニョールは彼らが配下の者たちだということを知った。つまり隊旗には〈未だならず《ノンドゥム》〉とあったからである。

セニョールは恐怖におののき、階段の最上段から鏡を投げ捨てた。それは地下礼拝堂の花崗岩の床に当たって砕け散った。彼はあえぎつつ、すぐに階段を下りたが、遠くから射す反抗的歳月の不ぞろいな光が頭部を照らし出していた。彼は未来の過去によって追い詰められ、祭壇の前で両腕を大きく広げるかたちで身を投げ出した。イタリアの広場を描く絵の、明るい空間からあふれ出る均一の光が当たって、ケープに縫い取られた十字架が照らし出された。未来はほんの少し垣間見えただけだが、後ろ側に残っていた。というのもセニョールは三十三階段のすべてを上ることはできなかったからである。彼は疲弊しきっていたこともあり、記憶にあった言葉によって援けてもらいたいと願った。

——わしは弱い人間だから、昔からの蛇がわしに仕掛けるような、執拗で悪辣な誘惑に負けないように、あらゆるものを必要とするのだ。愛欲との戦いほど困難なものはない。愛のしたたかな武器というのは恩恵であり、恩恵を受けてしまえば、恩知らずな人間といえどもうろたえてしまう。聖霊が不敬で悪辣な人間について述べているようなことが起きるのだ。つまりそうした人間は誰に追われているわけでもないのに逃げ出そうとするのだが、それは自分自身を責め、自分自身の罪によって臆病な小心者となってしまうからだ。ああ神よ、私にとっては自分の良心の声こそ、いつに変わらぬ説教師であり、内から追い出すこともできなければ、黙らせることもできない存在なのです。聖パウロの言うように、義なる者には輝かしい慰めが待っている。しかし恩知らずな人間に待っているのは絶えざる苦しみだけだ。ところでこのわしは恩知らずの、義ならざる者となるのだろうか？　これだけ深く神を敬っているにもかかわらず、こうした光景を見るように仕向けているのは、不敬で悪辣だからだろうか？

セニョールは横になったまま涙をながしながら、罪の意識と戸惑いの気持ちに息の詰まる思いで、こうした考えを否定した。しかし彼がそのことで無意識的に意図したのは、恐ろしい二重の記憶を消し去ることだった。というのも彼は自らの過去と同様、未来をも思い出すことができたからである。これはいとも優しき子羊たるイエスの業ではありえなかった。

——悪魔は内なる祈りという敬虔なる行いを妨げようと、しゃにむになっています。悪賢いドラゴンはこうした邪悪な目的のために、執拗で倦むことのない悪意でもって考えうる、あらゆる手段と妨害を試みているのです。しかしそれが適わぬとみるや、やり方を変え、こうした敬虔なる業において、ペテンにかけようとして人の目を欺くのです。神よ、熱心に祈りを捧げようとするわが思いを、どうか悪魔が悪用することを許し給うことがありませぬよう。頭に恐るべき光景をいっぱい満たして、貴方の前に跪くこの瞬間、わが心は少なからず浄化されていますし、神の敵たる悪魔も、こうして私が跪き、身を投げ出したところを見れば、厭わしい争いごとの種を蒔いたりすることはできないでしょう。また何の懸念もなく、場所や機会や時間を無駄にすることなく、また聖なる業を失わしめることなく、哀れなわが魂の辛い献身を欺くこともできないでしょう。わが神よ、苦行を行うことが、悪魔の付け入る最良の機会となりうるかどうかは分かりません。なぜなら毒蛇は物言わずに人を毒牙にかけるものだからです。毒蛇の頭ほど悪いものはありません、よき思いを抱いたことがないからです。悪魔たる蛇だけがわが将来の見取り図を明らかに示すことができたのです。それは貴方ではありませんでした。神よ、貴方はわれわれが、自分たちに起きるべきことを知らぬままにしておく、という恩恵を施してくださいました。そうした未来を予知するという叡智こそ神の神たる所以です。われわれ人間に死ぬということだけは、確かなこととしてお知らせくださいましたが、それがいつ、どのように、なぜ、何のために、といったことはお知らせくださいませんでした。もし貴方が、われわれが生まれたとき、どうした道筋をたどり、死にいたるのかをお知らせいただいたりしたら、貴方は神たりえなかったでしょうし、私たち人間もまた、それを知ってしまえば、貴方の愛すべき被造物たりえなかったでしょう。そうした知性は悪意ある悪魔の偽りの恩恵でしかありえません。

蠟燭がぱちぱちと音を立て、香が地下礼拝堂に立ちこめた。セニョールはオルヴィエートから持ち込まれた絵画の主要人物を、情熱と懸念、疑念と献身の混じった思いで眺めていた。彼はその像に向かって祈りを捧げた。

――主よ、われを空しい悦びと隠れた自惚れから救いたまえ。とりとめのない苦行をしたり、幻視的な光景を見たり、偽りの神の啓示を受けたりしないように、どうか救いたまえ。神のものである真実の内なる言葉を、そして愛する神がわが魂と語り合う、神秘的で聖なる忘我と脱魂を、悪魔のやり方、つまり神の業の〈猿まね師〉〔悪魔は神の猿 Simia Dei と呼ばれた〕が模倣したり捏造したりするやり方と、どのように区別したらいいのだろうか。わが魂が、本当は神などではなく自分自身の精神と、素早い想像力がそうさせているにもかかわらず、まるで神自身が話しかけ、神が幻視を見せているのだと思い込むような、誑《たぶら》かしに会うことがありませんように。私は神が自分に話かけてくれているなどと自惚れて、ひそかに満足を得ようなどとは思いません。悪魔がこうした脱魂や忘我を引き起こして、幻視を見せているのだと認めています。しかもわが心が粘土で作られていることをいいことに、光の天使に身を変え、あまつさえ天帝がよしとされるなら、イエス・キリストの姿をとることすらあるのです。しかしわが神よ、創造主の御言葉とわれら被造物のそれをどのように区別できましょうか。また始祖アダムの楽園追放以来、われわれすべてが内に抱えている悪魔が発する言葉と、神の御言葉とをどのように区別したらよいのでしょう？　どのようにして？　どのようにして？　神と語っていると思わせて本当は悪魔と話していた、などということがないようにするために、どうするべきだと説かれているのですか？　神たる貴方の示現を私のそれと区別するには、またその両者とルシファーのそれとをどうしたら区別できるのですか。悪魔の幻視たるルシファーの示現が、それを受け入れ、理解し、甘受すべきものかどうか、どうしたら分かるのですか？　というのも何らかの理由で、悪魔が神たる貴方によって、神の御稜威のもとで永遠に神の足下におかれて屈服させられる代わりに、活動することを許されているからですから。いったいどのようにして？

セニョールは常に両腕を十字に広げたまま、祭壇まで這っていった。彼は血の気の失せた指で、大いなる絵画に触れ、平べったい指の腹で、イタリアの広場の片隅で裸の男たちに説教している後光なきキリストの像を撫で回していた。

――主よ、貴方が効験あらたかな御手にお持ちの聖杯は、労苦と慰めでもって満たされています。天帝たる貴方なら労苦と慰めを、誰にいつ与えたらいいのか、よくご存知のはず。イエスよ、つましい幸せのおかげで大きな不幸があからさまにはならなかったとはいえ、貴方は私の聖杯に、いろいろなかたちの運命を注がれました。結局、わが人生を圧倒する欲望と比較してみれば、幸せでも不幸でもなかったわけですが。ああイエスよ、貴方との実体をともなった合一、魂のあらゆる劣情が浄化され、純化された精神の、貴方との合体をどうか実現させてくださ い。そうすることで、統治や戦争、異端征伐、象徴的な狩猟などに、いつも気を遣っていたくないのです。どうか貴方との悦ばしき合一を味わわせてください。そうすればこの人生で何を得ようとも得なくとも、それはどうでもいいと思えるでしょう。どうか神性と直接的に触れるというこの上ない悦び・歓喜を教えてください。そしてわが主、わが神たる貴方イエス・キリストの中に、自分を忘れて完全に没入することで、甘美と柔軟さの広大なる大海に呑み込んで、陶酔させてください。妻から遠く離れて。死んではいても生きている父と、生きてはいても死んでいる母の求めから遠く離れて。わが父が私に求めたもの、つまり権力と残忍性から遠く離れて。わが母が私に求めるもの、名誉と死から遠く離れて。権力と残忍性、名誉と死。イエスよ、貴方の神秘の中にあれば、政治的正統性に基づくこうした恩知らずな義務など、どれもこれも消え去り、忘れ去ることができるのです。貴方の中にあればこそ……母が信じているように、処女そのもののわが妻の悪魔的な黒い穴ではなく。

セニョールの視線はしばらく宙を彷徨っていたが、ときどき疑い深くなり、熱くなったり冷たくなったりして、オルヴィエートのキリストの苦しみから逸れて、透明な聖壇装飾の基底盤のほうに移った。またそこから自分の背後にある開かれた墓の列のほうに移っていった。その墓は彼の先祖たちの王族や王子たちの到来を待ち望んでいた。遺骸こそ石棺に納められるものであったので、セニョールもまたそのようにしてイエスと合体したいものだと願った。

——私はこうした神との合体には、多かれ少なかれ段階というものがあることをわきまえています。しかしイエスよ、貴方はあらゆる行為において、そして福者たちとの関わりにおいてすら融通無碍であられます。貴方は思い通りの鏡のようなお方ですから、いくらでも好きなようにご自分を現してください。どうかイエスよ、ご自分をお示しくださ い。ソロモンの雅歌の聖なる書簡の中で描かれた、魂と神とが合体して、大いなる神秘が実現したように。私の幸せな魂は、あなたそのものともいうべき聖なる花婿の神秘の酒蔵に花嫁が入ってゆくように、あなたの中に入ってゆきたいと願っています。その中で精粋にして聖なる愛は、ふんだんなぶどう酒となって、至高の愛の中で心を酔わせ、膨らませるのです。イエスよ、どうかあなたの神秘にして聖なる口づけを私に与えたまえ、私はそれを清き花嫁のように切に求めています。あなたの口づけはこの世に類をみないあの美しいマーガレットそのものです。ここはあなたが私だけにこっそり教えてくださる神の王国なのです。どうかわが主よ、私に神の花婿の花咲く新床と、天国の貴方の悦びを味わわせてください。私がこの世にあるわずかな間だけでも、この婚姻を私と結んでください、そうすれば貴方と私は、双方ともに栄光に満ちた永遠の幸せを充分満喫できるのですから。

どっしりと重みのある墓石、途中で欠けたピラミッド型の重たい土台、王たちの彫像、横たわる王妃たちの大理石の体、死の床に相似形で寄り添うように眠る石の夫婦像、びくともしないで横たわる王子たち、こうした冷たい彫像だけが唯一、生きた証となるべき別の死体の到着を待ちうけている。あまりにそっくりなものだから、あたかも鋳型に入れて作られたかのようにすら見える。セニョールの祈りの言葉にじっと耳を傾けつつ。

——あなたの姿をお見せください。あなたの聖なる御手を差し伸べてください。神の花婿の至高の抱擁をしてください。あなたがなければ生きてはいけないのですから。あなたとの婚姻に間に合うためにどうかわずかな時をください。このあふれる気持ちを抑えることはできません。もはや何も待ち望む必要がないような、永遠の栄光をお与えください。時という名の独裁者が、大団円をもたらすのではないかと絶望的な気持ちにならなくてすむように。ああ、わが主イエスよ、それはいつのことになるのですか。まだ、まだ先は遠い。わが王朝の銘はそう語っています。しかしあなたに切にお願いいたします。どうかこの不動の世の中からすぐにでも立ち去らせてくださ い。変化しているかぎり、最初の罪や痛みに似たり寄ったりで、それ自体そのものの世の中から……約束された天国のさまざまな愉楽の中であなたと合体させてくださ い……イエスよ、どうかすぐにこちらに出でたまえ、すぐに、すぐに……。

そう言うとセニョールは頭を上げ、絵画の中の人物たちが頭を動かしているようすを目にした。彼自身も頭を振って、生気のない人物たちすべてが、命を吹き込まれて生き返ったのかどうかといぶかった。しかし世の中に背を向けてキリストに耳を傾けている裸体の男たちだけが、セニョールのほうに振り向いただけであった。セニョールの背後に横たわる彫像と、墓石に刻まれた浮き彫りは静かにじっと黙りこくったままであった。絵画の中で正面を向いて説教を垂れる薄暗がりのイエス・キリストは、彼に対して背を向け始めた。裸体の男たちは立派な男根をそそり立たせていたが、亀頭は血と精液で脈打ち、赤光りしていた。固くしまった睾丸は毛むくじゃらで愉楽で虹色に染まっていた。暗闇のキリストは肩甲骨のくぼみに紅い十字の刻印があって、どろりとした血液が一筋臀部の間を滴れ落ちていた。

セニョールは手を伸ばし、苦行者用の鞭を取り上げると、それで自らの背中や手、顔を鞭打ち始めた。自分の先祖である堅固な大理石でできた白い目の彫像が、そうした様子をじっと眺めていた。セニョールもまた血を流した。彼は歯を食いしばり低い声でこうつぶやいた。

――わしは世の中が変わってほしくはない。自分の体が滅んで解体し、姿を変えて動物に生まれ変わるのはまっぴらだ。自分の土地で自分の子孫たちの手で狩猟をされるために、生まれ変わりたくなどない。世の中はこのままであってほしいし、復活した肉体は永遠の天国で神の傍らにあって安らいでいたい。どうか後生だから、一旦死んだらこの世に戻らせないでほしい。永遠にたがわぬ保証がほしい、天国に昇って、そこで不動の俗世のことを忘れ去り、この世に生があり、自分が生きていたという記憶すら永遠に消し去るという確証が……。しかし天国に行くためには、天国自体が存在するためには、今のこの世が変化してしまってはいけない。その数限りない恐怖からしか、天国の無際限の幸せなど生まれようがないからだ。たしかにそうした対照は必要なのかもしれない。若い頃、暗愚な自分が何をしているのかも分からず、あえてこの地上に天国をもたらそうとした連中を殺してしまったのも、そんな理由からだったのだろう。父ドン・フェリペよ、決して二度とあなたを失望させないようにと、そしてあなたの無慈悲な権力を受け継ぐにふさわしい世継ぎにならんと、心に期してやったことで他意はない。母ドニャ・フアナよ、名誉と死の婚姻を完成させるべくやったまでで他意はない。こうして年をとったいま、私は意識して天国が意味を持ち続けるようにとの思いから、地上に悪を打ち建てているのだ。主よ、天国に貴方の国がありますように。地上においてわれらを天国だの地獄だの煉獄だのと、行くように前もって決めたりしないでください。なぜならもし地上だけに生死のあらゆる輪廻があるとしたら、私の運命は地獄の畜生道と決まっているのですから。アーメン。

しかし彼に背を向けているキリストも、陰茎をおっ立てている男たちも、先祖の三十人もの亡霊の遺骸を待ち受けている墓所の彫像も、誰一人としてセニョールのことに気をとめてはいなかった。彼はそのことを知ると鞭を振り上げた。

――悪魔よ……仮装した悪魔よ、神とか亡霊とか他の男たちの姿になって人を騙そうとする悪魔よ、無慈悲な神よ、あなたは思い通りにご自分の恵みを授けたり、取り上げたりなさるだけでなく、ルシファーにご自分の姿をとらせ、私の哀れな霊魂を騙すこともお許しになるのですか。わが神よ、姿をお見せください。私に触れたのがあなたなのか悪魔なのか教えてください……どうしてわれらキリスト教徒は、神秘の頂点にあってもなお神であるあなたに語っているのか、敵である悪魔に話しているのか決してわからない、といった辛い試練を受けねばならないのですか。ええい、イエスの馬鹿たれ、姿を見せたらどうだ。われらの声が聞こえるのか、われらのことを本当に考えているのか、ひとつでもいいから証拠を見せてみろ。お願いだからわしに惨めな思いをさせないでくれ。もうわが人生の鏡としてクソなどわしによこさないでくれ。フランドルの便所で生まれたときにまとわりついたクソ、アダム派の異端者に対するわが勝利の日に、あんたの祭壇でわしを突如として襲ってきたクソ、今朝眠っている最中に上から落ちてきたクソ……クソったれ、クソでも食らえ、どうしたらわしがあんたと話しているって分かるんだ？　わしが疑念も抱かず幻視に惑わされることもなく、神秘の昇天を楽しめるようにしてくれ、こうしたお目見えでもなければ、地上で囚われたわが魂が、父に対する権力の負い目、母に対する名誉の負い目、妻に対する官能の負い目といった、様々な負い目の間の葛藤に片をつけることができないじゃないか。あんたのそばにあってこそわしはすべてを投げ打つことができるが、あんたはわしが権力、名誉、セックスを犠牲にしているのに、わしが神のもとにあるのか、それとも悪魔と抱きあっているのか、それすら教えてくれないのだ！

セニョールはとうてい出せないと思っていた力を発揮して身をぐいと起こすと、描かれた肉体に対して鞭を当てたが、絵画の画布そのものから出血させたと思い込むに至った。そこで肉の十字が刻印された、振り向き姿のキリストの背中に怒りをぶちまけた。しかしそうしたとたんに腕がしびれて、鞭は勢いで巻き上がったまま、空中にとどまった。それはあたかも黒い蛇がのたくりまわるように見えた。キリストは顔をふたたび回して、顔をセニョールのほうに向けた。キリストの顔には威厳にみちた高笑いがあった。笑い声が彫像のようにじっと動かなくなったセニョールのあらゆる疑惑、あらゆる欲望、あらゆる怒り、あらゆる恐れ、あらゆる屈辱を超えて響き渡った。彼はまさにこの地下礼拝堂の三十ある墓と一体化せんとしていた。一方で、絵画の中の人物たちは回転し、際限なくさまざまなかたちをとっていた。

セニョールの突き出た顎は、この地下墳墓のわずかな空気を追い求めてさらに前に突き出された。彼の人生はここに集約していたが、ついに絵の中のキリストの唇が動いて、こう語った。

――多くの者たちが、あなたは救世主イエス・キリストだと、わが名を唱えてやってくるだろうし、たくさんの人々を誘惑するだろう。すると再び反キリストどもが出現し、偽りの予言をするはずだが、それは選ばれし者たちを過ちに陥れるためである。反キリストどもは数多いだろう、との聖ヨハネの証言は正しい。反キリストが出現するときには、反キリストどもの数は倍増するのである。しかしそうした者たちの中で、たった一人だけが本物の反キリストである。それが何者なのか知るようにせよ。かくもそなたが希う救いは、まさにそのことにかかっているからである。そなたはわたしを見習っているつもりらしい。そなたが迫害した異端者たちもまた、キリストを見習おうとしたのだ。愚か者たちよ。もしわたしが神ならば、地上におけるわが伝説、わが人生は掛け替えのないものとなり、決してまねなどできないはずだ。しかしわたしが単に人間イエスであったとしたら、そのときは誰でもわたしのようになりうるであろう。いったいわたしは何の目的で人間として生まれるという誘惑に陥ってしまったのだろう？　歴史の厳格な宿命の中に自分の名を記し、ティベリウス帝の治世、ピラトの委任統治下に生き、囚われの身となって歴史の中で行動することとなったのだろう？　たしかにわたしは愚か者よ、なぜなら真実の神々は時間の繰り返し得ぬ始原を統べることはあっても、自分たちにとっては何の意味もない、未来という時間に向かってたまたま辿る道筋など、統べることはないからだ。このジレンマを解いてみろ、それにつけてもお前はやくざ者よな。

愛の囚人

例の美しい若者は呆然とした眼差しで、瞳を大きく見開いて彼女を眺めていた。一方、セニョーラのほうは、まずは腕の間にはさみ、頭の下に敷いた香水付のクッションを彼のために整えながら、彼のほうに近づいたり遠ざかったりした。そしてすぐに離れたところに立って、感嘆と感謝の面持ちで、彼のほうを見やった。そして再び彼の近くに寄ると、眠ったままの乳首を起こそうとするかのように口づけし、両手を青年のわきの下に入れて、指で湿ったブロンズの腋毛をカールし始めた。また遠ざかってベッドに横たわる男の姿を眺めたが、見知らぬ男は全裸のままベラドナとマンドラゴラの効力によって、その場所も時間も、崇拝する女のことも全く気づかずにいた。女は彼の臍を舌できれいにぬぐうと、硬い下腹部を愛撫し、眠った性器を縁取る赤褐色の陰毛の叢に口づけしつつ目を閉じた。するとセニョーラは再び、ライトブルーの眼を開け、おどおどしつつも素早く、若者の手をとると、もう一方の手で彼を寝室へと導いた。

——すべてをお取りなさい、すべてが貴方のものよ。夫のセニョールが造ったこの墓所の中で、これ以上の贄を施した場所はないわ。あらゆる贄を貴方のために集めたのよ。わたしは夢の中や不眠のとき、怒りや悲しみの中にあったとき、そして迷妄や幻滅の中で貴方を待ち焦がれていたの。いつもいつも貴方を待ち焦がれながら、貴方を乳房や太股の間に熱い思いで迎え入れてきたのよ、すべては貴方のもの、貴方がいなければすべては無よ……。

セニョーラは腕を広げたままの美しい放心状態の青年に、石塀の上に掛けられていた鮮やかな織物と、金貨、銀貨がいっぱい詰まった鍵のかかっていない櫃、東洋の絨毯、蛮族風の金糸細工、ステップをモチーフにしたタトゥー入りの毛皮を差し出した。それだけでなく煙のたつ香炉、甲羅にエメラルドの象嵌を背負い、重い銅板を身にまとい、無気力にじっと動かぬままでいる巨大な蝿や蜜蜂、クモ、蠍などが捕獲されているガラスケース、欺いたり、買収したりして手に入れた、とりわけセニョールの無関心をいいことに手に入れた、こうした豪華な砦やねぐらを彼に差し出したのである。セニョーラはこう説明した。自分は浴室がほしかった、牧人たちの歌声を聞きたかったと。しかしセニョールはそれを認めてくれなかった。宮殿は生きている者たちにとっては墓場であった。セニョーラは夫が死でもって、死とともにあるような強迫観念に取り付かれていたせいで、生きたものを嗅ぎまわったり、待ち伏せしたり、隠れ場所まで追いかけまわしたりする時間もなければ、意志もなかったはずだと理解した。そしてグスマンにこのように言われたことに得心がいった。――セニョールは書かれたものにだけ信頼をおいていて、見たもの、言われたことなどは何も信じません。誰かがセニョーラの寝室のことを書いたりしなければ、セニョーラは安心してくらせますよ――実際、彼女は工事の役人にネックレスをひとつ、現場監督に指輪をひとつプレゼントしていた。そうして寝室のカーテンの後ろ側に、タイル張りでモーロ風の素晴らしい浴室を作らせていたのである。そして砂漠の最古のシナゴーグのように、寝室の床を白い砂で覆った。セニョールはグスマンに紙を一枚用意させ、次のように書き取らせた。「この宮殿にモーロ人やユダヤ人の慣習を持ち込んではならない。こうした連中はすべてセニョールの祖母〔母が狂女王フアナとすると、その母に当たるのはカトリック女王イサベルということになる〕がそうしたように、靴をはいたまま死の床につくのだ」。グスマンはこうしたことをセニョーラに語ったが、彼女はため息をついてこう言った。――セニョールにとって何かが存在していると信じるためには、何かを紙に書きつけるだけで足りたのよ、おそらく二度とこうした些細で官能的な事柄などに、かかずらうこともないでしょう――。セニョーラは前もって、香草を詰めた小袋と、香水をつけた手袋、色のついた丸薬をクッションの下に置いていた。

　そのとき青年はセニョーラの手の圧迫を撥ね返し、楽になったところでその腕に触れた。寝室の床に敷かれた白砂に目をやると、そこに自分の足跡がついているのが分かった。彼はただ毛皮と織物で覆われた、香水の漂う調度品があることが唯一の違いだが、そこは自分が遭難して打ち上げられたのと同一の海岸なのかもしれないと思った。砂の色だけが変化していた。若者は唇を動かした。

――あなたはどなたです？　ここはいったいどこなのですか？

　彼女は耳にキスをし、近くにあるたくさんの宝石箱のひとつからイヤリングを取り出し、それを若者の耳たぶにとりつけた。喜び勇んでそうしたとはいうものの、嬉しそうな表情の後ろである種の戸惑いのようなものが萌すのを、隠しておこうと気を配った。セニョーラは彼を身ぐるみはがれた裸体の姿で、《災難岬》の海岸から連れてきたのである。今、その彼の耳にイヤリングを付けた。そうした素朴な楽しい行為だけでも、この青年に個性と運命を授ける手始めとなりえたのである。彼は海岸や寝室の砂のごとく、その上に何ものも書くことの出来ない白い紙であった。というのもあらゆる符号が波や風や他の足跡によって、すぐにでも消されてしまうからである。しかしイヤリングは彼の耳たぶから下がっていて、その間にセニョーラは青年に向かって、今いるところはもろもろの空間が同時に存在する遠い土地の宮殿であり、住人も思いおもいに今現在、バグダッドやサマルカンド、北京、ノヴゴロド〔ロシアの北西連邦管区、ノヴゴロド州の州都。ロシア最古の都市〕にいると想像することができるし、彼女はその宮殿の女主人であると同時に奴隷でもある……そうした宮殿にいるのだということを語った。女主人であり奴隷であるという全く相反する感情が、次々とセニョーラの表情に浮かんだ。彼女は豪華なベッドに捕らえられたこの男から生命を奪うか、生命を与えるべきかを自問した。ここに連れてきたことで彼が真実の運命から逸らされてしまうのでは？　逆にここにやってくるために生まれてきたのか？　彼を我が物とすることが彼のためになるのか、それとも駄目にしてしまうのか？　自分は似たもの同士を生み出す力をもっているのでは？　つまり閉じ込められ、顔をつき合わせた孤独な二人の囚人を？　ついに若者は女主人の写しとなるのか？　それとも今まで触れられることもなかったのに、蝶の羽のように、不意に落ちる嵐の雷光のように突如として出現する、この若者の純粋権力をなぞるような、奴隷となるのが落ちなのか？　セニョーラは青年の唇に口づけし、腰を抱きしめた。ため息を突くと、セニョーラは彼から離れ、青年がさきほどと同じ言葉を繰り返すと、肩をすぼめた。

——あなたはどなたです？　ここはいったいどこなのですか？

セニョーラは私を哀れに思ってね、と彼に答えた。そしてベッドの端に腰掛けると、つぎのように語った。

——私は小さい頃、祖国のイギリスからスペイン大公の一人である叔父のお城に連れてこられました。来たときはとても満足でした、それはオレンジの花が咲き、太陽がさんさんと降り注ぎ、私の国のようにいつも靄などかかっていない土地のことを、幼い頃からいろいろ聞かされていたからです。でもここに来て分かったのは、あたかも太陽は疫病神のように、そして体を突きつける快楽は罪でもあるかのように、太陽の光は追放され、深い土牢の中で死に絶える運命だったのです。それに対抗するかのように花崗岩の壁が張り巡らされ、ささいな肉体的快楽を味わっただけで、断食や苦行、儀礼などの悔恨の業に服さねばならなかったのです。私はイギリス人の喧騒にみちた世俗的生活を懐かしく思うようになりました。あそこでは酔っ払い、踊り、罵り合い、大食い、肉の悦びなどが、凍えるような小ぬか雨の降りしきる気候の埋め合わせとなっていました。川沿いにある両親の館では毎夜のごとくかがり火が焚かれ、晩餐会が催されました。父はコレラで死に、母も産後の肥立ちが悪くて亡くなりましたけど。そしてスペインにやってきました。巻き毛をつけごわごわしたキャラコのレースをまとったお姫様といったところでした。愛する貴方、私は長い間子供でした。唯一の楽しみといったらお人形に服を着せたり、桃の種を集めたり、お寝坊さんたちを起こしたり、父がロンドンでよくつれて行って見せてくれた喜劇役者のように、下女たちに服を着せる、といったことでした。

もう子供ではないと感じたのは、ある朝、まだ月ののが続いている時期でしたが、聖体の秘蹟を受けに礼拝堂に赴いたときでした。オスティアを舌の上にのせてもらうと、それはたちまち蛇に姿を変えたのです。私は助任司祭によって皆の前で罵られ、聖なる場所から追い出されてしまいました。愛する貴方、どうか聞いてちょうだい。そうした恐ろしいことから、どれだけ多くの不幸が次々と起きたかは今でも分かりません。ええ、本当に分からないのです。おそらく叔父の息子さんである私の従兄弟が、以前から私をひそかに愛していたらしいのです。礼拝堂で聖体拝領が行われたその日の朝、心を焦がしながら遠巻きにして私のほうを見ていたのです。私はそれに気づきませんでした。数週間後に、彼の父親の口から発せられた命令を理解してやっと分かりました。それは死体でいっぱいになった王宮の一室において、恐るべき犯罪が行われている最中のことでした。守備兵たちは数日間にわたって、そのむかつくような悪臭で村を汚染した、得体の知れない洗礼盤のほうに、死体の足をもってひきずっていったのです。騙されてネズミ捕りに落ちた反逆者やコムネーロス、異端の創始者、モーロ人、ユダヤ人といった連中たちが、若いフェリペ王子によってそうやって虐殺されたのも、父親に証拠を見せるためだった、ということもわかりました。

そのとき私は夫に従わねばならないということに納得がいきました。王位継承者の妻になるわけでしたから。結婚式は血塗られた祭壇で執り行われることとなりました。そして実際に挙行されたのです。そのとき以来、私の遊戯は終わりを告げました。自分の穢れた舌に出現した蛇のせいで、言葉を喋れなくなり、また手足も縛られたように締め付けられ、息もできないほどの苦しみを味わいました。まさにそうした蛇どものなすがままとなってしまったのです。女官長や年配の侍女たちも私から人形をとりあげ、仮装道具もどこかに隠してしまいました。隠していた桃の種も見つけられ、しまいにはスペイン貴婦人にふさわしい立ち居振る舞いを身につけるための、厳しい課業をずっとこなさざるをえなくなりました。つまり優雅に話したり、歩いたり、食事をするマナーを身につけさせられたのです。

私はいろいろな慣習に従わされました。模範と寸分の違いもないようなやり方を押し付けられたのです。時宜にあわせた言葉遣いをし、手にオオタカをとまらせて背筋をしゃんと伸ばして歩く方法（こうしたやり方は、村の女たちが頭上に水瓶を載せてそろりそろりと歩くある き方と全く似通っていました）を学び、いつもきりっとした姿勢でこわばった指を使ってほお張っていたサンドイッチを、ほんの少しだけにするように習慣を変えるなどして十年間が経ったにもかかわらず、私は子供のころのことを依然として懐かしんでいました。しかし人形と遊ぼうとしてももはや手を出せなくなっていましたし、仮装した侍女たちの周りを走り回ることもできず、ひざまずいて桃の種を庭園に埋めることもできませんでした。

あきらめるしかなかったのです。伝統に則った立ち居振る舞いを完璧に身につけるのには時間がかかりました。そして、ありうべき生のあり方をひとつ選んで、それを維持し、大切に守っていき、さらに磨きをかけ、それを傷つけたり妨げたりするものを排除するということは。殿方や人々はこうした姿勢を女たちに植え付け、私たち女は彼らの言うとおりにして長いこと耐え忍んできたのです。ですから慣習というものをことあるごとに変えようなどとは思ってもみません。伝統、殿方、民衆、こうしたものを私に説明してくれたのが、お気に入りの友人、この宮廷の細密画家のフリアン修道士でした。

私はある日、輿に乗って近辺の果樹園を散歩して戻った際に、ちょうどその日は夫が異端者をかばうことで好敵手となっていた君主たちとの戦争に出かけていて不在だったのですが、輿から降りようとして足を踏み外し、王宮の中庭の石畳で仰向けにひっくり返ってしまったのです。自分の生活にどれだけ礼儀作法でがんじがらめになっていたかを、そのときほど身につまされたことはありませんでした（自分の体は自然に身につけて覚えたものを、すっかり忘れてしまったのです）。


すぐに助けを求めました。というのも金属の腰枠を入れて大きく膨らませたスカートを着けていたもので、ひっくり返ると一人ではとうてい起き上がれなかったからです。しかし従僕や執達吏、女官たちのうちの誰一人、また修道女や主任司祭、神父や下男たち、馬丁や矛槍兵など、総勢百人もの人々が声をききつけて、私の周りに集まりはしましたが、私を起こそうと手を差し出す者は、一人としてありませんでした。

皆は円陣をつくって、同情しつつも狼狽した様子で私を眺めました。矛槍兵長はこう警告しました。

――誰も手をだしてはならぬ、起こしてはならぬ、もしお一人では起きられないと分かるまではな。この方はセニョーラ（王妃）であられるからには、セニョール（王）しか触れてはならぬのじゃ。

私はこういった言葉に歯向かうように侍女たちに大声を出しました。毎日のように着せたり脱がせたり、髪を梳いたり、鬘の手入れをしたりしているというのに、どうしてこんな時に限って起こすことができないの？　すると侍女たちは気分を害したのか、むっとした視線を投げかけ無言でこう言ったのです。

――セニョーラ、寝室でやることは寝室でのこと、誰の目にもふれるようなところではそういきません。つまり儀式そのものですから。

私は再びわが祖国〈楽しいイギリス〉での、のびのびした生活を懐かしむ気持ちになりました。私は自分の運命が、イギリスの女巡礼よりもひどいものになるのではないかと思いました。聖ボニファティウスによって女巡礼が禁止されたのも、もとをただせばイギリスの女巡礼たちが立てた悪い噂のせいだったからです。彼女たちの大部分は身を持ち崩し、純潔の身で目的地までたどり着いたものはごくわずかでした。ロンバルディアやフランスの都市で、イギリス人売春婦や姦通女がいないところはめったになかったのです。貴方に言いたいのは、私の運命は千倍も悪いということ。貞操と礼節で身を持ち崩した巡礼者だからよ。その二つは重たい岩のように私の心を押しつぶしているの。

午後が過ぎ、夜がやってきました。私のまわりにいたのは最も忠実な侍女と最もがさつな兵士たちだけでした。服についている金属の腰枠が体の重みできしみました。流れ星が見えましたが、いつも以上に早く消え去りました。新しい太陽が生まれてくるのが目に入りましたが、記憶にある以前の日々よりもゆっくりとしていました。二日目にお付きの女たちは私を置き去りにして行ってしまい、そばには矛槍兵たちだけが居残りました。でも私がどういう人物で、ここにいるということすら忘れてしまったかのように、中庭で食事をしたり小便をしたり、祈ったりしていました。私は石のようにじっと固まったままでいました。実際、私は石になっているとひとりごちました。時間を数えることもやめました。頭の中で夜にはさんさんと輝く曙をイメージし、昼はまっ黒に染めてしまいました。しかし陽光で顔の皮膚はむけそうでしたし、両手にはまっ黒なキノコが生えてきました。一晩と一日雨が降ったせいでお化粧は落ち、髪の毛と裾はずぶぬれになってしまいました。お付きの女たちは、儀典書にない不測事態にどう対処したらいいのかわからず、極度にもたもたしたようすで、私の顔の上に大きな黒の日傘を交代して差しかけていました。再びお日様が出てきたときに、恥じらいもどこ吹く風で胴衣の結び目を解いて乳房をさらけ出しました。ある晩、ネズミたちがまくれ上がったペチコートの広い穴倉に、心地よい場所を見つけ出しました。私は声も出せぬまま、太股を這いずりまわるままにしました。そのうちの一匹が大胆にも秘所に入り込もうとしたので、こう言ってやりました。

「ネズミさん、あんたは亭主殿よりも奥深いところに入り込んだのよ」。

　こうした姿勢から起き上がろうとするのに手を出せるのは主人だけでした。こんな恰好になったのも、当初はひょんなことからでしたが、後になるとばからしく、最後には情けなくなりました。でも主人の腕が私を抱きとめてくれることなんて、金輪際なかったのですもの。でもあの時、こんな言葉をいったい誰にかけていたのでしょう？　貴方を騙したりはしませんよ、愛する人、きっとネズミの中で最も忠実なネズミに話しかけたんだわ。フープの穴倉を自分のねぐらにしてしまったらしいの。騒がしいお付きの女たちや気取った警備兵や堅苦しい矛槍兵などよりも、ネズミのほうがましな話し相手だと思ったのよ。私は助任司祭によって礼拝堂から追い出されたあの日の朝、はじめて愛情深い眼差しを投げかけてくれた主人の、あの固く陰鬱な、物憂げな表情を思い出したわ。でもねネズミさん、私はね、愛のことなど何もわからなかったの。余りにも動物的なことくらいしかね。同じその日の朝、雌犬が私の寝室で仔犬を産んだの。私はそのとき生理中でした。私の白百合姫は貞操帯でしっかり締められていました。私に何がわかったでしょう？　アンドレアス・カペラヌス〔アンドレ・ル・シャプラン〕の清く正しい恋人たちの書〔『宮廷愛の方法』〕をこっそり読んで、愛のことを学んではいました。真実の愛は互いに自由で相思相愛で、気高いものでなければならないとか、庶民たる農民はそうした愛を与えることも、受け取ることもできないとか。でも何よりもまず、秘密にしなければならないということをね、ネズミさん。恋人同士は公の場では互いに盗み見るようにして確かめ合うべきだとか、恋人はあまり飲み食いをしてはならぬ、愛は結婚とは両立せず、したがって夫婦間には愛など存在しないのは周知の事実といったことなどよ。ネズミさん、亭主は一度も私に触れたことなどないのよ。これって実際に夫婦間には愛がないことの証拠だったのかしら。新床ですら一度として枕を交わすこともなかったほどよ。ひょっとして亭主は真実の恋人のように、ネズミのあんたや、フアン、貴方のようにこっそりと人目を憚って私を愛していた、ということだったのかしら。私は次のような辛い思いの丈をネズミに語りました。私の義母、つまりセニョールのお母さんですけど、暗がりでしか見ませんでしたが、男の所業がどんなものかを知ってしまったのです。というのも、私のスペイン人の叔父にあたる王が、王子をこしらえるために、自分の妹たる義母を必要としたからです。私ですって？　とんでもありません。だって私は祖国イギリスを立った日から今までずっと処女ですもの。私はこんな愚かしい立場におかれて、食べ物も飲み物も喉を通りませんでした。人を憚るような秘密の私という存在、真実の清廉潔白な恋人の存在……夜ごと夜ごとに訪ねてきては秘所をかじるネズミの存在……。

ねぇ貴方、私はこのようにして三十三日半を過ごしたのよ。普段どおりの王宮の生活が再び始まりました。お付の侍女たちがスープ・スプーンで食事を口まで運んでくれました。食べ物はすり鉢で細かくすり潰したものでなければ、呑み込めませんでした。ぶどう酒は一番細口の皮袋からいただきましたが、それ以外のものだと下顎からこぼれ出てしまったからです。侍女たちは私に便器を運んでくる際に、からかい好きな守備兵たちを大声を出して遠ざけました。とはいえ、いつも決まった時間に便器を用意する召使たちが、不意をつかれて予期しないときに急いで持ってこなければならないとき、我慢しきれなかったこともしばしばでした。毎晩のように逃げ足の速いネズミが私を訪れてきては、フープの穴倉から出入りして、秘所の穴を少しずつかじりました。こんな責め苦の中でもそれは私の真の友人だったのです。

ある日の午後、それまで時間を数えたり、生気のない自分の顔を思い浮かべたり、色あせたスカートを眺めたりしていたのですが、夫が凱旋軍を前にして中庭に入ってきました。来る途中で私の不幸について知ったようです。でも入ってくると私には目もくれずにさっさと通り過ぎ、勝利の感謝を捧げに礼拝堂の方に行ってしまいました。私は決して非難がましいことは言うまいと心に誓いました。夫は戦場で殺されたものと考えました。そうすれば自分の運命は遅かれ早かれ、老いても若くても所詮土に帰るまでの間、四元に脅かされつつ、誰の腕の中で抱きとめられることもなく、中庭に横たわったまま死を待つことになったはずでした。骨と皮だけの死体が野ざらしになって、死屍累々となっていてもネズミしか私には連れはないといったふうに……でも腕に抱きとめて欲しかったのは夫のセニョールだけだったのです。ところが夫は死に、私も死んでしまった。夫は死んで、唯一の生きものだけが死に際までいっしょにいてくれたのです。それは小さな命、賢くて、すべすべしてものをかじるネズミです。どうしても私はネズミに自分を委ね、ネズミと協定を結び、要求するものを与えないわけにはいきませんでした。ファン、ごめんなさい、許してちょうだい。貴方のことを夢に見ようだなんて、そして実際にこうして会おうだなんて思ってもみなかったの……。

後になって夫が私のほうに近づいてきました。二人の小姓も等身大の大きな鏡を運びながら、夫についてきました。夫の指図に従って二人は私の顔に鏡を近づけました。自分とは思えない顔を見たときには、恐怖で大声をあげてしまいました。唯一その瞬間に、私の奇怪な苦行の三十三日半の日々が、凝縮されて走馬灯のごとく頭をよぎりました。そして夫のセニョールが、永遠なるがゆえに致命的であり、致命的なるがゆえに永遠なる意図を込めて、私に与えた屈辱感もそれに加わったのです。その瞬間、私はいまだに処女だと信じつつも、無邪気さを永遠に失ってしまいました。

私は夫のほうを見ました。そして何が起きているのか理解しました。間違いなく夫は徐々に老いてきていました。しかしもうひとつの戦争から凱旋してきたとき、時の経過は現実のものとなりました。私には何か窺い知れぬことが起こっていたのです。セニョールは人生最後の戦いから戻りました。私はまさに夫の老いや諦念、夫が死後に記念として残すべき建物の建設に身を投じようとしているのだと気づいたのです。私は礼拝堂にいた細身の若者の夢見がちな眼差し、あるいは犯罪が行われた部屋にいた男の残虐な目を脳裡に呼び戻そうとしましたが、今回だけは無理でした。その男は残虐行為を行ったということだけで、王妃たる私と渡り合うにふさわしい立派な資格でもあるかのように感じていたのです。今この目は私が彼に対してそうしたように私のほうを眺めていました。その目は自らの早すぎる老いに付き合わそうとするかのように、老いさらばえて埃だらけになった、睫も眉毛もなくなった私自身の顔を、私に見せつける疲弊した老人の目でした。私の鼻は飢えた雌狼のようにやせこけて震えていました。髪は色あせ、夜ごとに訪れてくるネズミたちのように灰色になっていました。私は目を閉じ、夫のセニョールが悪戯好きな幽霊たちや悪魔の手助けを借りて、遥かなフランドルの戦場から命じて、中庭の敷石のところで滑稽な仕方で、私を躓かせたのではと想像しました。それも二人が再び顔をあわせたとき、老いさらばえた二人の容貌を同じように見せようとして。しかしセニョールが行ったことは悪魔の仕業ではなく、熱心なキリスト教徒としての神への献身だったのです。もし夫がこういうことを私にしようとして味方として神を選んだのなら、私のほうは夫に悪魔を選んで、夫に応えてやることにします。

セニョールは私が曇った恐怖の鏡に自分の姿を映し出した後になって初めて、手を差し出しました。しかし私にはその手をとって起き上がる力はなかったのです。夫は初めてかがむようにして腕の中に抱き起こすと、私を寝室に連れていきました。そこは侍女たちが勝手な判断で、熱いお湯を準備してありました。セニョールにとって入浴は究極の治癒法だったものでしたから、お気に召さないのではとの懸念もあったのですが。夫は私を裸にすると浴槽に入れたのですが、そのときが服を身につけない私の体を目にした最初の機会でした。私はお湯が熱いとは感じませんでした。それは体が麻痺して感覚がなかったからです。夫は私に、両親の古い王宮を捨て去って、王たちの霊廟であると同時に聖なる秘蹟の聖堂となるような、新しい宮殿を中央高原に建造するつもりだと申しました。そうすれば軍事的な勝利を記念することもできるし、他にも……と付言しました。夫は最後まで話すことができず、視線を手で隠すようにして膝をがっくり落とすと、こう言ったのです。

——イサベル、そなたはわしがどれほど、そしてとりわけ、どのようなかたちでそなたを愛しているか分からんだろう？

私はそれを教えてと夫に頼みました。軽蔑の眼差しで、かさにかかった言い方で、そして何よりも積年の恨みつらみを込めて。すると夫はこう答えたのです。

——そなたが礼拝堂で蛇を吐き出したあの日の朝から、二度とそなたに手を触れるつもりはなかったが、それもお前を愛するがゆえだ。わしのそなたへの愛はお前が欲しいというところからくる。わしは欲望を満たすこともできなければ、満たすわけにもいかない。満たした時点でお前が欲しいという気がなくなるからだ。わしはこうした理想の中で育てられた。これこそ本当のキリスト教騎士の理想というものだ。わしは一生この理想に忠実に生きていくつもりだ。他の者たちは権力も病気も死もない感覚的満足を充分に満喫できるような、あるいは神が人間に化身したような、そうした夢の世界を忠実に追い続け、そのために命を捧げるかもしれないが、わしは自分が自分であろうとすれば、決して実現することはないにせよ、そして宙ぶらりんになってはいても、しっかり維持されているような、そんな夢にしか忠実に従うわけにはいかないのだ。言ってみれば信仰のようなものにしかな。

私は笑ってしまいました。夫には貴方のお父様は悪名高く、領主の初夜権をさんざん行使して自らの欲望を満たしたのではございませんか、と申しました。夫の答えるところでは、彼はうなだれつつ、その件に関する自らの罪を認めるものの、民草たる女たちを奪うことと、女性的理想ともいうべき女主人のセニョーラに触れることとはおのずと別の話だと申すのです。私は腹を立てて、お父様は暗い場所で快楽を感じることもなく、跡継ぎを得ようとする目的で、貴方フェリペのお母様を犯したのですよと、暴露してやりました。夫にこんな問題はどう解決できたでしょう。空位となっている玉座に自分が座るつもりでもあったのでしょうか。夫は何度も、こん畜生、こん畜生とつぶやきました。自分でそんな言葉を吐きながら、それとは対照的に、最初で最後のこととして、私の前で浴室の湯気がもうもうと立ち込める中、初めて自分から服を脱ぎました。それはあたかも私がセニョールに対し、玉体を写すのにふさわしくない、自分のものと同一の鏡を差しだしたかのようでした。私は悪天候ゆえに蒙った一時的な災いの跡を眺める代わりに、夫が先祖から受け継いだ長年の傷跡を目にすることとなりました。つまり膿瘍や下疳、横根、目に見える潰瘍痕、早漏気味の性器などです。熱いお湯は火傷しそうなくらいでしたので、太股も背中もヒナゲシのように真っ赤になってしまいました。ついに余りの熱さに叫んでしまい、夫に寝室を出て行って頂戴とつよく言いました。そのときはどうしようもなかったのですが、後にも長い間同じようなことが続きました。夫が私の神聖なる寝室に入ってくることを二度と望まなかったのです。そのとき感じた恥ずかしさは、部屋に自分が独りきりでいるためには、願ったり叶ったりの最良の閂となりました。この恥ずかしさは夫のセニョールが立ち去る際に言った言葉で、極点に達しました。

――イサベル、われわれが結合したって何が生まれるってものでもあるまい？

フェリペは理想的愛についての言説と、自分のぞっとするような醜い肉体の間の、目を剥くようなコントラストについて、自分が話したこと以上に何か言いたげな様子で出て行きました。黙ったままでいることで却って、私が自分から結論を引き出し、想像を逞しくして許すように求めているようでした。私にはそうする力はありませんでした。浴室から出てシーツに包まったまま、王宮の広い回廊を歩き回りました。私がくらくらして見たのは、通りすがりの私に目もくれないで無視する侍女たちの長い列でした。その姿は逆光の中で浮かび上がっていました。よく見えないものの、ぼんやりとした顔が白い鉛枠の窓に映っていました。私のほうには修道女の服で覆われた背中と、黒い頭巾を被った頭が向けられていました。私はそのうちの一人に近づいてこう訊ねました。

——私のお人形さんはどこにやってしまったの？　私の桃の種はどこに行っちゃったの？

しかし明るいところで見てみると、服は女たちの背中しか覆っていませんでした。正面から見ると、その肉体は老いさらばえたり、太っていたり、骨と皮だけだったり裸だったり、静脈瘤だったり疲れきっていたり、無毛だったり黄色がかったり、乳白色だったり、赤紫だったりしました。彼女たちは甲高い声で笑いました。手には色のついていないニンジンのような、すべすべした節のある根っこをいくつかロザリオのように持っていました。そしてそれを私に寄こしたのです。侍女頭のアスセーナは欠けた歯の間から唾を吐くと、唾が虹色に光る大きな黒い乳首のところに流れ落ちました。彼女は私にこう言いました。

——この根っこをお取りください。絞首台と拷問台と火刑場の傍らで見つけた魔法のマンドラゴラです。もう探しても出てこないような玩具の代わりにそれをお取りください。いつまで待っても訪れない貴女様の恋の代わりに。絞首刑にされ、拷問にかけられ、生きて焼かれた者たちの涙から生え出た、この悪魔的な人体の他に、玩具や恋人などおもちになってはなりませぬ。私たちの贈り物をありがたく受け取ってください。これを手に入れるには恐ろしい危険に身を晒さねばならなかったのですから。私たちは頭を剃って丸坊主になり、銀色の髪を三つ編みにしてその端を根っこの節のところに結わえ付けました。もう一方の端を黒い犬の首にくくり付けると、マンドラゴラの叫び声に驚いた犬が逃げ出そうとして、それが育った場所でもあったじめじめした墓場から、根っこを引き抜いたというわけです。私たちは麻くずで耳を覆いました。犬は恐怖で絶命しました。どうかこの根っこをお取りください。大切にしてください。奥様には他に連れ合いはなくなるのですから。生まれたばかりの嬰児のように育ててくださいませ。頭には小麦を蒔いてください、そうすれば絹のようにすべすべした髪が生えてきます。目の部分に二本のサクランボを填め込んでください。そうすれば見えるようになります。口には大根を一かけら填めれば、話せるようになります。体が蒼白くごつごつとしていても、怖がらないように願います。体の小ささにも。宮廷の侏儒として扱えばいいのですから。貴女様の召使として、友人として、隠された宝物を一緒に探してくれましょう。どうぞお取りください……。

アスセーナは私の手の中に白みがかった根っこを置くと、ぴくぴくと動くその汚らしい大根をぐっと強く握らせました。私はそれを放りだそうとしましたが、マンドラゴラのべとつく皮膚が手にくっついてとれなかったので、恐ろしくなって逃げ出しました。寝室に熱っぽいからだを震わせながら戻ると、夫を求めている自分を思い出し、それもかなわなければ現実に触れることのできる別の生きた男で性欲を処理しようと思いました。実際に私の中では性欲が爆発しそうになっていて、乳房や下腹部、閉じた性器、両腕、両足、背中とあらゆる場所を駆け巡っていたのです。主よ、私は本当に体が、体が、自分のために自分の体が欲しいのです。べとべとする根っことか疥癬やみのネズミとか、潰瘍だらけの夫ではなく、ちゃんとした体が欲しいのです。熱っぽく気が変になった私は寝室の鏡の前で、きれいに身を洗って生まれ変わった裸の自分の姿を見つめました。自分の体に触れ、指が秘所の花弁に触れたとき、指を一本中に入れられることを知り、齧られた処女膜の残りの部分を破って、未だ感じたことのない快感の深部にまで指を入れてみました。理解できませんでした。自分が処女だと知っていましたし、実際に処女だったのです。でもわが貞操の最高の入り口は細い繊維が錯綜しているのです。私はそれ以上耐え切れませんでした。快感に酔いしれていました。そしてベッドに横たわると眠って夢を見ました。直接的に味わったことですごく頭に血がまわったせいでしょう、昔の思い出のような夢が出現しました。貴方のこと、そう貴方のことを夢で見たのです。海岸でうつ伏せになって横たわり、波に洗われる貴方の姿を。背中には紅い十字が刻まれ、両足に六本ずつある指の爪には泥まみれの砂が詰まっていました。貴方を夢でみたとき、貴方が私のばかげた殉難の灰から、例の浴槽に夫と私が浸かっていた哀れな光景から、妖術師の女たちの列から、マンドラゴラと触れたことから生まれたということを思い出したのです。宮廷の道化は死ぬとき、小さな見知らぬ子供を、自分のクッションの藁の間に隠しておきました。侍女頭のアスセーナはそれを拾い上げると、同情心を起こしたのか、お産したばかりの雌犬の乳を含ませたのです。ほんとうに貴方だと分かったのです、貴方が戻ってきたのです。貴方の夢を見たのですよ、難破して見知らぬ海岸に打ち上げられた貴方の……。

私は目覚めたとき、犯した罪の報いを受けるはずだと独りごちました。そこで自分が何をしているのかも分からぬまま、宮廷の細密画家である修道士フリアンを呼びました。彼は版画やメダル、切手など自分の描いた絵を見せてくれて、私を楽しませてくれた唯一の人間だったからです。こっそり『宮廷愛の方法』を数巻、貸してくれたこともありました。私は彼の前で全裸になると、彼は筆をとって乳房の血管を青い色で描きました。そうすることで体の白さが引き立ったからです。その後、修道士は私の手をとり……ついに私は処女を失ったのです。私は失った自然をとりもどしたのです。人形たちや変装具、桃の種なども。そう、自分自身を取り戻したのです。再び、少女に戻りました。もう一度言います、私は一人の男の腕の中で処女を失ったのです。修道士が足の先から頭の先まで私の体のすべてを貪欲に味わいつくしている間に、私はげっ歯動物によって処女を奪われてしまったことを改めて確認していました。私たちは快楽を味わった後、一緒に眠りました。少し経ってからささいな物音で目が覚めました。ベッドのシーツの間で何かがごそごそ動いていました。それはひどい悪臭を発していました。一匹のネズミがうずくまっていて、姿を現すと、修道士と私を見つめていました。すると再びどこかに消えてしまいました。小さな人間の姿をしてしまいました。白い節くれだった根っこは、ほとんど侏儒のようでしたが、それが私たちの合わさった顔のほうに近づいてくると、眠気と淫欲と幻覚を振りまいていきました……マンドラゴラというのは処刑台の下で生えてくるものです。もう死者たちのことで泣くのはやめましょう。塵は塵のもとに、砂は砂のもとに帰るのです。私たちが家を移った際に、私がマンドラゴラを自分の寝室のこの砂のところに埋めておいたのです。そして海の砂浜のところで貴方を見つけたのですよ、フアン・アグリッパ。

セニョーラはゆっくりと裸になった。若者の落ち着きをかき乱すことなく、彼のことを「眠った小さなサソリちゃん」と呼んだ。ガラスの箱の中で這いずり回る夢見がちな虫けらどもに話しかけるかのごとく。そしてつぶやいてこう言った。――柔らかいところとごつごつしたところのある、自分のなくした桃をまた見つけたわ、美味しい果肉の中心に固い種が入っていて、金色の肌をした木から垂れ下がった熟れた果物みたいにね――。そう言うとセニョーラは彼を口に含んで嘗め、キスをした。炎と大理石の剣のように固く勃起した男根は、燃えるように熱いと同時に冷たく、凍えさせるように冷たいと同時に熱かった。セニョーラは彼の上に跨ると、柔らかく固いものが自分の脚の間に挿入され、黒々とした密林に分け入り、湿った陰唇を押し分けて入っていくのを感じた。きっと断罪される者たちを焼き尽くす炎もこんなふうに違いないわ、とひとりごちた。それなら私も断罪されるほうがいいし、すぐにでも地獄に近づいてみたい、だって天国と地獄の違いなど分からないのだもの。もし罪に堕ちて地獄に行くというのなら、私の肉体の中で永遠の救いと永遠の破滅がいっしょくたになるがいい。肉の情炎、黒々した私のコウモリをむさぼる蛇、海からやってきた息子、ウェヌスとアポロ、私の若き両性具有神、お尻をやさしく愛撫してちょうだい。そなたの睾丸の息遣いを、そなたのために大きく開いた太腿の下でしっかり感じさせてちょうだい。肛門に指を入れてみて、そしてあそこをしっかり開いてみるのよ。ああいい、そこが感じるわ。濡れて柔らかな陰毛を手でもてあそんでよ、私に毛と毛をぴったり擦りあわさせて。そこが感じるわ、そこ、そこよ。ああ、死にはしないけど本当に死んでしまいそう、そこよ、そこ、そこ。深く奥まで突いて、私の旦那様、私の本当のご主人様。私の本当の男根よね、大きなマンドラゴラちゃん、お前は私の肉体になるがいい、私は自分の肉体をお前に委ねるわ、そなたの熱い精液を私にちょうだい、今よ、今すぐに、早くちょうだい。早く……。

セニョーラは、その時点からこの寝室の住人となるべき、今度の美しい若者の傍らに身を横たえていたが、しばらくしてから前の若者のことを忘れようとして呟くように言った。――私の方を見てちょうだい、ここではもう誰も他の人は見ちゃだめよ、ああそうだ、こうしましょう。もしそなたが私に飽きたとしても、この寝室からは出さないわ、誰にも会わせないし、誰とも口を利かせないし、誰にも触れさせない、私以外にはね。以前の私は気前よく振る舞おうとしたので、そなたに逢っていた間でも、そして自分の夢を実現しようと躍起になっていた間にも、宮殿をうろつくことをあの若者に許したの、外出だって許したほどよ。私は自分の欲望に駆られて彼を誘惑したの、モラルとかエチケットとか息苦しくなるような厳しい戒律とは無縁の、まったく違う自由な生活を送らせてあげるって言ってね。そうしたら彼ったら、中庭や馬小屋や厨房にまで自由に出入りしだしたからたまらないわ。こんなことするから死んだのよ、そして無分別にも詩なんか作って、はかない命を超えるようなものを残そうなどと思ったりしたんだから。そなたは死にはしないわ、私のかわいいマンドラゴラちゃん。そなたは私といっしょに生きていくだけよ。私の金髪のネズミちゃん。そなたに嫌われようと、私がそなたを嫌おうと、一時も留まることのない時計のようなものだとしても、永遠にここで私とだけいっしょに過ごすのよ。変装してもだめよ。だって私はいつどうやったらそなたを萎えさせられるか、またいつ何時、他の空気や他の相手を求めるようになるかも先刻承知しているからよ。そろそろそなたの精子が私のお腹の中で育ってくるころよ。そなたは私の快楽のために選ばれたと思っていいのよ、もういろいろ義務に囚われることはないわ。でも今はっきり言っておきますけど、ここから出るときは死んだときよ、フアン・アグリッパ……。

セニョーラはそこで話し終えたが、再び、寝室の床に敷かれた白い砂から立ち上がる気息のようなものや、ざわめき声にぎくっとさせられた。何かがそこで大きくなっていた。何かが身を隠すかのように素早く走り去った。何かが彼女を見つめていた。今では彼女がそうしたものを眺めていた。セニョーラが唯一見ていたのは、一見夢見がちそうな囚われの若者だけだった。痕跡のない浜辺、しるしのない壁。彼は理解が早く、一言も発することなくすべてを耳に入れ、「私は何者?」「あなたはどなた?」「ここはどこ?」といった自らの強迫的な問いかけに対する返答に、じっと耳を傾けていたのだった。フアンという名の若者は片目だけ開けたが、その目は言葉より雄弁にセニョーラにこう語っていた。過去をもたぬ一人の男が、こうして目覚めて、ものを見たり聞いたりするこの瞬間に、人生を生き始めるのです。私にとって世界とは最初に目にし、耳にし、手に触れるこうしたものに他なりません。貴女と貴女の言葉。私は貴女から授かる名前と運命を受け入れねばなりません。なぜなら、自分はそうしたもの以外には何ももっていないし、他の何者でもないからです。まさに貴女がそれをお望みになったわけだし。貴女のことを知った今、私が貴女と同一の存在だということを恐れたりはしませんよね？　だって私には貴女以外の別の存在など全く知らないのですから。

からくも浜辺で命を救われた際には、いかにも無垢そのものに見えたが、今その開かれた目の中にセニョーラが見てとったのは、疑い深い不信の表情だった。セニョーラ、貴女は私にいろいろ話してくれました、でもすべてを語り尽くしてくれたわけではありません。まだ話してくれていない部分を、私はこれから自分の手で生きていかねばならないのです。

破局と奇跡

次のようなことがかくして起きた。マルティンはそのことをヘロニモに語り、ヘロニモはカティリノンに語り、またカティリノンはそれをヌーニョに語った。一人が他方に耳打ちすると、された方はさらにもう一方の耳元に近づいてひそひそと語った。彼らはその間もガルバンソ豆を噛んだり、ふいごの火を起こしたり、あるいは石灰を焼いたりしていたが、煙と埃の立ち込める場所の中にいたせいで、ざわざわしたひそひそ声の調子は押し殺され、あまつさえ平原に射すカミソリのように鋭い太陽のせいで、そうした声も断ち切られてしまった。最初に起きたのは単純なことだった。つまり現場監督の一人がクルミの木を切ろうとして枝によじ登った。枝を一本切ろうとしたとき落下し、別の枝にしがみつこうとしたものの失敗し、命を落としてしまった。次に請負人たちが数名、工事中の大回廊の南正面で立ち働いていた際に、足場から職人が一人落下して命を落としてしまった。その後、主たる詰め所に隣接する小回廊のところにあったクレーンから大工が落下して、やはり命を失ってしまった。いいかヌーニョ、奴は死んでしまったんだ、この数日で三人も死んでいるんだぜ。クレーンに乗るときは気をつけろよ、カティリノン。死んじまったらお前さんのわずかな蓄えも役立たずさ、夏の夜にバリャドリードの安い食い処でぱっと使っちまうこともできなくなるんだぜ。マルティン、いいか、こうしたことは人間様だけに起こると思ったら大間違いだぜ、物それ自体にも起こるってことよ。わしらもみな物みたいなものだからな。だって見てみろ、壁屋根と石工の差なんてあってなきが如しだろうが。おい、ヘロニモ、よく聞けよ、風で手足がかじかむこともあるし、風で足場が崩れたり、屋根が傷めつけられたりもするし、池のわずかな水が埃の層で覆われてしまうこともあるだろうが。マルティン、夜明けになったら、宮殿の庭園を作る予定になっている平地にこっそり入ってみるといい、そして寝室のカーテンから顔を覗かせるセニョーラを見てみるがいい。下げ飾りのついたイヤリングの輝きですぐに見分けがつくはずだ。きっとイヤリングはその時間には太陽と同じ高さにあって、黎明の光を撥ね返してしまうはずだ。その干上がった表面を眺めている彼女を見てみるがいい、そして涼しげな水音を立てる噴水やバラやアラセイトウ、アイリス、白百合などが植えられた庭園のことを思い描いている彼女のことを想像してみるがいい。マルティン、想像してもみろよ、セニョーラが永遠に閉じたままのあのカーテンを取っ払い、寝室の窓を開けっぴろげて、ありもしないスイカズラとか忘れられたジャスミン、誰もが欲しがるマスケット銃などの、早朝のにおいを何としても吸い込みたいと思っているところを。さもなければ、我らのセニョールに嫁ぎに霧のイギリスから連れてこられた際に、人形や桃の種を取り上げられたあげく、約束してもらった庭園のざわめきを耳にし、香りを嗅ぎ、その存在を感じ取りながら、自分のベッドで横たわっている、といった風景を。ヘロニモ、どうやってお前はそうしたことすべてを知ったんだい？　なあに、女官長のアスセーナがわしに話してくれたのさ。わしが鋳掛職人だってことで、わしの弟子に当たる亭主が、行ったきり帰ってこなかった十字軍に赴いた際に、自分にはめた貞操帯をはずしてくれと頼みにやってきたんだ。それでお前、ヘロニモよ、外してやった代わりに何を求めたんだい、ええ？　白いおっぱいでも弄《たわむ》らせてもらったってか？　その後、アスセーナの野うさぎちゃんに心棒をねじ込んだってわけか。ええ？　カティリノン、黙れ、つべこべ言うな。売女のアスセーナや助手のロリーリャとやらなかった奴なんていないぜ。仕事人の誰からも弄《もてあそ》ばれてきたし、あちらこちらで悪口が飛び交っているじゃないか。マルティン坊やよ、朝早く例の約束された庭園を見てみろよ。でも俺たちが連中のために作っているこの宮殿の、開かずの間で見つけられたら大変だから、すぐに逃げ出せよ。そして期待して見てみろよ、お前はがさつな体に似合わず不安症でひどく脆弱だし、悲しみにくれたあげく、漆喰だらけのお前の手を見たセニョーラにちゃんと説明できなくなっちゃうんじゃないか心配だが、まあともかく、セニョーラが、あの金襴緞子の蜃気楼のような女が、お前に目もくれず、フードをつけたオオタカを手に止まらせて、礼拝堂と寝室の間をいつもの調子で散歩して通ってくるところを見てみろよ。おい、ヌーニョ、舞い上がった埃もどうやら収まりそうだし、焼け付く太陽もそろそろ一休みというところか。そうなると花崗山の頂あたりで天気はひどく荒れるぞ。灰色の雲が悲しげな声を上げ、指を広げ両腕を大きく広げて、山の端を貪欲そうな恐ろしい形相で降りてきて、ぶどう畑の柵を引き倒し、ラバや馬の頭にぶつけてしまうかもしれんぞ。石切り場で働く職人たちが巻き添えになって、犠牲者がひとりやそこら出るかもしれん。わしらもみんなクレーンや石窯、基底部から離れたほうがいい。木炭やふいごはあきらめることとしよう。わしらもレンガやスレート、木材などの積み上げられているレンガ工場に身を寄せ合って震えてでもいるか、こんなものが嵐から身を守るのに役立てばの話だが。セニョールはグスマンに吹き込まれたのか、司教に奥に引っ込んでないで出てくるようにお命じになったらしい。あの老いぼれのでぶは、ほとんどお務めも果たせないどころか、一度として姿も見せないんだ。どうやら手を縛られ、咳をしながら、ハンカチで顔を覆って、僧院の修道士の手で担架に乗せられて運び出されているようだ。どうせバチスタ綿に粘液を吐き出しながら、風に負けまいと大きな叫び声を出して、炉端や石切り場のほうに担がれていくんだ。そうしている間にも修道士どもが、司教帽を頭から外れないように押さえたり、銀杖を手にしっかり握らせたり、大きな柔らかな太鼓腹に縛り付けた紐とか、丸い肩の上のダルマチカを支えているというわけか。こんなことするのは所詮わしらを欺こうとする悪魔くらいだ。でも何の役にも立つまいさ。やり過ごしてやればすむことで、悪魔ほどいじましい奴もいないもんだ。さあさあ仕事に戻った戻った。お前たちは神の思し召しで働いているんだからな、一生懸命働けば報いとして緑園が待っているぞ。悪魔よ、退散せよ、ここで得るものなど何も無いぞ。それ、仕事だ仕事だ。そうすりゃ天国にいけるぞ。

司教はな、空を見上げて走り去る雲のほうを指差すと、あたかも呼び寄せたかのように（ヘロニモよ、お前も見たろう？　あの光でお前のふいごの火も見えなくなっちまったぞ）空に長い尾をひいた彗星が現れたんだ。それは大きな美しい星で、頭のほうをバレンシアへ向け、尾をポルトガルの地に向けて飛んでいた。彗星は銀色がかった長いたてがみをなびかせて飛んでいったから、夜の輝きがいっそう増した。虫の息の司教は馬丁たちによって連れ出されちまったから、わしらはまたぞろレンガ工場でいつものように集まるとするか。外に出るのも食事するのもびくびくものだけどな。こうした奇蹟がどうして起きるのかわしらにはさっぱり分からん。夜の静寂の中で聞こえるのは犬の鳴き声だけだ。狂犬病と苦しみが合わさったような悲しげで人を脅しつけるような鳴き声は、わしらには、嵐や彗星、仲間の死などよりも、ずっと恐ろしい気がする。怖いのはわしらだけじゃないぞ、あのマルティン、心がふつふつと煮えたぎってきたぞ、あの中で工夫頭が職人たちとけんかしたり、大工の棟梁が建築士とやりあったり、争ったあげくは連中の乗っていたクレーンは崩落しちまった。最初の請負師は花崗岩の板石の上に落ちて砕け死んじまった。ヘロニモ、わしらは何も知らないだろう？　わしらの耳に偶然入ったことくらいさ、カティリノン、それだけよ、耳垢をかき分けて入ってくるものだけさ。目にすることもないようなああした寝室から出てきて、この宮殿の回廊や前廊、門衛、中庭に沿うように、がらんとした地下納骨堂や凍りついた礼拝堂に、滲みこんでくるものだけだ。この宮殿はお前と俺、マルティン、俺たちの自身の手で作ったものだけど、複雑でどこにいるか分からなくなってしまう。毎日毎日、眼にして見ているのは基礎部分とか塗り替えた壁のあたりだけだ。俺たちには、窓一つ作るのに五ドゥカードを払ってくれるとはいえ、窓から何が見えるかも分からないってわけよ。また扉一枚作るのに十八レアルもらえるとはいえ、どこに出入りするのか調べようもないってことよ。俺たちは自分たちの作っているものを、めくらのように手探りで見てるってことになる。でもな、この宮殿は当初それを構想した者たちの頭の中で、全体像がどうなっていたのか、完成して我らのご主人様たちがお住いになった暁には、どういうものになっているとかは、俺たちにはまったく分からないままだろうよ。俺たちが窓から外を眺めることなんて金輪際ないってこと、扉から中に入っていくことなんぞ間違ってもないってことよ。もしセニョーラが自分の庭園で育てることをつよく望んでいるバラの花がいつの日か咲きそろう日には、それを見れるのはお前でないことだけはたしかだな。カティリノン、わしらの感覚と引き換えに、五ドゥカードもらって目隠しさせられ、十八レアルもらって耳を塞がれたってわけよ。カティ公、抜け目ないと思っているお前だって、所詮めくらで片端もんじゃねえか。罰当たりなでかい口にガルバンソでも詰め込んでやるぜ。神様にクソでもひっかけたらどうだ。このならず者めが、お前の呪いなんぞ屁でもねえ、せいぜい耳クソでもほじくってろ。厨房や厩のほうまで内輪の話し声が聞こえてくるぜ、わしらが平屋根を葺くために毎日溶かしている鉛板よりも重苦しい話し声がよ、夏場に見られる彗星っていうのはな、旱魃と王の死のさきがけって言うじゃないか。火星が入っている蟹座のもとでの彗星というのはな、不幸のさきがけよ。これはあの建物の中で占星術師の修道士トリビオが言っていたことだ、というのも通路と裏庭を通ってわしらの耳に届いたんだ、アスセーナやロリーリャもそんなことを言っていた。でもお前もわしも、本当はびびっているってことは確かだ。ヌーニョ、犬が何かわしらに警告しているみたいに吠えてるぞ、どう思う？　マルティン、犬って奴は何か必死に伝えようとするときくらいしか吠えたりしないだろう？　どうだ、老人ヘロニモよ、何を言おうとしているかお前に分かるか？　お前はいつもまるで窯の火みたいに眼を充血させ、燠のような真っ赤な火を顎鬚からのぞかせておるなあ。毎晩のように通路や礼拝堂を吠え立てながら突っ走って、あげくに修道女たちのいるところに入り込んで、連中の度肝をぬくようなことをする、あの犬は何を伝えようとしているんだ？　セニョールの寝室とか修道院長の居室にまで、勝手に鳴り出す角笛やらチェーンを引きずって行きかねないぞ。犬の足は誰の眼にも止まらぬほど速いから、吠え声を聞いても、姿が見えたとしても誰も怖がったりはしないだろうよ、はあはあ喘ぐあの強情っぱりな犬め、まるでそこに獲物でも見つけたかのように、まるで新しい臭跡でも見つけたかのように、こっそりつけた昔の臭跡を追って、毎夜のごとく、風を切って走っていくんだ。みんなよく聞いてみろ、犬は俺たちにびくびくするなって言ってるんじゃないのか？　俺たちが連中から言われていることを聞いてみろ、ヌーニョ、お前と俺は昨日から彗星が見えなくなったのに気づいている。見えなくはなったが、それも暴風雨がこれからやってくる予兆にすぎないし、ヴェールで姿を隠したのもわしらを騙すためだ。いらいらしながら低空雲の振りをして、山の端を暗く染めて、重い鉛のように留まっているというわけよ。わしらがそう目星をつけるのは、実際にそれを目にしているからよ、いいか、これからは、夜中に宮殿の人気のない回廊を走り回る犬の吠え声を聞くんだ。でもな、いまわしらはこう言われたのだ、犬の夜走りの四日目に、修道女たちが犬の姿は見ないとはいえ吠え声を聞かされたせいで、これはてっきり犬の亡霊か、煉獄の魂の一つ、不幸のメッセンジャー、死者たちの手引きに違いないと決めてかかったと。修道女たちは真夜中に、偏頭痛で死にそうに苦しむセニョールの寝室の隣の礼拝堂に集まり、イタリア絵画の視線を浴びつつ、王墓の彫像の近くで、まず最初に祈り始めたそうだ。その後、歌を歌いだし、最後に犬以上に大きい声で吠え出し、引きずってきた角笛よりも大きな声を鳴り響かせたというではないか、それも何のためかと言えば、気を奮い立たせるためか、さもなくば、おそらく亡霊犬のまねでもしようとしたのだろう。聞いた話によると、どうやら敬虔な修道女たちは気が触れでもしたのか、血を流しながら膝行した後、互いの身体を苦行鞭で鞭打ちをし始め、最後には恐怖のあまりちびってしまったらしい。鎖の音が大きくなっていき、修道女たちは神聖なる居室の柱のそばで、犬以上に自分自身に対して恐怖を抱いて、身を寄せ合い、抱き合い、脇の下のところと黒装束の幅広スカートの間を嗅ぎ合い、わけもなく泣き、低い声でうめいていた。しまいにはチェーンと角笛、見えない犬の吠え声で、彼女たちが恐怖心からもぬけの殻にしていた部屋のすべてが、満たされることとなった。とはいえ、修道女たちは一言も発することもせず、あたかも欠伸でもするかのように、依然として口を開けたままだった。犬の吠え声はそのように開けられた口から出てくるように見えた。あっけにとられたような口、唇のない裂け目そのものの口、毒蛇やマンドラゴラの口のごとき口。ミラグロス修道尼、死刑台の足元では蛇が這い回り、不思議な侏儒が生まれ出てくるそうではないか。こんなことはスペインではわんさとあるぞ、楽しそうなカティリノンよ、生まれつきの下衆野郎、どこへ行っても下衆に変わりのない奴、しっかり覚えていろよ、スペインではな、蛆虫が死体を食うんじゃなくて、死体が蛆虫を食らい尽くすってことよ。こんなふうだから、あらゆるものが、自分たちを食らい尽くすことになる毒蛇を飼うことに役立つというわけさ、ヌーニョ、せいぜい泣きわめくんだな、いつか絞首台で死ぬときに、お前の涙でマンドラゴラが生えてくるようにするためにもな。そうすりゃ、子孫をもてるってことよ、どうしようもない哀れなクソったれをな。

――誰も死んじゃいないわよ、誰も死んじゃいないったら、どうしてそんなに泣くの？　とミラグロス修道尼は修道女たちに叫んでいた。彼女は修道女たちの声を聞いても、誰かが確かに死んだということよりも、何か奇跡が起きたのではといぶかった。若い修練者のイネスに導かれた修道女たちは、ゆっくりと振り向くと、セニョールの寝室のほうに顔を向けた。彼はもしできることなら自分のベッドから動かないで、聖なるお勤めに出たいと思って、礼拝堂のほうに直接顔を向けていた。修道女たちは緋色のカーテンのほうを見ると、大声を出して泣き出した。カーテンの向こうには、気絶して呻いているセニョールがグスマンに両腕で抱えられていた。グスマン、わしがフランドルの便所で生まれたとき、あらゆるところから糞尿がわしのところに押し寄せてきおった、いまでこそわが勝利を捧げる祭壇だが、この祭壇はもともと肉体の恐怖を祓い清め、死へと断罪するために造ったものだ。そこでまたわしは修道女たちの小便の臭いを嗅ぐとはな。人間の糞尿が潮のように寄せてきてその中で溺れてしまうやもしれぬ、グスマン。カティリノン、お前に言ったのと同じことをグスマンにも言っているんだ、お前は生まれつきの下衆野郎、どこへ行っても下衆に変わりのない奴、でもな二人とも百姓よ、ところがグスマンは何でもうまくやりくりして、主人の寝室にまで入り込んでいるというのに、お前、カティリノンときたら、いつもぶざまで一文なしときてる。グスマンが勝ち誇っているときにお前ときたら、哀れな姿をさらしてる。お前は悪運のもとで生まれついたが、ここで稼いだ金をしっかり溜め込もうって魂胆だな、そういうのを、〈あそこを繕いに売女にかかる〉(お門違い)っていうんだ、この間抜け野郎。そしたらミラグロス修道尼が叫んでいた、「誰も死んじゃいない」だと。セニョールの震えはもっと激しくなった。それはグスマンが彼をひとりぼっちにして、部屋の中に閉じ込めてしまったからだ。三方の壁は黒い布で覆われ、四番目の壁には黄土色の世界地図が掛かっていた。その世界はある種の恐ろしい境界を越えて広がることはなかった。つまりヘラクレスの柱〔ジブラルタル海峡の両岸〕やタホ川の河口までしかなかったのである。カーテンの向こう側で、こんなやり方でセニョールを怖がらせていた嘆き女たちのこうした肉体の壁。というのもセニョールは(ざわめきが通路、回廊、厨房、厩、煙ったタイル工場を通って聞こえてくる)、見えない犬がどこにいるか突き止められないので、気の狂った修道女たちが恐怖心から、あるいは恐怖心を口実にして、復讐心に駆られた群集と化すのではという恐れを抱いた。セニョール、貴方様が私たちをここに閉じ込めてしまわれたのです、私たちは修道院が平穏であることを望んでいました。ところが貴方様は私たちを、こうした険悪で埃っぽい殺伐とした嫌な場所に連れてこられました。ここで私たちがどういった者たちに囲まれて暮らしているかといえば、粗野な人夫とか、がさつな現場監督、一日中指を器用に動かして石を削ったり磨いたりしている恐るべき石工たち、褌《ふんどし》一丁の裸姿で、時々恥部を覗かせたりする、汗だくだくで鉛板を溶かしている、ついそそられる鉛管工たち、子孫をこの台地で多く残そうと、野天でどうどうと交わっている雌馬やロバなどです。ああセニョール、貴方様は私たちが望んでいた平安を奪ってしまわれました、そして男たちの頭を恐るべき欲望で充たされたのです。こんな宮殿の壁という壁はみんな崩れ落ちてしまえばいいのです。私たちを互いに隔離する独居房など壊してしまえばいいのです。修道女と工夫たちがこの台地の太陽の下でいっしょになって、触れ合い、大声を出し、酔っ払って、げっぷをし、つねり合い、飛び跳ね合って、乱痴気騒ぎを大っぴらにやればいいのです。ただひとつ、終わりのない壁の内に閉じ込められた私たちに、本当にこうしたことが起きるかどうか分かりません。雌馬は水汲みでもしてればいい、牛どもはやりまくればいい、工夫どもは物差しでも広げてればいい、修道女は汚されちまえばいい。ミラグロス修道尼、貴女様によってこんな野蛮なラバ追いたちのいる砂漠に連れてこられてからというもの、私たちはセビーリャやカディス、ハエン、マラガといった甘美な土地にひっそりたたずむ修道院から、遠く引き離されてしまいました。こんなに荒れ果て、緑陰ひとつない暑い土地に、何ひとつ寒さから身を守るものとてないこんな土地に、貴女様はアンダルシーアの修道女たちの一団を、そして誰よりも美しいソル・フアナを上から引っ張ってきたのです。彼女は炎の中のオリーブの木、髪や瞳は黒いオリーブの実のよう、肌は白百合のごとく透き通り、唇は八重咲きのカーネーション。その女性が今ではさかりのついた雌犬のように四つんばいになってうなり声を上げ、くんくん腋の下の臭いを嗅いで、深く暗いところからむしろ土牢のように思える、〈我らが主〉〈犬どもの主〉〈あらゆる悪魔たちの主〉教会の礼拝堂の隅でオシッコを垂れているのです。ミラグロス修道尼、ここで私たちは何をしたらいいんでしょう？教えてください、貴女様は私たちの上長なんですから。貴女様だって、昼夜たがえず私たちの周りをうろついている、あの恐ろしい連中たちにいらいらさせられたでしょう？　ハンマーやクレーン、ふいご、金槌でうるさい音を年がら年中がなり立てて、朝課や聖歌、しめっぽい敬虔なお祈りの晩課のどれもこれも、消し去ってしまうんですから。貴女様も豹のようなご自分の細い目尻から、ご覧になったでしょう、夏場に素っ裸になった左官の両腕とか、胴体に流れる汗とか、腋毛やもっこり膨らんだ褌の部分などを？　ああ聖母マリア様、私たちの心をかき乱すこうした悪い思いを追い出してください。私たちの声から亡霊じみた犬の遠吠えを消し去ってください、私たちの胸の中に、お祈り〈聖なるイエスの心〉の甘美な象徴を埋め込んでください。カルメル会のスカプラリオで、私たちの黒々と脈動を打つデルタ地帯を覆ってください。ヴェールをかぶせてください、聖母様、聖体の祭壇の上に掛かっている異教的な絵画の上に。私たちはもうこれ以上、男の脚を見たいとは思いません、これ以上、男の肉体を夢想したいとは思いません、それに夜になると、寄る辺のない思いに苦しみ、むせび泣きながら、独居房から抜け出て、互いに身を寄せ合わねばならないのはもういやです、自分たちに何が起きるか密かに了解しつつ、貴女様が支給してくださったのりの効いた白のネグリジェを脱ぎ捨て、粗悪な苦行衣シリスの毛シャツ、粗いウールを身につけねばならぬ口実を追い求めるのです。着替えるとき、私たちアンダルシーア女の体型がもろに分かってしまうだけでなく、たわわな二つのオレンジがもろだしになり、見る人は黒いオリーブの実を嗅ぎまわるような誘惑にかられるでしょう。お母さん、お母さん、ミラグロス修道尼……どうして黙っておいでなのですか？　聞こえないのですか？　何も聞こえないと言っていることがお耳に入らないのですか？　姿の見えない犬が吠えるのをやめたのが分かりませんか？　お母さん、お母さん、どうして黙っておいでなのです？　ほらお母さん……どんな音が新たに、沈黙を破るというのですか？　傲慢風をふかせて礼拝堂を進んでくるあの固いブーツは誰のもの？　この花崗岩の床の上を引きずられてくるのはいったい何もの？　石にぶち当たるあの金属音は何の音？　通路、厨房、厩、アスセーナ、ロリーリャ。寝坊助のカティ公、起きろ。お前が誰にも負い目がないのはわかった、でもな、寝すぎると服が乱れるということを知っておけ、グスマンがわれわれにまで伝えようとして、申し渡したことを聞いておけ、奴は何でも知っているんだ、奴はセニョールの勢子頭だ、奴の話しだと、鼻のよく利くがつがつしたブラッドハウンド犬が何匹かいるそうだ。こいつらはいくら罰を与えても言うことを聞かない、しかし一つだけ厄介なことがある。それは犬飼いの手から放してもらうや否や、たしかに積極的にどんな昔の足跡でも追い詰めるのだが、見つけると胸を高鳴らせ、あたかも新しい足跡であるかのように吠え立てて、他の猟犬たちの気を逸らしてしまうんだ。この犬たちは強欲なブラッドハウンド犬の後についていって、吠えまくるせいで勢子の判断を狂わせてしまい、狩猟を台無しにしてしまうんだ。この種の欲深いブラッドハウンド犬に苦労させられるのはこういった点さ。できもしないことをやろうとするし、そのために怒り狂うんだ。そんなことを言うのはな、ヘロニモ、俺の言うことをお前に分かってもらいたいからさ。マルティン、お前らに昨夜起きたことを話してやろうか、修道女たちが礼拝堂で慌てふためいておった、連中はみなアンダルシーアの若い娘たちだったが、中でもイネシーリャって言ってたな、あの娘に勝るいい女はいないぜ、お前はまだ見てないのか？　マルティン、この阿呆、マルティンときたら、絶対手を出せない女、そう、あのセニョーラにしか目がないんだ。とうてい手が届きそうもないものとか、聖なるものにしかな。奴はいったいどうしてあんな質問をしようだなんて思いつくんだ？　ヌーニョと俺〔カティリノン〕だけがソル・イネスに目をつけているってわけか。ええ、ヌーニョ？　ここで俺たちは苦しい思いはしても、女買いはしないってわけか。でもまあ見てみろよ、この百姓仲間の中にどれだけのごろつきや、白癬病みの雌ラバがいることか。でも落ち着くんだ、兄弟たち、貧しい従士は馬に死なれ、金持ちの従士は妻に死なれるって言うだろう、もしお前たちに慰めが要るのなら、言ってやる、俺たちは皆、あの中庭とか独居房に近寄っただろう、うまくあのアンダルシーア女かビルバオ女かトルコ女か、まあそれはどうでもいいが、あの修道女たちが服を脱ぐところを覗けるかと思ってな。逆に見られることもあったが。いくら黒い服を着てても、俺たちも女たちだって、かっかした熱が冷めるもんじゃないわな。とりわけひょうきん者のカティ公が褌《ふんどし》を引っ張りあげて、修道女たちにふぐりを見せてやったときなんか、そりゃもう。連中はわしらが地下で造っているあの礼拝堂に集まっていたってわけよ、礼拝堂のことはお前も覚えているだろう？

三十三段ある階段を上っていけば外の原っぱに出れる地下納骨堂というか土牢みたいなところよ、連中ときたら、亡霊犬の吠え声におびえて、気違いみたいに叫んでいたっけ、そこにグスマンがボカネグラの死体をチェーンにつないで引きずってきたってわけよ、ほら例のセニヨールのお気に入りの猟犬よ、角笛を下げる紐とか、飾り房、セニョールの紋章のついた棘つきの首輪とかつけて、猟に行く万全の用意をしていたってていうのに、爪は焼けただれ、脚は腫れ上がっていて、話によると、はらわたはもう冷たくなっていて、喉元と頭部に傷があり、まだ生きてるときにつけて直そうとした軟膏の臭いがしたってわけよ、そいつは松脂や明礬《みょうばん》、クミン、皮を取り除いた漿果《しょうか》、こねた灰、山羊の乳などを混ぜくったものでな、つまり死んだアラーノ犬はそうしたものすべての臭いがしたというわけよ。しかしな、カティリノン、犬をいつも足元において決して狩猟には出さなかったわしらのご主人様セニョールの苦しみと睡魔が移っちまったようだ。あげくは死体になってお出ましってわけよ、狩りに行く代わりに狩られてきたってことよ。グスマンは片手に犬の死体、もう一方の手にまだ血が滴る短刀を握って、祭壇に上がってな、手すりのところに犬を吊るしてな、修道女たちのほうを振り向くとこう言ったんだ。――ほらあそこにいるのがお前さんたちの言っている亡霊犬よ、もう吠えたりはしないからな、心配せずに独居房に戻りな、そしてセニョールを静かに休ませてやりな。

まあこんな具合でな、恐怖は去ったわけよ、これで驚くことはなくなったし、魔物も消えておさらばよ、怖いの怖いの飛んでいけ、さて、俺たちも大甕のところや石切り場や窯に戻るとするか。マルティン、風はどうした？　まだ止まないか？　ヘロニモ、指令書はどうした？　今日は仕事など止めて、皆で儀式に出るために宮殿の向かいの土地に行くっていうんじゃなかったか、え？　儀式って何のことだい？　儀式ってのはな、よく分からんが祝日かなんかだろう？　サーカスとか人形劇でもやるんじゃないか？　ひょっとしたら犬どもが一匹残らずお出ましになるやつかも知れん。結局セニョールの飼い犬だと分かった例の亡霊犬といっしょで、見えはするが聞こえない稲妻とか稲光がついてくるかも知れんぞ、あの犬ときたら絶対に狂犬病にかかっているからな、注意しろよ、カティリノン、傷口がタールみたいに真っ黒になってるからな。狐も狂犬病を移すっていうからな、狐には絶対に近寄るなよ。神様は灰色で空を塗りたくってしまったようだ、どうも雲行きが悪くなって嵐が近づいてきそうだな、そんな気配がしないか？　カティリノン、お前はどうして埃がじきに静まったことが分かるんだ？　あたかも逃げ込んだ先で、灰色の袖口で目を覆って、身を守るかのようにな。まあいい、さあみんな行くぞ、ヌーニョ、ヘロニモ、マルティン、カティリノン。犬が亡霊じゃなかったのは、グスマンの言ったとおりだ。あれはどこにでもいる狂犬よ、どれだけセニョールの可愛がっていた飼い犬だろうと、いくら負傷した首の回りに紋章の幅広首輪をつけて死んだって、主人に狂犬病を移したんではお気に入りの看板が泣くよな、ユダヤ人も豚も狂犬も農園には入れるなよ、グスマンは尖った短刀で犬のこめかみを一突きして殺したんだ。ばっさりとやられたざまは、先日、馬小屋の近くで焼かれた若造のようだったぜ。さもなけりゃ、足場から落っこちて死んだ役人とか、クルミの木を切りに行って死んだ現場監督とか、板石にぶつかって死んだ請負師とかいった連中といっしょだ、連中はみなお陀仏よ、他人の死を嘆く奴は長い綱を引くってことよ。ボカネグラはくたばった。礼拝堂の手すりに吊り下げられてな、もうこれで騒ぎはおしまいだ、騒ぎの張本人たる亡霊犬が殺されたわけだしな。彗星も消えてなくなった。もうわかったろう? すべてがもとに戻ったってことよ。何もなかった前の状態にな、さあみんな行くぞ、ラッパの音もはっきり聞こえるし、歌声もな、急げ、いやゆっくりでいい、カティリノン、早足でゆったりと歩くんだ、そうしたら最後には自分たちの目で、前代未聞のものを見ることになるぜ、ヌーニョ、見てみろ、ミラグロス修道尼さんよ、ご覧な、もう数えてごらんなすったかい? 一、二、三……十三、十四……二十三、二十四人もいるぜ、托鉢僧に二列になった旦那や騎士さん、聖器僧といっしょの八人のヘロニモ派の坊主と、輿付の聖器僧ってところか。何て長い行列なんだ、修道尼さんよ、連中は山から下ってきたらしいぜ、マルティン、見てみろよ、雑草をかき分け、静かな埃を立てて、荒地に引っ掻かれながらやってくるじゃないか。修道尼さんよ、何ていつまでも続く長くて黒い行列なんだい、雑木林を横切って、この平らな乾燥した土地に生えてるスマイラックスを押しつぶしながらやってくるぜ、わしらの緑豊かなアンダルシーアの農園とは雲泥の差だな、カティリノン、連中が岩だらけの谷間を、危険な窪みを避けながら下りてくるのを見てみろよ、みんな平地のほうにやってくるぞ、何て長い行列なんだ、お輿の後には槍を構えて武装した騎乗の射手がついていくぞ、槍に黒いタフタの小旗をなびかせてらあ。イネシーリャ、もっとおしとやかにしろ、たとえお前の上に雷が落ちたって、あそこの黒い雲になんぞにびくつくもんじゃない、下のほう見てごらん、雲から雨風、雷鳴、稲妻がやってこようと気にするもんじゃない、とんでもない、ミラグロス修道尼、わたしが嵐にびくつくとでも？ 堂々と顔を上げて、でかい雨粒を受けてやるだけよ、あんたがわたしらを海や大河からはるばる、こんなどうしようもない台地まで連れてきて、わたしらもいい加減暑さで参っていたところだから、涼しくなってありがたいくらいよ。黙って見てみろよ、各々の輿の周りに豪勢な格好をした徒の近衛兵がいるだろう、それに騎乗の従者が二十四人、よく数えてみろよ、手に蠟燭をたずさえみんな一様に喪に服してるぞ、輿を引くロバまで喪中かよ、でも輿のなかに誰がいるんだ？ マルティン、俺の肩に乗って見てみろ、カティリノン、よく見てみな、他の職人や修道女、矛槍兵、セニョーラの侍女たちの頭越しにな、よく見るんだ、その後俺に話して聞かせろ、俺は行くぞ、立ち止まれ、見てみろ、あそこにセニョールがいるぞ、宮殿入口の扉のところに黒づくめの喪服を着て、びっくりした様子で、蒼白い顔をして突っ立っている、今目にしているものに自分の姿を見ているふうにも見える、傍らにはセニョーラが座っているぞ、マルティン、黒のビロードずくめのセニョーラは、顔をじっと動かさず、手に頭巾をつけたオオタカを止まらせているじゃないか。後ろにはグスマンがいるぞ、マルティン、奴ときたらカイザル髭を蓄えて、短刀の上に手をおいてらあ、ボカネグラを殺した例の短刀の上によ、そう、そう、マルティン、セニョールは忠実な犬を探すかのように、手を差し伸べているけど、犬はいやしない、でもいったい俺たちが目にしているのは何なんだ？ カティリノン、つまらぬ言い争いなんかやめて、俺に言ってくれ、お輿でやってくる連中は何者なんだ？ ありゃ遺体だよ、遺体。ミラグロス修道尼、だからわたしたちはびっくりして度肝を抜かしたんですわ、犬が吠えまくっていたのもそのせいだし、だって近づいてくんくん臭いを嗅いでいましたもの、わたしたちより鼻が利くでしょう？ あなたも誰も死んじゃいないっておっしゃいましたよね？ とんでもない。ありゃ遺体ですわ、マルティン、冷たくなった遺骸ですよ、なんてこった、骸骨もありますよ、でもちゃんと黒と赤の立派なぼろ服を着せられて、金の勲章までぶら下げているとは。服を着た骸骨というのもいかがなものでしょう？ マルティン、他の遺体はミイラのように見えますわ、だってしわだらけの顔で髪もついているでしょう？ 矛槍兵たちがお輿から下ろして、あのお墓にもっていくようですよ、修道尼さん、イネスったらお黙り、ほら、ケープをつけた四人の歌い手が出てきたわよ、マルティンたら、見てご覧たら、咳き込んで顔が紫色になっている、あの太った司教さんを、人の話だとあっちのほうは使いものにならないそうよ、金襴づくめのお偉いさんたちまで引きつれてさ、修道尼さんたら、聖職者たちが〈彼を救いに来たれ《スブウェニテ》〉を歌っているわ、私だってちゃんと歌えるわ、でも風と雨のせいで墓所の装いも台無しよ、風が吹いて死人がみんなどっかに行っちまうわ、あれはみんな私たちの死体だというのにさ、お前さんたち、セニョールのご先祖は皆、ここまでやってきたんだよ、この死者の宮殿を終の住処にしようというんで、荒地や山を切り拓き、嵐や深い窪み、断崖、湿地などのさまざまな困難を乗り越えてさ、創設以来のすべての王家の人々ほぼ三十人という数のご先祖様が、各々の墓に入るために、こうして三十の御輿に乗せられてやってきた、というわけよ、私たちの上に立つ王家の三十人の亡霊が、〈未だならず〉〈未だならず〉という無敵の紋章をつけてね。この標語は紋章の中央に刻まれているんだけど、まさしく奈落の底に刻まれているようなものよ。〈未だならず〉〈未だならず〉、モーロ人と最初に戦った王、降伏する前に、モーロの槍衾《やりぶすま》に向かって、包囲された王城から身を投げた、その息子たる勇敢な王、反抗的な息子の頭を降誕祭の朝に刎ねさせたアリウス派の王、自分の娘を犯したあと、その汚れたシーツにくるまって焼け死んだ王、この娘の遺骸はいつも父親といっしょの旅をしてるんだわ、焼け死んだ王の息子に当たる死んだ娘の兄は、誘惑から身を守ろうとして極細物の蒐集に入れ揚げたってわけよ、この王の息子ときたら天文学者で、極細物から極大物へと研究の対象を一変させちまって、そのあげく、神がこの世を創造されるのに自分にひとこと相談してくれなかったといってぼやく始末。罪にさいなまれて死んだ勇気ある王がいたけれど、徳をつむことだけで人生を終えたわけ。彼の奥さんときたら、人のものを横取りする王子たちに雌獅子のごとく怒り狂ったっけ。心の苦しみのせいか、周知の便秘によってかわからないけれど、〈病王〉と呼ばれた王〔カスティーリャのエンリケ三世。一三七九―一四〇六年〕がいたっけ。その孫ときたら、寡黙でインポ、唯一の楽しみが自分のパンツにくっつけたつベクソの臭いを嗅ぐこととときた日には何とも……人を殺めた若い王〔フェルナンド四世召喚王〕は、競争相手の二人の兄弟〔カルバハール兄弟〕を城壁の一番高いところから投げ落としたんだけど、死んで三十三日半後に、神の審判に呼び出されたってわけ、つまり王はそれだけ経ってからベッドで死んだということよ、何でもいつも鉛のロザリオを身につけていたせいで鉛毒にやられたそうよ。娘たち、いいかい、こういった王たちの成れの果てをしっかり見ておくのよ、みんな私たちが敬愛した賢い主人で支配者だった人々よ、自分の正妻を棄てて情婦に入れ揚げたあげく、情婦の入った風呂の水をお付の者たちに飲ませた残酷な王もいたわね、棄てられた王妃は、自分の血と涙の色を取り合わせた旗を仕立てざるをえなかったけれど、そうした仕事は、表立って寡《やもめ》の生活をしている以上、それに勝るふさわしい手慰みは誰も提案できなかったし、ご自分でも考え付かなかったでしょうよ。その苦悶の旗は、不埒なカタリ派の異端どもに対する戦いで、翩翻《へんぽん》とひるがえったというわけ。みんな分かったかい？　イネスのお馬鹿さん、この世のすべてはちゃんと辻褄が合っているのよ、どんなに味気ない敬神だって何かの役に立つということよ、夜毎に犯罪に手を染めたあげく、その場所に犠牲者の銅像をおっ建てた非情な王がいたっけ、この王は夜になると覆面をつけて出歩き、たちまち街中で諍いをおっ始めて、殺した相手の記念に大理石で銅像を建てるまではよかったけれど、とうとう悪事のつけが回って、ある晩に石の腕が一本自分の頭に落ちてきて落命するはめになったのよ、また自分の夫がなるたけ早く天国に召されるようにと、お祈りしている最中に、夫の矛槍兵の手で殺されたうぶな王妃がいたっけ、また岳父に対して武器をもって立ち上がった反逆王もいたわ、何と自分の母親がお祈りしているときに手をかけて殺したのよ。そう言えば、跡目争いで平原を荒らし回り、宮殿を焼き払い、忠実な貴族たちの首を刎ねたやんちゃな皇女様もいたっけ、一方では、王位についてから毎日のように自分の墓に出かけていっては、中に入って《デ・プロフンディス》を唱えた王がいたけれど、そうすることが人間のなすべきへりくだった行為だと思っていたらしく、なんと自分のことを埋葬を法令で執り行うべきだって言うんだから、何をかいわんやってとこかしら。死ぬ前に自分のをライ病やみに引き比べたりしたのよ。死ぬ前に自分のそう言えば、こんな王もいたっけ、若くして男寡になったあげくに幼い子供たちが誘拐されちまったのよ、ところがすぐに、それがユダヤ人のはかりごとだということが分かったのよ、王妃に仕えていた有名なクエバス先生というのがユダヤ人だったというわけ。そして三人の王子達がユダヤ人に拉致されて、魔法の油を取り出すとかで、月夜に首を刎ねられたのよ、そうしたら王は三万もの偽キリスト教徒を、ログローニョの広場でご丁寧にも焼いてくださったってわけ、実際に連中ときたら、頑迷なユダヤ人だったという話。イネシーリャ、ほら見てご覧な、あの小さな棺にはね、亡くした三人の王子を象徴するかのように、子供の遺体が入っているのよ、ところで王の祖母たるわれらが純潔なるセニョーラ〔カトリック女王イサベル〕ときたら、一度として服を着替えなかったというけれど、神のみに由来するものを悪魔の目に絶対さらしたくなかったという話よ。そして死んだときには、肉にくっついたストッキングと靴をへらで引き離さねばならなかったと言うんだから、何ともはや。気が狂ったご亭主はわれらが王の祖父に当たるんだけど、野うさぎを生きたまま料理するのが大好きときて、また寝室の尿瓶に雪をどっさりと用意して、それを黄色のインクで染め上げるのもお得意でしたわ。噂だと何でも口には出せない快楽に酔いしれていたところ、四人のモーロ人奴隷によって、ある晩、シルクの首輪にぶら下げられて死んだって話よ。セニョールの父上はね、イネシーリャ、女遊びにうつつを抜かした王様〔フェリペ美王〕で、その遺体は未亡人、つまり《狂女の貴婦人》たるセニョールのご母堂によって、多くの戦争と犯罪、英雄的蛮行、不条理によって荒れ果てた、この地のあらゆる修道院を引きずり回されてきたというわけ。この地で、この花崗岩と大理石でできた地下礼拝堂で、みんな安らかに眠れるでしょうよ、永遠にね、そう、永遠に。だってこの宮殿はお墓であって聖堂でしょう、永遠のために作られたわけだし、でも永遠のものなど一つとしてありゃしないわ、ミラグロス修道尼、天国と地獄というのは真実の永遠だけど、それを超えるものなんてありゃしないわ。お黙り、新参者のくせして口幅ったいことを言って、お骨や遺骸をここから運び出さない限りはね、でもわたしらのご主人様たちだって、肉体が復活する日とか最後の審判の日には、生きていたときの身体のまま天国に昇っていくんでしょう？　なに馬鹿なこと言ってんの、イネシーリャ、あたしの頭を混乱させるんじゃないよ、お前みたいな騒がしい娘には神聖な修道服なんかより、鈴でも着けてやりゃよかったんだ。厄介なことを聞くんじゃないよ、でもいいかい、私らが復活するときの肉体っていうのはね、淫欲にまみれて死んだときの肉体じゃなくて、生まれ変わったキリスト教徒のそれだよ、同じだけど生まれ変わってるんだ、もう一度肉体に戻るんだからね、再洗礼によって聖霊の御許でね、可哀そうなお前、いいかい繰り返すんだ、自分に問いかけるんだ、「しからば我はキリストの身体を失いて、娼婦の肉体を得るべきや？」(tollens ergo membra Christi faciam membra meretricis?)聖クリソストモの「そなたのものならぬ主の身体を穢す権利などそなたにはない」という戒めを忘れたのかい？またローマの教皇様がキスや抱擁、肉体的接触というのは肉の悦びであり、それが大罪ではないなどと主張する者を、異端審問に告発するようにお命じになったってことを忘れたのかい？　でも修道尼、思い出してもください、私はあんなおぞましいミイラや骸骨なんぞ一目だって見たくもありゃしませんよ、唯一見たいと思っているのは、銀のフロッグと金色の掛け金がついて、緑色のタフタで裏打ちされた木のお櫃よ。ご覧になれなくて？ええ、見えますよ。そこにやって来るのは聖人や福者の遺物に、名高きわれらが王様たちの跡継ぎの持ち物でしょう？　でも悲しい時代がずっと続くわね、ねえカティリノン、あの箱の中には何がはいっているのかしら？教えてよ、あれまあ開けているわ、マルティン、あんたに肩車してもらったらよく見えること、ほら今セニョールが司祭の差し出す箱の一つのほうにやってきて脛の骨を一本取り出したぞ、おい聞けよ、脛の骨だぞ、膝から下の部分でお皿部分もついてるぜ、そのほとんどが皮と神経で覆われているときてる。そいつにセニョールは唇のところにもっていって口づけしてらあ、ヘロニモ、あれだよ、あれ、雷が鐘楼のところに落ちたぞ、石もかなりやられたな、でも見てみろ、あれが行列の最後だ、雨が降る中、小さな革馬車が進んでいくぞ、取り巻いているのは矛槍兵や厨房係、捕吏にお付の侍女たち、投げ槍の雑兵といった疲れ切った様子の有象無象だ、槍の先端に猪の頭を突き刺したり、タマネギだの豚の干し肉だの獣脂蠟燭なんぞぶら下げてるぞ、その後ろを見てみろよ、霊柩車だ、この霊廟に入る三十人の遺骸の最後を飾るやつかな、イネシーリャ、どうやら激しい雨にも耐えるガラスで覆われていて、一番豪勢で見栄えがする。あ、停まったぞ、マルティン。あそこから出てきたのは誰ですか？　修道尼、葬列も尽きたようですね、服が濡れたせいで布地が乳首にひっついちゃった。服を着替えましょうよ、焚き火の近くで服を脱ぐことにしましょう、あそこに来たのは誰かしら？　四人の矛槍兵が近づいてくるわ、革馬車の扉を開けているわ、嵐は強まる一方だし、恐ろしい風が死体のお出迎えってとこかしら？　テントはずたずたになって倒れてしまったし、風のせいで墓のブロケードが持ち上がっちゃった。ねえ、見てみて、修道尼、おいマルティン、見てみろよ、塔の柱頭の先端に火が燃えて光っているぞ、金色の球の下だよ、球が燃えているようだ、まるで蠟燭でも点したかのように、球が燃えているときに、賛歌とか葬儀の鐘の音とか、礼砲、聖歌、群集の祈りのようなものが突如として湧き上がるんだ。矛槍兵が四人、小さな革製の乗り物から、黒い色をした神経質そうな、うめき声を出す動く人間を引きずり出しているぞ、黄色い目が襤褸を被った顔から光ってるじゃないか、《狂女》が顔を見せた際に、乾いた頬を伝ってくるものが涙なのか雨粒なのか誰にも分かりゃしないさ、濡れたぼろ服をまとったあの人間の背後で、お前さんは下りてくるってわけか、ビロードの帽子をかぶり、皮のマントを羽織り、胸に金色の記章をつけ、ピンクの靴下をはいた、蘇った王様のお前さん、美男の信仰篤きお馬鹿さん、お前さんはこれらの記章や服や汚れなき格好をしてはいても、所詮は人から横領して身につけているだけの難破者よ、口を開けて、唇をだらんと垂らし、顎を突き出し、蠟のような目をして、はあはあ喘いでいるじゃないか。あんた方の後には、死者を運ぶ霊柩車が停まっているぞ、そこには砂丘で横たわる姿で見つけられた若者が、ぼろぼろの服をまとって横たわっているときてる。本来であれば、ボール遊びに興じすぎた後風邪をひいて亡くなり、ドン・ペドロ・デル・アグア先生の手で死体処理された、女遊びの達人たる、いとやんごとなき主君がいるべきところなのだが。お前は確かへロニモといったかな、え、そうだろう？　お前は必要とされているんだ、稲光がして雷が鐘のあたりで落ちたらしいな、鐘は粉々になって溶けちまったぜ。

――われわれといえば、死者どものための家を造って自分らの命を捧げちまったってことか。

狂女

ミラグロス修道尼は言った、みんな自分の独居房に閉じこもっていなさい、ぜったい顔など出してはだめよ、扉をしっかり閉めて、窓はカーテンを引いてちゃんと覆っておきなさい、セニョールのご母堂の、あの頭のおかしいお方がお戻りよ、黒のぼろ着に身を包んで、亡き夫の遺骸を引きずってね、あの方の話だと夫と生き写しの阿呆な騎士を引き連れているらしいわ。何でも自分自身の父親だとか、息子だとか、夫の双子の片割れだとか、セニョールの父親だとか、何がなんだかよく分からないけれど、まあどうでもいいわ、アングスティアス、クレメンシア、ドローレス、レメディオス、お前たちは身を隠して引っ込んでいるのよ、狂女は他の女たちを見ると我慢ならなくなるからね、それがたとえキリスト様の花嫁となって修道誓願をした修道女でも、最も穢れから遠い敬虔な修練女であってもね、あの人には我慢がならないのよ、世の中のあらゆる女は夫を何としても自分から奪いとってやろうとする、自分を脅かす存在だと思い込んでいるのよ、たとえ一晩だけでもね、亡夫は生前、あまりに不実な態度をとったものだから、風邪を引いて熱を出して死ぬようなことでもなければ、きっと血を腐らせ、手足を潰瘍だらけにする梅毒で死んでもおかしくはなかったわよ。ミラグロス修道尼、わたしたちのセニョールはそれで子供ができなかったのですか？　病気でも遺伝したせいでしょうか、それとも子供はできたとしても病気を移したくなかっただけでしょうか？　みんな口を噤みなさい、静かに！　アンダルシーアの娘っ子たちを預かるなんて、何て因業な役回りを引き受けちまったんだろ、これも世の定めってとこかしら、セビーリャの修道女ときたら、十一歳になるかならないかで胸は膨らんでくるし、分からないことがあれば自分で調べ出し、調べがつかなければ、ああだこうだと推測するんだからね、お黙り、みんな独居房に入るんだよ、私に点呼させておくれ、祝福を与えてやるからね、クレメンシア！　レメディオス！　ドローレス！　アングスティアス！　イネシーリャはどうした？　困った子だね、イネスはどこに行っちゃったんだい？　アングスティアス、イネスはお前のところにいるんじゃないのかい？　独居房が隣り合わせだからね、ああイネシーリャったら。ミラグロス修道尼、どこに行ったのか皆目分かりません、セニョールはご先祖たちの二番目の埋葬を記念するために、僧院のあらゆる場所でたくさんのミサを、それも読唱ミサ、鎮魂ミサ、司教ミサ、説教などをするようにお命じになったんです。イネシーリャはとても敬虔な子だし、物見高いだけでとても楽しい子なんです。だからこうしたお祭りを欠席するはずはなかったんですけどね。ソル・レメディオス、お黙り、これはお祭りなんかじゃありませんよ。アンダルーシア娘ってほんとうに無責任ね、これはね格調高い葬儀の一環なんだから。涙と服喪の儀式なのよ。これはセビーリャの春祭りとは違うのよ、でもみんな耳を傾けてよく聞くのよ、自分の独居房にこもって、蠟燭がぱちぱち燃える音や、足音とかうめき声でも聞いているのよ。何て言ったかしらね、そうそう、セニョールの姉妹たち、神の婢女《はしため》たち、キリストの花嫁たちよね、みんな部屋に引っ込んでいなさい、そっちに狂女がやってくるわよ。ほら、台車のきしむ音が聞こえるでしょう？　台車を押してやってくるのよ、僧院中を渡り歩いて、女たちがみなきちんと閉じ込められているか確かめてるのよ、ソル・クレメンシア、よく見て御覧なさい。ええ、ちゃんと見てますわ、ミラグロス修道尼。矛槍兵が二人、火のついた蠟燭を掲げてやってきますよ、女の小人も台車を押しています。中には身動きしない死体といっしょにいる女性が、襤褸の間から黄色い目を覗かせているし、その後ろには、ビロードの縁なし帽を被り、革のカーパをまとったあの若者がいるわ。石の回廊や黄色い化粧漆喰の壁伝いに、凍えるような強風もいっしょに連れてきたみたいだわ。馬鹿まるだしのあの若者ときたら、指で漆喰のレリーフ部分を触ったりしてるわ、イエスの心臓やキリストの傷口部分よ。ミラグロス修道尼、ああ何て強い風でしょう。後ろから二人の司祭がついてきて香煙でなにもかも焚き染めてるわよ。狂女が黙ってわたしたちの独居房の小窓のほうを憎々しげに見ているわ。修道尼、どうしてあの人は台車で連れてこられたのですか。自由が奪われているのですか。シッ、シッ、お黙り。セニョールのお母様は手も足もないのですよ、ご亭主がお亡くなりになった際に、あの方は王宮の中庭の真ん中に身を横たえ、太陽や風、雨、埃など人間ならざるものはいざしらず、人間は夫以外の誰一人として、自分の身に触れてはならぬ、と命じてずっとあそこに何カ月も留まっておいでなのです。息子さんのわれらがセニョールはその御意志を尊重し、食事と水をお与えになるようにお命じになったのよ。身辺の世話をきちんとし、いつも小綺麗にしているように、お言いつけになったとはいえ、まずお母様のセニョーラの御意志を尊重せねばならないんです。お母様はご自分の体や痛みに関しては、自分の好きなようにさせてほしいんです。それがスペイン女性の体面というもので、それを人に知らしめて称賛してもらいたいのでしょう。ミラグロス修道女、そうはいっても結局、修道院にこもってしまわれたし、そこで鞭打ちや断食、棘の上の歩行、手足への釘の打ちつけなどをなさっているわけでしょう。ソル・ドローレス、そなたはなにもかも理詰めだけれど、セニョールのお母様は気が狂っておいでなのですよ。気がおかしくなっているからこそ、他でもないそうした苦行をなさっておいでなのです。足も腕もなくされているんですか、ミラグロス修道女。そなたは今日、自分で見たでしょう、ほらセニョールが口づけした脛のことよ、聖櫃からとりだして唇までもっていったあのお母様の脚のこと、われらが救世主の頭に巻かれた十二本の茨の棘と一本の髪の毛のそばにあって、地下墓所に永遠に保存されている聖人の聖遺物のようなものよ。脛は髪の毛や鋲などと同じく、聖なるものなんです。狂女は誰にもそれに触らせなかったの、人間たちはちゃんと理解したのに動物はわからなかったのね、亡くなったご亭主の犬どもときたら、ご主人が亡くなった日以来ずっと僧院から出ていなかったもので、ある晩、狩に出るとなったら喜び勇んで跳ね回り、いつもよくやるように、勢子頭のグスマンがぐるりと一周りさせようと連れ出したのよ、でも猟犬どもときたら、いつでもじっとしていなかったの。そうしたらセニョールの奥様のセニョーラが、ある宴を催そうとしていた晩に、縁起でもないことが起きちゃったのよ、セニョーラは音楽でも聴いて、長い服喪を吹き飛ばしたいと思っていたのね、ご主人に宴を催してほしいと再三おねだりしていたらしいわ、楽士たちがラッパを吹き鳴らしたところ、その音が春の日の開けはなたれた窓からもれ出てしまったというわけ、そうしたら犬どもが音を聞きつけて、グスマンの制止も及ばず、獲物を追跡しろというラッパの合図と勘違いして、何か懐かしいものでも見つけたかのように勇んで飛び出していったのよ。中庭に横たわる貴婦人の汗と肉のうちに、一瞬にして、死んだ自分たちの主人の汗と肉を嗅ぎ取りでもしたのかしら、それともご母堂のセニョーラのイボとか、それに類したささいなものに引き寄せられたのかもしれないわ。犬どもは女王の体を罠にかかった獲物と混同したらしいの、女王の上にうなり声を上げて襲い掛かり噛み付いたというわけ、貴婦人は手足をひどく傷つけられたものの、苦痛の声もあげず、それどころかそうした試練をお与えくださった神に感謝し、忠実なキリスト教徒として死なせてくださいと嘆願したのよ、もちろん死ぬことはできなかったけれど、愛する亡夫とあの世でいっしょになりたい気持ちでいっぱいだったのよね。灰色やぶちの犬どもは、祭りの夜っぴいて貴婦人の肉を貪ろうと思っていたけれど、グスマンが自分の集合ラッパを鳴り響かせようと、珍しくまともな判断をしたので、それを耳にした猟犬どもは貴婦人を放したのよ。セニョールはご母堂を幽閉の身から解放して、お日様のもとで傷の手当てをしたいと思われたのね。でもお母様はそれを断固拒み、亡夫にしか絶対体に触れさせようとはしなかったのよ。それで猟犬どもが狂ったように食らいついた手足の部分は、腫れ上がり、傷口は開いたままで塞がらず、膿が化膿して紫色に変色した部分から滴れていたの。ところがお母様ときたら、お祈りを唱えながら、痛めつけられたご自分の体と苛まれた魂を、万物の創造主であられるわれらが主に委ねようとされていたのよ、大きい声で叫んでいたのは、名誉も栄光も何にもなりはしないし、本来、そんなものは貪欲に溜め込むものではなく、進んで捨て去るべきものであり、たとえ手に入れてもそれに見合う報酬などありはしない、なぜならこの世にはそれに見合った富、最高の名誉も栄誉も存在しないからだ、といった意味のことだったわ。こんなことをあの春の日に毎晩のように言っていたもんだから、とうとう息子さんのセニョール、つまり現在の私たちの主人は、お母様のご意志を踏みにじり、力づくで、情け容赦もなく腕をとって引っぱっていくように衛兵たちにお命じになったの。それも功を奏さず、寝室に連れていかれちゃったのよ、そこで医者たちに腕と足の怪我した部分に軟膏を塗って吸角をつけてもらいはしたものの、それも手遅れになってしまったらしく、手足を切り落とさざるをえなくなった、という次第なのよ。それはそれは、お母様は恐ろしい声を上げて耐えなさったけれど、その声を私はちゃんと聞きましたよ。でも恐ろしくて震えたわよ、切り落とすときに上げた叫び声を聞いたときにはさすがの私もね、こう言ってたわ、イエス様、どうか狂気じみたこうしたユダヤ人医師からわが身を救いたまえ、私を不具にしようとしてアルハマ〔ユダヤ人街〕から這い出してきたこうした連中の手から、どうせ私から切り取った手足を足蹴にしようという魂胆の、ユダヤの律法を奉じる医者どもの手から。胸に刻まれた異常なくらいとんがった星々〔ユダヤ人を表わすダビデの星〕を見てごらん、どうせあの連中は、キリスト教徒をすべて滅ぼして、われわれの財産を奪い取ろうという魂胆で、私の四肢を油で釜茹でにでもするつもりなんだ。私は奥様が失神してしまわれる前、手引き鋸によって奥様の腐肉がばっさり切り落とされ、か弱い骨が粉々に砕かれていた最中に、ご自分の熱望されていたとおり、こうした恐ろしい究極の試練を与えられた神様に感謝の言葉を捧げているのを耳にしました。こんなことも失神する前に叫んだんですよ、これは身を犠牲にして名誉を勝ち取るのよ、この世の儚いものを手に入れるよりも、すべてそうしたものを失ったということに、私の高みや気高さがあるのよ、死を除いて、イエス・キリストに最悪の犠牲を課したあの忌まわしい豚どもの手で、体の半分を与えるということくらい大きな犠牲や損失などないでしょう、とね。でも意志のつよさが顔によく現れていたわ。修道女のみんな、あの方の目をよく御覧なさい、見下すような目つきで私たちのほうを見ているでしょう。口には出さないけれど、自分には可能だったけれど、所詮あなたたちはできないでしょう、と言わんばかり、自分は不具にはなったけれど、遺骸を引きずって戻ってきたと言わんばかり、新たな人間、新たな皇子、新たな青年にうつつを抜かしてて……ほら、御覧なさいな、あの女が支度用の寝室のほうへ、いかにもごう然とした態度で遠ざかっていくのを……自分は戻ってきた、物事は再び元の木阿弥になる、死なんて所詮は幻想だ、何もかも失おうという意志が何もかも手に入れようという意志に勝れば、零落なんてものはない、といったことを口走りつつ、彼女は戻ってきたのよ。戻ってきたの！　アスセーナったら、私たちのいる通路のほうにやってくるわよ、今一度、私たちを閉じ込めにやってくるつもりよ、寝室に閉じ込められていたせいで、私たちの行動や言い争いなどに全く無関心だったセニョールの奥様、セニョーラが私たちに与えてくれた自由を奪いにやってくるわ。今はだめ、狂女のお戻りよ、台車に押されてそこまでやってきているのだから、ねえロリーリャったら、見てごらんよ、侏儒のバルバリーカが後ろを押しているじゃないか、あの出来損ないまで一緒に戻ってきたとはね、あの皺くちゃ婆さんの丸ぽちゃの、はれぼったい目をした怪物までが、服の裾を引きずって歩くさまを見てごらんよ、そういえばいつもあの小人は、ご婦人方の古着を着ることにこだわっていたっけ、たとえ裾を引きずろうとも、短い腕や太鼓のように硬い脛の周りに、どれだけ袖や裾をたくし上げねばならなくてもね、アスセーナったら、あんたに小人のバルバリーカが踊りを見せたことはなかったかい？　くるくる回りをしなかったかい？　あたり構わずオナラをぶっこきながらさ、厚紙で作った王冠を被って、金色に顔を塗りたくり、おっぱいをさらけ出し、血管を青く塗ったりしては叫んでたじゃない、「わたすも女王さま、わたすもちっちゃな女王さま、なりは小さいけんど、れっきとした女王さまだんべ」。そしてぶっ続けに三発、ラッパのようなオナラをぶっこいてさ、あんたにはしなかったかい、アスセーナったら。またまた連中のお戻りってとこかい。どうして私たちはこんなについていないんだろう、忌々しい日だこと、狂女と屁こき名人がこの僧院に戻ってきたんだからね、この連中とは金輪際顔を合わせなくてもいいと思っていたら、このざまだ、ねえロリーリャ、見て、見て、見て、連中といっしょにやってきた、あのすっとぼけた若者はまるで頭にがつんと一発食らわされたか、ケット揚げでもされたみたいよ、痛いせいか眩暈でも起こしたのかわからないけれど、動けないのかしら。醜男ではないけれど、じっと動かないせいでそう見えるわ。まるでここにいないかのようね、操り人形か頭のとろい白痴みたい、一言でいうとね、アスセーナ、〈パンも焼き方悪けりゃいびつなり〉〔元がわるければ結果も悪い〕ってとこね。きっと聖ペトロの息子さん〔教皇の私生児〕にちがいないわ、司祭の甥だといっても、所詮お見通しの連中のなかのひとりってとこでしょう。お父さんと呼ばれたくない聖職者が、さんざっぱら鞭打ちを加えたせいで、頭がいかれちゃったのよ。あれはたしかに司祭の息子じゃないわね、絶対ちがうわ、おまえさんは、あの青年が厨房の下で焼かれた際に、何が起きたか忘れちまったのかい？　処刑されたことで流された涙から新しい生命、例のマンドラゴラとやらがその足元に出てきたでしょうが？　マンドラゴラですよ、アスセーナ、私たちもそのことをセニョーラにお教えしたでしょうが？　悪名高い拷問台や火刑場の傍らで、そしてこの世の人間どもが、泣き叫んで死んでいくあらゆる場所、さらし台とか首絞め機などの傍らに、また生きたまま火あぶりにされた若者の遺灰の傍らに姿を現したのが、あの小さな人形《ひとがた》だったのよ、アスセーナ。ああ何てことでしょう、とっくに分かっていたけれど、あれを見つけることとなったのは、若いセニョーラではなくて、この呪われた魔女たる手足のない気違い婆さんだったのよ、それを見つけてきてから立派な大人の背丈になるまで大きく育てたのは、狂った雌山羊のごとく、ところかまわず乳首からあふれ出てくるバルバリーカの乳だったのよ。アスセーナ、奥様は何をぶつぶつ言っているのかしら？　私の鼓手はどこに行っちゃったのかしら、黒づくめの鼓手こそ私といっしょに行ってもらうのにどうしても必要なのに、それにこの廊下を物悲しくもお通りだってことをみなに触れ回る役周りなのに……でもそんなことは私たちにはどうでもいいことよね、重要なのはこの忌まわしい女関白が戻ってきたということよ、私たちの庇護者たるセニョーラの寝室に向かっていくことなの。若奥様はのほほんとしていらして、セニョールがグスマンを通じて私たちに伝えた厳しい掟に反して、この陰気な場所を楽しい騒ぎでいっぱいにしたり、庭園の手入れをしたり、観劇とか愛の法廷とか回転木馬などで気晴らしをしたいとお考えなのよ、また羊飼いたちを呼び寄せて、ご自分のバルコニーの前で羊の毛を刈ってもらいたいし、ともかくここで何か楽しいことをやりたいというわけ、私たちは義務だからいやいやながらやってはいるけれど、若奥様が眠気に襲われているときに椿油で髪をすべりやすくする、などといったこと以外のことよ。ねえ、寝室に私たちを入れてくれなくなってからどのくらい経つかしら、それ以来ものをくすねることもできなくなったどころか、逆にわれわれがくすねられてしまったわ、ああ、また女関白が戻ってきた、そこに台車に乗せられて、小人と白痴がいっしょに来ているわ、卑猥な言葉を吐き散らしたり、本当の貴婦人には足がないなどとわめきながら。

みんな知らなかった？　本当の貴婦人には足はないってこと！　ロリーリャ、そんなこと私が知るわけないでしょ、私たちが知っているのは、あのぞっとするような婆さんが自分たちを閉じ込めるってことだけ、衛兵たちに私たちのむさくるしい部屋の閂をかけるように命じるはずよ、それに自分たちのもっているもの、長年しっかり抱えこんできたものをすっかり奪い取られてしまうわ、何ひとつ隠しおおすこともできないで。そんなときのためにマンドラゴラが役立つのよ、地中に埋められた宝物を見つけるのにね。自分たちの宝物といったらそれだけ、それ以外のものは何もなくなるわ。あの婆さんの言い草だと、私たちはこそ泥女中ということらしいし、セニョーラの侍女で女中頭たる地位を奪って、再び下女に落とそうとするつもりなんだから。ロリーリャ、こっちにおいでったら、アスセーナ、何もかも隠してしまいましょう、若奥様の寝室からもってきたものを全部、取り外しのきく敷石の下に入れて隠しておきましょう、くすねてきた人形と桃の種と、絹のストッキング、付け毛、使い古した部屋履き、乾燥スミレの入った小袋、色のついた錠剤、自分たちの胸や領地の上で駆け回らせた、黄金色の虫けらなど、そうしたもの一切合財をちゃんと隠しておきましょう、だって私たちの唯一の遺産ですものね、唯一の。

――インク壷にペンをひたして書きとめよ、グスマン、良き死を迎え、神と折り合いをつけることに遅いということないからな、しかもそのことをしかとわしの目に写しだす鏡などなくとも、己の死を先祖たちのうちに重ね、彼らの安息を願ったような安息を時として己に対しても求めることとなる、そうした日に備えることは、決して遅きに失することはないのだ。先祖たちは安らかに眠っておろうな? グスマン?

――各々がご自分の墓所に安置されております、セニョール。あの場所に。

――わしはすべてを万端整えたし、三十台の霊柩車の到着日を自分の誕生日にもってくるように取り計らった。そうすることで生と死の祭事がいっしょになるようにしたのだ。わしが一年早く死ぬことになれば、その分、死者たる彼らは一年多く生きるということになろう、しかし結局は、われら生者のあり余った生と、死者たちの欠けた生とをいっしょになって祝うこととなるのだ、グスマン、教えてくれ、死者は生において欠け、わしは死において欠けるとな? 死者は死においてあり余り、わしは生においてあり余るとな?

――愚考いたしますに、こうした死者たちはとうの昔に成仏されております、ですからいまさら嘆き悲しむことはありませぬ。むしろこの儀式を、貴方様が今現にこうして王として生きておられることを喜びとする機会となさいませ。

――わしは命じ、かくとりはからった。つまりあらゆる者が同じ日であるわしの誕生日にやってくることをな。ところが見ての通り、そうはならなかった、供奉の一行は四日間も遅れたからだ。

――貴方様は行列が完全に左右対称になるようにせよと仰せになられました、つまり全員がこの場所に同時に到着するようにと、一人が火曜日に、五人が金曜日に、三人が日曜日に到着することなどまかりならんと、したがって多くの者たちは他の者たちが到着するのを、山の麓で待たざるをえなかったのです、こうした者たちのうちには途中で事故にあったり、道に迷ったり、思いもよらぬ嵐に遭ったりと、何らかの不測事態に遭遇したせいで遅れをとってしまったようです。はっきりは分かりませんが……。

――わしの思いが充分伝わらなかったということか。

――自然の四大は向かうところ敵なしでございます、セニョール。

――黙れ、わしの命令が充分ではなかったのだ。四日間も絶望的な気持ちで待たされたのだからな、ちゃんとわしの誕生日に着いていたら避けられたかもしれないのに、その間に新たな事件や死や暴力などが次々に起きたのだ、ボカネグラも死なずにすんだろうに。お前があの犬を殺すこともなかっただろう。

――私のせいになさらないでくださいませ、あれは狂犬病だったからです。貴方様のお傍におることはできなかったのです。犬を生きながらえさせて、国王を失っていい道理はありません。情けをかけるのもいい加減にしませんと、痛みというものも同様です、憂鬱病に罹りたくないのなら……。

――分かった、分かった、グスマン。すべてが元通り落ち着いて、どうということもなくなろう、修道女たちももはや、わしの寝室の前で、気でも狂ったかのように騒ぎ立てることもなかろう、職人たちがじきに仕事に戻れば、わしの畢生の作品であるこの建物が完成する日も遠くなかろう、わが先祖たちの墓所にしてわが遺品の霊廟たるこの建物が。

――生きていることを喜びとしましょう、セニョール。時期尚早なことはお控えになられたほうが。

――痙攣が起きそうだから、骨の指輪をわしにつけてくれるか？

――寝室にもどるといたしましょう。そこでクッションに足を乗せて楽にしてさしあげますから、その場で何なりとお言いつけくださいませ。

――いや、それはならん、グスマン。ここ礼拝堂でなくてはならぬ、そなたが祈祷書台の前に座り、わしはこの冷たい敷石の上に横たわるのじゃ。二人とも三十あるわしの先祖たちの墓石に取り囲まれてな。教えてくれ、グスマン、この地下礼拝堂に遺骸はどうやってもってこられたのか分かるか、あの階段がいまだに完成していないというのに？

――厩舎や厨房、中庭、回廊、土牢のあたりをぐるっと回らねばならなったようでございます。ここまで持ってくるには、この地下のなかに貯まりたまった、去年の冬の湿った枯れ葉を踏み越えて行かねばならなかったのです。

――どうして階段はまだ完成してないのだ？

――それは前に説明いたしました。貴方様のご祈祷の妨げとならぬようにとの配慮からでございます。

――何を申しておるのじゃ、そなたはわしの気持ちが分かっておらん、まず完成させねばならなかったというのに、わしは地下礼拝堂と地上の間に三十段を造るように命じただけじゃ、一段がお一人の棺を表していて、そこを下りることで、今日という大いなる日に、先祖たちの墓に至ることができるはずじゃった。なにゆえ三十三段の階段を造ったのじゃ？　わしはたしかに数えてみたぞ、それ以上いったい誰のことを待つのじゃ？　どこまで増やすつもりなのじゃ？　これ以上の遺骸は不要じゃ、三十の亡骸と亡霊、わしの年の数と同数のな、グスマン、それ以上でもそれ以下でもないぞ、いったい誰が他に来るというのじゃ？

――分かりかねまする、旦那様。

――誰が階段を造ったのじゃ？

――繰り返しになりますが、特定の誰ということもありません、皆の衆でございます。しがない者たちとでも申しましょうか。

――もし遺骸が階段を通って下ろされたとするのなら……そなたには分かるまいし、想像もできまいな、グスマン。

――私めが唯一存じておりますのは、セニョールが私にお教えくださり、ご命じになったことばかりでございますゆえ。

――いいかここだけの話だぞ、グスマン。わしはこの階段を上がってきたのじゃ、そして階段を上るということは死へ至るということじゃ。わしのご先祖たちは、階段を下りることによって生に至ることもできたし、ひょっとしたら、わしが上ることで鏡のなかで腐敗していったように、再生しえたかもしれないのじゃ。そうしたら、わしは今頃生きた先祖たちに囲まれていたかもしれん。

――セニョールのお話にはなかなかついていけません、もう一度申し上げますが、寝室にお戻りくださいませ、あちらのほうが楽ですし……。

――いや、それはならん、ここでなければならんのじゃ。二人ともオルヴィエートから送られてきたあの絵を眺める同時に、絵から眺められねばならぬ。あの絵に話しかけてみようぞ、きっとこちらに応答してくるにちがいあるまい。わしには分かっておる。羊皮紙をきちんと広げてそれを祈祷台の上に置くがいい。グスマン、腰を下ろせ、そしてわしの思い通りのことをするのだ、いいか、そなたに申し述べることはすべて、あの絵がわれらに語ることとなることを書き記し、しっかり頭に入れておくのだ、あの絵はな、わしの唇を用いて、沈黙の寓意に声を与えるのだ。

――セニョール、平原にとどろく夏の雷鳴を押しとどめたのは嵐でした。しかしこの地下墳墓には冷たい空気が入りこみました。あたかもここで冬の早い到来を待っているかのようでした。貴方様の歯はがちがちと音を立て、かじかんだ骨はきしんでおります、申し訳ありませんが。

――グスマン、書くのじゃ、書き記すのじゃ、そうすれば長く保たれようぞ、書かれた物というのはそれ自体が真実なのじゃ、なぜならば、人はそれを真実かどうかあえて確かめてみることなどできないからじゃ。それこそ書かれた物がもっている完全なるあり方というものじゃ、完全にして唯一の、紙の上の現実が書き記しているのはだな、聖なる三位一体の名において、三つの位格のなかに唯一の全知全能の真実の神、万物の創造者がおわすということじゃ。待てよ、グスマン、単にそう言い慣わしているということで、何か言ったことになるのか、何か書いたことになるのか？　グスマン、そなたは疑ったことはないのか、そなたの耳元に悪魔がこう囁くのを聞いたことはないのか？　実はそうじゃない、それだけじゃない、そうかもしれないが他にもたくさんの見方がある、それはそれを語る人間、それを見た人間、どのように見たかによるのであると。グスマン、少しでも想像力を働かせてみるがいい、あらゆる者たちが、起きたこと起きなかったことに関して、自らの数多くある矛盾した解釈を提供しうるのだと。あらゆる者たちと申したぞ、グスマン、領主と同様に奴隷も、賢人と同様に狂人も、博学者と同様に異端者も。そうだとしたらどうなる、グスマン？

――それは数多の真実であふれてしまうでしょうね。王国は人々を治めきれなくなるでしょう。

――いや、それどころではない。もっと悪いことが起きるのじゃ、もし同じ原文を誰もが自分流で書くことができるとしたら、原文はもはや唯一のものではなくなるはずじゃ。そうなればもはや秘密など存在しなくなろう、されば……。

――原文はもはや聖なる存在というわけにはいかなくなる、ということで……。

――まさにそういうことじゃ、グスマン。そなたの言うとおり。王国は統治能力を欠いてしまうだろう、そもそも政府とは権力の一体性に基盤をもたないわけにはいかぬし、そうした一体的権力は、書かれた唯一の原文を有するという特権にしか拠るすべはないのじゃ。それは曖昧模糊として広く実践されている慣わしを越えると同時に、その上に力を及ぼすような、不変の規範というべきものなのじゃ。臣下というのは行動することで現に存在しておる、ところが王は行動することによって、まさにそうした存在となるのじゃ、慣わしというものは浪費され、尽き果て、刷新され、目標も調和もなく変化するものだが、法というものは不易なる存在で、末長く権力を行使することの正しさを担保するものなのじゃ。ならば、そうした正しさが何に基づいているか分かるか？

——王が引き合いに出す法においては、それが不易なる聖なる律法の反映だとされていますが、セニョール、それこそが王の正しさでございましょう？

——まあ、わしの言うことを聞くがいい、そなたは一度もあの階段を上ったことはあるまい、グスマン。鏡に映った変化も見てはおらぬだろう？　鏡といっても、本当はわしも分からぬ、分からぬ、本当に分からぬ、何がなんだか分からぬのだが、あらゆるものの始まりなのか、終わりなのか、それがそこに映し出されるのじゃ、それに、あらゆるものが始まりと終わりにおいて同一物だと言わんとしてかどうかも分からぬのじゃ。しかしいったい何のことだ、どういうことだ、教えてくれ、グスマン、おかしいとは思わぬか、想像すらできないってことか？　あらゆるものに名前があり、数量や重さがあるとしても、それを産み出した創造主は未知の存在であり、誰一人見たこともないし、また誰一人見ることもないだろう。実はかかる創造主には数も重さも寸法もないので、その名はわれわれが付け、それをわれわれ自身が書き記したということだ。創造主がわれわれに語ったわけでもなければ、自らの名をアッラーとかヤハウェとか、あるいはラーとか、ゼウスとかバールなどと書き記したわけでもなかったことになる。こうした名はすべてわれわれ人間が創造者に付けた名前であり、創造者自身が自らに与えたものではないのだ。

——すみません、セニョール。もし貴方様がおっしゃることが正しいとするのなら、神にわれらがつける名称は神聖なものではなくなるのではありませんか？　なぜならそれがもはや秘密のものではなくなるからです。秘密のものとなりえない理由は、誰もが崇拝する対象となるためには、誰からも知られた存在でなければならないからです。こっそりと秘密裏に崇拝されたある神などというのは、妖術そのものでして、そんな神は悪魔といっしょです。

――どう考えようとそなたの自由だが、それは間違った考え方だぞ、グスマン、そなたはオオタカとか猟犬のことにはよく通じておるが、魂のことはからっきしだめじゃな。

――仰せの通りでございます、セニョール。

――神の名というのはな、常に秘されていて聖なるものなのじゃ、なぜならば神ご自身をおいてそのことを知る者はないし、ここでわれわれがやっている汚いやり方と神のもつ神秘との間に、さっそく深淵が横たわることになるからじゃ、いいか、グスマン、わしは現にいまこうしておる、そしてそなたはわしに仕えておる、なぜといえば、わしもそなたも、またわしの臣下たちも一様に信じているからじゃ、神の法によってわしが王に任ぜられたのだとな、つまり神がわしの名前を書き記したのは、神の名において統治するためだったのじゃ。わしが神の名を知らないのに、神はわしの名を知っておられるということなのか？　これは何と大きな不正であろうか、何というとほうもない責め苦であろうか。

――私のセニョール、貴方様は信仰そのものにいろいろな呼び名をお付けになっています、でも神は信ずるものでして、存在を証明しようなどとしてはなりませぬ、もし何ならば、こうお考えくださるとよろしいのでは、もし貴方様が神の存在を証明できないとしたら、神もまた貴方様の存在を証明することはむずかしいのだと。

――そなたはわしに、どうしても神を知りたいという気持ちを捨て去れと申すのか？

――旦那様、滅相もございません、貴方様のおっしゃるとおりに従うまでです、もし我らが神を信ずるのなら、神もまた我らを信ずるだろうということだけは申し上げたいのですが。

――グスマン、そなたはかつて誰がわしの言うことに素直に従ってきたか存じておるか？

――私の方から申し上げるのもおこがましいのですが、私はセニョールに仕えておりますし、見張っているわけでもありませぬ。

――犬のボカネグラのことよ、あれはかつてわしがそなたに今こうして申し述べていることをよく聞き分けたな。

――かたじけのう存じます、セニョール。

――そなたは書き記すのじゃ、いいか、そうせよ。

――たとえ書かれたものがずっと世に残るとしても、セニョールに謹んでお聞きしたいのですが、なぜゆえ貴方様は、理解のかなわぬ犬にしか聞かせられなかったことを、私が聞いたり、書き記したりするようにと思われたのですか？

――いやそれは答えられん、ともかくうまく書き記すことじゃ。この地下礼拝堂のわれらの司教に尋ねてみたのじゃ、そなたは創造主を見たことがあるかとな、答えは否であった。いつか見たいと思うかと聞いたら、祝福された死とのちの復活によって、よきキリスト教徒たちのためにとって置かれた天国において、父の御許に座ることができ、じかに拝顔の栄に浴すことができるならば、しかりだと答えおった。いますぐあの階段のほうへ引き返して行くんだ、グスマン、階段をよく見てみよ、いいか手に鏡をもって階段を上っていくんだ、すべての振り出しである最上段まで上っていくがいい、しかしわしと同様、そなたも鏡のなかに創造主を見ることはあるまい、われらが怖気を振るうのは、救いようのない老年や致命的な死のしるし以上に、神をそこに見ることがないということじゃ。そなたは鏡を見たらわしと同様、いかにも渾然とした孤独を味わうこととなろう、というのもな、わしが孤独の死を味わったのは、神を見ることがなかったからじゃ。しかし本当はひとりぼっちではなかったのだが、それがそなたには分かるか、じつはあたかも巨大なスポンジのように、物質によって吸収され、物質に取り囲まれ、物質に戻されたかのようになっていたからじゃ。教えによると、わしが自らをなぞらえる存在、自らの聖なる似姿をもってわしに生命を与えてくれた存在は、わしを導き、わしを引き取り、わしを慰め、わしが認知する際にわしを認知し、自らのうちにわが存在をしかと受け止めるべく、すべての終りに際して、われらの司教が思っていたように、わしを待っていてはくれなかったのじゃ。つまり神とともに天国に連れていってもらおうと思ったのだが、創造主は存在しなかったし、わしは独り、生きてはいても口を利かない物質とともにあったのじゃ。またそれが天国なのか地獄なのか、永遠の生命なのか一過性の死なのかも分からなかったのじゃ。そなたはわしがどうして神を一度として見たことがないのか分かるか？

それはな、父なる神は一度として産まれたこともなければ、創造されたこともないからではないか。それこそわれらが司教も、博識なフリアン修道士も、占星術師トリビオ修道士も、想像力たくましき我らの貧弱な年代記作家といえども、わしがとほうもないことばかり考えなくてすむように、心にしっかりと信仰を固めるべく、いかなる解答も与えてくれはしなかったのじゃ。つまり神なる父を生み出したのは誰なのか、父自らが自分自身を生み出したのか、ということだが、教義を読んでも、司教に聞いても、熱心な調停者である修道士画家に聞いても、年代記作家の想像力に訴えても、占星術師の星占いによっても、まるで答えが返ってこないんじゃ。そこで自分なりに答えを出すことにしたのは、父なる神はかつて生まれもしなければ、生み出されることもなかったとな、それこそ神の秘密であり、他と違う点であり、このことを知ればなぜ神が創造する力があったのか分かろうというもんじゃ、つまり誰にも神のまねなどできないということじゃ。

――こういったことを私めが書き留めるということで？　セニョール？

――もっとあるぞ、もしそなたがわしと同様、一見すると周りの平地に出ることがないように見えるが、あの階段をあえて上ってみるなら、そのことを自分の目で確かめることができよう、というのもあの階段はすべての始まりへわれわれを導いてくれるのじゃ、グスマン、いいかはっきりとこう書き記すのじゃ、わしは始まりのなかにあったが、神なぞ見たことはなかった、とな。上を見上げてみるがいい、石段の最後のところじゃ、平地のずっと向う側じゃ、そなたに何が見える？

――まぶしすぎるくらいの夏の朝日です。

――勇気をだして上ってみるのじゃ、わしの鏡を手に取り、上りながら一段ごとに足を止め、そこに何が見えるか言ってみよ。

――セニョール、貴方様ならではの崇高な行いはとうてい真似できませぬゆえ、それを同じようにやれなどとはおっしゃいますな。ところでこの私めは何者で？

――死すべき存在じゃ、ゆえにそなたもあらゆる者たちと同様、創造者の住いというものを味わうことができるのじゃ。そなたはわしと同様、われらが占星術師たるトリビオ修道士とともに、最も高い塔に登ることができるのじゃ、そこに登れば、修道士が創意工夫を凝らしてつくったレンズを通して、人間の目でもって蒼穹の虚空をのぞき見ることができるという段取りでな、わしはカレデア人の魔術的な道具〔望遠鏡〕をつかって天空のことをあれこれ詮索したのだが、われらを包み込む蒼穹のいかなる場所にも、名もなき神の似姿をみつけることは叶わなんだ。とは申せ、そうしたレンズを通して見、トリビオ修道士が天空の住いに与える名前に耳を傾け、そして天体と天体、星辰と星辰、宇宙塵と宇宙塵のあいだを隔てる距離を測ってみるなら、たしかに神は目に見ることはできぬとはいえ、天空は空虚な存在ではないということが分かったのじゃ。わしはああした天空やら相異なる球体などは神ではない、しかし創造の賜物が目に見えるかたちで示されたものは、たしかに神なのだと独りごちたのじゃ。とはいうものの、トリビオ修道士の説明を聞きながらこうも考えたのじゃ、つまりもし彼の学問が正しいとしても、それもまた限界というものがあるとな、けだし占星術師が主張するように、もし天空が本当に際限のないものだとするなら、レンズを通して目に見せてくれるのは、そうした無限の広さのある限られた部分だけだということじゃ。また天空が無際限なものだとしても、際限がないという神秘ゆえに、初めに創造がなされたという見方そのものが排除されたりはしないのじゃ。第一の天界が創造されたのはある場所、ある瞬間ということになろう、それが創造されたことで、第二、第三以下の天界が第一の天界と似たかたちで産み出されたということじゃ。しかしそうした天界が生まれる際には、何度も写しを繰り返すときよく起きるように、回を重ねるごとに第一の天界との距離がはなれていき、より薄く、淡くなっていったことが見て取れるのじゃ。なにはともあれ、われわれがトリビオ修道士のレンズを通して見ているのは、唯一、最後の天界だけなのじゃ、グスマン、つまり最も完成度の低い、第一界の写しといったもので、もともとの原型から最も隔たった写しというものじゃ、もちろんそれはわれわれの住む大地と最も近い天界ということじゃ。わしが恐れるのはな、われらの大地の森羅万象が、われわれ自身に最も近い創造の産物であるのに対し、神からはより隔たっているということじゃ。神は間接的にのみわれわれを創造なさったのじゃ。いいか、まず第一に大いなる力をもった天使たちをな、次にその天使たちは自分たちよりも力の劣った天使たちを生み、その天使たちから最後にわれわれ人間が作られたということじゃ。われわれは人間の悲惨さを作り出すのに必要な力や想像力しかもたない、倦み疲れた天使たちのどうでもいい気まぐれから出来上がったものじゃ。しかしな、かくして創造主の秘密の計画が天使らによって果たされたということになるのじゃ。つまり人間はな、もともとあった神から最も隔たった、最も異質な存在となるべしという許らいがあったということよ。

——創造の最後の業というのは、人間と世界を生み出すということだったのですね、セニョール、たしか聖書にもそう書いてあります。

——書いてあるということは、その通りということじゃ。神よ、われが聖書を豊かにすることはあっても、それに反することのないようにお導き下され。

——森羅万象の創造の頂点を画する業において、神が関与しないなどということがありうるでしょうか？

——少し小声で話せというのなら分かる、グスマン、だけどな、わしの良心を黙らせることはできまいぞ。

——いまこうして書き留めているのは、ひとえにセニョールのお言いつけに従ったまでで……。

——いいから書くのじゃ、グスマン、創造の最後の業というのはまさにそのこと、つまり最後に廻されたことにすぎんのじゃ、それは頂上に位置する業などではなく、不注意や倦怠や想像力の欠如による業だったのじゃ。全知全能の神が、人間などという厭わしく悪ふざけのような存在を、直接作り出したなどと考えられようか。もしそうだとしたら、そんなものは神なんぞではないだろう、神々のなかで最も残酷な神、否、最も愚かしい神だったに違いあるまい。考えてもみよ、神と呼び、神の名を書き記した者というのは、神そのものではなくわれわれ人間だったのじゃ。われわれの罪深い傲慢さのせいで、神がわれわれを神ご自身に似た姿において造られた、などと言ったり信ずるようになったということじゃ。分かるよな、グスマン、わしはな創造主たる神の本質を、その最大の罪、つまり人間の創造ということだが、それから解き放つことによって、完全に純化しようとしたいのじゃ。わしらは神の造った賜物などではないぞ、決してな、願わくば、われをしてわれわれが神のせいにしてきた最大の罪から、神を解き放したまえ、人間創造という最大の罪から……。

——それではセニョール、私たちは誰によって作られたのです？

セニョールはしばらく口を開かなかった。例の手鏡を手に取ると、それをもって礼拝堂から地上につながる三十三階段を上り始めた。手鏡は今でこそ自分のものとなっているが、すでに古びて錆がつき、自分以前の者たちの多くの手にわたって金枠はこそげ落ちていた。彼はそこにはめ込まれた不毛な湖を覗き込んだ。しかしセニョールはどのようにしてそれが自分の手に渡り、以前の持ち主が誰であったか、知らなかった。そして次のような新たな謎の難問のなかで道に踏み迷っていた。つまり見たこともない、最初の神の起源、つまりわけも分からぬまま名前をつけ、その名のもとで儀式を行い、わけも分からぬまま罪を犯した、そうした神の起源といったものではなく、手中にあるこの鏡の素性に遡ることであった。それは鏡のかつての持ち主、所有者の系譜、私たち自身を見つめ、自分たちの虚栄心と嘆きを読み取ることにのみ役立つ、この美しい道具の製作者、つまり鏡本来の命に遡ることであった。世界を二倍にし、まことしやかなあらゆる境界をさらに遠くへと押し広げ、全存在に向かって、そなたは二人なり、と黙って語りかけるすべての鏡の命へと遡ることであった。しかしこうした鏡に始原があって、製作され、使用され、手から手へ世代から世代へと渡ったとするのなら、そのとき鏡には歴史が与えられ、そこを覗き込んだ者たちすべての像が残されることとなったのである。鏡には単に未来が手に入る魔術が宿っただけではなかった、その未来をセニョールはある朝、鏡を手にして階段を上った際に目にしたのである。

——わしの鏡を見てみろ、グスマン。

とセニョールは言った。すると鏡の表面はかたちを変えはじめ、それは両手で打つたびに、それ以前にあったかつての薄皮を露わにする太鼓のごとくに、天空を次々に渡って鳴り響いたのである。そして水銀が溶解したような皮膜のところで露わになった部分で聞こえたのは、新しい声、煙の声、星辰の声だった……。

鏡——最後の天使であり、父なる神を見たこともなければ、何の力ももたないわれわれに、何が想像できようか。天空から遣わされた最もつましい存在であるわれわれは、このことを自問している。われわれ一人一人は全体のなかでは曖昧模糊となってしまう、けだしわれわれが生きている下級の天界においては、われわれが別の上級の天使たちから下ってきた者なのか、あるいはそのうちの一人が堕ちた上級の天使つまりルシファー（悪魔）なのか判別がつかないからである。われわれはルシファー自身からこう言い含められた、「人間が父なる神の似姿をもって造られた存在だと、あえて信じ込む人間を作り出そうではないか」。

——人間はそのようにして生まれたのだ、グスマン。

——セニョール、間違いがないように、どうか我らが主イエス・キリストにお願いしてくださいまし、イエスの蒙った受難と死の功徳にかけて、罪人のために十字架において流された聖なる血にかけて、われわれに恩寵と恵みを与えてくださるように。

——分かった、グスマン、わしは神の前にまかり出れば最大の罪人ともいうべき人間であり、その信仰に抱かれてずっと生きてきたのじゃ、であるからわしはローマ教会の息子として生きて死ぬということを誓う者じゃ、わしはこうした信仰ゆえに、この逆説の宮殿を建造するように命じたのじゃ、と申すのも、鐘塔や天蓋が天空にむなしく聳えているのも、拝顔かなわぬ神と相見えたいというつよい願いからじゃ、平地の渓谷にすっくと立ち上がった建物の直線、灰色がかった物悲しげな色彩、苦しみと死に永遠に献身せんとする姿勢、そうしたものはもろもろの感覚を抑制することを目指しているのじゃ、また人間がささいな存在であり、その力は不可視の神の偉大さと比較すればとるに足らない、ということを再認識させることじゃ、わしは自分が建造した質実剛健そのものであるこの石の建築において、われわれは悪魔ルシファーの子ではあるが、神の子でもありたいと願っている、と申しているのじゃ。われわれの中の奴隷状態と偉大さとはこうしたものじゃ、わしの鏡をよく見てみるがいい、グスマン、悪魔がわしの口を枯らす前に、書き記すのじゃ、父と子と聖霊において真実の神は唯一なりとな、またグスマンよ、パウロもルカもマルコもマタイも誰一人、大胆にもイエスが神だなどと言わなかったのはなぜなのか、よく考えてみるがいい。わしの鏡を見るのじゃ、グスマン、そなたに見る眼があるならな、ぷるぷる震える水銀によって、わしらがあのレバントの春の暑い午後の日に連れ戻されるようにするのじゃ、こうしたもやもやしたガラスの中に入り込むのじゃ、しかしそこに自分自身の顔なんぞ見るんじゃないぞ、見てみるがいい……。

鏡——私の犬は調子がよくない、だから私にはローマの末路、ユダヤ民族の自由、否、わが病気の犬、土用の猛暑、ユダヤ民族の秘密の集会のなかに、私が忍び込ませた何百人ものスパイのなかのもう一人の密告者、そういった災難や奇跡を予告しながらうろつき回る多くのユダヤの魔術師たちのひとりのことを、ながながと時間をかけて裁くような気分にもなれないし、そうする忍耐力をもってもいない。よくこうした場合になされるように、私は銀三十枚を彼に払うとしよう、私ピラトはひょっとしてヌマとかフラヴィオとかテオドーロなどという名の別の人間であるかもしれない、そして別の多くの執政官たちが任務を果たしてきたように、また私の後にも果たしていくように、わが任務を果たすこととしよう。何世紀もの間、同じ予言を繰り返してきた魔術師たちの中のひとり〔イエス〕を、私というもう一人の人間が裁くということは、たしかにあって当然のことである、けだしこうした魔術師たちは、何世紀もの間どんなことがあろうとも、秩序を守りぬこうと望んできた権威者たるわれわれ〔ローマ人〕の前で、告発した贋の追随者たちに対して、そうした予言を繰り返してきたのであるから。

――理詰めでものを考えるべきだぞ、グスマン、まず何ゆえにわれわれは一連の事実のみを真実として受け入れたかじゃ、なぜならば、かかる事実が決して特異なものではなく、平凡でありふれたこと、飽きるほど繰り返される一連の筋立てのなかで、際限なく何度でも起きうることだ、ということをわれわれはわきまえているからじゃ。まさに際限なく何世紀にもわたって、かかる事実が数珠繋ぎとなって出てくるのを、わが鏡のなかに見てみるがいい、よく見るのじゃ。何ゆえにわれわれは幾多のイエス、幾多のユダ、幾多のピラトの中から、唯一、三人を選び出して、聖なるわれらの信仰の物語としたのかということじゃ。しかし、いいかグスマン、そなたはこうした説明についても疑問に思わねばならぬ、超自然的なことを理詰めで説明する姿勢に対して、またそれとは裏腹に、魔術的で野蛮で不条理な説明を求めねばならないにもかかわらず、自然なことに思えることも疑ってみねばならんのじゃ。それはな、どちらの説明も申し分ないものではないからだし、両者の説明とも互いに傍らにあり、支えあってはじめて生きてくるものだからじゃ、つまりキリストたる神はイエスという人間の傍らにあってはじめて生きたようにな。すぐに見てみるがいい、グスマン、鏡には人間イエスと神キリストが二人いっしょにあるじゃろう？　煙に覆われているやもしれぬ、二つの像は時間によって呑み込まれてしまっているからな、誰もしっかり記憶してはおらぬのじゃ。

――セニョール、私めはいかなるときでも貴方様の忠実な臣下であらんと存じます。こうした言葉は、異端審問の目に触れれば、貴方様のお力をもってしても大変なことになりますゆえ、焼き棄ててしまいませんと……。

――グスマン、わしがそなたを試すとでも思っておるのか？　そなたはこれらの文書を手中にしていれば、それらを武器にわが権力を奪えるとでも思っておるのか？

――繰り返しますが、セニョール、焼いてしまいましょう、疑わしいことは始末しておいたほうが……。

――黙れ、グスマン、今のこの時点で、それが罰を受けるか受けないかは別にして、わしに権力があればこそ、異端すれすれのところまで至ったと考えてはくれぬか。異端が罰を受けるとするなら、それは信仰の秩序を破壊するからじゃ、それは裏目にでたパウロ主義と、妥協と非寛容の黙契によって勝利を収めてきたのじゃ。本当のところ罰を免れるとしたら、それはわれらの信仰のもつ、豊かで多彩なあらゆる霊的衝動を取り込み、想起させてくれるからじゃ、それはキリスト教信仰を決して否認するものではなく、むしろ逆で、それによって人はさらに納得するといった、素晴らしい機会をより倍加させるのじゃ、グスマン、論争に敗れたペラギウスは勝者のアウグスティヌスと同様に立派なキリスト者じゃった、去勢された債務者オリゲネスは、熾天使的な債権者たるトマス・アクィナスに劣らぬキリスト者だったのじゃ、もし異端的な発想のほうが勝利を収めたとすれば、今日の聖人たちは異端者とされ、逆に、異端者たちが聖人となっているだろう、だからといって誰一人キリスト教徒として劣っているわけではないのじゃ、われわれが戦いを挑むべきは、異端者に対してではなく、異教的で偶像崇拝的な忌まわしき醜行を行っている、キリストを信じない野蛮な諸国民たちに対してじゃ、こうした不心得者は、キリストを否認する程度にしたがって、その人間性と同様に神性までも否認するのじゃ。われわれキリスト教徒がキリストを信じる理由は、イエスが神であると同時に人間として生まれたかどうか、あるいは単に神として生まれたのか、あるいは単に人間として生まれたのか、という議論を交わしているためじゃ、つまりわれわれがその強迫観念に苛まれているがゆえに、イエスは常に活きいきと保たれておるのじゃ、グスマン、書くがいい、書き記すのじゃ、わしの鏡からティベリウス帝の執政官の怪物的イメージを拭い去るがいい、息を吹きかけよ、グスマン、わしの呪われた鏡を息で曇らせよ、もはやわしがポンティオ・ピラトの顔など見なくともすむようにな、キリスト教の真の生みの親で、真の板ばさみに苦しんだこの人物の顔など……。

鏡――私は神の子、マリアの息子という二人のライバルを知った唯一の存在であった。彼らはあのエルサレムのあの日の暑い午後、二人して私の前に連れてこられたのだ。春の砂漠の焼け付くような熱さから身を遠ざける、冷たい敷き石の、白いカーテンが引かれたこの部屋の暮れなずむ暗闇のなかで、どうして彼ら一人ひとりの見分けがつけられようか、波打つような棕櫚の葉と泉のせせらぎがある、この中庭近くでどのようにして彼らの声を聞くことができようか。二人のうちのどちらが亡くならねばならぬのか、キリストと呼ばれ、神の子と言われるこの人物か、さもなければ、イエスと呼ばれマリアの息子とされる人物なのか？　神がかった行動をする人間たることを主張するキリストなのか、それとも人間的行動をする神を宣言しているイエスなのか？　神の王国を約束するこの人物なのか、それともユダヤ人の王国を約束しているあの人物なのか？　より危険な存在で、十字架上でバラバの代わりとなるべく、殺されねばならないのは、どちらの人物なのか？　私は一人だけ選ばねばならぬ、単にひとりの盗賊を解放したり、単にひとりの預言者を殺すというに留まらぬことをなさねばならぬというのは、どちらも同じように危険きわまりない。司直は自分たちの裁定がもつ犯罪的な性質を隠そうとするために、公平であるように振る舞わねばならぬのだ、しかしひとつ確かなことは、今日の午後、気が滅入り心が重くなったのは次のようなことからである、つまり自分の犬が病気だということ、夏場で胃の調子がよくないこと、避暑のために集められた日陰や、外の泉から聞こえるせせらぎの音、鬱蒼としげる棕櫚の木から落ちるナツメヤシなどといったものである。私は眠たい、退屈である、犬のことが気にかかる、このあたりの気候は、物事に決断を下すのにはよくない。眠気が襲ってくる、海と砂漠ばかりだ、ローマはその中心からあまりにも拡大しすぎてしまった、監視の目が行き届かなくなってしまい、もろもろの制度が崩れ、衰退していく、私はいったい誰から請求書を突きつけられるのか？　ローマではこうした話にいったい誰が興味をもつというのか？

グスマン——私たちの宗教はローマの政策の誤りに由来していたんですか？　福音書でイエス・キリストによるものだとされた言葉を、あの二人の人物の間で割り当てようとする者こそ呪われろ、ですね、言動の一部を人間のそれ、また別の一部を神のものとしているんですからね。

鏡——私が民衆の前で、その人物を目の前にして「ここに例の男がいる」と呟いて断罪したのは、はたして二人のうちのどちらだったのだろうか？　そのとき私は彼らのうちの一方が人間で、他方が神に違いないと確信していたが、どちらがより危険が少ない人物だと判断し、どちらを断罪したのだろうか？　瓜二つの双子のごとき、ともに大きな髭をたくわえた熱烈な雄弁家で、腹を空かせた二人を前にしたとき、誰もがそうした疑いを抱くはずである。二人のうちどちらが？　私にそれを知るすべはなかった。一方は十字架上で死ぬこととなり、そうした罰を加えた際に、私は単に象徴的にというわけではなく、現実問題として問題から身を引いたように感じた。一方の見せしめとしての処刑は、他方の警戒心を呼び覚まし、彼に見習おうとしたあらゆるユダヤの預言者たちに戒めを与えることとなった。あのときの私に、キリストとイエスと呼ばれた者たちによって準備された絶妙な罠が、どうして想像できただろう？　たしかにひとりは十字架上で苦悶のうちに死ぬこととなっていた、しかしもう一人のほうが、その二日後に復活劇を演じることとなろうとは……そんなことは知る由もなかった。そのとき、二人のうちどちらが死に、どちらが死者の名において蘇るなどということが分かったろう？　こっそりと自分に言い聞かすだけだ、神たるキリストは十字架にかけられて実際に亡くなったのだ、なぜならば私ピラトが神ならざる者を断罪したとあらば、私にとって生の意味が失われるからである。私は皇帝の名において盗賊一名を処刑した、しかし神の萎えた身体は私によって十字架にかけられたのだ、永遠に役に立たなくなった身体は、死海の水で浮き上がることがないようにと首と踝に重石をつけられ、つき従う者たちの手でヨルダン川の水の中に投げ込まれた。しかしそんな心配はご無用であった、けだし身体はすぐに腐敗作用を起こし、ゴル谷〔ヨルダン渓谷のアラブ名〕の泥土の一部と化してしまったからである。私の行った簡単な調査からはそうしたことが裏付けられている。ところが人間イエスときたら、私の密偵が語ったことだが、パトモスのヨハネや母マリア、娼婦マグダラのマリアたちに目配せをしつつ、自らの分身の死に立ち会ったのだ。それは私が人間であれば無害だと判断したからで、彼はそのおかげで十字架に掛けられることを免れたのである。その後、一握りのナツメヤシと一本のぶどう酒、大きなパンを一つ携えて、犠牲者のためにとっておかれた墓に身を隠し、二日後にそこから姿を現したのだが、もはや母親や恋人、弟子たちといっしょに行動することはなかった。じつは私はこうしたことを恐れたのだ、つまり人間イエスが再び現れ、預言者、扇動者としての活動を再開することを。そうすることはイスラエルの法と同様に、ローマの法にも悖《もと》ることとなるからである、つまりユダヤ人たちが直接的にイエスを十字架に掛けるべしとした決定に対してと、間接的にはイエスをユダヤ人に引き渡すようにという、私の決定の双方に背くことになるからである。このことでローマの権力者とユダヤの権力者との微妙なバランスが崩れてしまえば、ローマにいる私の上長たちの関心を呼び寄せることにもなるだろう。本来であれば十字架による処刑という単純な行政上の手続きにすぎないことなのだが。ひいてはこのことがわが出世の妨げともなりうる、私はこういったことを神たるキリストの死の二日後に考えたのだが、まさにそのとき彼の弟子たちはキリストが蘇ったとの知らせをもたらしたのである。私は用心深く振る舞い、すぐに行動をとることを控えた。弟子たちは師が天国に昇ったと語った。私は深く息を吸い込んだ、これはあまりにありそうもない奇跡などではなくて、わが支配の及ぶ土地において、もう一人の人物の波乱万丈の生き様が、信じるに足るかたちで継続しているのではないか、と考えたのである。しかし十字架の死を演じた人物が砂漠の湖において消え去ったとするなら、自らの昇天の信憑性をもたせるべく復活を演じた人物は、水のない砂漠で消え去るという芸当をやって見せたことになる。彼は小さい頃、エジプトからやってきて、またエジプトへ戻り、犬がうろつく砂っぽいアレクサンドリアの路地で長年、身を隠した。そこでは一切口を噤み、襤褸をまとった無力で老いた乞食として生き、自らの伝説ゆえに無用の存在と化したあげく、己の伝説が息を吹き返し、シモンとサウロの口を借りて広まってゆくということも永遠になくなった。すでにかなり老齢となっているとの噂であり、伝説的となった自らの欲求を満足させるチャンスとしては、故国のない根なし草の、老いた放浪ユダヤ人となるしかなかったのである。そして彼はアグリッピナとドミティウス・アヘノバルブスの子ネロの時代のローマにやってきて、そこで円形競技場において、名にし負うネロの冷血によって死んだ者たちの死を目の当たりにした。私は彼に対してもまた死罪を言い渡していた。その死というのは、自らの名を告げることもなく、自分の名のもとで、あるいはその名に反して亡くなった者たちの死だけしか目の当たりにしえなかった放浪者の、その証しとなる死であった。私はユダヤ人の巡礼者としてのそなたを知っている。そなたは人間イエスである、カルヴァリオの丘における特権的瞬間に死ぬことがなかったがゆえに、永遠に生きるという永罰を受けた……私はそれを知っている……なぜならそなたに同伴しているからである、私は常にそなたのそばにいる、私はそなたの死刑執行人よりも、もっと悪質な何者かになるという永罰を受けている。つまりそなたの証人になるという……神は死んだ。そなたと私は生きている、人間イエスと裁判官ピラトという亡霊として。――わしらはいまだ生まれぬ残酷な父なる神によって断罪されて、永遠に生きるはめとなったのじゃ、グスマン、父なる神はキリストに対し、永遠に生きるという永罰を与えられ、かくして新たなルシファーの反逆的神性が出現することはどうにか免れたということじゃ、というのもオルヴィエートからもってきた絵の土気色の背景から、今わしが示している鏡のなかに映っているピラトは、次のような真実を語っているからじゃ、「いったん亡霊なる父によって劇が演じられたからには、神なるキリストは十字架に掛けられ、実際に、永遠に見捨てられて亡くなった、ということである」と、このことはピラト自身、窺い知らぬことじゃった、全知全能の創造者は別のライバルたる、新たなルシファーが天国に戻ってくることを許容することができなかったのじゃ、因みにその新たなルシファーは、すでに天国を追われた人間どもの厭うべき秘密と欲求をしっかり把握していたのじゃ、そして堕落した人間どもが永遠の楽園のもつ、時間と野心を抜きにした純粋さを汚すかもしれないということもな、グスマン、子を断罪したのは父なる神だったのじゃ、ピラトでもなければ公証人でもパリサイ人でもなかった、父なる神が子たるイエスを殺し、見捨てたのじゃ、神の子が地上にやってきたのは、ひとえに地上で死ぬという目的のためであり、かくして父は天国における反逆者から身を守ったということになるのじゃ、しかしな、そこで自らの顔を示す必要もまたなくなった、その代わりとして人間イエスは永遠に父の名において、歴史のなかで神の顔を示すこととなるのじゃ、グスマンよ、そなたはわしと同様に信じるがいい、神と悪魔の間の仲介者こそ理性だということを、けだし悪魔における邪悪性も神における徳性も、ともに理性の助けがなければ、そうしたものとはなりえないだろうし、われわれに影響を与えることもできないだろうからな、グスマン、われわれは悪を事実として受け入れ、徳を神秘として受け入れるだけに留めておくべきじゃろう、分かるか？　そうすればわしは雌狼の腹から再び生まれてくるやもしれぬし、わが子孫らの手でまさにこの同じ土地で、捕獲されるやもしれぬ。グスマン、わしは約束された天国と地獄を心底から求めておる、永遠に自らを断罪するか、さもなければ魂の永遠の救済を求めておるのじゃ、父なる神が息子と人間、キリストとイエスに対し拒んだ、完全なる非存在の一部なりとも求めておるのじゃ、わしは強靭な爪と鋭い牙、空腹を抱えてこの世に舞い戻って来たいとは思わぬ、わが死が新たな生命、別の第二の生命の物質的な肥やしとなることではなく、完全なる死、絶対的なる不在への身請け、あらゆるかたちの生命との秘教的な意思疎通の断絶こそ求めているのじゃ、これこそわが秘密の計画といったものじゃ、グスマン、よく聞くがいい、地上において地獄を打ち建てようぞ、それはな、われわれには生の恐怖の埋め合わせをする天国がどうしても必要であり、それを担保するためじゃ、われわれが与える恐怖と、他から与えられる恐怖の……そうしてわれわれは、常に信仰の中にあって、己の信仰についての疑いをもつことと しようぞ、まずそれは、われわれが異端者となることや、野蛮民族が偶像崇拝者であってはならぬことを、拷問や火刑などこの世の地獄でもって知らしめるためじゃ。何よりもまずこうして地上における悪の可能性を排除することによってのみ、いつの日か、天国における至福の時を享受するにふさわしくなるはずじゃ、グスマン、天国はな、ずっと忘れているかもしれぬが、かつてわれわれがそこで暮らした場所だったのじゃ、そなたはわしの忠実な猟犬ボカネグラをどうしたのじゃ？

――もうご説明いたしました、セニョール、狂犬病だったので。

――奴は一度も栄光の時を味わうことなく、わしを守り通すこともできずに逝ってしまった、わしの足元でまどろみつつ、狂暴化してしまった、ああ、何と可哀想なわしの忠犬ボカネグラよ。

――あれは亡霊犬でございました。

――そなたはボカネグラがつよく願っていた栄光がそんなものだった、などと言うつもりか？　あいつに最高の狩猟にふさわしい装具をつけて殺したのは、そんな理由からだったのか？

――おそらくそうだったのかもしれません。

――やつを殺したのはそなたじゃ。

――それが私めの任務でしたので、セニョール、狂犬病でしたから……。

――そう判断したのはそなただけじゃ。

――そうせざるをえなかったのです、修道女や仕事人たちも怖がっていましたし、貴方様とて修道女たちを襲った狂気の婦人病をご覧になられたでしょう？　ご自分で大変なことになるとお感じになったのでは？　セニョール、修道女や作業する者たちもこっそりと顔を見合わせては動揺していましたよ、病気が回廊からレンガ工房のほうへ簡単に伝染していくかもしれなかったですし……。

——ああ、今にしてみるといないのは辛い、あの犬はわしの唯一の友にして護衛でもあったからじゃ。

——あれは何事にも無頓着になっており、狩猟にも関心がなくなっていたようで……。

——すると神の恩寵のうちに亡くなったとでも申すのか？

——あれは犬だったのでございます、セニョール、そこのところは分かりかねますが。

——痛みはなかったのか？　どうじゃった？　あれはわしの先祖たちの一人ではなかったのか？　だからあのようにわしの側近くにおって、危険を察知してわしに警告してくれたのであろうし、わしの身を守るときを除いて、一度としてわしの側を離れたことはなかったのじゃ。あの日どういうわけで、山のわが幕舎から駆け出していったのか、戻ってきたときは、両足の傷口に海辺の砂をつけてきたが……誰に傷つけられたのか？

——あれは犬だったのでございます、セニョール、口など開きませなんだ。

——可哀想な犬よ、何をわしに伝えたかったのじゃ？　一応獰猛なアラーノ犬ということになってはいるが、よくできた犬じゃった。あれはわしの親戚のひとりではなかったのか。わしらはここで数世紀前に亡くなった王の蘇りとも知らずに、わが忠犬を殺して埋葬してしまったのではないのか？　そうではないのか、グスマン？　われわれはそのとき、もはや猪の血をおいしく味わうことができなくなったとはいえ、わしという人間から一時も離れようとしなかった、忠誠心という高い資質を具えて蘇った魂を、同時に殺してしまったのだ。そんなふうにわしを見るのはよせ、別にそなたを責めているわけではないのだからな、わが遺書を書き留めるのじゃ、書くのじゃ、いいかグスマン、永久の栄光に包まれしわれらが聖母マリア様の名において、オルヴィエートの絵で描かれている場面を、すぐにわしといっしょに見るのじゃ。

　絵画——大工の息子の母親として、私はすべてをあたかも夢だったかのように思い出している、いったいどこに真実があるのか分からぬ、今も分からねば、かつて一度として理解したこともない、いまだ幼かった私を嫁入りさせて孕ませたのがあの大工であったのか、それとも老職人ヨセフのどこかの徒弟だったのか、あるいはラクダに水をやりたいからと家にやってきて、そこで私に魅惑的な話をした、どこかの無名の旅人だったのか、でも私は大工のヨセフと結婚していたし、その子の母親となった……そう私は大工などではなくダビデ家の本当の娘だった。物語では裏腹なことが述べられているかもしれないけれど、しょせん人間どもが書いたものだから……でも私はダビデの娘で、ダビデ家の女。

——あたかも豪華な絵巻のように、かたちがどのように変化していくか、どのように回転し、出たり入ったり、進んだりするのか見てみるがいい、人間となった子供イエスの姿を、またヨルダン川の砂漠の水で洗礼を受ける日に、同伴すべく鳩の姿となって舞い降りた聖霊とともにあるイエスの姿を、またわれわれが眺めている絵の端から端に横切って流れる灼熱の川を、見てみるのじゃ、グスマン、非力な大工のことを想像し、疑ってみるのじゃ、絵の上側の片隅の、つましい小屋の下、岩の上で展開している小さな場面に注目してみよ。

絵画——あの人は私にほんの口づけをしただけだった、そして結婚するというのはそういうことだと言った、不意打ちを食って喘ぐような口づけ、シナイ半島の道のように苦しみに満ちた、不毛そのものの口づけ、彼はそう言っていたのに、いったん私が孕んだと見るや私を遠ざけたのだ。私はダビデ家の女、ダビデ家のかつての秘密を握っている、私たちのうちには数多くの叡智、ナイルやチグリス、ガンジス、ヨルダンといった川の流体の処方箋が蓄積されている。それはバビロン捕囚から十四代にわたって、人類が最初の都市を建設した川のほとりに生まれた、魔術的知識や昔日の記憶の唯一の源泉であった。私は夜中に無学な大工に錯乱をもたらす惚れ薬を処方し、彼はより近くにある天界の住人たる、身近で悪魔的な、買収にもやすやす応じる、陰茎を強調した天使どもを夢見たのである。この天界は私たち女性の誰もが一見すればすぐにでも見わけられる、ほんの身近にある腐敗し堕落した、肉体の存在する天空であった。私は肉体的昏睡のなかでこうした似非天使たちを大工のもとに赴かせ、夢うつつのなかで、私が聖霊によって妊娠していて、神の子、予言されたメシア、ダビデ王の子孫を産むのだと信じこませたのだった。

——グスマン、天使どもの高笑いを聞くがいい、幻の父からすれば一瞬にすぎないが、何年にもわたって天界中に轟いていく高笑いをな、未だ生まれぬ父なる神が——

われわれが眺めていると同時に、われわれを眺めてもいる、あの絵の中央上部の高いところにある、三角形をした裏切りの目が――それがとほうもない悪戯だということを知って、それを裏書きしようともくろんで、ふと思いついたかのように、鳩を送ったのじゃ。

絵画――そなたは自分たちが川のなかに身を浸していたときに、光に包まれるのを見なかったか？　ヨハネよ、そなたは目に見えぬ鳥が羽ばたいているのを聞かなかったか？　洗礼を施してくれ、ヨハネよ、師よ、私はそなたによって人間となりたいのだ、生きる道を教えてくれ、ヨハネよ、母によれば私は神の子だそうだ、ヨハネ、しかしそなたの傍にあれば、貧しく弱い一介のガリラヤ人にすぎないという気がしてならぬ、あまりに人間すぎて、生の果実を味わいたいと切望し、何時間もの陰気な聖書の勉強に倦みつかれ、母から課せられた規律に従い、小さい頃から、博士たちを驚かせるくらい何でも知らなくてはいけません、だからたくさん読書をしなさい、自分の役割を立派に果たしなさい、お父さんのように無知蒙昧な人間になってはいけませんよ、と言われたのだ。ヨハネよ、私に洗礼を施してくれ、ヨハネよ、そなたの腕に抱いてくれ、ヨハネよ、私の血のなかには無学な大工のつましさと王家の血筋になる傲慢なる叡智が交じり合っているのだ、教えてくれ、奴隷と王という二重の遺産を受け継いだ私は、いったいどうしたらいいのか、ヨハネよ、奴隷たちを導き、王たちを卑下させるために、私に手を貸してくれ、ヨハネよ。

――鳩を見てみるがいい、グスマン、あの人物の頭に止まっているだろう？　人間そのものであるあのガリラヤ人の。たしかにあれは洗礼ヨハネとの同性愛的婚礼の日にすぎなかったのじゃ、おそらく洗礼ヨハネは美しい男子だったのだろう、大工の息子との汚らわしい愛ゆえに、また彼を誘惑しようとして果たせなかった女たち、イスラエル宮廷の華ともいうべき老女と乙女、ヘロディアスとサロメの逆恨みの結果、過日、厩のそばのこの場所で焼け死んだ若者と同様に、死んでしまったのじゃ。いいかよく絵を見るのじゃ、グスマン、暗く描かれたキリストが短い革衣を身にまとった男のほうに近づいていくところをな、手に手をとって抱き合って口づけを交わしているだろうが？　洗礼者がイエスとの婚姻を完遂しているところじゃ、これこそ祈りのなかでわしが求めていることじゃ、聖なる口づけ、純潔そのものの口づけをな。

――セニョール、そこまでいかなくとも、杭をケツから入れられ、内臓をぐじゃぐじゃにされて口や目に達するまで打ち込まれて、死んだ者たちもたくさんいたんです、この土地でこれに類した刑罰が行われたことについては、あることないこと貴方様から伺いましたが……。
——黙るがいい、そしてよく見るがいい。イエスの姿をな、マリアと未知の父親との間から生まれたイエスを、未だ知られざる幻の神から遣わされたキリストの訪問を受けたイエスをな、まさに洗礼ヨハネとイエスの二人は、川において洗礼を授けた瞬間からともに生きているのじゃ、実用主義のキリストたるグスマンよ、イエスの言葉を聞くがいい。

絵画——私はなすべきことを即座にやるつもりです、そして自分に与えられるあらゆる機会を利用して、地上の両親に対して、誰もが分かるようなかたちでこう言うつもりです、私の徳性と奇跡はこの世のものではなく、将来も決してこの世のものとはならないでしょうと。タンタロスよろしく、水を飲もうとしても飲めず、木の実を食べようとしても食べられぬ無限の苦しみを負わされることがないように、手を広げたり、口を開けたりしてはなりません、どうせ水や木の実は飢えや渇きを癒すことなく逃げ去るだけですから。

——これは冗談じゃ、グスマン、幻の神たる父はあらゆる創造、あらゆる天界に先立つ未知なる、忘れ去られた存在を呼び覚ますために、自らのありえないような代理人を送られたのじゃ、そしてユダヤの俗衆から一人の息子を選び、その皮の中に彼をいれ、一度として生まれたことのない神の徳性そのものを帯びているかのような、漠然とした幻想を与えたのじゃ、グスマン、彼は一度として恐怖で震えるとか、快楽を追い求めるとか、何かを切望するとか、誰かを嫉妬するとか、何か身近にあるものを見下すとか、決して達成しえないもののために後先考えぬ冒険に挑戦するとか、そうしたことがどういうことなのか、決して知ることはなかったのじゃ、射精したり咳をしたり、泣いたり糞をひったり、小便をしたりすることもなかった、グスマンよ、そなたとわしが、あるいは修道士や年代記作家が、司教や占星術師が、現場監督や役人や鍛冶屋など、皆がみなするようなことはな。

絵画——皆がみな、恐怖で震え、快楽を追い求め、何かを切望し、誰かを嫉妬し、射精し、咳をし、糞をひり、小便をし、泣き、多くの惨めさに縛り付けられて私のまねをしようとすればいい、しかし何はともあれ、もし彼らがこの世の情熱や弱さ、塵芥などに縛りつけられつつも、何か身近にあるものを見下すとか、決して達成しえないもののために後先考えぬ冒険に挑戦したりすることができるならば、そのときこそ、まさにそのときこそ、本当にそなたに言っておくが、彼らは私に習って行動することになるだけでなく、私を超えていくこととなろう、私が決してなりえなかったもの、つまり糞や勇気、恋する粉塵になることだろう。

——嘘つきの言うことになど耳を貸すな、グスマン、そんなことは正しくないぞ、キリストの残酷さというのはな、わしらが決して彼のようにはなれないということを示していることじゃ、糞の残酷さというのは、それが万人を同等の存在にするということじゃ、われわれはな、その二つの残酷さの間で、われわれを掛け替えのない存在とする個人差を打ち建てようとするのじゃ、手足を失って不具となったわが母や、供奉として連れてきたあの似非王子、あの似非後継者などがそのようなことを実践しておるのじゃ、人間イエスの肉体に宿ったとされる神なるキリストが、イエスの人間性にとって嘘偽りであるのと同様にこやつは嘘偽りなのじゃ。

絵画——イエスよ、こやつはそなたと同様の偽りの存在である、それはそなたが神なる私キリストにとって偽りであるのといっしょだ。私はそなたに相談することもなく、あらゆる罪や欠点、数多の中から選んだそなたのものである肉体を一身に背負った。わが父はその幻をそなたの死すべき肉体、マリアの息子のなかに取り込んだ、その目的は人間どもに、できもしない徳性の蜃気楼を提供することだった。しかし私が喉に酸っぱいぶどう酒を味わうや否や、そのことをそなたに警告しよう、私が額に茨の棘を感じ取るや否や、私はそなたの身体を見捨てて、残忍な人間どもの手にそなたを渡すこととしよう。

——オルヴィエートの絵を見るのじゃ、グスマン、その微妙な動きやイタリア風の軽薄さに注意を凝らすのじゃ、敬虔なる意図をもった絵が思いもよらぬものが登場したり退場したりする芝居へと変貌していくのをしっかり見届けるのじゃ、他の半島〔アペニン半島〕の移り気な芸術家たちが、教会の中庭で演じられるような聖なる出し物を、幻想的な空間や垂れ幕、アーチ、陰影、光彩などが取り合わされた異教的な劇場へと変貌させるさまを、そしてまた、人間イエスが独壇場となる場面に、彼と瓜二つの分身が登場して、彼を抱擁し、口づけし、両者の肉体が一つに溶け込むように見せるそのありさまを、な、それは未だ生まれざる神という名の、戯れの巨匠の演劇を演じるためなのじゃ、多くの疑いを抱くがいい、グスマン、あらゆる物語を語るがいい、そしてもう一度、われわれがかくも多くの可能性のなかからたったひとつの解釈しか選択せず、その解釈の上に不滅の教会と、数多の儚い王国を打ち建ててきたのはなぜなのか、それを自問してみるのじゃ。

――貴方様はそうした王国のひとつに君臨されておられます、セニョール、王国を滅ぼされることのないように願います。

――疑いをもつようにと申しているのじゃ、グスマン、キリストの人間としての肉体は幻じゃ、彼の苦悩と死は見せかけにすぎん、もし苦しんだとしたら、神ではなかった証拠だし、もし神だったら、苦しむはずなどなかったからじゃ、疑うのだ、グスマン、そしてわしらの目の前の、あの絵の中で演じられているものをよく見るのじゃ。

絵画――もし私が神ならば、苦しむはずなどない。もし苦しむとしたら神ではないからだ。酸っぱいぶどう酒と茨の棘だけで充分だ、これから私は独房から連れ出され、大きな門まで暗く奥深い路を歩かされるのだろう、そこに至れば、自分自身を磔にする十字架を背負わされ、あの埃っぽい丘を辛い思いに耐えつつ登らされるはずだ、あの丘は何度も何度も夢のなかに出てきた、そこにはすでにわが運命を支える根のごとく、他の二つの十字架が打ち立てられている。奇跡だ、奇跡だ、今こそ私に具わったものを変容させ、呼び寄せ、目先を突如として変えるあらゆる能力を集中させるべき時だ、それが可能だったからこそ、私はカナンの水差しにぶどう酒を満たすことができたし、魚をたくさん増やし、ラサロを蘇らせることもできたのだ。痛みの隙間から自らの神性がしみ出てくるとしたら、何としてもそうしないわけにいくまい。茨の冠をかぶせられ、鞭打ちを食らい、酢を飲むように仕向けられたとき、私は穏健で荒削りな、したがって感化されやすいある人物のことを、つよく心に思って苦しみを避けようとした。つまりキレネ人シモンのことである。私は、死のなかでの自殺という安易な手段によってって、安楽な死を捨て去り、喧騒の生を受け入れるべく、ラサロに対して熱心に希ったのと同様、私のそばにシモンを呼び寄せようと強く念じたのである。こうしてシモンが遠くからでも私の声を聞き分けられ、必要な援助を携えてその時、その場に来られるように切望したのである。その日の午後、私は衛兵たちに囲まれて、独房から裁判所の大扉に続く、暗くむさくるしい道に連れ出された。視線は暗闇を貫き、嗅覚は魚やニンニク、汗の臭いを嗅ぎ取った。シモンは遠くから私の声を聞き取っていた。シモンは私の身代わりとなるため、言いつけどおり、野菜や魚などのしがない糧食の売人の格好をしてやってきた。私は思いがけず躓いて転んだふりをした。衛兵たちは軍隊的な歩調をやめ、立ち止まり、行きつ戻りつしつつ、何がなんだか分からずにぐるぐる回ったりして、私を殴りつけ、私の身代わりとなったキレネ人を侮辱したりした。私がタマネギや干物の塩漬けなどを担いで、百人隊長たちにそれを提供しようとして退けられている一方で、彼は十字架を担いでいた。行列は進んでいったが、私は支配下においた異民族に対して、外国人支配者が不明であることに感謝した。というのも、もしわれわれが命にかかわるほど重要だからという理由で、外国人圧政者の顔をすべて判別せねばならぬとしたら、彼らもまた個人的な容貌の違いなどなく、他の者たちと区別しえないと思っている奴隷集団たるわれわれの顔を、あるがままに眺めるだろうからである……同じ日の午後、私は間違ったまま何も事情を知らずに十字架に掛けられたシモンの姿を目にした。私はまさに私自身の拷問と死を目の当たりにしたのだ、何となれば百人隊長も使徒たちも、マグダラのマリアも母マリアも、パトモスのヨハネも皆がみなシモンは私のことだと思っていたからである。そして私の視線が、嵐含みの暗闇と粒化した陽光の相反する突風を突き抜けた際に、目に捉えたのは十字架に掛けられたキレネ人シモンであったが、私は自分の目にしているものを信じることができなかった。穏やかで朴訥なキレネ人は苦悶の表情のなかに、私自身の容貌を見せていた。彼自身の表情はヴェロニカの聖骸布に苦悶の汗とともに刻印された。かくして私イエスはカルヴァリオの丘における、シモンの磔刑の証人となったのである。これこそあまり知られてはいないが、わが人生最大の奇跡的出来事であった。

――しかし見てみるがいい、グスマン、絵の場面がいかに素早く回転しているか、そして奥の背景はそのままだが、人物たちの衣装が変化し、さまざまな舞台装置が置き換わっているさまをな、気まぐれで無慈悲な劇作家が新たなやり方で自分の物語を演出しておるわ、さてさて、それではこれから新しい舞台を見せてもらうことにするか。

絵画――私は神でもなければ奇跡でもない、パレスティナの政治的扇動者だ。つき従ってくる親しい者たちに対して、殉教者としての見せかけがわれわれの大義には不可欠だということを納得させるとしよう。誰が当局に対して私を密告する人間となるべきか、もし期待通り私が死罪を言い渡された際に、誰が私の身代わりとなるべきか、それを決めるためのくじ引きをしよう、それはユダとキレネのシモンがふさわしい。われわれの集団は安全性と機動性と信念の純粋さを基準にして小さくまとまっている。しかし肉体的に瓜二つの人間たちだという点もまた、その要因となっている。かくしてわれわれは互いにさまざまな場所で、しかも同時点でメシアという名称を騙《かた》って、メシアのふりをして姿を現すことができるのだ。すると無知な俗衆たちは一人の人物によってではなく、数人の仲間たちによって組織的に実行された偽の奇跡を見せられて驚嘆するが、そうした奇跡は常に私が行ったものとされるのだ、けだし私は反逆の象徴であり、その知的な作者だからである。この点においてのみ自分は仲間たちと区別されるのである。わが母は聖書を夜遅くまで読むようにと強いた。私は無学な仲間たちの自発的な反逆心をつなぎ合わせ、それに道筋と組織と思想を与えた。ユダとキレネ人が偶然的に選ばれたことを残念に思う。私はどちらかといえば、定見がなく誰よりも弱いペテロや、政治的にみて実行力の乏しいパトモスのヨハネであったらよかったと思っている。しかしわれわれの個人的な好き嫌いを超えるこうした決定に、感情が入ってくることは禁物なのだ。こうして誰もが私のため、私の大義のために命を捧げる覚悟をもった瓜二つの人間を従えて、十字架の道を辿っていったのである。あちらでは誰もが涙を流し絶望したふりをしている。ある程度まで装ってはいるものの、それは真実である。というのもキレネの人シモンは、なくてはならぬわけではないが、それなりに忠実な戦士であり、善良な人間だからである。涙と絶望を流すのは当局の目を欺くためのものであり、また反逆の伝説を打ち立てるためである。その後、劇の役者たちすべては暗がりに引っ込み、またすぐさま姿を現すのだが、それはローマの集団的倫理とイスラエルの重苦しい伝統に対抗して、個人として反逆する劇を演ずるためなのである。天候がわれわれに好都合に協力してくれたその日の午後は、当初は暑さと日差しと埃で始まったものの、嵐で幕を下ろしたせいで、早めに暗くなり、夜闇に不動の石だけが傲然と居座っている。反逆というものは、どうしても生贄の伝説の翼をつけて飛翔することが必要であった。けだし生贄から新たな世界が生まれるからである。しかし常に生贄にされてきたのは人間であった。私はふと次のような考えが浮かんだ、神こそ生贄にすべし、と。人間の生贄から古代の神々とその聖なる神話が生まれた。神の生贄からは人間の神話が生まれるだろう、それは極めて有効な倒置であった。大いにそうする価値があった。わが運命と追随者たちのそれなど、どうでもよい。誰一人、二度とわれわれについて知ることはなかった。しかし今日の午後、ゴルゴタにおいて起きたことを知らぬ者はなかった。われわれの創造こそ歴史と呼ばれるものである。

――それ以上疑ってはならぬ、グスマン、キリストの魂はイエスの苦悶の肉体を見捨てたのじゃ、イエスは死ぬ間際になって今一度、マリアとしがない父親の息子に過ぎなくなったのじゃ、書き記すがいい、グスマン、わが先祖のすべての最終的埋葬を執り行った今日という日に、わしが口述した遺言書を章立てしてな、先祖たちと一緒になる日もいつかくることだろうが。いいか、こう書くのじゃ、唯一なる一者で、ただ一つの実体に結びついた父と子と聖霊なる聖三位一体の名においては、まさに肉体と知性と魂とは唯一の実体としてある。神秘的とはいえわれわれが各々決して疑うことなき、こうした一体的存在に関しては、父なる知性と子なる肉体、聖霊なる魂は、あたかも太陽が魂としての光、熱としての子、球体としての父が一体としてある、という教義と実質的に結びついていることを疑うものとてあるまい。かくしてある日、子は光の光線として送り届けられたのじゃ、しかしそのこともまた疑うのじゃ、そしてあの絵がわしらに語ることを信じるのじゃ、あの絵はわしがそなたに言ったとおり、こちらから話しかければ答えてくれるはずじゃ、突如として空白になってしまう画面を見てみるがいい、あるいはそこはすべてを消し去り、すべてを見えなくし、黒い空漠に変えてしまう、真っ白な光に乗っ取られてしまうかもしれぬが……。

絵画――われは神ゆえに唯一の存在なり。かかる唯一神なるわれこそ、処女マリアの上に降臨して女を孕ませたり、かつて一度も生まれたことのなかったわれは、こうしてマリアより生まれたり、われは自分自身の父であり、自分自身の子なり、われは不可視なる唯一神であり、われ自身が苦しみ、われ自身が死せり、人間どもが父にして唯一神のわれを十字架に掛けたり。

――グスマン、そなたがまず認めねばならぬのは、単純極まりない算術によってわれらキリスト教世界は血を流しているということじゃ、つまりな、悪魔という存在に関して永遠に奴らを屈服させるべく、理性の下で照らし出そうということもせず、むしろその禁断の剣を奪い取り、その武器を振るうことによって、説明のつかないことを説明しようとしているのじゃ、そのあげくが、すべては魔術なり、すべては神秘なり、すべては堅信者のみならず、永遠に異端的で、永遠に規範に従わぬことで迫害を受ける者たちの知的自由なり、ということになったのじゃ、グスマン、神の勝利というのはな、一度として勝利を勝ち取ることのない、常に迫害を受けている最悪のキリスト教世界のことなのじゃ、キリスト教はイエスが打ち負かされたことで存在しているのであって、コンスタンティヌス〔ローマの皇帝でキリスト教を公認した〕が勝利したからあるわけではないのじゃ、わしはネロの誘惑というものがどんなものか、夢のなかで何度も見て知っておる、わしは自分の信仰を確固たるものとするには、実際には二つの道しかないのではないかといぶかっておる、つまり迫害する側になるか迫害される者となるかじゃ……。

——貴方様はお父上の宮殿で不穏な群集を殺すようにお命じになられましたし、ヴァルド派やアベル派、アダム派やカタリ派などの異端者どもに対する十字軍の先頭に立たれました、そのとき、まさしく連中を迫害なさったわけですよね？

——グスマンよ、わしの辛い気持ちを察してくれ、おそらく真実のキリスト教徒たるそうした弱小集団は、狂人や反逆者、子供や恋人たちの心のなかに安住の地を見出したのじゃろう、わしやカトリック信仰を必要とせずに暮らしている者たちの心のなかにな。おそらくわしが連中を迫害し、殺そうとすることで、自分でも気づかぬまま、かかるカトリック信仰を強固なものとしたわけじゃ。

——貴方様は信仰の防衛者でございますゆえ、それは自らが行ってきた戦争や盾形紋章、法令などがはっきり示しておりますし、大勅書の語るところでございます。

——まさにそのとおり、防衛者じゃ、わしの口を封じてくれ、この遺言を書き終わった時に封印するようにな、そして今すぐわしといっしょに跪いて、不変の真理を繰り返すのじゃ、われわれは神を信じます、森羅万象の源なる宇宙の創造者で造り手、神意を体現した王にして超自然的父なる神を、また唯一なるその子イエス・キリストを、時間の始まりに先立つときに父より生み出された神イエス・キリストを、神から生まれた神、全存在から生まれた全存在、一性から生まれた一性、王から生まれた王、主人から生まれた主人、血肉化した言葉、生命を吹き込まれた叡智、真実の光明、道にして復活、牧者、扉、本質、目的、権力、神の栄光たるイエス・キリストを。不変なる神性の、何者にも代えがたきお姿、いかなる異教徒といえども、恐ろしい表情をした薄黒い石像をもって取って代えることのできぬ貴方のお姿、ああ神よ、貴方はまさに私が跪いて貴方を称え、その名を呼んでいる間に私のほうを眺めているイタリア絵画の優しい表情そのものです、創造主にして神なるキリスト、人間そのもののイエスに他なりません、しかし、決して野蛮人の偶像である石の仮面などではなく、昔から聖別されたその尊顔をもってしか、想像することはかないませぬ。わが主よ、貴方の尊顔を変えようとする輩たちによって作られたものは、怒りと敬虔さが結びついたわが軍隊によって、焼き討ちにされ、破壊され、崩落させられることとなりましょう、わが神たる貴方の優しき似姿を歪曲しようとする新たなバビロニアなど、決して聳え立つことはあってはなりませぬ。わしといっしょにこの信条を繰り返すがいい、けだし、疑念によって聖三位一体の教えが歪められたり、聖母マリアの無原罪の御宿りが汚されたり、人間であることとキリストの神性が切り離されたり、イエスの気品あふれる尊顔が変えられたりするならば、というのも、こうしたことはわしが悪魔祓いするべくここに上げた異端者どもによって汚されてきたからだが、そのとき、わしは自分の権力を失うこととなるのじゃ、そのあげく気違いや反逆者、子供や恋人どもが権力を奪取することとなろう。やつらは権力にふさわしくないというのではなくて、権力の行使の仕方を心得ないのじゃ、権力など何の役にも立たんし、何よりも権力そのものが相容れぬ存在だからじゃ、権力を手にした段階で、やつらは子供、気違い、反逆者、恋人といったあり方そのものを失うはずじゃ。どんなものであれ、こうした内容、わしの存在、唯一つの教えといったもののほうが、どんなものであれ、数多の疑念や論争よりもずっとましなのじゃ。グスマン、わしの言うことが一見すると道理にそむくように見えても、本当は理に適っていることを分かってくれ、数々の疑念はわしが口で述べるから、そなたが紙に書き留めておくのじゃ、疑念はたしかにそこに在る、なぜなら紙に書かれてあるからじゃ、しかしな、それらはあたかもカトリック信仰の光り輝く真理の暗い裏面のごとくわしの手の内にある、だからばらばらに撒き散らされることもなければ、誘惑の風に乗ったり、あるいは愚弄目的のとりとめのない噂によって、あちらこちらに持ち運ばれたりすることもないはずじゃ、悪というものをわれわれの知識に組み入れるのじゃ、グスマン、そうすれば善と悪の対立もほとんどなくなろうし、真理と善を求める生き方にとっての健全な警告ともなろうからな。わしの言葉を書き留めるのじゃ、グスマン、悪というのはな、ひとえにわれわれが知らぬこと、われわれにとって窺い知れぬことの謂いにすぎぬのじゃ。そうした悪というのは手に負えないもので、われらの特権ともいうべき書くという行為を通して、自分たちの手に入ることもないのじゃ、だから情け容赦なく根こそぎにせねばならぬのじゃ。

——アーメン、主よ、アーメン。

——平安と早い死を求めよ、グスマン、それにつけてもボカネグラはわしらよりも幸せじゃった。わしらが求めていたものを奴はすでに手にしたからじゃ。

——神は私めに対して公正ではあられません、ただただ自分の義務を果たしただけでしたのに、いまこうしてセニョールのお言いつけどおり、書き留めているように、ご命令に従ったまでです。

——実際には何もそなたを責めているわけではないぞ、こちらに来い、グスマン、近う寄れ、ここだけの話だが……。

——何でございましょう?

——あの犬は階段でわしを襲おうとしたのじゃ、そしてある朝、わしを襲ったのじゃ、わしのことを見分けがつかなかっただろうな、犬の包帯が外れたのは、わしが犬から身を守ろうとしたからじゃ、そなたが治療してやった犬のな、グスマン、たしかにそなたの言ったとおりじゃ、狂犬病をもっておった、そなたは治療したときそのことを知らなかったが、それを知って殺したというわけじゃな、そなたは忠勤者よな、グスマン、礼を言うぞ、グスマン、わしがなさねばならぬことを行っている間に、そなたは必要なことをちゃんとやってくれておるからな、嬉しく思うぞ、グスマン、わしはそなたを責めてなどおらん。

——セニョール、お願いいたします、どうかお話はそれ位にしていただけないものかと、今日という日は記念すべき日でございます、ご自分のご先祖様すべてをそのために建立された自らの宮殿にお集めになられたわけですから、こうして貴方様は地上のいかなるものよりも上にご自分の王朝を打ち建てられました。お休み下され、セニョール、貴方様のお言葉を書きつらねてきて、私めもぐったりでございますゆえ。

――グスマン、グスマン、何と耐え難い痛みよ、近う寄れ、手の平に例の赤い石を載せてくれ、分かるか、何より身体が痛くてかなわん、グスマン、そなたは何も疑わんのか?

――私に力があれば、セニョール、何の疑念ももたないでしょうな。

――しかし力など持っておらん、可哀想なグスマンよ、ほれ、骨でできたわしの指輪に口づけするのじゃ、手に口づけをせえ、そなたを廃墟から引っ張り出し、わしの従者にしてやって出世したことをありがたく思え、そなたがよくやってくれたこと、確かな才覚をもっておったことをしっかり見届けたからじゃ、書いたものをわしに見せてみよ、どこでこんなに綺麗に書くことを学んだのじゃ?

――私めは一年間、サラマンカで過ごしました、貧窮生活のなかとはいえ……。

――なかなかの筆捌きじゃ。

――他にもございます、セニョール、学生たちはとんでもない与太者、のらくら者が多いのですが、神に嘉《よみ》してもらいたいのは、私の短所が神の徳性のもとにあるということでございます。

――左様か、ほれ、わしの手に恭しく感謝の口づけをするがいい。

――そうさせていただきます、セニョール、心より謹んで。

――分かっておるか、グスマン、そなたは司教に告解だといって、この書付を見せるだけでいい、下手をすればわしが宗教裁判所に連れ出されて、火刑に処せられると想像をたくましくしながらな。しかし自分が助かる希望など捨て去ることじゃ、いくら自分を与太者でのらくら者だとみなそうとも、そなたには何の役にも立たん、そなたのことを信じるものなど誰ひとりおるまい、すべてがそなたの手とペンで書かれておるからじゃ、インクが乾くまで文字の上に粉を振り掛けるのじゃ、そうそう、そうしてな、グスマン、そなたの言葉を真に受けてわしが断罪されるはめになったとしても、そなたには何の役にも立たん、たとえそなたがわしの権力を簒奪することになろうと……。

――セニョール、貴方様は私のことを情け知らずだと?

――黙れ、グスマン、たとえそなたが、そなたごとき人間が、わしの名において権力をわがものとするなら、そなたごときと言ったが何も侮辱するつもりはない、そなたのような新しい人間は、権力をもてあましてどうすることもできまいし、気が狂ってしまうやもしれぬ、そなたは疑うことなどしないと思ってはいても、一日中疑ってばかりいるってことにもなりかねん、そしてなしたこと、なさなかったことに関して、道徳的義務と政治的義務のはざ間で、あれこれ疑念が心に渦巻いて苦しめられることとなろう、疑念はおのが王国を立ち上げ、逃れるすべもなくなるのじゃ、グスマン、どうしようもなくなるのじゃ、そなたが従者であって主人ではないことを神に感謝するがいい。

——私めに何の不満もございませぬ、セニョール。

——いいか聞くがいい、権力というのはな、背後に殺人をなんとも思わぬ、残虐で近親相姦を習いとする、気違いどもの亡霊軍団を備えて初めて持つことができるしろものじゃ、フランス病〔梅毒〕によって死ぬほど痛めつけられ、引っかき傷ひとつで血抜きができるような、そういった連中を備えてな。人間同士はしょせん互いのやり取りよ、しかしもし従う者があって命令する者があるとすれば、グスマン、それはな、ある者たちが何か提供しえても、他の者たちがそれに応えるもの、つまり代わりになるものをもっていないからじゃ、血抜きされ、腐敗し、精神に異常をきたし、近親相姦に染まり、犯罪にかかわり、死ぬまで病気だった三十人のわが死体と引き換えになるものを、いったい誰がこの世で、わしに与えてくれるというのじゃ、グスマン、わしのもとに来い、豪華絢爛たる墓に横たわる連中の姿を見てみよ、しかめ面とライ病と虚弱体質、骸骨、擦り切れたアーミンを見てみるがいい、頭に血の王冠を戴き、死んでもなお傷口の塞がらぬような傷や横根や下疳《げかん》をわずらった、すばらしい肉体の持ち主だった三十体の亡霊を見てみるのじゃ、グスマン、いったいわし以外の誰がわし自身に、よりすぐれた贈り物をすることができようぞ？　わしのみがこう言うことができるのじゃ、この王家はわしとともに滅びるであろうとな、よく聞くがいい、そしてわしの指輪をとり、羊皮紙をしっかり巻いて、封蠟でもって封印するのじゃ、言うとおりにせえ、グスマン、言うとおりに、どうしてそこにじっとしておる？　たんと腫れ物を見て臆したか？　みな古い遺骸で、臭いもしなければ、怖気づかせたりもせぬ。

——何か不足しているようで……セニョール。

——足りないものなどないと申すに、この遺書のなかに自分の疑念、人生、苦悩、その他もろもろのことを書き記したぞ、たとえばひょっとして、わしの特異性などないと否定するような疑念じゃ、つまりこの世にある全てが存在しているのは、それが互いに係わり合っているから存在しているのだが、それが巡りめぐって、唯一のものと思っていたものを蝕み、煮えたぎる泥土に還元してしまうのではないかと疑っておるのじゃ、またそれと並んで、どれひとつとして特異なものは存在しないのではという疑いをもっておるのじゃ、なぜといって、あらゆるものは、人間がそうであったし、現にそうであり、将来にわたってそうであるように、さまざまな方法で見られ、語られうるものだからじゃ、これで充分ではないのか？　わしは真実を救い出そうとするあまり、真実を否定する嘘っぱちを並べ立て、これ以上の危ない橋を渡るわけにはゆかんのじゃ。

——一つだけ足りないのは貴方様のご署名でございます、セニョール、いみじくもおっしゃったとおり、それがなければこうした文書に価値はございません。旦那様がうとうとされている間に、私めは書き記し、紙を巻いて、セニョールの指輪で封蠟・封緘いたしました。

——たしかにそうじゃった、グスマン、署名せねばそなたもその気にはならんな。

——ご主人はご自身がなさろうとする挑戦に遅れをとってはなりませぬ。ここにご署名を、セニョール。

——本当は何を求めておるのじゃ、グスマン？

——セニョールの信頼を得ていることを百パーセント裏書するものです。そうでなければ、貴方様に差し迫っている危険を消し去ろうなどとは思いませぬ。

——何のことじゃ？　すべてが静かに納まっておる、嵐は去った、修道女たちは静かにしておる、工夫らも仕事に戻ったとわしは申しておる、ボカネグラは死んでしまった、死体は地下墳墓に横たわっておる、行列行進も終わっている、もはやわれわれに欠けるものはないのじゃ、この場所に通じる道は永遠に閉じられるはずじゃ。われらは皆すでに集まっておる、今日は記念すべき日であった、やり残したことは何もない、言い残したこともない、せめてそれだけはわしのたっての願いなのじゃ。

——栄光の一日でございます、セニョール、いや栄光の数多の日々とでも言いましょうか、と申しますのも、死者たちは今日のみならず、何カ月も貴方様の令名をわが国のいたるところにもたらしたからです、供奉たちは集まって、村々を通る服喪の旅を始めるのに何週間もかかりました、あらゆる修道会の司教座聖堂参事会や、行列に加わった全修道院や司祭たちに護衛させられて、司教座聖堂のある諸都市を巡って行ったのです。あらゆる土地の人々が、黒い布のかかった輿のなかに納められた、貴方様方の御遺体が国中を引き回されていくのを見ました。すべてが貴方様の栄光となりますように、セニョール、しかし、今日の午後、葬列がこの未完成の宮殿に入ってきて、修道士たちの喝采や賛美歌、群集たちのお祈りを耳にしたとき、そして宮殿のあらゆる場所で、貴方様がお命じになったミサや説教、葬送の詠唱が聞こえたとき、私は自問せざるをえませんでした、セニョール、なぜ自然は貴方様の意図をくじこうとでもするかのように、貴方様に敵対して立ち上がったかのように見えたのだろうかと。そうしたしるしとして私が目にしたのは、あの嵐の時に、一瞬にして棺台からあらゆる飾り物が剥ぎ取られ、蠟燭が根こそぎにされ、強風に煽られるまま聖櫃と黒リボンが吹き飛ばされ、あらゆるものが引き裂かれて、この平地が御遺体でいっぱいに埋め尽くされてしまった情景だったのですから。御遺体は嵐によって叩きつけられてしまいました。今でこそ穏やかに眠っていますが、決して元の姿には戻らないでしょう。御遺体には彼らに第二の生を与えられました、セニョール、そう、第二の機会ともいうべきものをです。

――いや、誰ひとり第二の機会などもつことはあるまい、死者も生者も、またこれから生れてくる者たちといえども。もし書かれた言葉を通して、わしの生の鼓動のなかに感じとられる声なき欲求が、何なのかはっきり分からないままに終わってしまうなら、そなたに述べたことのすべては無駄となってしまうのじゃ。声なき欲求とは死そのものじゃ、本当にわしは死というものが何なのか心得ておる、非存在であり、根源的な忘却・消失じゃ、わが権力は絶対なるものじゃ、それはわしが子孫のない最後の支配者となるつもりだからじゃ、そうなればそなたとそなたの親族たちは、わしを告発するまでもなく、わしの遺産でもって、何なりとやりたいことをやるがよかろう。

――セニョール、どうか後生ですからお立ちください、私の足に口づけなどなさらないでくださいまし、私は……。

――権力が世代から世代へと継承されるように、他人の夢を踏みにじることを余儀なくされた、不具で不幸な息子たちは、もはやいなくなるだろう。これ以上、ひとりとして……。

——セニョール、セニョール、どうかお立ちを、私の腕におつかまりください、セニョール……。

——わかった、わしに署名させてくれ、わしの言うことが本当のことなら、何一つ構うことなど……。

——私にお任せください、セニョール、貴方様は生者をこき使い、事故や悲惨な目に遭わせつつも、死者たちの眠るべき建物を建てられました。私には聞く耳と見る眼があり、嗅ぐべき鼻もあります、暴風雨は単に人間のこころの中で起きることに対する、自然からの警告です、私にやらせてくださいまし、セニョール、人間に対して行動することをお許しください、貴方様と同様、私も自然に歯向かうことなど何もできませんから。自然の営みと人間のそれとが渾然一体となるような、そうした場所で仕事をさせてくださいまし、それこそ貴方様が私たち新しい人間に対し、お認めになった、特権とでもいうべきものなのですから。つまりそれは、道徳と実践の間でもちあがる疑念など抱かずに行動するということです。塔の鐘楼が焼け落ちたのは、雷のせいだったのでしょうか、それともすでに決められた目的のために、人間の手によって放たれた火によるものだったのでしょうか？

——そちは疑っておるのか、グスマン？

——セニョール、ここら一帯は、暴風雨によって棺台から剝ぎ取られた紋織りの黒い花でいっぱいになっています。今現在、彫工や鍛冶職人、この辺りに昔からいた牧人などが、乾燥地をぶらぶら歩きながら黒い喪章を拾い集めているのです、わざわざ廃墟の上に葬祭都市を築くために、土地の人間は追い立てを食らい、生活の糧を奪われ、小川は流れを変えさせられ、貯め水は底をつくはめとなってしまった、などと考えながら。行動させてくださいさい、セニョール、地上の地獄を征服するという貴方様の意志を活かすのに、最もふさわしいのは私の行動なのですから、私のご奉仕は貴方様がつよくお望みになっている、死と消滅という営みと、全く同じものだということがお分かりになるはずです。

——グスマン、そちは何をしようというのじゃ？　なぜゆえそのカーテンを分けるのじゃ？　そのカーテンの向うに動くものは一体なんじゃ？　ここにいたのはわしとそなただけだったのではないのか？　誰じゃ？　グスマン、何をわしに見せようというのじゃ、どうしようというのじゃ、誰なのだ？

——ご覧下さい、セニョール、ここに証人がおりまする、すべてを聞いてしまった……。

――誰のことじゃ？　なぜゆえこんなに短い髪をしているのじゃ？　少年か？　いや、シュミーズから乳房の形がふくらんで見えるではないか、誰じゃ、お願いだ、言ってくれ。

――どうか寝室にお出でくださいさい、横になってお休みになられたら？

――何を見せるつもりじゃ？　この少女は誰なのじゃ？　色白で美しい娘じゃな、目は黒々として、白百合のような肌で、オリーブの瞳をしておる、ここにどうして連れてこられたのじゃ？　そもそも誰なのじゃ？

――お休みください、セニョール、この子が貴方様のところに伺います、貴方様は動く必要はございません、何でもやってもらえます、生娘ですが賢い子です、今日私たちがここに埋葬した、ああいった御遺体の生き死にの運命ゆえに、貴方様がいまあるような貴方様となられたように、あの子は生れた場所が場所だったがためにこうなったのでございます。

――グスマン、何をしておる？　わしは病気じゃ、病気じゃ。

――あの子はゆっくり流れる大河でございます。

――あっちに追いやれ、グスマン、わしはもう腐っておるのじゃ。

――あの子はしっとり濡れたゼラニウムとレモンの皮の香りがいたします、イネス、こっちに来るんだ、こっちに、怖がることはない、われらのセニョールがお求めだ、死神の祝祭があまりに盛んだったので、その後は、肉体が生命を謳歌することを求めているのよ、これは自然の法則というもの、セニョールはお前の求めているあらゆる快楽を与えてくださるのだぞ、建築士や鍛冶職人、鉛職人などのことは忘れるんだ、この建築現場で働くカスどもとの、実りのない情事など考えて苦しむのはやめるんだ、お前はわれらのセニョールの腕のなかで処女を失わねばならぬ、こっちに来るんだ、可愛いイネス、お前にはセニョールが必要だし、セニョールもまたお前が必要なんだぞ、イネシーリャ、わきまえているな、お前はわしらのセニョールの手で孕まねばならないんだ。

――いやグスマン、それはいかん、いかん、そなたに言わなかったか？

――と申しましても、もしセニョールにお世継ぎができない場合、私生児ということになりましょう、セニョールのお母上はご自分の意志を押し付け、供奉のうちに連れてきたあの頭の弱い少年こそ、本当の王子だとみんなに信じ込ませるはずです。俗衆たちのあらゆる予言のなかに予告された、神意にかなう国王、最後のお世継ぎ、世界の支配者、真の父から生れた真の息子、ということになってしまいます。セニョール、お母様を恐れなさいませ、お母上を、と申すのも手足を失って不具となり、ぼろの黒衣に身を包んでいる単なる肉体の塊にはちがいないものの、失った手足を補ってあまりあるのが、強靭な意志と老いたとはいえ聡明な頭脳なのでございます。私には見えます、セニョール、臭いを嗅ぎわけることもできます、どうやら逆徒のざわめき、不平不満の声が聞こえてきます、と申すのもこの王国には正統の世継ぎがいないからです、へたをしたら貴方様のお母様が、白痴を王に据えるかもしれないと騒いでいるんです、何はともあれ、これは反逆やも……。

——グスマン、わしの目的に反するようなことはよせ、わしに世継ぎなどはいらん、わしは最後の王となりたいだけじゃ、その後は何もいらん、何も、何もな。

——どうか早く選んでくださいまし、セニョール、あまり時間がありません。貴方様がご自分の個人的に死ぬという意志を犠牲にして、この村の娘の豊かな卵子でもってご自分の生命を刷新なされるか、あるいは、今一度、反逆者どもと相見え、逆徒を鎮圧せねばならないか、そのどちらかでございます。かつて若い頃、そこでもまた反乱を鎮圧し、宮殿の多くの居間に死体の山を築いたものでした。どうか選んでくださいまし、セニョール、血脈を新たにされるか、流血を見るかでございます。セニョールに見ていただきましょう、貴方様が私めを、王家の末永い繁栄という点で、疑いを抱く不忠の輩ではないかと疑っておられるなら、そうではないという証拠をいくらでも提供するつもりだということを、セニョール……。

——グスマン、それは何ゆえじゃ？

——子供や恋人、逆徒などが支配する世界になったら、私はいったいどうなってしまうのでしょうか？　まあそれはいいとして、ともかくこの子をすぐに受けとって、黒の敷布の中に引き入れ、可愛がってやってください、セニョール。

——グスマン、絵が真っ黒のキャンバスになって、光が消えてしまったぞ……。

——もう絵を眺めるのはやめて、女のからだのほうをご覧下さい、貴方様は世の中にこれほどすべすべした柔らかなものがあるなんて、と思われますよ、嘘だと思われるなら、実際に触れてみたらいかがです？

――何と恐ろしい声よ……絵のなかの暗い影から誰かが声をかけているのじゃ、よく分からんのだが、恐ろしげな……。

――そんなものはお楽しみのなかで忘れてしまってください、貴方様のために一肌脱がせてくださいさい、もし死のうと思われているのなら、この生娘の腕のなかで果てることです、むちむちした太腿の間にあれをぶちこんで、魂を悪魔に売り渡すことです。

――分かった、ならばこちらに寄越せ、寄越せ、グスマン、その子に触らせてもらおう。

絵画――私が話すときはいつでも明かりが消される。したがって常に暗闇で話すこととなる。注意は他のところに向けられ、誰一人私に関心を払うことはなかった。それも道理である。脇役たる私は読み書きもできぬユダヤの大工であり、糧を自らの汗でもって稼いできた一介の真面目な労働者である。彼らはそのことを知らない。彼らは私の手にあるタコや流す汗水を見下している。しかしもし私がいなければ、彼らはどこに座り、どこに寝ていただろうか。ばかばかしい、あほらしい議論にうつつを抜かしたり、くだらない夢を見てなどいなかったはずだ。だめだ、彼らは私を恐れているせいで、私が話すときに明かりを消すのだ。毛深く、タコもちの、無学な老人が語る単純な真実に恐れをなしているのだ、おっとどっこい、それでも真実はちゃんとわきまえている。だから私を恐れ、忌まわしい病気持ちのように遠ざけるのだ。ヨセフは存在しない、と。あの大工は子羊とニンニク、ピーマン、ぶどう酒を腹いっぱい食べていればそれで満足。たしかにそうかもしれない。私はかの私生児の後をついていった、実際問題、一度として彼が話したこと、言ったことに関心を払ったことはない、それは周りに、見て面白いものがそれ以上にたくさんあったからだ。彼が親しい友人たちと最後の晩餐に集ったとき、私は外から様子を窺ったのだが、何を話しているのかは聞き取れなかった、内容はどうでもよかった、重要なのは、私が犬どもや熱狂した連中、通行人たちの中に混じって外にいたということだ。中のほうを覗きつつ、料理人や給仕たちの動きや、コンロや美味しそうな匂い、出される料理やパン、ぶどう酒などにばかり目がいっていた。実際そうだった、美味しそうにみえるもの、触って嗅いで噛むことのできるものに興味がそそられたのである。男色者集団の込み入った言葉には我慢がならなかった。事実、そうした連中なのである。私が目にしたただひとつのものは、ユダが私生児に口づけしたことだ。これを見ても、あれが私の息子ではなかったことがはっきりする。息子だったら男から口づけされるなんてことがあろうか、ばかばかしい……明かりは次々と消されて、人々は私の声に耳を傾けようとはしない、恐れているからだ。彼らは自分とは似ても似つかない人格をでっち上げてしまった。どんな嘘八百も呑みこんでしまう穏やかで無学な老人、あらゆる事件の傍らで、わずかな役割すら果たさないような。たとえ真実を知ったとしても、どうせ笑い飛ばすだけだろう。ヨセフは若い頃、勇み肌の男で、大食漢の大酒飲みだった。もし嘘だというのならエルサレムの売春宿とかサマリアの居酒屋とか、ベツレヘムの厩で聞いてみるがいい、そうしたところには、藁のうえで交わった二十人を下らぬ女たちがいるから。連中は日中は焼け付くような砂漠の暑さで身体を火照らせていたが、凍えるような夜の寒さには、私がいなければ凍死してしまったはずだ。それが私、ヨセフだ、マリアとその家族は私に礼を言わねばならなかった、なぜなら娘を嫁にもらってやったからだ、あの家族は本当のところは没落していて、真面目な大工が食わせていってやることに大いに乗り気になってはいたとはいえ、自惚れが強く、皆が王様気取りだったが、そんな家から嫁にとってやったのだ。ああばかばかしい、あんなどうしようもない女を嫁にもらったばっかりに何てざまだ、まずあったのが、だめの一言、触らないで、怖いの、慣れるまで少し待って、少しずつね、あそこに痛みがあるの、今日はごめんなさい、明日の晩ね、こういった調子で……そしてあるおめでたい日に、処女でありながら確かに妊娠したことに気づいたのだ。したたか殴りつけてやったものの、あいつは誓って、すべては一羽の鳩のせいだったと言うのである。そのとき私がどんな反応をしたか、男たるヨセフが鳩一羽にこけにされた？　いい加減にしろ、殴ってやる、この野郎……私は三行半を突きつけてやった。私は友人との旧交を温めにベツレヘムに立ち去ったのだが、マリアは私の後についてきて、そこで子供を産んだ。するとすぐに口さがない女が土地の牧人たち皆に、あの赤子は神の子だと触れ回ったのである。このことを耳にしたのがターバンを巻いて曲芸師に身をやつした三博士で、職業は操り人形師だが、筋金入りの陰口やでもあったため、そうした知らせを宮廷に持ち込んだ。ヘロデ王の怒りと恐怖はさぞかしであったため、ユダヤ中の赤子はみな八つ裂きにされ、私もまた魔女のごとき妻のせいで巻き込まれた騒ぎから身を遠ざけようとしてエジプトを目指した。しかし妻はロバに乗って追いかけ、私を棄てるわけにはまいりません、私はあなたの妻です、私を受け入れてください、肉は弱いのですと涙ながらに訴えたため、ついに私も妻の美しさにほだされて妥協したのである。私たちはエジプトにおいて、そしてパレスティナに戻ってからも何人か子供を作った、しかし彼女の情愛と気遣いのすべてがあの私生児に向けられた。他の子供たちは山羊のごとく、うす汚く自由気ままなやり方で育った。かの私生児は違った、あらゆるおどけた身振り、秘密めかし、妖術、役立たずのものばかり仕まい込んでいた義父母の家から持ち出された古い何巻もの文書類など、こうしたものすべてを十二歳の時点ですっかり身につけ、忌まわしい思想で頭をいっぱいにし、自分のことを偉大な人間だと妄想し、信じられないくらい衒学的になって、学のあるところをひけらかして学者たちを相手に議論をし、ついには街に出て行って、養育した私たち両親を見下したのだ、妻よ、お前に言っただろう、あれは恩知らずだと、私たちを軽蔑し、公の場で挨拶もせず、話題にもせず、誰に向かっても父母を捨てるように薦めるのだ、あれはむごい息子だ、それに嘘つきだ、そっと陰から窺い後をついて行ったら、ラサロと打ち合わせをしていたのが分かった。あのベタニアの病人のことだ、死んで埋葬したことにして、後で蘇らせたということになっているが、このことはすべて病人の姉妹たちマルタ、マリアと謀った純然たるインチキで、姉妹たちは私生児に何か借りがあって、そのためこんな茶番劇に加担したのだ。婚礼のテーブルの下にパンのたくさん入った籠と、ぶどう酒の入った水差しをもった弟子たちが隠れていて、あとで奇跡だ、奇跡だとやったわけだが、見下され、忘れられ、屈辱を味わわされ、こけにされた私は、そうしたインチキを隠れて見ていたのだ。となればどうしても告発しないわけにはいかなかった、大工たる私自身であることを喜びとしてはいけないわけもなかろう、長年の仕事で手にタコを作り、村の人間ゆえ朴訥なれども誠実な人間として、のこぎりを手に二つの板を切り、十字に組み合わせて、人間の重みに耐えるようにしっかり釘打ちをした大工として。銀三十枚。そんな高額は見たことがなかった。あの私生児が物見高い群衆のなかをもみくちゃにされ、私の作った十字架の上で死んで行くのを横目にしながら、私は小袋の重さを量っていた。私の言うことを聞いているか？　私はヨセフだ、私は……ああばかばかしい、いつでも私が話すときは明かりを消されるんだ、話す相手はいつも虚空のみ……。

宮殿の白痴

さて老女が命じたのは、私を固い背当てのすわり心地のよくない椅子に座らせ、仕える者たちが掛け布で肩を覆い、供奉の理髪師がハサミと剃刀をもってやってくるまで、じっと静かにしているように、ということだった。しかし私はいまだに若く髭がほとんどなかったので、指でつまんで二、三本の髭を引っこ抜いた。これは簡単なことだったので、特に格式ばったことは必要なかった。もしそうする必要があったのであれば、鏡を渡してもらわねばならない。そうなれば自分自身で顎から毛を引き抜くだろう（私自身、初めて自分の顔を見ることとなるし、記憶はあまり良いほうではないので、自分の顔をよく覚えてはいない、海は顔を映すにはあまりに荒れていた、私はメインマストから落下した際に檣頭電光の火によって一時的に視力を失ったのだ、わざわざ鏡をもってきてくれれば、忘れていた自分の顔を初めて見ることができる）。しかし彼らが私にやろうとしているのは、私の髭剃りではなく、もっと重大なことである。理髪師は嬉々としてこの上なく楽しそうにハサミを動かしている、彼はいく度も唇を嘗め、楽しそうに笑い、観察しながら周囲をぐるぐる回ったが、老女からもういい、なすべき仕事を始めよと言われたので、理髪師は私の頭に近づいて、長い髪にハサミを入れ始めた。私はブロンドの髪の毛が胸や肩の上に落ち、この寝室の冷たい床に落ちるのを目にした。忌まわしい陰口屋の侏儒女によると、寝室はその後ずっと私のもの、つまり私の牢獄になることとなった。私は蠟燭を携えた老女と侏儒と矛槍兵たちの手で寝室に連れていかれた。私たちは女たちのささやき声、すぐに閉められる扉の音、頭巾を被った尼僧たちがあわてて独居房に引っ込んで、閂や鎖をかける音、だんだん下のほうまで浸透して壁に伝わってくる水漏れの音などを聞きながら、この僧院の回廊をさんざん歩かされた（それで私は疲労困憊となった）。もしここが家ではなく船だとしたら、私が連れてこられたところは、ベルガンチン船の船底の土牢だと言われてもおかしくはなかった。しかし老女は壁に鉄輪がはめこまれ、藁ベッドがあるだけのこの石づくりの殺風景な部屋を、寝室と呼んだのである。

――ここでくつろいでくださいな、でも外出できるのは私が許可したときだけです。

　私は何も覚えていない。顔も自分の人生も、しかし唯一覚えているのは、メインマストから見た聖エルモの火と、海に落下したこと、奇跡的に浜辺に打ち上げられたこと、砂丘を通っていく行列のこと、また助かりたいという気持ちと同時に、そうした連中のところに行き、自分が生きているのだと再確認して、彼らに家も仕事も記憶も失った哀れな難破者のことを、構ってほしいという衝動に駆られたことくらいである。この海岸に足を踏み入れた人間のなかで最も身寄りのない、孤独な人間なのだからと。私は何が起きたのかすっかり忘れてしまった。夜になると昼間の出来事が記憶からすっかり抜け落ちてしまうのである。たしかに直接的な事柄である服のことか、あるいは決定的な事柄である死のことは多分覚えているだろう。しかし別のこと、服を身につけることと死ぬこととの間にある事柄、いうなればストッキングを履くことと棺桶に入ることとの間で話したり、考えたりしたこととなると、からっきし覚えていないのだ。今のことは覚えている、近くにあるもの、日中に起きたこと、寝る前のことなどは覚えている。今日われわれが葬列とともにこの地に入ったこと、最後尾で鐘を鳴らしていたこと、嵐があったこと、宮殿が壮大でいまだに完成をみていないこと、たくさんの労働者やクレーン、山積みになった藁や瓦、石ブロック、荷車、あらゆるところから立ち上る煙などである。煙のせいで遠くが見通せなくなり、廊下が本当はそこで終わっていて先は空き地になっていたり、あるいは危険な板張り部分になっているのに、まだ続いているように見えたりしたので、侏儒は老女を荷車に乗せて運ぶ際には、充分気をつけねばならなかった。蠟燭もしっかり灯さねばならないが、今夜はほとんど自殺でもしかねないくらい暗いからだ、われわれは階段の踊り場にたどり着いたが、いつもそこを通って下に降りて行くのが常だったからである（われわれはずっとずっと降りて行く、この寝室は貯水槽近くの、宮殿の他の下層部分の、どこかかなり深いところにあるにちがいない、というのもこの辺りの平原は乾燥地だが、ここは壁から黒い水滴が滴ってくるからである）。侏儒は目だけはよく効いたようで、自分の背の低さの埋め合わせをしようとしたのだろうが、だめ、だめ、そこは危ない、がらと大声を上げた。そこは工事中でまだ階段がなく、がらんどうの踊り場となっていたので気をつけねばならなかった。もし彼女が階段のないことを見てとらなかったら、その踊り場に落ち込んでいたかもしれない。そうなったら宮殿のひっそりとした片隅に、われわれは骨を折ったまま横たわり、ネズミに肉を食いちぎられていたかもしれない。よもや老女、侏儒と私のわれわれ三人が死んだということになれば、それが誰にしろ、ここに暮らす他の者たちはしてやったりと密かに喜んだはずである、そこで私は老女や侏儒に何と言われようと、寝室などではなく、まさしく土牢そのものとみなすこの部屋で暮らすことを受け入れたのである。しかし知っていても口を謹んでいよう、私もここは豪華な調度品のそろった居心地のよい寝室だということにしておこう。そこで理髪師に長い髪を切ってもらい、剃刀をあてて髭を剃らせようと思った、ところが奴はへたくそなものだから痛いのなんのって、水で頭髪をぬらし、シャボンをつけないですぐさま頭蓋にそって剃刀を当てたものだから、頭皮を破り、血がだらだらと額と頬を伝ってきたのだ。血が目に入って見えなくなり、眼を閉じたがそのとき感じた異様な思いはなかなか説明しにくく、自分なりに考えを整理してみた、私は理髪師が頭を剃っている間に、楽しそうに眺めていた老女や侏儒には決して反対できないということが分かった。老女のほうは満足げな表情をしていながら、その目には気難しい烈火のように全人生が集約され、光り輝いていて、彼女には視線しかないように見えた。一方、侏儒は私のほうに目をやりながら、一羽の鳩をなでていた。彼女には小さいながら腕がついていたのである、突然その時、この場所で自分が何をなさねばならないかということが頭にひらめいた。それはこの女たちに反対してはならない、丁寧に扱わねばならないということだった、そうすれば下男のようにぞんざいに扱われることなく、自分によくしてくれるだろう。だから他の者たちに対してはいいが、彼女たちに対しては決して異を唱えてはならないのだ、私が他の者たちに対して、ぞんざいに振る舞うことを期待させれば、おそらく彼女らは私によい待遇をしてくれるだろう、あの廃疾の女性と短身の女は、自分たちの欲求を実現することを私に期待しているのだ、そこで私は気違いのように大声を上げ始めた。侏儒女は私が頭剃りをされた際の頭の痛みに耐え切れず、大声を上げ、痛みを和らげてくれ、鳩の血でもって自分の傷を和らげてくれと叫んでいたときも、自分の鳩と遊んでいた。侏儒女は楽しそうな笑い声を出して私のほうに走ってくると、老女の許しを請うまでもなく、私に小鳩を差し出した。それを受け取った私は理髪師から剃刀をとっさに取り上げると、それをくうくう鳴く鳩の白くすべすべした胸元に突き刺した。私は羽根を血まみれにして息絶え絶えになった鳩を、頭上にもっていき、その震える体を出血している剃髪部分に乗せた。鳩の血は顔を伝って落ち、目に入って再び見えなくなった。眼を閉じることはしなかったので、小躍りしている侏儒女の楽しげな様子が目に入った。老女といえば最初は挑みかかるような様子だったが、次第に恐怖を覚え、最後には誇らしげに受け入れる態度を示すのが分かった、そこで老女はこう叫んだ。

――王冠を作るからには、こうやってつけねば……。

　彼女は私の理解していることが分かっていた。そこで私は目を閉じ、舌ですっぱい血の味をなめ、それを忘れる前に記憶に留めておこうとした。というのも一日は長く茫漠としていて、明日になれば、生きることに精一杯で、今日起きたことをすっかり忘れてしまっているからだ。今日、棺台の覆いを引き剥がし、輿のクレープを根こそぎもっていってしまった暴風雨の最中に、われわれがどうやってたどり着き、どうやって荷馬車から下り、さまざまな供奉を迎え入れているセニョールの前に跪いたのか、しっかり覚えておくのだ。老女は私にその蒼白い手に口づけするように命じ、その後、息子のあのセニョール〔フェリペ二世〕の臭い足にそうするように言いつけた。そしてこれが息子のセニョールだと言うと、彼に向かってこう言った。

――いつもそなたは母〔老女たる狂女王ファナ〕のことを信頼していればよかったのよ、私はそなたを死者ではなく生者のもとに連れてきた唯一の人間ですよ、夫のためにとっておいた黒大理石の地下墳墓に、いっしょに連れてきたあの捕虜を入れてはなりませぬ。あの男は居酒屋の給仕とか罪人、狩猟用の軍用犬などといっしょに、共同墓地に投げ入れてしまえばいい、私が引いて持ってきた遺骸はそなたのお父上の陛下〔フェリペ美王〕のそれではなく、物乞い難破者のそれです。お父様である本当のセニョールはこの若者の肉体に乗り移ったのですよ、彼はまるでお父様の生き写しで、できはしなかったけれどそなたの息子のようでしょう？　そなたの一番近い先祖で、一番近い子孫なのよ、われらの主はこうしたやり方で特権をもった王家の対立を解決してくれるのですよ。

　老女は自分の言葉にいかにも悦に入っているようだっ

た。ますます蒼ざめていく息子の表情、セニョールの傍らに座った美しいセニョーラ〔イサベル〕の抑えた怒り、彼女は脂ぎった手袋をはめた手の上に頭巾をかぶせた鳥を載せていた。彼らの後ろに位置したその男の無気力そうな表情、彼はいかにも怒りにまかせて、手を腰にある短剣の取っ手にもっていこうとするが、あきらめて自分の長いカイザー髭を撫でつけることに甘んじねばならなかった。老女はこうした高貴な者たちの前で跪いた、私の身体に目をじっと凝らしてから、こう言った。

――わが息子よ、そなたはかつて死神の腕から私をひったくったことがあったわね。そなたのせいで、愛する亡夫のもとに赴きたいという気持ちを挫かれたの。今にして思えば、とてもありがたかった。そなたのおかげで、生きながらえて過去を蘇らせることを余儀なくされたからよ。フェリペ、よく聞くのよ、私たちの王家が消滅することはありません。そなたのお父様はそなたの後を継ぐだろうし、お爺様はお父様を、曾爺様はお爺様を、という具合に、初代に至って誰もいなくなるまで継いでいくからよ、そなたについては行けども最後にはそなたを毛嫌いする、例の石女どもの思い通りにはいかないわ、そなたのもとにある遺骸をよく面倒をみるのよ、誰にも盗まれないようにしなさい、彼らこそそなたの子孫となるのだから。

　前もって定式化された儀式に従うかのように、矛槍兵は手足のない老女の胴体を支え、セニョーラの顔を真正面から見られるように、寝返りを打たせた。しかしセニョーラは老女のほうを見てはいなかった。代わりにそれが誰だったか思い出そうとするかのように熱心に見ていたのは、私のほうだった。私は彼女に尋ねてみたかった、奥様、私をご存知ですか？　ご存知でしょう？　ほらあの時の、親も恋人もいない身寄りのない難破者です……。しかしセニョーラはすぐに、この儀式に参列した多くの人々の顔のなかに何かを探しだそうとしていた。私はその視線を追っていった。視線はそこに止まるというよりも、むしろ光線か剣のように、ある背の高い司祭の目を貫いていくかのように見えた。金髪で蒼白な顔をした司祭は、われわれを迎えた集団から一人離れて、宮殿のほうへ走って行った。老女は午後の波乱含みの空気のなかで、頭を十字を描くように素早く動かして、息子のセニョールに祝福を与えた。セニョールは息苦しそうに見えた、というのも厚い唇を震えるように動かし、肺からもれてくる空気を捕捉しようとでもするかのように、大きなあぎとを前に突き出したからである。老女は微笑み、自分を部屋に連れて行くように命じた。そこで私と侏儒、それに手押し車に彼女を乗せた（最初に通路を押し始めたのは侏儒であったが）矛槍兵たちを集めた。そこでわれわれは改めて歩き始めたが、私は疲労困憊していた。侏儒は手押し車を押し、私はその後ろからついて行ったが、すでにわれわれは修道女たちの独居房のそばまでやってきていた。彼女たちは独居房の壁掛けと被ったベールの陰からこっそりとこちらを窺っていた。また侍女たちの寝室を通ってセニョーラの寝室に着いた。私はなぜわれわれがそのようなかたちで、扉もたたかず、どたどたと荒々しく、セニョーラの豪勢な寝室に入っていったのか分からなかった。矛槍兵たちは扉を固め、侏儒は手押し車を押し、老女はしきりに頭を動かしてセニョーラから私へ、私からセニョーラへと視線を移していた。老女が途切れとぎれに言葉を発している間に、侏儒は頭を下げると、空中で二回ジャンプをして若いセニョーラめがけて突進し、げらげら笑いながら腹部のフープにぶつかっていった。

――茶番劇はいいかげんにおし、イサベル、お前さんのフープは空っぽじゃないか、お腹にはクッションの羽と空気しか入ってないのはお見通しだよ、子供を堕ろしたっていうのも嘘なら妊娠したっていうのも嘘だろうが、嘘をつくのはもういい加減におし。お前さんのお腹はこの荒れ果てた野原と同様、何も生えてこないんだからね、もういい加減におし、いい加減に、跡継ぎなんてもう要らないよ、私が見つけて連れてきたからね、ほらここにいるだろう？

え、難破者の私のこと？　この身寄りのない私が跡継ぎだって？　その時セニョーラの顔に、自分の驚きと似た驚きが現れるのではないかと思ったが、ただベッドのほうを指差してこう言うだけだった。

――フアン〔フアン・アグリッパのこと〕。

すると乾燥したスミレや香辛料の香りの漂うベッドから、私と同様の金髪の若者が全裸で起き上がってきた。まどろんでいるのか、ぼうっとしているのか、それとも満ち足りているのか、区別がつかないような眼差しを遠くに投げかけながら。

――ぐるっと回ってごらん、フアン、この魔女に背中を見せてごらん。

そなたはゆっくりと回転して、われわれに背中を見せた。そこには血肉化した十字架がくっきり描かれていた。

私はそなたと自分とのことを思い出し、そなたのことを確かめ、抱擁すべく前に進み出ようとした。ところがそなたは私を見るなり、なぜだか驚いたように一瞬たじろぎ、何か失ったものを取り戻したかのように見えた。そしてそれまで若きセニョーラの発した声に動かされて行動していた白昼夢から、一歩外に出て行くように見えた。おそらくそなたの精神もまた、私の精神と同様、私を認知することで、自己を認知するべく戦っているのだろう、私はそのことを感じた、メインマストから大海原に落下したとき、胃にそれと同じような空白を感じたのだ。おそらくそなたもまた同様のものを感じたのではなかろうか、セニョーラが侏儒に向けて発した言葉を聞いて、われわれは皆身をすくませてしまった。

――私に二度と触れるんじゃないよ、この忌々しい小人めが、お前は私の息子に強いショックを与えたんだ。

――嘘よ、子供なんかできるわけがない、そなたの中に種を蒔いたって塩水に蒔くようなもの、芽など出るわけないでしょうが、と老女は言った。

　そのときそなたはセニョーラの指示に従って、私たちに姿全体を見せ、身体を前かがみにして、後ろに頭をそらせたので、逸物が少しずつだが勢いよく硬くなり、大きくそそり立っていく様子が目に入った。そしてそれは熱く黒々として、深いそなたの臍と合体するほどだった。

　するとセニョーラはごく落ち着いた様子でこう言った。

――私は石女ではありません、長居をしているお義母さん、今日この私の僧院で埋葬を執り行った先祖たちの死体に見られるような、様々な欠点から蝕まれた結果、貴女の息子さんたる私たちのセニョールにこそ、不妊の原因があったのです。

　老女は金切り声を上げ、青年の勃起した陽物の上に襲いかかろうとしていた侏儒女を押しとどめた。セニョーラは笑うまでもなく、ただ不安げに私を眺めているだけだった。私は自分がまるで役立たずの木偶《でく》の坊のように感じた。他人の服と、虫食いの革のカーパをまとい、眉毛までかかる深いビロードの縁なし帽をかぶり、黒味がかった金のメダルを胸にぶらさげてはいても、変装した、役立たずの白痴のような……若きセニョーラは若者の美しさと自由と優美さを羨みつつ、次のように言いつけた、

――お休みなさい、ドン・ファン、ベッドに戻るといいわ。

　ファンと呼ばれた若者はゆっくりした動作で言いつけに従った。彼はまるで永遠に眠っているかのようだった。

すると彼の夢を支配する女主人たるセニョーラは、老女と侏儒と私のほうに、凍りつくような獣の目を向けて、こう言った。

──お義母様が今朝戻られたときは、ほんとうに恐怖を感じました、一瞬、恐怖におののきました。隣には私といっしょに眠っているこの若者とよく似た青年がいたでしょう？　ひょっとして私から奪った青年かなと、でもその後、そうではないと分かってから、運命がこの家の二人の女に対しては、同じように寛大だったというふうに思い直したわ、青年の一人は私に、もうひとりの瓜二つの青年はお義母様へとね。

セニョーラはすこし間をおいてから、微笑んでこう続けた。

──わたしは貴女が望んでおられること、ご覧になっていること、それにあの奇形の寸詰まりの女友達がご自分の名前をかたって触れたものすべてが、たちまち貴女方のイメージそのものに変わってしまったのを見届けましたよ、つまり不具と奇形というね、これこそ貴女の技量で呼び寄せることのできたことすべてなのですか、お義母様？　つまり阿呆者ひとりを？

私は口をぽかんと開けたまま、本当の阿呆のふりをした。これが私の演じねばならぬ役割なのだろうか？　もしそうなら、優しく扱ってもらえるだろうし、時々、食事も与えてもらえるだろう。そうではないのか、侏儒は手押し車を押し、私たちは若きセニョーラとその友人の若者の寝室から遠く離れた場所に、急いで出て行った。私は老女と侏儒の後をついて行ったが、本当の間抜けのように何にも理解していなかった。私はいま目を閉じたまま、この硬い椅子に座り、剃った頭の上に、血を流すのをやめた死んだ小鳩を載せている。しかし身体は血まみれで、顔にも一面べとつく血糊がついていた。肩の上の敷布は朱に染まったマントとなっていた、老女はうっとりと陶然としていて、憤りを忘れ去ったかのように見えた。頭をかしげてこう呟いた。

──ローマ帝国のトーガ、貴族階級の紫衣ね、こんなふうに自らのしるしを表し、一つにまとめて顕示される神こそ、褒め称えられてしかるべきだわ。

血で汚れた敷布、かつて金髪だった、血で赤く染まった私の髪、私にこれ以上何ができただろうか。鳩をこのようにしたのはいい考えだった。老女は悦に入っていた、おそらく私がこうした馬鹿げたことをやり続けていたら、もっと喜んだかもしれない。そして私に対する頑なさを和らげ、時々、散歩にも行かせてくれたかもしれない。この地下牢に閉じ込めておくという決心を忘れていたかもしれない。おそらくこの宮殿にはいくつか庭園があるだろう、老女は午後の時間にそうした庭園を散歩させてくれるだろう、若きセニョーラの寝室からは庭園はひとつも見えない、見えるのは埃っぽくて潤いのない、閉鎖空間だけである。しかしその寝室は女主人と同様、とても美しいのだ。願わくば、私をそうした寝室に移してほしいものだ、とっくに忘れ去ったとはいえ、夢にまで見たような、遠い土地の思い出を蘇えらせてくれたからである。日が昇り、オリエントが、そうオリエントの世界が始まり、織物、香水、毛皮、化粧タイルなどが作られるそうした土地の思い出が。そうした土地のすべてが今にも私の記憶から、あるものを呼び覚まそうとしていた、回復しようのない恐ろしい旅を。しかし本当は、私は実際の阿呆にちがいなかった。どうしようもない間抜けだった、それは何も理解していないからだ。侏儒は老女にひそひそ声で言った、あの男から服を剥ぎ取ってやりなさいよ、そこにも背中に十字があるかどうか見てみましょう、あの上にいるならず者と同様にでかい二つのふぐりと、立派におっ立つアレをもっているか見てみましょう、しかし老女は意に介さず、いっかな相手にしなかった、それは何かを恐れていたからである。とはいえ支配者の威厳を取り戻すと、理髪師と侍者たちにこう言った。

――若者の身体を洗っておやり、そのあとあの長い黒くてカールのかかったかつらをつけてやるのよ、そしてすぐに画家のフリアン修道士を呼びなさい、そしてイスパニアの未来の王の世継ぎの方の小さい肖像画を描かせるのよ。

私は洗ってもらい、かつらをつけてもらった後、理髪師はよくやるように私の顔の前に鏡を置いた。ついに私は自分が誰なのかを知るのだ、自分があの強ばった胸像そのものなのか、自分があの白亜色を帯びた蒼白い顔の男なのか、かつらを被ったあの亡霊そのものなのかを自問した。今にして思い出すのは(明日になったら忘れるだろう)セニョーラの寝室にいた若者の黄金色の美しさだった。自問したのは、どういうわけで、その若者の美しさが私自身のそれだと想像するたびに、こんなに落ち着かなくなるのか、ということだった。

オオタカと幽霊

グスマンは独り言を言った。

――何か訳の分からないことが起きるから、それに備えておかねばならぬ、でもわしの武器はいったい何だ？　大領主たちは軍隊をもっているが、わしには犬数頭とオオタカしかおらぬではないか。

彼は自分の予測できない出来事に備えて心の準備を整えるとともに、知識を研ぎ澄まし、猟犬と猛禽たちをよく調べ、それらの手入れをしつつ、数日間をともに過ごした。しかし夜の深まる頃、鳥屋の藁ベッドで寝ているとき、下腹にくすぐったさを感じて目を覚ました。言うことに従う勢子たちに、工夫たちの間をぶらぶら歩き、彼らと食事をともにして、織物工場と瓦工場で何が起きているのか、尋ねてくるように言いつけた。彼自身は飼育用に飼われているオオタカのいる場所に居留まった。独り言のように言った、まだ体が小さく羽根が生えそろわない小さなタカといえども、勇壮で立派なオオタカになるのに必要な基本的な世話をそこでしっかりやっておけば、何が起き、どう考えるべきかという点について、落ち着いて待っておれるし、上首尾にやる仕方を考えることもできるはずだ、正確な仕事をきっちりやっている限り……彼は誰よりも自分を必要としている者たちの世話を熱心に焼いた。つまり生れたばかりのオオタカの雛や、年をくった猛禽たちである。オオタカの嘴や爪に気づけばすぐにでも手入れをしてやったし、最初に鈴をぶら下げる前に、鈴に慣れさせようとして水浴びさせてやったり、また若いタカたちがいかにも早い時期に猛禽の本能に目覚めて、鳥屋から闇雲に飛び出し、迷子になったり、最初の徘徊からほうほうの体で戻ったりするのを聞き届けたりもした。囲い場のなかで衰弱してしまうのを避けるために、よい食餌を与え、齧るのに都合のよい木片やコルクなどを与えたりもした。鳥屋のなかで狩ができるようにとネズミを放したり、時にはカエルを放したりもした。乾燥して熱のある若い雛鳥は抱きしめてかわいがり、夏の暑い頃には水を嘴に含ませて涼しくしてやったりもした。というのも乾燥によって声ががらがら声になったり、胃や肝臓を悪くすることがあったからである。また量は少なくとも良質の食餌を与えた。筋を取り除いた羊の心臓とか、痩せた野うさぎの肉、一番柔らかい部位の牛肉などである。そして夜となく昼となく鳥屋に出入りする勢子たちの話に耳を傾けたり、話をしてやったりもした。嵐は確かに止みはしたが、平原のあたり一面に葬儀用の棺台の品々が、吹き飛ばされてしまったということである。工夫たちが棺台から飛ばされてしまった紋織りの黒花を拾い集めているとか、阿呆どもが喜び勇んで、黒花を持ち去り、シャツに付けたり、小屋のなかの聖像のそばに吊るして、わびしい勤行のお供にしたことなども。しかし底意地の悪い連中たちはきつい冗談をとばし、この辺りの台地では黒バラとか葬式カーネーションくらいしか咲かないなどと言っていた。彼らはガルバンソ豆を食べに集るとき、ゴジアオイとか小川、森林のことを思い出した。そして気候まで変わってしまい、例年の夏はもっと暑かったとか、冬はもっと寒かった、これも森林を伐採したせいだ、峡谷は干上がってしまい、身を守るゴジアオイがなくなったせいで動物たちが死んだり、今も死にそうになっている、などといったことを語った。

グスマンは話さずに聞いていた。自分がなさねばならぬ仕事を続けていた。午前中は新しいオオタカを、湿気が少なく、煙の入り込まない採光のよい部屋に入れておくように配慮した。というのもタカの飼育で一番重要なのは部屋を真っ暗にしないことだからである。そうすればタカが勢いよく飛んでも、夜闇と間違えて壁や梁に激突したりして死んだり、手足を失ったりすることが避けられた。グスマンがいつもどおりにこうした決まりごとをやっているとき、さほど昔でも最近でもないある日のことを思い出した。宮殿を早急に完成させるべく多くの要求をしていたセニョールへ、服務でまかり出た日のことである。グスマンは自分の仕事振りを認めてもらおうと、主人の前で平身低頭し、早急に自分を雇うことが必要なのだという点についてはおくびにも出さず、猫なで声で、自分が心得ている仕事とか、決まりごとなどを、息せぬ勢いで次々と数え上げていった。セニョールは静かに聞き入っていた。ただしグスマンが、貴方様の若いオオタカの世話は行き届いていません、鳥屋を見て回ったところ、囲い込まれた場所が真っ暗で、飛び回るべき夜の大空と間違えたせいで、壁と衝突して手足を落としてしまいました、と話したときはさすがのセニョールも、グスマンに傷口や神経を触られたように震えあがった。そのときばかりはグスマンも頭を上げて、まじまじとセニョールの顔を眺めた。

グスマンはタカの休息のために鳥屋に芝を張った。勢子たちが事故はまだ続いています、人間のやることは自然の営みとはちがって静まってはいません、などと言いにやってきた。――グスマン様、セニョールの御遺族たちが埋葬された際に、嵐が静まったというだけで事足りたわけではないのです、礼拝堂の欄干から亡霊犬を吊るすだけですんだわけでもありません、今朝、職人や人夫らが採石場から、石をうまく切り出すための土避け作業をしていたところ、恐ろしいことに山から崩れてきた土砂が、彼らを呑みこんでしまったのです。ところで、とグスマンは尋ねた、宮殿では、宮殿内部では、何が起きているのだ？　すると、何も起きてはいません、静かなものです、という答えが返ってきた。

グスマンは、午後はいつも古参のタカの面倒をみることにしていた。猛禽にとって、獲物を攻撃し捕獲するための一番の武器である爪に亀裂が入ったり、落ちたりすることもあった。止まり木の裂け目にはさまってしまう場合もあった。グスマンは止まり木から老鳥を引き離し、昔にそのタカがなしとげた数々の手柄を思い出した。――そのときタカはいかにもガツガツして獲物に飢えていたらしく、イノシシとかシカの肉にしっかり爪を食い込ませ、がっちり摑んでいましたので、セニョール、なかなか思うように引き離すことができず、うまい手を使って初めて、一本も爪を引き抜くこともせずに、獲物から引き離すことができたのです。しかしですね、セニョール、爪というのは年をとると、どんな危険にも偉業にも立ち会わずとも、落ちてしまうものなんです――オオタカは静止した止まり木によじ登っていたが、グスマンは古参の猛禽たちの割れた爪を、トルコ石でもって切り取りながら勢子たちの言葉に耳を傾けていた。崩落部分で土砂に埋まって亡くなった人夫たちのうちの一人の妻が今日やってきました……グスマンは割れた爪を生身のところまでハサミで切っていた、すると極貧生活にあった妻が、生きた心地もしないといった切羽詰った様子で、野原を泣き喚きながら駆けつけてきた。グスマンはヒレハリソウや竜血樹の樹脂をすりつぶしながら、それを聞いていた。彼女は泣きながら、連れもなく一人きりでやってきたが、グスマンは爪のあった場所にその混合物を処方し、傷の部分に薄いリンネルの布を当てがった。妻は亡くなった夫のことで嘆き悲しみ、不幸の原因を、牧人たちの昔から住んでいた土地に、わざわざ死者のための宮殿を建造したからだと言った。女の貧しさは極まっていて、自分の住んでいる村まで遺骸を運んで行ってもらう者にも事欠くほどだった。グスマンは包帯を巻いたオオタカを撫でながら、止まり木に据えた。

――三日か、四日ここでゆっくり休むんだな。

痛風病みのオオタカには薬剤師がもっている干した乾

燥肉を与えること。土砂の下敷きになって亡くなった人夫には、死んだ土地に埋葬すること。ヘロニモは言った、それはセニョールだけが、御遺体を死んだ場所から移動させ、衛兵や司祭に付き添われて、黒大理石の地下礼拝堂へもってくる権利をおもちだからだよ。だから言ったとおりにしろ、女よ、そなたの夫を運悪く土砂に埋められた場所に埋葬せよ、われわれは他でもない、この場所で通夜を執りおこなうこととするぜ。ヘロニモだって？ああ年寄りの鍛冶屋だ、ふいごを扱っている男よ、話ではさほど年寄りではないらしいが、大きな髭をつけ、額によって皺とか覚めた眼差しなどからすると、それなりの年だろう。ヘロニモ――勢子どもよ、他に誰かおるのか、他に何かあるのか？

――去るもの日々に疎し、とおふくろが言っていたぜ、他人の不幸を希う者は罰当たり、とか、他人の悲しみなど放っておけ、自分たちので充分、ともな。

――今の生活の方が、やめる前の生活より悪くなったとでも言うのか、カティリノン？

――卑しい土地に住むのはその土地の者、という気がするな。もしここにいたくないなら、どうして他の街に行ってしまわないいんだ、マルティン？

――なぜって俺も家族もセニョールに払えるまでの充分な稼ぎをしたわけでねえし、だから土地を離れるわけにもいかねえんだ。

――じゃあな、言っておくが、マルティン、土地のほうが俺たちを捨てたってことよ、つまり俺たちはすっかり土地を失っちまったのよ。俺たちがモーロ人と対峙していたとき、俺たちにはちゃんと法令ってものがあった。それなのに権力者たちが単一支配のもとで、俺たちに保護を約束した見返りに、空いた土地を集めたときに、土地を失ってしまったのよ。結局、法令も保護もなくしちまったのは、最高位のセニョールがご自分の墳墓を建造しようとして、下位の領主たちからこうした土地を取り上げたからよ、いったいどれだけ残っているというんだ？

工事が続くかぎり稼ぐまでよ。その後だって？　稼ぎも土地もなくなるだけよ、どこで再出発したらいいんだ、どうやって？

――ヘロニモ、よく言った。わしらに何も残っていないのなら、失うものなど何もないさ、長い苦しみと最後の死は別だがな。

――そういう言い方は穏やかじゃないぞ、マルティン。

――騒ぎを起こそうと思って話してるんだ、カティリノン、不平たらたらで腰の落ち着かない群集どもの代弁をしてるのさ。
——お前に下されるお仕置きは、死んだ人夫の妻のそれより大きいぞ、死んで埋葬する者はなし、生きて食わせてくれる者もなし、ってな。

——王の死体を埋葬することは、わしらの命すべてを合わせたものよりも価値があるってこと。

——もしこのセニョールが子孫を残さずに身罷《みまか》ったら、いったい誰が俺たちを治めるんだい？

——外国人のセニョーラかい？

——いんにゃ、ヌーニョ。そんなことにでもなったら貴族や聖職者が大騒ぎするぜ、全スペインの大バビロン〔首都〕がよ。

——それなら俺たちはどうしたらいいんだよ、ヘロニモ？　白首とカラスは、洗えば洗うほど黒くなるって言うだろうが。

——お前は生れたときも黒けりゃ、死ぬときも真っ黒よ、カティ公、どうせお前には自由人がどういうものなのか分かりゃせんよ、自由人はな自分で自分を律することができるのよ。

——忠告なんぞいらねえ、代わりに金をくれ、ヘロニモ。


カティリノンって？　バリャドリードからやってきたおどけ者、あの地じゃ悪党、この地じゃ怠け者、諺を使って話すのが得意。ヌーニョって？　石切り場の人夫、先導牛のようにのろまだが、山羊のように強情っぱり。歩兵と百姓の息子にして孫、悪い混血児、なぜって言えばモロッコ兵は反抗的なウラーカ〔アルフォンソ六世の娘でアラゴン王アルフォンソ一世戦闘王と結婚したが、夫とは折り合いが悪かった〕と組んで、百姓たちの側に立って重税や風車、ぶどう畑、森林の修道院支配に対抗して、従兄弟で夫でもあったアルフォンソ戦闘王と戦っただろう？　でもドニャ・ウラーカは敗北を喫し、百姓たちも戦争に敗れ、土地が聖職者と領主たちの手に渡ってしまった。そのうらみはまさに骨髄に徹するものがあるってもんよ。マルティンって？　ご用心、あいつは生石灰でも日焼けした頑強な腕を傷つけることはできないぞ、ご用心、あいつはパンプローナのナバラ人でこの工事のためにここに移住してきたんだ、ご用心、モーロ人と戦ったナバラ人は、キリスト教世界を守ろうとピレネーを越えてやってきたカトリック王シャルルマーニュの軍隊に、闇討ちを食らわしたのだ。わしらナバラ人は自分たちだけで防戦したというわけ、カティリノン、ヌーニョ、マルティン。

グスマンは湿気た悪い肉を食べたり、寒い場所に置き去りにされたり、猟師の不注意で呑み込んだ古い羽根が胃袋に残留したせいなどで、水腫や下痢に罹ったオオタカの面倒を見ていた。こうした病気に罹った猛禽は、熱のある腐った液体を分泌し、そのせいで肝臓と腸をだめにしてしまうのである。羽根は乾いてしまい、高足は痩せ細り、力が失せていく、胃袋が次第に大きく膨らんでゆき、表情に生気がなくなる、羽根を上げたままにし、渇きは癒しがたい、セニョール、とグスマンはあわてて主人に色目を使い、猛禽類や猟犬、山林や鳥屋の知識をひけらかして、ポストを獲得しようと図った。顔を上げてセニョールのほうを見ると、セニョールは顔を赤らめたが、それは屈辱を味わっていたからである。とはいえグスマンはそのとき以来、セニョールはこうした屈辱感を好んでいるのだと感じた。――信じてくださいませ、セニョール、私めを頼りにしてくださいませ、セニョール――。グスマンは病気のオオタカを、よく乾燥したコルクガシの止まり木に移した。そして新たに、赤い粉とよくすりつぶした乳香と没薬を混合したものを用意した。――宮殿でいったい何が起きているんだ？　――何も、グスマン、静かなものよ、何も。セニョーラの居室から出てくる乳香と没薬の香りに、狂女の寝室からもれてくる生ぬるい、腐ったような液体の臭いとか、セニョールの寝室からもれてくる、悪い寝つきと鬱陶しい腸の臭いくらいだ。何も起きてはいないぞ、グスマン、まるで誰もが自分の部屋に、自分の体以外を供とせず、ずっと一人でいようと決心したかのようにな。――勢子どん、自分の体ってどういう意味だい？　――自分自身の体ってことよ、グスマン、それしかないだろうが――グスマンは赤い粉と乳香、没薬の臭いをかいだ。若い難破者、白痴の王、年頃の修道女の各々が、自分自身の体を供としていた。グスマンがすでに知っていたこと、つまり密告屋の勢子どもは、彼から告げ口するよう頼まれていたことを、こうした連中は突き止められなかったのか？　私、私グスマンは連れ合いもなければ、爪が割れて胃袋が腐った年寄りのオオタカくらいしか、仲間はいないのだろうか？

グスマンは準備万端ととのえた。それは何ものか、猛禽たちの本能のごとく確実であって曖昧模糊とした何ものかが、ボカネグラの死を迎えたときにそうしたように、彼にしっかり準備せねばならないと諭していたからである。大狩猟会が近づいていたし、獣皮や馬具、飾りなどを準備しておかねばならなかったのだ。そして手には湾曲刀やトルコ石、曲がったヤスリ、ハサミ、鉄鎖、鑿、猫の革紐などを携えていなければならなかった。若いオオタカについては、広野を何日も何日も獲物を探しまわったとしても、落下したり、嘴でとって外したりすることのないように、鈴を太いベルトでしっかり結び付けるよう馴らさねばならなかった。どれ？　誰？　分からんな、おれは兜を脱ぐよ、とグスマンは笑った。

――大いなる無秩序から秩序が生れるのです、どうか私をご信頼ください、セニョール。

グスマンは自分が何者なのか、しっかりセニョールに語ろうという気遣いなどしなかった。唯一、自分のお気に入りのオオタカに語りかけるだけだった。オオタカよ、美しいオオタカよ、お前の面倒を見ているこの手をよくごらん、マルティンとかヌーニョ某といったがさつな百姓の手とは違うだろう。古くから続くわしの血統は、報酬を得る代わりにタイファのモーロ王国を庇護し、いまでは自然と人間の営みが合わさって廃墟と化してはしまったものの、国境の由緒ある土地家屋を建設したのだ。しかし偶然にも疫病がすごく流行ったせいで、村人の半数が死に、労働力不足と村の荒廃をいいことに一儲けしようという連中を呼び寄せて、われわれは破滅へと追いやられたのだ。破滅に至った原因のひとつが、不可欠な存在であることにつけ込んで、給料を五倍もつり上げた百姓だった。また他にも、中産階級が突如出来した極貧状態につけ込んで、死者の土地を二束三文で買いあさったこともそうした原因だ。別の破滅、わが心の破滅のきっかけをつくった張本人は、わしを庇護すると同時にわしを屈服させている。手に口づけせよ、グスマン、そう、恭しく感謝を込めてな、グスマン、そなたは考えるにしても悪い考えをもっている、哀れなグスマンよ、わが権力を手にいれて、どうしようというつもりじゃ？　何をするかですって？　セニョール、どうしたものでしょう、なあ、たくましきオオタカよ、どうしたものかな？　わしが何者なのか、セニョールになど知ってほしくはない。オオタカよ、誰にもそれを漏らすでないぞ、セニョールは勝手にわしをご自分の創造物だと考えていればいいし、わしがしがない人間で、つまらぬものしかもっていないし、それとてセニョールのおかげだと勝手に信じていればいい。お前こそわしの師だ、オオタカよ、わしはお前がやるようにやるし、お前のように高く飛翔して、高みからわしを破滅させた連中のすべてを破滅させてやる、オオタカよ……。

　結局、犬皮の手袋を着けてみて、そのざらつき具合を確認しなければならなかったのです、というのもすべすべした手袋だと猛禽のすわりが悪いですから。手袋にはよく油を塗りこんで皮脂ぬきをしなけりゃなりません。また指先部分を切り取らねばならんのですが、それというのも長すぎると、末端まで届かなくて、先端が乾燥して硬くなってしまうからです、セニョール。嘴は何度もよく手入れをしなけりゃなりません、オオタカはどこか鈴の穴に嘴を突っ込んで、それがもとで亡くなることもあるからです。結局、狩猟に連れて行く猟犬の間にオオタカを加える場合は、グスマンの手に止まっているといえども生きた獲物を狙っていますから、猛禽が犬のことが分からなくなったり忘れたりしないように、犬たちの間で食べるようにしないといけません、それは獲物は別にいて仲間の犬ではないことを知らせるためです。しかしどいつじゃ？　なに、年寄り風に見える髭づらの鋳掛け屋だと？　あれは何か含むところのある、動作は緩慢な強情っぱりで、不穏な考えをもったパンプローナ人だ、あれはバリャドリードの田舎者だ、そなたも知っておろう、グスマン、宮殿の理髪師から聞いた話だが、ある白痴の王が血塗られた鳩の王冠をつけているそうじゃ、あるキ印の婆さんが手押し車に乗って旅しているそうじゃ、口さがない、卑猥で屁こきの侏儒女が後押しなどしてな。ある王は体と同様にお頭もひどい病に罹っていて、悩み事でもあるのか、あるいは売笑婦連れの遠征をして、悔いた後心の傷を癒す祈祷でも唱えたときのように、呻いているそうな。何ともはや、大分調べがついてきているようだな、お馬鹿さん、とグスマンはお気に入りの鳥を撫でながら独りごちた。ものごとは逆転した、今、わしはオオタカという武器を手に入れた、しかし獲物はまだ見つからない。昔は獲物を見つけたが、といっても忠実なボカネグラが見つけたわけだが、武器はもっていなかった。一方は平らだが、背にヤスリ部分のあるこの湾曲ヤスリのような武器となるはずだ、つまり二つ利用法があるのだ、オオタカよ、自分のような身分の人間は、すべてをもっている者たちと、何ももっていない者たちの両方にとって、同等の立場で隠れた敵とならねばならぬのよ。

　身を起こせ、オオタカよ、美しいオオタカよ、どれほど丹念にお前の手入れをして面倒を見てやったかみてみるがいい、きりっと身を起こせ、背中からひっくり返るくらいに、お前の広い背中と長い前足を撫でさせてくれ、誇り高いオオタカよ、お前のほっそりした前足と細長い頸を、この世にお前ほど美しいものはないと言っているだろう？　わが友よ、わしがお前を見事に美しく育てたのだ。蛇か鷲のそれのように肉の落ちた平たい頭をし、すきあらば獲物に襲い掛かろうと身構えているオオタカよ、眼窩の飛び出た、落ち込んだ黄色の目をし、引き裂かれた口、きっと開いた鼻腔から息をし、そこで獲物の匂いを感知する、優雅で雄々しく、怒りに燃えた容赦なきオオタカよ、わしがお前に命を授けたのだ、生れた時は毛もまばらで小さく、みすぼらしかった。わしがお前を大物猟ができるように設えたのだ、よく覚えておけ、グスマン様をな、勇敢なオオタカよ、立派な肉付きで格好のよいオオタカよ、お前の本当のご主人たるグスマン様を忘れるな、お前の建前上の主人はわしのやっているような準備とか、領主たちが自らの権力と家系を確かなものとする、厳しく辛抱強く、忠実に果たす仕事などは放ったらかしで、ベッドでうとうとしながら見習い修道女としけこんでいるのだ、権力と家系というのは何も生まれがいいから得られるというものではなくて、勇猛果敢に仕事に精を出し、立派な偉業をなしとげたり、あるいは猟犬やオオタカ、弓矢や大刀、駿馬を繰る、狩猟という仕事についての気高い知識によって得られるものだ。せいぜいわしを卑しめるがいい、フェリペ坊や、セニョール、わしはあんたの召使、あんたは何をするまでもなくすべてを手にしている。しかしセニョール、フェリペさんよ、わしはあんたを卑しめる、なぜって昔は主人がやっていたことを今日日は召使ふぜいもやれるわけだから、悠揚迫らぬ胸高のオオタカよ、せいぜいお前を撫でさせておくれ、美しいわしのオオタカよ、グスマン様の手を感じておくれ、わしというのは自分の両親先祖のスペイン人が、弱いイスラム領主たちから搾り取り、土地がもたらす豊かな実りにすっかり頼りきり、かつてなかった富を新たに生み出すような巧みな才覚までもすっかり失った、タイファの王国の息子なのだ、スペイン人は自分たちこそ統治をするが、働くのはアラブ人とユダヤ人だという信念をもっていた。というのもカスティーリャ人本来の仕事というのは手仕事ではなく、軍事的に支配して富を取り立てたり課税したりすることであった。教訓を忘れないようにしよう、オオタカよ、お前とわしでいっしょに自分たちの手と翼で王国を勝ち取ることにしよう、汗も汚れも厭わないこととしよう、土地にも奴隷にも頼ることなどせずに、オオタカよ、もしそうでなければ腐りきったわれらのセニョールの鏡のなかに帰るがいい、新しいスペインこそわれわれのスペインだ、オオタカよ、有能な仕事による特権以外の特権が幅をきかすことのないスペインだ、仕事をしない人間など乞食にでもなるがいい、一生懸命働く者こそ権力者となるべきだ、そうしたわれらの正しさこそ正当なる正しさなのだ、オオタカよ、ざらざらしたわしの手袋にお前の大きく開いた粗い前足を乗せるがいい、わしの脂ぎった皮膚にお前の長くほっそりした指を食い込ませよ、お前の赤々とした黒味をおびた爪を。わしの手の中で脚をしっかり開いて止まり、言うことをよく聞くのだ、オオタカよ、お前は大物猟にむけて準備していなければならぬ、お前が本当の主人たるわしの手中にあろうと、樹木のなかにあろうと、獲物が通りかかるのを待って、すばやい動きで相手を押さえ込み、鋭い爪でもって殺すべく襲い掛からねばならぬからだ。獲物が抵抗して抗い、転げ回り、打撃を加えようとも、長い足首で灌木や繁みに引きずり込んで逃げられなくし、その間に主人や猟犬が駆けつけるという按配だ。気高い猛禽よ、お前はいつも生きた獣や捕獲したばかりの獲物を食料としている、わしはお前を騙したりはしないぞ、約束する、お前には一番活きのいい肉をやろう、お前もそうした肉を捕獲するのだ、そうすれば腹いっぱい満喫できるからな、忠実なオオタカよ、お前は飛び立っても必ず帰ってくる旅人よ、お前の姿は連れ合いにも分からない、分かるのはお前のハヤブサだけだ。もはやセニョールには衛兵もいなければ、友人も猟犬もいない、しかしわしにはお前がいる、お前を見捨てたりはしないからな、傲然と構えたオオタカよ、それいくぞ、わしはお前が大空に祈りのように素早く舞い上がり、呪いのように素早く舞い降りる日には必ずお前といっしょにいることにしよう、お前はわが武器であり、わが信仰であり、わが息子であり、わが贅沢であり、わが願いの鏡であり、わが憎しみの顔なのだ。

たしかに、グスマン、自分たちは老練だと思っていたが、さにあらず、人形使いが子供たちを騙すように、いかさま師が馬鹿どもを騙すように、簡単に騙されてしまった。というのも奇跡は次々起こるし、葬列も途切れることがなかったからだ、今日の午後、日が落ちて採石場が閉められ、ふいごの火が消され、建設現場の人夫たちが食事にもどる頃、目が利くと評判のマルティンとかいう男が、山からもくもくとした雲状の灰燼が降りてくるのを見た。またいい耳をもったヌーニョとかいう男は、そのマルティンが見届けたものを自分の耳ではっきりと確かめた。二人のうちどちらも、もし一方の能力だけしかなかったら、同じように見届けられなかっただろうという印象をもった。というのも雲のような灰燼は、去勢牛や荷馬車のほうにまで上がってきていたし、ごろごろという音は山中で聞こえていたからである。峡谷で大きな音を立てて崩れ落ちてきたのは、他でもない岩石だった。ところで的外れのいかさま修道士〔原文は《水差し》修道士。関係ないことを喚きたてる人間のことを言う。ミサを挙げないでぶどう酒をあおりに行く修道士を嘲った言い方〕、わざわざテトゥワンに雌ザルを探しに行くまでもないだろう、つべこべ言わずすぐに勢子たちのところに行って、わしの代わりに大声を出して助けろ、そのためにお前を養っているんだからな。山間の水路を通って岩が落ちてきました、グスマン、落ちてきました。勢子よ、何が落ちてきたって? ひょっとして別の幽霊か、別の死体か? ホモを売女とはき違えるな、泥棒から金を盗んだりするな、わしはお前たちに充分な給料を支払ってきたし、お金以上のもので、狩猟隊での地位を上げて報いてやるつもりじゃ、その後はおそらく宮殿の中でもそうしてやるぞ、何と言ってもまず修道女をびくつかせ、セニョールに不安を与えた犬の吠え声を、工事現場の様々な場所で何夜も見てみぬふりをしてくれたことに対してな、これからお前たちにお願いしたいのは、正確な情報だ、いい加減な話とか、ましてや亡霊どもの話などではないぞ、亡霊どもについてはわしがしっかりした短剣でもって守ってやるし、奴らはさんざん苦しめたあげく最後は吊るし上げてやるまでよ。いや、グスマン、あいつらは亡霊ではありませんでした、がさつな人夫らはそう信じていたようですけれど、人夫どもは午後になるといつも軽食をとるために瓦工場に集まり、噂話や悪口をたたいていますが、グスマン、あれは亡霊などではなかったのです、絶対に、そうではなくて、黒づくめの鼓手でした、葬列から取り残されてしまってトリカブトの中で迷子になっちまった従者です、太鼓を連打しておった年端のいかぬ、幼い従者です、灰色の目をし、鼻筋の通った、唇にタトゥーを入れた、グスマン、そうだ口紅までつけてました、黒づくめの服を着て、帽子を被り、カーパと半ズボンに草履ばきで、太鼓自体も黒い布で覆われていて、それに黒い綿布で先端が覆われた消音バチには、黒の飾りリボンが結わえ付けられていました、鼓手の後ろには金髪の裸体に近い青年が、ぼろぼろの赤みがかった服を着て、疲労困憊した様子で、先をゆく鼓手の肩に手を置いて、乞食のように歩いていました、金髪でほっそりとした美しい青年でした、グスマン、われわれは見ましたよ、背中には破れたシャツ越しに、例のものを……。

――勢子よ、それを言うな、分かっておる、肩甲骨の間にある赤い十字のことだろう?

王の肖像

私は今晩とても落ち着かない。体の筋肉も痛む。尾骶骨のところにじんじんくるような痛みが走る。この長身で金髪の華奢な修道士が肖像画を描くために長い間、じっと身を固くしてポーズをとったせいだ。老女〔フェリペの母の狂女〕が言葉ならぬ目くばせで、生前の王たる私の肖像画を描くように修道士に求めたのだ。しかしこの修道士を以前見たのはいつだったろう? 昨日着いたときだっただろうか? それ以前に会ったとしても、どこでだったかは覚えていない。言葉は覚えていても、誰が何をしたのか、といったことを覚えていないというのは不思議だ。もちろんそうした内容がごく頻繁に繰り返されて、自分の言葉に組み込まれ、そのおかげで一貫性や生命、継続性をもつようになるときは別である。もし繰り返されることがなければ、すべてがかすんでしまう、この修道士が私の肖像画をどのように描いているのかとか、かつて確かに彼に会ったことがあったということも消えてしまう。老女と侏儒はもはや彼女たち自身ではない、わが言葉の一部となっており、もはやわが言葉と見分けがつかなくなっている。体の節々が痛むのだが、それはあたかもかなり以前に見失っていた何ものかが体に近づいてくるかのようだ、かつて自分のものだった別の体か、あるいは自分のものとはならない体が。私は自分の姿を鏡に写して見させてもらった。自分だとは見分けがつかなかった。しかしそれ以外に自分の存在を確かめるすべはなかった。私はすぐにも別の存在を手に入れることとなろう。それは老女の命により、この修道士が楕円形の七宝の上に、丹精込めて細部にわたって描くわが肖像画のことである。老女は言った。

――フリアン修道士、他の誰とも似ないように、世継ぎの王の像だとはっきり分かるように、描いておくれ。特にこの宮殿の寝所にこっそり忍び込むような、不届き者と似せてはなりませぬ。

フリアンという名の修道士は、老女に求めたと同じことをあたかも私に要求するかのように、じろじろ探るように私を眺めた。——志操の強さですか、奥様？　それを表現するにはさまざまな異なったかたちがありえます。貴女様はどちらがお望みで？　青年のかつてのお姿か、今あるお姿か、あるいは将来のお姿でしょうか？　また生まれた場所か、運命を決した場所か、それとも今ある場所がよろしいでしょうか？　奥様、どういった場所と時間において描きましょうか？　私の芸術はたいしたものではありませんが、貴女様がお望みの変化や組み合わせを取り入れることくらいは可能です。

老女はそのとき頭と胸を前のほうに傾けた。手足を欠いた胴体はふらついたが、革椅子の背もたれに身を預けた。しかしそれも侏儒が即座に手を差し伸べなければ転倒していたかもしれない。ただ老女は画家に胸の間に携えていた亡夫の肖像を見せようとしただけだった。それは背景との差が見えないくらい灰色がかった七宝の肖像で、コインに刻印をつけるための昔の印形のように、硬くしっかりしたものだった。老婦人は言った、——何ひとつ新しく作りだす必要はありません、すべてが現実なのです、われわれは神の子なのです、神は唯一の存在で、ひとつの全体として遍く存在しています。神が広大なる蒼穹にあるのと、この小さな楕円形の七宝の中にあるのとはいっしょです。そなたが肖像画や壁画を描くのといっしょです、そなたの絵筆が描き出すものは、われわれが存在している空間と同じものとなるでしょう。両方とも宇宙と同一のものです。宇宙は神の思惟の不変の空間です。神は小文字であっても大文字であっても同じです。砂粒にも海原にも存在しています。さあさあ、急いで描いて頂戴、まやかしの問題など引っ張り出してくるんじゃありません。

修道士は微笑んで、うなずいた。私の足元の近くで、じろじろ探るような目つきに丁重な態度を重ねつつ、また老女の要求を丁重に受け入れる態度を、自らの誠実な職人的活動の一環とみなしつつ、また私が裸足のままでいるように、そして絵筆を足指のほうに向けながら、念入りに足指を数えることにこだわりつつ。修道士がそのために役立てたのは、老女が仕立屋と靴屋を呼び寄せ、服と靴を換えさせたことであった。しかし服が私にはあまりにもだぶだぶであったとしたら、反対に靴のほうはあまりにも窮屈すぎた。となれば如何ともしがたかった。私はその靴を履くことで体のバランスを崩し、片足が他方よりも短くなって、ちんばになったように感じた。そこで私は靴を履いたまま靴屋を蹴っ飛ばしてやった。するとならず者の靴屋は言い訳をして謝ったのだが、彼には自分に両足とも各々六本の指があることを知る由もなかったのである。また私は靴屋がどうしてこんなことを言うのか、ずっと十二本の指をもって生きてきたことで何か不審なことでもあるのかと言って、彼に怒りをぶつけた。そして身振りでもって召使たちに、靴をずたずたに切り裂くように命じた。そして切り裂いたものを靴屋自身に内臓のごとく食べさせたのである。侏儒はそうしたことすべてに、大声を出して喜び、騒ぎ立てた。しまいには靴屋は嘔吐で飛び出してしまった。老女は侏儒に静かにするように言いつけると、私に宝石のいっぱい詰まった宝石箱を見せ、自分の個人的装いのために一番いいと思うものを選ぶようにと言った。そこで私は丸い大きな黒真珠をとったが、それを口にもっていき、一気に呑みこんでしまった。そのことで侏儒が新たに大騒ぎを巻き起こし、私のもとに盥《たらい》をもってきた。それは便を催したくなった際に、真珠をクソといっしょにそこに出し、私と侏儒の二人してクソをほじくり出すためだった。老女はそうするように頷くと、真珠は私の体を口から肛門まで通過したことで、なお一層貴重なものとなり、〈風変わりな真珠〉として名を馳せるだろうと言った。ことはそれだけに留まらなかった。老女は私に二度と同じ服を着なくてすむように、次々と新しい服を与えようと言った。私は老女の胸元を飾るメダルを物欲しげに眺めた。すると老女は私の視線を見て取り、宝石類のみならずあらゆるコインに私の肖像画を刻印するつもりだと述べた。そのためにフリアン修道士がいまここで描く肖像画が役立つこととなった。修道士は描く手を止めずに微笑みながらこう言った。

――高貴なる方々、ご覧下さい、今私が描いているこの肖像画は、次第に不変の独創的創造によって予見されることのなかった、欲望、好み、思いつき、気分といったもので満たされていくのがお分かりでしょう。私が言わんとしているのは、すでに出来上がったものではなく、こうあってほしいというものです。というのも、絵画は精神的な営みですから。

しかし誰も彼の言葉を聞いてはいなかった。侏儒は最高の遺物を私にプレゼントするように、教皇へ書簡を送るべきだと言っていた。それはキリスト割礼の際の包皮で、そうすることでわれわれはすべてを手に入れることになるのである。侏儒は歯のない白い歯茎を見せて高笑いした。そしてこの寝室を満たすことになるのは、遺物、それも最高の遺物たるイエスのペニスの生皮をはじめとする魅力あるもの、どうでもいいもの、護符、豪華な衣裳、堂々たるぼろ着物、骨董品、ミニチュアなどである。こうしたものに囲まれた寝室で豪勢な晩餐会を催すのだと侏儒が言ったので、私は喜んでそうしよう、寝室をそうしたもので満たすのは、ぞくぞくするような気持ちになる、まるで自分自身を快楽で満たすかのようだと言った。侏儒は豪勢な晩餐会、と繰り返して言った、すると老女は相槌を打ち、まさにそのとおり、われわれは過剰さや消費、もっとも侮辱的な華やかさ、そうしたもののために生れてきたんだ、そうしたもののために今のわれわれがあるんだ、何ももてない、もってはいけない、もちたいとも思わぬ者たちを辱めるのは、まったくどうでもいいこと、そうでしょう、召使さん、服喪はもう終わったのでしょう？　涙、涙に暮れる日々は？　そうよね、私の忠実な友人バルバリーカ、王様は私たちといっしょにご帰還されているし、私たちの敬虔な葬儀は終わったわけだから、今度はせいぜい羽目を外して楽しくやりたい放題やりましょう、ほらご覧なさい、ご覧なさい、それに耳を傾けてご覧なさいと老女は言った。画家のほうにいい顔を向けてご覧、若者よ、あんまり楽しそうにしたり、悲しそうにしてはだめよ、ちゃんと王様という顔をしなくちゃ、私の言うことが分かったならそうするわよね？　われらのセニョールである愚息フェリペにしたのと同じ忠告をそなたに繰り返すわよ、あの時は息子に諸王国を立派に統治するような、帝王学を授けようと思ったの、あの子が子供の頃、二人して冬の日に暖炉のそばで火にあたりながら言ってやったわ、たったひとりの人間など何ということもない存在だと、同じことを今そなたにも言いましょう、自らのもっている力だけに頼る人間なんて容易に滅びてしまうのよ、命というのは、いったん獲得しても、また消費せねばならなくなり、新たに始めはしても結局は疲弊していくものをずっと探し求めることで尽きてしまうものなの。でも私たちは違うわ、私たちは疲弊したりはしない、なぜって孤独で弱い人間どものなかにあって、そなたと私はね、若者よ、世界そのものだからよ。個々人は唯一、自分自身を表象するだけ、でも私たちは世界そのものを表象しているの、なぜなら、私たちは世界を創造したからよ、悪徳、権力、敬虔、祭壇、火刑、戦争、絞首台、宮殿、修道院など、唯一不滅なるもの、永続するもの、大地に傷跡を残すもの、永遠のしるしでもって世界を創造したからなのよ。個々人の生命が忘れ去られてしまうのとは裏腹にね、私たちは世界のイメージを生み出したということなの、そなたと私は個々の消え去るべき存在を前にしたとき、いわば普遍的な存在ということになるの。そなたと私が海だとすれば、彼らは漁師ということ、王たるそなたと私が鉱脈だとするなら、彼らは鉱夫ということよ、私たちから糧を得ているのであって、その逆ではないでしょう、彼らは己のつましい生命に意味を与えるべく私たちを必要としているし、私たちを当てにして生きているのに対して、私たちは自分自身をたよりに生きているのよ。彼らは行き過ぎるけれど、私たちはずっと居残る。彼らは私たちを搾取し、貪り、持ち上げはするけれど、死ぬことを恐れているのよ、私たちには死なんて何のことかさっぱり分からないのにね。

——死に意味などないということを納得しようと思ったら、どこにでも有り余るほどのものがあるわよ、兄さん、再生力というのは破壊力よりもずっと大きいし、ひとつ死んだとしたら同じ場所に三つ新しく生れてくるのよ。個別的に死ぬと思われるものだけが死ぬのであって、血脈のなかに永続していくものは決して死ぬことはないの。

バルバリーカ、すぐに大晩餐を催すように命じなさい、若王もお疲れのようだし、ウナギの稚魚のパイをたくさん注文しなさい、それにポークのシチュー、キャベツ、ニンジン、ビート、ガルバンソ豆、種々の赤いぴり辛チョリソ、タマネギと肉の煮込みなどもね、もちろん黒ぶどうを銅の大鍋で百リーブラ煮立てるように言いつけなさい、それは私たちの料理の引き立て役としてどうしても必要な数グラムのマスタードを手に入れるためよ、ほら、さっさと行って注文するのよ、そしてすぐに戻ってきなさい、バルバリーカ、宮廷画家は今度の大きな布張りの絵で、そなたが王の傍らに立ち、王がそなたの肩に手を置くというポーズをとるように求めているのよ、だから早く戻ってらっしゃい、バルバリーカ、我らの画家フリアン修道士のおかげで、そなたも世に残ることになるわ。

——セニョーラでご主人様、わたすが世に残るですって？　と侏儒はため息をついた。厚紙の王冠と長いカーパを身につけて、極小サイズの王妃様、王様のお后だと信じてもらおうってことかしらん、は、は、は、と私のそばで悪辣な侏儒は高笑いした。そのとき私も負けず劣らず大笑いした。そこで易々と彼女を高く持ち上げ、自分の顔に近づけ、一方の乳房に噛み付いた。歯を青く彩った丸い乳首につき立てると侏儒は最初は痛みから、その後は快感で叫び声をあげたが、もはや最後にはその違いも区別できなくなった、私は歯を立て、乳首を吸ったが、その間、口を出さずにいた老女のほうをずっと見ていた。彼女もこちらを見ていたが、それはあたかも新しい考えでも浮かんだかのように、また侏儒と私の二人が抱き合っている姿を見て、どんなカップルになるだろうかといった、新しいもくろみを想像しているかのように見えた。

——誰がいったい輿のなかであんたにキスしたっていうのよ、誰があんたを優しく愛撫して、シャツを脱がせ、ズボンを下げ、ちっちゃいずんぐりした、湿った、彩色した、不思議なお手手で、優しく、素早く、あんたの新しい顔を作ったっていうの？　誰が？　あんたの第二の顔を、柳行李に隠しもってきた化粧品と絵の具でもって作り上げたのは誰だっていうの？　あんたを触りまくり、あそこをフェラするのを切望したのは誰だっけ？　お願いだから、もうわたすのこと小人なんて呼ばせないよ、人聞きが悪いでしょうが、みんなと同じように、愛情こめてバルバリーカ、バルバリーカと呼んでよ。

侏儒はこういった言葉を私の耳のそばでささやいた。その後私のキスと噛みつきから身を離したが、その乳房には歯型がくっきりついていた。青い彩色を施した肌の上に残された小さな歯型を覆い隠して、この土牢のような場所から走って出て行った。私は侏儒の、いや間違った、バルバリーカの話を聞いて、それを即座に反復しているうちに、ふらふらとして腑抜けのようになってしまった。私のもとの顔は海岸に辿りついたときのものだったが、それをバルバリーカは輿のなかで別の顔に作り変えてしまったのだ。そのとき髪を切られ、黒い巻き毛のかつらをつけさせられたのだが、いまや画家の手で新しいそれとは異なる第四の顔を押し付けられている。私の本当の顔は永遠に自分から遠ざかっていく、永遠にそれを失ってしまった、永遠に、フリアン修道士は手際よく肖像画を描いている。

私は体が痛かった、とても痛かった、そのときバルバリーカが晩餐を注文して戻ってきて、ベッドとして使っている柳行李のなかに身をもぐり込ませた。フリアン修道士はやきもきしながら第二の肖像画を描き始めようと身構えていた。今度は真面目なポーズをとるように私に求めてくるだろう。修道士はため息をついた。老女は修道士に第三の肖像画を描くように求めるだろうが、今度は私が海からもってきた仮面をつけねばならぬ。ところでそれはどこにあるのだろうか？　老女が言うに、それは亡夫の遺骸の上にあったらしい、

　仮面は多彩色の羽根飾りをつけた織物で、中央に死んだクモを配してあった。それは目新しい、不思議で、計り知れないことだから、きっと誰も説明できないだろうが、私の体が麻痺して硬くなっており、帽子やケープ、胸の上の手、黒の半ズボン、窮屈なブーツなどは、目にしたかもしれない。しかし私の顔はおそらく見なかっただろう。顔がどんなものかは想像するしかなかっただろう、というのも私が海岸に打ち上げられ、砂丘を登っていって第二の運命に遭遇した際に、海から携えてもってきた羽根の仮面を顔につけていたからである。このことを老女はよく懐古して話すのだが、かなり昔に起きたことだ。私の記憶からは次第にそのことが消えていった。明日になれば今日起きたことをすっかり忘れているだろう。人生で最も重要な瞬間を誰が覚えているというのだろう？　つまり生れた瞬間のことである。誰一人としておるまい。私は老女にそのことを伝えておくことにしよう。しかし私は自分自身に語りかけているだけだ、自分の言葉は内から発せられるもので、自分だけのもの、老女と侏儒は私が話すのを一度として聞いたことなどない、きっと聾唖とでも思っているのだろう、私が頭の上に血塗られた鳩を乗せたり、靴屋に自分の脱ぎたての靴を無理やり食べさせたり、バルバリーカの乳首を噛んだりするところを見たにすぎないはずだ。しかし私がたどり着いた際の顔が仮面そのものだったとするなら、私にとって究極の第五の顔ともいうべき、その仮面はいまどこにあるのだろう？　老女は戸惑いながら何かを探すかのように頭を動かし、画家はため息をついた。老女は顔に仮面をつけた私の絵は、年代記作家たちを戸惑わせるはずだと言った、実際にこの宮殿お抱えの年代記作家はどこにいるのか？　そいつを探し出して、やってきたらさっそく王の真実の年代記を書くように言いつけよ、わが身の同一性のしるしは多様なものとするように、つまり私は世継ぎの王であり、絵画であり、版画であり、コインであり、真珠であり、年代記なのだということをはっきりと記せ、他でもない私こそがイスパニアの王であり、セニョールの奥方によって寝間に引っ張り込まれた金髪の種ロバなんかではないということを。

　修道士画家は再びため息をついて言った。

――年代記作家は宮殿にはおりません。無分別なことを

しでかしてガレー船送りになりました。もしお求めならば、彼のお話をして差し上げますよ、そうすれば時間の経つのも忘れてしまうでしょうし、その間に私も絵を描き終えているでしょうから。

次に語られるのは画家フリアンの話である。その間に召使たちは出入りし、今夜われわれがとるべき晩餐の用意をしたのである。

年代記作家

病気で微熱があったとはいえ彼は一晩中、書き続けた。予備のベルガンチン船の舳先の深い部分にある小さな空間に身を押し込めながら、耳にしたのは船の骨組みのきしる音であった。やっとのことで一方の膝の上にインク壷を置き、他方に紙を置いたが、目の前で揺れる小さな蠟燭の火のゆらめきで船酔いをしたが、自らの夜なべ仕事を中断することはなかった。

ベルガンチン船は全艦隊とともに島々の間を縫うようにして、狭い湾の入り口に移動していった。彼は湾の奥で緻密なやり方で編隊を整えていたトルコ艦隊の出てくるのを封じ込め、夜陰に乗じて明け方までに湾の入り口を占拠すべく、艦隊を配置するという作戦指令を知らなかった。しかし示し合わしていた戦略がどういったものであれ、翌日には恐ろしい殺戮戦があることは想像できた。熱が出て仕事に付けない状況にあったため、その日の午後、ガレー船から下りていた彼のようなしがない漕ぎ手に対して同情を寄せる者などなかった。明日になれば、病気であろうとなかろうと、兵士とガレー船漕刑囚およそ十二万人からなる、ものすごいイスラム艦隊との戦い〔レパントの海戦〕に臨むために、あらゆる者たちの力が求められるだろう。

ある夜、一夜だけ、それもおそらく最後の夜に彼は考え、すばやく書き記した。私は想像力による熱が肉体の熱に付け加わり、しわだらけの羊皮紙に蠟をたらしていく蠟燭、目の前で中断しつつも踊るようにゆらめく蠟燭の火先に眩暈を感じた、蠟燭の魂、それこそ私自身である、蠟燭の魂こそが。そこにこそ世界の絶えざる動きが刻印されるがいい、想像力に想像力を重ねて。不変なる唯一の存在は、変化自体であり、わがやんごとなきセニョールたちが考えるように、メダルとかソネット、宮殿など、いったんそれを手に入れれば一挙に世界を極めることができるなどと考えたり、心の安寧を得たりするような、固定的なものではない。世界は動くことはない、世界はかくありえるかもしれぬことなどに心を煩わすことなく、あるがままの姿を尊重していくだろう。

彼はかくのごとく同時に記憶をたどり、想像し、考え、書き記した、その夜の苦しみを軽減させるべく与えられた神の恩寵に感謝しつつ。とはいえ、熱を出したことで与えられた休息は決して無償のものではなかった。

司令官はガレー船漕刑囚たちに言った。――いいかお前たち漕ぎ手が、敵との遭遇で立派な振る舞いをするなら、鎖から解いて自由の身にしてやるということだけははっきり言っておく。われわれキリスト教艦隊の司令官たちはよくわきまえておる、敵艦隊の多くの漕刑囚たちは、異教徒の間ではこうした寛大な措置がないということを知って、戦争のどさくさに紛れて逃亡を図り、海に飛び込んで海岸まで泳いで行こうとする、ということをな。

何はともあれ、彼は自分の恵みの夜をこうした作戦や計画と結びつけたりもしなければ、この時点では一時的とはいえ、いかにも例外的な己の特殊事情を、自らの大いなる運命と切り離して考えたりもしなかった。重い石が彼の弱い両肩にずしりとのしかかっていた。書いているときに浮かんできた茫漠とした疑問――怒れる運命の女神が限りなくわが身を苛むのであろうか――に対しては、残念ながら、確かにそうだという答えが返ってきた。自分の家族について唯一思い出すのは束縛や借金の返済などばかりであった、自分の仕事については、人の無理解とは裏腹に行った徹夜仕事だけであった。自分の仕えた主人たちといえば、不公正にして盲目的な連中だったというくらいである。すべてが不足であった。豊かにあったのは唯一自らの想像力だけであった。しかし想像力といえども柔そのもので、スプーンで口に持っていくこともできなければ、ナイフで切ることもできなかった。彼は夜のひと時、ペンを走らせながらモステン〔スペイン・フランスのカトリック修道会の一派〕修道士、修道士についての格言を心の中で呟いた。〈モステン修道士、自分でそう望んだのだ、ならば人のせいにするな〉。というのも彼は自分によくしてくれたやんごとなきセニョールたちに、よくやるように単に前口上や緒言で思いついた言葉を捧げるだけに止めるのではなく、頭のなかでさまざまなことをでっちあげては、そうした空想から自分の目で見た事実や、自らが暮らしてきた世界のことをはっきり確信するようになったからである。彼は自らが見たことと想像したことの差を判別しえなくなったとき、そして想像力を真実に、真実に想像力を重ねつつ、実際の目を通して見、頭で想像し、それをペンと紙に写したとき、世の中の万象というのはフィクションそのものだと信じたのである。彼のペンから唯一、空想譚を望んでいた主君たちに対し、真実が真実ならざることなどないとはいえ、空想譚もまた真実であることを納得せしめるに至ったのである。かくして汝らは書かれたもの、描かれたものの神秘をしかと照覧あれ、空想的であればあるほど、人はそれを真実とみなすのである。

とはいうものの、彼が思い描いていたのは全く別のことだった。今夜、彼は熱に浮かされたかのように慌てて、その計画を実行に移した。時は蠟燭が融けて燃え尽きるように迅速に過ぎ去り、翌日の運命の戦争を予告していた。彼にとって大団円がどうなろうとも、運命を左右するものだった、つまり戦闘で死のうと、トルコ人に捕虜とされようと、ガレー船漕刑囚の身から解き放たれようと（彼はこうした約束など信じてはいなかった、というのも、彼の犯した罪というのはありふれたものではなく、人のものをくすねるちんけな罪よりも、権力者によってずっと厳しく罰せられる、想像力の罪だったからである）彼の運命は、称賛されもしなければ、妬みを買うようなものでもなかった。彼にはいつも死の影、捕囚の影、貧窮の影がついて回った。彼はそのことについては以前にも触れていたし、常にそのことについて書き記していた。貧窮についてはまさに貧窮を絵に描いたようなものだった、それは夢幻ではなく目に見てわかる状況であり、世の中で最も卑劣極まるならず者という感情を遍くもっていたピカロの軍団が、そこで盗みや密輸、売上税を払わずペテンを働くセビーリャのサン・サルバドール広場のごとく、現実的であけすけな貧窮であった。赤貧洗うが如し、単なる貧窮の影などといったものではなかった。

独白——これもまた人生よな、百姓や乞食だって同じようなもんさ、ところがただ生きているだけで何者でもないときてる、郷士も落ちぶれたもんだ、財産のない外科医の息子だもんな、サラマンカの学窓をつかの間味わっただけの私生児で、遍歴の騎士の驚異的な偉業が語られるかび臭い書物の相続人ではありながら、ローランやシッド・ロドリーゴのありえないような偉業を何ひとつもたない、二重の意味の不幸者なのさ、自分が何者なのかはわきまえてはいても、存在の実感がもてないのだ、ただ生きて在るだけで、頭を蜃気楼でいっぱいにしてはいても、皿にはインゲン豆すらない、ただ生きてはいても自分であるという実感がないのだ、郷士の体裁は保ってはいてもゲートルは穴だらけときてる、ただ漫然と生きているだけよな、持ち金のない遺産相続者、孤児、私生児、影の存在、昆虫……貧窮よ、そなたを称賛するのはそなたを知らぬものだけだ、たくさんの足をばたつかせて背中にまとう堅い甲羅の上でひっくり返ったコガネムシよ、虫けらよ。

ただ在るというだけでなく自己としての実感を得るための別の計画、それは紙とペンである。彼は自分の考えていたことすべてに関連すると同時に、それと何の関係もない模範小説を書きつつ次のようなことを考えた。紙とペンはいかなる代価を払っても自己となるためのものであり、後にも先にもフィクションの現実そのものを、人に押し付けるためのものである。孤独で他と比較しえないフィクションは、何ものとも似ていない、ただひとえに紙上のペンの筆致に対応するだけである。先例のない現実、類例のない現実、唯一、現実がそこに存在している場所において、紙とともに消え去る運命にある現実。とはいえ、こうしたフィクショナルな現実が、ただ在る存在であることをやめて自己としての実感を得るための唯一の可能性であるとしたら、死を賭して、犠牲をいとわず果敢に戦わねばならないだろう、偉大な英雄たち、ありそうもない遍歴の騎士たちが戦ったように。そしてこうした現実を信じさせ、世の人々にこう言わねばならぬ、ここに私の現実があるのだ、それこそが唯一にして真の現実であり、私の言葉とその創造にそれ以外の現実はない、と。

最初に彼のことを告げ口し、つぎに彼を裁判にかけ、最後に断罪した者たちが、こうしたことをどうして理解しえただろう？　ベルガンチン船の船首部分の船底で、後の時代のために物語を書きながら、彼が思い出していたのはさほど遠からぬ昔日のある朝のことだった、彼は乾し草と、建築中の宮殿からでた瓦とスレートが山積みされたなかを散歩しながら、セニョールの死体愛好癖的神秘主義のせいで、カスティーリャの果樹園が荒廃させられたことを嘆いた、昔から住んでいた土地の牧童たちが嘆いたように。年代記作家はさほど遠からぬその日の朝、まさしく自分の主人たちを喜ばせる牧歌詩を一編作ろうと思いながら散歩をしていた。それは独創的なものではなく、フィリスとベラルドの恋愛物語〔ロペ・デ・ベーガのロマンセ《傷心のベラルド》のこと〕の蒸し返しにすぎなかった。彼は散策しながら微笑んでいたが、頭のなかでは易しい脚韻を見つけようと努めていた、たとえば「開花せし」（florido）、「見失いし」（perdido）、「詩作せり」（romaba）、「見つけたり」（hallaba）、「捨て去りけり」（desechaba）などなど。自分の主人たちが、周知であるがゆえに人を元気づけるようなテーマを、新たに楽しく読み聞かせるようにと彼を呼び出した際に、この荒廃させられた土地の住人がともに感じていた特異な懐古の思いと、既存の牧人的形式との混交を受け入れるだろうか、という疑念が頭をよぎった。その懐古の念は年代記作家がからかいの対象というよりは、自らが引き寄せられる、ひとつの誘惑とみなしたものである。実際に人々が彼に期待したのは、まさにそうした懐古の念であった、それは一度としてあるがままに受け入れられたことなどなく、不変のアルカディアの忠実な描写としてしか受け入れられはしなかった〔セルバンテスの処女作である牧人小説『ガラテア』のことを指している〕。とすると、こうした主人たちには見る目がなかったということだろうか？　それとも、澄んだ穏やかな水の流れ、葉の生い茂ったぶどうの蔓から垂れ下がるぶどうの房といったイメージを心の中で楽しみながら、一方では、自らの手によってもたらす破壊に対しては、全く無感覚になっていたのだろうか。彼らはそうしたやり方で、懐かしい対象と確かめうる対象とを、また確かめうる対象と要求しうる対象とを一緒くたにしていたのだろうか。おそらく彼らは（と年代記作家は指摘した）自分たちの罪を認識していて、黙契によって贖罪を後回しにしていたのである。つまり儀式と死と、死にとって延期すべからざる建設の時といったものが過ぎ去れば、われわれは庭園を再建するつもりだ、そうすれば埃が立っているところに花が咲き、枯れた小川とてふたたび蘇るだろう。アルカディアが再びわれわれのものとなるはずである、とか何とか言って。

　何ごとにも疑い深い年代記作家は頭をふり、低い声でこう繰返した。

――そんな時など来ることはない、来ることはない、茎から折られた花は二度と咲くことはない、すぐに枯れるだけだ、もし花をそのまま保とうとすれば、本の間にはさんで押し花にし、ときどき残り香をかぐことくらいしか方法はない。目に見えるようなアルカディアは将来ありうるかもしれないし、いつかそれが達成されるに越したことはない。しかし、そんな時など現実には来ることはない、ところが人々はそのことに気付かないのだ、靴屋……は自分の靴に精をだすべし〔己の本分を全うせよ〕、彼は心を落ち着かせて、ふたたび詩作に戻った、花咲くものが失われたものと結びついたのは、厨房の柱廊の下に、この辺で働く他の労働者たちによく見られる煤と汗にまみれた風体が、いかにもその美形と不釣合いな一青年の姿を見かけたときである。この若者は違っていた、金髪の美しい青年で、オレンジをかじり、潑溂とした体の動きを目いっぱい表していた、その自由闊達さは裕福になれば贅沢三昧し、困窮したときにはそれなりの災いを覚悟するといった自由奔放さでしか得られない性質のものだった。自分自身を充分に楽しむこと、そうすることで誰かといっしょにあっても、野で独りきりでいても、人生を実り豊かなものとすることができるのだ。その誰かすべてを望み、すべてを手に入れたとしても、この青年を知れば、いかなるものといえども、それを他と完全に共有しないかぎり、所有しえないものだということを納得するだろう。年代記作家はオレンジをかじっているその青年の姿のうちに、自らの不毛なペンが求めるもののイメージを認めたかのように思った。つまりそれは主人たちが要求する牧歌的情景であり、かつてアルカディアの川に咲き誇っていたサルビアやバーベナの花冠をつけた青年の姿であった。それは英雄そのものであった。

青年は立ち去ったきりであった、目元には喜びと意地悪さ、ごまかしの表情があった。唇を拭いながら去って行ったのは、おそらく果実の真っ赤なジューシーなオレンジを食べたせいかもしれぬが、ひょっとしたら愛する情人とキスを交わしたからかもしれない。彼の表情にみられる密かな満足、肉体の穏やかに震えるような熱気とはそうしたものだった。年代記作家は即座に、記憶のなかにいくつかの言葉を刻み込み、歴代の王たちの霊廟にして神殿でもあるこの宮殿を通り過ぎた、風変わりな一青年のことを頭に思い描いた。いかにも颯爽として生気にあふれ、屈託なくどこへでも出かける質の青年は、海外のさまざまな人々や家庭を見てきた経験から、常に変わらぬ驚きと微妙な幻滅感の入り混じった感覚をもっていた。彼は太陽がのぞいた瞬間と、独りぼっちで裸体の青年の出現とを、素早い韻律のなかに混ぜ合わせることができた。青年は宮殿の厨房から立ち上がる煙のなかに姿を消した。年代記作家は厩の近くの寝室に戻り、腰を下ろして書き始めた。

ある木曜日だった、彼は去る土曜日、やんごとなきセニョールたちの前で自分の作品を読んで聞かせた。グスマンよ、私、そう修道士画家たる私自身、何日も午後の時間を、甘美でほろ苦く、心優しくとも静かな絶望感を漂わせる年代記作家といっしょに過ごしたのだ、彼の不平に耳を貸し、彼の夢は何なのかと推測しつつ。私、フリアンは友人の言葉をたくみに盗んだ。その土曜日、私は失意のわが友人が、主人たちに詩を読み聞かせているとき、その言葉を聞いていたのだが、彼に驚愕のまなざしを向けるべきかどうか分からなかった。むしろどちらかと言うと、セニョーラの目のなかに、静かにしているように、さもないととんでもない目に遭わせてやるといった意味の警告がますます度をましてきたのを読み取り、それに応じるべきかどうかを迷ったのである。そこでは恐怖の氷と瞋恚《しんい》の火とが休むまもなく入れ替わっていた、氷は火を溶かそうとし、火は氷を燃え立たそうとしたが、両者ともわが女主人の激昂した乳房のなかで生まれた、凍りついた熱情であった。その乳房は私が過日、小さな絵筆で青く描いたのと同一のもの、肉体の白さを際立たせるために静脈叢をそのように描いたのだ。やんごとなき貴婦人よ、腹いっぱい腸詰を召し上がれ、わが淑女さま、バルバリーカ、ポークリブにむしゃぶりつくがいい、王を自称する貴方、かつて連中は貴方の貪欲さに身を任せたのでございます、私に耳すら貸そうとはされませんね、ならば自分と話すまでです、ああいつもこうだった、あんたたちは重要なことが起きているというのに、いつでもがっついてぱくついている、そして重要なことが何なのかもご存じない、私は哀れな友人の無邪気さを称賛した、しかし彼の天衣無縫さというのは、私にとっての破滅に他ならないだろう、いったん糸がほつれたら、毛玉はするすると解けてしまうからだ。蠟のような柔らかな心をもった純真なるわが友は、別の詩のなかに自らが想像しうる以上のものを刻み込んだ。彼が厨房の煙のなかに消え去る前に、オレンジを食べているところを目にしたあの若者の幻影を、自らの想像力の礎とし、さらに想像力の上に真実の建物を打ち建てたのである。私は年代記作家の声をふたたび聞いている、それは信念の力のせいで力強く鳴り響き、いつもながらの絶望的調子はその言葉を読むほどに静まっていく。

その声は私自身の絵画よりも正確に、かの美しき若者の姿を描いていた。太陽とともに生まれ、太陽と紛うような不思議な青年、オレンジを手にしたスペイン人そのもの、迷いから覚めたような驚きの眼差しで、いかにも心は遠くにあってここにあらず、異邦人のごとき存在。この地でもあの地でも英雄、われわれの仲間でありながら余所者、親戚であって他人、言ってみれば放蕩息子のような。年代記作家はこうした彼にアラビアのオアシスと、ユダヤの砂漠、フェニキアの海、ギリシアの神殿、カルタゴの城砦、ローマの道路、ケルトの森、ゲルマンの騎馬隊などを詩に歌わせた。しかし理想化された牧人とか、軍記もの、ベラルドやローランなどは描かなかったし、生粋の英雄の代わりに、血統に穢れのある、あらゆる血統の混じりあった、あらゆる地平、あらゆる信仰をもった英雄〔ドン・キホーテのこと〕を描いたのである。遍歴のはてに、セニョーラの湿っぽい宮殿のなかで行われた牧歌的な行列にやってきたのだが、あらゆる話の話題に上がったとはいえ、自分はそのセニョーラによって選んでもらったのであり、自然のみがわれわれのものだというはっきりした感覚をもっていた。セニョーラによって選ばれ、豪勢な寝室に連れてこられ、そこで自由放浪の身と引き換えに、愛欲と悦楽に満たされたのである。詩の最後のところで彼は、再び遍歴の旅へ戻り、セニョーラを時間と忘却へと置き去りにすることを選択した。

　セニョールは何も理解していないように見えた。たまたま彼は、年代記作家が仕事の一環として挑発せんとしていた、懐かしさの混じった漠とした夢想を感じていただけであった。グスマンは何らかの疑念を抱いたのか、何気なく短剣の柄に手をやり、口髭をいらいらしながら撫でつけた。セニョーラは空想をめぐらし、あたかも自分が文学上のモデルとして描かれていて、本当のモデルから創造されたにもかかわらず、そのことに気付かれることなく描かれた若者との情事を暴かれた、といったようなことを想像した。私はそうしたことすべてを別の理由から恐れていた。しかし年代記作家は自らが書いたことの詩的真実のみを信じていた。自らの紡いだ言葉こそ唯一の有効な現実だとして、他に押し付けるための決然たる戦いとなることがないような、別種の関係などというのは、彼にとって理解不能であると同時に、無縁そのものであった。つまりそれは無邪気な誇りであり、罪深い幼稚さであった。かくして彼の信念は力を発揮して、われらに読み聞かせるものすべてに関する記載上の真実を、他の者たちに納得させたのである。

　読み聞かせが終わると、セニョールの蒼白い手のひらの打つ、弱々しくうつろな拍手のみが聞こえた。犬のボカネグラが冷え切った緊張感を解きほぐすかのように吠え立てた。グスマンの疑念、セニョールの無理解、セニョーラの侮蔑を買うだらしなさ、私自身の恐怖などのかもし出す緊張感を破って。年代記作家のみが幸せそうに微笑んでいた、自らの書くという行為によって、さまざまな情念から解き放たれ、それらと縁を切り、唯一生み出された言語的現実のみを確かなものとし、それによって祝福されることを期待しつつ。彼は日々の秘された真実を大声で繰り返していたことを想像すらせずに、われわれに対し、詩的現実を読み聞かせたと信じていた。私はすぐさま行動した、グスマンに青年のことを告発したのである、思春期に入ったばかりの厨房の少年たち数人と、忌まわしい男色行為を行ったことは確かであったと、しかし自分がよくわきまえていたことは黙ったままでいた、なぜならば自分もまた、例の見知らぬ青年をわれらがセニョーラの寝室に引きずり込む手引きをした張本人だったからである。私はあの日の午後、そうすることでわが女主人に恩を売った、というのも彼女は三十三日半という日々、引き起こすべき腕すらない状態で、宮殿の中庭に放り出されていた後、肉体的に絶望感に陥っていたからであり、同時に、そうすることで切迫した場合を除いて、女主人の情欲を鎮める必要から免れたからである。私は童貞の誓いを破ることも嫌であったし、理解ある司教の前でもう一度、破った誓いを新たにせねばならないのも嫌であった、司教は私の告解を聞いて、あえて共犯関係をにおわすような無礼な態度で私の方を見てこう言った、われわれとて皆そんなものよ、同じようなことをしているじゃないか、こうした純潔の誓いというのは快く更新しうるものではないのか、ローマ教会とて肉の弱さを理解できないほど狭量ではあるまいに。否、われわれは同じではないのだ、司教がそんなことを信じているのは許せない、私は芸術家だ、肉の悦びは画家としての才能を弱めることになるからだ、むしろ自分の精液は画布の上にぶちまけ、画に養分をやり、豊かなものとし、より高めるために使いたい。肉の悦楽など自分を去勢するだけ、芸術の悦楽こそ満足を与えてくれるのだ。

かくして私は知っていることを口に出さずにいた、つまりわれらが年代記作家にとってモデルとなった若者が、午後には男色にうつつを抜かし、夜にはわれらがセニョーラと閨《ねや》をともにしたということである。グスマンは自然に反する罪についてセニョールに告げた、するとセニョールは大げさなやり方をせずに若者を死刑にするよう命じた、若者は一度ならざる再三の罪深い男色行為を咎められ、厨房の下の焚き火にくべられて焼き殺されてしまった。私はセニョーラと相談し、自らの公の地位を鑑みて個人的快楽を後回しにするように説得し、いま我慢しておけば将来、新たにもっと大きな快楽を与えようと約束した。

――再生力というのは破壊力よりもずっと大きなものでございます、セニョーラ、ひとつ死滅しても同じ場所に三つ生れてくるもので……。

　私は楽しい会話を頻繁に行っていたので、自由に行き来ができるようになっていた年代記作家の小部屋から、罪深い文書のいくつかをくすねてきた、そこでは博識のわが友がポンティオ・ピラトの手に落ちた主イエス・キリストに対する裁きの、さまざまな可能性について曖昧なかたちで語っていた。私が文書をグスマンに見せると、彼はその内容について理解せず、私をセニョールのもとへ連れて行った。セニョールに教えたのは、フィクションのかたちをとってはいるものの、その語りがキリスト仮現説のさまざまな呪わしい異端に陥っているということであった。これらの異端説の主張によると、肉体をもつ人間キリストといった性格は虚妄であったし、サトゥルニアのシリア的グノーシス主義では、唯一神は不可知で伝達不能の性質を宣言していた、バシリデスのエジプト的グノーシス主義では、キュレネ派のシモンをして十字架のキリストに取って代わらせ、キリストをして他者の苦悶の単なる証人に格下げしていた、またローマ教会から攻撃されたケリントスやエビオン派のユダヤ的グノーシス主義もあれば、神キリストは人間イエスの肉体を一時的に占有しただけとする聖イレネウスの説もあった、子と父を同一の存在とみなす天父受難説的な君主制もあれば、父から光線として投げかけられた子という考え方をするサベリウス主義的な異説もあったし、イエスとキリストの行為は、それぞれ異なる人格によるものだとするアポロン的異端やネストリウス派的異端もあった、また最終的にカルタゴ公会議やヒッポの聖人〔アウグスティヌス〕の書物によって断罪された、原罪説を否定するペラギウス的な自由意志の教義などもあった。

――セニョール、もっとはっきり言わせてもらうと、異端説よりもフィクションのほうが悪質なんです、なんとなれば、あるときは純潔なるわれらが聖母が無名のラクダ引きと姦淫したとか、別の例では、われらが主イエス・キリストがカナンの地で単なる政治的扇動者として振る舞ったとか、もっとひどいのになると、聖ヨセフが優しきイエスを密告しただの、われらの原罪を贖うための拷問台ともいうべき十字架を作った張本人だったと告白したなどといったフィクションまであったからです。もっとひどいのもあります、セニョール、宮殿の古文書室で調べ上げたのですが、自分の疑いにはそれなりの根拠があったのです、つまり年代記作家はマラーノでユダヤ改宗者の息子だ、というものです〔セルバンテスのユダヤ的血統のこと〕。

しかしセニョールは私のうんざりするような細々とした多くの説明に動じることなく、再度、説明を繰り返すように言った。彼の目は輝き、好奇心は喜びに変わったが、その喜びが醜聞へつながることはなかった。当然、私は年代記作家が異端審問所へ引き渡されるように求めた。セニョールは目を閉じてしばらく返事をせずにいたが、ついに私の肩に手をおいて、とんでもないことを尋ねた。

——フリアン修道士、そなたは無教養な兵士たちが聖体拝受を行う祭壇で、嘔吐したり排便したのを見たことはないのか。

私は質問の意味が分からず、ありませんと答えた。セニョールは続けてこう言った。

——こうした異端的なことを言い募っているのなら、そなたを異端審問所に引き渡さねばなるまい。

私は驚きを隠してこう答えた、自分が何度も繰り返して言ったのは、ただ信仰の敵を告発するためであって、自分が信奉しているわけではありません、と。

——年代記作家も同様に、信奉しているわけではなく、単に語っているだけだなどと誰から聞いたのだ?

——セニョール、この文書にそうあるんです……。

——若い頃わしはある学生と知り合ったが、そいつも原罪などないと信じておった。彼は生き、戦い、愛したのだが(はっきりは分からないが、おそらくもう亡くなっただろう、ある日汚された大聖堂で彼の亡霊を見たような気がするからだ)、それというのも神は、われわれが生れて行動する以前に、悲惨な境遇に落ちるように定めたなどということはありえない、と信じたからだ。他の者たちはその学生と同じような振る舞いに及んだために、わが父の王宮の居室で亡くなったが、思い定めた恩寵によって魂を救われることはなかった。そいつらと同様、わが栄光の祭壇を汚したがさつなドイツ兵どもにも救いはなかった。修道士よ、考えてもみよ、わしがそうした反逆者や兵士どもに挑戦でもしたらどうなったかをな、連中にそのような行動をとらせ、自由な境地に至らせた思想というものがどういったものなのか、文書で説明させるがいい、もしそうしなければ、連中を剣で串刺しにしてやるだけよ、一人たりとも弁明することなど叶わなかっただろうし、死を免れた者などいなかったはずだ、ところがあの学生と年代記作家ときたら……。

弱気なセニョールは私の手首を乱暴につかむと、自分のこぶしの中に私のそれを驚くほど強い力で握り締め、私を見据えてこう言った。

――フリアン修道士、わしらは自分たちの信仰のもつ価値を、死ぬまでしっかりと守っていくことにしようぞ、そして偶像崇拝者とか異教徒らに天罰を加えてやろうじゃないか、しかし異端者たちは別だ、奴らは宗教を否定しているわけではなく、われらの聖なる真理を組み合わせる可能性というのは無限にあることを明らかにして、むしろ信仰を強化しているからじゃ、実際に手にしても行使することもできないような、そうした自由の名のもとで、わしらの権力に対抗して反乱の狼煙《のろし》をあげる反逆者どもこそ焼き殺さねばならぬ、しかし人知れず一人孤独のなかで自らの知性を磨き、信仰の取り合わせを増大させることで、わしらの権力の一体性を強化してくれる異端者に対して、そんなことはしてはなるまい。

――とはおっしゃっても、貴方様ご自身がフランドルにおけるアダム派の異端者どもを壊滅させたのではなかったですか、セニョール？　もしそうだとしたら……。

――ああした異端というのは北方の王侯や商人どもが、ローマの後ろ盾を免れ、十分の一税や贖宥の支払いを免れようとするため、ないしは聖ペテロの代わりにメルクリウスの権力〔権金〕に従順な司教を任命するための口実に使われたのじゃ。わしは教皇の求めに応じて行動したが、異端者に対抗したのではなく、連中を唆したり後ろで操っている者たちに対抗したのじゃ。分かるか、修道士。

私は恭しく頭を垂れてお辞儀をしたが、そのあと何度も頭を横に振った。主人のほうを見ようと頭を上げると、彼は可哀想な奴だといった顔をして苦笑いをした。

――そなたには誰にもましてよく分かってほしいのだがな、神学者や修道士のいざこざなど政治的なそれに比べれば大して危険ではないのじゃ、政治的ないざこざこそわしの権力を弱体化させるものだから、どうしても手を打たねばならぬ、ところが神学者どものそれは、王国統治の妨げとなるやもしれぬ力を他に仕向けたり、逸らしたりするだけじゃ。わしは自分のもつ権力の広がりやまとまり、絶大さといったもののせいで、人々の力を削ぎ、不安を減らすことにはなっても、いつの日かそれでもって、わしが脅かされることになるのではないかと思っておる。修道士よ、それをわしはきちんと心得ておる、そうした潜在的な力が消えてなくなるように、聖母マリアが処女懐胎をしたかどうかとか、キリストが神だったのか人間だったのかといった問題が取り交わされるほうが、わしの権力が神権に基づくかどうか、最終的にわしにふさわしいかどうか議論されるよりかましなのじゃ、権力に直接的な影響を及ぼさぬかぎり、異端などは大目にみることができるのじゃ。

――セニョール、この地の聖職者は、そんなふうには考えておられないのでは……。

――これらの文書をやつに見せるのは誰じゃ、フリアン修道士、誰じゃ？

――貴方様のためを思ってたゆまずやっていこうとする者たちの気持ちに水を差されてしまいますと……理由ははっきりしております、年代記作家は異端者です、異端に戻ったマラーノなのでございます。

――そなたはやつを異端審問所に引き渡せとでも？

――左様でございます、セニョール。

――何、わしのためを思ってたゆまずやってきただと？　そなたはわしが支配されるどころか逆に自分の思い通りにしておきたいと思っている権力に、さらなるお墨付きを与えて強化させることを望んでおるのか？　もしそんなことでもすれば異端審問所はそれにつけこんで増長するだけだぞ、それはいかん、フリアン、わしは自分が今ひとつ強くなりたいと思うがゆえに、今ひとつ我慢をしておるのじゃ。何もわざわざわれらの年代記作家を異端審問所に告発することで、やつが名声をいやますことに手を貸すこともあるまい。わしにしても、こんな些細なことで異端審問所が力を増し、将来自分に対して影響力を及ぼされてはかなわん。修道士よ、そなたの敵の力を最小にしておくのじゃ、そうすることで危険な味方の力を削ぐこともできようからな。

――聡明なるセニョール、貴方様とてこれとは別の犯罪に対しては寛大ではなかった、例の若者は厩のそばで火あぶりの刑によって殺されるわけですから。異端よりも男色のほうが罪は重いのですか？

――簡単なこと、単に聖書をみれば誰もが忌み嫌う恐ろしい罪として断罪されておるからよ、修道士よ、この若者がソドミーであるほかに、異端に戻ったユダヤ人の異端者であるとしたらどうだ？　そなたであればそうした罪のうち何をもって裁く？　複雑な宗教論争と煩わしい手続き、厄介で複雑な法的事柄をもっているようなものか？　それとも誰もが罰を承認し、その手続きをとろうとするような犯罪か？　考えてもみよ、いいか、よく考えてもみるがいい、この若者は自分の本当の罪によって死ぬわけでもなければ、重大な罪によって死ぬわけでもないのじゃ、誰にとっても本当の罪ではなく偽りの罪によって死ぬということが、何にもまして心地よいことだからじゃろう？

セニョールは優しさと悲しさと疲労感を帯びた目を私に向けた。体全体が疲れきっているように見えたが、私には自分の戸惑いが彼に感じとれたかどうかは知るよしもなかった。何かを口に出そうと努力はした。しかし自分を救い出すべく言葉が出てくることはなかった。ところが先に出てきたのは、セニョールの言葉のほうだった、何の気なしにふと出たものかもしれなかったが、同時にもくろみどおりのいやなやり方で、私が密かに心で練っていた動機を弄んだ。

――そなたは絵を続けるつもりか？

――絵は私の天職でございますゆえ、セニョール、神に仕え、貴方様に仕えるという大きな天職と比べれば、どうなってもいいような、些細なものですが……。

――わしの礼拝堂にある絵を見たことがあるか？　オルヴィエートで描かれたとされている絵のことだが……。

――ええ、ございます、セニョール、と答えはしたものの、私は震えた。

――斬新でいかにも特異なものがあったのに、当然気づいただろう？

私は答えないで黙っていた、するとセニョールはこう続けた。

――そなたであれば、主イエス・キリストはどのように描いたものか？

私はうつむいた、私がですって？　爾来変わらぬありのままのイエスの姿を表した、聖なるイコンとして描くでしょうね、茫漠とした背景にのっぺりとしていてもはっきりした輪郭でもって描きます、そうすれば永遠なる存在にふさわしくなるはずです。

――オルヴィエートの無名画家ときたら、キリスト像の周りに時代の雰囲気を与えていて、同時代のイタリアの広場を背景に、イエスが当時の裸体の男たち向かって行き、彼らを見たり彼らに話しかけたりさせているのじゃ、画家はこうしたやり方で何を言いたかったのだろうな？

――啓示というのは一度きり実現されたわけではなく、

少しずつ、異なる時代と人間たちのために、絶えず新しい姿を通じて実現されていく、ということでは？

――そなただったらわしの礼拝堂の絵を焼いてしまうか、フリアン修道士？　あの画家は異端者なのか？

私はうつむき加減に頭を振った。セニョールは立ち上がろうとしたが、息が詰まったのかそれもかなわなかった。ハンカチを口に当て、打ちひしがれたような詰まり声でこう言った。

――よしわかった、秩序にとって、純真な人間以上に危険な敵はないのだ、よろしい、奴から純真さを奪うがいい、ガレー船送りだ。

すでに蠟燭は消えてしまった。年代記作家は書き終えた。疲れを忘れさせるような興奮に駆られてすっくと立ち上がると、こう言った。

――われらの魂はたえず活動している。

最初に紙をなでまわし、その後、紙を丸めながらこう付け加えた。

――私はここにあって自分自身の主人であり、自分の魂はこの自分の手の中にある。

年代記作家は丸めた紙を緑のボトルの中に詰め、コルクで栓をし、蠟燭から溶け出したまだ熱い蠟でもって、どうにか封蠟を施した。彼は漕刑囚のズボンの幅広ポケットに手稿の入ったビンを突っ込んで、甲板に上がった。

目の前に広がる光景の何と素晴らしいことよ！　湾の入り口に展開するキリスト教徒軍は半円形のガレー船団を形作っていた。軍旗が翩翻《へんぽん》とひるがえっていた。櫂は真正面から陸地へと吹きつける、不快な向かい風に抗するべく、高々と持ち上げられた。ヴェネチア軍の六十隻のガレー船が、半円形をなして右翼を占めていた。さらにスペインのガレー船六十隻が中央部を占め、他の沿岸諸国の六十隻が湾の出口を扼《やく》していた。ガレー船の各々には三百人の漕刑囚が太陽と海風と海上に顔をさらして、五十四本の巨大な櫂を操っていた。船首部分には大砲が据えられ、各々のガレー船の船首から船尾まで、メインマストからボイラーまでしっかり司令部によって制御され、秩序と均衡のほどはまさに完璧と思われた。しかし年代記作家はベルガンチン船の甲板に上がり、臨戦態勢に入っている様を眺めた際に、それとは別の感慨に耽った。褐色の海岸の匂い、薄く切られたタマネギの匂い、竈から出されたばかりのパンの香りといったさまざまな匂いが鼻をついた。彼はこうした素晴らしい光景に感謝しつつ、両軍の頭上を何のてらいもなく飛び交うノガモの一団をじっくりと眺めた。自由に飛び交う海鳥たち、何の罪もない鳥たち、この時を見計らって帆をいっせいに揚げたキリスト教軍の旗印にも、湾の奥深くで波しぶきをあげているトルコ船団の軍旗にも一向に構うことなく。年代記作家はターコイズブルーの荒れた海と、時々刻々ばらけていく大きな雲のかたまり、澄み切った青空に目を向けていた。彼は生きていることに感謝した。

旗印が高く掲げられると、ガレー船団全体に対して戦闘準備の合図が鳴らされた。年代記作家は控えのベルガンチン船団の一隻に乗船していたが、これらの船はガレー船団の動きを妨げないように、そして彼らに軍隊と資材をすぐに投入できるように、貨物船のそばで遠巻きにしていた。年代記作家は戦闘開始の号砲を耳にし、すぐさま双方の船団が活動を開始するようすを目にした。キリスト教軍は湾の奥で守備についていたトルコ軍のほうに向かっていった。一方、トルコ軍はキリスト教軍を向え撃つべく前進したが、敵軍を撃破して滅ぼすか、さもなくば陸地に逃走を図るしか手立てがなかったからである。太陽は次第に高くなり、風も凪いでいった。湾は水を打ったかのように静まり返った。漕ぎ手たちも一息つくことができた。微風が背中を渡っていった。主戦場の背後で控えていたガレー船やベルガンチン船の乗船員を含めたすべての者たちが、死に臨んで罪の許しを乞うべく跪いた。

トルコ船団の旗艦から最初の大砲が火を吹いた。年代記作家は跪きながら、荷袋のなかに入れた緑のボトルの重さを感じていた。視線を空のほうに向けつつ、己の人生の一部がここで終わり、他の部分が始まるような気がした。若気の狂熱の時代は去り、偶然に支配される最後の時代がやってきたのだ、そして二つの時代の間に、そして二つの瞬間の間に見出したのは、雲や海に語りかけ、褐色の海岸に戻っていくおびえたカモの一団に話しかける時間であった。

――神の思し召しによって起きることは、いくら人間が励んでみたとて、知恵を働かせてみたとて、とうてい予知しうるものではない。

彼はこうしたことを今わの際に想像した。自分が死ぬのはこの瞬間なのか、あるいはもっとずっと先のことなのか、先のことだとしても、所詮、先は知れているさ、苦悶だけがいや増し、希望もなにもありゃしない……。

両方の舷側に大砲を備え付けた六隻からなるヴェネチアのガレー船団が、進んできてトルコ軍を蹴散らした。

彼等は戦闘準備を知らせるべく箱や戦争ラッパを吹き鳴らしたが、こうした大音声もモーロ人らのけたたましい叫び声にかき消されてしまった。前もって鋸状にしておいた、キリスト教徒らの乗るガレー船の船嘴は、引っこ抜かれて落ちてしまった。とはいうものの大砲は火を吹き、トルコ船に甚大な被害を与えた。彼等の砲弾は、船嘴がせりあがったせいで、キリスト教徒のガレー船に命中することなくかすめていった。しかしトルコ軍が後退することはなかった。側面から、背後から、キリスト教徒の戦列を突破しようと試み、ガレー船を次から次へと繰り出し、外洋への出口を求めるからである。彼等は日中、左翼への攻撃によって突破を試み、夜中は海岸の浅瀬に近づくことを恐れて、半円状に閉じた陣形から離脱したところを突こうとした。トルコ軍がそうした狭い出口から脱出しようと試みていたちょうどそのとき、年代記作家は誰かの荒々しい手で押されて、艦載ボートに乗り移った。そしてそこから予備軍のガレー船に乗り移ったが、そこからはもはや乗り移ることはなく、食糧のある安全な己のテリトリー守るべく、死闘を繰り広げる二頭の猛獣のごとく、残忍きわまりないガレー船同士の戦いに巻き込まれたのである。

矢が天から降り注ぎ、火縄銃や手榴弾が飛び交い、多くの船が沈没し、座礁の憂き目にあった。キリスト教徒の多くが海の藻屑と化し、トルコ兵は命からがら泳いで岸にたどり着こうとあがいたが、火災と一斉射撃のなかでおぼれて命を落とした。年代記作家はガレー船に己の居場所を確保し、自分の櫂にしっかりつかまり、トルコ軍の砲撃を受けた船が大きく揺れるのを感じた。舳先部分は大破し、トルコ兵らは無抵抗となって危険にさらされた数多くのガレー船漕刑囚たちに対し、無差別に襲いかかった。即座に防戦すべく小艦隊がはせ参じ、包囲されたガレー船に乗り移ると、同様の無差別攻撃を行った。しかし床に投げ出された年代記作家は、肉のはみ出した手からどくどくと出血するのを感じた。彼はもはやこれ以上はかなわないと思いつつ、最後の力を振り絞って、密閉した緑のボトルをズボンから取り出すと海に投げ込んだ。ボトルは火縄銃の連射ほど速くなく、ゆっくりと放射線を描いて宙を舞って落ちていくさまが見えたが、海面にたたきつけられる前に、火災の煙と砲撃のあいだで見えなくなってしまった。

彼は最後の手稿、つまり行き着くかどうかは不確実ながら、不幸が起きることが確実視されるメッセージのはいったボトルが視界から消えると、「容赦なき運命よ」と大きくため息をついた。容赦なき運命よ、容赦なき星の定めよ、いったい手稿はどこに行き着くのか。ガレー船は互いに舳先や舷側、船尾部分で係留しあっていた。手稿はこれから叫び声や銃声、砲火、煙、叫喚をよそに漂っていくはずである。ボトルは切断された頭部や腕、足によって血に染まった、潮の流れに洗われていくだろう。そして永遠の己が命の持ち主たる手稿は、次第に遠ざかっていった。この恐るべき海戦で用いられた槍も武器といえども、また火気や矢といえども、手稿に触れることはないだろう。マストや舷牆や帆桁が焼け落ちて倒壊したとしても、潰えることはなかろう。今日の午後の泡立つ白波のなかで溺死せんとする絶望的な戦士が、わらをもつかむ思いでロープや舵、櫂の切れ端に手をかけることがあろうとも、よもや手稿の入ったボトルになど手をかけることはあるまい。手稿それ自体は、たとえそれを書いた人物が、まさにこの瞬間に死ぬことがあろうとも、滅びることはないだろう。

——おい、若造、名前は何と言うんだ？

——おっさんこそ、名前を言えよ。

——わしはミゲルだ。

——俺もミゲルだ。

——ありふれたつまらぬ名前だ。

——おっさんよ、人は暮らしている土地の名称をつけねばならないんだ。今日、この地ではミゲルだけど、昨日われわれが失ったオアシスでは、ミハイル・ベン・サマと呼ばれたし、一昨日の時点の、囲い込まれた騒乱のアルハマにおいてはミハーと言ったのだ。俺は虐殺に遭うまえにユダヤ人居住地区から逃げ出してきた。敗走させられる前にアンダルシーアのオアシスからな。カスティーリャにやってきたのは死ぬためよ。

——お前はそのことを知っていたのか？

——そう記されてあったのだ。とうてい死刑執行人から逃げおおせることなどできまい。連中のなかで姿をくらまして暮らせば、迫害から逃れられると思っていたが、俺がどれだけ考え違いをしていたことか。

——お前は連中のことを死刑執行人と言うのか？　奴らは自分たちのものを再び手に入れただけよ、アンダルシーアという土地をな。

——いやわれらのものを奪い取ったのだ。あの土地はわれらが開拓し、庭園やモスクや噴水で美しく飾り立てたものだ。それ以前には何もなかった。あの地にはあらゆる民族がいっしょに暮らしていたんだ。おっさんよ、俺の黒い目を見てみろ、金髪の髪の毛もな、俺はあらゆる血筋を引いているんだ。どうしてその一つきりの血筋のために死ななけりゃならんのだ？

——若造よ、それなら主だったもののためではなく、二義的なもののために死ぬがいい。

——主だったものとか、二義的なものって一体何だ？　おっさんが俺といっしょにこの独房に閉じ込められてしまったのは一体なぜなんだ？　おっさんはなぜ死ぬのだ？

——わしは死にはせん、わしはガレー船に送られてきたのだ。しかしお前にもひょっとしたら道理があるかもしれぬ。おそらくわしもまた主だったものではなく、二義的なもののために断罪されたのかもしれぬ。若造よ、そなたには謝る。もしあの日にお前に会わなければ……赤い唇を開けてオレンジをかじりながら、この仕事に携わる労働者たちの間をほっつき歩いていたお前に会わなければ、こんなことなど起きはしなかったのだ。あんな不吉な詩を書きもしなかったはずだ。

——おっさんよ、そんなに悔やむことはないよ。もし俺がある理由から死ぬのでないとしても、死ぬには別の理由があるんだ。俺の体に流れている混血の血筋をどうしたら変えることなどできよう？　キリスト教徒たちはいつの日にか、アラブやユダヤの穢れた血統をもつ者から、多くを取り立てることになるだろう。そうなると、俺よりも若い厨房で働くああした若者たち……そう俺はああした連中のことがうらやましかった。セニョーラは自分自身が考えているよりもっと成熟している。血統、若者たち、セニョーラ……もし男たちではなく、そうしたものが俺の感覚や快楽をそぐとしたら、理性なんぞ何の役に立つんだ？

——お前は若い連中に妬いているのか？　わしはお前こそうらやましい。

——おっさんにはそれでいいだろうよ、俺は自分の秘密をひとつ残さずあの世にもっていくつもりだ。焼き場で俺といっしょに灰と化すだけよ。おっさんは自分の秘密をどうするつもりなんだ？　こうしたらこうなっていたかもしれないなどと想像しながら死ぬのも悪くはないな。しかし自分の過去を知りながら死ぬっていうのはご免こうむりたいね。

——若造よ、おそらくわしはお前がなりえた存在が何だったのか、想像することもできれば、それを書き留めることもできるぞ。

――幸運を祈る、おっさん、あばよ。

年代記作家は負傷した手に触れつつ、声を絞り出すようにうめいた。そしてこの大音響のさなか、火薬の発する硫黄の臭いのなかで溺れそうになりながら、目の前がぼんやりとかすんでほとんど見えないなかで、目にしえたのは破れたイスラムの軍旗であった。それはまさに欠けていく月と落ちた星そのものであった。彼自身、自分が憎んでもいないものに対して戦い、打ち負かされたように感じていた。というのも、アラブとイスラエルの預言者たちの子孫の間で行われた、兄弟殺し的憎悪といったものが理解できなかったからである。また権力者の残虐さこそ厭いはしたが、ユダヤ・イスラム文化のもつ利点を愛し、感謝し、厚遇し、救い出そうとしたばかりか、アル・アンダルスの噴水や庭園、中庭、鐘楼などを実際に訪れ、それらをこよなく愛してもいたからである。それは人間が人間の喜びのために作り上げた自然であり、主君ドン・フェリペの霊廟のごとき、禁欲のためになし崩しにされた自然などではなかった。彼はガレー船団の燃え盛る火炎に囲まれて、もはや死を覚悟しつつ、三つの異なる宗教を奉ずる人々が、顔も体ももたぬ同じ唯一神を崇拝することによって、互いに愛し合い、認め合い、平和共存することを心の中で祈った。こうした神は、われわれの欲求の総和という、慎みある名辞にすぎず、また叡智同士の出会いや兄弟的つながり、歓喜、肉体と精神の再生のしるしにすぎないのである。年代記作家は瀕死の傷を負いつつ、勝利の雄叫びで高く突き上げられた、槍先に突き刺したトルコ人の首級を見て目くらみしつつ、若者が死に、老人が放浪した日の前夜に土牢で居合わせた若者のことを思い出した。彼の記憶に呼び起こされたのは、実際に若者がどうであったかではなく、自分の思い描いていた若者の姿であった。純血ならざるヒーロー、あらゆる血統、あらゆる情念を備えたヒーローとしての若者であった。彼がぼうっとした状態で想像力たくましくして見ていたのは、栄光なき不純なる血統に連なるヒーローたちの、あらゆる末裔たちの姿であった。彼等は己が情念を見下すどころか破滅的な結末にいたるまで情念に従っていき、情念のすべてを支配こそすれ、自らの素晴らしき狂気や過剰さを犯罪に変えてしまうような、宗教的・政治的理性の残虐性や偏狭性によって、手足をもぎ取られ、獄につながれてしまっていた。罰すべきものというのは誇りであり、愛であり、狂気であり、夢であった。彼は今にも死ぬのではないかと思っていた。今一度、想像のなかで思い描いたのは、そうしたヒーローたちの行ったあらゆる冒険であり、幻滅した夢を抱くこうした騎士たちが見せたあらゆる変容ぶりであった。幻滅した夢とは、人間の内面の顔と外面の顔とが、見せかけ抜きで、分け隔てなく同一となるような、そういったありえぬ世界においてのみ可能となる企てのことであった。しかしその両者をカモフラージュして偽装するような世界では、不可能となる企てであった。ひとつの仮面は世に向けて見せるためのもので、もうひとつのそれは、世から逃避するためのもので、前者は見せかけであり、後者は犯罪である。情念は永久に外見から隔てられている。狂人と夢想家、野心家と熱情家、犯罪者。彼が想像して思い描いたのは、嘘っぱちの現実のなかに身を移し、そうした現実を救い出し、自らを救済することに熱中し、読むことの真実に熱狂したひとりの騎士〔ドン・キホーテ〕であった。また彼が想像したのは、愚昧と狂気の暗い荒天の夜に、自らの無慈悲な本性（心ならずもそう振る舞っただけのことだが）をはるかに超えて、残酷ぶりを発揮した男女たちによって裏切られた老王たちのことである。そしてまた、行動を呼び覚ますことをもできなければ、夢想家たちのために取り置かれた現実的な死に対する、悪魔祓いをすることもできないような、純粋なことばに恋した若い王子たちのことに思いをめぐらせた。また体面や聖域を愚弄する人物のこと、つまり自由奔放で冒瀆的かつ通俗的な快楽という名のもとで、法自体をさんざん否定したにもかかわらず、その法の地獄のなかで、自らの快楽のつけを支払うこととなる、世俗的情念のヒーロー〔ドン・ファン〕のことを思い描いたのである。また同時に神聖にして悪魔的であるような情事に駆られたカップルたち〔カリストとメリベア〕のことを想像した。というのも主体間の差がなくなってしまうような愛こそ、神聖で悪魔的なものだからである。つまり男が女となり、女は男となって互いに他者になりきってしまえば、両者は個人的なもの、分け隔たったもの、条件や財産、家族などに区分けされたものの社会的根拠に対し、戦いを挑むような共通の夢に刺し貫かれるからである。またある偉大なる野心家のことも想像した。彼は地上の何億もの人々のなかでただ一人孤立し、寒さに震え、神々にも人間とも近づきにならず彼等から身を遠ざけ、自らの生きるエネルギーとしては、自らの誇りを否認する自然の背中に、次々と憎しみと反感だけを背負い込むしかない、見放された存在であった。また彼が頭に思い描いたものは、過去からの出口をもたぬ大いなる夢を打ち砕かれ、人生のすべてを通じて追求してきた夢も破れ、官能的な凡庸さに身をゆだねてしまった、つまらぬ野心家どもの姿であった。それはあたかも旅籠に泊まるごとに自分の財産たる権力や富を、あるいは蒼ざめた情念を受け入れたり拒絶したりする方法ともいうべき、殺人や自殺を置き去りにしていく旅人のごとき存在であった。最後に想像たくましくして思い描いたのは、ヒーローたちの殿のその前をゆく人物であった。彼は現在によって閉じ込められて自らの過去が翳らされたこと、それゆえに、己が未来によってそう呼ばれていたヒーローとしての面影が消え去ったことを認識していた。ヒーローの名はタンタロス、野心的で気違いじみた、夢想的に恋する未来を追い求めて、己が現在を貪り食らうヒーローたちのなかのヒーロー。それがかなわなかったのは、未来というものが捕捉できぬほど素早い亡霊であったから。未来は野ウサギのごとし、われわれは亀のごとし。ヒーローたちは自分たちの失ったもの、最も貴重なもの、つまり沸き立つ血が求めはしても、冷徹な法によって禁じられた情念を、嘆き悲しみつつ打ち震えるようにして追い求めることには伴ってこなかったものを、取り戻そうとして過去を振り向かねばならなくなるはずだ。欲望によって手に入りはするものの、手に入れればさらに欲しくなる。そこに出口はない。夢の敗れた、崩れやすい灰でできた英雄的なタンタロス、ヒーローこそタンタロスだが、彼のライバルは時間である。最終戦で時間が勝利し、タンタロスも時間を打ち負かす……。

彼は死ぬ思いでこうした者たちすべてを頭に思い描いたのだが、とうてい彼らのことを書き記す時間などあるまいと思った。彼が地上にある不確かな時間に与えられた最後の恩寵の夜に、唯一書き記すことのできたのは最後のヒーローだけであった。かくして己がはかなき人生のすべてて、自らの品位ある貧しさについてのあらゆる感情、無際限の不幸、無分別な誇り、不確かな身分、しがない美点、疲弊した想像力といったものを集中させて、最後の夜に自ら受け取っていた手稿の中において、最後のヒーローの最初の言葉を反復したのである。彼が同じ手稿を後の時代のために、また未だに生まれていない人間たちのために、ずっと以前、海にプレゼントしたのと同様に。緑のボトルは運がよければおそらくいつの日か、擦り切れ泥まみれになって、この入り江の白浜から引き上げられ、泥土を細かく砕くつむじ風によって流れに逆らうように引きずられ、最後には漫然とした水の流れに乗って河床に打ち上げられ、子供か狂人か、野心家か恋人か病人か、彼と同じような迫害された悲しい人物か、あるいは他の土地の、不幸に満ちた別の時代のマラーノの手によって、廃墟の宮殿の傍らで、別の灰色の墓のそば近くで拾われることとなるのである。その破れた封蠟、手稿そのものも、この年代記作家のごときマラーノたちが日常的な仕事の中で救い出し、定着させ、読ませ、普及させた、古きスペインの古く見慣れぬ言語で書かれてはいても、ボトルから引き出されて読んでみれば、きっと理解されるはずのものであった。戦いの前の晩に、船の揺れと熱病と悲しみのなかでに読みづらい乱雑な文字で、抹消したり訂正したりしたとはいえ、書いたのはおそらくこのようなものだったろう。

「彼はある朝、何やら胸騒ぐ夢がつづいて目覚めると(?・?・?　ひとりの男。ひとつの名前。名前を見つけた者が名前をつけさせろ。火刑に処せられた青年が言ったことは正しい。老人よ、人は暮らしている土地の名前を付けねばならないのだ、どんなにつまらぬありふれた名前でもいい)、ベッドの中の自分が一匹のばかでかい毒虫に変わっていることに気がついた」(昆虫は抹消。おそらく神話的な別の動物、たとえば龍とか一角獣、グリフォン、マンドラゴラなどに。マンドラゴラは棺とか火刑の焚き火の足元にあるものだぞ、ミゲル、聞いてるか？　グリフォンは抹消、サラマンドラはだめ、最後のヒーローで最良の昆虫であるゴキブリは抹消)。「彼は自分の背中の硬い甲羅のうえに身を横たえていた」(昆虫の甲羅と訂正。要注意！　甲羅は古からのヒーローの盾であり、足蹴にされないように身を守るための防御物である)。「そしてちょっと頭を持ち上げると、円《まる》くもり上がった褐色の弓なりにいくつもの環節に分かれた自分の腹部が見えた」(深淵は抹消。以下のように訂正。武器である盾の深くえぐれた中心点、深淵化された底知れぬアイデンティティの臍、肉体の太陽)「てっぺんには掛布団が、いまにもずり落ちそうになりながら、かろうじてなんとか踏みとどまっている。目の前には、からだに比べて情けないほどにか細い脚が、おびただしく頼りなげにちらちらしていた。いったい、どうしたというんだろう、と彼は考えた。夢ではなかった」。

私は沈黙を守った。たしかに彼らは夢を見ていたのだ。

狂女、侏儒、若い王子はふんだんな夕餉の後、ぐっすりと眠り込んでいた。彼らは物音ひとつ耳にしなかったし、何ひとつ理解しなかった。私はいま一度失意に暮れたわが友人のことを思い出した。私は彼が描いていた文学上の夢や計画のことをよく知っていたが、それは彼がわれらの国王の好意的な庇護に頼っていた間中、私がいつに変わらぬ話し相手となっていたからである。というのも私は彼がキリスト教世界を守るため熾烈な戦いをしていた際に、負傷したかおそらく死亡した折に、彼の頭をよぎったと思われることを、自分で想像しえたのではないかと感じていた。たしかにそう感じていたのだ。私は七宝や油絵、カンバス、絵筆といったものをかき集めると、こっそりとこの牢獄ともいうべき寝室を後にした。

最後のカップル

こっちにいらっしゃい、そう手を出すのよ、別の手は私の肩に回して、盲人のような振りをするのよ、躓《つまず》かないようにね、道ならどんな道でも私が知ってるから、心配いらないわ。何しろ森の中で育ったようなものだし。誰も通らなくなった旧帝国時代の旧街道近くにある、商人や学生、修道士、異端者たちの通る新道のあたりをよく駆けずり回っていたせいで、茨のそばで雌狼が出産するのも見たし、ハチミツを集めたり、羊たちの世話をしたりもしたのよ、さあいらっしゃい、土地のことは私がよく知っているわ、自分の土地みたいにね。私の知らないものとか、見当のつかないもの、記憶にないもの、求めようのないものなど何もないのよ、私自身がちゃんと案内してあげますからね、もうとっくに山は越えて、平地に下りてきたでしょう、焚き火や竈の煙のにおいが漂っているわ、荷車のきしる音や、鑿を打ったりクレーンを動かす音なども聞こえるでしょう？　さあいらっしゃい、私の後をついてくるのよ、私から離れないで、そなたを連れて行けるのは私だけなんだから、しっかりつかまって。難破した美しい兄さん、でもずいぶん疲れたわよね、そなたが海から投げ出されて、見守る私の足元にやっと辿り着いたときから、わたしたちはずっと歩き通しですものね、あのとき私はね、そなたがやってくることが予想していたの、というのもあの日の早暁、そなたが《災難岬》の浜に打ち上げられるのが分かっていたからよ。だからこそ私は太鼓の撥《ばち》でもってリズムを刻んで、そのリズムにあわせて、他でもないあの修道院、私がよくわきまえているあの修道院に赴いたわけでしょう？　なぜってこの土地のことは私がよく知っているからよ、人間の肉に飢えた貪欲かつ強欲な修道女たちが住みついたこの土地のことはね、あの例の狂った貴婦人も、自分が騙されていたことを知ると、いつもの生活習慣もそこそこに、やるべきこともやらずして、真昼間、あそこから逃げだしたのではないかしら。でもわたしたちは夜間にだけ旅をし、昼間は僧院で休息をとり、そこで亡夫の遺体に祈りを捧げたわ。こうやってわたしたちは、そなたが浜に投げ出されて横たわっていた近くを通りかかったというわけ。そなたは生から、つまり自分自身の記憶から投げ出されてしまっていたのよ、とりとめのない記憶を深い井戸の底に突き落としてしまったかのようにね。私はそのことをちゃんとわきまえていたわ、でもそなたは知るよしもなかったでしょうね、名前のない人間、見分ける唯一の印は、背中に十字をつけていたということだけ。そなたはあの海岸にそのことを何も知らぬままたどり着いたのよ、だから本当の旅人、放蕩息子、意識なき真実の伝達者といったところかしら、そなたは何も知らないし、何も知らないわけだから、求めるものは何もないのよね、だって何も求めていないのだから……両手を私の肩にかけて後ろを歩きなさい、前を見るんじゃないの、太鼓を叩かせてちょうだい、わたしたちがいま宮殿に到着したことを知らせるのよ。

——どうやらすべてが終ったようだ、とヌーニョはマルティンに言った。

——どうやら嵐も静まったようだ、とマルティンはカテイリノンに言った。

——どうやら人夫らは仕事に戻ったと見える、とカテイリノンはアスセーナに言った。

——どうやら狂女に捕まえられた白痴の青年は、バルバリーカと楽しそうにふざけ合っているようだ、とアスセーナはロリーリャに言った。

——どうやら狩猟中に捕らえられたあの若者は、セニョーラのベッドに横たわっているようだ、とロリーリャは勢子に言った。

——どうやら二度にわたって海岸に居合わせた、われわれ勢子と矛槍兵の判断では、あの二人の若者、つまりセニョーラの若者と狂女の若者は、実はともに同一人物なのだ、と勢子はグスマンに言った。

——どうやら第三の若者が近づいてくるようだ、彼もまた他の二人と同様、同一人物にちがいない、とグスマンはオオタカに言った……。

　私は今、こうやって黒太鼓を黒撥で叩いて、宮殿に到着したことを知らせているし、そなたは盲人のように両手を私の肩にかけて、引き連れるままになっている。そなたは見ちゃだめよ、このやせこけた平原の無秩序を、居酒屋の天幕を、火刑場の周りに潜んでいる連中を、ブロケードの黒い花を、引きちぎられた葬式用織布を、打ち壊された聖櫃を、上気してよだれを流す去勢牛の鼻面を、屋根瓦と石板の堆積物を、花崗岩のブロックを、秣や藁の束を、漂着した青年よ、見ちゃだめよ、こうした見せかけだけの無秩序を。良いというまで目を開けちゃだめよ、そなたには宮殿の完璧なシンメトリーを、セニョールであるフェリペ王によって押し付けられた、変えようのない秩序を見てもらいたいのよ、いつまでたっても仕上がらないこの巨大な霊廟を、それこそそなたが目を開けたときに見てほしいものなのよ。でも今は見ちゃだめよ、わたしたちがやって来るのを見て人夫たちがびっくり仰天するさまを見てはだめ、一日を通じてたった二つしか大蠟燭の点らない土地の、倒壊物のそばでひざまずくあの女の叫び声を聞いてはだめ、美しい青年よ、見ても聞いてもだめよ、そなたは私の体によって導かれ、私の体によって救われた存在よ、だから最初に目にしていいのは、宮殿のあのすばらしい有り様だけよ、最初に話していいのはセニョールにだけよ、そなたにはこの宮殿の整然とした有り様を、薄く精緻なグラスを壊すように壊してほしいの、そなたの目と声は、とうてい越えられない海の彼方からやってきた力強い二本の手となるのよ、タトゥーの入ったこの唇はどんなことでも言えるからね、覚悟しておくのね、私はセレスティーナという者よ、タトゥーの入ったこの唇はどんなことでも言えるからね、愛人からされた血染めの口づけで永遠に消えなくなったのよ、この唇は秘密の叡智のことば、つまり王侯や哲学者や人夫から、わたしたちを等し並に分け隔てる知識によって見分けられるのよ。というのも、権力も書物も仕事もそれを明らかにすることはないのよ、そうすることができるのは愛だけよ、でもそれはどこにでもあるような愛ではないの、わが友よ、それはね、そのせいで人は救われる希望ももてずに永遠に身を滅ぼしはしても、快楽だけは得られるような性質の愛なのよ、でも蘇る希望はもてないわ。私はすべてを心得ているのよ、これが私のお話というところね、私は初めから話をしているのよ、最初から最後まで、その全体を知っていますからね、美しくも痛ましい若者よ、私はセニョールだけが想像していることが何なのか分かっていいます、セニョーラが恐れ、グスマンが感じ取ったことが何なのかもね、私に触れてごらん、私にちゃんと付いてくるんだよ……。

――悪夢を見たようだ、自分が三人いるという夢をみたぞ、とセニョールは言った。

――フアン、そなたと私、そなたと私はお似合いね、フアン、とセニョーラは言った。

――私だけは、とグスマンは寒さに震えながら言った、私だけは神々とも人間どもとも付き合いはない。

そなたは話してはだめ、見てもだめ、だって盲で聾なのだから、でも私は完全ではないものの、何もかもわきまえているのよ、そなただけがまだ足りなくて知識を補うのに必要な存在なのよ、そなたは唯一私の知り得なかったことを知っていた、というのも私の叡智は唯一この世についての叡智だからよ、つまりカエサルとキリストの世界、開口部のない閉じられた、苦しみの世界、己の記憶を確かな不幸とありえない夢想でいっぱいに満たされた世界、孔のない夢魔のごとくに縫い取られた世界、嵐の晩のまたたく炎である世界、そうした世界について私はすべて知っているけれど、別の世界のことは何も知らなかったの、そちらの世界はそなたが体験して知っているでしょう？　相変わらずわたしたちのことを何も知らずに存在してきた世界のことよ、わたしたちだってその世界については何も知らなかったけれど。私はそなたが生まれるところを見たのよ、雌狼の腹から生まれるところをね。ある夜、森の茂みの近くで開いたそなたの生命の環が閉じられる際に、その場に居合わせることなど、私以外の誰ができたでしょう？　そなたが生まれたときに、そなたの足を受け取った私のこと以外、すべてのことを忘れ去り、記憶を失って夜を明かした海岸に居合わせることなどできはしなかったでしょうに。ちょっと手を肩から離してちょうだい。はっきり確かめてごらんなさい、半ズボンにきちんと地図を巻きつけてもっているかどうか、そして海岸で拾った緑のボトルをちゃんともっているかをね。よろしい、それじゃまた前に進みなさい、でも目を開けてはだめ、近づいてくる連中に見られてしまうわ、奇跡はもう終ったとでも思っていたのかしら、連中は小姓と難破者がいるって驚くわよ、ほら、いなくなったカップルだとか言って、私たちのことを見ているわ、居酒屋とかレンガ工場とか鍛冶場からぞろぞろ出てくるじゃない？　愁嘆場もなくなったことだし、そろそろ煙と埃と暑さを縫って少しずつ前に進んでいきましょう。私は黒づくめの喪服姿で連中の目を欺いて、自分をまったく別の身分の男のように見せかけるわ、そなたは裸足で血まみれの足をひきずり、髪はぼさぼさで盲目の、唇を埃まみれにしたみすぼらしい男ということになるのよ。そこにいるひげ面で、燠やけし、胸に汗をしたたらせ、疲れきったまなざしの男が、ふいごから離れて私のほうをじっと見つめているわ、ちょっとずつ近づいてきて、私の目をもう一度覗き込んでいるけれど、口元は見ようとはしないで目元を覗き込んでいる、手を差し伸べて怪訝そうに私の乳房にふれると、地にひざまずいて、私の脚を抱いて何度か私の名前をつぶやいている。

夜の区分

宮殿の占星術師トリビオ修道士は、ローマの夜には七つの区分があると、フリアン修道士に言った。前者がセニョールによって自分のためにとっておかれた高い塔から、夜の蒼穹をいろいろ調べている間に、フリアンのほうは抜け目なくじっと話に耳を傾けていた。黄昏、光(篝火が光り輝く時)、就寝時（眠りの時)、真夜中（あらゆる活動の止む時)、夜明け（鶏の鳴く時刻)、宵の口(静まり返っている時)、暁。

異なる時間帯を体験していた修道士フリアンは、時間の経過を縮めたり（当人にもはっきりしたことは分からなかったが）あるいは長びかせるために、そうしたやり方で区分けされた、われらの先祖たちの長い夜の各々の時間帯に、建築中のこの宮殿の寝室のひとつを割り当てた。彼はそれぞれの寝室において、二人の人物、あるカップルのことを想像していた。彼らは修道士によって一種のゲームないしは最終戦、不服申し立てのできない馬上試合のために準備されたものであった。試合の時間はかの夜の時間帯、七という厳粛で運命的な聖なる数字によって区分けされることになっていた。

――天の七つの星を選びたまえ、修道士トリビオ君……。

夜の七つの時間帯、つまり七つの星、七つのカップルですか？　夜は自然そのものだ、と画家の修道士はひとりごちた。夜を七つの時間帯に分けるというのは、人々の名前それ自体と同様、単なる慣習にすぎない。ひとりの人間はひとつの名前であり、ひとつの行為はひとつの動詞である、つまり慣習。夜自体は自らをそうしたものと呼ぶことなどできまい。ましてや黄昏に始まり、曙に終るなどということなど知るよしもあるまい。星は無限の存在であり、その星の中からひとつを選ぶというのは、偶然に左右されるもうひとつ別の慣習である。フォルナクス・ケミカ（竈）、ルプス（狼）、コルブス（烏）、タウルス・ポニャトフスキ（牡牛）、レプス（兎）、クラテル（コップ座）、ホロロギウム（時計）。修道士トリビオが修道士フリアンの夜のために選んだ七つの星の中の七つの星座もまた、自らの名前を知らなかった。しかし七つのカップルを名づけるとなると……この宮殿、この世界において七カップルを作るために、十分な男と女がいるだろうか？　二人の人間が出会うという点に関して、偶然と慣習のもつ力など、情念の意志とか意志の情念によって取り込まれた力と比べてみれば、何の意味もないのだ。したがって知性によって生み出される完璧なシンメトリーには、想像力の生み出す理想を超えることなどとうていできはしない。それどころか偶然的な不条理によって次々と侵略されて、崩壊するのが落ちである。人は完璧な存在になろうとして二者となることを求めるが、時を移さず偶発的に三者となって現れるのだ。それは二元的均衡の持分を要求して、二者を破壊してしまう。というのも完全なる秩序というのは、完全なる恐怖の到来を予告するものであり、自然はそうした秩序を排除しているからである。いわば自然は成長するために、ひとつの自由の複数の無秩序をより好んでいるのである。修道士フリアンは見境のなくなった友人の年代記作家のことを思い出した。できればこの瞬間にこう言ってやりたかったのだ。

――歴史の表面だった出来事などは他の者どもに書かせておけ。戦争とか条約とか、階級闘争とか、人間を獣性に縛り付ける領土的野心とか。そなた、物語を愛するそなたなら情念の物語を書くがいい、それを読まねば、金銭や労働や権力の話など理解しえなくなるような物語をな。

黄昏

何年も経った後に、ひとり引きこもった老いぼれのセニョールは、今夜の黄昏時に、その日を最後にイネスの背中の生暖かな窪みを愛撫したことを思い出すことだろう。というのも、甘美の花園、柔らかな体の茂みに真実の愉悦といったものを見出し、それを己が手中にしていたからである。彼は美味なるくびれた胴を、豊かな腰の肉付きに変えるたわみ部分に、垂れさがった唇でキスした。そして何はともあれ、彼にとっては未知なるひとつの肉体、新参者を意識した肉体から身を離した。その時および後日に、常々自問したのは、「イネシーリャ、お前は誰なんだ？　王女かそれとも農婦か？　グスマンがわしの快楽のためにと、わしの許に連れてこられたお前は、商人や農夫か貴族の娘なのか」という疑問だった。こう自問するときでも常々、未来に向かって発射されるすばやい時の移ろいによって増したかもしれぬ、同じような熱病的苦悩を感じていたのだ。現実の記憶、起こったがゆえに真実とされるものの記憶が、過去のほうに疾駆し、最も触知しうる確実なるものが、最も茫漠とした疑わしいものへと変容していった。ユダヤ人改宗者で異端の博士、哀れな豚飼いの息子は、修道服を着ていかにもうまく出自をごまかし、自分の身元を隠し、ほとんどおくびにも出さないのだ。敬虔なる聖衣と比べてみれば、兵士の鎧兜も、皇帝のまとう白の毛皮といえども、人の目を欺くこと、そして高い資質の持ち主とされる点において並ぶ者なしといったところ。いったいわしはどんな血統を汚したというのだ？　最も高貴な血統か、それとも最も下賤の血統か？　わしはどんな青春を永遠に汚したというのだ？　ここにおるわしの人物は誰だったのか？　わしに収穫物を渡してくれる農民よりも従順なこの人物は？　わしに賛辞を呈する臣下たる、わしの石切り場で働く人夫たる、わしの病んだ肉の対象たる、わしの骨を流れる金の優しき保管人たる、わしの恥じ入る害虫どもの女後継者なのか？　いったい誰なのか？　翻って、わしは王国自体を病んだ金で覆うべく、誰に向かって女を解放せねばならぬのか？　それともわしと女とは、これからいっしょに、ひそかに鎖に繋がれて生きていく定めなのか？　わしらが二人共通の欠陥をこっそり隠していくのと同様に、わしらの愛を隠しながら？　見も知らぬイネスよ、わしは罪と知りながらそなたに対し罪を犯した、そんなことはしたくはなかったのだ、本当は。グスマンにはわしの弱さがお見通しだ。わしの意志が崩れ落ちる瞬間をな、死神がわしの周りをうろついている、わしの三十の遺体はわしよりも老衰の度合いは低い。わしは自分の死を想像しながら、グスマンにあの偽の遺書を書き取らせたのだ。グスマンはわしの死の意識を利用して、そなたをわしに提供したのだ。これほど多くの死体に取り囲まれれば、わしまでも衰弱するのだから、他の者も推して知るべしだ。そして生を肯定する誘惑に陥るだろう。たとえそうすることで生に毒を盛り、病を得させ、生きることを愛しつつも死ぬ準備をすることとなっても。イネス、そなたが一時的な生命としてわしに提供されたのはな、亡霊たるわしに対して、自分が害毒を振りまかず、肉体抜きで何事もなく処女を愛することができることを信じさせようとしてなのだ。イネス、そなたを手に入れたとき、わしは肉体の震撼よりも精神のおののきを感じた。イネス、想像するがいい、そなたがベッドに横たわっていたのは、ひとえに今こうして体を横たえるように、いつの日か墓穴に横たわるのだということを知るためなのだ、そなたは一度も目を閉じることはなかったが、目を開けたまま愛するというのは、すでに片足を棺桶に突っ込んでいるようなものだ。薔薇の木の背後に待ち伏せしている小さな死、幼い死、召使の死を予見させるものなのだ。そなたがため息をつくことはなかった。わしらがいっしょにいた間、そなたはずっと目を見開いたまま、わしのほうを見ておった。しかし、そなたは自らの肉体の抑えようのない熱を望んだわけではなかった、そなたの肉体はすべてを知りたい、すべてを見たい、そして享楽のためではなく、ひとえに知りたいという目的で、わしに身を委ねるという冷徹な意志をもっているにもかかわらず、かっかと火照っているのだ……。

セニョールはベッドから起き上がると、時間が通常に流れていることの何らかのしるしを見たり聞いたり、感じたりしようと努めた。彼は黒っぽい緑色のマントに身を包んだ。しかし透徹した貪欲な目に唯一入ってきたのは、尋常ならざることを裏書する数々のものであった。たとえば寝室の蠟燭が小さくなる代わりに、形を大きくしていく様であった。また砂時計は下の部分に黄色い砂がたまっていく代わりに、上の部分に細かい砂が満ちてきた。彼が長い情事の営みのさなかに、喉の渇きを癒すべく飲み干した水差しに目をやると、再び水がいっぱい入っていた。彼は自分のことを、受け入れることと退けることを同時に願うような、不可思議な出来事を貪欲に追い求める人間なのだと考えた。またこうした気質のせいで、不可思議なものにあらゆる利点を認めるようになり、不可思議が呼び出される際には、世を睥睨《へいげい》し、人を打ち負かせるのだが、それというのも、不可思議そのものが意志に反して呼び出されたからである。不可思議を否定するときに隆盛をみるのが魔術である。

彼はある朝、それを携えて未完成の三十三階段を上っていったことのある手鏡を手に取った。かつてこの同じ手鏡に向かって、オルヴィエートから持ってきた絵画の人物たちに尋ねたこともあった。今彼がその鏡の中に見ようとしていたのは、こうしたことを考えている男自身の姿であった。あたかも鏡が、思っていることを映し出すことができるかのように。すると狂気の突風が彼の顔を吹き抜けた。鏡はあの不吉な朝、礼拝堂の石畳の上に落ちて粉々に割れたのではなかったか？　あの朝と最初の遺書を書き取らせた日の間に、どのようにして、いつ、どういう理由で砕けた部分が再生したのだろう？　ちりぢりになった破片にしてみれば、死体となって腐敗し、手足をもがれ、粉を振りかけられた物体と化して、青年から老人へと怪物的に姿を変えるのではなく、むしろひとつになりたい一心で、セニョールを思う以上に、すべすべの水銀面につよい恋心を抱いて、ひとりでに再生したということなのか？　もしそうした怪物的な変容を見ることになるならば、新たに獣の精液と雌狼の卵子を合体させ、再生の出産をもたらすような、再結集した敵対物質によってひとつにまとまることとなる。これこそ新たに糧を得て、成長し、殺し、死んでいく、霊魂ならざる永劫回帰の不滅の物質なのだ。

彼は寝室の扉までよろけながら歩いていった。そして礼拝堂との仕切りにあるタペストリーをどけて、地上につながる階段のほうを見た。彼は激昂し憤慨してこう自問した。「どうしてあの階段は完成していなかったのだ？　どうしてあの三十の遺体をあそこから降ろせなかったのだ？　階段は完成していなかったし、おそらく三十しか階段はなかったからかもしれない。工事が終了した段階では、三十三段あったというのに」。

——こういったやり方で統治する奴など呪われてしまえ。もし熱き幻想、冷えた明察を希うために払うような、そんな身をすり減らすような大変な努力でもって、権勢を振るうというのでなければ、そんな奴は何もかも失ってしまえばいいのだ。誰だって身を粉にして頑張るものだ。

またイネスは北アフリカ海岸のイチジクのように、丸く棘のついた頭を軽く動かしながら、ベッドからセニョールの所作を見守っていた。彼女はセニョールが行っている自問の意味や、タペストリーの前に立ち止まりつつ、鏡を見ながら、失意した人間のように不確かな足取りで、寝室の周りを歩いているのはなぜだろうと推し量ろうとした。彼は猛禽のごとく丸坊主に頭を剃っていたイネスが、興味深そうに自分のほうを見ているのに気づいた。彼は抑えがたい愛情を咄嗟に感じてどぎまぎしたが、それはこの僧院における行動のあまりの罪深さを引き立たせる、彼女の純真さのせいであった。この僧院では砕け散った鏡がひとりでに破片を集めて元通りになったのである。階段はその工事が終る段階になると、永遠に未完成のままになった。蠟燭は燃え尽きる段階になるや、再び大きさを取り戻し、水は飲もうとするや嵩を増し、時間は過ぎ去ろうとするや元に戻ってしまった。セニョールは自分の肉体と魂が分離するかのように感じた。その二つを分離する斧は気の狂った時間そのものであった。肉体が属していたのは、こうして分離された時間のどの部分であったろう？　また魂の属した時間は？　魂の属した時間とは、あまりにも多くの証拠を伴って、すべての頂点、運命的起源たる過去のほうに後ずさりしていった、そういう時間なのである。そうした時間を予告したのは、いわゆる狂女とされる彼の母親であった。彼女は本当のところ、同時にセニョールの祖父の父親かもしれない父親〔実際のフェリペの曽祖父はフェルナンド五世カトリック王に当たる〕の息子といっしょに、ここにやってきたかったのだ。肉体の属した時間といえば、何はともあれ、セニョールが寝室を歩き回っていたり、イネスがゆっくりと何かを問いただそうとして頭を動かしている状況の中で、彼が執拗に先のほうに投影しようとしていた時間のことではないのか？

――鳴らない時計ってものがあるのか。

とセニョールはつぶやいた。

その時、セニョールの考えていることをじっと推察していたイネスは、そうするための目処として、蠟燭や砂時計、水差しなどを前にしたときの、館の主人の控えめな好奇心くらいしか感じなかったが、水差しを手に取り、しばらくそれを眺めるとその中身を、乱れて汚れたベッドの上にぶちまけた。

――何てことをするんだ。

女修練者の行動を見たセニョールは、突如、女が狂気の発作にとらわれたのではないかと感じて、そう叫んだ。

――シーツをきれいにするのよ、だって血で汚くなっているでしょう、セニョール？

しかし、イネスは相手が返事をしないので、こう独り言を言った、天水槽のように心臓はすぐに空になる、またいっぱいにするには一滴ずつ注ぐしかない。イネスの感じていたのは自分が空になってしまったということ、空になってやり込められてしまったということ、やり込められたあげく変身させられたということだった。彼女の感じた喜び、好奇心、アンダルシーア女〔ホセ・ソリーリャの『ドン・フアン・テノリオ』に出てくるイネスはカラトラバ修道会に属すセビーリャ女性〕の神経質的な純朴さ、そうしたものは遠い昔のことだった。ほんの昨日、修道女のアングスティアスといっしょに、戦慄と笑いのなかで労働者たちの体を眺めていたというのに。やっと分かったのは、自分の体が再び満たされるにはかなりの時間を待たねばならないということだった。イネスは体こそいっぱいになった気がしたものの、心は満たされず、気が触れて心が消耗し、自由を奪われ、好奇心も喜びもないように感じた。彼女は別人になっていた。私という存在は別人のものだった。

――セニョール、もう戻らねば……。

――どこに、イネス？

――私にお聞きにならないで。あのグスマンに私を探すよう命じられませんように。セニョール、私は再び体が満たされた時点で帰ります、どうしても。

――わしは望めばいつでもお前を探させることができるぞ、お前に命じることだってな、でもお前にはできまい……。

――できませんわ、でも私は自分の来たい時に来ますし、来るつもりです。無理強いすることなどできません。そんなことをすれば恐ろしい罪を犯すことになります。

セニョールはベッドのそばにひざまずき、何度もイネスの手にキスをした。イネス、そなたは時間がわしの許に戻ってくることを証しする無垢の証人だ。オリーブの実のような黒い瞳と白百合の肌をした、若く美しく、優しく柔和で温かなイネスよ、青春は蘇った。わしらは一日中いっしょに過ごした、わしの砂時計の半分が満たされる時間を、大きな蠟燭が燃え尽きるまでに時間を、いっぱいに満ちた水甕を飲み干すまでの時間を。そなたはわしの寝室に黄昏とともに入ってきた。そして黄昏とともに立ち去る。イネシーリャ、お前は何歳になる？　十八か、二十歳か？　どうしてもっと前、十年か十五年くらい前に生まれなかったのだ？　もし早く生まれていれば、わしもまだ若くて、ちょうどいい頃合いに出会っていたかもしれぬ、お前もわしも両方、若かったはずだからな、イネス。すべてを投げ出して、こんな場所から逃げ出していたかもしれぬ。わしはそなたといっしょに、いい頃合いに譲位していたはずじゃ。犯罪と遺産によって相も変らぬ問題が引き起こされる前に、老人ペドロの船に乗船していたかもしれぬ。そうすればいっしょに新天地を見つけたかもしれぬぞ。でも今となっては後の祭りじゃ。わしはどうして自分が永らえておるのか分からぬ。おそらく最後の最後に、自分の運命が取り返しのつかないものではない、ということを証明できるのでは、というはかない希望があったからじゃろう。最後になれば、わしとて老人ペドロとその仲間たち、セレスティーナ、ルドビーコ、シモン修道士などといっしょに逃げるのではなく、ああ、何たることか、そうではなく、連中に対してずばり、お前たちは夢をみることしかできないのだ、と言ってやる決断をしようと思えばできないことはないのだ。父に対しても、わしに統治能力があったことを証明してみせよう。ああ、でももはや遅きに失した。なぜといって終わりはまだ到来していないからだ。何と時間がかかることよ。イネス、時間は最後になってはじめて存在するのだ、そのときわしは老いぼれになっており、そなたは全く別人になっていよう。今のような若いお前の姿はまやかしや冗談で、土地と労働と体面を所有する人間は時間も所有し、思うがまま時間を取り戻すことができ、再び青年となり、死を恐れず、他者に対し死ではなく、わが生を与えることができることを、単にわしに信じ込ませようとするだけのものにすぎぬ。でもな、イネスよ、当面そんなことはありえぬ、ありえないのだ。救いなどは存在しない。なぜならば、時間というものは前に進む代わりに、そしてあの未完成の階段を上った際に鏡に見て取った死神を見せつける代わりに、過去のほうに動き出すからだ。そうなるとわしは自分の死ではなく、自分の誕生を恐れねばなるまい。そうなるとわしの誕生はわしの死ということになる。さし当たって今のところ救済などは存在しない。唯一あるのは、時間だけだ、いいかイネス、人が生きているかぎり、時間は二人の人間にとって決して同一ではありえない。というのは、いかなる人物であれ、人が生まれるのは、他の男女が生まれる時間と、正確に同一の時間ではありえないからだ。だからわしはひとりあるのみ。ひとりぼっちだ。人間の時間が他の者たちの時間と完全に一致することはほとんどない。年月のみならず、わしらの生命のもつ度外れた独自のリズムによって、わしらは別々の存在となるのじゃ、可愛く、愛しいイネシーリャ。生きるというのは別々の存在になるということだが、唯一、死だけが同一のものなのだよ。死ぬときだけわしらはひとつになるのじゃ。もしこのことまで不確かだとすれば、そして死もまた別々のものだとしたら、わしらの罪と苦しみは尽きることがなくなってしまうだろうが。ごめん、ごめん、イネス、もう一度言うけれど、ごめん。素敵なお嬢さん、わしの罪を許しておくれ。できることなら許しておくれ、そなたに対しては本当に悪いことをした。わしはお前に罪を犯した。最後にはお前の処女を奪ってしまったのだからな、だからいつも毎日のように礼拝堂の祭壇の前でうなだれながら自問していたのだ、オルヴィエートからもってきた絵に描かれた、見も知らぬとはいえ、例の特定の人物たちを前にして、許しのない罪とはいったいどんな罪だろうと。ひとつ犯しても、永遠に天国の扉が閉ざされてしまうような罪などがあるのだろうか。わしはそれが知りたかったのだ、イネス、あらゆることを想像し、あらゆることを組み合わせ、わしらの信仰の基盤そのものを悪魔のモグラのごとくに掘り下げて、信仰が認知したわしの力のよって来たる根拠や、信仰の単なる反映を掘り崩してしまいかねない、疑念の数々を自分にぶつけたのじゃ、信仰を危うくさせることで権力そのものを危ういものにしてな、わしはあらゆることをやってみた。分かるか、イネス？　異端、罵詈中傷、犯罪、残虐、病気、罪深い無関心、肯定と否定、行動と無為、すべてこうしたことを、許されざる罪とはどんなものなのかを知りたい一心でなしたのじゃ。つまり自分を試そうとしてすべてを試したということじゃ。決して許されざるものとは何なのだ？　ところがわしの罪のひとつからは救いのための義認が得られたのじゃ、よく聞くがいい、イネス、わしの声が聞こえなくとも、理解しておくれ、わしは人を殺した、しかし犯罪は権力によって正当化された。自分にはそうする権威があったからじゃ、しかし敬虔な思いがあらばこそ、権力の犯す罪は許されるのだ。わしは何時間も何日も自分をむなしゅうして神に祈った、しかし名誉、神の名誉、わしの名誉ゆえに、過剰な敬虔さゆえの罪は許されるものだ、そうした罪は傲慢ゆえの罪とすごく似通っていて、犯罪につながることがままあるのじゃ、というのも己を免罪させる敬虔さを生み出す権力に対し、それに理由づけしてくれるような犯罪を生むわけだからな。そうした理由づけこそ、今一度繰り返すが、わしらを最高潮のところに据え、名誉のうちにわしらを救ってくれるものなのじゃ。信仰というのは否定することでのみ強化されるのじゃ。なぜといえば、信仰は攻撃され疑義を呈されることで大きくなっていくのでな。生命も同様、それを否定することでもってはじめて強化されると言える、つまり死のための住処を作ろうという目的で、豊穣な土地を荒廃させ、あまつさえそこから身を養う糧を得ていた腕を、奴隷のように酷使させることによってじゃ、そうして生命というのは自らが攻撃されるとみるや、己を確固たるものにしようとする理由をごまんと見つけ出すのじゃ。この宮殿自体が死のために建設されたとなれば、生み出されたものすべてにも固有の命がないこともないだろう、これは石でできた巨大な爬虫類のごときものだから、わしをモザイクと碧玉の指輪で包み込んでくれもしよう、玄武岩の中心に脈打つ心臓があってもおかしくはあるまい、宮殿自体がそのことを感じとらせようとしているし、確固たる存在として、自前で存立しようとしておるのじゃ、建物を構想し、建設に携わった者たちの意志とは無縁にな。ところでそなた、そなたは救いようのない罪人じゃ、犯罪でも、権力でも、敬虔さでも、名誉でも、誇りでも、誹謗中傷でも、死でも、決して許されることのない罪を犯したのじゃ。自殺しても、隷従しても、祈っても、品位を高めても、嘲っても、死んでもすべて無駄というものよ。わしは人間の忌まわしい習慣にならって、顔と顔を見合わせてそなたと交わった。どんなに賢い動物でも、交わる際には互いに見つめたりはしないものだ。わしはお前を見つめながら処女を汚した、どれほどお前がそのことをよしとしたにせよ、わしは顔を見ながらお前を犯したのじゃ。

わしはそなたの前に身を投げ出し、そなたはわしの目の前におった、二人きりでな、世界で二人きりになって、慣習も理性もかなぐり捨て、そこにはそなたとわし、わしそなた、そなたわし、というわしらの関係しかなくなった。そしてわしはそなたから何物かを奪ったが、代わりにわしはそなたに何も与えられないのじゃ。わしとそなたは二人きり、顔と顔を見合わせるだけ、ただそれだけ。唯一わしにできることや、わしの恐れること、わしが与えるのを学んだことの何ひとつそなたには与えられん、死も、隷従も、犠牲も、誇りもな。ただ男と女がいっしょにあるだけ、唯一、互いに与えられるのは、己のはかなさや愉悦や不幸の世界とは異なる世界に拡大していくこともかなわぬ、男と女の間の、身を削るような、十分にして永遠の、何の役にも立たぬはかない出会いだけだ。天国と地獄の見境がなくなった上告なき審判、永遠にひとつのものとなった限りなき責め苦と限りなき愉悦。どんな魔女であれ、占星術師であれ、百姓であれ、学生であれ、わが妻であれ、わが母であれ、フリアンであれ、グスマンであれ、すべてのわしの行動についての落とし前を付けることができよう。ただし、今日わしがそなたと行ったこの行為だけは別だ、これは何ももたらさぬし、今ここにおいて、それ自体で完結し、自足しているものだからな。いわば快楽の焔の終わりなき円環なのだ。どこから来たものでもなければ、どこに行くわけでもない、とはいえ、最高の快楽、最大の価値ということだ、わしらはそれを得るために、細かな計算や熱望を抱く必要もなければ、持続した努力とか、日の当たる場所を約束するような立派な事業にかかる長い年月を求められることもない。とはいえ、そんな事業よりも価値があって無償のもの、それ自体が直接的な報いとなっているもの、これこそ愛というものなのだろう、イネス？　この行為はお前とわし以外の誰に属すものでもないよな？　わしらは善に触れようと思って、あえて悪に就いてしまった。悪を知ろうとして善に就いた。それもわしらだけでだ、お前とわし以外の何者にとってもそのことに効力はない。何人たりともわしらに要求するものなど何もない、わしら自身ですら。これが愛というものなら、また愛がかくあるものなら、そこでは天国も地獄もいっしょ、理性はあるがままで満足し、愛する者同士は互いを養い、二人の間に秘密のやりとりが生まれ、互いの魅惑に囚われ、善も悪もいっしょになるとしたら、天国の隙間や地獄の割れ目、牢獄の裂け目のいったいどこから、わしの個人的な罪、救いのない罪、そなたからわしを切り離す罪、愛を否定するすべて、つまり権力と死、名誉と死、敬虔と死に、愛を今一度結び付けることで、たっぷりある愛の動機を破綻させる罪が、忍び込んでくるというのか？　わしはそなたにわしの快楽と引き換えに災いをもたらしたが、一方、お前はわしの快楽と引き換えにそなたの快楽を与えただけだ。つまりそなたをわしの腐敗した血統のうちに取り込んでしまった、かかる同じ災いは、妻であるセニョーラに対しては拒んできた、何となれば妻がわしの従姉妹〔実際に最初の妻ポルトガルのマリア・マヌエルとは従兄妹同士であった〕であって、すでにわが血統に属していたからなのだ、そのとき、わしには求めはすれど触れることなき青春時代の愛の理想を保つという懐かしい思いと同様、子孫に劣性遺伝していくという恐怖感とがあいまっておったのじゃ。イネス、イネス、そなたはグスマンが言ったとおりの人間になるのじゃ、いいか、わしの枯れた種を受け入れる新たな土壌となるのじゃ、そなたの腹でわしの穢れた精子を洗い清めるのじゃ、さもなければ、わしの腐敗堕落がそなたの清純無垢にまさってしまうぞ、わしはそなたの内臓にばい菌を植え付けてやろう、そなたの皮膚をずたずたにしてな。わしがそなたを知る前は、そなたを愛することになるなどとは知らなかったと言ったら、許してもらえるかな、イネス？　それでは不十分か？　本当に不十分ということなのか？　愛が何ものにも似ていないからか？　愛自体においてしか愛は己を正当化しえないからか？　たとえ愛以外のすべてが愛を断罪しえたとしても、愛以外の何ものも愛を救えないからか？　かくなれば、愛は自身の天国であると同時に自身の地獄でもあって、両者の境目などなくなってしまう。しかしわしは天国を知ったことで、天国を地獄に変え、天国を地獄から切り離し、地獄にあらゆる権力を与え、天国に対してはまったく力を認めないようにしたのだ。何はともあれ、天国に情けをかけてもらい、わしを見捨てないようにとの期待をかけつつだがな、イネス、わしをほっといてくれ、イネス、わしの礼拝堂につながるそこの扉から出て行くんだ、もう戻ってきてはいかん、この寝室に二度と入ってきてはいかん、立ち去れ、いやそこにいろ、イネス……。

修道女は優しくも力をこめてセニョールの唇から手を引き離した。ベッドから起き上がると、入ってきたとき着ていた粗い毛織物を再び身にまとった。礼拝堂につながる入り口までやってくると、そこで裸足のまま、優しくも呆然としたまま、例のことばと出会ったのだ。そのことばによって彼女は頂点に立ったように感じ、身も世もなくなり何かに取り憑かれてしまった。おそらくそれは彼女のことばではなかったのだろう、彼女は単に乗り移られただけにすぎず、彼女の口を借りて語られただけであった。

――セニョール、貴方の血筋のせいで天国と地獄はいっしょくたになってしまいました。私は大地を求めているだけです。大地は貴方のものではありません。

セニョールはそのことばを繰り返さないわけにはいかなかったが、そのときそれがイネスの最後のことばであったことを知るよしもなかった。彼はすべてが終るまで繰り返していたはずである、つまり、いつになく老いて病身となっていたせいで、生きながらえていたことに戸惑いつつも、自らが死ぬことを確信しつつ、最後の光と真実を追い求めながら、礼拝堂の階段をもう一度上っていった、その最後のときまで。

篝火

――おい勢子、篝火を灯せ、そしてわしをセニョーラの寝室に連れてゆけ、とグスマンは言った、どういうわけか分からぬが、特に今晩はわしの記憶するかぎり、一番暗い夜のような気がする。ほら、はやく火を点けろ、もう篝火を灯す時間だろうが、下世話によく言うだろう、暗闇のあとには光、暴風雨のあとには静けさ、生のあとには死、誇りのあとには屈辱、忍耐のあとには報い、とな。ほれほれ、光をつけろ、勢子、どうやらわれらの時間が近づいてきたようだ、尻尾を摑みそこなわないように用心を怠るな、そう感じるのは、体の節々がそう伝えているからだ、それにわしのオオタカどもも心配そうに体をぴくぴくさせている。おい、勢子、わしの命令はきちんと守られているか？　おぬしはセニョールと修道女が寝ているすきをうまく突いたか？　砂時計をひっくり返し、水差しを満たし、燃え尽きた蠟燭を新しいのに挿げ替えたか？　わしらの行動は一切偶然にまかせず、すべて計算どおりやらねばならぬ、おぬしとわしには失うものなど何もないのだからな、もし素直に流れ出てしまう血に定めがあるとしたら、それにわしらが新たな血のもつ計算と力を対置させるとしたら、すべてを勝ち取ることができるはずだ。勢子よ、すべてが変化だ、それを見据えることのできる者、変化とうまく歩調を合わすことのできる者だけが勝者だ。変化をどうしても認めようとしない者は衰退し滅びるだけよ、それが唯一不変の法則よ、変化。おぬしの松明でわしを導いていけ、報酬はたっぷりとらせるぞ、わしがもっと高い地位に登ったら、わしの地位は誰かに継がせねばなるまい。おぬし以外にふさわしい者はおるまいに、わしによく尽くしてくれたわけだしな、おぬしは忠実そのものの従者であると同時に股肱の臣よな？　おぬしのことはよく存じておる、名前こそ知らぬが、しかしそれはおぬし自身も知らぬこと、しかしわしはおぬしを自分のことのようによく存じておる、なぜならおぬしは何でもわしの命令どおりに従う、わが右腕であり、影のごとき存在だからな、おぬしはこの宮殿のがらんとした丸天井のそばで、犬の鳴き声をまねすることにも長けておるし、わしらのセニョールが修道女と愉しんだ後へとへとになって眠っている間に、寝室にある空っぽの水差しをいっぱいに満たすこともできる。おぬしのことはよくわきまえておる、今後は次の試練をおぬしに授けよう、いいか、勢子よ、野心家となれ、自分なりにわしに取って代わるようになれ。それこそおぬしのわしに対する忠誠の見せ所だ。はかりごとをせよ、計算せよ、見せかけよ、わしに仕えるときは腹を立てて反対しろ、もしそうしないのなら、おぬしには決して名をやらぬと思え、おぬしはセニョールという名の、どうでもいい最低の名の一部にすぎなくなるだけだ。セニョールは自分の名をもっているが、それは受け継いだだけで自分で手に入れたのではない。おぬしとわしはな、勢子よ、人が名を自らの手で勝ち得るものだということを示してやろうぞ。そうやって手に入れた者たちだけが主君となるのであって、相続して得た者たちではないということをな。わしも名などもってはいなかった、しかし譲り受けたものではなく、勝ち取ったのだ、今ではグスマンは名をもっている、とはいえ思っていたほど偉大な名ではないし、いつの日か得るべき名ほど偉大でもない。勢子よ、ならばおぬしは同時にわしの右腕かつ敵になるがいい、なぜといえば、わしの敵であればこそわしの味方となりうるからだ。それがいい、わしは男同士の命にかけてそれを求める。わしの敵となれ、名なしの勢子よ、かかる忠誠心を拒むことなかれ、野心を発揮しておぬしの洗礼をつかみとれ。卑しい両親から忌まわしいときに与えられたおぬしの名など世の中から忘れ去られてしまっているぞ、おぬしの本当の名は、唯一人間の歴史によって与えられるだけだ。もしおぬしがそこに与えることができ、卓越した才能を示せば、そこにおぬしの人格という足跡を残すことができるのだ。わしに対して戦うがいい、勢子よ、おぬしもわしもそのことをよくわきまえておるのだからな。もしおぬしがそうしないなら、おぬしのせいで、わしは危険な橋も渡らずに、身を守る機会もないくせに、身を守ることに汲々として生きていくように、運命づけられることとなろう、そしてわしの爪は、止まり木の上に止まったままじっとしている老オオタカのごとく、ひびが入って割れてしまうだろう。

グスマンは篝火に導かれ、セニョーラの寝室の扉の前で立ち止まった。篝火を手に勢子に外で待っているように言うと、ノックもせずに部屋に入り、後ろ手で扉を閉めた。セニョーラはフアンという名の青年に体を預けて眠っていた。眠りながらも微笑んで、大きな声を上げて語っていた。これは私の体よ、この体は私のもの。このカップルが大切にしているのは夜の休息だけだと、グスマンはひとりごちた。おそらくセニョールと修道女は別々に分かれて、各々のやりかたで寒い不寝番をしているのだろう。彼はイネスの裸足の足やフェリペの素手、近くにある回廊や寝室の冷たい石のことを思い描いた。このカップルだけはセニョーラが青年の体の上に裸で横たわり、一体となって眠っていた。

——まるで夢のなかですら男を自分のものにしているようだな、とグスマンは妬ましさまじりに、憂鬱げにつぶやいた。

グスマンの低いつぶやき声と執拗な視線を受けて、セニョーラはとっさに目を覚ました。グスマンの姿を目にするとシーツで乳房を覆った。金髪の青年は眠っているふりをしていた。彼女は驚いて腹立たしげに口を開いたが、話す暇はなかった。グスマンは次のどちらかを選ぶように言った、つまり何も恐れるものはなく、非難されることもしていないことを示すべく、堂々とドアに鍵もかけずにおくか、それとも姦通する際に、お城住まいの賢明な人妻ならだれでもするように、ドアに閂をかけておくとかする、といった選択である。

——そんなに憎々しげに私のほうを見ないでください、セニョーラ。

セニョーラは青年の頭部をシーツで覆った。

——そなたの用件を先にすませましょう、グスマン。

——たしかに、喫緊の用ですから、ぐずぐずできませんし、形式ばったことも遠慮いたします。

そしてセニョーラにこう語った、あの勢子頭が主人夫妻の寝室やら外の居酒屋など、あちらこちら監視し、聞き耳を立てています、グスマン自身はそれをよしとはしないが、もし王ご夫妻が何もせず、それにあえて目を塞ぎ、聴こうとされないのなら、臣下たるグスマンが忠誠心を発揮して、国王ご夫妻になり代わって目となり耳となりましょう。見たり聞いたりはよしとしよう、しかし行動することはまかりならん。われら国王夫妻にふさわしい忠誠心の第二段階は、自分たち夫妻にしっかり情報を伝え、神から与えられた権利として得た権威をもって振る舞えるようにすることだ。

——セニョーラ、わたしたちは自分たちだけで在るわけではありません、自分たちだけの存在でもありません。

グスマンはシーツの下で眠っている人物の姿かたちを見ると微笑んだ。今日の午後、この連中のうちの三番目の青年が山から平野に下りてきました。彼は他の二人と同一の人物です。まさに貴女がここに匿っておられる人物で、セニョールのドン・フェリペの母君であられるセニョーラの義母様が、土牢に住まわせておいでの方です。三人とも同一人物でして、背中に盛り上がった肉の赤い十字を背負っているところまでいっしょです。足が奇形でおかしなかたちをしているところも共通しています。三者の手足の爪を合計すると六十六あります。同一人物です。唯一違うのは、いっしょにいる者たちが異なっているだけです。私には耳も目もあります。ひとりは鍛冶場に、もうひとりは土牢に、三番目は貴女様の寝室におります。うちのひとりはセレスティーナという名の、少なくとも宮殿の老いた鍛冶職人がそう呼んでいましたが、どうやら愛人らしい女のほうを怪訝そうに見ています。もうひとりは、馬鹿さ加減の中に恐怖心をちらちら覗かせて、あまり好ましくない仲間の狂女と小人のバルバリーカのほうを眺めています。ここにいる男といえば、いつまでも眠っているんですか、セニョーラ？　貴女様はこの男に愛されているのですか、それとも嫌われているのですか？　セニョーラ、どっちなんでしょう？

——私の愛人よ。

とイサベルはおどおどしつつも、見下すように言った。フアンという名の青年はシーツの下で眠っているふりをしていたが、口にこそ出さずとも同じことばを繰り返した。そしてじっと黙ってグスマンの話の続きに耳を傾けた。——確かに、セニョーラ、あの日の午後、岬海岸で狩をしている最中のセニョールの目を欺いて、難破者を引き揚げたことで、私たちはとんでもないことをしでかしたと思ったのですが、そのことはさらに度合いを増したのです、と再びグスマンは笑いながら言った。——このことで自分は他人の成り代わりだという、まともな感覚が狂ってしまいました。なぜ三人なんですか？　どうしてまた十字架なんです？　何でまた足に六本ずつ指がついているんです？　それより何より、どうして世界がこれほど広く、よそよそしい存在なのに、三人がここにいるんです？　こういった当て推量に答える暇はありません。魔術に答えようというのなら、私にはまともな根拠などありません、行動なら有り余るほどありますけど。今は果敢に行動するべきときです、セニョーラ、不確かな運命の力を確実に結びつける意志をもって。貴女様と私で先手を打ちましょう、セニョーラ。もし物事をやみくもに起きるがままにしておいたら、運命が私たちに対してどう出るか分かりません、きっと良いことはありません。亡霊のごとく無から出現した三人の若者が、出逢ったことの不条理を考えてもみてください。また狂気の老女や、淫乱そのものの侏儒、鼓手、自分を女っぽい名前で呼ばせ、野郎どもから口づけや愛撫をされるがままのオカマの小姓などを想像してみてくださいな。また私の耳にまで達しているが、暴動を起こすようなことを言っている不穏な連中たちのこと、そしてイエス・キリストと結婚し、貞節を誓って、ここで閉じこもって暮らしている修道女たちとの罪深い秘め事と、敬虔なる神の儀式をないまぜにして行っている老いぼれのセニョールのことも。私たち、貴女様と私はここで調理される、こんなごった煮をどうして口にできましょうか？　奥方様、非難がましくそんな目で私を見ないでください、貴女様を思えばこそ申し上げているのですから。でも貴女様は私がうそをついているお考えのようですね。ご亭主のお体をご存知でしょう？　もはや生気などありません。私は本当のことを申し上げているのですが、実はそういう萎えた精力を取り戻させる人物がいたんです。若く美しいセビーリャの修道女を、こんな薄暗い僧院に閉じ込めて、暗闇の聖務を果たすよう仕向けておくことなんて容易なことではありません。独居房の格子をすり抜ける風のごとく逃げ出して、売春婦の仕事でも探し出し、禁断の悦楽の力をかりてそれを全うするのが落ちというものです。ですから、この宮殿における悦楽というのは、貴女様だけの特権などではなく、旦那様もまた抜け目のないセビーリャ娘と享受しているのでございます。もちろん貞節の誓いなどもう一度誓いなおせばすむことを知らぬはずはありません。それに引き換え、わがセニョーラの罪を洗い清めてくれるのは誰でしょう？　私は本当のことを申し上げているんです、まあそれはどうでもいいでしょう、重要なのは、セニョールがもみ殻のいっぱい詰まった抽斗に鎖帷子をしまってあるということなんです。実際にセニョールは、神の命令以上にご先祖様を王位につけるきっかけとなった戦争ごとは、お好きではなくなったのです。主君たるセニョールは気が変になられました。時というものが自分に有利に働き、前に進んでいく代わりに後退していると確信されているのです。そんなところからご自分が死ぬことより、生まれることのほうを恐れていらっしゃいます。しかし何はさておき、死ぬことを恐れておられますが、それは時間の鏡のなかに約束された地獄も天国も見たことがないからなんです。見て取ったのは、地上における永遠性のおぞましいほどの変容ぶりだけでした。つまり人間は動物に、動物は人間に変身してしまったことです。それはともかく、地上を恐れているがゆえに、そこに暮らすことは正しいことではないのです。びっくりなさらないでください、セニョーラ、私は何も罪を犯すように言っているわけではないのです、犯罪は不要です。ある日セニョールは永眠したかと思うような深い眠りを経験しました。私は短刀をふりかざしてその周りをうろつきました。その瞬間にあやめることもできたのですが、思い直して振り下ろすことをやめました。セニョールはすでに死んでいたからです。唯一セニョールにとって必要だったのは、自分が死んでいることを自覚し、わが身を葬ることでした。セニョーラ、こんなどうしようもない主君の後を襲う者などどこにいましょう？　襲うのは母君たる王妃の狂気がこしらえた馬鹿者ですか？　そこで貴女様のそばに横たわる身じろぎしない愛人ですか？　それとも目的や理屈、美点など何ひとつわれわれには分からない、第三の簒奪者でしょうか？　誰でしょう？

セニョーラは沈黙を破って言った。

――それがどうかしたの？　グスマン？

セニョーラはもう一度、グスマンと繰り返すと、

――そうよ、グスマンとセニョーラ、そなたと私がいっしょに襲うのよ、私は意志を、そなたは血を、両者とも運命をね。

グスマンは熱っぽい調子でことばを途切らすことなく続けた。

――この宮殿は秩序の名において建造されました。しかしセニョーラ、今ではあらゆるところで無秩序な連中どもに脅かされています。

グスマンはセニョーラがファンという名の若者に抱かれて眠っている際に、不意を突いて目にした、彼女の裸のすがたを思い浮かべようとした。

――貴女と私とで無秩序を逆手にとってしまいましょう、無秩序のなかで身を滅ぼすこともないでしょう？

グスマンは、若者が熱情をこめて腕をセニョーラの腰に巻き、乳房を愛撫しようとはやっている姿をみるにつけ、彼の性衝動を押さえつけるのは困難に思えた。ファンという名の若者はシーツの下で、抑制しつつも抑えきれない高まりを感じていた。それはことば抜きの挑戦とでもいったもので、彼はすでに女をものにしていたとはいえ、ファン自身は、自分だけが女を本当にものにしていたかどうか分からなかった。

――セニョーラ、例の三人の若者たちは私らを騙しているんです。私は偶然なんて信じません、連中はぐるになって、陰謀をたくらんでいるんです。猫がネズミどもを隠れ家から誘い出そうとするように、眠った振りをするのといっしょです。ファン某はこう考えたのです、このベッドの枕の下でひょっこり顔を出したネズミ、私とい

っしょにセニョーラの夢と愛を共有したネズミ、彼女の責め苦たる昔の王宮から、彼女の愉悦たる新たな宮殿の寝室へと、彼女といっしょに旅をしてきたネズミ——本当はグスマン自身が、白肌のセニョーラの暗いネズミ穴に入りたかったのかもしれないが、代わりにセニョーラの秘所に入り込んだネズミ……セニョーラとフアンを前にして立っている恐怖で震える、激して傲慢なグスマン、フアンのほうは静かにまどろみ、ベッドの彼女の傍らで言いなりになっている一方、セニョーラはいかにも病身で、柔和にして刺激的、不幸を絵に描いたような女性で、白く透き通るようなもち肌と、グスマンが黙って最初にこの寝室に入ったとき目にした黒々とした男の体毛が、おどろくほどのコントラストとなっている。彼らは互いに見知ることなく、三人そろっていっしょに考え、欲求を抱いたのである。

——これら三人の見知らぬ者たちの見せかけの無秩序に惑わされてはなりません、決して、むしろ私こそ貴女様の秘所をまさぐらせてください、セニョーラ、私の固い銀の弓矢を貴女様の深く黒々とした、最後にして見失われしもの、乳と血と羊と蜜蜂のあふれる貴女様のカーネーションの甘美さの中にぶち込ませてください。

私がそうするように、フアンは思った、私がそうするように。グスマンの言葉にならぬ、満たされぬ欲望の恐るべき震動が、隠れた青年の白い影のところまで伝わってきた。——私たちを脅かしている本当の無秩序を、この建物で働く人夫たちの不満を逆手にとって利用しましょう、彼らに翼を与え、私たちの仕事をやらせましょう、人民の法と正義の名のもので叛乱を企てているように見せかけましょう。彼らに権力を握らせ、どうしようもなくなって権力を手放すように仕向けましょう、そうすれば貴女と私は男と女がいっしょになってなしうる、あらゆることができましょう。——それが私のなすこと、彼らがなすこと、とフアンはシーツの下でつぶやいた、彼は自分が巣のなかにいるネズミのように身を隠しているように感じた、あたかもこの寝室の白い砂のなかにセニョーラによって埋められたマンドラゴラの根のごとく。彼はグスマンに向かってこう叫びたかった、セニョーラが欲しけりゃやるよ、どうしてじっとしてるんだ？　どうして自分のやりたいようにやらないんだ？　どうして話はしても行動しないんだ、グスマン？　私がいるせいで体が動かないのか？　認めたくはないだろうが、私に恐れをなしているというわけか？　哀れなグスマン、私はせいぜい一匹のネズミ、命のない根、海の孤児よ、私を殺したいか、グスマン？

セニョーラはあたかもフアンの声なき問いかけを聞いていたかのように尋ねた。

――私の恋人は？

――すぐにでも……。

――そなたとわたしがいっしょになるためには、彼をどうしたらいいの、グスマン？

――セニョーラ、夜に……。

――彼なくして生きるために、そなたは私をどうするおつもり？

――ここに匕首《あいくち》が……。

――私のことをご存じないと見えるわね、グスマン？ 私のことを少しは知っているの？

――私はセニョーラに手をお貸しました、われらの主人をぺてんにかけ、海岸まで行かせてこの難破者を連れて来させたではありませんか？

――たしかに、それで私の信頼を勝ち得たわけよね、でもグスマン、今そなたは信頼を失うことになるわ、それに代わりに得るものなど何もないでしょう。

――私は悦楽をともにしてセニョーラにお仕えしました、今は義務を果たすことでお仕えしたいと存じます。それがすべてです。

――そなたは私から喜びを奪おうとするおつもりかい？ 私が多くの努力と狡知をはらってこの地にやっと建設しえた、この小さな悦楽の世界を？

――あの三人の若者は当然死ぬべきです……。

――それが誰なのかお分かりかい？

――後で調べてみましょう、とりあえず言えるのは、連中は私たちを脅かす神秘だということです。どうしても分からないことは、抹殺してしまいましょう。

――もう一度言います、そなたは私が誰かお分かり？

――貴女様と私は、セニョーラ、意志と血では……。

――権力なのでは、グスマン？ 私にとって一番関心があるのは、一日中姦淫することよ、哀れなグスマン。

――私はれっきとした男です、セニョーラ。

――ねえ、お聞き、グスマン、私は跡継ぎがほしいのよ。

――セニョーラ、私は、私は男です……。

――私はこの青年の子を宿しているのです。

――それでは悲しい跡継ぎしかできませんよ、青年の無気力はセニョールのそれとそっくりですから。快楽や病気などの受身的姿勢で、これらの王国を統治することなんてできっこないのでは？

――若いお父さんと同様の美形となるでしょう。私が息子とともに統治することとします、グスマン、愛人と私たちの息子ともどもよ、グスマン。私の輝かしい計画によって、そなたの情けない渇欲を追いはらってやるから、見ててごらんなさい。

――セニョーラ、私は貴女様にとってかけがえのない存在となりましょう、なぜと申して、鷹狩とか狩猟、戦争、群集支配などの実践的仕事はご存じないでしょうから。楽しみごとや美しいものだけで統治しようとしてもそれはかないません。私めが必要とされるはずです、私が望んでいるとおりでないとしたら、さっさとお暇します。

――そなたのような者たちはわんさといますよ。

――ならば探し出してみたらいかがです？ 私に取って代れる人間がいればお慰みです。この宮殿には私に対して恩義をもたねば恐れも抱かぬ、言うことも聞かねば、わきまえもなく頼りにしない者などいやしません。

――誰が住むことになるのです？

――セニョーラのおっしゃることが……。

――この宮殿には誰が住むことになるのかってことですわ。

――貴女様と私です、セニョーラ、私は男です、どうかそのことを証明させてください。

――愚か者！ まだ何もわかっていないのね。私の夫しかここには住めないのよ。他の者たちはみな一時的な逗留者にすぎないの、私たちはみな不法滞在者ということよ、そなたと私、それに私と、そなたの言うここで権力を揮うすべての者たち、そして建物自体が、夫であるセニョールがいなければ、砂上の楼閣のごとく崩れ落ちてしまうでしょうよ。愚か者、これは夫の宮殿なのよ、夫の抱いた深遠な道理、深い必要性から生まれたものですから、この宮殿は戦争、権力、信仰、生、死、愛の生起する場所に建てられているのよ。これは彼のもの。彼のなかにおいてすべてに取って代わるもの。彼にとってすべてに取って代わるもの。永遠の住処。そのために建造したの、ここで死んだ状態で永遠に生きるため、生きたまま永遠に死ぬために。どちらも同じこと。可哀想なグスマン、もし夫が唯一見ることのできるものが、石に人を押し込めるような石造のこの宮殿だとしたら、どのようにして天国や地獄を見ることになるのでしょう？

震える石。フアンという名の若者は、顔と手に冷たい汗がにじみ出てくるのを感じた。彼は愛の囚人となることは受け入れても、石の囚人となることは拒んだ。それはこうした篝火を灯す時間における彼なりの単純な理屈であった。愛の牢獄においては愛そのものとなるべし。石の牢獄においては、石像となるべし。最後の理屈をはねつけるのは、それが窮屈な議論をはねつけるのといっしょだからである。グスマン、もう話すな、グスマン、行動せよ、もし今行動しないなら、行動することは一切できなくなるぞ、お前の受身の態度は、いつも見下すように言い募っている態度と変わりがなくなるぞ。いつもセニョールのこととしているけれど、自分の優柔不断さではないか。グスマン、セニョーラを腕に抱け、キスしろ、そしてわれわれのベッドに入ってこい、グスマン。しかしグスマンは再びこう言うだけだった。

——セニョーラ、貴女様と私、グスマンと奥様、貴女様と私、ともにいっしょに……。

——だめよ、不幸者、だめよ、作男、だめよ、人足。私は偉大な人なら、快楽といっしょなら、セニョールと私、私と恋人とならいいわ、でもセニョーラが卑しいならず者、悪臭の漂う町のかすのような奴といっしょというのは絶対、御免蒙るわよ。

——私に聞き捨てならぬ酷なことはおっしゃらないでください。

——召使どものいる地下室に行って、黒人の馬丁どもを呼んでいらっしゃい。そなたと寝るぐらいなら馬丁どもと寝るほうがずっとましよ、さもなければ工事現場の人夫とね、厨房とか馬小屋とか屋根裏にでも行って、ごろつきやラバ追いどもとつるんでいなさい。あっちに行って、グスマン、さっさと自分の居場所に行ってよ、この ろくでなし。さもないと、黒人やラバ追い、下働きの連中を呼んで、皆にどやしてもらうわよ。そうするのが一番ふさわしいんだから、それに……。

女は自分の縄張りを張るかのようにベッドを這っていき、グスマンの広げた手のところまで来ると、懇願して開いた彼の手のひらに唾を吐きかけた。

——私は偉大な人とならいいわよ、グスマン、でもそなたなどもってのほか、野心とか策略ぐらいしか知らないそなたなどと誰が？　恋人とか夫ならいいけれど、そなたと私などとんでもないわ。

グスマンは皮ズボンの上で両手をぬぐった。若いファンは懇願した、さあグスマン、ことばや怒り、涙、女の武器によって負かされることのないように、さあグスマン……。

――そなたの狡賢さってそんな程度だったの？　どうしてそなたはあえて私に打ち明けようなどとしたの？　私はそなたを告発することもできるし、まさに今夜、夫に頼んでそなたを拷問にかけ、首を刎ねさせることだってできるのよ、こそ泥の不幸者、最低の召使……。

さあグスマン、ぐずぐずするな、私はシーツの下で息が詰まりそうだ、汗のせいでシーツが濡れているので、それで息ができなくなって窒息して死んでしまいそうだ、助けてくれ、グスマン、行動するんだ、力づくでものにしてしまえ、さもないとお前は自分自身を失ってしまうぞ、お願いだ、グスマン、自分を救うつもりで私を助けてくれ、暴力を存分に振るうがいい、グスマン、さもないと彼女はお前の血のなかで毒素と化してしまうぞ、そして万人の命に対して、ひとりの女の体に対してなしえなかったことをする羽目になるんだ。さあグスマン、女にかかれ、叫び声をあげたら唇で覆ってしまえ、話すことはない、話させることもない、言うことを聞かせるんだ、さもないとお前と私の二人を支配するようになる、私の子を孕むどころか、この偽りの新床で巣を作っているネズミの仔を孕むような、あの胎をお前の汚らわしい性交で汚してやれ、グスマン、お前のために、私のために、グスマンよ……。

――セニョーラは忘れておられます、剣は両刃だということを。

フアンはうめくように言った。目を閉じると、ベッドの黒い墓所はさらに黒くなった。

――夫はすべてを耐え忍んでいるのよ。私に触れないときだけ私を求める気になるの。夫がそう言ったわ。私に触れることができないのは、自分が腐敗しているからだと。だからすべてを耐え忍ぶしかなすすべがないのよ。それこそ私がもつわずかといえども確かな力なの。夫はすべてを耐え忍んでいるわ。

――なぜといって、誰もそのことを彼に言わなかったからだよ、それ以外にも理由はある。誰一人そのことを彼に書き記さなかったからなんだ。彼は密かに知っていただけだ、セニョールの権威の源は沈黙などではなくて、宣言、勅令、書かれた法律、法令、法規、文書といった類だ。彼は紙の世界に生きている。だから、行動によって書かれていない法律しか知らないわれわれは、彼に打ち勝つことができるのだ。

石のようなフアン、不動のフアン、彫像のフアン。私はことばによって打ち負かされた、と若き難破者はだまってつぶやいた、グスマンよ、そなたのことばが私の運命を封印したのだ。

——夫にはそなたが決して手にしえないもの、名誉というものがあるのです。

——寝取られ男の名誉ですか、セニョーラ？

——そのとおり、グスマン、もっと続けなさい、言いたいだけ言うがいい、最後にはしっかり落とし前をつけさせてもらいますからね。

——貴女様はすでに落とし前をつけたじゃありませんか、セニョーラ、もっと悪いことなどしようにもできないはずでしょう？

——召使のくせして、どうやって落とし前をつけようっていうつもりなの？

フアン、そなたはこの男とこの女が海岸でそなたを拾ってきたあの日、名前と素性、鏡と顔を求めはしなかったか？　そして今、考え、自問しているのか、フアン？シーツを屍衣のごとくひっかぶり、冷たい手をして目を閉じながらも、頭だけは熱を帯びたまま。手にも目にも頭にも、過去の記憶と未来の予感がいっしょになって脈打っている。快楽と名誉、名誉と快楽。そなたは長い夢から覚めてこの地上に再生した際には、地上で目にする最初のものになるだろうと言った。そしてそなたは目覚めた。そなたは知った。そして今そなたはベッドの中身をかじっているネズミの音を聞いている。

——セニョールにとって、名誉と紙とはいつも歩調を合わせています。書かれたもの以上に名誉を裏書するものは存在しないのです。ところがわれわれにとって、つまり貴女様がひどく見下されているあの手の人間にとって、そうした配慮は何の価値もありません。紙も名誉も何の意味もないのです、生き残ることがすべてです。

セニョーラは笑った。

——ずいぶん臆病を高く持ち上げたものね。

——セニョールはそのことをわきまえていて、すべてを耐え忍んでおられます（グスマンよ、己の役回りを演じよ、なぜなら行動するチャンスは過ぎ去ったからだ、何と寒いことよ、私は地獄とはまさに冬のことだと合点がいった。今までで一番長い冬だから）、でもそこに形式ばった告発が入りこまないかぎりですが。そうなると昔ながらの生活習慣が復活し、セニョールはふたたび伝統に則った息子となってしまうのです、セニョーラ、そうなると祖父や父親から期待しえたような、そして彼自身からも期待されるような、伝統と犯罪と名誉と公式行事を、全部まぜこぜにしてしまうのです。セニョーラ、セニョールにとっては実質よりも態度のほうが重要なのです。

グスマンはそこで口を噤んだ。なぜならば過去の記憶のなかのイメージが語りかけていて、そうしたイメージに没頭するかのように耳を傾けていたからである。グスマンはセニョールが昔よく見せた格式ばったそぶりを思い出した、それはセニョールの到着を待たずして実行されていた儀式を聖別するためのそぶりであった。ある晩、山中において、篝火のちかくで鹿を八つ裂きにしている際に、獣の心臓を薄く四つに切っている際に……セニョーラはもはや彼の言うことを聞いてはいなかった。むしろあざ笑っていた。グスマンはセニョールを批判したのと同じやり方で、つまりことばによって、屈辱的なかたちで長々と居続けたのである。セニョーラは腹を立ててて笑うだろう、恋人のシーツに覆われた体の回りをうろつくだろう、グスマンに背を向けるだろう、行為ですって、グスマン？　私をさらって手篭めにしてごらんなさいよ、グスマン、ことばよ、グスマン、お黙り、この召使ったら、めちゃくちゃになればいいんだ、恋人と私は危険を回避できるでしょう、お前はここから出てお行き、とっとと失せるがいい、私のあふれる幸せをこれ以上貶めないでちょうだい、私の寝室、私の体、私の所有物を。さあ、さあ、とっとと出て行ってちょうだい、出て行くときに、犬の糞のついた靴で寝室の砂の上につけた足跡を消してってよ。

セニョーラは顔を覆われた恋人の体のそばで立ち止まった。シーツをどけると、死んだようにじっとしていた青年の顔があらわになった。本当に眠っているのかどうか、単に眠っている振りをしているのかどうか見極めるのは難しかった。彼が海岸で見つけられ、本人の意志にかかわらずここに連れてこられたのは、火刑場で火刑に処されたミハイル・ベン・サマ、つまりミゲル・デ・ラ・ビーダという見知らぬ若者の身代わりとなるためであった。ここに黙ったまま連れてこられた男は一言も発しなかった、彼は体そのものであり、体を長持ちさせるべき言葉を発することなく、誰にもまして倦まず弛まず熱心に愛している、寝室の砂のように白く虚ろでいかなる徴もない白目をしたひとつの名前、フアン、ひとつの所有物、私のもの、ここに来る前までは何物でもなければ誰でもなかった青年、所詮ここでそうなるべく学んでいくものになるだけだろう、私には眠っているのかどうかも分からない、私たちの話を聞いているのか、その場にいないかのような振りをしているだけなのかどうかも。しかし眠っているとしても、かつての痕跡が何もついていない、塗り立ての漆くいのような白紙の心に、何を記すことができようか？　ここで私とともに見たり聞いたり理解したり感じたりするもの以外の何を？　この男は私の鏡なのだろうか？

――この男とて貴女様を見捨てます、セニョーラ、今までにこの寝室に足を踏み入れた、あるいはこれから踏み入れる他の若者たちと同様に。貴女様は彼らが持っていなかったもの、彼らに欠けているものを授けています。そのあと、彼らは貴女様の外の世の中で、そのことを試してみようとするのです。火刑の炎の中で死んだ男のことを思い出してください。世の誘惑に屈してしまったからです。同じことがここに横たわる男にも起きるのです。

――ここからは絶対に出させません。

――いや、出て行くでしょう、なぜなら貴女様はこの若者の乳母のような存在だからです。

――どうでもいいわ、この世で彼といっしょに生きながらえるでしょう。

――孤独と引き換えに。

――私たちが生み出すものすべては、それが私たちのものでなくなるときにのみ、ずっと私たちのものとなるのよ。

――貴女様の乳房からでる乳は胆汁のような味がします、セニョーラ。

――そなたには絶対吸わせはしません。

――むしろ、セニョーラ、他の男たちがやってくるとお考えになったほうがよろしいかと、でも何も恐れることはありません、矛盾したことはおっしゃられませんように。もしこの男が立ち去るとしても、他の男たちがやってくるということです、若者には事欠きませんから、ここにも三人いますし、他の二人も手中に収めようというお気持ちですか？

――この男ほどの者はどこにもいませんし、かけがえない存在です。私の弱さにつけこんではいますけど。

――ところでセニョーラ、貴女様と私は……。

――下司のならず者、そなたは無礼にもここに黙って入ってきたときの言い訳がまだすんでないでしょう？　それだけはどうしても許せないわ。

――扉をお閉めください、セニョーラ、そして門をおかけください。見せかけの時はもう終わったのです。いまや無秩序の時がやってきたのです。壁に耳あり障子に目ありです、女中や矛槍兵たちまでこっそり様子を窺ったり、走ったり、噂をしたり、見たり、語り合ったりしています。そのことをお耳に入れようと参ったのです。どうかご用心ください。貴女様のためを思って、セニョールの目を欺き、最も厳しい懲罰を覚悟で、この若者を見つけてここに連れてきたのが誰だったか、お忘れにならないでください。どうしてそんなことを私がしたとお思いですか？

セニョーラは笑って言った。

——もちろん、そなたが私を愛しているからです、グスマン。

——それをご存知で？

——そんなことはどうでもいいわ、そなたが愛ゆえになすことは奉仕として受け入れます。さあ、私のことを密告でもするがいい、私たちの権力がどれほどのものか知るがいいわ、そなたの力はさてどれほどのものかしら？

私の恋人は傍らで生きています。そなたの手で殺されてなどいませんよ、私とて触れられないままずっとここにいます。そなたがあえて私に手を触れようとしなかったからです。下司なあんたは、話はたくさんしても何もしないのよね。

グスマンはお辞儀をすると、背を向けることなく出て行った。彼は自身に向かって誓って言った、何があろうと、なすべきことをするためには、輝かしくも暗黒のあした体に惑わされてはならぬ、もし一度でも惑わされたことがあるとしたら、それはセニョールのごとく、本当のところは見たり、触れたり、考えたりすることすらしないで、その体を求めたかったからであった。グスマンは一時的に、自分は忌まわしい騎士道的規範に打ち負かされたのではないかと感じた。否、とるのだ、すぐにとるのだ、即座に求めるものを摑むのだ。彼はいまにもセニョーラの寝室に戻らんとした。彼がそれを思いとどまったのは、口に残った胆汁の味のせいであった。それはあたかもあの女の乳房から乳汁を口にしたかのようであった。彼は悲しみと屈辱感の苦い思いを抱いて、しばらくうつむいていた。病んだタカだけが、彼の人間としての苦しみに耳を貸すことができたかもしれない。

——早くしろ。

彼は勢子に向かって篝火を高く掲げて外で待っているように言いつけた。一刻の猶予もなかったからである。

就寝時（夢みる時）

セレスティーナはヘロニモと二人きりで鍛冶場にいた。鍛冶屋のヘロニモは女から視線をそらすことなく、若さに似合わぬ老けた顔つきで、グスマンから頼まれていた鎖を鍛え上げることに余念がなかった。どこにでも顔を出す頼もしいグスマンは、個人的にセニョールの相手をしたり、オオタカの世話をしたり、猟犬の手当てをするとき以外は、宮殿の土牢を見回ったり、カイゼル髭をなでつけながらぶつぶつ独り言を言った。

――ここには死者が眠るための、豪華な大理石でできた獄舎というものがあるが、生者が夢見るための鎖は不足しておるなあ。

またヘロニモがセレスティーナの近くにいると同時に、隔たったところにいたとき、外ではマルティン、カティリノン、ヌーニョの三人が、この場所まで彼女といっしょにやってきた衰弱した寡黙の青年に、食事を与えていた。近くにして隔たったというのは、見たところ彼女が誰なのかは分かってはいたが、本当は誰なのか判然としなかったからである。今夜、建設現場では誰も眠らないだろう。鍛冶屋のヘロニモは思い出に浸って夜明かしするつもりだった。彼はセレスティーナを眺めつつ、結婚式の日、穀物倉庫で逞しい赤ら顔の新郎の首に腕を回して抱きついてきた、青白い顔色をした若い娘のことを思い出した。あの日、そのことがあった後、セニョールとその子たる若きフェリペが、新郎新婦のささやかではあっても満たされた幸せを、平然と、何の気なしに、侮蔑的かつ残酷なやり方でぶち壊してしまったのである。ヘロニモは鎖を手放し、セレスティーナのほうに近寄った。彼女はいつも小姓のような服装を身につけ、黒づくめの格好をしていた。彼は彼女の手をとると、かつての火の責め苦の痕跡を探し出そうとした。それはセニョールによって陵辱された彼女が、辛さを和らげるために縄を噛みしめつつ、手を竈の火に近づける、ということがあったからである。しかし記憶にあった傷跡は見つからなかった。慈悲深い時という薬が、確実に傷跡を消し去ったのだと思った。ところがタトゥーの入った唇のほうこそ、彼の目には傷のように思えた。あたかも唇には、再び無慈悲な振る舞いをする時間と、哀れな新婦の痛みと屈辱感とが、凝縮しているかのようだった。ヘロニモは彼女にキスしようとした。セレスティーナは自分の唇と鍛冶屋のそれの間に手をさしはさんだ。

——たしかにお前はセレスティーナだ、本当にセレスティーナだろう、間違っていないよな？

海岸で拾われた青年は、弱い火力に変えられた、ふいごの燃え盛る鍛冶場の入り口にたたずみ、セレスティーナが鍛冶職人ヘロニモのおぼつかないキスを、手で遮《さえぎ》ろうとする様子を目にした。ヘロニモは女の手に残るかつての傷跡を探しだすべきか、あるいは唇のタトゥーになっている新しい傷跡のほうを探そうか迷っていた。つまりかつての愛情を示すべく口づけする場所を、唇にすべきか手にすべきか決めかねていたのである。

——たしかにお前はセレスティーナだ、本当にセレスティーナだろう、間違っていないよな？　ずいぶんあれから時が経ったよな、お前が家を飛び出してからさ、でもちっとも変わってないじゃないか。おれが結婚したのと全く同じ少女だ、ところが俺ときたら、見てみろよ、こんなに年をとってしまった、お前のほうは昔と何も変わっちゃいないな、本当に。

鼓手で小姓の男が鍛冶職人の口に、優しく指を添えた。しかしヘロニモは荒々しい素振りで頭をよけると、セレスティーナの肩を力いっぱいつかみ、こう言った。

——お前のことをずっとずっと待ち続けてきたんだぞ。

——でも一度だって、あなたのものにはならなかったわ。

——神様の前でいっしょになったじゃないか。

——といっても私は他の男たちのものだったのよ。

——そんなことはどうでもいいさ、お前のことを長いこと待ち続けてきたんだ。俺はお前が姿を消してからというもの、待ちくたびれたすえに、じっと我慢していたんだ。今日という今日は、じっと耐え忍ぶ代わりに今までの仕返しをしたい気分さ。本当にお前はセレスティーナだろう？

——そうでもあるし、そうでもないわ。あのときのセレスティーナよ、でも今はちがうわ。ヘロニモ、もう私はあなたのものじゃないの。

セレスティーナは厳しくも不安そうな様子で、頭を何度も横に振った。すると若者は淋しそうに入り口から離れた。彼女は彼の女ではなかったと、寝物語で言い放ったのである。——私はあなたが考えているような女ではないの、私だって彼は私のものだと思ったわ、でもそれは間違いだった。青年と私がある晩、この宮殿へ向かう道すがら、七月の太陽をさんざん吸って暖められ、急に覆ってくる夜の冷気も滲みてこない、熱せられた山の地面に、満天の星を眺めながら二人とも裸になって寝そべり、姦通を犯したとき、彼は自分のものになったような気がしたわ、といっても彼が何者なのかは分からなかったし、彼のほうも私に会ったこともなかった、というのも青年が寝入りばなの時間を利用して、あの緑のボトルの封印を引っ剥がして、中に入っている手稿を読もうと思ったの、そうすれば若者が私の若い頃、森の茂みのなかで雌狼の腹から生まれところを目撃した、当の子供だったのかどうか確かめられると思ったのよ。でも私はすぐに眠ってしまい、目覚めたときに、彼の手で、黒い太陽とも見える、死んだクモの中心から光り輝く、玉虫色の羽根のベールを顔の上に被せられていたの。そのとき彼の秘密の半分しかつかんでいなかったことを知ったわ、残りの半分は、彼に身を任すことで知ることができるとも。それで小姓の格好をして彼を抱きしめたのよ、でも山からやってくる馬方たちに見られないかとひやひやしていたわ、だって二人の少年が人影のない山で夜陰に乗じて、禁断の恋に身を委ねていると思われたかもしれないからよ。彼は私から服をゆっくり脱がせたわ、そして体中をキスしてくれたの、そのあと挿入してひとつになったとき、あまりの快楽に声を上げて、彼の背中にある例の十字のしるしに爪を立てていたわ、本当にすごかったのよ、でも怖くもあった、どうしてかというと、青年に抱かれていたとき、計り知れないような空しさを感じたからよ、それはあたかも彼の肉棒が私の秘肉に入っていくとき、二人が無の絶壁に立たされているように感じたからなの。まるでそこで世界が終わってしまうような、そうした滝に縛りつけられて、高い崖から虚空に身を躍らせて落ちていくような気分だったの。愛の絆の真っただなかで私の意識は終わりを告げ、代わりに彼の意識が始まったのよ、ヘロニモ。ごめんなさい、でもあなたには真実を全部知ってもらわねばならないのよ、私の肉のあらゆる扉が彼に開かれたとき、彼がこの世のいかなる人間も行ったことのないところに行ったということを知ったわ。彼が話すのを耳にしたことがあったかどうかもよく分からないし、腰に回した彼の手の心地よい圧力が、そのことを物語っていたのかどうかも分からないわ。あるいは耳元での彼の息が声なき話を語っていたのかどうか、さもなければ、私が達しているか見極めようとして彼が頭を離した際に、彼の優しくも情熱的な射るような視線の間には、ぼろぼろの羊皮紙が広がって映っていたということも、よく分からないわ、その羊皮紙には単純とはいっても理解不能な、確実さという点では落ち着いてはいるものの、目新しさという点では戦慄を催させるような、あるメッセージの文字が刻印されていたのよ。声、体、息、視線、夢のごときもの、両手。そうした彼のなかのすべてが、暗号であり、メッセージであり、言葉であり、真実の大きな知らせであり、キリスト教徒が何世紀もの間、空しく待ち望んでいるような知らせとは異なる知らせなのよ。私は彼を手に入れ、彼も私を手に入れたのかしら？　それは分からない、ヘロニモ、でもそれはどうでもいいこと。おそらく私自身の体が、《災難岬》の海岸で見つけたこの青年とのセックスの中で受け取った知らせによって、私たちが乗っ取られてしまったということよ。だってセックスしている最中に若者の記憶がよみがえったからよ、思い出したことというのはこういうことよ、ヘロニモ、つまり私たちは正しかったし、私たちの青春に間違いはなかったし、私たちの愛にも間違いはなかったということ、そして老人ペドロの言うことは正しかったわ、私たちは彼の船に乗って、新たな土地に行くこともできたということ、そしてその土地はそなたと私とセニョールが信じていた場所で、尽きるようなことはないということ、海のずっと彼方に私たちの知らない、そして私たちの存在も知らない別の土地があるということよ、このことは直接青年から聞いたことよ、彼は実際そこにいたことがあるから知っているの、新世界のことを知っているのよ、ヘロニモ。

彼らは長い間口を閉ざしたままでいた。海岸で見つけられた青年は、彼らの話を聞いていなかった。彼は人夫らのところに戻っていった。しかしふと目を上げると、夢の時間が侵されていることを見て取った。宮殿の窓の裏手で、砕けてはいてもしつこいほどの、一条の強い光が射していた。それはある高い塔の上から射し込んでいて、通路に沿って動いていったが、その後、建物の薄暗い内部で次第に薄くなって消えてしまった。急遽、呼び寄せられたフリアン修道士が、手に蠟燭をもって狂女の部屋に赴いた。通路、土牢、厨房、レンガ工場。アスセーナはそのことをロリーリャに語った。ロリーリャはヌーニョに、ヌーニョはカティリノンへ、カティリノンは高笑いをして鍛冶場の入り口からヘロニモとセレスティーナにそのことを大声で語った。そしてすぐに干し草を運ぶ荷車にところにいるローラのもとに赴いた。

鍛冶職人は言った。

——わしらは死神に支配されている。わしらは生命にチャンスを与えるために死ぬ準備をせにゃならぬ。

——それっていつのこと？

——ルドビーコがやってきたらすぐさ。

——まだ当分先のことかしら？

——いや、今晩にもここにやってくる。

——彼らはそういう決定をするのに二十年もかかったのよ、ヘロニモ。

——待たにゃならなかったのさ。

——やつらはペドロの小屋を焼いて、子供らを焼き殺したのよ。

——やつらはわしらの結婚式の日に、わしの腕からお前を攫って、お前を陵辱したんだぞ、セレスティーナ。

——私たちは王宮での虐殺の場に連れ出されたわ、あれからもう二十年ね、ヘロニモ。でもどうしてそんなに待ったのかしら？

——わしら自身の病が、万人の怒りにならねばならなかったからさ。でもな、お前とお前の仲間がわしらとともに身をさらけ出す理由などないぞ。今晩、連中は遅れることなくやってくるはずだ。

——まさかそんな……。

——お前の名前で行動することにしよう、セレスティーナ。恐れることはない。

——いやよ、私はもう仕返しをしたことだし。

——いつのことだ？

——罪を犯した日の晩よ。

——お前と例の学生はフェリペによって救われたんだろうが。

——それで私はフェリペに毒を盛ったというわけ。でも何の見境もなかったしそのことを知らなかったわ、ヘロニモ。あの連中が皆、王宮の部屋で死にそうになっていたとき、私は若い王子とセックスしながら、相手を殺していたのよ。自分が彼の父親から犯された際にうつされた悪い病気を、今度は王子にうつしてやったというわけ。父親から台無しにされた私は、仕返しに息子を台無しにしてやったの。

ヘロニモはセレスティーナの頭を自分の胸に押し当てた。彼が恐れていたのは次にくる夜の区分であった。男と女は長々とした夢の時間に身をまかせ、声を低めて言った。

——でもセレスティーナ、お前の青春は……。

——ルドビーコとセレスティーナはあの晩、血まみれになってお城から逃げ出したの。各々が別の道を行ったわ、修道士シモンと百姓ペドロが別々の道を行ったようにね。誰もがフェリペがそうなるように定めた存在になろうと決心したのよ、つまり打ち砕かれた欲求、挫折した夢にね。誰ひとり他の人たちがどうなったのか、二度と知ることはなかった。私は修道士がペストの蔓延した町にいるのではないかと考えたわ。海辺近くで奴隷となって舟を建造している姿をね、建造し終えたらもう一度それを壊して、また作り直している姿を。またルドビーコのほうは、恩寵と創造という瓜二つの創造を受け入れながら、屋根裏にいる姿を想像したわ。ごめんなさい、ヘロニモ。でも私はセレスティーナが再びあなたといっしょにいて、ひどい仕打ちを重ねているところなど想像できなかったわ。

――でもセックスした相手のその若者に、お前は感染させたんだよな。

――彼はものともしない性質なのよ。

――でもお前の若さ、瑞々しさといったら……お前は穀物倉庫で愛を交わした日と何にも変わっちゃいない。

――考えてもみてよ。

――わしには暗くてよく見えぬ、さあ、わしに言うがいい。

――ちょっと待って。まだその時間ではないわ、夜明けまでどのくらいあるかしら？

――まだ数時間というところか。宮殿の中では何が起きているのだろう？

――ねえ、ヘロニモ、私に約束してくれる？

――何のことだ？

――あなたとあなたの仲間たちが宮殿に入ってくる前に、私と私の仲間とがそこに先に入れるように、一日だけいただけないこと、ヘロニモ？　それにもうひとつ……。

――言ってみろ、セレスティーナ。

――あの日の虐殺事件のことを思い出してみてよ、宮殿の扉が開けっ放しになっているとしたら、用心してよ、疑ってみてよ。

ヘロニモには思いがけず、グスマンのことが頭に浮かんだ。彼は先日、鍛冶職人のヘロニモのところにやって来るや否や、古びた色の枠に新しい鏡を据え付けるように頼み込んだのだ。というのも、不運にも前にあった鏡は割れてしまっていたからである。分かっているよな、早くやってくれ、何、直しようがなかったって？　そりゃないだろう？　おっさん、割れた破片を見ただろう、全部かき集めたら、お前にやるからちゃんともっていろ、

さもなければ棄ててしまいな、おそらくいい値がつくぞ、
さもなければクソ以下か、どっちか分からぬが……。

真夜中

占い師たちがあらゆる活動を禁止した時間に、修道士フリアンは狂女と阿呆の王子と侏儒バルバリーカが暮らす土牢に入った。入ったとはいっても、実際はかき分けて入ったというのが正しい、それほどそこに集まった者たちは数が多かったのである。彼はトリビオ修道士とともにさんざん星を見たせいで、虚ろでちかちかするような視線を泳がせ、以下のこまごました指示に従って、彼にその場に来るように呼び寄せた老女の、びくともしない図体ときょろきょろした目線を探した。

――あらゆるものを着用すべし。アルバ〔司祭がミサのときに着用する白麻の長衣〕、ダルマチカ〔助祭、副助祭が着る祭服〕、エプロン、僧服用のひも、聖職者用のストラ、ずきん。彼女は彼に対して、真夜中《ノクスインテンペスタ》の局面で、どのようなミサをあげるように求めたのだろうか？　メロンやクレソン・サラダ、トルティーリャ、ガチョウのパテ、子豚の焼き串、牛の睾丸、ゼラチン・コンソメ、りんご皮の大皿、深紅色のタン、ナシ、黒胡椒で覆われたチーズ、さらに、塩味のビーフ、小鳩、豚の内臓料理、アヒルのロースト、去勢鶏のロースト・チキン、シャコ、キジ、鳩のタンバル、炒ったヒヨコ豆、といったカスティーリャ料理のあらゆる珍味佳肴。

侏儒は受け皿に無造作に手を突っ込み、料理をわしづかみにして頬ばった。頬は大きく膨れ、阿呆の王子は片隅で床の上に横たわり、握りこぶしで耳と目を交互に覆った。そうする間にビロードの角帽は額の上にずり落ちてきた。いったいどんなミサが上げられたのか？

――あらゆるミサよ、狂女が大声を上げた。ミサのなかのミサよ！　荘厳ミサ、低級なミサ、ロザリオのミサ、そっけないミサ、前もって聖別されたミサ、平均的ミサ、聖堂参事会ミサ、臨時ミサ、追善ミサ、それに全レクイエム、つまり祭壇下での祈り、入祭文、求憐誦、栄光誦、集禱文、使徒言行録の朗読、昇階唱、アレルヤ誦、福音書奉読、使徒信経、奉献文、洗手式、密誦、序唱、三聖唱、ミサ典文、生者の追想、聖変化、聖体の奉挙、記念唱、死者の追想。主の祈り、ホスティアの分割、神羔誦、聖体拝領、呪詛、降福式、最後の福音書奉読。終油の秘蹟、聖油、聖変化、実体変化。すべてよ、すべて、修道士さん、今すぐ、この場所で、ミサのなかのミサが挙げられ

たよ、なぜならそこでは血は血と出会い、イメージはイメージと出会い、遺産は遺産と出会ったのだから。もうそこには嘘もなければ繰り延べもなく、期待もなければ探求もなくなるでしょう、だってそこには見出すべきものなど何ひとつないのですもの。王位継承者は今夜、侏儒の女と結婚するのよ、そなたの仕事は式をあげることよ。

狂女の従者らはみなそこに居合わせた。矛槍兵、執事、捕吏、料理人、下働き、従者、城砦主、騾馬飼い、瓶職人、それに偽の供奉女官たち、彼らは山岳地帯や修道院をめぐる葬列の長旅のさなかに、外見を取り繕うために供奉の女官の格好をした者たちである。今再び、手を胸に置くもとの黒装束のスペイン騎士〔エル・グレコの同名の絵画「胸に手を置く騎士」のこと〕に戻っていた。その場には供奉の乞食までがいた。しかし乞食以下の連中もいたのである。阿呆の皇太子のような連中は、この土牢の暗く奥まった片隅を探していた。暗い場所であるがゆえにいかにも親近感を与えていたし、彼らの暗い顔に漂う囚人たちの蒼白さが、砂漠と海の赤銅色を追い出してしまうこともなかった。

――小姓と鼓手だけが足りないわ、と老セニョーラが再び大声をあげた、あの葬礼用の鼓手が、われらの王位継承者の婚礼の場に居合わせることが、私にはどうしても必要なのよ。

乞食たちはその言葉を聞くと、笑いながら手元にあるものを叩いてはやし立てた。壁や板石、それに侏儒女が楽しそうに地面に落ちていた食べ物を拾ってきて、食べてさらった後の土鍋などを叩いたのである。この女は歯も唇もない、純然たる湿った穴倉にすぎない貪欲な口、あまりにも乱用しすぎて擦り切れたものの、不潔なものを貪れば貪るほど、身を清浄にしようとするハゲタカのごとく、無菌化する口のおかげで治った口にその食べ物を運んだのである。モーロの囚人たちは祈禱時報係の調子の高い悲しげな歌を歌い、こっそりと顔を彼方の聖なるオアシスのほうへ振り向けた。ユダヤ人の囚人たちは、唇をぎゅっと閉じ、喉を震わせるようにして、ユダヤ人街で学んだ深遠なる聖歌の一節を呻いていた。乞食たちは傷だらけのこぶしでお椀を叩いたり、大声を上げる貴婦人が不具の体が寄りかけていた革の椅子の背もたれを叩いた。狂女はこうした、食いしん坊で酔っ払いの、遺恨と復讐心に満ちた連中の思いつきに踊らされるままに、暫定的な王位に就いたのだった。小姓たちは赤ワインを水差しから銅の杯になみなみ注いで空にし、乞食たちは、いともやんごとなきセニョーラの御前で、勝手に酒盛りし、ちびりちびり飲んだり、やかましくおだをあげていた。その場にはこうした連中や乞食にも劣る者たちがいた。それは己を自由な人間だとみなしていた囚人たちのことで、部屋の隅に陣取り、いつもやるように鼻歌を歌っては、キリスト教徒の饗宴に対して残酷な報いを期待している連中であった。

ほらほら、見てご覧と、貴婦人は恐怖におののく王子に言った、そなたのためにユダヤ人とモーロ人を連れてきたのよ、あそこを御覧なさい、部屋の片隅にぼろ着のように、人間のくずのように、父なる神の傍らから永久に引き離され、子なる神の救世主としての犠牲を受けつけようとしない、ああした連中を。そなたが婚礼を挙げるときに、知っておいてもらいたいのは、私たちの敵、私たちの信仰の敵が誰なのかということよ、そなたのかさにかかった怒りの相手、捕囚すべき肉、向かうところ敵なしのそなたの剣の餌食が誰なのかということよ、私が連中を婚礼の場に連れ出してきたのは、そなたに王としての裁量で、連中をどのようにでも料理させようと思ったからなの。同情は無用よ、ガローテ（絞首台）か晒し台、拷問台、斬首など婚礼のときに、お好みのやり方で始末すればいいのよ、火刑でも何でも、そしてしっかりと血を見届けるのよ、そなたは私の愛人、私の息子、私の夫、私の先祖、私の子孫なんだから。休んでないで自分でさっさと行動するのよ、じっと堪えてなどいてはだめ、そなたの絶頂期は短いのよ、そなたは私たちの血統の蘇りに向けての一里塚にすぎないの、そなたのうちに夫が生まれ変わり、そなたから祖父が蘇るのよ、私たちの王家は元の原点に遡ることになるし、私たちの血もまた再生されるのよ。そなたは私の可愛い娘バルバリーカと結婚なさい、さあ執事、さっさと王子の手に異教徒との戦いで手柄を立てた名剣を渡しなさい。バルバリーカ、床から起き上がりなさい、がつがつ貪ってばかりいるのはおやめ、婚礼の白の礼装を腰の周りにしっかりまとうのよ、召使ったら、さっさとこの小さな王女さまの頭にオレンジの花飾りをつけるのよ、修道士ったら、祈禱書をさっさと開いて式を挙げる準備をおし。

――ああ、私の女主人様！　どうして私をこんなに幸せでいっぱいにしてくれるのでしょう。忠実そのものといった形で立派にお仕えしたせいかしら。でもこんなにしていただくのは身に余る幸せ。

――バルバリーカ、私は可哀想な夫のことを考えてのことよ、夫を求めたすべての女たちのことを思ってよ、何を勘違いしているのかしら、馬鹿な娘ったらありゃしない。

——ああ、私の女主人様！　貴女様の立派なお世継ぎにふさわしいのは、私以上に立派な何者かなんですね。

——そなた以上のものなどありゃしないって言っているだろう？　唯一そなたとなら、わが夫の亡霊が結婚する相手として耐えられるのさ。夫を愛し、夫に愛された売春婦や修道女や百姓娘はどいつもこいつも皆、嫉妬の炎に焼かれてのた打ち回ればいいんだ。小怪物でありながら女の端くれ、胎児のようなそなたが、連中の代わりに、スペインの血筋を蘇らせんとして王子のベッドにいるということを知ったら、あの連中は怒り狂って死んでしまうだろうよ。

——ああ、私の女主人様！　私のちっぽけな体に喜びがはちきれそうです。

——王子よ、剣の柄を両手でしっかり握り締めなさい、ふらついてはだめ、そなたのことを、「よき時に剣を佩きたり」〔英雄エル・シッドに付けられた枕詞〕と言われるようにね、バルバリーカ、そんなしかめ面はやめなさい、もっと堂々とするのよ、気取りやさん。わが息子、そなたは礼拝堂の隣の自分の寝室におりなさい、あまりいじいじ考えるのはやめなさい。そなたがフランドルの便所で病気の父から生まれたのはたしかだけど、王位継承は確実だからよ、だってそなたには世継ぎの息子と娘がいるでしょう？　王の血を引くカップルがいるとなればスペインも安泰ですよ、起きるのは致命的となる不妊とか、たまたま奇形児が生まれるとかいうことくらいかしら、だってここでは何も生まれないか、生まれても認知されはしないからよ。私たち夫婦の素晴らしい別居へはあと一歩というところね、誰も私たちと似ることはあってはならないし、誰一人、私たちと同じような顔立ちをもつことがあってもだめ、私たちは類をみない独自の異なる存在ですもの。どこかに共通点などありゃしない。権力が頂点を極めるのは完全別居の状態においてなのよ、さもなけりゃ何の価値もありゃしない。誰一人私たちに似るようなことはあってはならないし、鏡を手にとって、私たちに顔立ちが似ているだなんて言ってもらっては困るのよ、誰一人としてね。お前、大きなフープをつけた石女さん、せいぜいふわふわのベッドと砂地の床で、素敵な男性と転げまわるがいい、比較を絶するもののもつ抗いがたい力よりも、美しいものを夢に描き、悦楽の蜃気楼を味わうほうがずっといいわよ、ユニークそのものにして決定的な、不易にして紋章的なるものよりもね。お前の悦楽と美しさは時とともに失われていけばいいのよ、時こそ恐れねばならないのよ、時が人を消耗させ、すり減らさせ、しわを作らせ、干からびさせ、くしゃくしゃにし、解きほどかせ、腐らせ、虫食いにさせるのよ。お前の打ち負かされた体と恥さらしの心に対して、月日が侵食していくことをしっかり見定めて、そのことを恐れるのよ。奥方さん、何ものをも恐れぬ私たちのことをせいぜい羨むことね、だって私たちはすでに時によって食い尽くされてしまっているからよ、あんたたちが味わう悲惨に先回りしちゃったわけよ、だから私たちは時というものが、廃墟そのものを荒廃させはしないということがわかったの。私たちはここで生きていくのよ、中心そのものである深淵の地で、また由緒ただしき土地の、不動の心臓部たる盲点の地においてね。物乞いたちは腹いっぱい食べるがいい、捕吏たちも浴びるほど飲むがいい、執事どもも食うがいい、それに異教徒たちも。バルバリーカ、もっと堂々とするのよ、王子さん、しっかり剣を握るのよ、修道士さん、聖務に精をだすのよ、奥方さん、お前の素敵な恋人に対しては、怪物的なわがカップルがあるのよ、お前の世継ぎに対しては、私の世継ぎがいるのよ、乳と血は流されるがいい、ネクタルは滲み出よ、芳香はもれ出てくるがいい。

婚礼の儀式が終了すると、阿呆な王子は虚空にじっと目を凝らし、動かぬ体を見つめて長い間突っ立っていた。修道士フリアンはうつむいたままでいた。女王と花嫁に扮した侏儒女はじれったそうに夫のケープとズボンを引っ張っていた。いかにも目配せでもするかのように、狂女に皆に立ち去るよう懇願しているふうであった。お願いしますよ、奥様、連中にとっとと立ち去るように言ってくださいまし、このことはもうおしまいです、今度は私のパーティが始まるのですから。すると老いたセニョーラは、目線を走らせて、みんなに静かにするように命じた。ざわめきは一瞬にして止まり、生きているのか死んでいるのか分からない、メダルのように不動の王子が、ざわめきに取って代えたのは、自らの熱望と愁嘆と苦悩と愛と憎しみの感情であった。狂った貴婦人の頭には、過去のあらゆる王たち、現在のあらゆる死者たち、未来のあらゆる亡霊たちが寄り集まってきた。それらは形をなしてついには世継ぎの王子の姿をとるに至った。狂女によってこしらえられ、狂女によって命を吹き込まれ、狂女によってこのように能面のごとき不動の姿のままに捨て置かれたのだ。

そのとき阿呆は片腕を上げ、ワックスをかけた長い指を動かし、モーロ人とユダヤ人が一堂に会していた土牢の片隅にうつろな目を向けて、彼らを見つめた。そして腕を広げ、はじめて口を開いた。呟いて言った、お前たちは自由だ、自由の身だ、立ち上がってここから出てゆけ、生まれたときと同じように自由の身だ、普段の生活に戻るがいい、髪の毛も髭も好きに伸ばすがいい、もう着ている服を引き裂くことはない、妻たちの顔をベールで覆うがいい、誰を崇拝してもいい、わが名をもって自由の身となったのだ、さあお願いだ、立ち上がれ、そしてここから出て行ってくれ、これがわしの意志だ、今日はわしの婚礼が執り行われたのだ、ここから立ち去れ、お前たちは許されたのだ、わしらを独りにしてくれ、妻と母君とわしをな、この地から立ち去るがいい、生き延びよ……。

雄鶏が時を作った。その鳴き声が遠くで消え入りそうになる前に、憂いを含んだ笛の音がそれに続いて鳴り渡った。

——あれはわしの鼓手よ、と老婆が神経質な雌鶏のように頭を揺らせながら叫んだ。戻ってきたんだわ。

しかし虚空をさまようような老婆の目に入ってきたのは、笛吹き男の球根のような緑色の目であった。老婆の目は解放された囚人たちの不信に満ちた視線と、王子から饗宴以上の気前のよさを期待する物乞いたちの、恨みがましい視線の間に紛れ込んでしまっていた。笛吹き男は老人だった、あるいはそのように見えた、しかし強そうであった。ぼろをまとい、土牢の壁のそばにしゃがみこんで笛を吹いていた。鏡のような執拗さでじっと阿呆の王子を眺めていた。しかしその笛吹き男の目は実は見えてはいなかったのだ。そのことを知って老婆はうめいた。緑の濁った膜が目を覆って見えなくしていたのだ。貴婦人はまさしくその瞬間、取り乱された感覚の中で、豊饒さと悲惨が入り混じっているような思いに襲われた。笛吹き男が囚人や物乞いといっしょくたになって、区別がつかなくなったかのように。彼女はこのパーティや婚礼やこうした晩餐が、また音楽家の盲目や囚人の自由や王子の意志が、豊かなものなのか、貧しいものなのか判別がつかなかった。

黎明

鍛冶職人の老けた目がきらりと光った。雄鶏が時をつくるそのとき、外ではセレスティーナの若き友人が、抗いがたい魅力に心を動かされ、宮殿への道をたどり、いつ終るともわからぬ建設現場の側面のうちの一方を歩き回っていた。そして壁を張り巡らせた庭園の高い塀の傍らで足を止めた。

セニョーラは今一度、傍らに横たわる青年の輪郭を、両手でもってなぞっていた。寝室の空気はいつも以上にどんよりと重く、そこはアラビアゴムの臭いが滲み出た香水の香りと混ざり合っていた。アラセイトウから出てくる気息が、枕の下に置かれたハーブの詰まった小袋からひそやかに発散する香りと混じり合っていた。枕はすべすべした肌をした賢いネズミもまた、自分の住処としていたところである。タイル張りの浴室からもれ出てきた蒸気によって、白砂で覆われた床からは、ほとんど感じ取れないくらい薄い霧が立ち上がっていた。雄鶏が時をつくる時に、女は指の腹でなでることによって、青年の眠った肉体を目覚めさせた。夜明けになって新たなセックスができるように、肉体をスタンバイできると信じたのである。ところが寝室でグスマンと過ごしている間に、ファンと呼ばれた若者が、すべてを耳にして理解していたということは知らなかったのだ。しかし今回、セニョーラはすばやく触れたので、新たな機能をうまく果たすことができた（セニョーラはそのことを認めたくはなかったが、よく心得ていた。王宮の中庭の板石の上で、真の初夜を迎えたあの晩、あの悪魔的な小ネズミから言われなかっただろうか？　機能低下した感覚は今から先は、力と広がりとそして苦悩においても倍化していき、より多く見、より多く触れ、より多く嗅ぎ、より多く味わい、より多く聞くようになり、意識せずとも麻薬のようにハイになると、そしてそれこそ処女王と股座に入り込んだ悪魔的な小ネズミとの密約なのだと）。しかしこのことは、セレスティーナの友人であるもう一人の青年には知るよしもなかった。ネズミと密約を交わしたのは彼ではなかった。とはいうものの、海岸で発見された第三の青年が、壁屋根のそばの自分の場所からセニョーラのいる窓辺のほうを眺めていると、目に見えぬ手が彼を愛撫し、目覚めさせ、呼び寄せているのを感じた。そこで彼は気を失ったようにぐったりと壁に寄りかかったが、そのとき冷や汗と苦しさに全身さいなまれていた。苦しみは自分が経験していながらも他人事のように思えた。できることなら緊急事態を知らせる叫び声をあげて、自分自身のものでないものの、自分自身の体に頼って生きている体が、危殆《きたい》に瀕しているのだと伝えたかったのかもしれない。というのも彼は、身近であって遠くにあるような、水入らずでありながらよそよそしいような、そうした感じを抱く体に頼っていたからである。手によって愛撫されていたのは、近くにあると同時にその場にない男の体であった。そしてその男は愛撫によって自らの肉が目覚めただけでなく、セニョーラとグスマンによって《災難岬》の海岸で拾われてきたとき以来、その時点まで見失われていた別のものも目覚めさせたのである。セニョーラは愛撫によって呼び寄せたものが何なのか知ろうとはしなかった（薄い肉の壁を貪ることで快楽から遠ざけたネズミが、次のような言葉で、どれほどそうするよう彼女に忠告したとしても同じことだったかもしれない。イサベル、もっと感じるのだ、そうすることでより多くのことが分かるのだ、しかし知りうること以上のことを感じるだろう、そなたが感覚によって得る叡智は私の中に受け継がれることになる、快楽はそなたのものの、知識はわたしのものになろう、それが中庭の凍えた石の上を、灰色の突風が吹きすさび、黒い稲妻が怪しく光る今夜、私たちの結んだ密約なのだ。もっと感じるのだ、ずっと後になれば、そなたが自分の爪、目、鼻、耳、口でもって感じたこと、なしたこと、ぶち壊したことが何だったのか分かるはずだ）。フアンという名の青年は、そのようなかたちで女の愛撫を受けて、記憶を取り戻した。しかし思い出す際には恐怖を味わった。恐怖を感じる際には想像をめぐらした。想像をめぐらせた際には恐怖を味わった。彼はそのときまで寝室での深い無意識に埋もれていたせいで、そしてあたかも自分の名前ですべてを経験するような、鋭いとはいえよそよそしい感覚のまどろみに身を委ねていたせいで、二度と再び気にかけることもなかった事柄を思い出したのである。彼もまた自問した、私は何者なのか？　そう自問したのは、体液の冷たい、ひょろひょろした頭をつけた紋章の鳥、およびベールで顔を隠したセニョーラによって、メセタの高い荒地部分に沿って、寝台で運ばれてきたとき以来はじめてであった。

セニョーラは自分の顔を青年のそれに近づけた。若者はぎくっとして一瞬、かつての意識の最後の瞬間のことを思い出した、そのときセニョーラが、寝台にあった難破者の喉元に息を吹きかけ、銀色に輝く月がベールの背後に姿を見せ、赤い唇の間に、血に飢えた恐ろしげな血まみれの牙が覗いたのである……。

――ファン、そなたは自分を見てみたいの？　自分自身を知りたいの？　自分を見ることで、私がそなたを愛するように、自分を愛したいの？

セニョーラはファンの顔のそばに黒大理石の鏡を近づけた。青年は意識の混濁のなかに身を投ずるかのように、裸体の体をそこに認めた。一瞬、自分を愛おしく思った。見れば見るほど愛おしさが増した。しかしその愛おしさや視線というものも、長びいていくにつれ、頑なな憎しみの感情が、自己愛のおののきを越えて具体的なかたちで湧き上がってきた。たしかに彼は彼であった。写っている像は反射であり、影であり、それ以外のものであるはずはなかった。海岸から今の時点まで、唯一はっきりしていたのは名前が自分のものだということ、最初に示した顔が自分の顔だということくらいであった。たしかに彼に違いなかった。セニョーラが掲げた黒い鏡に写っている裸体の男は、紛うことなき自分であった。姿かたちも変わっていなければ、最初の顔立ちも失ってはいなかった。しかし少しずつ女の服装を纏っていった。体の形こそ昔のままで自分自身なのだが、セニョーラの衣類をはおっていたのだ。セニョーラと同様に、中庭の板石の上に仰向けに横たわっていて、雨が体と衣服を洗っていた、しかし男女が完全に同化していたとはいえ、鏡の中ではその差が消え去ったわけではなかった。太陽が南中すると雨は止んだ。ファンとセニョーラがともに同居する体の影、セニョーラとファンの顔立ちの入り混じった影、ファンとセニョーラの服や髪型、宝石が交錯する影は消え去り、ファンはうめき声をもらした。鏡が作り出したのはそういった死のおののきであった。写し出された像からは最後のため息がもれた。彼そのものであるセニョーラは、無関心な捕吏たちやそわそわする女官たち、物見高い矛槍兵たちに見守られながら、自らが拷問を行ったその中庭において息を引き取った。彼女と彼はいっしょに亡くなったのである。彼らを手厚く葬る者とてなく、愛の肉体はフランドルで最後の干戈を交えた主君によって見捨てられたのである。同一の肉体に宿っていた二つの魂は、鏡の中で同時に死んでしまった。ほんの一瞬で死んだのだ。一方、フープのところに陣取っていたネズミは、すばやく死体の脚の間に滑り込み、陰毛の叢をかきわけ、みだらなヴァギナに入り込み、内臓の中をすりぬけ、死んで横たわる女の心臓を貪り、眼や脳、舌にまで至ると、黒い尿でそれらの器官を染め、死体の口から出て行った。死体はふたたび呼吸を始めると、肉体の影が再び姿を現し、西のほうに長い影を伸ばした。一時的に静かになっていた中庭のざわめきが再び起こった。矛槍兵たちは卑猥な冗談を言い合い、互いに肘を突いてはふざけあっていた。女給仕たちは大きなスープ用スプーンを横たわる男の口元に近づけた。すべてが一瞬のうちに起きた。死人は見られることなく、感づかれることもなく通り過ぎていった。しかしその肉体が取り憑かれ、その取り決めが結ばれたのは、生と死と復活の間であった。ネズミはフアンの容貌をもったセニョーラたる女性に命を戻したのである。代わりにフアンの顔をした女性が悪魔的なネズミに与えるものは何だったろうか?

大理石の像は姿を消した。セニョーラは鏡を青年の顔から離した。若者は叫び声を上げて手を傷ついた首元にやった。彼はまるで自分の蒼ざめた肉体が蠟ででもできているかのように感じた。鏡に生気がなく死んだような、それでいて生きている姿を見たばかりだからである。彼は真っ暗になった真昼時、王宮の中庭に走った稲妻を思い出しながら、そしていま雄鶏の上げるときの声で蘇った記憶を思い出しながら、セニョーラが最初の夜にこの同じ寝室で彼に語った話を何度も自分に繰り返した。目を開け、イギリスから連れてこられた少女の容貌をむなしく探した。この少女こそ女給仕たちを仮装させ、人形と遊び、庭に桃の種を埋めたりして楽しんだ例の女の子である。彼は自分の傍らに、今にも腐敗していくかのような、成熟した一人の女性の姿があるのを目にした。彼女は黒く細い線のインクで精緻に描かれたような、完璧にして何とも危うい刃の上に身を横たえていた。ここにうかがい知れぬ目の影があれば、そこにははちきれんばかりの肉の白さが、またここには髪の毛の病的な黒さがあった。一歩たりとも余計に、一分たりとも余計にあれば、均衡は崩れてしまっただろう。ここで彼を見守り、ここで彼を愛し、ここで彼に食事を与え、ここで彼をして己が身を養う糧としていたこのセニョーラは、粉の彫像のごとく崩れ去り、クモの巣のようにカスカスとなり、砂の穴のように崩れてゆき、春の雪のように溶け、日照と雨と風に容赦なくさらされた果実のごとく腐っていった。(そなたに養ってもらっているのよね? フアン・アグリッパとかいう人、画家のフリアン修道士からそう呼ばれていると聞いていたわ、自分じゃ分からないし、そんなことはしたくはないけれど、そなたの頸に咬みついて、この辺りで血を出しちゃうわよ、だってそなたを愛し、フェラチオし、そなたに触れて、キスしたいだけだったからよ、どんな女だって男にそうしたいでしょう？　フアン、誓ってもいいわ、どんな女だって恋すればやっていることじゃない？　勢い余って爪と歯を立てて肉を噛んだり、神経を掻き毟ったり、血を吸うだなんて思いもよらないことよ。だって自分だってふつうの女といっしょでまともな生活をしているわけだから、等並みに満足できればいいの、でも私の体は二重にできているのよ、フアン、私の体は私の体だけれど、本当の所有者は私がそなたにやっているように、私の体を齧っている悪魔のネズミなの、ネズミが私を通して、そなたにキスしているのよ、私の肉を通してそなたの血を抜き、そなたと姦通しているの、可愛そうなネズミ、何て小さくてすべすべした肌でしょう、お腹を空かしてガリガリやっているわ、フアン、ネズミはそなたの美しさにきっと妬いているのよ、そなたのようになりたいに違いないわ、一匹の天使ちゃん……)。

まるで捨て置かれた果物のごとく……青年はふたたび記憶を呼び覚まし、ネズミに齧られ、太陽にさらされて皮膚がかさかさとなって、雨に打たれて城の中庭に横たわる彼女の姿を思い浮かべた。そのとき彼女といえば、悲惨な者たちを救う最後の望みの綱、自分を救ってくれる唯一の権力者である、堕ちた王を呼び寄せていたのである。王は自分の命に従えば、その代わりに救ってやるだけでなく、愛情もかけてやるという約束を彼女と取り交わしていた。しかし青年はそのことを、愛の虜となった最初の日に、彼女から打ち明け話をされたときから知っていた。いまこうして黒い鏡を目にしたとなれば、さらにそれ以上のことを知ったのである。つまりセニョーラは彼自身であり、ネズミと行った約束は彼女の苦しみを救っただけでなく、瞬間的とはいえ今現にある死からも救い出したということを。それが一瞬で消えるはかないものだったというのは、ただ単にネズミが永遠の消滅となってしまうことを望まなかったからにすぎない。ああ、何と、その死は二重の死だったのである。彼女と彼との。彼女は馬鹿げた儀式のもたらす苦しみ、触れられぬ肉体のもつ苦しみから救われた。のみならず難破した青年たる情人とともにあって、死からも救われたのである。すでにそのことはセニョーラとまったく同じ彼の顔立ちのうちに予告されていた。かくして青年は自らの熱を帯びた視線の前に、彼よりも前に来ていたかもしれぬ、あるいはこの寝室でこれから彼にずっとついてくるやもしれぬ、他の若者たちの亡霊がぞろぞろ列をなしてくるのを目にしたのである。彼の聴力は数限りない無名の若者たちの痕跡なき足音でぼやけてしまった。彼らはかつてセニョーラの寝室から火刑場や死刑台にやってきたのか、それともやってこようとでもしていたのか。そうした場所で彼らは死に際して涙しつつ、新たな泉下の存在を生み出したりしたのだろう、夜中にじめじめした墓から引っ張り出され、宮殿のオアシスともいうべき、白砂を敷き詰められ強烈な香水の漂う、美しいタイルの張られた、豪勢な金襴の衣裳部屋に連れてこられて。ところでこの寝室はどこにつながっていたのか（フアンは恐怖に冴えわたった頭でそう自問した）。きっと墓場なのだろう、墓場からこの寝室に、そしてこのベッドから墓場へということか？　何度もくり返された宿命ともいうべき地獄の通路を通ってなのか？　それしかあるまい。彼は雄鶏が時をつくるのを耳にした。彼は自分はこうした亡霊軍団のひとりにはなりたくないとひとりごちた。セニョーラの欲望と愛と憎しみと不満によって作られた蠟人形のごときこうした亡霊のひとりにはなりたくなかった。

――グスマン、グスマン。とフアンは寂しげにつぶやいた。グスマン、どうしてお前はあえて自分のためにセニョーラをものにしようとしなかったのだ？　なぜだ？　お前のような立派な体を見れば、亡霊どもとて恐れをなして退散するはずだろうに。お前がその気になれば私を救えただろうことは、私とてとうに知っていたし、お前にも話しただろう、それに口には出さずとも私はそれを懇願していたのだ。ところがグスマン、お前ときたら、自己愛のために私を愛しているあの女、私も自己愛のために愛しているあの女と、私を瓜二つの姿にしてしまったのだ。お前ときたら私をあの女といっしょに鏡のなかに閉じ込めてしまったのだぞ、グスマン、あたかも女のごとく、私が女であり、女が私であるかのようにな……。

海から救い出されたかの最初の青年は、受身になってセニョーラにされるがままになっていたが、そのことを愛撫の手のなかで確かめようとしていた彼女に向かってこう尋ねた。「私は何者なのですか」。返事はいつも同じで「お前は私自身よ」というものだった。もし私がセニョーラを愛することで自分を愛し、自分を愛することで彼女を愛するというのなら、結局、私は「私は何者なのですか」などという問いには答えられぬままとなるだろう。なぜといえば、そのときにはこの情事のせいで、私自身の人格はなきものにされてしまっているはずだからである。青年は女牢番たるセニョーラの吐き気を催す口づけに対して、ぐだぐだとした独り言のなかの情熱的な文言を用いて返事をした。彼女のことを評するつもりで発したその言葉は、逆に青年自身の人格を浮き彫りにするものとなった。青年はセニョーラと同一人物となって見分けがつかなくなり、彼女とて真実の自己および青年の秘密から得るものなど何ひとつないだろう。セニョーラのみが己自身であった部分を、青年の美しく、豊かで生温かい肉体から取り込むこととなるだろう。そして青年はこの閉鎖された寝室において、欲深く、期待外れで、嫉妬深く、人の悪口ばかり言う、盗人猛々しい、蠱惑的で、身持ちの悪い、もろ刃の剣のごとき女というものを、この世で演じることとなるのである。(ファンは言う「おれは恐ろしい、でも想像して思い出してみよう、自分が何者かを知るために。目覚めたとき最初に目にしたものと同一物となることだけはたしかだ、自分の外にあるものと同一物となることだけは、つまりおれの外にあったのはお前だけだから、おれはお前そのものとなるのだ」)。あの傲慢で、自惚れのつよい、嘘つきで、お喋りな、無分別で、何でも明け透けにする、淫乱そのものの女と。(イサベルは言う「私は欲しいし、撥ね付けもする、認めもすれば否定もする、お前は私のなかに自分を見ている、それこそ私の勝利、お前は私のなかに見ているものを憎んでいる、それは悲しいこと、お前が私になろうとして私の部分を奪おうとしている、それは私の敗北。私たちはお互いが同じ存在となっている、それは私たちにとって酷な真実」)あらゆる不幸の根源。いったい誰がそなたの嘘やてんてこ舞い、変化や軽薄さ、落涙や動揺、大胆な行動や欺瞞的振る舞い、忘却、恩知らず、無愛想、浮気心、証言、そなたの否認や心変わり、自惚れ、気落ち、狂気、軽蔑、饒舌、遜《へりくだ》り、甘味、気狂い、恐怖心、大胆さ、侮蔑、破廉恥といったものを、いったい誰が語るというのか？　本当にこの女ときたら……。(ファンは言う「そなたの手によって私は目覚める、私はそなたなのだ」)悪魔の入り口そのものだ。(イサベルは言う「私の言葉は偽りよ、頭に思い描いても、空恐ろしいわ。この青年は私なんかじゃない、お前は悪魔のネズミ、わが処女膜を齧るだけの……お前は私のなかに入り込もうとして、私から好き勝手な姿、光の天使を引き出そうとして、私を利用しただけよ。お前の住む地獄が創造される以前の身体のなかに堕ちた自分の心臓を引き出そうとしてね」）禁断の木を見つけだし、男を誘惑して神の律法に背かせた張本人なのだ。（フアンは言う「私は目覚めつつある、私はそなた自身だ。となると私は女か？」）原罪の張本人、悪魔の手先、楽園追放の原因、罪つくりの元、律法を貶め、友愛に仇し、苦しみから逃れえぬ存在。（イサベルは言う「このネズ公、悪魔野郎、堕ちた蛇め、私を堕落させやがって……今度は代わりにお前の光の肉体を探すがいい、かつての天使の姿を探し出して、手にいれるがいい」）必要悪、生まれつきの誘惑者、願ったりかなったりの破局。（フアンは言う「目が覚めた、私はお前そのものだ。そなたは女なのか？　私がお前の写しなのか、それともお前が私の写しなのか？　お前の属性はお前のもので、おまえの属性は私のものなのか？」）身近にある危険、心地よい傷口、悪そのものの性質。（フアンは言う「それともお前と私は別の存在の写しなのか？」）男にとっての難破、家を襲う暴風雨、安らぎの妨げ、生の虜。（イサベルは言う「しかしお前なんて、しょせん私がいなけりゃ何者でもないのさ、顔もなければ美点も欠点もないだろうよ、もしお前が私でなけりゃ、何者でもないんだよ。お前は唯一私の上を通り過ぎるだけの存在なのよ、そんなことはどっちでもいいけれど」）日常的な害悪、好んでやる喧嘩、絢爛たる戦い、わざわざ招かれた猛獣、厚かましくも自分の席を要求し、抱擁までする雌ライオン。（フアンは言う「どうか鏡をひとつおくれ。もう一度、あの鏡を」）着飾った危険物。（イサベルは言う「夜を、お願い、夜を」）悪意にみちた獣、その名は女、この女。

　青年はこうした独り言をぐだぐだと繰り返しているとき、自分が何者であるかを悟った。かかる問いかけに答えることができた。つまりあの女と同一の存在だということを。彼は己が果実を取り入れてしまったことで、同一であることを拒絶し、セニョーラがなさねばならぬこと、彼が希っているにもかかわらず、女から撥ね付けられたことをしてくれるようじっと待った。セニョーラは大理石の鏡を手に取った。フアンはそれを手からもぎ取るとセニョーラの顔に突き付けた。セニョーラは鏡のなかにフアンの顔を見出した。それはほっそりとした体つきの若者の姿であった。海の日差しで黒く焼けた、筋骨たくましい胸板をもち、黄土色の腕と青白い脚をそなえた青年の肉体であった。それは人間ならざる怪物的な美しさであった。足には六本の指がついていた。背中の肉には赤い十字が刻印されていた。それこそフアンの肉体であった。しかし首からはネズミの頭部が生えてきていた。愛を営むあの部分の先は、小さく小賢しい、冗談好きなネズミの頭で、小さな目がきょろきょろと動き、敏感な耳と、灰色の毛、強張った剛毛、ものをくんくん嗅ぎ付ける黒い湿った鼻、赤い舌、貪欲そのものの牙をもっていた。セニョーラは自分の見ているものが何なのかよく分かっていた。彼女は床面の砂に鏡を落とした。彼女は彼女であり、したがってもう一人の人物でもあった。彼はもう一人の人物であり、したがって彼であった。彼は彼であった。

フアンは言った、「考えるものすべてがあえてことを行う、あえてことを行うものすべてが考える」。彼は自分の意志で容赦なく、セニョーラを遠くに放り投げた。彼は彼女が髪を振り乱し、ベッドの隅まで転がっていくのを目にした。セニョーラは恐怖感と、恐ろしい喜びを隠そうとせねばならなかったせいで、効果は弱められたとはいえ、何のことかわからないといった風を装っていた。(イサベルは言った「もし私が勝利したのなら、私は負けたことになる。もし負けたのなら、勝利したことになる」)セニョーラは瞬時とはいえ無防備な姿となって、どうしても信じられないという風の疑念を抱きつつ、自らがわきまえていたことを再確認しながらも、そのことを受け入れかねていた。一方の青年のほうは、ベッドから起き上がったが、そのとき自らの名前と運命と冒険の申し分のなさによって取り囲まれていたせいか、自己に対する意識を十分に覚えていた。長い間空になっていた貯水槽が、今や一瞬にして、液状の悪徳と、泡状の美質で満たされたのである。その泡状の資質とは、より大きな恐怖を感じてはいるものの、同時に彼を失ってしまいたいという強い願望を抱く、例の女の身辺から奪い取られたものといっしょの性質のものであった。(イサベルは言った「私の勝利、私の敗北」)夢を奪われ、言葉を奪われ、原点からはるかな道筋を奪われたものといっしょの。意志は長いこと眠り込んでいたが、雄鶏の時をつくる鳴き声で呼び覚まされた。ささやかながら夜明けと太陽と、危険の待ち受ける、焼けつくような一日の仕事が待っている。しかしそこには背信という悲しい記憶も伴っていた。ドン・フアンはこの寝室のある壁のところにやってくると、そこからいぶし銀と黒地で織られた幅広の紋織りを一枚引きはがし、そのなかにくるまった。彼は勝ち誇って見下し、愚弄するかのような表情で、恐ろしげな唇と狼狽気味の目をして、ベッドの上で裸体のまま四つん這いになり、獣のように這いつくばっているセニョーラの姿を見た。彼女は白い肌に黒ずみがでて、いまにも腐敗していくようであった。自分の天使、夢魔、吸血鬼たる存在の裏切りを目にして、床の砂と見紛うような砂そのものに化そうとしていたのである。彼女のなかでは、不安と懐かしさ、勝利と敗北といった感覚が入り混じっていた。あたかもこうなることを期待しつつ、受け入れることを拒むかのごとく、またこのことを恐れつつも、待ち望んでいるかのごとく。そしてこのことが済んでからは、諦めてこの居室たる牢獄に戻ってきて、期待に胸躍らせつつ彼の愛撫に身をまかせる姿を思い出しているかのようであった。若者はしっかりした足取りで寝室の扉のところに赴いた。

セニョーラは「どこに行くの」と言ったが、そのときの声の調子では、自分の矛盾した感情をうまく表現しえないものの、婢女の胸を燃え上がらせるような悪魔の数多の態度のうち、唯一の態度のみを選びとるような、そうした言葉づかいで述べたのである。お前はここを出るわけにはいかないよ、私のそばでこそ生きていられるんだからね、(いや、そうじゃない、お前の命は外にあるんだ、私をお前の皮膚のなかに包み込んで世の中に連れ出しておくれ、わが主人たる悪魔ネズミを外に連れ出しておくれ、主人も私も二度と手にすることのない肛門の深い穴に、ネズミの毛むくじゃらで硬い尾を突っ込んでおくれ。自らの大天使たるイメージを抱いて、地獄的な想像力の営みをしっかり果たすがいい。存在し、姦淫し、殺害し、騙し、彼と私の代わりにせいぜい満喫するがいい、フアン。貞操という名の門のすべてを破壊しつくし、われらを解き放つがいい、フアン。世の中に出ていって、こう言うがいい、私たち女は悪魔の手先なのではないのだから魔女として迫害されたり、火刑で焚殺されるいわれはないと。そして堂々と言ってやるがいい、男だって悪魔となりうるし、実際にそうだし、悪魔そのものだと、フアン、私たちを解き放っておくれ、私たち女のことを忘れさせ、お前のほうに迫害が向くように仕向けておくれ。ああ、私の勝利はなんという勝利だこと、フアン、男たちに対する私の復讐の何と素晴らしいこと、私の夫のセニョール、辱めを受けた男グスマン、私の行いを知ったら、私が死んではじめて私を手に入れることができるようになる、あの工夫らの物欲しそうな目の前で、私を焼き殺すつもりの司教や異端審問官たち、ああ、何という勝利かしら、ドン・フアン、お前は私の代わりにこの世で振る舞うことで、私という存在を隠し、私を救うことになるのよ。その間に私はこの秘密の寝室で、自分の真のご主人にお仕えすることにするわ。ドン・ファン、すぐに悪魔の営み、お前が世の中でなりきって振る舞うべき女の営みを実行すべく、外に出ていきなさい。さっさと出ておゆき。お前は生まれはした、しかし私を恐れなさい、なぜならお前は私の魂を携えているのだし、私から心をかどわかして奪ったあげく、わが孤閨の侘しさを払ってくれる情人を、あらためて探さなくてはいけないはめに追いやっているのよ）ファン、お前ひとりじゃ何の価値もないのよ、意志などないのだから。お前は私のもの。この部屋から出ていく男は死と出会うだけよ、死だけとね（私たちの命よ、ファン）、死だけとね。

――死だけとだって？　きりっとして立ち上がった若者は尋ねた。彼はこの時ばかりは自身の光に包まれ、目には燃えるような残酷さを秘め、自身の言葉を繰るかのように見えた。――「かくも長きの御信頼？」〔ティルソ・デ・モリーナの『セビーリャの色事師と石の招客』のなかでドン・ファンが神の断罪をからかって嘯くときの台詞〕というわけか。

　青年はからかうような微笑を浮かべ、ゆっくりとした歩調で出ていった。背後で扉をバタンと閉め、石廊下の淀んだ冷気を吸い込んだ。その歩きぶりには喜びと高慢さが同居していた。彼の心には、セニョーラによって己のものとしてぐだぐだと列挙された、あらゆる資質に水を差すような傲慢さが支配していた。二人の侍女アスセーナとロリーリャはあたかもファンが身にまとう紋織りが、宮殿の海原を推し進める帆であるかのように、旋風のように通り過ぎる彼の足音を耳にすると、女主人の部屋にほど近い自分たちの部屋の扉のところに顔を出した。侍女たち二人は、セニョーラの部屋の緩くなった板石の下に、彼女の人形や桃の種、ストッキング、巻き毛などを隠していたのである。青年が冷たい視線を投げかけたので、彼女たちはさも驚いたかのように口を開いて答えた。若者に笑いかけはしたものの、ファンが笑いながら扉の所に突進してきたので、恐怖心を覚えると同時に、悪口を言いふらしたい欲求に駆り立てられつつ、即座に扉を閉めてしまった。ファンはずっと笑いながら、枠木の上に腕を十字に交差させ、男の匂いと男の笑いが、侍女たちの扉の隙間から漏れるようにした。女たちは思いもよらぬ申し出に気も狂わんほど戸惑っていた。

――開けてくれ、セニョーラの情人は侍女たちの種馬でもあるんだ、さもないと扉を蹴破るぞ、閂は壊れちまっているんだ、皆でよろしくやろうぜ、さもなけりゃ誰一人楽しめないじゃないか。

若者は再び笑った。彼は宮殿の回廊を、自分の名前であるファアン、ファアン、ファアンを連呼しながら渡って行った。サルガッソー海〔北大西洋の海域一帯の名称〕を航海している船乗りたちが強い喉の渇きを覚えて水を求めるかのごとく、彼が強く求めていたのは自分の姿を写す鏡であった。青年が自分の名前を呼びながら切望していたのは、宮殿の御影石の城壁を、水銀の迷宮ともいうべき虚栄心を写すガラス（鏡）に化すことであった。名前を連呼すると同時に（沈黙と暗闇と石を前にして、己が名前の表象する身振り態度を演じたのである）つまり欲深く、食道楽で身持ちの悪いもろ刃の剣、傲慢にしてお喋り野郎、淫乱そのものの原罪の張本人、友愛に仇し律法を貶める生まれつきの誘惑者、疫病神にして悪の権化、女を難破させる悪党、家庭に嵐を呼び込み、豪勢な戦いを構える招かれざる猛獣、綺羅をまとった危険人物で悪意にみちた動物。その人物こそドン・ファアンである。こいつは世の中すべての女たちの、すべての鏡を自分のものとしている。

すると青年はそこで足を止めた。鏡でないとしたらそれはたしかに蜃気楼であった。その少女は回廊の奥のほうにある壁に寄り掛かっていた。頭蓋まで短く刈り込まれた髪からいかにも青年ふうに見せかけようとしても、それはれっきとした女であった。裸足のままで、粗い長衣をまとっていたが、ファアンの目にはその下に女性特有の若く豊満で華奢な肉体があることを隠すことはできないように思われた。ファアンは立ち止った。そして腰のところに手を回し、待った。彼女は彼のもとに来るだろう、必ずや煌びやかな戦いを求めて来ることになろう。

宵の口

セニョーラはふと沈黙した時のなかで、自分は伴侶のない捨て置かれた孤独な存在だということに気づいた。彼女はベッドの上に身を投げ出し、打ちひしがれた気持ちを抱きつつ、せわしなく動き回るオオタカの羽ばたきの音を耳にした。オオタカは暗闇から一刻も早く出て、好きな狩りに行きたがっていた。セニョーラは羽音のざわめきのせいで気だるさから目覚めた。オオタカが呼び覚ましたイメージが、半開きの瞼の奥ですばやくかけめぐった。彼女は痛みが恨みに変わり、恨みが復讐の思いとなって熱い血をかけめぐるのを感じつつ、腕を差し出すと、猛禽は素直に手の中に止まった。そこで鳥に向かって静かにこう言った。

――オオタカよ、お前にひとつ話を聞かせてやろう。あるとき月のセレーネは狩人の若者エンディミオンに恋したの。セレーネは夜を司る女神だったから、彼に白いヴェールをかぶせて暗闇でもって眠らせたのよ、そして眠った若者に口づけし、思いのまま愛することができたのよ。

オオタカはセニョーラのむき出しの腕の上に足をかけて止まっていたが、彼女は何の痛みも感じなかった。肉体の痛みはなかったが、心の痛みはあった。そこで心のなかでこう言った、十分とは言えないけれどお前がいっしょにいてくれてよかったわ、でもファンがいなくなったのはしょうがないの……ネズミ。ネズミは愛人たちの枕の下で眠っていた。そこに隠れ、夜ごとよごとに姿を現して、夢と欲望と幻影をまき散らしていた。セニョーラは期待に胸を弾ませて、口を開いたまま枕元に突進した。怒りにまかせて枕を取り除けると、それは砂の床の上の忌まわしき鏡のそばに落ちた。音に驚いたオオタカは女主人のもとから離れて、ばたばたと飛び立っていった。

そこには香草や香水つきの手袋、色とりどりの錠剤のはいったバッグがあった。しかしいつものネズミはいなかった。

――ネズミ、ネズミ……とセニョーラは呟いた。ネズミ……。

しかし香水つきの穴ぐらのなかで動くものは何もなかった。小さなネズミが今度だけはうずくまったままではなく、セニョーラに目をやると、ふたたび穴ぐらに身を隠した。

――ご主人様、恋人、真に私が仕えるお人、私の声が聞こえないの？　ネズミさん。

セニョーラは錠剤を探し出そうとして、荒々しくバッグのなかに手を突っ込み、バッグを引き裂いてしまった。また不毛な床の砂地で香草に水をやったり、ネズミが香水つきの手袋のなかに新たな巣を見つけたのではないかと想像して、手袋を齧ってみたりもした。

――ネズミちゃん。もうお前の恋人のことを忘れちゃったのかい？　ネズミちゃん、中庭で挙げた私たちの婚礼のことを忘れちゃったのかい？　お前がちっちゃな歯で私の肉を齧り、純潔を貪ったことを覚えていないのかい？　いとしい人。ネズミちゃん、私は約束を守ったでしょう？　恋人のからだをお前に譲ったじゃない、ネズミちゃん。見下げ果てた哀れな小動物よ、かつてお前のものだった天使の似姿をお前に戻してやったでしょう？　ネズミちゃん。

セニョーラはベッドの柔らかなところに顔を埋めた。理解し、理解したとたんに涙を流した。

——お前は彼といっしょに行っちゃったのよね？　二人して私を置き去りにして……そうでしょう？　あの青年の心身に入り込もうとして私を利用したのね、この汚らわしいネズ公ときたら……。

オオタカはセニョーラの手元に戻ってきた。

すると彼女はその愚かな猛禽に憎しみのまなざしを向けた。というのも何も理解できないだけでなく、主人を守ることも、身にまとった紋織りのあいだに忍び込んだネズミを連れて行ってしまった青年に対して、飛び掛かることもできなかったからである。

——しかしエンディミオンが目覚めたとき何が起きたのかしら？　セレーネのそばにずっといたのかしら、それとも永遠に月を見捨ててしまったのかしら？　私はそのお話しの結末は知らないのよ、オオタカ。

オオタカは信じ切っているかのように女主人の手首をしっかり摑んでいたが、そのとき身震いをした。セニョーラがベッドの乱れたシーツのところで恋人の痕跡を探していると、そこにばらけた髪の毛と、苦労して切ったと思われる爪を見つけた。切った爪と髪の毛を集め、いっしょくたにして鼻に近づけ、口元にもってくると、わけの分からぬ言葉をつぶやいた。可愛がってもらう見返りに従順に振る舞うことに慣れていた猛禽は、戸惑い気味に震えて羽根をばたばたさせた。痩せて引き締まった身体のうちで鳥が予見していたのは、物事の秩序がひっくり返っていること、かつて互いの忠誠心が存在していた場所に、今では唐突な脅迫感が支配しているということであった。オオタカは絶望的な羽ばたきをし、セニョーラの腕から離れようともがき、どうにかそうすることができた。というのもセニョーラが片方の手で、震えるオオタカを押さえようとする間に、もう一方の手のなかで爪の切れ端と集めたばらけた髪の毛をしっかり握りしめて、落とさないよう気を遣っている間をつくることができたからである。オオタカはせわしなく盲滅法な方向に、自殺的な救済をはかって、陰鬱な宮殿のオアシスともいうべき豪華な寝室を飛び回った。壁を覆い尽くす紋織りとか、アラビア風の浮き出し細工を施した天井に衝突したり、閉じられた窓やファンが逃げ出した扉にもぶつかった。そのときセニョーラはやおらベッドから起き上がると、オオタカを捕まえようとして両腕を差し出し、うなり声を出したり、うずくまったりして、鳥が石に衝突して片方の羽根を痛めたり、床の白砂に落下するのを待った。羽ばたき音は次の間で恐怖の念を巻き起こした。次第に増していくオオタカの恐怖は、まもなくセニョーラに向かっていくこととなる。猛禽は女主人につき従う長い間の伴であることを忘れ、ドン・フアンや欺きのネズミに対してそうしたのと同様、セニョーラを敵とか獲物とみなすのではないかと恐れたからである。相手の捉え方次第で、もし獲物とみなすならば、訳が分からず恐怖に駆られるがままに、獲物に襲い掛かり、女の肉体を虜にするだろう。そのとき世界は崩れ落ち、狂おしい羽ばたきをするたびに、本能によって獲得し、グスマンの調教によって身に着いたあらゆる習慣は、消失していったのである。オオタカは容赦なく窓にぶつかり、傷ついて地面に落下した。セニョーラが駆け寄って見てみると、オオタカは未だに身を護ろうともがき、女主人に対して嘴で攻撃し、ドン・フアンの忌み嫌ったあの白い肉に爪を食い込ませようとしたのである。セニョーラは片手で嘴を閉じ、もう一方の手で獰猛そうな視線を覆い、鳥を窒息させてゆっくりと床の砂地のなかに埋めた。ゆっくりと情け容赦もなく首を締め上げながら、寝室の地中に埋葬しつつこうつぶやいた。

――この家の建設は失敗するがいい（Domum inceptam frustra...）この宮殿は決して棟上げされることなきよう、この家の建設は失敗するがいい（Domum inceptam frustra...）。

――ありがとう、わが心の真実のご主人様、とセニョーラは寝室の窓を開けてつぶやいた。――お前は私がお城の中庭で苦行と屈辱の業を行っていた夜に、呼び掛けに抗うこともせず、すぐさまネズミの姿となって求めに応じて駆けつけ、下着やアンダースカートの間に入り込んだわね、そして鋭くとがった牙で処女を奪い、夫によって封じられていた悦びを教えてくれた。お前は私のベッドにお前の身代わりの青年を送りつけたわね、そしておまえときたら、私がオスティア（聖餅）を受ける際にそれに唾したら蛇に変身したけれど、そのときにも居合わせたわ。そのとき私には、爾来、お前が忌まわしい行いをする際に私を選んでいたということが理解できなかった。お前は密かに身をうずくませた未知の力であって、幼い頃、桃の種を隠すために土を掘ったり、人形たちに服を着せたりしたときに、暗示して私の手を動かしてくれたのだわ」。セニョーラは窓からオオタカの死体を力いっぱい遠くに投げ捨てた。羽根は傷つき、嘴も閉じられた猛禽はぐったりとなって、約束された庭園の、漠とした空間を飛んで行き、生垣の向こう側に落下した。「ありがとう、悪事をはたらく亡霊たちの苦悶の魂と、生者を懲らしめる蛆たちの、苦痛に満ちたあてどなき彷徨を差配される主よ、ありがとう、私をして死者の魂を従わせる力を与えて下ったことを、星辰の運行をかき乱し、神の力を掣肘《せいちゅう》する力を与え、元素を利用せしめ、太陽までも脅かす力を与えてくれたことを。星よ、そなたを永久の暗闇のヴェールに包み込んでやろう。主よ、ありがとう、あなたの奉仕者にさせてもらい、あなたの力を付与していただいて。ありがとう、ご主人様、堕ちた天使、黒い光よ、いまやっとあなたのことを理解しました。あなたを許しましょう。あなたは私が最初に感じとり、そのあとで悟るだろうとおっしゃいました、それが私たちの取り決めでした、あなたはそれを遵守されました、いまやっと理解しました、もはや快楽を味わったわけですから、知識を得ることとなるでしょう、あなたも、あなたが挑んでいる神ですら、快楽と知識をいっしょに会得することはないでしょう、ありがとう、堕ちた天使よ、ここにあるわが肉体が何世紀もの間を通じて無意識に体験してきた数多の変身のうちの、もうひとつの変身だということを明かしてくださって。私が女であり鳥であり、雌オオカミ、少女、蝶、雌ロバ、雌ライオンだったということも知らないままに。やっといまになってあなたといっしょに立ち去ったあの青年のおかげで、あなたの子、彼の子を身籠りました。だって二人ともわたしに暗いザーメンをもって受胎させてくれたのですから、私の腹からは後のスペイン国王が生まれることでしょう……。

セニョーラは微笑みを浮かべながら窓を開け、ベッドの裾のところまで歩いて行った。そこにはハーブや枕などと一緒に、大理石の鏡が置かれていた。鏡を取り上げるとそこに自分の姿を映して見た。そこにはあたかも大理石から流れたもののように、黒い鏡面の上にべっとりと血がついているだけであった。

彼女はがっくりとうなだれた様子で言った。

――ご主人様、これももらえないの？　あなたの息子を授けてもくれないの？　私が再び血を流しているということを、こんなかたちで知らしめようとするの？　フアンという名の青年との情事で妊娠したのに、生理は終わってはいないとでも言いたいの？　女は月のものがあるとき、鏡が血で汚れるとでも言いたいの？

セニョーラは唇をかみしめた。あらゆる試練に耐えていくつもりだとひとりごちた。ネズミによって叩き込まれた魔術的叡智の技法をもって試練に打ち克とう、決して打ち負かされはしまいと。再び感謝の気持ちを示すこととしよう。ありがとう、ご主人様、私に力を与えてくれる言葉を教えていただいて、変身の過程で忘れていた言葉を思い出させてくれて、世の中の疲弊した空間と移りやすい時間を通じて、私という存在が何なのかを示してくれる言葉を教えてくれて。saga et divina, potem caelum deponere, terram suspendere, fontes durare, montes diluere, manes sublimare, deos infimare, sidera extinguere, Tartarum ipsim illuminare.〔聖なる女占い師よ、天を貶め、大地を吊し上げ、泉を石化させ、山を溶かし、冥府を呼び出し、神々を誹謗中傷し、星辰を消し去るがいい。暗澹たる地獄を照らし出すがいい〕。ありがとう。死んだオオタカが、平地からセニョーラのいる窓辺を眺めていたセレスティーナの友人の足元に落下した。するとセニョーラは羽ばたきながら、死んだオオタカの後を追ってカスティーリャの大空に飛び立った。しかしその羽根は、膜状のものでできていた。時代の黎明期において賢女や女予言者たちの礎となった言葉によって呼び出された、新たな彼女の肉体にふさわしく。飛翔があった、頭部の黒い槍には貪欲な調和が、また鋭い牙と趾骨《しこつ》には生命があった。ありがとう、黒い光よ、堕ちた天使よ、お前は中庭で夜ごとよごとに、これらの言葉を私に教えてくれた。すべてを奪い去ったとはいえ、言葉だけは残しておいてくれた。しかし私にとって今や言葉こそすべて。ネズミよ、もはやお前のために餌として施してやった美少年の血でもって、己の死に絶えた生命を養うことはできまい、しかし、今や言葉の力によって、死そのものでもって身を養うことができるだろう。

コウモリが平地の上をせわしない動きをして孤を描くように飛び立った。地下礼拝堂の方向に向かって、宮殿に入る新たな入り口を探していた。苦悶の夜が黒の喪服にすっぽり身を包み、飛び回るコウモリを支え、先導役となっていた。天を貶め、大地を吊し上げ、泉を石化させ、山を溶かし、冥府を呼び出し、神々を誹謗中傷し、星辰を消し去るがいい。暗澹たる地獄を照らし出すがいい。コウモリはこうした諸力を呼び出しつつ、ばたばたと羽ばたきながら、目は見えずとも霊廟の遠近を見極めつつ、セニョールの礼拝堂にあるその先祖たちのために造られた、奥深い地下礼拝堂に入っていった。

翼をもった盲目のネズミは、墓の大理石に触れると、裸体のセニョーラの姿を取り戻した。彼女が墓の冷たさから身を守ることができたのは、心に燃えるものがあったからである。セニョーラはほどなく現れる黎明の光ですべての力が奪われることを恐れつつ、汗を流し、喘ぎながら墓石を除けると、素手でもって王たちのミイラが眠る石棺のガラスを割った。そしていろいろな遺体から、柔らかな鼻、崩れ落ちそうな耳、凍えるような目、埃をかぶった舌、乾燥した四肢を引き抜いた。そうする間にも、意味の分からない呪いや非難の言葉を呟いていた。というのも自分が呼び出す諸力の真実の広がり、悪魔的な力の潜在性といったものを、体験したことがなかったからである。また神は人間を創造するやいなや、人間を悪魔的な力にゆだねたのだが、彼女にはそれらが明日にでもすぐに遂行されるか、何世紀後に果たされるのかが分からなかったからでもある。というのも悪魔の力というのは円環的であり、時間の線引きによって分割されたた球体であって、時間に関与はするものの、時間によって上部と下部に分けられた二つの半球となっていて、それぞれが時間とは無縁の存在である。しかし将来いつの日か、彼女が自分の真実の主人に忠実でありつづけ、真実のセニョールによって課せられた辛い試練を耐え忍ぶなら、また脚のあいだに入り込んだネズミに対する祈りを欠かさず励行するのなら、またあの朝に、ホスティアを受けるとき、唾を吐きかけてやった蛇に対する絶対的信仰を守り続けるのなら、すべて懇願したことがらは実現をみるだろう。つまりかつてこの宮殿にいた者たちは、永遠の牢獄であり墓場であるこの場所を去ることができないようにすること、さもなければ、たとえ去ったとしてもカタツムリのごとく、カインが罪を負うように、家としてこの宮殿を背に負い続けること。この呪いから逃れようとする者は誰でも、敵に捕まるまいと逃げ出す際に身軽になろうとして、恐怖から自らの生殖器を食いちぎるビーバーに変えられること。宮殿で捕まったフアンが、己に見合った別の牢獄たる捕囚の身になること。つまり鏡の牢獄、窓のない牢屋において。フアンから孕まされる女の誰もが、永遠の妊娠、雌象のごとく、巨大に膨張していく腹に永遠に重い荷物を抱え続けるということ……。

——男と女がウェヌスとともに船出するとき、必要なものは油のいっぱい入ったランプとぶどう酒で満たされた聖杯くらいなものだ。そなたと私はそんなものすら持ち合わせてはいない。われらの悦びがその分を埋め合わせてくれればと願っている、とフアンは修練の身であるイネスと枕を交わす際に語っていた。男は紋織りのマントを脱ぎ棄て、少女は粗布の長衣を脱ぎ捨て、出会った場所にほど近い女中部屋の粗末なベッドにおいて。若いカップルの愛の喘ぎと睦言は、アスセーナとロリーリャの侍女たちの言い争いと入り混じっていた。というのもざわめき声が粗末な部屋を分け隔てる、建てつけの悪い石塀の割れ目から、また七月の夜の開け広げた窓から漏れ聞こえていたからである。しかし悦びが何にもまさって彼らの埋め合わせとなっていた。イネスはフアンに自分がどういう存在なのかを述べ、天国を恐れないのかと尋ねると、彼はこう答えた。

――それは天国とおれの問題だ、しかしどうか信じてくれ、おれは天国も地獄も狼人間も恐れてはいないということを。

――この同じ宮殿で私たちのそばにいて、セニョール(主)と話したいと願っている私の父も怖くないってこと?

――気に掛けることはないさ、いつかおれを晩餐に招いてくれるだろうよ。

――セニョール(主)ご自身に対しても恐怖はないの?

――イネス、お前はずいぶん冷血な女だな、主は過去のひと、おれは今こうして生きているんだ。かつて存在したということより、今あることのほうがずっと大切だってことよ。

――それじゃあ、私のことは怖くないの?

フアンは笑って言った。

――男の言うことを信じる女は呪われろだ。ドニャ・イネス、おれがお前を最初に見つけたということをありがたく思え。だからお前が、おれの心をつかもうという他の女たちの真っ当な思いを奪おうっていうのはお門違いよ。

――フアン、あなたって冷血漢ね。

フアンは、まるでトカゲのように粗末なベッドの厚板に開いた手のひらを押さえつけるようにしてぐいっと立ち上がり、一糸まとわぬイネスの身体から身を引き離した。開いた窓辺から、王宮付きの官女に成り上がった二人の下女の、いかにも物欲しげな忍び笑いがもれてきた。イネスは恐ろしさでとっさに叫び声を上げ、情人の身体を遠くに突き離した。そして緊張していた身体をリラックスさせると、おずおずとした手つきでファンから引き離されたばかりの自分の性器に手をやった。イネスは気でも狂ったかのように叫んだ、それはセニョールによって傷口を開けられ、のちに同夜になってファンによって弄ばれた自分のヴァギナが閉じられていたからである。つまり再び処女になったのである。情け容赦もなく開いていた陰唇が閉じられ、陰毛が絨毯の網目のようにびっしりと生え、貞操帯の歯がしっかりと噛み合い、花弁が閉じられていたのである。ファンは腕を壁に押し付けて笑いを押し殺そうとでもするかのように、片肘をつき、くすくす笑いながら言った。

――イネス、もしお前がおれとかセニョールの子を妊娠でもしたら、耳から生むはめになるぞ。

　彼はケープで身を包むと、粗末な部屋を出てゆき、隣の部屋の扉のところまでやってくると、アスセーナとロリーリャの二人の侍女の興奮気味の笑い声を耳にしつつ、自らも笑いながら扉をつよく叩いた。

　セニョーラはコウモリに姿を変え、地下礼拝堂から居室まで幾度となく飛び回った。そのたびに自らの切断された趾骨の間に、骨や耳、鼻、目、舌、腕など、墓から盗んできた遺体一人分の各部を摑んできては、それらをベッドの上に集めてきた。

　彼女は空が次第に明るくなってくるのを恐れつつ、早暁の大空にくっきりと姿を浮かび上がらせて飛び回った。仕事が一段落つくと、疲れ切った様子で自分の成し遂げた成果のほどをじっくりと眺め、ベッドに横たわる断片からなる怪物的な姿を堪能した。アリウス主義者の王〔歴代西ゴートの王〕の鼻、己が血涙の色を施した旗の縫い物をしていた王妃の耳。自分に一言の相談もなく神が世界を創造したことに関して不平たらたらであった、占星術に長けた王のもう一方の耳。兄弟殺しの王の黒目と、やんちゃな王女の白目。廷臣たちに情婦の浴槽水を飲ませた残酷王の紫色になった舌。母を殺し、継父に対し反旗を掲げ、武器もて叛逆した王のミイラ化した両腕。シーツに包まれて焼き死んだ王の黒焦げの上半身。悲痛な最期を遂げた王の骸骨。不能王〔カルロス二世〕の萎《しお》れた陰茎。祈っているときに王付きの矛槍兵によって殺された処女王の脛の骨。その義母にあたる狂女王の脛の骨。そいつは現セニョールの母君が夫たる美王、売女漁りで百姓娘たちの凌辱者たる夫が亡くなった際に、自らに課した苦行の遺物であった。

セニョーラは暖炉に火をくべ、火の上に鍋を吊るしてその中にフアンの爪や髪の毛を投げ入れた。そしてアラビア樹の樹液である松脂と、松脂と同様、凝固作用のある安息香をそこに加えた。そうしたものすべてをかき混ぜて煮え立つのを待った。最後にそうして出来上がった蠟を暖炉からベッドまで運び、ミイラ化した肉の断片にまんべんなく垂らして、人間のかたちをとるようにして、バラバラの部位をひとつにつなぎ合わせた。

そして蠟が冷えていくのを待った。そこには新たな肉体があった。彼女は言った。

——これでスペインに後継ぎができたわ。

——何か臭うわ、何の臭いかしら？

と例の侏儒女が押していく荷車のなかで、小鼻をクンクンさせながら〈狂った淑女〉は言った。侏儒女といえば、淑女が自分の初夜を過ごすことができるように、地団太を踏み泣きわめきながら、先祖たちの眠る壮麗な地下礼拝堂に連れていくようにと人々につよく求めていた。バルバリーカと淑女の後ろには、奇妙なことに自分たちからずいぶんと離れたところからついてくる、落ち着いた風情の愚か者がいた。彼は年老いた母がもはや是非すべからざる状態にあってもなお、王位継承者たる自分の王命にだけは従って、己のたっての宿願をかなえる行動をとっていることに満足していた。とはいえ淑女は、新たな王の愚かしさも必要性も、同じ程度に不要のものにしてしまう何らかの臭いを嗅いだのである。それは宮殿の回廊を漂ってくる臭気にみちたそよ風に乗ってきた。それは何と、狂った淑女をうっとりさせた、腫れた肉や熱せられた骨、蠟や焼かれた爪の臭いだった。あの臭いはどこからやってくるのか、どこから臭って来るのか、新たな生命のいかなる甘露なのか、こんなことを行うのはいったい誰なのか、どうしてこの私に教えてくれないのか、ここで何が起きているのか誰も私に教えてくれないのなら、どうしてこんなに大変で気を遣うことをしなければならないのか。私は用心せねばなるまい。私を落胆させる声なき力が存在している。時の祝宴に捧げるための新鮮な血、否、永遠との婚礼に捧げるための古い血。私たちの世界というのは、世界の終末を待ち受けるために造られたのよ、もはや何ものも変わってはならないの、なさねばならなかったことはすでになされてしまったのよ、よく聞くのよ、わが息子フェリペ、名誉を失い、貞節ゆえに狂気を発症したお前の哀れな母の言うことを。何も変えてはいけません、決して、お前は正しいのよ、フェリペ、私はお前の味方よ、やっと世継ぎもできたことだし、できそこないの偶像崇拝者を遠ざけ、神木を焼き払うように命じなさい、噴水に洗礼を施し、花々や枝飾りでしつらえた素朴な祭壇に十字架を掛けて、自然のなかに神を探し求めるような輩どもを焼き殺すように命じなさい。

　息子よ、自分の宮殿を早く完成させなさい、そして何もかも一切合財、そこに閉じ込めてしまいなさい、墓も修道院も石も、将来お前の宮殿内に建造される宮殿もひっくるめて。そして灰色がかった終わりの見えない見通しのまま、お前の宮殿の壁の内部において、自然が生み出すすべてのもののレプリカをでっち上げるのよ。そしてここにすべてを閉じ込めなさい。宇宙そのものの代替品を、真実の自然はまさにこれだというふうにすべてを閉じ込めるのよ、真実の自然とはこうして現に種付けがされ、産み出され、成長し、流れ、動き、滅んでいくものなのではなく、本当は石や青銅や大理石のような不動なものなのよ、それこそが内部において、われわれ人間が小宇宙としての肉体をもっているわれわれの自然なのよ。つまり土は肉だし、水は血、空気は息だし、火は熱よ、息子よ、このことを自分の礼拝堂や寝室でよく考えなさい、頭蓋骨に剣を突き刺された殉教者聖ペテロが感じたにちがいない痛みと心底からの思いを込めて考えるのよ、われわれの秩序が決して変わることのないように、ものごとが永遠性のなかで考えられてきたようなものとなるべく。つまり従属関係、君臣関係、強制的取り立て、忠誠心、貢納、気まぐれ、われわれの下すような王命、他のすべての者たちが従う受身的な服従。それこそがわれわれの世界であり、もしそれが変わることがあれば、われわれ自身も変わることとなろう、もしそれが滅びれば、われわれも滅びることとなろう……。

　婚礼衣装に身を包んだ侏儒娘のバルバリーカは、暁光がぱっと音もなく大空に差し込んだとき、酔っぱらった状態で腹ごなしもならぬまま、辺りかまわずオナラをし、げっぷをし、ご先祖たちの墓の上を這いずったり、走り回ったりしながら、大声で画家の修道士を呼んでいた。それは彼女のみが王妃であることを、彼によってはっきりさせてもらおうと思ったからである。侏儒娘は石の台座のすそのところで、大理石の陵墓の各々に寄り掛かりながら、その場所に埋葬された著名人や王族や庶子たちが、生前とったであろうようなポーズをまねた。〈狂った淑女〉は地下礼拝堂の堂々とした佇まいのなかにじっと身を沈めつつ、バルバリーカの素っ頓狂なそぶりを一言も発することなく、軽蔑のまなざしで眺めていた。外では白々と夜明けの光が射しはじめたものの、天蓋と柱廊には夜の暗闇が未だにどっしりと居座っていた。彼女のまなざしはそうした灰色部分の光景のなかで行き場を失っていた。ところが内部では暗闇から浸出する酸のせいで、王墓の銘板に腐食が始まっていた。老女は自分の目と銘板とがまったく同じものとなっていたせいで、地下礼拝堂の全体像のなかに深く没入していった。そのまなざしは次第に夜の暗さ、色なき色に慣れていくにつれ、角柱形の鏨のごとく細部に向かって刺すように近づいて行った。淑女はいくつかある石棺のガラス部分が割れているのに気づいた。石碑は取り除けられ、墓は穢されていた。彼女は〈愚か者〉を大声で呼ぶと、自分を荷車に乗せて霊廟に連れて行くように命じた。霊廟近くで目にしたのは、死者冒瀆の光景であったため、彼女は再び大声で叫んだ。遺体には耳もなければ目も鼻もなく、手足の長い骨もなかった。ああ情けなや、私自身の腕も手もなければ、捧げものの遺物もない、薬剤師や医者たちがアロエや生石灰や黒香油をつめ込んでしっかり腐敗処理をした肢体もないのだ。淑女はこう言って泣き喚いたが、侏儒娘のほうはずっと墓と墓のあいだでブランコ遊びをしていた。〈愚王〉といえば疲れ切った様子で、縮れ毛のカツラを外し、〈淑女〉の夫であるセニョールの父親の墓のところまでやってきて、墓を覆う銅板を取り外すと、そこに自分自身の姿を、少なくとも彼が海からもってきた服を身につけた死体を見出したのである。服とはぼろぼろのイチゴ色のズボン、いまだに砂がついたままの黄色のストッキングであった。

侏儒娘はげらげらと笑いこけていた。淑女は気分を害して大声を上げた。誰一人として彼のほうを見てはいなかった。彼もまた老母が、やってくるなり息子の自分に、遭難者の死体を死んだ犬どもといっしょに、共同墓地に投げ入れるように要求したことを思い出せずにいた（というのも、彼は日没ごとに奪われていく記憶を押しとどめることができなかったからである）。そして彼は議論することも想像することもできない偶然の出来事で、顔は漠然としか判別しえなかったが、自分と似ていた死んだ遭難者が、売春婦漁りの美形のセニョールの墓に横たわっていることを、ことさら有難いとも思わなかった。愚王はセニョールの姿かたちを不完全な、中途半端なかたちでしか受け継いではいなかった。それはまるで人の特徴や断片といったものが、他の人のなかにしつこくへばりついたままあるかのようでもあり、また同じ人間をこしらえる変身術がどこかで失敗したかのようでもあった。侏儒娘はケラケラと高笑いし、淑女は大声を上げたが、誰も彼の方を見てはいなかった。

〈愚王〉は石棺のなかに入り込み、自らの遺体のうえに身を横たえ、彼自身であった遭難者のばらばらの遺体のなかに身を沈め、墓の冷たい底に聖痕を生じさせた赤い十字架に、ふたたび自分の背中を合わせた。そして内部から墓石を墓の上にかぶせ、暗闇のなかで目を閉じた。大きな安らぎと、ついには平安すら感じるに至った。そのなかであれば、何の邪魔を受けることもなく長い間休息することも、待ち続けることもできるように感じた。また寄る辺なき遭難者と、偽りの世継ぎの王という二重人格者としてあることの解決しえない謎を、解き明かさねばならないというはめに陥ることもなかった。もはや決定を下すことも、期待されるような狂人を演ずることも、自殺する気はたしかにあっても実行を延ばすことも、囚人たちを解放したり、血を流す鳩を頭に戴くことも、黒い真珠を貪ることも必要なかった。彼は断罪したり解放したりする義務から、また気まぐれの基礎の上にあらゆる権力を築き上げるといった義務から解き放たれたのである。彼は目を閉じ、墓の中で眠りについた。

セレスティーナの友人は、傷つき、息絶えたオオタカを手のなかに抱え込んで、鍛冶工場に入ってきた。彼はオオタカを侍女の恰好をした少女と鍛冶職人に見せた。セレスティーナは死んだ猛禽を手にとると、鍛冶場の大門までもってきた。

――ハンマーと釘をちょうだい。

とヘロニモに言うと、彼は言うとおりにした。

セレスティーナはオオタカの身体を大門の中央部分に据えると、打ちひしがれた翼を広げ、身体と羽根を乾いた木の上で釘づけした。三人とも黙ったままセニョーラの猛禽の磔の様子を眺めていた。しばらくすると、荒れ果てた平原の上を黙々と足を引きずってやってくる、不確かな足音を耳にした。その足音はフルートの悲しげな音色に合わせて、自らを導いて行った。

夜明け

セニョーラと同様、星占いの修道士トリビオは夜が明けるのを恐れた。

セニョーラがそれを恐れたのは、明るくなってしまえば死体に息を吹き込むことができないからであった。というのも暗闇でしか生命を復活させたり、命あるもののように装うことができなかったからである。天文学者がそれを恐れたのは、朝が来れば星が見えなくなってしまい、辛抱を重ねて作り上げた強力な望遠鏡が、彼を情婦たちのもとに引き戻しかねなかったからである。というのも星を眺めることが彼の人生のなかで何にもまして懐かしく、信頼するに足る眺めだったからである。

セニョーラは王たちの骸骨や死骸の断片を寄せ集めて出来上ったばかりの死体のそばに身を横たえ、騎士ドン・フアンが遅ればせの逃走をしたことに悪態をついた。というのも、そのせいで永劫に回帰する地獄的な復讐を捏ね上げるための夜の時間を、じゅうぶんにとれなかったからである。一方の修道士トリビオは、キリスト教徒として新たな日の奇跡と〈知的衝動〉の満足に対する感謝を捧げる賛歌をもって、今かいまかと曙の光に朝の挨拶をしようと構えていた（日が射したらすぐ、ところがまだ出てこなかった、まだ何かを確認する時間があった、つまるところ、証人が必要であった）。というのもそうした新たな日の到来は、星辰の円環的、永劫的、天上的なる親近性を裏付けるものだったからである。こうした喜びは、懐旧的な思いで夜の星を見上げる彼の心を奮い立たせた。

かくして彼女が悪を見ていたところに彼の方は善を見ていた。また逆に、彼女が善を見ていたところに（自分の傍らの黒いシーツの上に横たわる忌まわしい被造物のうちに）彼は悪を見てとっていた。というのも彼は、秘儀にたずさわる同時代のライバルたちの最悪の秘術と、古代テッサリアの魔女たちの妖術とを常に比較していたからである。かかる魔女たちはいくつかの墓から足や手や頭部、胴体を取り出してきては、それらを組み合わせて、人間とは似てもにつかない怪物的なプロメテウスを造りだしてしまったからである。こうした偽りの〈天空学者〉どもは、人間中心的円周と遠心的・複円的円周とをあれこれ組み合わせはすれども、世界の形態がどのようなものか、各部分がどれほど広いものか発見することはできなかった。というのも星辰の動きが多様である点についてはすべてを知っていたにもかかわらず、最も単純で基本的な真実については知らなかったのである。つまりすべての運動というものは、規則的で不変であるという真理のことで、創造者の手によって回転を与えられた惑星と、人の手によって投げ出された石とは同じ運動をしているのである。

修道士は次の晩まで凹凸レンズの使用はできないと諦めつつ、レンズに細工を施しながらこうしたことを考えていた。彼は運命的な日として待ち望むその夜に対し、再び問いかけることとなろう。夜自体が自らの物語を語ってくれることなど期待せずとも、せめて夜そのものが経験という名の馬にまたがって、自らの頭を動かすだけで、修道士の予想にふさわしい判断を示してくれるようにと期待しつつ。トリビオはレンズを置いて、厚紙を取り上げ、それを撫でまわした。彼は〈狂った淑女〉に緊急の用で呼び出されていた、仲間の修道士である画家フリアンの帰りをじりじりしながら待った。

セニョーラは傍らに横たわる、人間のかたちをしているとはいえ、冷たいままの肢体を愛撫した。そして松脂ふうのもので不細工な骸骨に貼り付けられていたミイラ化した耳に唇を近づけた。そうこうする間に、アラビア風松脂はところどころで灰色をした肉の薄膜のようなものとなり、また別のところでは骨がいぶし銀のように鈍く輝いていた。セニョーラはその耳の近くで、自分の本当の主人（名前はルシファー、ベルゼブブ、エリス、アザゼル、アーリマン、メフィスト、シャイタン、サムエル、アスモデオ、アバドン、アポリオン〔全て悪魔の名前〕いろいろある）に向かって尋ねた。彼が実際にネズミの姿をとって城塞の中庭で秘密の結婚を挙げたあの晩に、女魔術師や預言者の力を彼女に与えたものかどうかを、つまり天を引きずり落とし、大地を不動にし、噴水を石化し、山々を溶解させ、死者の魂を引きずりだし、塔にこもるカルデアの賢人がこよなく愛する星辰を消し去ることができるような力を。修道士トリビオ、するとそのときこそ、かかる威力を試す絶好のチャンスだったのだ、彼女が捏造した硬直した世継ぎの肢体に少しずつ生気を吹き込むチャンスだったのだ。なぜならば彼女はこの姿こそ、ネズミとの交合の真実の成果だということ、そしてネズミによって犯されたとあれば、もはやドン・フアンの手で自分が妊娠することなどできない、ということを知っていたからである。その紫色をした舌にわずかでも声を戻してやれ、白と黒の不揃いな目に光の滴を満たしてやれ、どうか今すぐ、タルタロス（冥界）の主人、領主、所有者たるお方よ、アケロンの硫黄の穴の君主、昏《くら》きハデスの王よ、アベルノ（黄泉の国）の王、そなたは忘却の川の水ならぬ業火の川の水のなかで水浴しているのなら、そなたの婢たる私のことを忘れないで、どうか今こそ、太陽が暗闇のなかの営みを台無しにしてしまう前に、ふたたび肢体の各部が腐敗して、すべてが塵に還ってしまう前に……どうか……。

——フリアン修道士、この厚紙をとって（とトリビオは画家の修道士が〈狂った淑女〉を同伴した長い夜から戻ったとき彼に言った）ほらこの厚紙を。このピンの先で真ん中に穴をあけるんだ。そして厚紙をお前の目に近づけて。私の塔の露台に出て来てごらん、急いで、じきに夜が明けるから。ピンでできた小さな穴から星を見てごらん。何が見える？

——何って？　星は煌めきを失ってしまったようだ、ものすごく小さくしか見えないよ。

——どうだい、分かったかい？　見かけ上は大きく見えても、煌めきのせいでそう見えるだけさ。

——なるほど。でも今見えるものを本当に見ているのか分からないな、トリビオ修道士。ぼくはもうくたくただ。夜があまりにも長かったからな。

——光を発しない星ほど小さいものなどないと言うのももっともだ。でもそのうちの多くはわれわれの住むこの大地よりも大きいらしい。だとすると数百万もある星のなかのほんのひとつにすぎないわれわれの大地が、われわれから最も離れた星からどのように見えるか想像してみたらいい。それにわれわれとその星との間の空間に広がる星の数を想像してみるがいい。兄弟よ、われわれの住むこの小さな星が宇宙の中心だなんて信じられるか？　そんなことが信じられるか？

——ぼくが何としても信じられないのは、われわれの大地とそこに住む、惨めで残酷で愚かしい者どもの名誉のために、神が宇宙を創造したということだ。今夜分かったことがひとつある、それは人間とは狂気の存在だということだ。

画家の修道士は占星術修道士に、何枚かの紙を広げてみせた。トリビオはあたかもフリアンに問いただすかのように優しい微笑みを浮かべて、そんなこと今になって分かったのかと尋ねた。軽く頷いた様子からは、仲間の言葉を聞いていささか恐怖心を抱いたふうが見て取れた。

——フリアン修道士、そいつは何としてもぼくが避けて通りたい結論だ。私は無辺際なるものの大きさの前で、神や人間が小さな存在になってしまうことなど望まない。分かるだろう？　そんな考えはとうてい許されるものではないんだから。

フリアンはトリビオに優しいまなざしを向けた。彼はいささか滑稽でもこの天文学者のことを嘲ったりしないでおこうと心に決めていた。彼の剃髪はぼさぼさの赤い縮れ毛ゆえにかえって後光が射して見え、目はやぶにらみで、背が高いといえども均衡や優美さに欠いていて、意識的にいらいらしたそぶりを見せ、一方の肩を他方よりもそびやかしていた。トリビオは手書きの書類を丁寧に手にとって見た。それはセニョールによってページごと下部に封蠟が施されたものだと分かった。

——これは誰から受け取ったものだい？

——さきほどグスマンからだ、お前の観測所に通じる階段のところでな。読んでどう思うか言ってくれと頼まれたんだ。

宮殿の占星術師は目配せして、梁の天上から吊り下がっている、黒ずんだガラスに入った蠟燭ランプのところに近づいた。そして読むために光の下に身をおいた。表面上はぞんざいな態度に見せかけてはいるものの、本当はぞくぞくするような気持ちを隠して、グスマンに書き取らせたセニョールの遺書を読み始めた。彼は片腕を上げると、二人の修道士の頭上を大きな孤を描いて揺れるランプを、ソフトに、しかししっかり力を込めて押さえこんだ。ひとりは読み続け、もうひとりは不思議な気持ちと疲労感を感じつつ、ランプの描く孤を眺めていた。

——よく見てしっかりと数えろよ、とトリビオはセニョールの遺書を読み続けながらつぶやいた。ランプから投げかけられた影が規則的に大きくなったり小さくなったりした。フリアン修道士、自分の脈をとってみろ？　そしてしっかり数えるんだ、そうすればこのランプの一回ごとの揺れに要する時間が、揺れの大小に関わりなく、いつも均一で同一だと言うことが分かるはずだ。

フリアンは自分の脈をとって天文学者のところにやってきた。

——修道士、兄弟、何か分かったかい？　分かったら教えてくれ、この忌まわしい夜から身を清め、浄化できるようなものが何なのか分かるかい？

トリビオは読み続けていた。

——ああ、大地が天空にあるということをな、これで満足か？

——いや、私は地獄が地上にあることを知っているんでね。

——フリアン修道士、そうなるとわれわれは昇ったらいいのか下ったらいいのか？

――われらが聖なる教えによると、昇るんだな、トリビオ修道士。魂は永遠の善を求めて上昇するしかないから
な、善というのは天上にしかないんだ。

トリビオは赤毛の頭を振った。

――幾何学というものは善も悪も感知しなければ、至高善も相対善も感知しない。われわれは上昇することも下降することもないとはっきり断言している。われわれは回転し、回っているんだ。はっきり言えるのは、すべてが球体であり、すべてが円環として回転しているということだ、すべてがたえず円環的に運動しているということだ。

――人間のことについて語ってくれないか。

――人間とは狂気の存在だって言ったよな、でも数学者は狂気に囚われることはない。ある仮説が正しいか正しくないかは、体験が実証してくれるからな。仮説が偽りだということはあっても、狂っているということは決してありえない。

――大地もまた狂っているということはないよな、そこに住んでいる人間どもは狂っているとしても。人間の狂気というのは君の言うようにたえざる円環的な運動だ。新たな岸辺に到達したと考える者はあるかもしれないが、休むことなく疲れきった同一の出発点に戻ってくる運動そのものだ。この運動によって人間は大地に自らの愚行を感染させるんだ。でも大地自体は動きはしない……。

――動かないって言うのか？

――どうして動いたりするもんか。動いたらあらゆるものが落下してしまうだろう。われわれだって虚空に放り出されてしまうはずだ。大地の不動性というのは、そこに住む気違いじみた住民たちの、慌ただしい活動を安定化させる条件そのものだからな。大地の運動が人間の運動とあいまってそこに加われば、すべてわれわれは天空に放り出されてしまうはずだよ、修道士。

――われわれはすでに天界にいるって言わなかったかい？　と占星術師は哄笑して言った。そしてセニョールの紙束を丸めると、テーブルの上に放り出した。彼はフリアンの腕をとると、見晴台のところに連れ出した。

トリビオはそこで不揃いな石を二つ手に取ると、鐘楼の欄干の縁に近づいて、大きいほうの石を左手に、小さいほうの石を右手に握って両腕を虚空に向けて広げた。

――いいかよく見て聞いていろよ、これからこの二つの石を同時に放るから。一方は他のものより重い。ほらよく見てみろ、耳を澄ませて聞いてみろ、二つとも同じ速

さで落下していくから。

彼は二つの石を放り投げた。しかし二人の修道士のうちどちらも落下する音を聞かなかった。トリビオは不審な面持ちで、やぶにらみの目でフリアンのほうを見た。

——トリビオ修道士、何も聞こえなかったぞ。これが私に見せたいと言っていた奇跡の正体かい？　石は落下して大地に衝突したけれど、何の音もしなかったということか？

占星術師は身震いした。

——とはいっても同じ速度で落下したんだ。

——地面に当たった衝撃音が聞こえてもよかったのに。どちらかが先に落ちてもう一方が後に落ちたとか、両方とも同時に落ちたとかして。ともかく何かの音が聞こえてもよかったのに、何にも聞こえなかったというのは？

——なんだかんだ言っても、落ちたんだ。わがカルデア人の先祖様にかけて誓って言うけれど、重さは違ってもいっしょに、同じ速度で落ちたのだ、たとえ天使が手を差し出して受け取ったにしても。あれらの石は月や回転する大地、宇宙のすべての星や惑星を動かす力と同じ力によって動かされて落下したんだ。もしもあの哀れな二つの聖なる石が、このわが鐘楼の高みから同一の速度で、落下しないということになったなら、その瞬間、君もぼくもこうして生きてはいないだろう、なぜって、あたかも天上のパヴァーヌのように月が大地の周りを回り、大地が太陽の周りを回っているおかげで、あの石は落下という運動をしたわけだからな。ひとつの円周は別の円周を駆り立て、ひとつの球体は別のそれに影響を与えている。全宇宙はそこにいかなる割れ目もなければ、因果の連鎖における一点の裂け目もなく、互いに関連し合っているんだ。したがってどの惑星をとっても、あらゆる現象がその回転を起点として説明できるし、そうした関連性があるから、球体や軌道上の円周、天界それ自体の大きさや配列などが、こうやってしっかり結びつけられているんだ。分かるかい？　修道士、各部分や宇宙自体を致命的にバラバラにしてしまわない限り、何ものも変えられないってことだ。

——すると、ここで二つの石を放り投げても落下音がしなかったということで、こうしたことが分かるって言うのかい？

トリビオは語気強くそうだと断じたとはいえ、口ごもって呟いた。

——理解できない、理解できない……。

バラ色の暁がその頭を蒼ざめた火炎で飾りはしたものの、占星術師のうつむき加減の顔には暗い影が差した。

——トリビオ修道士、ヨシュアは太陽があるときに戦いに勝利するべく、その動きを止めるように命じたらしい。

——福音書の聖人たちは超自然的な真理を預言している。ところが自然的な真理はそれとは別だ。あらゆるものが画一的な運動であると同時に、頑として変わらぬ変化でもある……変化と運動、運動と変化、星辰はそれらがなければ単に夜という路上にころがる死体にすぎない。

——トリビオ修道士、セニョールはヨシュアのごとき存在なのだ。それを忘れるな。君はあの暗愚の勢子頭グスマンでは、とうていでっち上げられはしなかったと思われる、例の遺書を読んだだろう？　君やぼくなら幸いにして行間を読むことができる。セニョールは運動も変化も望まれてはいない。太陽が動きを止めることだけを望んでいるのだ。

——セニョールが勝利を得られる戦いとはどんな戦いだ？　黄昏と敗北をもたらす力を呼び出すほうがよくはないか？

——セニョールは変化を望んではいない。われわれはセニョールの臣下だし……。

——そうはいっても、セニョールだって体を動かすだろう、そのときには苦しむはずだ。動くことによって苦しみ、衰退して死んでいく。

——哀れなわれらがセニョール、誰もが今の彼はかつてのセニョールではないと言っている。若い頃は美しく、大胆不敵で、残酷な面もあったと。父に叛逆してその先頭に立ったが、それも単に叛逆者たちを容易に父の手に渡そうという目的のためだった。殺戮のうえに自らの権力を築いたのだが、そのおかげで君やぼくが後ろ盾をもって星を眺めたり、聖像を描いたりすることのできる、この宮殿を建立することができたというわけだ。だから忘れてはいけないぞ、兄弟。君もぼくもここでこそ、危険な世の中から逃れることができるということをな。ここ以外のところにいたら、われわれはいったいどうなったものやら。下手をしたら、君は単純労働者としてしがない工房でガラスを磨いていたかも知れないし、ぼくだって生まれた土地の馬小屋で肥え桶を担いでいたかも知れないしな。もしわれらが聖なる修道会と王権の後ろ盾によって、この宮殿で修道士として庇護されなければ、君もぼくも絵を描いたり、星の研究をすることなどできはしなかったろうよ。

——兄弟よ、君はせいぜいわれらがセニョールのうちに、他の人間とか宇宙全体のなかに、観察できることだけを見ることにすればいいいさ。おそらくこうしていれば、宮廷生活での阿諛追従や、見捨てられることの苦痛から、ともに同じ程度解放されるだろう。セニョールにこれといって例外的なものはない、たまたま受け継いだ血が悪かっただけだ。他のことは誰にも、どのケースにもありうることだ、たとえば暴力が権力を生み、権力が喜びを生み、喜びがもろもろの形式に変化し、ついには形式が硬直化して冷え切ってしまい、衰退して死に絶えるというのは。死という名の暴力によって全周期が再び始まるのだ。

——となると人間の苦しみはどうなる？

——どんな苦しみだ？

——君がずっとぼくに話してきた苦しみ以外にはないだろう？　つまり運動することで衰退し、死に果てるという苦しみだ。

——ぼくが言っているのは存在するすべてのもので、何もセニョールに限った事じゃない。

——ちょっと待った、兄弟。具体的にならないものなど存在しないぞ。セニョールにあってもまた、抽象的な苦しみが具体化せねばなるまい、たとえそれが君の言う、必然的に心ときめく暴力から、冷たい死への推移が伴うものであっても。けだし、セニョールは死へと近づいているわけだからな。われわれが読んだものにはそう書いてある。思うに、生あるうちの死は敗北や挫折にちがいない、そしてセニョールが経験しているのはまさにこうした死だ。とはいうものの自分とて、彼がこの地のこの宮殿において、そしてそこに住むわれわれのうちに、死の完全なる似姿を生み出そうと決心した、秘めた理由を探り当てることはできないということは認めている。ところで宇宙には挫折などというものがあるのか？　教えてくれ、君は天文学者というだけではなくて、占星術師でもあるんだから。

トリビオはゆっくりとした歩調で、凹凸レンズや集光レンズ、望遠鏡、反射鏡、天文図、コンパス、天体観測器などで満たされた部屋のほうに戻って行った。質問好きなフリアン修道士をすぐ後ろに伴って歩いていたトリビオは、天体観測器のところで立ち止まると、目盛り縁をじっと見ているふうだったが、やおら金属の天球儀を測る照準器をやさしく撫で始めた。そして器具を回転させた。

――いや、宇宙に挫折などはない。宇宙はしっかり機能していて、常に完全なかたちで自らを表象している。

――すると殉難や歓喜の美や形式、没落や死など一切ない、純粋な力、純粋な具現、純粋な成功ということになるのか？　もしそうなら、ぼくの絵画でもって、セニョールによって課せられる死の規範を打ち破ることができるだろうか？　もしそうなら、歓喜と形式、没落、死、殉難による復活、芸術の美をもって、ぼくはセニョールの有限性からと同様、宇宙の完全性からも自分を救いだすことができようか？　そして真の人間的規範を打ち建てることが？

トリビオは天球儀をさらに速く回転させながら呟いた。

――きちんと埋め合わせのなされる力……死という完璧な均衡から生まれる力……。

彼は画家の修道士のほうを見た。

――軽さは重さから生まれるし、重さは軽さから生まれる。誰もが生まれたことの利益に対する代価を、生まれたその時点で支払うことになるし、誰もが己が運動の幅に応じて消耗していく。また誰もが同時的に死滅していく。あらゆる力は滅んでいくが、己自身のなかで再生される。力にとって死とは相互的な贖罪であり、劇的な出産である……。

占星術師はやや芝居がかってはいるものの、それでいて集中した様子で、天体観測器の動きを突然ぴたっと止めると、こう付け足した。

――これこそが掟というものだ。君の絵画もぼくの知識も規範から逸脱することはない。でも逆説的なのは、規範を冒すことで規範を生み出しているということだ。掟というのは科学と芸術のとてつもない例外を、それに対置する者たちのおかげで存続している。

フリアンはトリビオの肩に手を置いた。

――修道士、われらのセニョールは遺書のなかで、神の掟に対するきわめて厭わしい背反を犯している。あらゆる呪われた異端をいっしょくたにしているんだ……。

――異端だって？　とトリビオ修道士は眉毛をつり上げて笑った。われらの王はれっきとしたスペイン人だし、スペイン人にとって異端はしばしば神に対する冒瀆だ……。

――セニョールは異端も冒瀆もいっしょくたにしているし、われらのしがない友人たる宮殿お抱えの年代記作家と同様、そうしたものに道筋をつけているんだ。哀れなセニョールよ、ご自身の罪の償いをするために、ガレー船に自分自身を送るわけにもいかないし。でも兄弟、慈悲の心は是非とも持ちたいものだな、ぼくは君が今しがた言ったことからも得心がいったのだが、はたしてセニョールは単に苦しみの気持ちから、望遠鏡の先に見つけたと君の言っている真理を、別の次元で探し求めているのかどうか、そこのところがいまひとつよく分からないのだ……トリビオは言った。

——セニョールはあまりに孤独なのでは？　セニョールも、もしや君とぼくが探し求めているものを探しているのではないのか？

——ぼくがかい？　兄弟。

——君もそうだ、フリアン、君は絵画でね、ぼくには見る目がないとでも思っているのか？　哀れな斜視のカルデア人たるぼくには他になすすべもない、だからもし天空を徹底的に調べ上げることができるなら、絵画をしっかり観察することもできるし、セニョールの礼拝堂に行って、オルヴィエートから持ってこられたという例の絵画の暗号を読み解くこともできるはずだ。わざわざ遠くから運ばれてきたことで、その存在の遠さが実感されると同時に、作者の本当の意図が何だったかも隠れてしまってはいるけど。

——黙れ、兄弟、お願いだから口を慎め。

——分った。ぼくが君に言いたいのは、セニョールに同情するいわれはないし、彼をわれわれと比べる理由もないということだ。

——われわれはセニョールに服従を誓ったじゃないか。

——でも服従には程度といったものがあるだろう？　ぼくが知識に対して、また君が芸術に対してもっている服従心は、セニョールに対する侍者たちの服従心に勝っているんだ。神に対して負う服従心とくれば、何ものにも勝るものだが。

——黙れ、お願いだから黙ってくれ。セニョールは自分に対する服従は神に対するそれだと考えている。君の知識もぼくの絵画も、ぼくらを支配するそうした要求を前にしてはもはやなすすべはないな。

——そうはいっても、この書類のなかでセニョールは疑っている、それに君はセニョールが疑っていることで、彼の疑念はわれわれの世俗的信念と同類だと思っているんだ。

——確かにそう思っているよ。曖昧模糊として、敬虔な思いに駆られて、そう信じているし、そう信じたいんだ。

——兄弟、それはないよ。こうした疑念はそもそも疑念なんかではないし、われわれの疑念とも相容れない。セニョールは依然として旧世界に生きているんだ。真理はこうした言葉の綾とか区別、概念的・分析的な問題や仮説のなかには存在しない。そうしたものは君もぼくも永遠に捨て去るべきものだろう。従僕たるグスマンが熱心に書き込んだこれらの書類に書かれた言葉は、まるでひとつにまとめる基盤や接着剤のないレンガの山のようだ。ひと吹きするだけで崩れてしまうだろう。基盤が欠けているからだ。ひとつにまとめるものこそ詩だ、詩はあらゆるものの石灰であり、砂であり、水だからだ。詩は論理的な知識であり、詩は人間の活動と創造の精華だ。セニョールの疑念とも論理的語呂合わせとも無縁な詩がわれわれに教えてくれるのは、セニョールが信じているものほど大胆で有害なものはないということ。というのも、すべてのものを関連づける深い詩にとって、信じられないものもなければ、不可能なものもないからだ。詩は基盤であり知識だ。兄弟よ、君の芸術とぼくの知識の教えるところによれば、われわれが可能性を否定するときには、単に可能性について無知だということにすぎない。セニョールがするようにそうした可能性を断罪するがいい、そしてそれらに悪という名をつけるがいい。可能性に対し自らを開くことだ、そうすれば善と悪がしっかり結びついていることが分かるはずだ。善と悪がどのように互いに支え合っているか、両者を分離することがいかに不可能なことか。君は金貨を縦に割ってもまだそれを金貨と呼べるかい？　セニョールはひとつの秩序を守ろうとして己の疑念を倍加させているだけだ。啓示された真理は理性からの攻撃と同様、想像力からのあらゆる攻撃に対しても耐えうると信じ込んでいる。フリアン修道士、まさにそういうことなんだ。

──君とぼくは……そうした秩序を破壊しようと望んでいるわけかい？

──これから話すから、少し黙っていてくれ。お願いだから。われわれは数学の秩序と絵画の秩序は、神の秩序と同じものだし、結局同じものになるはずだと信じて働くことにしよう。

──はっきり言って、君のはまだ答えになっていないじゃないか。

──ぼくのやり方で答えさせてくれ。根本においては何ものも滅び去ることはない。なぜなら、自然は責め苦を負ったタンタロスのように、癒しがたい飢えと渇きをもっているからだ。でも自然はタンタロスとは裏腹で、新たな生命の連鎖と、自然を恒常的に養う新たな形態を造り出している。時というのはものを滅ぼすが、自然は死よりもなお一層速く産み出すものだ。セニョールは己の魂の深奥において自然に敵対している。修道士よ、彼は敵対しているんだ。こんな勝ち目のない戦をして、どこに偉大さがあろうか。大地はただただ変わることなき再生を望みつつ、己の生命を失おうとしている。ところがセニョールは神によって秩序づけられた、こうした聖なる地上の実体を増大させることを拒んで、己の生命を勝ち取ろうとしている。セニョールは一インチたりとも自然に向かって語ったことはない。石と死が並行している宇宙たるこの宮殿のなかで、永遠に自然を乗っ取ってきたのだ。もしセニョールやぼくや君といったすべての者たちが、対立のなかで宇宙をとらえてきた初期のより古い思想にがんじがらめにされてしまっているとしたら、そのことに抗議する者など誰一人いないだろう。セニョールこそ、神は不動不変で繰り返しの利かない、一回限りの啓示によって世界を計画したという考えに凝り固まっている。君もぼくも、すべてが永遠の流れのなかで、休むことなく変化しながら実体化していくという神の流出という概念〔新プラトン主義者プロティノスの『エンネアデス』の思想〕のお先棒を担いでいるわけだ。何とも哀れなわれらがセニョールよ。彼ときたら創造そのものと同様、感知できず、変化も変容もしないものこそ完成だと信じているのだから。

――それだからこんな宮殿を建造するように命じたってわけか。なるほど。

――とすると、君とぼくは、モグラやアリ、酸、ネズミ、流れは遅いが腐敗性の川、風、白アリのごとく、時間や流れと同盟を結び、内部からセニョールの計画を掘り起こすことにしよう。そうすれば宮殿は変化し、生産し、変容するという不完全さを蒙ることとなろう。なぜならばそれこそが自然の掟だからだ。もし大地が無感覚な砂の巨大な堆積、ないしは不変の黒曜石の巨大な塊ということにでもなれば、あるいは洪水の後に凍った水が大地を覆って、不変ゆえに完璧なものとなった巨大な水晶体にでもなれば、利益を生むどころか悲惨そのものとなろう。われらのセニョールは、ダイヤモンドの彫像に変容させるというメドゥーサの頭のひとつと出会えばいいのだ。それこそ彼にとっての完成なのだから。しかしそれが何であれ、他のものに変化することは、おそらく恐怖にちがいない。生命も動きもないがゆえに不変となった彫像ではあっても。

――神はセニョールがそう望んでいるとおり、永遠にして不変なのだ、神は生きており、存在している……。

――永遠なるものは円環的であって、円環的なるものは永遠だ。ああ何ということだ、兄弟、君には分からないのか、神はこうした運動、こうした変化、こうした永久的生成を通して、万象を休むことなく創造し、産み出し、活力を与え、最高の栄光のため回転させている、ということが。あたかも神ご自身があらゆる角度から、あらゆる視点から俯瞰して、自らが生み出す流転的驚異のほんの一場面すら見失うことなく、自らの創造をご覧になろうとでもするかのように。

――とすると君はそうした運動や天界の運動を観察したとでも言いたいのかい？　星辰がいつ運動し、どこに向かっていき、どういった手段で、何を生み出すのか知っているとでも？　そうなると君は自分の傲慢さが、セニョールのそれと似たものだということを否定するつもりかい？　君は認めないかもしれないが、自分には天界を生み出した創造主と同じ天賦の才があると信じているらしいな。

――唯一ぼくが信じているのは、神はわれわれに論理的に宇宙の建築の謎を理解させようとされたのに対して、自らは時間的思考抜きに、いわば瞬間的に直覚したということだ。ところがわれわれ人間は一歩一歩、理性の力をかりて近づくことしかできない。神の業から神の言葉を切り離すなどというのは破滅的だ。天文学がわれわれに教えてくれる真理は、神の叡智が直覚した真理と同じものだ。それとも君はここで目にするものすべて、天文図、天球儀、レンズといったものすべてを破壊すべきだとでも考えているのかい？　そして神の存在を何の差し障りもなく顕現させるべく、天界の観察など止めるべきだと？　ぼくが何もしないことで誰が得をするのだ？　神だとでもいうのか？　神がぼくをこの世に送ったのは、神の恒常的な知の一端たりとも、ぼくに知らしめるためだったというのに。残念ながらこの世の王たるわれらのセニョールといえども、神は生きとし生ける者すべてと同様、変化させ、苦痛を与え、衰亡させるのだ。神は決して真理を語りはしないとしても、真理を知っている人間をだれか必要とされているのだ。信じるがいい、兄弟よ、たとえそうしたことを黙ったままにしても、誰かが知っているということはより価値あることだということを。真理は受け入れられないこともあるかもしれないが、少なくともいつの日かそれらは絶望の政策、あるいは同じことだが、反復の政策をとる者にとっての二者択一となるかもしれない。終わりなき反復によって、反復に滋養分を与える絶望という呼び名は変化する。つまり破壊と呼ばれることになるのだ、フリアンよ。

――トリビオ修道士、ぼくが君を愛していることは分かっているよね。君がそうしたことをあけすけに何もかも洗いざらい語っているのを知ったら、ぼくとて宗教裁判所の役人のような口調になるよ。

――人間のもっている部分的な知識は、神の全能を犯すことにはならないぞ。

――そうはいっても宇宙の中心は大地であり、そこに創造と人間界と教会が鎮座するという主張がなされるはずだ。

――神の手でいったん生起したことは、二度と生起しないなどと主張したからといって、神の全知全能が犯されることになどなろうか？　この否定命題を逆にしてみろよ、そうしたら君だってぼくがやろうとすることが理解できるはずだ。つまり少しずつ人間的発想を神の発想と同じものとして捉えるんだ、つまり人間的発想というものを、すでに生起したことではなくこれから起きることとして、また当初の単発的行為としてかつて啓示された計画ではなく、永遠の流れや流出、変容と同一のものとしてだ。

――君は深い深淵を覗き込んでいるようだな、眩暈でくらくらしそうだ。

――何も洞穴の暗闇を見ているわけじゃない。川で水浴をすること、それこそぼくの望んでいることさ。

――君にも恐怖心があってもよさそうなもんだ、君が天界で開けた穴を通して、自分たちの魂がずるずると抜けていってしまうような気分だ。もしわれわれが魂を失ってしまったら、味もそっけもない君の菱形や三角形がいったい何の役に立つというのかい？

――宇宙は無限だ。おそらくこれこそ自分たちの魂だなどと思っている個々の魂は失ってしまうだろうな、その代わり、あらゆる被造物の魂といったものを獲得するだろうよ。

――ああ、わが兄弟、もし君の発見によってこうした怖気をふるう、何ともおぞましい結論に達するとしたら、それにもし君の発見で、無限なるものの神の秩序と、自然の無限の秩序とが別物ということになったなら、そしてまた、われわれが二つの無限があることを発見したとしたら、どちらの無限を選んだらいいんだい、兄弟？

トリビオは頭を垂れると俯きかげんに、反射鏡が置かれてあるテーブルのほうに歩を進めた。そこで長い間口を開かなかった。暁の太陽がさんさんと降り注ぎ、陽光が冷たいガラスの上で戯れ始めた。ついに口を開いて言った。

――何とも答えようがないな。

――もし宇宙が固有の法則によって支配されているとしたら、聖なる父やわれわれのセニョールなど有力者たちの力など、全く取るに足らないということにならないか？　それとも……。

修道士の懇願するような言葉はそこで止まってしまった。修道士トリビオは気の進まないような口調でこう言った。

――そんなことは毫も考えていやしない。全く、これはまさしく神の行うことだ。死すべき人間を創造したのは神だし、もし不滅の存在として創造したのなら、世界そのものも、またそこに生きる人間も、不要な存在ということになってしまうだろう。人間は死すべき存在であり、したがって世界は死すべき者たちの住居としてある。そうではないか、修道士？

――君は断罪されるぞ、修道士。はっきりしているのはこういうことだ、人間は神の似姿として、不滅の存在として造られたのだ。しかし原罪によって神の属性を失ってしまったにすぎない。われらの宗教は原罪、生来の堕落、神の赦しの三つの礎石の上に打ち建てられている。こうした礎石を壊してごらん、そうすれば教会そのものを破壊することになる。そうなれば教会は存在理由を失う。もし人間が生まれつき罪を犯さず、神と似た存在であり続け、教会の仲介としての恩寵を必要とせず、神と直接結びつくことができるとしたなら……。

――創造の目的というのは、人間の手足を縛りつけ、歩けないからという理由で断罪することなのか？　そうじゃないだろう、兄弟、ぼくにとって人間の死すべき定めというのは、創造における神の計画の一部なのだ。ぼくにしてみれば、死とは人間の自由の一部、神の愛情あふれる父性の一部、運動と変化の法則の一部ということだ。そうしたものこそぼくの言う三つの礎石であり、それ以外にはありえない。神は大地という球体を創造し、一律的な回転を通して大地を他の天体と結びつけたのだ。そうした天体は大地を変化させることで最終的に可変的存在となった。もしそれが宇宙の永遠の法則だとしたら、小さな惑星に住んでいる小さな人間の法則とどうして異なるはずがあろうか？　どうして？　兄弟、もし宇宙が変化し、衰退し、死滅し、再生するとしたら、われわれ人間もまたどうしてそうしたものであってはいけないのか。確かに人間は死すべき存在として造られ、死ぬべくして生まれた。人間には生まれつきの堕落などない、あるのは肉体的・精神的な完成だ。

——もし原罪も堕落もなければ、神の赦しなど必要なくなるだろう。それはないよ、兄弟。君は裁かれ、断罪され、前言を撤回させられ、あげくに火炙りにされるぞ、兄弟。君が言うように大地は、動いたりはしていないし、上がったり下がったりもしていやしない。だって大地の上には天空があるだけだし……。

——ぼくは言っているじゃないか、大地は天界にあるんだって。

——でも、その下には地獄があるし……君はすでに確立した真理の序列を突き崩す人間になどなってはいけないよ。

——そうはいっても、人間の死は永遠であるための条件なんだ。

トリビオ修道士は太陽光に向けて、反射鏡の凹面部分のガラスを当てた。すると太陽は素直に、ガラスに対して強烈な光線を反射させた。修道士はレンズの下にセニョールの遺書である二つ折りを置いた。フリアン修道士は占星術師の手を止めようと走った。兄弟、いったい何をなさるんです？　またまた狂気の沙汰ですか、グスマンは遺書をぼくに要求するはずだし、何はともあれセニョールの封蠟がされているものじゃないですか。

太陽光線は焦点に収斂して、圧縮された火の束となり、書類をめらめらと焼き始めた。グスマンのことは心配するな、奴はしょせんどうでもいい従僕だ。ぼくのせいにしたらいい、兄弟、ぼくの不注意で、事故だったとでも言うがいい……炎はめらめらと這うように広がって二つ折りを貪っていった。

——なるほど君のいうとおりだ、兄弟、ぼくは何も言うまい。

——フリアン、こんな罪深い書類はさっさと焼いてしまえばいい、でもぼくの書斎にある多くの本はしっかり守ってもらわねば……あれを見てみろ、アラビア語とヘブライ語で書かれているだろう。本当はセニョールによってグスマンに口述筆記されてグスマンから君に手渡された、こうしたいかがわしい冒瀆、馬鹿げた異端的言辞こそ、もっと罪深いものだとみなされてしかるべきなのだ。いったいどんな言い訳をして渡されたんだい？

——ぼくが例の年代記作家の書類を彼に渡したときにし

たのと同じ言い訳だよ、そのなかでセニョールは、今日あれほど楽しませると同時に悩ましてもいる、これらの異端的駁論のことを知ったわけだが。ぼくはこう言った、さあグスマン、セニョールにこれらの種類を見てもらえ、きっと内容を理解してもらえるぞ、とね。これこそグスマンが今日ぼくに言ったのと同じ言い訳だよ。ところが何も理解しなかった。ぼくの判断だとね。

フリアンは優しいまなざしをトリビオに向けた。

——ぼくは何も言わないよ。

二人の修道士は抱擁し合った。そしてトリビオはフリアンに耳打ちして言った。

——ぼくも何も書くつもりはないさ、ピタゴラスの弟子たちが何も書かなかったようにね、恐れているからじゃないさ、違うよ、兄弟。

——それがいいよ、君の決心を聞いてぼくも一安心だ。

——でも分かってくれよ、怖いからというわけじゃない。

フリアンは友人から抱擁された際に、相手の目を見たわけではないが、ぎゅっと抱きしめたときに、星占いの修道士の震えを感じていた。しかし泣いているのかどうか訊ねようとはしなかった。恐怖心からではないというなら、それでは傲慢からか？　するとトリビオは自分のほうから語った。

——見下しているからだよ。この世にはまともな奴よりダメな奴のほうが多い。ぼくは自分の知っていることを凡人どもに弄ばれたくはないね。ぼくは自分が美しいと思っていることを理解しようと、多くの時間と愛情と気遣いを費やしてきた。それをおめおめとしがないお喋り連中を相手に馬鹿にされたり、弄ばれたくはないよ。兄弟、愚弄するんだよ、あいつらは……この斜視のカルデア人が強力なレンズと天体望遠鏡で見たものを見てみればいいんだ。

——兄弟、まあ座れ、じっくり待つんだ、気を楽にして……。

——ぼくは何も言うまい、いっしょに待つことにしよう。ぼくは何も言わないことにする、そうすればセニョールだって何も言わないはずだ。太陽は彼の言葉もぼくのそれも同じように食らい尽くすだろう。

——もしセニョール自身が君に、書類が跡形もなくなったことを質《ただ》したらどうする？

——ぼくがよく宮廷でやっているように、星占いで運勢を示すことにする。さそり座は破壊的運命をもたらすので、遺書は跡形もないようになきものにせねばならなかったというふうに。セニョールは、ぼくが彼を古代の神々や英雄になぞらえたり賛美したり絶賛したりして、ありもしない幸運をたんと告げれば気をよくし、この不幸を受け入れることだろう。これがすべてだ、修道士、さあ、一杯やろうじゃないか、そして笑い飛ばそう、最初は泣いても最後に笑えばいいさ。

故郷なき巡礼、さまざまな土地の息子で、それゆえ誰の子でもない忘れられた孤児、背中に赤い十字を背負った金髪の若者、セレスティーナの友人たる人物が、早暁の淡い光のなかで自分がどこに連れられてきたのか怪訝に思いつつ来たのは、天文学者の鐘楼の下であった。石造りのその高い建物を見ると、彼の頭には漠然と、鐘楼と同様、星のほうに突き出るような尖塔形の別の建物が思い浮かんだ。青年は祈るような姿勢で上にせりあがる鐘楼の願いに、みずからの願いを重ねた。まず最初に彼は周囲を見まわした。目に入ったのはカスティーリャの平原であり、早朝の人通りのない静かな佇まい、夜明けの曙の光を受けてできた、濃淡のない同じような山々のシルエットであった。また足早に通り過ぎる黒い馬に、藁や干し草、御影石のブロックを積んだ荷車を引いて、ゆっくりと歩いて行く臭気漂う去勢牛であった。彼は朝まだき時間に、巣を作る場所を探し回るコウノトリのように急ぎ足で飛び回り、いつ終わるとも知れぬ宮殿の屋根の上を旋回するカラスの鳴き声を耳にした。またどこかレンガ造りの作業場で調理されている子羊の、こんがり焼かれた皮と滴る脂の匂いを嗅ぎ、朝の早い時間のカウベルの音を聞いた。鐘楼の灰色がかった石に触れると、建って間もなかったにもかかわらず、昔から長い年月を経た生命の痕跡をしめす印に出くわした。それは石のなかに摩訶不思議なかたちで彫られた窪みであった。そのわずかな隠れ場所に小さな、きわめて小さな小麦の穂が生えていた。巡礼者は自分が戻ってきた土地を見回し、この土地が提供するものはごくわずかで、小麦も石のなかで生長するしかないのかと不審に思った。彼は他の世界で見てきた、柔軟性のある、厚く固い黄色の葉をつけ、青々とした背丈の高い茎が育っている別の野原のことや、赤や黄色の穀物とか、別種のパン、別世界のパンのことを思い出そうとした。

彼は鐘楼ないしは空に向かって、手のひらを大きく広げて差し出した。そうすることで祈っていたのか、感謝していたのか、思い出そうとしていたのか分からないままだった。暁の空に両掌を差し出したのと同時に、鐘楼の高みからひとつは大きな石、もうひとつは小さな石の二つの石が落下してきた。大きい方は左手の上に、小さい方は右手の上に。二つとも悪天候の夜を過ごしたかのように、冷たくなっていた。しかし青年は石を握りしめると、スペインの空から石が降ってきたという奇跡に興奮してか、すぐさま石に熱を加えて温めだした。

彼がヘロニモの鍛冶場に戻ったのは、前夜にやってきた見知らぬ男が、目を閉じて吹くフルートの優しいもの悲しげな音色に引き寄せられたからである。前夜とは巡礼者がカスティーリャの地に初めて足を踏み入れた日の、あの奇妙な晩のことで、思い出すのは、灯りが暗い宮殿の通路に沿って寂しげに灯されていたこと、小麦が石のなかで生長していたこと、死んだオオタカが窓辺から飛んで行ったこと、それに実際に見たことだが、コウモリが切断された手足や骨、耳、骸骨などをくわえて、あちこち飛び回っていたことである。というのもその時、ついに石が空から降ってきたからである。

彼はあたかも宝石であるかのように石を握りしめた。そしてヘロニモ、セレスティーナ、盲人のフルート吹きが夜通し見張りを続けていた炉のところにやってきた。哀切きわまりないフルートの音が流れる空気の上を、平原を闊歩してくる武装した連隊の足音が聞こえてきた。ヘロニモは立ち上がった。セレスティーナは彼の腕をとって言った。

――大したことはないわよ。入らせなさいよ、そしていっしょに連れて行ってもらいましょう。私も連れもそのためにやって来たんですもの。

フルート吹きは吹くのを止め、楽器を古いズボンの継ぎ当て部分でこすってきれいにふき取った。巡礼者は手の中に石を握りしめたままでいたが、そのときセニョールの護衛兵がなすがままのセレスティーナを引っ張って行き、青年のほうに近づいてきた。彼もまた抵抗をしなかった。巡礼者はある晩、山のなかで唇にタトゥーを入れた、小姓で鼓手の男と性的関係をもったとき以来、自分がこの場所にやってきたのは、まさにセニョールたる人の顔をじかに見るためであり、また彼自身も信じることに抵抗のある事柄をその人に語ろうとしていたからだ、ということを疾《と》うにわきまえていた。

第二の遺書

――私は……私は……神のお恵みによって……使徒聖パ

ウロの教えに従うなら、どうしたらいいのかわかるはずだが……何と言うべきなのだろうか、グスマン、遺言のしきたりではどういった言葉を使うのがふさわしいのか？

——神の摂理が定めるところによると、人は誰しも罪を犯したあとで罰を受けて死ぬのです。セニョール、まだその時ではありません……。

——われらが主のお慈悲はかくも遠大なればこそ……ところでグスマン、祈祷書には何と書かれているのか、読んでみてくれ。

——われわれの罰としての死を、主は生に対する備えとしてお受けになり、われわれは生を苦しみとして耐え忍ぶのである。セニョール、どうか……。

——耐え忍ぶだと、グスマン？　お前はわしの四肢が異常に早く老化したのを見ただろう、体は一昨日ここで永遠に埋葬した、あのミイラや骸骨どもから受け継いだもろもろの欠点によって蝕まれ、どんなことがあっても燃え続けようとする体から立ち上る炎は、苦行や悲痛な言葉とか、鞭打ち、名もなき悪夢によって消し去らねばならぬのだ。わしにはイサベルを汚す権利はないのだからな、グスマンよ。

——そんなにお嘆きするには及びませぬ、セニョール……。

——もしわしがイサベルを孕ませるとしたら、われわれの交合から何が生まれるというのだ、グスマンよ。もうひとつ死体が生まれるほかあるまい、生まれる前から死んだ怪物をな、ここでわれわれが建造した地下礼拝堂のひとつで、墓という名の揺り籠に入れられてあやされるだけの小さなミイラを生むだけだ。そうだろう、グスマン？

——あなた様のイネスとの交わりから生まれるとしたら、それは何でしょう、セニョール？

——われわれのあずかり知らぬもの、つまり悪だ。なぜお前はわしにあの女をよこしたのだ？

——たしかに私たちのあずかり知らぬものです。おそらく善とか、偶然とか、あるいは血の再生かもしれません。

——辛抱とな、いったい私は何を語ればいいのじゃ？　教義は何と言っておる？

——ええと、われわれは理性的意志をもって死を迎えるが、それは死という自然の定めによって強制されるからではなく、死を永遠の幸せと至福の生のための通過点として受け入れることによってである、云々。

——疑え、グスマン、疑うのじゃ、わしの鏡を見てみろ、そして私の階段の三十三段を上るがいい、教義など否認し、教義で言っていることとは反対に、もし復活を果したなら、そのときの肉体は今こうして自分たちが構成されている、生きて活動している肉体においてではなく、似ても似つかないエーテル状のものだということを断定するんだ。いいかグスマン、もし復活を果したとしても、いま持っているような肉体とはこと変わり、球体状の体で復活するということをな。復活と最後の審判の日は地上に生まれたすべての人類にとって同時というのではなくて、各々が個々の時間にそれぞれのやり方で復活するということだ。つまり豺狼の腹からとか犬との交合から、あるいは蛇の卵からとか、淀んだ水を汚染する虫けらどもとの交尾と発生から。おぞましいことだが、われわれはこうしたことから、イサベルやイネスの腹における、わが母の胎における人体の形成が、悪魔のわざであり、イサベルやイネスやわが母の母胎における妊娠が悪魔どもの仕事で練り上げられた、というふうに考えられるのだ、グスマンよ。というのも、もしわれわれも感知しなければ、われわれを感知することもない最初の神が、原初の完全な天空を造ったとするならば、その天空には死すべき人間の不完全性など入り込む余地はなかったわけだ。不完全性というのはすべてルシファーの産物だし、ルシファーは完全なる天国が出血多量でもって死ぬこととなる天空の傷のようなものだ。あるいは完全そのもの、原初の原初たる神にとって、関わりもなければ関心もない何ものか、つまりお前とかわしといった人間のことだが、そうした者の創造が忍び込む隙間のようなものだ。グスマン、わしの第二の遺書を記すべく、新たな日の誕生をせいぜい活用することだ。以下のものを遺贈するものとす。一つ、復活という名の未来。それは忘れられた休止や時間の開口部、暗い空白の数分間（その間、過去自体が未来を想像しようと努めた）のなかでのみ、垣間見えるものとなろう。以下のものを遺贈するものとす。一つ、わが民族とわが故郷のありうべき唯一の未来として、過去における未来の想像力への盲目的にして執拗な、苦悩にみちた回帰。わしの言うことが分かるか、グスマン？　さらにつけ加えて記せ、遺書として必要な厳格な定式をな。これこそわしの第二の遺書だ。

——セニョール、もはや時間はございません。この第二の遺書は不要でございます、何となれば昨日、別の遺書を口述筆記なさいましたから。

——いいから付け加えるのだ、昨日はイネスのことをまだ知ってはいなかった。加えて記すのだ、言葉に言葉を足していくのだ。この宮殿は存続するであろうな？　疑わしくとも言葉によってそのことを明らかにし、宮殿にかつて在った命を言葉によって再生させるのだ。

――死ぬということによって、われらの神が人間の始祖たる両親に語った、過《あやま》つことなき真実の忠実かつ敬虔なる証人となるべく、罪を犯すこと、われわれアダムとイヴの子孫はすべて死ぬこととなるのです。

――そんなのはまやかしだ、グスマン。神は欲することもなければ存在もしていない。唯一、力をもっているだけだ、あるゆるものを可能にする力を。しかしそのことは神にとって何の役にも立たない、なぜならば欲することもなければ存在もしていないからだ、神はわれわれを憎んでいる、欲することと存在することは罪を犯すということだ、グスマン、グスマン、これは何と耐えがたいことか、こっちに来い、手のひらに赤い石をおいてくれ。

――もう終わりましたか、セニョール？

――うん、終わった、グスマン。お前は一度も疑うことなどないのか？

――権力をもっていれば、何も疑いなどしないでしょう、セニョール。

――しかしグスマンよ、残念だがお前には権力などない。

――セニョールも身に迫る危険に果敢に立ち向かわねば、じきにそれを失ってしまうでしょう。

――そうした危険についてはよく承知しておる、余りに強く啓示を受けた連中のことであろう、この宮殿の居室や回廊、礼拝堂においてわしを待ち伏せしておる。連中のことは隅から隅までよく存じておる、グスマン、本来であればうまく折り合うはずのない叡智と権力をあわせもっている者たちの与える危険のことだろう、わしはこの外の地下礼拝堂に眠っている、殺人や戦いに勤しんできた先祖たちと同様、手厳しく対処したいと思っておる。良心の呵責なく権力を行使するつもりだ、もしそうできたとしたら、どれだけ大きな安らぎや深い平安がもたらされよう。時が経つことで、知識や疑念、懐疑、寛容さのもつ弱点といったものが、権力に当初から備わっていた部分に加わっていった。それこそが危険だという点にお前は気付いているか？　そうした危険を取り除くためには、言葉と苦行と理屈と狂乱が必要なのだ。赦しを得るべくして罪が必要なのだ。

――危険は外にあります、セニョール、危険は力によってのみ消し去ることができます。

——力だと？　再び？

——いつも必要です、セニョール。

——罪をひとつ犯すだけでは足りなかったのか？　わしは自分の権力で、たった一度きり、無辜の者たちを殺すという罪を犯すことで、己の義務を果たしたのではなかったか？

——それは致命的でした、セニョール。再び神のごとく振る舞わねばなりませぬ。つまり存在もしなければ欲しもしないが、力だけはもっている神のごとくに。ご自身でおっしゃったように。

——わし自身はそのことを拒絶したはずだが。

——遺書の言葉でもって負債を払おうなどとなさってはなりません。

——何のことだ？　すべてはわしのものだ、大地はわしのものだ、大地はわしが領有することで閉じられ、境界を付けられたのだ。収穫物、家畜類など、ここで生産されるものはすべてわしのものだ、すべてわしの宮殿に運び込まれ、臣下や奴隷たちの手でわが家の扉をくぐったもので、それはわが両親、祖父母のときと同じこと……。

——確かに。臣下どもは収入という名目でセニョールに負っているものを持参し続けてはおりますが、毎回臣下の数も収める量も少なくなっております。それに引き換え、建築費用は嵩んでおりますし、あなた様の手をすり抜けてしまう出費はさらに大きなものがありまして。諸都市です、セニョール、そう諸都市こそ今日最も多くの富を抱え込んでいるのです。

——しかしわしは従来通りのものをずっと受け取っているぞ。わが領土の掟とはそうしたものだ。

——確かに、あなた様が誰よりも多く、従来通りに受け取っておられたときは、それは立派な掟でございました。とはいえ、いつも通りに受け取っておられますが、その量は他の者たち、つまり諸都市よりもずっと少ないのです。今日ではほとんどの者がこの宮殿まで足を延ばすかわりに、田舎から近隣の都市に出て行ってしまいます、そして商人どもが都市からこの地まで物資を運んできて、それでひと儲けしているありさまです。あなた様はいつも通りのものを受け取っておられます、多くの家畜、たっぷりの小麦、数多くの干し草など。しかしもはや領主にとってしかるべき額を超えた、過剰な費用を払わねばならなくなっています。この場所には遠くから死骸が持ち込まれはしますが、卵とか野菜、塩豚などはやってきません、今日そうしたものは町の市場に運ばれています。

今やご尊父のような黄金時代ではないのです、セニョール。

――いったい何の話だ？　卵だとか野菜だとか、わしが話しておるのは死とか罪とか魂の復活のことだ、お前は塩豚のことを話そうと言うのか？

――卵や塩豚を抜きにして魂のことを問題にするわけにもいかないでしょうに。お城の外の世界はずいぶん変わってしまったんですよ、あなた様はご存じないようですが。差し出がましいことを申し上げるようですが、人民はあなた様のことをますます疎んじています。連中は自分たちの世界を作り上げています、骸骨も罪も、魂の苛みも関係のない……。

――だとすると、連中をいくら殺しても何の役にも立たなかったということか。異端が勝利を収めたわけだな、お前はわしが馬鹿だったとでも言いたいのか？

――セニョール、私が帰依するのは唯一あなた様ですよ、だからこそ真実を申し上げているんです。神学論議など何も分かりません。ただ、この頃連中は人に委託されたり、あるいはあなた様の領地の用に供するべくものを作るのではなく、誰に言われるでもなく、進んで作ったものを売買しているんです。

――いったい誰に？

――むしろ誰々に、でしょう？　買い手たちにですよ、行き当たりばったりに。そしてお金を受け取るんです。仲買人を使うこともあります。その道に長けていますからね、新しい力が勃興してきているんです、血統によってではなく、塩や皮革、ぶどう酒に小麦、肉などの売買によってです。

――わが権力のよって来るところは神だ。

――申し訳ないですが、セニョール、お金という名のもっと大きな神があるんです。その神の掟は、負債でして支払いがなされたときに果たされます。あなた様の蔵は空っぽですよ。

――とするとこの宮殿の労賃や建築費、その他の経費はどうやって払うのだ？

――まさしく、陛下。もはや払う手段はございません。死の儀式が終わったところで早速このことを申し上げたかったのです。以前であればこんなことをぐだぐだ申し上げたくはなかったのですが、今やご先祖様方のための礼拝堂を建築し、すべての遺骸を金をかけてここまで運んできて、残りわずかな資金を食いつぶしてしまったということを、あなた様にお知らせすることは私の義務だと思いまして……。

――しかし宮殿内にはたっぷり富があるではないか。クエンカで打たれてできた鉄格子、サラゴーサの欄干、イタリアの大理石、フィレンツェのブロンズ、フランドルの燭台など……。

――すべて掛け売りでございます。まだ支払いが済んではおりません。あなた様の信用が大きいからですが、そろそろ付けを払う時期がやってまいりました。

――何だと？　どうしてわしの遺書をお前がもっておるのだ？　その新しい書きつけは何だ？

――負債を負っている者たちの細かなリストでございます。鍛冶職人や船主、肉屋、大工、パン屋、塩商人、織工、縮絨業者、染物商、靴職人などです。連中のうちのひとりが、ご母堂のセニョーラとやってきた青年から、自分の靴の革を食うように強制されたとぼやいております。そのことで見返りを要求しております。こうした思いつきは高くつきます。まだまだあります、馬具職人、織物業者、ぶどう酒商人、ビール商人、床屋、医者、居酒屋、仕立屋、絹商人などです。まだ続けましょうか、セニョール？

――しかしグスマン、お前が列挙したものは、かつてどれもこれもこの城で生産されたものではないのか？

――いま唯一おりますのは、宮殿の建設業者と、死への奉仕をする聖職者だけでございます。体面はありますが、金子がないのです。

――グスマン、お前はどうすればいいと考える？

グスマンは居室のドアのところまでやってきて、礼拝堂と寝室を隔てるカーテンを引いた。するとそこには背中の曲がった老人がいた。石造りの礼拝堂で長い夜が明けるのを今や遅しと待ちながら、短い革のケープを羽織って早暁の寒さから身を護っていた。しかし外套をまとってはいたが、深いしわの刻まれた空腹を抱えた、硬い鏡のような表情も、青みがかった冷え切った眼差しも、それで温められることはなかった。

彼はテンの毛でできた帽子で頭を覆っていた。節くれだった長い指で痩せこけた胸にかけた銀のメダルをいじくっていた。黒の半ズボンは細い脚にうまくフィットしていなかった。薄い唇をした口には、へつらうような微笑みが浮かんでいた。老人はセニョールにお辞儀をすることで忠誠心を示し、拝謁がかなったことに感謝の意を表した。彼は死者以外の伴とてない、豪華な装飾を施された寒々とした礼拝堂で、夜通し待っていたのである。

欄干や大理石、絵画に墓それ自体、どれだけの費用がかかったというのだろうか。間違いなく、一財産、膨大な資金がつぎ込まれたのだ、出来栄えの質の高さ以外にも、運送や、設置にもそれ相当の費用がかかったはずだ……。

いや、待たされていたことに不満をもっていたわけではなかった。彼は見てしまったのだ、大いなる建築現場を、その目でしっかりと。王に仕える者たち以外、誰一人その内部を見ることができなかったにもかかわらず。好奇心には大きなものがあった。この未完成の宮殿のことが大きく噂されるにつれ、人々の好奇心もまた高まっていた。老人が何にもましてこの場所を見てみたいというのも無理はなかった。宮殿そのものを見るべく、セニョールに奉仕すべく、そして同時に、遅い結婚から生まれた貴重な自分の娘〔イネス〕が、そこで修道請願しようとしていた場所を確かめておこうとして、セビーリャからわざわざ苦労してこの地まで旅することも厭わしくはなかった。セニョール、昨今の若い娘たちからするとずいぶん変わっているでしょう、なぜなら商売や貸付技術に長けていたせいで裕福になったものの、もはや死期の迫った老父が提供しようとしていたものを何ひとつ受け取ろうともせず、この宮殿の僧坊に籠ろうとしているんですから。確かに世間の言いぐさにはもっともなところがありました。老いた男の娘でも、賢明な娘もあれば気の触れた娘もある、千差万別とはよくも言ったりです。別の譬えで言いますと、セビーリャの娘で気立てのいい子はめっけもの。血が疲れ果て、年取ってから作った息子はすぐに孤児となる。血は疲れても、頭は元気、とりわけ一生涯、日々営々と磨いてきた頭なら。掛け売り計算に、高利貸しなどと悪く呼ばれはしても、本当は慈善事業に携わりつつ。何はともあれ、習いこそが教師をつくるわけで、私は逃げも隠れもしないれっきとした商人で、儲けもせねば破産もいたしませぬ。金属価格がいつ上がるかとか、塩の価格がいつ下がるかといったことを嗅ぎ分ける敏感な鼻を持ってきました。そのためにはバルト海やアドリア海の仲間とうまく示し合わせてやったのです。なぜって自分の商売のことが分かっていない商人など、さっさと店を閉じたらいいんです。ここで投資し、あそこで撤退するといったことをやる連中のことです。強欲者の金は二度、市場に出回るということです。セニョール、驚くべき言葉、それはお金です。お金はそれを大事にかわいがり、広く種付けをし、肥料を与えられた木のごとく大きく育てるには、商売や手工業、鉱山開発、海運業、土地管理、戦争や探検、宮殿建設のための費用を必要とする王侯たちへの貸付などによって行うのです。

ああ、この宮殿は完成させねばなりませんよね、そうしようとはされなかったのですか、セニョール？　あたかも天から呪いを受けたみたいに、抜け殻のように中途半端にして置いておくのは残念です。これはセニョールの畢生の作品だったわけでしょう？　この建物のおかげで後世の人々はセニョールのことを記憶するでしょうし、建造するためにわざわざカスティーリャに昔からあった樹木を伐採し、緑を奪ってしまい、土地から農民を、山々からは牧人を根こそぎにし、給料で働く人夫として彼らを雇用したわけですから。いいです、いいです、あなた様は私がお示しするよりもずっとよくご存じでしょうから。生産物は何の理由もなく生産者の手から離れてしまっています。そこに生産物を市場に運んでいく仲買人がいなければ、生産者にいったい何ができましょう？不作や天候異変、事故や浪費で懐不如意になった際に、お金を融通してくれる金貸し業者がいなかったとしたら？　セニョール、われわれ金貸しは断罪されてこそいますが、重ねて言います、慈善こそが使命なのです。それに必ずしも、いつもいつも見合った報酬をいただいているわけではございません。私はこの長い人生で、スペイン各地の大公たちが、単に奢侈と名誉と見栄でのぼせあがったせいか、土地を耕した後に、あたかもそこから収穫物でも得られるかのように、土地に金をばら蒔いているのを見たことがあります。また大公のなかで、下働きを驚かせようとして、あるいは自分自身で楽しもうとして、貴重な蠟でできた蠟燭で料理をつくっている者さえ知っています。また他にも、パーティーの終わりに三十頭の馬を生きたまま焼き殺すように命じた連中もいます。彼らは金のかかる見世物をただ単に楽しもうというだけでそうしたことをするんですが、そうすることで一般庶民の上に立ってより大きな力を揮うことができると信じているんです。最悪なのは、連中が時々、手を差し伸べに馳せ参じる金貸し業者らを殺したりすることです。ですからセニョール、私の惨めな仕事がどれだけ必要なものか、どれだけ危険なものかをよくご覧になってください。

何はともあれ売春婦はすべからく糸をつむいで暮らすべし、ならず者は糸巻に巻いて暮らすべし、製品というのはそれを自由に作ったり、変形させたり、価値を大いに高める者たちのものであるべきです。セニョールはそのようにお考えになりませんでしたか？　時代は変わっていったわけですし、昔の決まりごとも、時代遅れのやり方や価値から抜け出なければならなかったはずです。以前は病気や飢えがあったせいで、あの世に希望をつないだものですが、今ではこの世で辛い仕事に従事し、働いてその成果を採りいれるということだけで十分生きていけるのです、セニョール。出身は卑しくとも血筋よりも実績がものを言う時代ですからね。お金があれば一端の人間になることもできますし、パンさえあれば悲しみも薄らぎます。セニョール殿、私は自分の稼ぎ、やり取りするものだけで生きています。それが妨げになって、あなた様に仕えることができないわけではないし、自分が苦労することで、親代々の遺産としてお受け取りになられた権力をお支えしておるのです。どうか私に辛く当たらないでいただきたい。新しい時代には新しい慣習というではありませんか。われわれの宗教は高利貸しに対してきわめて厳しかったのですが、禁止処分を受けた者たちといえども、セニョール、病んで飢えた、できそこないの停滞した社会のためになっていたのです。キリスト教徒たちが高利貸しに対して投げつけた、罪深い刻印のせいで、止むかたなくユダヤ人は世間で求められることの職種に就かざるをえませんでした。しかしあなた方がユダヤ人を迫害するのなら、そうした要求を誰が満たすことができましょう？　セニョール、もし私のような旧キリスト教徒が同じようなことを実践したとしたら、社会に必要なこの種の慈善行為が断罪されるのでしょうか？　私の職業は健全で確固たる信仰のしるしですから、あの世とこの世、今の世と後の世の二つの天国を約束するものだ、という捉え方を認めてほしいのです。こうした約束は素晴らしいものだと思われませんか？　結局、お考えいただきたいのは、私の罪はそうしたものであればこそ、埋め合わせがなされるし、許されもするということなのです、というのも自分の全財産は唯一の相続人である可愛いわが一人娘に遺贈するつもりでいるからです。娘はこの宮殿でキリストの花嫁となって永遠の僧院暮らしをするべく準備しております。

セニョール、私のかなりの財産は遅かれ早かれ、あなた様の宮殿の立派な修道女たちの手に渡ることとなるはずです、と申しますのも娘イネスはその時までに個人的に財産放棄の誓いをしているはずだからです。こうすればあなた様が負債を払えるように、私も年二割の妥当な金利で貸し付けることができますので、現在のみならず将来の問題も解決をみることでしょう。私のお金はイネスのおかげでセニョールの財産に戻っていくことになります。私は娘が今夜、セニョールの寝室から出て行くのを礼拝堂から目にしましたが、セニョールがイネスの父たる私に対して、さまざまなかたちで献身の気持ちを示していただいているように、彼女もセニョールに対して、献身の気持ちを改めて示すことになるはずです。というのもこの場合確実に言えるのは、金を取り立てる人間は、何度も催促しに戻ってくるべきではないし、セニョールにご用立てしようとする人間は、一定以上の金利を受け取っても罰は当たらないでしょう、なぜならセニョールは蚤を騎士に仕立てることすらお出来になるわけですから。また私が年をとったらとったで、青春を謳歌させていただき、富というものに体面を施してもいただけるでしょう。そうすればあなた様は勝利者となられるのです、私の言うことを信じてください、王様、きっと勝利者となられるのです。

もしこの場にいる騎士が紙とペン、インク、吸い取り砂、封蠟などを用意してくれるなら、私たちは互いに合意をとりつけることができましょう。私は寒いし、眠くもあります、夜は長かったし、修道女たちの内陣の後ろに座って待っている間に、恐ろしい悪夢にうなされていました。ながながと無駄話をして申し訳ありません。時間も遅くなってしまいました。さっそくとりかかることにしましょう。

セニョールは体も心もぐったりとしていたが、ペンを手に取った。しかしその前にうつろな眼差しでこう尋ねた。

——騎士どの、わしにはどうしても知りたいことがある。もしそなたの商人ないしは高利貸しとしての力がそれほどまでに大きいのならば、どうしてわしの権力を受け入れようとするのか。

老いた高利貸しはお辞儀をして言った。

——ひとつだからです、王様、ひとつだからです。身体は確たる頭がなければバラバラになってしまいます。頼るべき最高の力がなければ、われわれはみな狼のように貪り合うことでしょう。有難うございます、王様。

早暁グスマンは主人の病状に合わせて、湿布薬や煮出した煎じ薬を処方し、病んだオオタカを労わるかのように、ベッドに力なく横たわるセニョールの世話をした。セニョールは不眠や情事、良心への度重なる恐怖に加えて、いつも長びいていた多くの病が、あるとき一挙に嵩じて危険な状態に陥ったせいで、いたく憔悴していたのである。

――セニョール、どうかこのギョウギシバの煎じ薬をお飲みください、とグスマンは彼に差し出した。これは排尿困難、とりわけ膀胱の傷からくる排尿困難には目覚ましい効き目がありますよ、また山猫の熱く湿った胆汁を足の付け根に湿布しますと、痛風にはてきめんの効果を発揮して、痛みが和らぎます。

――グスマン、いったい誰が採光窓を開けたのだ？　寝室に蚊がいっぱい入って来たぞ、いまは夏だからな、この辺りの平原にある淀んだ古い水で蚊がたくさん繁殖するんだ。

――ご心配には及びません、セニョール。ベッドの下に熊の血のはいったコップを置いておきましたから。そこに蚊がやってくればみんな溺れ死んでしまいます。

――わしは、わしは溺れ死ぬことはない……。

――しかし、セニョール、ご安心ください、あのセビーリャ人の老高利貸しは、私たちを生き返らせてくれました、しからば宮殿も完成を見ることができましょう。あなた様は彼に報いてやらねばならないのではないですか？　その上、修道院に入ろうという娘の父親ですし、せめて彼を騎士団長くらいには取り立ててやってもいいのでは？　年もとっていることですし。死ぬ前にいい思いをさせてはいかがです？

セニョールはうめくように言った。

――あの老人はいったい何者なのだ、本当のところは？　あいつは悪魔だ、例の小男がここにやってきたのは、わしを辱め、わしの命と引き換えに資金を提供しようという魂胆からだ、これは恐ろしい沽聖の罪（聖職売買）に他ならぬ。金でもってわしの魂を得ようとしておるのではないか？

――これは進歩でございます、セニョール。あの老セビーリャ人は悪魔の所業を行っているわけではなく、鷹揚でそう申しているだけでございます。

――鷹揚だと？　進歩だと？

――そう進歩でございます。太陽が日々昇っては沈んでいくように、またご先祖様方の遺骸がここに運ばれてきたように。しかし今は社会全体が向上するためにその進歩が必要とされているのです。鷹揚と申すのは、セニョール、自由人の資質でして、卑屈の反対です。

――確かに日は地平線から出て、地平線に沈む。お前のいう進歩も、それをもたらした原因そのものによって滅んでいくように見えるが。鷹揚という点だが、鷹揚な人間になろうとするのが卑屈な奴隷たちだったら、矛盾するではないか。こうした言葉はよく分からん。

――行動にまさる知識はございません、セニョール。

――先祖代々の威厳といったものがあるのだ、グスマン、それは売り買いなどできぬ。

――リスクを冒すことで示される威厳といったものもございましょう、セニョール。つまり天使のごとく生きるか、あるいは悪魔のごとく生きるか、人は選ぶことができます。私たちは己の限界を知りつつ、自由意志で昇ったり、堕ちたりすることができるのです。

――いや、そうではない、グスマン、不滅な魂を有し、永生のなかで自らの相続財産を有することに勝るような人間的序列などは存在しないのだ。

――いいえ、セニョール、偶然、幸運、徳性といったものが存在します、常にそれらによってかかる序列のもつ価値は落とされ、変化させられます。人間は世界にとって栄光であり、悪ふざけであり、謎なのです。世界自体が人間の栄光と悪ふざけにとって解くことのできない謎でもあります。

――永生を得るためには抑圧や屈辱、犠牲を払わねばなるまい、グスマン？

――永生を勝ち取るためには、情熱と野心と欲求が必要です、セニョール。

――叡智はすでに示されておるぞ、グスマン。

――叡智は試行錯誤を通して得られるものです、王様。

――最高の理想的人間は、聖書や啓示の教えを心に深く念じた騎士なのだ、グスマン。

――絶対的理想など存在しません、セニョール、あるのは活動的生に対する世俗的褒賞だけです。

――真実は永遠なるものだぞ、グスマン、真実が変化してもらってはこまる。わしの血筋が長年にわたって保持してきた大切な叡智が、高利の対象になったり、自分の娘さえ売ろうとするあの老人のような者たち、あるいは老人と同じような俗衆たちによって浪費されたりしてはこまるのだ。わしは連中のことを存じておるのだ、グスマン、連中についての恐るべき話をな、よく憶えているのは、異教徒の地にキリストゆえの戦いに出発した少年十字軍〔第四回十字軍が終結して八年後、教皇イノケンティウス三世の下でヨーロッパ中から少年たちを集めて聖地奪回の十字軍が組織された。そこで起きた数奇な出来事は事実と虚構を交えて、伝説的な物語として流布した〕が、鉄人ユゴーと豚ギヨームの手に落ちてしまったのだ、両者ともマルセーユの武人で、少年たちを聖地へ無償で連れていってやると申し出たのだが、実際には無辜の彼らを野蛮人の住むアフリカ海岸〔アルジェ〕に連行し、そこでアラブ人に奴隷として売ってしまったのだ。わしも殺人を犯したとでも言うのか、グスマン？　確かに犯しはした、しかし権力と信仰の名のもとでだ、あるいは信仰の力によってだ、決してお金のためではない。お金に情熱を傾けているのは、旧キリスト教徒の名前をもってはいても、偽りのユダヤ人やコンベルソやマラーノ以外にはおらぬ。私の実母の手足を切り落とし、瀕死の状態にした医者は、クエバスという名前だと申しておった。古い家系のカスティーリャ人だと言っておったが、家には祈禱書やユダヤ教の蠟燭立てが発見された。お前のことをどれだけ信用しているか分かるか、グスマン？　よくそこのところを心して聞くがいい、スペイン貴族はユダヤ人コンベルソという偽りの信者たちによって毒されているのだ、今日では唯一、お前らのような卑しい出身の者たちだけが、昔からの清浄なキリスト教徒なのだ〔アメリコ・カストロによると皇帝カルロスの顧問になるには農民の血筋であることが求められた。『葛藤の時代について』訳書、二二一頁〕、お前は間違ってもわれわれカトリックの永遠の敵たちとつるんだりはしていないだろうな、グスマン？

——セニョール、後生ですから、私のやることであなた様のためにならないことなど……。

——しかしお前はわしの利益のすべてが、商人や高利貸し、聖職売買者など聖霊にとっての敵たるああした連中すべての利益と、うまく折り合うと信じているのか？

——折り合いもするし、実際、折り合わせるのです。新しい力というのは現実のことです。そうした力を手懐けるんです、さもなければ逆に支配されてしまいます。これが私からの真摯な助言です。

——いや、それはだめだ、わしのほうにこそ理がある。われわれのやり方こそこの場所この時期において頂点を極めるべきで、世界はわれわれとともに滅びればいいのだ。しかし間違っても世界が変わったりしてはならぬ、世界はこの宮殿の境界内にしっかり封じ込めねばならないのだ、グスマンよ。お前はいったい誰を弁護しているのだ？

誰の味方なのだ？　さあ言ってみろ。

——セニョール、何度も申しますが、私はセニョールに仕えております。ですから新しい力に使われることがないように、むしろそれを活用してはどうかと申し上げているだけです。あの老高利貸しはきっとセニョールに対し名誉を施し、恭順の気持ちをもつこととなるはずです。

そうなればセニョールはドニャ・イネスを思い通りに楽しむことができますし、ご自分の血を新しくすることもできましょう、種子も同じ土壌にばかり蒔かれていたら疲れて成長しなくなってしまいますし。そして出来た父なし子をきちんと認知し、無能な後継ぎを世にもたらすご母堂の狂気や懸念を払拭なさいませ。狂気でなければ、第二の求婚者を迎え入れた工夫たちの不穏な譫妄《せんもう》を払拭なさいませ。この求婚者は、男の恰好こそしていますが、本当は女である小姓の鼓手といっしょに昨日到着いたした者です。そしてご母堂の供奉の一員となっていたこともあり、女たちと世間の目論見が入り混じって、脅威は混沌としています。もしセニョールがどこかで悪魔を見つけたいとお望みなら、女と世間の恐るべき結びつきのなかに見つければよろしいのです。

——お前はこうした脅威を追い払うために何をしておるのだ？

——自分にできることです。つまり鼓手に変装している女とその若い同伴者をひっとらえるように命じることです。セニョールの許可があれば、奴らを拷問にかけましょう。

——何のために？

——連中は鍛冶のヘロニモの炉のところにじかに赴いて、そこで他の口さがない工夫らといっしょにおったのです。私の手下どもが工夫らを見て、その噂話を耳にしています。

——鼓手の恰好をした女だと……。

——唇にタトゥーを入れた悪魔でございます、セニョール。

——同伴の若者がいると言っておったな？

——ええ、ご母堂がここにお連れしたあの若い王と瓜二つでしたが……怪物的な印までいっしょでした、足には六本の指があり、背中に肉の赤い十字をつけておりました。

——すると双子なのか、グスマン？　預言の内容をお前は知っておるのか？

——いいえ、セニョール。

——双子というのは常に王家の終末を予告しているのだ。双子とは絶滅が近いことを約束している過剰さなのだ。そしてじきに蘇ってくる。ああ、グスマン、どうしてお前はぐずぐずして、こうしたことを私に明かさずにいたのだ？　この双子はわが王家と、新たな家系の礎が消滅するという二重の兆しなのではないのか？　グスマン、これ以上わしを煩わせるのは止めるがいい、うんざりだ、ところでわしの宮殿に簒奪者どもはやってきたか？　わが信仰の特異性と永続性に仇なそうとする連中が？

――私はセニョールを煩わそうなどとは思っておりません、ただフダンソウのように細く、強い液のつまった東方のヤラッパ〔ヒルガオ科のつる性薬用植物〕の根、これは別名〈憂さ晴らし〉というのですが、それを処方しているんです。これを飲むと憂いが取り払われ、ついにはセニョールも、ご自分を脅かす危険の不思議な性質を理解することができましょう。

――ならばその若者と変装した女をわしの前に連れてまいれ、そしてわしに手を貸せ、グスマン。

――そのつもりでございます、セニョール。ただセニョールご自身のせいで苦しまれているだけで……セニョールのお許しをいただいて、私に脅威を取り除くことをお任せください。

――それもよかろう、グスマン、お前がわしから取り除くことができる唯一の苦しみは、物事が変化するという恐怖と、世界がわが宮殿のなかに閉じ込めたものと異なる何ものかであるということの恐怖なのだ、グスマンよ、分かったか、わしは自分の世界の永続性を確かなものにしようとして無辜の者たちを殺した。まさか世界を脅かすものが高利貸しやお金、負債、二人の未知の青年などだとは言うまいな？　それにわしが生きる根拠を奪ったりしないでくれ。わが存在の礎石を破壊したりしないでくれ。すべてがここ、わが宮殿の石の囲いのなかにある。ここにわが疑念もあれば、わが犯罪もある。情痴もあれば病気もある。信仰もあればわが母とその暗愚な王と侏儒もいる。わしが触れることのない妻もいれば、わしと宮殿に取り込まれた者たち、つまりお前が目の前に連れてくることになっているこれら未知の者どももいる。わが矛盾に満ちた言葉もあれば、同様に、わが弱点もある。自分自身、矛盾にとんだ人間だということは先刻承知している。わしの信仰の深さを証明するために強調して言うが、わが深遠なる信仰と、一連の異端とはそれと軌と一にして矛盾している。それは確かだが、同時にお前や、わし自身、あらゆる人々、壁に耳を当てる者たちに対してはっきりさせたいのは、わしの知識が貧弱でありながら確固たるもので、あの〈古くからの叡智〉、物事についての基本的叡智は私と疎遠なものではなく、この地で、この頭と心にしっかり保持しているということだ、グスマン。矛盾しているにもかかわらず、あるいは矛盾のおかげで、何ものも完全に善であったり、悪であったりすることはないという知性がどこかに存在しうるように、暗闇には光明を、光明には暗闇を付け足していくのだ。わしはこのことをよくわきまえておる。たとえ誰もがわしの信じることを信じ、知り、理解しなくとも。それはあらゆる狂気と犯罪の渦巻くこの地上における、末長く永続するわが王家のもつ特権である。それこそがすべてを正当化するものなのだ、グスマン、それこそがわが叡智であり、あらゆる過去の事象は、誰か、わしただひとりがそれを知るべく起きたのであり、残念ながらそうした叡智でもって統治することができずとも、それを知るということだけで足りたかもしれない。善悪一如で、善悪は互いに支えあっていることを知らなくとも、叡智なしで統治するということになれば、統治自体ができなくなるだろうことはお前の言うとおりだ。このことをわしはよくわきまえている、何の役にも立たないことだが。お前のあのセビーリャ人高利貸しはそのことが分からないし、お前を含めて不平ばかりこぼす工夫らもわかっちゃいない、グスマン、お前たちすべてがわしの王位に就く日には、ゼロからすべてを学ばねばならなくなろう、そして他の神々の名において同じ罪を犯すこととなるはずだ。つまりお前が言うところの金と正義と進歩の名においてな。お前たちは狂気、災厄、宿命、不可能性、人間的弱さ、病気、苦痛、快楽に対する無節操に対するわしの意識が、われわれのすべてをしっかり繋ぎ止めておく担保となっている、ごくわずかな忍耐心すら欠くこととなろう。バランスなのだ、崩れやすいバランス感覚なのだ、グスマン。ある青年を火炙りにするのは他でもない、まさしくその忌まわしい罪に対してなのだ。たしかに命は守られるべきだが、わが年代記作家は無邪気さを矯《た》め直すべくガレー船送りにしてその罪を罰せねばならないのだ。他の証拠を前にしても、自分は見ざる聞かざる姿勢をとることにする。礼拝堂の絵を描いたのは誰だ？お前だってそれを知りたいだろう、グスマン？ お前だってわし自身がそこに見たとおり、その絵に魂の罪深い叛逆心を見て取るとすればな。しかしわしは見ざる聞かざる言わざる態度をとるすべを心得ている、とりわけ問題が解決したというだけで新たな問題が多数生み出されてしまうときには。壁にかかっているその地図を見てみるがいい。最先端部分をな、ヘラクレスの柱、タホ川の河口、フィニステール岬、遠い寒冷のアイスランド、その後は世界の海溝、アトラスの背中、その甲羅の上に大地が乗っている悠長な亀などを。グスマン、どうだ、それ以上の世界はないことが分かったか、世界がわれわれの知っている境界の彼方に、一インチでも広がっていくと考えたら、わしは気が狂いそうになる。もしそうしたものだとしたら、新たにすべてを学び直さねばならなくなろうし、新たに基礎を据え直さねばならなくなる。そうするとわしの知識は高利貸しや工夫たち、あるいはお前のそれを超えるものではなくなるだろう。わしの背中はアトラスのそれと同様、疲れ切っている。これ以上の重さには耐えない。一尋《じん》の海が増えても、一頭の馬が地上で増えても、もはやわしの頭に入る容量はない。スペインはスペインの中に収まるし、スペインはこの宮殿に収まっている……。

――私のほうをご覧ください、セニョール、どうかご覧ください、とグスマンは言った。私の言うことをご理解ください、量を増やしてください、納得してください、もうスペインはスペインに収まりきらないということを。

勢子よ、急げ、武装衛兵たちに平原に出て行って、鼓手と彼女に同伴する若者をこのセニョールの礼拝堂に連れてこさせろ、とグスマンは逆上《のぼ》せたセニョールの寝室から出て行く際に言った。われらのへとへとになった王夫妻に安息を与えないように、われわれとても一時たりとも休息をとってはならぬ。われらの主人の頭と心臓が疲れ切ってしまうように、われわれは倦まずたゆまず筋肉と血をフルに動かして行動することとしよう。私には立派で役立つ同盟者がいる、彼らはボカネグラの吠え声をうまく真似することもできたし、よく調教されたその犬が死んだわけをきちんと説明することもできた。また溶けて小さくなった蠟燭を新しい大蠟燭に代えるべく、セニョールの性交にまつわる夢想をうまく利用するすべも心得ていた。また空になった水甕を満たし、砂時計をきちんとひっくり返すこともできた。またボカネグラの死体とともに永遠の眠りを眠っていた共同墓地から、セニョールの父の棺に入れられてここに到着した難破者の残骸を救い出し、それを狂った老女のたっての願いに冷水を浴びせるべく、いっしょの墓に埋葬するということまでやったのである。即刻、われわれは行動せねばならぬ。なぜといって行動こそわれわれの領分なのに対し、狂った理性の狂気こそ彼らの領分だからだ。急ぐんだ、即刻〈狂った淑女〉を探し出すんだ、そして彼女に王と侏儒女を王家の後継者とするという宣言は、今日の午前になされるということを伝えるのだ。不穏な動きを見せる工夫たちの近くにいる勢子たちは、すぐに採石場や炉やレンガ工場に赴き、ヘロニモやマルティンやヌーニョに恐れることはないと伝えるのだ。私がお前たちといっしょにいるとな。連中が攻撃する気になった暁には、宮殿の扉は開け放たれていよう、労働者たちは誰が後継者なのか、セニョールの死後に統治者となるのが魯鈍《ろどん》な人物だということをわきまえているべきだ。おい、勢子のお前、セビーリャの高利貸しのところに行って、セニョールが彼を騎士団長の身分に引き上げてくださったと伝えて来い。そして、いいか勢子よ、任命されたことを知った騎士団長に、修道院に入ろうとしている娘がセニョーラの若い燕によって誘惑され、犯されたという事実を伝えるんだ、そしてセニョーラに対しては、セニョールを誘惑した同じ修道女見習いが、われわれが《災難岬》の海岸から救出した例の若者を、今一度、愛の虜として捕らえてしまったことを伝えるんだ。セニョールに対しては……セニョールに対しては時機が熟せば私の方から知らせるとしよう、その若者が愛人である修道女見習いと同様、やんごとなき彼の妻たるセニョーラとも同衾しているということを。またこうも伝えよう、ここにいる闖入者は二人ではなく、三人だということ、その三人は双子ならぬ三つ子で顔かたちが全く同じだということを。さてさて見物なのは、単一ならぬまさに三角形をなすこうした事実は、セニョールにどういった暗い予言を呼び覚ますものだろうか。あの能天気で斜視の、鐘楼のカルデア人が、策謀家とはいえ彼に負けずおとらず能天気なフリアン修道士との、あれこれ横道に逸れた会話のなかでどんなことを言うだろうか。せいぜい楽しみにして待つこととしよう、勢子どもよ、しっちゃかめっちゃかな楽しいやりとりをな。お前たちはグスマン様を信頼していればいい。何が起きようと、まずもって私が、そのあと忠実なる供のお前たちといっしょに、この危地から強く抜け出ようではないか、お前たちはこのグスマン様を信頼していればいいのだ。

何も起きない

絶望したセニョーラはあらゆるところに赴いた。アスセーナとロリーリャに対しては、もし彼女と密かに組んで、宮殿の厨房からある種の儀式に必要なものを引き出してきたなら、楽しいことやお金をたんまり与えると約束した。彼女らは喜んで従った。というのも楽しみごととか噂話は二人の下女の心をくすぐるものであったからである。セニョーラの求めに応じて働くことは、ひそひそ陰口をたたくべき材料をたくさん仕入れることとなったが、そのことでアスセーナとロリーリャは厨房や厩舎に下りて行って、せわしなく行き来しなくてはならなくなった。彼女たちはセニョーラが求めていたものを盗み、それを下着やコルセット、両乳房の間に隠していた。そしてハーブや根、接着剤、花をセニョーラに渡す前に、げらげら笑いながらすべてをドン・フアンに語った。彼はそのとき女主人の寝室の壁から引きはがした繻子のカーテンにくるまって、侍女たちの部屋に泊まっていたのである。そこで彼は修道女見習いのドニャ・イネスが戻ってくるのを待っていた。彼女が会えないことに耐えきれず、うなだれて戻ってきて、このつましい居室の扉を叩くのではと期待していたのである。彼女が処女膜再生で蘇ったヴァギナをもって、夢現の夢魔から自らを解き放ってくれる第二の夜、第二の処女喪失を求めにやってくるのではと期待しつつ。

　その間、ドン・フアンはゲップをし、笑いながら自分に話しかけてくる二人の侍女と、とっかえひっかえ、時には二人と同時に、乳繰り合いを始めた。その間にも女たちは豚の脂といっしょに、ちょろまかしてきたぶどう酒をちびちび飲みながら、砕いた砂糖といっしょにくすねてきた生ハムを頬張っていた。こうしたことはかつてセニョーラがアンダルシーア風の彩色タイルを張りつめ、アラビア砂を敷き詰めた寝室のそのベッドで、王のミイラの屑片でもって作り上げられた、あの出来立てほやほやの死体に対して行ったことだったのである、いまそのベッドを占めていたのは他ならぬドン・フアンであった。

　セニョーラは百グレーン〔五十グラムほど〕の豚の脂と、五グレーンのハシシ、半摑みの大麻の花、粉末状のクリスマス・ローズの根、少々をこね交ぜて軟膏を作った。それを耳の後ろと首の上に塗り込み、さらに脇の下、腹、足裏、傷口にも擦り込んだ。いったいそれはセニョーラのかい、それともミイラのかい、ロリーリャ？　セニョーラ自身のでございます、ドン・フアン様、彼女自身のでございます、セニョーラは新月（昨夜が新月でした）の土曜日の夜十一時に、時を知らせる鐘の音が鳴るのを待っていました。鳴るとすぐに黒の長いドレスをお召しになり、鉛の王冠を頭に被られ、オニキス、サファイヤ、黒曜石、黒真珠を嵌め込んだ鉛のブレスレットを腕にはめられました。そしてとぐろを巻いた蛇の像が彫り込まれ宝石をあしらった鉛の指輪を小指につけました。そのあと硫黄、コバルト、塩素酸塩、乾燥白墨、銅酸化物などでできた燻蒸用の粉末をミイラに振りかけたのです。そして七つの惑星に関わる金属で作られた七つの細い棒でもってミイラを取り囲みました。セニョーラは呟いてこう言いました、太陽の金、月の銀、水星の水銀、金星の銅、火星の鉄、木星の錫、土星の鉛。彼女は新しいナイフを摑んだのです。そのナイフはあの老人ヘロニモが平原に所有する炉から、われわれが本来盗むべきものだったのです。セニョーラはナイフを聖別された油のなかに浸し、七本の棒を次からつぎに持ち替えて、中国語かアラビア語か誰にも理解できない言葉を大声で叫びながら、死体に鞭打ちを加えたのです。するとドン・フアンは言った

――ヘブライの神エロヒム、主エホバ、軍勢の神サバオトにかけて、預言の言葉、サラマンドラの秘密、大気の精、地の精、天の神々、来たれ、来たれ、来たれ。

ドン・フアン様、何も起きませんでした、何も。ミイラはあのベッドに硬直したままずっと横たわっていました。セニョーラは力なく砂の上に崩れ落ちたのです。

侍女らは口をそろえてセニョーラはもっと多く自分たちに要求したと言った。ドン・フアンは侍女らに僧衣と王が身につける胴衣とストッキング、白の長衣、茨の冠を要求した。彼女らがセニョーラの求めたものを集めに出向いている間に、ドン・フアンは修道士のフード付きマントの下に身を隠して、修道女見習いソル・アングスティアスの哀れを誘う独居房までやって来た。そして扉を静かにノックした。修道女は裸のまま跪き、苦行用の鞭を手に、背中と両乳房を自ら引き裂いていた。ソル・アングスティアスは修道士を見ると彼の膝に抱きつき、神父様、私は罪を犯しました、神父様、どうか悪い考えを取り払ってください、神父様、私はここで働く男たち、現場監督、鉛管工、水運搬人、左官らの肉体をこれ以上夢想したくはないのです、と言った。ドン・フアンは修道女の剃りあげた頭をやさしく撫で、手を添えて立ち上がらせると、彼女をやさしく抱擁した。そしてそれ以上苦しまないように、究極の自由のひとつとして修道院生活を考えるべきだ、それは修道院ではいったん正式に結婚した妻が、ずっと夫という一人の男に忠実でなければならないという束縛的な人間的掟などがなく、結婚することができないがゆえに、かえって愛の自由があるからだ、と言った。修道女はあらゆる男たちにとって心地よ

い愛の対象であった。ドン・フアンはこういった言葉を耳打ちしながら、独居房の板敷だけの粗末なベッドに彼女を連れて行った。そして優しくぼろぼろになった血染めのシュミーズを脱がせ、血のにじんだ傷口に口づけした。彼女は修道士の唇が傷に触れたとき、痛みと快感を同時に感じた。ドン・フアンはたわわに飛び出た乳房と、太腿の間でぴくぴくする黒い茂みを愛撫しながら彼女を慰めた。永遠にお前を愛したいわけではない、ただ自由にしてやりたいだけだ、女にしてやりたいのだ、だからどうか私を受け入れてくれ、そうすれば何の恥じらいもなくどんな男も受け入れられるだろう。お前を永遠に愛したいのではないと言っているだろう、ソル・アングスティアス、お前に私を永遠に愛してほしいとも思ってはいない、私のみならず他のどんな男をも。お前は自由なのだ、アングスティアス、来るがいい、アングスティアス、私はお前が自分自身を愛する以上に、自分のことを愛しているのだと思ってくれ、何と美しいそなたよ、血色の悪いお前の肉体の上で光り輝く傷口よ、何と痛々しいことよ、自分自身を愛しながらもお前のことを一瞬なりとも愛さねば収まらぬ、私はお前の深い密林と丸い肉体のなかで、自己愛から身を遠ざけ、自分を救い出すのだ、アングスティアス、私を自由にしてくれ、お前を自由にしよう、喜悦の涙を流すがいい、修道女、泣くがいい、いつの日か私が戻ってくるのを祈るがいい、いつになるかは分からないが。世の中には夜空の星よりも多くの女がいるが、女たちを愛しつつ自分を愛するには時間が足りないだろう。

アスセーナとロリーリャは言った――私たちはセニョーラのもとに、抜け穴や階段、通路、土牢といったところにネズミよろしく入り込んで、もっと多くのものをお持ちしました。それらは修道士トリビオが夜空の星を眺める鐘楼のところにある秘密の薬剤室にまで至る、あらゆる場所から盗んできたものであった。セニョーラは五〇グラムのアヘン、三〇グラムのキンマ、六グラムのキジムシロ、一五グラムのヒヨス、それと同量のベラドンナやドクニンジン、二五〇グラムのインド大麻、五グラムのカンタリス、他にトラガカントゴム、粉砂糖などをこね合わせて新たな軟膏を作り上げた。ドン・フアン様、どうかご覧ください、その名称はトリビオ修道士の磁器フラスコについているので、どうにか読み解くことができますが、セニョーラが言ったことを忘れないようにと、私たちに下さったこの書付にすべて書かれてあります。

セニョーラはさらに加えて大声でこうおっしゃいました、今回は儀式をきちんとやり遂げるわよ、〈釘打ち《クラボ》〉の儀式をね、いや〈カーネーション《クラベル》〉の儀式だったかしら、アスセーナ、いや〈鎖骨《クラビクラ》〉の儀式よね、ロリーリャ、彼女は確かに〈鎖骨〉の儀式と言ったし、私もそう言ったと思う。セニョーラは聖別された蠟燭を二本手に取り、私たちがもってきた三日月の月光の下で彫り込まれた糸杉の枝とともに、砂のなかに蠟燭を突き刺したのです、そして砂に描いた円形のなかに身をおいて、こうおっしゃいました。

——皇帝ルシファーよ、叛逆的精神の頭目よ、どうか私にご加護あれ。するとドン・フアンは言った、そなたが目にしているこの動かぬ形体に大いなる悪魔の動きを与えよ、そこに七千のサソリと煮えたぎる黒い泥炭のはいった千の樽が隠された、そうした七千の独居房でもって七地区に区分された、大いなる漏斗のごとき地獄から悪魔を立ち上がらせよ。そして知識と肉と富のもつ力そのものたる自らの力をもって私のもとに来させよ、今われが呼び出すのは、悪魔自身をも苦しめる力をもった〈鎖骨〉の力強い言葉なり、ドン・フアンは震えながら、そして金襴の折りひだの間に、自らの一時的に老いさらばえ、耐えがたいほど尖りひきつった顔を隠しながら呪文を唱えた。「アグロン　テタグラム　バイケオン　スティムラマトン　エロハレス　レトラグ　サハマトン　クリオラン　エキオン　イキオン　エクシスティオ　エリオラオネラ　エラシン　モイン　メッフィアス　ソテル　エムマヌエル　サバオトアドナイ　お願いします　アーメン」。

何も起きませんでした、ドン・フアン様、何も。ミイラはベッドの上で硬直して横たわったままだった。セニョーラは力なく砂の上に崩れ落ちた。ドン・フアンは再び侍女たちがいなくなったのをいいことに、彼女に白いガウンを着せ、それに自分の血を擦り付け、頭に茨の冠を戴かせた。そうこうして夜になると彼はミラグロス女子修道院長の独居房にやってきて、扉が開いているのを知り、足を忍ばせてそっと入ってみると、そこには祈祷台のところで主イエスの甘美な彫像の前に跪き、手を合わせてお祈りする聖女の姿があった。ドン・フアンは静かに一歩一歩近づくと、祈りを捧げていたイエス像を自分の体で隠し、暗闇の中で驚愕したミラグロス修道女の目前に、キリストの生きた化身のように自らの姿を現した。聖女は泣き叫ぶような声を押し殺した。ドン・フアンは指を唇にもってゆき、片方の手で女子修道院長の頭をやさしく撫でた。そしていたって優しげな声で呟いた。

——妻よ……。

ミラグロス修道女は目を涙であふれさせたが、それは信じられない気持ちと信仰心が葛藤した嗚咽であった。

——よしよし、そなたは恩寵に満たされている、主はそなたとともにある、とドン・フアンは言った、恐れることはない、ミラグロスよ、そなたは神の御前で恩寵と出会ったからだ、そなたは体内に身籠り、ひとりの子を産むであろう。その子は偉大な人物となり、主なる神は父ダビデの王位を授けるであろう、そして何世紀にもわたってヤコブの家を統治し、王国に終わりが来ることはあるまい。

修道院長は混乱しつつも、無意識のなかで子供のころに覚えた言葉を繰り返した。

——こんなことってありうるの？　男を知らないのに……。

——そなたは私とすでに結婚しているではないか、とドン・フアンは笑って言った、私を愛すると誓わなかったか？

——ええ、確かに。キリスト様には嫁いでいますが、あなたとは……。

——私をよく見るがいい、わが衣とわが傷口を……わが責め苦の王冠を……。

——ああ、セニョール、あなた様は私の願いをお聞き下さいました、あなた様の最も卑しい僕《しもべ》である私に栄光を与えてくださいました、ああ主よ……。

——立ち上がるがいい、ミラグロスよ、私の手をとり、いっしょに来るがいい、至高の神が自らの影でそなたを覆うであろう、さあ、そなたの寝所に行くとしよう、修道女よ……。

——ここに主の僕がおります。主の御言葉のままに私をいかようにもなさってください。

——マザー、とドン・フアンはベッドで女子修道院長に言った、主は誰に栄光を授けるべきかよくわきまえておいでです、それは美しく清純で聖女たるそなたに他なりません。

清純？　ミラグロス修道女はため息混じりでそれはそうかもしれないと呟いた。でも美しくはないわ、セニョール、だってすでに三十八の薹《とう》が立った老婆ですもの、若い修道女たちの群れを導く羊飼いであり養育係ではあっても……いや、ミラグロス、自分を石女と思っていたにもかかわらず、洗礼ヨハネと呼ばれる者を生んだマリアの遠い親戚筋のあのエリザベトもずいぶん年を食っていたことだし……すると私も子供を産めるのでしょうか、セニョール？　あなた様は私のもとに下りてこられた聖霊なのですか？　ああ、ミラグロス、マザー・ミラグロス、選ばれし女たちにとっての義務と名誉は、死すべき人間の男のものとなる前に、聖霊によって受胎してきたというものだ。すると私はあなた様のものとなるのですね、セニョール？　その通りだ、しかし長い間待つこととなろう、マザー、長い時間を。私は主の僕ですから、あなた様のお言いつけのままに、いかようにも……。

ドン・フアン様、われわれの女主人は私たちを、獣たちを見つける仕事や危険にさらしてきました。この宮殿の裏庭とか最寄りの山腹に棲息している獣たちに、時には罠を仕掛けたり、あるいは時には待ち伏せした獣から、ほうほうの体で逃げ出さねばならないこともありましたし、あるいはどこかの獣が罠にかかって叫び声を上げているのではと期待しながら我慢して夜を過ごすこともありました。ドン・フアン様、二人して岩間に身をひそめて抱き合い、暗い密林に恐れをなして縮こまっていました、そんな夜にはあなた様のことなどそっちのけで、いとも可愛い連れの方、子山羊やフクロウ、犬やモグラ、黒猫や二匹の蛇などがいっしょにいてくれたらと切に願いました。私たちはそうしたものをセニョーラの居室から持ってくることができました、セニョーラは部屋の中でミイラが横たわるベッドの上に、逆さにひっくり返した十字架を掛けていました。ベッドの周りには赤い蠟燭と、夫の礼拝堂から盗んでくるようにと言われた聖体容器、黒大根でできたオスティアといったものをずらっと並べました。そしてセニョーラは砂の上に糸杉の棒で、Vの字を書き、次にI、T、R、Iと、そして改めてOと書き、Lで終わる文字列を縦に書きました。彼女は黒いシーツでミイラを覆いましたが、そこには円で囲まれた十字がありましたが、セニョーラの言うには、ソロモンの十字ということでした。彼女はすぐに跪き、私たちに雄山羊の角をしっかりもっているように言いつけました。というのもひと蹴りされればいちころにされる状況にあったからです。セニョーラは山羊の肛門にキスし、額には鉛製の窮屈な冠でできたしわを寄せ、気でも触れたかのように、私たちがヘロニモの鋳造所から奪ってきたナイフを山羊の腹に突き刺しました。山羊の腹からほとばしり出る血が止まるのを待つまでもなく、自らの恐怖心にショックを与えるかのごとく、今度はフクロウの目や、犬の頸部、猫の黒毛部分、蛇の開かれた喉元、そして砂のなかに逃げ場を探していたすばしこい小さなモグラに襲い掛かったのです。こうした獣たちは各々のやり方でひっかき、吠えまくり、ほじくり、刺し、羽ばたき、身をよじりながら防戦しました。でもセニョーラの恐るべき怒りの前には何のすべもなかったのです。彼女は首を切り取り、ひっかき、メッタ刺しにし、内臓を引きずり出しながら、来たれ、来たれ、来たれという例の呪文を大声で唱えていました。

ドン・フアン様、飛び散った血は未だに居室に敷かれた砂にすっかり吸い込まれてはいませんでした。セニョーラ、私たちのセニョーラはひっかかれ、傷つき、疲れ切ったさまで新たな死体の近くに横たわっていました。私たちは山から二匹の蛇をもってきました。セニョーラはそのうち一匹を殺しただけでした。どうかドン・フアン様、私たちをお助け下さいませ。これ以上の獣を探しに山に引き戻したりさせないでください、そんなことはグスマン様のお仕事です、あの方ですらジャッカルや猪を狩るときは危険な目に遭っているのですから、ましてや私たち哀れな下女たちにできるのは、せいぜいトカゲの糞を探しだすくらいです、でもセニョーラの部屋の砂に逃げ込んだこうした蛇どもを探し出すのはもうごめん蒙りたいのです、ああ何ともはや……。

でも恐怖のあまりペチコートにおしっこをちびってしまったことを別にすれば、ドン・フアン様、じつは何も起きなかったのです、本当に何も、ミイラはあそこにずっと動かないままありましたから。セニョーラは窓を開け、鍛冶場やレンガ工場、建築現場の居酒屋などから耳に届く横笛の悲しげな音色に聞き入っていました。

《狂女》は漠然とした諦めの面持ちで、地下礼拝堂と王の礼拝堂がひとつに溶けあった暗闇に目を向けていた。彼女の諦念はひとつの勝利でもあった。すべてがそのあるべき場所にあったからである。痛みと歓びが、服喪と豪華が、暗闇と光明が貴金属のごとく、溶け合っていた。主よ、どうかそうしたものに永遠の安らぎを与えたまえ、永遠の輝きによって照らし出されんことを、ハレルーヤ、ハレルーヤ……ところが老いた不具の王妃といえば、荷車にぴったり寄り掛かったままバルバリーカの戯れに目も向けてはいなかった。侏儒女は墓から墓へ飛び回って、神聖な墓を穢しまくり、その結果、墓に横たわっていた死骸はどれもこれも、残酷で太っ腹な女主人のそれと似通って見えた。というのも彼女の死骸に腕が一本欠けていたといった具合だったからである。あちらの頭に鼻が欠けていたとすると、墓のそれにも頭が欠けていたりした。バルバリーカはただ口ごもってこう言うしかなかった。──あ、私の愛する夫よ、王様、もう逃げ隠れしないで、哀れで不幸とはいえ美男子の私の王様、もう逃げ隠れしないで、もうあの小さな女とじゃれ合ったりしないで、隠れ家から出て来て、私に恥をかかせないで、あなたときたら私たちの婚礼の夜に不届き者を解放してしまったわよね、農場やユダヤ人地区から出てきた虫けらどもを持ち上げたりして、私を見下すのはやめてちょうだい、喉から手が出るほど欲しいマンドラゴラを取り上げたりしないで、結婚初夜に神父さんを引きずり込んだりしないで、貴方がおかまっぽい男色者だなんて思わせないで、あなたに私の化粧を施した、たわわなおっぱいを吸わせてあげましょう、あなたに、体の他のどの部分と比べても見劣りしない、まともな女のあの繋みを提供しましょう、ああ、私の可愛い王子様、阿呆な坊ちゃん、いったい誰のおかげで、まさにあの砂丘で奴らに八つ裂きにされようとしていた矢先に、物乞いの境遇、ぼろをまとった難破者の悲しい身の上から救われたと思っているの？　いったい誰のおかげで柳行李に化粧品やポマード、絵筆、絵の具、外見を偽る変装用の付け髭などを持ってきてもらったの？　私のかわいいお馬鹿さん、いったい誰のおかげ？　あなたは私の女主人の革馬車の暗闇のなかで何も見えなかったから、私の姿を見たり存在に感づいたりもせず、彼女の言うことだけに耳を傾けていたわ。私の姿を見もしなければ声を聞きもしなかった、でもあなたの服を脱がせたのが私のセニョーラたる狂った王妃だと思い込んだのよ、王妃にはもう手なんかなかったのに。胴着を引き裂いてストッキングを脱がせてやったのは私だったのよ、柳行李で隠れていたけれど、馬車の床に開いていた穴から逃げたのは私だったのよ、背が小さかったから素早く逃げおおせたの、そして胸のあいだにあなたのぼろ服を荷物のように抱えて、車輪や馬たちの緩慢な脚のあいだを通って霊柩車まで走って行ったわ、そこで美王と呼ばれた王様の冷たくなった死体の服を脱がせたの、この王様は生前、私の女主人の夫だった方で、私たちの現在の王様のお父上に当たる方です、死んでからはアグア師の知識に基づいて生きたままのお姿を留める死体防腐処理が施されました、そして私はペテン師たるあなたの服を彼にまとわせ、同じところを通って女主人の馬車に戻ってきました、そしてそこであなたに帽子やメダル、革のマント、紋織りの胴着、ストッキングや死体用の部屋履きなどを着せたのです、すると見違えるような変装が出来上がり、供奉たちのあいだで驚嘆と大騒ぎが持ち上がりました。それもこれもすべて私のおかげなのよ、物乞いから王様になったのも。私はご褒美を戴いたし、女主人は私をあなたと結婚させようとして、この優しいずんぐりした手を与えてくれたの。だからあなたはすべてを私の企みと手練手管に負っているのよ、それなのにあなたときたら、ずんぐりした私の太腿のあいだにアレを入れて楽しませてもくれないの？　この恩知らず、悪党、もう可愛いバルバリーカちゃんとは遊ばせないからね、私は神と人の前で契ったあなたの妻なのよ、顔をお見せよ、愛撫させてよ、私のお気に入りになりなよ、私の柔らかいおっぱいでお遊びよ、おバカさん、おバカさん……。

　こう言うと侏儒のバルバリーカはセニョールのドン・フェリペが、娼婦漁りの美王たる父のために設えていた墓までやってきた。そしてそれが葬儀台の上にきちんと据えられた、墓碑銘つきの唯一の墓であるのを怪訝な気持ちで眺めた。彼女は汗水たらし喘ぎつつもやる気満々な表情で、六カ月の赤子のような丸々とした短い手足全体にぐいと力を入れて、ブロンズの板を取り除けると、大声で叫んで十字を切り、屋根裏の猫のような金切声をあげ、水銀患者のようにぶるぶると震えだした。というのもその墓の奥のスペースに全く同じ服を着せられ、指輪やメダルのささいな細部まで全く同じ副葬品を身につけた二人の男が横たわっていたからである。二人は王とその王子で、石像の母の胎内で形づくられた双子であるかのように、その墓のなかで眠っていた。それらは〈淑女〉の死体防腐処理を施された夫の怖気を振るうような死体の上に横たえられていた。後者が身につけていたのは難破者のぼろぼろに引き裂かれた服であった。二人だわ、二人だわ、何てことかしら？　神様のおかげで私の楽しみも倍になったわ、とバルバリーカは低い声で言った。でも神様はどうせ与えた後で私から楽しみを奪ってしまわれるんだわ、だって二人とも死んでしまっているわけだし、ああ、こん畜生、あーあ、やんなっちゃう、このまま処女のまま死ぬのかしら、それもふにゃちんで役立たずな死人の間で、初夜を独りさびしく過ごさねばならないなんてしゃれにもならないし、そうなると私の不幸を癒してくれる遣り手婆は死神そのものということになりそうだわ。あーあ、どうしましょう。そう言って侏儒女は墓のなかに入り込み、まず最初に難破者の服を身につけた、死体処理された方のセニョールの唇に口づけをした。口づけは苦いアロエの味がした。彼の唇は全く死んだままで生気がなかったからである。その後、瓜二つのもうひとりの王の開いた口に口づけした。口づけは手負いの鳩の乾いた血の味がした。侏儒女がこの王の箱帽を取り去ると、毛を剃られた骸骨が目に入った。とっさにそれは自分が嫁がされた脳足りんだということに気づいた。彼女の夫の血染めの唇にはもはや生きた兆候はなく、狂気と生贄の臭いが漂っていた。バルバリーカは腫れたほうの目で目配せし、ぺちゃんこの鼻でくんくん嗅いだところ、それは糞の臭いがした。思い出したかのように夫たる愚王の足を引き離し、長靴下を下げて、緑がかった糞のなかに手を突っ込んでそこをまさぐった。吐き気を催して今にも戻す気分になったが、何度もそれを繰り返した。何という臭さ、立ち上がる臭気のものすごさ、しかし阿呆の糞のなかをまさぐることを止めず、ついに探していたものを見つけ出した。黒真珠であった。〈比類なき〉と称された黒真珠であった。彼女はそれを決して完遂することのなかった情事の相手、眠る夫たる青年の胴着でもってきれいに拭うと、自分のきつい胸元にすばやく仕舞い込んだ。

　バルバリーカはその時だけだったが、好奇心と動揺がいや増すのを感じながら、この墓にある第三の死体、眠る彼女の夫と瓜二つである別の王の死体を目にした。それはあまりに深く眠り込んでいるように見えたので、死んでいるようにしか見えなかった。これら二人の若者は互いによく似ていて双子であるかのように見えた。彼女は彼にも口づけをした。その口づけには芳香やハーブの味がした。相手からも彼女に口づけが返された。

――キスを返されたわ、と侏儒女は大声で叫んだ。本当に返されたのよ。

　ドン・フアンは両手でバルバリーカの腰を抱え込むと、人形にするかのように、戯れで彼女の体を持ち上げた。侏儒女はドン・フアンが幅広のスカートをたくし上げて、ギュッと閉まった小さなアヌスを指で愛撫し股間に顔を近づけると、笑いながら何度も「匂う、匂う」と口走った。そして「クローバー、イエス様、何とかぐわしい、イエス様、何とよい香り」〔『カスティーリャ古詩選』(一八二一年)二七九番より〕と言って笑った。彼がそこに舌を差し入れると、少女にはそれが沼地に投げ込まれた炎や熱い鉄のよう思われた。

ドン・フアン様、私たちはあの方から、七月の日差しのもとでアラゴン生まれの盲目のフルート吹きをこのあたりの草原で探すようにと仰せつかりました。その人はときに単調でときに陽気なその楽器で、宮殿の労働者たちの慎ましいお祝い事に花を添えようという気持ちから数日前に到着したのです。そこで嫌がる彼を無理に押し立てて、私たちのセニョーラの寝室にお連れしました。奥方はガレー船で櫂を漕ぐこととなった、あの哀れな年代記作家の年代記を通して、彼のことを知ったのです。あなた様はその男をご存じないでしょう？　じつに分別と礼儀正しさを持ち合わせていて、淑女にも下女にも同じような振る舞いをするんですよ。同様に、奥様がお知りになったのは、セニョーラの恩顧をたっぷり享けていたドン・フアン様の前任者の話からでもあるんです。前任者というのは、馬小屋のそばで女主人のお尻と、厨房で働く髭も生えていない若造たちの尻を弄ぼうとしてやけどを負った若者ですよ。あなた様もおっしゃるように、誰でもやりたいことをやればいいのですがね。

　セニョーラはフルート吹きに砂の上に座って、悲しく哀れな歌を一曲吹くようにとお言いつけになられました。盲人は言いつけに従ってそうしましたが、彼ときたら血色の悪い顔をした禿頭の、肩幅の大きい男でして、毛羽立った麻の襤褸をまとっていて、見えもしないのに突き出たタマネギのような緑の盲目の目で、あちらこちらを見渡していました。その間にセニョーラは私たちが古井戸やこの辺りの水たまりから捕まえてきたカエルに洗礼を施していました。セニョーラはカエルどもに黒いオスティアを飲み込ませようとする一方で、自分は逆十字を切っていたのです。そして震える胸に左手を当ててこう言っていました。ドン・フアンが言うには、今ではバレンシアになったけど、アラゴンのパトリシオの名にかけて、私たちのあらゆる不幸は終わったと、つまりスペインは終わったと。輝く天使よ、すぐにも降りてきて、私が作り出したこの存在に命を吹き込んでちょうだい。そして紅縞メノウとトパーズとダイヤと橄欖《かんらん》石とオニキスと黒曜石とサファイヤとルビーとエメラルドと金で覆われた、ルシファーのような恰好をさせて、彼をベッドから起き上がらせなさい。そなたのアラゴン王国にある悪魔的なカランダ村からやってきた、この盲目の創造神《デミウルゴス》の楽の音の伴奏でも聞きながら……その村では手の皮膚が破れて血が出て、骨に傷がつくほど強く太鼓を叩くんです、キリストが聖土曜日（復活の前日）に復活するようにと願って。もう一人の神ともいうべき堕ちた大天使、スペイン王よ、早くやってきてわが天使を復活させておくれ。

ドン・ファン様、こうしてあなた様のおっしゃるとおりになったのです。とはいってもその哀れなフルート吹きはカランダの出ではないはずです、カランダという土地では〈痛み〉の週の祭りが名高くて、それを見物しようと遠くから巡礼者がやってくるんです。どうやらその鄙《ひな》びた様子からすると、ダトス、マトス、バルレス、クカロン、エレルエラ、アメント、ルチョンといったところに違いありません。こうした土地はどれもアラゴンで最も鄙びた場所ですからね。ドン・ファン様、セニョーラはあなた様が今繰り返しておっしゃったこうした言葉を喉から絞り出すようにして言うと、ひどい痛みをこらえながらご自分の爪を引きはがされたのです。一方、盲目のフルート吹きは死体に囲まれるようにして赤く染まった砂地に座り、何とも単調で悲しげな音色を奏でていました。死体はすでに一日過ぎて蛆の犠牲になって腐敗し、悪臭を放っていました。すると突然、セニョーラの発した痛みの叫び声を耳にして、フルート吹きは吹くのをやめ、あなた様が寝室の扉のかげに隠れてお聞きになった、次のようなことを口にしたのです。

——聖パウロが述べたのは、悪魔とは今の時代の神なりということです。聖トマスの言葉によると、魔王ルシファーは創造主によって定められた時に至るまえに聖性を要求し、それを誰よりも先んじて希求し、己の目的のためだけを図って至福を得ようと望んだのです。それこそが魔王の誇りであり、そうした誇りであったればこその罪だったのです。神はそうした驕りゆえにルシファーを断罪なさったのです。そこから傲慢な人間は彼に由来しているのです。至高の神は生殖力を女に授けられました。そのことで女は創造の特権をもっていると感じたのです。女は男にはできないことが可能だからです。つまり自分の胎内に別の生命を宿すということができたので、男に勝る存在となったわけです。男といえば、単に種を植え付けることはできましたが、産むことはできません。そこで女は男からはこうした生殖能力すら奪い取られたものだと思い込み、そこで女の肉体は男にとって禁断のものとされたのです。女は死すべき男が触れる前に、神自身、あるいは聖霊の手によって処女を散らされ、妊娠させられるがままとなりました。男は女以上にずっと深く己が死すべき存在であることに遺恨の念を抱きました。

というのも他の存在を産む能力に欠けていたからです。創造の営みを女の胎のなかで継続することができたとしても、女を自分のものとすることができたのは、神や聖霊、神によって指名された聖職者や英雄のものとなった後においてだったのです。男は女に対し、彼女を娼婦とすることによって報復しました。もはや神の精液の受け皿とはなりえないように堕落させたのです。男はその子らが自分の子ではなく神の子であるということで子らを憎み、また娼婦の子であるということで自分の子に値しないと考えました。男は自分の子であったとしても厭わしい子らを殺し、生贄にしました、それは神の名をもって振る舞った英雄や司祭に、自分よりも先に身を任せた娼婦の子だったからです。さもなければ神が男から奪い取り、女と子に与えた聖なる精髄を己の身に吸収すべく、子らを貪り食ったのです。こうして母親は父親が子を殺すまでは安寧を得られないだろうことを知っていたので、子を保護し、モーセにやったように海に流すことで子の安泰を図りました。このことで男は女のことをこの世における悪魔そのものとだと非難したのです。何となれば女のうちには、時至る前に幸福を希うという悪魔的なおごりが巣食っていると考えたのです。男たちはともに最後の審判の日に手に入れることになっている至福を先取りするといって女たちを非難しました。ラオデキア公会議〔三六三―三六四年〕によれば、いかなる女もミサを挙げることは許されませんでした。男は物理的力を頼んで、女から霊的能力を取り上げようとしたのです。女はこうして悪魔の女司祭となりおおせ、悪魔は女のおかげで自らのアンドロギュノス（両性具有）的性質を取り戻すことができました。そしてヘルメス主義者が想像し、ユダヤのカバラが見たヘルマフロディティと成りおおせたのです。女は最初の楽園追放の日に伝えられた知識を、悪魔から受け取りました。なんとなれば、エヴァよりも悪魔のほうが先に堕ちていたからです。セニョーラ、どうか爪を砂のなかに埋めてくださいませ、そうすればそこから蛆が涌いてくるはずです。夏になれば大きな霰が降ってくるでしょうし、恐るべき嵐が巻き起こるでしょう。

――お前は目が見えないというのに、どうして私が爪を剥がしたことがわかるの？

　傷を負った私たちのセニョーラは、苦しそうにうめきながら尋ねた。

――世の中で目に見えるかたちでなされることはどれもこれも、悪魔の仕業なんです、とフルート吹きは答えた、目に見えないものこそ神の業でして、それが盲目的な信仰を求めるのです。ですから誘惑など何も必要ありません。セニョーラ、もし貴女が盲人の目が見えるようにと願うなら、雲が満月の縁にかかるその瞬間に、剃刀でもって連中の目を切り裂いてごらんなさい。そのとき夜は昼のように明るくなり、火は水のようになり、金は糞のようになり、気息は灰のようになり、そして盲人はものを見ることとなりましょう。

――私は蛆が涌くのを好みませんし、嵐が吹き荒れるのもいやです。ある日私はあの年代記作家からそなたのことを聞きました、また殺された私の可哀相な愛人、ミゲル・デ・ラ・ビーダという名の若者もそなたのことを知っています、ですから私はそなたの名前を知っているのです。

――二度と同じことを言わないでくださいよ、セニョーラ、さもないとご努力も無になってしまいますから。

――そなたの威力は存じています、彼らの口から聞きましたから。でもそなたから求めているのは夏の雹などではありません、そうではなくて私のベッドに横たわるその遺体を生き返らせてもらうことです。

――ならばいま申し上げたことをなさってください、そうすれば悪魔が出現するでしょう。

こうして私たちのセニョーラは恐怖で押しつぶされそうになりながら、油に浸したら匕首《あいくち》をかざして、死者たちの断片でできあがった死体のほうに近づいていきました。するとアラゴンのフルート吹きは、大きな緑色の目を閉じて、再びフルートを吹きはじめました。セニョーラもまたミイラの白く見開いた目を、匕首でさっと切り裂く瞬間に自分の目を閉じたのです。するとドン・フアン様、そこに横たわる不動の怪物の城っぽい頬のところを、黒くどろっとした液体が流れ出たのです。でもそのこと以外には何も起きませんでした。ミイラは硬直したままベッドに横たわったままでいました。セニョーラは次第に力が抜けてゆき、ミミズクの死体のそばで、血のついた砂の上に倒れてしまいました。彼女はフルート吹きを叱り付け、その無能ぶりをなじり、彼のことを愚か者の嘘つきと呼んだのです。いったい悪魔はどこにいるっていうの？　あのアラゴン人のやる儀式は何の役にもたたなかったじゃないの、セニョーラを助けると同時に、あの恐ろしい死体の中の死体に命を吹き込ませにやってくるべき悪魔も現れなかったじゃないの、ところがフルート吹きのほうは途切れとぎれのため息を物悲しい音色に変えて、微笑んでいるだけなんだから……。

――かわいそうなセニョーラ、とその時ドン・フアンは言った、すでにここにあって、通路の反対側のこのあたりから、寝室係の女たちですら目にすることのできるものを、あんなに熱心に、あんなに我慢強く呼びかけて探し求めなどしてもしようがないのに……彼は金襴のマントを脱ぎ去り、二人の驚愕する下女たちの前で裸身をさらしたのである。すると彼を見るなり二人は抱き合い、部屋の一番奥まった片隅に身を隠した。それは彼の裸体を一度も目にしたことがなかったからである。唯一、彼と暗がりで交互に戯れ合った経験があるだけだった。胸は紅縞メノウによって覆われ、腰にはダイヤモンドのベルトを巻きつけ、腕は金色に彩色されていた。ペニスには真珠の数珠が巻き付けられていたが、真珠は臀部のあいだに食い込み腰部において結わえられていた。足は黒曜石で覆われ、手首にはサファイヤを巻き付けていた。足首には橄欖《かんらん》石をあしらい、首にはルビーを付けていた。二人は驚愕のまなざしでそうした姿を眺めたが、アスセーナはついにそれ以上のものを目にしてしまった。それは人間離れしたこの麗しき男が体を回転させた際に、それぞれの足には六本の指が、また背中には鮮やかな朱色の十字がついていた。ドン・フアンは笑いながら部屋を出ていった。下女の二人は何度も十字を切った。彼は出ていったらもはや戻ることはないのではないかと感じた。アスセーナはロリーリャに、あれが例の男よ、彼だわ、二十年前の子供のころ吟遊詩人に捨てられて、私が引き取ってやった男よ、私たちの若きセニョーラがセニョールと結婚する以前、セニョーラの雌犬の乳で育てられていたあの男だわ、わたし彼と関係をもったのよ、彼はわたしのもの、愛人でも息子でもあるわ、だって乳母だったからよ、本当の母親だもの、でもそれもお城で恐ろしい虐殺が起きるときまでだったわ、あのとき彼のことをすごく恐ろしく感じたのよ、だって足の指と背中にある怪物的な印のせいで、彼がなにやらあの日に私たちのところに押し寄せてきた、異端者やモーロ人、ユダヤ人、娼婦《プタラカ》、巡礼者、乞食といった有象無象の連中のひとりではないかと恐れたからよ、あのときは行列をなしてやってきた子どもたちまで、剣で刺し貫かれて殺されたわ、そのときこの子を私が救ってやったの、身体をくるんで軽い籠のなかに入れて、海に注ぐ川に流したのよ、誰かがきっと救って育ててくれるだろうと思ってね、そうしたらこんな姿で戻ってきたじゃない、この男は私の愛人だったし、結婚する約束だったのよ、え、あんたとかい、アスセーナ？　私にも同じことを言ってたわよ、嘘おっしゃい、ロリーリャったら、神がキリストでキリストが神だというくらい嘘にちがいないわ、そう約束したのは私によ、触んないでよ、ずうずうしいったらありゃしない、うんざりよ、ほっつき女、放してったら、このあばずれ、目ん玉くりぬいてやる、墓穴売女、たてがみを引っこ抜いてやる、酔っぱらい、お前なんかモーロ野郎に心臓ぐさりとやられちまえ、ああ、何てこった、私の目や脚をお前は手槍のように引っ掻くつもりかい、売笑婦、お前の口に針をぶち込んで鼻から出してやる、お前のはらわたを腐らせてやる、売女、売笑婦、売春婦、白首、街娼、髪の毛放せ、ああひっくり返る、ああ私の膝が、殺してやる、何よ、お前こそ殺してやる、この監禁娼婦が、腐りきった家族め、鼻からおっぱい絞り出してやる、告げ口屋、嘘つき、女狐、商売女、見下げた女、お前なんか殺してやる、お前のやぶ睨みをぶっ飛ばしてやる、ど頭石にぶつけて叩き割ってやる、あーあ、あーあ、ドン・フアン、お前さんは何てことしてくれたんだい？　ぜんぶお前さんのせいよ、ドン・フアンったら。私らのところに戻っておいでよ、ドン・フアン、ああ、私のいい人ドン・フアンったら、本当にお前さんは女たらしのホモ野郎なんだから！

　ドン・フアンはバルバリーカを置き去りにしてきた地下礼拝堂に戻って行った。彼女は快楽に酔いしれて、痴呆王の腕のなかで眠っていた。二人ともセニョールの父の豪勢な墓のなかで仲良く眠っていた。ドン・フアンは狂女がなかで休んでいる手押し車のところにやってきた。彼が宝石をまとった裸体姿でいるのを見た召使の女たちの驚きは恐るべきものであったが、一方、狂女が自分のところに近づいてくる若い騎士に挨拶したときのさりげなさにも格別のものがあった。彼は改めてビロードの胴衣と、革のカーパと、鍔なし帽と、ストッキング、死体処理をされたセニョールのメダルを身につけていたからである。

――ついに戻ってきたのね、と狂女は静かな面持ちで言った。

――ええ、ここが私たちの場所ですからね。

――ずっと一緒にいられるのね？

――ずっと、ずっと。

――そろそろ休みましょうか？

――そうですね。

――私たちって死んだのかしら？

――二人ともね。

彼は手押し車から老女を起こし、二つの柱形のあいだに造られた壁穴のところに優しく導いて、白髪頭と黒い襤褸をまとった上体部分を、用心深く冷たい石壁にもたせかけた。狂女は満足げなようすであった。遠ざかって行くドン・フアンを追うように視線を向け、亡夫が造った立派な霊廟のほうに目をやると、墓石のところで目を止めた。夫は右腕を枕にして半分身を伸ばすようにして横たわっていた。彼こそ埋葬墳墓の生きた王冠とでもいうべき存在であった。

彼は老女が愛と死の強迫的な夢のなかで愛し、そして過去の復活と未来の変身を体現したような完全な御曹司であった。今や淑女がこうした天蓋の下、この地下礼拝堂において永遠につかみ取りたいと願っていた今この瞬間に、夢は現実となり、夫であり愛人であり息子であるべき青年は、右腕を枕にして半分身を伸ばすようにして横たわっていたのである。その間に、老女は不注意な訪問者が見たら本と見まがうような、自慢の鏡を眺めていた。

しばらくの間、老女は壁穴のところで彼を眺め、彼は彼で、墓石の上で半身を横たえて自らの姿を眺めていたが、老女には両者が次第に石に変身していき、墓石と土台と切断されたピラミッドたる、この華美な洞窟に永遠に一体化していくような恐怖を覚えた。そこはまさに不吉な警告を与えるような彫像によって、このハプスブルク家のあらゆる継承者たちの遺骸を再現した場所であった。ぞっとするような疑念がきざして、手足をもがれた淑女の身体は震えた。その時点まで彼女は夢を見ていたと思っていた、つまり生きて夢を見ていたと思っていたのだが、今や、ドン・フアンの手によってこの礼拝堂の壁穴のところに据えられて、自分はひょっとして死んでいたのかもしれないと疑ったのである。つまり死んでいたのだが、生きている夢を見ていただけかもしれなかった。

カルデア人修道士トリビオはその晩、塔のなかで画家修道士のフリアンに向かってこう言った。

――おい兄弟、もし連中の言葉を信じるなら、わしの塔に悪魔が徘徊するかもしれんぞ、だってわしがここの調剤室で集めてきたヒヨス、ベラドンナ、キンマ、シュロソウがなくなっているからだ、連中がくすねたにちがいない。

セニョールはグスマンを利用して皆を呼び寄せた。グスマンはグスマンで彼に忠実な無名の狩猟隊を利用した。呼び出された者たちはすべて指定された地下礼拝堂に集まった。セニョーラだけは自分の寝室に留まっていた。彼女は王の遺体の断片でできたミイラに息を吹き込もうとして、ありったけの悪魔的な呼びかけを行っていたが、実際に頼りにしていたのは下女のアスセーナとロリーリャの手助けや、盲目のアラゴン人フルート吹きの曖昧な言葉だけであった。ところでセニョールの礼拝堂にいたのは、ミラグロス修道院長とアングスティアス修道尼と、ソル・イネスとアンダルシーア人修練者たちであった。彼女たちは聖歌隊席の高い格子窓の後ろに隠れるようにしていた。窓がつくる影のせいで、彼女たちの顔と修道服は白い蜂の巣板のように見えた。汗かきの太った司祭がレースのハンカチで顔をぬぐいつつ、托鉢修道士たちのかつぐ輿に乗せられ、骸骨ふうの顔立ちをしたアウグスティノ会士を後に引き連れてやってきた。テンの縁なし帽をかぶった例のセビーリャの高利貸しは、セニョールの前に今にも崩れんばかりの恭順の姿勢をとったが、それは十二月に五月を楽しむ機会を与えてくれる騎士団長の称号を賜ったことと、富に対して体面を施してくれたことに対する感謝の気持ちからだった。この出来事のしるしを読み解いてもらおうと占星術師のトリビオ修道士が呼ばれたが、その力のおかげでセニョールは次々と重なる謎の秘密を解き明かし、その後、斜視で赤毛の修道士に助けてもらって、占星術的にどういう意味があるのかはっきりさせようと思ったのである。

グスマンは宮廷がいったん招集されると、勢子たちはいかにもまことしやかとはいえ虚偽そのものの知らせを、ヌーニョ、ヘロニモ、マルティン、カティリノンといった人夫たちに伝えに平原に散らばっていった。つまりその知らせとは、かの狂気の老婆がまんまと思いを遂げ、我らのセニョールが白痴男を後継者に任命し、侏儒のゲップ女を跡継ぎにしたということだった。つまりこの頭のおかしな醜いカップルが明日には支配者となって国を統治することになるのである。というのも神秘家で死体愛好家の堕ちたセニョールは、エネルギーを永遠に費消させてしまい、権力の源としての狩猟と戦争と女への嗜好を永遠に忘れ去ったために、肉体という名の死をまぬかれぬ覆いを脱ぎ捨てるのも間もないこととなるのである。いまもし彼らが叛旗を翻すことをしないのなら、自分たちを待ち受けるものが何なのか、しっかり見てみるがいい。絶えず血まみれでフランス病（梅毒）を好む歴代の白痴王たちは、永遠に強壮とはいえ、卑しいそなたたちの血から、自分たちのわずかな力を引き出そうという気になるはずである。そなたたちは自由人たる者たちの古き律法をとり戻そうと夢見ることはないのか？　権力者たちの力を前にして、自分たちを守るべき正義を夢見ることはないのか？　街の高利貸しから身を守るのと同じく、王宮の気まぐれから身を守る法令のことを夢見たりはしないのか？　合法的にやりとりすることを保証する契約のことを夢見たりはしないのか？　ならば我らのセニョールを見てみるがいい、もしそなたらが彼の統治が手厳しいものだったと考えるのなら、侏儒女と白痴が統治したらどんなことになるか、想像してみるがいい。またこのカップルから生まれる怪物的な子供たちの治世がどんなものとなるかを。そなたたちの嘆きはいや増すだけであろうし、嘆きは時が果てるまで果てしなく続いていくことだろう。

また画家修道士のフリアンは別の目ですべてを見ていた。彼は修道士や捕吏、瓶職人、地方議員、女主人、役人、執事、それにセニョールの前に呼び出された管理官たちの間で途方にくれていた。彼にとって、初めてこうしたかたちでセニョールの私的礼拝堂に宮廷のすべての者たちが集まったことは、図らずもかの偉大な絵画のお披露目のチャンスとなった。フリアンはかの年代記作家の力添えのおかげで、その絵がオルヴィエートからきたものだということを、セニョールに披露し、信じさせたのである。オルヴィエートは質素で物悲しい、精力的な画家たちの故郷であった。しかし反逆的な野心で燃え上がっていた細密画家の修道士は、実際、宮殿のもっとも奥まった土牢ともいうべき場所で、作業を行っていた。彼は自分の仕事の斬新さ、つまり当局が人間の業を啓示された真実と合致させるべく求めた審美的シンメトリーと、自分の仕事が大胆なかたちで齟齬をきたすことが、明々白々となって、その結果、叛逆のなかの最悪の罪を浄化するという自らの運命が、へたをすると年代記作家といっしょになるのではという恐れを抱いていた。最悪の罪とは兄弟殺しのカイン的罪ではなく、神殺しのルシファー的罪のことである。

彼は誰も絵に注目せず、誰もそれを詮索せず、誰も呪ったりすらしなかったことで傷ついたとしても、本当はこのことを恐れていたのである。そのメッセージにはそれほどの秘密が隠されていたのか。その批判的責務がいかにも曖昧模糊としていたり、明澄であったり、秘匿的であったりしていたせいだったのか（あるいは、人がその行く末を予知することをあえてしなかったその言葉のギリシア語源〔crítica は元来ギリシア語の krísis（転機、決断）を意味する〕に注目すれば、決定的で判定的であったからかもしれない、とフリアンは考えた）、批判をあからさまにすることは時間や注意を要求していたのである。その場に居合わせた者の誰一人として、そんなことのために時間を費やしたり、注意を払おうとはしなかった。ゆっくりとした汚染とか、そこでそうしたかたちでキリスト教絵画の聖なる秩序を破壊しようと構えている人物たちの偶発的な腐食力は、長い時間を必要としていたのだろうか。起伏のない、あらゆる時間的汚染をまぬかれていて、平地によってとり囲まれた、中心的で汚しようのない神性。

――それが律法というものだ。

フリアン修道士は宮殿のところで群れている無関心な群集の間をすり抜けていこうという誘惑に駆られた。そして絵のかかった祭壇のところに赴き、布キャンバスの隅に太い文字で署名しようと考えた。誘惑を感じはしたがそれに屈することはなかった。それは何も肉体的恐怖を感じたからではなく、そうすべきではないのではないかという思いがあったからである。止めたのは漠然と思い返してみて、かの星占いと鐘楼でした会話が心に残っていたからである。つまりもし宇宙が無限の存在であったとしたなら、その中心はいかなる場所にもなかったこととなる。太陽にも大地にも地の諸力にも、ましてや一個人にも、その人物の気取った走り書き〈画家にして修道士なるフリアンが描けり〉の中にもなかった。

けだしその署名からは精神そのものが流れ出ていたからである。つまりいかなるものも、中心を欠いた無限の宇宙の中心にはなりえないという精神のことである。フリアンは精神的に宙ぶらりんの状態にあったことで、不動でありながら遠くにあるかのように、自分のことを、天恵を授かった別人のように感じていた。それは肉体と意識を含めて彼自身ならざるものすべてとの突然の交感があったからである。そこで彼自身の論理とは裏腹の答えを出したのである。つまり、いかなるものも中心となることがないのであれば、それならばすべてが中心的となるのではないか、そう見たからこそ自らが描いた絵を自分は理解することができたのだと、確かとはいえ漠然と次のように独り言を発することができたのだと。

――かつてミラノやコンポステーラの鐘楼や、われらがキリスト教世界のステンドグラスや天蓋ともいうべきプーリアやドルドーニャの大修道院に署名を残した者など一人としていない。私はそれでもって新たな真実を語ろうという思いから、昔ながらの人々の力量を生贄に供することなく、そうした無名な職人たちに名誉を施すべきだと思っている。それは奥深い遠近法で描かれたイタリアの広場を描くことによってだ、そこは人間が生まれ、生長し、死んでいく時間のごとく流動的に流れ、また神の計画が人間の手によって実行されてゆく無制限の空間のごとくに止まることなく流れていく。ここには家々や城門が、石塊や樹木が、真実の人間がある。啓示が浮き彫りされることのない空間もなければ、当初の専断的命令の時刻表をもたない時間もない、あるのは創造の傷跡としての場所と空間だけだ。盲人どもよ、お前らは後光なき、わがキリストが見えないのか？　新たな空間を生み出すべく、限界を超えて延長していく絵画の片隅のほうへ移動していったキリストを？　新たな空間とは啓示の不可視で不変の一律的な空間ではなく、常に刷新されつつ維持される、創造の多様で異質な場所のことである。可哀想な盲人どもよ、お前たちはわがキリストが私の絵画のなかの特定の、しかし決して有限ではない空間の片隅を占めているのが見えないのか？　キリストはまさにそうした中心から外れた場所において、私が描いた造形上の円との関係において、常に神自身の中心であり続けているのだ。裸の人間どもは実際のイタリアの広場にあって、動機を明かすこともなく、ある事柄の主役を務めているだけだ。彼らの中心であるその中心は、移動したキリストの中心と合致しているわけではない。しかし重要なのは中心とか中心から外れた場所といったことではないのだ。中心ということになると、あらゆるもののなかに中心が存在しているので、そうしたもの自体が存在しなくなってしまうのだ。つまり中心というのは、いかなるところにも存在せず、神と人間という二つの異なる実体間の関係があるにすぎない。そうした関係の橋渡しこそ視線だということが分からないのか？　盲人よ、明きめくらよ、私が描くのは見るためだ、私が見るのは描くためだ、私は描いたものを見るが、私が描いたものが今度は私自身を見ているのだ。そしてしまいには、私の絵を見ながら私を見ているあなた方を見るということになる。確かに、トリビオ修道士、円環的なものだけが永遠であり、永遠なるものだけが円環的だが、そうした永遠なる円環の内部にこそあらゆる偶有的なるものが入っているのだ、それに永遠的どころか瞬間的で刹那的でしかない自由の多様性といったものも。わがキリストは自由気ままに、瞬間的かつ刹那的なかたちで人間の肉体というものを見ようとしている。ところが一方で、人間のほうは周囲の世界や空間、時間というものを眺めている。キリストを眺めているのはこの世界のほうなのだ。したがって視線によってすべてが関連付けられていて、あらゆる聖なるものは人間的であり、あらゆる人間的なるものは聖なるものとなる。真実の後光というのはすべての存在を照らし出すものであり、誰のものでもなく、すべての人々のものでもある淡い透明な光であって、広場の空間に満ち溢れている。盲人ども。視線のおかげで画布の左右、後方、上方、下方へと延伸していくはずのかかる空間の広がりは、私の署名によって途絶してしまうだろう。画布から目視者のほうへ流れる、そなたとわれわれ、彼らといった視点の、いわゆる第二の視点においても同様だ。絵の中の人物たちは、かりそめにそこに固定されている額縁の外に出てものを眺めるがいい。この宮殿の壁とか、カスティーリャの平原とか、牡牛の革を広げたわれらが半島をはるかに越えた先を見てみるがいい。われらが数知れぬ数の犯罪や侵略、強欲や淫欲でもって侮辱してきた、そしてまた美しい建造物や把握しがたい言葉のいくつかをもって救済してきた、疲弊した大陸の彼方へと目を向けるがいい。ヨーロッパの彼方、われわれが知らないと同時に知られてもいない未知なる世界、だからといって時空感覚や現実味がないというわけでもないそうした世界に目を向けるべきなのだ。あなた方、わが絵の人物たちよ、もはや眺めることに倦み疲れたら、その場所を新たな人物たちに明け渡すがいい、彼らは彼らで、あなた方が聖別してしまうのがおちとなるような規範を侵犯することとなろう。わがキャンバスからどうか消え去ってくれ、そして似た別の者たちにその場所を譲ってくれ。否、私は署名などするものか、だからといって口を閉ざすこともすまい、絵それ自体に語らしめるがいい。

ミラグロス修道院長は高い衝立の後ろに隠れるようにして絵のほうを眺めていた。彼女の視線のすべては、キリストの白いガウンと傷ついたこめかみに向けられていた。忘れもしないその夜に、彼女を自らのために呼び寄せたのはまさに彼、キリスト自身であった。修道院長はキリスト像に後光がないことを不審に思いはしなかった。というのは彼女を自らの妻としたキリストの頭を飾るような光など、ひとつとしてなかったからである。ミラグロス修道院長は嗚咽をもらした。それはもはや救世主の臨在を希って祈りを捧げる必要とてなかったからであろう。キリストを見出すべき場所をすでにわきまえていたからである。つまりそれはこの場所、夜であれ早暁であれ、こっそりとここに来て絵のキリスト像に触れさえすればいいのだ。キリストは選ばれしミラグロスのもとに降りてくる。そしてまさに祭壇の上という、最も神聖な場所をベッドとして、ふたたび彼女を自らのものとするのだ。そう、まさにその場所で。ミラグロス修道院長はすすり上げ、静かに握りこぶしで胸を叩いた、ああ何という身に余る光栄、傲慢そのものの私よ、主は一度私に触れたにもかかわらず、なぜ再び戻ってきて私に触れようとなされたのか？　何ゆえ他の女たちではなく、この私だけを寵愛されようと近づかれたのか？　傲慢さ、傲慢さ、自分がここまでやってきて、キリストにお会いし、御体に触れ、そして愛そうなどと考えるとは、何という傲慢さ、思い上がりもいいところ、おそらく私のことなど思い出してはくれまい、背を向けて行ってしまわれるだろう、傲慢さ、傲慢さ、どうかもう私を苦しめないで、蛇よ、わが主なる神が私に背を向け、お側から遠ざけ、わが願いを蔑ろにし、わが思い上がりを罰するのではないかと恐れるがゆえに、戻ろうという気も失せてしまう。修道女となりあえて修道女でありつづけるのは、私の名誉からであって、傲慢さからではない、名誉からなのよ、なぜならばいかなる男といえども、わが夫婦の床にふさわしい男はいないからだし、キリストの花嫁となるほかに、自分の姓を他の姓に変えることはないからよ。それが女の名誉というもの、誰からも汚されはしない。救世主キリストによってすら、ごめんなさい、ごめんなさい、優しいイエス様、あなたを愛してなどいません、愛してなどいません、どうして私のもとにやってきたのですか？　そしてご自分のものとされたのですか？　あなたが手の届かぬ、非物質的な存在であったときにこそあなたを愛したのです。それゆえ、あなたは人間的な絆や、名誉の結びつきとか、傲慢さ、思い上がり、見下される恐れなどない愛の完璧な対象だったのです。でももはや私はあなたを愛してなどいません。キリスト様、私がかつて愛していたのは、甘美そのもののキリスト像であって、いまでは真実の愛人として愛することはできないのです、ごめんなさい、セニョール、ごめんなさい。

修道女アングスティアスの視線はそれとはまた別物であった。彼女は祭壇上の絵になど関心をもってはいなかった。関心があったのは礼拝堂に集まった修道士たちをじっくり見極めることであった。それはひもじさと傷心から救ってくれたのが誰だったのか、それどころか、未知の快楽やさらなる欲望をそそる自由を与えてくれたのが誰だったのかを見極めようとしたのである。もちろん今ではセックスはやりたい放題しまくるが、子供をつくることだけはごめん蒙りたい気持ちであった。というのも内陣の格子の向こうにいる恐ろしげな顔をした修道女たちの顔を思うにつけ、それだけは怖かったからである。ああ、修道士、もしそなたが私に子供を作ったとしたなら、約束してくれた通り、快楽を自由に得させてはくれなかったことになるわ。気ままにセックスができないなんて本当の快楽とはいえないでしょう？　ああ、修道士、そなたは私がのぼせ上って男に飢えていたことと、私の恥じらい深さを逆手にとっていたのね。もし私を妊娠させたとしたら、そなたの子は悪魔の落とし子だと言わざるをえないし、生まれたらすぐに殺さねばならないわ、そなたに殺される前にね。ねえ後生だから、修道士ったら、私に自由気ままに快楽を追求させたとしても、義務を負うことだけは何としてもごめん蒙りたいわ。それこそ私たち二人の勝利というものでしょう？　つまり二つの掟を乗り越えたことになるからよ、修道院の外での結婚という掟と、結婚内における貞節という掟の二つをね。そうなれば私たちは自由な存在となれるのよ、自由で気ままな存在にね、そして結果に煩わされずにずっと愛し合うことができるわ、そなたは好きな女の誰とでも寝れるし、私も好きな男と誰とでもね、修道士、私はそなたを愛してなどはいません、でも手ほどきしてくれたように、快楽を気ままに求めることは大好きよ。そなたも私と同じことをすればいいのよ。

ところで新入りのドニャ・イネス修道女はどこを見ていたのかしら？　騒々しい連中のなかで面白いものをずいぶん見つけたようだけど。あそこにいたんだわ、高利貸しの彼女の老父が、セニョールへ敬意を表すつもりから、テンの縁なし帽をもった手をへつらい気味に広げたりして、礼拝堂兼墓所となっているこの聖なる聖域のほうに行くというよりもむしろセニョールのほうに、人ごみを掻き分けて行くようだわ、あそこにセニョールがいたのだわ、祭壇の足元にある高位高官の座る椅子に腰かけて。グスマンもいるじゃない、あの男はあの晩ドニャ・イネスを隣にあるセニョールの寝室に連れて行った男だわ。みんなあそこにいたということかしら、ドニャ・イネスが探していたドン・フアンを除いて。ドン・フアンはセニョールの与えることのできなかった快楽を、イネスに与えることができたのだわ。呪いもいっしょにね、ドン・フェリペによって散らされた彼女の花弁は、再びドン・フアンによって味わわれたあとに再び閉じられたのだわ。イネスは誰のせいでこんな目に遭わされなければならなかったのかしら？　誰が密かにこんな不幸を与えようと望んだのかしら？　いったい誰のせいで彼女が誰のものでもなく、唯一、ドン・フアンのものになったのかしら？　イネスはそれが理解できなかった。頭を回してみたが、視線はどこにとどまることもなく彷徨った、視線を茫漠とした苦痛にみちた夢想のなかで、切り取られたピラミッドの上に建てられ、礼拝堂に沿ったかたちで並んだ王墓の列のほうに泳がすと、そこで目に入ったのが、ドン・フアン、そなただったのよ、あの腕を支えられた若者、半臥状態の青年、そう、まさにそなただったのよ、私の愛するそなた、そなたのことだとすぐ分かったわ、そなたは石像よ、石でできているのよ、石像によって私は愛されたの。私は自分のベッドに石像を招いたわ、それが私の呪いだったのね、私は石像と交わったのよ、そうすれば私自身が石と化するのが関の山。もし二人して石となれば、私たちはお互いに忠実な存在となるでしょう、そなたフアンと私イネスは。そなたの血は冷たいわ、そのことを私はあのとき知ったし、そのことをそなたに告げたわ、ドン・フアン、父のセニョールのことを怖がらなくてもいいのよ、誰のことも怖れないでいいの。だってそなたを殺そうなどと思う人は誰一人いやしないのだし、石像を殺すことも死者を殺すこともできないじゃない？　ドニャ・イネスは門の格子の間に爪を突っ込み、己の石化した視線を墓の上に横たわる身動きせぬ恋人の石像から、あえて外そうともしなかった。もしそなたと私の二人が石でできているとするのなら、ドン・フアン、世界のすべてが石でできていることになるわ。川も樹木も、動物も星辰も、空気も、火も。創造物はすべてが不動の彫像となり、そなたと私は不動の中心となるのだわ。何ものも動いてはならない、何ものといえども、何ものも。

その時点でドニャ・イネスが唯一、ドン・フアンの石像だと思っていた対象に視線を向けていたとき、ドン・フアンのほうはじっと身じろぎもしない風を装っていた。そうすることはたやすかったが、それは彼女を自分の人格の一部として見ていたからである。何にもまして心地よい無為を装おうという確たる意志を示したのである。墓石の上に横たわる半臥の人物の神経はひとつとして動くことはなかった。セニョールの掛け声でもって催されたこの儀式への参列者のすべてが、イネスと同様に、彼のことを彫像とみなした。若者は瞬きひとつすることはなかった。騎士ドン・フアンは儀式に参列した者たちにとって納得のいく理由もなく始められた意味不明な儀式に対して、どうでもいいといった無関心な様子で礼拝堂の絵を眺めていた。彼は宮廷の集まりとは無縁な石像を装いながら、亡霊たちによってその居場所を変えた。彼は初めてセニョールの私的礼拝堂を司っていた絵を眺めた。鏡を見るかのように、彼と同様、部屋の片隅に陣取った薄暗いキリストの姿のなかに、自分の姿を見て取った。私はわたしだ、私はわたしだ。私が自分自身を知る前に、誰かが私を知っていたのだ、なぜなら誰かが私がここに来る前に私の姿を描いたからだ。でもなぜ？　何のために？　セニョーラの心臓とか、ドニャ・イネスの目とか、悪魔ルシファーの宝物といったもの以上の、私の鏡ともいうべきあの絵のなかに……ああ、あの絵を見るためにどれだけ時間を費やしたことよ、どれほど最初にあの絵のなかに自分の姿を見たいと思ったことか、セニョーラが私と彼女の姿だといって、二つを合体させようというつもりで私に提供した絵のなかではなくて。私はやすやすと女修道院長を騙して、彼女からいろいろよくしてもらった。女などだれでもまんまと騙しおおせるだろう、なぜなら誰もが私のことをいつも別人、夫とか愛人、父親、救世主だととり違えるからだ。彼らだと思い違いをして私のことを愛するのだ。誰がいったい他でもないドン・フアンをドン・フアンだと知って愛したりするものか。亭主や情人、修道士、キリスト自身だと思わずして愛したりするものか、ドン・フアンと知ったら決して愛しなどしない。アスセーナとロリーリャは結婚をちらつかせたことで私を愛している。ミラグロス修道女は私を聖霊だと思い込んでのこと、アングスティアス尼は私を聴罪師だと思い込んでのこと。誰一人私の正体を知る者などいやしない。私をわたしとして愛した者などいやしない。イネスだけが例外だ、彼女だけは私が何者なのか知っている。私は彼女を愛してはいない。それはいかなる女といえども、夫や愛人、聴罪師や神など身をゆだねる対象をもたない女などには興味がないからだ。もし女を愛することで他の男の名誉を汚すことがないならば、興味が湧かないのだ。私が愛することで女を自由にしてやることがないならば、関心をもてないということだ。いかなる女といえども、永遠に愛するなどということはありえない、ただ女にするという目的以外には。イネスはすでに女になった、彼女の処女を奪ったセニョールのものではなくなった。セニョールはこの死の宮殿の主にすぎないし、イネスはもはや己自身の主となったことで私を愛している唯一の女なのだ。もし私の論理が正しいならば、私は彼女のものとはなりえない、なぜなら彼女といえども私と同様の別の男に奪われてしまうからだ。私は他人の名誉をはぎ取ってやる、しかし他の男にはぎ取られることは許さない、そうなれば名誉も感情ももてなくなるからだ。もしどこかの下女とか見習い尼とか、王妃や修道院長などが私の子を産もうと言い出したら、その子は私の子ではない、なぜなら何者でもない父の子となるからだ、何ものでもない子は断罪し、貪り食って、去勢し、ナイフで切り刻むまでよ。俗人たちの糧である名誉とか祖国、家庭や権力などは私が持つことを禁じられているものだ、私が食い扶持としてもっているのは、女とその子たちだけだ、女どもからはアソコを食ってやり、餓鬼どもからは心臓を食らってやる。そうすればドン・フアンはずっと自由な存在となるだろう、そして無秩序を世にばらまき、情念が死に絶えたと思える場所に情念をもたらしてやろう、人間の法と神の掟というふたつの桎梏を解き放つだろう。法とか権力とか家庭とか、この世の名誉や祖国にがんじがらめになっている者が一人でもこの世にある限り、ドン・フアンは自由な存在としてあり続けるだろう、世界が自由になった暁に初めて私ドン・フアンは囚われの身となるのだ。そんな時など決してくることはないが……。

ドニャ・イネスの父でセビーリャの高利貸したる派手はでしい騎士団長は、計算高い目ですべてを見ていた。動いているものには目もくれず、ただただ聖歌隊席のアカテツやマホガニー、テレビンノキ、クルミ、ツゲ、コクタンでできた、素晴らしい木彫りのあでやかさに目を奪われていた。装飾や刳型をつけた上板、マホガニーの象嵌、アカテツの凝固した血の色をした聖歌隊席の柱は、そのすべてが丸みを帯びて溝を刻んでいて、柱頭には彫刻が施されていた。桁の部分の上部には犬どもとアザミの葉が飛翔していた。礼拝堂は少なくとも奥行十八メートル、幅十六メートルはあるぞ、とセビーリャ人は呟いた。しかし百倍も大きな礼拝堂よりも多くの財宝を収めているのだ、何となればテーブルは大理石や白や紅や緑の碧玉が象嵌されてできているし、互いに化粧張りが施されていたし、祭壇もまた繊細極まる碧玉や熱で金メッキを施した金属や青銅でできていた。また聖体顕示台は燃えるような赤いルビーでできており、ダイヤで飾り立てられていた。かくも高価な聖櫃に装飾をほどこすにはダイヤしかありえなかったからである。ここには王国ひとつを築くのに十分な富があるとはよくも言ったりである。貸付金を返済するにも有り余るほどであろう、というのも私は、この聖なる場所において、現場から引きはがされて溶解され、売り払われないようなものは一つとしてないと思っているからである。こうしたものも役立たずのたった一カ所の部屋のためだけとしてみればあまりにも多い。セニョールによってこれらの共有地が接収されたとき、この場所に住んでいた老村長が言ったことは正しかった。——よく覚えておいてほしいのは、わしは今年九十歳になるが二十回も村長に選ばれたということじゃ、セニョールはこの土地をすっかり食い荒らしてしまうイナゴの巣にでもするがいい、しかしそうする前に神への奉仕を先にやってもらいたいものじゃ。しかしセニョールの勅令でもって森林は破壊され、山は切り崩され、川は閉鎖されてしまった。それというのもすべて神に没頭し、絶えざる聖歌や祈り、喜捨、沈黙、研究で神を賛美し、我らが王のご先祖たちを埋葬せんがためなのだ。しかし誰一人として自分が誰のために働いているのかわからない。それにおそらく今日という日にただの一カ所で神と死者を崇敬したところで、明日には、神の偉大さを損ねることもなく、生者の家を飾り立てることになるだけである。その分、この欄干をセビーリャに注文したり、あの燭台をジェノヴァに注文したり、あの柱形をリューベックの商家に注文したり、椅子類を有為で勤倹精神のある子弟を育てる学校に注文を出したりできようというものである。それにカズラ〔上祭服〕やダルマチカ〔助祭が着る祭服〕、マント、アルバ〔司祭がミサのときに着用する白麻の長衣〕なども、われわれの女房に着せるためのおしゃれな着物に仕立て直すこともできよう。ここで箪笥の肥やしになっていて、誰の用にも供しない聖櫃のなかの立派な毛織物だって売れるだろう。セニョールは将来を見越して、目を見張る立派なものを作ろうと考えたにちがいあるまい。わしは年間の収支決済としてそれらを見ている、またそうした財産を手に入れるべく、ここで何日か晩に見たり聞いたりしたものはどれもこれもが悪夢としか言いようがない。ものはものであり、それに触れたり、測ったり、交換したり、売ったり、転売したりすることもできる。しかしここでは、ものは不用な儀式や催事のためのお飾りにすぎない。わしの気持ちはこんな催しごとなどに全く動きはしないだろう。なぜならコウモリが飛び交っているところとか、コウモリが裸の女に変身したり、墓が盗掘されたり、墓所で姦淫がなされたり、小人や手足のない老婆が現れたり、青年たちが立派な墓碑銘の上に身を横たえたり、そうしたわしの理性では理解しえない、関心も湧かないようなものを、一度として見たことがないからである。昔起きたことというのはなかなか忘れることはないから、わしのような温厚な商人ですら幻や幽霊を見ることがある。昔日の夢などとっとと失せてしまえばいいのだ、セニョール。あなたがここに所有するものはどれもが巡りまわり、移動し、場所と所有者を変えるだろう。それが世の中というものだ、あなたの驚くべき建造物は己が先祖たち、および己が夢想、己が吸血鬼、侏儒女たち、手足のない老婆たち、彫像のふりをしているだけの頭の狂った若者たちの墓場となるだけであろう。自分をこんな職位につけていただいたことに感謝します、セニョール、わしに対する褒賞とされたものが、ご自身がわしに与えた懲罰であろうとも。あなたのいう不気味な神はわしのあるがままの神ではない。わしは理性のことを自分の神と呼んでいる。研ぎ澄まされた感覚、神秘の拒絶、常識という大きく確実な櫃に入らないものすべての排除を神と呼んでいる。常識の櫃には論理と金貨がいっぱい詰まっている、そして両者は幸せかつ有益なかたちでしっかり結びついているのだ。

狂女のぎらぎらした眼差しは勝ち誇った眼差しであった。老騎士団長が理性と金銭をうまく結びつけたように、彼女はふたたび生と死、過去と未来、遺灰と気息、石と血を結びつけた。彼女は礼拝堂の装飾ニッチの上にぴったりと身を寄せ、そこから御影石の床まで落下してひどい怪我を負うことも怖れず、じっと身動きせずにいた。その目はまさに勝利の眼差しであった。宮廷全体、生きとし生きる者すべてがこの深い地下墳墓に集結した。彼らはみな自分たちの愛する死者たちと同化していたが、そのうち誰一人として、ここから出ることはないだろう。永遠に据え置かれることになる祭壇の後部にある絵画のなかの人物たちと同様に。あのキリスト教的主題と異教的構成をもった奇妙な絵には、当時の裸体の人間たちが聖なる物語の着衣の人物たちとともに暮していた。今や死したる者と生けるものとの完璧な交換といったものが完成を見ていた。生を埋め合わせるものとして死があり、死の恩恵こそが生であった。老婆の狂った理性によって統御される交換という名の強迫的遊戯は、その最高の均衡点に達した。狂女は何ものによっても均衡が破られることを望まなかった。そして深い眠りに陥ったが、眠りのなかでは生と死の領分を判別することもできなかった。

苦痛にあえぐセニョールは、祭壇のたもとでグスマンの差し出した高官椅子に座った際に、他者の目をくまなく詮索してやろうと考えた。聖歌隊席の格子の後ろに隠れたイネスの目から、三十三段ある階段の下で無意識状態のままでいる最後の捕吏の目まで。人の群がったこの場所において、あたかも目に見えないガラスで近づくのを妨げられているかのように、階段の段上に場所を占める者は一人としてなかった。セニョールは集った群集を前にして、人の存在よりもむしろある種の不在のほうを感じ取った。彼は連中に名前を与えようとして、セレスティーナ、ルドビーコ、ペドロ、シモンと呼んだ。そしてつるつるしたクルミ材の椅子のひじ当てに指を強く押しつけつつ、昨日見た夢と、今日目撃した摩訶不思議とは、何か最終的なつながりでもあるのだろうかと自問した。もしや夢が現実を予告したのか、それとも謎は結局、若者が求めたものと老人が恐れたものとの、論理的つながりを自分が知らなかっただけなのか？　今日見た不思議な光景は昨日の夢の中の難破にすぎなかったのか？　それを知るすべもないとは。おそらく……おそらくあの決して完成することのない階段を目に見えないかたちで占拠していたのは、例の学生に魔性の少女、百姓、修道士などに違いなかった。一段が百年からなり、一段一段が死と滅亡と無意識と動かぬ物質への階梯となっていて、その後にわれわれ一人ひとりの異なる肉体へと転生していく階段。トリビオ修道士の斜視の目、フリアン修道士のおどおどした目、セビーリャ人高利貸しの貪欲でこびへつらうような目、神官の退屈そうな目、グスマンの窺い知れぬ目、そうした目のどれ一つとして、セニョールが彼らと自己に対して投げかけた問いかけに答えるものではなかった。彼は答えを見いだせなかったので、唯一の確かな避難所へ身を引いた、つまり彼自身の存在のなかへ。

彼のありのままの存在。セニョールは自分自身にこだわっていこうと決心した。そして驚愕や群集、謎、無秩序といったものを支配するために、かけがえのない自己の人格を一体的に保持していこうと心に期した。しかし自分の存在をもって足れりとするべきか、とすぐに問い直した。答えは私、フェリペ、セニョールというかかる人格の一体性をすぐにも裏切るものとなった。否、自分の存在だけではこと足りぬ。私という存在は王という名の権力によって冒されている。権力は私に譲り渡されたものだが、権力自体は自分以前にあって、自分に属すものではなかったからだ、それが私の手に渡り、私の眼差しを通過したことで自分の手から遠ざかり、もはや自分のものではなくなってしまった。私は自分自身が物足らないし、権力も十分ではない、私自身とわが権力に一体性のようなものを与え、包み込んでくれるような、装飾や場所、空間が必要なのだ。礼拝堂、そう、オルヴィエートから持ってこられた絵画を掲げたこの礼拝堂のようなものが。ブロンズ製の欄干、溝が刻まれた柱形、彫刻を施された座席、修道尼たちの暮らす内陣の高い格子、わが先祖らの眠る三十の墓石、この地下墳墓からカスティーリャの野へ出ていくための三十三段階段。かくして一体性の幻想は、ひとりの男の織った複雑な織物、つまりセニョールの権力と空間そのものとなっていた。フリアンはオルヴィエートから持ってこられたと噂された匿名の絵画を前にして座っているセニョールを眺めつつ、自分自身を古い聖画像そのものだと想像していた。つまり自らを、時空を超えた造物主の生まれ変わりなのではないかと、しかし絵画の時間と空間の表徴という疫病によって敗北を喫した存在として。そなた、フェリペよ、セニョールよ、そなたは今この場所に現にあるのだ。覆面をした小姓と金髪の若者がこの場所に闖入してきたことで、謎は解決されるどころかますます深まった。謎めいた出来事のせいでセニョールの気力はそがれてしまった。セニョールに会おうとして強引に分け入ってきた二人を前にして、捕吏や女官、修道士、矛槍兵、代議員、執事らもまた圧倒されてしまった。かくして祭壇に背を向け、イタリア絵画に背を向け、奉献用のパンとぶどう酒の置かれたテーブルに、刺繍のほどこされたテーブルクロスに、聖体容器に、聖櫃に背を向け、グスマンのそばで神官用の椅子に座ったまま、彼自身が自らの発した質問の渦に巻き込まれてしまった。いったい奴らは何者だ？　どうしてあんな恰好をしているんだ？　どうしてあの小姓は覆面をつけているんだ？　緑と黒と赤と黄色の羽根をつけた仮面で顔を隠して、どうしてベルトの下に、封印された緑の長いボトルを挟みこんでいるのだ？　小姓が手を携えているあの少年はいったい誰だ？それにぐしゃぐしゃのブロンド頭で、ぼろぼろになったシャツと半ズボンをはいたあの若者が手にもっているのは何なのだ？　十字架、そう十字架だ。あの若者の背中の盛り上がった筋肉のあいだにある刻印された赤い十字はいったい何だ？　どうやら見るところ、愚かな矛槍兵のひとりが若者の腕をねじ上げたせいで、彼は痛みで悲鳴をあげ、私が祭壇に背を向けているように、私の方に背を向けて跪かされてしまったようだ。私もまた自分の肩に置かれたケープに、金で縁取られた十字架を付けてはいなかったか？　私の前で倒れてぐったりとしている囚われの青年は、本当は守備兵たちのせいで引き倒されたのだが、広げた手の中で何をごろごろ回しているのか？　二個の灰色の石ころだ、こいつはどういった奉献のつもりか？　私への奉献か、さもなければ後にある祭壇に備わったもろもろの力に対する奉献か？　このわが聖堂において私にそれを投げつけようとでもしていたのか？　私ともう一人の王、闇のキリストたる二人のセニョールに対して投げようとでも？　なぜゆえわが占星術師たるトリビオが群集をかき分けて、わが足もとで全くもって奇妙なかたちで、しかも挑戦的な姿勢で横たわるこの若者のところまで走ってくるのだ？　二個の石を握り、斜視の目でじっとそれを見つめ、手の中で重さを量り、得心がいったようにそれらに口づけをしているというわけは？　するとすぐに石を高く持ち上げ、細密画家のフリアン修道士に示すと、それを手にしたまま彼の方へ走って行くではないか。わが占星術師の修道士は気でも触れたのか？　それとも単に、私がここに彼を連れてきた目的を文字通りに果たしているにすぎないのか？つまりもろもろの謎を解き、天体図のなかにそれらを当てはめるという目的で。このようにセニョールの唯一ある現実的存在は動揺をきたしていた。その動揺は疑問と同時に、これら奇妙な者たちの二重の存在によってさらに増大していた。羽根をあしらった仮面をつけた全身黒装束の小姓と、その若き同伴者のことである。そのとき修道女らの独居房で鳥が上げるような鋭い叫び声が上がった。ミラグロス修道院長は叫んだ、「あれは彼よ、私の優しい子羊ちゃん」、またソル・アングスティアスも叫んだ「あれは彼よ、私のこよなく愛する残酷な聴罪師様」、また新入りのイネスも叫んだ「あれもまた彼よ、私のいい人ドン・フアン様」。一方は石を握りしめている若者で、もう一方は生者のほう、ああ私、気が狂いそうだわ、いったいどちらを求めたらいいんでしょう？　不動の石の幸運を約束してくれた人の方かしら、それとも震える肉の不運を予告した人の方かしら？　修道女たちの叫び声のせいで、狂女は夢から覚めた。彼女もまたある日の午後、砂丘で助け上げ、世継ぎとしての地位にもちあげた男と、全く同じ姿を一方の男のなかに見出した。ドン・フアン自身、セニョールの前に跪く自分の分身の姿を眺めた。その後、横になりながら、片手でもっていた鏡にまじまじと見入った。そして独り言のように「俺は石に化していく、俺の死を写すのは鏡だけだ」と言った。「われわれは二人だ、二つの死体だ、それこそ権力というもの、もろもろの鏡の神秘だ、ああ、わが明晰なる精神よ、もし人が鏡の前で死ぬとしたら、それは実際には二人の死ということだ、二人のうちの一人は埋められた鏡となるが、もう一方は地上においてずっと居留まり、歩き続けていくだろう。あそこのなかにいる奴ももう一人の俺なのだろうか」。

ところが覆面をした小姓のほうに迷いはなかった。セニョールの心のひびが明らかになったのは、疑いと忘却と予感と諦念のなかで、死に瀕していたことを示す容貌をことに先んじるかたちで表していた彼の顔立ちが、同じような痙攣を繰り返しているところから判断できた。

一方、小姓のほうはしっかりした足取りでセニョールのほうにやってきた。靴音がこの礼拝堂の花崗岩でできた敷石のうえに響き渡った。より大きく鳴り響いたのは、身軽な小姓の踏みしめる力とか、狂女の太鼓のせいというよりも、見るからにセニョールが困惑を示していたので、皆が遠慮して沈黙を保とうとしていたからであった。狂女はニッチのところから失くした太鼓の方を見ていた。そして叫んで言った。

――やっと私の手元に戻ってくれたのね、この出しゃばりのおバカさん、私の許しも得ずにどこかに行ってしまうんだから！　また戻ってきて、私の心をかき乱して破滅させようというのかしら、ああ忌まわしい。

老いた王妃の心の動揺はかくも大きかったので、ドン・フアンが細心の注意をはらって据えてくれた化粧ニッチの一番高いところから落下してしまった。落下したのは手足を欠いていたこともあって防ぎようがなかったからである。彼女は花崗岩の冷たい床に頭をもろにぶつ

ヨーラのベッドで、目に見えぬ悲しげな囀《さえず》り声を出して楽しいお供をしていた。われらのあらゆる王妃たちと同じ道を辿っているかに見える、孤独で打ちひしがれた哀れなセニョーラのお供を。体と喉と歯と爪と髪と食欲を保ちつつも、非情な時によって貪り食われる運命にあったセニョーラ。セニョール、フルート吹きがしっかりものを見分けることのできる他者の目と、自分自身の占い師的な手でもって導かれて、こちらにやってきますよ、どこから、いつ、どのようにして、なぜやって来たのかわしらは知りませんが。でも小姓の見方では、ここで行われる理解不能な儀式には欠かすことができないらしいのです。われらのセニョールが、まだその年齢にはふさわしくない病気をグスマンの手で治療してもらったベッドの上でやる儀式には。セニョールは病いで身動きできないそのベッドから、他人に見られることなく、別の聖なる儀式を眺めることができたのです。ところでこれから行われる儀式は、聖なるものというわけではありません。二人の若者がいっしょにセニョールのベッドに上がってから、そこで互いを認識し合い、優しい人間的な眼差しを交わし合ったことを思い出し合い、慰め合うのです。フリアンとトリビオの二人はそんなことを考えることもできるでしょうが、慌てふためいて男色行為だと大声を出す聖職者のほうはそうもいかないでしょう。何と王が聖体拝領を行うべく作られた礼拝堂で、男色行為をやらかすというわけですから。王が聖体拝領をやるとしたら、目の前でやらかす罪業を前にして、時をおかずに王妃がやらねばならないのは悔恨の祈りということでしょう。聖ルカもこう言っています、《あなたがもし悔いを改めなければ、みな同じように滅びるであろう》〔ルカによる福音書一三、三〕。忌まわしい罪を清めるには、馬小屋の少年たちといかがわしいことをしていたところを見咎められた若者がどのように罪を贖ったかを見てみればいい、つまり火刑によってです。《もしも悔悟が心からの痛みであるならば》〔トマス・アクィナス『神学大全』より〕。彼らは聖職者の言葉を聞き流していた、というのもそうした警告には王の寝室外における好奇心を、また寝室内においては運命の力を殺ぐようなものが何もなかったからである。フリアンは祭壇の絵のほうを見て、キリスト教の悔悟というものが必然的に心からの痛みでありうるのかどうかを疑った。罪の原因と結果である情念に対する悔悟ではないのか？ 情念こそ赦しと同様、罪つくりの大本ではないのか？ 占星術師で天文学者の修道士はフリアンの目を見て、悔悟の業を慈愛のそれに代えるべき時が近づいているのではないかと問いただした。司祭が本質的と見なし、そのように公言した痛恨ぬきの行い、犯した罪を嫌悪することのない赦しの業（イネス、ミラグロス、アングスティアス）。というのもキリスト教の《悔悟》には、罪を清めたとしても（ミラグロス、アングスティアス、イネス）、われらの生を色褪せさせるもの、実際には一度として経験したことがないと主張するような、何ものかがあったからである。トリビオとフリアンは、新たに始める価値があるのかと目線を交わして自問した。価値があるのか？　一方の小姓とその連れのほうはセニョールのベッドのなかで抱き合っていた。そこでイネス、修道女ミラグロス、ソル・アングスティアスは、これから次の間に入ってくるはずのアラゴン人フルート吹きの到着を待っていた。彼は重い足取りで、黄色の爪を前に出すようして手探りで、びっこをひきながらやってきた。フルートを擦り切れたひもで腰に結わえ付け、さらに潰瘍を患った踝に履物をぼろ布で結びつけ、それを静かにひきずるようにして歩いた。つまり目が見えなかったのである。

二重の、そう二重の盲なのだという噂がトリビオからフリアンへ、フリアンから騎士団長へ、騎士団長から捕吏へ、捕吏から執事へと伝わっていった。狂女の押しつぶされた死体に関する噂が次々と伝わって、終いには彼方の斜め格子窓の後ろに隠れて、ざわざわと群れていた修道女たちの場所にまで達した。二重の盲というのは、小姓が昔の血が凝固した跡が残っている使い古しの汚れたハンカチで、盲人の目隠しをしたからである。盲人は小姓によって目隠しされたままベッドに運ばれた。フルート吹きはベッドに上がると、一角に胡坐をかいて座り、腰からフルートを外すと、単調で哀調を帯びた曲を奏で始めた。そのリズムは果てしなく繰り返された。それはこの地でフリアンもトリビオも、イネスやミラグロス尼も、誰一人聞いたことのない曲であった。煙の臭い、山の香り、石や銅の味がする曲で、われわれのうちにいかなる記憶も掻き立てることがないとはいえ、小姓の連れの若者には生命を呼び戻すように思われた。その曲のせいで彼は微睡から引き離され、こうした土牢から追放された太陽を追い求めるかのように顔を上げ、トリビオとフリアンがあたかもひとつの惑星に光を照り返すかのように、その目を輝かせたのである。小姓はセニョールとイネス、ミラグロス尼、ソル・アングスティアスの寝床の小さなカーテンを開けると、一方では金髪の若い破廉恥男の眼差しの光が、彼の体全体にぱっと広がり、その唇を動かしたのである。若者の唇は動いたのだ、グスマン、トリビオ、イネス、マザー。これこそ小姓が寝床のカーテンを引いて、新しい物好きのわれわれの目から、またグスマンが用意したり外したりする高位者用椅子に再び腰かけていた、震えるセニョールの消え入るような視線から、小姓と青年、フルート吹きの三人を引き離す前に、われわれがセニョールの寝室の扉をとおして見ることのできた最後の光景なのだ。三人は寝室側面の高いところ広いところのすべてを完全に閉じてしまう、三つのカーテンの後ろに隠れていたのだ。それはベッドというよりも脆い墓、動かぬ馬車とでもいうべきものであった。

青年は語った。セニョールは青年の言葉に耳を傾けた。しかし腕は疲労でぐったりと垂れ、あてどない手は床の近くに何かを探し求めた。高位者用椅子の近くにひとりの連れを、それはおそらく一匹の犬で、犬と一緒にいれば少しは安心できると思ったのであろう。

青年は語った、小姓とフルート吹きという、一風変わった仲間といっしょに身を隠したセニョールのベッドを覆いつくすカーテンの後ろに隠れて。フルート吹きは若い巡礼者の発する言葉に哀しげな曲でもって伴奏をし、その生のあかしを立てた。ところが小姓の口からは何も語られることはなかった。次に示すのはその巡礼者の言葉である。

第II部

新世界

明けの明星

セニョール、わたしの物語は曙で空が白み始めたころ、夜の最後の光とも永遠の光ともいうべき明けの明星が、海の波間に光り輝くときに始まる。これこそ船乗りたちの行く手を指し示す星だ。わたしはある朝、とある海辺の辺鄙な場所にたどりついた。そこでいかにも疲れ切ってはいるが、粘り強く力をふり絞って働いているひとりの老人に出会った。彼が海辺で建造していたのは一艘の小船であった。そこでわたしはどこに行くつもりなのか尋ねた。すると余計な問いかけだと答えたのだ。わたしは同行させてくれないかと頼んだ。すると握りこぶしをハンマーと釘と船板のあるほうにつきだした。わたしはそれが何を意味するのかすぐ察して、彼と二週間、昼夜にわたっていっしょに働いた。仕事を終えると、寡黙な老人は得意げに丈夫な帆を収めた箱のほうを見やりながら、こう言った。

——やっとできた。

われわれは夏のある朝、金星の瞬くころ、小川の水をいれた樽を二十個積んで乗船した。わたしは海辺の寒村で、持ち主の許可も得ぬまま、鶏や丸パン、索具などの道具類、塩蔵干し肉、燻製ベーコン、袋一杯のレモンなどを得るべく駆けずり回った。老人はこうした備品を調達してきたのをみて微笑んだ。わたしは老人にどのようにして手に入れたかを得々として語って聞かせた。暗くなった頃や午睡の時間に、屋根に忍び込んだり、入り江を泳いで渡ったり、持ち前のすばやい身のこなしを発揮してうまくやりぬけたことを。すると老人は笑って、わたしが何という名前なのかを尋ねた。あなたこそ何という名前なのか教えてくれと答えると、ペドロだと名乗った。彼はわたしの名を知りたがった。わたしは老人に洗礼を授けてくれるように頼んだ。加えて自分は冗談抜きで、本当に自分の名前を知らないのだと念を押した。じゃあ〈泥棒君〉とでも呼ぼうか、と老人ペドロは笑った。それとも立派な動機のある愛すべき海賊君かな、と言って笑った。

——お前の知っていることは何なのか言ってみろ。

——東と西、北と南です。

——覚えている名前は何かないのか?

——ほんのわずかしかありません。神とウェヌス、それにわれらの海である地中海くらいです。

われらの船は涼しい潮風に乗って海岸からはるか遠くに疾走した。視界から消えたとき、わたしはペドロに指示を仰いだ。彼は正確に目的地へ舵を切るべく帆を扱っていた。しかし束の間の高揚感を吹き飛ばすかのように暗い調子でこう言った。

——お前が帆を操るんだ、わしは舵のほうをやる。

こうしてわれらは航海に乗り出したのである。航海という感じはしなかった。というのも夏の海は凪いで波立ちもなく、さわやかな潮風のせいで立ち現れる泡もすぐに消え去り、海面は水銀を張ったように見えたからである。また何の戸惑いもなかった。それは老人が自分のとった航路に対し、何の疑いも抱いていなかったからであり、わたしもまた言われるがままにその指示に従っていたからである。自分の意志など眠り込んでいるかのようだった。安穏とした海のなかで体も心もゆったりとしていた。静かな海と心地よいそよ風。なすべきこともなく、有り余った時間は甲板に身を横たえ、ゆるやかに流れる雲と穏やかな太陽を眺めることくらいしかなかった。われらは陸地に近いことを知らせる木々の緑とカモメの群れを後にして進んでいった。老人は陸地から離れはしたものの、わたしにはほんの海岸から二日以上の船旅をしているくらいにしか思えなかった。というのも誰にしろこうした航路をとれば、あたかもテーブルクロスを縫うときのように、海岸沿いをぐるっと回るものだからである。海は魚たちの王国であり、不注意な人間の墓場であることを除けば、それ自体何者でもない。われらの恵み深い母なる大地のもたらす豊富な穀物のあいだに存在する、塩分をふくんだ通り道にすぎない。わたしはわれらの地中海を取り囲む海図のいくつかを見たことがあった。今われらはこうして北の海岸から出帆したわけだが、自分の想像では南に向かったのち東に航海しているように思えた。われらの海へ、秘密なき海へ、われらの揺籃の地へ、自分の称える大地と同様に安全な海へ旅立とうとしているように思えたのである。われらの海はそれ自体の名前のなかに、地中海を、大理石とオリーブの海を、ぶどう酒と砂の海を、そしてわたしの海を含んでいるのだ。

わたしの目には、海面から飛び出す魚を飲み込みながら、ときどき背びれを見せて海面に姿を現して泳いでいる最後のヘダイが目に入った。そのあと長いことヘダイの姿を見かけなかったので寂しい気がした。そのとき薄目を開けて太陽のほうに目を向けたが、太陽以上に熱くなっていたせいで、眠りかけていたわたしの理性は驚愕と恐怖で燃え立った。愚かしい自分よ、わたしは夏の太陽を何日も何日も眺めていたせいで、こんなことを独りごちていたのを今にしてやっと気づいた、われらは頑なに太陽の道筋に沿っていたのだということを。われらの道案内にしていかなる羅針盤よりも強力な磁石は太陽であった。毎日の太陽の運行を見れば、それで十分羅針盤の代わりになったのだ。われらの航海はその道筋に沿ってゆき、われらの船は太陽の思うがままに運ばれて行った。

われらは頑なに東から西へと進んで行った。太陽はわれらの背中から昇り、目の前で沈んでいった。わたしはいらいらして身震いしながら立ち上がった。そしてペドロのほうを見た。ペドロはからかうような冷たい、しかし決然とした眼差しで見返すとこう言った。

——お若いの、やっと分かったようだな。

その言葉を聞いて、わたしのえもいわれぬ過分の平安は吹っ飛んだ。わたしを包み込んでいた落ち着いた性格の惨めな再生ともいうべき平安は……あの輝く太陽も、あの澄み切った青空も、あの清々しい空気も、あの鏡のように凪いだ海も一瞬にして災厄の予兆に凍りついた。嵐の前の静けさ、苦しみと確たる破局への予兆。われらは世界の果てる断崖ともいうべき、未知の海に向かっていたのだ。そこで知られていたのはただ一つ、禁断の彼岸の境界線を越える者たちを待ち受ける死であった。

恐怖と勇気。かくも相反する感情が相接して脈打つことができようか。わたしにおいてはその時点で確かに脈打ったのである。打ったような鏡面のような水面に死の姿を見てとったわたしは、世界の果てで海水が落下していく際の怒涛の逆巻きを思い描いていた。わたしは老人に怒りと恐怖にみちた視線を投げかけた。そして寄る年波で視力の弱った網膜の背後で虚ろになった深い目元に、狂気の眼差しを見てとろうとした。騙してわれらを破局に導こうとするつもりなのかと叫んだ。もし老人の目的がかくも恐るべきやりかたで人生にピリオドを打つことにあるのなら、わたしの目的は自分を救い出し、同じ悪運の巻き添えにならぬことだ。わたしは棍棒をとってペドロに殴り掛かった。老人は舵のハンドルをゆるめるだけでうまく身をかわし、固くなった拳で驚くべき威力の一撃をわたしの腹に食らわしたのである。呻きながら甲板上にひっくり返ったその瞬間、船は制御を失って今にもバランスを崩すところであった。

――選ぶがいい、とペドロは呟いた、泥棒か海賊か知らないが。コソ泥みたいに手足を縛られて行きたいのか、それともわしといっしょに自由の身で、この海のみならず新たな場所でこれから見つけるはずの自由な土地の支配者となるのとどっちがいい？

――自由な土地だと？　別の場所だと？　とわたしは叫んだ。あんたは頭がおかしいんだ。わがまま言って滅びるがいい、でも巻き添えはごめんだ。

――何をほざいているんだ、とペドロは答えた。年寄りのわしの思いとお前の野心とが相反するとでも言うのか？

――そのとおり、わたしは生きたいのにあんたは死にたいんだろう？

――誓ってそんなことはない。わしは生きるだけ生きてきたし、今だって生き続けようと思って旅しているんだからな。

老人は謎めいた視線をこちらに向けた。わたしには彼の言葉が理解できず、老人は死にたいのにわたしの方は生きたいだけだという、自分の言葉だけに固執していたので、老人はあけすけな調子でこう続けた。

――分からないのか、老人のわしの方こそ野心を抱いているのに、若いお前のほうは人生を諦めているのではないのか？　わしは逃げねばならないから逃げるだけだ。お前はどうなんだ？

老人はわたしに、まだ短い人生に見切りをつけていなかったのか、わたしの周りで人生を否定し、妨げているものすべてに、見切りをつけてはいなかったのかどうか問いただした。

――だとするとどうしてわしと一緒に船出したんだ？　どうしてあの土地に居留まらなかったのだ？　わしが探している新しい土地のことを信じないとするなら……いったいお前はどこからやって来たのだ、泥棒さんよ。

わたしはその問いかけを怖れていた。否、いつでも怖れる。なぜなら自分の名前も知らないのと同様、自分の無知の出所を重々承知しているからだ。老人にこう答えた。

――あらゆる場所から来たんです。

――ということはどこからでもないということだな。

――目的のない巡礼をしているとしか記憶にはないんですよ。

――なら《巡礼》と呼ぶことにしよう。

――わたしは一度として一カ所にとどまったことがないんです。どんなによく知った場所でもしっかり根を下ろしたことがないので、新たな土地に行ったら、他の人間たちが根を生やすきっかけになるものを与えてほしいんです、たとえば名前と家庭、妻、子孫、名誉、財産などです。お分かりですか？

ペドロは舵を握りながら、自問自答しつつわたしのほうを見やった。老人はわたしのとりとめのない言葉が理解できないと言った。それはもし自分の生活のことを説明せねばならないとしたら用いたはずの言葉と、わたしの言葉とがあまりに違いすぎていたからである。

――お前が一度として持つことのなかったものすべてをわしは持ったし、失いもした。土地とか収穫物も、土地のほうは火をかけられてしまったし、収穫物も盗まれてしまった。子供たちも殺されてしまった。名誉といえば、妻たちの貞操は領主権によって踏みにじられてしまった。自由とか自由の与える幻想といったものもまた、多くの大衆がそれによって騙され、自由の名のもとで束縛と死へと導かれるかをいやというほど知らされた。巡礼よ、お前はこうしたことを少しなりとも分かっているのか？おそらく知るまい。だからお前の言葉などわしには分かるはずもない。

わたしは自分でも、自分の言葉がよく分からないのだということを老人に言うことは差し控えた。それは自分の記憶していた物事の変わり身の早さが尋常ならざるものだったし、それを説明してくれるような言葉すら容易にはみつからなかったからである。蒼白な砂漠、遠くに見えるオアシス、日に焼けた山並み、青白い島々、城塞に囲まれた都市、死の僧院、残虐な者たち、屈辱を受けた者たち、邪悪な女たち、喘ぐ女たち、押し殺したような子供たちの叫び声、早駆けする馬の足音、火炎や逃走、月下の犬の遠吠、ラクダのそばで眠る老人たち。こうした断片的な光景だけで生の記憶のすべてを取り戻すことができただろうか。それは分からない。自分の名前と故郷すら分からないのに、どうしてこうした場所や人々の正確な名称が分かるだろうか。だとするとペドロに向かって発した言葉として、漠としたこうした記憶を集約するだけのもので充分だったのだろうか。

――わたしは何時なんどきも《われらの海》で暮らしてきました。つまり地中海人なのです。

これでは十分とは言えなかった。わたしが際限ないだけでなく手がかりすらない、無慈悲な記憶を呼び起こしてこう言おうとした瞬間、わたしは過去と現在の記憶の手で、過去の方に強く引きずられてしまった。しかしそうした記憶といえども過去がどうであり、その後どうなったかということを、何ひとつとしてわたしに教えてはくれなかった。それはいわば空気の記憶であり、失われた過去の嘆息と、沸き立つ現在の呼吸が入り混じったものであった。このことを老人にどうやったらうまく説明できようか。わたしは自分でもよく分からない絶対言語がじわじわ内に入ってくるのを感じつつ、こうした直接的とはいえ無益な言説を受け入れようと思った。それはわたしの自己保存の直接的本能が満足させられ、確かなものとして柔らかく覆われたからである。わたしは自分の胸のなかで二つの原則が拮抗しているのを感じた。ひとつはどんなことがあっても生き延びるというものであり、もうひとつは未知なるものを追い求めて、気違いじみた冒険をするようにけしかけるものであった。両者の原則の戦いのなかで勝利を収めたのは、もうどうでもいいという諦めの気持ちであった。叛逆する気持ちも尽き果てたが、それでも底に残っていた反発心からこう老人に言った。

──わたしだって理由はなくとも同じように逃げますよ。あなたには逃げ出す理由が十分あるとおっしゃった、ならば今度の死への旅を受け入れます。おそらく死のなかで自分のつまらぬ謎も解けるでしょうし、自分の運命は死ぬことで謎を解き明かすこと、つまり知るということになるんでしょう。そうなれば、ことはどうあれすべてが無駄ということになるでしょうね。

わたしが観念して、ペドロから食らった拳骨と船の揺れで倒れていた甲板からやおら立ち上がると、彼はこう言った。

──いいか若造、われらが向かっているのは死ではなくて新天地だ。

──たわけたことをおっしゃる。お年の割にはずいぶん大きな夢があるんですね。見上げたものです。夢から醒めて落ち込んだときには、せめていっしょに泣いてあげますよ。

──わしの夢がお前の人生とは相容れないというのか、とペドロは苦笑いをした。旅の終わりにお前の命とわしの夢とが生き残っていたらどうする？

──今こうしてできることしかありませんよ。友人として旅の道連れになっているじゃありませんか。わたしは落ち着いていますから、あなたもそうしてください。どうせ一蓮托生ですから。どうか信じてくださいよ。

ペドロはため息をついて言った、お前がわしと同じことを信じているのなら、お前を信じるしかないな。

するとと老人は大洋の彼方に別の陸地があるはずだと言った。そして太陽が毎晩西に沈むとしたら、それは大地に呑みこまれるわけではなく、夜明けに東から昇ったとしても、奇跡的に再生したからでもなく、大地の周りを回っているからなのだ、大地は太陽や月と同様、球形をしているにちがいない、なぜならば老いた眼で夜空を見る限り、平面体をしたものなど見たことがなかったから、われらの大地だけおかしな例外ということもなかろう、と言った。

老人がわたしに語ったのは、何日も何日も黄昏時に、夏には乾燥した土地をしっかり踏みしめ、また冬にはぬかるむ泥に足をとられつつ、山や森による起伏のない広大な見通しのよい耕作地を眺めたこともあれば、立ったまま回転して、大地と地平線が完全な円形をしていることを見て取ったこともあるという。太陽は日没時に沈む際に、姉妹たる月にその姿をやつすのだ。

——哀れな爺さんよ、とわたしはますます陰鬱になって言った、あなたのおっしゃることが正しいとすれば、この航海が終わるときわれらが辿りつくのは出発地ということになりますよ、そうなったらすべて無駄ということでしょう。きっとわたしの言うとおりです。あなたが戻ってくる場所は、思い出すだに恐ろしいところということになります。

——それでお前はどうなんだ？

わたしは言い淀んだ。

——忘却したすべてのものがあるところです。

——ならばわしとともに信じるがいい、とペドロは力強く言った。神はな、お前やわしの知っている人間たちだけが住むように、この世界を造ったわけではないのだ。他にも別のよりよい土地があるにちがいない。真実の神の似姿ともいうべき、自由で幸せに満ちた土地がな。わしらが後にしてきた土地など地獄そのものだと思っておる。

老人は声を震わすようにさらに繰り返した。

——いいか、神はな、お前やわしの知っている人間たちだけが住むように、この世界を造ったわけではないのだ、思い出せる者でも忘れ去った者でもどっちでもかまわないが。さもなければ神など信じることは止める。

わたしは彼の信念は尊重するが、こうした思いつきの信念を裏付ける証拠がないことはいかがなものかと言った。すると老人はわたしに大袋からレモンをひとつ持ってくるように言った。そこで言われたとおりにした。二人とも甲板上にしゃがみ込んだところ、わたしは老人からレモンを立ててみよと命じられた〔コロンブスの卵をイメージさせるところから、ペドロはコロンブスを象徴している〕。またぞろ老人の繰り言が始まったと思ったわたしは、あきらめて悪運と思い、再びその手に運命を委ねた。言われたとおりにやってはみたが、ひょろ長い黄色の物体は一度ならずひっくり返ってしまった。わたしはペドロのほうを黙って見つめた。あえて不条理なことを言うものだと非難がましいことも言わなかった。言っておくがわたしは諦めの境地にあったのだ。すると老人はレモンを手に取ると、ごつごつした二本の指にそれを挟むと、甲板の鉄板につよく押し当てた。レモンの底が破れて果汁が出てきたものの、しっかりと立ったのである。ペドロはレモンをわたしに渡した。

――巡礼よ、お前の唇は白っぽいから、せいぜいここにあるレモンでも毎日じっくり吸うんだな。

その晩、ふたりともまんじりともしなかった。それは良からぬことが起きるのではないかという気がかりから、早暁の星が出て来るころまで目が冴えて眠れなかったからである。何を怖れると言って、われらが行き着く先で必ずや泡立つ墓場に身を投じて、地獄の底なし沼のように聳え立つ暗黒の水に飲みこまれ、押しつぶされて死ぬであろうことを怖れていたからである。とはいえ星が瞬き、暖かな平穏な日が新たにやってくることを感じたとき、わたしが心のなかで想像したのは、こうして眠気と戦っているのは、ペドロはもし自分が眠ってしまったら、わたしがそれをよいことに縄で彼の首を絞め、海に投げ捨て、出帆した地点まで戻ろうとすることを怖れているからだ……。

しかし同様に怖れていたのは、もしわたしが寝入ってしまえば、老人もわたしに対する恐怖心から同じことをやるのではないか、ということであった。つまり舵のそばにもっていた刃の欠けたナイフでわたしを殺し、数日前から航跡を追ってきているサメの群れに投げ込むのではないか、そして間違いなく意気揚々と思い通り、単独で破局への旅を続けるはずだ。

ひとを惑わすかのように星が煌めいていた。星はあたかも黄昏と曙を仲良く結びつけるかのような運行のなかで、老人の円環的な言葉の正しさを裏書きしているかに見えた。恐怖心を解き放ったのは老人であった、最初に甲板の片隅で身を横たえに行った勇者は老人の方であった。われらの水の入った樽を保護するための帆の下で日差しを避けつつ。

――ペドロさん、あなたはわたしが怖くはないんですか？　とわたしは少年ぽい声で舵のある場所から叫んだ。

――もっとひどい危険はお前が予言している死のほうだ、と老人は言った。もしお前がそれほどわれらは破滅すると思うなら、今どうしてわしを殺す必要があるのだ？

そしてしばらくしてこう付け加えた。

――わしは何としても若者にこそ、最初に新天地に足を踏み入れてほしいのだ。

老人は目を閉じた。

わたしは老人の存在と破局への道筋から解き放たれ、船はもはや自分のものだと感じた。十二日前に出帆した海岸に帰還しているかのようにも感じた。帰還に想いを巡らしつつ、出発地点に戻ったらどうするべきかいろいろ考えようと努めた。セニョール、わたしは二つの道しか考えつかなかった。ひとつはかつての出発地点に戻り、さらにそこから以前の出発点に戻り、自分の原点となる時代と場所にさかのぼることだ。しかし忘れ去られた原点からみれば、すでに自分が歩んできた道以外に自分の辿るべき道などなかったのだ。しかもその道は自分がペドロと出会った海岸へとつながるしかない道ではではなかったか。そこからこうして彼とこの船に乗っている道ではないのか？……今、この瞬間に海の上で二人が遭遇した場所に至る人間の悲しい運命に思いを巡らせた。過去はあまりにも膨大であり、忘却するしかなく、この移りやすき現在に生きることしかできない。瞬間ごとの記憶が抜け落ちた出来事の継起に囚われたわたしには、もはや選択の余地すらなかったのだ。わたしの未来は過去と同様、ひどく暗いものとなるだろう。

わたしは目を閉じてこうしたことを考えていた。そうすることで、生存と危険のはざまの戦いが、諦めの心に取って代わるようになったのである。ペドロはじっと目をつぶったままであった。わたしは目を開けた。

――星よ、わたしを導いてくれ、と強く念じた。

わたしは太陽の指し示す道、つまり老人の意志に従った。わたしの決定的な運命は不動の（北大西洋の）サルガッソー海に向けられた。

水時計

セニョール、われらはこうして時間を測った。海水の濃度はますます上がり、樽に蓄えた水はどんどん減っていった。しかしペドロとわたしとわれらの船以外、すべては水であった。われらは蓄えの多くを食べ尽くしたものの、塩蔵肉の蓄えは十分あった。そこで肉を鎖に餌として括り付け、海中に投げ込んだ。というのも一帯にはサメが多く生息していたからである。餌はすぐにも海中に沈んだが、素早い動きをする貪欲なサメであってみれば、無防備な船員に攻撃をしかけるのと同じくらい容易く、巧者の罠にまんまとはまったからである。

われらが最初のサメを捕獲したときの喜びはたとえようもなかった。それを釣り上げ、船上に引きあげ、ペドロは斧の頭でサメの頭を強く打ちつけて殺し、わたしはナイフで肉を切り裂いて、索具のところに吊るした。そこで三日間、肉を乾燥させ、じっくり食料になったことを見極めたが、食卓に供するまでに時間がかかることなど何ひとつ気に掛けることはなかった。二人の男を団結させるきっかけは数多くはなかったが、こうしたことに勝るものはなかった。容易くそれまでの諍いに終止符を打つことができたし、こうした共同作業でもって助け合うことで危険に立ち向かい、克服することができたからである。人間同士の諍いなど自然の驚異を前にしたら愚かしいことが分かる。自然には意志などない、ただ絶滅させてやろうという恐ろしい本能だけは有り余るほどある。自然と女とは似たもの同士である。両者ともわれわれにとって最大の危険である。しばしば美しさでもってわれらは武装解除させられるのだ。

航海三十日目にわれらは切り身になったサメの旨い肉を食した。笑ってしまったのは、狂暴なサメに生殖器が二つあるのを見つけたときである。サメは雄の武器を二本携えて泳ぎ回っていたことになる。各々の長さが人間の肘から中指の先までもある。もっと楽しい思いをしたのは、サメが雌と交尾するとき、二つの生殖器を同時に使用するということになると、一体、二本いっしょに挿入するものなのか、それとも時を違えてそうするのか、といったことを侃々諤々議論したときである。このせいかどうか分からないが、雌のサメは一生に一度しか出産をしないと言われている。

水を打ったような静けさを湛える海が周りに広がっていた。わたしは内心、船乗りの誰もが尻込みし、引き返そうとするあの恐ろしいサルガッソー海に入ってしまったのだと思った。われらは引き返したりはしなかった。というのも、わたしは今あるような嵐の前の静けさよりも、これから起きるだろう破局に対してより大きな恐怖を抱いていたからだ。老人は老人で、夢の新天地に到達するという確固たる目的に十全の信頼をおいていたので、海が静かであろうと、荒れていようとその信念は揺らぐことはなかった。この無表情な大海原の鬱陶しさからわれらを救ったのは、わたしと老人の間で交わされた楽しい会話であった。われらは海について語った。記憶の助けになる日付は定かではないが、わたしの記憶を呼び覚ましたのは、われらが地中海の周辺であった。それはペドロが一見してすぐ見分けがつくような、信憑性のある港湾海図帳をわたしに見せてくれたときであった。しかし海図は西側に広く海が広がってはいるものの、先の方は漠然としてぼやけてしまって未知のままとなっていた。

――まあそういうことだ、ここを見てみろ、名高い地図製作者たちがアイスランド島のことを指して、《世界の果て》と呼んでいるこの場所のさらに彼方のことについては、羅針盤は何も語ってくれはしないのだ。

――地の果てる場所……とわたしは呟いた。

父と子、否むしろ祖父と子かもしれぬが、危険をともにする二人は一見すると友人どうしに見えたが、だからといって互いに異なる思いを抱いていることに変わりはなかった。

――まだ怖がっているのか、と老人は尋ねた。

――いいえ、なにも怖がってはいません。でも信じてもいないんです。あなたは?

――わしはお前の名前のほうが恐ろしい。ほんとうにフェリペという名前ではないのか?

――ええ、違います。どうしてその名前が怖いんですか?

――なぜなら世界の果てよりもっと悪い場所に連れ去られそうな気がするんでな。

――ペドロ、いったいそれはどこです?

――フェリペの宮殿よ、そこで彼と暮らしているのは死なのだ。

老人はそう言うと、とたんに気が滅入ってしまった。そこでわたしは再び、海のこと、航海のことに話題を引き戻そうとした。老ペドロはわたしが夢想と忘却の人間であったのとは対照的に、手仕事と記憶の人間であったせいか、二本のマストに大三角帆を結びつけたこの船を思いつくきっかけとなったさまざまな考察について説明した。いいか、この帆はな、古代の一本マスト船よりもずっと性能がいいんだ、なぜなら風を受けやすく、風をうまく利用できるからなんだ。船首楼がないことと、船が木製で軽いということで、操舵も容易くて船足も速いときている。そのことはわたしも気づいていた。孤独な男二人がこの小さな扱いやすい船を操ることができたのだから。わずかな風を受けてポイントからポイントへ岬から岬へと間切って進んできたのだから。そしてあのサルガッソー海にまで入り込んだわけだ。とはいえ油面のようになめらかな海だったが。老ペドロは夢見がちで無邪気な笑顔を見せていた。

――今は何としてもふらつくわけにはいかぬ。

老人はわたしに二十三年前〔一四九二年〕に初めて新天地を探し求めて処女航海をしたと語った。

――男三人と女ひとりがわしの計画をぶち壊しおった。連中のやりたい放題に負かされたということよ。連中ときたら、われらの旧大陸が空手形に終わるものを手に入れようとするしか能がなかったのよ。わしは負かされてしまったが連中は生き延びおった。今でも思うのだが、あんな出来の悪い艀なんぞではとうてい遠くには行けなかっただろうよ。わしは畦《あぜ》を耕すことをやめて海に赴いた。わしは仲間を百姓連中から船乗りたちに代えたということよ。どうするべきか学ぶのに長いことかかった。この船は完璧にちかい出来だ。たとえ船体がより大きく、乗組員ももっと上等な者たちを備えているにせよ、この船のような船足の速い船団が建造されるとすれば、誰でも海の王者になれるはずだ、と老人は言った。

――われらの秘密をもらさないように注意しよう。もらしたりすればお前とわしだけのこのルートを使って、誰もが海を渡ってくるからだ、いいか若造、こうして孤独と自由をひとつに結び付けるんだぞ。

老人は声の調子を落とさずに言った、この海の大聖堂を覆う天蓋は遠大であって、わしがフェリペの聴罪師であったときに、わしの口から発せられた言葉を耳にしたのはフェリペ以外にはいなかったはずだ。

われらの船は貿易風に沿って進み、すでに二カ月目の四日目に差しかかっていた。帆は大きく風をはらみ、魚群の姿のうちに順風満帆の幸先を見て取った。われらはエラの近くから羽根が出ている飛び魚を目にした。羽根は長く伸び、一ヘーメ〔親指と人差し指を広げた長さ〕くらいあったろうか、幅は親指ほどで、コウモリの翼に似た膜がついていた。わたしは細かな網目の小さなネットのおかげで、右舷のごく近くを飛び交う飛び魚を何匹か捕獲することができた。われらはそれを食した。スモークのような味がした。

セニョールに申し上げたいのは、飛び魚を食べることは残り少ない最後の楽しみだったということだ。翌日の昼ごろ、海は紺青で風も凪いでいた。規則正しい穏やかな波から飛んでくる塩水の飛沫は、焼けつくような太陽から贈られる露そのものであった。すべてが暑く光り輝く美しさのなかで調和していた。海は海であり、空は空で、われらは海と空の一部として穏やかに生きていた。とその時であった、われらの船の北方にただならぬ出来事が巻き起こり、青々とした地平線上に、高く白い波柱が破裂したのである。海は一瞬前まで老人とわたしが静かさのうちに享受していた平安を一挙に打ち破るかのように、突如として大荒れに荒れ始めたのである。いまだに遠くにあったとはいえ白い大波が、徐々に大きく、われらの背丈と同じくらいの高さに絶えず盛り上がっていった。ガラスの下腹と燐のとさかが貪り合い、巨大な大波の軍勢が貪り合って、さらに大きく成長していった。

われらは静かな海を掻き立てる恐ろしい獣の黒い尻尾の先端を目にした。それは半レグアくらい先で潜ったかと思うとすぐに、虹色に光る喉の奥を見せて、重い矢のように空中に飛び上がった。身をくねらせ、水中に潜るかと思えば、あたかも水も空も嫌うかのように、そして同程度にそれらを必要とするかのように、再び海中から飛び出しては水中に身を潜らせた。セニョール、われらが見たのは貝殻と泥のへばりついた恐ろしい背部で、それはあたかも己の力を存分に蓄えた巨大な幽霊船のように見えたし、威力たるやクジラの背に厭わしい残滓とともにへばりついている死神そのものであった。すぐに獣の残忍そうな目が見えたが、しっとり濡れて、燃えるような眼光を発し、破れた血管が縦横に走っていたのだ。目は油ぎってどろどろした形状のゆっくり動く瞼の下で開いたり閉じたりしていた。静かに航行していたわれらの船は、度を増して高くなり、リバイアサン〔旧約聖書に登場する海中の怪物〕が生み出したような、荒れて収拾のつかなくなった大波にさらわれて、抑えの効かない筏になってしまったのである。

わたしは船が怪物の尾で打ち付けられて破損し、沈没してしまうのではないかと恐れた。しかし強固な構造をしていたせいで持ちこたえた。まるで筏のように波に弄ばれたものの、老人とわたしは同じマストにしがみつき、手で互いの肩で強く押して支え合って凌いだ。船は荒波にもまれるおもちゃのようで、所詮それを持ちこたえることはできないように感じた。荒れた潮流の命ずるがままに従うしかなく、波頭のまにまに漂流しつつ、どうにか沈没を免れていた。われらの頭上には泡しぶきが舞っていた。

そのときわたしはすべてを見て取った。老人に、巨大なメカジキがクジラと恐ろしい戦いを繰り広げている場面をいっしょに見るように言った。戦いはわれらのごく近くでなされていたらしく、クジラの分厚い背を傷つけようと躍起になっているメカジキの、口先にあるしたたかで頑丈な剣状の刃が目に入った。いかにも獰猛そうに生えそろった歯をむき出しにしていた。怖気づく敵の目に刃先を突っ込むチャンスを伺いながら、メカジキが先端ではなく脇腹についた刃で相手をひっかき、リバイアサンの滑らかで溝のはいった皮膚をばっさり切り裂く様子を目にするのは驚きそのものであった。

わたしはメカジキが剣でわれらの船ではなく、クジラのほうを痛めつけてくれたことに感謝した。へたをすればメカジキによって舷側に穴を開けられ、一掌尺〔約二十センチ〕も穴を開けられてしまったかもしれなかったからである。実際、今見ているように、目まぐるしい不測の動きによって、クジラの目を深く傷つけようとしていた。それはまるで自然の摂理で雄が雌にかかるように、嬉々として食らいついていたのである。われらはメカジキが正確にせわしなく体を動かし、戦いの本能にしたがって敵の先手を打っているのを見たことで、おそらく驚きの叫び声をあげたのではないかと思う。というのもクジラの動きを制するように素早く立ち回ったように見えたからである。あるいはひょっとして、叫んだのはペドロとわたしが反射的に痛みを感じたからかもしれない。あるいは手負いのクジラがあまりの痛さに耐えかね、巨大な喉からうめき声をあげたのかもしれぬ。あるいは銀色に輝くメカジキが、ぶるぶる震えながら勝利の雄叫びでもあげた可能性もある。あるいは海自体が最強の怪物と同時に、手負いとなって赤く染まった泡を吐き、深い咆哮をしたのかもしれない。

見るがいい、リバイアサンは最期の跳躍を行っているのだ、目に突き刺さった命取りの錐から逃れようとして。そしてそれが最後となるか分からぬが、再び海中に潜りこんだ。深みに逃げ場を求めてか、痛みを和らげようとして。クジラは潜水した際に、ぶるぶる震える死刑執行人たるメカジキまで海中に引きずり込んだ。メカジキのほうは今や標的にしたクジラから逆に標的にされて身もだえし、自らを解き放とうとしゃにむになっていた。クジラによって引きずられて辿りつく先は、何百年もかけて、海の薬とされる塩とヨードによって傷を癒すことのできる静寂な王国であった。一方のメカジキといえば、かつて優勢に立っていたのに、今では身を守るべき武器たる錐によって逆に振り回され、それを切り離すこともできなかったため、クジラの脇腹についた泥や巻貝などの付着物のあるところに、壊れやすく繊細な、鱗のごとく銀色に輝く自らの骸を嵌め込むのがおちとなるはずである。改めて感じるのは、人間が骨と肉をもって推し進めてきた武器のありがたさである。肉体とは相いれぬ鉄と棍棒という武器のことだ。

われらはマストにしがみつき、ずぶ濡れの肩や毛むくじゃらな首筋をさすりつつ、何も見ずしてやり過ごした。目を開けて互いに身を離した際に、はっきり確認したのは、舵が元のまま良好な状態にあったこと、麻ひもがしっかり結わえ付けられていたこと、そして不可欠なものが何にもなくなってはいなかったことである。その後、目に入ったのは血で染まった海が周りに広がっているさまであった。海の深淵から太陽の光を血で染めながら赤い泡が立ち上ってきた。さらに彼方でわれらを待ち受けていたのは何だったのだろう？　われらの水時計は手負いの海に流された血を、ぽとりぽとりと落としつつ時を刻んでいた。

夜の渦巻き

人生における正常な習慣というものはできるだけ早急に確立させねばならない。日頃不快に思っていることでも、驚きが度重なり、習慣化してくると、願ってもない素晴らしいことに見えてくるものだ。老人とわたしに関して起きたこともまさにそれで、互いの首筋に触れてみると、長い間、剃刀を当ててなかったせいで髪がぼさぼさに伸びていることに気づいた。すでに鏡の前に座らぬこと二カ月が経っていた。

われらは船尾と赤い航跡から離れた。いったい誰が血の鏡のなかに自分の顔を写してみようなどと思うだろうか。わたしは綿布のザックをさらって、寝静まった家から盗んだ小さな鏡を探した。そして自分の顔を写して見た。塩と太陽が白っぽい痕跡を残しているのが分かった。よくあるように疑念と歓びと恐怖のせいで顔に皺ができていたものの、光線と泡の二重作用によって顔へなでつけられていたせいで、顔は艶やかな赤銅色になっていた。髭はほとんど生えていなかった。ペドロの頭のまわりにあったふさふさの毛は、灰色の羊毛とも異なる薄いブロンドの産毛で、もじゃもじゃと生えていた。獅子座と大熊座が大洋のど真ん中で仲良く手をたずさえているふうに鏡に映って見える。しかしわたしの前髪は長く伸びて肩までかかっていた。自分の顔をじっくり見てみた。そしてこう問いかけた。

——お前はどこから来たのだ？　どこにいたのだ？　何を見てきたのだ？　お前は悪意の一片すら持ち合わせてこなかったのか？　純朴さが経験から得た成果だなんてことがありうるのか？　いつの日か、思い出すことがあったなら教えてくれ。

わたしは同僚の老人に鏡を差し出し、顔を見せてやった。いっしょに笑った。もはやメカジキのこともクジラのことも忘れてしまった。わたしは樽の上に腰かけ、老人からよく磨かれた仕立屋のハサミ（わたしが出帆した海岸で盗んだもの）でもって、長髪を切りそろえてもらった。鏡はズボンのポケットにしまっておいた。

位置を替えてわたしが理髪屋になり、ペドロのぼさぼさに伸びた髪を首元で切りそろえたのは日も暮れようとしていた頃である。二人とも本当に自分たちが考えていることを口に出すことはなかった。二カ月以上、東から西に向かって真っすぐに航海してきたが、陸地はおろか、鳥も葉っぱも、流木も、竈も肉の匂いもなければ、パンや糞尿や（ペドロが期待していた）淀んだ水の臭いすらなく、ましてやわたしの怖れていた断崖からせり落ちる滝も、恐怖の死もなかった。空は雲を孕み始めていた。

——急げ、じきに夜になって嵐が来るぞ、と老人は言った。

——大丈夫ですよ、とわたしは答えた。空になった樽に貯まるようにせいぜいたくさん降ってもらいたいものです。

わたしは互いに交わした言葉を覚えている。そして友の頭を刈ったハサミの耳慣れた音と結びつけてみる。というのもそうした言葉は最後のことばであったたし、われらが言った、あるいは実行した日常的習慣の最後の行為だったからである。セニョール、わたしは足下にどんどん吸い込まれていくような気がした。不穏な空模様からではなく、不穏な海そのものから、鳴り始めの雷鳴に打たれて、つま先から頭まで引き裂かれるようだった。それはまるで逆さまの雷のようであった。情け深い天空が前もって予告してくれる稲妻こそなかったが、ぴかっと光り輝いて見えたのである。おそらくそうすることで天空と大地が互いに対面しうるのであろう、海の王国は別世界である。海はずっとヴェールで自らの顔を覆ってきた。海の天空と大地との関係は、いわば修道女の男に対する関係と言ってもいい。

わたしが言う雷とは、大洋の海底の深い苛立ちから生まれたもので、液体状の火のことだ。そのせいで船は大きい音を立てて軋んだ。ハリケーン前後の暗闇のような夜が折り重なった。暴風雨が突然おそってきた。わたしは天がわれらの船のごとく雷鳴を轟かしてくれていることに感謝した。それは実際、雲がマストの先端を覆うほどまで降りてきたし、現実の稲妻のおかげで、本当に雷が落ちることがあらかじめ分かったからである。ペドロとわたしは各々駆け出してマストにつくと急いで帆を下ろした。帆を巻き上げて索具で結わえつけようとした。

しかし船が急に揺れたためそれもかなわなかった。われらは駆けずり回り、舷に何度も体をぶつけてしまった。わたしは右舷の舷側に嵌め込まれた輪に咄嗟につかまった。われらは穏やかな貿易風に後押しされたり、クジラの騒動に巻き込まれたりしつつ、櫂で漕いだり、間切ったりしながら航海を続け、サルガッソー海上に出てきていたのである。今ここで起きたことは、まったく想定外のことであった。ペドロがどうにか辿りついた面舵はもはや役立たずになっていた。ぐるぐる勝手に回ってしまい、二つある柄はピンのところで素早く止まることもなく、無慈悲にもなすすべのない老人の指関節や手のひらに見境なくぶつかってきた。船は航海しているといった体のものではなく、回転してぐるぐる回り、より下方へと常に吸い込まれていったのだ。いわば悪魔の玩具であり、海のより深い喉元で生じた吸引作用のなすがままの存在であった。

――ここにいるわれらは世界の果ての瀑布のなすがままになっているのだ、とわたしは呟いた。あれほど怖れていたものが目の前にある、とうとう来るべき時が来た……。

われらの船は目に見えぬ不吉な渦巻きに呑みこまれようとしていた。恐ろしい思いでそれを知ったのは、われらの下にある海を見るのを止めたときであった。つまり頭上のものを目にしたのだ。燐光を放つ波頭は、暗黒の嵐のさなかに見えるただ一つの光であった。少し前にわれらを呑みこもうとせり上がったとすれば、今度は押しつぶそうとして今にも崩れ落ちようとしていた。波はわれらから遠ざかって行った。しかし水平線上ではなく、垂直線上においてであった。遠ざかったのは手を広げたわれらの視界からではなく、立ち上がった頭上からであった。大波は頭上の一番高いところで崩れ落ち始めたが、雲のヴェールを免れたマストよりもますます高く聳え立っていた。われらは底なし渦巻きの作りだす水の壁面から滑り落ちた。われらは市街を流れるしがない河川の流れに抗う紙の船であり、ハチミツのなかを泳ぐ蠅であり、もはやその場では何者でもなかったのだ。

わたしは他でもないこのことに対し心の準備をしつつ、こんなことではないかと怖れていたのだ。とはいえ、セニョール、生そのものに対する負い目といったものを見ていたので、一縷の望みもありうるかと思って行動したのだ。即座に思考を巡らせ、ペドロのところに駆け寄ると、老人はやみくもに舵輪を制御しようと腐心していた。舵は渦巻きと歩調を合わせてしまい、もはやわれらに与する者ではなくなっていた。わたしは呆然としてなすすべのない彼を一番近いマストのほうに押しのけ、そこにうまい具合に縄で括り付けた。老人はうめき声をあげたが、それも吹きすさぶ嵐にかき消されてしまった。貴方にその嵐の咆哮がどんなものだったか、いくら述べてもしょせん徒労というものであろう、それは嵐などというものではなかった。あらゆる嵐のなかの嵐、ハリケーンの最前線、災厄の墓場といっていいようなものだった。オオカミやジャッカル、ライオンやワニ、ワシの百年来の闘争とでも言おうか、カラスですらあれほど深く、大きく、鋭い鳴き声をあげはしないであろう。この黄昏時の嘆声は、波立ち苦悶する世のあらゆる潮汐がここに集中して、われらの周囲や頭上、足下に降りかかってきたようなものだった。大海原の境界や墓場とはかくも大きく、恐ろしく、救いようがないのだ、セニョール。

拘束された老人はうめき声をあげた。ぎらぎらした目で言おうとしていたのは、自分がもはや囚われの身であり、わたしを船長として見なければならない事実であった。おそらくそうした眼光のうちには、敗北を喫することへの怖れが隠されていたのだろう。われらがやって来た場所は、老人が切に願っていた新天地などではなく、出口の見えない恐怖というトンネルであった。わたしはあれこれ考えるために止まることなどしなかった。もし救いがあったとするなら、自分たちが鉄輪やマストにつかまるころができたこと、わたし自身一瞬のうちに帆柱にしがみつくことができたということだろうと自分に言い聞かせた。そのときペドロの恨みがましい目を見てみると、怒りと悲しみの間で揺れていた。それは両者の目の前で第二マストが、あたかもたちまちのうちに吸われたひ弱なサトウキビが折れるように、ぐしゃっと折れてしまったからである。それはもろくも木端微塵に砕けた廃墟となり、船は円を描く渦のほうへ吸い込まれていった。

わたしはあらゆる希望を失った。早い速度で渦巻きの中心へくるくる回っていったせいで樽の綱はほどけ、予測しえない恐ろしい力でとりとめなく甲板上を回り始めた。そのため船はあらゆるバランスを失っていったのだ。わたしはわずかな瞬間だが、甲板から振り落とされ、渦巻きに巻き込まれるなかで、自分たちが難破するであろうことを想像した。もはや遠くの空を眺めることも、遠くに去った海の波頭も、われらの過去も上空も見ることはないであろうと。しっかり頭をあげて振り返ってみれば、自分たちの運命を見すえられるかもしれない、運命とはまさに海の奥底にある死神の盲の目であった。わたしはぐるぐる回る樽のあいだを全速力で走りぬけた。樽を再び結わえ付けるにはどうしたら一番いいか、渦巻きに放り投げるのがいいのかを夢中になって考えた。わたしはどうにか間に合って鉄輪のところまで戻ることができ、そこにつかまった。ちょうどそのとき、今までで最も強烈な揺れが船を襲った。船中にあったものはどれもが固定されていなかったので、樽や索具、釣り針や帆、鎖や銛、櫃や大袋など一切が両舷に散らばってしまった。わたしは鉄輪にしがみつきながら、速い渦巻き運動と強い衝撃で船外に吸い出されようとしている物品を目にしたとき、もろとも宙に舞いあげられるのではないかと恐れた。われらの船は渦巻きの力によって、海中トンネルの壁面の周りをひゅうひゅう音を立てながら揺さぶられ続けた。

わたしは空を仰いだ。あたかもかつて建造されたことのない鐘楼とか、氾濫を免れた山のほうを見上げるようだった。われらは裂け目ひとつない密閉された水の円柱の内部に閉じ込められているようだった。それは彼方まで間断なくはっきり見える、きらきら光る気泡の筒のようでもあった。そのさらに上に天空と嵐があった。しかしわれらは海の墓場とでもいうべき、目まぐるしい暗黒の渦巻きの洞穴のなかに生きていた。わたしは自分たちの下にあるのが何だったのか想像した。荒れ狂う、滑らかにして狭い穴かもしれぬ、また底なしの井戸かもしれぬ。わたしは己の薄れゆく観察力に頼ろうとした。そして再び、上方を仰ぎ見た。われらの星ウェヌスが再び上天で瞬いているか、煌めく波頭が規則正しく何度も繰り返してできているか、それは伺い知れなかった。ひとつ確かなことは、遠方彼方に、重要な手がかりがあったことである。それは神の導きのごとき小さな、瞬きのような光で、そのおかげで渦巻き内部におけるわれらの行程曲線を精確に計測することができたのである。わたしは指を使って測った、一回転するのに四十五秒かかった（測りはしたものの、測るときの指の痛さには泣いた）。そこで判明したのは、三十秒から三十六秒の間で、回転の速度が顕著に低下したことである。われらの船は、わたしの計算によると三十七秒から四十秒の間に、激しさを増し、強いむち打ちを食らって破裂する寸前に、静まるやもしれぬという淡い期待を抱かせる緩いカーブに入っていた。むち打ちを食らうと、われらを収容するクルミの殻は一回転ごとに、永遠に砕ける一歩手前まできていたのだ。わたしは牢屋の水壁に目を移した。それは信じがたい光景であった。渦巻きの力によって船外に吸い出されてしまったもの――大袋や鎖、碇など――のうちいくつかが、船自体の速度よりも速く、渦巻きの奥底に落下してきたことである。別のものといえば、同じような速さで逆の運動を行っていた。つまりすでに皺の入った黄色いレモンが大量に上がっていくのを目撃したのだ。シートや空樽、巻き上げられていない帆なども同様であった。目を剥くような光景として目に飛びこんだのは、破壊された帆柱の残骸が規則正しく、われらを閉じ込めた海の海面に向けて上昇していくところであった。われらを忘れ去った天空との出会わせるために。

その瞬間、わたしほど自分自身と熱く、しかも長いこと議論を戦わせた者などかつてなかっただろう。船が渦巻く水壁のまわりを完全に一回転する時間、その間わたしが船外に吸い出される恐れを抱くことなく移動できた時間は正確に六秒であった。わたしはすぐさま、艤装された残留物のほうに目をやった。サメの残骸、鉄輪に繋がれたロープの何本かといったものである。サメを殺したときに用いた斧を探したが見つからなかった。ずぶ濡れのズボンのポケットを探ると、髪を切るときに用いた鏡があった。黒い仕立屋用のハサミも半ズボンのウエスト部分に収まっていた。ペドロはマストに括り付けられたままであった。さんざん打ち据えられた舵は、狂ったように回転し、正確で素晴らしいバランスを保つという機能における船全体の忠実なる導き手としては、おそらく使い物にはならなくなっただろう。

天意によって一回転に六秒かかると分かった時間内に、わたしは舵輪のところに素早く走って行った。船体がガタガタ震えたせいかそこには緩みがきていた。そこで安全な避難所である鉄輪のところに戻った。わたしは一回転が収まる際の、ガタガタとした船の揺れを抑えにかかった。舵のところに戻ると、ハサミをてこのように用い、ガタのきた舵の底部を掴み、あらゆる頼りの綱であった舵輪を取り外すべく、漕刑囚のようにがむしゃらに働いた。

その夜、わたしがどれだけ一生懸命に尽力したか想像してもらいたい。その夜ならではの時間配分は自分でひねり出したもので、熱に浮かされたような六秒と、義務的で痛みを伴った休息の三十四秒からなっていた。その間は一瞬とも注意を怠らずにいた。ハリケーンのせいでずぶ濡れになったわたしは、時として目も開けられずにいたものの、可能なかぎり目に入ってくる濃い塩水から顔と目をぬぐいつつ、汗を流して格闘したのだ。わたしはマストまで駆け寄り、しばらくおいてペドロの軛を解こうとした。またしばらくしてから縄を解き続けた。その後、舵のところまでわたしといっしょに駆けていくように言った。そしてわれらは駆け出した。わたしは老人にまず最初に舵の底部をしっかり掴むように言った。いいか三十六数えて、これからわたしがやるように舵輪にしがみ付くんだ。ちょっと待った、爺さん、わたしは老人の胸と背中を舵輪に結わえ付けた。しばらくおいて今度はわたしが舵にしがみついた。ちょっと待った、爺さん、麻ひもをとって、それでわたしを縛ってくれ。ただし腕だけは爺さんにわたしがやったように、縛らないで自由にしておいてくれ。わたしが動かない底部に体をしっかり支えている間に、胴体を縛ってくれ。爺さんよ、今度はわたしが爺さんにしてやるように両腕を解いてくれ、われらは飛ぶこととなるか、溺れ死ぬかどちらかだ。それは分からない、でも爺さんよ、実際あんたはわたしに言ったよな、この船の目新しさは使った木材の軽量さにあるって。ならペドロ、後生だから今こそその軽さを実証してくれ。どんなものかは分からないが、われらのために願ってくれ、このハリケーンの相反する力のせいで、あるものが落ちてゆくとすると、別のものは昇っていく。どうかあんたの舵が昇っていくものの方で、落ちていくものの方には入らないよう願ってくれ。爺さん、離れろ、あそこに恐ろしいカーブから生まれる強い揺れがやってくるぞ。

ハリケーンの速さと船の速さがあいまって、われらは船外に放り出されてしまった。そして大荒れの渦巻きにぶつかってまんまと粉砕されてしまったのだ。もはや自分たちが立っているのか逆さまになっているのかも分からなかった。あらゆる方向感覚がなくなり、舵輪にしがみついてうめき声を上げるだけだった。舵といえばハリケーンの毒牙にかかって落下してしまっていた。わたしはふらつき、溺れそうになり、目を閉じた。大洋に掘られたトンネルから流れ落ちる、黒い泡立ちの瀑布で目が見えなくなったからである。見ようとしても見えないのは、おそらくわたしが死んだからかもしれない。まず目を閉じたのは、意識を失わないようにと思ったからである。それほど渦巻きの回転は速かった。セニョール、これほどの眩暈を経験した者などひとりとしていなかったはずだ。眩暈のなかで光と闇、沈黙と叫び声、男としての自分とかつて自分を生んでくれた女の存在が一緒くたになっていた。覚醒と眠り、生と死がひとつに融合して。わたしはついにあらゆる意識、目論見、希望を失った。わたしは再び生まれようとしていた、再び死のうとしていたのだ。たった一つの言葉がずっとその間について回っていた。

——これはそなたがかつて……経験したこと……かつて……経験し……知っていたこと……死んだわたしの耳もとで海水が呟いた。

わたしは最後と思って目を開いた、すると老人とわたしは舵輪のところで縛り付けられていたのだ。目に入ったのはハリケーンの中心でひっくり返されたわれらの船の竜骨部分であった。耳には何も入ってこなかった。海をわたるごうごうという音がすべてを圧していたからである。唯一見たのは、われらを守ってくれていた船材が永遠に失われ、海の藻屑と化したことである。

あの世

セニョール、貴方は死者をしっかり見据えたことがあるか？　死者の虚ろな目と動かぬ手がどんな様子か分かるか？　自分自身の死しか証明するものはないとはいえ、消滅した世界というのは、人それぞれ異なるものだと思う。それともわれらの死の独自性もまた、名もなき不滅の力、つまり海や泥や石や空気などによって奪い去られてしまうものなのか。誇りの時代よ、さらば、されど、死ぬことで生きている間に役だった感覚が消滅し、新たな感覚が生まれるのが確かだとするならそれも大歓迎だ。新たな感覚でいつの日か、土となった瞼と蠟化した指でもって、白い海岸や黒い森の方へ連れて行ってもらえたら……。

白だ黒だとわたしが言うのは、分かりやすく言ったまでだ。しかしその白というのは、われらが生きている間に見て知っているあの白ではない。骨とかシーツとかの白色ではなく、黒というのもカラスとか夜のそれではない。むしろペアになって初めて意味をなす色だと考えてほしい。隣り合わせになると白は白で、黒との対比でより光り輝き、一方の黒は黒で白のおかげでより映えて黒くなるものだ。生命によってこうした色合いは分離してしまう。わたしが死に臨んで新たな砂の目を開けたとき、そこでは二つの色合いが永遠にひとつに融合し、白い砂浜と黒い密林はとうてい別物のようには見えなかった。死の天空は素早い羽で覆われていた。多彩色の鳥の群れが鳴き声をあげて飛び交っていた。それはあまりに数が多く、太陽を覆い隠してしまうほどだった。

わたしが死んだときの最初の印象を貴方にお話ししよう。それはうとうとしたときの疲れと同様、不確かで漠然としたものではあったが、見たものすべてが奇異なものには思われないのといっしょの正確さも持ち合わせていた。というのもわたしは初めて死を体験したからであり、死の瀬戸際で見たものを見たからである。いかにも単純かもしれないが、そうとしか言いようがない。死はまさに海のなかにあった。そしてわれらは深いトンネルを通って海の奥底に下りていったのだ。目まぐるしく回る渦巻きのせいで、われらは周りに何があるのかも分からない未知の場所、絶滅の島に辿りついた。不確かだがそこには白い砂浜と黒い密林、それに不気味な太陽の上に羽根のヴェールをばら撒く鳥たちの鳴き声が聞こえた。それはまさに幽霊島、移ろいゆく亡霊たちの最後の溜り場であった。すべてを真実として受け入れねばならなかった。自分の意志と衝突するものなど何ひとつとしてなかった。死との契約とはこうしたものに違いない。われらは何ひとつ陳述したり、改善したり、変化させたりすることはできないのだ。

わたしはこの入り江に単独で辿りついたのか、それとも誰かといっしょだったのか？　セニョール、死んだ旅人が目を凝らして探し求めていたのは見も知らぬあらぬ方向だった。というのも地上で生きていた時分もっていた羅針盤が見当たらなかったからだ。遠方にあるものが近くにあるのか、近くのものが遠方にあるのかも分からなかったからだ。わたしは死者の耳でもって、途切れとぎれの荒い息遣いを耳にした。そして死者の目でもって、自分が海辺に近づいていくところと、波にたゆたう真珠貝がいっしょに付いてくるのを目にした、真珠貝とわたしの上に穏やかな露が降りかかるのを感じつつ。露は新鮮で、海水は温かかった。その温かさはわたしがかつて経験したことのある、灰色の凍った海とも、青い冷たい海とも異なり、風呂の水のように生温く、緑がかった温かさだった。わたしは浜辺へと導いてくれるように見える巻貝の軍勢に伴われて、あの世の縁に到達したのである。顔は生温い波に洗われていた。手と膝と足の下に、粒状の細かい砂があるのが分かった。周りには沼沢地のごとく静かで、穏やかなガラス状の緑の海が広がっていた。わたしは生き還ったのだと信じた。叫びたかった。たった一つの言葉を叫びたかった。

――陸地だ！

わたしが出そうと思っても出せない言葉の代わりに聞いたのは、苦悶の咆哮であった。それはこの地に注ぐ眠たげな川の流れによって運ばれてきた、川面に浮かぶ皮袋で、よく見ると、それは火で炙って毛を焼かれた丸裸のブタの体を抱えた巨大な怪物であった。怪物は雄叫びをあげ、澄んだ海水を血で赤く染めた。巨体は褐色をしており、胸に二つの乳頭があった。怪物は血を流していて、ゆっくりと流れる川に乗って海に運ばれていった。わたしはそれを見たとき、周りを取り囲んで浮遊する貝に取りすがろうと思った。わたしはこれこそ恐るべき神だ、悪魔そのものを見ているのだ、と独りごちた。そして恐怖から失神したのだと思う。

おそらくわたしは失神から夢のなかに移ったのだろう。ふと我に返ったとき、寛いだ気分を味わった。頭を砂浜に横たえていたのだ。体は生温かい波に洗われていた。いまだに恐怖と死を受け入れたことで目は見えなかったものの、立ち上がることはできた。海の方を見てみた。すると皮袋と見紛う怪物は血を流しながらじっとしたまま、隅のほうに追いやられていった。わたしが浜辺を踏みしめると、光がさんさんと降り注いだ。陽光は黄昏の様相を呈していた。浜辺のごとく水平線を照らし出す光が、灰色がかった滑らかな輝きを放っていた。わたしはこれは生きていた時分、真珠色と呼んでいた光だと呟いた。

他に何が見えるか見ようとして光から目を逸らした。

セニョール、あの世の浜辺、わたしが裸足で最初に触れた浜辺は、世界で最も美しい海浜だった。夢のなかの浜辺。もし死というものが最も美しい夢であるなら、そして最も望まれ、最も完璧な夢だとするなら、神が幸いなる者たちのためにとりおいた天国の浜とは、まさにここに違いなかった。きらきら光る白い浜辺、黒々と生い茂る高い樹林、そこに認めたのは砂漠のなかの樹木であり、ざわめく棕櫚の木々であった。空は青々と晴れ渡り、雲ひとつなかった。己自体から生まれた、清らかで燃えるような光は、両者の間に翼を生やした仲立ちを必要とせず、直接わたしの目に飛び込んできた。

わたしは楽園の砂浜に濡れた足裏をめり込ませた。似たものはないとはいえ、何か斬新で、甘く果汁に富んだ、濃厚な香りを胸に吸い込んだ。わたしはここに現実化したがゆえに、神々の約束というものを信じた。波打つような、香り豊かで光り輝く楽園の白い広大な浜辺は、目に綾な真珠という珠玉で満ち溢れた、砂浜の大きな宝石箱であった。仰天しつつ視力を取り戻したわたしの目が届く範囲まで、細かな螺鈿や真珠貝が神意にかなった浜辺一面に敷き詰められていたのだ。それらは黒玉のごとく黒かったり、黄褐色や鮮やかな黄色をしたり、黄金のように輝いているものもあれば、分厚く凝集したもの、碧いもの、水銀色のようなもの、緑がかったもの、さまざまな濃淡のあるもの、赤く燃えるような色調を帯びたもの、小さな真珠、小ぶりで不揃いな真珠などがあり、それこそ真珠一色で敷き詰められていたのである。世界中のあらゆる鏡の輝きが、ここに集中してあったり、あそこに欠けていたり、砂地の白い輝きと混じりあったりなどしても、死によってうち上げられた真珠の浜辺の輝きに暗い影を落とすことにはならなかった。わたしはまずそこに堆積した驚異の宝庫に足を踏み入れるや否やすぐに跪くと、両腕をこの幸せの海岸の宝玉のなかに肘まで突っ込んだのである。

セニョール、わたしは真珠のなかに身を躍らせた。珠玉の真珠のなかに。完全球形のものと歪んだバロックなもの、細い鎖状のものと半鎖状なもの、真珠六百個をちりばめた宝飾、千二百個をちりばめた宝飾……わたしは真珠の海のなかを泳いだ。空腹を感じ、何アローバもの真珠を食し、真珠を飲み干したいという欲求が萌したのだ、セニョール。そのいくつかは殻のついたハシバミほどの大きさがあり、完全無欠の丸い形をしていた。明るく輝くような色彩で、最強の王の冠に付けるにふさわしいものだった。小さいものでもそれなりの価値があった、宝飾真珠のほうは小さいからといって輝きが劣るというのではなく、最高の首飾りとして、王妃の震える胸の近くで、脈打つ命を守っていくべく、糸を通される価値があった。

海は海浜を真珠で埋め尽くしていた。海はそれ以来ずっと浜辺に真珠色の貝を贈りつづけてきたのだ。真珠貝はあたかも夫を待つかのように浜辺で露を待ち望んだ。露によって子を孕み、露によって妊娠したのだ。もし露が純粋なものならば、真珠は白くなり、濁っていたなら黒みがかった褐色となった。海と空の娘たる真珠、わたしはその揺籃から出発し、その宝石箱に辿りついたのだ、セニョール。そしてわたしは熱心に自分に問いかけた、死んでしまった己の感覚のせいだけで、あるいは死の感覚だけで、こうした驚異の光景を目にし、手に触れたのかと。もし生き還ったとしたら、驚異をもはや現実のものと捉えなくなってしまうものなのか、今こうして宝石を目にしている場所に、砂地とカモメの糞だけを見ることになってしまうのかと。わたしは大きな真珠をひとつ口にもっていった。歯で噛んでみたら、粉々になってしまった。それは現実そのものだった。ならば消滅と夢想のかかる領域においてのみ有効な現実だったのか？　何はともあれ、自分に言い聞かせたのは、もしこれが死にともなう褒賞や代価であったのなら、褒美であれ終わりであれ、受け取ることにしようと思った。

わたしは握りこぶし一杯に真珠を摑んで持ち上げた。唯一そのとき、己の死の悲しみを感じた。生きてはいないんだという実感を。わたしはうめき声をあげて嘆いた。この豊かさを享受するに値する人間は生も死も、一切合切記憶していない者だけだ。セニョール、わたしは生きた人間に戻りたいと思った。情念と野心と、誇りと悩みをもった人間に。というのも、ここにはわれらの生に害を及ぼす敵に対する、最も熱のこもった正確無比な復讐を果たすべき手段もあれば、最も手に入れがたい冷たい女の美しさを満足させる手段もあれば、逆に最も身近で親しみのもてる女の美しさを満足させる手段もあるからだ。戦士の立てこもる城塞も、王の住む王城も、教会の重厚な門も、淑女の名誉も、とわたしはひとり呟いた、こうした豊饒さを手に入れたいと思う誘惑に抗うことはできないはずだ。

わたしは握りこぶしに真珠を一杯摑んだまま両腕をさしのべて、死の土地に真珠を捧げた。浜辺の真の所有者は、わたしの輝く視線に対し、無愛想で膜のかかった目で見返してきた。唯一そのとき、わたしは彼らを目にしたのだ。というのも巨大な甲羅と密林の色とが混然としていて見分けがつかなかったからである。砂地が終わり、茂みが始まる境界部分に、巨大なウミガメが横たわっていたのだ。膜のかかった悲しげな目を見ると、老友ペドロの姿が思い出された。彼のことを思い出すときに自分の手のなかにある真珠が柔らかくなり、年齢を重ねて、しまいには死に絶えてゆくように思えたのだ。

——爺さん、とわたしは呟いた。わたしはお望みのように、新世界に足を踏み入れた最初の人間となりましたよ。

そして握っていた真珠をもとの真珠のもとに投げ捨てた。ウミガメは心配げにじっとわたしを見つめていた。その瞬間、老人の命と引き換えられたのなら、この浜辺にある宝石など惜しくはないと思った。

生への回帰

わたしは真珠のベッドで長い間眠った。目覚めると時間が止まっていることに気づいた。光も生温かい波も、浜辺と密林の間の境目からわたしを眺めている永遠のウミガメもまた。すべてが同一だったが、夢のなかでは、空想的な夜のなかに深く潜り込んだように感じた。もしそれが天国であったのなら、生にまつわる尺度や対比、夜とか昼とか、暑さ、寒さなどは入ってくる余地はなかったはずだ。とはいえ、わたしは飢えや渇きを感じた。取り戻された楽園の周縁を調べてみようと決心した。明らかなのは、わたしの感じた飢えや渇きが物理的ではなく、別世界のものであったことだ。わたしは彷徨する魂に欠けるものと、ありもしない肉体の要求とを、いっしょくたにしていたのかもしれない。海辺のほうへ、死が生み出すもののほうへわたしを導くのはいったい誰なのだ？　いかなる教育などよりも、本能ゆえに思い出したのだが、三途の河を渡ったとき、誰かがわれらを待っていて、永遠の住いに連れていこうとしていたのだ。誰かが、何かが……獣か天使か、犬か悪魔か？　黄泉の番人たる眠たげなウミガメだったのだろうか。わたしはウミガメに近づいた。記憶よりも強烈な別の本能、生存本能と呼ぶものが働いて、手が自然と腰のところに動いた。手が半ズボンにしっかり括り付けていた仕立屋ハサミに触れた。ウミガメはやおら目やにのついた瞼を開けたり閉めたりした。いかにものっそりした光景であった。しかし近づいてみると、何をしているのかが分かった。

セニョール、産卵していたのだ。クジラの背についているゴミ屑のような緑灰色の甲羅を背負った二、三十頭のウミガメが、浜辺でぬるぬるした卵を産み付けていたのである。わたしが近づくのを感知したのか、驚いて皺だらけの短いひれ足を動かしながら、卵を砂のなかに隠し始めた。亀頭を大きな甲羅に引っ込めようか、干上がったぶちの大きな首をこちらに伸ばそうか、迷っているふうに見えた。わたしは無性に腹が減った。あえて無謀なことに手を出した。足で一頭のウミガメを持ち上げようとしたが、石のようにあまりに重く、びくともしなかった。しかたなく近くに川があったので、そこで渇きを癒しつつ、どうしたら卵からウミガメを引き離すことができるか思案した。

わたしは河口のほうに歩いた。川は森のなかを流れる狭い峡谷で、森の水は川に流れ込んでいた。眠気を催すようなゆったりとした流れは、腐った牧草の絡まった有害な棒とか葦、泥、他には苦しみつつ海のほうに引かれていった、例の怪物に見紛うような大袋などが、海に注ぐところで堆積していた。ここで流れず滞っていた残留物は、腐敗の進んだどんよりとした肉であった。出口を塞がれた川の水は、緑がかった厚い泥の膜でおおわれていた。わたしは手を突っ込んで水を動かしてみた。それはまるで蜂の巣を揺り動かすようなものだった。というのも蚊が雲霞ごとく眠りから覚めたかのように水からわき出て来て、頭から手からところ構わず、飛びかかって刺してきたからである。標的にされたのは、嵐に巻き込まれて絶望的な状況のなかで舵ハンドルにしがみ付いて命拾いした際に受けた、指の間や腕の付け根の部分、膝の深いところなどに残っていた軽い傷跡だった。蚊と格闘する間に、蚊はすぐにも血をたんまり吸って腹をぱんぱんにした。それを体の上で叩き潰すと、何とキバナモクセイソウのごとく黄色だったのである。

わたしは蚊の襲来から走って身を遠ざけた。すぐに海に飛び込んだ。そしてもはやためらいを感じることはなかった。浜辺で容器を探しつつ一頭のウミガメに近づいた。わたしは一方の手で深底の貝殻を摑み、別の手でハサミを握った。他から最も離れたところにいたウミガメの近くにくると、砂のなかに卵を埋めながら、甲羅の外に首を伸ばした。わたしは即座にウミガメの背中にまたがると、ごつごつした首に力いっぱい抱きつき、ハサミをそこに突き立てた。それはウミガメが砂漠のラクダのように、長い間喉の渇きを感じずに生きていけるように、水をためた袋を首の辺りにもっていることを知っていたからである。わたしは貝殻の窪みに水が流れるようにした。しかしいっぱいになると、自分の服を引き裂いたが、それはなるたけ多くの水を集めて、後で渇きを癒すために含んだ布を吸い出すためだった。シャツのほうにウミガミの血が滴り落ちただけでシャツは汚れ、砂浜も傍らの真珠も汚れた。しかしわたしに不満はなかった。というのもウミガメの血は水と同じくらい良いものであることをわきまえていたからである。こうして貝殻の水を飲み、ズボンをずぶずぶに濡らしたウミガメの血を絞り、口で啜って飲むことで渇きを癒したのである。そして年齢のないこのウミガメの肉はどんなものだろうかと想像した。人の話によるとウミガメは大洋と同じくらい古く、不滅の存在らしい。それは他のウミガメたちに対する恐怖を目にしたときだ、その恐怖は完全に寡黙であったことから、より一層恐ろしい恐怖となった。というのも砂の上に産卵した卵を見捨てて、真珠貝の砂浜の上を、母なる海をめざしてよちよち移動し始めたからである。海に入れば再び、素早い速度と力を取り戻すこととなろう。

わたしはウミガメの卵を大いに心ゆくまで味わった。大きさはニワトリが生む卵と似ていたが、外被に殻はなく、代わりに柔らかな膜でできていた。卵を食しながら、再び力強く海に戻って行くウミガメの一団を見た。その集団は大きく、もし船が航行途中に出くわしたら、行く手を阻まれてしまったかもしれない。彼らはわたしの幸せのために、仲間のうちの一頭の肉と、その子供たちの黄身を残しておいてくれた。それと血に染まった浜辺を。

腹一杯になったわたしは真珠の浜に寝そべり、それまでの記憶を整理してみた。飢えと渇きでどうしようもなくなっていた。今でこそ腹は満たされているが、あのとき味わったのはたしかに生きた人間の飢えと渇きに違いなかった。そこにあるウミガメの卵も本物だった。それは真珠とは別の顔をもった現実であった。けだし真珠のうちに死のもうひとつのイメージを見ていたからだ。つまり生きた皮膚接触のない真珠は年をふり、弱まるだけで死に瀕した約束ごときものなのに対し、ウミガメの卵は生まれゆく生命そのものの真珠だったからだ。

わたしは動揺して立ち上がった。自分の確固たる論理はがたがたと崩壊してしまった。いかなる生者といえども、死の領域において生まれるなどということは考えらえなかった。つまり、それが天国であれ冥府であれ、死んだ獣があの世のとば口で生命を生むなどということは。そうした途方のなさは、科学はおろか伝説にも縁がなかった。

——生命は存在する、生命は存在するのだ、とわたしはいかにも低い声で繰り返した。ここには生命が存在するし、死も存在する。それは辿るべき道を再び変えるということであり、行く当てを失うことであり、新たな渦巻きに落ち込むことであった。飛び散った血が存在する、ならばそこには生命がある。生命は存在する、ならば生き抜かねばならぬ。生き抜かねばならぬ、ならば連れが必要だ。

真珠で煌めく海岸は地平線のはるか彼方まで続いていた。海は未熟なレモンに似てあくまでも青く、浜辺は白い真珠層が広がっていた。紅く見える高い棕櫚の木には、砂漠で見るものよりもずっと大きなナツメヤシがたわわになっていた。ウミガメとナツメヤシ。これがあれば死ぬことはないだろう。真珠があれば貧しさでくたばることもあるまい。わたしはほくそ笑んだ。色鮮やかな海鳥の群れが再度、騒がしく飛んでいった。浜辺の果てるところで、かすかだが煙が立ち昇るのが見えた。

そこでわたしは、そこにどんな危険が待ち受けているのか気にも留めず、人が生活している気配のする場所へわき目もふらずに走り寄った。ひょっとしたら山火事かもしれぬし、海上の狐火やもしれぬ。ともあれ一番見つけたいと切望していた親しい仲間のペドロ、ペドロではなかった。貝殻のせいで足の裏に傷を負ったものの、わたしは血の臭いに誘われてまたぞろ恐ろしい蚊に襲われるのではと思いつつ、海べりを走った。そして穏やかな波間に身を投じて暑さをしのいだ。こうした熱帯的な風景にぎらぎら照りつける太陽は、今まで行ったことのあるいかなる場所の太陽よりもずっと強烈な熱源のように思えた。体のなかで汗と塩水が混じりあい、頭は砂まみれとなった。目指した煙の出元までは長い道のりがあった。わたしは煙が立ち昇っていたのを目印にして一時間後——腹時計が再び鳴ったので分かった——に疲労困憊して、浜辺の突端に辿りついた。わたしは膝から崩れるように倒れ込んだ。それは疲労からというより、自分が生きるか死ぬかを意味するものを求めて、高揚感のなかで引き寄せられていった気持ちを否定するような、静謐なものを目撃して打ちのめされたからである。最初に目にしたのはわれらの船についていた舵輪で、うち上げられた砂地に埋もれていた。そのあと見たのはほとんど裸体の粗野で日焼けした男の体であった。針金のようなごつごつした髪で森の雑草をなぎ倒して、真珠の浜に仰向けに倒れていたのだ。

――ペドロ！　とわたしは跪いて叫んだ。ペドロ！　ペドロ！　ぼくだよ。

老人は肩越しに見上げた。そこには驚きはなく、こう答えた。

――火のことにかかずらうがいい。石の質は良いし、擦れば火花が出る。乾燥した葉もたくさんあるしな、この火を起こすのに何時間かかったことやら。絶やさないようにしろ。新天地での最初の火だからな。

一片の土地

火災と死。老人はこの二つから逃げた。痛みと捕囚。わたしはこの二つから逃げたのか？　今やすべてが終わり、わが巡礼の旅も完結したからには、ペドロよ、あんたのことを思い出すとしよう。もし誰かわたし以上にあんたのことを知りえた人間がいるとしたら、あんたの人となり、正確無比で、勤勉かつ寡黙な人柄、わたしとのことを思い出してもらいたいものだ。あんたに再会した暁には、何としてもわれらが命からがら救われた経緯をぜひ話してもらいたいと思っていたのだ。つぎつぎと質問をしても黙りこくるあんたの性格は、常軌を逸しているように思っていた。舵輪は軽かったので、われらを海底に引きずり込んだ渦巻きの最大の力に打ち克ったということなのか？　われらが大海の表面に上昇した際に、どうやって浮いていられたのか？　どうしてばらばらになってしまったのか？　あんたは舵輪にしがみついていたのか？　わたしはそれから離れてしまったということか？　最大の力が究極の軽さに負けたとするなら、自然の力とはいったい何だ？　この土地がいったいどこの土地か分かるか？　ペドロは最後の問いかけに対してだけ答えて言った。

――あれほど待ち望んだ新天地だ。

彼の言葉はわたしが次のように言うのを待たずして発せられた。「ごもっともです、爺さん、あんたは賭けに勝ったし、あんたの夢に対して自分の命をかけましたよ、そして両方とも戻してくれた」。老人はそのことを何もわたしに言わなかった。今にしてその理由が分かった。偶然そのものとも言うべき、われらが行った過去の冒険とは一体何だったのか。たしかに老人がつよく願っていた新天地に足を踏み入れることなど、わたしはあまりにも怖くてやりたくないことだった。老人がこの新天地で経験した苦難を見るにつけ、わたしは彼の冷静にして切羽詰まった決意といったものを見て取った。つまり無から新しい生命を起ち上げ、すべてに名前と有用性、場所と運命を与えるという……父なる神のごとく、背中まで毛むくじゃらの白い髪で覆われた老人は、創造の営みを司っていたが、年輪を刻んだ深い目の奥から唯一、こう言おうとしていた。

――われわれは急がねばならぬ、わしには時間がないのだ。

わたしはそのとき七十歳を優に越えるこの老人が、すでに二十年も昔に、今行っているような旅を目論んでいたことを、思い返すにつけ感動すら覚えた。われわれは急がねばならぬ。われらには時間がないのだ。

ペドロは密林の壁となっている紅い棕櫚の乾いた枝を集めていて、わたしに長く固くなった先の尖がった茎から、枝を取り分けるように言いつけた。それは枝をくべて火を大きくするためであり、ペドロは一方で茎を使って匕首や剣、棒柵などとがった道具をいろいろこしらえていた。棒柵の目的は砂浜沿いの密林の地ならしをした場所に据えるためであった。また鋭い槍なども作ったが、それは棕櫚の根元に落ちた大きな緑のナツメヤシを切り取るためであった。

――ねえ、見てよ、とわたしは言った。ぼくのハサミを使えばもっと楽だよ。

わたしはずっしりした果実のひとつを手にとった。それは固い殻のついた青いボールのようで、素手で開けようとしてもまったく歯が立たなかった。そこで大きなナツメヤシのど真ん中にハサミを突っ込み、殻が破れるまで内部を引っ掻き回した。今までの旅で経験したあらゆる驚きのなかで最大の驚きは、果物の内部に、人を酔わせるような透明で美味な、天の甘露のごときココナッジュースがあるのを見たときである。白いココナッツの実もまたおいしかった。中のジュースを飲み、実を食べるようにとペドロにナツメヤシを渡した。一方で、わたしは自分たちがもはや渇きを感じずにすむと思って喜びの歓声を上げた。わたしは老人に真珠の浜についても語った。老人は微笑みながら頭を振って言った。

――真珠を買い被ってはいかん、真珠はしょせん古くなって美しさも褪せていくからな。

――でも別の世界では……つまり、われらの世界では……。

——われらが二度と戻ることはない。

彼の返事を聞いて血が凍った。それにしなやかな果肉と澄み切った果汁を湛えた果実を見つけた喜びにも水を差された。ペドロは自分の仕事に戻った。

新たにされた天地創造の、この失われた片隅の父なる神ペドロは、葦や泥、貝殻や枝を用いて、石をハンマー代わりに、また刺《とげ》を釘の代わりにして一軒の家を建てた。一方、被造物たるわたしの方は棕櫚に上り、美味しいナツメヤシの実をもぎ取ってきては、熱帯地方での喉の渇きを癒したのである。また真珠の浜に戻って、宝物の方ではなくウミガメの卵を拾った。泳いでは生でも煮ても美味しい海藻を見つけた。干上がった小川のところで見つけた石は、力いっぱい擦りつけることで火を起こすことができた。

われらを救った舵は、防御柵の扉に変身した。時間を計測するために集めていた多くの真珠でもって数えたきっちり六日間が過ぎて、ペドロは自分の家を完成させた。彼がわたしを家から遠ざけ海岸に連れてきて、わたしに話しかけたのは唯一そのときであった。われらが海岸から目にしたのは、砂浜の尽きるところで地ならしされ、密林から切りとられたような新たな空間、屋根葺きの囲いのある家であった。

——これからはいかなる領主といえども、わしが苦労してこしらえたものを奪い取ることはできまい。家に火を放ったり、妻を犯したり、子供たちを殺したりすることもな。わしは自由だ、勝ったのだ。

老人は激しく咳払いをした。そして海に唾をどばっと吐いた。まるで過去の顔に唾を吐きかけるかのようだった。まるで吐いた唾による侮辱が、出帆した海岸まで海流に運ばれていって、蔑視によってそこを汚し、勝利の雄叫びをあげることを期待するかのようだった。わたしは老人が毎晩のように夜空を見上げ星辰を観察するのを見た。そして毎日のように、額の汗を手でぬぐいながら顔をあげて太陽を観察する姿を見た。

——ペドロ、われらの居場所がわかりますか？

——ずいぶんと西に来ている。

——そうだとは思っていましたよ。われらの目指した方向でしたからね。

——でもさほど南ではなかったはずだ。でも今われらがいるのはずいぶん南だぞ。北に見える星がほとんど見えないからな。陽はずいぶん遅く沈むが、消え去るときは猛スピードだ。あの激しい渦巻きのせいで、既定のコースから逸れてしまったに違いない。

わたしは彼の言葉に耳を傾けたが、黙ったままでいた。ただ自分で本当に納得のいくことを粘り強く考えていたのだ。というのも自分の行く末と、決して出発点には戻れないという考えの正しさを裏書きするような、そうした言葉を聞いたとき、わたしのなかで冒険と安全という、相反する言葉が真っ向ぶつかったのだ。老人は戻りたくない。わたしには戻るべき場所がなかった。しかし今回は、危険と生き残ることという二つの思いが以前のようにバランスをとっていたので、諦めの感情が湧いてくることはなかった。わたしは今回、両方の感情を否定した、両方とも仲良く手を取り合っていたからだ。

――爺さん、われらが内陸を探検するのはいつのことになる？　この近くには蚊も出てこないような冷たい泉があるはずだ。見るところ土地はよく灌漑されているようだし、ずっとナツメヤシのジュースばかり飲んでいくわけにもいかないだろう。われらのやって来た土地が島なのか陸地なのか、海に挟まれた海峡なのか、爺さんは知りたくないのかい？　この土地に人が住んでいるのかいないのか、住んでいればどんな人間なのか。

――別に知りたくなどないね。知りたければお前が一人でやりな。わしはもうここから動かん。望んでいたものはすでに手に入れておる。自分の土地をな。

老人は納得するかのように頷いた。わたしの方はうなだれていた。というのもそれは、冒険と生き残ることとが心のなかで一つになっているからである。かつては救いでもあった諦めの気持ちが、今では消え去ることも避けがたいという確信に変わったことで、頭が混乱をきたしていたからである。ペドロはある突飛もないことをやらかした。わたしの頭を撫で、胸に押し付けてこう言ったのだ。

――確かにな、舵輪がわれらをハリケーンの中心へ引きずり込んだ恐ろしい力よりも軽かったことだけははっきりしている。わしは自分らが渦巻きに飛び込んでいったとき目を閉じてしまった。しかし眩暈や速度や、大量の海水、ハリケーンから発せられる一様でない閃光のせいで、どれほど目が見えなくなりはしても、目はしっかり開けておくように努めた。わしは金属の海に沈んでしまったかと思った。そこでは海水の一滴が一枚の金貨のように見えて、自分の目の前できらきら輝く表面と、暗い裏面とを目まぐるしく回転させて戯れておった。やっとのことで分かったのは、自分たちがレモンや破れたマストや帆などと同様、上昇しているということだった。そのあと、目で見てもそのことがはっきりした。そのとき渦巻きの外に放り出され、激しく波立つ海面に叩きつけられた。わしは自分たちが助かるように祈った。なぜなら渦巻きから吐き出されて、ただただ神の意志にのみ運命を委ねる羽目になったからだ。わしらは一晩中、嵐に打たれ、波に攫われ、ついに身体を繋ぎ止めていた綱が緩んでしまった。いいか、一再ならずわしは自分とお前の綱をつよく縛りつけようとしたのだが、お前を繋いでいた綱は激しい嵐に遭ってとうとうほどけてしまった。わしは手でお前を押さえ、腕をとってはいたが、最後に自分の腕が無感覚になってしまい、もはや押さえていたのか、いないのか分からなくなってしまった。わしは願った、お前がわしの腕につかまっていてくれ、わしの腕につかまって助かってくれとな。しかし、ついにわしは忌々しくも疲労困憊して力負けしてしまったのだ。わしは二人とも死んだものと思った。夢のなかに身を横たえた。夢から醒めたのは静かな海を飛び交うカモメたちの鳴き声を聞いたからだ。わしの目に海藻の根が入ってきた。そして腕には海藻が巻きついておった。陸を見たのだ。陸だとうめき声を出した。しかし乾いた喉から絞り出そうとしても出なかったのだ。二十年間待ちにまったものを目にすれば当然叫んでもいい大声が。陸だ、陸だ、新天地だ。わしは低い声でお前にそう言おうとして、お前がいるはずの場所に振り返ったものの、唯一そのとき、そこにお前がいないことが分かった。わしはお前を救うことができなかった。お前を失ったことを嘆き悲しんだ。わしは若い青年に新天地への最初の一歩をしるしてもらいたかった。

老人は長いこと口を噤んでいた。わたしは目を閉じて胸に頭を預けたままにしていた。そのとき頭に描いていたのは、ペドロが語ってくれた光景であり、自分を救ってくれる姿であり、これが父親をもつということなんだという思いであった。すると老人は続けてこう言った。

――わしはお前が前夜のああした大波で攫われてしまったものかと思った……見てのとおりわしはお前を救うために何もできなかった。お前は自分で生き延びたのだ。それはよく分かっていただろう。あの嵐の晩、全く救うための手立てにならなかった舵の上で互いに顔を見合わせていたが、お前はそのとき目を閉じて、わしの耳元でこんなことを呟いておった……。

——かつてこんなことに遭ったことがある……こんなことは知っていた……こんなことは二度目だ……こんなことはずいぶん昔に起きたことだ……二人の難破者……二つのいのち……でも助かるのは一人だけ……もう一人は死ぬ……一人が生き残るために。今わたしはペドロの胸のなかで、目を閉じながらこうした言葉を繰り返した。老人は今一度わたしの頭を撫でながら言った。

——おまえはたしかにそう言った。いったい何を言おうとしたんだ？

——爺さんはその後どう思ったんだい、ペドロ？

——お前が命をわしに与えてくれたとな、老いたわしにお前の若さをな。でもそれは残酷な運命に思えた。お前はわしが死んだとは思わなかったのか？

——思いましたよ。それにあのすばらしい浜辺に散らばる真珠を呪いましたよ、爺さんの命に代えられたらどれだけよかったことかと。

——ああ、真珠か、わしの命に引き換えようとしたのか？でもお前はわしが生きるために自分の命を犠牲にする覚悟はあったのか？

わたしは戸惑ってしまった。——爺さん、それはどうでもいいことです。二人ともこうしているじゃないですか。生き残ったんですから。

するとペドロはひどく悲しげに言った。——いや、そうじゃない、思い出してもみろ、あの晩、お前は何て言おうとした？ 覚えているか？ お前は物事が起きる前に何が起きるか分かる、だなんて言ったぞ。だからわしはお前にはこれから起きること、また繰り返して起きることが分かるはずだと思っておる。そうではないのか？思い出してみろ。結局、二人のうちどちらがここで生き残るのだ？ お前かわしか？

セニョール、わたしは老人に答える機会を逸してしまった。

交換

騒音に生きる者は沈黙にどぎまぎさせられる。夜の恐怖は暗闇よりも沈黙にある。囚われ人が怯えるのは自由を奪われてしまうからというよりも、音のある生活から遠ざけられてしまうからだ。われらを取り巻いていたざわめきは穏やかで規則的なものだった。潮騒と生温かな波の音、浜辺で焚く火のぱちぱちいう音、棕櫚の葉の揺れる音など。

この場所で一週間以上が経って後、習慣となっていたこうした雑音がどうして突然止んでしまったのか？　わたしはペドロの胸に頭をもたせ掛け、心臓の鼓動に耳を傾けた。その後、わたしは警戒心のつよい目先の効く鳥のごとく、頭をこまめに動かして、密林から海へ、海から密林へと視線を移動させた。当初、目新しいものは何も見えなかった。ざわめきが突然消えてしまった原因が何なのか分かるかと思ったが、何もなかった。

感覚を研ぎ澄ましてみた。背後に広がる森に迷い込んだと想像してみた。樹木はもはや青々とした色を失い、多くの茂みが重なって黒々と見えた。再び海の方に目をやった。海水の黄緑色した色彩は黒っぽく変色し、森と同様の色調を帯びていた。セニョール、実は海に丸太が浮かんでいたのだ。

わたしは老父の抱擁から身を離し、海岸へ進むことができぬまま突っ立っていた。まるで何かに魅入られてしまったかのようだった。やっとのことで見たのは、海が丸太で一杯になっている様だった。それは先日見た、ウミガメの甲羅に多くの貝殻などが付着している様に似ていた。浮遊する丸太はわれらの浜辺のほうに近づいてきた。驚いたわたしは咄嗟に踵を返した。浜辺でぱちぱち音を立てる焚火の音に、われらの背後にある密林の灌木を踏みつけ、枝をかき分ける音がいっしょに合わさった。

わたしは愚かしくも息せき切っていた。――ペドロ、武器をもってきてないか？

老人は笑いながら首を振った。――至福のわれらの大地にそんなものはいらない。

至福か不幸かわからないが、はたして自分たちだけの土地だったのか、本当にわれらの大地だったのだろうか？　それとも浮遊する丸太の内部から顔を出している者たちのものだったのか？　セニョール、わたしはこれらの者たちを人間とは呼ばない。なぜならば最初に目に飛び込んできたのは、黒く長いたてがみで、まるで馬の尻尾のようであったし、しばらくの間、半人半獣の黒い怪物たちが浮遊する丸太を操っている奇妙な光景を見たからだ。丸太に乗ったそうした軍団がさらに近づいてきたとき、連中の顔立ちや丸太の色を見た。また内部には面々の顔や円盾、林立した恐ろしい槍が見えた。

ペドロは静かに立ち上がった。家の戸口まで歩いてくると、そこで舵輪に寄り掛かった。わたしは再び森のほうを見ようと振り向いた。森のざわめきは一層大きくなっていた。目に見えぬ密林部隊と目に見える海の軍隊とが合流しようとしていた。

　そのとき三十人を超える男たちが丸太から海へ飛び下りてきた。彼らは元の色を取り戻した青い海に溶け込んだ。体はカナリアのような黄色をしており、槍は赤かった。円盾は緑色をしていた。他の男たちも同様の風体で、同じように武装し、恥部を隠す布を除いて裸体で、密林から襲ってきたのである。

　連中はわれらを見た。

　われらも連中を見た。

　双方の驚きはいっしょだった。同じように不動のままだった。唯一わたしの頭をよぎったのは、連中がわたしに風変わりに見えるとしたら――たとえば黄褐色の肌の色、まっすぐ伸びた黒髪、身体に毛が少ないこと――連中もまたわれらを見てその違いから奇妙だと思っているものがあるはずだった。つまりわたしのウェーブのかかった長い金髪、ペドロの白い髭、顔の毛深さ、わたしの顔の青白さといったものである。連中はわれらを見た。われらは連中を見た。最初に交わし合ったのは眼差しであった。そのやり取りから素早くわたしのなかに生まれたのは、次のような内なる質問であった。

――あの連中がわれらを発見したのか、それともわれらが連中を発見したのか？

　これら土着民の驚きのほうが先に終止符を打った。そのうちの幾人かがまるで前もって協定でも結んでいたかのように、われらの焚火のほう駆け寄ってきて、槍と裸足でもって火を消しにかかったのである。火のついた枝一本を残して。腰にごっそりと黒い鳥の羽根を結び付けていたそのうちのひとりが、強面の表情で、最初に空の方を指さし、そのあと消えた火のほうを指し、さらに広々とした真珠の浜辺のほうを指しながらわれらに向かって言葉を発した。そして片方の手の三本の指を立て、別の手の人差し指を立てると、立てた三本指を三度数えた。わたしは彼の奇妙な身振りと言葉を理解するに足る知恵があると見込んだかのようにペドロのほうを見やった。それは耳触りのする実に奇妙な言葉であった、というのも大勢いた色黒の男たちが同時に話し始めたからである。その声は人間の声というよりは鳥のそれに似ていて、巻き舌のエレはなく舌先音のテとエレがやけに多いことに気付いた。

　連中の言葉に何の返事もできなかったせいで、羽根を付けた男の怒りは増大し、ペドロのほうにやってくると、再び話しかけた。彼は老人の作った家と、老人がこの新世界でここだけは自分の領地だと思い定めた枝柵のほうを指さした。繁みのなかから出現した土着民の集団は、さっそく尖がった枝柵を引っこ抜いて、森のほうに放り投げた。ペドロは身動きしなかったが、興奮して顔は上気し、血管が首元と額でぴくぴくと脈打った。土着民の集団は枝柵を引き倒し、屋根を取り払い、老人の作ったものをすべて足蹴にして取り壊してしまった。わたしは絶望的な気持ちになりつつも、野蛮人との間にひとつの出口や筋道、話の糸口を見つけようと思った。当初、互いに眼差しを交わすことで原初的な瓜二つの驚きが生まれたのは、そのとき奇跡的に取り戻された奥深い本能からだった。最初に眼差しを交わし合ったとはいえ、そのあと言葉を交わすことができなかったという単純な理由で、掘り起こされた本能からだった。そして言葉を発しても返事がないという理由からだけで暴力が生まれたのだ。あの単純な眼差しのやりとりから生まれたのは、そのとき思わずわたしがペドロに口走った言葉だった。それはあたかも他の人間が自分の代わりに、自分の声を使って発した次のような言葉であった。

——爺さん、家なんかやっちまえよ、何でもいいからすぐにやっちまえったら。

目をぎらぎら血走らせたペドロは口角泡して言った。

——絶対だめだ、絶対やらん、釘一本やるものか、ここにあるのはすべてわしのものだ。

——ペドロ、何でもいいからさ。

——いやだめだ、セニョールに捧げるために二十年間かかったんだ、絶対だめだ。

——ペドロったら！　すぐに連中に土地を渡しなよ。

——渡すもんか、絶対に。彼はわれらを救った舵輪にしがみ付きながら、激しく、追い詰められた獣のごとく、再び大きな声で叫んだ。絶対にだめだ。これはわしの土地だ。わしの新しい家だ、絶対に譲らぬ。

黒い羽根をつけた首長が大声をあげると、土着民らはペドロのほうに襲い掛かった。しかし老いたライオンたる老人は抵抗し、襲ってくる者たちの顔と腹をものすごい力で殴りつけた。そしてわたしに叫んで言った。

——馬鹿もん、わしを独りにするな。戦うんだ、この阿呆が。

わたしはズボンのなかに布でくるんでもっていたハサミを取り出すと、それを振りかざした。ハサミは日を浴びてキラッと黒光りを放った。土着民たちは突如、攻撃を止め、ペドロから離れた。ところが黒羽根の男が海からやってきた男たちに大声をかけた。彼らは浜辺で槍をかまえて待機していたのだ。投槍があらゆるところから、唯一の標的であるペドロの心臓をめがけて飛び交った。

わたしはハサミを握りしめ、腕を振り上げはしたものの恐怖ですくんでしまった。鳥の群れのごとく、槍が空を真っ黒に覆った。老人の体に槍が突き刺さり、燃えた枝が小屋の残部に投げ込まれた。すると火は屋根の乾いた枝にすぐに回った。

老人はもはや叫び声を出さなかった。彼は火をかけられた小屋の煙に巻かれ、舵輪にしがみ付きながらも、皮膚を赤い槍に貫かれ、目と口を開き両腕を広げて、浜辺の小さな敷地で仁王立ちで往生していたのだ。彼は望んでいたものを手に入れた。しかし失うのも早かった。わたしはひとり呟いた、哀れな栄光といえども、大いに努力した甲斐はあったというものだ。つまり新天地に最初に足を踏み入れるということ、そこで最初に血を流すということ。わたしは目を閉じた、それは涙をこらえているのを嘲笑うような、嘲りの声が耳元で聞こえたような気がしたからである。目を閉じてみると、同じハサミで殺した老いたウミガメの死体と血を、黒い背景のなかに見た。

小屋の哀れな残骸と、友であり祖父であった老人の体を焼くぱちぱち燃える火の音の他に、もはやどんな音も聞こえなかった。波と棕櫚の穏やかなざわめきが戻ってきた。わたしは目を開けた。土着民は黙ってわたしの周りを取り囲んだ。円盾を胸に構えていた。黒羽根をまとった首長はわたしのほうに進んできた。褐色の目にはある種の期待感がうかがえたが、期待に沿って微笑にもなれば、期待に反して渋面にもなりうるように見えた。

わたしは手を伸ばし、拳を開いてハサミを差し出した。首長は微笑んだ。ハサミを手に取った。それを太陽にかざして反射させた。使い方が分からないようで、不器用にいじくりまわしたあげくに指の肉を切ってしまった。ハサミを砂地に投げ捨てた。どぎまぎして自分の血を見た。途方にくれた様子でわたしのほうを見た。まるでハサミに命でもあるかのようにびくびくしながら、細心の注意を払ってもう一度ハサミを拾い上げた。大きい声で言葉をいくつか発した。何人かが浜辺に座礁した丸太船のひとつに駆け寄り、そこから何かを取り出した。首長のもとに走って戻ってくると、彼に腰布のような粗布を一枚手渡した。布には何かが包まれていた。首長は片手でハサミをしっかり握り、もう一方の手で包みをわたしに渡した。わたしは両手で何なのか推し量った。皺だらけでごわごわした布は自然に開いた。手のなかにはきらきらと輝く金の塊があった。ハサミのお礼としてこんな贈り物がなされたのである。

わたしは手に金をたんまり握りしめつつ、ペドロの遺骸のほうを見た。兵士らはわが老友の体から槍を引き抜いて、もとに戻した。密林の男たちは燃えている火を踏んづけたり、枝で打ち付けたりして消した。わたしにははっきりと彼らの目に悲しみが漂っているように感じた。

密林の民

わたしは丸木船のひとつに乗せられた。船は一本の木の根元でできた本当の筏ともいうべきもので、船全体が一体の細長いボートであった。改めて海岸から離れたとき、わたしはそれにこっそり聖ペドロの地という名前を付けた。というのもあの哀れな老人は殉教者として亡くなったからである。そのとき彼の遺骸を焼く炎が立ち上っていた。

黒い光輪が浜辺の上を舞い上がった。ペドロは自ら避けようとした破壊と死に戻っていったのだ、とわたしは内心で思った。わたしもまた自分の原点、つまり囚われの境遇に戻っていくのだろうかと自問した。というのもペドロの終焉が出発点のごときものであったとするなら、わたしひとりがこうした運命と無縁でありうるだろうか？　運命というのは実現する際に、己の起源と似たものと遭遇するとされていたが。わたしは老人ペドロを愛することを学んだとはいえ、老人の運命がわたしに受け継がれず、その死によって自分が解放され、己の運命を見出すことができるようにと願った、たとえわたしの運命が彼のそれよりも悪いものであったにせよ。われらの運命はいっしょに乗船した時以来共通のものであった。そのときわれらの運命は永遠に別々のものとなったである。

簡素なカヌーに乗った一団は海の奥深くまで行くことはなかった。岬を曲がってから静かに漕いで行くと、大きな川の河口が目に入った。生温かな川の水が何レグアも先まで大洋へと注ぎこんでいた。首長の甲高い声に呼応して、一団は対岸に離ればなれの暗い岸のある広い川のなかに入り込んだ。川岸の黒々とした森は高くこんもりと繁っていた。繁みの陰に隠れて見えなかったが、ざわざわとした物音が聞こえた。何かが入り混じった強烈な香りが漂っていた。野の花と腐った葉をまぜこぜにしたような香りであった。乳色の空に突然、閃光が走った。それは新世界の永遠の鳥たち、大きな嘴《くちばし》をした深紅や緑、赤や黒や肌色をした、巨大なオオムに似た騒がしい鳥たちであった。こうした鳥たちこそ空を支配する主役だった。泥まみれの川岸の主役は、眠たげにわれらが通り過ぎるのを眺めているトカゲたちであった。

セニョール、わたしは両手に金袋をかかえた囚われ人だったのだ。

われらは川を上っていった。わたしは覚えていたわけではなかったが、知ってはいた。わたしは自分たちを待ち受けているもの、つまり自由と生命が確実に消え去るということを知りつつも、この先何が起きるか分からないからこそ、のほほんと生きていくことができるのかもしれないと思っていた。唯一われらが知らないのは、これから起きることがどういう性質なのかではなく、いつどういった状況に起こるのかということである。このようにして、われらの苦しみに満ちた運命を和らげてくれる神に栄光あれ。

われらは人の住む明るい場所の近くで下船した。筏船が泥水のところに乗り揚げると、老人や女、子供らがわれらを取り囲んだ。われらが帰還したことを、がやがやうるさい声を上げて喜んでいた。興奮が大きかったのは、わたしという異質な存在を見たからだけでなく、明らかにほっとした感情からでもあった。震えている老人たちに、子に乳をふくませている女たち、落ち着きのない村の娘たちは、明らかに恐怖心を抱いていて、それはなかなかすぐには解消しなかった。戦士たちは帰還していた。危険はすでに過去のものとなった。彼らはわたしという獲物を得て帰還したのだ。われらを出迎えた者たちのなかには、若い男はひとりもいなかった。十二歳までの子供や、乳飲み子はたくさんいたとはいえ。

わたしは黒羽根をつけた首長が皆にハサミを見せ、わたしに金の粒のいっぱい入った手を見せるように言ったとき、自分の置かれた状況についてようやく理解した。そのときすべての者が嬉しそうに頷き、一番近くにいた女たちがわたしに微笑み、老人たちは震える手でわたしの身体を触ったのである。

わたしは周囲を見渡した。この未開の村のすべての家が四つのアーチに筵を被せただけのもので、見た目ではより裕福で、より権勢がある家かどうか分かるよう、どれもが同じ様相をしていた。首長は黒羽根のついたベルトを外し、恭しく枝葺き小屋のところに赴くと、中に綿玉がいっぱい入った、棕櫚の葉でできた籠のなかに収めたベルトを、皺だらけの老人の震える手に渡した。そうすることで首長は黄褐色の他の男たちと見分けがつかなくなった。わたしには誰もが同じような人間に見えた。老人は暑さにもかかわらず寒さで震えながら、何かを呟いた。わたしが一団の首長とみなした若い男が彼に何かを説明した。そのあと若者は枝葺き小屋の天井に括り付けていた乾燥した皮をカーテンのようにして下ろした。老人はわれらの視界から消えた。

わたしは二本の棕櫚の吊り下げられた綿のハンモックでできた風変わりなベッドを提供された。また苦い根の食事も与えられた。村の日常生活が再開した。わたしは自分の健康が村の生活とうまく合わせていくことにあると悟った。そこで何カ月にもわたって皆が行うやり方に自分も合わせるようにしたのである。竈の火を掻き立て、土を掘って赤鉄鉱を集め、接着剤を作り、葦や枝を刈り取り、石を磨き、フルーツを切るために巻貝のかけらを拾うことなどである。フルーツは密林のさまざまな場所に自生しており、一度も見たことがないようなものだった。表面の殻はごつごつしているが、中身は柔らかく、香りがあって赤いザクロのような鮮やかな赤だったり、薄い赤色だったり、果汁が豊富で黒みがかっていたりした。同様に、薪を集めもしたが、薪はほとんど使用されはしなかったものの、すぐになくなってしまった。

すぐに気づいたのは、この地ではすべてが共有で、男たちはすべて鹿狩りに出かけ、ウミガメを捕獲し、女たちは食べるために蟻の卵や幼虫、トカゲ、ヤモリを集める役目だということだった。老人は蛇を捕獲することに長けていて、肉もまた味は悪くなかった。そのあと食料を当然のごとく皆で分け合ったのである。

こうした期間、わたしには日付のない長い日々に思えた。あたかも訳も分からぬまま暮らしたかのように、記憶も不確かであり、良いことなどなかった。唯一わたしに納得できるたったひとつのことがあった。それはわたしのハサミが綿のはいった籠のなかに収まった老人の手で大切に扱われていたことだ。老人はそれと同様、黒羽根のベルトの持ち主であり、浜辺で煙が立っているのを見てわれらの存在を察知したときのように、差し迫った危険があるときのみ、若者にそれを引き渡すのである。別のケースで老人がそうしたのは、男たちがカヌーを川まで担いで行き、川を遡り、砂金を携えて戻ってきたときや、川を下り、あの魅惑の浜辺にある真珠を積んで戻ってきたときなどであった。彼らはすべてのものを、老人がいつも用いていた籠とよく似た別の籠のなかに収めていた。籠は赤鉄鉱で彩色され鹿革で注意深く覆われていた。すべてのものは、後に羽根ベルトが戻されることになる老人の暮らす枝葺き小屋に保管されていた。

あきらかに宝物の持ち主は老人であり、わたしのハサミの所有者も同様であった。彼の節くれだった、汚れた手のなかにわたしのハサミがあると想像するにつけ、自分はあの贈り物のおかげでこの未開の社会で平和に暮らすことができるのだということを思い知った。いわばひとつの確信にのみしがみ付いていたのだ。

——連中に与えた贈り物のおかげで命拾いしたのだ、同様に、連中がわたしにしてくれた贈り物を受け取ったことも。

しかしこんなふうに考えながら自らを強く励ましはしたが、わずかながらも恐ろしい疑念が湧いてきて不安を掻き立てた。いつの日かそれ以上のことを要求されるのではないか。そのときに連中に何を提供したらいいんだ？　そう考えると、日常的な要求においてこうした土着民のなかに溶け込んで差を際立たせないとか、いっしょに蛇を捕獲し、女たちに渡して料理の分け前に与るとかして、目立たないよそ者として振る舞うのがいいのではないかといった思いが去来した。この地で話されている鳥のような言葉を聞いているうちに、少しは分かるようになった。しかしわたしの意図はなるたけ目立たず、忘れられてしまうことだったので、あえて自分の知識を試してみようなどとは思わなかった。夜になって長老のもとに赴いて、自分の知りたいことを聞いてみたい気持ちは多分にあったとはいえ、話すことよりも聞いて理解することのほうを先に身につけた。セニョール、わずかな慰めというのは、答えのない質問がたくさんあったので、それに対して自分なりにああでもない、こうでもないと、自問自答することくらいだった。どうしてわれらは浜辺で襲われたのか、どうして浜辺で焚火をしたくらいであれほど連中が激昂したのか、どうして老人はあれほど怒りを露わにしたのに、ハサミをあげたというだけでわたしにはこんなに従順なのか、宝物を管理している老人とは何者なのか、この惨めな村で金と真珠が何の役に立つのか、といったことである。

こうした好奇心はトカゲのように石や木の色に合わせて環境に同化しようとするわたしの目的とそぐわなかっ

た。周りに合わせることは難しいことではなかった。南方の燃え立つ太陽光線が木漏れ日となって、生い茂った樹木の樹冠や木の葉の間を漏れてくるとき、われらの身体と家と、居住空間にあるすべてのものが、光と影の波打つ布地によって覆われた。これらは密林に散在する多くの物影と怪しげに一体化していた。

愚かなわたしよ。光と影の怪しい動きが、トカゲのようにわたしを覆い隠してくれるのではと想像してしまったのだ。そうすれば好奇心と不可視という自分の二つの欲求を満足させてくれるやもしれぬと。ある日の午後、寒がり屋の老人が住んでいた枝葺き小屋のほうに近づいていって、あえて革カーテンごときものをひとつ除けて中を見てみた。ほんのわずかな時間だったが、そこには何カ月もの間に集めた薪のほとんどと、紅い粒のトウモロコシのような果実が保管されているのがはっきりと見えた。老人は長年使用しているベッドに似たような籠に囲まれて暮らしていた。籠のなかには金の粒がきらきら輝いていた。老人の鎮座した深い籠には真珠がいっぱい入っていた。

そのとき老人は驚いて、巨大な多彩色のインコのごとき金切声を上げた。わたしはすぐにカーテンを閉めたが、もはや命運が尽きたと覚悟した。というのも何にもましてその瞬間、光と影を覆い隠すゲームは終わったと悟ったからである。そしてわたし自身、身体も手も、身の周りのものすべてが、突如として新しい燦然たる灰色の光でもってはっきりと浮かび上がったかのように感じた。それは老いぼれ老人が全身を浸していた真珠から放たれた光のようだった。セニョール、それは何もかも金属的な光だったのだ。太陽は姿を消し、それとともに太陽の友ともいうべき闇がやってきた。天空では雷が鳴り響き、世界の洪水でも始まったかのごとき大雨が降り始めた。この地で見たこともないような大雨で、暴風雨とも違っていた。まさに止むことなき洪水ともいうべきもので、天空があらゆるバケツをいっぺんにひっくり返したようだった。豪雨のもたらした動乱と活動はそれほどまでに大きく、誰ひとりわたしに注目する者などなかった。わたしは老人が、ひたひたとわたしのほうではなく彼のほうに水が近づいてきたのを感じて、金切声を上げたのだと自分に言い聞かせて、心を落ち着かせた。大騒ぎのなかでゴザが取り外され、土着民の何人かに背負われて運び出された。他の者たちは岸辺からカヌーを安全な場所に移し、また他の一団は老人を大きな駕籠に移動させ、金や真珠や大量の薪や紅いトウモロコシのたくさん詰まった籠の場所替えを行った。すべてのものが洪水から身を守るべく、革で覆われたのである。われらは皆こうしてより高い場所に徒歩で移動した。情け容赦のない水に襲われて、われらが到着したのは高い樹木の繁る小さな丘だった。そこからは驚くほど水嵩を増した川が見えた。その時点までわれらの土地であった場所があっという間に水浸しになっていた。

われらの生活も様相が変わった。午後と夜、途切れることなく雨に見舞われた。空では盛んに恐ろしい雷鳴が鳴り響き、無声の稲光が光った。しかし午前中は太陽が燦々と輝き、老人のもとで保管されていた薪用の丸太が大切に使用された。女たちは起こした火の近くに腰かけ、紅いトウモロコシを受け取ると、丸々と肥えた穂から粒を分離し、それを石臼で挽き、水とこね合わせて白い塊を作ると、手のひらでそれをよくこねて薄いパンのような形にして火に近づけた。すると煙からは未知の紅い小麦パンの香りが漂った。それは恐怖と避難の時期を乗り越えるために、不動の老人の手でしっかりと保管された。セニョール、それはまさに飢えに対する恐怖心からだった。というのも果物はすでに腐ってしまい、役立たずになっていたからだ。密林は大河に呑みこまれてしまい、何カ月もの間、食料を確保することは難しくなった。わたしは狩りをしたり火打ち石で火を起こすなりして、すべてのことに与った。すべての土壌を泥沼にしてしまうこの時期の長雨のなかで。必要とあれば、女たちが時々調味した鹿の排泄物すら食べた。わたしはそのときわずかなトウモロコシの穂がなぜこれほど貴重なものなのか、また子供たちがどうして十二歳になるまで母乳で育てられるのかを理解した。

またわたしはなぜ乾いた薪が金や真珠のように珍重されるのかも理解した。それはこの時期、沼地の多い密林には乾いた薪がなく、午前の貴重な時間においてのみ、薪に火をくべて、何とか自分たちの体を温めることができたからだ。そのあと、夕暮れ時の洪水がすべてを元の木阿弥にしてしまい、かつてわたしが浜辺の小川で経験したような苦しみをもたらしたのだ。あのときは蚊や雲霞のごときブヨが、腹が破裂するぐらい人間の血を吸いまくったものだ。また小さくて目に見えない砂蚤が人間の足にガルバンソ豆ほどの小さな袋を作ったり、以前は茎から果物を切るのに用いた、尖った巻貝のかけらで足を切ったりすると、そこはシラミの卵でいっぱいになっている。セニョール、このように眠れない夜が続いた。痒くてのべつ幕なし体を掻きまくって。腫れて黒くなり、ずたずたにされた体を転がりまわって泥まみれにし、それでも食事のために乾いた薪を節約し、濡れた薪を切ってたくさんの煙で燻すことで、四六時中悩まされた恐ろしい敵共を退治しようとした。というのもこうした敵と戦うことで他に何にもできなくなってしまったからだ。とはいえ土着民は、蚊に対抗し、地面の下からトカゲを引っ張り出し、小さな角と褐色の皮膚をした数少ない鹿を追い立て、田畑や山を焼いたときに用いた燃えさしをもって身を守って、二倍も生き長らえてきたのであった。

乾燥した薪と濡れた薪、燃えさかった焚火と、湿った木から上がる煙。われらもまた火と煙がなければ生き長らえることはできなかっただろう。貴重そのものの薪、それは世界中のすべての真珠よりも金よりも有用なものだった。たしかにペドロとわたしは、火打ち石や乾燥した小枝を用いて新世界で最初の火を発明したと思い込んでいた。ところが、わたしはやっと彼らが襲ってくる理由に得心がいった、密林であかあかと燃える焚火に日夜を問わず囲まれている土着民であってみれば当然のことだと。しかしそれ同様に不審に思ったのは、もし聖なる火を大切にすべく、それを浪費する者たちに決死の戦いを挑むとしたなら、真珠や金にはどんな価値があるというのか？　ここでは誰からも身を守る必要はないし、いかなる生活の糧も求めないのだから。セニョール、すぐにわたしはそのことを詮索した。

神殿における言葉

最初に天空は乾いた嵐によって満たされた。濁った真珠色の蒼穹には稲光と雷鳴。群れをなす鳥たちのように素早く天空を走る稲妻。奥深く、遠方彼方に行けばいくほど、雲を被った遠くの山々の頂あたりで消えてゆく雷鳴。

ある日、太陽は以前と同様の輝きを取り戻した。すべてが新鮮で清澄に見えた。密林は野生の花と香り高い繁みでいっぱいになった。わたしは遠方に初めて白い火山の頂を見た。凛とした空気と澄みわたった大地。

ハゲタカが他の鳥たちに先駆けて戻ってきた。老人たちの多くが咳をしながら死んだし、若者のなかにも、いつも真珠の詰まった籠のなかで保護されていた例の老人以上に、熱病にうなされ、ぶるぶる震えながら亡くなった者たちもあった。わたしは砂蚤に刺されて死んだ女たちの姿も目にした。足が鋭い巻貝の刃で切開されると、黒い血が脚のほうに上っていって脚を壊死させた。子供の多くも突如としてこの世から去った。早かれ遅かれ、あらゆる死体が姿を消した。

太陽はこの地方の大いなる支配者であった。しかし太陽が戻ってくるというのは、わたしが期待したように、目に見える喜びではなかった。むしろ誰の心をも支配する、物言わぬ緊張であった。わたしはこの時期、いったいどんな苦難が待ち受けているのかと自問した。

ある朝、山に大きな動きがあるのを目撃した。ゴザが引き払われ、カヌーが陸に引き揚げられた。人々は川べりに戻ってきた。とはいえ男の一団は老人と財宝を守るべく、山に入ったままであった。わたしは彼らの話す、鳥のように短く鋭い音を発する言葉をかなり理解するようになった。そこでいっしょについてくるように求められていることが理解できた。

連中は老人を中に入れた駕籠をかついだ。他の籠は頭上に乗せ、わたしを引き連れて、海からも川からも遠い密林のなかに入って行った。当初、わたしは何カ月にも及ぶ雨で嵩を増した密林に呑みこまれてしまうのではないか、道に迷ってしまうのではないかと恐れた。しかしすぐに分かったのは、われらが指で触れると身を引く、感じやすい緑の枝葉の間を何度も行き来すると、おのずと道らしきものができてきたことである。ここで輝きを放つ蘭やすべての樹木は、活きいきと開花した地衣類よりもさらに一層手ごわかった。それらは繊細そのものの銀色の繊毛の間に、かつての洪水の燃え立つような滴を保っていた。

セニョール、密林はいつも暗くじめじめしていて腐りきっていた。樹木には太陽の光がまったく届かなかったし、今後も届くことはないであろう。いかにも樹冠は高くこんもりと繋っていて、根は深く張り、ツタも縦横に伸びていた。花から香る匂いは中毒になるほど強烈で、ぬかるみには人間や蛇の死骸が区別すらできないかたちで散らばっていた。虫の鳴き声もまた耳を圧するほどだった。

われらは幹の間に吊るされる綿でできたハンモックにくるまって眠り、二日間歩きづめで歩いた。時には石灰質の断崖の奥のほうにひっそりと佇む、小さな湖水のような、深く得体のしれぬ井戸の近くに留まったり、苦いオレンジの木の育つ森の一角の空き地などに足を休めたりしながら。錯綜した密林の繁みから、われらにいろいろな声が呼びかけられた。密林は足を深く踏み入れれば入れるほど、腐敗臭はきつくなり、上空を舞うハゲタカの鳴き声が大きくなった。

セニョール、まさに死の臭いがしたのだ。そこでわれらはついに足止めをくらった。それは目の前に何とも異様な建物が聳え立っていたからだ。遠くからでは見えなかったが、それはこうした暗くじめじめした場所の中心で、密林がうまく覆い隠すかのように建物を取り込んでしまっていたからである。広い土台と泥だらけの階段が並び、頂上に何もないこの建物は、あたかも石の心臓のごとく脈打っていた。

というのも天頂部分だけが太陽に顔を向けていたからである。この偉大な神殿は暗く腐った密林のなかに埋もれていた。わたしの海。わたしの川。わたしは砂漠の水を蘇らせ、われらを古代王の霊廟に導く、例の青い流れを思い出した。これもまたああしたものと同じピラミッドだったのだ、セニョール、墓といった雰囲気だった。わたしはそのときしっかり見てとった、ハゲタカはピラミッドの頂上で羽を休め、雨と太陽と死によって傷ついた獲物の肉を貪欲に啄《ついば》むことで、食欲を満たしていたのだと。わたしは頂上での騒々しさ、ハゲタカどもの祝宴に耳を圧せられた。そして洪水の続く長い夏の間、村から失踪した者たちの死骸がどこに運ばれたのか、得心がいった。耳は聞こえなかったが、見ることはできた。密林の蔓科植物が這いあがり、神殿の四つの側面に絡まりついていた。コケが石段を覆い尽くしていた。しかし森の自然がどれだけ襲い掛かったとしても、彫刻の施された庇を隠してしまうことはできなかった。蛇を象った精緻な彫刻。これら石でできた大蛇は、地を這う根よりももっと精力的に、神殿の窓のまわりに絡み付いていたのだ。

同行していた男たちは駕籠を背負って裸足のまま、石段をやすやすと上って行った。わたしはその後をついて行き、コケの上で時々足をすべらせながらも、彫刻の施された窓のところまでやって来た。それは人間の手によって作られた豪華絢爛たる洞窟で、そのうちのひとつに例の老人が、真珠と金の詰まったいくつかの駕籠の傍らで鎮座していたのである。男たちが出て来て、わたしに入るように言った。

神殿の洞窟の内部には光が射していた。低い天井の奥深い空洞で真珠と金がきらきらと輝いていた。棕櫚ででできた駕籠のひとつに、森林の根のように節くれだった手でわたしのハサミをつかんでいる老人が、真珠で埋もれるかのように横たわっていた。片方の手を上げて、わたしに近くに寄るように指示した。そして傍らに座るように言ったので、わたしはしゃがんだ。すると老人は話した。声は部屋の中で光り輝きはするものの、暗くじめじめした壁のところで、死んだようなさえない音を反響させた。

——わが兄弟よ、ようこそいらした、お待ちしておったのじゃ。

老人の語る伝説

セニョール、わたしは神殿でこうした言葉と、老人が語る際の重々しい調子を耳にしたとき、彼は自分が言っていることがいかにも秘密めいているように聞こえるとしたら、原因はまさにわたしにあるのだ、と言おうとしていることを理解した。魔術師のなかには岩の中から魔法の杖を使って水を噴出させる者もあると聞いている。このようにしてわたしの口から、密林の民との何カ月もの共同生活を通して、暗黙のうちに学んだ言葉が飛び出してきたのだ。とはいっても、わたしが神殿における老人の言葉に完全に従っているかどうかは分からない。どれだけ忘れ、どれだけ想像し、どれだけ見失い、どれだけ付け足しているのかも分からない。新世界におけるわが冒険の日々を通じて、老人が言ったことのすべてを大分経ってからやっと完全に理解しただけかも知れない。そのことを理解し、自分なりの仕方で繰り返すのはおそらく今日だけだろう。

わたしがそこに見たのは、真珠に埋まっている老人の姿であった。真珠こそ老人に生命を与えると同時に、老人の張りのない皮膚から生命を受け取っていて、人間がそれから養分を摂取すると同時に、真珠もまた人間から養分を摂取しているのだ。わたしは老人に何と答えたらいいのか分からなかった。老人が言うには、わたしがやって来たとき以来、ずっとわたしのことを観察してきたらしい。到着日はワニの三の日で、ちょうど吉兆がある日であった。というのもその日に母なる大地が海から引き出されたからである。

——海から助かったんです、とわたしは素っ気なく言った。

——そなたは東からやってきた、東はあらゆる生命の源だ、太陽が昇る方角だからな。

老人はわたしが曙の黄色の輝き、金色に輝く太陽を浴びてやってきたと言う。

——そなたはあえてからからの日に、己の存在を火とともに示そうとした。ようこそいらした、わが弟よ、そなたは自分の家に帰ってきたのだ。

彼は手を動かすと、わたしに神殿、否、おそらく密林全体を差し出したのだ。わたしはこう言うしかなかった。

——わたしは別の名前でやって来たんです。でもそいつはわたしのように歓迎されませんでした。

——そいつは待っていた人間ではなかったからだ。

わたしは老人に怪訝な顔をして訳を問いただそうとしたが、彼はそれを無視して話し続けた。

——かてて加えて、わしらに挑んだのだ。やつは自分ひとりのための神殿を建てやがった。土地の一角を自分のものにしようと目論んだが、土地は神聖なものであり、誰も自分のものになどできはしない。土地を所有できるのは神だけだ。

一瞬、黙りこくったが、こう言って口を噤んだ。

——そなたの友人が求めたのは奪うことだけだ。何も与えようとはしなかった。

わたしは老人の手中にあるハサミに目をやった。命を長らえたのはハサミのおかげだと確信した。老人はわたしが仕立屋から奪った商売道具を動かしながら、次のような意味のことを言った。良いものは皆のものだ、皆のものというのは神々のものということだ、神々のものというのは皆のものだ……。わたしが土着民から学んだ最初の言葉が〈神〉と〈神々〉であった。それは何度も繰り返して使われた言葉で、われらの〈テオス〉とか〈テウス〉と似た発音がした。

——あれはわたしの友人でした、とわたしは老ペドロを弁護して言った。

——あいつは年寄りだった、と老人は答えた。年寄りは役に立たない、働きのない穀つぶしだ。蛇をみつけることすらできない。さっさとあの世に行けばいいのだ。年寄りというのは死の影のようなもので、この世には不要な存在だ。

わたしは百歳をゆうに超えている老人に驚きの目を向けた。真珠と綿の毛玉がいっぱい詰まった籠のなかで守られたこの身動きならぬ老人に。綿の毛玉は密林のじめじめした暑い気候ではなく、折れやすくなった老人の冷たい骨から生じる寒気に対して暖をとるためであった。

わたしはすべてが衰え、死んでいくものだ、それは人間も真珠も同じで、自然の摂理だと彼に言った。

老人は頭を振り、たしかに矢のごとき生命が存在すると答えた。矢は射られて、飛んでゆき、落下する。わが友の生命はそうしたものであった。しかし円環のごとき生命も存在するのだ。終わったと思われても実際には新たに始まっている。再生可能な生命があるのだ。

——そなたやわしの生命、ここにはいないわれらの兄弟のそれもそうしたものだ。彼について何か知っているか?

セニョール、どうか想像してもらいたい、わたしが不可解なこうした言葉をいかにもあからさまに聞かされたとき、どんなに戸惑ったことか。自分が感じた唯一の思いは、自分の運命が答えひとつに掛かっているということだった。

わたしは呟くように言った、いえ、彼のことは何も知りません。

——そなたが戻ってきたように、奴もいつか還ってくるだろう。

老人はため息をついて言った、われらの友人こそ誰よりも戻ってこなくてはならない人間だ、それは誰にもまして己を犠牲にしたからだ。犠牲は再生を確かなものにする唯一の手段だからだ。

——注目しておこう、ワニの三の日をな、そなたをこの地に引き戻してくれたあの日をな、この日は始原のときと同様、万物が集まりひとつのものに化すのだ、と低い声で言った。

——そうすれば三人そろいますね、あなたとわたしと彼とが。

わたしは自分でも何を言っているのかわからないまま、もう一度呟いた。

老人はしばらく考えてから言った、やみくもに多くあるもの、多く産するもの、増大するものは衰えていく、ところが唯一の存在に遡るものは再生するのだ、これこそ神々と人間との違いである、人間は多くあればあるほどよいと考えている。しかし神々はより少なければ少ないほどよいと考える。

老人は浜辺で若い戦士がしたように指を素早く動かしながら話した。指で数を数えながら、六は九よりも少ない、三は六より少ないということをわたしに分からせようとした。

三人の男たちが手を繋いで——老人は冷たい指でわたしの指に触れた——輪を作り、始原におけるようにひとりの人間になる準備をするのだ。三人がひとりになることを切望するのだ。ひとりこそ完璧であり、すべての始原である。一は他に分割できないのに対し、分割できるものは死ぬ運命にある、分割しえないものこそ永遠である、三は何にも分割できない一の次にくる最初の数である、ところが二はいまだに不完全である、それは半分に分割しうるからだ、三は六、九、十二、十五、十八という具合にどんどん下落していくか、さもなくばゼロに戻るかする。三は一性と分散の分かれ道であり、一性を約束する数だ。

老人はこうしたことをすべて素早く手を動かしながら説明した。腕を駕籠の外に伸ばし、平行線を描いたり、消したりしながら、部屋の埃の上にかじかんだ指で、平行線を素早く描いた円の内部に書き加えながら。部屋は蛇や蟻、ウミガメなどを主食としている持ち主たちの宝物で光り輝いていた。

わたしは埃の上に線を一本書き加えた。

——もしわれらが再びひとりの人間になったとしたらどうなるのですか？

老人は遠く、洞窟の開口部の外側に広がる密林のほうに視線を向けた。そしてこう言った、われらと対立するもの、すなわち母、女、大地といったものと一体となるのだ。それらもまた唯一の存在であって、ただひたすらわれらがその腕に抱かれることでひとつの存在となることを待っておる。一体となった暁には平和と幸福がもたらされるはずだ。それらがわれらを支配することもなければ、われらが支配することもない。われらはともに愛する者同士となるからだ。

わたしには言うべき言葉がなかった。長い間、老人は口を利かなかった。しばらくしてわたしをしっかり見据えながらこんなことを言った。最初に大気があった、大気は体をもたぬ神々によって生かされることとなった。大気の下に海があったが、誰一人どうやって、誰によって海ができたか知らない。海にはいかなるものも存在しなかった。大気にも海にも時間というものはなかった。したがって神々はいかなるものも造らなかった。しかし大気の女神たちのひとりは大地の女神と呼ばれたが、彼女は自分の名前がどういう意味か、自分の住む大地はどこにあるのか、怪訝に思い始めた。それは彼女ひとりが大気と水とを見たからである。大地がいつ生まれたのかも。彼女は自分の名前である大地に恋してしまい、あまりにせっかちな性分だったせいで、大地を与えてくれないならと言って神々の誰とも同衾しようとはしなかった。神々はいま一度女神を自分のものにしようと熱望し、わがままを受け入れて女神を天空から海に引きおろした。ところが女神は長いこと海上を歩いたすえに疲れ切ってしまい、海の上に横たわって寝入ってしまった。すると女神を手に入れたいと願っていた神々は、目を覚まさせ、男がやるべき営みを行おうとしたが、大地の女神は眠ったままだった。今見ている夢が死そのものなのかも分からなかった。神々は腹を立て、大蛇に姿を変え、女神の手足に巻きついた。力任せに締め付けたせいで女神はばらばらになり、しまいには捨てられてしまった。そして女神の体から一切の万物が生まれたのである。髪からは樹木が、皮膚からは枝葉や花が、目からは井戸や泉や洞窟が、口からは川が、鼻腔からは渓谷が、肩からは山が、下腹からは火が。女神が眺めていたのはかつてそこにいた天空で、そのときはじめて星というもの、星辰の回転という現象を目にした。というのも天空にあったときには、それを目にすることも、観測することもできなかったからである。天空は時間というものを必要としない。それは永遠の昔からすべてが同一だからである。大地は時間を必要とする、それは生まれ、育ち、死ぬからである。大地は再生するために時間を必要とする。女神はそのことをわきまえていた。太陽が沈み、昇るのを見ていたからである。一日ごとに日が沈み、女神の皮膚から生まれる果実が落ち、摘み取る者もなく腐ってゆく、目から生まれる泉の水を飲む者とてなく、口から流れ出る川とて何の役にもたたずに海にどっと流れ込む。大地の女神はそのとき赤と白と黒の三人の神々を呼び寄せた。黒の神はせむしの醜い小男で横根をたくさんもっていた。他の二人は背が高くすらっとした若い皇子であった。大地の女神はこれらの神々に対して、人間が生まれ、果実を採り入れ、水を飲み、川を思い通り操ることができるためには、三人のうちのひとりが生贄になる必要があり、彼女に仕える必要があると言った。二人の美形の神々はそのことに疑いを抱いた、自己愛に浸っていたからである。横根もちでせむしの小男のほうは、そうではなかった。疑いももたねば、自己愛にも陥っていなかった。そこで大地の女神の下腹部に飛び込んでいった、そこは火以外の何ものでもなかったので、体を燃やして焼け死んでしまった。そうすることでいっそう燃え上がった火から、最初の男と最初の女が創造されたのである。男は頭ないしはハイタカと呼ばれ、女は髪ないしは草と呼ばれた。しかし生贄になった怪物じみた神のわずかに焼け残った部分から出てきたのは、半身男と半身女であった。というのも彼らの身体は脇の下より上の部分しかなく、カササギやスズメのようにぴょんぴょん跳ねてしか歩けなかったからである。子供を産むために舌を女の口に差し入れたが、そうして生まれたのは両親より少しはましで、臍上までの身体をもつ二人の男と二人の女であった。この二組の男女から生まれたのは、身体が陰部まである各々四人の男女であった。これらの男女が神々として性交すると、身体が膝まである完全に近い子供たちが生まれ、その子供である孫たちに至って、初めて足まである人間が生まれたのである。やっと彼らの代になって人間は初めて二足歩行して歩くことができた。かくしてわれらの母なる最初の女神が見そなわす世界に人間が住むようになった。大地の女神の火の陰部から人間の友達である獣たちも生まれた。燠火から逃げ出した獣たちは皆一様に、灰から生まれたことを示す印を皮膚に刻印してもっている。それは蛇の斑模様であり、ワシの褐色がかった黒っぽい羽根であり、焼け焦げたトラであった。蝶の羽根にウミガメの甲羅やシカの皮膚のような斑模様があるのは、創造のときに生じた光輝と暗闇を表しているのだ。唯一、魚だけが海上で寝込んだ女神の股間から逃れ出た。そのせいで魚は女の臭いがし、快楽の色を帯びているし、すべすべとして落ち着きがないのだ。女神の陰部は最後の収縮をみた。するといまだに煙がくすぶる胎からは、火柱が立ち上った。火焔が形づくる影は横根患いのせむし男の亡霊であった。炎のすがたをとって天に舞い上がり、時間のない老いた太陽に暗い影を落として、人類にとっての最初の太陽となったのである。日々と年月の太陽に。こうして彼は自らが犠牲となることで報われたのである。ところが赤の神と白の神はおごり昂ぶっていた報いで罰を受けた。大地において人間の時間を数えるという罰を受け続けたのである。彼らは臆病であったことを嘆き悲しんだ。というのも横根の黒の神が犠牲になることによって、神とは似ても似つかない半人前の、手足をもがれた人間が生まれたわけだし、肉体と同様に精神においても醜い人間が生まれたのも、犠牲となって人間に命を吹き込んだのがその醜い神だったからである。

老人はこうした話をしている間にも、装飾を施された洞窟のなかで積もった埃の上に、次々に線を引いていた。

そして手を止めると、わたしに自分が話を続けている間、線の数をかぞえるように言いつけた。彼はこう語った、母なる女神が数えた日々というのは、地面に描いた線の数と同じだけのものであり、それはすべての星辰が天において周回ダンスを成し遂げるためであり、地上のあらゆる果実が完全に実を結び、生殖循環を再開するためであった。

わたしは三百六十五本の線を数えた。老人は、それは太陽が完全に一度周回するのに要する正確な計測値であり、終末を迎える際に、再生をはたす生命があるのは確かだと言った。なぜならばせむしの神が人間のために命を捧げ、太陽として蘇ったからである。また老人は今自分の言っていることはすでに女神によって予言されていたとも語った。女神はこう言っていた、わたしが下腹部の火を授けたのは人間を生むためだった、皮膚や口や目を与えたのは人間が生きるためだった、横根もちのせむしの黒の神が命を差し出したのは、人間がわたしの陰部の火から生まれるためだった、そして太陽に変身したのはわたしの身体が実を結び、人間を養っていくためだった、これだけのことをしてやったのに、人間はわれらに何をしてくれるのだ？

そう言うと、女神は人間には何か神々に欠けたものを備えていることに気づいた。というのも神々は過去現在未来にわたって永遠の存在であり、誰ひとり誰に対しても負うものがないからである。ところが人間はそうではない、己の命を負っている。己の命に対する負い目を運命と呼んでいる。それは支払わねばならない。人間の運命を導いていくために大地の母と太陽の父は時間というものを発明し、整えたのであり、それこそが運命の運行なのだ。こうして太陽が正確に己の日々を数えることができたのと軌を一にして、人間は運命をもたぬ自然の日々とは異なり、自らの生の日々の名称と数を知らねばならなくなった。人間には習慣があるだけだ、しかし日々といえどもやはり神々の日々とは異なっている。神々には時間もなければ運命もない、そうしたものを自然と人間に与えるとはいえ。

老人は腕を伸ばして地面の五本の線を消した。そして腑に落ちない様子のわたしのほうを見た。続けてこう語った。

神々は人間に付けられた名前の運命に二十日間を付与した。ワニ、風、家、トカゲ、蛇、骸骨、シカ、ウサギ、水、イヌ、サル、草、葦、トラ、ワシ、ハゲタカ、震え、刃、雨、花の日々である。しかし人間は自分の日と名前をもつだけでない、自らの運命は犠牲をもって己の生命の負い目を償うべくなさねばならぬ神々の印と切り離すことができなくなってもいる。したがって人間の名前と結びついた二十日の傍らには、神々の名前と関連のある十三日が据えられたのだ。運命の年は太陽の旅の年でもなければ、大地の生殖の年でもなく、二十日の最初の日と十三日の最初の日が重ねるときに始まるのだ。これが起きるのは二十日が十三回転したときか、十三日が二十回転したときのどちらかだ。そうすれば矢の運命と円環のそれ、つまり人間の線と神々の円とが交わり、その合体から時間全体が生まれるのだ、それはもはや線でも円でもなく、両者の合体となる。

――これらの線を見てみるがいい、兄弟。指でさし示すところまで線を数えてみろ。

わたしは数えながら尋ねた。

――どうして二十で、どうして十三なんですか？

――二十というのは完全人間の自然数だからだ、手足の指の数といっしょだろう。十三というのは神秘の不可知数なのだ、だから神々にふさわしい。

わたしは実際に二十かける十三と十三かける二十の積である二百六十ある線があるのを確かめた。わたしは老人にとって、これこそ太陽暦とは異なる人間暦の二百六十日なのだということを了解した。そして尋ねた。

――どうして太陽暦から五日を消し去ったのですか？

老人はため息をつくと次のように説明した。つまりわしがため息をつくように、地母神たる女神はため息をつき、人間が己が命の負い目を彼女に償うように求めて、夜通し泣き明かしたのだ。しかし人間どもは己を養うためにだけ生きてきた、それを女神はよくわきまえていたので、嘆き悲しみ、人間の心臓を貪ろうとしたわけよ。人間は恐怖心を抱き、女神に自分らの命以外に、二つのものを捧げたのだ、奉献の品として果物と、崇敬として時間を。女神はそれでは足らぬと叫んだ、果物は実際には大地からの賜物であり、太陽から人間に与えられた賜物であったからだ。自分たちのものではないものを贈与されても意味がなかった。女神は時間では足らぬと叫んだ、時間もまた大地の賜物であり、自らそれを必要とする人間が、太陽からもらった賜物だったからである。ところが大地も太陽も時間など必要とはしない。彼らは人間に時間を与えるために神の永劫性を失ってしまったし、神にとっては不相応な暦にしばりつけられてしまったのだ。女神はそれでは足らぬと叫んだ、人間が神々に捧げるべき唯一のものは命だったからだ、そして彼女に血が捧げられるまで黙ることはなかった、果物も人間の血が振りかけられたものでないかぎり、奉納されることを拒否したのである。

大地の女神は自らの山、谷、川の皮膚の下に、目と口で満たされた関節をもっていた。彼女はそのすべてを見たものの、全く満足しなかった。人間は自ら生き続けていくためには、大地と太陽の飢えと渇きを癒すべく、全員が死なねばならないのかどうかを疑った。

自然の果物という奉献では不十分であった。それは大地が果物を提供し続けることを拒否したからである。大地とともに第一の太陽は滅びた。世界は氷で覆われ、すべての人間が寒さと飢えで死滅した。

時という名の祈りも不十分であった。大地は太陽と合意し、時間が消滅し、第二の風の太陽が死ぬようにと取り計らった。そのときすべてが嵐によって破壊され、われらは神殿のすべてを失い、家を担いでいかねばならなかった。

このように災難が次々と起こった。人間は逃げようとしたが、大地以外のどこに逃げることができただろうか。いつでも大地しかあるまい。

よく見るがいい、兄弟、外のほうを、光のほうを、扱いにくい密林のほうを。そこにはわれらの苦しみの傷跡があるのが分かるだろう。何度となくわれらを襲った恐ろしい破局のことを思い出してみるがいい。

第三の水の太陽が滅んだ。そのときすべてが洪水によって流されてしまった。火が降り注いで、人間は焼け死に、それとともに都市も滅んだ。

すべての太陽が滅んだのは、人間どもが神々への生贄を捧げようとせず、その結果、破壊という代償を払うこととなったのだ。

すべての太陽が再生したのは、人間どもが神々に対し、再び生贄を捧げて崇敬したからだ。

あらゆる破局のなかでわれらはすべてを失い、再びすべてを無から始めねばならなかった。

——今ある太陽というのは何なのですか？　とわたしは尋ねた。

——大地の太陽たる第四の太陽だ。これもまた地震、飢餓、破壊、戦争、死などといったもののなかで消滅することとなろう。もしわれらが血をふんだんに捧げることで、それを生き長らえさせることをしないならば。

老人はこのことは予言としてあると言った。すべての人間の運命はそうした破局をどうにか先延ばしすることであり、均衡を保つべく皆が生き残るためには、生贄になって死ぬ人間も必要なのだ。

――とはいっても、あなたの土地でわたしが見たのは生贄などではなくて、病気を患い、飢えに苦しむ庶民だけでした。

老人はいかにも悲しげな表情でこう言った。――われらの間で自殺はない。わしらは他者に命を提供するために生きておるのだ。待っておるがいい、いずれ分かるだろう。

わたしは老人が語った事柄を熱っぽい頭のなかでいま一度整理しようと努めた。わたしの論理ではこうなる。もし死よりも生のほうが優勢ならば、神々はさっそく生の負い目を全体の死でもって償うように強いる。もし生よりも死のほうが優勢ならば、神々は自分たちが生きていくために血が必要となり、自分たち自身が生贄とならねばならない、それは自らを潤すべき生が蘇るためである。こうして人間は神々のために犠牲となることで、人類全体の消滅を先延ばしししている、また神々は生が蘇るべく死ぬことで自身の消滅を先延ばしししていると。セニョール、わたしは以前、しがない矢でしかなかった自分が、丸く長い、深く高い秘密の円環に入っていったように感じたのだ、円環のなかでは人間のあらゆる力が、生と死の間の危うい均衡を見出すように向けられていた。

わたしは呟いた。

――わたしがしなやかな真珠と生温かな綿に包まれた老人から聞かされた、こうした生と死の話の一部となるべくやってきたのは、溢れるほど血の入ったコップにもう一滴の血を加えるようなものだったのだ。

おそらく老人はわたしの考えを読み取ったのであろう、こんなことを言った。

――そなたは戻ってきたのだ、兄弟よ、自分の家にな。ここを居場所とせよ。そなたは自分の運命を果たすのに必要な日々を、運命の時間と同じくらいもっている。神々は鷹揚な方々であった。神々はわしが手でやったように、太陽の時間から五日を消し去った。この五日は仮面を被っている。顔をもたない日々で、神々にも人間にも属してはいない。そなたからこの五日間を奪い取って自分のものにしようとする神々から、それを取り返すことができるかどうかはそなたの命次第だ。自分のものにするように努めるがいい、そなたの死の日々から救い出すべくとっておくがいい。死を間近に感じたら、死にこう言うがいい、そこで立ち止まれ、わたしに触れるな、一日を確保している。だから一日分だけ生かしてほしい、ちょっと待てとな。これをそなたが生きている間中、五回にわたって行うことができる。

――もし勝ち取れたなら、わたしにとって幸せな日々になるのでしょうか？

――否、不毛にして悪い巡りあわせの日々となるだろう。しかし不幸でも死よりはましだ。それが死に対してそなたにできるただ一つの処方だ。

　老人はこうした摩訶不思議なことを身振り手振りで語ったが、おかげでその意味をどうにか理解することができた。ときどきそうした数字の帳尻を合わせようとして気もそぞろになったり、上気して話す老人の魔術談義の埋め合わせとして、実利的な事柄を考えたりしながら。老人は弱々しく腕を動かして円を描きつつ、円について多くを語った。話を聞いて納得したのは、この土地では太陽の輪以外の輪というものを見たことがなかったということである。馬も見なければロバもいなかった。去勢牛もいなければ乳牛も見かけなかった。わたしはあまりに異常なことが多いので当惑していた。突然、悲しみに襲われた。これがありきたりのものであったらという思いに駆られた。わたし以上にありきたりなものはなかった、こうした夢幻的な話の余韻にどっぷり浸かった自分以上に。

――わたしはいったい何者ですか？

　老人ははじめて微笑んで答えた。

――兄弟よ、わしらが何者かだって？　三人兄弟のうちの二人よ、黒の神は創造の焚火のなかで死んだ。黒くて醜い姿は生贄となったことで埋め合わされた。彼は燃えるような白い光として再生した。そなたとわしが生き残ったが、二人とも火のなかに身を投ずる勇気は持ち合わせなかった。わしらが怯懦《きょうだ》の埋め合わせとして課せられたのは、命と記憶をしっかり保持するという辛い義務だ。そなたとわしに。わしは赤の神、そなたは白の神。

――わたしが……と呟いた。わたしが……。

――そなたは女神の背中と鼻と髪の毛の上で生きてきたのだ、生きることを教えながらな。そなたは種を植え、刈り取り、布を織り、絵を描き、細工を施し、そして教え導いた〔コルテスは人々に善をもたらす白い神ケツァルコアトルの再来とみなされた〕。そなたは神々がわれらに与えた命に対する埋め合わせとして、労働と愛があれば足りると言った。神々はそなたのことを嘲笑い、火と水を大地に降り注いだ。太陽が滅びるごとに、そなたは海のほうに泣きながら逃げ出した。太陽が蘇るごとに、そなたは命を称えるために戻ってきた。ありがとう、兄弟。そなたはあらゆる生命が生まれる東から戻ってきた。わしらの兄弟である黒の神が旅から戻ってくるのは難しかろう、彼が日中には燦々と輝き、夜になれば西の奥深くに沈み、冥界の黒い川を歩きまわるとするなら、酩酊と忘却の悪魔どもに取り囲まれてしまうのだ。というのも地獄はあらゆるものの記憶を呑みこんでしまう動物の王国だからだ。彼がわしといっしょになるのはそなたよりも遅くなるだろう、なぜなら日中は命を与えて死を要求するが、夜になると死を恐れ、命を求めるからだ。そなたはもうひとりの創造の神なのだ、白いわが兄弟よ、そなたは死を退け、生命を称えるのだ。

――だとすると、あなたは？

――わしは記憶する人間だ。それがわしの使命なのだ。運命の書を守っておる。生と死の間には記憶をおいて他の運命などない。記憶というのは世界の運命を織り込んでいる。人間どもは滅びる。太陽はつぎつぎと生まれ変わる。都市は滅亡する。権力は次々と入れ替わる。王たちは火や嵐、雑草の怒りにふれて見捨てられた宮殿の朽ちた石とともに地に埋もれてゆく。一時代が終わり、別の時代が始まる。ただ一つ、記憶によってのみ滅びたものが命を保つのだということを、死すべき者たちは知っている。記憶が消えたときこそ世界が真に滅びるときだ。われらの兄弟は黒い死であり、そなたは白い生であり、わしは赤い記憶だ。

――あなたが期待しているように三人がいっしょになれば？

――生命、死、記憶。それが唯一の存在だ。食べ物とひもじさを交互に与えて、わしらをずっと支配してきたあの無慈悲な女神の上に立つ者たち、それがそなたとわしと彼だ。わしらすべてがその存在を負うとはいいながら、命と死と記憶をわしらから奪おうとする地母神の王国の後、王となる最初の人間たちはわしらだ。

老人は長い間、悲しみのこもった、密林のごとく黒く腐った目で、神殿のごとく堅固で彫の入った目で、金のごとく輝く宝石の目でわたしを見つめた。わたしのハサミを見せてそれを動かした。それをもらったことを感謝した。わたしはハサミを与えた。その代わりに金を得た。わたしは労働を提供した。彼からは記憶をもらった。

老人の目は容赦ない光を放っていた。それは母なる女神の目がそうであったのと同様、いかにも惨い光であった。ついにわたしにこう聞いてきた。

——そなたはわしらに何をくれるつもりだ？

ああセニョール、こうしてお話してはいるが、後でここで聞いたこと、まだ話していないので分からないことを含めて理解されたかどうかを言ってください。わたしが不運によって投げ込まれた世界についての真実を理解したかどうかを。わたしがこれから言わねばならないことは、その真実の信憑性をより高めるものだ、つまりこの地ではすべてが生と死、死と生との交換であり、眼差しとか物品、存在、記憶などの絶えざる交換だった。そうする目的は、予想される瞋恚《しんい》をなだめ、次なる脅威を先延ばしし、他のものを救うべくあるものを犠牲にし、存在するものすべてに対する負い目を感じ、絶えざる再生的な崇敬に生死を捧げるためだった。老人から聞いた話はすべて、わたしにはおとぎ話か伝説のように思えた。しまいにはそうした言葉のせいで、おとぎ話の立役者、伝説の囚人になってしまった。

——そなたはわしらに何をくれるつもりだ？

老人がわたしに求めたのは、彼にとっては自明でも、わたしには全く不明だったこと、つまり彼の言葉に勝るような新たな奉献によって、われらの同盟を新たにすることだった。けだし彼の言葉はわたしの命よりも、ずっと勝っていたからである。わたしが長らえたのは老人のおかげだった。このわたしが何を差し出しえただろうか？　哀れなわたしよ、老人は天空と神々について語った。わたしはありふれたことを考えて、自分の身を守った。この土地には車輪もなければ運搬用の動物もいなかった。いまだに持っていた唯一のものすら目にしたことがなかった。わたしは手を胸に持って行った。そこで船乗りが着るゆったりした服の、つぎはぎだらけのポケットに、ペドロとわたしが冗談を交わしながら船上で互いに髪を切り合うときに用いた小さな鏡を探り当て、取り出した。老人はいぶかしげに見ていた。わたしは恭しく敬意を払って、鏡を彼の目の前に近づけた。老人は差し出した鏡を覗き込んだ。

わたしはあれほど恐ろしい顔つきをついぞ見たことはなかったし、今後も二度と見ることはないだろう。彼はどぎまぎしてあらぬ方を見たが、あたかも奥深い疲弊した眼窩から、黒ずんだ黄色っぽい眼球が今にも飛び出すのではないかと思われた。恐怖の両目には一瞬、あらゆる太陽の死、あらゆる肉体の焼失、あらゆる宮殿の破壊、

料金受取人払郵便

小石川局承認

5361

差出有効期間
平成29年9月
24日まで
（切手不要）

郵　便　は　が　き

112-879

08

東京都文京区小石川2-10-

水　声　社　行

御氏名（ふりがな）	性別 男・女	年齢 才
御住所（郵便番号）		
御職業	御専攻	
御購読の新聞・雑誌等		
御買上書店名	書店	県 市 区

読　者　カ　ー　ド

度は小社刊行書籍をお買い求めいただきありがとうございました。この読者カードは、小社
行の関係書籍のご案内等の資料として活用させていただきますので、よろしくお願い致します。

お求めの本のタイトル

お求めの動機

新聞・雑誌等の広告をみて（掲載紙誌名　　　　　　　　　　　　　）
書評を読んで（掲載紙誌名　　　　　　　　　　　　　）
書店で実物をみて　　　　　4. 人にすすめられて
ダイレクトメールを読んで　　　　　6. その他（　　　　　　　　）

本書についてのご感想（内容、造本等）、今後の小社刊行物についての
ご希望、編集部へのご意見、その他

小社の本はお近くの書店でご注文下さい。お近くに書店がない場合は、以
下の要領で直接小社にお申し込み下さい。

◎

直接購入は前金制です。電話かFaxで在庫の有無と荷造送料をご確認
の上、本の定価と送料の合計額を郵便振替で小社にお送り下さい。ご注
文の本は振替到着から一週間前後でお客様のお手元にお届けします。

TEL：03（3818）6040　FAX：03（3818）2437

あらゆる飢餓の嘆声、あらゆる密林の災厄が一挙に押し寄せていた。認知しうるあらゆる苦悶の相であった。老人の顔の皺は顔を食らい尽くす蠢くミミズと化し、すさまじいしかめ面となっていた。斑になった頭骨の白い毛髪は、恐怖で逆立ち、あたかも溺れたときのように、息絶えだえとなって、粘液を含んで筋肉の緩んだ口を開けた。下顎の黒い網状組織のところに涎をだらりと垂らし、白豚のようなまばらな顎鬚を汚したのだ。老人は欠けた歯と血色のいい歯茎をわたしに見せ、今にも叫び声を上げようとするかのように、節くれだった指を毛深い喉元にもってくると、すっくと立ち上がった。駕籠がその動きによって落下し、真珠と綿の毛玉とハサミが地面に転がった。老人は大声を上げ、余りの大きさからセミの鳴き声も、密森からずっとわれらに付いてきたオオムの鳴き声も圧倒してしまった。

周りを引き裂くような声で叫んだ老人は卒倒し、神殿の細工の施された、埃っぽい寝室の地面に頭をたたきつけた。

わたしは自分たちの頭上で驚いたハゲタカが空を舞う音と、若い戦士らが声を上げ、急いでやってくる足音を耳にした。

連中は神殿の寝室に入ってきた。わたしのほうを見た。そのあと目をかっと見開いてわれらを見つめたまま絶命して横たわる老人の姿を見た。

わたしは手に鏡をもって老人の傍らで跪いていた。同様に戦士のうちのひとりが老人のそばで跪き、頭をやさしく撫でた。そしてこう言った。

――若き領袖よ……創立者たる若者よ……最初の人間よ……。

貢物

新世界の浜辺に足を踏み入れた際に殺したウミガメのごとく、稚拙さと微睡に満ちたわたしの想いを支配していたのがウミガメである。それに対し、ぶるぶる震える野ウサギは、戦士たちの想像力を支配しているかに見えた。彼らは死んだ老人の傍らで鏡を手にして跪いているわたしの姿を見て、悲しみに暮れる間もなく、とてつもなく狼狽していた。わたしは感覚がマヒし、悲しみと驚愕とのはざまで、あの謎めいた言葉の真意を量り損ねていた。

――若き領袖よ……創立者たる若者よ……最初の人間よ……。

その謎を解くには時間がかかると内心で思った。神託の意味を探る別の巡礼についての思い出が、わずかな記憶に閉じ込められた一陣の風のごとく去来し、わたしは海の泡を飲み、オリーブの木の香りをかいだ。それは別の時、別の空間だった。謎がすさまじい恐怖心によって息を止められてしまったこの場所とは別の空間。戦士たちはわたしが彼らの博覧強記の王にして、神でもあった父なる老人を殺したのだと見ていた。正当な報いとしてわたしを殺そうと構えていた。

どうして殺さなかったのか？　このことも計り知れなかった。すべてが騒然としており、わたしは雑然たる動きと相対立する光彩の渦巻きのなかに巻き込まれてしまった。戦士らは興奮気味に早口で話していて、何を言っているのか理解できなかった。わたしは命の危険を切実に感じた。わたしにとって、ただひとつ確かだったのは、犯罪の立役者がわたしであったこと、そのことで戦士らの見方が一致して、いきり立っているのだということだった。目も耳も利かぬ状態に置かれたわたしは死を覚悟した。唯一理解できたのは、何度も繰り返される、呟くような、また怒鳴るような言葉だった。

——トカゲ……トカゲ……。

戦士はみな宝物の詰まった部屋の壁を指さした。黒く湿った、水滴のしたたる壁をちょろちょろ走る数多くのトカゲのほうを示した。トカゲはあるときは石の姿をとってカモフラージュし、別のときはきらきらと光って、姿をくらませる金の輝きを受けてその身をさらけだした。そのときみなが一斉にわたしの腕と脚と頭を捕らえ、宙吊りにして持ち上げた。わたしは漠然と、もうこれでおしまいだと観念した。

セニョール、実際に起きたのは死に近いことだった。連中はわたしを老人のいた駕籠に押しこめ、膝を下顎のところまで屈ませ、身体いっぱいに真珠をばら撒いた、わたしは灰色がかった真珠層が、無知と恐怖で熱をもった皮膚に触れて、蘇ってくるような気分を味わった。何人かがわたしを起き上がらせた。老人の遺体もまた起こされ、われらはこの洞窟から出されて、急勾配の神殿の階段に向かった。

わたしは次々にかけめぐる素早い印象を、その時々の墓場から救い出そうと努めている。わたしは駕籠のなかで捕らわれ、戦士たちの腕のなかで身動きできなくなってしまった。老人の遺体はピラミッドの頂上まで、俯いた格好で足を引きずられて運ばれた。引き上げられたとき、見開いた目が何かを説明しようとでもするかのようにわたしを見た。最上段の台座のところまで来たとき、遺体がそこに放置されると、ハゲタカがすぐさま降下して襲ってきた。記憶に新しい老人の遺体は、すでに猛禽によって引き裂かれ、啄《ついば》まれている他の死者たちの腐肉といっしょになって見分けがつかなくなった。

わたしはそのとき下の方、鄙びた神殿の足元の方に目を移した。そこで目にしたのは密林の部落に住む多くの女、老人、子供たちであった。みな一様に黙りこくって突っ立っていた。血を流しているように見えたのは、髪の毛や顔からどくどくと赤い液体が滴れ落ちていたからである。血と同じ赤い色に染まった足もとには、石や弓矢、盾などがあった。全員が下からわたしを見上げていた。わたしは戦士たちのせわしない動きに目を奪われつつ見ると、密林全体は赤色で染まっているかのように見えた。彼らは宝物部屋から真珠と金粒の詰まった籠を運び出すと、ピラミッドの泥まみれの石段の上に据え、籠でもってわたしのぐるりを囲んだ。わたしの手にはハサミが置かれた。わたしは犯罪の武器たる鏡を手放すことはなかった。わたしの十字架にしてわたしの世界。浜辺の戦士は黒い羽根を腰にまとった。それは人と対峙するときの儀礼の印であった。

わたしは待った。神殿の頂上で老人の遺骸は食らい尽くされた。ハゲタカの祝宴。トカゲたちの目にもとまらぬ素早い動き。ピラミッドの足元に黙ったまま身じろぎもせず蝟集した、赤を塗りたくった土着民たち。女や老人、子供たちの足元に山と積まれた赤っぽい色をしたさまざまなもの。わたしはくず真珠がいっぱい詰まった駕籠のなかにいた、真珠と金のはいった駕籠に囲まれつつ。わたしは待った。

そのとき密林のありとあらゆる蝶が舞いあがった。枝葉の間から飛び立ち、頂上でせっせと死肉を啄むハゲタカの頭上を舞っていた。わたしは笛の音を聞いたのだ、セニョール、鈴の音と太鼓の音、密林をゆく人の足音を。そして目にした、繁みの間をゆっくりと堂々とした面持ちで、丸くずんぐりとした体つきの青と深紅と黄緑色の鳥が飛んでくるのを。それはまるで海の上を飛ぶように、植物の緑の繁みの上を進んでくるように見えた。

葉の茂みがわきにそれ、紫色の縁かがりのついた白いマントの男が現れた。頭には長く豪華な冠毛のある鳥がとまっていた。彼の後には楽器をもった者、羽根扇とか巻物を腕に抱えた者、また革盾をもった者、トラやワシの仮面を被った者、先に鋭い石刃のある槍をもった者、赤で彩色された弓矢をもった者、背中にシカ皮で覆われた籠や荷物を背負った、褌《ふんどし》だけの者たちがつき従っていた。行列の最後にはこうした者とは別の人間たち、葦で織られた輿を肩に背負った裸の男たちがいた。輿は四つの側面を図柄のついたシカ皮によって覆われていた。そこには頭に飾りとして羽根飾りと重厚なメダルと純銀の切れ端をつけた蛇の黄色い頭が、浮き立つように描かれていた。

わたしは切に願った。わが身がこのようなかたちで敵に取り囲まれ、敵と相対しているからには、わたしの鏡を覗き込んで亡くなった老人の記憶が、かっと見開いたあの老人の目から逃げ去り、鏡を通してわたしの目に入り込んでくることを。というのも今やわたしが老人のいた場所を占めていたからだ。わたしは何ひとつ理解もしなければ、知りもせず、予見することも想像することもできなかった。彼の地位を占めていただけだ。記憶を司っていた主人の地位を、何の記憶もないままに。わたしはある儀式の囚われ人だった。中心にはいたのだが、儀式における役割を知らなかったのだ。わたしはあの老人以上の老人であるかのように、またあの老人以上の死者であるように感じた。駕籠と真珠と手中の鏡に囚われた存在として……わたしはひとつのことを切望したと申し上げている、老人の最後の眼差しが、わたしが駕籠のなかの囚人であるのと同様、わたしの鏡に囚われたものとなってほしいと。わたしはこれほど多くの神秘の中にあって自らの存在をしっかり確認したいと願った。そこで自分の鏡を恐るおそる顔に近づけてみた。老人とわたしの間で素早く交わしあった眼差しのなかで魔術的に取り込まれた、老いさらばえた自分の姿をそこに見るのではないかと。もしわたしが鏡のなかに老人の顔を見たとするならば、あのとき老人が見たのは青年の顔であり、恐怖から亡くなったということになる。わたしは自分の顔を見た。まさにその時であった、鏡面に本来の自分の若い顔立ちを見て取ったとき、老人は自分の老いた顔立ちを知らなかったのだと悟ったのである。わたしが見ていたのと同じ老いた顔立ちを見たのだ、しかし自分でも想像できないほど老いさらばえた顔立ちを。

戦士たちは金と真珠の詰まった駕籠を担いで石段を下りてきた。それを冠毛の男に手渡すと、男はそれを検分した。そのあと羽根扇を携えた男たちが駕籠のなかに入っているものを丹念に数え、巻物をもった男たちに言葉をかけた。彼らは巻物のなかに、先端が赤く塗られた小さな鋭くとがった棒で印を描いていた。すると余所からきた荷運び人が自分たちの荷物のところに、密林の民の金と真珠の駕籠のいくつかを加えた。腰に羽根をつけた若い戦士はすべて順調かどうかを尋ねた。冠毛の男は順調そのものだと答えた。冠毛の男というのが、表現をわたしなりに翻訳すれば、語る主人、声の首領であり、密林の民からなされた貢物に満足することで、彼らを庇護し続けることとなったのである。冠毛の男は絶えず扇をあおいでいる者のうちのひとりに合図を送ると、彼は若い戦士に赤っぽいトウモロコシ何本かとたくさんの綿の毛玉を手渡した。戦士は平伏すると冠毛の男のサンダルに口づけした。わたしはこのようにして金と真珠の、パンと綿花との交換が滞りなく行われるのだと考えた。この地の浜辺と川の宝物が、こうした交換のために役だっているということも。また老人が守り神であって協定の履行者だったということも。黒い羽根を腰につけた戦士が、冠毛の主人に宝物を交換してくれたことを感謝したとき、わたしはそのことを理解した。

――赤い穀粒と白い綿花をわれらに賜る山の神々に感謝しよう。

戦士は冠毛の男が腕組みをして話し続けるのを待っている間に、悲しみにみちた様子で黙りこくっていた。わたしは自分の駕籠のなかに身をひそめ、貢物の交換儀式のことを推し量っていた。川と密林から来た男たちは、パンと布を受け取る代わりに金と真珠を差し出した。ならば冠毛の男はトウモロコシと綿花の代わりに何を期待していたのだろうか？　黒羽毛の戦士は再び次のように話した。

――ここに集まったわれらの父母や妻や子供たちを、貴方の庇護を受ける代わりに差し出します。

わたしはくらくらしつつも再び視力を取り戻した。老人や女子供らは丹念に集めてきた赤鉄鉱でもって体の彩色を行っていた。冠毛の男が人数を数え、書記に言葉をかけ、その人数で問題ない、トカゲの日の怒りはこれで収まるだろうと言った。トカゲの日には大地の女神の渇きが癒されないかぎり世の森羅万象が血を流すこととなり、人間の血を大地にまき散らすまで大地は辛い寒さに苦しむこととなるのだ。そのとき老人、女子供は冠毛の男につき従う戦士らに取り囲まれた。彼が言うには、トカゲの日が再び嵐の最終日と一致し、万物創造の美しき沼沢の女神が休息を見出す際に、彼らは戻ってくるのである。そのとき浜辺で採取された真珠と金はこの女神に捧げられることとなる。また彼は同様にこれらの宝物をしっかり守って、その日に彼らの生命を捧げるように命じた。そうすれば綿の毛玉と赤い穀粒という果実を永遠に手に入れることができるからだ。

――さて、これから……と冠毛の男は最後に言った、そなたの族長に挨拶させてもらおうか。

皆が一斉に道を開けると、冠毛の男は駕籠のなかにうずくまっていたわたしのいる場所に威風堂々と上がってきた。彼は笛や鈴、太鼓の伴奏で歌を歌いながら、常に遠くにある太陽のほう、ピラミッドの頂上にある天空墓地の彼方を見つめながら上った。周りの密林は静まり返り、蝶が乱舞していた。

わたしのところにやってくると、じっとわたしを見つめるだけだった。わたしは彼の灰色がかった顔を見た。彼はわたしの青白い顔つきを見た。いつもの老人に会えると期待していた。ところがそこにいたのはわたしだった。彼の顔つきが変わった。重厚で堂々とした風貌が消え去り、最初は驚きの表情だったのがすぐに恐怖の表情に変わった。わたしは自分を何にもまして当惑させた言葉を繰り返すしかなかった。

――最初の人間……。

冠毛の男はあらゆる権威を失墜し、わたしに背を向けると泥に覆われた階段を走って下りて行った。途中で足を滑らせ転倒すると、冠毛が神殿の土台部分まで転がり落ちていった。悲鳴をあげて立ち上がると、密林の民の戦士、山岳の戦士、羽根扇の男ら、巻物の男ら、荷担ぎ人夫、囚人などすべての者たちをその場から遠ざけた。そして銀と革と蛇で身を固めた駕籠かきのところにやってくると、その傍らに跪き、血走った目でたえずわたしのほうに目をやりながら、低い声で話した。着ていた革衣の隙間から現れたのは、黒く彩色したいかにも長い爪をもった肉桂色の手で、手首のところで重々しい腕輪が触れ合って音を立てていた。

冠毛の男は手で合図をし、そそくさと立ち上がると、甲高い声でさまざまな命令を発した。荷担ぎ人夫らは金と真珠のはいった籠をピラミッドの台座のところに戻し、戦士らは密林の民の囚人をいかにも大げさな身振りで解放し、羽根扇の男らはトウモロコシの穂と毛玉を急いで拾い集めた。また山岳地帯からやってきた者たちはみんな、素早く身を隠すトカゲのごとく密林に姿を消した。

セニョール、もう一度、川のそばの部落にいるわたしの姿をご覧あれ。わたしは鏡とハサミを手に、駕籠のなかに入れられている。これはここにやってきたときと同じ持ち物で、持たされるのがこれだけですめばよかったのだが。でもそうとはならなかった。わたしは震える身体とともに命を温め、死にかけている真珠に命を与えるのだ。わたしの家は死んだ老人の家だ。葦を組み立て枝葉で葺いた華奢な家である。わたしの四面を壁として取り囲むのはシカ皮だ。これだけがわたしの隔離された世界だが、原住民が甲高い声をあげ、不満げに歌い、議論し、焚火をするときのさまざまな雑音が耳に入らないわけではない。

この夜、枝葉の間からは天空の黒いつづれ織りが見えたので星を数え、どこに何座があるといったことも分かった。わたしはこうした星との対話に慣れ親しむ必要を感じた。というのも今後は、遠くに冷たく煌めく星しか友はないだろうからだ。老人が鏡に己の姿を見たように、わたしは明けの明星と宵の明星を見ることとしよう、あの二重星のごとき麗しき金星ウェヌスを。彼女は完全なる不動へのわが旅立ちのよき導き手となるだろう。わたしの暦として。

戦士らは囚われたわたしの周りを取り囲んだ。わたしはこれがいかにも他に例をみないアイロニーだということを、何度も繰り返し考えている。記憶をもたぬわたしが記憶を支配する人間の地位に就いているとは。わたしは海から辿りついたよそ者であって、かつ創始者なのだ。裸一貫で何も持たないにもかかわらず、若き首領なのだ。最後の人間でありながら、最初の人間なのだ。

星を眺めるのに飽きると眠りに就く。昼間は空を眺めることはない、それは太陽がわたしの白い睫と青白い瞼、金色の顎鬚を焼くからだ。昼間に見るのは鏡だ。自分の顔の皺や白髪、赤い歯茎、欠けた歯などを数え始める。このように老いさらばえて、かつて鏡でもって殺した老人のような老人になるのを、駕籠のなかに入れられてただ待つだけなのか？

今度は自分の鏡によって殺されるのかもしれない。わが運命は即座に変化する像のなかで、老いさらばえるのをじっと座視するだけなのかもしれない。

炎の神殿

恐怖の王国とは心臓のことである。月、太陽、日々、星たちよ、わたしを見守りたまえ。水時計、砂時計、時間の書、石の暦、潮汐、嵐よ、わたしを見捨てることなかれ。時間にわたしを結びつけてくれ。乾いた煙、叫び声、泣き叫び、不平、沈黙。こうした靄とざわめきを覆っているものが、わたしの周りの世界であるのか、それとも自分自身の心臓なのかわたしには分かるよしもない。わたしは恐怖の道をたどって沈黙の王国に入っていく。金星ウェヌスの日々を数えることはできなくなった。ただ唯一、この異郷の地におけるわが運命の日々は、神殿で老人が指し示した数字でしかありえないということを、何度も心のなかで繰り返している。太陽の日々から盗みとられたのがわたしの運命の日々だ。仮面の日々とは、まさにわが運命の日々から盗みとられたものだ。わたしは自分が死ぬ時点で取り戻すべき、自分の悪運から盗みとるべきその不毛な五日間を、どのようにして知ることができようか？　どういったしるしが見え、どういった声が聞こえるのか？　ああ、その時からどれほどの時間が経ったのか？　いったいわたしは何歳になっているのか？

　沈黙がわたしの周りで深まった。恐怖に囚われた心から沈黙を追い出し、それを密林の民のなかに据えた。

セニョール、わたしは余計なことは考えず、心を集中してこの村の空気のなかで何が起きているのか耳を皿のようにして聞き耳を立てたが、それも無駄であった。この地の土着民とかつて共にした生活のざわめきを聞こうとしたのだが、それも無駄であった。地面を歩く足音も、枝葉のなかを蠢く手の動きも、子供の泣き声も、老人の歌と、戦士たちの話し声も、女たちのぼやき声もなにひとつ聞こえなかった。

　わたしは考えた、みんなどこか新しい土地に行ってしまったのではないかと。しかし川から山へ、山から川へ、川から新しい土地へと経巡っていく理由が見当たらない。ゴザや役にも立たぬ宝物のはいった籠、カヌーや棍棒、貴重なトウモロコシの穂、寝台や服を織るのに用いる綿花の毛玉などを背負ってゆく理由が。ひょっとしてわたしのせいで、パンにも布にも事欠いているのではないか。雨で濡れることのなかったわずかな枝以上の宝物などないのかもしれない。わたしは厄病神なのだ。連中に対し何も与えなかった。すべてを奪ってしまった。

　わたしは想像した、ここでわたしは見捨てられたのではないかと。飢えと雨と蚊と川の増水のなかに捨て置かれたのではないかと。血を流し、溺れ、飢えて死ぬこととなるのではないか？　どうして見捨てられたのかと自問すると、恐れられたからだとしか答えようがない。ではなぜわたしを恐れたのだろうか？　わたしが連中に悪運をもたらし、博覧強記の彼らの父を殺し、思い出を奪ってしまったからなのか？　子供に還ってしまうからなのか？　否、違う、人生において方向を見出せぬ小動物になるのが関の山かも。わたしは厄病神なのだ。わたしのせいで、連中は真珠と金の代わりに受け取るべきものを失ったのだ。そこで役立たずの宝物のなかにわたしを置き去りにしたのだ。連中はまさに綿花とトウモロコシの土地を求めて逃げ出したのだ。

わたしは見捨てられた。それは連中がこう思ったからに違いない、ここから一度も動くことなく、民の手から食事や水を受け取っていた、かの死んだ老人の枝葉葺きの家の下、駕籠のなかに入れられたわたしが、前任者と同様、動かぬまま彼らにすがっていくのだと。わが心中に再び蘇えったのは、生き延びることと冒険に対する燃えるような欲求であった。わたしは内心でこれら二つのことは、いつの日だったか、もう千年前にもなろうか、後に残してきたあの世界では対立したり別物だったりしたが、それとは違って、この地ではいつも一体化しているのだと思った。あの世界では両者の間の均り合いなどしょせん諦めねばならないし、生き延びるにしても計算づくで、冒険をするにも危険が伴った。ところがこの世界では、死ぬことを諦めの境地で慫慂《しょうよう》として受け入れている。ピラミッドの下に陣取っていた、体に赤の彩色を施した老人たちや女子供たちの顔立ちにもそうした境地を見て取れたのだ。山の支配者と呼ばれる者たち、および大いなる声の支配者に対し捧げられる囚人らも同様であった。

生き残ることはひとつの冒険である。わたしはその冒険を犯した。枝で編まれた牢獄から逃れ出ようとして狭い駕籠のなかで体を動かした。駕籠が落ちるまで自分の体を勢いよく振り子のように揺り動かした。わたしは駕籠のなかに入ったまま地面に落下し、真珠層と毛玉をばら撒いてしまった。這いつくばって外に出た。立ち上がり、ベルトに鏡とハサミを仕舞い込んだ。勇気を出してシカ皮のカーテンを開けて見た。

焚火はすでに燃え尽きて、灰からわずかばかりの煙を出していた。そこに生活らしき痕跡は他に何もなかった。村のすべての住人が灰の墓場に横たわっていた。火打ち石の投槍で刺し抜かれた子供たち、石ナイフで内臓を抉られた女たち、戦士の槍で貫かれた老人たち。戦士たち自身も槍を受けて盾の上に横たわっていた。ゴザもカヌーも凍てついた灰となっていた。木の枝からは黒い羽根のベルトで縊死した若い戦士がぶら下がっていた。わたしがかつてこの放浪の民の首領ではないかと見まちがった男である。

夜がやってきた。わたしは木々の樹冠にとまったコンドルの軍団を想像した。自分の翼を頭巾にして折りたたみ、ここで生贄にされた人々に食らいつくべく、降下しようと虎視眈々として日の出を待っているコンドルを。わたしは自分の心臓が恐怖のとりことなっている間に、人々は山岳地帯の男たちや、冠毛の男、羽根扇の連中、戦士たち、荷担ぎ人夫たちを前に、同じように恐怖に震えていたのだと考えた。これらの男たちは協定を破ったことを恨んで、こうしたかたちの復讐に出たのである。わたしはこれらの戦士らの不動の影と、天を舞う貪欲そうなハゲタカの姿を見定めようとして、密林のほうや丘のほう、そして最後に夜の地平のかなたに見える炎の輝きのほうに目を向けた。

わたしは燃えて使えなくなってはいても、今見ているカヌーのうちのひとつに乗っていくしか、海に戻る方法が思いつかなかった。海に戻ること。それがそのとき思いついた唯一のことだった。山岳地帯の男たちはどうして、密林の男たちから真珠の貢物を要求したのだろうか。なぜ彼らは直接、海に赴いて思うがまま、海からの賜物をせしめようとしないのだろうか。

わたしには答えが見いだせなかった。しかし証拠はしっかりと見た。この部落の住民すべてが亡くなっていた。生贄の介添え人どもがカヌーさえもすべて破壊したのだ。わたしは思った、人々を殺戮した連中は、わたしのみならず、亡霊が逃げ出すことすら妨げようとしたに違いない。わたしには密林から海に出る道を切り拓くすべはなかろう。たとえいったん海岸に辿りついたとしても、しょせんそこで目にするのはいままで見てきたものと同じだろう、つまり死体、ハゲタカ、ペドロの骸骨、新世界における彼のしがない住いの焼け跡、砂浜に打ち寄せた瀕死の宝物など。

わたしは密林の火が神殿のある方向から出ていることに気づいた。神殿において初めて土地の秘密が何なのかわかるようになった。自分はそこに戻る必要があると感じた。もし自分の運命が偶像神として不動のまま死ぬことにあるとするなら、密林のど真ん中に捕らわれたピラミッド以上にふさわしい場所はない。運命によってそう命じられているならば、再びそうした存在となるよりしかたあるまい。

老人の後継者――密林の内部にどんどん進んで行く間も、このことを何度も心に刻んだ。そのときわたしは、初めてピラミッドへの道を辿ったときに隊列の通行を容易にしたカヌーや宝物やゴザなど、重たいものから解放され身軽になって、夜の輝きに導かれて進んでいったのだ。生贄に捧げられた不毛で人を寄せ付けない土地においては、老人との関係しか受け継ぐものはないと、何度も自分に繰り返した。つまり老人がわたしに言ったこと、わたしに言いそこなったこと、老人の死体が神殿の頂上に引きずり上げられた際に、かっと見開いた死んだ目がわたしに語りかけようとしたこと。

わたしは山々の麓の野原にある、広く深い井戸の近くで眠った。夢のなかに新たな疑問が湧きあがった。山岳地帯の男たちが川沿いの部落の住民を皆殺しにしたのに、どうしてわたしの命を奪わなかったのか？　いつものように夢のなかに、目の前で飛ぶ黒クモが現れた。わたしは恐れおののき、傍で眠っていた井戸のなかに落ちこんでしまった。それはおそろしく深い底なし井戸だった。落ちたとき石灰岩の壁につよくぶつかって死ぬか、さもなければ深い底にたまった水に溺れて死んでいたかもしれない。落ちたとき高みにクモの光り輝く姿が目に入った。クモはわたしのほうへ一本の糸を下ろした。わたしはそれを摑んだ。頑丈な糸であったおかげで井戸の外に出ることができた。わたしは息づまるような声を上げて悪夢から目覚めた。握った拳にはクモの糸があった。

震えつつも立ち上がったわたしは、クモの糸に導かれるように、夜のしじまに身を投じた。何も見る必要はなかった。森の丘陵でますます近づいてくる火炎すら。枝葉が顔を打ち、足はシダを踏みつぶした。足早に手探りで前に進んだ、蛇のヒューヒューいう鳴き声も耳に入らず、汗びっしょりになって喘ぐように、クモの糸が導いていこうとするところまで急いだ。すべてが燃えていた。真夜中にすべてが火事によってあかあかと照らし出されていた。神殿は石とツタと彫られた蛇と生贄のトカゲからなる、高々とそびえる松明と化していた。わたしは糸の末端に辿りついた。わたしを待っていたのがクモだったのを知ったとき目を疑った。クモはわたしを見ると、火事の光彩と陰影を宿して震える葉の茂みのなかに潜り込んで身を隠した。わたしは目を上げた。クモの代わりにそこにいたのは、手に糸の端を摑んでいるひとりの女だった。

女と申し上げたが、セニョール、それは貴方様と同伴の方々に分かってもらおうと思ったからだ。目眩みするような美しく恐ろしい姿が出現したのを女と呼んだのだ、宝石を全面にちりばめた生綿の衣服をまとった姿の美しさと、美しいとはいえ、頬に嵌め込まれたかのように交差して走る二本の宝石の列の恐ろしさ。女の鼻を彩る三日月の恐ろしさ。美しさと恐怖が同居した彩色を施した色で描かれた口のすさまじさ。すべすべとした輝くような手足の黒さだけが美しく見えた。髪型は蝶の冠であった。しかし蝶の模造品でもなければ、金属や石やガラスでできているわけでもなかった。死んだ蝶の羽根でもなかった。冠は黒、青、黄、緑、白の生きた蝶そのものだった。それらはわたしが女と呼ぶその人間の頭上を、髪を編むかのように飛んでいたのである。彼女はたしかにそうした姿だった。わたしが描いてみせたそうした在り様のすべてが、まるで空想的で絵に描いたような、生気のない石像に見えたとしたら、一方、眼差しのほうは活きいきとしていて、目の命そのものをわたしに向けていたからだ。女の後ろでは神殿が燃えていた。

女は腕をわたしのほうに差し向けた。重々しい腕輪がじゃらじゃらと鳴った。先日、同じ場所で駕籠のシカ皮のカーテンの間に覗き見た黒い爪が伸びてきて、わたしを探し求め、呼び寄せようとしていた。その誘いをどうして退けられただろうか、セニョール。彼女のほうへ、彼女の胸元へ、クモの糸の末端を彼女のそれに合わせるべく、ダイヤのような輝く宝石をあしらった生綿のマントの襞のなかに飛び込んで行かざるをえなかった。

わたしが汗まみれの服と暑さで濡れた身体を彼女の身体に接触させたとき、すぐにマントの下は一糸まとわぬ裸体であることに気づいた。わたしは唇を奪われていたので、その身体を見ることはかなわなかった。わたしに差し出す口唇の周りで、留まったり沈みこんだり、波打ったりする鮮やかな色の蛇たちをしり目に、自分の身体に密着させた彼女の肉体を想像した。わたしの身体は背後で火炎に包まれる神殿と同様に燃え上がった。黒い乳房の乳首のことを想像しようと努めた。わが導き手にして、華麗なる双子の妹、黒い星たる黒い金星ウェヌスの恥丘の黒い密林のことを。

女は重い腕輪をはめていたがいとも容易に、わたしのズボンとパンツをはぎ取った。わたしは全裸にされた。美しくも恐ろしい身体に密着してわたしは怒張していた。

腕を腰に回して抱きすくめると、女もまたわたしの下腹部と胸と腰と臀部をまさぐった。その手はついにわたしの性器の周りを蝶のごとく舞い、それを捕らえ、刺激し、重みを量り、長さを確かめ、硬直させた。女は蝶のようにやすやすとわたしの上に飛び乗ると、開いた脚を持ち上げ気味にしてわたしをそのなかに導いた。セニョール、わたしはウェヌスの船に身を委ねたのだ。目も見えず、耳も聞こえず、臭いもしなければ声も出せない、わたしは純然たる触覚だけに身も心も委ねてしまった。深く重厚で、脈打つような触覚は夜と密林の生温かな壁とぶつかり砕けてしまった。というのもわたしが姦淫していた相手は夜の闇と森の繁みだったからである。わたしを取り囲むものすべてとひとつになっていたのだ。上に乗った女の痙攣する洞穴を通して、怖れていたすべてが襲ってきた。飢えと渇き、痛みと死が。あらゆる必要、あらゆる不足がそのとき至福と贈与と褒賞へと化した。わたしはかつて舵輪にしがみ付いていた夜のことを思い出しながら、恋人の背中とうなじと尻をしっかりと摑んでいた。こんなことをしていたら命は持たないと知りつつ。なぜなら命そのものが抱擁の間、役立たずになった両脚と喉と目と耳と口の間から抜け出してしまったからだ。わたしは自分を麻痺させる快楽に身を委ねていた。しかしこうした死に至る感覚から逃れる代わりに、女の肉のなかに消滅していくような感覚に浸るまでつよく女を抱いていたのである。女もまたわたしの肉のなかに消滅していこうとしていた。わたしたちはひとつになった。自らの唾液に捕らえられてしまった一匹のクモ、自らが作った網の目に捕らえられた一匹の獣。それを獣の快楽とでも呼ぶがいい。現前している夢のなかの善悪、囚われた自由。わたしはこの結合から決して離れてはならないと言い聞かせた。この結合を味わうために生まれてきたのだ、たとえそのために命を失うことがあろうとも。実際、わたしの切なる熱望は、触覚以外のあらゆる感覚を失って、肉体の牢獄から抜け出てゆくことだった。炎に包まれた神殿のたもとでわたしを愛した女の腕のなかにあって、わたしが女に化すと同時に女もまたわたしと化すことで、次なるわが消滅の知らせを、風に託して告げることだった。女はわたしそのものだった、セニョール、分かりますか？　ある声が聞こえるとしよう、それが自分のものではあっても、本当はタトゥー入りの女の唇から発せられたものなのだということが分かったのは、あらゆる快楽を与えてくれる、ああした死に至る抱擁のなかでしかなかった。

わたし自身の声を発しながら、蝶の女がわたしに語った言葉というのは次のようなものだった。口を口に重ね、唇を耳の近くに寄せ、首筋と肩と乳首に歯を立て、爪で背中を掻きむしりながらわたしにこう言った。

――火山の道を辿るのよ、そして登るの。導かれるままに、決して後ろを振り向いてはだめ。どこから来たかなんてことは忘れて。この浜辺にそなたを運んできた海のほうに背を向けて。そなたは着いたのです。自分が何者なのか確かめてごらんなさい。そなたがあるがままのそなたであるなら、途中で出くわすあらゆる困難を乗り越えられるでしょう。登るのです、登るのです、頂上まで。踊り場まで。そこでそなたをお待ちします。もう一度わたしに会いたいでしょう？　わたしの言うとおりにして。今日は楽しんだかしら？　今宵のお楽しみなどは、そなたのためにとっておいたものとは比較にならないわ。迷ったりしないで。クモの糸をしっかり辿るのよ、クモはいつでもわたしといっしょよ。これは時間をもたない動物なの。

女はわたしの声の主だったが、彩色を施した唇から漏れ出たのはわたしの声だった。声なき声で問いただすしかできなかった、どうしてそなたは神殿に火を放ったのか。どうして川沿いの部落民を皆殺しにするように命じたのか。わたしが着いたとして、いったいどこに着いたのか。わたしはいったい何者なのか。

女はわたしの声で呟くように言った。

――そなたはわたしたちが再会できるように、二十五日と二十八夜の間、旅をしなければならない。二十日はこの地上におけるそなたの運命の日々であり、五日はそなたの死と似通ったものとなる不毛な日々で、そなたの死からその日々を救い出すために、取っておかねばならない。よく数えなさい。われらの土地ではこれしか残されたチャンスはないだろう。よく数えておくのだ。そなたが光と闇に一回ずつ問いただすことができるのは、この仮装して顔を隠した五日間だけだ。そなたの運命である二十日間は、どんな質問も意味を持たない。なぜならその間に起きることはそなたの記憶に残らないからだ。そなたの運命が忘却そのものだからだ。われらの土地で過ごす最後の日には質問などする必要は何もなくなろう。いずれ分かるはずだ。

そのときだった、セニョール、わたしの視界が曇ってしまったのは。それは視力が戻ってきたせいだった。喉で声が詰まってしまったのは、自分の声が戻ってきたからだ。やけに喉が渇いたのは、味覚が戻ってきたからだ。鼻がいやな臭いを嗅いだのは臭覚が戻ってきたからだ。大きな耳鳴りがしたのは、聴覚が戻ってきたからだ。こうして無くなっていた五感が戻ってきたとき、触覚だけは失せていた。新たな輝き、新たな香り、新たな轟音を感じはしても、蝶をつけた女は消え去ってしまった。数分前までわたしの肉体と一体になっていた女が、今度は密林とひとつになっていたのだ。女は炎や草木などに戻っていった。煙を上げて燃える神殿のなかに入ったのか、靄の立ち込める密林に入って行ったのかは分からないが。姿を消してしまった。

わたしは素早く蝶の冠の幻影を摑もうと手を差し伸べた。ただ虚空を彷徨うだけだった。

わたしは自分が生きていることを実感しつつ、孤独をひしひしと感じた。神殿の黒い壁に寄りかかりながら、神殿に向かって言った。

——もう一度、あの女がほしい。

わたしは裸のまま、火の消えている急な階段を登っていった。頂上に立ち止まって見てみると、周りには火炎に焼かれた死体が転がっていた。残った灰で足を火傷した。しかし灰には気づかなかった。そこは黎明の部屋だった。わたしはウェヌスに愛で湿った自分の肉体を捧げた。早暁の星が円錐形の白い火山を照らし出した。

新世界におけるわが運命の日々はこうして過ぎていった。そのうち覚えているのは五日間だけである。

母と井戸

わたしを導くものは二つあった。遠くの火山と焼け落ちた神殿の麓に女が捨てていったクモの糸である。わたしの二つの武器はハサミと鏡だ。わたしが以前、女の肉に分け入ったように、再び密林に分け入ったとき、伴となってくれるものは多数あった。太陽は輝き、鳥たちが舞っている。繁みのなかに隠れた蝶たちがせわしなく舞っている、わたしの心と同様に。大空を群れをなして騒がしく飛んでいるのはインコだとわかった。あまりにも細かいので体が濡れることのない霧雨が絶えず降っている、花咲き乱れる生温かな密林を彩る主役がハチドリやシャコだということも知った。しっとりとまとわりつく細かな露は、この森にふんだんにある香り豊かな樹木、白のバニラ、斑模様の赤い木、虎斑模様の花、こげ茶の殻など、あちらこちらに見られる樹木に養分を供給していることだけは確かである。光沢のある革のように光り輝き、煙のような臭いを発散する枝葉の、目を見晴らすような光景が果てしなく広がっている。角の短い、つやつやした毛の小鹿が密林には数多く見られる。わたしは呟いた。

——今日は新たな運命の第一日目にちがいない。シカの日と呼ぶことにしよう。

そんなことを考える間もなく、香り高く色鮮やかに見えた花も鳥も果実も露も、その一切が消え去り、いまだかつて見たことのないような鮮やかな虹が目前に現れたのである。シダの森が広がって、軽く指で触れられるほどの道が目の前にできていた。クモの糸が虹の麓に向かって伸びていた。虹は見たこともない小さなクジャクのような、とはいえ見せびらかそうという素振りも見せぬ鳥たちによって守られていた。長い尾と緑の羽根をもった穏やかな美しい鳥だった。

わたしは真珠の浜辺で想像したように、楽園に戻ったのではないかと想像した。しかし経験からして密林のこうした幻影は怪しいものであり用心しなくてはと思い直した。あらゆる場所で人は外見に騙される。地上ではその諺が常に正しい。わたしはこれほどまでに穏やかで美しい自然に囲まれながらも、思いがけぬ恐怖から身を守る心の備えを怠らなかった。しかしほどなくこうした強い意志も、旅そのものの性格によって止むかたなく弱められてしまったのだ。つまりわたしのために密林でクモが引いていた糸に従って、天国か地獄かどちらかに行くものと思っていた。しかし行き着く先で待っていたのは、天国でもなければ、地獄でもなく、蝶を戴く女だったのだ。

長い尾をした緑の羽根の鳥たちが、わたしの足音に気づき、驚いて飛び去った。背後に見えたのは、虹の足元にあった白い家であった。それは生温かな霧雨の作りだす色鮮やかな蜃気楼のど真ん中に、太陽の島でもできたかのように光り輝く、つやつやした金属でできた家のように見えた。わたしはそこに近づいた。壁に手を触れてみると、焼いた土に彩色したものだった。もう一度心のなかで繰り返した、人は外見に騙される、哀れな友ペドロがあれほど待ち望んだ新世界でも、光るものすべてが金ではないのだと。クモの糸によって導かれたのは単なる家の扉だったのだ。わたしは糸を頼りにそこに入ってみた。

わたしが入ったのは密林のごとく生温かな部屋で、トウモロコシや香草、火桶、香り高いどろどろの飲み物が煮えたぎっている深鍋などの糧食がたくさん置かれた、熱気を帯びた、小ざっぱりした単一の空間であった。これほどきれいに整えられた部屋を見たことはなかった。ほどなくして目が家の暗さに慣れてきた。箒で掃く音に気づいて見てみると、そこには足で踏み固めた土間をいかにも緩慢な動作で掃いている老女がいた。清掃婦は老婆そのものの老いさらばえた姿で、わたしのほうをちらりと見上げた。眼差しは竈の燠のように黒く輝き、歯抜けの口からもれる微笑みは、家の緑の深鍋に保存してあるハチミツのように甘く優しかった。

　老女が口を開くことはなかった。片手で箒を持ち、一方の手で歓迎の身振りをし、火桶の近くにある藁ゴザに座ってくつろぐように勧めた。腰の曲がった老女は黙ったまま微笑み、土地の食べ物であるほかほかのパンを提供してくれた。それはシカ肉とマンネンロウとハッカ、コリアンダー、ミントなどを中に詰めて巻いた御馳走〔タコス〕だった。それと焦げ茶色をした、どろっとした香り豊かな熱い飲み物〔チョコレート〕が小さな深鍋に入れられて出てきた。わたしがそれらを食べ終わると、黄色い葉のついた細長い茎を出してくれたので、それをさっそく噛んで齧ってみた。出てきた果汁は舌の上に酸っぱい後味を残した。老女は皺だらけの陥没した唇を開けたり閉じたりしながら、声を出すことなく笑った。唇にはもはや生命の痕跡すら残っていないように見えた。老女自身、その茎を一本手にして唇の間に差し挟むと、火桶のそばに近づき、それに火をつけて、息を吸い込み、人を酔わせるような香りを口から吐き出したのだ。わたしも同じことをしてみた。むせてしまった。息が詰まるような思いをした。老女は再び笑った。そこで濃厚な黒い液体を飲むように指示した。

　わたしたちはそこに長い間座ったままでいた。葉巻を吸いながら、吸い終わるまで口から煙を吐きだしつつ。すると老女が吸い終わった自分のものを火桶に投げ入れたので、わたしもそれに倣った。すると彼女が言った。

――ようこそいらっしゃいました。お待ちしていました。やっと来られたのですね。

――着きました。とわたしは記憶の老人が言ったのと同じ言葉を言った。

――あの老人は頭がおかしかったのですよ。そなたに本当のことなど言いませんでした。

——それじゃ、誰が本当のことを言ってくれるんですか？　なぜわたしのことを待っていたのですか？　わたしは何者なんですか？

老女はよく梳いた青い白髪のまるい頭を横に振った。髪は引っ詰め髪で、うなじの上で鼈甲櫛で髷《まげ》にして結い上げられていた。

——ひとつだけなら聞いてもいいわよ、そのことは知っているでしょう？　それなのにどうして二つ質問するの？　そなたの聞きたいことはそれだけ？　それじゃ選びなさい。昼間にひとつの質問、夜に別の質問ができるだけよ。

——それじゃ、教えてください。どうやって自分の日々を数えたらいいのですか。今日は何の日なのですか、それにどうして今日は恐怖に満ちたこの不可思議な土地で、ありえないほど穏やかな日に見えるのですか。

わたしは老女が静かな優しい手で、花を刺繍した簡素な白い服のしわを延ばしながら、慈愛に満ちた目を向けて言ったように思う。

——シカの日といって、家庭における平和と穏やかな繁栄の日よ。今日は良い日です。この日にわたしの家にやってくる者は、神々の庭の片隅にやってきたのと同じようなものです。今日という日を精一杯、活用しなさい。よく休んで眠ることです。またじきに夜がやってくるでしょうし。

何という愚かなわたしよ、すでに知っていたこと、見ていたこと、感じていたことを問いただすなどとは。この土地と自分の存在について、知りたいけれど不可解なことが目白押しにあるというのに、最初の昼間にできる唯一の質問を無駄にしてしまったのだ。わたしは食事と煙と旅のせいでうとうとしているうちに、老女の膝のうえに頭を預けていた。老女はわたしの頭を母のようにやさしく愛撫してくれた。わたしはぐっすり寝入ってしまった。

セニョール、夢のなかに蝶の女が出てきた。彼女といっしょにいたのは夜そのものといった風情の怪物のような動物だった。というのも光ひとつ射さず、毛むくじゃらで真っ黒い影の四足だったからだ。目がどこにあるのか探したが見つからない。形だけが見て取れた。じつは目などなかったのだ、あったのは皮膚と喉と曲がった四本の足だけだった。でも足は前のほうではなく、後ろのほうに曲がっていた。廃墟と化した神殿のそばでわたしが愛した女は、靄のかかった光に包まれていた。いっしょにいた動物はというと、地面に穴を掘っていた。恐ろしい形相でうなり声を上げながら。穴掘りが終わると、夢を見ていたときのあの漠とした光が集まって、傾いた黄金色の柱のようなものになった。天空の中心で生まれた柱は、動物が掘り返したこの穴のなかで死滅していったのだ。それは黄色い強烈な光で、流れる液体の川のように見えた。光の柱が穴の奥底をどっぷり浸すにつれ、動物は曲がった足でその上に土をかけたのだ。土をかければかけるほど、光はどんどん弱まって消えていった。蝶の女は泣いていた。わたしは驚いて、やさしく語りかける老女にこう頼んだ。

——母さん、キスして、とっても怖いから……。

老女は唇にキスをしてくれた。そうこうしているうちに密林の女は泣きながら、姿を夜の闇のなかに姿を消した。例の動物もまた、喜びと悲しみの混じったようなうなり声を立てていた。

わたしは目を覚ました。手探りで老女の膝と手を探した。それは子供のように優しい言葉をささやいてくれた婆さんのものだった。見てみると何とゴザのひとつを枕にしていたではないか。頭を揺らしてみた。聞こえたのは夢に聞いた泣き声とうなり声だった。今度はまわりを見てみた。火桶の火はすでに消えていた。老女もまた姿を消していた。深鍋は割れていた。中に入っていた汁はこぼれ出て、花も箒も毀《こわ》されていた。土間の土は荒れていた。家の隅にはクモの巣が張っていた。唇がやけに分厚くなって、疲れているように感じた。口を握りこぶしで拭ってみた。拭った手を見てみると、様々な色が付着していた。フクロウが鳴いた。わたしはクモの糸を手繰り、その場を去った。柔らかで黄土色の泥が家の壁を覆っていた。

日は暮れていた。でもクモであればきちんと導いてくれたかもしれない。わたしは目を閉じたまま糸をしっかり握っていた。かなり遠くの山の懐からやってくるようにみえた嘆き声や叫び声、ざわめきと比べてみれば、フクロウの不吉な鳴き声など何ということもなかった。そうしたざわめきは大地全体を覆っていたが、大地はわたしが見た悪夢のなかの黒い動物によって光が埋められ消えてしまったことを、嘆き悲しんでいるかのように見えた。あたかも炎によって腹を焼かれ、目は盲目になるという二重の責め苦をやむなく受けるはめとなったかのように。夜のごとく目が見えなくなったわたしは見ようともせず、聞こうともせず、老女とその家のそばで過ごしたあの日の平安が、安らかな夜の静けさのなかで、少しでも長く続いてほしいと願った。

わたしの祈りは聞き届けられた。密林の静寂がわたしを包み込んだ。でも考えてもみてもらいたい、セニョール、わたしたちがどれほど脆弱な土からできているかを。自分が一番望んでいたものを手に入れてしまうと、その時点でそれを毛嫌いしてしまったのだ。というのもこの静寂そのものが新たな脅威となってしまったからだ。わたしはあまりの静寂によって、打ちのめされたように感じた。かつて恐ろしげな叫び声や泣き声によってそうされたように。心の中ではもう一度前の騒音のなかに戻りたいと思った。本当の恐怖は沈黙のなかにあるからだ。今では雑音がひとつ、たったひとつでもあれば救われるような気がする。まずもって物音のしない沈黙によって、そのあとはたちまち物言わぬ者どもの沈黙に捕らわれたのだ。今度は相反する欲求に打ちのめされた。そこで見てみたいとも思わぬ者たちの手によって、行ってみたいとも思わぬ場所へ、なすがままに連れて行かれた。

わたしは死んだようになって、自発的に目を瞑っていた。森も森の住民たちも寡黙であったがゆえに、わたしも聞こえぬふりをした。今一度、わたしは運命に従った。


われらが立ち止ったとき、自分の運命の大きさとかたちがどんなものか分かった。足を一歩踏み出すとき、足裏の下にすきまを感じた。何人かに腕を摑まれた。甲高い声がした。わたしは目を開けた。前に話したいくつかある井戸のうちのひとつ傍らまで来ていた。いかにも幅が広く、底の深い井戸は、地表すれすれのところに掘られた洞窟のように見えた。とはいえ中心には余りの深さから悪魔の浴場と見紛うような水を湛えていた。

わたしは井戸の傍らにあった小石を足で投げ入れた。落ちていく音が聞こえた。長い時間、聞こうと思ったが無駄だった。小石はほどなくしてすぐに水底に埋められた鏡に触れたからである。洞窟には反響音が響きわたった。わたしを捕捉していた者たちのあれこれ議論し合う声が一段と活気づいた。何度も奇妙な言葉が飛び交った。「セノーテ」、「セノーテ」〔メキシコ・ユカタン半島に散在する洞穴井戸。古代マヤの儀式で生贄を捧げた〕、そのあとには「死」、「死」、さらに「夜」、「太陽」、「生命」といった言葉が続いた。わたしは眠っていたとき見た夢を思い出した。こうした井戸のひとつを掘っていて、この土地の言葉で声をかぎりに叫んだのだ。

――どうして死ななけりゃならないのだ？

肩越しにある声が聞こえた。あまりにも近かったので、自分の影に違いないと思ったくらいである。声はこう言った。

――そなたが太陽を殺したせいだ。

そのときはもはや夢を見ていたわけではなく、土着民のむき出しの腕に押されて躓いてしまった。叫んで言った、嘘だ、そして落下した。捻じ曲がった足の動物が殺したのだ、また落下した、実際にこの目で見たのだ、わたしは嘘の夢ではなく真実の夜のなかに落ちていった。落ちつつも叫んだ、動物だ、動物だ、わたしは井戸の黒い空間を舞った。本当だ、夢を見たのだ、足を前にして水のなかに身を投じたわたしは、肩越しに聞いたのと同じ声が遠くで反響するのを聞いた。

――自分が死ぬ夢でもみるがいい、今夜をわれらの恐怖の最後にして永遠の、果てしなき夜としないように。

わたしは水銀のように青白く張った井戸の水のなかに沈んでいった。

水の日、亡霊の夜

わたしの上に光が注いだ。井戸に落下したとき夜が支配し、夜はわが死刑執行人たちの恐怖であった。水中に落下した際、最後の空気を吸い込み、目を閉じた。ほとんど水中に潜った感覚がなかった。生き延びたいという思いが再び蘇った。しかしその努力も無駄だった。数本の腕が峻嶮《しゅんけん》で摑みどころのない軟な岩でできた円形の壁のほうへ、常にわたしを追いやっていたからである。遅かれ早かれ力が萎えていくだろうと知りながら、期待することなく浮かび上がろうとしたが、身体は未知なる深い水の牢獄に沈んでいくこととなった。わたしは水の日をはっきり自らが死んだ日と呼ぶことにした。この日こそ記憶の老人と蝶の女が何度もわたしに指示した、生から奪い取って死に与えねばならないという五日のうちの一日なのかもしれない、という思いが去来した。しかしそれをどうやって知ったらいいのか。わが情婦たる美しき恐怖の女が教えてくれたのは、地上におけるわが運命の二十日間は忘却のなかに消え去り、残りの決定的な五日間だけが記憶に残るらしい。でも記憶せずに生きていたとして、どうやってそのことが分かるのだろう?

セニョール、その時、光がわたしに降り注いだのだ。

わたしが水中に落下してさざ波の立つ水面を、波打つような光が覆った。浮かび上がろうとするわずかな腕の動きに動ずることもなく、今ひとたび水面は鏡面のような静けさを取り戻した。まずクモの糸を命綱として探し求めた。クモは夢のなかで似たような苦境からわたしを救い出してくれたからだ。しかし今回その糸は見えなかった。仕方なくどうかこの井戸が海のごときものであってほしいという願いを託した、汐の満ち引きに従ってくれれば、牢獄の底に足をつけることができるかもしれないからだ。目をしっかり開けて頭から水中に飛び込んだ。その時、驚くほどの光彩がどこから出て来るのかが分かった。この水溜の底にある砂地は、骨と骸骨からなる墓地だったのだ。明るく光っていた砂地といえども、この地で死んだ他の男たちの遺骨の白さを前にしたときには濁ってくすんで見えた。

わたしは水面に戻った。この目でしかと自分の運命を見てきた。顔と顔、否、骨と骨を向き合わせて。そして再び、水中に潜った。死によって明かされた開いた目でもって再び謎を探ろうとしたのだ。わたしは偶然のいたずらで井戸の片隅に骸骨がピラミッド状の山となって堆積しているのを目にした。そこでこう考えた。

——おそらくこれらの死を利用して生き延びることができるかもしれない。ここに洗った骨の足台を作って、そこに立つことができれば、待っているうちに飢えて死ぬかもしれないが、夢に出てきたクモの糸に救われるかもしれない。

わたしはさっそく作業にかかった。骸骨の山のほうに魚のように泳いでいき、石灰岩にへばりついていた骸骨を引きはがすことから始めた。それらはすでに岩の一部となっていて、岩それ自体も骸骨の延長のようにすら見えた。わたしはハサミを用いて、柔らかい岩から骸骨を切り離し、時々空気を吸いに水面に浮きあがっては再び潜って、仕事を再開した。

このようにして夜の数時間を過ごし、昼は昼で口を上にして水のベッドの上に浮かびながら静かに休んだのである。水よりも恐怖のほうで息が詰まった。しかしついに骨の台座は平べったいままで高くならず、ほとんど諦めかけて、仲間たちと同じく沈んだままの骸骨の夢に身を投ずる覚悟をした。わたしは岩に埋め込まれた骸骨の虚ろな眼窩を見つつ、水面下に身を置いていた。わたしは記憶力に優れたあの老人が、わたしの鏡に自分の姿を映して卒倒して亡くなったように、自分もこの骸骨を自分の鏡とみなして、それに口づけし、愛撫し、胸に掻き抱けば、誰からも受けられなかった同情を得られるかもしれないと心に思った。もしかしたら自分自身の最後にして永遠の像を抱いて死んでいけるのではないか、わたしを苦しめてきた連中があれほどまでに恐れていた夜のごとく。

囚人たちが土牢の石を取り除こうとするように、わたしは最後の骸骨をハサミでもって取り除こうとした。しかし囚人には取り除いた石の後ろに自由があるのに対し、わたしにはなかった。わたしは死ぬために働いていた。骸骨を取り除いたとき、セニョール、わたしは指の間に冷たい糸が垂れ下がっているのを感じたのだ。人が水中で叫ぶことができたらわたしも叫んでいたことだろう。

――クモの糸だ！

情婦であり守り神でもあった女に救ってもらったことを感謝して、そう叫んでいたかもしれない。しかし手のなかの糸が触れられないものだということがすぐに分かった。それはクモの糸ではなく、水だった、水にすぎなかった。冷水でできた糸は凍てついた流れに変わり、流れは地下の瀑布そのものと化し、崩れやすくなった骸骨を砕いてしまった。瀑布はわたしが引き抜いた最後の骸骨によって塞がれていた岩の割れ目から、勢いよく噴出していた。好き放題に噴出する流れによって、わたしは泡に包まれ、水面下に引き戻され、井戸の底から引き離されてしまった。その間にも流れは濁ったまま上ってゆき、わたしを上の方に、夜の方に、密林の方へと連れ去ったのだ。

セニョール、井戸は一杯になったのだ、水が凄い勢いで満ちてきた。わたしは上のほう、自分が投げ入れられた井戸の縁のほうに向かって泳いでいった。二度と水没墓地のほうに吸い込まれないように気をつけながら……というのもやみくもに体を動かすことで、雑然と湧き立つ水のせいで体を吸い込まれる危険があったからだ。しかしたまたま血管からは血が噴き出てきて、こうした当て度のない水の父親ともいうべき地下水の井戸に滋養を与えたのだ。

わたしは波立ちのなかを泳ぎ、波も次第に静まっていった。波は井戸の縁を超えることはなかった。縁からわずか数センチのところで留まり平らになった。わたしは指で地面に触れ、地面をしっかり押さえて体を持ち上げ、井戸の外に頭を出すことができた。紅い太陽と灰色の空があった。それが最初に目に入ったものである。血の色をした太陽は己の炎によって燃え、命を蘇らす血にどっぷり浸かっていた。わたしと同様、出てきたばかりだった。太陽は金属のように光輝く空を昇っていった。天空は石灰質の平原のごとく平坦に見えた。平原では夜の死刑執行人どもが驚きの眼差しでわたしを眺め、太陽の再生が起きた瞬間に、蘇りの水によって浮上して井戸から出て来るところを眺めていたのだ。

わたしは自力で脱出した。自力で立ち上がり、狼狽と感謝、敬意の混じった眼差しでわたしのほうを見る者たちが目に入った。誰一人として近づいてくる者はなかった。触れようとする者もなく、誰もが遠巻きにしてしおらしくしていた。横笛の哀しげな音色が聞こえた。太陽は地上のマントを素早く脱ぎ捨て、高く昇って、灰色の空を黄色の蒼穹へと変えていった。喜びが弾けた。横笛の音にタンバリンや鈴、太鼓などが加わった。体を赤鉄と泥で彩色した男たちの一団が、最初にわたしの周りで踊りはじめ、すぐに彼らに付いて踊るように先導していった。女どもや子供たちが姿を現し、人を酔わす白くどろっとした液体の入った酒壺〔テキーラの濁酒プルケ〕を差し出した。それと強い胡椒がまぶされた焼きトウモロコシが提供された。

わたしはそれを食べ、彼らの後に付いてゆき、美しい稲妻模様のついたこざっぱりとした神殿に到着した。当初、わたしを生贄に捧げようとし、今こうして崇敬を捧げてくれる人々は、列を作ってわたしが通るべき道を示してくれた。そして神殿の袂にまで至り、そこから短い階段を通って石段を登っていった。そのときのわたしの驚きようは、熱狂的な客人と化したかつてのわたしの捕縛者たちと同じくらいに大きかった。わたしは登った。そしてこの神殿の平坦な台座に辿りついた。そこは周りを取り囲む石灰質の殺風景な平原とさして変わらぬほど背の低い神殿で、開いた鳥の羽根のかたちを彫り込んだ風変わりな石の玉座に、赤紫色に染められたマントに身を包んだ太った見栄えのする男が座っていた。額には宝玉のちりばめられた細帯が巻きつけられていて、かつてわたしが養母たる老女の家の入口で見たような、美しい緑の穏やかな鳥の羽根扇を使って扇いでいた。

太った首長は大いなる威厳を保っていたが、いかにもせわしなく団扇をあおぐそぶりから、驚きと畏敬の念を抱いて集まった全村民と同じような感情を抱いていることが窺えた。玉座の傍らには見たこともないような大きく見事な七面鳥が銀の鎖で繋がれていて、主人と同様、いかにも落ち着かない様子でごそごそ動いていた。頭はワシのように禿頭で、赤みを帯び、年老いて擦り切れ、かぶれたような大きな肉垂れが地面にまで垂れ下がっていた。七面鳥の羽根は宝石やエメラルド、翡翠などで覆われていた。頸や足首には美しい金の鎖や銅の腕輪、純金の薄板などがうまくあしらわれていた。楽の音が宝石づくめの鳥の気持ちを揺り動かしていた。宝石同士ががいにぶつかり合って、音楽の旋律のように聞こえた。台座を覆う大きな綿のシーツそのものが七面鳥の巣となっていると同時に、何かの物体を覆い隠していた。土地の太った王は二人の少女に恭しく支えられて、玉座から重々しく立ち上がった。伏し目がちな乙女らは家の老婆が着るような、刺繍の入った白い細身のスカートをまとっていた。王はわたしの前でお辞儀をし、手招きをするようにして玉座をわたしに譲った。

わたしは首を振ってそれを断った。太った王は目にきらりと怒りを表してわたしを見た。七面鳥は擦りむけた肉垂れを動かした。わたしの記憶にペドロの運命が蘇った。わたしが玉座に座ると、王は言った。

——待ちに待った王よ、そなたのおかげでわれらに太陽が戻ったのだ、感謝する。

わたしは余計な質問など一切せず、こう答えた。

——太陽は毎日昇るものです。

王は哀しげに首を振ると、大きな声でわたしの言葉を神殿の袂に集まった群衆に向かって繰り返した。一同はみなうめき声を上げ、そんなことはないと大声で叫んだ。絶対そんなことはない、ありえないと。太鼓とタンバリンの音が一段と大きくなった。王は満足げに群集をほうを見、その後わたしのほうを見て言った。

——そなたが望めばそなたには昇るだろう。しかしわれらにとっては死んだままだ。われらは太陽が何度も死滅していくのを見てきた。太陽が死滅するとき、われらの土地を流れる深い川が干上がってしまい何も育たなかった。動物たちも死に絶え、王たちも滅びた。鳥たちも死んだ。都市は再びただの石に戻り、密林に覆われてしまった。われらは滅びたのだ。われらは逃げ去った。そしてそなたが太陽を戻してくれる時に戻ってきたのだ。太陽はそなたにとっては死滅することはない、それはそなたに服従しているからだ。われらにとっては毎夜、死んでいくのだ、そして再び出て来るかどうか決して分からないのだ。そなたは自分が何者であるか証明してくれた。われらはそなたを太陽の身代わりとして生贄に捧げた、そしてそなたは太陽をわれらに取り戻してくれ、大地に太陽とともに戻ってきてくれたのだ。王よ、この水の日にわれらはそなたを崇めるものとするつもりだ。

太った王は羽根扇を持ち上げて扇ぎ始めた。すると二人の若者が石段を足早に登ってきた。手にはぼろきれで覆われた小さな深鍋を携えていた。王は扇を手放して深鍋を受け取り、両方の手にひとつずつ持つとこう言った。

——覆いをとって見よ。

わたしはそうしてみた。そこには糞が入っていた。セニョール、本当に糞忌々しいウンコだった、わたしは嫌悪の表情で鍋に覆いを被せると、王は言った。

——これをあの鳥にやるがいい、宝石をたくさんつけたあの七面鳥だ、きっといいことがあるぞ、この鳥は世界の王だからな。

わたしは玉座から立ち上がり、二つの腐敗した深鍋をグアホローテと呼ばれるその鳥に近づけた。七面鳥が肉垂れを動かし、嘴でもって聖堂の上に掛かっていた綿の覆いを取り去ると、わたしの目の前に金細工と翡翠の宝物が現れたではないか。

——見るがいい、と太った王が呟いた。宝石で飾られた鳥からそなたは金と翡翠を手に入れたではないか、金と翡翠はそなたがひった人間の糞と引き換えに、神々が与えてくれた彼らの糞なのだ。これによってそなたは権力と富と栄光を手に入れたことになる。すべてを取るがいい。すべてがそなたのものだ。

ああ、何とも哀れなわたしよ。この地には帝国を築く手段があった、わたしは難破した海岸において、真珠の栄光を手にすることができるはずだったのに、川のほとりに暮らす土着民たちから黄金の力を受け取ってしまったのだ。わたしは栄光に満ちた真珠と力を秘めた黄金を失ってしまった。それらを雨と泥と蚊の真っただ中で忘れてしまったのだ。そんなものはここで生き延びるのに全く役立ちはしないと知ったからだ。今となっては、あの太った王が神々の糞と呼ぶものが何か役に立つのだろうか?

七面鳥が懐中にしていた宝玉への誘惑などといったものは、蝶の女と再会してもう一度愛し合うというより大きな誘惑に比べれば、屁のようなものだった。そのための唯一の宝物は、しがないクモの糸だった。とはいえわたしにとってはあらゆる翡翠、トパーズ、エメラルド、金銀など、太陽の帰還に対する感謝としてもらった宝物すべてに勝る貴重な宝だった。わたしは火山への道を行くために軽装の旅をせねばならなかった。そこで太った王にこう答えた。

——貴方の贈り物をもらってあげましょう、でも受け取ったからには、お返しにひとつ質問をさせてください。

王が取り乱した様子でわたしのほうを見たので、わたしは続けてこう言った。

――お尋ねすることに答えてください、もしご存じであればご自分の身を守ることができるでしょうが、分からなくとも前もって用心することができます。ここには村人どもが集まっているようですが、わたしがあなた方の中を進んでいくのは、川沿いの部落を通るのと同じくらい危険ではないかという気がするんです。このことだけで結構ですから答えてください。ひとつの質問に対する答えは、毎日得ることになるでしょうから。おっしゃってください、どうして川沿い部落の者たちは皆殺しにされたのですか？

王は震えて尋ねた、わしの答えは宝石鳥の王がそなたに与えた富と権力と栄光に値するのか？

わたしはそうですと答えた。太った王は戸惑った様子で答えた。

――誰が殺したわけでもない。自殺したのだ。己の手によって生贄となったのだ。

わたしはそういう言い方をした人物と同様、ひどく戸惑ってうな垂れた。足元にはわたしを呼び寄せるかのようにクモの糸があった。

わたしはこの地の太った王の返答について思いを巡らしつつ、石灰の平原を歩きながら次第に土地から離れ、神殿と井戸と人々から遠くへ去って行った。夜にわたしを生贄にしようとし、翌日に崇敬を捧げようとしたあの部落民たちから。いまだに哀調をおびた横笛の音を聞く思いがした。記憶に活きいきと蘇ってきたのは、立ち去ろうとするわたしを見送る者たちの残念そうな表情だった。しかし何はさておき、川沿い部落の情景のことを思い出すだに心に熱いものがこみ上げた。

己の手で生贄になる人々。虐殺は山岳民族の報復などではなく、別の理由で決意した自発的な犠牲だったのだ。記憶を司る老人が死に、それに伴って記憶そのものも死んだせいなのか？　そのことであの地で求められたすべて、つまり太陽、雨、薪を収穫する時と薪を焼却する時、煙、黄金、山への逃亡、川への帰還に関する返答を、記憶から消されて寄る辺ない気持ちになってしまったからなのか？　自然の災厄と戦うことにあまりに熱中しすぎて、人間的不幸の営みを企図したり負わせたりする優しくも脆い人々。

セニョール、わたしは思い出のなかでこの民族を愛した。自分自身を愛したのかもしれない、記憶がなかったわけだから、自分とあの民族を同一視したのだろう。わたしは老ペドロの死を許した。自分と同様、彼が侵入したことで物事と時間の神聖なる秩序を乱したことに納得がいったからだ。別にわれらを憎んでいたわけではなかったのだ。われらの存在によって、自然の災厄から身を守る時間の完全なサイクルが破壊されるのではと恐れたのだ。新たな世界とは恐怖の世界であり、たまゆらの幸せと絶えざる嘆きの世界だったのである。わたしは自分たちの持続、強靭さ、存続、敗北、勝利などといった概念が、ここでは全く意味をもたないことに気づいて愕然とした。ここでは毎日、朝になるとすべてが蘇り、夜になるとすべてが死滅する。われらの持続に関する精力的な概念をこうした概念と対峙させるとき、その違いの大きさを思うと身震いする。一日だけ咲く花が瞬く間に萎《しぼ》むという、当てにならぬ希望としての生。セニョール、わたしは彼らに対し、ペドロの死を許してやった。自分自身の死も許すつもりだと内心思ったのだ。この土地に白人が侵入すれば当然のことだし、それで十分すぎる理由だったからだ。

こうしたことをつらつら考えながら、いつも通りクモの糸に導かれながら行くと、突然夜がやってきた。石灰岩の平原は尽きてなくなり、いま進んでいるところは、緑のバナナがたわわに実っているすらりと高い樹木の林であった。今まで辿ってきた道が上りの険しい道であったことにも気づいた。後にしてきたのは川や密林、海であった。わたしは空腹を感じ、バナナの木を一本ゆすり、バナナで食欲を満たそうとした。わたしが手を付けようとした矢先に、どこかで仕事をする物音が耳に入った。何の音なのか知ろうと探ってみると、自分のいるところからほど近い場所で誰かが木を伐採していたのだ。樵とバナナでも分け合おうとして、何本かバナナを手にして暗い森の奥に入ってみた。

わたしは暗闇のなかで、斧を木の幹に下ろしている猫背の男の後ろ姿を認めた。心置きなく近づいた。男は振り向き、顔をこちらに見せたが、その瞬間わたしは叫んだ。樵の顔には二つのぎらぎらした目と、切られたばかりで傷口が開いたままの状態の、唇のない開いた口からだらんと垂れ下がって揺れる舌しかなかったからである。この奇怪な男の肋骨は素早く開いたり閉じたりしていて、風に揺れる表門のようだった。開くたびに下にある生きた心臓が顔をのぞかせたが、そのさまはまるでぎらぎら輝く目のようだった。わたしは理性を失うのではというう気持ちに駆られた。それほどまでに今まで自分を元気づけてきた平和で友好的な雰囲気と、いま目の当たりにしている恐ろしい光景との落差を見せつけられたからである。垂れ下がった巨大な舌が居丈高な声でこう言った。

——やれるものならやってみな。心臓をえぐってみろ、自分の手でな、今まで誰一人やったことはないが、できるものならやってみな。

まあお聞きあれ、セニョール、貴方の土地を出帆して以来のわたしの冒険を思い出し、一括りにしてみてほしい。こんな言葉を聞いてわたしがたじろぐとでも思いますか？　荒れた海で遭遇したときの、渦巻きに巻き込まれときの、海辺の戦士らに取り囲まれたときの、井戸の生贄にされたときの危険に比べたら、ぴくぴく動く心臓を摑みだすことなんぞ、何のこれしき……。

わたしは手を伸ばし、できるだけ早く持ち主に戻したいと願いつつ、嫌悪を覚えつつも血がしたたり脈動する心臓をえぐりだした。彼のほうは激しいうめき声を出し、恐ろしいほどの傷を負った口は緑の泡を吹いて、喘ぐようにこう言った。

——お前の欲するものを求めるがいい、権力、富、栄光を。それらはお前のものだ、わが心臓をあえてえぐり出す勇気を備えていたからだ。

——そんなものは要りません、お取り下さい、あなたに心臓を戻します。

顔に目と舌と口しかない男は再び叫んだ。叫び声は肋骨が開いたり閉じたりしたときに発する音よりもさらに強烈だった。

——となるとはっきりした、と彼は大声で言った、お前こそあらゆる誘惑を退ける人間だ、今日お前は宝石鳥の贈り物を退けた、そして今こうしてお前はわしの贈り物を退けている。となると何がお前の望みなのだ？

わたしは心臓を手にしたまま黙っていた。冷やかに見下すような眼差しで森の誘惑者を見つめた。欲求こそ自分が有していた唯一のものだった。それは彼の心臓と引き換えに譲渡することなどできないものだった。土地の掟では、受け取ったものより勝ったものでお返しせねばならなかった。となるとわたしが森の亡霊に対し、心臓を受け取った代わりに、自分の欲求以外に、何を提供することができようか。

彼の肋骨が窓の扉板のごとく再び開いたとき、わたしは心臓を元の場所に戻した。そして当然の権利として、夜の質問を彼に投げかけた。

——心臓を受け取ってください。代わりと言ってはなんですが、ひとつ教えてくれますか？　あの川沿いの住人たちはなぜ自殺したのですか？

セニョール、わたしは今さら不用な質問をしたのではないかと恐れた。それはすでに自分で出していた答えを聞く羽目になるのではと思っていたから。というのも連中は記憶を失うことで発狂した、というのが自分の出した答えだったからだ。いや、実際にはそんな答えを聞くのを恐れていたわけではない。せめて自分の立てた筋立てを確認できればよかっただけだ。炎の眼差しをもつ男は、顔と同様にすべすべした手を顔に持っていくと——というのも手には爪もなければ運命線も愛情線も生命線もなかったからだが——すぐに手で扉板となった肋骨の胸を押さえつけて、こう言った。

——連中はお前のために生贄となったのだ……。

彼は恐ろしげに笑い始めた。——お前のために生贄となったのだ、お前のために生贄となったのだ、お前のために生贄となったのだ、と森の戦慄すべき亡霊は何度も大声で笑いながら言った。笑い声をあげるたびに、身体を縮ませ、身体を折り曲げ、顔を再び手で覆い、膝の間に頭を屈めて呻きつつ、こう言った。

——兄弟よ、わしを恐れるがいい、わしをな、わしはお前をつけ狙う亡霊じゃ。昨夜、お前の肩越しに話しかけたのはわしじゃ。わしは……。

亡霊は突然、がばっと自分の背の高さまで起き上がると、じっとわたしの目を見据えた。そこにわたしは自分自身を見ていた。森の男はわたしの顔、わたしの身体をもっていた。わたしの分身だったのだ。双生児、鏡であった。

煙る鏡の日

セニョール、わたしの言うことは正確とはいえ、わたし自身は不正確だ。というのも同体というのは、色を除くすべてにおいてそうだったから。目は青いが、分身のほうは黒い。自分の髪は小麦色だが、分身のほうは馬のたてがみ色だ。皮膚の色は、以前、この地方で過ごしたときには、すぐにも火傷をすれば水ぶくれとなって、皮がむけるほどの桃色だったのだが、分身のほうは赤銅色をしていた。他の部分では大きさ、手足、顔立ち、表情のすべてがいっしょだった。色の違いは今でもよく覚えている。あの夜で印象に残っているのは唯一、似た部分だけだ。

この地でわたしは自分の時間というものをもっていなかった。夜の戦慄すべき亡霊の出現とその後の旅の記憶との間には、長い時間が経ったはずだ。わたしは神殿の老人と蝶の女神からそのことを知らされた。地上におけるわが運命の日々から救い出された五日間だけしか記憶はないのだと。わたしは目を開く前に夢を見た。

――一日なのか、十日なのか、それ以外の五日なのか、亡霊が心臓をわたしに差し出し、わたしが亡霊に己が欲求を差し出したあの夜から、いったい幾日経ったというのか？　わたしは分からなかった。それが新世界の利点だった。新世界のほうはわたしが地上に記したすべての足跡を知っていた。自分が決して覚えていないがために本当は決して忘れることのないような足跡までも。これこそがわたしの弱点だというのに。おそらく新世界の弱点は、わたしの行為に対するあらゆる記憶と義務を負わねばならないということなのだろう。セニョール、わたしはあの夜とこの黎明との間に、多かれ少なかれ何かをしたはずだ。でもこれも夢の話だったとしたら、理性のほうは慰めてわたしにこう言ったのだ。――お前が死の井戸から脱出したのはほんの昨日のこと、人間業とも思えぬほどの苦難と寝ずの番を経験した一夜の後の……お前は太った王のピラミッドに連れていかれた。石灰質の平原を後にして……そしてすらりと高く聳える木々の間を歩いていった。そこでお前の黒い分身たる亡霊に出会ったのだ。お前は未だに経験したことがないほど深い眠りに襲われたにちがいない。どれほど若い者であろうと、あれほどの眠りに耐える者などない。お前の眠りの深さは一生のなかで一番長いものに思えたはずだ。いや、もっとだ、お前の命よりも長かったかもしれない。はっきりしているのはお前が昨夜眠りこけ、今朝目を覚ましたということだ、それがすべてだ。

ところが目にしたものは考えたことと裏腹だった。わたしは突然、あたかも悪夢から覚めたように、息も絶え絶えに喘ぐように目を覚ました。一変した周りの風景が目に入った。ここに見たものは海岸で目にした、花が咲き乱れる熱帯の土地を彷彿とさせるものはひとつとしてなかった。寒く、ぼろぼろの服で寒さをしのぐことはできなかった。呼吸すら楽にはできなかった。空気もまた移ろいやすく薄かった。新世界の豊饒なる植生は全て死に絶えていて、代わりにあったのは、それに劣らぬ悲惨な荒廃そのものだった。ごつごつした岩が広がっていた。そこにあった黄色や赤い石は、刃や鋸、祭壇やテーブルそのものを思わせるように、一見すると気まぐれで雑然としながらも左右対称のかたちをしていた。それは破壊されてはいたが、すべすべした丈のある尖った石の瓦礫の山だったのである。いまでは割れ目から曲がりくねった茂みや、灰色がかった低木が覗いて見えるが、かつてそれは険しい岩でできた神殿だったのだ。一番上の岩の部分にはかつて誰一人見たことがないような、緑の刺でできた巨大な燭台が据えられていた。それは他人に触れさせないようにしっかり守られた、よく教会で見かける背丈のある乾燥した備品のように思われた。とはいえ、誰がいったいこの石の廃墟の女王たる、禁断の植物にあえて触れようとするだろうか。刺の衣をまとっていることで、不毛の支配権に胡坐をかいて、堂々と孤高の生き方を貫こうという意志を示していたのだ。隠者たる植物、自分自身の柱頭行者だった。キリスト教徒のセニョールであればお分かりであろう、柱の上の行者のことを。

ごつごつした岩山の麓に埃だらけの谷が広がっていた。それはいかにも不安になるほど物静かであったせいで、当初まわりには生きたものの痕跡が何ひとつ見えなかった。唯一あったのは、凍てつくような逆風が吹き荒れたせいで巻き上がった、白っぽく乾いた埃のヴェールだった。風のせいで埃っぽいヴェールは取り払われ、岩石の寝床が広がる目の前に、火山が出現した。ついに到着したのだ。わたしは感謝を捧げた。まさにこの場所で愛する女と出会ったのだ。わたしは自分の身体の周りを見回した。すると足元にはクモの糸があったのだ。

わたしはそれを欣喜雀躍して摑んだ。そして糸を頼りに自分の粗野な高巣から下って行った。もはや自分の過去の記憶とこの新たな朝、灼熱の海岸の足跡とこの凍てつく土地への到着との間に、いったいどれだけの時間が経ったか、といったことなど考えてはいなかった。糸に導かれるように平地へと下りて行き、糸をしっかりと摑んで、平地の騒然たる埃の間をすり抜けて行った。わたしは空と太陽が余りにも近くにあったせいで、平地と同じようにそれらに押しつぶされそうな気分を味わった。というのもその時点で空と太陽は手にとるほど近くにあったからだ。海岸で見たときはずいぶん遠くにあったのだが。わたしは納得できなかった。新世界に最初に足を踏み入れた際、浜辺は恐ろしいほど暑かった。そのときは太陽の炉が、これほどわれら人間の皮膚を強く焼くような場所はどこにもないと思ったほどだ。いまこうして記憶に蘇ったのは、高く遠くにある太陽であり、川や密林であった。火山の傍らにあるこの岩と埃の平地においては、太陽の緩和された火とひとつになっていた。透明なるオスティア、太陽は近くにあればあるほど、熱く感じなくなるのだ。その瞬間、自分が驚くほど熱くなっていなかったので、そのことが分かった。進んでいくにつれ、埃と見えたものが煙でもあったことが判明した。

わたしはクモの糸を片手にもって引かれて行った。一方の手で、視界と呼吸をいっしょになって妨げていた埃と煙を払いのけた。セニョール、わたしは盲人が手引きに支えられているときにするように、手を前にして手探りで歩いたのだ。そうした深い霧のなかでは自分の手も見えないくらいだった。指に誰か別の人の身体が触れたように感じた。それは静かな夜明け時の埃と煙によって包まれて、火山の麓を足早に歩いていく者たちの列だった。静寂。足音。わたしは恐怖で震える手を引っ込めた。手で胸と顔と性器に触れた。というのも自分自身の存在を確認したかったからだ。今こうして生きてあることを知ったとき、そのとき初めてわたしは現実の感覚から次第に遠ざかっていった。セニョール、現実が己の存在を示すやりかたはあまりに手が込んでいたので、わたしは自分の感覚そのものが現実なのだと信じるほどだった。しかしもし自分が埃の世界にやって来たのだと自分に言い聞かせていたとするのなら、現実は、埃が煙であったということなのだ。そしてもしわたしが沈黙に包まれていると信じていたとするのなら、火山の麓の平地における騒然とした現実は、悪意そのものであった。

埃の上を歩く足取りと煙のなかを歩く足取り。静寂のなかで踊る足取り。歩くリズムが本来の自らのものではなく、誰かに強いられたような足取り。わたしは銀色に光るクモの糸に導かれた。糸をしっかり摑んでいたわたしは、自分の周りを取り囲む煙と埃と静かな踊りに対する恐怖心を取り払った。恐怖心がなくなったとき改めて知ったのは、遠くなることから恐怖が生まれ、近くなることで安寧を得るということだった。そして次第に見分けがついたのは、踊り手たちの静かな足取りにリズムを与えていたのが、単調で執拗な三拍子の音楽だったことである。太鼓とタンバリン、タンバリンと太鼓と言うべきかもしれなかったが、ともかくそれだけだった。しかし祝祭や祭り事、儀式でも遂行しているかのような、何らかの意志と持続性を伴った音楽だった。リズムはこの時間と空間そのものを具現するものとなっていた。今この場所、この時間という二つのもの、踊り手たち、奏者たち、そして土地の巡礼たるわたし、こうした者たちすべてが今ここで生きているのだ。絶えず鳴り響く太鼓とタンバリンに合わせて踊る静かな舞踊を除いて、平地の現実に入ってくるものは何もなかった。ヴェールのような埃と頭巾のような煙でもって、見えなくなった平地の現実に。どうかご覧あれ、セニョール、わたしたちが感覚によってどれほど欺かれるものかを。どれほど部分をみて全体だと信じ込みがちなのかを、太鼓と鈴の音の背後に、どれだけ大きな世界が隠されているか想像することもなく。

わたしは新世界における新たな朝に現れた、物言わぬ、謎めいた踊り手たちの間を歩いて行った。ここでわたしに与えられることになる時の第三の朝に。彼らの肉体が身近にあるのが分かった。ときどき手が肩や頭に触れたからだ。羽根や紙の細帯や綱が、自分の胸や脚に触れることもあった。しかし彼らはあたかも恐れているかのように、すぐにわたしから身を離した。裸足のまま彼方まで広がる埃まみれの地面を歩いていたせいで、思いがけず足裏で石に触れることになった。そこで四大間に変化が起きた。つまり水から火への変化である。というのも埃は液体であったのに対し、石は熱く燃えていたからである。セニョール、石は本当に燃えていたのだ。わたしはしばらく想像を巡らして考えた、クモによって未知の際限なき円環の周りに連れてこられたのだと、そしていまこうして朝を迎えた岩場に引き戻されたのだと。わたしは本能的にごつごつした岩場と山ハマビシの刺から身を守るべく足裏を縮ませた。ところが逆に、足裏は感知したのだ、直角に加工された石のすべすべした表面を。

わたしはそこを登って行った。石は段状の岩となっていた。登りながら石段を数えていった。物言わぬ舞踊の静けさがいっそう深まった。太鼓とタンバリンの音が次第に遠ざかり、埃と煙がないまぜになった煙霧は晴れてしまった。セニョール、数えてみたところ石段はきっかり三十三あった。案の定、最後のところを登ったところで、次に何があるのか探した。何もなかったので戸惑ってしまい、自分の上のほうに助けを求めて見上げた、そのときまでずっと下の方ばかり見てきたので。自分たちの感覚がスーッと消えていくような気がした。足元と地面をしっかりと踏みしめた。すると感覚がぜん、蘇ってきたのだ。足元も地面も忘れてしまった。ふたたび手を天空に差し伸べた。登り切った頂上の背後には、巨大なコニーデが不動の白雲の乗り物の上に、燦々と輝いて見えた。雲の下に見える広大な山の麓は、灰と岩でできた黒い盾のように見えた。火山はその盾で、汚れなき氷の王冠、微細な星辰の瞬く野、天空に凍りついた白い砂の海を守っていたのだ。

大地を覆っていた煙霧は、砂漠の干上がった表面をますます薄くなりながら、散りぢりに切れて消えていった。わたしの立っていた場所から、埃のかたまりが逃げていくのが見えた。数多くの男と女、子供たち、太鼓とタンバリンに合わせて円形になって踊る者たちの姿が目に入った。子供たちはじっと立ち止まっている一方、女たちはしゃがみ込んで、さかんに液体を器に注いだり、毛をむしられた野ウサギを調理したり、土地のパンを捏ねて手のひらで広げたり、それをトウモロコシの葉にくるんで温めたり、竈の上で赤い粉をふりかけたり、煙の出る茎を吸っていたが、さる夜、こざっぱりした小屋にわたしを迎え入れてくれた老婆がしていたのと同じだった。そこにはイグサの束や、干し草の寝床、臼歯のような形をした石、大量のロープなどがあった。登ってきた石段に目をやると、香炉がその両側に置かれて煙っていた。頭に高い羽根飾りをつけ、トカゲのかたちをした金の耳飾りをつけた男たちが、脚の間に大きな貝殻をはさんで腰かけに座っていた。わたしは煙と埃が、自分自身と亡霊が一体化して見境なくなったように、火山と区別のつかなくなった頂上に導いてくれた、傾斜の急な石の階段を見下ろした。水平線上には形のない元素同士が、また垂直線上には目の前の火山が、祈禱のためのコニーデ型ピラミッドと一体化して屹立していた。水平線上には連中がいて、垂直線上の頂上にはわれらがいた。

わたしは神殿の高い台座に自分が亡霊といっしょにいたことに気づく前に、〈われら〉と複数形を用いてしまった。平地にいたときは自分ひとりだったが、複数のように感じたのだ。ピラミッドの上で亡霊といっしょにいたとき、自分はひとりだと感じた。わたしは再び、自分が踏みしめている地面が確かなものかどうかを探った。左足の裏は神殿の固い石の上にあった。右足は小麦粉か砂か分からないが、小さな白い山に埋まってしまい、奇妙な材質でできた山から足を即刻引き抜いた。刻印された自分の足跡である足裏の痕跡をじっくり眺めてみて、材質は二つのうちのどちらかであると思った。

かつて煙霧で目が見えなくなったとすると、今度は楽音によって耳が聞こえなくなった。太鼓と太鼓が合わさり、タンバリンとタンバリンが打ち鳴らされ、わたしが見た二つの神殿、密林と井戸の神殿で聞いたのと似通ったファイフと鈴と横笛が響き渡った。わたしは仕方なく、そうした楽音に耳を傾けることにした。運命は新世界のこうした石の大劇場において、自分自身に挨拶を送ったのである。ここで起きたのは、生命を付与する太陽の近く、野外劇場において、決定的な舞台が上演されたことである。ピラミッドは太陽に触れんとして、熱き思いを込めて沈黙の祈りを捧げるべく、差し伸べられた手であった。あらゆる音を圧して場を支配したのは、かつて見た瀕死の獣のうめき声に似た声であった。獣はわたしが最初に足を踏み入れた海岸の、腐りきった川から傷を負って流されてくるのを見たときのものだ。当初、それは火山のマグマから出て来る音かと思ったくらいだ。白い小山に残った足裏の痕跡をしっかり見極めた後、やっと今になって分かったのだ、石段のところで、あのトカゲの耳飾りをつけた男たちが巨大なほら貝に息を吹き込んでいたのだ。

この神殿の頂上と石段に沿って燃えていた火桶の火は消えた。わたしは素早く踵を翻して周囲を見回した。今いる台座は四角形で、四方に下る階段がついていた。各階段の両側には水路が下までついていた。台座の中央には高さほぼ六〇センチほど、幅四〇センチほどの石台があった。石台の後ろ側には、今は消えているが大きな火が灯されていた。ぶくぶくと立つ泡と瀝青と、熱せられた灰の生み出す秘密の熱さは止めどがないほど強烈だった。多くの松明は大槍の鉄刃のように作られた黒い石のナイフとともに地面に置かれていたが、そのうちのひとつを取り上げて燭台に近づけるや否や、火はすぐに燃え上がった。わたしは次第に弱まっていく煙のなかを通って、一本のナイフのところに近づき、それを取り上げた。それは火山灰でできているように見えた。振り向いて見たとき、わたしは驚愕してナイフを手放してしまった。それは顔を黒く塗り、蜜でも塗りたくったかのように光ってぬめぬめした唇をし、黒い長衣に身をくるんだ、長い黒髪の匂いが遠くからでも漂ってくるような、何人かのむかつくような男たちがわたしのほうにやってきたからである。手ごわそうな顔をこちらに向け、鼻歌を歌いながら、武器をもたぬ軍団のごとく。彼らは周りを取り囲んで何かを隠すかのようにして、長衣の垂れや襞を持ち上げ、鼻歌を歌いつつ、白い小山にわたしが残した足跡のほうをせわしなく指さしてこう言った。

現れた、現れた
言われていたように
昨夜、粉のはいった深鍋をぶちまけた
黙ったまま待った
一晩中
黙ったまま踊った
一晩中
言われていたように
今日には戻ってくるはず
見えざる者
空気の男
暗闇の男
影のなかからしか話さぬ男
われらにお恵みを、災いではなく
われらは今日の日こそそなたを崇敬するであろう
そなたの幸せを願う
そなたの不幸を恐れる
まさにそなたなり
夜の男

昼間にやってきた
影
太陽とともに現れた
まさにそなたなり
煙る鏡
まさにそなたなり
言われていたように
粉の上の足跡
片足だけの足跡
われらは続くことができる
ついに戻ってきた
煙る鏡
ついに戻ってきた
夜の星
ついに戻ってきた
昼間に
ついに戻ってきた
双子たる光を抑えつけて
ついに戻ってきた
夜の英雄、昼の生贄
ついに戻ってきた

恐るべき闇の神に対する崇敬
昼間にあえて身を明かした影への崇敬
太陽を打ち負かした男への崇敬
煙る鏡

鏡と煙、煙の鏡、鏡の煙。わたしはこうした言葉をやっとのことで解き明かした。そしてその意味に固執した。そうこうしていると、黒衣をまとい顔を黒く塗りたくった男たちの声が祈り声に変わった。鏡の煙という言葉以上に、あの日に夜を明かした場所である岩の揺籃たる埃の平地のことを、うまく表現できる言葉の組み合わせはなかった。つまりわたしがそのとき頂上にいて、背後に白い火山が高く雄大に聳えて見えるピラミッドのことである。鏡とは空であり雪であり、石であった。煙とは大地であり、音楽であり、肉体であった。わたしはそのことに得心がいった。得心がいったことで心は慰められた。心の不安の原因は、別のところにあった。つまりこうしたピラミッドの呪術師たちの言葉に、驚異の響きが備わっていたことである。起きたことが彼らの驚愕を呼び覚ました。わたしの到来そのものと、前夜から撒かれていた粉の上に刻印されたわたしの足跡という証拠は、彼らが待ち望んでいたのがわたしであるという証しでもあった。

異臭を放つ呪術師たちはカラスの羽根のように腕を持ち上げてわたしの周りを取り囲んだ。わたしは彼らが近づいてきたとき、連中の長いたてがみや顔、服、手に血が塗りたくられているのを目にし、その臭いも嗅いだ。そのときわたしにはあの老女の小屋にいた獣のことが心に蘇り、ぞっとした。それは夜と区別できないほどの黒い影、純然たる亡霊であって、太陽の死刑執行人そのものだった。そこでてっきり獣の霊がこうした呪術師たちの身体に憑依したのだと思った。獣がなしたことを彼らは怖れていた。彼らは獣によって夜になって太陽が殺されないように、太陽が出ている昼間のうちに夜を殺さねばならなかったのだろう。わたしは粉に刻印された自分の足底を見てみた。わたし自身が彼らが捕えようと待ち望んでいた夜そのものだった。わたしは暗がりで彼らによって囚われの身となった。わたしは取り囲まれた。連中はまき散らされた粉でできた小山と、そこに刻印されたわたしの足跡の周りを取り囲んだ。セニョール、呪術師らはわたしに歌いかけ、わたしのことをこう呼んだのだ。

よ。

——煙る鏡〔アステカの主要神のひとり、テスカトリポカのこと。ナワトル語でテスカトルは〈鏡〉を、ポカは〈煙る〉を意味する〕

彼らは腕をだらりと下げると、後ろからわたしの求める女、情婦たる蝶の女が現れた。あえてそんな落ち着いた言い方をするのは、あまりに突然の出来事だったので、女の存在に戸惑ったことの裏返しである。彼女に再会したいがためにどれほどの危険をかい潜ってきたことだろう、あらゆる誘惑を断ち切り、あらゆる困難を乗り越えてきたことか。今こうして目の当たりにしたとき、彼女は別人のように見えた。彼女がわたしのほうを見ることはなかった。

それは彼女だった。しかし別人だった。石の腰かけに虎皮の敷きものを敷いて座っていた。頭に蝶の飾りをつけてはいなかった。頭には何もなく、長く黒い髪の毛には連中と同様、血が塗りたくられていた。金糸で互いに結ばれた宝石のちりばめられた服をまとってはいたが、そこにメノウやトパーズ、アメジスト、エメラルドなどの輝きを曇らせる布はついていなかった。贅沢な衣装の下には、柔らかで流れるような一糸まとわぬ女の肉体が輝いていた。王座の袂には、黄色の花が束になって数多く飾られ、蛇やムカデなど洞窟や乾燥した暗がりに棲む生き物がうじゃうじゃとたむろしていた。傍らには一本の箒と香草の長い束があった。恐ろしい女性の足元には、例のクモがいた。クモのおかげで例の女だとわかったのだが、それは自分の恋人は唇を彩色されていることを知っていたからである。女の開いた股の間には、あたかもわが愛の種子が密林において懐胎したかのように、赤い蛇が鎌首を持ち上げていたのである。

わたしは女のほうを見て尋ねた。

——わたしが分からないのですか？

女は残忍そうな目をしたまま、振り向こうともしなかった。わたしは取り囲まれた呪術師のうちの二人に腕を取られた。他の者たちは綱を高く掲げ、階段のほうに近づいていった。階段を通って、若い戦士たちに導かれた六人の女たちが、すすり泣きの歌を口ずさみながら登ってきた。セニョール、おそらく貴方様はここに見るような戦士たちの凛々しく勇壮な様をご覧になったことはありますまい。一挙手一投足と豪勢な身なりをみれば、最高の駿馬や獰猛なアラーノ犬のそれと見紛うほどの育ちのよさが見て取れよう。高く聳える羽毛の羽根飾り。仔犬のかたちに似せて作った銅の耳飾り。海の捧げものである貝でできた下唇の飾り輪。革製の首飾り。背中や足に据えられた羽根飾り。シカのひずめ。顔はトラやワシやカイマンの仮面で覆われていた。女たちは黒く口を彩っていて、濃厚な香りをまき散らしていた。服装はハチドリの羽根を体に張り付けただけで、性器を露出させたままにしていた。腕や首や踝にはブレスレットや首輪をたくさん付けていた。彼女たちのなかには嘆き声をあげつつ、戦士たちの腕に摑まるものもあれば、男たちの胸を愛撫する者もあった。陰鬱そうな表情をしたり、諦めの微笑みをつくったり、はたまた悲しげな思い出に浸って男たちを見ている者もあった。一様に誰もが悲しみと屈辱の涙を流して泣いていたのである。そのとき戦士のうちのひとりが唇にタトゥーを入れた女の石座に近づき、こう言った。

そなたは世界を浄化するべく自分自身を穢すことによって、自らの罪科を清め、不浄を拭い去ったのだから、どうかわれらの罪科も清めてほしい。またわれらの不純な欲望を満足させるべく、敗者となった村のつましい家族から徴発された娼婦らを受け取ってほしい。そしてわれらの不埒な欲望を洗い流し、われらが神々に仕え、われらが大いなる声を備えたわれらの主たる大地において、神々の顕現に尽力したいという思いの他にいかなる懸念もなく心置きなく戦えるようにしてほしい。われらは戦場に逞しく穢れなき魂で赴くために、ここにいる女たちの淫乱な身体のなかで、われら男どもの脆弱な不純さといったものを一切合切ぶちまけてしまったのだ。この娼婦らを受け取ってほしい。もはや地上において割り当てられた時を使い果たしてしまったのだから。お役目は終わった。もはや御用済みだ。われらは肉を離れて戦いに赴かねばならぬ。女どもを受け取ってくれ。煙る鏡の今日という日に、不浄を洗い清めてくれる女主人であるそなたに連中をお渡しする。

戦士が話し終わるか終らないうちに、埃がかつて舞い上がったときのように、楽の音が強烈な勢いで平原に響き渡った。楽士たちは空っぽのアタバルに手を置いて叩いたり、バチで太鼓の皮を打ち始めたりした。またアタバルが低い音で打ち鳴らされているときには、口笛を強く吹いた。また緑や黄色の鮮やかな色をした豪華なマントをまとった踊り手たちが、バラの花束と金と羽根をあしらった羽根扇をたずさえ、顔は獰猛な獣の頭に似せて作った羽根の目出し帽で覆って、手を繋いでできた輪のなかに入ってきた。またピラミッドの頂上にいた呪術師たちは、わたしの情婦が長く黒い爪を生やした指を動かして合図したのを見て、娼婦らの胸に火打ち石の短剣をずぶっと突き刺したのである。乳首から乳首へと胸を切り開き、首にまで達すると、血塗られた手で彼女らの心臓をえぐり出した。そして首を切り取ると、ピラミッドの水路の傍らに手足を切り取られた身体を積み上げたのである。女たちの血は水路を通って、静けさを取り戻した埃の平原に流れ落ちていった。そこではよりいっそう踊りが活気を呈し、踊り手たちの中からは、酔っぱらいや狂人、老婆の恰好をして、見る者たちを笑わせる道化たちも出現した。見物人は女子供であった。呪術師たちは階段の上から戦士用の六人の娼婦の頭を放り投げた。頭は下にいる老人らによって受け止められ、槍掛けのように渡されていた長い丈夫な棍棒に、こめかみの辺りで串刺しにされたのである。

黒い呪術師たちはまだ湯気の立つぴくぴく動く女たちの心臓を、木の器に入れてかつてわが情婦であった女主人の足元に置いた。セニョール、わたしは服や顔やたてがみを娼婦たちの血で染めた殺戮者たちの仲間である二人の呪術師に腕をとられたまま地面に跪いた。そしてそのとき思い浮かんだのは、川沿いで暮らしていたかつての村人たちのことだった。彼らの素朴さ、貪欲さの一かけらもない恬淡さ、彼らの日常生活と尋常ならざる運命といった面だった。わが名誉のために自らの手によって生贄となった人々。この埃と血の、深い渓谷に連行されるべく、森の神殿のそばに集結した人々。そしてこの地で女たちは大いなる声の主人と呼ばれた者の戦士たちに当てがわれた娼婦となり、その後、鏡と煙の日に生贄に供されたのだ。これはいったいどんな世界だったのであろう？　美しいものがある一方で、ものを私物化せず共有する精神、生命への執念といったものが罪深い儀式と両立していたのだから。わたしはその瞬間、自分の分身である密林の戦慄すべき亡霊のことを思い出した。それはわたしと共存していたせいもあって、新世界でもわたしといっしょにいたのだ。自分でもよく理解できない理由で結びついていたのは、生への熱望と死への熱望であった。白い神こそわたしだと言ったのは、博覧強記の老人と蝶の王女だった。生の原点、教育者、愛の前触れとなる声、幸福、平和。黒い神はわが敵なる兄弟で、死の原点、闇、そして生贄。わたしはつよく否定したいという思いを抱くことで、分身たる片割れの亡霊を打ち負かしたものと信じていた。しかしわたしが求めたのはひとりの女だった。そして今ここで、死の華やかな儀式を主宰する姿を目にしたのだ。

戦士たちは女の前で跪き、獣の仮面を取り払った。髪の毛は剃刀で剃りあげられたこめかみ部分のところまで切りそろえられていた。こめかみには黄色の彩色が施されていた。耳たぶには太い刺が突き刺さっていた。セニョール、彼らは交代交代に跪いては低い声で、苦行者が話かけるように、貪欲な女王の耳元で話かけた。各々が告白を終えたときになって初めて、女と戦士は大きな声を上げ、女はこう尋ねた。

——誰のせいで不幸を吹き込まれたの？

彼はこう答えた。

——あなたのせいで……。

——淫欲に身を投じたときに誰のことを考えていたの？

——あなたのことを……。

——淫欲と不幸はいずこにある？

——あなたがおし広げた太腿のあいだで顔をのぞかせている蛇のなかに……。

——そなたの罪科を拭い去ってくれるのは誰？

——それはあなたです、われらを浄化すべく自らを汚して穢れを拭い去ってくださるのは……。

——わたしにこうした力を与えてくれるのは誰？

——それは煙る鏡です……。

——そなたはわたしの前で何度告白するつもりなの？

——たった一回限りです……。

——いつ？

——わたしに死ぬ覚悟ができたときです……。

——そなたは老人？

——いや、わたしは青年です……。

——ならどうして死ぬことになるの？

——それは戦争に行くことになるからです……。

——誰と戦うつもりなの？

——未だにわれらに服おうとしない者どもとです……。

——そなたは老衰や病気で死ぬよりも戦場で死ぬ方がいいのですか？

——その通りです。病気や老いぼれて死ぬのは奴隷だけです。わたしは地下の凍えるような地獄をすっ飛ばして、ひとっ跳びで霧雨煙るあの世に行くつもりです。

——もしそなたが生き残るとしても、もう二度とそなたに打ち明けたり、そなたを清めたりできなくなるのよ。

——それは分かっています。あなたは誰に対しても一回しか耳を貸さないわけですから、わたしは戦いのなかで死にたいのです。だから生き残ることはないでしょう。

女は香りのいい葉を手に取ると、戦士らの肩や胸や足を葉でやさしく拭ってきれいにしてやった。一方、呪術師たちは鳥かごを開けて色鮮やかな鳥を取り出し、首を絞めて殺すと、羽根つきの死体を女の足元に置いた。戦士らは再び獣の兜をかぶると、平地まで階段を下りて行った。そこには踊り手や女子供らが離れたところに陣取っていて、額に紙の円盤をつけた二人の太守の踊り手をリーダーとする行列に道をあけていた。黒い彩色を施され、蜜を塗りたくった二人の男の顔が日の光を浴びて輝いていた。彼らはその後ろに身体を白色に染められた男たちの一団を従えていた。戦士らはわたしの情婦とひそひそと言葉を交わすや否やすぐにこの行列を出迎えに行った。その間に、太守らは囚人らを――というのもそのとき初めて囚人だと分かったからだが――臼のような形をした丸い石の上に引き上げた。そして彼らに飲み物の入った器を与えると、囚人はみなあたかも世界の四つの方角に向けるかのように、自分の器を東と北、西と南の方角に持ち上げて、口々に涙声で次のような歌を歌ったのである。

われは生まれた、意味もなく
われは生きてる、意味もなく
辛いといえど、ここにいる
この地にわれは、生まれたり

太守は石の上に上げられた囚人たちに縄を結わえ付けた。縄は石臼の目のところから出ていて、囚人たちは腰の部分で繋がれた。すると早速、囚人の各々に、刃のところに羽根がついた剣と四本の松の棍棒が渡された。次に刃のところに羽根ではなくナイフをつけた剣をもった四人の戦士が前に進み出た。彼らのうち二人はトラのような服をまとい、他の二人はワシのような服をまとっていて、円盾と剣を太陽のほうに高く掲げると、囚人と一対一の戦闘を始めた。しかし囚人たちはすぐに気を失い、殺してほしいとでも言わんばかりに武器を何ひとつ手にすることなく、地面に打ち据えられてしまった。彼らは戦士らの手で屈服させられてしまった。石臼に結わえ付けられたままでいた別の囚人たちは、もはや戦意を喪失し、気もそぞろに武器を手にしたものの、すぐに負かされてしまった。しかし勇敢な者もいて、戦士らは彼らに対して手こずり、仲間に加勢を求めた。結局、四人でもってひとりの囚人を打ち据え、武器を奪い、ナイフで地面に引き倒すに至った。

再びいっせいに音楽と踊りが始まった。血まみれの囚人たちは臼のところから出た縄の縛めをほどかれ、戦士らによってピラミッドのほうに連行された。囚人たちは髪の毛を摑まれ、頂上まで連れて行かれた。一方、平地のところではたくさんの緑の羽根をつけた尖り帽を頭にかぶった男たちが踊っていた。高く聳える羽根飾りで空は一面、緑色に輝いていた。

戦士らは囚人を連れて頂上にまでやってきた。囚人らはすぐに神官たちに引き渡され、手を後ろ手に縛られ、同様に足も縛られた。その多くは気を失っていた。彼らは壇上の一番高いところで燃えさかる大きな火の中に投げ込まれた。各々火のなかに投げ込まれて落ち込んだところに大きな穴ができた。というのもそこは燠と埋《うず》み火の海となっていて、火のなかで囚人たちが狂ったように身もだえしたからである。そのとき獣が焼け焦げるときのような、じりじり肉が焼けるような音が聞こえた。体中から水疱がぶくぶくと沸きあがった。呪術師はこうした苦悶のなかにある囚人を手鉤でもって火中から引き揚げて刑場まで引きずってくると、そこで彼の胸を横裂きにして心臓をえぐり出し、女の足元にそれを放り投げたのである。囚人の頭は切断され、頭部と体は階段の下に蹴落とされた。下では老人たちが待ち構えていて、胴体部分を受け取ると、それを引きずってすぐにその場を離れて行った。頭部はこめかみ部分で棒に串刺しにされた。戦士のひとりが壇上の端に進み出ると、話し声、音楽、踊りがいっせいに止み、その声に耳を傾けた。

――あそこには女子供や踊り手に紛れて、われらの戦う敵である多くの男どもや斥候が隠れている。連中はこの日に行われるわれらの儀式をこっそり観察しようとしているのだ。お前たちはせいぜい自分たちの村に戻って、われらが捕まえた囚人どもに起きたことを語るがいい。そしてメキシコの力に恐れおののくがいい。

セニョール、わたしはこの荒涼とした台地の人間が、自分の国の名前を挙げるのを初めて耳にした。それが権力と結びついた名前だということも分かった。それが最高権力者、大いなる声の男、すべての者たちが名誉の源と考える至高神の名前でもあったということも。この土地の言葉はよく分からないので、一つひとつの言葉を切り離して、いくつかの語根に分解しなければとうてい理解できず、学ぶのにかなり難儀した。たとえばあるものが土地や主人や神の名称を示すとすると、別の言葉は臍とか死とか月など、様々なものを同時に意味するからだ。臍というのは生命を（とわたしは呟いた）、死は死を、二面の月は満ち欠けで生と死を表すのである。自分にはあまり深く考える余裕がなかった。口を開いた戦士はみなが黙りこくっているなかで、祭儀を取り仕切って汚れきった神官のほうに近づき、彼らの前に跪くと、それを見た仲間たちもそれに従った。彼らは血と溶けた瀝青と冷たい灰にまみれた神官たちの足を洗った。この洗い清める儀式には長い時間がかかった。戦士らが神官たちの前で恭しくしている様を見て、わたしはこの月の臍の土地において、もう一つ別の秩序があることに気づいた。つまりワシとトラの兜を被った恐ろしげな戦士たちといえども、死の祭儀を執り行う神官たちには敬意を表するものだということだ。彼らは武器よりももっと高貴な力の前に服属していたのだ。となるとこれら黒装束の神官たちはいったい誰に服属していたのだろうか？　この半切りされた死のピラミッドに勝るような力とは何なのだろう？　わたしはふと神殿を模したような形状の火山のほうに視線を向けた。形状のみならず、似ていたのは頂上だった、氷と熱、雪と石、灰と火、血と煙といった……海岸から火山へ登ったときのことを思い出すだに思ったのは、この土地は全体が神殿の形状をしていて、礎石部分はすでに腐敗の進んだ植生地帯なのに対し、頂上部分は煙る石の建造物だということだった。そして巨大ピラミッドの石段をわたしは登ってきたということだ。太陽と崇拝し、自らを月と称した人々は、別のより大きなピラミッドのなかに取り込まれ、それによってとり囲まれたもうひとつの別のピラミッドのごとき存在であって、大地全体をして、死の供犠によってのみ生き永らえる生命を、かろうじて維持していくために捧げられた神殿と化したのだ。

　ああ、セニョール、お聞きの通りだ、わたしが語ることした血腥い儀式を実際に見てみれば、どれほど恐ろしい思いをするか分かるだろう。でも、できればあなた様に煙る鏡のはるか遠いあの日を、わたしに代わって直接味わってほしいと思っている。恐ろしいことかもしれないが、自分が見聞きしたことを本当に理解してもらうにはそれが一番だ。糾弾しようとする前に、理解したいという気になるには、もっと大きな力が必要だということも理解してもらえるだろう。丸腰のまま囚われの身であったわたし自身、他の囚人たちの行く末を目にしつつも、分からないからといってむげに糾弾しようとはしなかった。何が起きているのかすべてを把握する知識もなかったわけだから。ひょっとして、と内心思った、わたしは自分の巡礼の旅が終わるのを待たねばならないのだと、つまりこの土地のことを理解するには、わが記憶の五日目、わが問いかけに対して約束された答えの出る第五日目を待たねばならないのだと。長い供犠の一日はまだ終わってはいなかった。わたしは未だに儀式のなかで、自分がどういう立場にあったのか理解できないままでいた。

　わたしの腕をとっていた二人の神官は、じっくり時間をかけて穢れを落とさせるべくわたしを自由にした。洗浄は長く困難をきわめた。というのも戦士らは不器用だったせいで呪術師の足についた溶けた瀝青を取り除くことができなかったからである。そこでわたしがその仕事を買って出た。立ち上がると祝祭を執り行った女主人のほうに近づいた。呪術師らは顔を上げ、だみ声で祈りを唱え始めた。戦士らは跪き、俯いたままでいた。わたしは用心深く、女のところに近づいた。ついに彼女はわたしのほうを見た。わたしに来るように目配せをした。かつて彼女のなかにあったのはすべて快楽であったが、この時ばかりは恐怖を感じた。改めて目の前に立つと、彼女に触れることはおろか、目の前に立っていることすら憚られるような気がした。呪術師らの前に出た戦士らと同様、わたしは跪き俯いていた、密林であれほど思うがまま快楽を貪った肉体にあえて触れようともせず。とはいえ、彼女に目で問いかけねばならなかった。その日、初めて身近でわが情婦の顔を見たのだ。遠目から一見しただけでは、いつも通りの見慣れた顔だった。しかし間近で見ると、セニョール、忘れがたいその顔に小さな変化があるのを見て取れた。時の経過を感じさせる皮膚の上に残されたわずかな痕跡を。目の隈にはわずかな皺ができており、瞼も思いがけずふと重く垂れ下がったり、見るからに唇がかさかさになっていて、いつも高く固く張っていた頬骨の下の、首のところの肉付きが軽微ながらも弛んでいた。時の流れだったのであろう。でもどんな時が流れたというのだろうか、セニョール？　自分よりも若い乙女を愛してほんの三日も経っていなかったというのに。今見ている女は自分よりも若干老けていて、相変わらず美しく蠱惑的だとはいえ、すでに薹《とう》が立っていたのだ。というのも顔立ちからは春の装いが去り、秋の雰囲気が漂っていたからだ。わたしは思った、これは別人だと。それを確認したのは、自分の唯一の正当なる武器である手を差し出したときであった、その日に関する問いかけという手を。

もしや新たな発見をするのでは、という思いに後押しされたわたしは深く考えもせず、こう尋ねた。

――貴女はわたしのことをご存じですか？

彼女は冷ややかな目で眺めすかすかのようにわたしを見ると言った。

――それが今日そなたのする問いかけなの？

わたしは自分が間違いを犯したと思って、首を横にふった。本当はそうしたかったのだが、あえて彼女の手に触れることなく。わたしの問いかけに対して答えた返事こそ、彼女がわたしの情婦、蝶の女王であり、われらの間の取り決めをしっかりわきまえた女であったことの証左であった。

――いや、そうではありません……。

――そなたには問いただす権利があります……。

――わたしを取り巻く謎があまりにも多いので……。

――毎日、ひとつだけ質問を受けることにしましょう……。

――分かりました。わたしは貴女から離れて暮らしていた間、二人で取り決めしたことをきちんと守りましたよ……。


女は再び平地の方を悲しげに見つめた。そこでは前の活気が蘇っていて、人々が飲み食いし、女どもが土器製の器に地酒をたっぷり注いで飲み干し、石鉢の上にトルティーリャを張り付けていた。老人たちは手に丸太状の杖をもって踊りの指揮をとっていた。杖には香のいっぱい焚き染められた紙製の花が飾りつけられていた。花から上がる煙と火桶から立ち昇る煙。わたしはそれらを遠くから、女性の近くで立ち昇るのを見た。しかし直接的な謎を知ろうという誘惑はことごとく退けた。わたしは自分の問いの論理性を尊重し、ピラミッドや大地そのものの石段のように順序立てて昇る必要があると思った。一番深いところの自分の分別に従うと、原因と結果からなる数珠つなぎのひとつの数珠すら蔑《ないがしろ》にしてはならなかった。そうすれば数珠はばらばらになってしまい、娼婦や囚人の頭のように石段を転げ落ちかねなかった。わたし自身、昨日の謎を解き明かすこともなく、今日の謎の囚われ人となりかねなかったのだ、そうなれば先々、何も理解できなくなるだろう。

――セニョーラ、とわたしはついに言った。どうしてわたしのために密林の民は生贄になったのですか？

女は同情に堪えないといった態度で、いささか見下げるような目でわたしを見て言った。

――そなたはそれを今日、知りたいの？

――ええ。

女は平地と火刑場と薫香から立ち上って、入り混じった煙を遠目に眺めた。それはこの土地の人間と神が渇望した煙でもあった。

――それはそなたが生命の証であり、わたしたちが死の証であるからよ。彼らはそなたのために生贄になることで、わたしたちのために生贄にならなくてすむと考えたのよ。わたしたちに殺されるよりか、そなたのために死ぬ方がましだったのよ。

こうした言葉を聞いてわたしは困惑した。目は血と怒りと悲しみで曇った。今一度、穏健な密林の民のことが思い出された。改めてこの新世界のあり様に呪いの言葉を投げかけた。なぜならわたしのせいで無辜の人々が死ぬはめとなったからである。しかし時を移さず、悲しみと無力な怒りにまして恐怖が支配することとなった。セニョール、わたしは遠ざかりゆくかつての情婦の色鮮やかな唇から発せられた、そうした言葉が逆転し、今日の供犠で彼らではなく、自分が生贄にされて死ぬかもしれないのではと恐れたのだ。そうすることは、死んだ月を戴く土地において、物事を均衡させるために必要だったからである。

洗い清める儀式が終わり、神官と戦士たちは一同そろってわたしが女主人の足元に跪いている姿を目にした。そのときばたばたと、足音を立てて何かが石段のほうから駆け上がってきた。強烈な香の匂いがいっしょに漂ってきた。すぐに頂上に姿を現したのは、長髪に豪華な羽根飾りをつけた踊り手たちで、羽根から何までそっくりコウモリの恰好をした別の踊り手が先導をつとめていた。踊り手たちは指を口にはさんで口笛を吹き、各々が肩に手提げ袋を背負っていた。そのうちのひとつには、彼らがあのときあたかも世界の四つの部分を象徴するかのように、壇上の四隅におき、燠のところに振り撒いた薫香が入っていた。別の手提げ袋は神官らに渡された。神官はわたしのところにやってくると、立ち上がるように命じた。

わたしは処刑場とナイフを恐るおそる眺めた。そのとき自分の行く末を見る思いがした。戦士の快楽が尽きた際に生贄にされた娼婦や、反抗的な者たちに対する見せしめとして殺された囚人と同じ運命を辿るのではないかと。

神官たちは手提げ袋から黒い物質や衣裳や絵の具などを取り出し、わたしの体と顔を黒く塗りたくり始めた。頭には白い羽根を付け、首の周りに花束を吊り下げた。肩には長い花輪を垂らし、耳には金の耳輪を付け、胸には数珠つなぎの宝石をあしらった。そのあと、網状に織った高価なマントを羽織らせ、下半身には刺繡を施した美しい一枚の布をまとわせ、足には色彩豊かなシカ皮靴を履かせ、踝のところに金の鈴を付けた。手首には肘まで覆う宝石のブレスレットを、肘の上にも金のブレスレットを当て、胸にも白い宝石を装わせた。背中には玉房と房べり飾りのついた白布でできた袋状の飾りをつけた。このような恰好をさせられたわたしは、冷や汗をかきつつ自問した、これが今日最大の生贄のための準備ではないのか。神官たちは感嘆した様子で、わたしから離れていったが、そのうちのひとりが叫んでこう言った。

——こいつこそ間違いなく、創造の日に片足を失った〈夜の男〉、残酷で気まぐれな《煙る鏡》なのだ。あの日、こいつは海からわれらの母なる大地を引き上げ、母なる大地はこいつから関節ごと足を引っこ抜いたのだ。こいつは分身で、影だ。いつもわれらの頭越しにものを見ているし、われらがどこに行くにもついてくる。創造の海から大地を引き上げた男だ。しかし疲れ果て、片端になってしまい、大地に光明を与える余裕もなくなってしまった。こいつは自らの努力と犠牲のことを嘲笑う敵の姿を光のなかで見ている。海から生まれ、影のなかで生まれたのが大地だ。というのも、まずこの世に最初にあったのが大地と影だったからにすぎない。そのあとに初めて光と人間が存在しえたのだ。そんなふうにして、煙る鏡は人間の死を要求したのだが、それは人間が大地と影から出現した事実を改めて認識させ、人間の驕りを罰しようとしたからだ。まさしくこいつこそ、今日という日に、片足のみで神殿の粉に印をつけることになっている〈夜の男〉に間違いない。

こうした言葉を耳にしたとき、わたしは熱い眼差しで、わが情婦の固く冷たい視線を探した。というのも彼女がいるからこそ、自分が別の存在であることに納得したからである。わたしはわが分身が苦難と平和と生命に、運命づけられていると信じていた。しかしこの神官の言葉は、自分とは反対の存在となるようにわたしを追い詰めるものだった。そのとき突然のように頭に閃いた、この地で目撃した恐るべき殺戮は、密林の民の生贄がそうであったのと同様、わたしにとって名誉だったのだということを。今回、わたしは死ぬことはないだろう、なぜならばわたしの代わりに、《煙る鏡》というわたしの名において、他の者たちが死んでくれたからである。この地でわたしの名は暗闇と犯罪を意味するが、密林では光と平和を意味したのだ。

セニョール、わたしは自分たちの世界と無縁そのものであるその世界を理解するための手がかりについて、どれほど無知であったか、また今でも無知であるかを思い知った。というのもわれらの世界では、一という数字が優勢で、あらゆるものはひとつになろうとするのに対し、この地では、ひとつに見えるものが、すぐさまその本性である二性を示したからだ。この地ではすべてが二つの要素でできている。最初にペドロを殺し、その後わたしの代わりに自殺した密林の民もそうであったし、博覧強記のあの老人もそうだった、わたしの鏡のなかでは老人だったが、自分の記憶のなかでは青年だった。また蝶の女もまた同様だった。密林のなかで情婦だったものがピラミッドのなかでは独裁者だった。彼女は不浄な強欲者でありながら、世を浄化する存在であった。太陽も例外ではない。恩恵を与えると同時に恐怖の対象である。暗闇もまたそうだ、太陽の死刑執行人であると同時に、夜明けを告げる魁である。生命もまた死と生の二つの側面をもっている。

わたしもまた二人であった、貴方にお話ししている自分と、ある晩、森のなかで遭遇したもう一人の黒い分身。わたしは自分の影だった。自分の影が自分の敵であった。わたしは自分の黒い分身の運命と同様、自分の運命を果たさねばならないだろう。この二重の運命のせいで双肩にかかる重荷がどれほどのものか、そのとき想像すらできなかった。わが情婦たる無慈悲な女の発した言葉に対してすら、恐怖をほとんど覚えなかったくらいだ。呪術師が話し終え、彼女が毎年この日に青年をひとり選び出すのだと述べたときの……「われわれは一年を通じて青年を育て世話をしてゆく。青年を目にする者は誰もが畏敬の念を抱き、大いなる敬意を払うこととなる。一年を通じて青年は花と煙の出る葦を携えて、夜も昼もいたるところを自由に歩いて、この地で横笛を吹いて回るのだ。自分の飢えと渇きを癒すときのために八人の下僕をいつも供奉として従えて。この青年は一年中、余すところなく悦楽を与えてくれる乙女と結婚することとなる。それはこの地で最高の美女、最も若く、申し分ない資質を備えた女であらねばならぬ。一年間、土地の王として暮らしたところで、青年はこの日にこの神殿に戻ってくることになる。そして石の上に身をさらされ、手足を縛りつけられ、一気に振り下ろされた石ナイフで心臓をえぐられ、太陽に捧げられるのだ。これこそ何にもましてこの土地が捧げうる最も誉れある、最も喜ばしい運命なのだ。けだし選ばれし若者は誰よりも多く、まず生命を、そして後に死を享受することになるからである。村人たちも、生きている間に富と快楽を得ている者どもが、末期に貧困と痛みを味わう羽目になることが分かろう」。

女は一瞬、口を噤んだ。そしてきらきらした目でわたしを見て、タトゥー入りの唇に作り笑いを浮かべてからこう言った。

——ついにわたしたちはよそ者であるそなたを、煙る鏡の生き写しとして選んだのよ。そなたにお聞かせした運命とは、まさにそなたの運命そのものよ。

セニョール、わたしはこの言葉に秘められた魔力を祓おうと目を閉じたが、それも無駄だった。わが心の緑の星のなかで輝いていたのは、予告された死が確実にくるという思いよりも、死が先延ばしにされたことに対する感謝の気持ちだった。少なくとも今日は死なずに済みそうだった。しかし一年もすれば、この同じ場所で死ぬこととなるのであろう。生き延びたことと運命の死とのはざまで、もう一つ別の運命が芽生えた。というのもそれらは合わさって、無慈悲なわが情婦がわたしに予告した運命そのものを言い表してはいたのだが、あの密林のなかである夜、同じ女が予告した別の運命のことがふと思い浮かんだのだ。

——セニョーラ、とわたしは答えた、記憶が正しければ、貴女がある夜わたしに約束したのは別の運命だったのではないですか、つまりわたしの死から五日間を救うという……。

——すでにそなたを救ったではないですか。

——貴女と約束したのは、今一度、火山の麓で再会することではなかったですか？

——再会したではありませんか。

——貴女はたしか、再会した折にはあの夜以上の愉悦を与えてくれるとおっしゃいませんでしたか？

——約束は果たしました。誰にも劣らぬほどの愉悦を与えますよ。そなたには確実な一年間の愉悦と確かな死を与えましょう。長年の不幸に苛まれた人間がこの世とあの世で、ほんのわずかな時間の幸せを得たところで、その人間は不幸ということになります。死がいつどうやって襲ってくるか分からぬまま生きるというのは恐るべきことです。死は確実でありながら、その到来を予告しませんから、人間は恐怖と悲嘆に落ちこむのです。

——たしか貴女はおっしゃいましたよね、運命から救われたその日には、貴女はもはや問いただす必要もなくなると、なぜなら分かってしまうからだと。

——分かるでしょう、今日がその最後の日です。そなたには一年間の幸福と、きっかり時間の定まった死が待っているということを。

——セニョーラ、とするとわたしは最後に貴女にお会いしたときから二日間しか生きなかったことになる……。

セニョール、女は驚くほど強烈な眼差しをわたしに向けた。この日初めて、女は震えながらすっくと立ち上がると、玉座を覆っていたトラ皮を長い爪で引っ掻きながら、疑い深い様子で、初めて屈服したかのように無力感に囚われて、己自身と己の権力に疑いを抱いたのである。その瞬間、顔にはあたかも年月が空中から表面に付着したかのように、時間の痕跡がはっきりと浮き上がった。この土地の汚れた空気が、女のごとく、世界の腐敗を糧として身を養ってきたかのように。

わたしは女が崩れ落ちるのではないかと恐れた。それほど彼女の体はぐらぐらと不安定で震えが大きかったのだ。よろよろとして立ち上がると、玉座の石に摑まり、消え失せるようなか細い声で、口角泡してどうにか絞り出すようにこう言った。

——たった二日だけ……。

——ええ。

——覚えているのはそれだけ？

——ええ。

女は喉から絞り出すように呻いた。それしか覚えていないの？　哀れな不幸者、たったそれだけなの？

——それだけです、たったそれだけ……。

——わたしがそなたの道の途中に置いたすべての障害物、そなたに課したすべての試練のなかで、夜の二日と昼の二日の合わせて四日だけが、そなたに問いただすように強いただけでなく、そなたの日々を救うように強いたということかしら？　たった二日だけがそなたの生命に値したとでも？

——ええ、その通りです。まさしく。

女はさきほど蔑みと同情の眼差しを向けたと思ったら、今度は穏やかに落ち着いた視線に慈愛をこめてこう言った。

――可愛そうな子ね、ほんとうにそなたは可哀そう。持ち分である五日間を自分で使い果たしたほうがよかったかもしれないわね、そしてわたしのところにやってきて、わたしたちの土地で自分の運命を極めたほうが……。

――貴女がわたしに与えた運命は死ぬことでした。

――ええ、たしかに。でも一年間の幸福の後でよ。それより幸福を味わわずに二日後に死ぬ方がいいとでも？

わたしは他に答えようがなかったのでこう言った。

――ええ、だって今夜を含めてまるまる二日残っていますから。

――その間に何をするつもりなの？　可哀そうな坊や。

――まず今日という日を終えること、それに今晩、次にする質問に対する答えを受け取ります。

――そなたはどこに行くつもり？　と女は再度、無表情に訊ねた。

わたしは周囲を見回した。谷間に広がる平原の傍らにある神殿の石段を下りてゆけば、女が予言した運命に絡めとられるだけだろう。そうなればすぐにでもこれらの高原の民と見分けがつかなくなり、わたしは崇拝され、称えられるだろう。そして飲み食いの供応を受け、最高の美女をあてがわれるだろう、あの女が予言したように。そして一年が過ぎた時点で、ピラミッドの上で死ぬはめとなろう。こうした方向でわたしの挑戦は敗北し、別の運命に対する答えも失うこととなろう。ところが火山に向かう側の階段を下りてゆき、火山そのものを登ってゆき、灰色がかった火口に入り込むとすれば、そこでわたしを待ち受ける危険は、ひょっとしてわたしに安全を与えてくれるかもしれない。セニョール、まさにその時だった、わたしにとって偶然が自由と安寧と生命を意味したのは。というのもそれ以外の道は致命的だと分かったからだ。その末路がどういうものとなるかも。自分の死がやって来る日をはっきり知ったとしても、あまり気楽になるわけではなく、むしろ精神的な奴隷状態に落とされるような堪えがたい重荷だったのだ。何はともあれ、わたしは一年後にこの神殿に戻ってきた際には、まずもって残されたわが運命の二日という日々を、すべて危険な賭けにさらすことになりかねないのだ。

――セニョーラ、火山に……。

神官らが最初に金切声をあげ、次に戦士らが盾を動かしながらしゃがれ声で叫んだ。コウモリが羽ばたき、踊り手たちは薫香を振り撒いた。女は火山と似た氷のような冷たい視線を向けてわたしに答えた。

——愚か者、それは地獄への道なのよ。そこに行ったら一年のあいだ、わたしがそなたに確約したもの、つまり生命を失ってしまうのよ。もし火山に行くと言うのなら、自分の運命である死を呼び寄せてしまうだけよ。

——運命は自分自身で見つけます、セニョーラ。

——愚か者、孤立した運命などないのよ。そなたの死はみんなの死なのよ。死を通してそなたはわたしたちのもとに戻るのよ。

わたしは二度と彼女と会うことはないだろうと思うと、寂しさでいっぱいになって彼女を見つめた。今度はクモの糸が彼女のもとへわたしを導くこともなかろう。これからの旅は自分自身の安寧を求めるひとり旅になるだろう。前回そうしたように、ある夜にこの女からたんまりと約束された快楽を求めての旅などではなく……あのとき一年間を王のごとく生き、一日を奴隷のように生きるという、つまりそうすることで影の神に敬意を払うというのが予告された快楽だということなど、わたしには知るよしもなかった。わたしは肉体同士の新たな再会に勝る埋め合わせをしたと思い込んでいる彼女を寂しい思いで眺めた。

——さようなら、セニョーラ。

わたしはここで装わされた豪華な服と、震える皮膚にへばりついていた水夫の服とをまとったまま、仲間たちに別れを告げ、石段を下りて行った、新たな目的地である火山のほうを見据えながら。火山は日没の太陽を浴びて遠くのほうに去り、空の色とは違う色に変わって次第にぼやけていった。あたかもわたしを避け、警告するかのように。

——見よ、わたしはそなたから遠ざかる、黄昏の透き通った大気に包まれて。別の方向に行くがいい。空気と化すがいい、そなたを氷にしてしまう前に。

途中まで来たとき、黄昏の太陽が視界から彼女の姿を消す前に、立ち止まって振り向き、見納めと思ってピラミッドのほうを見た。太陽の赤く燃える火焔が血腥く煙る頂上に落ちようとしていた。日没時の神殿はまるで地に伏せた一匹の褐色の獣のように見えた。その細工された石でできた喉は大地の血と埃を貪っていた。

わたしはピラミッドに背を向け、火山のほうへ歩いていった。

火山の夜

タマサボテンの群生する平原を行く道は長かった。わたしは砂漠の刺との接触から足を守ってくれた深靴に感謝した。火山への道すがら、自分を取り巻く荒涼とした自然に目をやりつつ自問していた。こうした荒れ果てた高原に住む者たちは、唯一、密林や沿岸から得られた食物で身を養っているのだろうか、低地の住民たちが服従し、生贄にされる理由とは、単に高地の住民らの飢えを満たす必要があったからなのか。はっきり判断できなかったものの、どこかでそうではないという気がした。もっと違う理由があったはずだ、そうだ、この世の大いなる支配者が住んでいるところに行ってみなければならない、何度も大いなる声の男と呼ばれていた人物のいるところに。場違いなわたしが行く先々で犯している秩序、目新しいわたしの存在で混乱させている秩序の真実について知るためにも。

火山へ向かう途上、瞬く間にわたしと世界が夜の帳につつまれていく間に、わたしはこうした確信を何度も反芻していた。それは多くの疑問のなかで、わが心の慰めとなる少ない疑問のうちのひとつだった。

わたしはここではひとりの侵入者であった。めったに侵入されることのない世界に足を踏み込んだ侵入者なのだ。世界から切り離された世界。海岸や高原で会ったこの者たちは、いつの時代から他の民と接触することなく孤立して生きてきたのだろう？　きっと時を刻み始めたときからに違いない。恐怖によって分断された世界。破天荒の破局に取り囲まれつつも、生き延びるための理由を確信している世界。また何と危うい均衡であろう、手に入れるために死に、ハサミを得るために命を犠牲にし、黄金を得るためにハサミを与え、パンを得るために黄金を与え、命を得るためにパンを求め、太陽の消滅の埋め合わせに命を捧げるとは……全くもって心もとない限りだ、そうした危うい均衡を打ち破るには、予見しえない存在、わたしのような一個人の侵入でこと足りる。

セニョール、そもそも新世界の男たちは、破局的な変化を予見するだけで、それを受け入れてしまうのだ。実際は変化などというものではなく、あらゆる存在の終わりなのだが。破局は一個人がどうこうできるものではなく、神ないしは自然の賜物でしかありえない。そこであの夜、わたしは内心こう思った、連中はわたしのことを理解するために、わたしを神とか自然と見なしているのだと。

わたしはこの黄昏時に導きの星を探した。闇の双子の相手である光、つまり金星（ウェヌス）、光の双子の一方である闇。自らの分身たる金星。わたしは明けの明星に導かれるようにして老ペドロの船に乗って新世界へと船出した。セニョール、わたしは夜明けに出発したことで、この土地において自分の運命の最後の港に遭遇するのは夜明けになるのではないかと恐れた。そうすることで完全にして無慈悲な円環が閉じることになるからだ。つまり光の息子が光の時間に到着し、光に縛り付けられるという……しかしすでに目にした自分のもうひとつの運命、可能性はそれに劣らず致命的なものだった。夜に到着した自分は闇そのものと化していたのだ。もしこの地で何か学んだことがあるとすれば、それは太陽の死以上に恐れるべきことは何もないということだった。それ以上の恐怖はないということを。というのも太陽の死刑執行人とは闇の息子で、闇の刻に到来し、闇に縛り付けられる存在だからだ。わたしは自分のことを、昼と夜、闇と光という二重の運命の完全なる円環の囚われ人だと感じた。しかし心ではそんなことは不確かだ、偶然にすぎない、わたしには線としてある生の連続の端緒にすぎないなどと思い込もうとした。円環が閉じるという最終的完成が達成された暁には、この世界でいったい誰がわたしに親切にも、一日余計に命を与えてやろうという気になったのか？　早暁に出発し、昼間に到着でもすれば、太陽の生みの親とでも見えよう。もし黄昏に出発し、夜にでも到着すれば、へたをすれば太陽の死刑執行人とされかねない。どうしようもない新世界、わたしという理解不能な男の存在が、超人的な力の論理のなかでしか理解されない世界。夜に対する恐怖は光のもつ二つの完全なる半身同士のあいだで、永遠に押しつぶされてしまうはずだ。昼のもつ善性は、闇のもつ二つの完全なる半身同士のあいだで、永遠に押しつぶされてしまうはずだ。セニョール、この新世界にはそれ以外に最終的な出口はなかった。住人はもし勝利すれば光を称え、また勝てば勝ったで同じように闇を称えるのだ。いったい誰がわたしにご親切にも、一時間余計に命を与えてやろうという気になどなったであろう？　それでは奇跡にひびが入ってしまうし、不安をさらにいや増すことになってしまうだろう。そこでわたしは何とも恐ろしい、苦痛そのものの矛盾の虜になっていた。つまり自分が生きるのは死があったからであり、死ぬのは生があったからこそだったのだ。奇跡というのはめったにあるものではない。奇跡は守られねばならない。奇跡を守ることができるのは、反復不可能な瞬間が完成を見たときだ。かかる完成とは死に他ならない。

わたしはこうしたことをつらつら考えつつ、やや不安を抱えながら火山の麓に到着した。足に触れたのは冷たい岩と冷え切った火山灰であった。目に入ってきたのは遠く離れた山の斜面で燃えさかる火で、かつて煮えたぎるような活発な活動をしていた火山が噴火を止め、冷え切ってしまったことの埋め合わせをしているように見えた。

わたしはあちらこちらでごく小さな篝火が燃えさかっているのを見た。そばには老人たちがたむろしていた。薄明りのなかで彼らの顔がキツネの容貌をしているのが判別できた。彼らは紙をたくさん切り分け、それをゆっくりした動作で体に張り付け、ひもで結わえつけていた。こちら側で老人のひとりが静止して横たわる体をとりあげ、両脚を屈ませ、紙をまとわせているとすると、あちら側では別の老人が他の不動の男の頭部に水を振り撒いていた。わたしは自分の近くや遠くで、こうした儀式が何度も繰り返されているのを目にした。遺体はマントと紙で包まれ、しっかりと結わえ付けられた。篝火の周りにはどこでも、長い緑色の茎をもった黄色の花がまき散らされていた。火山灰のなかに掘られた深い穴の近くに、扉を背負った若者がやってきて、穴の上にそれを据えた。女の一団は据えられた扉の上で涙を流し、乾燥した黄色の花をそこに撒いた。女たちの泣き声に紛れて誰かが涙声でこのように語るのが聞こえた。

――自分の住む家の扉をよく見極めて、そこからわれらを訪ねて出て来るがいい。われらはそなたのことを思ってひどく嘆き悲しんでいる。ほんのわずかな間でいいから出て来るがいい。

ここの石段を登っていくにつれ、篝火はますます燃えさかり、うめき声も大きくなり、動きがより活発になった。わたしは目にしたものをそのまま受け入れた。篝火の一つひとつが死者の場所であり、かつて人が訪れた墓所であると同時に、つい今しがた掘られた墓でもあった。埋葬された死者や、亡くなったばかりの死者のまわりに集まった人々は、さまざまな細々とした儀式を執り行った。たとえば経帷子の間に水を満たした水差しを置いたり、蠟化した両手の間に、綿でできたゆるい糸を置いたりした。一方の先端は、鼻先がとがった、目の鋭い朱色をした逞しい仔犬の首に結びつけられていた。少し先の方では、死者が身につけていた身の回りの服が燃やされていた。またこちら側では、宝石類が火にくべられていた。老人たちが鼻歌まじりで悲しげにこう語っていた、〈ああ息子よ、お前はこの世の苦しみを味わったあげく逝ってしまったのか。われらの主がお前を連れて行ってくださったのだ、われらはこの世で短い間しか生きてはおれないのだから、太陽に当たって暖まるほどのわずかな時間しか……それがわれらの生というものだ〉。女たちは死者に対し、しぼりだすように声を合わせて言った、そなたは光のない暗い場所に逝ってしまった、そこから戻ってくることも、出ることもできないでしょう、わたしたちを貧しさと孤独に置き去りにしたとしても心痛めることはないのよ、頑張ってね、息子よ、どうか悲しみに苛まれませんように、わたしたちはこうした言葉でそなたを慰めようと思って会いにきたのですから。また老人たちは鼻歌まじりにこう言った。わしらは老いた親たちだ、われらの主はもっと年取った昔の者たちを連れ去ってしまった、先祖たちなら悲しむ者たちの慰めとなる言葉をもっと上手く語れるのだが……。

わたしが火山の白い円錐形のほうへ近づいて行こうとしている途中で、あちらこちらで耳にしたこうした言葉に重なるかのように、遠く離れたところや近くの場所で、甲高くぶっきらぼうな声の嘆き声があがった。それはまるでマントのように、今夜の不吉な儀式のすべてを覆い隠すかのような、言葉の噴出であった。

われらが生きているというのは真実ではない、この地上で生き長らえるべくやってきたというのは真実ではない……。

セニョール、わたしは暗闇と人々の無関心に感謝した。ここでは生者が声や目をもっていたとしてもそれは、単に死者のためでしかなかったのだ。山頂へのわたしの辛い旅も、こうした病人どもの気を引くことはさらさらなかった。連中は自らの苦しみのなかにあって、わたしの影が通り過ぎることすら思いも寄らなかったのだから。

わたしは嘆き声と火を後にして去っていった。篝火は次第に消えていき、わたしもまた神秘的で生温かな夜にひとり取り残された。というのも火山の万年雪が近くにあったはずだが、火山灰の中から熱い蒸気が立ち上っていたからである。わたしはその火山灰の黒い砂地で足を取られてしまった。片足ずつ持ち上げようとしたものの、火山灰のなかに踝まで埋まってしまった。セニョール、そのとき〈われらの海〉〔地中海〕の島々と入り江をもつ活火山がどれほど遠くに見えたことだろう。水面には振動で揺れる鏡と、廃墟の安らぎがあった。一方、月の臍ともいうべきこの地では、火山は噴火を止めていて、鏡は荒れ果てた月そのもののような荒廃ぶりを見せていた。土地は真っ黒な砂漠で、空には白い塵が舞っていた。

　わたしは月を探して上空を見上げた。夜の暗さにどっぷりと身を浸しながら、月とともに過ごすことを熱望していたからだ。しかし夜空には何も輝いていなかった。導き手であった宵の明星を隠す、黒い雲のタペストリーがあるだけだった。へたをすれば迷ってしまうのではないかと恐れた。ただ登っているという確信だけが頼りだった。セニョール、そのときあたかも自分の言葉に呼び寄せる力でも具わったかのように、目の前の石の背後から、背中にまぶしい光を帯びたひとりの男が出現したのだ。

　わたしは自分の感覚を疑いつつも立ち止った。というのも光の男は噴火でできた岩のあいだで、歩く度に光と闇を撒き散らしながら、姿を表したり消したりしていたのである。ついにわたしの方にやってきたとき、背中に大きな貝殻を背負った老人だということが分かった。光の出所は貝殻であった。光を受けて老人の骨ばった白い顔が輝いていた。いかにも年をふった老人だったので、夜の闇に光り輝く骸骨のように見えた。わたしが彼の背後で耳にしたのは、叫び声と人の走る音であった。それは夜闇で姿こそ見えなかったが、逃げまわる獣を狩るために疾走する若い戦士たちだったのである。彼らは獣に向けて光り輝く矢を射ていた。矢は暗闇に打ち込まれていった。矢によって傷ついた暗闇は血を流し、単に黒い影といった形にすぎなかったが、ある姿かたちをとったのである。セニョール、わたしがそこに見たのは、老女の小屋にいた例の恐ろしい獣だった。うなり声をあげる手負いの影の塊そのものだった。ちんばの足で火山灰を引っ掻いていた。獣は地面を引っ掻き、貝殻を背負った老人は笑っていた。獣は老人の貝殻から発せられる光を地に埋めようとしていた。しかし老人は走り出し、再び岩の間に身を隠した。獣は消えゆこうとする光線を探し求めるかのように、気が狂ったかのようにうなり声をあげた。夜の狩人たちの放つ火の矢に傷つきながら……天空から降ってくる目に見えない投槍によって空は覆われた。投槍は何かを呪うかのように悲しげなうなり声をあげていたが、わたしは投槍の雨を見たとき、骸骨に似た顔立ちをしているのに気づいた。実際は骸骨ではなく、悲しげな呪いの顔立ちであったために、死者の頭蓋骨のように見えただけだった。骸骨はおそらく女のものだったであろう。悲しげで呪わしい声を出していたからだ。背中に貝殻を背負った老人、影の獣を追いかけている夜の戦士たち、涙を流し呪いをかけている女たち、こうした恐ろしげなものがひとつとなって、火山の黒い山腹で同時に生起することとなった事柄を予告したのである。

大地が震えた。そして喉元が開き、自分がひたすら火山灰の窪みに落下していくのを感じた。おそらくそうとも知らぬまま、火山の最も高いところにある雪庇、つまり喉元にまで到達していたのだろう。そこから火の消えた内奥にまで滑り落ちたのだ。わたしは遠くのほうでざわめき声や老人の笑い声、狩りとった犬の吠え声、飛行する女たちの叫び声などを耳にした。口は灰だらけとなり、身体を手で支えようとしてもなすすべがなかった。かつて夜に海流に巻き込まれてなすがままになったように、今回も黒灰の渦巻きに囚われてしまったように感じた。囚われると同時に、何かがいっしょについてくるように感じたのは、訳も分からず火山の中心へと落下しているさなかに、目の前で何か黒い物体が次々と現れ、あらゆる土地で最も未知なる場所へ、わたしを呼び寄せ導いていているように思えたからである。わたしが目にしたのは、宝石を体中にまとったひとりの男であった。手で宝石を弄んでいたが、彼の雄叫びとじゃらじゃらいう音で体中が恐怖におびえた。というのもそれはまるで、火山の心臓が咆哮したかのような音だったからである。わたしは差し招かれるままにそばに近づき、暗い中を落下しつつも両手を広げた。しかし彼に近づいたと思うまもなく、姿が消えてしまった。さらに遠くに別の男が手に旗をひとつ掲げながら現れた。背中には二つの心臓が突き立てられている棍棒を一本背負っていた。男は他のすべて、つまりわたしと当人、わたしたちを呑みこもうとする灰の海が、光を存分に浴びたかのような素晴らしい瞬間において、あたかも世の中のすべての暗黒を頭にすっぽり被ったかのように、頭部に暗黒を帯びていたのである。彼もまたわたしを手招きした。ただひたすらついて行くと、姿は消え去り、代わりにそこにいたのは獰猛そうな斑点のある小型のトラであった。それは天空の深遠なる豊饒さのなかで生成された星辰をはるか彼方で貪り、食らいついていたのである。わたしは呟いて言った、これは天を下に見下ろしているようなものだ、大地の内奥にありながら、わたしたちが大気のなかで知っている、崇敬している天空の内奥にある恐るべき双子だと。世界の最も深いところにある火山灰に埋没しながらも、頭上の天空では、悲しみに暮れうめき声をあげながら不吉な呪いをかける骸骨が再び空中を舞ったのである。口には死者からもぎ取られた腕や足が咥えられていたが、次のように叫んだとき口から放してしまった。

——扉はいったいどこにあるの？ わたしは手探りで扉を探している。家人らはみな眠り込んでいるようです。瀆神者が家に入ってくるかもしれないわ。地獄の入り口はどこ？ 入ったら二度と出て来られない入り口は？ かつてわたしは人間でした。出産時に死んだのです。扉はどこにあるの？ わたしは瀆神者の手で手足をもぎとられました。だからこうして道端の岩のうえに腰かけて泣いているの。旅人よ、どうかわたしのことを怖がらないで。わたしの手足をもぎとったのは瀆神者よ。それでもってわたしの子らを傷つけ、疫病と疥癬をばらまいたのよ。疑っているかもしれないけれど、あなたに語っているのは本当にこのわたしの腕や足なのですよ。

手足がわたしの顔をたたいた。するとわたしのまわりの広い範囲に散らばった。女たちは哀しげなうめき声をあげながら空中に飛び去り、見えなくなってしまった。わたしは岩に頭をぶつけ、気を失ってしまった。

意識を取り戻したのは、ぬめっとした舌で顔をぺろりとなめられたときである。そのときわたしは赤色の仔犬の黒々とした精悍な目と出くわしたが、それはあたかも火山の山腹で見たのと同じような目であった。わたしの近くには冷たい水を湛えた川が流れていた。それは川岸に大きな氷の塊がたくさん堆積していたからである。きれいな氷が頭上に覆いかぶさるようにあった。一番高いところからは冷たい涙のような水滴が滴っていた。川の向こう側に広がる空間は白そのものと化していた。

犬はわたしを川岸まで連れて行くと水のなかに入り、わたしも犬の上に跨って入って行った。犬は凍えるような水のなかを泳いで渡り、わたしは以前クモの糸に導かれたように、犬に導かれて行った。しかし今回こうして犬に助けてもらえたのは、いったい誰のおかげだったのだろうか？ 蝶の女からは見捨てられてしまったし、彼女については一夜の思い出しか残っていない。約束を反故にされたことの悲しみと、未知なる土地におけるわが命の日数と順序についての警告と、ひとつの大きな秘密を残して。つまり自分が記憶していた日々の間で、いったいどれほどの時間が経過していたのか？ 忘却のなかでどれほどの時を過ごしたのか？ 記憶の外で自分の身に何が起きていたのか？　密林のなかの神殿における記憶と、高地でのピラミッドとの遭遇との間で、わが情婦の顔がさまざまな痕跡を示しつつ、日々ではなく年々の時間を刻印したのはいったいなぜだったのか？

こうした疑問を抱きつつ、それに答えるかのように自分に言い聞かせた。自分は今晩、投げかけることとなる疑問を今こうして選び取らねばならないのだと。しかしいったい誰に？　おそらく黙した犬に対してだろうか？さもなければ出産時に亡くなった女たちに対してであろうか？　汚れなき顔立ちで、清き涙にくれて矢のように下界に飛び去って行ったあの女たちに対してだろうか？

わたしは赤犬の背に跨って水をかき分けながら、対岸まで辿りついた。そこの白さは一層際立っていて、まるで白い存在が白という色よりもむしろ、氷そのものの色であるかのようにも、凍てついた洞窟ないしは火山の地下を流れる凍結した川のようにも見えた。この白さは白そのものと言ってもよかった。白いとされるいかなるものとも異質な、黎明の汚れなき色であった。自分自身を支配する白、他のいかなるものとも比較を絶する白。セニョール、すべてが真っ白のなかで見分けがつくものなど一つとしてなかったのだ。この清純なる黎明と比較できるものといえば、決して分け入ることのできない深い暗闇しかなかったであろう。乳と石灰と石膏のなかに吸い込まれるような気分であった。

耐え難い風がわたしの方へ吹き寄せてきた。濡れそぼった服を打ち据え、羽根飾りのすっと伸びた羽根をたわめつつ、彩色を施した皮膚を鋭く切り裂いて。わたしは明暗のない光に目をくらませながら、手探りで前に進まざるをえなかった。短剣のような風。風は切り裂くような力でもって、わたしの目の前で不動の二人の人物をさらけ出した。二人は手を取り合い、すっくと立っていた。混じりっ気のない純白の男女の姿だった。一方は他方よりも背が低く、冷たい氷のような足を開いて傲然と立っていた。一方の人物は雪のようなスカートで足を覆っていた。それは一対の純白な生き物で、周りの白い空間とこよなく溶け合っていたので、この地方の色なき色や空気、空間といったものが、風によって引き裂かれ、氷によって固定された二重のシルエットから生まれたものなのか、周りを取り巻くものすべての結果であったのか、判別することはできなかった。一対の不動の男女の足元には、白い骨の山が築かれていた。

犬は吠えて、赤い毛を逆立て、ぐるっと半周して川のほうに走り去った。白い水のなかに身を投じると対岸まで泳いで行った。わたしは白い男女の前で無防備のままいた。すると氷の彫像のごとき不動の男のくぐもった大きな笑い声が耳に入ってきた。声は深淵に吹き荒れる烈しい風のごとく震えていた。そして言った。

――そなたは戻ってきたのだ。

セニョール、わたしは不要な問いかけをして、要らぬ答えをされないように口を噤んだのだ。問いただしたりはしなかった。どうしてあなた方はわたしを待っているのですか、などといった質問は一切しなかった。黙りくったままでいたのは、別に目論見があったわけではなく、不意にどっと疲れが襲ってきたからに他ならぬ。あたかもそれは、次から次に起きる新世界の驚異を目の当たりにして、驚愕も恐怖も疑念も差し挟むことなく、疲労困憊の仕事の後にくる眠気にも似た、受身で生温かい諦念が心に入ってきたような感じであった。わたしに言葉をかけてきた氷姿の男に息を吹き込んでいた風も静まった。ところが風は男が手をとって同伴していた女の姿の周りで強まり、姿がはっきり見えるようになったのだ。女は不動のままの冷たい姿で強まる風と戦っていたものの、抑えきれないような憎しみをこめてこう語った。

――とうとうそなたはやって来たのね。赤い穀粒をわれわれから奪って、人間どもに贈与したのね。人間どもは穀粒のおかげで種蒔し、収穫し、食することができた。そなたはわれわれの王国の勝利を先送りしたのよ。パンの赤い穀粒さえなければ、人間どもはすべてわれらの臣下になっていたでしょうに。大地は生命のない広大な白地となっていたはずだし、わたしたち、夫とわたしは全世界を支配するべくこの深淵から抜け出していたはずよ。そなたは何を求めているの？　何のために戻ってきたの？　今度という今度は、わたしたちを騙すことはできませんよ。そなたの策略を見抜いたからには。あまつさえわたしたちから何ひとつ奪うこともできないはずよ。この索漠とした不毛の土地をごらんなさい。そなたが奪えるのは、死者の風、死者の骨、凍えたわれらの白土くらいかしら？　せいぜいそうするがいい。そなたは人間どもにさらなる死をもたらすだけでしょうし、そうすればわたしたちの勝利は早まるというものだわ。

それはだめだ、とわたしは白い女の言葉に感謝しつつもひとり呟いた。彼女の声からは氷の煙るような白さとは裏腹に、温かな湯気のようなものが体のまわりに立ち上っていた。そのせいでわたしの声も弾んだ、いや、たったひとつ質問をしたいだけです、ぜひあなた方にお答え願いたい。

するととと死の王国を支配する白い男が、話すがいいと言った。

お二方、どうかわたしの身なりから、自分に付けられたわたし自身の印を確認していただきたい。あなた方を前にすると、正直言って恐怖を感じます。なぜといえば、血や生贄、暗闇、恐怖を目の当たりにしたせいで、自分も殺されるのではないかと思っているので……。

そなたは煙る鏡の服をまとっている。それこそそなたの話のすべてを物語っているのだ、と白い男は言った。

とはいってもあなた方のおかげで、わたしは自分のもつ別の実体、つまり生命を与え、教育を施し、平和をもたらす人間としてのありようを実感させてもらいました。今にしてそのことを知ったのです。わたしは赤い穀粒を盗み、そのことで人間どもは生き延びたのです。わたしはいったい何者なのですか？　今夜答えてもらわねばならない質問はそのことです。

女は口元から氷を滴らせ、憎しみの湯気を立ち上らせながら、男が口を開く前に機先を制してこう答えた。

——そなたが何者であったとしてもどうでもよい。これからどういう人間になるかが問題なのだ。そなたはわれらの王国に下ってきた際になされた警告を理解せずここにやってきた。そなたは出産時に亡くなった女どもの髑髏の顔を見たのだ。空を飛びまわって神聖な墓場を汚すこうした女たちは、悲しげな泣声をあげ、呪いの言葉を吐き、恐ろしい疫病をまき散らしつつ、出産時に死への道連れにした子供たちに復讐しているのだ。そなたは見たはずだ、星を貪って昇ってくる太陽を見張っている、高い岩山に棲息する斑模様のトラの姿を。また背中に貝殻を背負った老人を見ただろう、その貝殻こそ夜に光り輝く白熱のわれらの太陽であり、暗闇のなかの光明なのだ。また耳にしたはずだ、山々の奥深くから出て来るうなり声を、それこそ翌朝再び現れるかどうか分からぬまま夜ごとに消えていく定めの地下の太陽の声なのだ。またそなたは目にしたはずだ、彼のライバルたる男が頭に暗闇を携え、旗のなかにわれらの二つの心臓を携えているのを。それは夫とわたしが死ぬ前、世界が創造される前、つまり死が必要なものとなる以前にもっていた心臓のことよ。わたしたちのほうをよく見てごらん、太陽がわたしたちの洞窟から出て来るたびに、消滅してしまうわたしたちの姿を。滅多に勝利を得ることのない星辰のわたしたちは、天空の頂点に達するか達しないうちに、申し分ない背丈に達する以前に、衰亡し始めるのよ。申し分ない背丈とは、昇るごとにそこに達したいと願っている直中《ただなか》にずっと居留まることだが、いつでもそれがかなわず、止むかたなく、いま一度自分たちの領地に沈んでいくことになるのよ。そなたはしっかり見届けたはずだ、ただ死ぬためだけに生まれてくる定めの、不完全にして不公平な生者どもの生と、蘇るためだけに死ぬ定めの死者たちの生との間で執り行われる戦いがどんなものかを。われわれは勝利を勝ち取る一歩手前まできていた。死者がことあるごとに増え、生者はますます少なくなっていた。飢えと地震と疫病と暴風雨、氾濫といったものがわれわれの同盟者であった。そのときそなたがここまで落下してきたのだ、そしてパンの赤い種子を奪い取り、生命を先延ばしするように仕向けたのだ。いったいどれだけの間、先延ばししようという気だ、この盗人めが。それがどれほどの時間なのか自分で自分に問いただしてみるがいい、人間自身が、より長く生き永らえようとして戦争を行ったり、過剰な欲望に身を投じ、生贄となることへの恐怖に戦くおかげで、われわれが死を再び勝ち取るための手助けをしているというのに。生を盗み取った者よ、生きるために戦うがいい、愛するがいい、殺すがいい。そなたの行動一つひとつの背後で、背中を押す冷たい風を感じるがいい、それはそなたが生を確固たるものとしたと確信する時まで、そなたが死の領域を拡大していると警告しているのだ。夫とわたしは何の手出しもできない受動者だ。すべてが凍てついてしまうだろう。すべてがわれわれの許《もと》にやってくるはずだ。太陽は昇ってもまた沈んでしまう。そしてまた昇ってくる。生の半分はもはや死なのだ。われわれはその半分を手に入れることとなろう。なぜならわれらの死の全体が生だからだ。われわれは緩慢な存在だ。そして何も手出しできない。われらの武器というのは消耗なのだから。いつの日か太陽は昇ることを止めるだろう。そのときわれわれは自分たちと相等しいものとなる大地そのものを支配するべく登場するのだ。

セニョール、わたしはこの泉下の女王の語る凍てついた言葉の瀑布が、氷そのものと化すのではないかと恐れた。また自分の言葉が雪の貨幣と化すのではないかとも。わたしは自分の口の温かみを味わいつつ、不動のカップルの足元に、熾のごとく熱い言葉を投げかけながら、とり急ぐようにこう話した。

――わたしはいったい何者なのですか？　今夜、この問いに対する答えを聞かせてもらえるはずですが……。

わたしが死を司る男の視線が何を意味するのか、判別できるものならぜひそうしたいと思っていた矢先に、あたかもわずかな間でも、わたしが彼ら二人の境遇とひとつになるには十分だと言わんばかりに、男は邪悪な沈黙の後にこう言った。

――そなたは記憶のなかのひとりの人間である。忘却のなかでは別の人間である。

すると女がこう付け加えた。

――そなたが覚えているもののうちでは、羽毛をもつ蛇である。覚えていないもののうちでは、煙る鏡である。

わたしはそうした言葉を聞くや顔を手でもって覆い隠した。そしてあたかもこの深淵のなかに彼女自身が出現したかのように、はっきりと蝶女の言葉をそこに聞き届けたのである、わたしが死の王国で生きていた夜のほんの三日目前に、密林の熱帯夜のなかで発せられたあの言葉を。

――われわれが再びひとつになるために、そなたは二五日と二五夜の間、旅をせねばなりません。この土地におけるそなたの運命の日々は二十日間である。五日間は死から救い出すためにとっておかねばならない不毛の日々である。よく数えるがいい、われらの地において他に選ぶべき道はない。よく数えるがいい、この仮面をつけた五日間においてのみ、光と闇に対し、ひとつずつ質問をするがいい。運命の二十日間において質問をしても無駄となろう。何となればその間に起きることをそなたは何ひとつ記憶できないからだ。そなたの運命は忘却そのものだからだ。われらの地において過ごす最後の日、そなたは何ひとつ問いただす必要はなくなるだろう、どうせおのずと分かることだが。

わたしは目を閉じ、すばやく失われた時間を計ってみた。記憶から抜け落ちた二十日間を生きたのだ。そのうち三日間だけ覚えていた。というのも自分を救い出すためには三日間だけ必要だったからだ。そこでわたしは蝶の女を誑かし、残った二日間をもってピラミッド上で女と再会したのだ。質問するべくわが手の内にあった二日間、最終的叡智に近づくための二日間、忘却のなかで記憶すべきことを記憶するための二日間。セニョール、この地でも、後にしてきたあの土地でも、忘却はわたしには重荷に思えたのだ。

わたしは目を開けた。くらくらするような感覚のなかで目にしたのは、死神のような顔のない氷の仮面に、わが愛する密林の妻、神殿の情け容赦のない女暴君の顔が二重写しに重なっていた。二重の顔は虚無の上に重ねられたとはいえ、表情は愛と憎しみの情念のなかに融合していて、同時に活き活きとしていた。わたしはかかる表情を見たとき、二つの顔が同時にわたしに話しかけていることを確信した。ひとつは密林において交わした熱烈な愛をささやく声であり、他の声はピラミッド上で煙る生贄のそれであった。後者の声がわたしに囁きかけたのは、あの恐ろしい女暴君に関して、これ以上見誤ることがないようにという忠告であった。そしてこう言った、かつての約束が偽りであったのといっしょで、直近の約束もまた偽りなのだと。それは本当ではないのです、そなたは一年といえども王として君臨することなどなかったはずよ、地上のあらゆる快楽を飲み干したあげくに生贄にされてしまうのですから。いや、わたしの年月はそなたの数分にすぎないのです、だからそなたの年というのはその場ですぐにも満たされたかもしれないのよ、ピラミッドの血腥い祭事のクライマックスとしてね。わたしの言うことを恐れるがいい、そなたに対しては、翌日の夜は一年間続いたと信じさせておけばよかったかもしれないわ。そして翌日にこう言っておけばよかったのかもしれない。

──わたしは自分の約束を果たしたわ。そなたはまるまる幸せな一年を過ごしたのよ。だからこれから死ねばならないのよ、今日がそなたの最期の日。そなたに忠告したとおり、今日は質問する必要はないわ、だってすでに分かっているからよ。

しかし神殿の女がこうしたことを言っている一方で、情婦であった密林の女が、死神の無表情な顔にはりつけた仮面の奥から語りかけた。その声はこう言っていたのだ、馬鹿ね、お馬鹿さん、ピラミッドでわたしが言ったことはすべて本当よ、そなたにあげた年はわれわれの年と同じ完全な一年だったのよ、娶らせようとそなたに与えた女とはわたし自身だったのよ、本当にお馬鹿さんね、わたし自身だったのよ、今一度、三百日以上そなたの恋人になってあげるわ。これがわたしの真実の約束だったのですからね、それなのにそなたは約束を反故にしてしまって……一年まるまるそなたといっしょよ、死はその後ということで……。

ああ、セニョール、こうした途方もないよしなしごとが頭をぐるぐると回っていたのだ。あたかも死んだ女たちが空を舞っていたように。こうした相似つかない二つの声を耳にしたとき、わたしが唯一思い浮かべたのは、自分には二日残っていて、二晩は救い出すことができると言ったときに、あの無慈悲な女が言った何とも訳のわからない言葉だった。彼女は驚きや怒りや戸惑いの表情を見せたので、彼女自身がたぶらかされていたことが分かった。彼女に勝る大きな力のおかげで、わたしは記憶の欠けた完全無欠の二十日間と、記憶をもったわずか三日間だけを過ごすことができたのだ。わたしの運命から根こそぎされた二日二晩が、この地においてわたしに残っていた。これらの日々はきちんと記憶に留め、自分の意志で好きなように生きていくつもりだ。最後の日をきちんとわきまえて。しかしわたしが知るべきことも、おそらく蝶女の介入によって分からなくなるだろう。知るとしたら、彼女よりも大きな力をもった別の存在のおかげだろう。もしわたしが情婦の声をきちんと聞いていたら、知るべきことも知らずじまいでいたかもしれない。一年まるごと女の傍らにいて、愛の一年を過ごし、その後に死の一日が待っていたのだ。まさにわたしは死の王国にいたのだ。おそらく自分の意志があったのはほんの二日間だけだったのだろう。しかしその二日間はまったく愛を欠いた二日間であり、その後に間髪おかずにやってきたのは死だったのだ、わたしの麗しき情婦が一年間も先延ばしにしてくれた死が。

セニョール、こうしたことを知るというのは、とりもなおさず天涯孤独なわたしの最初の身の上に戻るということだ。老ペドロと親しくつきあう以前、彼とはるかな午後に海に乗り出し、そして新世界の浜辺で彼を失い、川辺でわたしを匿ってくれた人々を失い、最後に今あったばかりのことだが、わが情婦自身とその約束を反故にしたことによってである。あらゆる親しい友を失い、父や村人、友人、母、恋人といった温かな近隣の人々の支えを一切失ったのだ。白く冷たい死の凍った畦《あぜ》のなかに一人ぼっちになり、未知の力にすがるしかないのだ、唇にタトゥーを入れた女王の死に至る愛の企てを頓挫させてしまったあの男に戻るということだ。わたしは自問した、この力というのは死を司る王たちの力にすぎないのではないかと、わたしは凍てついた王国で人生最後の二日間を過ごし、その後、永遠に記憶のない、暦も生命もない白い世界に埋没していくのではないかと。わたしはそのカップルを見、自分自身を見、そして泣いた。

しかしセニョール、泣いた際に涙は頬を伝い、傾けた顔から凍えた地獄の王たちの足元に横たわる白骨の山の上に落ちた。骨の上に落ちた際に、何と骨に火が点いて燃え上がったのだ。すると間髪おかず氷の男たちとわたしの間で、高い炎が立ち上がった。するとこのカップルの雪を被った服が燃え上がったのだ。彼らはうめき声をあげ、大声をあげ、疫病人や獰猛な獣にでも会ったかのように後じさりした。火のほうはますます勢いをまして燃え上がり、白い回廊に火の手を広げていった。回廊は舵や羅針盤を失ったまま大洋を航行する、幽霊船の檣頭電光のように燃えていた。

わたしは自分が最も確かだと思う衝動に身を任せた。つまり燃えさかる骨を拾い上げると、それを自分の胸に押し付けたのだ。ピラミッド上で血腥い呪術師らによって着せられた服が燃え上がった。一瞬のうちに灰となった服は、羽根飾りやマント、腰布、サンダル、ずた袋、宝飾などに姿を変えた。しかしセニョール、わたしをご覧くだされ、自分の着ている水夫服に火が忍び寄ってきたとき、火は動きを止めたのだ。あなた様の海岸から、冒険を求めて出帆したとき身につけていた服のところに忍び寄ってきたときだ。あの老ペドロが海の彼方に別の世界があると強く主張するもので、それを信じて海に乗り出したわけだが、それとは別に、自分でも危険を冒してでも生き残ってやるぞという、人間的情熱にほだされていたことも確かだ。今になってみると、前とは異なり、地上で危険を冒し生き残るという僥倖を繫ぎ止めているのは諦めでしかないのだが。ご覧くだされ、炎が聖なる覆いに触れたごとく、よれよれの下穿きとずたずたの長靴下のところに来て、遠ざかっていくさまを。

わたしは炎に包まれた部屋から遠くへ走って逃げた。しかしこの洞窟全体が紅蓮の舌と黄色の槍の大火災となっており、黄泉の河そのものが火で覆い尽くされていた。わたしはその中を走っていった。それは死の男たちから奪い取った骨を胸に押しやっている間は、火に包まれることはなかったからだ。火は水のように流れているところですら固い土となっていた。抱き留めていた骨は捻じ曲がってしまった。骨にはふたたび血がまといつき、バラバラなものが集まって新たなかたちを形成し、ついには骨が語り出したのだ。わたしは信じられない思いでそれを眺めた。腕のなかに骨を抱え込んだが、もはやそれは骨ではなくなっていた。肉で覆われ、何と人間の姿かたちをとったのだ。骨は腕の中から引き離されて立ち上がると、わたしの前後左右を走り回り、腕をとり、声をかけてわたしを導いていった。それはわたしに感謝をし、命を授けてくれてありがとうと言った。後ろのほうを振り向かないでください。天空を仰いで、そこに雲でできた蛇を探してください。上のほうを見て、火山の火口のほうを見てください。火のおかげで死の眼差しが明らかになったのですから、ご自分を救ってください、わたしたちを救ってください……。

わたしは力強い腕に摑まれたように感じた。そして撫でるような優しい手が触れた。自分の速さが自分のそれではなく、まるで人間と化した骨の寄せ集まりが過ぎ去ったように感じた。その者たちはここからわたしを宙づりにして、はるか彼方、見るたびに近くに見える天空の頂上の方まで運んで行った。蒼穹を支配する星座を探し求めながら……つまりこの地で〈雲の蛇〉と呼ぶ、迷った水夫らの天の川を探し求めて。それは愛すべき幸せの星座であり、巡礼の忠実なる羅針盤であり、夜間に記された海図であった。わたしは目がくらくらしたせいで、咆哮するヤマネコの恐ろしい目も、出産時に亡くなった女たちの虚ろな眼窩も、暗闇のなかの旗も、土地の幻の光を放つ貝殻も見ずに済んだ。耳の近くで死んだ女たちの泣き声と呪いの声がうなって聞こえた。自分の眼差しは今にも消え入るような疲弊した夜空に釘付けになった。夜空は輝かしい己が王国を、夜明けにぽつんと光輝く明けの明星に明け渡そうとしていた。金星に。

疲れ切っていたわたしは火山の高い雪の上に腰を下ろし、金星を眺めた。われわれはまさに火口を通って逃げだしてきたのだ。その場で膝のなかに頭を埋め、足を抱え込んでしゃがみこんだわたしは、あえて自分の夢のなかに登場した仲間たちに目もくれずにへたり込んだ。というのもわたしはその時まで、死が支配する凍えた王国に一度として行ったわけではなく、高山の山道を彷徨い、疲労困憊となってこの頂上までたどりついて、夢を見ながら一晩を過ごしただけだったのだ。わたしは金星を眺め、目を閉じた。目隠しされた目の背後でぴかぴかの針がたくさん出てきた。わたしは目を開けた。

セニョール、わたしの周りには全裸の男女が十人ずつ、合わせて二十人の集団が取り囲んだのだ。彼らは山頂の不順な夜明けの寒さをものともしていなかった。肉体とその温もりを完全に自分のものとしていたのだ。彼らは互いに抱擁し、口づけしながらわたしを眺め、自分たちの裸体を崇めつつ、女たちは男たちに喜びを見出し、男たちは女たちの完璧な姿を愛でていた。若者も成人も、逞しい者も見目麗しき者も、みなカップルとなってわたしの周りに横たわり、わたしに微笑みかけた。彼らはまるで生まれたばかりの人間のようだった。何にも傷つけられないことを確信していたのだ。微笑みはわたしにとってのご褒美であった。そう理解した。ほっそりと引き締まり、すべすべとした、肉桂色の彼らの美しい肉体は、彼らを光り輝かす恩寵そのものを示して余りあるものだった。

彼らは微笑みながらひそひそ話を交わしていた。鳥のようなざわめきと忍び笑いが聞こえた。ひとりの少年がこう語った。

——若旦那、お待ちしていました。中には恐るおそる待っていた者もおりましたが……でも期待して待っていた者のほうがずっと多かったですよ、でもわれわれほど期待していた者たちもなかったでしょう。こう言われていたのです、そなたこそわれわれの骨を救い出し再び生命を吹き込むべくやってくるはずだと。感謝申し上げます。

長い間、あえて口を開かず黙ったままわたしは彼らを観察した。ましてや問いかけようなどとも思わずに。それは翌日になるまで、自分には質問する権利などなかったことをわきまえていたからである。ついに口を開いてこう言った。

——これで旅が終わりを告げるのか、それともまだ続けるべきなのかよく分かりません。

——これからはそなたは私たちといっしょに旅をするのです、と娘のひとりが言った。

——行き着くところまでわれわれがご一緒しますよ、と別の若者が言った。

——これからはわれわれがお連れします、ともうひとりの若者が言った。

こう述べると一同は立ち上がり、わたしに手を差し出した。わたしは立ち上がり、後について坂を下って行った。わたしは今夜経験したことや相反する感情に頭がくらくらしていた。セニョール、わたしは今まで経験したことのないような驚異を目の当たりにして、身動きができず、突然立ち止まった。この上ないほどの驚きに最初は当惑し、その後は自分のそうした反応の長さに気づいて気もそぞろになった。わたしは突然笑いだし、実際自分自身のことを笑ってしまった、それは自分がやっとのことであることに気づいたからだ。セニョール、この土地のあらゆる住人と同様、肉桂色をしたこうした若い男女は、死のカップルから奪い取られた骨から生まれた者たちだったのだが、われわれよりも流暢に、歌声の美しい鳥の声音のままに、当初からわれわれの言葉を――というのもそのことを今にして初めて納得したのだが――話したのだ。セニョール、つまりカスティーリャ語を。

潟湖の日

われわれの道行は長かった、まるでわが四日目の黎明のように。今自分を導いているのは自分を見捨てた蝶女のクモの糸ではなく、新たな同伴者たる裸体の二十人の若者たちであった。肉桂色の肌をし、われらの言語を話す者たちだった。セニョール、わたしは新たに出来したこの不思議な出来事の由縁について、彼らにあえて問いただそうとは思わなかった。新世界におけるわが暦の時間は削られて短くなっていた。わたしは自分がなぜこんなふうに彷徨っているのか、その謎について自分の頭で考えようとした。ひょっとしてその謎が解けるかもしれなかったからだ。たとえ解けなくとも、することを許されたわずかな質問――今後、四つしか質問することが許されない――を無駄にするよりも、事実そのものから意味が明らかになるのではと期待した。

しかしわが同伴者たちは何も語らなかった。夜明けの光が射し始めたころ、見慣れぬ植物が何レグアにもわたって植えられている、石ころだらけの土地を歩く足音だけが、登り道をゆくわれわれの沈黙を破るものだった。植物〔リュウゼツラン、スペイン語名マゲイ〕はわれらの辿るルートの荒涼とした高原で唯一生存できるもので、まるで軍隊で方陣盾のように自然のなかに配置されていた。太い太刀を思わせる葉をつけ、鎧甲冑で身を固めたかのように地面すれすれのところに生え、日の光を求めて葉を広げたさまはまるで、触れれば切れる短剣のようだった。強烈な緑色を呈していたが、刃のような先端には死の様相が現れていた。台地に生えるこうした緑の匕首《あいくち》は、先端部分が黄色味がかり、繊維が露わになって崩れかかっていたが、それは植物がもはや枯れて死滅する時期がきていることを物語っていた。

太陽が日差しを強めていったとき、同伴者らは砂漠の槍の穂先のように鋭くとがった石を地表から掘り出した。そして植物の根から樹液を絞りだした。そこからはどろっとした液体が流れ出て、各人がそれを手に受け、わたしも同じことをするよう言われた。われわれはそれを飲んだ。そのあと刺々しい高いサボテンの葉から、細い刃が一面についた緑色の果実をもぎとり、その皮を剝いて口に運んだので、わたしも同じようにして食べた。われわれはこうして午前中の渇きと飢えを癒したのである。満たされたことで、火山における夜の厳しさで弛んだ感覚がふたたび目覚めたように感じ、視力もすっかり回復したかのようだった。わたしは口を拭い、仲間たちがトゥナと呼ぶ美味な果実の樹液がしたたる下顎もきれいに拭った。わたしは自分たちのいた高い場所から、この日の朝、わたしのために取っておかれた驚異を目にしたのである。

セニョール、それは穏やかな死火山と岩でできた墳墓のような、だだっ広い荒涼とした山の墓穴に埋もれた谷だった。谷の中心には銀色の潟湖が輝いていた。それは潟湖というよりも、高い塔や黄金色の煙が立ち昇る、石灰質の都市だった。大きな水路が縦横に走り、湖水の側らに石と木でできた建物が軒を並べた湖上都市〔テノチティトラン〕だった。

わたしは驚愕で足を止めた。目にしているものは夢のなかの出来事ではないのかと思った。朝方の煙が消えて、ヴェールの背後に隠れていた二つの火山が見えたとき、雪を頂上に戴いた姿はまるでこの都市の守り手のように見えた。ひとつ〔ポポカテペトル山〕は黒い石の膝の上に白い頭を乗せて眠っている巨人のように見えたとすると、もう一方の山〔イスシワトル山〕は白い死装束に身を包んで身を傾けて眠る女性の姿そのものであった。この姿のなかにわたしが見て取ったのは、氷の岩と化した、わが失われた恋人、蝶の女王そのものであった。

われわれは渓谷と都市への道を下っていった、そしてわたしは目にするものすべてが蜃気楼、砂漠でよくみる蜃気楼のごときものではないのかと訝った。耳元でこの新たな冒険はありもしない非現実だという囁きが聞こえた。その在り様は火山の奥深くにあった白い地獄で味わったあの一晩の経験と同じくらい現実離れしていたのだ。あえてそのことを問いただす必要もなかった。それが夢幻であることは確かだった。となるとわたしと同じ言語を話すあの裸体姿の同伴者らもまた、夢幻だったのか？地獄的な悪夢のなかで、死のカップルの足元で引っぱりだされ、わたしの熱き胸に触れたおかげで命を蘇らせたあの連中もまたそうだったのか？

こうした疑問は唯一自分だけに対する問いかけであった。実際に起きたことをみれば、あらゆる疑問は氷解するはずだ。己の疑問に耳を傾けるまでもなく、限られた時間がわたしに語ってくれるのではないか。

今朝わたしが沈黙の中で行った黎明の祈りとはこうしたものだった。その祈りもわれわれの目の前で、次々と目まぐるしく展開していく驚きの連続で、すぐにも破れてしまった。この渓谷は高く聳える、雪を頂く禿山の要塞の間に閉じ込められているかのように見えたが、驚異を見せつけることで、われわれが高い砂漠地帯から下っていくことを、あらかじめ予告しているかのようであった。山々はわれらの足下に広がる都市の、黙した合唱隊のようでもあった。いわば光り輝く宝石のタペストリーであった。

天空の半ばで火の刺、火炎のように立ち昇った第二の明けの明星が煌めき出した。それは蒼穹のなかにあって水を滴らしているかのように、あるいは針を突き刺しているかのように見えた。台座の広い、頂上の狭くなった純然たる光のピラミッドであった。その光は天空の半ばにしろ、中心にしろ、天空そのものに到達し、星屑を散りばめたかのようにきらきらと輝いていた。天空に突き刺さった柱は、根元を地面にしっかりと据え、先細りしながらピラミッド型に聳え立っていた。その輝きはあまりにも強烈で、太陽の光を凌ぐほどだった。

セニョール、わたしは驚愕のあまり立ちすくんでしまった。しかし若い同伴者たちはわたしの腕をつかんで優しく前に押しやった。彼らの目に驚く様子などみじんもなかったところをみると、先刻承知していたのか、かつてそこに住んでいたのかもしれない。そのとき風が吹いているわけでもないのに、素晴らしい壮大な都市が築かれている湖の様相が一変した。湖水が沸き立ち、波が泡立って高くせり上がっては崩れ落ちたのだ。勢いはとても強く、波頭の高さも相当なものだった。わたしは狼狽《うろた》えながら、巨大な波が湖岸の民家の土台に衝突して砕け散るさまを見た。家々の多くは崩落し、水没した。水が家々を覆いつくし、すべてが呑みこまれたのだ。

そのとき同伴者らも立ちすくんで、恐ろしい出来事がすぐにも収まることを期待していた。わたし自身、何が起きたのか知りたい気持ちで一杯だった。身近で見たこともないあの都市の住人たちはどうしているのだろうか、遠目から見る限り、不吉な印のもとで打ち据えられているように見えるのだが。泣き喚いているのだろうか？それとも恐怖や怒りを感じているのだろうか？　われわれから何か期待しているのだろうか？　何はともあれわたしたちは都市のほうに赴いて行った。まさにわれらの到着と軌を一にするように起きた不思議な現象のさ中に。これは十中八九、自分らのせいで起きたのであろう。

自分の皮膚の内部で何かが動きを止めたのを同伴者らは気づいた。再び、彼らはわたしに前に進むよう軽く背中を押した。その間にも新たな災厄が起きているのが目に入った。太陽から大きな火の塊が落下し、街中に火花を散らし、真っ赤な炎となって広がったのである。火の裾は長く広がり、尾は遠くまで達した。この彗星から新たに三つの彗星が生まれ、光彩を放ってものすごい勢いで東へと流れていった。大きな尾は太陽が昇る方向で消滅した。

わたしが視線を空から地上に下ろして見たところ、自分たちが平原と都市のあいだを繋ぐ大きな土の道路を歩いていることに気づいた。湖水は静まり、濁った緑色に戻っていた。しかし所々で、濁った部分が泥状になっていて、岸辺に生えている葦もまだ揺れていた。

対岸で目にした最初の家々のうち、多くが大波のせいで崩落したままになっていたが、なかには火で焼けているものもあった。雷が落ちることを予期せず、落雷で藁造りの屋根が焼けたのである。われわれはついに都市に入った。しかし誰一人、気に掛ける者はなかった。湖岸の住人らは気もそぞろに走り回っていて、それどころではなかったからである。彼らは口を手のひらで何度もポンポンと叩き、火事を消し止めようとして水甕をもって走っていた。水をかけても火に油を注ぐように、火はますます大きくなるだけだった。しかし突如として、生温い小ぬか雨が降り始め、火の勢いを殺いだ。火事の煙や瓦礫の埃と混じるように熱い霧が立ち込めてきた。わたしは目を奪われていて、細部に目配りすることはできなかった。すべてを吸収したい、すべてを理解したいと思ったが、さまざまな感情が押し寄せてきて、見境がつかなくなっていたのだ。同伴者らの手に導かれるがままに赴いていった。湖の上に浮かぶ広大な都市に足を踏み入れたとき、町それ自体と同じ規模の広い市場の迷路に迷い込んだように思った。足を踏み入れ、雑踏と混乱のなかで目にしたのは、商品があらゆる場所に並べられている様であった。何のことやら見当もつかない事柄を大声で話す言葉が耳に入った。金銀、宝石、羽根、マントなどの加工品を売買する人々。この巨大な市場でトラやライオン、カワウソ、ジャッカル、シカや他の害獣、タヌキやヤマネコなどの皮を売買する者たちは天に向かって語りかけ、また一方、地面を眺めている者たちもあった。

彼らは目を見張らせるものとか、売買のために連れてこられた男女の奴隷などには目もくれなかった。奴隷たちは首に首飾りをつけ、長い棍棒に括り付けられていた。商人たちはカエデの匂いのする筒や、売買用に並べられていたコチニール〔カイガラムシまたはエンジムシ。染料の材料となる〕の上に落ちかかった火を消そうと必死に手のひらで叩いていた。筒は虹の麓の白い小屋で例の老婆がわたしにくれたのと似ていた。アーケードの下では、大甕や小ぶりな水差しまであらゆる種類の陶器が急いでカバーで覆われた。光り輝く美しい色で彩色された陶器は、アヒルやシカ、花々の図柄が描かれていた。ハチミツや糖蜜菓子など甘い菓子の詰まった樽もあれば、木材、板、ハンモック、梁、腰かけ、ベンチ、カヌーなどもあった。薬草商や塩商人は商品の上に麻のマントを広げた。砂金商人は、外見を金に似せようとして、白く変えた地産のガチョウの細い腸管につめこんだ砂金を大事そうに胸に抱え込んだ。ところが抱え込んでいたガチョウの皮膚を不用意に抑えてしまったために、砂金は押し出されて地面に散らばってしまった。褐色の穀物をもっていた者たちは、慌てふためいていた。それが金と同じくらい貴重なものであろうことは、他の誰よりも大事そうにそれを守ろうとしていたところからも分かった。穀物が目いっぱい詰められていた小袋はまるでロザリオの数珠のように見えた。市場は予期せぬ雨と波と雷と火事とに襲われて、人々は早々に引き上げていった。そこを足早に歩きながら、われわれは遠くから、ひとりの女が霧の中から出て来るのを見たのである。われわれの足を止めさせたのは彼女だけだった。霧に包まれたように見えたのは、身にまとっていたぼろ着が薄汚い白色だったからである。足取りは不確かでおぼつかなかった。声は心の奥底から絞り出されたようで物悲しく、容貌は顔を覆っている白髪のせいで見えず、話す言葉はたったひとつの長い嘆きであった。

――ああ、わが息子たち、ああ、わが子らよ、もうわたしたちは破滅だ、遠くに行かねばならぬ、ああ、子供たち、お前たちをどこに連れていって隠せばいい?

こんなことを嘆く亡霊は出現したと思いきや、姿を消した。われわれの体は亡霊自体の霧のなかを通り過ぎたかのように見えた。行き着いたのは暗い水路の川岸であった。水路の淀んだ水は闇の船が通り過ぎても、ほとんど波立つことのないほど静かだった。というのも水以上に軟弱なように見えたからである。漕ぎ手たちはひとつの身体に頭が二つある怪物で、ゆっくり音も立てずに漕ぐときにうめき声を上げていた。

――世の終わりがやってくる、世はいつか終わりを告げねばならぬ、そして新しい人類が生まれるだろう、世界には新しい住人がやってくるのだ。

セニョール、われわれが橋を渡って入った中庭つきの立派な周縁から、市場の雑踏を分け隔てる水路を静かに漕いでゆく漕ぎ手の、そうしたこの世ならざる声が今でもわたしは耳にこびりついている。自分たちが進んでいたのか、逃げていたのかわたしには分からない、というのも、わたし自身の足取りの乱れが、この混乱した都市住人の取りとめのなさに劣らぬほど大きかったからだ。わたしには都市の在り様とかたちがどんなものだったのか、しかとは摑めなかった。町に入って行ったときの戸惑いはこれほどまでに大きなものだった。今ではもっと摑めない。セニョール、わたしはすべすべした白い敷石や、白い石を積み上げた石塀に囲まれた、中庭が複雑に入り組んだ場所に迷い込んでしまった。そして突如として、白く輝く、こざっぱりした大きな広場に出くわしたのだ。

わたしは周りにいた二十人の同伴者たちを探した。しかし広場には自分一人しかいないのに気づいた。火山から湖上都市の中心までわたしを連れてきてくれた、十人の青年と住人の娘たちは姿を消していた。

わたしはうらぶれた思いで周囲を見渡し、彼らの姿を追い求めた。この異様な故国の壁を見てみると、ひとつは純然たる死者の頭で、もう一つは尻尾を咥えこんでとぐろを巻く石の蛇でできていた。そこには大きな牙を剥いた恐ろしげな口となっている扉のある塔がひとつ建っていた。塔の見張り番として、悪魔の顔立ちをし、蛇のスカートを穿き、切り裂かれた手を大きく広げた女たちの大きな石像があった。

そこにわたしは独りでいたのだ。

改めて目の前に驚くべき石の階段が姿を現した。どうやら見たところ、石段は血と生贄を捧げる高い奉献台のほうに続いていた。わたしの側らにはバラ色の切り石でできた宮殿があった。入り口には天を仰ぎ見る姿の神ないしは王の彫像が佇んでいた。足を折り曲げ、胸の上に手を組み、膝元に黄色い花の桶を抱え込んでいた。焼けて煙っていた花は、あたかもわたしを呼び寄せているように見えた。

わたしは惨めな思いを抱えながら、対になった香炉の煙のカーテンをくぐり、狭く低い通路伝いに歩いていき、ざわざわする見慣れぬ中庭に出た。

そこで感じたのは密林に戻ったという感覚だった。とはいえそれはバラ色で光沢のある石の密林であった。七面鳥が歩きまわり、檻や高い台座のところでは、ハゲワシから多彩色の小鳥まで、あらゆる種類の鳥がこちらを見据えながら羽根を休めていた。数多のオウムやアヒルもいれば、池のなかでは脚の長い、羽根や脚を含む体中が紅色をした鳥がじっと佇んでいた。また短い鎖と幅広の足かせで石柱に括り付けられたトラやオオカミもいたが、こちらには目もくれなかった。というのも連中はシカや雛鶏、仔犬などを貪っていたからである。大きな甕や水差しにはたくさんの蛇や毒蛇がはいっていて、尻尾にガラガラと鳴るものを引きずっていた。水差しには多くの羽根が入っていて、そこで毒蛇が卵を産み、子を育てていたのである。

わたしはその場所にしばらく佇んだ、もしこうした害獣や動物、鳥などがいなかったとしたら、自分のやってきたのが無人の宮殿なのかもしれないと訝しげに思いつつ。そのときわたしは聞いた、セニョール、箒で掃く音がするのを。そして中庭に面した部屋のうち、ひとつの部屋の扉から何かが焼ける煙の臭いを嗅いだのだ。

それは日も高くあがった真昼のことだった。わたしは自分の目で、わが記憶の四日目の明け方からどれだけのものを見てきたことだろう。中庭の中央から太陽を眺めたが、まぶしくて目を開けていられなかった。そのときあたかも宮殿の外壁によって、自分が後にしてきた驚異の都市の喧噪が押し殺され、遠ざけられたかのように、完全なる静寂が支配していた。しかし自分は都市の中心にいたのだ。わたしの目は瞬きするごとにいや増す強烈な光線をいっぱい受けて、ほとんど使い物にならなくなり、呼吸も都市のごく薄い空気で絶えだえとなったが、それでも人間生活が営まれていると想像した部屋に入って行った。箒で掃く音と、何か紙が燃える臭いのする部屋に。

ところが入ってみると何もなかった。まぶしくて目を開けていられない状況と、部屋の醸し出す強烈な影とのコントラストはそれほどまでに大きかった。部屋は奥が深くがらんとしていた。石でできた狭く奥行きのある外陣には反響のみが響き渡った。わたしは外陣をずっと歩いて行った、いつもながらの視力に戻ることを願いつつ。

今日に至るまでわたしには分からない。ついに目にしてしまったものの、それを見るよりも、煙や太陽、灰で目が見えないままでいたほうがよくはなかっただろうか。何を見たかと言うと、この地で貧しい者たちがよく用いるような褌《ふんどし》で陰部を覆っただけの全裸に近い人物であった。彼は時に緩慢そのものの、時にぶっきらぼうでぎこちない動きをしながら、がらんとした部屋の隅で燃やした樹脂の火に、長い書きつけをくべていた。それが炎に包まれていくのを眺めた後、箒で灰をかき集め、ふたたび長い書き物を手に取ると、それを火にくべて焼いては箒で掃いたのである。

その後、わたしが気づいたのは、箒に二つの役目があるということだった。この裸体の男は箒を松葉杖のように用いていた。一瞬ぶるっと震えたもののすぐに落ち着いた男の体を見てみると、片方の足がなかった。

わたしは近づいた。彼は掃くのを止め、わたしの顔をじろりと見た。

それは彼だった。いま一度。

それはわたしが破れた服のなかで大切に守ってきた鏡がありのままに再現した、人物の顔そのもの、つまりわたしだったのだ。わたしだった。しかし亡霊の夜に見た自分自身であった。浅黒い肌で、目は黒く、髪は馬のたてがみのように長い黒の直毛であった。彼はわたしを付け狙っていたのだ。煙る鏡という名をもつ迫害者で、生贄の王であり、まさに創造の日に片足を失ったのだ。大地が身もだえして山々や川、谷、密林、クレーター、断崖などに引き裂かれた際に、足を引きちぎられたのである。

彼は次のように語った。

――われらの王よ、そなたは疲れた、疲労困憊したのだ、やっとそなたは大地に戻ってきた。そなたの都であるメキシコに到着された。ここに来られたのは王位に就くためだ。ああ、われわれがそなたを王に戴くのは短い時間なのだ。

彼はわたしを黒い目でじっと見つめた。目の色だけはわたしと同じ色だった。このときばかりはかつて出会ったときと異なり、愚弄や怒りではなく、辛そうでどうしようもないといった様子が窺えた。

――いや、これはわしが夢を見ているわけではない、うたた寝から目覚めたということでもない、夢のなかでそなたを見ているわけではない、そなたの夢をみているわけでもない、わしはそなたを見たことがある、そなたの顔を眺めたことが。そなたは雲に乗ってやってきたのだ、霧の中を。先祖代々われらの王たちが伝えてきたことだ、そなたが不在だったころ、そなたの名のもとで都を統治した王たちによれば、そなたこそ自分の居場所である玉座に就くべきであり、そなたこそここにやって来るべき人間だと。さて今こうしてそなたがやって来たので、そのことが実現した。大海の波濤を越え、あらゆる困難を乗り越えて、たっての願いを携え、疲れ切った身体をひきずって。自分の土地に来るがいい、そしてゆっくり休まれるがいい、王の地位に就くがいい、ゆったり安堵されるがいい。

彼はそこで顔を上げたが、それまでわたしを見ることが怖かったのか、ずっと俯いたまま話していたのである。詮索するかのような表情でわたしを見た。

——それに間違いないでしょう？　そなたこそ待ち望んでいた人、羽毛の蛇ケツァルコアトルだった。

セニョール、わたしはいつものように単刀直入にありのまま答えた。

——わたしは海を渡ってきたのです。東のほうからやってきました。嵐に遭ってこの海岸に漂着したのです。

びっこの清掃夫は何度も頷くと、あたふたと部屋の隅に歩いて行った。

——ひとつだけ疑わしいことがあるのだ、と彼は言いながら、隅にあった綿のマントを取り上げ、大きな灰色の鳥、つまり死んだツルを目の前にさらした。頭頂部には、真ん中に穴の開いた、らせん状の紡錘ローラーのような、鏡のようなものがついていた。

——このツルは湖水の船乗りたちが捕えてわしの許にもってきたものだ。この黒いわしの家にまでな、と箒の男は付け加えた。頭部の鏡を通して天空と星座、星辰が見えた。天空の下には海が、海には覆いかぶさるような大きな山々が見えた。山々からはたくさんの人々がばらばらに海岸に下りてきた、彼らは身なりを整え、戦時のように整然と隊列を組んで行進してきた。こうした者たちは色が真っ白で紅い髭を蓄え、話すときに歯を見せた。まるで怪物のように見えたが、そのうち半分は人間で、残りの半分は驚異的にも口角泡してはあはあと息をする四足の獣であった。

男は黙りこみ、再びわたしのほうを見てこう尋ねた。

——ひとりでやって来たのか？

わたしはそうだと答えた。

——ひとりとは思わなかった。誰かと一緒ではなかったのか？

彼は死んだツルをマントで覆った。まるでこの沈黙を待ちかねていたかのように、マントを折って腕にひっかけた女たちが大勢狭い扉から入ってきた。女たちは全面に刺繍を施した白い綿の服を身につけていた。兵士らはお盆を携えていたが、そこには隊旗として手足と爪を獲物にしようとトラに襲い掛かるワシが描かれていた。わたしと同様、この場所にやって来た白人らは、太陽から目を護ろうとして手で目を覆った。彼らはわたしを見ると、わたしを取り巻く日陰に感謝した。そして近づいてきてわたしに触れ、互いにぶつぶつと呟いた。小躍りしたりしかめ面をする道化の侏儒らがわたしを面白がらせた。彼らの後からはゆっくりした歩調の七面鳥と、光沢のある豚毛のすばしこい禿頭の仔犬がついてきた。

そのとき娘たちはわたしの頭をマントで覆い、首に宝石でできた数珠と花飾りをかけてくれた。足首には金の鈴を結わえつけ、腕には肘の上に金のブレスレットを付け、耳にはよく磨かれた胴の耳飾りを、頭部には改めて緑の羽根飾りを付けた。

わたしの黒い裸体の分身のほうは、箒に寄り掛かるようにして、一同に向かってわたしが真実の〈羽毛の蛇〉なのだと言った。つまり時間の始原を司る大祭司であり、人類の創造者であり、平和と労働の神であり、トウモロコシ栽培と大地の耕作、羽根の加工、陶器製作の方法を教えてくれた教育者であった。まさに白い神、人身御供の敵、戦争の敵、血の敵、生命の友たるケツァルコアトルその者であった。彼はある日、悲しみと怒りを抱えながら東の方に逃げてきたのだ。それは自らの教えが拒絶されたからである。というのも飢えと権力、災難、恐怖が人間を血腥い戦争に導いたからである。彼はある日、自らを連れ去ったのと同じ東の方角に再来することを約束した。太陽が昇り、大潮が砕け散る場所に失われた平和の王国を再建すべくやってくることを。われわれは彼が戻ってくるまでの間、ただひたすら王位を彼のために守っておいたのだ。今やっと王位を彼に引き渡すことができるのだ。その印は明らかにされた。予言は果たされた。王位は彼のものであり、わたしは彼の奴隷である。

わたしの黒い分身は、松葉杖代わりの箒に苦しそうに寄りかかりながらこう言った。現実と驚異の絶えざる狭間で研ぎ澄まされた聴覚によって、声の調子が亡霊の夜に用いた声音に戻ったのではないかと訝った。感じ取れないほど幽《かす》かなかたちながら、彼は諦めの気持ちから再び挑みかかるような姿勢に移り、言葉のはしばしに漂う優しさの裏に、言明したことの誠実さを疑わせるような金属的な震えを感じさせた。とはいえ、わたしはそうした疑いを払拭した。どうしてかというと、セニョール、わたしはこの男が与えてくれる名誉など求めていなかったからだ。塔と水路が張り巡らされた大都を統治することなど全くどうでもよかったからである。王位を提供された瞬間、わたしは悲しい思いのなかで、自分の願いともいうべき二つのことだけを考えていた。ひとつはペドロのこと、真珠海岸において、自由なわれらの土地が一片でもあったら、われらには十分だったはずなのに。もうひとつは若い情婦だった蝶女のこと、今一度、密林の夜に、恐ろしくも美しい熱情的なそなたに再会し、愛を交わしたいと。

しかし願いも疑いもひっくるめた、こうしたことすべては、娘らと戦士たち、白子や小人たち、すべすべした肌の仔犬や派手好みの七面鳥などが行き交うなかで行き場を失ってしまった。わたしは雑踏のなかを通してもらい、部屋の外に出るように指示され、入り口から後を振り返って見てみると、そこには己の見失った分身がいた。分身はそそくさと紙類を焼いては、灰を掻き集めていた。彼は振り向いてこちらを見ようとはしなかった。

わたしは中庭に出た。互いに目に見えなかったざわめきと人々の姿がはっきり近くに見えてきた。それはまるで都市全体が眠りから覚めたようだった。朝の印は消えてなくなり、この地で何度も人々が祈り上げ、怖れ、切望してきたひとつの起源に関する予言も実現した。あたかも過去がある時は吉兆の未来となったかのように、ある時は以前のようなむごたらしい過去の予兆となったかのように。わたしは黒曜石の支柱の上に建てられた回廊を導かれていった。そこからは大きな畑がいくつか見えたが、畑にはそれぞれ池がいくつか備わっていた。数多の鳥たちが棲息していて、たくさんの男たちが餌や食糧、魚や蠅、小虫類をやっていた。池を掃除する者もあれば、釣りをする者もあり、餌をやる者もあれば、ノミ取りをする者もあり、卵を守る者もあれば、傷を治したり、毛をむしりとる者もあった。わたしはこれらの素晴らしい飼育者たちの手によって羽根がとられ、土着民たちがあのように立派なマントや円盾、壁掛け、羽根飾り、扇などを作ったのだということを理解した。われらは頑丈な梁でできた多くの檻をもつ軒の低い部屋をいくつか横切ったが、そこにはライオンやトラ、ジャガー、オオカミなどが飼われていた。たどり着いた別の中庭には、太い横棒と止まり木をそなえた檻がたくさんあった。そこで飼われていたのは、あらゆる猛禽類で、ハヤブサ、オオタカ、ハゲワシをはじめあらゆる種類のタカやワシがいた。軒の高い部屋に移ったわれわれが見たのは、男や女、体と頭が真っ白な白子の子や小人、せむし、不具者、奇形、怪物といったおびただしい数の人間たちであった。こうした小ぶりな人間たちは各々が別の部屋や広間に収まっていた。われわれは武器庫のような建屋に入った。一本の弓と二つの箙《えびら》からなる紋章が扉ごとに付けられていて、弓と矢、投石器、槍、大槍、投槍、棍棒、剣、盾、円盾、ヘルメット、脛当て、腕当て、魚骨付の焼き棒、先端に火打石を嵌め込んだ焼き棒などが収められていた。この建屋の後方に行くと、三方が石積みの壁で囲まれた中庭に出るが、四番目のところは大きな石段となっていた。

わたしは娘や戦士、白子、侏儒らに付き添われて石段を一段ずつ数えながら上って行った。三十三段上って頂上に着くと、そこはこの土地のどこにもあるような四角形の平坦な台座となっていて、今一度、そして今回はより間近で、黎明の山々から下界を見下ろすことができた。十分遠くまで見晴らすことができたので、わが分身たる黒い王がわたしに譲渡した壮大な都市の全貌が手に取るようにわかった。

わたしは湖上都市の全貌を眺めた。橋と水路が張り巡らされ、広大な広場が広がり、細い塔が立ち並び、十万もの民家がひしめき合い、二十万もの船が行き交っていた。かつて見たことがあるものを見たような気がした。この壮観はかつて川と密林に住む貧しい友人たちが守り続けていたものだ。彼らはまさにこの栄光のために、何度も繰り返してきた自分たちの周期を完成させたのだ。真珠と金は赤い穀粒に取って代えられ、飢えを満たすべきトウモロコシの穂のために、大都と王たちに仕えるべく男たち女たち子供たちが犠牲となった。王たちといえば、薄い空気と透明な景色をもつ高地の潟湖の上にどっしりと腰を据えている。

わたしはこの建物の上にある部屋に入った。

わたしの話を聞いておられるキリスト教徒のセニョール、海で遭った暴風雨で真珠海岸に打ち上げられて以来、どれだけたくさんの驚くべき出来事に遭遇したことだろう。そのすべてを余すところなく語り尽くしたいと思っている。実際に目に見たことだけでなく、夢の中で見たこともすべて。いつでも大体そうしてきたが、わたしはこの地では真実と摩訶不思議とを、またその逆もそうだが、分け隔てることなどできなかった。わたしが信じて疑わないこととして言えるのは、自分がやってきたあの部屋こそ、究極の虚実一体であったということだ。というのも、入ってみればわかるが、贅を尽くしたというのはまさにあのことだったからである。

部屋の縦横の大きさは相当なもので、壁面はすべて金でできていた。真珠をはじめメノウ、紅玉髄、エメラルド、ルビー、トパーズなどの宝石が厖大な量を蓄えられていた。また床も金銀の厚い板を敷き詰めてあり、金の円盤や偶像を象った首飾り、立派な盾、金でできた鼻用の半月飾り、金の脛当て、金の腕輪、金の宝冠などがあった。

部屋に入ってきたのは、守備兵、武装した家来、果物や肉をふんだんに盛り付けた大皿や器をもった娘たち、六人の老人、楽士や舞踏家、遊技者の一団などであった。われわれが革クッションの前で低い長椅子に腰を下ろすと、娘たちはわたしに器から鶏肉やシカ肉、香草をとりわけ、芳醇な飲み物を金のカップに注いでくれた。最初に六人の老人たちが進み出て、わたしの顔を見ることなく、いかにも恭しく、提供された食べ物の試食をした。サンポーニャや横笛、角笛、骨器、太鼓などが奏でられ、歌と踊りが披露された。足に角材のような太く均一でつるつるした棒をつけた数人の遊技者が、床に身を投げ出し、棒を高く投げては受け取り、足でもって素早く上手に何度も回転させたが、わたしにはどのようにしてそうした技ができるのか見当もつかなかった。わたしはその土地と人間たちに目を奪われるままに、堪能するまで飲み食いした。その後、侏儒や道化師、お笑い芸人などがおかしなそぶりで出て来ると、ひとりの老人がわたしの食べ残しをとり、それを侏儒たちのほうに放り投げた。すると彼らは飢えた獣のようにそれに群がって食らいついた。

食事が終わると、一同はわたしに目をやることもなければ背を向けることもなく、娘たちを残して外に出て行った。娘たちはわたしの服を脱がせ、懇切丁寧に身を洗い清めた後、改めて立派なマントを羽織らせた。彼女たちはわたしの古い服をもって出て行こうとしたが、わたしは腕を広げて制止し、難破時に着ていた服、ずたずたに破れた胴衣や半ズボンを置いておくようにと頼んだ。またそれらと一緒に所持していたハサミや鏡も。ひとりの娘がちらっと奉仕者用の仮面を外したが、その瞬間、顔の表情に怒りの閃光が走った。

――若い旦那、貴方には一日に四度、服を着替えてもらわねばなりません。着替えたものは二度と着ることはなりません。

――この服は浜に打ち上げられた際に着ていたものだ、とわたしは素っ気なく言い放った、しかし娘はわたしのほうを見、さらに服にも目をやったが、まるで呪いでもかけているかのように見えた。

　彼女はわたしのぼろ着を足元に置いたまま、他の娘たちといっしょに姿を消した。わたしは宝物部屋にひとりとり残された。

　セニョール、わたしはしばらく考えていた、記憶の老人のいた石の部屋のことを、たしかあそこで老人は駕籠に真珠と穀粒を大切に保管していた。ところがこの部屋にあったのは、あの老人がもっていたものの百万倍もの量を購えるほどのものだったのだ。それどころではない、われらの地中海のあらゆる港、大小あらゆる王たちの命や、卑賤を問わぬあらゆる女たちの恋人の命も身請けできるほどの富があったのだ。

　わたしは一人きりでいたそのとき、すべてが自分のものので、これらの宝物を好きなようにしていいのだということに気づいた。しかし自分の二つの大きな願い、つまりペドロとともに今一度、喜ばしい新世界の海岸に戻ること、それとあの蝶女とともに今一度、歓喜の夜に戻ることは、どちらも叶わぬ願いだった。わたしは改めて豪華な宝物部屋の周りを見回した。この場所に集められた金銀、真珠、宝石、宝飾品の数をかぞえるだけで、ゆうに一カ月以上はかかるはずだ。わたしは皆に聞こえるように、聞いてほしいと分からせるかのように、わたしは真珠やネックレス、腕輪、耳輪、ブレスレットをわしづかみにすると、大声で叫んだ、高いテラスのある部屋へと飛び出した。そこからは壮大な湖上都市の全貌が見渡せた。午後の日が落ちて、人々が群がっている様子が手に取るように見えた。何千もの小船が行き交い、路上で商う人々の姿、広場や石塔、黄金色の煙、鮮やかな緑色の水路、都市を睥睨《へいげい》して聳える雪をかぶった二つの頂、そうしたものに向かって、わたしは宝石を手にして叫んだ。

――こんな宝物は本当の持ち主に戻せ！　密林や鉱山や海岸から採取してきた者たちの手に戻すがいい、手を加え、装飾し、磨きをかけた者たちの手に。一切合財、このために命を捨てた者たちのために戻すがいい。真珠一粒のために戦士に身をひさいだ少女を生き返らせろ。世界の終末への恐れから、金一粒のために生贄に捧げられた男を蘇らせろ。世界のすべてを生き返らせろ。わたしの手で世界に金を振りまき銀を撒き散らし、真珠を浴びせてやる。あらゆるものをすべての人間のためにひき戻せ、ここで手にしたものすべてを本当の持ち主に返すがいい、わが密林の民と忘れ去られた子供たちに、犯された女たちと生贄にされた男たちに。

わたしは世界中で最も膨大な宝物が収められていた三十三段を上った頂上の高見から、高地に位置した都市に向かってこう叫んだ。セニョール、あなた様に申し上げていることをどうか信じていただきたい、水路と市場、道路、鐘楼など、遥か遠くから聞こえてくる物音がまるで突然のようにパタッと止んで、唯一、ほら貝の消え入るような音が広大な沈黙の空間に響き渡ったのだ。

わたしは高いテラスの四方に、金の宝飾品と真珠を投げ捨てた。自分が上って来た階段を転がり落ちてゆくのが目に入った。ピラミッドの第二の壇上の縁から、広い水路の奥底まで。第三の壇上から、石の偶像や血塗られた壁面のある低い祭壇の床の黒い層まで。第四の壇上からは、石段と化した人間の頭蓋骨の上に。そこには石の間に歯を剥きだした頭蓋骨がはめ込まれていた。

水と石と骨に、手でつかむことのできた宝物が戻っていった。しかし、と独り言のように自分に言った、永遠に消え去ったあの村人たちの手には戻らなかったのだ、川と密林と山に囲まれた放浪の民のもとには。

わたしは気落ちして自分の部屋に戻った。

当初、部屋の輝きに驚かされたわけではない。そこは金銀の山で目もくらむような光があふれ、あたかも魔法にかけられたような大都市の輝きを再現しているかのように思われた。

休息をとるべき場所を探して内陣の奥のほうに進んでいった。しばらく考えてみる必要があった。どうやら疲労の極限にまで達したのかもしれなかったが、わたしには今日という日の夜がまだ残っていた、翌日の昼と夜という時間も。月の臍たる地において、自分の運命を蕩尽する破目となる時間が。ほんとうに不思議だったのは、陽も落ちてきていたのに、今日の質問をする必要をまったく感じていなかったことだ。他の者たちが話しをし、説明をしていた。事実そのものによって疑問点が解消するようにという、わたしの祈りは聞き届けられていた。今日の明け方、無駄な質問をしたのではないかと思っていたが、夕暮れ時の今になってみると、質問を考え付く機会すら逸していたのではないかという気がした。

それは光り輝く部屋だった。わたしは皮衣やマント、身を横たえるベッドらしきものを目で追った。光輝まばゆい部屋だった。輝きには中心があって、それは宙を舞っていた。あたかも光の王冠のようで、まぶしいほどの翼が寄り集まっていたのだ。

ああ、セニョール、わたしはそのとき光の中心方向に突っ走っていき、トンボ状の王冠を被った人間のかたちをした影のほうに素早く突進しようとした。しかし胸を高鳴らせ、無我夢中でその服をまとった暗闇の像の前で立ち止まった。それはそうしたかたちで自分を満たしている運命に対し、不安があったからだ。像は何とわが愛の印である、光輝く蝶のひらひら舞う王笏を頭にまとっていた。

――セニョーラ、貴女でしたか？

黒い影は黙ったままだった。しかしやっと口を開いて答えた。

――それがそなたの今日の質問なの？

たしかにそれは彼女の声だった。互いに取り交わした約束を覚えていたのだ。

わたしは彼女の膝の上に身を投げ、腰に抱きつき、顔を探し求めた。体も容貌も黒い布で覆われていて見えなかった。手を取ってみたところ、黒い皮手袋で覆われていて、両方の手に杯を携えていた。わたしにこう言った。

――さあお飲み。いつかそなたと再会すると言っておいたでしょう？　再会した暁には、そなたの喜悦はなお一層大きなものとなるということも。そなたはあらゆる誘惑と困難に打ち克ったわ。そして権力の頂点を極めたのよ。さあ、お飲みなさい。

セニョール、わたしは女が差し出した重い金杯を口にもっていった。人を酩酊させるどろりと発酵した液体を飲んでみると、焚火のようで口がひりひり燃えるようだった。それにも増して濁った飲み物もなければ、透明な飲み物もなかった。香ばしい泥を飲むようでもあり、粉状に挽いたガラスを飲むようでもあった。

わたしは杯を飲み干すと、傍らに放り出した。取り戻した情婦の膝に頭を埋めると、酒によって拉致されたかのように感覚が逃げ去っていくように感じた。目のみならず肉全体、両手両膝、すべての骨が液体のようになった。セニョーラ、セニョーラ、今日の質問を聞いて、それに答えてください。氷でできた奥深い冥界において死の王たちから言われたのは、わたしが記憶のなかの存在であると同時に、忘却のなかの存在でもあったということです。覚えているもののなかでは羽毛の蛇であり、記憶にないもののなかでは煙る鏡だったのです。セニョーラ、この謎かけにはいったいどういう意味があるのですか？

わたしは苦しい酩酊のなかで、何度この質問を繰り返したことだろう。黒い恋人の皮手袋は、母が子を慰めるかのようにわたしの心を慰めた。こざっぱりした小屋で暮らした祖母が膝の上で寝込んでしまったわたしを慰めてくれたように。わたしが質問を繰り返し、震えが止まったとき初めて、彼女はわたしがしつこいくらいに何度も問いただしたのと同じように、次のような恐ろしい言葉を発した。「そなたの質問など何の意味もなかったのよ。死を司る者たちを前にして、そなた自身が答えを出したのだから。そなたに二十五日と二十五夜、旅をすれば互いにこうして再会できると言ったでしょう。そなたに対しわたしは死から救ってここに来られるようにと思って五日間を約束したわね。そなたが使ったのはまだ二日間だけよ。三日間は残されている。わたしはそなたに、ピラミッドのところで三日間を捨て去って、一挙に永遠にわたしと一緒になるようにしたらどうかと言ったわ。たとえ生きていても死んでいても。ところがそなたは自分に残された時間に運命を賭けることを望んだのよ。情けないったらありゃしない。こうしてわたしと再会したけれど、わたしはもう同じわたしではないのよ。わたしの時間はそなたの時間とも違うわ。別の尺度になっているの。密林で愛し合った時からどれほど経ったことかしら。ピラミッドで会った時からどれだけ長い時が……」。

わたしは目を閉じた。女の膝に強くしがみ付いた。

――わたしはまだ分からないままだ。まだ質問に答えてもらっていない。記憶のなかで自分が何者であったのか知っている。わたしは自分が死から救い出した日々をちゃんと記憶している。自分が忘れ去った二十日間にいったい何が起きたのか？

――今晩、その質問を他の者たちになさい。これからわたしに会いに来るから。

女はわたしの頭を手袋をはめた手でやさしく撫でた。耳元でささやくようにこう言った。

――ピラミッドのことを思い出して。全人類の最後の告白を聞き届けるのはこのわたしだってことを、一度限り、生の果てるときに、掛け替えのない生の告白を聞き届けるのは……。

わたしは頭を上げ、黒の衣装をまとった仮面の女を見た。そしてこう叫んだ。

――そうは言ってもわたしはどうしても死にたくはない。そなたと一緒に生きたい。だってこうして再会したのだから。今日、この宝物部屋に入ったとき、できはしないと思っていた二つのことを要求した。そのうちのひとつは叶った。そなたを手に入れ、今ひとたびそなたを永遠に愛するということだ。なぜといえば、わたしは自分の父のごとくすでに亡くなった人間に、生命を蘇らすことなどできないからだ。わたしは人間の名において、この地で人間が追い求めた幸福の名において、生きている限りそなたを愛したいと思っている……。

蝶の女はだらりとまとった黒服の後ろで笑った。

――そなたは自分の言っていることが、どういうことか分かっているの？

ええ、もちろん、とわたしは答えた。何度もなんども頷いた。そう言いながら情婦の顔からヴェールを取り外し、服を乱暴にはぎ取り、肉桂の肌と黒い爪、二度と味わえない黒い悦楽の森をまさぐった。

――二度と味わえない悦楽よ……と愚かしくも、被り物をはぎ取りながら大声で叫んだ。ところが顔の下には別の仮面、暗赤色と緑と青の羽根でできたもう一つの仮面がついていた。

それはこの地のどこかで嗅いだことのあった樹脂で張り付けられた、死んだアリの中心から放射状に広がった羽根の扇であった。

――そなたの顔は？　とわたしは尋ねた、そなたの顔を見せて、キスさせてほしい……。

――待って。この仮面を取り外す前にひとつだけ約束して。

――言ってごらん。

――仮面はそなたにずっと持っていてもらいたいの。何が起きようとも、仮面を手放さないって。これはそなたへの最後のプレゼントよ。これはそなたの友人の可哀そうな老人が、あれほどまでに探し求めていた新世界の地図よ。ずっと大切に持っておいてね。いつの日にか、わたしの許に戻ってくるときに役立つわ……。

――地図ですって？　クモの円環と周りの羽根部分しか見えないのだけれど、これでちゃんと行き着けるの？

するとこう遮って言った。

――わたしの言葉を信じて。これこそ正真正銘の新世界の地図よ。航海士が描く地図でもなければ、山中を旅する旅人が描く地図でもないわ。目に見える場所に導いてくれるのではなく、いつの日か不可視のわたしのもとに戻ってくる手助けをしてくれるのよ。

宝物部屋の奥にいたのはわれわれ二人きりで、ピラミッドの頂上から宝物を投げ捨てた際に、わたし自身が都市にもたらした際限ない沈黙に囲まれていた。わたしは自分にできうるありったけの優しさと、繊細さを発揮して、情婦の顔から羽根とアリの仮面を剥がした。

仮面の背後から現れたのは、情婦の最後の顔だった。

それは加齢によって蝕まれた細かな皺だらけの顔で、紫色に変色した眼窩の奥、額と頬骨の突き出たむき出しの骨の奥には、濁った情念を秘めた陥没した目があった。頬肉には黄色の古紙様の薄い皮膚が、辛うじて付いているかいないくらいだった。正直に言って、究極的に老いさらばえた老女の容貌だった。唇に入れたタトゥーは時の経過とともに消えて薄くなっていて、口もとや周りに食い込み、歯の抜けた歯茎の部分で見えなくなっている深い皺のせいで、正直言って見る影もないほどだった。

本当はそれでもまだ言い足りない、セニョール。というのもわが情婦の容貌の余りの荒廃ぶりは、時間のなせる業でもあったからだ。いや、時間以上に悪い何ものかの印だったのかもしれない。わが情婦、密林の恋人。わたしは彼女のいぼだらけでまばらになった白髪のところに、蝶があるか探してみた。しかし蝶はもはや光を失い、死んで干からびた状態で、豪華な寝室の銀の床の上に落ちてしまっていた。彼女をじっくりと見てみた。この老醜は病のなせる業だったのだ、鼻からは膿が流れ、皮膚には天然痘のあばたがあり、ライ病ゆえに血液は蝕まれ、浮腫のせいで血液がうっ血状態となって盛り上がり、乳首からは膿が滴り、口からは悪臭があふれ出ていた。つまり彼女は不潔そのものに貪られ、汚濁にまみれた女神だった……。

女は手袋を脱いだ。湿ってはいるものの固く骨ばった手が、わたしの頬と首筋、胸に触れるのを感じた。

——お若い巡礼さん、あなたは永遠にと言ったかしら？ 永遠にと？

わたしは膝のなかですすり泣いた。女の言ったことをしっかり聞いたかどうかも分からぬまま。

わたしは実の弟の情婦で、人を惑わす娘だった。弟はわたしの腕のなかで亡くなり、平和の王国を失ってしまった。そなたも密林で知ったことでしょうが、わたしはかつて定めなき賭けの女王だった。年を取るにつれ、わたしは罪と汚濁を貪り食って、もはや存在しなくなるまでそれらを吸い取る女司祭となった。今はこうして魔女となり、青年たちを貪り食らう嫉妬深い老婆となっている。わたしが求めているのは若い男の死体の上に座すこと、それこそわたしの玉座であって、それは他でもないそなたのことよ。

老婆は震えながらわたしを自分の体から引き離した。

行くがいい、逃げるがいい、もう時間なのよ、そなたは理解しなかった。わたしはそなたに一年間をまるごと提供したわ。そなたの男としての一年間は女のわたしの時間とは同じではないのよ。でもそなたはそれを受け入れなかった。そなたは夜ごとにわたしを愛してくれた一年の後に、死んでいたほうがよかったのよ。これからは長いこと待たねばならないでしょうね、長いこと。地図はしっかり持っていなさい。百年か二百年か千年か経ったらわたしを探しに戻っていらっしゃい。その間にそなたとわたしは二人とも同時に、同じ瞬間に再び若返っているでしょう……。

セニョール、考えても見てもらいたい。わたしの熱病と狂気、それに恐ろしいほどの酩酊のほどを。自分であって自分ではなかったのだから。わたしはついに腐りきった老婆の服を剥ぎ取った。そして目を閉じ、今となってはどうでもいいことだが、自分に言い聞かせた、お前は酔っぱらっているのだ、今こそ老婆をものにすることができるのだ、目を閉じて、密林の少女のことを想像するがいい、ピラミッドの女のことを。あれがお前の唯一の女であり情婦であり、妻であり妹であり母なのだ。禁じられたことを楽しむがいい、老婆を自分のものにせよ、世の中に他に女などいないぞ、もうぐだぐだ考えるな、比較などするな、愛せ、愛せ、愛するのだ……。

老婆は小鳥のように震えていた。小柄で縮こまった病身は、あたかも羽根をむしられた裸のスズメのようだった。わたしは目を閉じたまま老婆の体に抱きついた……。

女は呻いて言った、待って、待って、今はだめ、残念だけど。今回は二人の時間が一致しなかったのよ、わたしにとってそなたを知ってから長い時間が経ったけれど、そなたにはほんのわずかな時間だった。待って、一日経てば自分の周期が完成するわ。そうなればもう一度、密林の娘に戻れるの。そうしたらわたしたちはどこかで再会できるでしょう……。

わたしは着せられていたマントを脱ぎ捨て、裸になって見境もなく、興奮のあまり自分の体を老婆の体に押し付けていた。わたしの勃起した男根は老婆の性器を求めたものの、突き当たったのは火打石であり、貫くことのできない岩だった……。

わたしは身を引き、老婆の開いた脚の前で跪いた。セニョール、わたしが脚を広げたところ、老婆の陰門から、かつては自分のものだったあの熱い陰門から、石の短刀が出てきたのだ。石の柄は彫り込まれた顔となっていて、まさにあのすばらしい情婦、密林の娘、蝶の女の顔だった。

わたしはその時呆然となって喚き声を上げたが、時をぐるぐる飛んでいるかのようで時間の観念がなくなり、金銀真珠の輝きに身を浸していた。宝物は光り輝く蝶がそうなったように、もはや灰の輝きしか放ってはいなかった。口のなかには灰を、背中には火を感じた。部屋は突然、別の輝きで満たされた。わたしが振り返って見てみると、燃えさかる蠟燭が高々と掲げられていた。夜も更けていた。夜はこうした男たちの手で明るく照らし出されたのだ。わたしは松明を目にし、松葉杖をついたわが分身に目をやった。

連中はわたしを見ていた。

反射の夜

わたしの黒い分身たるびっこの男《煙る鏡》は、頭蓋骨、耳、心臓、腸、乳首、手、足など、バラバラにされた人体局所を描いたチョッキを着ていた。首からは黄色のオウムの羽根の飾り物が掛けられ、一方、ワシの羽根が房状につき、黒の染色が施されたマントはイラクサの葉の形をしていた。耳飾りはトルコ石のモザイクで、そこからトゲの輪が垂れ下がっていた。鼻の記章は宝石の嵌め込まれた金でできていた。頭には緑色の羽根の髪飾りが付けられていたが、それはわたしがこの忌まわしい都市の玉座に就いた際に用いた髪飾りに似ていた。目にはさまざまな情念が光り輝いていた。それはわたしがこれから体験することとなる、長い反射の夜の最初の情念であった。嫌悪、怒り、蔑視、愉悦、密かな敗北、膨れ上がる失望、漠とした栄光といった情念であった。

わたしは自分が裸であることを恥ずかしく思い、難破時に着ていたぼろ着を寄せ集めた。慌てながら赤面しつつ取りあえずそれを身につけた。老女から新世界の案内図としてもらった羽根の仮面をとって、それを鏡とハサミといっしょにズボンの中にしまった。老女は目を閉じ、腕を嘴で突かれた状態で横たわっていた。黒い衣服を銀の床に散らかし、開いた太腿のあいだに石斧をつき刺したままの姿で。

強烈な香のかおりが宝物部屋に漂っていた。

びっこの王は腕を上げ、髪飾りの羽根を揺らしながら、伴ってきた神官や戦士らに向かって話しかけた。視線はわたしや老女だけに向けられてはいても、話しかけていたのは彼らの方だった。諸君、見るがいい、愛と平和を司る若き王を、人間の創造者にして、温和で慈悲深き教育者を。生贄と戦争の敵たる王を、天より落ちてきた創造者を、酔っぱらってあられもない恥ずかしい姿を、酩酊したせいで実母だと思って実の妹と交わり、妹だと思って母と交わった酔っ払いを。そのどちらが罪深いのか？　どんな罪ゆえに彼を都市から追放すべきなのだろうか？　簒奪者ゆえか、嘘つきゆえか、それともかつて自らが粘土から創造した人間に感染し、人間と同じくらい弱くなったことに対してか？　この男は雷や火、地震、暗闇からわれわれを守ってくれるのだろうか？　彼の教えだけで、天の頂上から大地の深奥まで、一時も休むことなく人間に脅威を与える自然の猛威をなだめられるのだろうか。落ちた創造者をよく見よ、酩酊と近親相姦という深い罪を負いながら、愛と平和を説くことなどできようか？　伝令や斥候ども、知らせを携えて走ってゆくがいい。夢は終わった、神が戻ってきた、罪を犯し、再び恥辱を受けて逃げ出すかもしれぬ、われらの掟は勝利した、われらの掟は今まで通り続くと。大地は果実を与えるべく血を欲している、太陽は毎朝、姿を現すべく血を求めている、〈大いなる声の王〉は大地と太陽の挑戦に応えるべく、真珠やトウモロコシ、金、鳥、すべての人間の生と死をつよく求めている。若き王よ、そなたは戻ってこられた。今日、わしがそなたに譲った王位のために、そなたが歩んだ道のりは短かった。そなたは再び逃げるように帰ってゆくだろう、そなたの帰還は必ずや果たさねばならないこととなるだろう。それは約束だからである。われわれは約束を言葉でもって名誉あらしめもするが、行動によって否定することもある。そなたの教えによって人を支配することはできない。しかし教えを呼び出すことによってのみ支配できるのだ。

わたしがこうした理解不能な訴えに対し反発することを見越して、老女は恐ろしい呻き声を上げた。そして話し手たる、豪勢に着飾ったわたしの分身のほうに、老いさらばえた腕を差し出した。わたしがこの分身を永遠に自分自身から切り離すことによって、〈大いなる声の王〉だと認識したのはまさにその時だった。けだしこの王こそ、死んだ月のこの土地を支配する王だと幾度も想定してきた人物であった。

王は女に向かって絶望することのないように言った。なぜならすべてはうまくいっているのだし、この日とこの時代を生きる報奨を手にするはずだからだと述べた。それこそ生きていた瞬間の贈り物であると同時に、女が常に更新される存在という周期を満たすたびに約束してきた奉献でもあった。

――そなたの妹……そなたの恥辱、そなたの母親、とびっこの王は呟いた。

ああ、セニョール、こうした禁止などわたしにはどうでもよかったのだ。理解できないことだったし、そもそもまやかしなのは分かっていたからだ。わたしは悪夢を見ることに飽きがきて、蘇った情婦の足元に身を投げ出した。膝頭から太腿へ、さらに下腹部へと口づけし、唇にまで近づこうとしたが、手でわたしの口を塞いで、それを妨げた。わたしは女の謎めいた無慈悲な振る舞いを気にかけることなく、自分に求めることを受け入れるつもりだった。つまり一年とその後の死、一日と一晩、愛を交わす一回きりの機会は、そのとき再び意味をもつことになるだろう。今こそ、わたしは母たる彼女の前で告白するつもりだ。彼女に聞いてもらえるだけでなく、彼女のために死ぬ覚悟すらもって。わたしは口からその手を払いのけ、話を聞くように言った。わたし自身とわれわれの人生に関して記憶しているすべてのことを、新世界にやってくる前の旧世界で覚えていることすべてについて。わたしは言葉も記憶もない生まれたばかりの嬰児となった。血の滴るシーツにくるまれ、母なる女、乳母か妹かわからない女の腕に抱かれて、石の中庭の廊下とアーケードを通って逃げてゆく。中庭には女たちと男たち、わたしのような幼児に、さまざまな死体が死屍累々と積み重なっていた。死体はその服から身分が分かった、彼らは平民、ユダヤ人、農夫、ムデハル〔キリスト教治下におけるイスラム教徒〕、娼婦、修道士、村の女、村の子供などで、城塞の中庭において薪の上に積み上げられていた。甲冑で身を固めた守備兵らが松明を掲げて、巨大な葬礼の洗礼盤に点火し、犬どもが炎の前で吠え立てていた。炎は首輪を赤々と照らし出し、鉄の部分に刻印された文字「未だし」「未だし」を照らし出した……。

セニョール、そんなに震えたり叫んだりしないでもらいたい、話を続けさせてください、そしてじっくり聞いてください。女は耳を貸そうとはせず、今の貴方様のように、もういい、もういいと言った。女は貴方様が椅子から立ち上がるように、自分から離れて言った。いやまだです、まだです、ちょっと待ってください、セニョール、わたしは女の前で告白しようとした。わたしには蝶の女に大罪についていま一度繰り返した。そして死と犯声を立てながらも、どうしてこんなことを告白する必要があるのか分からなかった。貴女はわたしを求めたのだ、だから子供を授かるべく身を任せたのでしょう。セニョール、わたしは何を言っているのか、なぜそんなことを言っているのかも分からないが、傲慢そうな例の松葉杖の男が、黒ヒョウの目をしてわたしたちの方をにらんでいた。すぐにわたしは逃げ出したが、まさにその時、貴方様が女を物にしたのだ。貴方様はいつも二番手で、一度として一番手になったことがない。そしてわたしの子たちを憎み、殺した。こんなことを言ったのは、あたかも現実にそのことを経験し、今こうして告白しているかのように思っているからだ。しかしわが母であり妻であり、情婦にして妹である例の女は子供たちを取り戻し、その血を飲み、若さと生命とを取り戻したのだ。女は再びわたしを愛し、灰色の蝶たちは輝きと飛翔を回復し、光彩まばゆい星辰の群れと一体化し、老女の頭上に止まった。その瞬間、蝶の女の体は解体し、埃と化した。〈大いなる声の王〉の守備兵たちはわたしに襲い掛かってきた。足蹴にし、ぐいぐい押して痛めつけ、わたしを母にして妹であり、情婦でもあった女の遺体から遠くに引きずっていった。宝物部屋の外にある大きなテラスのところへと。それは大きな篝火が燃えさかり、水路の上に光がたゆたい、暗い湖が明鏡止水となった、光の明滅する都市の夜であった。

われわれは三十三段の石段を下りていった。白子と侏儒と怪物たちの部屋を通り過ぎ、オオカミが吠え、ジャガーがうなり、フクロウが鳴く暗い農場のそばを通って、偶像が居並ぶ大部屋までやってきた。各々の偶像は石の足元に香の入った器を携えていた。この土地への、わたしの長くそして短い道行のすべてを描いた映像が石に変容していた。

びっこの分身たる〈大いなる声の王〉はわたしに叫んだ。見てみよ、よく見るがいい、拳を髪のなかに突っ込み、髪を引っ張り、頭を偶像の石にぶつけながら、力をもった守り神たちをよく見るがいい。彼らは雨と風、土壌の豊かさを保証し、地震や致命的な旱魃、氾濫を追いやってくれるのだ、そして永遠の対立物、つまり男と女、光と闇、動と静、秩序と混乱、善と悪、山奥まで太陽の恵みを届けてくれる力と夜の眠りから太陽を蘇らす力、夜中の光と日中の闇、同一物でありながら分身のような双子星たる明けの明星と宵の明星、そうした二重性と対立物の世界をよく見てみるがいい。二つの対立物が向き合い、戦うときこそ生命が存在するのだ。戦いなくして平和はなく、死なくして生もない。一性などというものは存在しない。ひとつしかないものなどない。すべては二つだ。それらは絶えざる戦いのなかにある。わたしはすべてがひとつとなり、ひとつの全体、あらゆるものが全体となるようにと願った。わたしは、と黒いもう一人の分身がわたしに叫んだ、お前は、一性と善と恒久平和と溶けた二重性の原点なのだ、わたしは……。

血がどっと目に押し寄せた。

煙で目が見えなくなった。

わたしはこの礼拝堂の石の上に横たわっていた。頭を上げたときそこで目にしたのは、分身が自分の目前に突っ立っていて、そこにわれわれ二人しかいなかったことだった。

分身はこう言った。

——今朝、わたしが何枚かの紙を燃やし、灰を掃き集めていたのを見ただろう。紙にはそなたの伝説が語られていたのだ。そなたが帰還するということが。ある日そなたは東の方角から逃げてきた。苦難を背負って逃げてきたわけは、人間どもがそなたの平和と和合と人類愛の掟を犯したからだ。そなたはいつの日か善の王国を復活させるために戻ってくると言い置いた。

——意味が分かりません、とわたしは疲れ切ったしゃがれ声で言った、いったいどうしてその王国が滅んだのですか、どういう理由で、人間が平和と善の掟を破ったのですか？

わが分身は笑った。——そなたは光であり、わたしは影だ。そなたの息子たち、つまり人間どもは光から生まれた。わたしは闇から生まれたために創造することはできなかった。夜というのは次第に増大していく無を己の滋養としている。そなたは光のなかで、また光のために人類を創造したのだ。しかし未だ光には安息が必要であり、夜というわが王国は人間どもの疲労を受け入れているのだ。そなたの子らは太陽以上の存在にはなりえまい。人間は太陽のように眠らねばならないだろうし、そうなれば眠りの悪魔たるわたしは毎晩のように人間どもを自分のものとしよう。毎晩、人間たちは自分らを創造した存在の善意を疑うこととなろうし、わたしは夜の震えのなかで、恐怖と疑惑と嫉妬と軽蔑と強欲とに形を与えることとなろう。夜を日に次いで、一滴一滴と、人間どもに毒を盛り、分断し、誘惑し、夜の誘惑と昼の習慣との二者択一を迫るほどまでに。可哀そうにそなたは間違いを犯した。そなたは人間を自由な存在として創造した。選択することができたのだ。昼の味気ない掟にもまして、楽しい夜の禁忌を選ばない者などあるまいに？

――奴隷となる代価を払ってまでも？

――人間どもはその時、自分たちの感覚の混乱を超えて、わが秩序の感覚が立ちまさることを知らなかったのだ。彼らは何を語るまでもなく、奴隷となり、わたしは主人となった。しかし両者ともそなたの掟を守り続けているふりをしたのだ、人間どもは己の自由に対する幻想を守ろうとし、わたしは自分の力の正統性を守ろうとして。そなたは悲しみにくれて逃げ出した、また戻ってくると言い残して。戻ってくる間、わたしはそなたの王位の単なる代理人、ないしは簒奪者として、固有の正統性なしに統治することとなった。そなたが約束したことがいつ何時、果たされるのかいつも気がきではなかった。その暁には権力を失うこととなるからだ。酔っ払いの近親相姦、身のほど知らずの馬鹿者、今こそ自分の姿をよく見るがいい。そなたは誘惑に負けたのだ。創造者が悪い。彼は被造物と同様、脆弱なのだ。よく自分を見よ、見てみよ……。

〈大いなる声の王〉は鏡のたくさんついた笏をわたしに近づけた。わたしは自分の姿を見まいとして目を閉じた。突如自分の胸のなかでひらめいた言葉をひとつ呟いた。

――記憶の老人から聞いたのだが、われら創造者は元来三人だったらしい、生命の創造者、死のそれ、それと生死を保ち続ける記憶のそれだ。もし彼が記憶のそれだったとしたら、わたしは生命のそれだし、そなたは死のそれだったにちがいない。地上における死であって、わたしが体験した冥界の死のそれではない……。

――老人は嘘をついていたのだ、われらは常に二人、二人きりだった。そなたはあえて創造の竈を飛び越えた、せむしで横根持ちの小人であり、一方、わたしはあえてそうする勇気に欠けてはいてもすらっとした美しい王だったのだ。そなたは生贄だったことで報われ、五体満足にして金色に輝く姿で戻ってきた。しかも左右両足に六本の指をもち、背中に赤い十字が刻印されていることを除けば、かつての怪物性の印も帯びてはいない。あの十字はトラやシカの斑点のごとく、火を跨いできたことの印だ。見てみるがいい、わたしは……不具の体だ、われらが地母神の怒りに触れてずたずたにされてしまったからだ。

――あなたとわたしの二人だけ……。

――これからはわたしだけだ。そなたを付け回す影たるわたしの分身はもういない。分身ときたら、いつも眼の前に姿を現しては背中越しにわたしを見て非難し、わたしは間違っている、わたしは悪を行い、わたしの力は残酷で血腥く、不確かで一時的なものであり、そなたこそ善の力を回復すべく戻ってくるはずだと言うのだ……しっかり自分の姿を見るがいい……わたしの正統性はそなたの挫折の上に聳え立つはずだ。どうか二度とわれわれの秩序を乱してくれるな。今日、わたしはそなたの伝説を記した紙を燃やしてしまった。もはやそなたに関して書かれたものは何もない。そのあたりで始めるとしようか、今日、箒でもって掃き捨ててしまった灰のごとく、そなたについての記憶を灰と化してしまうまで。

わたしは目を閉じたまま語った。――ひとつだけ聞いていいですか？　どうかそれに答えてください。今夜は質問をすることができるはずですから。

わたしの中に彼自身の分身を見ていた黒い分身は、黙ったまま待っていた。わたしは血を吐き出した。ただこう言っただけだった。

――教えてください、自分が忘れ去った二十日間にわたしは何をしたのですか？

セニョール、いわゆる《煙る鏡》が突然の大笑いをした様は、まるでこの都市の貧民窟を攫ってしまった今朝の高波のようだった。そして祈禱室のがらんとした殺風景な壁に木魂《こだま》のように遠くまで反響し、言葉に姿を変えた。その言葉は抗いがたい命令であった。

――見てみよ、見るがいい。この笏の鏡を、皮を剥がれた神、われらの王シテ・トテックを。彼は翌年の収穫のために自らの命を捧げ、自らの皮膚から免れるとき自分自身からも免れるのだ。笏の鏡をよく見るのだ、そうすればおのずと質問に対する答を得られるはずだ。

わたしは目を開いた。〈大いなる声の王〉は左手に笏をもち、それで身を支えていた。あたかも杖のように。光の杖。鏡はどれもこれもきらきら光り輝いていた。ひとつひとつの輝きが死と斬首、火事、恐ろしい戦争の情景を映し出していた。あらゆる場面で主役となっていたのがこのわたしで、白人にして金髪、髭もじゃ姿で馬に跨り、大弓で武装し、胸に金の十字架を縫いつけていた。神殿に火を放ち、偶像を破壊し、土地の戦士らに大砲をぶっ放していた。戦士らは槍と矢だけで身を守っていた。わたしは人馬一体の姿で田畑や平原のみならず、わたしが海岸から辿り着いた密林まで、あらゆる場所を荒らしまわった。村全体がいくつも破壊され、都市は松明の火をかけられ黒い灰と化し、わたしはピラミッドの祝祭で踊る者たちの斬首を命令した。女どもを強姦し、男どもに家畜のごとく焼印を押した。行く先々で捨てていった娼婦の子どもらの父性を否認し、土地の貧民に重い包みを担がせ、鞭打ちながら歩かせ、新世界の宝物、壁面、床面をことごとく金の延べ棒に溶かしたのだ。この地方の住人に天然痘やコレラを感染させ、密林に暮らす村人たちを刃にかけたのはこのわたし、そうこのわたしだったのだ。今度という今度は、彼らは戻ってきた神であり、善を約束するわたしに敬意を払って、自分たちを生贄に供することはなかった。今度はわたしが彼らを殺し、叛逆者の手や足を切断させたのだ。わたし、わたし、わたしなのだ、金塊と死体と泣声と闇を背負って、湖の泥沼のなかに沈んでいこうとしていたのは。重荷に耐えかねた荷運び人や、唇に焼き鏝《ごて》を入れられた女、砂漠で産み落とされた子供が、死んだ状態で水のなかに突き落とされるたびに、湖は干されていった。湖は墓場となり、わたしはそこから金と血を浴びて出現し、住む者のない無人の都市、孤独の霊廟を征服せんとしたのだ……。

こうした情景を見て、わたしは動物のような呻き声を上げ、荒々しい手つきで自分の前から鏡の笏を遠ざけた。びっこの男はバランスを崩し、わたしのそばでひっくり返った。

目の前にある男の顔はわたしのそれと瓜ふたつで、二人とも礼拝堂の床の石の上に投げ出されていた。互いに相手を見据え、喘ぎつつも相手に対し身構えながら、喉から涎を垂らし、歯をむき出して対峙していた。両者ともうつ伏せになって、肘を立て、石に手を付いてもがきつつ、今にも相手に襲い掛かろうという構えだった。

——わたしはそうしたのだ、そなたがいつもやってきたことを……。

セニョール、わたしは何のことかと尋ねた、しかし恐怖と疲れと喘ぎ声のせいで、その問いが相手に伝わらず、わが分身には頷いているようにしか見えなかった。

男は口角泡して答えて言った。

──そなたはなさねばならぬ、この笏の鏡を見ればこれから起きることがお見通しよ……。

セニョール、わたしは頭が変になったのではないかと感じた。心の羅針盤が狂い、わずかに理性が働くとはいえ、自分が一体何者で、どれだけの数がいるのかといったことが分からなくなった。わたしは意味不明の魔術にかけられてしまったのだ。この霊廟には、わたしがどうしても打ち破れなかったあらゆる神々、女神が石の姿となっていて、その恐ろしげな表情は、わたしの一性を嘲笑っているようだった。怪物的な多産性をわたしに押し付け、わたしがこの世に対する奉献として携えていくべき一性についてのさまざまな根拠を破壊したのだ。そうした全般的な一性を支えている、単純なわたしという一性、わたしの人格としての一性もまた破壊したのだ。わたしは偶像たちの顔を見たが、彼らはわたしが何を語っているのか分かってはいなかった。

わたしがスペインの海岸からズボンのポケットに入れてもってきたもの以外、どんな証拠があったというのだろう。わたしが自分自身の鏡を対置したのは、この地の蜃気楼であり、皮を剥がされた神の死の王笏であり、ツルの頭に射す澄み切った光であり、煙る鏡という名称そのものであり、わたしの別の運命たる二十日間の不可解なイメージであった。運命が忘れ去られたというのは、未だに成就していないからか、あるいは成就したとしても、わたしがそのことを忘れてしまったからであろう。この鏡はペドロとわたしがいっしょに乗ってきた船のなかで、互いに髪を切り合う際に使用したもので、神殿の一室でかのみすぼらしい記憶の老人に見せた鏡とハサミのうちの、鏡のほうであった。

わたしは獣のように横になったまま、その二つをズボンから取り出した。わが分身たる《煙る鏡》、〈大いなる声の王〉も、わたしに敵対する獣のごとく、同じように床に横たわっていた。われわれは二匹の蛇のごとく、にらみ合い、身構えつつライバルの次の行動を待った。

──そなたはわたしが鏡の笏のところで見たものが怖くはないのか？　とわたしは尋ねた。

──わしは自分に似たものなど何も怖くはない。ただ、森のなかでそなたがわしの心臓よりも、自分の欲望を優先したときは、そなたのことが恐ろしかった。今日、そなたがわしの付与した力を欲望に転化させたのを見て、恐れを抱くことを止めた。もしわしの鏡が偽り事を述べると思うのなら、自分の鏡で自分の姿を見てみるがいい。

　セニョール、わたしはかの記憶に長けた老人の姿を鏡に写して見せたとき、老人が感じたのと同じ気持ちをわたし自身、自分の姿を鏡のなかに見たときに感じたのだ。というのも鏡を見たときに、そこに見たのが、あまりに老けた自分の顔に驚愕して、腰を抜かした老人そのものの顔だったからだ。わたしは鏡のなかに、年を取って老いぼれ、今にも死にそうな、蒼白で干からびた歯抜けの老人が震えながら、真珠と綿花が敷き詰められた駕籠のなかに鎮座している自分の姿を見た。セニョール、わたしは自分の姿を見、呟いて言った、自分は駕籠から一度も出てはいなかったのだ、あの夜、川の男たちが密林の村でわたしを捨て置いた繁みからも。実際にあのとき想像したとおりだった。わたしは老いさらばえることで、鏡でもって殺したあの老人のような年寄りになろうと、駕籠のなかにこもって時の過ぎるのを待った。そして今こうして鏡がわたしを殺そうとしている。わたしは決してその場所から動きはしなかった。生きていた時点までの他のことすべては、夢に見たことに過ぎない。わが定めとは、まさにこの素早いイメージのなかで身じろぎせず老いていくことだった。月よ、太陽よ、日々よ、星辰よ、わたしを守りたまえ、水時計よ、砂時計よ、時間表よ、石の暦よ、海風と嵐よ、わたしを見捨てることなかれ、わたしを時に繋ぎ止めてくれ、わたしはウェヌスの日々の数が分からなくなってしまった、この奇妙な土地において、わが運命の日々は神殿で老人が指示した数の日々でしかありえないと、何度もひとり自分に言い聞かせつつも。太陽から盗み取られたわが運命の日々。わが運命の日々から盗まれた仮面の日々。わたしは自分が死ぬ時に取り戻そうと思って、わが逆運からかすめ取った不毛な五日という日々のことを想像した。しかしわが運命の時に太陽から盗み取られた二十日間、逆運の二十日間、忘れてはいても将来に必ず起きるはずのわが死の二十日間について想像を巡らした。それをどのように測ったらいいのか？　わが人生の一日が、今の時代の一世紀だなどとどうして分かるのか？

　鏡のなかの自分は年寄りだった。叫び声を押しとどめた。わたしは情婦たる魔女、老齢の身の毛もよだつ殺人者とふたたび交わって、その力で青春を取り戻そうと思った。でもそれは叶わなかった。われわれの時間は二度と一致することはなかったのだ。女は青春に戻っていったのだろうが、わたしのほうは老年、鏡に映った姿、つまり神殿の老人の姿に向かって走っていった。老人はわたしに己が記憶の時間を与えてくれた。しかしわたしは鏡の時間でもって老人を殺してしまった。わたしは手探りで空間の時間、時間の空間へと近づいて行った。自分の目前で横たわる分身が、黒水晶の眼差しでもってわたしを貫いた。彼がわたしに与えたのは、自分が予見していた時間だった。つまりこのハサミで老人を殺すということだ。わたしはハサミを手にすると、振りかぶってそれを彼の顔にぐさりと刺した。自分の顔でもあった老人の顔を引き裂いたのだ。脆い二股の鋼で彼の眼差しを切断したわたしは、再びハサミを振りかざし、〈大いなる声の王〉の背中に突き刺した。わが分身はものすごい痙攣を起こしてのた打ち回った。わたしはいま一度、ハサミを胸と腹に突き刺したところ、黒い血が礼拝堂の広い敷石の上に流れ、花々や虫ども、箒や神々の石像の足元を血で潤した。

わたしは手を血まみれにして立ち上がった。

セニョール、そのとき分かったのは、すぐに逃げ出すべきだということだった。というのもメキシコの太陽の下、血塗られたわが生の二十日間のカウントが始まっていたからだ。わたしには運命から逃れるべき時間は一日しかなかった。自分がいなくなったことで運命を否定し、海に戻り、真実の案内人たる金星に戻り、帆につかまり、海のど真ん中で身を救うか溺れるかしても、笏の鏡が思い出させてはくれたものの、とっくに忘れ去った運命に身を任すことだけはしないための時間は、わずか一日しかなかったのだ。

わたしは自分の黒い分身の切り刻まれた肉体を、これが見納めと思って眺めた。今一度その血塗れの手を見た。伝説は終わったのだ。物語は二度と繰り返されることはないだろう。わが仇敵とわたしは、人々の待ち望んだ平和と和合と幸福の神を殺してしまった。いわゆる羽毛の蛇はこうして死んだのである。しかし、とその時思ったのだが、いわゆる《煙る鏡》もまた同じようにして死んでしまった。彼らとともにその秘密は葬り去られた、両者とも一体であったという秘密が。

逃走の日

わたしは戸惑い礼拝堂から逃げ出した。そして湖上都市の石の迷宮でどこにいるのか分からなくなってしまった。わたしは当初の人間に戻ってしまった。三つのもの、つまり鏡とハサミ、それに今では羽根と蟻の仮面を手にした、ぼろをまとった難破者である。

はたして自分はどこにいたのだろう、町が宮殿なのか、宮殿が町なのか分からなかった。広場がどこで尽き、市場がどこから始まるのかも。どこで市場が尽き、どこから道が始まるのかも。わたしは恐怖という鎧をまとって逃げてはきたものの、唯一の甲冑は自分の骨であり、骨は広大な空虚に対して戦っていた。鳥や毒蛇、猛獣の棲む畑には誰もなく、神殿にも市場にも人っ子ひとりいなかった。水路に人影はなく、小島の周りには船が乗り捨てられていた。わたしは逃げ出した。都市もまたわたしといっしょに逃げ出したように見えた。おそらくわたしより前に逃げ出していたのだろう。わたしはただ黎明に向けて、町を追かけていくだけだった。一年前、十年前、いや百年前かもしれないが、老ペドロといっしょにやってきた、この新世界において迎える最後の夜明けに向けて。ペドロはここで自由の地を探し求めてきた、旧世界の不正や抑圧、犯罪のない新世界、一片の幸福を求めて。

ああわが旧友よ、そなたは時宜をえて死に、失望せずに己が身を救った。もし生きていれば、あの遠い日の朝、明けの明星とともに船出した際に捨て去ったと信じた容赦なき権力を、この地でも味わうことができたかもしれない、味わうにしろ別の事由で、別の衣裳をまとい、別の儀式をもってすることになろうが。

セニョール、どうかお聞きくだされ、最後まで。手を上げて近衛兵らを呼び寄せたりせず、聞いて戴かねばなりませぬ。わたしを助けた少女を愛している限りお話しするし、彼女がわたしを愛撫してくれる限り、お話しすることができるだろう。愛するのは唯一わたしの記憶だけだ。今にして得心している。ですからセニョール、どうかわたしと彼女とを引き裂かないでもらいたい。そうしたら、女の彩られた唇のおかげで呼び戻された忘却に再び戻ってしまう。彼女はわたしの声であり、両世界におけるわたしの導き手なのだから。彼女がいなければ、わたしはすべてを忘れてしまう、なぜなら思い出すことは辛いことだし、彼女の愛しか、記憶の苦しみに身を委ねるべき力をわたしに与えてくれるものはないからだ。わたしは常に孤独のなかで忘却のもつ安寧に身を任せることにする。もはや飛び出してきた旧世界のことなど思い出そうとは思わぬし、そこからやってきた新世界のことも……。

メキシコの大小島とトラテロルコの小島を繋ぐ道を通

って逃げ延びようとしていたわたしは、自分のほうに裸体の男性の一団が進んでくるのが目に入った。火山の外側でわたしの同伴をした十人の若者と住人の少女たちであった。彼らは何とわれわれの言葉を話していたのだ。嬉しそうな表情で大声を上げて走り寄ってきた。長い間、経験したことのないような嬉しい出会いであった。湖上都市の陰鬱な静けさとは際立った対照であった。わたしを抱擁し、口づけしてはくれたものの、再会したときの喜びの表現以外に、はっきりしたことは何ひとつ語らなかった。

わたしも彼らにどういう理由で、わたしを館の住人らのもとに置き去りにして、寂しく恐ろしい思いをさせたのか、その訳を問いただすことはしなかった。わたしは最後から二番目の質問をする機会を、じきにやって来るべき時機までとっておかねばならなかったからだ。質問も彼らにしてはならなかった。判断力においては不確かながら、心情では確信に満ちて、自分に言い聞かせたのは、彼らこそ最終的解答を与えてくれるはずだということだった。

わたしは道に沿ってトラテロルコの島のほうに連れていかれた。われわれが入ったのは、人気のない小ざっぱりした、赤石の壁が取り囲む大きな広場だった。そこには低いピラミッド一基と、いくつかの神殿があり、しいーんと静まり返っていた。曙光が大空の真珠のように輝いていた。巨大な広場の中央には、柳でできた駕籠が置かれていた。

どこかで見たような気がした。歩調を早めると二十人の若者たちがついてきた。駕籠の中には男がひとり入っていた。わたしはその姿を見て、倒れ込むように前に跪いた。それは顔を突き合わせて、近くで声を聞きたいという思いと、聖なる存在に打たれた不思議な感情が入り混じっていたからだ。

彼はかの記憶の老人であった、かつて密林のピラミッドのなかで、じめじめした部屋から話かけてきたものの、後にわたしの鏡を覗き込み、自分の姿を見て、怖気を震って死んだ、最古の寓話の語り部であったあの老人だったのだ。彼は神殿の頂上に引きずり上げられ、そこでハゲワシに貪り食われたにちがいない。

その時と同様、今もまたわたしにこう言った、しかし今度はカスティーリャ語で。

——よくぞ来られた、兄弟よ。わしらはそなたをお待ちしておりましたぞ。

わたしは震える手で彼に触れた。彼は微笑んだ。亡霊などではなかった。本当にこの老人はこの地のみならず全地上の秘密を知っている人物なのだろうか。しかし何を知っていたのだろう。わたしが逃げ出した日、よく来たと言ってくれた。この新世界における生涯最後の日……今にして確信するのだが、彼から比類なき賜物として手ずから譲ってもらった記憶の五日間の最後の日に。わたしが記憶することを彼自らの手で妨げた二十日間から切り離されたその五日間の最後の日に。今朝になってみると、わたしは記憶された五日間の一日ごとに起きたことを、忘却のなかで体験したのかどうか、あるいは笏杖の鏡が予言したとおり、不確かな未来において体験することになっていたのかは分からない。

広場の壁面と低いピラミッドの頂上に太陽の光が射していた。これがわたしの紛うことなき最後の質問だった。最も直截的で最も身近な、その時点で衝動的に口に出たかもしれない質問――老人よ、あなたは何者ですか？　本当の顔をお見せした際に、あなたは恐怖におののいて亡くなったのではないですか？　あなたはわれわれが遺骸を放置してきた密林に棲息するハゲタカや毒蛇の餌食になったのではないですか？　といった質問をすべて諦めて、わたしはこう尋ねたのだ。

――セニョール、わたしはもう忘却の二十日間を過ごしてしまったのですか？　それともまだで、これから過ごすのですか？　今にして分かったのは、どちらにしろ死と苦痛と血の二十日間であるということです。明日過ごすことになろうと、すでに過ごしたとしても同じような恐怖を感じます。

頭に白髪部分を残した薄汚れた骸骨の老人は、歯のない口を開けて微笑んだ。

老人は言った、兄弟、ようこそ。お待ちしておりました。これからもずっと待つことになるでしょう。そなたは以前ここに来られたことがおありだ。そのことを覚えていなくとも問題ない。そなたは多くの場所におられたから、覚えていないだけだ。わしの目は遠くまで届く。燃える海から生まれ、数多くの腐った海岸から隆起し、果実の香わしい渓谷あたりでせり上がり、石と火の砂漠部分で頂上を極めるこの都市〔トラテロルコ〕が、どれほどこの地メキシコから隔たったところで生まれたことだろう。わしはそなたの手で建設された都市をたくさん存じておる。川沿いや海沿いにある都市をな。微動だにしない砂漠の中心から……そうした遠くや近くにある諸々の都市が、いったい誰の手で建設されたのかを明らかにしてみよ。そなた自身だということが分かるはずだ。ただ自分のことを忘れているだけだ。この世でそなたは羽毛の蛇と呼ばれていた。そなたはナツメヤシと粘土、洪水と高潮、ぶどう酒と雌オオカミの地においては、たしかに異なる名をもっていた。そなたは二つの川の間で生まれ、獣たちの乳で育てられた。白と青の海を司る父のもとで成長し、樹の下で夢を見た。山中で死に、再び生まれたのだ。そなたは最初の教育者で、種子の種付けをし、土地を耕し、金属に加工を施し、人間たちの間で愛を説いた。ものを語った人間であり、ものを書き記した人間でもあった。そしていつもそなたには自らの分身ないしは影として、敵対する兄弟がいたのだ。そなたがすべての人間のために愛していたものを、彼は自分だけのために欲した。それは労働の成果であり、人間どもの声だ。

老人の骨ばった長い指が、身体を温めていた綿布の間から突き出て、トラテロルコの広場の入り口のひとつの方を指さした。

そなたはいつでも失敗するだろうが、いつでも戻ってくるだろう、そして再び失敗するだろう、しかし負かされることはあるまい、そなたは人間の生命の原初の秩序というものを知っている、なぜならば人間とともに秩序を打ち建てたからだ。人間は獣のように互いに貪り合うために生まれたのではなく、そなたのそれである、夜明けの教育に則して生きるためなのだ。

——わたしは分身を自分のハサミで殺しました。わたしもまた殺人者なんです……。

否、そうではない。今一度言うが、殺した相手はそなたに敵対する兄弟だ。そなたのなかで抗う存在だ。その暗黒の双子はそなたのなかで蘇るだろう。そしてそなたに抗い続けるだろう。彼はここで生まれるだろう。われわれは彼の軛《くびき》の下で、ふたたび苦しむこととなろう。だから彼を殺すべく、そなたに再び戻ってきてもらうように待つこととしよう。

——セニョール、あなたは円環的で終わりなき、永遠の運命について話されています。わたしと分身の二人のうち、どちらかが決定的な勝利を収めることでも問題は解決しないのでしょうか？

——決して。なぜならばそなたが言わんとする対象は、館とか監獄、ないしは神殿のなかで否定され、襲われ、誘拐されるときしか生き続けることはないからだ。そなたの王国が敵対者たちを抜きにして打ち建てられるならば、時を移さず、敵対する王国と同じものに化してしまうだろう。わが息子よ、そなたの幸せはそなたの分身がそれを否定するときにのみ、守られるのだ。

――決して、ですって？

――決して、なのだ、兄弟。そなたの運命は迫害を受けるということだ。戦うということ。敗北するということ。敗北から蘇るということ。戻ってくるということ。話すということ。忘れてしまったことを皆に思い出させること。一時だが統治すること。世のもろもろの権力によって再び打ち負かされること。逃げ去ること。戻ってくること。思い出させること。いつまでも終りのない仕事。誰よりもつらい仕事。そなたの仕事の名は自由なり。自由とは多くの人間たちと関わる名前だ。

――彼らもわたしと同様、いつも打ち負かされているのですか？

――いいか、兄弟、わが子よ、見てみるがいい……。

トラテロルコの広場は人々の行き来する雑踏の音や楽の音、様々な商いや仕事に嬉々として携わる者たちで活気があった。陶士を手やろくろでこね上げる者、麻を織り上げる者、踊り歌う者があれば、愉しい銀製の遊具を巧みに美しく仕上げる銀細工師もあれば、足や頭で芸をするサルもあった。手に紡錘をもち、あたかも糸を紡いでいるようなしぐさをしたり、手にリンゴをもって食べているふうにも見えた。羽根を加工する忍耐強い労働者たちは、羽根をむしったり付けたりし、あちらこちら眺めつつ、表や裏からうまくできているか、うまくいっていないか確かめながら、申し分ないやり方で動物や木やバラを形づくっていた。子供たちは老練な老人の足元で座り込み、女たちは乳児に乳をやっている者もあれば、土地の食べ物であるシカやファロージカ、野ウサギ、ジネズミ、魚などの肉をトルティーリャのような丸い柔らかパンに包んで、スモークの香りのする食事の用意をしている者もあった。筆耕屋や詩人たちもいたが、後者は大声で、あるいは静かな調子で、友情とか儚い生、愛の喜び、花の楽しみなどについて語っていた。彼らの声を間近で感じたわたしはその朝、わたしの最後の朝、自分の周囲で次のような言葉を耳にした。

――わしの花々は絶えることなし……。

――わが歌は途切れることなし……。

――高らかに歌わん……。

――われらもまた、新たな歌をここで高らかに歌わん……。

――新たな花もまたわれらの手に……。

――われらの朋輩たちは花を大いに楽しむがいい……。

――われらの心の悲しみは花でもって消え去るがいい……。

――そなたの歌を集めよう、エメラルドのように数珠にして……。

――花で身を飾るがいい……。

――そなたの唯一の富はこの地にある……。

――わが心は枯れゆく花のごとくひとり寂しく旅立つのか？

――いつかわが名が消えてなくなるのか？

――せめて花だけは、せめて歌だけは……。

老人はわたしのほうをちらちら見聞きしつつ、わたしを眺めていた。わたしがついに彼の方に再び視線をやったとき、喜びと悲しみが内で相対立するような感情に捕らわれていたわたしにこう訊ねた。

――お分かりかね？

――ええ。

そのとき記憶の老人は強引に手をとると、わたしの顔を自分のほうに近づけた。老人の言葉は彫り込まれた空気、書き込まれた空気のようだった。


人々は語っている、〈大いなる声の王〉のあらゆる力をもってしても、それを妨げることはできぬと。兄弟よ、そなたはすべての者に約束をした、そなたの敵はその言葉に恐れを抱いたせいで、永遠に心穏やかならぬことだろう。彼はまさに囚われの身となった。自分の声しか存在しないと考えつつ、自分の館に閉じ込められて。〈大いなる声の王〉よ。この広場で、すべての者たちの声を聞くがいい。そなたは生贄どもよりもさらなる敗北者だと知るがいい。

太陽は南中に近づいていた。太陽は生と死、自由と奴隷、そして絶えざる戦いの場であった大広場の上に昇った。手や腕や声や足や目を立ち働かせて、何か貴重なこと、愉しげな仕事、身近な知恵、肉体的快楽、密かな期待、恐らくそうしたものから生まれるであろう別の光明、そうしたこと一切を活きいきと、目の前でやり続けていたあらゆる男たちと女たち、子供らが太陽の光を燦々と浴びていたのと軌を一にして、太陽はわたしの内部にも光を燦々とあふれさせ、己が血と骨を照らし出し、目線を上げさせ、光り輝く涙で目を曇らせたのである。

――わたしは自分の知っている部分を生きたことになるのでしょうか、それとも生きることになるのですか？

生きたし、生きることになる。どうしてそなたが過去や未来において、あらゆる者たちとの対立と無縁な存在となりえただろう。

――わたしは嘘をおっしゃっていると思っていました。あなたの世界において見たのは、石化した二重性の印だけだったのです。

われわれは三者だ、常に三者となるはずだ。生と死、それに生死を三枚の花弁をもつひとつの花に集める記憶というものを加えて。

――昨日でしたか？

いや今だ。

――明日ですか？

過去になりえなかった現在は、未来そのものだ。そのときわたしがそなたに約束したように、大地であるわれらが母と一体となるのだ。そうすればわれわれは歴史上のあらゆる戦争、そなたの敗北の勝利、勝利者たちの敗北に耐えていくことができる。

時間は老人の目のなかでひとつに収斂した。

わたしはそれを感知したが、時間を読み取ることはできなかった。

老人はわたしの手を握りしめた。

さあ、友らといっしょに行くがいい。帰りの道を案内してくれるだろう。

老人は手を放し、顔を手で隠して綿布の駕籠のなかにもぐり込んだ。

老人は永久に死んだと思っていたが、駕籠と太陽と己の手と綿布に圧迫されたことで、押しつぶされたような声が、再びそのときを最後に聞こえた。

昔の兄弟、今の息子、いいか誰にも騙されるな。自由とは人間が最初に足を踏み入れた岸辺だ。その自由の名とは天国だ。われわれはそれを少しずつ失ってしまった。少しずつ取り戻していこう。誰にも惑わされるな、息子よ、兄弟よ。そなたは二度と岸辺に戻ることはない。最初の死より以前の絶対的自由など、もはや存在することはあるまい。しかし死にもかかわらず、自由というものはあるだろう。名付けられもすれば、歌われることもあろう。愛されもすれば、夢見られもしよう。自由のために戦うのだ。それこそわたしが自由の名においてそなたに与えうる勝利なのだ。

こうした言葉の後に恐ろしい大音響が起きた。天がにわかにかき曇り、泥まみれの雨が広場に落ちてきた。いっしょにいた若者たちがわたしを守ろうとするかのように、周りを取り囲んだ。何が起きているかをわたしが見ることを許さず、引き返すように強いた。

——後ろを振り向いてはいけない……。

——さっさと走るんだ……。

——船がお前を待っている……。

わたしは彼らといっしょに道路まで走っていった。その一方で、われわれの後方では、雨が降りしきるなか、爆音がひっきりなしに鳴り響いていた。当初、人々の叫喚は爆音よりも強烈だったが、後になって褐色がかったしつこい雨よりも軽くなった。

沈黙が勝利を収めた。

突然沈黙を破ったのは、新たな大声の合唱で、それはわれわれが急いで道沿いに走っていく間もずっと後をつけてきたのだ。

——悲しみが広がってゆく……。

——あのトラテロルコで涙が滴れ落ちる……。

——ああ友よ、われらはどこに行ったらいいのだ……。

——煙が立ち上っていく……。

——霧が広がって立ち込めていく……。

——水も食べ物も酸っぱくなった……。

——道にも広場にも蛆がわんさと涌いている……。

——壁には脳味噌が散らばっている……。

——湖水は赤く染まっている……。

——われわれはガラスの水を飲むのだ……。

——われらが受け継いできたものは穴のあいた網だ……。

——それに値段が付けられる……。

——若者や神官、子供や処女の値段……。

——泣くがいい、わが友よ……。

われわれは幅広い材木を組んだ艀船のそばで立ち止まった。材木は互いに蛇の体でもって結わえ付けられていて、船はゴザに係留されていた。わたしはそれを最後に都市の姿を目に収めた。夜が駆け足でやってきた。時ならぬ真っ黒な雲と暴雨風と舞い上がる埃に呼び寄せられたかのように。埃の旋風は暴風雨と拮抗していたが、雨が風の勢いを弱めることはできなかった。メキシコ市は混濁のなかに霞んでいたが、新たな不吉な影の様相のうちに再確認することはなかった。鐘楼が高くそびえ、そこにある無数の窓辺に暴風雨による稲妻が走った。すべての窓は皮を剥がれた男のもつ笏杖のような鏡でできていた。塔の壁にはひびが入った。塔の先端部分では赤や白や青や緑の色をした、埃をかぶった光が瞬き、ウインクやサインが規則的についたり消えたりしていたが、自然の猛威には全く動じなかった。暴風雨はわたしが到着時に目にした火のように手ごわかった、水をかけることでますます勢いを増す火のように。

わたしは重く鳴り響く鐘の音を聞いた。それはせわしなく吐き出される咆哮のようであった。もはや太鼓のうら寂しい音ではなく、幾千ものしゃがれた音を出す笛だった。それはまるで都市がカエルの軍隊に占拠されたかのようだった。カエルの鳴き声のごとき音は、全景を覆い隠し始めた有害な灰色の層に覆われて、聞こえなくなった。層は火山の近郊を覆い、渓谷全体をゆっくりと重たく、息苦しくなるようなヴェールで覆った。とばりがメキシコとトラテロルコの上に下りた。

夜となった。それもまた夜ならぬ夜であった。

帰還の夜

何はともあれ、わたしは覆いかぶさるこうした暗闇に打ち克つように、宵の明星が再び遠くに、しかしわたしの視線の高さに輝き出すのを目にした。泥濘のなかで失くしたピンのごとく。その光でこの地の未知なるわが夜の最後の日が照らし出された。ついに今となって初めてそのことを知ったのである。

蛇のはしけがわたしを待ち受けていた。二十人の若者たちがメキシコとトラテロルコを結ぶ道の途上で、都市の夜景を眺めようとして、わたしとともに足を止めていた。そのうちのひとりが低い石柱に船を係留していた縄をほどきにかかった。われら一団の上に何ともやりきれない緊迫感がのしかかっていた。彼らはわたしに別れを告げねばならなかったからだが、そのときまで彼らとわたしは、ほとんど何も言葉を交わしてはいなかったのだ。とはいえ、わたしは微笑んで独り言を言った、彼らは土地の住人たち特有の訛りがありはしたものの、この地で唯一カスティーリャ語を話す者たちであった。彼らの言葉はわれらのそれのようながさつな音調などなく、鳥のさえずりのような甘美で歌うような言葉であった。それに引き換え、われらの言葉は長靴を踏むような音であった。

否、と戸惑いつつ、彼らだけではないとわたしはすぐに考えた、記憶の老人もまたカスティーリャ語で話しかけたきたではないか、わたしの問いかけにその言葉で応答したぞ……わたしの質問に。わたしは彼にどれだけの質問をしたことか、またどれだけわたしに応答したことか。たとえ毎日、毎晩ひとつずつ別の質問をする権利をもっていたとしても、どうして答えてくれたのか。なぜトラテロルコの大広場の中心で、その約束は破られたのか。どうして？　最後になしうる質問のことを考える間もなく、抑え込む暇すらなく、次のような質問が口をついて出てきた。

——どうして広場で話しかけたあの老人が生きたままなのか？　そなたたちにはっきり言えるのは、間違いなくあの日、老人は恐怖に駆られて死んだのであり、ハゲワシの餌食になったのだ……。

若者たちは互いに顔を見合わせた。連中の今までに見たこともないような目視が水に映っていた。セニョール、わたしには説明できない。この地であのような目線など見た覚えがなかったからだ。とはいえこのよそ者の地に足を踏み入れてからというもの、恐怖と優しさ、友情と憎悪、畏敬と復讐など、相対立する感情を表す目線をさんざん目にしたことはあったのだが、こんな目つきを見たのは初めてだった。彼らの目線にしろ、わたしのそれにしろ、初めてのことだった。いったい誰が大地を今あるような様相に造り上げ、沈黙のなかでその平原を燃え上がらせたのであろう？

ひとりの少年が話した。その話を聞いたとき、わたしがどれほど悲しみと安らぎを感じたことか。彼は起源とか伝説、権力、伝統などの名において語ったのではなく、メキシコ湖の水のそばにあるこの道の上で、自分自身のことばで語ったのである。

——あの広場では誰一人見かけませんでした。

——老人は？　とわたしは怯えながら呟いた、駕籠のなかの老人は？

少年は首を横に振った。誰も見ていません、誰もいませんでした、われわれを除いては。

数字がひとつ体のなかで燃え上がった。——それではわたしが話しかけた相手は誰だったのだろう？　質問に答えてくれたあの人は……。

そのときひとりの少女が語った。——わたしとですよ。あなたはご自分に質問をなさって、ご自分で答えていました。わたしたちは聞いているだけでした。

もし時間というものが狩人であるなら、そのときわたしは矢を射られ、ほとんど手負いとなった。この地におけるわが時間についての約束は、粉砕されてしまった。話はできてもしどろもどろであった。

——するとわたしはすべてを夢見ていたのですね……何

ひとつ確かなものはなかったと……夢から覚めねばならないと……。

——否、目覚めてはなりませぬ、と少年が言った、あなたは自分の旅にピリオドを打たねばならないのです。ご自分の土地に戻らねばならないのです。

——もしここでいま一度、戻りでもしたら罪を犯すことになり、その結果、打ち負かされて二度と立ち上がれなくなるし、もし犯罪者たちを罰するために戻るとすれば、逆に彼らから打ち倒されてしまうのでは？

セニョール、わたしは頭がくるくると回っていた、言葉が脈絡なく次々と口から出て来て。自分がどこにいるのか、今がいつなのかも分からなくなっていた。夢を見ていたのだ、たしかに夢を見ていた、でもどこで？　いつの時点から見ていたのか？　おそらくあのとき、二十人の友人に囲まれて、船が一隻近くにあった道の上で立ったまま夢を見ていて、サルガッソー海のど真ん中で動かぬままいた老ペドロの船のなかで楽しく眠っていたのだろう。あるいは確かに、あのとき考えたように、海から出て死の海岸に足を踏み入れ、わが生の亡霊を想像しながら、その場にずっといたのだ。結局、記憶の老人の駕籠のなかに置かれた時点から、すべてが夢のなかだったのかどうか分からなかったのだ。密林の空の下、生い茂る樹木やシカの皮に囲まれて、鏡以外に何ももたずにそこに放置されていた。夢見つつ夜を明かして、まるで自分は記憶の老人のように老いさらばえたように感じた。自分がいつの時点で目覚めて生きることを止め、眠ったまま生きていくようになったのか、分からなかった。分からなかったのだ。しかしわれわれはここ、メキシコと呼ばれる、かつて存在したこともない場所にある潟湖の小島を結ぶ道の上にいたのである。月の臍ともいうべきメキシコ、彼らとわたし、わたしと彼ら、死の地面から引っ張り出し、胸に押し当てた際に生き還った骨、すべての夢のなかで最も幻想的で、非現実的な夢……。

これもまた嘘だったのか、彼らも亡霊だったのか？

——ここにわたしたちはいます、と素っ気なく別の少女が言った、本当です、ここに存在しています。

すると別の者が次々とこう語った。

——そなたは出発すべきだ。

——そなた以外にわれわれについて知っている者はない。

——これこそそなたの秘密だ。

——戻ってはいけない。

——われらは身を隠す。

――われらは道に迷う。
――われらを見つけることはできまい。
――われらを生贄にすることはできまい。
――必要とあらば、出発しよう。
――そなたは誰にもわれらのことを語ってはならぬ。
――そなたは戻ってくるまでもない。
――われらはそなたが約束したことをするまでだ。
――われらはそなたの名の下で振る舞うとしよう。
――心配は要らぬ。
――われらは二十人だ。
――そなたの名の下でそなたの記憶にない日々を生きるとしよう。
――そなたが失った日々を。
――そなたが恐れる日々を。
――二十日間を。
――われらは二十人だ。
――十人の男。
――十人の女。
――そなたが忘れた、恐怖の日々の一日一日を。
――皆でそろって。
――戻ってはならぬ。

――それは許されぬ。
――これこそそなたの犯罪だったのだ。
――そなたはわれらに生を与えた。
――そのことを連中は知らぬ。
――連中はわれらが存在していることを信じない。
――連中に不意打ちを食らわせてやろう。
――われらは身を隠そう。
――山のなかに……。
――砂漠に……。
――密林に……。
――海岸に……。
――廃墟のなかに……。
――荒廃した村に……。
――マゲイ〔リュウゼツラン〕のなかに……。
――鐘楼のそばに……。
――鞭の下に……。
――鉱山のなかに……。
――圧搾機のなかに……。
――土牢のなかに……。
――トウモロコシ畑のなかに……。
――あらゆる土地に……。

時間には言葉があったのか？　空間には時間があったのか？　今日は何日で今は何時なのか？　セニョール、わたしはそれを教えてくれるように懇願した、それがわたしの最後の質問だった。

――今日は何日か？　今は何時か？

――一日だ。

――ひとりの男だ。

――別の日だ。

――ひとりの女だ。

――二十日間だ。

――十人の男だ。

――十人の女だ。

――一日だ。

――三月の最初の朝だ。

――乾燥した土地だ。

――黒い土地だ。

――都市が落ちる。

――われわれも。

――別の日だ。

――十月の第二の夜だ。

――濡れた土地だ。

――赤い土地だ。

――都市が落ちる。

――われわれも。

――二十日間だ。

――九月だ。

――雨が死ぬ。

――七月だ。

――灼熱の朝、荒れた午後だ。

――二月だ。

――埃の竜巻だ。

――三月だ。

――同じ広場だ。

――太陽、太陽だ。

――十月だ。

――同じ広場だ。

――水、水だ。

――二十日間だ。

――短刀と散弾だ。

――犬どもが吠える。

――血が流れる。

――われわれに武器はない。

――石と槍と棍棒が持ち上がる。
――多くの男ども。
――馬に乗って。
――ひとりの男だ。
――殺人者だ。
――同じ広場だ。
――火薬の匂いだ。
――引き裂かれた軍旗だ。
――ひとつの村だ。
――奴隷化された村だ。
――ひとつの土地だ。
――虐げられた土地だ。
――われわれだ。
――都市が死ぬ。
――都市が生まれる。
――われわれは殺される。
――われわれは甦る。
――そなたの道を行け。
――戻ってはならぬ。
――われらはそなたの黒い運命の二十日間となる。
――そなたゆえに生きるとしよう。

――わたしの質問、最後のたっての質問……。
――空を見るがいい、どの星も固有の時間を持っている。
――そうしたすべての時間は同じ空のなかで肩寄せ合っている。
――別の時間が存在する。
――それを測る方法を学ぶがいい。
――すべての時間は、唯一の死んだ空間において生きている。
――そこで歴史は終わる。

歴史が？　このわたしの歴史、多くの者たちの歴史、どの歴史が……わたしは質問できなかったし、答えることもできなかった……改めてわが抱擁から生まれたこれらの若者たちは、あたかもわたしのことを占うかのように、またあたかも、ここで見て触れたすべてのものと混じりあい、交錯し、倍加したわたし自身であるかのように語ったのである。ここで素っ裸で突っ立ったままの人々は、潟湖のそばの道の上で、さまざまな声を出して話した。

――ペドロはそなたゆえに命を投げ出したのだ。
――そなたはハサミをくれた。
――そなたは金をもらった。

――そなたは仕事を与えた。

――そなたは記憶をもらった。

――そなたは鏡を与えた。

――そなたは死を捧げられた。

――そなたは愛をもって応えた。死んだ者たちに、生きている女に。

――そなたは女から日々をもらった。

――そなたは太陽の五日間と、闇の二十日間をもらった。

――そなたの分身は、煙る鏡の二十日をもらった。

――そなたの分身からそなたは王国をもらった。

――そなたは権力を女と引き換えた。

――そなたは女から叡智をもらった。

――そなたはわれわれらに生命を授けてくれた。

――われらはそなたに自由を与えた。

――もっと優れた贈り物をしてくれないか？

――そなたにはできない。

――歴史は頂点に達した。

――あなた方は命を誰に与えてくれますか、とわたしは尋ねた。

――生命をペドロに与えた新天地に。

彼らはわたしを抱擁した。


わたしに口づけした。

わたしは船に乗った。

若者のひとりが船のもやい綱を解いた。

風と夜がわたしを道から遠くへと引きずって行った。

二十人の若い友人たちの姿ももはや見えず、自分のために生きてゆくべき二十日間の行く末について想像すらできなかった。しかしそれは血と犯罪と苦痛の日々となる定めだった。そのことだけは知ったとはいえ、自分に話されたこと以上は何も理解できなかった。わたしは疲弊し一人ぼっちになった気分を味わった。すべてを失ってしまったからだ、老ペドロとの友情も、密林の人々との兄弟愛も、蝶の女との愛も。何ひとつ手に入れられず、得たものといえば忘れたいものばかり、わたしの内部に存在する煙る影のうちに血肉化された生贄と抑圧だけだ。おそらく実際には、煙る影をハサミで殺すことはしなかったのだろう。わたしは船酔いしつつ、この蛇船に備わったひとつきりのオールを摑んだ。船はメキシコの潟湖をすいすいと進んでいった。しかし後ろを振り向くと、航跡ではなく、埃の竜巻を引きずっていた。セニョール、潟湖は竜骨と接触して、土と化していたのだ、起伏の多い、荒れ果てた硝石含みの土地に。目の前に見えている部分だけが水で、後ろに残してきた部分は埃だった。

わたしは身震いした。ぶるぶる震える中心部へと舵を切った。そこでは水と埃がひとつに混じりあい、この土地への旅の途上で見たのと同じ渦巻きとなっていた。天を下にして見た星辰の渦巻き、欠けた歯と見えない舌と鈴の音がすべて吸い込まれていったような渦巻き。船の脆弱なマストに摑まりながら、独りごちて言った、これは蛇の口そのものだと。メキシコ湖の埃と水という大蛇がわたしを呑み込んでいるのだ、蛇のとぐろはきつく締まっていき、すべてが創造の火によって刻印された肌との死の抱擁に還っていくのだ。

わたしは目を閉じた。井戸の底に落ちていった。あたかも大洋のど真ん中に投げ出され、空は視野からどんどん遠ざかっていくかのように、水性の壁面、埃の瀑布がわが身を取り囲んでいるさまを夢に見た。目を開けてみると、セニョール、現実はそれとは別だということがわかった。船とわたしは表現しえないような動きでもって、四方八方に動いていて、地下を流れる大きな川の内部に取り込まれていた。海底下の広大な土地を進んでいるではないか。

われわれはあらゆる方向に動いていた。ある時は下降し、またある時は上昇した。船が右手方向で衝突したとき、感覚は己に刃向うかのように、左手方向に回転していると主張していた。最後の旅において、同じ空間で同時的にわたしが導かれたのは、あらゆる場所とあらゆる瞬間であった。わたしはその瞬間において呆然としたまま、存在するすべてのものの中心、燃えさかる花々の中心にいた。しかしその中心は砂漠的な北でもあれば、霰の雨でもあり、フクロウの王国でもあり、同時に白と黒に染まる真夜中でもあった。北にありながら同時に南にもあったし、青い真昼、オウムの群れ、天頂にある月を濡らすべく生温い小ぬか雨となって昇ってゆく豊饒な水でもあった。北と南にありながら西にもあったし、近づく闇を恐れて震える黄昏でもあった。東にもあった、そして山の奥に、曙光の稜線のうち、明けの明星の先駆けのなかに。わたしは羅針盤のすべての方位に同時的にありながら、すべての中心を決して外れることなく、北の上側にいた、大地の中心から最も遠い北極星まで広がる火を眺めつつ。しかし北の下側にもいた、氷と剃刀の冷たく肌を切り裂くような暴風雨のど真ん中に。南の上方では、洪水のど真中にあった。しかし下方にもあったが、そこは忘却と厭うべき酩酊で汚れた地帯であった。またすっかり西にありながら、同時に西の上方にもいた、恐れられた太陽の消滅の証人ともいうべき西の。西の下方では、これが見納めだったが、恐ろしい姿と貪り食う曲がった爪を備えた獣を見ていた。東にあってはその下方にあったが、大地のあらゆる隠された物象が出現し、植物が芽を出し、川が流れ始め、獣たちが交尾し、人間が生まれ出るさまを見ていた。東の上方では、すべてが同時的に見通せる視界から見ると、ウェヌスが手の届くところで大きく輝いていた。わたしはそれを物語の出だし部分でそうしたように、明けの明星、夜の最後の光、夜明け時の夜の永続、船乗りの導きの星と呼んだ。わたしはその名を繰り返し叫んだ、わが運命の唯一の名そのものを。どこに行こうと、どこで出航しどこに帰港しようと、勝利の航海をしようと敗北の航海をしようと、いつでも呼んだのだ、ウェヌス、ウェヌス、ウェスペレス(宵)、ウィスペラス(夕)、エスペレス、エスペロ(宵の明星)、エスペリア(西方の地)、エアパーニャ、ヘスパーニャ、ベスパーニャ(スペイン)と。それは二重星の名、双子星、いつもながらの黄昏と明け方、新旧世界を結びつける銀の航跡。わたしは長い火の裾をもって一方から他方へ引きずられていった。晩課の星、夜明けの星、羽根の蛇。新世界におけるわたしの名は旧世界の名であった。つまりケツァルコアトル、ウェヌス、ヘスペリア、エスパーニャ。二つの星は同一物であり、黎明と黄昏、神秘の合一、不可解な謎ではあったが、同時に二つの肉体、二つの大地、恐るべき出会いの印でもあった。

わたしはズボンから鏡を取り出し、星に向けてかざした。それは星を手に入れ、鏡のなかにわが旅の原点に向けた旅のすべての瞬間、すべての空間を留めようと思ったからである。炎の星ウェヌス、ヘスペリア、エスパーニャ、羽毛の蛇、煙る鏡を手元に、手のなかに収めるべく。それらはたったひとつの名であった。わたしは捕えられた星の火に身を任せ、マストを伝って星に近づこうとした。炎がマストの先端に触れ、燃え上がった。聖エルモの火、嵐のように奥底から吹きすさび、黒板と化した荒れ狂う海、稲妻が縦横に走る曇天、炎に包まれたわが孤独の月、鏡、灯台、海岸。わたしの蛇船は岩にぶつかって砕け、わたしはマストから仰向けに落ちた。マストの先端に火が見えた。消えゆこうとする星、取り戻された夜、仰向けで見る天空、唯一の場所、それはもはやすべての場所ではない、唯一の時間、それはもはやすべての時間ではない、わたしは落下し、戻って行った……セニョール、わたしは小姓の恰好をした女のタトゥー入りの唇に触れて眠りから覚めたのだ。

わたしは海岸にうつ伏せになり、腕を十字に広げたまま横たわっていた。

第III部

別世界

この沈黙は何？

そのときセニョーラ〔フェリペの妃であるイギリス王女イサベル〕は独りきりで寝室で長い時間を過ごそうとしていた、唯一、いっしょにいたのは彼女自身が作り上げたもうひとつの存在であった。セニョーラはあらゆる儀式、あらゆる呼び出しに対して死んだように無感覚となっていて、何ら聞く耳をもたなかった。絨毯、クッション、掛け布の上に腰かけ、アラビア風の豪華な寝室の床に敷かれた砂をいじくりながら、唯一、窓辺で目をやることなく注意を払っていたのは、平原と山々において降ってくる黄昏時の雨滴であった。彼女は平地で埃っぽい、人けのない静かなこの土地にめったに降らない雨のざわめきに耳を傾けながら、それがいったいどこからくるのか、あれこれ想像していた。耳をそばだてて聞き入り、カスティーリャの午後の静けさのなかで雨の出所を詮索していた。

――アスセーナ、ロリーリャ、どこにいるの？　何とも長い時間、彼女はひとりぼっちだった。皆どこに行ってしまったのか？

彼女は己の妖術が生み出した存在を除いていかなる伴ももたず、しばらく捨て置かれた状態で想像を巡らしていた。宮殿の主人は自分ひとりだと考えていた。ああ、羊飼いや歌や踊り、湯浴み、悦楽が戻ってきてくれたら。銀貨のように時間がこぼれ落ちてゆく。金の光、西日に照らされた黄金の石、山中の山羊の蹄、平原の雄牛の脚、目に見えない雨、土牢の水漏れ、壁から染み出る黒い水滴、雪を被った不平顔の山中にある石切り場の排水溝、幅の狭い推量の少ない川、石の水、東のほうで嵩を増しながら近づいてくる嵐、遠雷、雨……。

ベッドに横たわる人物のほうを見ることはなかった。

雨の微候を感じとりながら半開きの窓を通して見ていたのは、夏の嵐、東からやってくる大雨、沐浴すら許さぬ汚れた土地の湯治場、戦争や聖別や災害のために不可欠な活力水の消耗といったものだった。乾いた土地に次第に大きな音で打ちつけてくる雨滴、鍛冶工場のテント、工事現場の居酒屋、宮殿の敷石。雨滴の一粒がひとつの悦楽であった。それ以上望むものはなかった。情事も悪魔的契約も、黒魔術も求めはしなかった、ただ一つ、官能にとっての喜びを少しだけ求めたのだ。

頬杖をつきながら夢を見ていたのは、東方、インディアス、十字軍であった。彼女は十字軍の時代におけるカスティーリャ女性であり、未知の悦楽、ロザリオの悦楽を少しずつあからさまにしていった。すべて心地よいものは外来のもので、遠隔地からやって来た。ミハイル〔ミハイル・ベン・サマのこと〕、ファン〔ファン・アグリッパのこと〕といったもの。ロザリオはシリアから来た。悦楽のロザリオの粒、米、砂糖、ゴマ、メロン、レモン、オレンジ、プラム、アーティチョーク、芳しい香辛料の一匙、チョウジ、ジンジャー、香水など。綿、サテン、ダマスク織、タペストリー。目新しい染料である藍色、洋紅、薄紫。

——壁に掛けられたもの、味わうもの、よい匂いを発するもの、そのすべてが遠隔の地からやってきた。水、水に対する愛。海、太陽、川、帆、舵、瀝青、遠くのツバメ、オール、碇よ、ここから遠く、悦楽の土地を目指して航海するがいい、我より遠く、イギリスの霧から、スペインの影から遠くとおく隔たって。この地で悦楽は悪であり、亡霊が霧と影のなかで生まれる、太陽の地では悦楽は善であり、わたしはそうした土地、東方、インディアスに行きたい。誰がわたしを船に乗せてくれるの？

　ミハイル、南の方、アンダルシーア、カディスに出発しましょう、海で愛し合いましょう。そなたはここになど来るべきではなかったわ、海の近くに居留まるべきだったわ、水を求めて……。

　彼女は水差しから急いで水を飲んだ。残った水はあたかも浜辺や岸辺でも作ろうとでもしたかのように砂場に空けた。あるいは狭苦しい砂とタイルとクッションの寝室から、船で飛び出すべき出航場所でも作ろうとしたのである。水差しをぶちまけた同じ場所、つまり水ですぐに湿気を帯びた砂地にできた水跡の中心で、何かがごそごそ動いた。あたかも砂自体に生み出す力があるかのように、荒れた土地から自然に伸びてきた植物のように、芽のような、生命の種子のような、芋虫のようなものが、濡れた穀粒のごとき水浸しの砂地をかき分けて出てきた。それは見映えのしない小男のかたちをした生きた根っこで、吸収した水のおかげで生命を得て、水に誘われるかのようにしてやっとのことで姿を現したのである。それはマンドラゴラという湿気を含んだ大根で、中庭での三十三日半の拷問の屈辱に耐えた後、女官たちからもらったものだった。そのマンドラゴラは生きまま焼かれた死人の眠る墓地から引き抜かれたもので、吊るされた死人の涙から生まれたものだった。ついにわたしは得心しました、それがミハイル・ベン・サマ（ミゲル・デ・ラ・

ビーダ）の、砂と混ぜられた遺灰のそばの、焼かれた土地から引き抜かれたものだということが。マンドラゴラの根はすぐに眼にサクラを咲かすでしょう。口からは大根が出て来るでしょう、また小さな頭に植えられた小麦を語るでしょう、でもわたしは小麦などもってないわ、頭にあるのはパンよ、パンの皮よ、パンくずよ。マンドラゴラには毛が生えてくるでしょう、目で見、口で話し、秘密を語ってくれるでしょう、宝物がどこに隠されているか知っているはずよ、大根ちゃん、小人さん、わたしの居間に埋もれて前からここにいたのでしょう？　この砂はどこからきたの？　きっと人をじわじわ殺す拷問台や張りつけ棒のあるすべての場所から、運ばれてきた死体や遺灰や粉末からできているに違いないわ。マンドラゴラ、マンドラゴラ、泣いているのね、死んだ連中はそなたに最後の命を与えるべく、涙を流し、精液を漏らしたのよ、マンドラゴラ、ある者は首を括られ、ある者は焼かれ、ある者は串刺しにされて、マンドラゴラ、連中は最後にあれを勃起させながら死んだのよ……。

　何という静けさ、いったい皆はどこにいるの？

布告

巡礼の声が聞こえなくなった。

　アラゴン生まれの盲人乞食の横笛の音が止んだ。セニョールのベッドのカーテンは閉められたままだったが、そのヴェールの奥には小姓の恰好をした女に連れてこられて、カスティーリャ平原までやってきた難破者が、かつてセニョールに自分の旅について語ったのである。その時、彼はセニョールの顔色を伺い、その震えや恐怖、怒り、欲求を見て取っていた。つまりセニョールは語りを中断し、椅子から立ち上がり、この尋常ならざる接見を早々に切り上げ、宮廷の者たち全員を自分の部屋や独居房、塔に戻らせたかったのであろうと。しかし実際にセニョールが求めていたのは、そんなことではなかった。彼は悶々とした気持ちを抱えつつも独りきりになり、グスマンに軟膏と飲み物、指輪、魔法の石をもってくるように頼みたかった。その後、イネスにもう一度、一晩だけ戻ってきてほしかったのである……。

　セニョールは身体を震わせ、喘ぎながらも、やっとのことでどうにか立ち上がることができた。しかし脚はふらつき、顔は固まった石のように無表情で、声は止んだ雷鳴のようだった。

――いいか、皆よく心得よ、いかなる者も、迷信に関すること、この場で見聞きした生活様式について書き記すことは、どんなことがあってもまかりならぬ。いかなる言葉で言い募ってもならぬ。なぜならば、そうすることが我らが主である神の思し召しにかなうことだからじゃ……。

セニョールは再び貴賓椅子にどっかりと座りこみ、手を合わせ、指を組み換え、一言ずつ重々しく付け加えた。

――これは布告じゃ、新……世界……など……存在しないとな。

彼は取り巻きが黙ったままでいるのを見た。

供奉らに、もうよい、下がれおれ、と見下すようなしぐさで指示した。

グスマンは自分なりの傲慢なそぶりで、ベッドを占めている三人を覆っていたカーテンを乱暴に一つずつ引いていった。

――こんな知らせをもってきた者たちに何という狼藉を？

――守備兵、矛槍兵、連中を……この地で……一番深い土牢に……放り込むがいい。

――セニョール、拷問を！　連中はまだ知っていることを全部吐いてはおりません。

――誰も連中に触れてはならぬ。しっかり見張っておるのじゃ。後でわしから連中に話して聞かそう。今はだめじゃ。グスマン、お前も含めて皆一同、ここから出て行くのじゃ。わしの疲労も極限じゃ。さあ、さあ、皆出て行くのじゃ。

噂話

捕吏と聖器僧、修道士と瓶職人、フリアンとトリビオ、グスマンと騎士団長、それに鉾槍兵が若い巡礼、盲人フルート吹き、小姓姿のタトゥー唇の少女の三人の囚人を取り囲んだ。修道女が格子窓の背後で忙しく動きまわっていた。司教とその連れであるアウグスティノ会の修道士、柱廊の背後に隠れた下女、勢子、グスマンの支持者らが驚き、疑念、冗談、沈黙、信じ込み、無理解、恐怖、無関心にどっぷりつかりながら、人目を避けつつ、ひそひそ話に興じていた。セニョールの居室の住人たちから身を軽々と遠ざけて、噂し合った。「何か聞いた？」「いや、わしは何も」「ところであんたの方は？」「わしもだ」「どう言っていたんだ？」「何も、単なる思い過ごしさ」「だから何て言った？」「何も、単なる嘘さ、金の溢れる土地だとか、偶像の土地とか、真珠と血と生贄と異教徒だとかいうのは。異教徒に真理である福音書を教えてやるか、野蛮人は血祭りにあげて焼き殺さにゃならん、偶像崇拝者もだ」「くだらん、夢物語よ、嘘っぱちさ、証拠などひとつもありゃせん、砂金一粒だってもってこれなかったじゃないか。くそったれ、野郎が二人しておかまでも掘ったか、いやありゃ男装した女よ、老フルート吹きに若い水夫、皆で同衾しやがって。くそったれ、バビロン、せいぜい楽しむがいい、老いぼれてくたばりやがれ。賭け事と喧嘩と情事は男の甲斐性、気が狂うことじゃみんないっしょ、嘘っぱち、どうか神様、狭い場所にいる気違いだけは勘弁してくださいよ、おっと、この宮殿って言い損ないましたっけ？　単なる思いつきよ、そりゃ悪魔の宝物さ、我らが主なる神よ」「どうされました？　マザー・ミラグロス」「別に、娘たちよ、何でもありません、信仰だけが証です、いつでも、何度でも。キリスト教世界は血を流しているのですよ、異教徒と戦うために。キリストの御身、十字架の首枷、罪の贖いがどうか嘉《よみ》されますように」。連中は《狂女》と呼ばれた女性の手足を切断された身体とも知らずに、それを踏みつけながら、ご先祖たちの眠る豪華な墓の間をネズミのように逃げ回った。平地に出る禁断の階段を避け、かつオルヴィエートから運ばれたとかいう不思議な絵画に目をやることも避けつつ。冷え切った礼拝堂のなかに孤独な住人、つまり《狂女》の死体と墓に眠るドン・フアン自身の銅像、それに自分の意志で他の墓地に埋葬された痴呆王を置き去りにしつつ。この王のそばには隠れるように、屁こき売女の侏儒女が、怒りを抑えつつも涙ぐんでいた。今一度言うと、抜け穴や中庭、回廊や厨房、馬小屋や通路、寝室や土牢などで、噂話が持ち上がっていたのである。

どうやら海の向こうに新しい世界があるらしい……。

——どんな証拠がある？　何にもありゃしない、わしらが聞いたのはごちゃごちゃした与太話さ、単なる物語さ、夢物語、想像、世迷いごと、危険といったところさね。あの悪魔の申し子の旅がらすは、瓜二つの他の二人とうまく話がついているんだ。内ひとりはセニョーラの寝室にしけこんでいるし、もう一人のほうは作業場の不穏な連中とつるんでいる。

——口を慎め、グスマン。まあ飲めや。何はともあれ、わしをこの日陰の涼しい鳥小屋に連れてきてくれた礼を言うぜ、何と言っても有難かったのは、騎士団長への辞令を俺に伝えてくれたことさ。この作業場でそれをお前さんと祝うことができて嬉しいぜ。わしらの目的にうまく合致するからな、つまり立身出世ということよ。いつでも付いて回る自分らの卑しい生まれと強い思いのことを思えばなおさらよ。そうだろう？　勢子頭さんよ。

――おれはな、郷士のグスマン様よ。

――そりゃもっと悪いわ、お前さんが落ちぶれていたら、もっと遮二無にのし上がろうとしたろうにな。

「海の向こうに新世界が存在する」

そりゃないわ、ない、ない、ない。スペインはスペインに収まるのであって、一寸もそれを超えることなどありゃしない。すべてはここ、わが宮殿のなかじゃ。わが主よ、神にして真実の人間であられるお方、どうか神秘の祭壇のまえで跪くわたしをご覧ください。わが言葉をお聞きください。そして答えてください。はっきりおっしゃってください、物質中に存在するものすべてと世界霊魂がすでに、このわしの宮殿のなかにあるということを。わしが生きる理由、わしと共に永遠にここに閉じこめられている何倍もの存在、そのなかでわしは最後の後継ぎをもたぬ存在だ、この狭い空間のなかで、わが手にすべて、すべて、すべてを手にしつつ。しかし手の届かぬ果てしのない多様な領土においては、何ひとつ持ってはいない。世界は手からするりと抜けおちてしまう。儚い人生、永遠の栄光、不動の世界。わしはこの霊廟の壁のなかに閉じこもっているせいで、別の考え方もできなければ、あらたな恐怖心も喜びすら覚えない、ここには奢侈があり、決闘があり、魂の戦いがあり、フリアン修道士の芸術があり、トリビオ修道士の学知があり、グスマンの力、わが母君の名誉があり、わがセニョーラの倒錯、遊戯、悦楽があり、イネスの愛があり、救世主キリストの永遠の生への計らいと人間に対する贖罪がある。ここでは善と悪、生きとし生ける者すべての最後の審判というものが、その場を据えられ、含意され、理解され、最終的本質のなかで精製純化されている。わしはこうしたやり方で、わが理性をもって貴方様の業を推し進めているのではないのですか？　すべてをここで、最後の最後まで、すべてを完成させてわれらの身を粉にし、わが目論見が日の目を見るまで。わしらは唯一で最後の存在となるつもりだ、すべてを手にすることはないかもしれない、この舞台で最終幕が下りるやもしれぬ。そのときすべてが解決を見、すべては理解可能となり、野心も戦争も淫乱も疑念も攻撃も犯罪も消えてなくなるだろう。すべての女どもは知るがいい、誰が断罪され、誰が救われるのか、人間の顔をしているのが誰で、神の顔をしているのが誰なのかを。わが神よ、わたしこそ人生のすべてを捧げて危殆や疲労、狂気を軽減し、ここにそれらを閉じこめようとしているのです、それらにあらゆる機会を与え、費消させることで世界の最終章を早めようとしているのです。絶対神が下す審判、あらゆる神秘の顕現、天のあなた様の永遠なる王国に手が届いたという確信、というのも地上はもはや存在することを止めてしまっているからです、地上では人間どもの喜劇も悲劇も演じられることはなくなっていて、すべてが天国か地獄のどちらかひとつになっているからです。地上には生に関して、もはや忌まわしい中間的段階などありません。なぜならば誰一人、われらの消滅を乗り越える才能を提示できる者などいないからです。わしと共に、わしらと共に、ここで頂点を極めるべく、これを最後と思って、存在するすべてものを捧げてしまおうというわれらの意志に、勝るような才能を提示できるような者など……すべてが新たに始まるなどといった、新世界の驚くほど広漠としたとんでもない偶然などによるのではなく……「新世界が存在している」。

——どうして存在しないわけがあろうか、フリアン修道士？　天空にあるすべての天体が球体であるなら、大地だけ例外ということはなかろう。東から西へ、西から東へと常に出発点に戻ってくる回転運動をしているはずだ。——トリビオ修道士、そなたの言うことも分からぬでもないが、わたしが驚くのはそんなことではなく別のことだ。——何だい？——もしあの若者が言うような新世界と、そなたの言う新宇宙が現実のものだとしたら、それはあまりに広大で、人間と人間を生んだ神を決定的に蔑にするものとなろう。——フリアン、神は報酬も言い訳も巨大さも求めないよ、神が神であって、すべてであるかぎり。——でもトリビオ、問題は人間だよ、人間。——今われらにとって重要なのは、芸術や哲学、学知によって神を偉大な存在として称揚することだろう？　新しい物質と空間によってわれら人間が屈服させられ、小さな存在に貶められることなどあるまい。——魂があるからね、トリビオ。——それこそ誇りだ、フリアン、人間的誇りを恐れるな。——魂はわれらから出て行くこともあれば、染みこんでゆく場合もある、その穴を塞がねば……

「海の彼方に」

――糸が指の間からすり抜けてゆく。偶然の手で自分の目論見が消えてゆく。この難破者がわれらに語ったことを、どうして前もって予見できただろう？　セニョールの心にどんな結果をもたらすのだろう？　証拠、証拠、証拠、欲しいのはそれだけだ。――羽根の仮面だって？

――あきれた、この若造が語ったのは目を剥くような財宝、壁面を金銀で張った部屋、豪華な宝飾品、真珠でいっぱいの浜辺などだ。わしは極小のものでもいいから砂金そのものを自分の目で見てみたいのだ、どんなに歪んで濁っていてもいいから本物の屑真珠を。奴は自分で何ももってきはしなかった、証拠となるものなど何ひとつ。もってきたものと言えば、小さな鏡とハサミ、それに東洋の職人であれば誰でも作れそうな仮面ひとつきり。他には何もない、これじゃ信じられん……。

「存在している……」

――金の宮殿、翡翠の神殿、青銅の耳飾りとか言ってたわね、ロリーリャ？――ええ、奥様、それに真珠が大きく育つ浜辺とかも、わたしらのような最下層の下女風情も、貴女様のような高貴な奥様方も、誰もが夢見て欲しがるようなものすべてでございます。――ああロリーリャ、アスセーナ、今日の午後、わたしはその夢を見たのよ、楽しみはいつでも遠くからやって来るのよ、愉しいことすべてが東洋からやって来たでしょう、以前、ここにはなかったものよ、背中に十字をつけ、両足に六本指をつけた金髪の青年が行ったとかお前が言っていた、新世界にもこうした楽しみがあるかしら？　ああ、わたしの信頼すべき股肱《ここう》たち、女官たち、彼らは互いに同じだけれど本当は別々の三人なのよ、ああ、愛すべきドン・フアン、どこでそなたを探せばいいか分かっているわ、そなたは独りきりではないのよ、そう言ったでしょう？　決して逃げられはしないんだから、いつでもまた探し出してやるわ、ああ、わたしの真の愛人のネズミさん、こうやって報いてくれるのね、新天地とその地の悦楽と新世界を見せてくれるのね、わが恋人、わが恋人たち、燃えるようなチョウジと果汁いっぱいのオレンジ、柔らかなダマスク織を届けてくれた新世界を。ああ、わたしの小人さん、マンドラゴラちゃん、そうやって自分の姿を明かすのね、財宝がどこにあり、そなたが昔ながらの姿そのままだということも。見てごらんな、アスセーナにロリーリャ、わたしが砂のなかに埋めておいたものが何なのか。

――あらまあ怖い、蛇だわ。――いやそうじゃない、これはマンドラゴラ、蛇の解毒剤よ。——粘液を分泌してべとべとする大根だわ。——いや、これはさまざまな秘密をもった小さな人間なの、顔がどんなふうに動くか見てごらん、サクランボが目に、パンが髪の毛に、大根が口に変わっていくから。ほら実際そうなったでしょう？

わたしの許に新天地と宝物についての知らせが届いたわ、すべてがここに集まってくるの。わたしの監獄は落ちてしまっているし、インディアスへの航路、東洋への入り口は開かれつつあるわ。ああ、何という夢、何という血気、早くこの足で遠くの地を踏んでみたいものだわ、すべての人間がそなた、フアンであるあの土地を。だってあなた方三人が互いに同じならば、新世界のすべての人間もまた同じであるはずでしょう？　そうなればわたしの楽しみは無限だわ……。

「ひとつの世界……」

——どうか陛下、起き上がってください、そんな窮屈な恰好をしていないで。今は苦行したり泣き言を言っている場合ではございません、魂の救済のために行動するときです。われら人間を贖うために死んでくださった救世主が、何にもまして喫緊な仕事としてわれらに課されたのは、本当のことを言えばこの青年が述べたように、苦しむ人々に福音を述べ伝えるべく大いに努力することなのですから。——いったいそなたは何者ぞ？　言うがいい、司教殿、そなたが連れているこの男は何者ぞ？　今まで一度も見たことがないが……ここでは新しいもの、見知らぬ者なんぞ何も見たくはないわ、ましてやそなたが連れてきたこやつ、悪魔のごとき反キリストはな、優しきイエスはわしに言った、彼が誰だか知らしめよ、彼が誰だか知らしめよ、それこそ命に係わることだと、わしが思うにこいつは——落ち着かれよ、セニョール、落ち着かれよ、彼はほんのテルエルの異端審問官にすぎません——悪魔だと言っておるのだ、あの赤い目を見るがいい、皮膚が骨に引っついていて、骨が皮膚になっていて、されこうべそのものではないか。——陛下、わたしは陛下と自分の修道会であるアウグスティノ会に従順でなければなりませぬ。わたしはずっと神学教授、信仰の保護者、異端の密告者であったところから、テルエルの老異端審問官の地位を受け継いだのです。そして陛下が領土における異端創始者に対する狡猾な罠を準備された際の振る舞いに、称賛の気持ちを抱いて従ってきました。それは連中と一体となることでご自分の命を危険にさらしつつも、連中を今は亡き父君の手に渡すことだったのです。頑迷なカタリ派に対する戦いにおける陛下の気概には感服しました。狡賢いヴァルド派や、北欧のひね曲がった継子ら、フランドルのアダム派らに対する戦いでも。陛下のあらゆる行動は偉大で立派なものです。しかし陛下が生来の味方である聖職者の手を借りたなら、それはもっと申し分ないものとなったはずです。未だにヨーロッパの過ちは根絶やしにされてはおりませぬ。陛下は、もしそれがあるとするなら、新世界の野蛮人どもを福音化するという、巨大にして新たな企てに直面されております。連中に信仰の光を当て、王たるキリストのために再征服し、それを成し遂げた暁には、異教徒の偶像崇拝を根絶し、この地で追放された連中の習慣のように、野蛮で忌まわしい習慣に再度落ち込まないようにわれらの信仰を守るという仕事があるのです。――確かに、その通りじゃ、いつもわしが言っておったことじゃ、必ずそうせずにはおくまいて、偶像崇拝者への戦いをな。これは一度として疑ったことはないぞ。――陛下、お言葉ですが少しお疑いになったこともあろうかと…… ――全くもってそんなことは金輪際ないわ。――陛下、お立ちになってください、わたしの手を取って、いっしょに聖体の祭壇にあるイエス様を眺めましょう。わたしと共に陛下の義務がどれだけ増しているかお考えください。――否、そんなことは全くない、ないないない。――もし新世界が存在するのなら、ご自分のため、陛下の財産、陛下の信仰のためにそれを手に入れてください。――ないないない、そんなことはせぬ、――もしこの世界とあの世界が統治しうるものならば、彼我のすべての者に対して、同一の厳格な法が適用されねばならないでしょう、あの地この地を問わず、陛下の権力からどれほど独立している民であろうと、また陛下の命令や禁止、罰則、投獄などに従うことをせず、直接の臣下の振る舞いにふさわしくないような臣下は、誰一人としてあってはならないのです。ご覧ください、セニョール、神の理性がどれほど整然と示されていることか。陛下はあらゆる異端を一網打尽にすることがお出来になります。モーロ人とユダヤ人に対する法は偶像崇拝者に対しても適用されます。後者を規制する法は前者にも同様に適用されます。両親の罪は子供にそれを贖わせるのです。死刑執行人どもの末裔は永遠に十字架の血で汚れているでしょう？ 密告者は決して暴かれないようにせねばなりません。神の名において行動する者がどうしてその振る舞いについて語らねばならないのですか？ 密告者と被告人とは互いに会ってはなりません。そんなことをすれば、些末な罪人を至高の造物主と向き合わせることにもなりかねませんから。証人の公表もしてはなりません。神に魂を委ねた者たちと、悪魔に魂を売った者たちが区別できなくなるでしょうから。このようにすべての人間を詮索せねばなりません。誰もが互いに聞いたり話したりすることに恐怖を覚えるまで。理解力は信仰に関することだけに閉じ込めねばなりません。結局、この地でもあの地でも、誰もが口を閉じていなければならないのです。学知や詩に名をかりたわずかな割れ目から、異端思想や誤った考え、ユダヤ的・アラビア的・偶像崇拝的欠点が染み込んでくるのです。陛下、あのような新たな領土が秘めた富でもって、なさりたいことをなさってください。しかしあくまでも信仰の名のもとでそうなさってください。そうでなければ、世界は得たもののご自分の魂は失ったことにもなりかねません。ならば世界を得たことが何の役に立ちましょう？

「新しい」

——わがグスマン殿、われらが手にしているものが何なのかはっきりさせようという際に、疑念をもつというのは結構。とはいえ、そうすることでわれらに欠けているものを追求できないというのは忌まわしい。——おぬしはそうした与太話を丸呑みするほどの馬鹿か？——とんでもない、自分が耳にしたことに根拠があるかどうか見極めるくらいの分別はもっているよ、あんたが求めているような。でもドン・グスマン、わしの考え方で物事を見てもらいたい。もし新世界が存在していないとしても、われらが失うものなど何もあるまい。ところがひょっとして存在したとすると、すべてを手に入れることになるのだ。わが親愛なる友よ、わしはあの若い旅人が列挙した富が存在していると思うと、おちおち寝てもいられないのだ。何百年もの間、真の目的に沿うべくそれに手を付けないで放っておくとしたら……われらの目的はたかい？　わがグスマン殿、目も悪いし耳も遠いが、この老人がだてに生きてきたと思ってはこまる、これに増偶像を飾り立てることではなく、交易をすることだ、芸術であり、繁栄であり、変革だ。あの土着民どもが鏡とかハサミひとつで、宝石類を簡単に手放すことに気付いたかい？　わがグスマン殿、目も悪いし耳も遠いが、この老人がだてに生きてきたと思ってはこまる、これに増していい商売はあるまい？

「彼方に」

——アスセーナ、ロリーリャ、吊り下げられた美しいものや、いい匂い、いい味がするものすべてが、外国産のものよ、敬虔なロザリオですらシリア産ですもの。小人ちゃんの指示に従って、ロザリオを全部きちんとつまぐることにしましょう。さあここから出て行くのよ、この忌まわしい死の回廊から遠くに。わたしは生まれ変わるわ、唯一心から望んでいたのはジャスミンの庭とマスケット銃よ、羊飼いたちが横笛をもち群れを携え、窓辺にやってきてもらいたかっただけ、霧の深いイギリスから太陽とオレンジがあふれる土地を目指してやってきたわたしが、その代わりに見出したのは、雑草だらけの草原、体中がイラクサやアザミで傷ついたわ。今にしてやっと足下に世界で最大の庭園、自由の土地、新しい土地を手にすることができる。イギリスの叔父たちに命じられてやってきたこの忌まわしい土地の課す、さまざまな責務や犯罪、禁止事項に囚われることもなく。ああ、ドン・フアン、悦楽は皆が味わうものか、さもなければ誰も味わうことのないもの、自由な土地で女は女であるために、悪魔に魂を売ってはならないし、悪魔自身に勝たねばならないけれど、悪魔には二回目に自分の魂を改めて売ることにする、そうすれば結局、悪魔は計算が狂ってしまうでしょう。悪魔というのはこれほど人の魂を自分のものにしようという気持ちが強いのよ。一回や二回ではなく何千回と魂を贖おうとするの。わたしは破廉恥そのものの悪魔の裏をかいてやるわ、下女のお前たち、もしわたしが最後に断罪されるとしたって、何か失うものがあるかしら？　裏をかいてやることで悪魔に勝つの、まさしく二度目のチャンスにね、二番目の人生、二番目の土地、ああ、可愛いわが心の下女さんたち、お前たちは何という幸せを与えてくれたのかしら。――奥様、奥様、悪魔は貴女様がどんな煎じ薬や魔法、おかしな言葉をかけたとしても、来やしません。わたしたちはすべてを試してみたのです。でも何も起きませんでした。悪魔の居所を突き止めようなどという、こんなつまらぬ挑戦は本来あってはいけないのです、この涎を垂らした根っこを見ると、恐怖心ではなく吐き気を催すだけです、そしておどけ者のバルバリーカと似た者同士になるのだけはごめん蒙りたいところです。――先刻承知よ、アスセーナとロリーリャ。分かっているって。悪魔がどこをうろついているのかというのも。

「大洋の」

出て行け、出て行け、さっさとわしの礼拝堂から、芋虫の隠れ家から。しかし宮殿と召使、土地はそのままにしておけ。この場所だけは残してな。わしの死体、わしの階段、わしの絵画、わしの寝室、わしの巣、わしの苦悩だけは……たしかにわしは偶像崇拝を根絶すると約束し、そのことをグスマンに言い渡した、そのことは記録に残されているし、きちんと存在している。しかし世の中にはまだ異教徒がどれだけいるのか想像もつかなんだ。この世は周囲を取り囲まれ、境界が定められていて、異端者や偶像崇拝者もまた囲い込まれ、打ち負かされ、知られていた。偶像崇拝者なんぞわしの手で殺してやるわ、わしが異端者に与えた赦免、真実の赦免はわしに対しても与えられるだろう、それはフランドルの地で、はかなく消えたわが所業に対する赦免ではなく、この最後の僧院で発した永遠に残る言葉に対する赦免だ。書き記されることのない所業などひとつとして記憶に残るまい。新世界で偶像崇拝者を根絶せねばならないからといって、代わりに旧世界で異端者を赦免せねばならないのだろうか。しかしあのアウグスティノ会士、されこうべの頭をしたあの男は、先ほどわしにそれとは逆のことを言った。ユダヤ人、アラブ人、偶像崇拝者、異端者のすべてに同じ法、絶滅法を適用せねばならぬとな。もしそうせねば、それとは全く反対のやり方をとらねばならなくなるのか？　つまりあの地でもこの地でもすべての者に赦免を与えるという……ああ、それはいかん、だめだ、そんなやり方では何ものも救うことにはならぬ。新世界が存在しているとしたら、そんなものは破壊せにゃならぬ。なぜなら、わしの道理をひどく愚弄するような道理を未だかつて聞いたことがないからだ。あの青年は言った、それは自然の秩序が毎日、再創造されねばならないような世界なのだと。というのもそこでの生活は、太陽と夜とを生贄によって成り立っていて、太陽は日が暮れるたびに死滅し、夜明けごとに復活せねばならないのだと、そんなことあるわけない、ないないない。そんな世界があればわが世界の終わり、力と犯罪と遺産によって永遠に固定され、永遠に秩序立てられたわが世界の終わりだ、わが世界はわが宮殿に似ているが、新世界は似てもにつかないしろものだ、全くのよそ者、多産なる不可解な存在、一日しかもたぬ花、夜ごとに死に、朝ごとに復活するとは。わしが階段を下りて行った際に鏡のなかで見たものといっしょだ。すべてが変化し、死ぬとしても完全にではない、いかなるものも捨て去られることはなく、すべてが繰り返される、ああ、わが定理よ、わが哲学よ、わしは丸裸にされるかもしれぬ、敗れ去り、本当に負けたあげくに。わしが世界にすべてを与えても、お前はわしが報いていないと言う、お前は勝利した。お前の消滅はわしの敗北だ、わしは生き続けるだろう、お前はついに消滅するに至った、お前はわしを殺した、なぜならお前が死ぬことで、わしはお前のために死ぬからだ、なぜならお前が死ぬことで、お前にとって代わるものを何ひとつ呼び寄せることができないからだ、たとえ忌々しい若者が世界を丸ごとわしに与えようと、新世界など何ものでもない。ああ、何たることだ、わしはそうした贈り物に何をもって報いたらよいのだ？そうした賜物にどんな報いをしたらよいのだ？新世界を何でもって満たしたらよいのか？　わしの全存在ともいうべき震える針のこの集中を再び得るまでに、どれだけ多くの犯罪、情事、熱望、戦争、迫害、夢想、悪夢をその見返りに経験せねばならぬのだ？　わが主よ、わたしの声をお聞き届けになって、真実をお教え下さい、わたしが新世界を征服するとして、征服できますか、それとも征服されるのでしょうか？

「もう一つの世界から」

――トリビオ、人間が天界の在り様、つまり天界がいつ、どこに向かって、どういう手段で動いていて、何をもたらしているのかを見極めたからには、人間がいわば天界の創造主と比較しうるような才能を持っていることは疑いようがあるまい？――否、フリアン、人間が天界を造りだせるなどとはとうてい言えないことだけは確かさ、できるとしたら神的世界の道具と材料を手に入れたときだけだろう。――ならば人間世界の材料で新世界を生み出すことで満足することにするよ。――それに越したことはないさ、兄弟、すべてが可能だし、捨て去るべきものなどひとつとしてないからな。自然、とりわけ人間的自然にはあらゆるもの、存在するもののあらゆる段階が含まれているんだ、神的なものから悪魔的なものまで、獣的なものから神秘主義的なものまで、信じられないものなど何もない。われわれが否定する可能性というものは、ただ単に可能性について知らないだけさ。

「海の」

――いったい誰のための仕事ですか、ご老体。わたしが申し上げましょう、それはセニョールとセニョールの財産のためです、われわれのためではございません。もう一度言いますがこの新世界は、われらの確かな出世に水を差し先延べするものです。そして以前よりずっと勢いづいて、われわれを領主的支配に縛り続けていくのです。

――ああ、ドン・グスマン、そなたはわしの所説にそれほどまでに疑念をおもちなのですか？　そなたの周囲をよくご覧なさい、王や修道士、宮殿を。宗教それ自体もご覧なさい。共通して見えるものは何ですか？　非生産性です。修道士には子供が作れませんし、セニョールは財産を作りません、否、できないのです、それは王という存在の最も深い理由に悖《もと》ることです。王についてわたしなりに存じていること、そなたから伺ったことからはっきり言えるのは、王の地位と権力、王に対する崇敬は、何のことはない、富の獲得ではなく、損失によるものだということです。セニョールの王家は名誉と損失、栄光と損失、地位と損失、権力と損失をいっしょくたにし、誰の役にも立たないくせに、目の前で光るものを盗んで自分の巣に隠すカササギそのものです。グスマン殿、どうか近くでよくご覧なさい、わしらが耳にしたこと、今わしが言っていることをよく考えてご覧なさい、そうすればセニョールをその気にさせている理由と、新世界の生活を支配している理由との間に、驚くほどの類似性があることに気づくでしょう。権力とはどうしても埋め合わせのできないような貴重なものに対する挑戦的対価としての意味があります。まさしく挑戦なのですよ、なぜって無に帰するものを手に入れる者の権力というのはより大きいものだからです。結局、それは損失、死、生贄ということです。可能であるかぎり、他者の側の損失と死と犠牲ということです。それが不可能となれば、彼自身の損失、死、犠牲ということになります。わたしの解決法は簡単です。損失に対して取得を置くのです。セニョールは死の宮殿を完成させようというのでしょうか？

そなたも見てのとおり、セニョールはやむなくわたしに借金をされました。それは新世界が存在しているのかしていないのか、確かめようとして遠征隊を派遣するつもりなのでしょうか？　セニョールが頼ることになるのはわれわれ、船主とか食糧調達人、武器製造者などです。新しい土地を手に入れようというのでしょうか？　ならばグスマン殿、貴方のような方や、この宮殿に暮らすあらゆる種類の者たちのみならず、町のならず者や落ちぶれ貴族らの支援にも頼らねばならなくなります。新世界はわれわれのものとなり、思うように動かすことができるでしょう。そうすれば土着民から金や真珠を手にいれることで、努力も報われるというものです。その暁には王室に収める五分の一税をセニョールのために留保するように計らうつもりです。またあらかじめセニョールから負債分を徴収することで、裏をかきつつも満足させるつもりです、はい。――何たること！　この老いぼれめ、そなたも計算づくよの、そなたをこの宮殿に招き入れたわしはとんだドジを踏んだものよ。そなたは目論んでいるが、新世界があるかないかどっちにせよ、セニョールは存在しないと宣言なさったのだぞ。そなたも聞いたであろうに。――紙一枚で歴史を止めることなどできません。――セニョールはそう信じておるのだ、存在するのは書かれたものだけとな。――ならば書かれた紙で打ち負かすだけです。羽根ペンとインクと羊皮紙を用意してください、今晩、書簡を認めてジェノヴァ、オポルト、アントワープ、ダンツィヒの御用商人と航海士らに出すとします。噂は広まることでしょう……。

「存在する」

――アスセーナ、ロリーリャ、悪魔はたしかに存在するわ、でも齧り癖のある、悪賢いネズミの体の中だけにいるのではないの。だからといってドン・フアンの肉に入り込んで彼の行動を支配した、あのネズミのような二つの体に入り込んでいるわけでもない。いいこと、よくご覧、わたしがベッドの上でアラビアのゴムと蘇合香を使って繋ぎ合わせた断片から作り上げた王たちの身体を。目は王から、脛は王妃、耳は他の王から、手は別の王妃からよ。まるで悪魔そのものでしょう。わたしは悪魔を知っています、ひとりの人間であって、ここでわれわれと共に暮らしています。お前たちもわたしがこの怪物的肉体を作り上げたように、セニョールとその母親、小人の娘、グスマン、占星術師、フリアン修道士、年代記作家、労働者、阿呆ドン・フアン、そなたたちの言う巡礼者、タトゥー唇の女、アラゴンの盲目のフルート吹き、お前たち自身、それにわたし自身の魂の断片を寄せ集めて、悪魔の魂を作り上げてごらん。お前たちの魂をいっしょにして光り輝く鍋に入れ、かき回すのよ。安息香やアロエを加えなくても悪魔の魂は見分けがつくわ。――悪魔の情念と夢を。――ああ、奥様、これは誰のお言葉ですか？　――悪魔の恐怖心と怒り、死すべき運命、純真さ。――ああ、恐ろしくて身がすくみます。――悪魔の貪欲さ、叛逆心、熱望、悲惨、愚かしさ、賢明さ。――これはあの世からの声だわ、ロリーリャ。――砂が喋っているのよ、アスセーナ。――悪魔の不満、隷従、偉大さ。――いいこと、悪魔の声に耳を傾けるのよ、これから話すから。よく聞くのよ、悪魔はよくわきまえているから。――悪魔は世界に足跡を残そうという強い願望があるのね。可哀そうな奴、これが悪魔っていうものかしら。――ほら話すわよ、大根が口に変化して小男が口をきいているわ。――われわれ自身がすべてこうした存在だからこそ、悪魔はわれわれを誘惑し、われわれと契約を交わし、われわれを通じて完成をみようとしているのだ。――ああ、一過性疼痛が襲ってきた。――われわれと一緒に演じ、愛し、泣き、笑い、戦い、夢見、傷つき、殺し、死に、蘇るのだ。――あれまあ、本当に大根がしゃべっている！

――これは全く神なんかじゃない、永遠の完成、矛盾なき資質、対立なき統一というものよ。――あれれ、起き上がりこぼしがしゃべっている。――だから悪魔はわたしたちを愛しながら、憎んでいるのよ。――ああ、何てこと、怖気を震うわ。――だから悪魔はわたしたちを呼び寄せながら、本当は蔑んでいるのよ。――あばずれとして誓って言うけど、百聞は一見にしかずってとこかしら。――わたしらが悪魔のほうに向かうのは神様に従っているまで、悪魔のほうからやってくるのよ。悪魔ってわたしたちのことで、最も熱く、秘密めいていて、思いやりのある仲間ってとこかしら。――あーあ、アスセーナったら。――あーあ、ロリーリャったら。――あーあ、聖トマス様ったら。――目にしなきゃ信じないわ。

「ひとつの世界」

わたしの夫、わたしの王様、隠れていないでさっさと出てきなさい、みんな行ってしまって、あなたのバルバリーカ以外誰も残っていないわよ、あなたの王妃、ずんぐり娘のわたししか。あなたの美味しいあれを拒み続けてはいやよ、巣穴から出て来て、わたしの初夜を台無しにしないでよ、どこに行っちゃたの？　早く戻っておいで、自分の欠点を埋め合わすやり方ならたんとわきまえているのだから、わたしの穴は深くて温かいわよ、どれだけあなたを愛しているか分かるでしょう？　わたしの許に来ないなら、くそったれ、膝を腫らせて、瞼を赤く腫らせ、皮膚を青く腫らせ、血を腐らせ、あれを落っことすがいい。もしわたし抜きにどこか遠くにずらかろうというなら、皆にホモ野郎とでかい声で叫ばせるからね。

「新しい」

教えてくれ、オオタカ、怒りっぽいオオタカよ、わしの美しいタカよ、わしは何をしたらいいのだ？　そなたは忠実な唯一の友、真実の告解者、ここで告解をしているフリアン修道士とは大違い、だからわしに教えてくれ。わしはセニョールの力の出所をモグラのように掘り返した、そして辛抱を重ねて陰謀を企んできた、恨みの原因はずいぶん昔にさかのぼる。今いっしょにいる者など誰もいない。でもひどい混乱から出て来るのは新たな混乱だけだ。結果がどうあれ、それもわしには好都合なのだが。もしセニョールが勝利を収めたなら、わしが一時彼を取り巻く危険に気づかせた、賢明な相談相手だったことに思いをいたすかもしれぬ。もし複数の敵ども、つまり都市や商人、職人らが勝利を勝ち取るなら、彼らはわしが内部から叛乱への道を準備し、それに扉を開いた味方だと認めるやもしれぬ。わしはこの情報を持ってはいなかった。つまり大洋の彼方に別の土地があって、セニョールと王家にとって、第二の好機になるということだ。未だにもってはいない、未だに。でも今にして知った、セニョールが海外領土を広げれば生き延びられるし、あの若者が目にした莫大な富を自分のものにすることがかなうかもしれぬ。誰にも負債を負うことなく。わしはおそらく永遠に、今一度さもしい王家、ドン・ナディエ（無名）の債務者となり下がるだろう。しかしもしその新世界が存在するとしたら、オオタカよ、あの高利貸しの言うとおりだとすると、わしは新世界を発見し、征服し、植民するという計画から外されているということになるのか。永遠に機会を逸して、従僕としてセニョールに奉仕することとなるのか？　退屈な斥候として、永遠に神秘的で馬鹿げた話に付き合わねばならぬ、一生懸命得ようと努力してきた名声と財産を、まんまと他の者に奪われてしまうのか？　新世界、新世界、存在するとしたら、いったい誰がそれを手にするのだろう？　臆病で気概のない、この病気のセニョールは、新しい土地があろうとなかろうと、決してそこに足を踏み入れることはないであろうし、弱った身体を壊血病やサルガッソーの荒海、怪獣リバイアサン、砂蚤の来襲、熱病、身体を張った戦いなどの苦しみと恐怖にさらすことなどしないだろう。新世界はな、オオタカよ、勇壮なオオタカよ、そこに秘められたあらゆる財宝ともども、わが腕によって勝ち取られることとなろうか。グスマン？　ドン・ナディエ殿、新しい人間、活発で決然とした、病的な苦悩と傷から癒えたわし、個人的なエネルギーに見合った計画、わし、わし、わし？　新世界。もしそれが存在したとして、オオタカよ、わしはそこから外されてしまうのか？　ああ、オオタカよ、わしは新世界が存在するだけでなく、それが自分のため、自分のような人間のためにあるような気がし始めている。あの地、密林と海と川と平原と山と神殿において、世界が瞑想や努力、遺産や偶然、運命、進歩、安定などではなく、行動に属していることを証明するためだ。世界はわしのためであって、セニョールのためにあるのではない。ああ、わが麗しき友のタカ君よ、わしもまた夢でも見ているのか？　この地でもあの地でも、わしはフェリペを負かすことになるのだろうか？　言葉上は王の名で行動しよう、しかし実際は自分の名で行動するぞ。王に長い書簡をしたためるつもりだ、王は自分のことを、決して知ることのない土地の王だと思い込むだろう、書かれたことをそのまま信じ込むはずだ。ああ、オオタカよ、わしは大海原を渡って、新世界の熱い浜辺にわが剣を突き刺したい欲求に駆られている。神殿を焼きつくし、偶像を破壊し、偶像崇拝者を屈服させるために。大いなる偉業がわれらを待っておる、オオタカよ、そなたもわしと旅をせよ、わしの腕がそなたの止まり木じゃ、そなたが矢のごとく急降下して獲物を捕らえるように、わしは呪いをかけるように新世界の財宝に襲い掛かる。そうなれば、オオタカよ、そうなれば……あの巡礼者は何と言った？　海岸、真珠海岸だと、とうてい手が届かない、冷たく素っ気ない高貴な女性の愛顧をどのようにして得ようか？　真珠と金、エメラルドをふんだんに身にまとった女性を自分のものとするのだ。土地を征服し、女を征服した暁には、セニョーラと新世界はわが手柄となる……。

「未だし」

バルバリーカ、バルバリーカ、しくしく泣くのはおよし、聞こえないのかい？　小人ちゃん。わたしが見えないのかい？　われらの御世継ぎが閉じこめられたあの墓ばかり見ているのかい？　わたしの許に来てごらん、お馬鹿さん、お前のご主人がお呼びだよ、ちょっと助けておくれ、わたしには脚も腕もないのだから、こっちに来て。わたしはこうして生き還ったのだから、何にもましてお前が必要なのだよ。どうして耳を貸さないんだい？まだ分からないのかい？　わたしはあの時たしかに死んでいた、死んだまま夫である王の亡骸を伴って、スペイン中の町と修道院を連れ回したわ。そして辿り着いたのがここ、息子である王の霊廟よ。お馬鹿さんたち、群衆はわたしをニッチから落っことし、足蹴にした。ばか者たちの集団よ、連中はわたしを殺して亡き者にしたと思ったのね、でも何というヘマでしょう、大ポカをしでかしたのよ、重大なミスをね。すでに死んでいる人間がどうして死ぬことになるの？　死んでいたなら、殺されたときどうして蘇らなかったのかしら。いらっしゃい、可愛い王女様、二人していっしょに行きましょう、やるべきことがたくさんあるからね。いつもお前にはそう言っていなかったかい？　おそらくわたしたちは死ぬとき、普通の生活でもつ五感を失ってしまうのでしょう。でも超自然的な生の第六感を手に入れるのです。こっちにいらっしゃい、わたしを摑んで、またいっしょに暮らしましょう、新たに出発しましょう、目新しさを感じるわ、いたるところに。世界は裾野を広げ、愚か者たちが空しい夢を追って彼方を眺めている。連中は大きな希望を抱いてわたしたちから、またわが国の法から逃れられると思っている。力と損失、名誉と犠牲、そんなものは何ものでもない。連中を屈服させてやろうじゃないの。奴らが希望を託しているところに、無の王国をおっかぶせてやろうじゃないの。奴らが前に一歩進もうというならわたしらは二歩引っ返そうじゃないの。過去の氷のなかで未来の飛翔を摑みとろうじゃないの。あの間抜け野郎は墓に置き去りにしておきな。バルバリーカ、お前にはもっといいことを約束するよ、自分自身にもね。ああ、死んでいなくなっちまう夫となんか二度と結婚などするものか……。

「未だし」

——赤い石、骨の指輪、グスマンよ、わしは何とも息ができぬ。そなたが戻ってきてくれてよかった。ひとり息が詰まりそうだったからな。——お飲みください、セニョール、お飲みください。——水すら喉のところで膿になってしまうのだ。——お願いですから、どうかお飲みください、言うことを聞いて。——忠実なグスマンよ、そなたがいなければどうなったことか。わしの面倒を見てくれるばかりか、忠告までしてくれる。そなたは狂気や憂鬱より悪いものから、わしを救い出してくれるか？　つまりわしはわずかな余生に力を与えてくれる分別まで失ってしまったのじゃ。そのせいで狂気と憂鬱を呼び寄せてしまったのじゃ。——分かっております、セニョール。しかし申し訳ありませんが、わたしは貴方様と必ずしも見方を同じうしているわけではございません。——グスマン、新世界とはわしにとって、またわしの王家にとって、ひとつの新しい世界のことだ。わしはただこの城壁の及ぶ範囲、城壁の内部にあるものすべてが縮小し、自分及び王家がなるたけ早く消滅することを願っただけだ。わしは埋葬地を建設した。わしはそこに世界というものを得た。新世界などというものがわしの墓に入る余地はない。——セニョール、謹んで申し上げますが、陛下は勝利を収められました。ですから物事を次のように考えてださい。陛下はその新世界において、新たな写しを作り、ご自身の世界を凍結するのです。――何だと？――簡単なことでございます、陛下。いつかおっしゃいませんでしたか、天空が真に天空であるためには、地上において力を発揮せぬことだと。――確かにそう言った。自分に対してもな。われらは地上で地獄を建設するとしよう、それは生に対する恐怖の埋め合わせをする天空の必要性を確かなものとするためだ。まず最初に、地上において拷問や火刑の地獄にふさわしい者となろう、そしていつの日か天上における天国の至福を受けられるように、地上における悪の可能性から身を解き放とう。グスマン、天上よ、いつの日かわれらが生きたことを永遠に忘れ去るのだ。――貴方様はわれらが主イエス・キリストに向かって言われました……――神よ、あなたのお顔を変えようとする者は、わが軍の怒りと憐憫にふれて、その建物を破壊され、崩落させられ、焼き滅ぼされるであろう。わが主よ、あなたのお姿を歪めようとして、新たなバビロニアを建設することは決して許すまい。――セニョール、新世界に地獄を建設してください。貴方様の墓所を異教徒の神殿の上に築いてください。スペインの外でスペインを凍結してください。勝利は二倍になって返ってきます。それは前代未聞のこととなるでしょう。貴方様の天分を超える者など誰一人としておりますまい。世界全体が苦行と死に身を捧げることとなります。誰一人として、セニョール。新旧二つの世界の上に、石と苦痛の大義を打ち立てるのです。――新世界よな、グスマン。そなたはあの若者の話を聞いたな、毎日、世界は滅びるものの、太陽が昇って再生するとかいう……――陛下、そんな世界は破壊してください。スペインの鏡に変えてください。そこに己が姿を覗き込む者はすべからく不動の死の石を見るべし。永遠に固まった、貴方様の永久の栄光を宿した身じろぎせぬ彫像を。――アーメン、グスマン、アーメン。――新世界は貴方様の墓に十分収まりますよ……。

「さらに遠くへ」

トリビオ修道士、わしが何にもまして恐れているのは、実際には新世界がそうしたものではなく、今われわれが暮らしている旧世界の延長にすぎないのではということだ。そなたはセニョールに会ったか？　あの巡礼者からあの地とこの地で、犯罪や抑圧が似通っていることが指摘されるたびに、恐れおののいたのだろう？　わしも同様、震えたよ。といっても、わしらの王がぶるぶる震えたのとは別の理由によるものだった。セニョールは己の生や世界や経験が、すべて最終的にひとつのものであってほしいのだ。永遠に書き記された、反復しえない決定的なページとなることを。そうした己の所有になる取りつく島のない絶頂としての意味が、分裂させられたり、奪いとられたりするのを恐れているのだ。経験したことすべてが、単に王自身だけの経験であったのみならず、人類全体のためのものでもあったのだ。それこそ誇りをもって消滅したいという彼の思いの丈だった。それに対し、わしが恐れたのは、新世界の専制支配を打ち破るために、旧世界のそれが力と範囲を拡大し、強欲と残虐が手を結ぶこと、そしてそれが信仰の名のもとで行われることだ。マルスとメルクリウスの勢力が増大している。それらがキリストの仮面を被ってのさばっているのだ、そう、戦争、黄金、福音化のことだ。わしら、つまりそなたとわしがこの宮殿の薄闇に守られつつ、密かに望遠鏡と絵筆でもって築き始めてきた新しい世界を、新世界に広げていく機会を逸してしまうのではないか。兄弟、恐れるがいい、わしらは監視され、迫害されるかもしれぬ。そなたに警告したことはすべて確かなことだ。わしらは告発されるやもしれぬ。全く取るに足らぬ懸念かもしれぬが、異端者という過ちやユダヤ的瑕疵が暴露されるやもしれぬ。新世界では偶像崇拝の悪魔的痕跡が見いだされるものすべてが破壊され、巡礼者が言ったように職人のすべてが殺され、石と羽根と金属の建造物が破壊され、金が溶かされ、彫像の頭部が切り落とされ、悪のあらゆる印が抹殺されるように、というのも悪とはわしらが見たことのないもの、わしらを否定するものすべてだからだが、それと符合するかのように、この地ではわしとそなたが火炙りの刑に処せられても、それを防ぐ何の手だてもなく、反旗を翻す力もない。そなたの学知とわしの芸術は同じように無秩序や抑圧を忌避しているし、秩序と自由という点でも、可能なかぎり必要に応じて、完璧な均衡を切望している。ああ、修道士君、わしらが求める調和というのはいかにも頼りない、それをいったん失えば、抑圧の犠牲者ともなれば抑圧の首謀者ともなりうるのだ。抑圧というのは常に無秩序ともいうべき叛乱に対する抑圧である以前に、あくまでも秩序であり続けるものだ……。

「彼方へ」

ドン・フアン、ドン・フアン、お前かい？　この礼拝堂はひどく暗くなって、やたら物寂しくなってしまったわ。祭壇の奥にあるあの絵画に描かれた人物たちだけが輝いている。まるで生きもののようだし、わたしたちに話しかけているようにも見えるけれど、それもまやかしだわ。そなたが身を固めた石がまやかしなのといっしょよ。聖歌隊席からそなたを見、斜め格子窓から墓の上で寄り掛かったそなたの姿を垣間見た。今一度そなたの体が欲しかった。わが愛人よ、でも今では石に変装してしまったから、この暗闇のなかで他の王候たちの石像から、どうやって見分けたらいいの？　王妃と王たちの石像から。すべての死者たちの手に触れ、唇に口づけしながら、墓から墓へ、そなたを見つけるまで探しましょう。フアン、もしそなたを石から救い出すことができたら、わが唇とわが手のおかげでこの墓地の石像のひとつとなる羽目に陥らずにすんだら、わたしに感謝するのよ。本当に分かったわね？　大きな報酬を戴くわよ、いいわね？　わたしが石の魔法からそなたを解き放ったとしたら、そなたは閉じられた処女膜の魔法からわたしを解き放ってちょうだい。フアンとイネス、イネスとフアンは互いの魔法を解きあうのよ、フアン、お願いだから一晩だけわたしと一緒にいて。そうしたら父に連れてこられた、この宮殿の修道勤行室にずっと閉じこもっているわ。分かったわね？　父は自分の信仰が本物であることを証明し、そしてわたしたちの改宗の誠実さに疑いを持たせないようにするため、わたしを修道院に入れたのよ。フアン、そなたは分からないでしょう？　でもわたしは幼いころから知っているの、他でもない、わたしたちは胸の上に黄色の丸いパッチを付けるように命じられたのよ、それで豚とかマラーノとか呼ばれて、ユダヤ人街に押しこめられたの、変な服を着せられ、ぼろ服をまとわされて蔑みの視線を浴びたわ、男たちは髪を長くし、髭を伸ばすように強いられ、まるで病人のように見られたの。誰もが顔を見れば腹を空かしたように見えたの。豚を食べるように強制され、大虐殺に見舞われ、セビーリャやバルセローナ、バレンシア、トレードのユダヤ人地区は完全に破壊されてしまったのよ。信仰の名のもとで財産は強奪され、そのたびにわたしたちは何度も財産を取り戻したと父は言っていたわ。自分たちの服も着られず、ヘブライ語の祈祷書すらあえて持とうとはしなかったの。万が一、召使のひとりがたまたまそれを見つけでもしようものなら大変だからよ。だからわたしたちは生き残るために、どうしてもユダヤ教を捨ててキリスト教に改宗せざるをえなかった。改宗したらしたで、一から財産を取り戻そうとして、カスティーリャ人が見下すような仕事に携わることとなったの。だってわたしたちがしなければ、誰もなり手はいなかったし。でもわたしたちは土地を掘ったり耕したりしないで、もっぱら楽な仕事ばかりやっていると非難されました、実は父もその親戚も、そうした土仕事をやっていたんです。フアン、誰かがやらねばならなかったのです、たとえそういう仕事をしていて、ユダヤ人だ卑しい人間だと後ろ指をさされたとしても。わたしは父が老齢のときに生まれましたが、母は私を生んですぐに亡くなりました。そして後にこうした話を知りました。大人になってから父はわたしを修道院に入れたのですが、それは忠実な新キリスト教徒として改宗の誠実さを証明するためだったのです。時の経過を待ち、名前を変えることで、昔の習慣を忘れ去り、信仰告白をすることで旧キリスト教徒のようにみなされることを期待しました。父は言いました、迫害が再び戻って来る日、それは必ずやってくるだろうが、その時までに自分は死んでしまっているだろうと。わたしが迫害されるときには、耐えるしかないが、そなたは修道院に入っていて守られているから無事だろうとも。わたしは火刑か暗い部屋でのお勤めか、どちらかを選ばねばならなかったのです。ああドン・フアン、わたしはそなたの石の唇に口づけし、そなたの石像に命を吹き込みます。迫害を受けるか修道院にこもるか、二つの選択肢のなかで、後生ですからあと一晩だけわたしに下さい、これを限りに自分の運命に身を委ねる前に、愛の一夜を与えて下さい。そなたに触れ、口づけすれば肉体に戻ってくれるでしょう？　もう一度わたしのものになって。ドン・フアン、最初に処女を捧げたのはイエス様でしたが、今度は貴方がそうする番よ、ドン・フアン。永久に自分の運命を受け入れるつもりよ、キリスト様と結婚したのは、男たちを愛するためなの……。

「しだ末」

——セニョール、物事はあるがままに見てください。どうか血迷わないで。あえてこう申し上げるのは、もし犬が口を利けるなら犬にお求めなさるような忠誠心の証を、このわたしのなかに見てほしいからです。——グスマン、そなたには口があるではないか。——それでは真実を申し上げます。わが勢子たちが工房や鍛冶工場での落ち着かない、不穏な騒ぎに巻き込まれているようです。不満が増大し、はっきりとはしませんが、何かが準備されているようです。不穏な騒動が引き起こされそうな空気です。どうか心の準備をしてください。叛乱の原因がいろいろ溜まってきています。花壇は荒らされ、給金は不足し、貴方様の奢侈と彼らの貧窮との間に大きな差があり、不慮の死亡事故も多発しています。ご自分は死者たちに綺羅を飾って埋葬いたしますが、連中は砂を被せて放置するだけです。寡婦らは嘆き悲しみ、黒の喪章が人を冷やかすかのように辺り一面を飾るというわけです。貴方様は通りすがりの貧乏人にはいつくしまれ、連中には何もやりません。貴方様を継がれるのは誰なのかと訝っております。外国人のお妃様に対し不信を抱いております。もし崩御された際には、王位をご母堂がここに連れてきたあの痴れ者が継ぐことになるやと考えています。何かを企んでいるようです。──余は何をすればいいのだ、グスマン？　──お若い頃なさったのと同じことをなされればよろしいかと存じます、セニョール。扉を開いて連中を中に入れ、この宮殿のなかに閉じこめてしまうのです、そして皆殺しにすればよろしいかと。──今回は用心しておるのではないか？　──期待しすぎてものの見境がつかなくなっているはずです、過去のことはすぐに忘れるものだし、過去のことほどよく繰り返されるものです。──もう一度ということか？──これは致命的なことですよ、セニョール。──おぬしはそうは言っても、元来、運命などは信じてはおらぬはず。──わたしは行動に対しいろいろな言い方をしています。たとえば手段は手段を正当化する、といった具合に。──それで目的は？──目的とは単に、他の行動にとって同時に手段となる二つの行動の間にある媒体にすぎません。──グスマン、そなたに言うとしよう、あの哀れな水兵が明らかにしたことのなかで一番印象に残ったのは、新世界においては無辜の人間が死ぬことが、宇宙の秩序そのものによって正当化されている、ということだ。わしはそうしたことを思ってもみなかった。苦しみはないに越したことはなかったからな。あの男が言ったことを覚えておるか？　新世界の住人は光が勝利するなら光を、闇が打ち負かすなら闇を、同じように称える構えでいるということだ。──今となれば納得せねばなりますまい、そしてご自分の企てを、神のみならず自然とも一致させてください。──そなたは自身のためかわしのためか知らぬが、心を決めたのだな、グスマン？　新世界に赴くとな。──わたしはセニョールの艦隊の一兵卒として行くまでです。福音を広められる神ご自身の艦隊です。──グスマン、そなたも存じておろう、実際にわしにそう言ったのだからな、そなたはあの老人をここに連れてきたが、それは借金を負わせるためだった。そしてわしに老人をカラトラバ騎士修道会の騎士団長に任命するようにと仄めかした。遠征にどれほどの費用が掛かるのじゃ？　――神の目的に対して人間は手段です。テルエルの異端審問官は貴方様に解決法を与えてくれなかったのですか？　セニョール、ユダヤ人を追放なさいませ、そして連中の財産を取りあげてしまえばいい、血の純潔、信仰の純粋さを問題になさいませ。両者とも危殆に瀕しておりますゆえ。新世界にわれらが主キリストの穢れなき御旗をもたらしましょう。福音化においては偽の改宗者ども、偽のカスティーリャ人どもが忍び込まないようにせねばなりません。連中は決して農民の仕事に携わりもしなければ、家畜を育てるべく田野を歩き回ろうともしなかった。息子たちにそれを教えるのではなく、誰もが楽な仕事や、座ったままわずかな労力で金をたくさん稼げる方法を追求してきた。セニョール、もしそうして王の国庫のために集めなさった金でもまだ足りないとなれば、都市に目を向けなされ、繰り返しますが、都市には富が集積しております、そこには商人、売人、収税吏、罰金徴収人、農場管理人、役人、仕立屋、靴屋、皮なめし職人、革職人、職工、香料商、行商人、絹商人、銀細工職人、宝石商、外科医、染色商人、医者といった職種の者どもがおります。連中には法外な税金を課し、法や司直による庇護、裁判権や集会参加の権利を除外してしまえばよろしい、王家のご先祖様がモーロ人と戦い、ユダヤ人を迫害し、貴方様が遠方の異端者どもと戦われ、その後、閉じこもって霊廟を造営された間にも、都市の住民どもは自分たちだけで自治を行い、特権や法令や特殊権益を得、集会に参加し、大胆な慣習を実践し、集団全体の意志について語り、多数決による決定を下し、陛下の下された控訴しえぬ唯一の命令に逆らっておるのです。重税を課し、正しい裁きから外し、テルエルのアウグスティノ会士がいみじくも言ったように、この地でもあの地でも、同じ法を適用すればいいのです。気まぐれはもうたくさんです、モーロ人は屈服させ、ユダヤ人は追放し、都市の自由民らの首はへし折ればいいのです、熟慮はもうたくさん、やるべき仕事はあまりに大きく、神聖にして有益なものです。告発状は余るほど来ていますが、厳選なさってください。裏切り者、同性愛者、瀆神者、幼児殺し、殺人者、にせ医者、毒殺者、高利貸し、異端者、魔女、聖霊冒瀆者などです。方法はすべて同じです、それを適用してください。

信仰への愛と魂の救済ゆえに行ってください、多くの真正なキリスト教徒の反対にあって行う場合でも、たとえいかなる証拠がなくとも、単なる妬み心による競争相手や敵の側の証言を取り上げる場合でも、連中を教会の監獄に閉じこめ、拷問を加え、自白を引き出し、異端者・再犯者として断罪し、財産を没収し、処刑するべく官憲に渡さねばなりません。こうすることでわれらが聖なる信仰と、政治的統一、目減りした王の国庫をより確かなものとすることができるのです。――グスマン、グスマン、わしには力が足らぬ、そなたはわしに王国を再建し、新世界をそれに似せて建設するように言うが、わしが唯一の望んでおるのは、すべてを手放すことじゃ。すべて終わらせることじゃ、なのにそなたは新たに始めたいと言う。――セニョール、わたしにお任せください。ここにある書類に署名をお願いいたします。陛下の名においてわたしが執り行います。どうしても欠かせない場合を除いて、面倒はおかせしません。お約束します。ご署名だけで十分です。今までどおり熱心にご自分の勤行に励んでください、誰もが存じている勤行に、また誰一人として知る者のない熱情にも。セニョール、イネスはわたしが陛下のもとにまたお連れします。――イネスだと？

黙れ、この下男風情が、イネスなんぞ二度とごめんだ。イネスは父親に売られた娘だ、女として贖いはした、今でも欲しいことは認める、しかしもう二度とごめん蒙る。グスマン、二度とな、わしは若い頃から愛した女に触れたことはない、なぜならそれがわしの騎士道的理想だからじゃ。わしは二度と愛する女の肌に触れることはせぬ、なぜなら二度と肉の快楽に対し代価を払うつもりはないからじゃ。わしはセニョーラに触れたことはない、代わりに村の娘やセレスティーナを選んだ。今後は借金や爵位の形として売られた女に触れることはせぬ。二度とな。――陛下、他の者たちに触れられるだけで……――グスマン、黙れ。――陛下はこの宮殿の城壁とは無縁の世界の悪魔祓いをなさろうというおつもりですか？　でもかかる世界はすでにここにまで浸透してきています。この地までやって来た若者のうちの二人をご存じでしょう？

ご母堂といっしょだったあの阿呆な相続人と、小姓の恰好をした娘といっしょだったあの恐ろしい難破者です。――双子であったな……予言……ロムルスとレムス……わしに警告しておくべきだったぞ……簒奪者……すべてを新たに築こうとする者たち……――いや、双子ではありません、三つ子です、第三の……――黙れ、黙れ、聞くがいい、言うとおりにせよ。――第三者です、セニョールと、真実を知っていただかねばなりません、他の二人と瓜二つの三番目の男です。二人よりも恐ろしい存在です。なぜなら触れうるもの、触れられぬもの、その両方に触れたからです。セニョールが一度も入ったことのない下僕用の居室でイネスと関係をもちました。やはり陛下が入ったことのないセニョーラの寝室でセニョーラと睦合ったこともあります。この第三の若者はセニョールの名誉を汚しました、つまり奥方と愛人の二人と関係をもったからです。この二人の愛人の相手であった大胆な色事師ドン・フアンは、それに加えて毎晩のようにアングスティアスとミラグロスの修道女二人と侏儒バルバリーカ、宮殿の下女たちと獣欲を満足させたのです。これは疑いの余地のないことです。ご母堂とでもやりかねないでしょう、彼の情欲ときたらそれほどまでに癒しがたいものでしたから。――ああ、グスマン、グスマン。だめだ、だめだ、そなたはわしの心を深く傷つけおった。そなたを何としてくれよう？　――わたしは股肱の臣でございます。ですからお気に召さぬこととといえども、正直に申し上げます。――そなたに褒美を遣わすか、さもなければ罰するべきか？　――御意のままに。――わしにはそのどちらを行う気力もないわ、わしはものへの執着を断ち切り、精神に身を捧げるためにこの宮殿を造営した、ここでわが青春や愛情、犯罪、戦争、疑念といったものの邪悪な部分を悪魔祓いしたのだ。天国への昇天を待ち望みながら、自分のかけがえのない、完璧で自由な魂とともにありたいと願った。今や物事はどんどん進み、幾多の隙間から忍び込んできている。そなたはその隙間のひとつを開け、わしにイネスを連れてきた。褒美をとらせるか、罰を与えるべきか？　物事は進んで行く。わしのわずかな余力は、世の中から再び求められる幾多の挑戦のうちのひとつに捧げるべく保持せねばなるまい。わしは不動の世界のために祈った。世界は千の眼をもつアルゴスのごとく、くるくると目まぐるしく動いている。あらゆる目がわしを見つめ、すべての者がわしを呼び寄せ、わしに戦いを挑んでいる。そのうちのひとりに応えることとしよう。それは間違いなくあの男だ、余った微力を振り絞って応えるべきもの、それはそなたではない、そなたがなすことでもない、哀れな永遠の下僕グスマンよ、そなたの多大な努力と精力、敬虔さには同情しておる、しかしそれは何のためだ？　もしボカネグラが知ることがなかったように、そなたが栄光の瞬間を決して知ることがないとしたら、もしそなたが今しがた、気まぐれにもユダヤ人と異端者と都市住民に対して求めたように、わしは何の理由も説明することなく、ただ「むかついた」と言うだけで、そなたを処刑し、晒し台に晒し、拷問台に括り付け、鉄環紗首刑《ガローテ》にかけるように命ずるやもしれぬ。哀れなグスマンよ、そなたはわしの名誉を傷つけたが、わしはそれを許そう。そのことでそなたの名誉は傷つくだろうか？　——陛下、名誉ですって？　その意味するところを探りたいものです、この地ではあまりにも頻繁にこの言葉が引っ張り出されますからね、狡知と野心の営みとはあまりにも合致しません。——いいかグスマン、そなたは名誉というものをまるで時計か可動式櫓のように、ぶち壊し、解体しようとしておる。それはいかん、グスマンよ、名誉をもっている者たちは、それが議論の差し挟めない、確固たるものだとよくわきまえておる。名誉とは人が説明抜きで手に入れ、認めるものだ。たとえ説明しようとしても、決して手に入れることも認めることもできない。ことほど左様に、わしの言うことはすべて確かである。グスマン、もうそなたのことになど構ってはおれぬ。——なれば陛下、ここにある書類に目を通し、ご署名ください。——喜んでそうするつもりじゃ、忠実で気働きのあるグスマンよ、見てみれば分かるが、書類のなかでわしを俗世から引き離し、魂の隠遁的孤独に身を置かせる裁定がなされておる。グスマンよ、そなたがわしに言ったことを信じてもらいたいなら、もっと書類を持ってくるがいい。そなたがイネスとセニョーラについて言ったことが本当かどうか、文書でもって証明してみよ。——できる限りそうさせていただきます、セニョール。それはそうとして、貴方様はひょっとして知りたくはございませんか……？。

「へ方彼」

——お前、世界は球体だとか言っていたな、トリビオ。俺はそれを信じるよ、もし球体だとするとそのことで、世界にはあの難破者が語っていた土地が含まれるということが裏書きされるわけか？　——いや、決してそうじゃない。——奴が言っていたことを丸ごと信じているのか？　——それもないね、おそらく夢でも見たのだろう。——とはいってもスペインは足並みそろえて、夢でしかないものを探し求めて飛び出すつもりなのか？　——この土地には不名誉なことが多すぎる、偉大なことはひとつだけ、つまり夢を信じることだけさ。——大いなる狂気といったところかな、トリビオ。——いや、大いなる栄光さ、フリアン……。

偉大なるフェリペ王
スペインの崇高なる国王
神は世界のほとんどを
その支配に委ねられた……。

――わしの論点をきちんと繰り返して言ったか？　――仰せのとおりに、猊下。――セニョールはそなたに口述した書類に署名されたか？　――はい、ここにございます、異端審問官殿。――ユダヤ人追放令はどうした？　――署名済み封蠟されております。――特権、司法権、市会、議会の執行停止令は？　――署名済み封蠟されております。――都市と有産階級職種への課税措置は？　――署名済みで……　――法令でもって周知徹底せよ、こうした文書に基づいて王国の真の統一と権力と信仰のそれ、権力と富の統一が打ち建てられねばならぬ。――と申すのも、そうした権力に基づいてこそ、存在しての話だが、新世界をわれらの意志に服属させることができるからだ。もし存在しないのならスペインが服属するまでよ、それでよしとせよ。――猊下、あの純真な旅人は何ら疑念を抱くこともせず、われらに素晴らしい道理を語ってくれたのです。――よし、よし、グスマン。そなたは遅滞なく適切に行動してくれた。この金はそなたのものだ、受け取っておけ、わしとて気前はいいのだぞ……――異端審問官殿、かたじけないのですが、それを受け取るわけにはまいりません。――ならば何が望みだ？――ひとつお約束していただきたき儀が……。わたしに新大陸への遠征隊を指揮させていただくことを……ご考慮いただけないでしょうか？　かの地で危険に身をさらし、王室と教会への忠誠を証ししたいのです。――承知した、ドン・ナディエ……。

かくてわれらの無敗の王は
世の津々浦々に
聖なる福音を広めることに
絶えず身を捧げたり。

さて、わが親愛なる友よ、老いたわたしは新たな青春、名誉をこの地で満喫している。もし分別を働かせて行動すれば、幸運は悠久のものとなる。わたしが聞いたことをすべて書き記すことはできない。それはあの難破した若者の話が膨大なものだったからだ。そこには明らかな空想もあれば、偶像崇拝の野蛮な神学、それに発音もままならぬ名称も数多くあった。たとえばメチコーニョ、グサルグアルト、チピテタスなどという名前はかの地の地名や偶像の名前だ。しかしそんなことはどうでもいい、重要なのは三つだけである。ひとつは海の彼方に新しい土地があるということ、この土地は豊かどころか豊潤そのものだ。そこまでは航海可能で、ヨーロッパに帰還することができる。わたしはジェノヴァにおけるそなたと同様、北海やバルチック海、地中海のわれらの友人である航海士や請負人たちに書き記している。われらは大胆にして用心深くなければならぬ。われらの民がスペイン人から蒙ってきた迫害のせいで、どうしてもそうあらねばならないのだ。わたしのものの見方とは以下のごとし、つまり発見当初の喜びのなかで、われらのユダヤ的血統には注意が払われなくなるだろう、というのもスペイン人はわれらが彼らに提供するものだけしか手を伸ばすことはないだろうから。つまり交易の下支え、商品を満載した無数の艦船などである。そして艦隊が維持されるのはそうした艦船の権益や港への出入りによる。また商品売買、王室資産の賃借、スペイン国外でなされるアシエント契約など。しかしいったん宗教的熱情が実利的関心を凌駕するようになると、親愛なるコロンブスよ、疑うことなかれ、連中は再びわれらに目を向けて、出自を詮索し始め、改宗の真偽について疑いを抱くようになるのだ。そしてわれらは再び迫害の憂き目に遭い、連中はいつものようにキリスト教の純粋さを守るという口実のもと、われらの財産を奪い取ってわがものとするのだ。だからおさおさ抜かりなく警戒しておこう、そしてフランドルやイギリス、ユトランド、ドイツ公国などに本拠地を作っておこう。そういった所であれば、常に実利的関心の方が宗教的熱情に勝っているからだ。時至らば、スペイン本国にわずかな代理商人を置いて、南の産物を北に運ぶことにしよう。こうした事業とその長期にわたる維持は、戦争とか管理運営の費用がかさんで、高くつくのが通り相場である。そなたやわたし、及びわれらの職種にある者は皆、そうせねばなるまい。なぜなら新世界の富をわれらの仕事に当てねばならないし、たとえ富が不十分であったとしても、十字軍の際に起きたように、王や司令官たちがわれらから負債を負うようにせねばならない。あの時はそうやってわれらは阿呆な騎士たちの債権者となって大いに利益を得たのだ。親愛なるコロンブス君、われらは早々に手に負えない息子らと手を切って、パレスティナに若き反逆者を送り込むという単純な手段をもって、忠実なキリスト教徒として振る舞うのだ。愛する友よ、そなたの息子には注意せよ、頑固で大胆かもしれぬが、分別に欠けるところがある。不確かな狂気といったものが時々表情に現れる。わしの娘は年をとってからの子だが、今、七月の今夜そなたに書簡をしたためているこの宮殿で修道請願をしている。そなたの従順なる僕、紛うことなき友人にして奉仕者、足下に口づけする者なり。カラトラバ騎士団長ゴンサロ・デ・ウリョア拝。「トゥーレはもはや世界の果てにあらず」。

――グスマン、わしの祈祷書をとって心の安らぎのために読んでくれ。今日という日も終わる。――わしらは死ぬことで、神が最初の鼻祖に語ったこと、つまり罪を犯したがゆえに彼らとその子孫は死ぬこととなるという過つことなき真実を、身を以て忠実に証すこととなるのだ。――罪をおかすことで……――そういうことだ。――でもグスマン、いいか、こんな言葉を丸呑みする必要はないぞ、疑うのだ、疑え、グスマン、あらゆる悪はわしらの行為によるものだ。しかしわしらとともに生まれたわけではない、というのもわしらは善悪を知るという資質以上の罪を負って生まれてきたわけではないからな。このわしらの罪は自由以外の何ものでもなく、それによって神と肩を並べることもできれば、神と分け隔てられもするのだ。神の自由は絶対であるのに対し、わしら人間の自由は哀しく、恐ろしく、いとしく、心底相対的なのだ。神の自由は決定的な属性であるのに対し、人間のそれは当てにならない約束にすぎない。しかし人間は悪徳も美徳も伴わずに生み出された。わしらが個人的な活動をするに際し、唯一存在していたのは、神が人間を誘惑し、試し、断罪し、その前にひれ伏させるべく、人間のなかに蓄えておいたものだけだった。つまりそれは自由意志の光と影なのだ。ルドビーコ修道士、わしの言うことをよく聞け、失われた青春の失われた友よ、聞いてくれ、そしてどこにおろうともわしとともに繰り返し言ってくれ。アダムは死すべき存在として創造され、罪を免れて死ぬか、罪を負って死ぬしかなかった。神は決して人間を不死の存在として創造しえたわけではなかった。神は無限の誇りをもっていたせいで、人間が挑戦してくることに耐えがたかったはずだ。キリスト到来以前にも、罪を免れた正しき人間が存在した。神は僅少といえども確実な人間の正義に対し復讐し、そして罪の意識を遍く植え付けるべく、キリストをこの世に送ったのだ。救世主は人々を救い出さねばならなかった。しかし生まれたばかりの赤子は創造時のアダムのごとく罪から免れている。人類はアダムの楽園追放と死によって滅んだわけではなく、キリストの受難と復活によって立ち上がったわけでもない。なぜならば、人間はもしそれを望むなら、常に罪から逃れて生きることもできるからだ。わしはそなたを愛している、麗しのイネスよ、そなたを愛することがどうして罪なのか分からぬ。思い当たる節があるとすれば、それは千年以上もわが肉と意識が苦しめられてきたことくらいだ、キリストがその贖いをわしら人間のために約束し続けるべく、求めている罪への恐怖心に打ちひしがれながら。ルドビーコ修道士、そなたの話を聞くとしよう、以前と変わらずそなたを愛しておるからに。ついにはそなたを理解し、そなたの言葉を繰り返すつもりだ。一度として交わすことのなかった言葉を。その言葉とはまさに、罪に先立つ大地の始原を見つけだし、新たな土地、新たな創立を見出そうとして、地の果ての彼方へと乗り出すべく、老人ペドロの船を建造しつつ、海辺にて出会ったときに発せられた肉だった。ああ、何ということだ、ルドビーコ、わが青春の瓜二つの写し絵よ、わが力であり冒険たるそなたよ、ああ、情けないわれらよ、わしらが苦しみ、すべてを失う場所がこの土地以外になくなるとは。わしは今日、あらゆるものの新たな始原を追い求める冒険において、悪態をついてわしの許から逃げ出しそのあげく死んだ老ペドロと、そなたルドビーコ、それにあの魔法にかかった娘セレスティーナ、善良なる修道士シモン、そなたたちに付き従って行くことになるのだろうか。ルドビーコ、わしはこの寝室の床に額づいて、そなたの前で恭しく申し述べるが、わしは断じてわからない、わからない、わからないのだ。そなたといると、わしがわしでありうるかもしれないと思ったし、そうであったらいいとも思っている、実際、そうであると思った、イネスといるときもそうだった。しかし神は神であろうと欲しもしなければ、神として存在していることもない。唯一、神は力があるだけ、すべてに対して全能なだけなのだ。神がいかにして物事を決定づけ、わしらの運命を統一し、分離し、再び統合してきたことか、考えてもみよ。そうしたからといって神には何の役にも立ちはしない。なぜなら神は神であろうと欲することもなければ、神として存在していることもないからだ。そなたたちやわしらがそう望んでいるようには。そうだろう？　わが兄弟よ、麗しき優しく温かな乙女イネスよ、セレスティーナよ、青春は失われたし、夢は皆が共有したとはいえ、失われ、忘れ去られた、わが犯罪は決して許されることはないのだろう？　わしら、つまりあんた方とわしはあの日の午後、海岸でペドロの船でいっしょに船出せねばならなかった、そうだろう？　あんた方は今日という日、わしを許してくれようか？　このわしは、陰鬱な城を司る小さな神たるわしは、自ら望んでそうなったあんた方に対し、自分ひとりでは何も力がない、何もできない無力な存在だと明かしてしまったのだ。ルドビーコよ、ペドロ、セレスティーナ、シモンよ、わしらの生活はどうなってしまったのだ？　希望と忘却と時間は一体わしらをどうしてしまったのだ？　神ではない、わしは本当はあんた方に許しを請わねばならなかったのだ。そして死ぬときには庇護を、罪人の守り手で神母たる、栄光に満ちた純潔なるわが聖母マリアにではなく、そなたたちにお願いすることとしよう、わが守護天使と聖ミカエル、聖ガブリエル、天のすべての天使たち、洗礼者ヨハネ、聖ペトロ、聖パウロ、聖ヤコブ、聖アンドレ、福音書の聖ヨハネ、聖フィリポ、聖ベルナルドゥス、聖フランチェスコ、聖ディエゴ、聖女ハンナ、マグダラの聖マリア、わが仲立ちたち、天の宮廷の他のあらゆる聖人たちよ、どうかわが魂が主イエス・キリストの受難の仲立ちと功徳をもって、最初から造られてあった栄光と至福のなかにおかれるように、わしを救い、特別な配慮で手を差し伸べておくれ。アーメン、グスマン、アーメン……。――アーメン、セニョール、どうかあなた様の存在の上にカーテンをお引き下さい。世界は決定的にご自分の運命に向かって動いています。その運命はもはやあなた様のものではありません。――そなたに対してどうすればいいのか？　グスマン。――前におっしゃったではありませんか。わたしのことでかかずり合うまでもございません。――わしはそなたに報うべきか、さもなければ罰するべきか？　――どちらにしろ、わたしの忠誠心の結果でしょう。――そなたはわしに嘘をついたぞ。グスマン、そなたはすべてをわきまえておると思っておるな、嘘じゃ、わしはセニョーラの寝室にいたのじゃ、わしは見たのじゃ……。――セニョール……。――わしの名誉は何ら傷ついてはおらぬ。わが妻の罪は軽微なものじゃ。セニョーラは自分の求める快楽にそっくり似た片隅を作り上げたのだ。そなたは不貞妻と非難しおったが……。――確かにそのとおりでございます、セニョール。――わしには目がある、鼻があると言いおったな？　たしかに見ることも嗅ぐこともできるわ。――これからもセニョールにお仕え申す所存です。もし間違いを犯すとすれば、それはわたしが男だからです。しかし悪意はございません。――ルドビーコ、セレスティーナ、わが青春よ、わが恋よ、罪を犯す前にわしの計画は果たされるぞ、グスマン、母上のおっしゃることは正しい、もしわしが消滅に至ることができないなら、始原に至るまでよ、わしは己が生の特権的な瞬間、あの浜辺に、わが四人の仲間のもとに戻るまでよ。わしは自分の田畑、権力、父、イサベルを手放すことにしよう、そうすれば再び夏の日の浜辺における午後六時に戻るはずだ。その近くに係留されている船に乗り込み、新世界にむけて船出するのだ。わしらは誰よりも早くそのことを夢に描いた。誰よりも早く新天地に足を踏み入れた。――陛下、何という世迷い事をおっしゃるのですか？　亡霊を呼び寄せていらっしゃるのですよ、あの仲間たちはすでに亡くなっているか、どこかでいなくなっていますし、時の経過や疫病、狂気のなかでもうこの世には存在しません。――哀れなグスマン、そなたはオオタカやアラーノ犬のことはよく知っておるが、心のことについてはまるきし駄目じゃ。さあ、祈祷書など閉じて、立ち上がるがいい、壁掛けをどけよ、そして矛槍兵らに連中を解放するように言うがいい、ルドビーコとセレスティーナらにすぐに入ってこさせよ……。

　わたしはモーロのモライマでした
　麗しき美貌で知られたモーロ娘

――奥様、歌を歌っておられるのですか？　――ああ、ロリーリャ、生き返って楽しそうなわたしたちの奥様をご覧なさいな、奥様、愉しそうにされる姿を見るとわたしたちも嬉しゅうございます。――わたしだって歌いもすれば笑いもするわ。――旦那様がノックもしないで何か探し物でもするかのように、初めて奥様の寝室に入っていくのを見たときは奥様のことがどうなるかとても心配しました。――彼が何を見つけたか見てごらん。わたしのベッドに横たわっているものをね、墓場で盗んできた遺体の寄せ集めでできたものをね。主人が見たのと同じように見てごらん、これは怪物ミイラのように見えるけれど、わたしの恋人なのかしら？　そうだわ、わたしの苦行よ、セニョール、陛下の目的に忠実に従ったことの証よ、居室の東洋的豪華さと裏腹なベッドの上の死体。あなたがわたしに残してくれた唯一の伴侶よ、不吉なあなたの意志の名残、死神が居座った絢爛さ、死体の支配に屈した感覚のなせるわざ、わたしがお前たちをいかに理解しているか、どのようにお前たちの言いなりになっているか分かって頂戴、どんなにいやらしい命令でも従うつもりよ。いいこと? アスセーナ、ロリーリャ、わたしたちはこれから大いなる旅の準備をするのよ、もうすべてが終わってしまったのだから、ロリーリャ、お前は熱い炭火でお風呂を用意するのよ、一番いい香りの石鹸を使ってね、アスセーナ、お前はわたしの一番上等な服をよく洗濯し、蠟のシミや蠟燭の滴れ跡をしっかりこそげ落とすのよ、そしてわたしを風呂に入れて、よく石鹸で洗うのよ、ロリーリャ、お前は落とし紙をとってよく局部を洗うのよ、あそこから男の匂いを消し去るの、そして愛の滴りが一滴たりとも残っていないようにするのよ。アスセーナ、香水をとって、それにその服も。一番襟ぐりの大きいやつを。目は心の窓って言うでしょう、襟ぐりは地獄の入り口ともね。それに宝石付の手袋と締りのいい靴もね、これは俗衆にわたしがどんなふうに着脱するか不思議がらせてやるためよ、髪用の金粉もよ。窓の美しいガラスは取り外すのよ、外したガラスは包んでお置き。今後、誰にもあのガラス越しに、なくなった庭園を見ることはかなわなくなるわね。庭園はもっと向こうの別の世界にあるのよ。わたしたちはその世界に行くとしましょう。——奥様、この封蠟された緑色のボトルには何か入っているのでしょうか? ——これはドン・フアンが海から持ってきたのよ。床の砂のなかに入れておきなさい。——あの怪物はベッドのなかに置いて行くのですか? ——ああアスセーナ、ロリーリャ、小人ちゃんは何でも知っているのよ、何でも分かるの。わたしたちが本物のミイラで何を作ろうとしたのかってこともよ。時間はあるわ、準備をしなさい。そのグラスをとって、ロリーリャ。ダチョウの卵でできたやつよ、それに水をいっぱい入れて、わたしに頂戴。——奥様、お飲みください。——奥様、どうぞ歌ってください……。

キリスト教徒が戸口にやってきた
ああ悲しい、わたしを騙しに……。

セレスティーナとルドビーコ

セニョールは言った、わしは小姓姿のタトゥー唇の女と、アラゴン人の盲目のフルート吹きが寝室に入ってきたときにすぐに彼らだと分かった。フェリペはグスマンに別れを告げたが、グスマンは舌をもつれさせつつ、腹立たしい思いで主人と別れようとした。

――セニョール、わたしとしてはお怒りの罰を戴くほうが本意です、なぜならばわたしに対しお腹立ちのことと思うからです、あなた様に助言などしたことで懲らしめねばならぬとお思いでしょう？

誰ひとりグスマンを見る者もなければ、答える者もなく、礼拝堂の外で配置につこうとしたが、矛槍兵によってそれも邪魔された。彼は礼拝堂を横切り、回廊と中庭、厨房、厩を通って立ち去った。彼はタイル工房、居酒屋、鍛冶工場の晩に外に出た。

お前たちだとすぐに分かった。セニョールはきわめて優しい口調で、彼らを見つめながら言った。お前セレスティーナ、お前ルドビーコ、戻って来たんだな、本当に？　お前たちのことだと分かるのには時間がかかったぞ、お前ルドビーコ、わしらが海辺で話した時のことを覚えておるか？　夢のこと、神なき世界のこと、人間すべてが十分な恩寵をもっていることなどについてな。お前セレスティーナ、肉体にとって禁忌なき愛の世界とか、肉体は世界の太陽系の中心だといったことをな。わしはお前たちのことだと分かるのに時間がかかった。兄弟よ、時間が経ってお前は傷ついたが、少女よ、お前には時間が経ったことで逆によかった。そう思わないか？　可哀そうなルドビーコよ、お前がこんなに老けてしまったとは思いもせなんだ。ところがセレスティーナよ、何て若いんだ、本当にお前なのか？　少女は言った、わたしはわたしであり、わたしではありません。あなた様が覚えていらっしゃるわたしではないということです。かつてのわたしは覚えていらっしゃらないでしょう。過日、密林で出会った時のわたしは。ところでお前はルドビーコか？　はいそうでございます、フェリペ様、わたしたちはここにいます。戻ってきたのです。ペドロの船を斧で叩き壊したあの浜辺にいっしょに戻りましょう。わたしたちの話をもう一度聞いてくださいまし。あのときお話になったこと、頭で思い描いたことを思いだしてくださいい。それを実際に起きたことと比べてみてください。これから実際に起きることも。

その夜、タトゥー唇の娘と盲目のフルート吹きは代わるがわるこうしたことを語った。

フェリペはその晩、セレスティーナとルドビーコとの愛を享受した。ルドビーコはセレスティーナとフェリペとの愛を。セレスティーナはフェリペとルドビーコとの愛を。三人はテンの毛皮の上でひとつとなり、海の夢想のひとつを現実とした。

こうして何日間が過ぎ去った。彼らは自分たちの快楽を汲み尽くすすべを知らなかった。言葉と行為、組み合せと欲望を発明し、肉体の最後の真実に彼らを近づける記憶をでっちあげた。その真実が見つからなかったとき、彼らは若さと愛とは永遠なるものだと思い込んだ。セレスティーナの言いぐさは正しかった、世界は肉体が解放されたとき自由になるのだと。

フェリペは昼になって彼らから離れた、何の口実も与えずに。そんな口実など要らなかった。王宮はあらゆる夢が現実となった場所だった。他の者たち、つまりペドロ、シモン、隠遁者、モリスコ、巡礼者、ユダヤ人、異端者、乞食、娼婦などは、そのときさまざまな快楽の多様な在り様のなかで解放されることとなろう。ルドビーコはセレスティーナにこう語った。フェリペは夜になって、いつものように水差しいっぱいの水と、お盆にたくさんのものを載せて戻ってきた。

――ここから出ていく理由などない、と王は彼らに言った。ここには何でもあるからな。

彼らは愛し合い、そして眠った。フェリペは別の晩に寝室に入ってきて、扉を開けると恐ろしい臭気をまき散らした。

――快楽ではなく死臭がするぞ、とルドビーコは独りごちた。彼はフェリペとセレスティーナが、裸で抱き合って眠っているのではないかと勘繰った。若い学生は乞食の服をまとい、居室から出て行った。濃い煙が立ち上ったために後じさりした。いったい何が起きたのか見てやろうという思いが湧きあがった。注意深く長い通路を歩いて行った。濃い煙のせいで死神が羽ばたいた。彼は息苦しくなって逃げ道を探した。扉を開けて、寝室のひとつに入った。

二人の女が尖塔アーチの高く幅の狭い大窓から、王宮の中庭のほうを眺めていた。ルドビーコが寝室に入っていったとき、その姿は彼女らの目には入らなかった。二人は抱き合って震えていた。ひとりは若く美しいカスティーリャ娘で、もうひとりは幅広のテールをまとった、汚臭のする下女であった。学生は窓辺に近づいた。女たちはそこに男の姿を認めると、大声を上げ、さらに強くぎゅっと抱き合った。ルドビーコは即座に視線を外し、中庭のほうを見た。女たちは居室から大声をあげながら出て行った。

彼には女たちを見た覚えがなかった。死体は別だった。鎖帷子をまとい血塗りの抜身の剣を構えた衛兵たちが、早暁の光のなかを、足と髪の毛をつかんで死体を引きずっていった。それは中庭中央にある燃える焚火に投げ込むためだった。彼にはそれらの死体がフェリペによって連れてこられた男女や子供だということが分かった。

ルドビーコは豪華な部屋の周囲を見回した。腹立たしい表情を浮かべながら、寝室の壁に掛かるタペストリーを引きはがした。

その下からは揺り籠がひとつ現れた。揺り籠には生まれて数週間の嬰児が眠っていた。学生の熱っぽい頭にさまざまな、相反する考えが浮かんでは消えた。そのあげく、ほとんど本能的な行動をとることとなった。つまり嬰児に手をかけ、揺り籠から取り上げると、くるまれていた絹のおしめに包んで、腕に抱えてその場を出たのである。

彼は嬰児を恐るべき大虐殺から救い出したと思った。そしてフェリペのいる寝室に歩いて戻った。若者と娘は眠ったままだった。彼が二人の仲間に見せようとして赤子を高く持ち上げ、今にも彼らを目覚めさせようとしたそのときに、セレスティーナの寝顔をふと見て、静かに微笑んだ。少女の見ている夢が何なのか分かったからである。ところがフェリペの寝顔を見たとき、微笑みが凍りついた。彼の夢がまったく分からなかったからだ。浜辺ではフェリペ以外、誰もが切に求めていることを語った。ペドロは従属のない世界を。シモンは病気のない世界を。セレスティーナは罪のない世界を。ルドビーコは神なき世界を。

彼はフェリペの寝顔を眺めた。下顎が突き出ていた。呼吸するのが辛そうだった。二人の顔の特徴は夢によって際立っていた。王家のメダルのことを思いだした。フェリペはメダルのひとつにある顔であった。

ルドビーコは深い悲しみのなかでため息をついた。咳をしつつ赤子を守りながら居室を出て行った。彼はハヤブサが飼われていた隣の居室に赤子を隠した。恐るおそる頭巾を被せて覆ったが、それは夢の時間にオオタカを覆ったのと同じやり方であった。

フェリペは昼ごろ彼らと別れた。その後、ルドビーコとセレスティーナは鐘の音とフルートや太鼓の音楽を耳にした。学生は食べ物をすり潰し、水けを含んだ練りものにして、揺り籠のなかに隠された子供に食べさせた。しかしそうしたことを何ひとつセレスティーナには話さなかった。

フェリペは日が暮れてから戻った。その装いは豪勢そのものでフランドル風のぴかぴかの靴に、ピンク色の半ズボン、白テン裏地のついた金襴服、頭には宝物のような縁なし帽をつけていた。胸には宝石であしらった十字架がかけられていた。白テン裏地の間にはオレンジの蕾が付けられていた。フェリペは自分が父親から特別の寵愛を得ていたのだと彼らに言った。学生と娘は王宮に居留まることが許された。宮殿の生活にもじきに慣れるだろう。ルドビーコは大図書館を利用することもできたし、セレスティーナは宮廷での舞踏会や余暇でいろいろ楽しむこともできた。麗しき愛の夕べが永遠に続くものと期待された。

セレスティーナは楽しげに、あなたはとても素敵で見間違えてしまうほどだと言った。ルドビーコは黙ったままでいた。するとフェリペがこう言った。

——今日という日にわしは結婚したのだ……。

彼は微笑みながら出て行った。セレスティーナはルドビーコを抱擁し、学生は彼女に知っていることを語った。彼らが期待して待っていたのは夜のしじまであった、守備兵たちが眠りにつき、犬どもが待ちくたびれて寝入ってしまったのを見定めてから、寝室を出て、揺り籠のなかの子供を抱きかかえて出口を探した。

たしかに守備兵と番犬は眠り込んでいた。しかし櫓門は閉鎖され、外堀にかかっていた跳ね橋も上げられていた。そのときセレスティーナは中庭のほうで物音を聞いた。彼らが目にしたのは、男たちが数人、焼かれた死体を荷車に積み上げている光景であった。

彼らは柱の影に隠れて夜が明けるまでずっとそこで待った。その間に一瞬目にした。男たちが死体をどけ、荷車のひとつに身を隠そうとしてやって来たのである。彼らは焼かれた腕や足、胴体の間に場所をとり、斬首された者たちの燃えるような目を見つめていた。彼らの体もまた灰と血で汚れてしまった。セレスティーナは胸に子供を抱き、恐ろしくなって子供の口を塞いだ。口元までこみ上げてくる吐き気をぐっとこらえた。

彼らは死体の転がるなか、同じように血まみれになったまま、口を開くこともなく震えていたが、そのとき焼かれた死体が上から落とされ、荷車の車輪が軋んだ。櫓門の大きな扉が開き、跳ね橋が下ろされた。セレスティーナは涙をこらえ、泣く子供を抱いていた。ルドビーコは身を震わせ、セレスティーナは汚れた手のひらで子供の泣くのを制した。荷車はカスティーリャの黎明に向けて動き出した。

――おい、聞こえたか？　と荷車の御者のひとりが言った。

――いや、何が？

――子供の泣き声だ。

――お前、何か酒でも飲んだのか？　うすのろ。

――ドン・フェリペ王の結婚式の余りものをな、お前だって飲んだろうが、間抜け野郎がつべこべ言いやがって。

ほら今だ、セレスティーナ、今だ、飛び越えろ。わしらは死体の森にいるんだぞ、決して見つからないさ、とルドビーコはひそひそ声で言った。二人の荷車係が彼女の飛び越えるところを目にしたため、雑踏のほうに走ってきて、死体の山のなかに二人の姿を見つけた。

彼らは立ち止り、荷車から下りると、山の深い谷底に放擲するべくもってきた死体の山を見て跪き、十字を切ってこう言った。

――いいか、このことは口外するな。わしらが酔っ払っているととられかねないし、そうしたらひどい棒打ちを食らわされるからな。

トレードのユダヤ人街

彼らはトレードのユダヤ人街に身を隠した。ユダヤ人らは彼らが物乞いの恰好で子供を抱き、疲労困憊の様子だったので、当初、その姿に哀れを催し、受け入れはしたものの、すぐにこの連れ合いが誰なのか詮索しようとしだした。そして彼らの許を訪ねて行った。セレスティーナは子供を沐浴させていたさなかで、ユダヤ人らはルドビーコとセレスティーナが森のなかで夜を明かした際に、血と灰に塗れて荷車から逃げ出し、目を剝いて見たのと同じものを目にしたのである。つまり子供には両足に六本の指があって、背中に赤い肉の十字が刻印されていたのである。

――これはどういう意味だ？　と訪問者らは尋ねた。セレスティーナとルドビーコが疑問に思っていたのと同じ質問をした。

——これはお前さんたちの子供か？　と尋ねた。学生は、そうではない、自分たちが殺されるところを救ったのだ、だから自分たちの子のように深く愛していると言った。しかし数カ月たつと、誰もが少女が別の子を宿していることに気づいた。それが彼女自身の子だというのは、お腹が膨らんでいるのがぼろ着の服越しに分かったからである。皆がこう言った。

——やれやれ、神様にせいぜい守ってもらうことだな。今度は自分らの子ができるんだから、何はともあれお目出度いことだ。

彼らは高い石のアーチの後ろにある一部屋で暮らした。日当たりは悪く、油紙で覆われた窓は小さく高いところについていた。魚油の入った洗面器に浮かんだ綿芯からは、かすかな光と強烈な臭いが発していた。それは長い間、燃え続けていた。

——われらは子供を奪い取った、とルドビーコはセレスティーナに言った、でもフェリペはわしらの命を奪ったのだ。

トランシト・ユダヤ会堂の博士たちが子供を見にやってきた。皆は一様に肩をすくめて、両足の六本指や背中に十字があるといった異状は理解できないと言った。しかしそのうちのひとりは深刻そうに黙り込んでいた。ある日彼はルドビーコを探しだして彼と話し込んだ。学生がラテン語、ヘブライ語、アラビア語を容易に訳せるのを知った彼は、ユダヤ会堂まで連れて行って、そこで彼にいくつかの仕事を委託した。

——読んでから訳してごらん。わしらはローマからアレクサンドリアの大図書館に渡った多くの古文書を救い出した。それらはアウレリアヌス帝時代の内乱時の大量破壊と、その後のキリスト教徒による焼き討ちから逃れて、ユダヤ人とアラビア人の賢人によってスペインに持ってこられたもので、この地でも我らユダヤ人が熱心に守り、ゴート人の破壊の手から救ったものだ。というのも異なる信仰は、普遍的叡智によって己の命脈を保っていくものだからだ。そなたの信じる宗教が何かは知らぬし、それを問いただすつもりもない。ユダヤ人もモーロ人もキリスト教徒もみな啓典の民だ、互いに平和に暮らしていくためにはこの真理を受け入れるだけでいい。読んで訳してくれ、誰もが偏見をもっているとはいえ、そなたは己の偏見を打ち破るがいい、わしらの前に多くの人間が生きたのだと考えてみるといい、わしらは先人らの知性をゆめゆめ蔑にすることはできぬ、そんなことをすれば自分らの知性を切り捨てることとなる。読んで訳してくれ、そなたひとりの力で、わしが知っていても、そなたには語らぬものが何なのかを探し出すがいい。夜遅くまで勉強してそれを知れば、そなたの喜びもひとしおとなろう。ひょっとしたらそうすることで、老いたわしですら分からなかったことが分かるやもしれぬ。

この博士はかなり年配のユダヤ人学者で、白く長い顎鬚を蓄えていた。髪にはいつも黒のキッパー〔ユダヤ教の民族衣装の帽子〕を載せ、黒の長衣をまとっていて、その布地は胸につけた銀の星の下でドレープ状にまとめられていた。この星の中央には、数字の一が引き立つように刻印されていた。

カバラ

カバラとは叛逆の罪を負った最初の人間に対し、当初の気高さと幸福を取り戻させる手段を教えるべく、天使によって天からもたらされたものである。まず最初に汝は永遠なる汝の神を愛すべし。神は年ふりし者のなかの年ふりし存在なり、神秘のなかの神秘なる存在なり、未知なるもののなかの未知なる存在なり。この世界でいかなるかたちを作る前からすでに存在していた、かたちなき、類するものなき単独の存在なり。かたちがなかったとすれば、創造以前の神がいか様なものだったか、誰が想像しえようか。年ふりし者のなかの年ふりし存在、隠れしもののなかの隠れし存在たる神が、前もって王とか王冠にかたちを与える以前には、限界もなければ終焉もなかった。神はかようにしてそうしたものにかたちを彫り込み、自らの本質に似たすがたをそこに描きだしたのである。神は目の前に覆いのようなものを広げ、その覆いの上に王のすがたを描き、限界とかたちを与えた。しかし神は創造のさなかにその姿を示し、そうすることで創造自体を永遠のものとするような、ひとつのかたちをとって己が姿を示すことはなかった。古い世界は破壊された。われらが閃光と呼ぶかたちなき世界は。創造は失敗だった。それは創造が神の業でありながら神が被造物のなかにいないからである。かくして神は自身が人間の堕罪に対する責任があることを認識したがゆえに、当然贖うべき責任もあったのである。両者とも神の属性の一環として起きたことであった。

神は涙を流し、言った。

——われは年ふりし者のなかで際たる者なり、わが若かりしときを知るものとてなし。

二番目の子供

セレスティーナの妊娠八カ月目にルドビーコはあえて聞いてみた。

——誰の子供だい？　分かっているんだろう？

セレスティーナは涙を流し、知らないと言った。実際、知らなかったのだ。彼らが王宮から奪ってきた子供の両親を知らなかったのと同じだった。ただ今回は、父親は分からないにしろ生まれてくる子供の母親だけは分かっていた……。

——亭主のヘロニモはお前に触れはしなかったろう？

——絶対に、それは確かよ。

——でもおれは触れたよな。

——あなたとフェリペの二人よ。

——すると二人の精液が混じり合ったわけか？　お前も可哀そうな女だな、どんな子が生まれるか知れやしない……。

——それに森のなかで三人の爺さんに次から次に………。

——すると最初の爺さんって、誰だった？

——最初の男ってこと……。

——そうか……。

——フェリペの親父のセニョールよ、フェリペは勇気がなくてできなかったわ、親父さんのほうに処女を奪われたの、結婚式の初夜によ。

——それじゃ、お前は知っていたんじゃないか？

——フェリペが誰だったかってこと？　ずっと前から知ってたわよ。

——おいおい、ちゃんと話しておいてくれよな。あの無辜の子供たちは死ななくてもよかったのに。

——あなたなら世のあらゆる快楽を、正義のためにすっかり売り渡しかねないわね。

——そうかも知れん、でもおそらく売り渡しはすまい。

——今こそ、叡智を復讐に売り渡そうとするんじゃないの？

——いや、それはまだないね。だって行動するには知恵が必要だからさ。

——わたしもそうよ、ルドビーコ。

——精液は混じり合ったって言っただろう。だからお前の子の父親が誰かなんて知りようがないよ。

——わたしは悪魔と姦通したのよ、ルドビーコ。

セレスティーナの子は三月のある生温かな夜に生まれた。助産婦たちが馳せつけた。トレードの空気は蒼く、空はどんより淀んでいた。燃える燐光の下、ユダヤ人街は深い祈りでもって災厄から身を守っていた。雷光は血のついていない投槍であった。子供は逆子で生まれた。両足に六本の指をもち、背中に赤い十字を負っていた。

ルドビーコは子供を披露すべくシナゴーグに連れてゆき、長老たる老賢者に恭しく挨拶をした。長老は視線を上げ、数字の二が刻印された星が胸もとに光り輝いているのを目にした。

ゾハル

かくして長老のなかの長老たる神は、自らの世界における不在という創造の罪、神と人間に共通する堕落の原因をただすべく、人間の間において己を顕現し、常に人間のなかに姿を現すという贖いの方法を考えだした。しかし人間の姿をとることができなかっただけでなく、いかなるイコン（聖画）にも描かれることもできず、叫び声ひとつあげるわけにもいかなかった。もしそうでもしたら、未知なるもののなかの最大の未知たる神のかたちが失われてしまうからである。そこで神は新たな生の始原そのもののなかに顕現したのである。それは以下のようなことであった。生命と思考とが混然一体となること。思考そのものが存在となること。存在そのものが思考となること。もしそういうことになれば、人間の全霊魂は世界に下りてくる以前に、すでに神の前で、天上において存在していたことになるだろう。霊魂は天上においてすでに思考されているからには、すでに存在していたのである。しかし世界に出現する以前、すべての霊魂は唯一の存在のうちに集約された男と女からなっている。二つの片割れ同士は地上に降りてきた際に、もし愛でもって行動し愛の道を辿るならば、死ぬ際に再び合体することとなる。しかしそうした行動をとらないなら、霊魂は必要に応じて愛を体現するべく、多くの肉体を渡り歩いていかねばならない。かくして呪われた霊魂は生きた肉体を占有し、人間内部における戦いは熾烈なものとなる。つまり愛の不足によって過ちをおかすべく運命づけられた、かつての不完全な霊魂は、愛を探し求めて生まれた新しい霊魂の一部を占有するからである。しかし霊魂は天上において神を前にしてすでに存在していたからには、それが地上で学ぶすべての事柄は、ずっと以前から承知していたはずである。ことほど左様なれば、過去において存在したすべては、未来においても存在するはずだし、未来に存在するものすべてはすでに存在したもの、ということになる。つまり何ものも絶対的なかたちで生まれもしなければ、死滅するわけでもない。物事は単にその場所を替えるだけである。

女夢遊病者

セレスティーナがすぐに見て取ったのは、二人の子供の間の類似は足と背中の十字といった極めつきの印にとどまるものではなく、体つきや容貌までもが瓜二つだった点である。彼女はそのことをルドビーコに指摘した。すると学生が唯一指摘しえたのは、それが真の神秘であるということだった。というのもそれが全く説明のつかない現象だったからである。神秘の性質とは元来そうしたものであったから、いつの日か神秘が解き明かされる日が来ると信じるしかすべがなかった。彼は不承不承、そう言った。というのもこうした事実や、シナゴーグで生活の糧として行っていた読みや翻訳といったものは、彼の叛逆的知性の最も秘された理性とはそりが合わなかったからである。つまり彼に言わせると、神の恩寵というのは、人間が介在物なくして直接的に接近できるものなのである。物質のなかに自らを体現し、実際的目的に向かってゆき、論理によって説明しうるものでなければならなかった。

彼はセレスティーナにユダヤ人街を出ることのないようにと言いつけた。カンブロン門とタホ川の丘陵、古モスク、聖エウラリア修道院の間に閉じこめられたその地区は、二人が誰にも見られないで無名の存在として隠れていることができたからで、もしキリスト教徒居住地区に出て行けば、すぐに名前が割れてしまう危険があったのである。しかしセレスティーナは午後の日に何度か、警戒を怠らぬ眠気に刺激され、子供の午睡時間を利用して二人の子供を置き去りにしてしまった。その時彼女はきっと隣人たちが泣き声に気づいてくれるだろうと思っていた。そこでユダヤ人街の境界の外に、ふらふらと夢遊病者のように彷徨い出たのである。

おそらく彼女は二十年後の今になって初めて、自分がなぜ真昼間に、かつてアラブの市場であった石畳みの坂道を通って、サン・セルバンド城やタホ川、アルカンタラ橋の辺りまで、北の一番遠い門のあるところまで、そして南の最も遠いプエルタ・デ・イエロ門の辺りまで彷徨い出たのか、その理由を説明することができるかもしれない。プエルタ・デ・イエロ門は、おどろおどろしい、濃密にして荒れ果てた、広大で深みのあるカスティーリャ平原が、トレードの丘陵に接して尽きんとする場所であった。彼女は人々を見つめた。ある顔を探していた。何日も午後の時間が過ぎ去った。どこにも知った人間はいなかった。彼女を知る者も誰ひとりいなかった。しかし誰もが生きていた。誰もが彼女と同時か、その後に生まれていたのである。死者など誰ひとりとしてトレードの街をうろついてはいなかった。彼女に近づいて腕をとり、摑まえてこう言う者もなかった。

――わたしが死ぬ前、あるいは貴女が生まれる前に貴女にお会いしましたね。

セフィロト

存在するすべてのもの、〈長老〉（どうかその名が聖化されますように）によって造られた森羅万象は男と女から出来上がっている。父はすべてを生んだ叡智である。母は「知性には母という名を与えねばならない」とあるように、知性そのものである。この結合から叡智と知性の最大の子孫たる子が生まれる。子の名前は知識あるいは学知である。これら三者は自らのうちにかつてより存在したもの、今現在存在しているもの、未来に存在することになるものの三つを集約してもっている。しかし同時に、長老の中の〈長老〉たる神の白髪頭にも、その三者が集約して存在している。何となれば〈神〉はすべてであり、すべてが〈神〉だからである。かくして〈長老〉（どうかその名が聖化されますように）は、三という数字によって示され、一者たるものに過ぎないのに三つの頭をもった姿で存在している。神はその属性たるセフィロトを通して創造のわざを世に知らしめた。セフィロト（生命の樹）は光線のごとく投影され、樹木の枝のごとく広がっていく。しかし神から発せられたあらゆる光と枝葉は、拡散して消えてなくなることがないように三という数字に戻らねばならない。したがってヘブライ語には二十二のアルファベットがあるが、それは神の言葉であり、二十二の文字はさまざまなかたちで結合し、混ざり合う。それは常に文字が拡散しないで、あらゆるかたちの結合体が三つの母なる文字（ש, מ, א）に戻って行くときである。

最初の文字は火である。二番目は水、三番目は空気である。それらからあらゆるものが生まれ、繁殖していく。その三つを通して人は一者に回帰してゆく。再び一者から最初の三つのセフィロトが派生するが、それが王冠、叡智、知性である。王冠は知識と学知を表している。第二のものは認識する人間を表し、第三のものは認識される対象を表している。つまり子と父と母である。この三位一体から他のすべてが生まれる。愛と正義と美と勝利と栄光と世代と権力のなかに漸進的に己の姿を現しながら。このルートを辿りつつ、その彼方を目指そうとする人間は向う見ずな存在となる。なぜならば限界を越えようとしたところで、彼に先立つものすべてが解体するのを見るだけだからである。つまり権力、世代、栄光、勝利、美、正義、愛、知性、叡智、知識といったものである。彼が唯一入り込むことになるのは、流浪する死の砂漠だけである。そこで彼はあらゆる生の回帰を再現し、再出発するべく、占有するべき霊魂を探し求めることで、天への帰還と己が霊魂の失われた片割れとの再結合を遅らせることとなる。それに引き換え、聖なる霊魂は、完全性には限界があり、限界こそが完全であることを裏書きしていることを認識しつつ立ち止まっている。というのも際限なき解体とは空虚そのものだからである。聖なる霊魂は野望にみちた蜃気楼を放棄し、三者の入り口、一者への回帰の入り口ということだが、その入り口に戻ってくるまで、己の辿ってきた道を引き返すのである。聖書にはすべてがそこより派生した始原に戻ると記されている。

セレスティーナと悪魔

ある夜、ルドビーコは同宿している部屋に戻ると、そこにセレスティーナが火桶のそばに横たわり、泣きつつも熾火の上で手を焦がしながら、綱を噛みしめているのを見た。彼女は二人の子供の泣き声にも耳を貸さず、小麦粉のつまった襤褸の人形に囲まれていた。

ルドビーコは彼女を助けようとし、火から遠ざけようとしたが、少女は何か抗いがたい力に支配されていて、放っておくように彼に言った。彼女によると何もかも忘れてしまっていたが、記憶が戻ってきて夢が実現したのだ。それは禁忌なき愛、自由な肉体、つまり彼女、ルドビーコ、フェリペの三人の肉体は、麻薬のごとく偽りの幻想によって眠り込まされていたが、今では記憶を取り戻したのである。彼女があのセニョールのドン・フェリペ美王に蹂躙され、この不身持で性急な娼婦漁りの王によって、ヘロニモとの結婚式の初夜に、穀物倉庫で冷たく乱暴に凌辱されたということを。彼女は呟いて言った、わたしは悪魔に身を委ねるわ、悪魔しか友はいないのだから、この汚らわしいセニョールより強いのはサタンだけ、神はわたしのことなど守るに値しないと思ったんだわ、おそらく悪魔ならわたしを守ってくれるはずよ、わたしは悪魔の妻になるわ、そうしてその力を借りてセニョールとその家、セニョールとその子孫に対して復讐してやる。彼女は手を火に近づけ、即座に火から放した、また痛みを和らげようとして綱をとってそれを噛みしめた。彼女は手を火桶に突っ込み、毒と死の天使を呼び寄せて言った、来るがいい、わたしを火のなかに連れ込め。ルドビーコよ、影がひとつ現れたのだ、それは火のなかでしか見えなかった。あたかも姿を現し、目に見えるようになるために、一番光り輝く火を求めているかのようだった。その純然たる闇の形象は、顔もなければ手も足もなく、炎だけが照らしだす純然たる暗黒であった。それがわたしに語ってこう言った。

――泣くでない、女よ、そなたに情けをかける者もあろう。そなたが神の掟に従い、その見返りとして男どもの残虐さを耐え忍ぶなら、世界から与えてもらえるものが何なのか分かっておろう。かつて女は女神であったことを考えてもみよ。女神だったのは、女がより深い叡智を身につけていたからだ。古代の賢女はあらゆるものが見かけとは異なることを知っていた。外見上の装いの下に、それを否定すると同時にそれを完成させるある秘密があるということを知っていた。男どもは女たちがこうした秘密を知っている限り、世界を支配することはできなかった。そこで女たちからかかる威厳、地位、特権を剥奪しようと団結した。彼らは古文書を改竄し、訂正してしまったが、そこには最初の神のアンドロギュノス的性格が記されてあったからである。ヤハウェの妻についての言及部分を削除し、真実を隠ぺいしようとして書かれた記述を変えてしまった。つまり最初に創造された人間は両性を具えた神の似姿をとった男女だったということだ。彼らはそうした神の代わりに、復讐と怒りの神を創りだした。髭もじゃの山羊だ。彼らは楽園から女を追放し、失楽園の罪を女に押し付けた。これは全くもって正しくない。これは男どもの権力を正当化しようとするための欠くことのできない嘘にすぎない。それは愛と切り離された、残虐にして神秘なき権力、女性の時ともいえる現実の時、同時的な時とも無縁な権力。男の権力とは直線的に進んでいく際にすべてのもの、すべての人間を死へと連れ去る、事実の連なりのなかで囚われたものにすぎない。聞くがいい、女よ、どのようにして死を打ち負かしたらよいかを。この凄まじき男性的秩序を打ち崩す方法を。秘密の箱を開ける方法を。男どもと何をしているか見極めよ、すぐにだ、そなたの時間は短い、そなたに多くを要求しているせいで疲労困憊となったのかもしれぬ。ならばわしがそなたに求めることの第一歩でも踏み出すがいい。それを成し遂げることはできないかもしれない。ひとりの人間には荷が重すぎるかもしれない。もたもたせずに自覚せよ、知っていることを他の女に伝えよ、すぐにだ、今日そなたに付与する権力を男どもに再び奪い取られる前にな、覚えておけ、そなたが始めたものを他の女に続けさせるのだ。それはそなたしかわしの名で他の女たちが始めたことを続けることができないからだ。女はかつて女神だった。わしはかつて天使だった。

——何ですって？　とセレスティーナは呻いた、あなたは何をわたしに教えようというの？　それで何をしなければならないの？　分からないわ。

——そなたの傷ついた手はわしらの交感の印だ、それは火だ。そなたの手に口づけする女に、わしがそなたに与えるものを受け継がせよう。

——いつのことですか？　どうやれば分かるのですか？

——トレードの街かどでわしを探すのだ。運が良ければそこでわしを見つけられる。

——その間、何をしていればよいのですか？

——森に身を隠していろ、そこには魔女の仲間である小悪魔や夢魔が住んでいる。連中にどうしたらいいか聞いてみろ。連中は異教の神々だ、むごたらしいキリスト教世界からその座を追われたのだ。そなたを見ればキリスト教権力によって妖術と断罪され、キリストがゴルゴタの丘で処刑されたように、むごたらしいやり方で衆人環視のなかで処刑された、地中海世界の古代の女神だとわかるはずだ。禁じられた女神たちを崇拝せよ。女神らを罪のない遊びに見せかけよ。襤褸の人形を作るのだ。それに小麦粉を詰めこめ。それは月の色だ。月にはあらゆる時代の秘密の女神が住んでいるのだ。

——どこですって？　森ですか、月ですか？

しかし火のなかの見えざる影は消えていなくなっていた。

数字の三

朝と昼と夜。初めと中間と最後。母と父と子。すべて完全なるものは三倍することで完全となる。聖なるものは三倍することで真に聖なるものとなる。三日間死んでいれば、それが真の死である。宇宙は三つの地域をもっている、つまり天空、大地、水である。天空には三つの体がある、太陽、月、大地である。儀式は三度繰り返され、三人によって遂行される。生贄にされる動物は生まれて三年経っていなければならない。律法によって一年に三度の断食を行わねばならない。また一日に三度の祈祷をせねばならない。義なる正しき人間は三人である。井戸に赴くのは三つの群れである。罪は三代にわたって及ぶ。両親への報復は三代にわたって行われねばならない。農夫は三年にわたって収穫なき畑を見放して放棄してもよい。宿泊客が留まっていいのは三日だけである。火葬の篝火の周囲は三度回らねばならない。フリアエ（復讐の女神）は三人姉妹である。死に際して人を裁くのは三人である。バッカスの祭りは三年ごとに催される。古代の卜占官は三人であった。古代の巫女は三人であった。シビュラの書物の数は三冊であった。冥界への下降には三日を費やした。霊魂は死体のそばで蘇るまで三日間留まる。旅人の無事を祈る言葉、眠気を催させる言葉、海上の時化を収める言葉は三度繰り返される。ヤハウェは三度にわたって創造を嘉《よみ》した。天はわれわれに三人の証人を送った。ヨブには三人の娘があった。ノアには三人の息子があった。その子らからわれわれ人類が生まれた。バラアムはイスラエルに三度祝福を与えた。ヨブおよびダニエルには三人の友人があった。三人の天の使いがアブラハムのもとを訪れた。イエスは三度、試された。そして三度、ゲッセマネにおいて祈った。シモンは三度、イエスを否定した。イエスが十字架に掛けられたのは三時であった。ゴルゴタの丘には三つの十字架があった。イエスは復活後、弟子たちに三度姿を現した。サウロは三度、願った。父と子と聖霊。獣と蛇と偽予言者。信仰と希望と愛。三角形には三辺がある。三辺の一つひとつが全体の支えとなっている。二は一の否定である。三は一と二の統合である。一と二の両者を合わせもっている。それらを均等化している。次にくるものの複数性を予告する。三は完全数である。最初と中間を包摂する王冠である。三つの時間、過去、現在、未来の収斂。すべてが完結し、すべてが始まる。

決闘

セレスティーナはトレードの街を悪魔との約束を求めて何日も何日も歩き回った。急勾配や平坦な道、ひっそりと静まり返った街や騒がしい外街、広い広場につながる幅広の道、狭い脇道に巣分かれした道などを通って。ある見知った顔を探すことしかしなかった。

彼女はある日の黄昏時に、塀で囲まれた庭を通りかかった際にそこで叫び声を聞き、また土塀のところでざわめきを耳にした。ひとりの覆面の騎士が土塀を乗り越えたが、腕には尼僧を抱きかかえていた。庭の表門が開き、二人の騎士が抜身の剣をふりかざして街を走って行った。尼僧は気を失って横たわっていた。覆面の男は一方の脚を怪我していた。彼はセレスティーナを見かけると、懇願して言った。

――どうかこの修練者の息を吹き返えらせてくれ。それでいっしょに連れて帰ってくれ、後で迎えにいくから。住所はどこだ?

セレスティーナには答える間もなかった。というのも武装した騎士二人が覆面男に襲い掛かったからである。男は肩にかけたケープを投げ捨て、立ち上がって剣を抜き放った。双方の剣が火花を散らした。ケープの男は足を怪我していながら相手方と丁々発止とやり合って、寄せつけなかった。セレスティーナは尼僧の息を吹き返らせようとした。どうにか立ち上がらせることができ、身体を支えながら入り組んだ脇道に連れ込んだ。そこは戦いの場からほど遠からぬ場所で、着いたとき尼僧はふたたび倒れ込んでしまった。身近なところで罵り声や敗者の叫び声、勝者の歓声が聞こえた。セレスティーナは彼らが血の滴る剣を携えて大通りを走り去っていくのを目にした。彼らは二つの庭の間に跨って広がるツタが頭上を覆うこの路地を通り過ごしていった。節くれだった枝が入り組むようにしてセレスティーナと尼僧の頭上に掛かっていた。

――彼のもとに行って、お願い、行って。と尼僧は呟いた。わたしのせいで殺されてしまったのかどうか見てきて頂戴。

セレスティーナは決闘の場に走って行き、そこで拉致者が血塗れになって横たわっているのを見た。胸元の紋織り部分には深紅の蕾が花開いていた。セレスティーナは自分が何をしているのかよく分かりもせず、瀕死の男のそばに跪くと、暗い美しさを秘めた騎士は半眼のまま彼女を見ると微笑み、息も絶えだえでこう言った。

――セレスティーナ……セレスティーナ……お前か？　また若返ったのか？　ああ見てくれ、母さん、わしがまた死のうというときにそなたとまた出会うとは。今一度そなたの死ぬ姿を見たこのわしは……神よ、死よ、わしはいつもこう言わなかったか？「いとも長きのご信頼」〔ドン・ファンが神を愚弄するときの名文句〕とな。

彼はこう言うと息絶えた。セレスティーナは死体から離れると、薄暗い裏通りに身を隠した尼僧のところに戻った。白衣の上に枯れた葉が舞い落ちた。尼僧はセレスティーナに決闘の結末と、騎士が生き長らえているかどうか尋ねた。セレスティーナは答えて言った。

――死んだわよ。

尼僧は涙を流すことはなかった。横道の天井を覆うあばらな枝の下で、いかにも奇妙な表情を浮かべながら、重い口を開いてこう言った。

――わたしへの愛ゆえに父を殺したのです。わたしは父を殺した男を愛しました。生きた人間への愛は死者への愛よりも強かったのです。彼は決してわたしを誑かしはしませんでした。そうではなく、この同じ修道院に眠るわたしの父を謀ったのです。彼は墓を愚弄しました。そして父の石像に挑戦し、同じ日の晩、宿に父を夕食に招いたのです。彼はそのときいっしょに連れて行ってほしいというわたしの懇願も容れず、こう言い放ったのです、どんな女であれ愛する女に対しては余計な時間は費やさない、恋心を抱かすための一日、征服するためにさらに一日、捨て去るのにもう一日、別の女に取って代えるのにさらに一日、女を忘れ去るのに一時間は致し方ない、と。わたしは懇願して頼みましたが拒否されました。わたしの兄弟たちがやってきて彼に決闘を挑みました。彼はそれを笑い飛ばし、わたしを攫って逃げました。それはわたしへの愛からではなく、兄たちへの挑戦からです。彼は修道院の土塀を伝おうとしてわたし共々落下し、わたしは気を失いました。彼の方は死にました。

尼僧は枯れた葉をいじくりながら言った。

――わたしは父の石像が生きているかのように震えているのを見ました。今では父が誘いに乗っていたらよかったのにと思っています。でも見てもください、悲しげな目をした娘さん、何ひとつとしてわたしが思ったとおりに事は運びませんでした。嘆かわしい路上の決闘になってしまったからです。ですからどうかわたしを助けてください、修道院の門のところまで連れて行ってください。自分の名誉はまだ汚されていません。でも愛はもう失われてしまいました。可愛い娘さん、いいことを教えましょうか？　最悪のことというのは、自分の想像力が満たされないままで終わったことよ。ドン・フアンはあんな死に方をすべきではなかったの。おそらくあの世でも。ねえ、後生だからわたしを助けて頂戴。修道院の門のところまで連れて行って。

二人が三について語る

ルドビーコは自分の読んだり翻訳したりしたものから、何かが分かったと言った。しかしそのとき彼は、黒装束で胸にダビデの星をつけた老博士と、一時間ほど話す時間を求めた。というのも学生にとって、当分の間、思考に刺激を与え、死文から彼を引き出してくれるような活気あふれる会話をせぬまま、遠くに行ってしまうことなどできなかったからである。

——そなたの言い分を聞くとしよう、と老人は言った。

——貴方がたの文書によると三という数字が大切なようですが、ユダヤ人の星には二という数字しか刻まれていませんが……。

——いや、以前は一じゃった。

——すると一は二を否定しているのですか？

——否定するといっても単に他と比べてということじゃ。二性というのは一性を減らす。しかし二性が決定的であるならば、一性はそれを絶対的に否定するというだけのことよ。永遠に対立的な二つのものは、共通する目的のために行動を共にすることは決してしないだろう。純粋な二性は、もしそれが存在するとしたら、物事の連続性という点においてもはや救済しようのない切断となる。宇宙的な一性の否定だからだ。それは二つの間に永遠に埋まることのない深い溝を開けてしまうだろう。こうした対立にふさわしい形容詞は、不毛、不活性、不動性といったものだ。そうなれば悪が勝利したということにもなろう。

——わたしの読み方は正しかったのでしょうか？　萎えきった二性に息を吹き返させられるのは第三のものだけだというのは？

——そのとおり、正しい読みだ。二項によって差が生じる。

三項はものを活性化させる。一性というのは潜在的に個体性といったものを付与する。二性は不動にして確たる差異をもたらす。三性は対立するもの同士を合わせようと働きかけるとき、一性たる姿を余すところなく表象している。それは能動的なものと受動的なものを結びつけ、女性原理と男性原理をひとつにする働きがある。三とは生きている存在である。神と悪魔とは第三者なくして何をなしえようか、終わりなき夜にじっと動かず対峙するだけではないか。善と悪もそうだ、人間がいて初めてそれらを活かすことができる、けだし神と悪魔は人間を自分の陣営に取り込もうと争っているからだ。

——今朝、わたしはカバリストのイブン・ガビーロール〔十一世紀スペインのユダヤ人哲学者でネオプラトン主義の書『生命の泉』の著者〕の翻訳をやっていました。彼はこんなことを言っています、一性はすべての根源にあらず、一性は一つの形態にすぎず、万象は同時的に形態と物質である。しかし三は万象の一性なり、つまり一性は形態を表象し、二性は物質を表象すと。

——賢人の言うとおり。三は創造的な数字で、それ抜きには形態も物質も萎えたままであろう。第三の要素が出現しなければ、何ものも発展しない。三を抜きにすれば、万象が不動の二極に留まったままとなろう。青春と老齢には中間の熟年というものは必要だ。過去と未来には現在が必要だ。知覚と意識の間には記憶が求められる。足し算と引き算の間には換算が要る。二つの分量が互いに同量であるためには、第三の分量との比較が必要だ。形態と物質についての理解は数字の三のうちに集約され、組織化されている。人間は三という数字から発して、世界と生に対決すべく武装している。しかし一人ぼっちでいるのだ。

——三に続くものは何ですか？

——四というのは自然である。絶えざる反復をする循環のことで、四季や四大などだ。五というのは最初の円環的数字だ。被造物の数字が五だ、たとえば人間には五感がある、円に描かれた五角形も五つの点からなる、頭と両手、両足だ。我らの星は五芒星であり、預言者マホメットの五本の指は五大戒律となった。六は三の二倍であり、人間において血肉化した形態と物質の完全さを表している。つまり美と正しさと均衡である。七は道半ばにある人間のことで、運命、ないしは生命の進歩を表象している。というのもインドの『アタルヴァ・ヴェータ』の賢人曰く、時間は七つの輪廻の上を歩むからである。八は解放、健康、七の進歩の結果としての善を表象している。ゴータマ・ブッダの八正道は輪廻転生の川から脱し、ニルヴァーナの岸にたどり着くための八つの規律である。しかしかかる至福に辿り着く者は僅少である。九という数は贖いを表し、万象が一性への入り口で再結合するという意味である。ニルヴァーナが人間の発展における最終地点というわけではない。というのは、ニルヴァーナに達した者は、大いなる慈愛と苦しむ衆生への友愛を表す行為によって、万人の救済に手を差し伸べるべく、個人性を放擲せねばならないからである。かかる完成に達することができるのは十という数字だけである。真の意味で実現をみた一性であり、集団的存在であり、共通の善である。すべては万人のものである。ひとりきりのものなど何もない。被造物は長老のなかの長老、未知のなかの未知たる神のもつ最初の一性に戻って行く。その名が称えられますように。

——十を超える数にも何か意味がありますか？

——十一はアウグスティヌスがいみじくも述べたとおり、罪の集積を意味する。十は創造、生命、救い、再結合という円環を閉じる数字だ。ところが十一には小さな一性、神の一性と対立する惨めな一性といったものがある。つまりルシファーだ。十一は誘惑を表す。そこからわれわれはすべてを所有しながら、もっと多くを欲するようになる。十一の倍数がやることは、こうした悪や不幸を強めることだけである。二十二、三十三、四十四、五十五……と数を重ねていくにつれ、神と人間の一性からますます遠ざかり、拡散していく。わが友の青年よ、わしの胸の星には、そんな数字が出てこないように願いたいものよ。

——でも数字の三は出てくるのでしょう？

——いや、それもわし次第じゃ。そうすれば第三の子が生まれるだろうか？

憂い顔の騎士

セレスティーナは尼僧が火で焼けただれた自分の手に口づけするのではないかと期待したが、そうはならなかった。

尼僧は修道院の閉鎖された表門の背後に姿を消した。セレスティーナはしばらく通りに佇み、殺された騎士の死体を見たまま、彼が最後に発した言葉の意味を考えていた。しかしそれが分からずに悲しい思いを抱いた。何にも分からぬ彼女にどうやって叡智を伝えるすべがあろうか。

　セレスティーナは自分が眠っているのか起きているのか分からぬまま、決闘の場から遠くに歩いて行った。アルモファーダ門のところまで来て、宿屋の近くを通りかかったとき、大きな物音が耳に入った。赤い顔をしたずんぐりした農夫〔サンチョ・パンサ〕が大声を上げて飛び出してきたのだ。彼女を見ると腕をとり、こう言った。お若いの、あんたが誰だか知らねえが、おらを助けてくんろ、わしのご主人様は頭がおかしくなっちまって、ちょっとでもまともにしてやれるのはあんただけだと思っちょるげな。どうでもよかけん、上臈《じょうろう》のように振る舞っておくんさい、百姓風情でも上臈のように見ちょるけん、どんな卑しげなことをやっておる者でも貴族様のように扱うげな。

　宿屋の中庭では四人の若い衆と宿の主人が、よたよたで白鬚の、怒りに震える老人を情け容赦もなく、ケット揚げ〔人間を毛布の上で放り上げる悪戯遊び〕していたのである。放り上げられるたびに大声を出している哀れな男をしり目に、ならず者に人足らは歓声をあげていた。さらに輪をかけて大声をあげていたのは宿の亭主で、こんなことを言っていた。悪魔のなかの悪魔のおっさん、悪魔に食われちまうがいい、錆びついた剣を振り回してわしの酒袋をぜんぶぶすぶすにしやがって、これじゃまるで排水溝じゃねえか。すると騎士〔ドン・キホーテ〕はこう切り返した、いやあれは断じて酒袋などではない、巨人でござる。あれらは臆病者の魔法使いどもで、夜陰に乗じてわしに戦いを挑みにやってきたのじゃ、しかしわしはいつもの名剣、ほれ、わしがアラビア三国の王ブランダバルバラン・デ・ボリーチェその人を屈服せしめた剣のことだが、それをたまたま持ち合わせておらなかったのじゃ。ここであの話は終わるのだが、そなたはご主人がお命じになることでもするがいい、そしていっしょに食事の席についたらどうだ？　すると百姓は涙声でこう言った。わしゃあご主人様も食卓もこの冒険から引っ張り出したりゃせんわい、わしは裸一貫で生まれたからにゃ、裸一貫のまんまでいくまでよ、何ひとつ失いもせにゃ得するわけでもありゃせん。騎士のほうはといえば、地面にこっぴどく叩きつけられ、宿の若い衆らに石つぶてを食らっていたのである。連中はさんざっぱら彼を笑いものにした後、元の仕事に戻って行った。

――このならず者らの腕はタイタン族ブリアレオスの百本の腕よりも多いぞ、とさんざん痛めつけられた騎士はうめき声をあげつつも、豚やロバ、雌鶏などの鳴き声のなかでやっとのことで言った。百姓たる従者は水に浸した布でもって傷口を癒しつつも、独り言のように言っていた、水差しが石に当たろうと、石が水差しに当たろうと、分が悪いのはいつも水差しのほう。でもお前様なら泥から髭を引き抜くことだってできますぜ、努力も無駄ってわけじゃありませんて、だってそのおかげでここにわしといらっしゃる、このやんごとなきお姫様だって救いだしたわけだし。旦那様、お姫様は魔法使いの手から救い出してもらった昨夜のお礼にいらっしゃったわけでしょうが。

散々な目に遭った騎士はセレスティーナのほうをまじまじと見つめた。そして農夫のほうを見ると怒りに震えてこう言った。

――友のサンチョよ、おぬしはわしをからかっておるのか？　この女衒の老いぼれ魔女が目に入らないほどの愚か者だとでも言うのか、通りがかるたびに石ころまで「老いぼれ娼婦」と呼ばわるあの女のことを〔『セレスティーナ』第一幕から〕。どんな曖昧宿でも背中をこすったっていうあの女のことを。おぬしには信じられんかもしれぬが、わしは若かったのじゃ。この偽りの老婆にまんまと乗せられて、わしは美徳を失ってしもうた。この髭の生えた悪辣そのものの婆さんに。わしを愛する女の寝室に誘い込んでやると抜かし、自分の部屋で眠り薬のはいった媚薬を処方しおったのじゃ。わしは前金でもって払っておったゆえ、わしから全部金をせしめたのじゃ。わしはそなたを知っておるぞ、この強欲者のおいぼれが、口さがないお喋り女め、焼かれてくたばれ、恥知らずの妖術使い、巧みな裏切り者、鬼目やすり、カササギ野郎、取り持ち婆。欲目から他の男にわが愛するドゥルシネーア姫を渡しやがって。この土地で何をやっておる？　ああ、この卑劣な業突張りの淫売め、そなたは淫乱の法廷を司る法官よ、わしからは干しぶどう一粒ももぎ取れまい。サンチョ、あの女と出て行くがいい、わしは堪忍袋の緒が切れた。若い頃にあの女と知り合ったのじゃ、もはや死んだと思っておったに。そんなことはユダに信じさせるがいい、神があの女にとんでもない過ぎ越し祭りを与えますように、憎まれっ子世にはばかるとは。そなた従士よ、どうしていつもわしに煮え湯を飲まそうとするのじゃ。姫君といって下女や売女や女衒を連れて来たりするのじゃ？　わしにはものが見えぬとでも思っておるのか？　ものごとの実像が分からんとでも言うのか？　風車は巨人である。しかしセレスティーナはドゥルシネーアではござらん。サンチョ、トレードなんぞ出ることにいたそう。リヴィウスがいみじくも、取るに足らぬ街と呼んだのも一理ある〔ローマの歴史家ティトゥス・リウィウスの『ローマ建国史』に、トレードのことを「堅牢なれど小さい街」との記述がある〕、カスティーリャは広いからな。

病んだ夢

やっと分かったか、女よ。おれはルドビーコを利用するつもりだ、お前は何が起きたのか奴にしっかり話しておけ。奴はお前がユダヤ人街を離れたことをやんわり咎めるはずだ。分かったか？　お前は二度にわたってお里が知れたのだぞ。おれはそのことを恐れた。お前は街をほっつき回った。おれは図書館をな。今こうしてわしらは同じことを知ったということか？　このことを書き記したのは、読んだ後、お前の声を聞いた後でだ。人が考えたことはすべて存在する。存在するものすべては人が考えたことだ。おれは精神から物質への旅に出る。そして物質から精神へと戻ってくる。そこには境界などない。おれを阻止するものもない。おれの心は多重人格だ。肉体的にもそうだ。おれは夢のなかで恋に落ちる。その後、目覚めた状態で愛する相手と出会う。お前は修道院の前で起きた決闘騒ぎで死んだ騎士の埋葬に行かなかったのか？　おれは行った。お前がおれに話してくれたことで興味をもった。そこで朝早い時間、悲しむ縁者が来る前に駆け付けたのだ。死者が悪評の持ち主だったから、縁者といってもあまり多くはないと踏んだのだ。棺桶に収まった奴の顔を見てみた。死んでから二日経った間に髭が伸びていた。手を見てみたら爪まで伸びていた。胸の上に組んでいた手をほどいてみた。手のひらからは運命線と生命線、頭脳線と愛情線が消えてしまっていた。漆喰で塗り固めた二枚の白い壁となっていた。胸の上には運命線と生命線、頭脳線と愛情線をもった別の手によって、次のような文言の書付が置かれてあった。

神の裁きの日が遠いと
思う者は知るがいい
決済日のこない日もなければ
払われない借金とてないと〔ドン・ファアンを呪う騎士団長ウリョアの言葉〕

おれは振り返って奴の顔を見た。別人の顔だった。完全に変化していたのだ。お前が通りで見かけた死人の顔ではなかった。おれが手を組み解き、その書付を読む前に教会にお忍びで入った際に見た顔ではなかった。別人だった。分かるか？　セレスティーナ、おれは怖気を振るった。死者の別の顔をまじまじ見て呟いた。こいつは大きくなったら、わしらの子供のひとりと同じ顔となるはずだと、わしらが王城から拉致してきたあの子と同じ顔にな。どうやってそれが分かるかって？　お前がやったように、街で死者のような顔をした男を探し出せばいい。さもなければじっと二十年待つことだ、そうすればこの子は成長して死んだ騎士と同じような顔になるはずだ。待つことだ。おれは《光のキリスト教会》を出た。これはかつてビブ・アル・マルダン回教寺院だったところで〔トレードにあった十の回教寺院のなかで最もよく保存されたもの。九九九年に竣工〕、おれは墓を背にして、いま書き記して、お前に読み聞かせていることを呟いていた。

——いのち一つでは不十分だ。一人格を完成するには多数の存在が必要だ。

二人の男がかなり前からお前のことを知っていると言った。二人ともお前が老婆だと思っていたようだ。そのうちのひとりはお前が死んだと思っていた。おれが読んだこと、書いたこと、今こうして話していることを想像してみるがいい。一分毎に生まれる子供は一分毎に死んでいく者たちの生まれ変わりだ。でも誰の身代わりで生まれるのかは分からない。それは身代わりになる相手が誰なのか、立証してくれる現実の証人がいないからだ。しかし自分が他の人間だったということを認めてくれる証人がひとりでもいたら、そのときはどうなるのだ？　通りで馬から下りる前に、あるいは旅籠に入る前に、腕を摑まれて、力づくでかつての人間に逆戻りさせられるのか？　そいつは生き残りということになる、おれが生まれ変わりだということを知りうる唯一の。

この子とお前。世界とお前セレスティーナ。お前は自分のことを知っている人間を探し求めてトレードの街を歩きまわった。そしてお前の永遠の名前と有為転変の運命を知る二人の人間を見つけた。まあそれはどうでもいい、お前は今一度出て行くがいい、わしらに話しかけぬ者たちがいる、しかしこちらを見てはいる。わしらを見てはいないが、こちらのことを覚えている者はいる。覚えていない者もいる、しかしこちらのことを想像してはいる。言葉を交わさなくとも、これで十分わしらの運命ははっきり見極められる。不滅の存在とは誰のことだ？　おれはこうしたことを読み、書いたのだ、それを読み上げさせてくれ。
――長く生きた者たち、時に応じて生まれ変わる者たち、己が死よりも多くの時間生きたとはいえ、己が生よりも少ない時間を生きた者たち。

セレスティーナ、神と悪魔に共通の叡智とは何だ？　カバラ曰く、何ものも完全には消滅しない、すべては変容する、死んだと思っているものは、その場所を替えたにすぎない。場所というのはずっと居留まる。わしは場所が替わるのを見たことはない。しかし時間はわしらの尺度、創作、想像でしかないのだ。存在するすべては考えられたことである。考えられたことすべては存在する。時間は空間を変化させ、集積し、累積し、その後分離する。セレスティーナ、わしらは居場所を変えることなく時間から時間へと旅することができるのだ。しかし時間から時間へと旅して現在に時間通り戻ってこない者は、（もし過去から戻ってきたとしたら）過去の記憶を失ってしまうか、（未来に起源をもっていたのなら）未来の記憶を失ってしまう。彼は現在によって捕捉されてしまう。そして現在が彼の人生となる。あらゆる人々が例外なく、われらの現在に遅れて戻ってくる。時間はわしらが過去と未来への旅をする間、わしらを待つべく止まっていることはない。いつでもわしらは遅れて到着する、一分であれ一世紀であれ、それは同じこと。わしらがかつて生きていたこと、そして今より後も生きていることを思いだすことはできない。おそらくお前の悪魔との黙契とは、今日という日に過去や未来からやって来たとしても、それらのことを記憶せずに現在を生きるということなのだ。

女よ、わしは想像する、ひたすら想像するだけだ、そして読み、書き、お前の話を聞き、お前に話す。あの瀕死の騎士とあの打擲された騎士は、お前を見た際に何を思い出したのだろう？　セレスティーナ、お前は何者で、かつてどこに住み、どこで死んだのだ？　わしはお前の代わりに考えている。もしわしがひどく悲しい記憶から楽になろうとすれば、悪魔との黙契はこうなるはずだ。
――わしから記憶を奪ってくれ、そうすれば魂を渡そう。神はすでに成就したことをひっくり返すことはできぬ。ところが悪魔に言わせると、成就したことをしなかったことに変えることができるのだ。こうして神は人間を試し、人間に挑戦しているのだ。しかし恐ろしいことを忘れるとき、人生最良のこともまた忘れてしまう危険性はないのか？　たとえば両親の愛とか、女性の美しさ、男の情熱、友情の喜びといったものだ。悪魔条項とは以下のごとし、すべてを忘れるか、何ひとつ忘れないか。

お前も知っているだろうが、今朝わしらの子のうち年長の方の、あの王宮から拉致してきた子が、まるで別れを告げに来たかのように、この場所の門から四つん這いになって出て行ったのだ。わしは微笑んで投げキッスをしてやった。わしが数歩も行かないうちに、わしは誰かに摑まれた。それは冷たい蒼白い手でまるで蠟のようだった。それは覆面の騎士だった。

――その子は誰だ？　とケープの襞のせいでくぐもった声が尋ねた。

――わしの子だ、とわしは答えた。

――俺の顔をよく見ろ、と男は覆面を剥いで言った。

よく見ても特に変わった点もない顔だったが、手と同様、蒼白さだけが際立っていた。わしの無関心に気づいた男は、手を頬に当て、その後両手を広げてわしに見せた。

――見てみろ、髭がずっと生え続けているだろう。爪だって伸び続けている。これは尋常ではないことだと思わないか？

確かに、とわしは答えた。すると今度は手のひらを返して見せた。すべすべした表面に筋はひとつもなかった。わしは驚きを隠した。騎士が微笑もうとしたことを見て取った。しかしある苦痛が笑いを押しとどめた。わしは騎士の胸に乾いた血の大きな跡がついているのに気づいた。自分の腕で彼を支えようと思った。彼は見下すような態度でわしを制止し、よく通る乾いた声でこう言った。

――何人も生まれたときは、死んだ人間の生まれ変わりである。そなたは先ほど別れに出てきた子供が、二十年経ってからどんな顔になっているか知りたいか？　ならば《光のキリスト教会》にまっすぐ行かれよ。そこでわたしに会うはずだ。そうすれば、そなたの子がどんな顔をしているか分かろう。わたしは自分の生を全うすることができなかった。

するとお前はその騎士が二十日前に決闘で死んだ人物だったとでも言うのか？　ならばセレスティーナ、外に出てこい、そして探し続けるんだ、悪魔をやっつけろ、お前に話はしても見ようとしない者たちの言葉のなかに、お前が忘れたことを見つけ出すがいい、お前を見ても記憶していない者たちの眼差しのなかに。お前のことを覚えていないが想像している者たちの記憶のなかに。そうすれば、お前は悪魔をやっつけられる。そして悪魔になれるのだ、悪魔の知っていること知らないことも含めて、知ることができるはずだ。
現実は病んだ夢である。

傷ついた唇

セレスティーナはトレードの街の市場で、父親に連れられた十一歳ぐらいの少女を見ていた。父と娘は蠟燭と染料とハチミツを商っていた。少女はこよなき美しく、灰色の目とつんととがった形のいい鼻をしていた。スカートは継ぎの当たった貧弱なもので、裸足のままだった。
セレスティーナが少女を見分けたのは、血の海にあったなかで一滴の清冽《せいれつ》な水滴のように見えたからである。というのもこちらで鶏が絞殺されたり、あちらで雄羊が切り刻まれたり、また豚の頭を落とす者もいれば、魚の内臓をえぐりだす者もあり、血が広場の敷石の間や、路地の水路にところ構わず流れていたからである。窓からは糞尿が投げ落とされ、犬どもがうろつき回り、蠅が獣の切り落とされた頭上でぶんぶん飛び回っていた。樽のなかの水は汚臭を放っていたし、売り子や商人らがじめじめした部屋から出入りしていた。断食苦行者が窓辺から幻視したものを大声で叫んでいた。悪魔だ、悪魔がわしに現れた……そのとき十二歳くらいの白い服をまとった花嫁がサン・セバスティアン教会を目指して通りかかった。彼女は数は少ないが風邪をひいて黄色い顔をした、あばただらけの女を後ろにつき従えていた。花嫁の背後では太った六十がらみの鷹揚そうな花婿が、騒がしい乞食の一団にお金をばら撒いていた。連中は腕や胸にいつまでも閉じることのない潰瘍状の傷を抱えていた。アーケードの下で群がる子供らは犬の餌を奪い合っていた。子供らの多くは路上や階段の下、家の戸口で寝起きしていた。白のウールと黒のマントを羽織ったドミニコ会の修道士が横切ったが、その姿は白黒のぶちの犬に似ていた。口ずさんでいたのは次のような歌だった。

われらの目を悪夢からお守りあれ
夜の夢まぼろしと恐怖から
敵なる亡霊を踏みしだき
あらゆる汚れから解き放て

尖った小鼻の灰色の目をした少女といえば、裸足のままで継はぎだらけのスカート。セレスティーナはトレードの古い市場にたむろする有象無象のなかで彼女を見た。そこには少女以上に美しい存在は何もなかった。顔を向けたわけは、二人の男が少女を見つけて、うちのひとりが彼女にこう言ったからだ。「あんたは死んだんだ」。二人はセレスティーナのことを母さん、遣り手婆と呼んだ。彼女は少女のなかに自分の姿を見た。いや見ようとした。彼女はもし未来から現在にやってきたとするなら、いまある姿となる前はあの年齢であったに違いなかった。もし過去から今朝の時点にまでやってきたとするなら、いまこうなるに至ってから後にあの年齢となったに違いない。

少女は哀しさ漂わせながら哀しみそのものを見ていた。獣たちの屠殺、若き花嫁、体中に広がった病気の痕跡、狂人らの身振り手振り、脚を括りつけられた羊、白い羊毛の腹にぐさりとやるべく、今にもナイフを振り下ろそうとしている肉屋。

少女は走って行き、肉屋に向かって止めるように懇願した。いや、これは子羊だ、俺は子羊を飼っているし、オオカミから子羊を守ってやらねばならぬ、夜通し見張りをせにゃならぬ、子羊を殺させてはならぬからな。肉屋は笑い、乱暴に少女を突き放した。少女は血塗られた石の上で転倒した。父親が少女を起こそうと走り寄った。その前にセレスティーナが駆け寄って少女の頭を撫で、手を差し出した。少女は涙をいっぱいためてセレスティーナの手に口づけした。少女が顔を上げると、子供っぽい唇にはセレスティーナの傷がくっついてしまった。セレスティーナは自分の手を見た。それはたしかに自分の手に違いなかった。穀物倉庫で行われた婚礼での、嬉しくも恥じらいを含んだ花嫁の手だった。すでに拷問の痕跡は消えていて、少女の唇には傷のタトゥーが輝いて見えた。

――そなたは誰？

――わたしは羊飼いの娘です。

――どこに住んでいるの？

――父とわたしはフェリペという名の領主様のお城の近くにある森に住んでいます。

父はセレスティーナを少女から引き離した。娘よ、かわいい娘よ、どうしたというんだい？　誰に傷つけられた？　自分の口を見てごらん、このとんでもねえ肉屋かい？　いやこの襤褸をまとった魔女だ、妖術師だ、それ、みんな、この悪女を見てみろ、娘の口を見てみるがいい、セレスティーナ、娘を追っかけろ、テントをぶっ潰せ、豚どもを追っ払え、家も階段も足蹴にしろ、犬どもがお前に吠えている、蝿がぶんぶん唸っている、じめじめした部屋や糞のはいった尿瓶や気違いどもがお前に大声で叫んでいる、わしは悪魔を見た、床に藁が積まれているのを。魔女よ、早く服を着て、身を隠せ、さもないと焼き殺されるぞ、逃げろ、いや待て、もう日が暮れて市場から人影もなくなる、事件のことも忘れ去られる、お前はタホ川に囲まれた断崖都市を隠れ家の小窓から見ているがいい、全体が険しい石の階段が層になったような、南は川の深い渓谷で守られ、北の荒涼とした平原からしか近づくことのできない要塞のような都市、さあ夜陰に乗じてすぐに逃げるのだ、ネズミが逃げ出すように、そしてユダヤ人街に戻れ、そこでルドビーコを起こすのだ、いったいどうしたというのだ？　すぐに逃げねば、そして探し出さねば……すぐに戻りますよ、待っていて、子供たちのことは頼みますよ、ルドビーコ、もしできないのなら会える日を決めて、どこでだい？　セレスティーナ、わたしたちが新世界に船出することを夢見たあの海岸、あの同じ海岸で会うのはどうかしら、七月十四日の同じ日に、いつだって？　セレスティーナ、二十年後のその日に。

第三の子

セレスティーナは物乞いをしながら街中や辺鄙な田舎を歩いた。歩くこと三日目に、二度と見ることはないと思っていた王城の鐘楼が目に入った。お城の北側には大きな森が広がっていた。

彼女はかつてお城に行ったことがあった。ここはヘロニモと別れた際に身を隠した場所であった。魔女まがいの女にとって、森は絶好の避難場所であった。月の出た長い夜にはフクロウやオオカミの吠え声、セミの鳴き声が聞こえる中、ここに彼女の夫が姿かたちも見せずに、ぬうっと訪ねてきたのである。彼はこう言った。

――セレスティーナ、お前に埋め合わせをするつもりだ。でもお前の時間は短い、でもわしの埋め合わせはずっと続く、お前の幸せは空想だ、そのことが分かったなら、別の女にお前の知っていることを伝えてくれ。今はまだだめだ、今はまだ……。

彼女はここで小麦粉の詰まった人形と戯れていた。深く息を吸い込んだ。その土地のじめじめした気候や、空を覆うような樫の木のざわめき、大地に散らばる古い落ち葉の立てる音から、そこがどこかすぐに分かった。それらは忘れ去られた秋の断片であった。ある晩、彼女はここで三人の老商人によって拉致されたのだった。ここで彼女の恋人が耳元で囁いたことが蘇った。

——ひとりの華奢な青年が……その家系の汚点は上顎前突症で……この辺りを通過するはずだ、そうしたら奴を引き留めろ、お前にもすぐに判別できるよ、おれはお前を犯すつもりはなかった、お前はその男を知っているはずだ、奴はお前に処女権を行使した王の息子だ。奴を海岸まで連れて行け、あの《災難岬》のことだ。

夜になると青年が森の空き地に近づき、セレスティーナは女の姿を目にした。それはトレードで彼女の手に口づけした少女だった。少女は羊の面倒を見、満月の香しい空気にもかかわらず、自分と羊たちを守るための篝火を用意していた。彼女は少女を愛おしく眺めた。少女は手で唇を何度もぬぐっては唾を吐いたが、唇についた傷は消えなかった。これはあの子だ、とセレスティーナは呟いた。そうだとは分かるが、理解できなかった。分かっていたことすべてを思い出そうとした。すべてが記号であった、多くの方向を指し示す……交差する道路の網目を辿るのに一生ではこと足りなかった。

すると動物の低い呻き声が聞こえた。少女は火のついた棍棒を手にとった。火を下ろして見ると、一頭の大きな灰色の雌オオカミが光の下にいた。オオカミが傷ついた片足を少女に見せると、少女は跪いてその足を手にとった。オオカミは手をなめ、篝火の隣に再び横たわった。セレスティーナは月の光を呑み込むように見えた白いポプラの樹林の陰からそっと様子を窺った。するとしばらくしてオオカミは木苺と土埃と羊の鳴き声のなかで出産したのである。

それは男の子だった。逆子だった。両足には六本の指があった。背中には十字の印がついていた。描かれたものではなく肉が盛り上がって十字となっていた。

時代の亡霊

ルドビーコはその朝、トランシト・ユダヤ会堂で老人と出会った。老人はタペストリーに跪き、敬虔そのものの姿勢で、頭が膝につくほど拝跪して祈りを捧げていた。学生は祈りが終わるまで待った。

——何か話したいことでも？　と老人は尋ねた。

——ええ、でもご迷惑でなければ……。

――実は待っておったのじゃ。

――とても不安でした。

――分かっておる、ここで多くのことを読み取ったからじゃ。でも何もかもそなたが思っていることとは違うぞ。

――わたしはある日の午後、海岸で白昼夢を見たのです。夢のなかで神なき世界について話しをしました、そこではすべての人間が己の恩寵を生み、他の人間に恩寵を与えて、人生を変えていくのです。今になると何のことか分かりません。どうしてかと言うと、短い一回の人生では、個々の恩寵が約束するすべてを果たすことができないからです。老師、わたしが怖れているのは、すべてが精神で物質は何もないような反対の極に自分が行ってしまうことです。精神が永遠で、物質が滅びゆくような世界のことです。

――何も死なないし、何ひとつ完全に滅びるものなどない、精神にしろ物質にしろ。

――でも両者の進歩は似てはいませんか？　思考は伝達されうるとしたら、肉体もまた伝達されるのでしょうか？

――思考というのは決して完全に実現されるものではない。時には引きこもって獣のように冬眠をするのだ。再び出現するために絶好の機会をうかがっている。思考によって時間が測られるのだ。ある時代に死んだと思われた思考が、別の時代にふたたび蘇ることもある。精神はその居場所を変え、増大し、時として補うこともある。精神は消滅し、滅んだと思われても蘇るのだ。実際にわれわれが話す言葉のすべてに精神が自らを告知している。忘却と記憶を負っていない、また幻想と挫折に染まっていない言葉など存在しない。また内在的刷新性を帯びていない言葉も存在しない。われわれが語る言葉というのは、忘れ去ってしまったがゆえに、分からなくなってしまった言葉をも同時に告知している。またそれを求めるがゆえに分からなくなってしまった言葉も告知している。それと同じことが物質である肉体についても言える。あらゆる物質はかつてあった存在のオーラを持っている。肉体が消失したときに存在することになるもののオーラを。

――すると自分が生きているのは、己のものである時代ということになりますね。さもなければわたしは単に、過去でも未来でもいいですが、別の時代の亡霊ということになってしまいます。

――その三つじゃ。

シナゴーグの老人は恭しい姿勢から立ち上がると、ルドビーコのほうを見た。

ルドビーコは老人の胸に描かれた星を見た。星のなかには数字の三が刻印され、一段と輝いていた。

唇に刻印された記憶

さあ、いらっしゃい、少女よ、わたしの腕の中に。覚えているかい？　ええ、奥様、わたしはお前の手に口づけした、するとお前はわたしの唇に触れた。わたしは唇を拭った。でもきれいにならなかった。日毎に傷跡はタトゥーのように深くえぐれていったわ。ええ、奥様。タトゥーで彩られた唇にキスさせてちょうだい。ええ、奥様。わたしを覚えているかい？　ええ、奥様。可愛い子猫ちゃん、わたしはいつもお前のようにありたいわ、もう一度お前のようになりたいの、以前、お前のようにならねばならなかった日があったわ、もう覚えていないけれど。お前は他にどんなことを覚えているかい？　ええ、奥様。毛むくじゃらの黒いサソリを。どこでだい？　セニョールの脚の間です、ええ、奥様。別の日の夜にこの森でセニョールはシャツをはだけて、興奮気味に、お一人で馬に乗っておいでした。長い距離を駆け回って、ええ、奥様。酔っぱらって気でも狂ったかのように大声を上げて、枝を鞭で打ちつけ、小麦の穂を次々とむしり取りながら、お前はそれを見たのかい？　ええ、奥様。そっと身を隠しながらですけど。わたしは篝火を消して、今の貴女様のようにポプラの木の間に隠れました。木々には月の光が射しこんでいました。一匹の雌オオカミが捕らえられていました、セニョールは馬から下り、大声を出して笑い、うなり声をあげ裸になりながら、罠からオオカミを解放し、ズボンを下げたのです。すると黒いサソリがオオカミに襲いかかりました。オオカミは防戦し、うなり、うめき声をあげ、爪を立て引っ掻いたのです。セニョールはサソリをオオカミの口に突っ込みました、そんなことをお前は覚えているのかい？　ええ、奥様。でも声は、声は出ませんでした。ええ、奥様。するとセニョールは裸になったのかい？　ええ、奥様。何て暑いんだい、もう初夏かい、お前にも可愛い乳首とレモンが萌え出てくる頃かしら、さあ足をおっ広げてごらん、ええ、奥様。トレードの市場で首を刎ねられた羊、お前の脇の下は何てじめじめしているんだい、何ていい香りをしているんだい、ええ、奥様。お前の恥丘のきれいなこと、恥毛が数えられるくらいしかないわ、ええ、奥様。さあ、足を広げるんだよ、何てぴっちり締まったオマンコだこと、サフランの匂いがするわ、可愛い子だこと、美味しそうな子だこと、ええ、奥様。舌でされると気持ちいいかい？　ああそうかい、ああそうかい、全身キスしてやるからね、いいかい？　ああそうかい、ああそうかい。セニョールと毛むくじゃらのサソリ、雌オオカミの火照ったアヌス、その赤い口、セニョールは気違いの酔いどれのようにオオカミにかかり、叫び、笑ったということかい、ええ、奥様。お前の舌はわたしの口に、わたしの舌はお前の口にある。密林、ポプラ、木苺、カウベル、雌オオカミ、羊、枯れた穂、そうした自然すべてを一切合財もれなく手に入れるわよ、耳にも舌を入れるよ、わたしの秘密を聞かせましょう、知っていることを何でも、いいかい、何ものも死にはしないのよ、すべてはかたちを変えるだけ、場所はそのままだけど、時間は移ってゆく。お前を連れてきたのはわたしの中からよ、わたしがお前みたいに少女だったころ、わたしはお前だったのよ。わたしはお前のなかに入り込む、黒いサソリ、赤い舌、わたしの時間は終わったのよ、ええ、奥様。お前の声はわたしの声、ええ、奥様。わたしはもう疲れ切ったわ、ええ、奥様。お前に命をあげるわ。わたしの命を続けなさい、ええ、奥様。自分の声、自分の唇、自分の傷をお前にあげるわ。わたしの記憶はお前の唇のなかにあるのよ。男どもはわたしに悪を移したの、悪魔は叡智をね、わたしは誰の娘でもない、すべての男の愛人よ、わたしは腐ってゆく、セニョールは婚礼の初夜にわたしを凌辱したことでその悪をわたしに移したのよ、そしてわたしは王城の寝室でセニョールの息子にその悪を移したというわけ、こうした振る舞いで父は息子に移し、われわれを必要とするようになったと同時に、迫害するようにもなった。この世の男どもにとって硫黄と肉と毛と血の、黒々とした穴が存在するかぎり、安寧などはありえないし、この世の女どもにとっては、黒い毛むくじゃらのサソリ、肉の鞭、勃起する蛇が力を揮うかぎり、安寧はないのよ、覚えておき。ええ、奥様。成長して、わたしと似たような存在におなり。傷ついた唇はお前に残しておこう、そこにはわたしの記憶と言葉があるからね、わたしが知ったこと、言ったことは、みんなお前が知ることになるし、言うことになるはずよ。わたしが知るとしても、言うとしても時間きっかりよ、セニョールは言ったわ、やるなら時間きっかりにだぞって。お前の名前はセレスティーナよ、お前はわたしの全生涯を思い出し、それを今わたしの代わりに生きていくのよ、お前は二十年後にいることになるはずよ、七月十四日の午後、《災難岬》の海岸に。道筋を変えるのよ、そして人々の意志を欺いて、時刻表を捻じ曲げるのよ、お前はそこにいなきゃ駄目、わたしたちには約束があるの、ええ、奥様、ええ、奥様……。

トレードのシモン

ルドビーコがレンズ豆と干タラの料理をシモン修道士に給仕している間に、シモンは彼に言った。おれはなかなかセレスティーナだとは分からなかった。声がしゃがれていて消え入るようだったせいもあった。襤褸をまとっていたので顔と出血の止まらぬ手のすごい傷が見えなかったからである。傷はあたかも獰猛な獣の牙で噛みつかれたかのようだった。目には輝きがなかった。

セレスティーナが言うには、わたしが荒れ果てた都市のことを聞きまわっているところを見かけたらしい。住人たちが家を捨てて逃げ出したために、本能に駆られた山の獣どもが家の部屋や寝室に入り込み居座っていた。わたしは子供の命が危険にさらされて怖くないのか尋ねた。すると彼女は笑ってこう言った。

――この子のようなかたちで生まれた子が、さもしい災いで死ぬはずはないわ。

ルドビーコ、彼女は子供をわたしに渡したのだ。お前がどこにいるかっていうことも話し、わたしに子供をお前に渡すように頼んだのだ。二十年後にきちんと約束を果たすとも言った。殺された者たちの家は戸口から金庫からすべて開けっ放しだった。生き残った召使たちは逃げ出していた。セレスティーナは櫃から金と宝石をわしづかみにし、コッコと鶏鳴きをして、頬かむりして逃げるように走り去った。そのとき日光で金が溶かされてしまうのではないかと恐れ、いかにも欲深な少女のふりをしたのである。

でもそんな女でも、昔はお前のためといってこうしてお金をわたしにくれた。あれを潮に渋ちんになりやがったが。金を渡すときは涙を流しやがった。取り上げるときは笑いやがった。

ルドビーコ、この金に刻印された図柄をよく見てみろ。顎が突き出ているだろう。唇は分厚くて垂れ下がっているし。まるで死んだ目をしている。

こりゃ王だ、セニョールだ。

アレクサンドリアの眺望台

ルドビーコはトランシト・ユダヤ会堂の賢者に別れを告げ、三人の子供を連れて遠く彼方へ旅立った。

トレードで読んだもののなかにはプリニウスの本があった。そこには女と愛と金のない民族についての記述があった。誰も生まれることのない永遠の民族。この民族は素朴で質素で物静かな生活を送るために、大都会を避け、死海の沿岸近くの村に暮らしていていた。ルドビーコは三人の子供をそこで面倒をみて育てようと思っていた。

一行はバレンシアでキリスト教徒の船に乗り込み、ある夜、アレクサンドリア港近くで下船した。彼らは神々と男たちに死なれた街の、犬がうろつく路地に迷い込み、どこにいるのか分からなくなってしまった。乞食の服をまとった頑強な男と、彼がかろうじて腕で抱えていた三人の子は、周囲の注目を浴びた。とはいえ、彼は人々から暖かく迎え入れられた。それは彼がアラビア語を話し、きちんと宿と食事の支払いをしたからである。また子供たちも際立って、静かに行儀よく振る舞ったからでもある。一行は屋上に接した高い鳩小屋に宿泊した。ルドビーコはそこから百もの支流をもつ川が、かたちなき海水に流れ込んでいくさまを眺めていた。

ある夜、彼は暑さのため屋上テラスの白っぽい石の上で寝た。そこで夢見たのは、彼がある帆船に乗ってナイル川の源流まで漕いで行くさまだった。唯一、空には三つの星が煌めいていた。蒼穹の他の部分には全く光がなく、大いなる沈黙がエジプトの地を覆っていた。漕いで行くうち、沈黙の三つの星に近づき、手を伸ばせば届くところまで達した。星は海面に姿を映していた。彼は手を川面に差し入れ、星をひとつ拾い上げた。

最初、星は震え、その後、口を開いた。太陽と言うと太陽が出現した。小麦と言うと川岸に波打つような小麦の穂が満ち溢れた。街と言うと、砂漠の砂地から白い集落が現れた。子供たちと言うと、二人の若者とひとりの少女が泳いで帆船の近くに現れた。彼らは帆船を川の縁に導いた。

――こちらはわたしの弟で、こちらは妹です、と少年らのうちの一人が言った。

一日目はずっと、最初に口を開いた若者が土地に種を蒔き、収穫し、砂漠に灌漑するため川の水を水路に引き、岸辺の黒土でレンガを作り、家を建て、兄弟たちを養い、住いを与えた。

その晩、妹は感謝の気持ちから兄を夫として受け入れ、両者は家で同衾するに至った。もうひとりの弟は戸外で身を横たえたが、休息は長続きしなかった。起き上がると寝不足のまま腹を立てて川のほうに歩いて行ったが、怒りと妬ましさをどうしても抑えきれなかった。

二日目の夜が明けると、こけにされた弟は二人が同衾していた家に入ると、眠っていた兄を殺してしまった。彼は死体を川まで引きずって行き、水のなかに放り投げた。妹であった妻は泣き崩れ、兄であった夫の死体を探してぬかるんだ川岸を歩き回った。殺人を犯した弟はルドビーコに言った。

──屋上テラスで寝ておられるんでしょう？　口は噤んでいたほうがいいですよ。もしわたしを密告でもしようものなら、眠っているさなかにあなたを殺すかもしれませんからね。そうしたら二度と寝覚められませんよ。

そう言うと彼は無防備な裸のまま歩いて行った。ルドビーコは女を探しに出かけた。ついにイグサにからまった、殺された兄の死体のそばでしゃがみ込んでいる彼女を見つけた。女は男の口に唇を近づけ、息を吹き込んで生き返らせようとした。すると生命が口から口へと移っていった。そこでこう言った。

──唇は生命そのものです。口は記憶そのものです。言葉はすべてを生み出したのです。

死者は蘇った。しかし彼は息を吹き返した死者であって、もはやかつての彼ではなかった。生き返ったとき彼が言った言葉は次のようなものだった。

──わたしは昨日であり、明日を知っている。わたしと同様、子供たちは死を生きるであろうし、生を死ぬであろう。われわれはこの世で、二度と三人のみになることはないだろう、われわれを生む父もなければ、名づける母もなく、自分たちだけで生を授かった三人のみになることは。

大地に人が住むこととなった。

ルドビーコは夢の三日目に、アレクサンドリアの街にあふれる人々の間を歩いていた。ターバンを巻き、ヴェールで顔を覆い、マントをなびかせ、裸足で歩き、スリを働く者たちの訳の分からぬ雑踏の誰ひとりとして、彼にとって関心を呼ぶものはなかった。それと同時に、苛立ちを覚えたのは彼らの切迫した様子と、がさつな声、哀しげな触れ声だった。彼は白い扉の市場のなかで殺人者の弟を見つけた。華奢な小机の前に胡坐をかいて座っていて、そこで何かに強いられたかのように必死にものを書いていた。それはあたかも彼の健康が、パピルスのぴんと張った巻紙に、アラビア文字を殴り書きすることに掛かっているかのように見えた。書くことで断罪される日を遅らせることができるかのように。

ルドビーコは書き手のところに近づいた。彼はそれが誰だか分からなかった。犯罪者の顔の上に蠅が止まっていた。彼は瞬きもせず手でそれを払った。ルドビーコは書き手の目の前に手をかざした。それでも彼は瞬きをしなかった。ルドビーコは盲目の代書屋の肩越しに、次のようなことが書かれているのを読んだ。「ある夜、わたしは兄を殺した。注意せよ、読んで理解せよ。なぜ、どのようにして、いつ、何のためにそうしたことが起きたのかをそなたに語って聞かそう。あのとき予見したこと、今記憶していること、そして明日恐れることを。注意せよ、立ち止まれ、そなたはわたしの話に興味がないのか?」。

ルドビーコはその夜、殺された兄とその妻である妹が墓場で眠っている夢をみた。彼女は目覚めると彼に言った。

——さあここを出ましょう。今なら墓の外で暮らしている者たちの行く末が分かるはずよ。

——そうだな、でもこっそりとな、と殺された男が答えた。われわれが人に見られないといいのだが。

彼らはあたかも自分の皮膚を脱ぎ捨てるかのように、死者の布をほどいて立ち上がった。女は身にまとった数多の色をあしらった服を揺り動かした。プリーツが動くたびに昼間が生まれ、夜が更け、光がさんざめき、闇が長く尾を引いた。布地が火となって破裂し、水のごとく体の上を流れた。それに触れた生者は息絶え、死者は蘇った。その間、二人は大いなるナイル川の数多くの河口に向けて、紛うことなきアレクサンドリアの街を歩いて行ったのである。

ルドビーコは彼らを目撃した。

殺人者の弟が見捨てられた路地に、顔にインクをぶちまけて真っ黒に汚し、手にしっかりとペンを握りしめて横たわっていた。体の周辺には洗浄されて白く無地になった巻物があったが、そこには一文字も書かれていなかった。

二人は光輝く船に乗って川を遡って行った。男が密かに水とか砂、小麦、石、家などとものに名前を付けていると、女のほうは水に向かって尋ねた。

――どうしてわたしたちの弟は、自分の犯した犯罪について書き残そうなどという誘惑に負けたのかしら？

ルドビーコは自分の指に誰かが触れるのを感じて目覚めた。彼は自分のそばに年齢不詳の女が横たわっているのを見た。ヴェールで体と顔が覆われていたが、唇の上の切られたような開口部だけが見えた。この開口部は唇のかたちをなぞっていた。口は色彩で染め抜かれていたが、こう語った。

――ここからすぐ逃げなさい、とルドビーコに言った。できるだけ早く目指すところに行きなさい。そここそあなたの安寧がある場所よ。ここは子供たちに危険が及ぶ危ない場所、背中にある印がばれたりしたら大変よ。聖なる予言をもった子供たちと見なされるでしょうね。あなたから引き離されて捕らえられ、改めて敵となる兄弟たちとの戦いをするべく、成年期まで待たねばならないでしょう。

――それはどういった予言ですか？　とルドビーコは尋ねた。しかし女は唇と似通った服である多彩色のヴェールに身を隠してしまった。そして暗闇に姿を消した。

天国の住人

ルドビーコは残っていた金の半分でもって船を一艘と食糧、羅針盤を購入した。そしてエジプトから東の海岸に向けて船出をした。三人の子供たちは甲板の上で楽しそうに笑いながら這いずりまわっていた。地中海の明るい太陽が健康と幸せを運ぶかのように、彼らの皮膚と目に沁み渡った。

船はハイファの港に接岸し、ルドビーコはそこで船を売却し、数日後にロバに乗って死海近くの砂漠の村に到着した。彼は誰になにを尋ねるわけでもなく、プリニウスの正確な指示に従って、その場所にやってきたのである。ルドビーコと三人の子供と同様、貧しい身なりの男たちが何人か、彼らを出迎えた。皆はその到着を良い兆しと捉えていた。それは砂漠社会が子供、弟子、新参者、信者の四つの階級に分かれていたからである。幼い三人の子供たちは過去と繋がりをもつことなく、部族の生活になじんでいくことで、知識と功徳の階梯を上っていくことができるのである。ルドビーコはそこに彼らが集まったのは、彼にものを所有する資格がないからではなく、すべてを共有財産とするためだという説明を受けた。ルドビーコは手持ちの金貨を共同金庫に収めた。

ルドビーコと三人の子供は十年間、この社会の一員として暮らした。夜明けには起床し、信者たちのみぞ知る泉でもって灌漑を施された畑で農作業を行った。昼食前に水を浴び、再び建築や敷石、機織りなどの仕事に戻った。夕食をとりはしたが、食事中は黙ったままであった。就寝前に、勉強や瞑想、祈祷、観想などを行った。身に着けているものはいつも貧しかった。あらゆる儀式が禁止されていた。それは幸せというものが儀礼によってではなく、慎ましく働くことで得られると考えられていたからである。それと同じくくらい忌み嫌っていたのは、ユダヤ教であれキリスト教であれ、洋の東西を問わずあらゆる教会における豪奢であり、あらゆる典礼や生贄の類であった。彼らが信仰を伝えたのは、説教ではなく、休息時や労働日に交わされる、穏やかでまともな普段の会話によってであった。そこでは、三人の子供のもつ外見上の印に注目する者はひとりとしてなかった。

——そなたの肉体は滅びゆく物質だが、魂は永遠に滅びない。

——魂は牢獄で繋がれたように肉体に囚われているが、世の中や財産、石の神殿などを放棄し、代わりに人間に向けて正義を実践し、敬虔に神に仕えれば、自由を求めて羽ばたくことができる。

——誰も傷つけてはならぬ、自分の意志によってでも他人の命令によってでも。

——不正な男を忌避し、正しい男を救え。

三人の子供たちはこうした金言を記憶に留めた。ルドビーコと子供たちは社会における自分たちの年齢に合わせて食堂のテーブルにつき、高位の座席に腰かけることで片がついた。というのもここでは、外面的な年齢の多寡によって、つまり見た目が若いか老人かということで年齢が判別されるのではなく、村のなかでどれだけ過ごしたかによるからである。したがってこの部族に遅い段階でやってきた銀髪の男たちよりも、彼らのほうが年長者だったのである。こうした年配者らは子供とみなされていた。ルドビーコは新参者となった。子供らは弟子となった。

——平等は正義のよってきたる源です。それこそが真実の豊かさというものです。

——完成に至るには三つの道があります。勉学と観想と自然知です。

――しかし夢というものも存在します。

――夢は神からやってきます。

――それは時として、三つの道によって得られる最後の至福に至るための近道のようなものです。

ある日、異なる月に三人の子供が十一歳の誕生日を迎えたとき、ルドビーコは信者らに夢を見たと言った。彼は正義の命ずることを果たすべく、三人の子供といっしょに世の中に戻らねばならなかった。信者らは彼が到着した際に受け取った金貨を戻した。ルドビーコはかつてセレスティーナがシモン修道士の手で、トレードから彼に送った金貨を眺めた。顎の突き出た人物の肖像が浮き彫りになっていた。下唇が垂れ下がり、目は虚ろであった。しかしそこに刻印された像は、かつてのセニョールのそれではなく、息子フェリペのそれであった。

――あの年取った王のほうは？　と彼らがある日の午後ハイファで乗船したとき、船の船長が彼に尋ねた。

船長はルドビーコが運賃を払おうとして手渡した金貨を見た。純金かどうか確かめようとしてそのうちのひとつを噛んだ。――数年前に死にました。ドン・フェリペがその後を継いだのです、どうか天国で安らかに……。

ルドビーコは独り言のように呟いた、おれは十年もの間、沈黙のなかで本ももたずに勉学し、仕事をし、考え事をし、瞑想してきた。学んだことをすぐさま記憶に留め、今一度すべてを頭のなかで整理してきた。しかしフェリペは神の恩寵を得るためにはもっと時間がかかるとわたしに予言した。わたしが恩寵を行為に変えるための時間などさほど必要あるまい。フェリペはわたしのことを粗末な部屋で炭とタール、媚薬と泥土の上に身を屈めて、ひとり寂しく暮らしていると想像したのだ、年をとって役立たずの老人となるに任せて……しかしわたしは孤独ではない。三人の子供たちがいる。なりは小さいが素晴らしい軍隊だ。運命を完結させるにひとりの人生では足りない。

彼は最後にパレスティナの海岸のほうを眺めた。砂漠は海に沈みこんでいた。砂漠が海のなかから姿を見せた。砂漠のなかで女も愛も金も抜きにして暮らす人々、誰も生まれることのない永遠の民族。男どもが集落にやってきたとすると、別の者たちがそこを立ち去った。しかしそこでは人の生死は存在しなかった。おそらくそのせいだろう、と彼は考え込みながら呟いた、そういった場所だからこそ、はっきり全体を見通して自らの運命と、その運命に結び付いた三人の子供たちの運命のことを考えることができたのだと。

しかしある土用の暑い夜、船長が彼のところに近づいてきて、しばらく凪いだ重苦しい海を見た後でこう言った。

――子供さんのひとりが早朝にお祈りするのを耳にしましたよ。その内容というのが、ユダヤ法とローマ法に叛旗を掲げる一派が、数世紀以前によく口にしていたことでした。連中はあらゆる教会を悪の根城と見なしていました。

――たしかにそうです。わたしたちは十年間、彼らの間で暮らしてきました、とルドビーコは答えた。

――そんなことはありえません。一派のメンバーはすべてサンヘドリン〔ローマ帝国支配下のユダヤ人の間に存在した、最高裁判権をもった宗教的・政治的自治組〕によって断罪され、百卒長の手に引き渡されました。そして彼らによって砂漠に連れてこられ、食料も水も与えられず、足と手を縛られて置き去りにされたのです。ですから生き残れたはずはありません。彼らは《天国の住人》と呼ばれました。

ルドビーコはしばらくふらふらし、自分はそこまでやって来たのではないこと、また同時に、そこから立ち去ったわけでもないことを感じた。

長い夢のせいで漠とした不安は消え去った。

ディオクレティアヌスの宮殿

これは宮殿都市である。これは都市宮殿である。その名スプリトはスパラトゥムという名の宮殿のことで、宮殿のなかの都市、アドリア海に切り立った崖の上に建設された、都市と化した宮殿のことである。かつてのローマ皇帝ディオクレティアヌスの最後の居城であった。数ある広場はかつての中庭、大聖堂は霊廟、キリストの洗礼堂はユピテルの神殿、教会は礼拝堂、街路は通路、庭園は果樹園、家屋は居室、旅籠は居間、商店は待合室、リフェクトリーは食堂、酒蔵は居酒屋であった、その居酒屋もかつては土牢であった。時とともに皇帝宮殿は細かく分けられ、暴利でもって虫食い状態となり、厨房の火で黒ずみ、触れ声でひびが入った。西洋と東洋の懸け橋の都市たるダルマティア、高い断崖と広々とした海岸、汚れた砂浜、ぬるぬるした海藻、朽ちかけた材木、身震いする有刺類、封印されたボトル、いつまでも残っている灰殻、溶けかけた糞、トンネル、地下道、錆びた鉄輪、傷のついた大理石、古銭のようにすり減り磨きの入った石、引っ掻き傷の入った絵、征服者たちの人波、ビザンチン人、クロアチア人、ノルマン人、ヴェネチア人、ハンガリー人、強欲者の群れによって荒らされた褐色の石でできた蜜蜂箱、連中は身を匿うために見捨てられたこの宮殿に住みついていたのである。幅の広い、深い谷底に面した城壁が張り巡らされた迷宮、帆桁の森、マストの天、ディオクレティアヌスの宮殿、十六ある塔、四つの城門、逃亡者らの人波、交通の十字路、この宮殿都市まであらゆる人々がやってきては、ここからキリスト教ヨーロッパへ散らばって行った。ディオクレティアヌスはそこからキリスト教徒に対し、十字架でもってローマの神々を侮辱したとして、キリスト教徒を弾圧する勅令を発した。また三兄弟神のエジプトの秘密を握った守衛らが、ここや「銅の門」を通って出入りしたところでもある。三兄弟のうちオシリスは言葉によってすべてを打ち建て、セトは最初の殺人者であり、イシスは口を使って生命を呼び戻したオシリスの妹たる妻である。「鉄の門」を通って行ったのは、魔術師シモンのみすぼらしい弟子たちで、彼らは常々神殿や売春窟を回って、見失った女神を探していた。女神は追放されて呪われた、秘密の叡智の不法占有者であって、イヴやヘレナ、バビロニアの高級娼婦のごとき存在であった。また悪の造物主たる復讐神の卑猥なる天使らによって断罪された賢女であり、失われた女妖術師、物事の全体的知識を完璧なものにするために欠かせない存在であった。「金の門」を通って行ったのは、グノーシスと善悪二元論の異端者たるボゴミル派〔十世紀ブルガリアのマニ教系異端〕たち、彼らはローマ教会の公会議で聖別された真理以上に、より高く、より完全で、より神秘的で全体的な第二の真理を希求し、創造の業に対して不満を抱く者たちであった。聖アウグスティヌスが容赦なく攻撃した者たちでもあった。聖アウグスティヌスはローマ教皇のいたローマにおいて、キリストの誕生とともに始まった約束の完全なる実現を見届けていたが、その一方で、アレクサンドリアのバシリデス、ウァレンティヌス、ネストリウス、マルキオンの弟子たちは、世界が壮麗さと腐敗、第二の王の悪業に従うなかで沈没していくのだと考えていた。第一の王が善を創造したのに対し、第二の王は悪を生み出した。彼らはこの対立の解決法を第二千年紀、つまりキリストが世界を浄化し、最後の審判に向けての準備をするべく、再び地上に再臨することに見通したのである。「銀の門」を通って行ったのは、オルフェウス的秘儀の熱心な守り手たちで、ピスティス・ソフィア〔グノーシス主義文書の名。ピスティスはギリシア語で信仰の意味〕の受け手にして、女占い師らの予言を広めた連中である。ここで言う女占い師とは最後の皇帝、平和と豊饒の王の出現、真のキリスト教の勝利を預言したシビュラ（巫女）のことである。キリスト教こそが無欲と慈悲、清貧、愛、ゴグとマゴグを抹殺する最後の王の宗教となる。

――ディオクレティアヌスは浄化の仕事を成し遂げた後、エルサレムに行って、ゴルゴタで王冠とマントを預け、神のために帝位を退くことになるのです……。

――そこでそなたの話は終わるというわけか？　とルドビーコは鉛皿に盛られた揚げた魚を一緒に食べたある日の午後、黒いトーガをまとった隻眼で黒い蛇髪のギリシア人旅行者に尋ねた。彼はスプリトの城壁の雑然とした「銀の門」の傍らにて、巫女ティブルティーナの巫言を世に広めていたのである。

第三の時代についての予言

――否、そうではない、と魔術師は呟いた。人間の時代は三つである。世界の最初の時代は信仰の王国が支配した時代のことで、神によって選ばれた民族はいまだに弱く奴隷状態にあって、自由な存在ではなかった。律法はモーセのそれであった。その時代はモーセが出現して次のように述べるまで続いた。「もし神の子が汝らを解放するなら、真に自由な存在となるだろう」。第二の時代はキリストとともに始まり、現在に至る時代である。われわれはたしかに過去からは解放されはしたが、決して未来からは解放されていない。いみじくも聖パウロはこう言った、「わたしたちの知るところは一部分であり、預言するところも一部分にすぎない。全きものが来る時には、部分的なものはすたれる。わたしたちは、今は鏡に映して見るようにおぼろげに見ている。しかしその時には、顔と顔を合わせて、見るであろう」〔コリント人への第一の手紙一三章九－一二〕。

　魔術師は魚の骨で歯の掃除をした。――第三の時代はわれわれが生きている今日という日々に始まるだろう。それは差し迫っている。いかなる場所でもマタイがイエスの口を借りて行った予言が成就しているのが分からないのか、つまり人間同士が敵対し、災厄や飢餓、疫病、大きな苦難が起き、偽りの予言がなされ、不正が増大し、愛が冷え切ってしまい、世界は老いさらばえ、悪化の一途をたどるのだ。偽法王と恥知らずな王がわれらを支配しているのではないのか？　そろそろ最後の皇帝が出現して、あらゆる人々をひとつの集団にまとめてもいいのではないか？　シビュラは言っている、「すべてが丸く収まるなかで新王が到来する……」。

――そこで話は終わりになるのか？　とルドビーコはしつこく聞いた。

魔術師は何か飲むものが欲しいと言った。彼はごくごくと飲み干した。口を黒の袖で拭った。――善は人間たちの時間には属してはいない。人間の勝利は部分的だ。絶対的悪が到来せねばならぬが、それは神ともいうべき絶対的善がそれを打ち負かすためだ。絶対的善は人間には属してはいない。ところが絶対的悪のほうは属している。人間の移ろいやすい幸せともいうべき平和と豊饒の第三の時代が到来するやいなや、反キリストが怒りの形相をして、そうしたものを破壊しにやってくるのだ。

魔術師はルドビーコを猫のような目で見ると続けて言った。――反キリストは絶対的な悪そのものだ。もし彼が歴史の未来のなかで受肉するとしたら、それだけで歴史は自らを神格化することとなろう。つまりそこで未来は終わるのだ。絶対悪は絶対善を呼び寄せるのだ。大いなる力と威厳をそなえた〈人の子〉が、天から雲に乗ってやってくるだろう。そして高鳴るラッパを携えた天使たちを送りつけるはずだ。そして四つの風から選ばれし者たちを集め、栄光の玉座に座るであろう。創造以来、正しき者たちのために準備してきた玉座を、こう言って譲り渡すだろう。わしは腹を空かせていた、汝らはわしに食事を与えてくれた。わしは裸だった、汝らは衣服を与えてくれた。〈人の子〉は傍らから呪われた者どもを遠ざけ、こう言って永遠の業火に投げ込むであろう。わしは巡礼者であった、汝らはわしに宿を提供しはしなかった。わしは牢獄にあって病んでいた、汝らは一度として訪ねては来なかった。選ばれし者たちも呪われし者たちも自問するであろう、われわれはいつそんなことをしたのだろう、あるいはしなかったのであろうか？　〈人の子〉はこう答えるはずだ、汝らはこれらわしの弟たちのひとりを受け入れた際に、わしを受け入れたのだ。ところが幼い子たちを受け入れようとしなかったとき、それはわし自身を受け入れなかったのだ、誰もが永遠のなかでは、己の場所を占めることになっている。それ以外に人間の歴史は存在しないだろう。

魔術師は自分の言葉に高揚しつつ立ち上がった。ルドビーコは問いただそうとして頭を上げた。

――どうやって反キリストを見分けることができるので

すか？

魔術師はルドビーコから一時も離れようとせず、ずっと耳を傾けて会話を聞いていた三人の子供のうちのひとりを抱いた。そしてこう言うだけだった。

――猛禽。黒いペニス。死体のある場所。そこにハゲタカが群がっている。

――でも以前は善い王だったと言ったはずです、それがどうして？

魔術師はルドビーコの二番目の子の頬にキスした。

――背中の十字。それに両足についた六本指。反キリストは打ち倒される。

――どこで？

――サソリのいる館で。

――それはどんな場所ですか？

――〈黄昏〉という名をもつただ一つの土地、スペインだ〔原語‘Vesperes’‘Hesperia’の原義は〈宵の明星の国〉、ギリシアではイタリア、ローマではヒスパニア（スペイン）を指す〕。

魔術師は第三の子の前に跪いた。別のことで納得して、話を聞こうと集まっていた他の弟子たちは、このギリシア人が偽りの預言者たちについて触れたことに腹を立てた。俗衆というのは時に信じ込みやすく、時に悪意に満ちた存在であって、そこで魔術師のことをからかい始めた。彼に大声で叫ぶ者もあれば嘲笑する者もあり、陰鬱な顔をしている者もあれば挑戦的な態度をとる者もあった。

――もしそなたが魔術師で物知りだというのなら、奇跡を起こしてみろ。さもなければわれわれはお前がここで喋ったことなど信じはしない。

すると隻眼の恐ろしい蛇髪の男は、黒衣の下に隠し持っていた新月刀を取り出し、力いっぱい予想もできないような怒りにまかせて、あたかも百本も腕をもっているかのように、そこにいた者たちの手を切り落とし、舌を切り裂き、素早く刀剣を振るって眼窩から目をえぐり出し、顔にドロリとした粘液状の黒く悪臭のする唾を吐きかけた。不幸にして唾を吐かれた男の顔は、蠟のように解けていった。魔術師はその場にいた者たちに叫んで言った。

――汝らが盲《めくら》であるなら見るがいい、汝らが腕なしなら触れるがいい、聾《つんぼ》なら語るがいい。病人なら癒えるがいい。もしそうでないのなら、自分らの目と手と舌と健康をいかに奇跡的に失ったのか見てみるがいい。信なき者どもよ、汝らを納得させる者などあろうか？

俗衆らは涙を流し、大声で叫びながら、棍棒や拳をふりあげ、短剣や斧を手に、ギリシア人の魔術師に襲い掛かって、彼を八つ裂きにした。

バラバラにされた死体は海に投げ込まれた。頭部と分断されてなかをくりぬかれた胴体はまるで山中の狩りで解体された獣のようだった。

決してお前たちは裸足のままであってはならぬ、浜辺や土壁の上で走ったり遊んだりするときは決して靴を脱がないようにせよ。背中も見せてはならぬ、いつも覆って隠しておけ、誰とでも話し、耳を傾け、交わるようにせよ、すべてを聞き学ぶのだ、そして生き延びるのだ、われわれが砂漠の村で学んだことを、ここで経験したことと比較するのだ、われわれには、大きくなったらすぐにでも一緒になすべきことがある。決して忘れるな、お前たちが十四歳になったら、われわれはこの市を出て行くことになろう。各々が自分の道を行くのだ、そして最後の出来事のために再び集まることにしよう。お前たちはもう大人になってきたのだから、わたしの言うことをよく理解してほしい、わたしは自分のよく知っていることと、あまり知らないことをひとつにまとめている。われわれは信念や叛逆心、熱望といったものが混乱をきたしているので、それに新たな道筋を与えようと思っている。海岸で見た夢とそれらをいっしょにまとめようと思う。約束された千年期が歴史のなかで実現するはずだ。それは永遠性とも異なるものとなろう。世界は歴史のなかで生まれ変わるだろう、ペドロよ、抑圧のないかたちで。セレスティーナよ、禁忌のないかたちで。シモンよ、疫病のないかたちで。ルドビーコよ、神々のないかたちで。われわれはかつての黄金時代などに戻っていくのではない、歴史が終わりを迎えるころに黄金時代を見出すわけでもない。黄金時代は歴史のなかにあって未来という名で呼ばれている。しかし未来は今日であって明日ではない、未来は現在であり今である、さもなければそんな時など存在しない。未来とはわれわれ、お前たち、そしてわたしそのものなのだ。

ジプシー女

ルドビーコと三人の少年はギリシア人魔術師のバラバラにされた遺体を探すため、三日目に都市宮殿の高い壁の下に広がるスプリトの海岸に下りて行った。三人の少年はルドビーコに競うようにこう言った、隻眼男はひとりに抱擁し、もうひとりにキスし、三人目の前に跪いた際に、各々に同じことをするように求めた、と。

　汚れた砂浜はがらんとして人気がなかった。ルドビーコと少年たちは浜に打ち上げられたゴミのなかに魔術師の手足がないか探した。見つからないことが分かり、仕方なく腰を下ろしてアドリア海の黄ばんだ海に落ちる落陽を眺めた。

　そのときまるで虚無から出現したかのように（砂浜で音がかき消されていたが）、ひとりのジプシー女が彼らのほうに歩いてきた。ジプシーとはエジプトからやってきたことからそう呼ばれている〔語源はそのことを物語っているが、今日の研究によるとロマ族はエジプトではなく、北インドを出身地とする移動民族である〕。彼女は赤と濃い黄色の服に身を包んでいた。スプリトの街や家々にたくさん見かける街娼や泥棒のひとりで、穴を開けた耳たぶに下品なイヤリングをつけていた。連中は金で便宜を図ったり、タロット占いをしたり、あるいは時に下女として働いたりしていた。というのも泥棒にまさる盗品の守り手は存在しないからである。これは昔からの知恵であった。「母の守り手は夜の息子」〔表の職業で裏の仕事をカムフラージュする意〕。

　しかし女が近づいてくるとルドビーコは恐怖を感じた。ジプシー女の唇には服と同じ色のタトゥーが入っていたからである。落陽は薄らいでいった。女は彼らにタロット《ナイペ》を切って占ってほしいかどうか尋ねた。タロットというのは魔女やシビュラ、巫女らを指す最も古い東洋の名称〈ナイビ〉から来た言葉である。ルドビーコはその必要はないと答えた。素っ気なく女の申し出を退けはしものの、内心では三人の運命を変えてしまうような新たな運命を告げられることを恐れていた。

——隻眼男の遺体を探しているのか？　とジプシー女は尋ねた。

　ルドビーコは口を噤んだままだったが、少年たちは熱心な調子でそうだと答えた。すると女は素っ気なく言った。

——タロットのなかにあるよ。

——じゃあ札を切って、とひとりが息せき切って言った。

——うん、そうだ、すぐに切ってよ、残りの二人も異口同音で言った。

　ジプシー女は謎めいた笑いを浮かべて言った。——三枚のカードしかもってきていないよ。

　若者たちは子供じみた失望の色を見せた。

——でもタロットのあらゆる組み合わせを作ろうと思ったら三枚のカードで十分よ。三という数字が意味するのは、落下の対立をうまく解決し、精神をペアのうちに統合し、被造世界の各々の定式を形づくり、生命を一つにまとめるということ。つまり自分と父と母、自分と妻と息子、自分と父と子といった具合に。タロットはそう語ったのよ、だからすべての謎とその解決法をもっているの。

女はカードを切るかのように空中で手を動かした、三人の少年は笑ってからかった、なんだ、三枚のカードすらもってなかったじゃないか、タロットといっても所詮空気を切っているだけだ、人を誑かす泥棒女の売女め、しかし彼女は笑わなかった、ひとりの方を見てこう言った、海岸まで走って行き、砂に埋もれているボトルを拾っておいで、また二人目にはこう言った、海に飛び込んで、海底に沈んでいる別のボトルを拾っておいで、また三人目にはこう言った、わたしには遠く彼方に、別のボトルの緑のガラスが波間に光っているのが見えるから、取っておいで。三人とも言われたように行動した。彼らは赤い封印がされた泥だらけの緑のボトル三本を携えて海岸に戻ってきた。うちのひとりは足を濡らしただけだったが、他の二人はびしょ濡れで息も絶えだえとなり、犬のように砂の上で四つん這いになってぶるぶると身を震わせた。

――起き上がれ、とルドビーコはますます恐怖心を募らせて彼らに叫んだ。男だろう、ちゃんと二本足で立て！

ジプシー女は微笑んで言った。――ここにあるのが魔術師の死体よ、斧でぶち割られた頭と胴体よ。

少年たちは再び笑い声をあげ、単なる古いボトルが三本あるだけだと言った。そしてじろじろ見てゆすってみた。中に何かが入っていたが、ぶどう酒でもなければ水でもなかった。ボトル一本ごとに固く巻かれた紙が入っていた。彼らは笑った。顔を見合わせた。ボトルを海に戻そうとして投げようとしたが、そのときジプシー女が金切声を上げて、三つの言葉を発した、それはティコ、ティキ、タカという神を意味する言葉であった。それはあらゆる言語で同じものを意味するテオス、デウス、テオトゥルに相当した。ただ悪魔の子たちだけが、それとは逆に神を犬と呼ぶことで、人目を誤魔化そうとするだろう。さあ、立ち上がるんだ、わたしに触れるんじゃないよ、男らしくするんだ、犬じゃないんだからね、さあお前、そのボトルはティコ、シナ語で運命という意味だ、つぎにお前、そのボトルはティキ、エジプト語で偶然という意味だ、最後にお前、そのボトルはティカ、ジプシー語で幸運という意味だ。みんなしっかりと保持して決して開けるんじゃないよ、さもないと運命も偶然も幸運も逃げ出しちまうよ、そうしたものは長い間ボトルのなかに封印されてきたんだ、運命は過去からやってくる。偶然は現在からやってくる。幸運は未来からやってくる。これが他の者たちが愚弄し、ふたたび殺してしまったときに、お前さんたちが抱擁とキスと愛撫を交わしたあの隻眼の魔術師からの贈り物なのよ。

――でもあんたはこれが彼の遺体の一部だと言ったよね、と少年のひとりが呟いた。

――魔術師は紙でできていたのよ、とジプシー女は答えた。いつだってそうしたものだった。紙でできた英雄とか作者だった……最初は主人公として振る舞っていたけれど、戦争と冒険から戻ってからはものを書き出した。ひとつはたしかに英雄のように生きた部分があったし、後世の人々はそれを歌うだろう。でももうひとつは詩人として書いたということよ、文字はもの言わず黙したままだけれど。彼は声から声へと流れていった部分を生きたということよ。そして紙に書かれた部分を死んだの。自分の妻が彼のことを待ちくたびれて不貞に走ったことを発見したとき、再び逆方向の冒険をやりまくろうとしたわけよ、そしてそれを記憶に蘇らせて書き留めたの。彼は耳だけは塞ぐことはなかった。そこでセイレーンの歌声に魅入られてしまったの。ロトス〔その実を食べると憂き世の苦しみを忘れるという〕の美しさにも抗えなかった。そこでそれを口にし、爾来、夢見心地で生きているのよ、彼はポルフェモという一つ目の怪物を前にして身動きならず、ついには片方の目をえぐり取られてしまった。彼は原点に遡った、つまりシシュフォスの子ウリクセスは永遠にスキュラとカリュブディス〔難所で知られる岩礁のこともそう呼ばれる〕の間に投げ込まれた。スキュラは想像上の怪物で十二の足と六つの頭をもち、蛇の頸とサメの歯、吠えまくる犬の性器をそなえていた。カリュブディスのほうは自然の怪物で、世界中のあらゆる海を呑み込み、吐き出す巨大な口をもっていた。シシュフォスの子として彼は原点に舞い戻り、自らの冒険を何度も書くという拷問を課せられた。本を書き終えたと思っても、それはもう一度最初から書きはじめることにすぎず、また予期せぬ可能性と歩調を合わせて、異なる時代、異なる空間のうちに、常に、また永遠に不可能を目指して、別の視点からすべてを語ることを余儀なくされたのだ。つまりそれは完全なかたちで同時的な語りをすることを意味する。彼は紙からできあがっていた。肉体は死そのものであった。彼が殺されたとき、遺体は海に放り込まれた。そして再び紙と化したわけ、つまり再び生を取り戻したの。だから紙はきちんと取っておくのよ。彼からの贈り物なのだから。

ジプシー女はそう言うと立ち去った。少年のひとりが彼女は海に入って行ったせいで見えなくなったと主張したが、別の少年はそうではなく、豚の群れを引き連れて海岸を歩いて行ったと反論した。三番目の少年はそうじゃない、岩山のなかの洞穴に入って行ったと言い張った。そこは波に洗われて空洞のできた暗い洞穴で、ライオンの吠え声やオオカミの遠吠えが聞こえた。しかしルドビーコは砂浜に残されたジプシー女の足跡をじっと見ていた。風がひゅーひゅー吹き荒れた。海の波が足跡を洗って行ったが、刻印された足跡だけはそこから消えることはなかった。

記憶劇場

彼らは予定していた時よりも早くスプリトを後にした。ルドビーコは三度、単独で海岸に戻った。三度ともそこで目にしたのはジプシー女の消えることのない足跡であった。彼らは石の上にも水の上にも、いかなる足跡も残らない都市、ヴェネチアに向けて旅立った。その蜃気楼のような土地には、時間以外の亡霊など住みようがなかった。しかし時間の足跡など感知できるものではない。湖沼は姿を映す石も残さず消滅するだろうし、石もまた映すべき水を残さずに消滅するだろう。人間の移ろいゆく肉体は、たとえそれが強固なものであれ、幽体のようなものであれ、こうした眩惑に対してはなすすべがない。ヴェネチアは全体が幽霊なのである。他の幽霊に対し優しく招き入れることなどしない。そこでは彼らのことを知る者などひとりとしていないだろう。そうなれば彼ら自身であることも止めることになろう。いかなる幽霊といえども、そこまで身を危険にさらすものはない。

彼らはジュデッカ島〔ヴェネチアの南にある島〕の閑散として人っ子ひとりいない場所に居を定めた。ルドビーコはトレードで深く読んでいたユダヤ人の伝統儀式を間近に見て、その教えのすべてを受け入れることはできないと思いこそすれ、元気を取り戻したような気になった。セレスティーナがシモン修道士を通して送ったお金も、この最後の旅で底がついてしまった。ルドビーコが古くからあるユダヤ人街で尋ねたのは、自分がここでそうしたように、スペインとポルトガルから逃れてきた多くのユダヤ人は、どこを隠れ家にしているのかということだった。それから、もし通訳を必要としているのであれば自分が当たろうとも。一同は笑いながら、それなら、広いヴィガーノ運河を渡り、聖バシレイオス教会でおり、造船所のある入り江のなかに入り、ロウソク労働者の住む運河沿いの道に沿って歩き、フォスカリーニ橋を渡って、聖バルナバ川とカルミネの聖母マリア教会の間にあるヴァレリオ・カミッロ師の住んでいる家を探してみるといいと教えてくれた。というのも師はヴェネチアでは知らぬ人がないほど有名で、どこかの教師よりもずっと多くの古い手稿を収集していたからである。窓まで羊皮紙の本が壁のように積み上げられていて、ときどき本が外の通りに落下することもあった。子供たちがそれらで小舟を作ったり、運河に投げ捨てたりすると、痩せてどもり気味の師は、クインティリアヌスや老プリニウスの本が水に濡れ、腕白小僧どもの慰みものになることだけは避けようと、貴重な文書を救い出そうと大声をあげて探し回ったのである。

ルドビーコは教えてもらった場所に難なく着くことができた。しかし家の扉や窓が邪魔して、人は通りにくく、光もあまり差し込んでこなかった。ドン・ヴァレリオ・カミッロの屋敷は文書のあふれる、まさに本の要塞、本の山、本の壁、本の柱であった。それは外から見た様相であり、室内においては、黄ばんだ羊皮紙がうず高く積み上げられていて、今にも崩れ落ちそうに見えた。辛うじて支えられていたのは、互いに柱となって他を圧していたからである。

彼は屋敷の庭がどこにあるのか探そうとして周囲をぐるりと回ってみた。実際、聖マルゲリータ教会の広い畑に通じる小ポーチの近くに、狭い鉄格子が開いていた。そこには雌オオカミ、ライオン、犬の頭が規則正しく、繰り返し彫り込まれていた。壁面からは香り高いツタが垂れ下がり、鬱蒼とした庭園にひとりの痩せこけた男がいた。ドレープのついたゆったりした長い服をまとっていたせいで、肉のこそげた痩せ身は目立たなかった。しかし死刑執行人のそれに似た黒の頭巾を被っていたせいで角ばった顔がより際立って見えた。頭巾で頭と耳が隠れてしまい、ワシのような横顔だけが見て取れた。彼は剣の先に生肉の塊をつけたもので刺激しながら、恐ろしい顔つきをしたマスチフ犬の訓練をしていた。犬どもは飛び跳ね、吠え立てながら、獲物に食らいつこうとした。しかし男は自分の腕を生肉と牙の間に差し挟んでそれを妨げたものの、何ひとつ牙に掛けられて怪我することはなかった。頭巾をかぶった弱々しい師は驚くほど素早く、舐められた腕を引っ込め、どもりがちにこう言った。

――よし、よし、ビオンディーノ、プレシオーサ、よし、ポコガルバート、こっちの肉のほうが旨いぞ、わしがお前たちを信頼しているってことは分かっているよな、がっかりさせるんじゃないぞ、わしが死んだら、もう叱りつけることもできなくなるぞ。

　するとマスチフ犬に肉塊を投げ、一番旨そうなところを争いあって貪る様子を目を細めて眺めた。庭の入り口に佇んでいるルドビーコのほうに目をやり、他人の生活を詮索するなんて、いかにもつまらんことではないかとぞんざいに訊ねた。ルドビーコは無礼を詫びた。自分がやってきたのは好奇心などではなく、仕事の一環としてきたのだと言い訳した。そこでトランシト・ユダヤ会堂の例の老人が署名した手紙を彼に見せた。それを一読した後ドン・ヴァレリオ・カミッロはこう言った。

――よう分かった、ドン・ルドビーコ殿、わしが長い間集めてきた文書を分類したり翻訳したりするのには何百年もかかるかもしれんが、それでも生きている間に何かしらのことはできるだろうて、どこから始めてもいいぞ。それにはまず二つの条件を受け入れてもらわねばならぬ、ひとつはわしのどもりを馬鹿にせぬことじゃ、その理由を手短にお話ししよう、わしの読む力は話す力より格段にすぐれておるのじゃ、わしは読むために時間をたっぷり使っておるので、時々どうやって話すのか全く忘れてしまうのじゃ。まあ何はともあれ、読む速度がとてつもなく速いので、その代わりといっては何じゃが、話すときはどもってうまく話せぬ。わしの思索は会話よりも回転が速いのじゃ。

――二番目の条件とは？

　師はマスチフ犬に別の肉塊を投げ与えた。――もしそなたの仕事中にわしが死んだら、カトリック教会の定めた教会法に則って埋葬したり、この汚らわしい街の水に放り投げたりせず、わしの庭園に裸体のまま埋めてもらいということじゃ。そして犬どもに貪り食われるのが本望じゃ。そのために犬どもを飼い馴らしておるでな。わしの埋葬場所は犬どもの腹のなかじゃ。それ以上にふさわしい、名誉ある墓はあるまいて。物体は物体に、というわけじゃ。これは賢人キケロの忠告に従ったまでじゃ。もしいつの日か、わしが以前の肉体で蘇える日がくるなら、世界の聖なる物体にあらゆる消化の機会を与えたことによるはずじゃ。

ルドビーコは毎日、ドン・ヴァレリオ・カミッロ師の家に姿を見せた。そして痩せ衰えたヴェネチアの老師は毎日のように、彼にさまざまな宮廷の言語に翻訳するようにと、古い紙葉を何枚か手渡した。師が秘密めいた言い方で示唆したのは、宮廷において学問的信憑性のあるあらゆる文書といっしょに自分の斬新な思いつきを伝えようという意図であった。

ルドビーコはすぐにギリシア語とラテン語からトスカーナ語とフランス語、スペイン語へ翻訳していたものには、そのどれにも共通のテーマがあるということに気づいた。つまり記憶である。キケロにおいては『創意について』を翻訳した。「分別とは善と悪と、そのどちらでもないものを知ることにある。分別を成り立たせているのは、記憶と知性、そして予見ないしは神意である。記憶とは心が過ぎ去ったものを想起する能力のことである。知性とはそれをもって今かくあるものを正しく認識する能力である。予見ないしは神意とは、物ごとが起きる以前に、それが起きることを予想させる能力である」。プラトンについては、ソクラテスが記憶を天恵として語っている部分を翻訳した。つまり記憶とはムーサたちの母であり、すべての人々の魂には一片の蠟があって、その上に思考と感覚の刻印が押されるのである。またフィロストラートは『アポローニオ・デ・ティアナの生涯』でこう記している。「エウクセニオはアポローニオに訊ねた、高尚な考えをもち、いかにも当意即妙の受け答えのできるあなたが、生涯、今まで何も書き記すことをしてこなかったというのはなぜか。するとアポローニオはこう答えた。それは今まで沈黙を実践してこなかったからだ。その時以来、彼は口を噤もうと決心し、二度と話すことをしなくなった。とはいえ目と心でもって吸収したので、すべてを記憶に留めることができた。百歳になってもシモーニデースその人より記憶力があったので、ついに記憶を讃える賛歌を書き残した。そこで述べているのは、すべてが時間とともに消え去るが、時間そのものは記憶のおかげで消えることなく永遠に存続してゆくということである」。またルドビーコは聖トマス・アクィナスの言葉のなかに次の文言を見つけた。「人は形象なくしてものを想像することあたわず」。けだし形象とは幻影なのである。

プリニウスのなかに読み取ったのは、古代世界において記憶の果たした驚くべき偉業である。キュロス王は自分の率いる軍隊の兵士すべての名前を諳んじていたという。老セネカは羅列された二千のものの名を順序正しく暗誦することができた。ポントス王ミトリダーテスは二十カ国語を操ることができた。セプシアのメトロドールスは生涯で耳にしたあらゆる会話をありのまま反復することができた。ギリシア人カルミデースは当時最大規模とされた自分の図書館にあるすべての本の内容を記憶に留めていた。ところがテミストクレースは記憶よりも忘却の知のほうを好むと言って、記憶術を実践することを拒んだ。こうした手稿のすべてで、記憶術の発見者であった詩人シモーニデースの名前が取り沙汰されていた。仕事を始めて何カ月か経ったある日、ルドビーコはいつも寡黙なドン・ヴァレリオ・カミッロ師に、その著名なシモーニデースとはいったいどういう人物なのかを尋ねた。師は毛深い眉根の下で目をらんらんと輝かせて彼のほうを見た。

——いつもそなたは詮索好きだとは思っておった。会った最初の日からそう言っておっただろうが。

——無駄な詮索をしているだなんて思わないでくださいよ、ヴァレリオ先生、詮索も先生に役立つはずですから。

——ならばわしの書類のなかから探してみるがいい。わし自身が見つけたものを見つけられんようなら、そなたの才覚も知れたもんじゃ。

どもりで痩せぎすで、すばしっこい先生はそう言うと、いつも鎖と閂でしっかり閉めたままにしていた鉄扉のところまでさっさと行くと、苦労してそれを開け、扉の後ろに姿を消した。

ルドビーコは約一年を費やして代わるがわる翻訳と調査に従事した。薄くて今にも破れそうな文書をギリシア語に翻訳したが、そこには悪い評判のせいで人々から軽蔑されたひとりの詩人のことが語られていた。その理由は詩を書いたり、読んだりすることで金を稼いだ最初の詩人だったからである。ケオス島の出身で名をシモーニデースといった。このシモーニデースは、ある夜、スコパスという名のテッサリアの貴族を言祝ぐ詩を歌うようにと祝宴に招待された。そのために裕福なスコパスは大祝宴を準備していた。しかしいたずら心からシモーニデースは主人を賛美するだけでなく、詩のなかに伝説上の双子の神カストルとポルックスの兄弟〔レダの息子たちだが、前者は白鳥の子、後者が神の子〕を絶賛する部分を挿入したため、詩人が歌い終わったときスコパスは本気とも冗談ともとれる口調で彼に言った。自分を賛美しているのは半分だけだから、報酬は約束した額の半分にする、残りの半分は神話上の双子の兄弟に請求するがいい。

シモーニデースは騙されたと思って、せいぜい食事で失った部分を取り戻そうという気になって食卓についたところ、ある使者がやってきて詩人に二人の少年が慌てた様子で彼を訪ねてきている旨を伝えた。シモーニデースは不機嫌な顔をして宴会の座を外して、通りに出て行った。しかしそこには誰もいなかった。スコパスの食堂に戻ろうとしたその瞬間、堪えきれなくなった粗石積みとひびの入った漆喰がものすごい音を立てて崩れ落ちた。天井が崩落したのである。食卓を囲んでいた者たちのすべてが死んだ。廃墟の下に誰が埋もれているのか全く分からなかった。死者の縁者がやってきて泣きながら愛する者たちを探したが、その顔は虫けらのように押しつぶされ、脳味噌は飛び散り、散々な形状になっていて見分けがつかなかった。そのときシモーニデースは遺族に対し、どれが彼らの遺体なのかを指し示したのである。詩人は客人らが座っていた場所を正確に覚えていたのだ。

一同は目を見張った。それは誰一人そうした手柄を立てた者などいなかったからである。かくして記憶術が発明された。シモーニデースはスパルタにあるカストルとポルクスの神殿に御礼参りをした。一再ならず彼の心に順序正しく去来したのは、スコパスの宴に連なった招待客たちの顔であった。おどけ顔をしたり無関心を装ったり、人を見下すような、あるいはいかにも無知蒙昧な者たちであった。

ルドビーコはこの原文をヴァレリオ・カミッロに見せると、師は頭を何度も横に振ったあげく、こう言った。

——よくやってくれた。これでそなたも記憶術が誰によってどのように生まれたか、分かっただろう。

——でも先生、人間は昔からずっとものを記憶してきたのでは……。

——そのとおりだ、ルドビーコ殿、でも記憶の目的というのは異なったものだった。シモーニデースは身近なものを超えて何か遠いものを記憶した最初の人物だった。彼以前には記憶の対象は日常的仕事、家畜の目録、食器類、奴隷、都市、家屋とかであり、過去の出来事やかつての場所などに対する茫漠とした思い出の総覧にすぎなかった。つまり記憶はひとつの事実であり、技術ではなかった。シモーニデースはそれ以上のものを提起した。つまり人間がどういう存在であって、何を語り、何をなしてきたのかという事実は、完璧な順序と配置のなかで記憶されうるということだ。従って今後は、何ものたりといえども忘れ去られる理由はない。分かったか？　彼以前には、記憶は単なる偶然の賜物にすぎなかった。各々が自らの能力と欲求にしたがって自発的に記憶してきただけだ。かの詩人は個人的記憶とは一線を画した、学問的な記憶というものに門戸を開いた。過去のすべてをトータルに認知する記憶術のことだ。そうした記憶というのは、現在において機能するものだったので、現在が未来において記憶されるべき過去となるべく、現在をもトータルに取り込まねばならなかったのだ。この目的のために何世紀にもわたって数多くの方法が練られてきた。記憶術が手助けとして求めたのは場所と形象と分類法だ。そして関心は現在と過去の記憶から、何としても生起する以前の未来を記憶したいという野望へと移っていった。この能力は予見とか神意と呼ばれている。かつての人間たちより大胆不敵な者たちは、カバラやゾハル、ユダヤのセフィロトなどに着想を得て、さらに彼方へと飛翔し、あらゆる時代、あらゆる空間の時空を知ろうと考えた。それはあらゆる時間とあらゆる場所についての同時的な記憶のことである。わしはな、旦那さん、それよりももっと彼方に到達したのじゃ。わしにとって、すでに手にした時間的永遠性の記憶も、知らぬ場所とてない空間的同時性の記憶も十分とは言えないのじゃ。

ルドビーコはドン・ヴァレリオ・カミッロは頭がおかしいと心のなかで思った。自らの墓場を貪り食う恐ろしいマスチフ犬の胃袋のなかだとしたり、また自らの生についてもあれこれ具体的なものどころか、あらゆる空間を集めたものの記憶でもなければ、過去・現在・未来の記憶でもなく、あらゆる時間を集めたものの記憶にも置こうとしなかったからである。おそらく純粋な空虚を求めていたのだろう。ヴェネチア人の輝く目線はスペイン人学生のほうをじっと見据えていた。すると彼は優しく肘を摑み、鎖で封鎖された部屋に学生を連れて行った。

——そなたはその扉の向こうに何があるのか一度も尋ねなかったな。きっと知的好奇心のほうが、不遜かつ個人的で、身体にもよくないと判断する好奇心よりも、より力強いと思ったのだろう。そなたはわしの秘密を尊重してくれた。お礼にわしの発明をそなたに見せてやろう。

ヴァレリオ・カミッロは閂にいくつか鍵を差し挟んで鎖を外し、扉を開いた。ルドビーコは湿気たレンガの暗い苔の生えた通路を通って後に付いて行った。通路にはネズミの目とトカゲの皮膚だけが光っていた。二人は第二の鉄扉のところにやってきた。ヴァレリオ・カミッロはそれを開け、ルドビーコの背後で再び施錠した。彼らが入ったところは、大理石の反射する光で照らし出された、静まりかえった白い空間で、丹念に清掃され、驚くほどきれいに整っていた。大理石のブロックには小さな隙間ひとつも見つからなかった。

——ここにはネズミ一匹入らないぞ、とドン・ヴァレリオは笑った。そしてひどく真面目な様子で付け加えた。——ここに入ったのはわしだけだ、ルドビーコ殿よ、今こうしてヴァレリオ・カミッロの〈記憶劇場〉をそなたにお見せするのだ。

師は大理石ブロックのひとつの表面に軽く手を触れた。すると壁のある部分が扉のように他からごっそりと切り離され、見えない蝶番の上で回転した。二人は俯いてそこを通り過ぎた。ルドビーコの耳に響いてきたのは深い物寂しい歌であった。そして先に行けばいくほど狭くなってゆく木製の廊下に入って行った。行き着いたのはごく小さな舞台の上であった。実際、余りにも小さくてルドビーコしか入れないほどで、ドン・ヴァレリオはその間、干からびた手を翻訳家の肩に置いたまま後ろで控えていた。ルドビーコの耳の近くで骨ばった顔を寄せて、マグロとニンニクとインゲン豆を食べた息を吐きかけながら、どもり気味の声でこう囁いた。

——これが例の〈記憶劇場〉だ。配役は逆転することになる、そなたは唯一の観客で、舞台を独り占めする。上演は客席においてなされる。

観客席は木組みのなかに囲われるかたちの七段の階段座席からなっていた。それらは七つの柱で支えられ、末広がりの扇状に開いていた。階段はすべて七列で、ルドビーコがそこに見たのは座席ではなく、彫り込まれた一連の鉄柵であった。それはサンタ・マルゲリータ領地にあるヴァレリオ・カミッロの庭園にあったのと似ていた。鉄柵に彫られていた像の透かし模様は、ほとんど目に付かないほど薄かったので、先行するものと後に続くものの上に上書きされているように見えた。全体として、透明な薄絹でできた幻想的な屏風の半円といった印象を与えた。ルドビーコには書き割りが観客たちであり、観客が劇の唯一の座長であるような、この逆転した大きな舞台の意味を理解するのは不可能のように思えた。

通路で聞こえた深みのある歌は、数多の声が集まって台詞のないひとつの遠吠えのように聞こえる合唱となった。わしの劇場はソロモンの家と同様、七本の柱で支えられている、とヴェネチア人はどもりながら言った。これらの柱は天を超える七つのセフィロトを表している。因みにこのセフィロトは、天上と月下の世界の筋立ての七つの手段である。それは三つの世界の考えうるすべての思想をなかに取り込んでいる。七神は七つの階段座席の各々を取り仕切っている。ルドビーコさんよ、しっかり区別するのだ、最初の鉄柵部分の各々にいる神々をな。それはディアナ、メルクリウス、ウェヌス、アポロン、マルス、ユピテル、サトゥルヌスだ。六つの惑星と中心にある太陽だ。七つの課題は、階段座席の七列のところに、それぞれの星辰の記号でもって表されている。それは七つある人類の根本的状況のことだ。〈洞窟〉は存在と思想という変わらぬ本質の人間的投影だ。〈プロメテウス〉とは神々から知性という火を盗もうとした人間であり、〈宴〉とは集い合った人間たちの饗宴のこと。〈メルクリウスのサンダル〉とは人間の活動と仕事を象徴している。〈エウロパと雄牛〉は愛そのものだ。一番高い列ではゴルゴン三姉妹が高みからすべてを照覧している。彼女らは三つの体をもち、一つ眼を共有している怪物である。唯一、そなたひとりが観察者であって、ゾハルにあるように、身体はひとつだが、三つの魂を持っている。三つの身体と一つの眼、一つの身体と三つの魂。こうした二つの極の間に、七つの星辰と七つの状況の考えうるすべての組み合わせがあるのだ。ヘルメス・トリスメギストスはいみじくもこう記した、一なるもののこうした多様性に一体化しうる者は、神にもなりうるし、過去・現在・未来を知り、天と地に含まれるすべてを知ることができると。

ヴァレリオ師はますます興奮の度を増して、ルドビーコの背後で、ロープと滑車とボタンを繰った。観客席の各々の場所に光があふれた。神々の像が動き出し、透明度を増して、それぞれが結合して溶け合うかのように見えた。全体が消え入るようなかたちでひとつになり、判別できるようなかたちで本来の影を残しつつ変化していった。

——ルドビーコさんよ、不完全な世界とはどんなものか分かるか?

——ええ、もちろんです、不完全というわけですから、欠けているものがある世界ということでしょう?

——わしの発明は全く反対の仮説に基づいておるのじゃ。つまり世界は欠けているものがないと思っておるから、不完全なのじゃ。逆に世界には常に欠けているものがあると考えたとき完全なものとなる。そなたは認めるか？　わしらが事実の現実的連続と並行して走りうるような理念的連続を考えておることを。

——ええ、認めます。トレードでわたしはあらゆる物質と精神はかつてあったものと、これからそうなるものの霊気を映しだしているということを学びました。

——かくありえたものもじゃ、ところでそなたは昨日なかったからといって、将来おそらく決してありえないものに対しては、いかなるチャンスも与えないのか？

——わたしたちはみな人生のある時点で自問してきました。自分らの生を再び生きるという恩恵が与えられたとしたら、二度目の人生をどうやって生きたらいいのだろうかと。どういった過ちを避けるべきなのだろうか。手抜かりに対しどういった埋め合わせができるだろうか。あの夜、あの女に愛していると告白すべきだったろうか。父が死ぬ前日に、どういうわけで父を訪ねることを控えたのか。教会の入り口で手を差し出した乞食に硬貨を再びやるべきだろうか。常にわたしたちが選ばねばならない人間や職業、政党、思想など、そのどれを選んだらよいのであろうか？　所詮、人生とはあれかこれかを絶え間なく選択する営みにすぎません。そして彼岸のことというのは、決してわれわれが自由に決定できるような永遠の選択などではなく、たとえそれを信じたとしても、他の者たち、つまり神々、裁判官、王、奴隷、両親、女、子供といった存在だが、彼らがわれわれに課すさまざまな条件によって決定づけられているのです。

——いいか、よく見るのだ、わしの芝居のいろいろな画布に描かれた、記憶のなかでも最も絶対的な記憶の推移をな。それは、そうありえたが実際にはそうはならなかったことすべてのことだ。それを最小のもの、最大のもの、果たされなかった身振り、口に出されなかった言葉、生贄にされた選択、先送りされた決定のなかに見るのだ。キケロはカティリナの愚かしさについて聞かされたとき、じっと黙って耐えていただろう。そのときの沈黙だ。妻のカルプルニアがカエサルに三月十五日に元老院に出席しないように説得しただろう、そのときの説得のやり方だ。サラミナでギリシア艦隊が壊滅しただろう、そのときの敗北だ。アウグストゥス帝治下のパレスティナはベツレヘムで、少女が生まれただろう、そのときの少女の誕生だ。ピラトがかの女予言者に赦しを与えただろう、そのときの赦しと、十字架にかけられたバラバの死だ。ソクラテスは牢獄で自殺の誘惑を撥ね付けただろう、そのときの決断だ。オデュッセウスが狡猾なトロイヤ人によって市の城壁の外で見つかり、木馬に火をつけられ炎に包まれて焼き殺されただろう、そのときの死にざまだ。マケドニアのアレクサンダー大王の老年に、ホメロスの沈黙の眼だ。見るがいい、しかし口を開くな、ヘレナが故郷に戻ったときのことを、ヨブが己の家から逃げ出したときのことを。アベルの兄に対する失念を、メディアの夫への追憶を。王国の平和のためにアンティゴーネが暴君の制定した法にやむなく従ったことを。スパルタクスの叛逆を、ノアの方舟の沈没を。ルシファーが神のそば近くへ戻ることを許され、己の場所に帰還したことを。しかし同様に、他の可能性があったことも知るがいい、ルシファーが叛逆するのを諦めて、従順な態度で天にそのまま居残るということだ。しっかりと見るがいい、あのコロンブスがジパングと汗国の宮廷への航路を探し求めて、ラクダの背に乗って陸路、西から東への旅に出るなどということを。見るがいい、わしの画布の絵がいかようにも回転し、溶け合い、ごちゃまぜになりうるかを。あの若い牧者エディプスを見てみよ、嬉々として養父であるコリント王ポリビオのそばで一生暮らしているとしたら？　ヨカスタ〔母でありながらエディプスと結婚する〕の孤独を見てみよ、空しさで満ち足らぬ思いでいる自分の生き方のどうしようもない苦しみを。彼女を救えるのは罪深い夢だけだとしたら。エディプスは目をえぐり出すこともなかったろうし、運命劇も悲劇もなかったはずだ。そうなればギリシアの秩序は決定的に崩壊していただろう、なぜならば、秩序を乱した際に秩序を回復し、永遠に蘇らせるような、そうした悲劇的逸脱が欠けてしまうことになるからだ。そうなればローマの権力はギリシアの精神を屈服させることはなかっただろう、ギリシアは悲劇をもたないということでローマの支配下におかれるだけとなったかもしれぬ。いいか、見てもみよ、イスラム教徒に占領支配されたパリを。アウグスティヌスと論争して勝利したペラギウスの勝利と聖別を。ヘラクリトスの川の氾濫で水浸しになったプラトンの洞窟を。ダンテとベアトリーチェの結婚を。決して書かれなかった一冊の本のことを。アッシジの放埒にして商売上手な一老人のことを。ジョットが決して描かなかった空白の壁のことを。デモステネスが海を前にして石を呑み込み息をつまらせて死んだ姿を。最大のことから最小のことまで、想像してみるがいい。王子の揺り籠のなかで生まれた乞食のことを。乞食の揺り籠で生まれた王子の姿を。大きくなった子供が生まれると同時に亡くなり、亡くなった子供が成長する姿を。醜女と美女、不具と健常者、無知と知者、聖人と極道者、富者と貧者、戦士と楽士、政治家と哲学者、わしの劇場が乗っかったこの大円をほんの少し回してみればそれで十分だ。劇場とはつまり、七つの惑星、三つの魂、七つの回転、一つの眼からなる多様な組み合わせによって支配された円周の内部における、三つの二等辺三角形の大いなる仕掛けのことだ。紅海の海水は二つに分かれることはない。トレードの一少女が教会の全く同じ七つの柱のうちどれかを選ぶことも、全く同じ二個のガルバンソ豆のどちらかを選ぶこともできない。ユダは買収されてイエスを売ることもできなければ、人々がオオカミだと叫んだ少年を信じたということもなかった。

ドン・ヴァレリオは喘ぐような息遣いになり、しばらくの間、紐とボタンを繰る手を止め、口を噤んだ。そして落ち着きを取り戻すと、ルドビーコに訊ねた。

——ものをそうありえたかもしれないが、実際はそうなりえなかったというふうに思わせる、こうした発明の代償として、世の王たちからわしはいったい何を下賜してもらえるのだろうか？

——ヴァレリオ先生、そりゃ何ももらえませんよ。だって王というのは現に今あるもの、これからありうるものしか関心がないからです。

ヴァレリオ・カミッロの眼はいつになく輝いた。あたかも突如暗くなった劇場でただ一つ光る灯りのように。

——となると、将来決してありえないものも彼らにとってはどうでもいいのか？

——おそらく。未来に生起することを知ろうとするときは別のやり方があるからですよ。

——そなたはわしの言うことが分かっていないな、わしの劇場に映っている映像には、過去のあらゆる可能性が取り込まれておるが、同時に、未来に起こりうるあらゆる場面をも描き出しておるのじゃ。けだしわしらは過去にありえなかったことを知ることで、かくありたいと願っていることを知るであろうに。言い換えると、今そうありえなかったこと、またそなたが今見たものというのは、確定した事実というより可能性を含んだ事実であって、別のあり方で別の機会となるべき己の時を待っておるのじゃ。歴史というのは繰り返されるというが、それは単にわしらが各々の歴史的事実の別の可能性を知らないからに過ぎない。つまりある事実が本当はこうもありえたのに、実際はそうならなかったという可能性のことじゃ。そうした可能性を知れば、歴史が繰り返されるものではないことがはっきり分かるはずじゃ。最初に起きうることが、別のようなことになるかもしれぬのじゃ。そのとき、宇宙は本来あるべき真実の均衡を取り戻すであろう。わしの研究調査の最終目標は、次のようなことじゃ。つまり二つの異なる時期が完全に合致するように、わが劇場の要素を組み合わせることじゃ。たとえば一四九二年、一五二一年、あるいは一五九八年にそなたの祖国スペインにおいて起きたこと〔一四九二年にはコロンブスのアメリカ大陸発見、ユダヤ人の追放、グラナダ陥落が、一五二一年にはコムネーロスの反乱が、一五九八年にはフェリペ二世が死去した〕、起きそこなったことと、一九三八年、一九七五年ないしは一九九九年〔一九三八年はフランコが国家元省となり、一九七五年はフランコが没した年。一九九九年はこの小説の最後の年〕に、その地で起きることが合致するというふうに。そのときわしは確信するのだ、かかる合致から生まれるべき空間には、かの地でかつて生きたり死んだりした未遂の過去に、別の可能性が生まれるということが。つまり完璧なかたちとなるべく二重の時間がそうした空間を求めることとなるのだ。

――だとすると先生の理論に従えば、その空間は不完全なものということになりますね。

――完全なものというのは死だけじゃ。

――先生はかつて起こりようのなかったものが、二つの時期が完遂すべく合致を待ち望んでいるような、そういった空間を一つでもご存じなのですか？

――そなたに今さっき申した通りじゃ。今一度よく見てみるがいい、わしは光明を取り戻させ、人間どもを動かし、ひとつの空間、そなたの土地であるスペインという空間と、未知なる世界、つまりスペインがスペイン以前にあった全てを破壊して自らを再生している、そうした世界とをひとつに統合するのだ。それは二重の意味で不動にして不毛な懐胎ともいうべきものだ、なぜかといえば、そなたの祖国スペインがかつてかくありえたものの上に、別のありえないものを上重ねすることでもあるからだ。見てみるがいい、かの神殿が火に包まれ、ワシたちが墜落し、未知の土地の土着民がどれほど虐げられているかを。スペインはスペインで、自らの門戸を閉じ、ユダヤ人を追放し、モーロ人を迫害し、霊廟に閉じこもり、その場から死という名でもって統治しているではないか。つまり信仰の純粋性、血の純潔、肉体への恐怖、思想の禁止、理解できぬものの根絶などである。見てみるがいい、恐怖と沈黙に押しつぶされた生、単なる外見だけの信仰、実体なき空虚、愚かしい名誉心などといった死の時代がいったい何世紀続いていることか、飢餓と貧困と不正と無知の跋扈する、悲惨そのものの現実をしっかり見てみよ、金襴をまとっていると思ってはいても本当は裸そのものの帝国なのだ。貴殿に言っておくが、かつての歴史のなかで、そなたの言語を話し、また話すことになる国々以上に、かつてとは異なる別のあり方を必要とされる国々はないということを。またかくも長きにわたって、己が存在理由を犠牲にしていなければ、こうもなりえたという多くの可能性に富んだ民族もないのである。つまりあらゆる血統、あらゆる信仰、あらゆる文化の精神的衝動の混在と不純といった存在理由のことだ。啓典の民であるキリスト教徒、モーロ人、ユダヤ人という三つの民族が相まみえ、繁栄を見たのはスペインにおいてだけだった。その結合が損なわれるとき、スペインは自らを損ね、またその途上で見出すものすべてを損なうこととなるのだ。この土地の者たちは、第一の歴史を否定するような第二の好機を持つことができるだろうか？

そしてかつてかくあったにせよ、時にこうなりえたというものすべての記憶を映す、この劇場の座席の衝立、隙間、照明、陰影のあいだを、すべてが逆転した理解不能な映像が次々と写し出されたが、ルドビーコはそれを目にしたとき、それらは現に自分が目にしているものになるはずだと確信していた。たとえば鉄鎧をまとった髭だらけの戦士、引き裂かれた軍旗、火刑、かつらを着けた諸氏、大きな荷を背負った色黒の男どもだった。演説や宣言、大げさなもの言いが聞こえた。今まで見たこともないような場所や景色が映し出された。たとえば密林に呑みこまれた異様な神殿の数々、城塞として構想された修道院、海のように広大な川、素手のように何もない砂漠、星辰よりも高く聳える火山、水平線に呑み込まれた牧草地、格子のついたバルコニーや赤い屋根、傷ついた壁、巨大な大聖堂、ガラスにひびの入った鐘楼、勲章を胸いっぱいぶら下げた金モールの軍人ども、埃と刺で覆われた足、骨と皮だけで腹だけが大きく膨れた子供たち、飢えの側らにある豊潤、襤褸をまとった乞食の上に据えられた金の神、泥と銀……。

再び照明は消えた。ルドビーコはヴァレリオ・カミッロに劇場の照明の操作の仕方、格子の間の衝立上にこれらの映像を、何もないところからどのように映し出すのか、あえて尋ねようとは思わなかった。彼が動かしているロープと、押さえているボタンにどういう意味があるのかも。唯一想像しえたのは、師がメデイアやキケロ、ダンテが一度として発したことのない言葉を、単に唇を読むという手段でもって再現する力を具えていたということであった。どもりの人間を理解する技術といってもよい。ヴァレリオ・カミッロはこう言うだけであった。

——わしは自分の発明に一番報いてくれる王にしか秘密は明かすまい。

しかしルドビーコはどこかの王が、かくあればと願いつつも実現しなかったことを、正面切って見ようとすることなどあるまいと疑っていた。政治というのは可能なるものの技術であった。しかしゴモラの彫像もイカロスの飛翔もそうではなかった。

翻訳者〔ルドビーコ〕は毎晩のようにジュデッカの〈長い背骨〉のなかにある自分の部屋に戻った。そう呼ばれるのは島が舌ビラメの背骨に似ていたからである。部屋には子供たちが各々自分のやりたいことにかまけていた。ひとりはサンタ・エウフェミア教会の黄昏時の古壁に映った自分の影に向かって木刀を振り下ろしていた。もうひとりは、金髪にかんなくずを塗しながら、ルドビーコのために本や書類を収める本棚を製作していて、のこを引いたり、磨いたり、ニスを塗ったりしていた。三番目の息子はうずくまるように座り込み、扉からサン・コズマの野の殺風景な敷き石を眺めていた。そのあと四人は海産物の炒め物とインゲン豆、裂けるチーズの夕食を摂った。ある夜、皆は扉を闇雲にどんどんと叩く音で目が覚めた。子供のうちひとりが扉を開けた。すると敷居のところでヴァレリオ・カミッロ師が、焼けただれた服を身にまとい、顔を灰ですすけさせ、息も絶えだえの体で倒れ掛かってきた。彼はルドビーコに手を差し伸べ、手を握ると今にも死にそうな声を振り絞ってこう言った。

——わしのことを妖術師だなどと告げ口する奴がいる、と師はどもることなくすらすらと言った。石の口に手紙を一通入れたのだ。きっとわしを苦しめようとの魂胆にちがいない。わしは抵抗した。秘密のことを恐れたからだ。そうしたら今度は家に火をつけやがった。屈服させようと軽い刺し傷を受けたこともある。奴らは劇場に入り込もうとした。閂をこじ開けようとしたがわしは逃げた。ルドビーコ殿よ、どうかわしの発明品を守ってもらいたい。ああ何てわしは愚かなのだ！　そなたには本当の秘密を語るべきだった。劇場の照明のことだ。家の屋上に磁気炭素棒がいくつか置いてある。それによって潟湖にのしかかる諸天と、稲妻エネルギーが集められ保存されているのだ。わしは潟湖を防水性の導管と銅のフィラメント、最高のヴェネチアン・グラスのバルブでもって濾過している。ボタンだが、それによっていくつかの黒い箱が動きだす。自分で描いた細密画だが、あらゆる時代の映像を保存した水銀シルクのフィルムで、フィルムの後ろから光を当てると、観客席の上に大きく拡大されて映る仕組みだ。いいか、これはひとつの仮説だ、ほんの仮説にすぎない。そなたが仮説を証明するのだ、そしてわしの発明品を救い出してくれ。そして約束を忘れるな。

ドン・ヴァレリオはレンガ造りの床の上で死んだ。ルドビーコはマントで死体を覆った。彼は少年たちに遺体を船に乗せて翌日、師の家に運ぶように言いつけた。ルドビーコは同じ日の午後、サンタ・マルゲリータの野までやってきた。そこで見たのは大きな黒い殻のごとき残骸だった。家は火事で燃えてしまい、文書も燃え尽きていた。彼はそこに入ると、鎖で閉鎖されていた部屋にやってきた。そこで吠え立てていたのはビオンディーノ、プレシオーサ、ポコガルバートの三頭のマスチフ犬だった。犬どもは彼のことを見分けた。ルドビーコは師の鍵を使って門を開けた。ネズミやトカゲがうろつく通路を突っ切っていた。辿り着いたのは大理石でできた部屋だった。目に見えぬ扉に触れると扉が開いた。彼は舞台となっている狭い空間に入った。暗闇だけが支配していた。彼はロープを引いた。まばゆい光に照らし出されたのは、アポロンの印の下にいる単眼の三人のゴルゴンたちであった。彼は三つのボタンを押した。すると衝立と柵の間で三人の人物が映し出された。それはアポロンの三人の子どもであった。ウェヌスの階段の愛の座席には、第一の息子である石像があった。サトゥルヌスの階段の洞穴の席には、胸に腕を組んだ状態で横たわる第二の息子がいた。マルスの階段のプロメテウスの座席には、第三の息子が、岩に括り付けられ、タカに肝臓ではなく腕を啄まれ、終いには食いちぎられた姿で身もだえていた。

ルドビーコはその場を去るべく踵を返すと、三人の息子たちとまともに出くわした。彼はとっさに劇場の観客席のほうを振り向いた。そこにあった子供たちの幻影はなくなっていた。彼は現にある彼らの肉体をまじまじと見た。彼らもまた彼が見たのと同じものを見ていたのだろうか。

——わたしたちは師の遺体を抱えて逃げ出さねばなりませんでした、と第一の子が言った。

——《中傷の司法官たち》が逃亡者を探して姿を現しま

した、と第二の子が言った。

――わたしたちは脅迫されました、父さんとヴァレリオとの関係が割れているからです、と三番目の子が言った。

彼らはその場を立ち去った。失われた足跡を再びたどって行った。ルドビーコは再び扉に閂をかけて部屋を鎖で閉鎖した。彼は燃える窓からサン・ベルナバー川に向かって鍵を投げ捨てた。子供たちと一緒になって四人がかりで船からヴァレリオ・カミッロの遺体を下ろすと、彼の家の庭まで運んでいった。ルドビーコはマスチフ犬を集めた。彼は遺体から服をはぎ取り、庭に安置した。死んだとはいえ、そのときほど師が細面で蠟面の、身震いする若い枢機卿のように見えたことはなかった。彼は犬どもを放した。そのときサンタ・マリア・デイ・カルミネ教会の鐘楼から、時を告げる鐘が鳴り響いた。

ヴァレリオ・カミッロは己の墓場を見つけた。

夢想家と盲人

――彼のことを街中で探しだそうとするはずだが、われらの家には来ないだろうよ、ここで夜を過ごすほうがいいだろう、とルドビーコは子供らに言った、一番分かりやすい場所で探しだそうなどとは誰も思いつくまい。

三人の若者たちはいつものようにルドビーコの言葉に聞き入っていた。そして鎖がけされた扉の側らに身を横たえて眠った。過日、大学でアウグスティノ派の神学者に議論を吹っ掛け、別の日にアラゴン異端審問所の刑罰から免れるべく、テルエルの街の屋根を伝って逃げ出したかつての学生は、今改めて驚愕した。それは三人とも十五歳になろうとしていて、いつも同一だったからである。否、それ以上に、時というものが互いの個性よりも類似点を際立たせたからでもある。もはや個々の判別ができなくなっていた。ひとりはどこの馬の骨か分からぬ子で、ある日、《美王》と称されたセニョールの王城から拉致されてきた。もうひとりは母セレスティーナと素性の分からぬ父との子であった。セニョール自身が、初夜に穀物倉庫で彼女を手籠めにしていたところをフェリペに見られていたのではなかったか？　例の三人の商人たちが、慌ただしく森のなかで彼女を輪姦したのではなかったか？　フェリペ王とルドビーコ自身も、血腥い王城の寝室で彼女の身体を代わるがわる弄んだり、時には同時に愉しんだりしたのではなかったか？　三番目の子は一番謎めいているにせよはっきりしている、亡くなったセニョールと雌オオカミの間の子だ。このことはセレスティーナがシモンの口を通して語らせたことだ。しかし彼女は半ば狂乱状態だったから、その言葉は信ずるに足りなかった。

ルドビーコはその晩彼らがいっしょに眠っているのを見た。彼らは知らないでいるほうがよかった。彼自身は知っていた（記憶していた、想像していた）。それは何かというと、子供らのうちのひとり、つまり王城から拉致された子が二十歳になったとき、街でのいざこざに巻き込まれて殺され、《光のキリスト教会》に埋葬された騎士と同じ顔となるだろうということである。その名はドン・フアンと言った。しかし今の段階では三人とも同じ顔であった。明日もまたそのままであろうか？　もしそうなら、三人ともドン・フアンが死ぬときに見せた顔となるであろう。

知らないに越したことはなかった、それで十分だ。すべてわたしの子供らだ、それで十分だ。すべて兄弟同士だ、それで十分だ。

彼は偶然の手によって身を預かった三人に対する愛情を抑えきれず、子供たちを起こし、ちゃんと生きていること、愛情あふれる楽しい子たちであることを確かめずにはいられなかった。

彼は子供たちへの無条件の愛がどこから来るのかつらつら考えた。それは深い眠りから彼らを覚ますはずのある知らせからであった。彼はひとりの子に話しかけ、呼びかけ、頭に触れ、また別の子の肩をゆすった。知らせとはすでに時が迫ってきていて、約束の時まで五年間を残すだけというものだった。彼は蠟燭に火を灯し、眠る子供たちの顔に近づけた。スペインに帰還すること、それが約束だった。そこで準備にかかるのだ……。

三番目の子だけが目を覚ました。他の二人はまだ眠ったままだった。起きた子がルドビーコに言った。

――父さん、起こしちゃだめだよ、眠っているんだからそっとしておいて。

――お前たちに知らせたいことがあるんだ。

――うん、みんな分かっているよ、もう一度旅行をするんでしょう？

――そうだ、スペインにな。

――まだ早いんじゃないの？

――いや、すぐにでもせにゃならん。

――分かった。いっしょに行くとしましょう。でも、ぼくらはばらばらになるのでは？

――どういうことだい？　そのわけは？　お前たちは今まで一度だって、父さんに隠れてこそこそやったことはないだろう？

――いつだっていっしょだったよね。今度だってぼくらといっしょでなくちゃ。

――それじゃ、スペインにいっしょに行くとしよう。

――スペインに行きましょう、父さん。きっと長旅になりますよ。いろいろな場所に立ち寄らないといけませんし。

――説明してごらん、ばらばらになるってどういうわけだい？　お前たちは……。

――そうじゃないんだ、父さん、別に示し合わせたわけじゃないよ、本当さ。

――それではなぜだい？

――二人してぼくがそうすると夢想しているだけさ、夢想していることをぼくが実行するというわけさ。

――二人はお前にそう話したのか？

――もちろん。もし二人が目覚めたら、夢を見るのをやめたなら、父さん、ぼくは死ぬんだ……。

――何てことだ、三人のうちよりにもよってお前か？

――父さんの言うことは理解できません、だってぼくらは三人なのですから。

――二人は何を知っているんだい？　あのボトルに入っていた書付を読んだのかい？

少年は頷いてそうだと言った。

――誘惑に負けなかったのか？

――ぼくらは負けなかった。むしろ父さんのほうこそ、そうしなけりゃならないんじゃないの？　ボトルは再び封印しましたよ。それは父さん向けのものではなかったし……。

――あの忌まわしいジプシー女め、人を垂らし込みやがって。もしお前たちが開封するのを奴が妨げなければ、お前たちは……。

少年は再びこっくり頷いた。ルドビーコには自分たちがヴェネチアから逃げ出す時期を逸したこと、この都市のせいで子供らが幻夢に囚われてしまったこと、ルドビーコと三人の子供たちの運命が引き裂かれて、四人がばらばらの道を行くことになるという思いがよぎった。そこで初めて声を荒げて言った。

――いいかよく聞くんだ、わしはお前らの父親だ、わしがいなければ三人とも腹をすかして死んでいたのだぞ。さもなければ殺されていたか、猛獣に食い殺されていたかもしれん。

——あなたはぼくらの父親ではありません。

——お前らは兄弟同士だ。

——それは本当です。それに父さんとしてあなたを尊敬しています。一時、ぼくらに父さんの運命を預けてくれたわけですし。今度はぼくらが父さんに父さん自身の運命を預けることにします。だからぼくらについてきてください。

——それはいったいどんな魔法だい？　どのくらい魔法は続く？

——三人は各々が三十三日半の間、他の二人によって夢を見させられるのです。

——その数字はいったい何だい？

——父さん、それは離散の数字ですよ。地上にいたキリストの年齢と同じ聖なる数字です。限界を表しています。

——三十三、二十二、十一……一性とは縁のない悪魔の数字だ、たしかトランシト・ユダヤ教会のラビがそう言っていた……。

——そうすると悪魔の日々はキリストのそれということになりますね、だってイエスは人々を離散させるために地上にやって来たのですから。地上における権力はひとりのものでした。イエスはそれをすべての者、つまり叛逆者、虐げられし者、奴隷、無残な者、罪人、病人に授けたのです。すべての者がカエサルとなったのです、その後、カエサルは何人でもなくなってしまいましたが……。

　ルドビーコは息子のひとりからこうした言葉を聞いて驚嘆した。それは完璧なる一性を取り戻そうとする願いを打ち砕くものだったからである。彼は抑えの効かない叛逆者の前に立たされたかのように、悲しい思いを抱いた。そのとき初めて老いというものを実感した。

——三十三日半……これはわずかな時間だ。われらとて待つことはできる。

——いや父さん、まだぼくの言うことが分かっていませんね。各々がその間、他の二人から夢を見させられるのですよ、とすると、六十七日間夢を見ることになります。でも夢を見させられた者はそれに相当する時間を生きることになるのです。そうなると合わせて百日半となります。他の二人のうちのひとりが夢から覚めると、死ななくて済むように、夢を見させた二人のうちのひとりと合体せねばならなくなります、それは別のひとりに夢を見させるためです。そうなると合わせて二百二日となります。またその者が夢から覚めた際に、彼は夢を見させた者と合体せねばなりませんが、それは夢を見させせただけで未だに夢を見ていない者を眠らせるためです。そうなると合わせて三百四日を過ごしたことになります。

――それでもたいした時間ではあるまい。わしらには四年以上残っているのだからな、とルドビーコは再び肩をすくめて見せた。

――待ってくださいよ、父さん。ぼくたちは父さんを愛しています。ですからぼくらが夢に見たもの、夢に見るものをお話ししましょう。

――そう願いたいもんだ。

――でもぼくらが夢見たものをお話しするには、夢見たのと同じ時間がかかるのです。

――九百十二日間か？　それではわしが求めていた時間の半分になってしまう。五年は千八百二十五日だぞ。

――もっとずっと多いですよ、父さん。各自が他の二人について夢見たことを語るわけですから。他の二人が彼について夢見たことに加えて、現に夢見ながら生きたことも加えるのですからね。その後、各自が他の二人に、夢を見させられたときに夢見ていると夢に見たことを語るんです。また次には、各自が他の二人に語るのは、他の者が彼によって夢を見させられたときに夢を見たと夢に見ながら、夢に見たことを語るんです。その後は、他の二人がもうひとりが言うこと、つまり彼が夢を見させられたときに夢を見ながら夢を見たと思いつつ、夢を見たとされることを語るんです、そしてさらに……。

――息子よ、もう十分だ。

――すみません。別に父さんをからかうつもりなんかないんです、ゲームをしているわけでも。

――すると何だい、こうした組み合わせすべてで、いったいどのくらい時間がかかるんだ？

――組み合わせ全部を使いきるのに、ぼくら一人ひとりに三十三カ月半の持ち分があるんです。

――すると一人当たり千日半か……。

――ええそうです、一人当たり二年九カ月十五日です……。

――となると三人だと八年と四カ月ということか……。

――ええ、そういうことになります、父さん。ぼくらが自分たちの夢の日々を正確に満たしていけば、自分らの運命を果たすことになるのです。

ルドビーコは苦り顔をして微笑んだ。――何はともあれ、お前たちが正確な時間を知ってよかった、一時、わしはそれが果てしない時間かと思ったからな。

少年は父に微笑みを返した。しかしそこには温かみがあった。

――ぼくらは父さんには夢の組み合わせのすべてを、一人ひとりちゃんと話さねばならないと思っているんですよ。だって父さんにはどんな秘密ももっていませんから。

――ぜひそう願いたいね、とルドビーコは繰り返した。そのときばかりは些か悲しげな様子だった。

――そいつは夢などではなく、果てしのない語りとなりますよ。

ルドビーコはサン・トロヴァーゾの艇庫にいる大工たちに、軽く通気性のよい棺桶を二つ作るように言いつけた。というのも地中に葬られるのは本望ではなく、棺桶とともに旅をし、長い日々を安らぎのなかで過ごしたいと思っていたからである。その間、息子たち一人ひとりは、他の二人が父の名で見ていた夢を生きていた。

彼は陸地を結ぶ船の上から、ヴェネチアの金色に輝く丸屋根と、赤い屋根と黄土色の土塀が遠ざかっていくのを見た。挑戦のカードはすでに切られた。そのひとつは三人の若者が選んだ果てしなき運命であった。彼らは三本のボトルに入れられていた手稿を読んだ後、スプリトのジプシー女の警告を反故にし、シシュフォスとその子ユリシーズのためになる教訓も忘れ去り、運命を選び取ったのである。別の挑戦とは、彼が子供たちに一計を案じたもので、限定的な時間がついていた。つまり五年後の七月十四日の午後、場所は《災難岬》、その目的はフェリペと面と向かって会うこと。若いときの勘定を精算し、夢ではなく歴史のなかで運命を果たすことであった。少年たちの夢のためにあらかじめ予定していた時間は、ルドビーコがスペインの海岸で会いに行くための時間とは合致しなかった。そこで彼は止むかたなく、少年たちの夢を短縮し、三年と四カ月をカットし、時間に間に合うように中断し、彼らを欺かねばならなかった。そのうちのひとりには、もうひとりに対し、夢を見させられたときに夢見たと夢のなかで思ったことを語らせず、またその人物に対しては、彼によって夢を見させられた際に、夢見ていたことを語らせず、また三番目の子が夢を見させられたとき、夢を見ていたと夢想したその夢をもぎ取らねばならなかったのである。そう、まさに夢をもぎ取らねば……ルドビーコはこうしたことを自分に言い聞かせつつ、庇護下においた三人の子供たちに対して感じていた深く奇妙な愛情と戦っていた。彼は自分の決意を他に漏らすことはなかった。決意とは四人が皆それぞれ同じ犠牲を払いつつも、ルドビーコが自らの運命と三人の少年のそれとを合わせるのに十分な不屈さ、知性、愛情を保っていくというものであった。しかしそう考えると、爾後、四人のうち誰ひとりとして、夢が夢想したり、意志が望んだりした運命を持つことができなくなるのを認めることになるのではないか？　彼は動揺を抑えて独りごちた。

――これが歴史のなかでひとつの運命が払うべき代償なのだ。つまり不完全という代償だ。三人の少年たちが思い描いた限りなき運命くらいしか、完全なものなどありえない。だとすると、完全なものなど歴史には起こりえないということになる。ひとつの生では足りない。ひとつの人格を完全なものにするには、多様な存在が必要なのだ。おれは歴史のあの有限な日付――五年後の七月十四日の午後――によって、息子たちが夢の中の彼らの果てしなき運命を奪われることがないように全力を尽くすつもりだ。

こうしてルドビーコは自身が自らに課した挑戦、いわば自らに活気を与えてくれる善意の意識を見据え、その証しとなるような意図的な他傷行為をしようと思いついたのである。

見納めとして最後に、ヴェネチアの壮麗な姿を見ておくに如くはなかった。水路に輝くうろこ状のさざ波、閉じた窓辺からわずかに漏れる光、白い大理石の狭い通路、閑散とした石ころだらけの野、静まり返った青銅の門、動きの見えない鐘楼の火事、造船所から出たコールタールだらけの海岸、ライオンの緑の翼、使徒の書いた空白の本、聖人の盲目の眼。ルドビーコは四十がらみの男で、頭は禿げ、黄ばんだ顔色にぎょろりとした緑の眼をしていて、その哀しげな微笑みには、貧しさと愛と学問によってできた皺が刻まれていた。大きな苦悩が彼の心にのしかかっていた。フェリペが言っていたことは正しかった。彼によれば恩寵は直接、無償で得られるものではなかったのだ。どんな時でも歴史の代償を支払わねばならなかった。恩寵の実際的効用を否定するような魔女の密告といった代償を。ルドビーコが今日言ったのは、暦のはるか彼方に延伸してゆく夢をもぎ取ってしまうということだった。

彼は自分の目をえぐり取ったりはしなかった。瞬きすらしなかった。ただひとつ、これ以上何ひとつ見るのは止めようと決意したのだ。意図的な盲人となることだ、目の見えぬ彼と眠り込んだ息子たち、全員の運命が合流し、異なる道筋を通って、異なる目的を掲げて、フェリペの前に集まることだ。そのとき夢に染められた歴史は、歴史に貫かれた夢と同様、抵当を手元に取り戻すことができよう。

二度と見ることはすまい。彼らは遠ざかって行った。サン・マルコ、サン・ジョルジョ、カルボナリア、ジュデッカが彼方に消えていった。トルチェッロ、ムラーノ、ブラーノ、サン・ラッツァロ・デリ・アルメニがはるか遠くに見えた。物珍しさから食い入るように見た、あらゆる都市のなかで最も美しい都市の全貌だけが彼らの目に焼き付いていた。時間通りに逃げ出したわけではない、ヴェネチアから時間通りに逃げ出す者などいない。わたしたちはヴェネチアの幻影的な夢のなかで虜になったのだ。これ以上見ることはすまい。読むことはすまい。夢想家には別の生が待っている、不眠だ。盲人には別の眼が備わっている、記憶だ。

ブルージュのベギン会

冬のある日、かれこれ五年になるだろうか、ブルージュの市に空腹の馬に引かれた一台の馬車がゆっくり入ってきたとのことである。御者はとても若い小ざっぱりとした青年で、傍らには盲の乞食が腰かけていた。馬車の荷台には継ぎを当てシートが被せてあった。

夜の静けさを破る馬車の音に、住人らは家の狭い窓に顔を出して何事かと訝った。地面も固く凍えていたせいで、車輪はあたかも重い武器を積み込んでいるかのように軋んだ。

ちらちらと降りつづける雪の下、白く埋まった道を通り、黒ずんだ橋の上を進んでいく亡霊の出現に、多くの人々が十字を切った。しかし別の者たちの主張では、乞食と手引きの少年〔ラサリーリョと盲人の姿を彷彿させる〕、やつれた痩せ馬に馬車などの姿が、静かな水を湛える運河に映ることはなかった。

彼らはベギン会修道院〔十二世紀ベルギーに生まれた女子修道会〕の大きな門の前で止まった。盲人の乞食は少年に支えられて馬車を下りると、静かに扉に触れて、一度ならずこう繰り返した。

——Pauperes virgines religiosae viventes...〔神に仕えし心貧しき乙女らよ〕。

雪が惨めな巡礼者たちの頭と肩に降りつもり、やっとのことで扉の向こう側に引きずるような足音が近づいてきた。女性の声で、いったいこんな遅い時間に何の用か、巡礼者に差し上げるものは何もない、ベギン会は教皇から活動停止命令を受けていて、勤行を行うことも、秘蹟を授けることも、埋葬をすることも禁じられているからだと言った。物乞いの盲人はダルマチアからやってきた者だと言った。少年はタトゥーを唇に入れたジプシー女から来るように言われたのだと付け加えた。すると他の多くの足音が聞こえ、目を覚ましたガチョウの鳴き声もして、扉が開いた。そこにはフードを被り灰色のウール地の長衣をまとった二十人以上の女たちがいて、車輪を軋ませながらベギン会の敷地に入ってくる馬車を静かに出迎えたのである。

風車の内部へ

話によると、およそ三年前、その同じ馬車がラ・マンチャの野をゆっくりと通り過ぎたとされる。ちょうど恐ろしい暴風雨があった時期で、遠くの峰々が崩れ落ちるのではと思われるほどの烈しさだったが、雨が止んで雷だけが空に轟きわたった後、篠突く雨に変わった。

幌なしの馬車で旅をしていた物乞い男と手引き少年は、木々の下で雨宿りする代わりに、不毛な大地の見張り役のような風車のひとつに身を寄せた。

彼らは馬車を覆っていたシートを外し、風車の入り口まで苦労して運んできた二つの棺桶をあらわにした。犬のように身震いしてからそれらを乾燥した藁の間に置き、ぎしぎし鳴るらせん階段を伝って高いところまで登っていった。風で羽根がぐらぐらと揺れ、風車内部の音は群がるキバチの羽根音のようだった。

二台の棺桶を置き去りにした入り口部分は薄暗かった。黄昏時になったとき、つんざくような羽根の音のなかで、見慣れぬ光が彼らを照らし出した。

階上には藁でできたベッドの上に老人がひとり横たわっていた。物乞いと少年が老人のもとに近づくと、にわか仕立ての部屋を照らしていた灯りが次第に消え始めた。闇が忍び寄り、薄闇のなかでものの姿はほとんど見分けがつかなくなった。しばらくすると暗闇に呑みこまれて何も見えなくなった。それはまるで風車の剥げ落ちた丸い壁のなかに消え去ったように見えた。

ペドロは海岸にいる

――ここでわしらはあんたに会えると思っていた。お前さんはペドロだろう?

長い銀髪の老人はそうだと頷いた。もはや言葉は不要だった。もし彼らが老人に手を貸そうというのなら、釘やハンマー、鋸をもってくれればよかったのだ。

――わたしのことを覚えているかい?

――いいや、覚えてない、と老人は言った、それどころか会ったこともない。

ルドビーコは微笑んだ。――わたしも今後、お前さんに会うことはあるまい。

ペドロは肩をすくめつつ、船の肋材部分に厚板を嵌め込む手を止めることはなかった。彼は盲人に付き添っていた、すらりとした体型の金髪の少年にこう尋ねた。

――年はいくつになる?

――十九歳です。

――願わくば、とペドロはため息混じりに言った、新世界の海岸に最初の足跡を残すのは若者であってほしいものだ。

修道女カタリーナ

いやそれはない、とベガール会〔十三世紀に福音の完成を目指した狂信的な宗教団〕の上長は言った、彼らに活動停止の疑いがかけられたことはわれわれに影響しても、自分たちがその原因を作ったわけではないし、このフランドルの地の原則そのものがその理由だからだといった。つまりフランドルは自分たちのやり方で贖宥《しょくゆう》を手に入れ、司教を任命し、商人や航海士、その他の世俗の権力者らと同盟を結ぶために、日毎にローマ教会から離れていき、独自に活動しようとしているからである。こうして悪魔とメルクリウスの目論見がいっしょくたになり、結託した結果そこから何が生まれるかも見当がつかないのだ……。

ルドビーコはこうした議論を聞いてなるほどと合点し、上長に対し、彼はベギン会の目論見をよく知っていると いう旨を述べた。それは財産を放棄し、清貧と貞潔をモットーとする集団生活をし、時代から離れることはないにせよ、腐敗がはびこる中でキリスト教的美徳を模範として示すことだった。しかしこうした在俗修道院には、プロヴァンスの戦いで敗北した最近のカタリ派が庇護を求めて門を叩きにやってきたということ、また聖女らが彼らを追い払わず匿い、あまつさえ、再団結させ、儀礼を行うことすら認めているというのも確かではなかったのか?

上長はルドビーコの口を塞いだ。ここは神聖なる場所であり、キリストに倣いて清貧と謙遜を実践し、神の人格に照らし出され、神と合体したいという願いを抱くという規律のもとで強い信仰心を捧げる場所なのですから……この修道院にはかつて語り草になったカタリーナ修道女がお住まいになっていたのです、今ではあまり語られていませんが……というのもあの方は、純粋無垢の処女のなかの処女であられ、神との合体を体験された際に、身体を微動だにされなかったのです、それほど間然なく一体となられたので、身体を動かすことなど全く余計となり、ときどき口を開いてこう叫ばれただけでした。

——わたしと共に喜んでおくれ、わたしは神に成り代わったのよ。神に祝福あれ。

そして再び不動の忘我状態に陥ったのです。

ルドビーコは聖女のそばに行くことを求めた。上長は同情的な微笑みを浮かべて言った。

——あの方には会えません、残念ですが……。

——そうせねばならない訳でもあるのですか？　どうしてもあの方の存在を感じたいのです。

ルドビーコは聖女カタリーナが住んでいたという、ガチョウとイチジクの樹のある牧場の奥まったところにあった小屋に連れてこられた。雪が北方に長く降る小ぬか雨のせいで融けはじめていた。上長はいかにも勝手知ったる手つきで小屋の扉を開けた。

カタリーナ修道女は裸体で、上に盲人の手引きの若者がのしかかっていた。彼女は聖なる乗り物に乗っているかのように、聖三位一体の上に跨っているのだと叫んでいた。そして青年の腰に開いた脚をからませて、母さん、わたしは神よ、神に照らされているわ、と言いながら成年の背中を掻きむしっていた。神は何を知ることも、欲することも、なすこともできないのよ、わたし抜きには。青年の背中には血染めの十字がたくさんできたけれど、わたし抜きには何も存在しないのよ……。

上長は融けた雪の上にがくんと膝を折った。そしてこの地に逃れてきたカタリ派の人々を呼びに立ち上がった。彼らと遠くにある公爵家の森で会う手はずを整えようとしたのである。そこは彼らが一年の数日間、秘密の夜会を催した場所だった。

ルドビーコは馬車の覆いを外したので、上長はそこに二つの柩が安置されているのに気づいた。

——だめです、わたしたちは誰も埋葬できないのです。そのように決められているので。

――死んでいるわけではないのです、眠っているだけです。

巨人と王女たち

風車のなかのみすぼらしいベッドに横たわった老人は長いこと笑っていた。彼には無制限に笑う能力があった。それは寂しげな顔とひどく不釣り合いだった。笑い涙が白い顎鬚と無精髭の男の皺だらけの顔に彫り込まれた、深い溝を伝って流れ落ちた。一時間以上も笑っただろうか、しまいには嬉しさで途切れとぎれになった言葉を発してこう言った。

――乞食と少年が……盲人と手引きが……いったいわしに誰がこんなことを教えてくれた？　二人ともこんな境遇なのか？　わしの魔法を解いてくれるのはそなたたち二人だったのか？　長年の衰えをもたらしたこの牢獄から解放してくれるのは？

――この風車が牢獄ですって？　とルドビーコは尋ねた。

――最も恐るべき牢獄よ。マリンドラニオ島の領主、巨人カラクリアンブロの身中そのものだからな。そなたはここにどういう技を使って入ってこられたのじゃ？　巨人は妬み深い男だぞ。

彼は横たわっていた藁の上にあった武器を手渡すように言った。盲人と手引きの少年は割れかけた槍とへこんだ盾を彼の身にまとわせた。老人が求めた兜は探してはみたもののそれらしきものは見つからなかった。彼は仕方なく、そこにあると指示したが、何とそれは床屋の使う盥であった。

二人して彼を立ち上がらせた。騎士の骨ががたぴしと古鎖のような音を立てた。彼は盲人と若者に支えられて階段のところまで引きずられていった。しかし足は一段目にすら触れることはなかった。風車の円形の空間が再び明るくなった。涙混じりの湿っぽい声と、喉の奥から絞り出すような恐ろしい声が聞こえた。後者のそれは人を脅しつけるような力のない声だった。前者のそれは心底からの嘆願の声でこう言っていた、どうかわたしたちを見捨てないで、だって貴方はわたしたちを救い出してくれると約束してくれたでしょう、戻ってきて、騎士さん、行かないで、貴方はわたしたちの領地に亡骸を二つ持ち込んだあげくに逃げ出そうというのね、あんたなんか呪われちまうがいい、死者と仲良く行ってらっしゃい、わたしたちから逃げ出した暁にはせいぜい死者からも逃げ出すのね。

老人は立ちどまった。振り向くと涙をいっぱいためてこう言った。

――わしに対してニャーニャー喚くな、比類なきミャウリーナよ、お前もだ、比類なきカシルデア・デ・バンダリアよ、わしはお前らを見捨てるわけではない、本当だ、戦いに戻ってお前らを捕らえた者らを打ち負かしに行くだけのことじゃ。喚き立てるでない、恐るべきアリファンファロン・デ・ラ・トラポバーナよ、牙を剝くな、セルペンティーノ・デ・ラ・フエンテ・サングリエンタよ、わしはまだ戦いに決着をつけておらんぞ、悪魔の手先の青い魔法使いどもが寄ってたかってきても勝ち目はないわ、わしが手をこまねいているわけにはいかんて……。

一同は円形壁の近くに陣取ったが、少年が囚われの乙女らを見てみると、彼女らは巨人らの血塗られた毛だらけの大きな手で抑えつけられ、蒼ざめてぶるぶる震えていた。そこでルドビーコにそのことを伝えて言った、この男が申していることは本当です、本当なんです……しかしルドビーコは目が見えなくなっていることに感謝した、平然とそんなことは信じられないと言わんばかりに笑みを浮かべた。

最果ての地

彼らはある日の午後、宵の明星をたよりに出帆した。進路は常に西であった。彼らはサメを生け捕りにした。そしてリバイアサンとトビウオとの死闘を目撃した。世界の果てとして知られていたサルガッソー海に停泊したが、大きなつむじ風に巻き込まれてその場から引き離された。そして海の墓場ともいうべき深淵に沈没してしまったのである。大洋のなかの空洞を通って、世界の大瀑布が止めどなく崩落していたからである。

ルドビーコは海岸にただひとり佇み、二つの柩の間で海に背を向けながら呟いた。

――戻ってくるがいい、おれの後ろには何もないぞ。

スヘルトーヘンボス

カタリーナ修道女は再びひとりきりになり、その瞬間から、迫害を受けた照明派信仰の求める最高の苦行生活に身を投じようと決心した。

――出て行って、と彼女は己の貞操を奪った青年に言った、わたしは《辛抱》に身を捧げます、それはここで目を開けたまま、口を閉じ、じっと動かずに少しずつ命の炎を消しながら死を迎える苦行です。わたしには再び、そして永遠に神と合体することしか残っていませんから。若者は神の天恵を受けた修道女の開いたままの目に口づけをした。そして耳元でこう囁いた。

——カタリーナ、きみは間違っている。眠りというのは知的な方法でする自殺さ。

もっと遠くに行こう、とルドビーコはその晩、森のなかで信者らに言った。もし世界が善悪二人の神によって造られたものだとするなら、世界というのはあなた方が信じてきたように、完全なかたちの純潔と貞節でもって天国に行けるわけではないのです。まったく逆で、もしわれらの肉体が悪の根源であるとしたなら、天国に全き姿で行くためには、地上で肉体を蕩尽せねばならないでしょう、しかも罪なき状態にあったわれらの父アダムと同類の、われら人間が持つにいたった肉体の痕跡を残さずにです。さあ裸になりましょう、肉体を恥ずかしく思うことはありません、アダムも当初、何の恥じらいも持たなかったのです。もしあなた方がアダムの罪を受け入れるのであれば、秘蹟と聖職者、それに神と堕落した人間とを取り持つ教会も受け入れねばなりません。でももし肉体の自由を受け入れるのであれば、快楽に身を投じることになり、あなた方は二倍、地上において相応しい、自由な存在となれるのです。あなた方は肉体の不純を蕩尽してゆくことで、肉体の純真性のために戦っていかねばならないのです。そうすれば今からアダムの信徒、アダム教徒と呼ばれるでしょう、さあ裸になるのです……。

少年は集まった人々にその美しい裸体を披露した。すると一斉に皆もそれに倣って服を脱ぎ、篝火の周囲に輪を作った。その夜、寒さを感じた者はひとりとしてなかった。それどころか木立のなかで踊り、池のなかで交わり、花を手にして交接したのである。馬や野豚に裸で跨ったりもした。その夜はバグパイプの音が響き渡り、その音で水鳥たちが目を覚ましたり、また中には魚に貪り食われたり、イチゴを貪り食ったり、ガラスの透明な球体のなかで浮遊しつつ夢想したりする者もいた。その様子をじっと目を凝らして見ていたのはフクロウと、中年の信者だけで、彼はまるで頭蓋骨と幅広帽子の間に何かを隠すかのように、粗野な角帽を決して脱ぐことはなかった。

血の気が失せた薄い唇をし、目を半開きにしたこの人物は、夜が明けてスヘルトーヘンボス〔オランダ南部、ノールト・ブラバント州の州都〕の村に戻った際に、物言わぬ祭壇画に向かってすべてを語ったのである。そこにはこのつましい職人の眼が見たのと全く同じものが如実に映し出されている。

ドゥルシネーア

どうか信じてくれ、わしもかつては若かったのだ、今見たような棒打ちを食らった老人として生まれたわけではなかった、若いときには恋もした、と騎士は盲人と手引きの少年に語った。本来青年とは、こうしたいと願ったものをじっとして夢見るのではなく、即座にそれを得ようと走り出すことだ。幸せは人に伝えないかぎり幸せとはならない、幸せのすべてを得ようでないか、そしてそのすべてを分かち合い、楽しみ合おう、そうすれば今という時の素晴らしさが生み出され、死は遠ざかっていき、喜びが近づいてくる、とラ・マンチャの騎士は、嵐が去ったあとに長い影をひく雲のたなびく晴れ渡った空の下に、唐突に照り出した太陽の下で言った。わしはドゥルシネーアを愛していた、娘は身持ちが堅かったので、わしは取り持ち婆さんを利用し、娘を自分のものにした。するとわしの時間が変化し始めた。わしは昼間に時を作る雄鶏を呪い、時至らぬ前に時を告げる時計を呪ったのじゃ、と荷車で運ばれてきた二つの柩の間に座りながら老人は言った。娘の父親がわしらの前に突然現れて、わしに挑戦状を突きつけたのじゃ、わしはかっとなり、父親も同様だった、そこで彼は自分の娘を剣で刺し貫き、わしもまた剣で父親を刺し殺したのじゃ。トボーソでこれほどの惨劇はかつてなかったと言われておる。父と娘はいっしょに埋葬され、父は眠る娘を前にして、剣を手にして見守っておる、と老人は語った。その間にも荷車は埋葬途中の遺骨のような白い岩の間をゆっくりと進んでいた。カスティーリャ特有のオレンジ色の炎のような土煙を立てながら。わしはそこから逃げ出した。お尋ね者になったわしは名前を変えたのじゃ。わしは名前を思い出したくないある場所に一人ぼっちの居を定めたのじゃ、ドゥルシネーアの好意を取り持ったあの背信的な老婆が言ったことをしかと心に刻みながらな。老年とは病いの館のようなもので、次々と昔の思いが込み上げてくる。尽きせぬ悲しみと癒せぬ痛み、過去の禍根と現在の苦しみ、近づく死を前にこれからどうなるのかという不安に駆られるのじゃ、と彼は荷車のなかでやっとのことで立ち上がった。そして雲でも切り裂こうとでもするかのように槍を振り上げた。書物だけがわしの慰めじゃった、ひとつ残らず読んでしまったが、その結果、自分のことを欠点なき完全な騎士だと思い込んだのじゃ、それというのも高貴な淑女らを救い出し、邪悪な巨人と魔術師を成敗し、トボーソ村に帰還し、眠らされた石の乙女の魔法を解き、死んだときと同じ若い命を蘇らせるためじゃ。ドゥルシネーアよ、そなたの若き恋人であるドン・フアンを覚えておるか？　よく見るがいい、わしはそなたの許に戻る、金盥を兜にして被り、折れた剣を帯び、痩せ馬に跨りそなたの墓に参るのじゃ。老人は煌めくような広々とした花崗岩質の平原を、両手で抱きとめるかのように大きく腕を広げて言った。わしは納得して戻ってきたのじゃ、乙女を死と石の魔法から解き放とうと思ってな。わしはかつて若きドン・フアンであって、司直から逃れようとして変身した老ドン・アロンソではなかった、わしは乙女の墓の前で懇願したのじゃ、しかし動いたのは乙女の似像ではなく、父親の彫像のほうじゃった、父親は手に剣を握りしめ、わしに話しかけてきた、わたしはそなたを若い時に殺しておけばよかった、今見ているそなたは老い先の短い老人ではないか、わたしは戻り際にそなたに挑戦しようとして、夕食に招待せんとした。そして今わたしは喜んで地獄の底に身を投じようという気になっている、亡霊どもよ、わたしに掛かってくるがいい、しかし、彫像の父親は笑っただけでわしにこう言ったのじゃ、そなたにはもっと悪い定めが待っているのだぞ、それはそなたの思い描くことと読んでいるものが現実と化し、老骨が目にするものが怪物や巨人になって、幾度となく世の邪悪を正そうとしても、結局はひっぱたかれ、愚弄され、檻に入れられ、気ちがい扱いされて汚名を蒙るのが落ちなのだ。ミイラとりがミイラになるというわけだ、と笑った。お前さんは物笑いにされて殺されるのだ、それはお前さん以外にああした巨人とか上臈《じょうろう》とかを見るものなど誰もいやしないからだ、お前さんは真実を見ているつもりだろうが、それはお前さんひとりだけだ、他の者たちはありのまま、羊の群れや風車、人形使いの舞台、ぶどう酒の革袋、汗臭い百姓女、汚らしい女中どもを見ているだけだ。それをお前さんときたら、残虐な圧政者の軍勢だとか、巨人だとか、恐ろしげなモーロ人とか、やんごとなきお姫様と言い張る。老騎士はこれが彫像の呪いであったと、柩のひとつに崩れかかるようにして言った。

最初の人間

青年は嵐で真珠とウミガメの浜のひとつに打ち上げられて朝を迎えた。嵐でペドロを見失ったと思っていた。ところが海岸の端でペドロを見つけたのである。彼らはいっしょに家を建造した。それで空間にひとつの区切りができた。火を起こした。すると槍で武装した裸体の男たちが丸太に乗ってやってきた。男たちは火を消した。ペドロは怪我を負った。青年は川の上流に運び去られ、真珠のいっぱい入った駕籠に鎮座している老王の住む村に連れてこられた。大波が押し寄せてきた。水は山にまで迫ってきた。老人は神殿で青年を出迎えた。彼は青年のことを兄弟と呼んだ。そして新世界の創造についての物語を語った。最初の人間。青年は鏡を差し出して感謝の意を表した。若き首長。老人は鏡を見て恐怖のあまり死んだ。密林の男たちは老人の代わりに青年を真珠の駕籠に据えた。そこで青年は前任者と同様、老いつつ死ぬまで永遠に待つこととなる。

自由な精神

彼らは村から村へとものすごい速さで進んで行った。大地人はそれを悪魔の力に助けられたからだと言った。大地を荒廃させ、教会を破壊し、修道院を焼き払い進んでいった。先頭で指揮をとっていたのは異端の頭目である若き金髪青年で、金髪を三つに束ねて結い上げ、裸の背中には誇示するかのように好みの印がつけてあった。裸足には六本ずつの指があって目を引いた。顔は夜でも光り輝くように白く塗られていた。彼はある者にとっては千年王国の預言者であり、また別の者にとっては反キリストであった。またすべての人間にとっての説教師であった。飢えも抑圧も禁忌も、偽りの神々も欺瞞的な教皇も王も存在しない世界。すべての家族は彼とひとつになったのである。信仰を否定した修道士、男に偽装した女ども、襲撃者、売春婦、貧困のなかで救いを見出そうとして財産を放棄した名家の淑女たち。ところが女たちが実際に求めたのは、若き異端の頭目、この地ではタンヘルム〔アントワープのタンヘルムと呼ばれたこの男は、一一一二年以降、イエスと同様の聖霊をもっていると公言し、処々を転々として説教した。偽りのメシアとされる〕、かの地ではエウデス・デ・ラ・エストレーリャと呼ばれた男と悦楽の夜を過ごすのが目的であった。この男、バルドゥイノ、フェデリコ、カルロス、名無し男といった他の呼び方もされていた。いつも二つの柩と盲目の乞食を従えていたのである。乞食はあとに付いてくる多くの貧者らを焚きつけ、しばしば彼の代わりにこんなことを話した。神の国は近づいた、神の国はこの世界にある、神の国を得なさい、各々がキリストである、天国はここにある、修道院などは解散させよ、修道女を情婦にせよ、修道士らに働かせよ、本当のことを言っているのだ、修道士にも修道女にもわれらを養うぶどうと小麦を育てさせよ、金持ちの家の扉を斧で打ち破れ、金持ちと食事をしようではないか、聖職者を追い詰めろ、司祭に剃髪を隠さねばと思わせるくらいに脅しつけろ、どうせ隠すものにこと欠いて牛糞でもつけるのが落ちだろうが、昼夜を問わず、あらゆる土地を進んでいけ、ルーベンからハールレムへ、ブルージュからサン・カンタンへ、ヘントからパリへ、たとえ首をちょん切られてセーヌ河に放り込まれようとも。パリはわれらの目的地だ、そこは思考が悦楽であり、悦楽が思考となっている市であり、第三の時代の首府、最終戦争の舞台、最後の都市であり、まことしやかな悪魔によって賢人たちが邪悪な知性をたたき込まれた土地だ。あらゆる叡智の泉たるパリ、幟と火のついた蠟燭を掲げて真昼間に行進しようではないか、そして街中で苦行の鞭打ちをしようではないか、野外で愛し合い、肉の苦痛と魅惑を味わおう、急ぐのだ、われらが聖なる戦いを極めるには、あと三十三日半しかないのだ。これこそわれらの行進の聖なる数字だ。キリストが地上にいた日数であり、ローマの反キリストの腐った教会を一掃するのに予定された日数だ。われらの権威、われらの生、われらの経験以外に頼るべきものは存在しないのだ、それを超えるようなものはどこにもない。わたしに付いてきなさい、わたしとてお前たちのうちのひとりにすぎないし、指導者でも何でもない。わたしのするようにするがいい、女どもを誘惑するがいい、女はみなの共有物だ、織物師、針職人、ならず者、乞食、チュルルパン〔中世フランスの異端派〕、わたしと同様の極めつきの貧者ども、わたしのものなどひとつもない、すべてが共有物だ、罪などない、人間の堕罪もなかった、世界の終りを準備する目に見える帝国をわたしとともに手にするがいい、異端の頭目たる若者はこう説教したのである。その間、盲目の乞食は説教に合わせて横笛を吹いていた。そなたたちは自由だ、心ある人間はそれ自体が天国と煉獄と地獄なのだ、精神の自由な人間は罪など感じないものだ、あるものすべてを自分のものにするがいい、そなたが罪だと思うこと以外に罪となるものなどないのだ、わたしと盲目の父とともに汚れなき無垢の状態に戻るがいい、さあ裸になるのだ、手を取り合うのだ、跪くのだ、自由な精神にのみ服従を誓うのだ、以前の誓いをすべて解消せよ、結婚、貞操、聖職といったものだ、神は自由なり、そこですべてをすべての者のために共有物として自由に創造されたのだ、目に見える欲しいものを手にしなさい、旅籠に入っても支払いは拒みなさい、もし請求する者がいたら棒打ちを食らわすがいい、慈悲深くありなさい、しかしそなたたちに施しを拒む者があれば、力づくで施しを取り上げるがいい、女たち、食事、お金を。ペテン師の王どもを前にしたフランドル、ブラバント、オランダ、ピカルディーの一団よ、背中に十字をつけた青年と盲目の笛吹きの御成り……世界の終りが近づいた……。

ガレー船漕刑囚

セニョール、それではわしらはどうしたらよいのですか？　といつもながらわしに従士は尋ねた。従士はわしを置き去りにして、不衛生でつまらない、ばかげた島なんぞを統治しようというので、わしもいつもながらこう答えた。

——何だと？　困窮している者、身寄りのない者を助け、よくしてやることだ。

　二つの柩にはさまれて連れてこられた憂い顔の老人は、痛む頭を抱え込みながら長い間、何も言わずに黙っていた。荷車だけが軋みながら揺れていた。彼はため息をもらしながらこう言った。

——かくも聖なる企てを果たす方法は多々あろうが、わしのやり方はそのひとつにすぎん。しかし諸君、わしの定めを知るがいい、わしが目にしたものはどれもこれも真実じゃった、しかし誰もがそれを嘘ととったのじゃ、とんでもない、魔法にかかったのはわしではなく他の者たちじゃ、ドゥルシネーアの父親像に呪われたわしが巨人を目にし、他の者たちが魔法にかけられたかのように、風車にしか見えなかったことこそ、魔法のなかの最大の魔法と言わずして何というべきか？

　彼はつまづきながら盲人と少年のいる場所に近づいた。二人の腹立たしげな様子を見てこう言った。

——わしがどんな復讐をするつもりか、お前らに分かるか?

　こう言うと笑みを浮かべ、拳で胸をひとつ叩いた。

――わしは自分に分別が戻ったと宣言するつもりじゃ。自分の秘密も守っていくぞ。目に見たものすべてが嘘だということを受け入れるつもりじゃ。もう誰を説得するつもりもない。

　老人は高らかに笑うと、骨ばった手を少年の肩に置いた。

――わしはドン・ファンの青春を味わった。おそらくドン・ファンはあえてわしの老年を味わうことになるだろう。少年よ、いや記憶違いだ、わしは若い頃お前に似ていたように思う。少年よ、お前はわしの代わりにわしの人生を生き続けてくれるか?

　青年には答える間もなく、盲人も言うべき言葉がなかった。老人が目を上げると、自分たちが通ってきた道を十二人の男らが徒歩でやってくるのが見えた。連中は首に鎖を数珠つなぎに巻かれ、全員が手に手錠をかけられていた。同行していた騎乗の男二人は燧発銃《すいはつじゅう》を構え、徒歩の男らは槍と剣を帯びていた。老人は再び元気を取り戻すと、剣を手にしてとっさに荷車から飛び降りたが、荷車が停止したために地面にしたたか叩きつけられてしまった。散々な体で埃まみれになった老人は少年に向かって言った。

――いいか、わしの仕事がどんなものかここでしっかり見せてやろう、僻事《ひがごと》を正し、哀れな者どもに手を貸して救い出すのじゃ、おい手を貸すのじゃ、わしといっしょに冒険を続けるのではないのか? 不正を見過ごすのか? 自分の意志に反して辛い思いをさせられ、連れ去られようとしている漕刑囚たちを見るがいい、こんな卑劣なことがまかり通ってもいいと言うのか? わしといっしょに戦わないつもりか?

　少年は荷車から飛び降りると、老人が起き上がるのに手を貸した。二人は漕刑囚たちが通り過ぎてゆくのを静かに見守った。

蝶の女

　しかしそうはならなかった。それどころかある夜、長く黒い爪をしたシナモン色の手が小屋を覆っていたシカ皮をどけて、見たこともない美しい女が入って行った。唇にはさまざまな色が描かれ、光る蝶の冠を頭に戴いていた。女は彼に言った。

——そなたの命は危ないのよ。数日前から焚火のまわりに人がたくさん集まって議論を始めているでしょう。そなたを生贄にするように決めたの。この剣をあげます。だからわたしといっしょに来て、連中が眠っている間に。

二人はその夜、密林の住民すべての頸を切り落として殺戮した。その後、二人はセックスをした。夜が明けると女は彼に言った。

——この地におけるそなたの命運は二十五日よ、二十日間は行動することで記憶に残るはずよ、でも五日間は忘れてしまうわ、なぜならその五日は仮面を被っている日々で、そなたは自分の死から救いだすために、自分の命運から切り離すことになるから。

——その期間が過ぎたら、ぼくはどうなるのかい？

——火山のそばのピラミッドの頂上で待っているわ。

——また君に会えるかい？　またいっしょに寝れるかい？

——約束するわ。そなたは一年間、すべてを手にするのよ。毎晩、わたしを抱くことだってできるのよ。

——たった一年間だけ？　その後は？

蝶の女はその問いには答えなかった。

敗北

信仰の防衛者たるセニョール、フェリペは守るべき信仰の名のもと、そしてローマ教会の聖なる権威の名のもとで、異端的指導者および彼らを庇護したブラバント公ら一団が最後の逃げ場としたフランドルの都市を包囲した。

——もうすべてが終わりだ、と公爵は言った。

彼は頬にあるホクロを撫でながら、ルドビーコと若き同伴者のほうに再び向きなおった。

——つまりだ、そなたたちにとって終わりということだ。わしはドン・フェリペおよびローマと和解するつもりだ。たとえそうしても何かは勝ち取れるのだ、つまり十分の一税とか、航海特権、わしの勤倹なる臣下たちのための貿易認可証などだ、でもそれも武器を放棄しての話だ。わしとの合意など必要はない、ただ異端十字軍のおかげで、わしは群集の手で辱められ、挑戦を受けた教会と、極端に走った神秘主義者らを同じように、信用失墜させてやるつもりだ。この戦いにおける真の勝利は、俗人や世人の大義にとっての勝利だ。未来の人々が、聖職者らの非生産的な富を商いや技術の滋養分に変えることで、聖像を燃やし、修道院を解散し、修道士を追放することも致し方ないと思ってもらいたいのだ。それと同時に、神秘主義に導かれた民衆が、土地を荒らし、収穫物を足蹴にし、市民を貶め、女どもを凌辱していることもしっかり頭に入れてほしいのだ。だからこそ、わしが武器を置いたとしても勝利することははっきりしている。これはわしの仕事だ。ところが連中はこの青年の首を差し出すように求めている。盲人のお前は勝手にどこでも行ってよろしい、そなたに危険が迫っていることを、誰も見ようとしないのを認めるのは何とも寂しいかぎりだ。さあ行くがいい。

ルドビーコは大聖堂の暗闇のなかに身を隠した。そこまで彼が行ったのは、嘔吐物と糞の恐ろしい臭気がして堪らなかったからである。彼はフェリペ麾下の傭兵らの発するドイツ語を耳にした。ルドビーコはフェリペの存在を嗅ぎ取った。あの身体も味わったし、彼を愛し、自分のものにしたこともあった。暗闇のなかから彼に話しかけてみた。目を開けることはしなかった。まだ開けはしなかった。亡霊はわれらがそれを見ることができないから怖いのではなく、亡霊自身が亡霊であって、われらを見ることができないからこそ怖いのである。

彼はすぐに逃げ出した。夜になっていた。耳を地面にくっつけて聞いた。公爵が出て行く足音がして、その後に彼自身の足音が続いた。彼は荷車を用意した。盲人がひとり、死者を収めた二つの柩とともにいた。死者は飢えか戦争かペストで死んだのだが、死ねばいっしょだ。盲人は城壁を通ることを許された。彼は公爵と配下の者らが逃亡したときの足音をたどって行った。

盲人は処刑を知らせる褐色の太鼓に導かれていった。背中に紅い十字を印した、美貌の若き異端首謀者は裸にされ、手を縛られ、木の切り株の前で跪き、切り株の上に頭を載せた。死刑執行人は両手で斧を振り上げた。

苦悶ゆえの白状

——わたしは彼らを次の村まで連れて行くと約束しただけですよ、と盲人は言い訳をした、そこで腸閉塞で死んだ息子二人を埋葬するつもりなのです。連中のことは会ったこともないんです。

彼らは盲人をそのまま行かせた。頭のいかれた例の老人といえば、司祭と床屋、得業士、姪のからかいと嘆きの声に包まれながら、名もなき自分の村で解放された。彼らは一様にキハーノ氏の狂気がどんなものか知っていたからである。しかし少年の方には首に鎖を、手には手錠をかけ、縄につないだのである。護衛兵の上官が部下のひとりに言った。

——おい見たか？　あの若造の背中には十字があるだけじゃない、足には六本も指がついてるぞ。

——わしにはどうもよく分かりませんて。

——かれこれ二十年にもなるが、わしらが王城の警備を仰せつかっていた頃のことを覚えておらんのか？

——一向に、そうは仰っても何のことだか……。

——セニョールがお命じになったろうが、全域でオオカミに罠をしかけ、毎土曜日にはオオカミ狩りに出て、雌オオカミを見つけたらつべこべ詮索などせず、即座に殺すようにとな、背中に十字と足に六本指をもった子供も含めてな。覚えておらんのか？

——そんなこと覚えちゃおらんですって、ずいぶん昔のことですし……。

トルデシーリャスの土牢で鼻を布で覆われ、呼吸をできなくされて彼は苦しみに耐えかねて白状するように強いられた。あまつさえ濡れた布から滴る水滴を喉の奥まで入れられた。話せ、お前は誰だ？　吐いてしまったほうが楽になるぞ、どうあがいてもお前が死ぬ運命にあることは二十年前から決まっているんだ、誰一人お前のことを探したりはしないぞ、吐いてしまえ、お前は何者だ？　わたしは息ができない、溺れる、溺れる……。

円環的な夢

血に塗れた黒衣の神官らは彼の腕と手をとり、ピラミッドの頂上にある石の上に体を広げて置いた。唇に彩色を施した女の玉座の前に据えられた男の周りには、香炉から煙が立ち上っていた。

男は寂しげな笑いを浮かべた。彼は火山の側らにあるピラミッド神殿に辿りつくまで、新世界の村から村へ、密林から密林へ、谷から谷へ逃げてきた。彼は土着民の伝説に合わせて、東から戻ってくるはずだとされた金髪の白い神の役回りを演じて人々を騙したのである。その手口はまさにピカロの遣り口そのものであった。彼は奉献品を受け取り、すべてを黄金に替えるように求めた。彼は金を入れたずっしり重い嚢を携え、多くの女たちと交わり、あらゆる術策を弄して、神の名において生贄を要求し、豪華な死の祝祭を取り仕切ったのである。否、さらにずっと多くのことを行った、それは神の欲求には限りがなかったからである。彼は人々の弱さや恐怖を存分に利用した。老人は役立たずだとして、また若者たちは食料にするため、子供たちは純真無垢だという理由で殺した。彼は村同士を争わせ、信仰という名目で戦争を仕掛けた。村々から火が出ていることを確認し、大地に死体がころがっているのを目にした。また海岸から高原へ上がってくる際に、どの村人たちに対しても、ひどい租税の取り立てから解放してやった。それは単に次の村に行ったさいにその分を回すためにすぎなかった。このようにして取り立てを順繰りに先送りするやり方を生み出したのだが、それはこの辺りの土地で行われていた徴収法のどれよりも劣るものだった。彼の弁解によれば、すべてのことは生き残るために行ったという。たったひとりの人間が一大帝国に対して行ったのは……歴史上、彼がやったのと比較できるような事業などあっただろうか。アレクサンダー大王の軍隊やカエサルの軍団がそうしたものかもしれない。シシュフォスの子ウリクセスは単身、父から受け継いだ宿命を永遠に打ち破った。彼がこのとき頂上まで押し上げた岩は、永遠に栄光の証となったのである。しかしこんな波乱万丈な冒険を知る者などと誰一人としてなく、後の世に語り継ぐ者とて一人としてなかろう。後世に証言者として語る者のない記念碑的行いをやり遂げる価値などどこにあろうか。

彼ひとり。

唇に彩色を施した女が彼の耳元に口を近づけた。

――そなたはそれしか覚えていないのかい？

――ええ。

――例の五日間を忘れちまったのかい？

――わたしが生きたのは二十日間だけです。

――わたしらがいっしょに過ごしたあの年を忘れたというの？　そなたが歓喜にむせんでわたしといっしょに愛し合ったあのすばらしい時を？

――全然覚えていないんです。

彼は生き残った。黒衣の神官は火打石のナイフを振り上げ、素早い動作で少年の心臓に狙った。

石ナイフが胸に触れた瞬間、彼は目覚めた。

彼はほっと一息ついた。彼が眠っていたのは一本の木の根元にある、積み重なった枯れ葉の上であった。彼は寒さで震えがきたが、ひとつ伸びをしようとした。しかし手は縛られていた。立ち上がろうとしたものの、湿った落ち葉の間でひっくり返って倒れてしまった。足は縄で結束されていたからである。二人の兵士が近づいてきて足の縄を切って解いてくれた。彼らは森のなかの空き地へと彼を連れて行った。

騎乗の公爵は悲しげな表情で彼を見た。命令を下すや否や、その場を早駆けして立ち去った。命令は簡潔で決定的なものだった。

——わしの信仰の証として、無敵王ドン・フェリペ様のもとにやつの頭をお持ちするのだ。

彼は切り株の前に跪かされ、切り株の上に頭をかしげ、顎をそこに載せるように言われた。

死刑執行人は両手で斧を振り上げ、素早く確実な一撃を与えるべく、少年のうなじに狙いを付けた。

首元に斧が触れた瞬間、彼は目覚めた。

彼の脇腹には一発の蹴りが入った。目を開けるとそこに見えたのは、背の高い修道士であった。彼は聖アウグスティノ会士の服をまとっていた。顔はまるで骸骨のように見え、痩せ細った皮膚が骨にまとわり付いていた。

——そなたは話す用意ができているか？

——何をお話しすればいいのですか？

——生まれはどこだ？

——知りません。

——両親は誰だ？

——知りません。

——背中の十字はどういう意味だ？

——知りません。

——何にも知らないのか、このしみったれが。でもな、今は亡きわしらのかつてのセニョールは二十年前にそなたが生まれるや否や、すぐに殺すように言いつけられたのだ。きっと何かをご存知だったのだ、あの晩そなたは今のわれらが王妃、当時のイサベル王女の寝室から姿を消したのだ。こう言ってもまだ知らないと言い張るのか？

——全然分かりません。

——そなたもしぶといのう。まあどうであれ、そなたは死ぬことになっておる。もし話す気になれば、拷問にかけはしないぞ。まだ覚えてないのか？

——全く覚えていません。

——ならば白状するまで痛めつけてやる。

彼は独房のレンガ造りの床と、石の分厚い壁、露のような水滴がたまった鉄格子をこれが見納めと思って見たが、ほとんど目には入らなかった。というのも呼吸させないように鼻に被せられた布で、顔が覆われていたからである。かくして布に水が少しずつ垂らされたせいで、水は喉の奥の奥まで入り込み、わたしは次第に息ができなくなり、溺れていき、死んでいくのである……。

災難岬

早くしろ、ペドロ、三人が同時に同じ夢を見るなんて初めてだし、三人いっしょに夢を見なければならないんだからな。ひとりが行動して、残りの二人が夢見るなんていうのはだめだ、三人いっしょに見ると言っているだろう、円環的で始めも終わりもない際限ない夢を。きっとこれは自分のせいだ。神がもし存在しているのなら、どうかわしにお許しを。彼らは自分らの夢の周期は三十三カ月半掛ける三倍だと言った、でもこれはわしにとって余りに長い。わしは彼らの夢を三度中断し、その時間を奪った。わしはこう自分に言い聞かせて言い訳をした、その三度とも、夢による胸騒ぎと、少年たちの叫び声、彼らの恐怖と孤独と死から発せられた声によって起こされたのだと。実を言うと、彼らの夢を中断し、自分の時間を得るために彼らから時間を奪ったことで、彼らに対し善いことをしたのか、ひどいことをしたのかは分からない。自分の時間とはつまり、明日という予見された日、予見されたあの七月十四日、少年らが生まれた二十年後の予見された年のことだ。《災難岬》という予見された場所で、二十年前にわしらが出会ったあの海岸のことだ。お前は覚えているか？　フェリペとセレスティーナ、シモン修道士、それにお前とわしが会ったときのことだ。セレスティーナは明日ここにやって来る。そう約束したから確かだ。シモンは工事中の宮殿にやって来て、フリアン修道士に、明日セニョールのフェリペが狩猟にでかける用意があると言っていた。運命は互いに入り組んでいる。わしは自分の息子らを夢から引きずり出し、歴史のなかにどっぷり漬けてやる。早くしろ、ルドビーコ、これ以上速めるのは無理だ、それが分からないのか？　でも嵐は恐ろしい、そんな笛の音を聞かせても勢いを弱めることはできないぞ。ルドビーコよ、笛の音など暴風雨の音にかき消されて聞こえないじゃないか、わしには帆を下ろそうにも腕はたった二本しかない、今宵の空は真っ黒で、雷光まで真っ黒だ。ああ、わしの哀れな小船は軋んでいる、分かるか？　こんな状態ではとうてい大海原の反対側にまで到達できるはずもなかったし、ひどい嵐に対してはこのクルミの殻のような小船ではひとたまりもなかったのだ。遠くのより良い新世界にわしを運んでいってくれる船を建造し、解体し、再び建造し、完成をみるまでには長い年月を要した。メインマストは焼け落ち、聖エルモの火も同様だ。ペドロ、お前はひとりずつボトルをしっかり巻きつけたか？　巻きつけたとも、ルドビーコ、そなたがわしに指示したようにか？　腹とパンツの間にしっかりとな、ペドロ、それは確か？　わしの秘密は絶対に口外するなよ。わしが夢を中断したことは誰にも知られたくないからな。これらの少年たちが聖なる周期三十三カ月半を全うしたと皆に信じてもらいたいからだ。もしわしらがセニョールの前にまかり出たときでも、わしのことを暴いたりしないでくれよ、ペドロ。これからはわしに反論などせんでくれよ、ルドビーコ。これからはメインマストの燃える光をせいぜい利用しようじゃないか、ペドロ。三人の少年をひとりずつ海に放り込んでしまえ、これで夢見る子らも溺れておしまいだ、ルドビーコ。海によりて死に、海によりて愛するとでも言うつもりか、ペドロ。もし連中が運命によって救われるとしたなら、救われるだろうし、もし死ぬ運命なら、ずっと永遠に夢を見ていくことになろう。彼らの運命を自分が握ったことを許してもらえるかどうかは分からん。おそらく彼らは運命的な円環である人生を夢見つつ絶頂を迎えるべく定められているのだろう。わしは自分自身の運命に彼らを結びつけるべく、彼らを目覚めさせるつもりだ。夢と犯罪の二十年後に戻って、フェリペと出会うというわしの運命にな。でもペドロよ、分かるか、わしは知らねばならぬ、彼らがわしのなした産物であり、わしもまた彼らの産物なのだということをな。彼らもわしも、かつて共にそうであった存在にしかなりようがないのだ。彼らが知っていることは、すべてわしから学んだことだ。あらゆる人々、あらゆる民族に通じる鼻祖たる兄弟たち。名前は異なるが同一の存在である彼らは、名を与え、倒れ、そして再びすべてを最初の創造の廃墟の上に築きあげ、創造の一部となったのだ。ペドロ、これは神の恩寵そのものだ、今ここにいるわれわれの現在のうちに体現し、そして歴史のなかに解き放たれた効験あらたかな恩寵なのだ。最初の子を船べりから放り投げろ、次に二番目の子、三番目の子と順番に。三だ、常に三だ、アレクサンドリアでの夢、パレスティナでの幽閉、スプリトでの予言、ヴェネチアでの記憶、フランドルでの十字軍、新世界への巡礼、ラ・マンチャでの遭遇、これらはみな自由と出会いと別れの道なのだ。早くしろ、ペドロ。もうことはなっている、ルドビーコ。そなたに神の御赦しあれ、わしにはこの三人の少年が誰なのか分からないが、袋詰めされて川に放り込まれた狂犬どもを殺すのと一緒で、彼らはそなたによって殺されたと信じておる。いやそうではない、ペドロ、創造の業は永遠であって、この少年らの夢と同様、何度でも繰り返すのだ。彼らは創造者であって、今回だけは予言に記されていたとおり、兄弟同士の犯罪を繰り返すことにはならなかった。なぜならば、わしが彼らの面倒をみたのだし、わしが関与し、この瞬間まで彼らを守ってきたからだ。わしがあの唇に彩色したジプシーの妖術師たる蠱惑的な妹から彼ら兄弟を引き離したのだ。今わしはこうして彼らに対し、夢のせいで奪われた自由を取り戻してやるのだ。彼らを歴史、わが歴史のなかに引き戻してやる。歴史のなかで、歴史にとって、歴史のために連中がどういう振る舞いをするのか、見てみることにしよう。どんな運命が待ち受けているのか、どんな顔立ち、どんな名前でもって……兄弟はつねに二人だというのは、シナゴーグの長老の言葉だ、二というのは死に帰するべき静的な対立の数字である。でも今は違う、数字の三であった。歴史は変わっていくだろう、三というのはものごとを動かし活性化する数字で、不動に見えるものを流動化するのだ。洞窟を川に変えるのだ。わしは予言から彼らを救った、兄弟のひとりが他のものを殺したりはしなかった。なぜなら彼らは二人きりではなかったからだ、もうひとりの兄弟が二人を救うこととなるはずだ。なぜならば彼らは三人だからだ。船は軋り、嵐はマストを倒し、聖エルモの火は海に落ちた。甲板の厚板は釘が緩み、板は剥がれ落ちた。さあ飛び出せ、ルドビーコ、船はもはや木端になってしまったぞ、わしを舵に結わえ付けろ、ペドロ、早くしろ、わしのおんぼろ船は沈没するぞ、岩に衝突して砕け散るぞ、そうなったらみんな溺れるんだ、溺れるんだ、溺れるんだ……。

セレスティーナ婆さん

フェリペの父であるセニョールは彼らのもとに赴き、セレスティーナの父に尋ねた。

――娘さんはいつ結婚するのかね？　すぐに嫁がせよ、土地を失っても処女への好みは失ってはいない多くの騎士どもがうろつき回っているからな。何はともあれ処女権はわしのためにとっておいてもらわねば。

セニョールは笑いながら馬を早駆けして立ち去った。セレスティーナはこの同じセニョールが酔っぱらって大声を出し、罠にかかった雌オオカミを探しながら、情欲に駆られるままそのうちの一頭と交わった夜のことを、ぞっとする思いで記憶に蘇らせた。娘はそのことを父親に一度として話したことはなかった。純真な父親は女に飢えてうろつき回る騎士たちから娘を守ることだけを考えて、その日以来、男装させようと決意した。仮装することでセニョールからも身を守ることができると期待したからである。しかし女や獣を犯すのと同じように男にも牙を剥くことは分かっていた。

セレスティーナは父親と森のなかで大きくなった。父親は年をとり老けてしまったが、時々永遠に傷の残る娘の口元に指を触れ、悲しげな様子でこう呟いた。

――女の口にこんな傷が残っているのはぞっとしないな。わしらがトレードに行こうとして隠れ家の森から出たのが良くない厄日だったのかもしれない。

こうして父親は男装の娘とは言葉を交わすことを避けた。ある日、彼らの耳にセニョールが死んだという知らせが入った。するとすぐに嫡子フェリペの武装兵たちがやってきて、兵役と寝屋での奉仕のために、森に暮らす男どもをすべてかき集めだしたのである。

――そうなったらいったい誰が土地を耕し、家畜の面倒を見ることになるの？　というのが父親が娘から聞いた最後の言葉となった。

国王ドン・フェリペは男装している彼女を見て、それが本当はセレスティーナだとは判別できなかった。しかし思い出すだに顔立ちがどこか似ていることに怪訝さがぬぐいきれなかった。彼女は若きセニョールのご母堂のお城詰めの職をあてがわれた。そこは女どもの立ち入りが禁じられていた。彼女は若い頃、羊飼いであったことから横笛を吹く技を学んでいたので、兵士や召使たち（彼らの前では決して裸にはならなかった）から離れてひとりきりになったときに、笛を吹いて楽しみ、また人を楽しませたので、執事にはことのほかそのことが印象に残った。《狂女》は新入りの小姓の音楽的才能を高く評価した。彼には太鼓を叩く技を身につけるように命じたが、それは葬送にふさわしくない音など何ひとつ聞きたくはなかったからである。彼女はいつまでも終わらぬ喪に服していたのである。こうして老いたセニョーラが夫の遺骸を引きずって長い旅を始めた際に、小姓には葬列の最後尾が割り当てられ、悲しみを告知する伝令官のごとく、黒装束に身を包んで太鼓を叩いたのである。

葬列はトルデシーリャスの王城からブルゴスまで、さらにそこからミラフローレスのカルトゥジオ修道院まで進んだ。その間にメディナ・デル・カンポ、アビラなどの大都市、さらにオルニーリョ、トルトロス、アルコスなどの小都市、トルケマーダ、マドリードなどの中都市を通過した。ある日、《狂女》は息抜きのため、夫の遺骸を伴って大した価値もないマドリードのとある修道院に隠棲し、そこで鎮魂の祈りを捧げる生活をした。その際、彼女はマンサナーレス川のほとりで葬列隊を解散した。唇に紅い傷をもった喪服の小娃は、川の上流のなめし革工場の近くを散策した。工場から上がる煙を見て、彼女は密林での幼年時代のことをなつかしく思い出した。そのとき誰かの手が伸びてきて腕を摑まれ、うずくまっていた人物が耳元でこう言った。

――おやまあ、娘っこよ、いったい誰を騙そうって言うんだい？　お前さんが娘っこだというのは遠くからでもすぐお見通しさ。おかげさまで、この村じゃわたしの商いで糸を買わなかったような娘たちなどほとんどいないってことは、お前さんだって知ってるだろう？　女の子が生まれたら、わたしゃいつも記録簿に書き留めておくのさ、そうすりゃどれだけ網から抜け落ちるか分かろうってものよ。お前さんが世の中を欺こうたってこのセレスティーナ婆さんには通用しないね、わたしが千人の処女を元通りにしてやらなかったとでも抜かすのかい？　お前さんのは祝福の香りがぷーんとしたね、誰にも触らせたことがないからだよ、でもそれも善し悪しだね、濡れ手で得たものに対してそんなに欲目をもってはだめさ。お前さんがどうしてわたしの記録から抜け落ちたのかね。よそ者ってことかい？　娘っこよ、よくお聞き、わたしゃ歯こそ落ちてなくなっちまったが、愛の味はまだ失っちゃいないからね、歯茎ってものがあるさね。もしお前さんが生娘ならわたしに任せな。男が生まれたときにゃ女が生まれ、女が生まれたときにゃ男が生まれるっていうのが世の中ってものよ。いつだって対になってるし、相手が見つかるようになってるのさ。人が自分のために歌を歌ったり嘆いたりするかい？　ウズラだってひとりだったら空を美しく舞ったりはしないね。ひとつしか穴を知らないネズミほど哀れな奴もないやね。もしそこを塞がれたら、猫からどうやって身を隠すんだい？　何の役にも立たない名誉なんて人にくれてやるがいいさ。さあさあ、そんな男勝りの性格をさっさと変えちまいな。神様からいただいたものを世の中に示すんだ。お前さんの陰気な外套の下には素晴らしい身体が隠されているように見えるがね。まあ、わたしに出会えてよかった……。

――セレスティーナ、と少女は傷ついた唇を動かしながら言った。

――セレスティーナだよ、それがどうかしたかい？　と顔と手以外の体のすべてを覆い隠す黒の襤褸着に身をくるんだ老婆は答えた。どうやらわたしの評判も上々のようだね。もしお前さんの目にわたしが悪い女に見えるなら、自分の胸によく聞いてごらん、人は霞を食って生きていけるかい？　わたしに他の取柄があるとでも？　わたしにゃ他に家もぶどう園もありゃせんのよ。わたしが悪い女に見えるなら、考えてもみるがいい、殿方たちは老いも若きもみな、それに教会のお偉いさんだって司教様から香部屋係まで、みなわたしに挨拶してくれるんだ。さっきだってわたしに敬意を表して、まるで公爵夫人にするかのように角帽をとって仰々しく会釈したんだ。ああ、このスカートときたら、何て長ったらしくぶかぶかで歩きにくいんだこと。

――お婆さんはわたしのこと覚えていないんですか？

――いいかい、いろいろな場所に出歩いている人間にはね、どことい ってはっきりしたことは覚えられないのさ。

――わたしの唇にも見覚えないの？

――いったいどうしたっていうんだい？　悪魔にでもキスされたのかい？　わたしといっしょに来るがいい、じきに治してやるからそれまでわたしのヴェールを使っておき。雄山羊の血を数滴たらし、そこに顎鬚を数本加えたやつで、治らないものなどひとつとしてありゃしないからね。何はともあれ、お前さんがマドリードのこの腐ったパイみたいな場所にやってきて、お化粧のいい匂いをぷんぷんさせる老いた宝石商に出会えたっていうのは、幸運そのものだったよ。昇汞《しょうこう》を作れるだけでなく薬草のことも知り尽くしているし、子供の治療にだって長けているんだからね。

――わたしのほうはよく覚えているわ。

――それはどういうことだい？　わたしも耄碌《もうろく》したねえ。わたしが昔どうだったか自分でも覚えていないというのに、わたしのことを覚えている人間がいるわけない。でもお前さんが言いたいこと、そしていつかお前さんが聞かされることを言ってやろうか？　わたしの目にはお前さんが美しい女だってことよ。別人に見えるということさ。それなのにずいぶん変わっちゃってるね。いつか鏡を見て自分でも誰だか分からなくなる日がくるさ……。

――わたしは何でも覚えているわ。母さんのこともずっとね。キスしたり抱きしめてくれたからよく覚えているわ。体はひとつきりで育ったけれど、記憶は二つあったの。自分の記憶よりも母さんの記憶のほうがずっと鮮明よ。その記憶を抱いて二十年間、沈黙をまもって生きてきたわ。覚えていることを誰にも話すことができないままよ。子供のこと、三人の子供やルドビーコやフェリペのこと、王城での犯罪のこと、愛を交わした夜のこと、海岸での夢のこと、森で過ごした日々のこと、悪魔との契約のこと、足蹴りのこと、セニョールのこと、穀物倉庫での婚礼のこと、ヘロニモのこと。

頬かむりをした歯抜けの女は一瞬立ち止まり、小姓の恰好をした少女のほうをじっくり眺めた。そして悲しげな調子でこう言った。

――いかにもまともなことを言う人間に限って、何かが足りないのさ。大方、自分が失くしたものにいつまでも執着しているというのが相場だろう。その日たっぷり歩いた後で、出発地点まで戻って、もう一度歩き出そうとする旅人がいたら、頭がおかしいに決まっているさね。わたしがどうしてもなさねばならぬことは、全部家のなかでやっているけれど、誰にも感づかれちゃいないよ。床から天井まで誰が見たってこれはわたしらの家さ。さあ、もういいいだろう？ らちもなく歩き回っているわたしのことをとやかく言われたくはないわ。お前さんはどこに行くつもりかい？ わたしのほうはどうしてくれるんだい？

――みんなで行列を作って中央高原で建設中の王宮に行くのよ。そこにはこの地上で最大のセニョール、ドン・フェリペ王がご先祖たちの墓をお造りになっていて、そこで遺骸をお待ちになっているの。

――遺骸ですって？ 王宮ですって？ ――元気をだすのよ、しっかりして、セレスティーナ、倒れないで。いつでも母さんの苦しみを和らげてくれるよう祈ってくれた人がたくさんいたでしょう？ ――遺骸ってどれほどあるの？

――三十体とか言ってたわ。

――ああ、わたしゃ自分の仕事に必要な道具を探すために、夜中に墓場から墓場を歩き回って、くたくたに疲れちまった。わたしゃキリスト教徒もモーロ人もユダヤ人も関係なく、どの埋葬場にも出向いていくからね。昼間はこっそりと場所を探っておいて夜になったら掘り出しに行くのさ。今朝の夜明け方、眉毛抜き用のペンチで縊死した罪人の死体から歯を七本引っこ抜いてやった。――母さんは自分の言っていることがどういうことか分かっているの？　――さあ、お行き、お前さんは自分の旅を続けるがいい、わたしゃ自分の道具を用意するとしよう。身内の者たちに言い訳でもして、自分の仕事を全部、困っているエリシアやアレウサの手に任せることにでもするか。あの娘たちは若いからといって、そんじょそこらの売春婦とは違って、狡猾で擦れきった手垢のついた連中だからね。わたしの仕事を自分のそれと思ってうまくやりおおせてくれるはずよ。わたしゃお前さんの処女の香りでも嗅ぎながら付いて行くとするか。生娘でなくなるのも時間の問題だけどね。わたしゃお前さんの言うその場所にお前さんを探しにいくよ。しっ、静かに。わたしらはたとえ自分たちのためと思って知ることがあっても、他人には言わないほうが身のためだよ。さあさあ、楽しむとしよう、良い思いをするんだ、老いて老年を味わう者はごく少ないし、そうした者たちの誰一人、飢えて死ぬものなどありゃしなかったんだからね。

セニョールの一週間

セニョールは後年、王宮の閑散とした回廊を歩きながら、白い鉛枠から射しこむ光線を避けようとして片手で目を遮りながら、若い時の仲間と会った最後の日々を思い出していることだろう。学生で自ら盲目となったルドビーコ、頭も薄くなり、背は曲がり、乞食の恰好をしたあげく、顔も老いさらばえていることだろう。セレスティーナもそうだ、いやセレスティーナは違う、あの女は若い、といってもそれほど若いわけではない、でも二十年前にセックスしたときのあのとり憑かれた少女とよく似ているはずだ。いやさほど似てはいないかもしれぬ。それは一種の幻の姿で、容貌やスタイル、近くからまじまじと見られるのを拒む表情がひとつに合わさったものだろう。それは憑依と思い出から生まれた何ものかかもしれぬ……。

二十年後のルドビーコとセレスティーナ。陰鬱な喜びがフェリペの蒼ざめた顔を照らし出した。彼はすべてをわきまえていた。すべてが疑問となって、次々と心に浮かんできた。七日間にわたって自分が知るすべてを問い直した。彼らは寝室にいて、そこで食事をし、そこで眠り、定時になると捕吏やボトル業者、給仕や衛兵らがやってきた。フリアン修道士は早めのミサを挙げたが、セニョールは夜になるといつも礼拝堂で独りきりになることを求めた。七日間。セニョールはルドビーコとセレスティーナが、代わるがわる行った話のことを思い出した。数字の七、運命、生命の進歩にまつわる話、時間が七つの輪の上で進んで行くといった話を……。

一日目

病気……。

——脇の下に汗をかいた、あのケツの大きな村の女たちが貴方の父親に病気を移したのです。

——病気を……。

——貴方の父親が穀物倉庫でわたしの初夜権を行使した際に、わたしに移したのよ。

——落ちれば落ちるものだ。

——セレスティーナが貴方の父親の病気を貴方に移したのですよ、犯罪の王宮においてわたしと一緒に彼女を自分のものにした際に。

——となるとセレスティーナがそなたに移したことにもなるな。

——わたしは二度と女に触れてはおりません。

——わしとて妻には触れてはおらぬ。

——他の女と肉体関係をおもちになったことは？

——そなたが自分の子だと言っているこの子らのひとりを愛した見習い尼とな。

——わたしの息子たちは堕落してはおりません。

——いや、堕落した息子たちだ、兄弟たち……。

——血筋がどうのこうのではなく、宿命だったのです。

——いや、ルドビーコ、少なくとも子供らのうち二人はわしの父親の子だ……。

——どうしてそれが分かります？

——セレスティーナの子はわが父上の子だからだ。

——わたしは森のなかで三人の老人と性交しましたよ、フェリペ。貴方とルドビーコと悪魔とね。

——三人の子供が昔のすべての兄弟がそうであったように、同じ胎から同時に生まれたとしたら、謎はさほど大きくはないでしょうね。

——雌オオカミの子がわが父上の子ということになるわ

けか……。

――でもこの子らは……わたしは自分の意志で兄弟同士にしたんです、自分の息子として。

――もし三人のうち二人が父の子だとすると、必然的に三番目の子も父の子となるよな。

――するとわたしとルドビーコが王宮から拉致してきた子供の母親は誰なのかしら?

――分からん、セレスティーナ。三人ともわが父上の子供だということぐらいしか、他に考えられる繋がりはないしな。

――わたしがお父上にお会いしたときに、居間には女性が二人いましたけど。

――もし彼らがわが父上の子なら、三人はわしの兄弟ということだ。

――下女ふぜいの
――父無し子か……。

――カスティーリャ女の……。

――黙れ、ルドビーコ、神の愛にかけて黙れと言っているだろうが。

その後、セニョールはルドビーコとセレスティーナの話に呼応するかのように、自分の父親の死と、母親の自主的な献身、手足の切断、防腐処理された亡き夫の遺骸からずっと離れずに生きていくという母の決意について語った。

夜になって彼は礼拝堂に赴いた。そこは誰もいないので、祭壇とオルヴィエートの画の前で祈りを捧げて心を鎮めるのに都合のよい場所であった。そのとき彼は背後で誰かが恐ろしげな悪態をついているのを耳にした。二列になった墓のほうを詮索するように見てみると、そこにはひとりの女がうずくまるようにして、畏れ多くも遺骸を前にたしなめているように見えた。

――この罰当たりが、悪性腫瘍でくたばっちまいな、悪い汗でもかきやがれ、シラミの卵に食われちまいな、この墓場から先を越して、たんまりくすねていったのは一体どこのどいつだい?

セニョールは女の腕をとると誰なのか尋ねた。顔を覆った女はがくんと跪くと、セニョールのほうを見て、ごめんなさいと許しを乞うた。彼女はセレスティーナ婆さんと呼ばれていた。スペイン中でこれほど評判のいい女もなく、マンサナーレス川沿いのなめし革工場ですら、その偉大さを誰もが詮索するほどだった。彼女が語る言葉はあらゆる酒場で金言のようにもてはやされた。品位があって信心深く、巡礼目的でセニョールの先祖たちの聖なる遺物を崇めようと、大いなる名声の鳴り響いたこの聖地までやってきたのである。セレスティーナ婆さんはそれを実行した最初の人間であったが、最後の人間となるわけではないだろう、というのもかくも名高い霊廟であればこそ、セニョールの苦しみをともに分かち、服喪への敬意を表すべく、多くの人々が押し寄せてくるだろうからである。

セニョールは女の顔を隠す頭巾をはぎ取った。それは正しく穀物倉庫での婚礼で父が犯したあの少女、魔にとり憑かれたセレスティーナその人だった。というのも彼、つまり息子のフェリペのほうはそんなことをする勇気がなくて、自らの童貞をイギリス人の従妹、巻き毛で糊のきいたペチコートをはいた王女へとっておいたからである。セレスティーナは一切の記憶を失っていて、経験したこと知ったことのすべてを別のセレスティーナに移してしまった。つまりここから数歩行った所にある居室で、ルドビーコといっしょに彼を待っていた小姓の恰好をした女性にである。フェリペは辻褄を合わせようとした。フェリペは再び元気を取り戻し、世の中に対する己の目論見にエネルギーが蘇ってきた。予期せぬ味方となったセレスティーナのほうは彼のことを覚えてはいなかった。彼は強欲と乱交、大食、ぶどう酒、何ものも覚えていない用心深い悪意に満ちた視線によって老いさらばえた仮面の裏に、若々しい顔立ちを思い描いた。というのも彼女は実際、その日暮らしをしていたのであり、体はぶくぶくと締まりなく太り、皺だらけで、歯は抜け落ち、鼻は充血して赤かった、まさにセレスティーナそのものだった……。

──でもお前は誰かに出し抜かれたとでも言うのかい？

いったい誰に？

──旦那様、どうか考えてもみてください、ここには脚が一本欠けていますし、頭も爪も、サソリだってないじゃありませんか。

──いったい誰に？

彼らは泣き声とため息を耳にした。セレスティーナはセニョールの手をとり、指を口に当ててシーッと言った。二人は実際の墓の間を歩いていき、フェリペの父親のものとされる墓のそばに来て立ち止まった。そこでは開いた墓の上に座ってバルバリーカが悲しそうにしくしく泣いていた。墓のなかで、かつての女郎あさりのセニョールの遺骸の上に安置されていたのは、《狂女》によってここまで連れてこられた別の新たな痴呆王であった。侏儒はセニョールとセレスティーナ婆さんを目にして驚嘆した。彼女は十字を切ると、天と地に向けて手を組んでお祈りをした。どうか神様、わたしを罰しないでくださいまし。わたしの夫は永遠に眠ってしまいました、どんなことがあっても元に戻せやしません、こんなに小さくなってしまって……ご母堂様はわたしらにあなたが王位に就かれることを約束されました、でもあなたが逝ってしまわれた遠いあの日を、わたしたちが再び手にすることはかないません。わがセニョール様、どうか神様が永久に御身をお守りくださいますよう、わたしの最高の夫が、貴方様のご尊父の保存処理をされた遺骸の上で永遠に眠ることになるのですから、どうかよくご覧になってくださいまし……。

フェリペはバルバリーカの頭をやさしく愛撫した。

——ちんちくりんの怪物よ、お前は本当に世に君臨し、恋人と永遠にいっしょになりたいと思っておるのか？

——ええ、セニョール、貴方様がお望みならば、二つとも叶えとうございます。

——それはならぬ。ひとつだけにせよ。

——ならば心優しい王様とずっと居とうございます。

——お前はヴェルダンの修道院を知っておるか？　とセニョールはセレスティーナ婆さんに尋ねた。

——修道士がわたしの身内でないような修道院などどこにもございません、セニョール。

——そなたに良き分別があるか？

——ご心配には及びません、寛大な王様、わたしは妖術使いだなどと陰口をたたく連中とは違います、あの連中ときたら修道院長らに娘っこを売りとばしているんですから。

——ヴェルダンで何が起きているか知っておるか？

——あそこは病人たちの街ですよ、セニョール。誰もが人生に倦み疲れ、人生そのものが彼らに愛想づかしをしています。老人は疲れ果て、若者は夢がなく、家族は修羅場だし、みんなベッドに潜り込み、死神《パルカ》が目の前に編み上げ靴を揃え、運んで行くときまで、二度と起き上がろうとはしません。結局、その地にやってくる者は、シーツに潜り込んで二度と起き上がろうとはしないのです。父や母、息子、ときには下僕まで雁首揃えて寝込んでいる姿を見るのは壮観です。ため息をついたり、涙を流したり、一方でタヌキ寝入りしている者もあれば、大声で晩課を唱える者もあります。他の人間を見るのを避けている者もあれば、互いにうっとりと見合ったり、謎めいた微笑みを交わし合っている者もいます。老人たちは早くけりをつけてあの世に行きたいと願い、若者たちはこの世しかないと信じ、そそくさとこの人生を渡っていくすべを身に付けていっています。彼らにしてみればそれ以外の世界など幻にすぎません。誰ひとり長生きできる者などいません。死はそれを模倣しようとする者に対して同情的なのです。

——そこにこの少年を眠ったままで連れていってくれ。またお前にわたす証書とお付きの者といっしょにバルバリーカもな。

——でも後生だから同じベッドにしてね、とバルバリーカは叫んだ。彼女はセニョールとセレスティーナの間で交わされた言葉をわくわくしながら聞いていた。

——わたしゃまともな人間ですから、貧しいんですよ、とセレスティーナ婆さんは呟いた。余計な口はたたかなくてもいいけれど、財布の口だけはさっさと開けて欲しいもんだわ。

セニョールはセレスティーナ婆さんの足元に、ずっしりと重いポーチを放り投げた。彼は踵を返すようにして、寝室のほうに戻っていった。処女膜再生の遣り手婆と侏儒女の娘は財布のところに突進し、それを奪い合った。しかしセレスティーナは足蹴を食らわせてバルバリーカを蹴飛ばすと、娘の手からはぴかぴかの黒真珠がひとつ転がり落ちた。

——お前は宝物を隠していたんだね、油断も隙もあったもんじゃないよ、この片端もんが。

——これは奥様がわたしに下さった珍しい真珠なんです。

——糞の臭いがするよ。

——わたしのですったら。

——こっちによこしなって言ってるだろ！　この糞女が。

——渡すもんですか、この白首ばばあが。

——もう一発お見舞いしてやろうか、この糞まみれが。お前とキ印の亭主の二人とも、一まとめにして眠ったままベッドに運んでいってやるからね、鉄輪と恐怖をしっかり身にまとわせてね。

二日目

兄弟たちよ、とセニョールは呟くように言った、それに対しルドビーコは貴方様のお世継ぎでございますと答えた。それにフェリペは頷いた。——わが母君はそのうちのひとりが世継ぎだと宣言したが……ルドビーコはそれを否定した。ひとりだけがお世継ぎではなく、三人ともお世継ぎでございます。するとセニョールは苦しさのせいで曖昧模糊となった低い声でこう言った。またバラバラになったのか？　兄弟同士が争ったせいで王国は分断し、このわし自身と我が王宮によってもたらされた統一も消え失せてしまったのか？　わしとこの土地と頂点が象徴していた……。

ルドビーコは寝室の高いところにある採光窓のほうを見た。あたかもそこからばらばらになった歴史の光が射しこんでくるかのように。彼の頭に去来したのは、スペイン王家は庶子たちが王位を要求したことで、どれほどの苦痛を味わったことか、またその要求を呑ませるためにどれほどの血が流されたかということだった。しかしルドビーコはたゆまず己の考えを推し進めていった。夢のなかと同様に三者がひとりなのだ。最初の者は二番目の者が理解し、三番目の者が欲するものを記憶する。二番目の者は最初の者が記憶し、三番目の者が欲するものを理解する。三番目の者は最初の者が記憶し、二番目の者が理解することを欲する……。

――ルドビーコよ、連中はいったい何者じゃ？

――わたしも存じません、フェリペ様。貴方様もわたしと同じ話をお聞きになったじゃありませんか。

セレスティーナはセニョールに、彼女が海岸で見つけ王宮に連れてくることになった青年に対し語ることのなかったことも含めて、すべてがすでに語られていると明言した。

――すると簒奪者ということか、セレスティーナ？

――世継ぎ人ということでしょう、フェリペ？

礼拝堂から王室の死者を弔うミサの歌声が聞こえてきた。セニョールは居室の黒い十字架の前で跪くと、真夜中の朝課の最初の祈りを口ずさんだ。「全知全能なる神よ、わたしは告白します、常に処女であられる聖母マリア様、聖なる大天使ミカエル様、聖なる洗礼ヨハネ様、聖なる使徒ペトロ様およびパウロ様、すべての聖人様方、またあなた方兄弟よ、わたしは思いと言葉と行為においてひどい罪を犯しました」と言うと、三度自分の胸を叩いた。そして姿かたちのない谺のごとく、礼拝堂の修道士の言葉「わが過ちなり」を繰り返した。

彼は激しく咳き込んだせいで声を詰まらせた。その後、あたかも死者のミサの言葉を引き延ばすかのように、しゃがれ声で遺書に書いた内容をいかにも確信に満ちた様子で読み上げた。死者への祈りをする際の声の調子と、未だ生まれざる者たちの訪問を呼び寄せる際の声の調子には、何の隔たりもなかった。わたしはそなたらに遺産として譲り渡すのだ、時間の開口部たる忘れられた休止時間にしか覗き見ることができない、蘇りの未来というものを。過去自体が未来を想像しようとした、そうした暗い空白の数分間にしか見ることのできないものを。

——ルドビーコ、フェリペ、すると連中は創立者なのかい？　とセレスティーナは甲高い口調で言った。それはあたかも礼拝堂の交唱とセニョールの祈りと黒ビロードの聖歌と祈りがひとつになったように思えた。

——わしはそなたらに譲り渡すつもりだ。わが民とわが土地にとって唯一の未来として、過去において未来を想像することへの、執拗で痛ましく盲目的な回帰といったものを。

すべての太陽のもと、あらゆる時代において、とルドビーコは言った、兄弟二人がすべてを打ち建て、互いに争い合い、一方が他方を殺し、犯罪の記憶と死への懐旧の上に再びすべてが打ち建てられるのだ。

——怒の日、彼の日……。

ルドビーコはフェリペにすべての始まりに遡るようにと言った。つまりアベルとカイン、オシリスとセト、羽毛の蛇と煙る鏡、敵対する兄弟同士、禁じられた女や母や妹をめぐる愛の葛藤、イヴ、イシス、蝶をつけた王女などに。フェリペ王よ、どうして人間はすべて歴史の黎明期にあらゆる距離を超えて、同じ夢を見、同じことを考え、経験してきたのでしょう？　あたかもわれらが共通する出会いの場所で生まれる前に、互いに知り合っていたかのように。その後、われらはたまたま離ればなれの土地と、異なった時代にばらばらに置かれて、互いに見知らぬ存在になってしまったというわけです。かつてわれらはひとつの存在だったのです。今でこそ別々ですが。

——どれほど震えるだろうか……。

フェリペは果たして名士スコパスの家で、詩人シモーニデースがディオスクーロイである双子のカストールとポルックスによって、命を救われたことを覚えていただろうか？　セニョールが十字架の前で唱えていた詩行が礼拝堂から漏れ聞こえてきた。《かの日こそ涙の日なれ、その日、灰より蘇えらん、罪ある人、裁きを受けんとて》。従兄弟らの妻たちを奪った双子のうち、死すべき身であったカストールは彼らとの争いで死に、ゼウスの子で不死身のポルックスは、カストール亡きあとは不死身であることを望まず、弟といっしょに死ぬことを望んだ。

——わが三人の息子たちもまた、こうした愛で結ばれているのです……。

——わが三人の息子だと？　簒奪者ではないか？　とセニョールはレクイエムの厳かな口調を変えることなく、問いただした。

——わたしは貴方様と同様、わきまえるべきことはしっかりわきまえておりますし、分からないことも同様でございます。

セレスティーナは目を閉じたまま、まるで夢のなかで語っているかのようにこう述べた。双子たち……難破した船乗りたちの救援……聖エルモの火の管理者たち……。

セニョールは立ち上がった。《われらに永遠の安らぎを与えたまえ、アーメン》そして寝室の壁を覆っている地図のほうを見た。彼は自分が考えているのはむしろ別の印、別の兄弟同士、別のライバル同士、別の創立者たるロムルスとレムス、あのテベレ川に放棄され雌オオカミによって乳を与えられたローマの建国者のことだと言った。ロムルスはローマ市の城壁を築いた。レムスはあえてそれを飛び越えた。ロムルスは弟を殺し、次のような言葉でもって同様に権力を打ち建てた。「わが城壁を乗り越える者はかくのごとく死ぬのだ」。彼は嵐のさなかに姿を消した。亡命した建国者、自己からの逃亡者。

——わしはあの話のなかの兄弟同士をよく見ろと言っているんだ。

——でもこの場合は三人ですよ、兄は弟を殺したりはしません。だってひとりが死ねば、残りの二人は記憶することも、理解することも、欲求することもできなくなりますから。フェリペさん、どうか分かってください、三人の兄弟がそろって初めてひとつの物語をつくり上げるのです。三というのは対立を解消する数字ですし、邂逅と混在の同胞的な数字でもあり、数字の二のもつ不毛な二極性を解消する数字でもあります。分かってください、貴方様の物語に彼らを入れてやってください……。

——奴らは自分たちの物語でもって、頂点を極めんとするわしの意志、今ではわしが主となっておるこの王家に対し、挑戦してきたのだ。わしの死の計画をぶち壊そうとして、話していたとおりのことをやりおった。実際にな……。

——《あの方たちを不滅の光で照らし出してください》

セニョールはセレスティーナとルドビーコの話に呼応

するかのように、その日の残った時間をイサベルとの永遠に未完に終わった婚礼のことを悲しげに語ったり、また騎士道的愛に対する自らの理想について説明したり、あるいは王城の敷石の上で転倒し、そこで誰かに手を差し伸べてもらえるまでじっと待っていたセニョーラのことに思いを馳せたりしていた。腕を支えて助けてくれたのは、彼女を一度たりとも女として見ようとしなかった者であった。

とはいえ夜になるとフェリペは足取りも軽く、礼拝堂にやってきた。近年これほど若々しく感じたことはなかった。胸は高鳴り、腕は脈打ち、頭は爽快であった。しかし礼拝堂には影が満ちみちていた。それはあたかもフェリペが取り戻した活力と、時代の重みを支えるべく建てられた石の永遠性との間のバランスが逆転してしまったかのようだった。セニョールのぎらぎらする視線とは対照的な、増大する聖域の影に潜んでいる死の知らせ。セニョールは立ち止った。祭壇のほうを見やった。そこには豪勢な金襴に身を包んだひとりの若者が、オルヴィエートの画をつぶさに見入っていた。その傍らには荒くれた人夫がひとり手に手紙をもって彼にしつこくせがんでいた。セニョールは影に守られながら、近づいて行き、柱形の後ろに身を隠して、彼の言い分に耳を傾けた。

——わが主人ドン・フアン様、わたしはカティリノンですが、まっとうな人間ですし、貴方様の忠実な僕でございます。

——誰から許しをもらったのだ？　と画に見入っていた若者が言った。

——誰からもいただいておりません、貴方様にこうして今お願いしているのです。機会は一回限り決して逃してなりませんぜ、でもずいぶん骨を折りましたよ。ともかくここでもフランス同様、旨いパンは作られていますし、腹下しだってちゃんと用意しています。アスセーナやロリーリャのおかげで、貴方様の評判はこの現場の鍛冶場やレンガ工場まで鳴り響いていますよ。そのことを知ってこう呟きました、カティリノン、あのドン・フアン様は仕えるべき従者を求めておられる、そうだ、先手を打って突破口を開くためにはどうしたらいいか、よく調べて申し上げるのだ、逃げ場を塞ぐためには後から遅れてくるようにともな、またわたしが情事と手柄をあげつらい、必要とあらば彼に成り代わり、運が良ければ、そのお余りを頂戴し、仔牛でもいただけるなら手綱を繰って走りまわるとしよう、去年の巣に今日日、鳥が巣を作るとは限らないわけだし〔「柳の下に泥鰌はいない」の意〕。

――おぬしは卑賤の身の冒険好きと見える。貴族のやる冒険は偉業だが、平民のそれは罪だ。

――わがご主人のドン・フアン様、どちらにしろ死と向かい合います。

――いかにも気長なご信頼というやつか？

ドン・フアンは画布の隅にひとり佇むキリストの顔のなかに、陶然とした面持ちで再び自分自身の姿を見た。自分自身を見ると同時に、イエスの顔を見た。セニョールは生きた眼差しをドン・フアンのなかに見、キリストのなかに死んだ眼差しを見た。そこには新世界の巡礼者としての顔があった。ドン・フアンはピカロ〔カティリノン〕のほうを振り返った。

――真面目に生きろよ、でもどうしておれに近づいてきたのだ？

――作業現場で何やら騒動が起きたようでしたので。わしとていつまでも乞食仲間ではいたくありませんのでね。持たざる者がいくら頑張っても所詮行き着くところは豚箱ですからね。敗残の身で褒賞を求めて得られるのは不名誉だけですよ。

――とすると、何が起きようとしているのだ？

――スペイン王国あげての大騒動〔コムネーロスの乱〕ですよ。

――その首謀者はいったい誰だ？

――内外にいる連中ですよ。

――外とは？

――労働者の不満というやつです、屈辱を味わった者たちの怨念です、財産を奪われた者たちの復讐です、顔を覆われた多くのユダヤ人です、葬列のなかで修道士の姿を装った多くの異端者たちです、徴税に反対して陰謀を企み、武器をもって立ち上がる都市の身分の高い商人や医者たちです。正義が世から消え失せ、異端審問という新たな権力が生まれて……。

――内とはどういうことだ？

――あちこちうろついているあのグスマンがわしらを焚きつけ、度肝を抜かせ、何と自由人の政府を打ち建てるなどと抜かし、狂人と侏儒女による統治を実行すると息巻いているんです。あの高利貸しの老人でカラトラバ騎士修道会の総長が、他の土地からきた信徒らにこんな手紙を書き送っています。よく見てください、わたしにはジェノヴァに従妹がいると言ったでしょう、彼女はこの地とあの地の両方の海岸を行き来する船を操縦する船乗りと結婚しています。グスマンはわたしにこの手紙を手渡し、コロンボという名の御用商人宛てにイタリアまで届けてくれと言ってきました。わたしは三十マラベディを受け取りました。たった去勢羊肉一ポンドの値段で、そうしろというんですからね。わたしは手紙を開封して読んでみました、これをどうぞお受け取りください。セニョールに対する罪深い陰謀だということはこれではっきりしています、セニョールもわたしたちにご褒美として羊一頭まるごと下賜くださるはずです。
——わしがセニョールの味方だとどうして分かったのだ？　このならず者めが。
——別にどうということもありません、ドン・フアンの旦那、特に何も。ただ貴方様に手紙をお渡しすることだけを念じているだけです。こん畜生め、海ちゅうもんはなんとしょっぱいもんじゃな！　すべてが最悪の有様です、大いなる生といえども短いとなれば、死後には地獄が待っているのです。わたしはドン・フアン様といっしょに生きとうございます。貴方様は連中よりも性質の悪い人間かもしれませんが、どうかトルコの狂犬や異端者、亡霊などからわたしを守ってくださいまし。わしらが悪魔と立ち向かわねばならぬときには、どうか打ち負かしてください。何はともあれ、わたしは貴方様に忠実に従いますので。というのも恐怖に捕らわれたら熱意も冷め、さまざまな感情に囚われてしまい、自分が心から厭うことを喜ばねばならなくなるからです。貴方様となら楽しく暮らしていけそうですし、儲け仕事には好都合な時というものです。貧者の生活には悲嘆くらいしか得るものはありませんしね、ドン・フェリペ王と来た日にゃ、次のような戯れ歌が流行っているように、得られるのは冷やかしくらいですか。

　どこかの夢想的な王様は
　フィリポス王になれずして
　母方の血で喜劇役者に
　その欺瞞から化学者に
　ぶちまけろ、ぶちまけろ
　ぶちまけろ、歌うがいい
　ゴロツキどもにピカロたち。

三日目

——お聞きください、そうすればお分かりになります、フエリペ。二人とも眠ってしまいました。すべてを理解しました、新世界の巡礼者は何も求めもしなければ、何も思い出しもしなかったのです。

——ルドビーコよ、そなたが彼らを夢から引き出したのだな。あの永遠の円環的な夢から。その代わりに連中に何を与えたのだ？

——歴史です。彼らを歴史に引き戻したのです。

——それは一体何のことだ？

——貴方様次第ということです。

——待て、巡礼者とかいったな、新世界の旅人が……夢を見て……でもそこにはいなかった……ペドロの船は決して出帆することはなかった。

——ペドロは《災難岬》での嵐に巻き込まれて水死したんです。それをこの目で実際に見ました。でも夢のなかでは、彼は真珠海岸で槍に貫かれて死んでいるんです。

——ちょっと待て、そうなると新世界は存在しなくなってしまうぞ、単に夢想家によって思い描かれたことにすぎなくなってしまう。彼はすべてを理解していると言ったな、でも何も覚えていないし、何かを求めることもなかった……。

——唯一、タトゥー唇の女への愛だけは求めたんです。彼女は彼に記憶を呼び覚ましました。

——否、彼は五日間を生きてしまったから、残りの二十日間を記憶することはできなかったはずだ、そしてまた二十日間を生きてしまったから、五日間は記憶に留めることはできなかったのだ。

——フェリペ、わたしは唇でもって彼に記憶を取り戻してやったのです。最初は山中で処女を奪われたときに、二度目はこの寝室で。彼はわたしを愛するときだけ記憶を取り戻すんです。

——勝手な推量だ、証拠でもあるのか？

——分かりません、フェリペ。

——やっぱりわしの思ったとおりだ。

——巡礼者は他の二人によって夢を見せられたのです……。

——ここでわしの世界は極まるのだ。

——でも彼は証拠をもって戻ってきました、羽根の地図と蟻です。

——ああ、ルドビーコにセレスティーナ、そなたらは何という武器を授けてくれたものだ……。

——地図については、フェリペ、よく聞いて理解してください、何もこれはわたしが彼に上げたものではありません、彼が自分の夢からもってきたのです。

——わしは裁定を下した、新世界など存在せぬとな。連中はそれを信じないだけでなく、夢を追って出かけようとしている。誰もが金という幻を摑み取ろうとして出発するだろう、しかし海の大瀑布に落ちこんだあげくに、わしひとりがここで生き残ることになろう。

——わたしはフランドルの若き異端創始者について行きました。

——書かれてあったことは間違いない、新世界などないというわしの裁定は正しい……。

——わたしはラ・マンチャの放浪者について行きました。

——語られたことに間違いはない、セレスティーナ、そなたを愛したときにあの若者が語ったことだが……。

——でも新世界の巡礼者にはついて行きませんでした。

——お笑い草だな、ルドビーコ、グスマンの野心も、アウグスティノ会士の熱意も、高利貸しの計算も、すべてどうでもいいことだ。無という存在に立ち向かっていく遠征にすぎない。

——わたしはペドロと二つの柩とともに海岸で待っていました。

——わしは勝ったのだ。わしが連中の気力を殺ぐなどと思ってくれるな、それどころか勅令と艦隊と保護、さらに必要とあらば何でも与えてやるつもりだ、彼らが乗船して二度と戻ってこないように願ってな。

——巡礼者は他の二人から離されて、ひとりきりで夢を見させられた唯一の人間です。

——わしの王宮よ、そこにはすべてが集まっている、新世界などない、世継ぎたちもいない、ここではわが血筋だけが頂点を極めるのだ。

——巡礼者はわれわれの足元で大波に攫われ、海を漂ってひとり戻ってきた唯一の人間なのです。

——わしもひとりだ。

——彼は目覚めませんでした。フェリペ、三人がいっしょの夢を見たのはそれが初めてでした。

——わしが死ぬ時まで、すべてここでじっとしているのだ！

——わたしのなかで、待ち合わせた日に合わせて彼らがいっしょに目覚めることができるように、海に投げ入れるという考えが浮かんだのは、こんなところからです。

セニョールはその時、フランドルの異端アダム派に対する最後の聖戦についての詳細を語った。つまり勝利の神聖なる栄光が、大聖堂におけるドイツ人傭兵の瀆神的・冒瀆的行為によって汚されたことについてである。

彼はそのとき聖なる三位一体の不落の要塞たる神殿にして宮殿、王たちの霊廟を建立しようと心に誓った。そして戦争を放棄すべく、砦の鐘楼から《血の軍旗》を壕に投げ入れてしまった。その時以来、孤独と苦行と死の生活だけがセニョールの生活となったのである。

彼がその晩、三度目に礼拝堂にやってきたとき、三十三段ある階段の登り口あたりで、何か争うような声を耳にしてドキッとさせられた。闇はさらに深くなっていた。人が身を隠すにはいかにも好都合だった。抜身の剣がキラッと煌めいた。修道女らの暮らす独居房の格子窓の背後ですすり泣きが聞こえた。侍者のひとりが柱形の後ろに隠れて、震えながらぶしつけなことを呟いていたのだ。セニョールもまた身震いした。聖体を保護すべく造られた場所が一度ならず冒瀆されたからである。修道女らは泣き崩れ、犬は殺され、剣が振るわれた。彼もまた侍者と同様に身震いした。侍者と同様に、セニョールは身を隠した。

――ドン・フアンよ、そなたはわしの名誉を二重に汚したのだ、と老騎士団長は言った。彼は手足の脆弱さとは釣り合わないような、本来の押しの強さを具えていた。

――老いぼれ爺さんよ、あんたは自分に元々ないもののことを云々している、と凛々しい若者は片手を腰にやり、もう一方の手で剣の切っ先をイネスの父親の剣の刃に当てて弄びながら、答えて言った。

――まだわしを侮辱しようというのか、この嘘つきめが。

――まあ何とでも言うがいい、あんたは自分の娘をセニョールに売りつけたのだ、それがあんたの名誉というものか？

――かかる試練について口に出すようなそなたこそ名誉などない。なぜなら、名誉というのは他人の名誉にとって名折れとなることを、あえて口に出さないことにこそあるからだ。

――名誉は外面だ、老いぼれめ、外面ですらあんたは失格だ。

――名誉とは手紙の封を切らずにそのままにしておくことだ。ところがそなたときたら、ならず者を使ってわしの手紙を開封した。そいつはそなたとわしの両方に対して背信行為を働いた。

――名誉というのは恩義にしっかり報いることだとされている。ところがあんたは誰に対しても恩義に背いた。セニョールに対しては己の地位を上げてくれたことに対する恩義の気持ちがない、また自分自身に対しては、自分に対する感謝の気持ちがない、また自分の娘に対しては、女の貞節や慎みというものもまた男にとっての名誉であるとするなら、娘に対する恩義にも背いていた。

――娘はセニョールと神に身を捧げたのだ、地上と天上の最高の面目を施したのだ、ところがそなたは何の資格も面目もないくせに、わしの娘をかどわかした。それが許せないのだ。――汚されたとはいえわしの恩顧が与えられたことに感謝するがいい。

――この怪物め、卑劣な野郎だ。

――名誉というのは美徳に対して払われる栄光のことだ、カラトラバ騎士団長殿。栄光というものは、それを獲得する人間の家族や人格や行動そのものを超えていく。わしが誘惑したことで与える名誉は、そなたが娘を引き渡したことによる名誉よりも大きいし、より大きな偉業というもの……。

セビーリャ人高利貸しは警戒心をゆるめ、思案気に剣の柄に顎を載せて言った。――すこし考えてみよう。

ドン・フアンは楽しげに剣を空に放り投げ、再びそれを宙で受け止めて言った、――考えてみようじゃないか。

老人と青年は平地から礼拝堂に通じる三十三段の階段の入り口に腰を掛けた。

――そなたは名誉とは外面だと言っていたな、と騎士団長は呟いた。

――他の人間たちにはな。しかしわしは違う。公になった名声というのは、どんなことがあっても、自分が己の名誉とみなしている、高き内なる概念を傷つけることはできないのだ。

――となると何人たりとも、己自身によってしか侮辱を受けることはないということか？

――倫理学の教師たちはそう言っている。何人たりとも、人の心の聖域に触れることはできないわけだから、人に侮辱を加えることはできない。唯一、心だけが人を傷つけるのだ。

――わしは、人は血筋ではなく、己が所業の子だと思っている。プラトンに言わせると、いかなる王といえども低い出自の者でないものはなく、いかなる低い身分の者でも高貴な血筋でない者はない。しかし時代が多様となったせいですべてが混在し、運命の力で高低差が生じた。となると誰が貴族かという話になる。セネカは答えた、自然によって有徳な人間とされた者のことだ。これこそわしに当てはまるのだ。ドン・フアンよ、わしの体面はわしの美徳に、わしの美徳はわしの行動に、わしの行動はわしの財産に基づいておる。

――となると、そなたの財産を奪えば、そなたの行動も美徳も体面も奪えることになるな。

――体面を失えば命を失うことになるのだ、騎士どの。あの手紙を返してくれぬなら、わしはすべてを失うことになる。

――待て、命と名誉とどちらをとるつもりだ?

――たとえ人が己が所業の子だとしても、人は誰でも血統の長となりうるのだ。しかし財産のない血統もなければ、生きているうちは、それに死後ですら続くような名誉や栄光なども存在しない。なぜなら行為によってこそ永遠の名声が得られるからだ。ドン・フアンよ、どうかわしの手紙を戻してくれ。

――くそったれ、あんたは道徳に馬鹿げた解釈を与えているだけだ。これらの王国では、財産と生命は王に捧げるべきだというのが叡智だとみなされている。でも名誉は魂の遺産であって神にのみ属すのだ〔カルデロンの戯曲『サラメアの村長』ペドロ・クレスポの名文句〕。

――ドン・フアンよ、そなたは名誉と死のどちらを優先する?

――名誉などわしにはどうでもいい。死について言えば、この世からあの世まではずいぶん間があるのでな。

――ドン・フアン、どうやらわしらは互いに分かり合えるようだ。だからまず手紙を戻してくれ、そしてわが財産と所業、美徳、名誉を救ってほしい。名誉などそなたにはどうでもいいものなのだから。

――でもなあ、老いぼれ爺さん、何と言っても命だけは重要だ。

――ならば命を大切にしなければ。

――おぬしは分かっちゃいない、たしかにこれはわしの命だ、わしが始めた事件は愛であろうと決闘であろうと、恰好よくピリオドを打つさ。わしは快楽のために生きているのであって、神のためでもなければ王や財産、美徳、行為、血筋、名誉のためでもない。

――わしを恐れるがいい、わしは死んでからそなたに復讐をするつもりだ。

――そなたが死んだ際に復讐を誓うなら、今の段階でそんな希望など失うほうがいい。

高利貸しはそわそわしながら立ち上がったが、ドン・フアンのほうは冷静だった。

――どうかあの手紙を返してくれ、ドン・フアン、わしの名誉にかけて、誓ってやる……。

――何をだ？　老いぼれ、おぬしの細腕でわしを貫こうとでも？

――わしは名誉とともに死ぬ……。

――人は名誉とともに生まれるが、おぬしだけは……。

――名誉とともに死にもする……。

――かくも長きのご信頼ってとこか。

――さあ剣をとれ、こやつめ。

　老人は剣を振り上げてドン・フアンに襲い掛かった。騎士団長の弱々しい影は、蝶のように彼を宙で刺し貫いた。ドン・フアンは串刺しにされたように空中でぴたりと張り付いた。

　そのとき修道女の格子窓のほうから叫び声が聞こえた。ドン・フアンは手首を返すようにして剣を老人の体から引き抜くと、体は音もなく礼拝堂の御影石の上に落下した。ドン・フアンは怖気づくカティリノンを従え、祭壇の後ろを音も立てずにすり抜けた。従者は恐怖心とは別に、貴族たちの理解しがたいこうしたやり方、理屈、儀式といったものを初めて目にして心を高ぶらせていた。彼らは回廊を抜けて中庭を通り、土牢、つまり召使のアスセーナとロリーリャが隠れている場所のほうに向かった。ならず者は祭壇の前を通るとき跪いて素早く十字を切った。従者もまたそこで主人の言葉を自分の言葉にして、繰り返して言った。

――わしにはどうでもいい……。

　修道女イネスが走って礼拝堂に入ってくると、泣きながら死んだ父の遺体のそばに跪いた。セニョールが暗いところから姿を現し、悲しみの父娘のもとに近づいた。イネスは涙にくれながら彼のほうを見上げ、そばですっくと立っている蒼白のセニョールの手に口づけした。そして懇願して言った。

――ああ、セニョール、セニョール、どうか殺されたこの哀れな父をご覧ください、願いも気遣いも何もかも失って、こうして亡くなったのです、懸命に努力して得た名誉も死んでしまえばそれまでです。セニョール、もしわたしが貴方様に何か楽しいことをして差し上げられたとしたなら、今度はわたしにそうしてくださっても罰は当たらないでしょう。どうかセビーリャで、亡父の墓の上に銅像を建ててください、生前はかない形で閉じた父の名誉を永遠に留める石の霊廟を立てるとお約束くださ い。

――そんなことはお安い御用だ、イネス。そなたの父親の財産は今やわしのものとなるのだからな。

修道女はセニョールの手を放すことなく、首を垂れた。

――ある晩、わたしは貴方様の寝室に自分の意志で戻ると申し上げました。あのときは心を空っぽにする必要があったからです。もう一度心を満たしてください。それが今の気持ちです。

――しかしわしの気持ちではないぞ。

――父に与えていただいた名誉に対してどれほど感謝しておりますことか。

――そなたにこの指輪をやるとしよう。指輪をもって修道院長のミラグロスのもとに行くがいい。そして言うのだ、二十四時間以内に修道院の独居房のひとつを鏡で裏張りをするようにとな。

――鏡でですか、セニョール？

――そうだ、ここにはたっぷりある。この作業場には世界中からあらゆる資材が運び込まれてきている。しかしわしは鏡よりも石を好んだ、それは虚飾を遠ざけようとしたためだ。しかし今や鏡の時間がやってきた。独居房全体を鏡で覆ってやるのだ。壁や床、扉や天井、窓まですっかりとな。一インチたりとも張り残しのないようにせねばならぬ。そのあと、イネスよ、そなたはファンという名の若者を誘惑し、その部屋に連れて来るのだ。

――ああ、セニョール、ドン・ファンはわたしを求めもしなければ、いかなる女性も二度求めることはありません。

――ならば誰か仲介者を通してやつを誘惑するのだ。わしには目当ての女がひとりおる。戻ってくるまで待て、彼女は今わしの命で立ち働いているからな。

――セニョール、もっと悪いことがございます。魔術のせいでわたしの汚れなき陰唇が閉じられてしまったのです、処女に戻してやるという口車にのせられて……。

セニョールはあたかも一度も笑ったことがないかのように笑い出した、そしてあたかもそうした行為が青春を呼び戻しただけでなく、性格までも変えてしまったかのごとく。笑って笑って、笑い転げた、一度もそうしたことがないかのように。高笑いをしながらイネスにこう言った。

――そなたの不幸を癒すためにわしも手をかして進ぜよう。たしかにセレスティーナ婆さんは多くの処女膜再生術を施した。今度は初めて逆の施術を披露してもらうとしよう、美しいイネスよ、縫い目をほどいてもらうのだ。

四日目

――ルドビーコ、わしにちゃんと計算をさせてくれ、しっかり見極めたいのでな、確かそなたは三人の少年がそれぞれ見る夢は、そのどれもが三十三カ月半続いたと言ったな？

――はい、確かにそう申しました。

――すると二年九カ月と十五日か。

――千日半ということにもなります。

――ルドビーコ、そなたはどう考えるとな？

――人生はもっと短かったです。

――フランドルと新世界の夢は千日半の間続いたということになるな。

――でも夢はもっと長かったのです。

――とはいえ、ラ・マンチャの夢はさほど長くはあるまい。

――二人とも眠ってしまいました、あのラ・マンチャの放浪者はすべてを記憶していたとはいえ、何ひとつ理解することもなければ、欲することもしませんでした。

――わしの言っているのは、あの少年こそ何も記憶しなかったということだ、風車のところで気違い老人を見つけたとはいえ、たまたま見つかったガレー船漕刑囚を繋いでいた縄でもって捕縛され、水責めに遭い、何をする余裕もなくなって……。

――ラ・マンチャの夢は千日半続いたのです。

――それは正しくないぞ、ルドビーコ、そなたが言う時間と行動とは合致しておらん。そなたのする算術はよう分からん。

――算術ではなく数秘術でございます、フェリペ。風車の冒険とガレー船漕刑囚の冒険の間には、徒歩の場合もあれ、車に乗せられたりする場合もあれ、憂い顔の騎士が味わった冒険は千と半分の数だけあります。騎士は毎日のように異なる物語を語ったのです。いかにして騎士に叙任されたかとか、ビスカヤ人との戦いとか、山羊飼いとの出会いとか、山羊飼いのひとりが語った牧女マルセーラの話とか、ならず者のヤングアス人とか、城と見紛った旅籠への到着とか、マリトルネスと過ごした夜の話とか、死体の冒険とか、マンブリーノの兜という大層な戦利品のこととか、シエラ・モレーナ山の冒険のこととか、ベルテネブロスの苦行の話とか、麗しきドロテーアの物語とか、「無分別な物好き」の小説とか、赤ぶどう酒の革袋との勇壮で途方もない戦いとか、王女ミコミコーナの出現とか、また一日中、夜までなされた文武についての演説とか、捕虜の話とか、雌ラバの少年の話とか、武装捜索隊の冒険とか、われらの哀れな友人が魔法にかけられた話とか、山羊飼いとの諍いとか、鞭打ち苦行者の冒険とか、ドゥルシネーアの魔法とか、死の宮廷の荷馬車の冒険とか、《鏡の騎士》との遭遇とか、ライオンの冒険とか、《緑色外套の騎士》の家での出来事とか、恋する牧人の話とか、金持ちカマーチョの婚礼の話とか、モンテシーノスの洞穴のこととか、ラバの鳴き声の冒険とか、ペドロ親方の芝居のこととか、魔法にかかった舟の話とか、美しき女狩人のこととか、ドゥルシネーアの魔法が解けた話とか、公爵夫妻の館への到着とか、《悲嘆の老女》の冒険とか、クラビレーニョの到着のこととか、バラタリア島のこととか、われらが友人の従士に起きたこととか、恋するアルティシドーラとの恋愛話とか、老女ドニャ・ロドリーゲスのこととか、第二の《老女ドニャ・ロドリーゲス》の冒険とか、召使トシーロスとの戦いとか、盗賊ローケ・ギナールとの遭遇とか、バルセローナへの旅と、そこで素晴らしい本が出版されている印刷所への訪問のこととか、《銀月の騎士》のこととか、騎士が牧人になろうとした話とか、豚の冒険とか、アルティシドーラの生き返りとか、名を思い出したくもない村へのわれらの友人の帰還とかです。というのもその村は、栄光と正義と危険と美の素晴らしい夢に、むさくるしい牢獄生活を思い出させるからでした。

——今そなたは五十ものエピソードを語ったぞ、それに前に千日半の日々についてわしに語っていたな……。

——その五十話というのはとうてい五十で収まりきらない話なのです、フェリペ。というのも各エピソードから二十の話が出て来たこともあって、それらが突拍子もない、時ならぬ仕方で物事が展開しているのです。各エピソードが別の話をたくさん含んでいるのです、たとえば騎士が語った話、騎士が経験した話、騎士に対して語られた話、騎士がバルセローナの印刷所で自分のことについて読んだ話、騎士が存在する前に純然たる言語的内在として語られた話の、匿名で口伝えされた話、アラビア人歴史家の本のなかに記された話、そしてシーデ・ハメーテ某がその本に基づいて述べている話などです。まだあります、アベリャネーダとかいう偽作者が恥も外聞もなく書いて騎士の怒りを買った話、的外れな諺と同様に従士サンチョ・パンサが間断なく妻に語って嫌気を誘った触れてはならない夢物語の話、司祭が村の暇な時間をつぶす目的で床屋相手に語った話、逆に床屋が司祭相手に忘れ去られた時間を蘇らそうとして語った話、得業士サンソン・カラスコのような挫折した作家風情が語った話、魔術師マーリンがこうした出来事すべてについて、その独特の視点で語っている話、騎士が挑戦した巨人どもが互いに語り合っている話、騎士によって魔法を解かれた王女様たちがでっち上げた空想話、永遠に完結しない自伝の一部としてヒネス・デ・パラピーリャが語る話、すべてを友情という角度から見てドン・ディエゴ・デ・ミランダが自分の日記のなかで語る話、自分を百姓娘だと想像したドゥルシネーアが夢に見た話、自分を王女だと想像した農婦アルドンサが夢見た話、最後に公爵夫妻が自分たちの取り巻きを喜ばそうという目的で、一度となく何度もドタバタを演じさせようとした話などです。

——その頭のおかしい騎士が五十話の二十倍もの冒険を繰り返し、おぬしたちにその冒険の話をしたとして、それで何を達成したというのか？

——単に裁きの日を遅らせるだけでしたでしょうね、その日は理性を取り戻し、驚異の世界を忘れ去り、紛うことなき寂しさのなかで死んでいく日だったのです。

——となると彼は運命に屈したということになる……。

——いやそうではありません、フェリペ。バルセローナでわれわれは見たではないですか、ドイツからやってきた不思議な発明品〔グーテンベルクによる印刷術〕のおかげで、彼の冒険譚は何百冊、ときには何千冊という本となって印刷されるからです。まるで本を生み出す雌ウサギといったところです。

　何と言っても一カ所から原稿を挿入すると、同じ文面の写しが十組、百組、千組、百万組も別の出口から出て来るんですから。

——本が印刷されるということか？

——ええその通りです、そうなると修道士が職務のための指導を与え、貴方様のために書かれた原稿は唯一のものということでなくなります。貴方様はそれをご自分の書斎に保管して、じっくりひとりでご覧になれます。

——そなたは千日と半分と申したな？　しかし五十あるエピソードの二十とおりの話ということになると、半日分が足りないではないか。

——それは決して満たされることはありませんよ、フェリペ。半日分というのはこの本の無限の読者のことですから。人がこの本を読み終えると、もうひとりがその一分後に読み始め、それを読み終えると、また一分後に別の人間が読み始めるんです、それをずっと続けていくと、ウサギとカメの昔話のようになり、誰ひとり競争に勝つことができません。本は決して読み終えることができないのです、本は万人のものだからです。

——何とも情けなくなるわ、となると現実は万人のものであり、書かれたものだけが現実となるのだな。

セニョールは後になって三十三階段での不思議な経験について語った。各段が時間の長い敷居を貪り食ってい て、その結果、その階段を昇る者は己の生命を失いはしても、代わりに死を勝ち取っていくのだ。つまり物質への転身、獣の肉体への悪魔的再生を勝ち取るのだ。そうなると過去を永遠化すること、千もの組み合わせのなかに過去を再創造することが、果てしなき未来の純然たる連続性のうちに消え去ることよりも、価値あることとなったのである。

セニョールはその夜、悲しみにくれつつ礼拝堂のほうに赴いた。とはいえ今しがた感じた高揚感のよって来る根拠を見失ってはいなかった。それは個人的な目論見とうまく平仄《ひょうそく》があっていた。新世界はひとつの夢であった。私生児たる世継ぎの兄弟たち二人は無関係であった。ひとりは土牢に閉じ込められていたし、もうひとりは修道院に押しこめられていたし、三人目がセニョールの企んだ罠に落ちるのも時間の問題であった。しかしものごとそれ自体の特異性と、記述された本に永遠に残される状況というものが、万人の財産になるとしたら、こうした勝利が何の役に立つのだろう（と訝しく思った）。

——権力とはテクストに基づくものだ。唯一のテクストを手にしているという思いが、唯一の正統性の根拠である。しかし今や……。

彼は祭壇の前に跪き、オルヴィエートの画を眺めた。陰影がかたちと色彩の祝祭に奉仕していた。セニョールはそこに描かれていた人物の顔を判別できなかった。

——慈悲深き神よ、わたしは新たな戦いをせねばならないのでしょうか？　何千も印刷される文字に対する戦いを。文字を手にするすべての者たちが権力と正統性をもつようになるわけですから。それがたとえ貴族であれ、農民であれ、司教であれ、異端者であれ、商人であれ、女衒であれ、子供であれ、反逆者であれ、恋人であれ。

セニョールはそこから立ち上がると、礼拝堂の両側に十五体ずつきれいに並んだ三十体の墓を経巡りながら、自分の発した疑問に対する逃げ場を探した。一つひとつ墓を巡りながら、冷たい墓碑に手を触れ、斑入りの大理石を撫でた。彼は自分の先祖たちの生前の姿を再現している石とブロンズと銀でできた横臥像を眺めた。それぞれの墓碑に刻まれた文言を一つずつ読んでいった。少なくともこれらの碑文は唯一のものであって、印刷されることはないだろう。そしてこの広大な遺体安置所に祀られた人物たちと切ってもきれない関係となるはずだ。

三十三階段の最も近くに位置する最後の墓にやってきたとき、セニョールは余った三段が自分が命じて造らせたものではないこと、神意によって彼の三人の兄弟のためにとっておかれたものであることを見て取って、身がすくむ思いがした。というのも唯一ルドビーコとセレスティーナとの会話から、絶対間違いないことだと信じたのは、三人の兄弟が、実は癒しがたい情欲に囚われた、女郎買いの美王であった彼の父親の子だったということだった。彼の父は海と空気と岩を、同時に孕ませることができたのである。

頭がぐるぐると回って眩暈がセニョールを襲った。ペニスが股の間で黒いしなびた花弁のように垂れ下がっていた。墓碑のところにもたれかかった。やっと元気を取り戻したが、冷たい汗がじっとりと服に浸み込んでいた、彼の思いはひとつだった。

——わしは三十段の階段を造るように命じたはずだ、一つひとつ先祖たちのご遺体に合わせてな、神意の御手によって導かれた職人たちが、三十三段作ったとすると、各段はここにやって来たあの簒奪者らの死を呼び寄せていることになる、そうなるとわしのための段はないではないか。

彼は上下が離れ口角泡を飛ばす分厚い唇の間で、苦しく喘ぐように問いただした。そうなるとわしは決して死なないのか。そしてすぐに大声で叫んだ。

——わしの母上のための段もないではないか。ということは、わしらは永遠に死なないのか？

——そう、息子よ、そうよ。礼拝堂と地下納骨堂の片隅から、消え入るような呟き声がした。それは一見しただけでは見分けがつかないが、そこに放置された黒い塊から発せられた声だった。フェリペは後じさりした。彼は摩訶不思議にうんざりし、まともな判断に飢えていた。そうした理由から塊に近づいていき、その傍に跪いた。そこに見たのは《狂女》と呼ばれた母のばらばらにされた肉体であった。母がそう呼ばれたのも、彼自身、きざな悪党であったところから、空想王、喜劇的で化け物的、自惚れ屋でならず者の王と称されていたのといっしょである。

亡霊を見てセニョールは口を噤んだ。厳しい表情の老女の蠟仮面には、苦み走った微笑がわずかに浮かんでいた。亡霊は言った。

——わたしのことを死んでいるとお思いかい？　それとも生きていると？　息子よ、両方とも当たっているよ、なぜって死んで生まれた者は死ぬわけにはいかないからね、生きて死んだ者が生きるわけにいかないのといっしょさ。わたしの今の存在は、それをどう呼ぼうと構いやしないけど、こうした相反する理屈で支えられているのよ。フェリペや、母さんの埋葬などしないでおくれ。まだこうしたご先祖たちのように死に切ってはいないからね。でもありふれた生になどに戻してもらいたくもないね。野心や努力や外見や食事や排泄や衣服や夢などが詰まった生などには。わたしの特異な存在にふさわしい場所を与えておくれ。これは母さんの生と死の自然の成り行きだったのよ、そのことはかなり昔、ここに来る途中、海岸の砂丘で出会ったある貧相な騎士に説明したことだけど、お前も分かるよね、わたしには感覚というのが人を欺くように思えるんだよ、生きているという信念を与えてもくれないんだ、生を欠いているということが死の証拠でもないようにも見えるし。息子よ、わたしらは王家の人間なの。それはただ単にお前とわたしといった以上の存在だし、そこには歴代の王すべてが連なっているのよ、だから個人が死んだとしても、遺されたものはずっと続いてゆくし、一個人の努力は尽きるとしても、血筋の力はいや増すのよ。なぜなら個々人は自分自身のために何かを得ようとして奪い取ろうとするけれど、結局はすべてを失ってしまうでしょう、しかしわたしたちは失ったもの、有り余ったもの、豪勢なもの、贅沢な才能、浪費などを糧にして生きているの。その結果、すべてを手に入れることになるのよ、しっ、静かに。言葉を遮らないで。返事をしないで。年上に敬意を払いなさい。聞いていればいいのよ、すべての過ちは償われるし、すべての過剰は埋め合わされ、あらゆる罪は償われるのよ。歴史は身請けするために払うこの世の勘定よ。もし一般庶民が過ちというものを、それを正すことで償うとすれば、将来のつましさを誓うことになり、過剰な償いをすることになるわ。また悔悛の苦しみでもって罪を贖うことにもなりかねない。ところがわたしたちはそれとは逆で、もっと多くの過ちでもって過ちを償うことになり、過剰を新たな過剰でもって埋め合わせることになるし、罪をもっと悪い罪で贖うこととなるのよ。わたしたちは自分たちに提供されるものをすべて、百倍返しで自然に戻すのよ。天賦の資質の頂点に至るまでね、その天賦にはどんな反駁もありえないのよ。わたしたちに対し償い、埋め合わせ、贖うことのできる者などいませんよ、それはわたしたちを打ち負かそうとしてやる悪行の何十倍もの報いをやり返されるという恐怖からなのよ。母さんを埋葬するのは止めておくれ、フェリペ坊や、寝室に引き戻されるのもお断りだよ。母さんにふさわしい場所ってものがあるだろう？　お前への苦しい愛に対するお返しとしてそうしてやっておくれ。一度だってお前を痛めつけたことなどありゃしない。本当のことを洗いざらい話したこともなかった。母さんをそこのニッチに据えておくれ、そこから落ちてしまったからね。その後、目のところまで壁に埋め込むように言いつけておくれ。そして母さんの手足をもがれた体をレンガの後ろに隠すのよ。目だけが出るようにしてね。母さんはもう話しもしなければ要求もしないわ。壁に閉じ込められた亡霊になるわ、お前の礼拝堂のいや増す暗闇のなかで、目だけが輝くことになるでしょう。母さんに墓碑とか碑文を刻んだりしないで。そんなことをされると死ねないからね。自分の死にいつの日付を刻んだらいいか分からないわね。それに生きている自分の墓にどんな名前を刻んだらいいのかしら？自分の眼差しに王妃たちすべての歴史を集中させましょう。わたしは先立つ王妃たち、後にやってくる王妃たちの亡霊になりましょう、壁に埋め込まれた柱脚から、すべての王妃を夢に見ることにしましょう、彼女らすべてのために生き、そして死に、わたしが彼女らのなかに生きていることに気づかれることのないまま、彼女らに同行しようと思います。生と死の間でぶら下がったまま、かつてのブランカ、レオノール、ウラーカになるつもりですし、いまそうある自分フアナになるでしょうし、今後あるべきイサベル、マリアーナ、カルロータにもなるでしょう。永久に王たちの墓の近くにあって、永久に悲嘆にくれた寡婦のままで、永久にわが息子、お前のそばにいるつもりよ。お前も時々母さんが閉じ込められたニッチの前を通って、この目を探しておくれ、そして人々と国々の哀しい歴史を語ってくれないか？　母さんには十分すぎるほどの時間と死があるのだから。

五日目

――フランドルの夢は三十三カ月半の間続きました……。

――となると千日半ということか……。

――ブルージュ到着。カタリーナ修道女。公爵の森での夕べ。貧者どもの十字軍。自由な精神。自由な精神。貴方様に対する最終戦。敗北……。

――冒瀆された大聖堂。だからわしはこの聖三位一体の要塞を建造したのだ。

――フェリペ、あの夜、わたしは貴方様のもとに赴き、わたしらとご一緒するようにお頼みしました。海岸での夢。貴方様とわたしたち……。

――そなたは無敵だと申したな、何も奪われなかったとか……もしわしがそなたを打ち負かせば、わし自身が自分を打ち負かすことになるとか言いおって、ルドビーコ。

――二人は眠ってしまいました。すべてを求めたあのフランドルの異端創始者は、何も分かっていませんでしたし、何も覚えていませんでした……。

――わしが求めたのはブラバント公爵の首級だ。それを渡してもらった……。

――今もお持ちで？

――ベッドの下の櫃のなかにある。

――どうか見せてくださいませ。

――おい、少女、お前のほうがすばしこいから、その櫃を引っ張り出してみろ。

――開けて見ろよ、セレスティーナ。

――はいここに。皺だらけで真っ黒に変色しているわ、縮んじゃったのかしら。ここよ。

――フェリペ、見てください。これはあの青年の首級じゃありませんよ。

――たしかに違う。

――これで連中のことがお分かりになったでしょう、公爵は若い異端創始者の首級など渡さなかったのですよ、そんなのは夢の話です、あれは別の男の首級です……。

――それはいったい誰だ？

――わたしには見ることもできないし、見たくもありません。

――いつまでだ？　ルドビーコ。

――自分の時間を計らせてください。その首級がどんなものなのかわたしに話してください。

――禿頭の中年男のものだ。頭全体が縮んでしまってはいるが、白髪交じりの長髪がついている。

――それ以外には？

――目は半眼で唇は薄い。鼻は長い。なかなか表現しにくい、顔はこれといった特徴はないが、農民か俗人の顔をしておる……。

——哀れな奴、可哀そうに。

——こいつを知っているのか？

——フェリペ、貴方様は公爵に騙されたのです、わしら全員が騙されたのです。信者のなかで最も下賤な男を渡されたようです。哀れな職人、秘密の絵師よ。

セニョールはこうした会話に感謝しようとして、今度は自分の方から、オルヴィエートからもってこられた画をどうして問題にしているのかを語った。彼はキリストに向かってすぐに姿を現して、信者のなかで最も敬虔なるフェリペに、神秘的な幻視についての真実を教えてくださいと懇願した。幻視は永遠の天国における彼の運命を予告するものなのか、それとも何度も繰り返される地獄堕ちについて、彼の目を欺いて予告しているのか。画は何も語らなかった。彼は苦行鞭で画に鞭打ちを与えた。画布の画のなかの男たちはペニスを勃起させて旋回した。画布のなかで血が広がった。キリストは彼のことをクソったれと呼んだ。

彼らはその日それ以降、何もしゃべることはできなかった。ただセニョールは最も信頼のおける現場監督を礼拝堂に呼び出し、そこでニッチに《狂女》のばらばらの肢体を封じこめるように指図をした。彼はレンガと漆喰でそうするためには、助っ人として二、三人の人夫が必要だと言った。しかしセニョールはそうすることを認めなかった。一日中、のろのろとした作業の音が聞こえた。セニョールは夜になって礼拝堂から出ると、完成した工事を見に行った。現場監督の労をねぎらい、彼に金片の詰まった小袋を与えた。彼はずっしりした報酬の大きさに感じ入り、セニョールの前に跪き手に口づけをして言った、楽しい仕事だったのでこんな報酬をいただけるなんて過分というものです。

——そなたには必要であろう、とセニョールは言った、もっともっと必要になる日が来よう。

現場監督は何度もお礼を言いながら引き下がった。セニョールは礼拝堂の暗がりのなかを祭壇と画のほうに歩いて行った。

次に呆然として膝から崩れ落ちてしまったのは彼のほうであった。

その前で祈り、何度も悪態をついたあのオルヴィエートの画が消失してしまったからである。この画はまさに己が疑念と悪態と孤独の証人、この宮殿、修道院、不可侵の墓地の建設以来、昼夜を問わぬ証人であったし、驚嘆すべき遠い未来への階段を昇っていく舞台であり、自らの遺書の言葉を演じる役者であり、修道女らの驚嘆すべき振る舞いやボカネグラの死、先祖たちの三十遺体の埋葬、不思議なよそ者たちの到来、タトゥー入りの唇をした小姓、新世界からの旅人をつぶさに見てきた観客であった。しがなく地味とはいえ精力的な画家たちの故国からやってきたと言われるあの画、セニョールが頭のなかでこの中で起きたことはすべて見たり聞いたり言ったりしたことだと想像した画が、目の前から消えてなくなっていたのだ。ニスはひび割れ、キャンバス全体で各部分がぶどうやプラムの皮ようにぺろりと剥げ落ち、そこに描かれていた姿かたち、隅の暗いところにいたキリストも、イタリアの広場の中央にいた裸体の男たちも、画面の全面を占めていた、その場所に当時あった細々としたものも、背景に描かれていた多種多様な細部も、新約聖書のあらゆる場面も、すべてがぼやけて原形をとどめていなかった。まるで純粋な光や液体のような別物、さしずめ光のアーチ、色彩の川のごときものとなってしまった。さまざまな色が混じり合い、イエスの頭の上を流れ、過ぎて行った。

セニョールは血眼になって、色のついた空気の流れと化して画の実体を失わせた力がどこから来たのか探ろうとした。ほんのわずかな唐突な動きで祭壇から振り返って、いつもながらの礼拝堂の深まりゆく暗闇のなかで辛うじて判別しえたのは、物影がそこを目指して逃げていこうとしている先であった。それは平原に繋がる階段の昇り口で、手に何かものを抱えた修道士だった。それはピンの先とか剣の切っ先のようにきらきら光るものだった。セニョールは起き上がる力がなかったので、四つん這いになって祭壇を離れ、その光り輝く道筋を辿るようにして階段の方に進んでいった。光は人工の流れ星のように礼拝堂の空を流れていった。

セニョールはそれが何なのかはっきりと分かり、立ち止まった。

修道士フリアンが手に鏡をもち、階段の一段目のところでじっと動かず立っていたのだ。階段は完成されてはいたが未完で、終わってはいたが終わりなく、開放されてはいたが禁じられ、通行可能であるが死が待ち受けている階段であった。かの三角形をした鏡のほうにオルヴィエートの画において液体と化し、ぐちゃぐちゃになって溶けてしまった形象が流れていったのである。三角形の鏡はそれらを拾い集め、いかにもせわしなく己の中立的像のなかに取り込んでいった。

——フリアン……フリアン……セニョールは再び驚異の世界の囚人となってそう呟いた。大きな画が小さな鏡のなかに凝縮されてしまったのだ。

修道士は彼のほうを見なかった。石のようにじっとしていて、己の仕事に没頭していたからだ。しかしこう言った。

——もし貴方様のものを何か盗んでいるとしたら、わたしを罰してください、セニョール、でももし自分のものを他の者にやるために拾い集めているとしたらお許し願います。それはわたしのものでも、貴方様のものでもないからです。画は万人のものですから……。

フリアン修道士はセニョールに背を向けると、鏡の光を階段の最上段にあるカスティーリャの平原に射し向けた。すると瞬間的に三角形の鏡に取り込まれた形象はそこを通って逃げて行った。

鏡は空白になった。セニョールは野生のうなり声を喉から絞り出すかのようにして立ち上がった。その声は自らの領地で、子孫たちの手で狩りとられ傷つけられたオオカミの声だった。明日の王たちは、天上の永遠なる命か、地獄の永遠の断罪を受けることになるのか判断しえないひとりの先祖のことを、哀れな獣のなかに認めることなどとうていできはしないだろう。セニョールはフリアンの手から鏡を奪い取ると、それを御影石の床に放り投げ、足蹴にして踏みつぶしたが、ガラスは割れなかった。三辺を取り囲む金枠がひしゃげることもなかった。フリアンは冷静にこう言った。

——セニョール、そんなことをしても無駄です。三角形は崩れることはありません、完全だからです。三つの部分がいつもこれほど正確に、たったひとつに収斂するものなど他にはありえません。何でもいいですから、三角のそれぞれに、三つの数字を付けてみてください。二つずつ加算してから、対応する二角を結びつける角から出てくる数字を書き留めてください。各々の角の数字と、他の二角を合算した数字とを合わせると、いつでも、いつでも同じ数字になるでしょう〔三角形の内角の和は常に一八〇度〕。こうした真理に誰が太刀打ちできましょうか？　この素晴らしい物体には学知と技術が集約されていることがお分かりでしょう。この鏡は占星術師のトリビオとわたしフリアンがいっしょに作ったものです。

——フリアン、セニョールは途切れとぎれにこう言った、いつもわしはそなたが何らかの不思議な方法で、あの罪深い画を描いたのではないかと思ってきたのだが。

――セニョール、いつでもお好きなようにわたしを非難されてもよかったのですけれど。

――どうしてそうしなかったか、前に説明しただろうが。

――要らぬ争いごとを避け、異端審問所に不要な武器を与えないようにとのご配慮で？　でも貴方様はすべての武器を与えてしまわれた。ご自身が署名され、近頃公表された勅令が確かだとすると。

――しかしなフリアン、それにトリビオ、二人ともわしの最愛にして、最大の庇護のもとにある修道会であるドミニコ会の修道士だろう？

――セニョール、セニョールの飼い犬ですよ、ボカネグラが貴方様に忠実な犬だったのと同じです。

――そなたがあそこに黒い魔除けのようなあの画を掛けたわけだ、あの鏡には絶えず苦しめられてきた……。

――あの画がなければ、貴方様は今あるようなご自分でありえたでしょうか。それに今知っていることを知りえたでしょうか？

――わしはあの画のおかげでもっと多くのことを教えてもらったと思っておる。つまり心のなかの天使がわしの血筋からくる獣性と永遠に戦っていくということをな。何はともあれ、そなたとわしのものであるあの画を、そなたはどうしちまったのだ？

――この場所、この時に画を見なければならない者たちが見たということです。今後は別の場所、別の時に見るべき者たちが見ることになるでしょう。

――それはいったい誰のことだ？

――セニョール、わたしは貴方様の遺言を読ませてもらいました。グスマンが渡してくれたものですから。それをわたしは信徒の占星術師に渡しました。貴方様はそこで時の隙間のことについて語られていましたよね、その間に過去が未来を想像しようとする、何もない暗い数分間のことです。

――確かにそのことを言い残しておるし、記載もされておる。それはいわば蘇りの未来、過去における未来の想像力への闇雲で執拗な痛ましい回帰のことだ、わが民族とわが大地のありうる唯一の未来としてな……。

――するとわたしには貴方様の計画を果たすしかありませんね、そのすべてがわたしの修道会、説教師のそれに合致していますから。わたしたちは記憶していること以外の何を説教したらいいのですか？　わたしたちが書いたり、描いたりしたもの以外、何を思い出したらいいのでしょうか？　わたしが画布とか板とかメダルに描いたものの以上に、実在する証拠など残っていないでしょう。ですから今日が明日になるとき、昨日の同一物が今日のそれとなるはずです。

――こういった魔術は記憶の規範にとうてい収まるものではないぞ、聖トマスは記憶というものを分別の力の一部に含めている。分別を欠いたところに救いはない。フリアン修道士よ、そなたは自分の芸術を救うために魂を断罪するつもりか？

――セニョール、今だからこそ言えるのですが、然りということです。芸術が救われるなら、多くの人々が救われるのですから、断罪されても構いません。

――そなたの傲慢は嘆かわしいぞ。哀れな奴よ、そなたの芸術は、祭壇の背景を飾る空虚な空間にすぎぬ。見るがいい。

――セニョール、わたしの画には署名がされていません。ですから愚かしいわたし個人を主張するものではないのです。そうではなくひとつの創造です。素材と精神とがそのなかで和解し、ともに生きているというだけでなく、真に生きてもいるのです。そうする前にはなかったことです。新たなもののなかの魔術といったものが見て取れるでしょう、セニョール。わたしは把握しきれぬ精神と、硬直した素材に生命を与えるものを見ているだけです。それは想像力です。それこそ、精神と素材それ自体ではなく、その両者の結びつきを想像する方法を変化させるものです。わたしの画はすでにこの礼拝堂にありました。それは人から見られました。同時に人を見たのです。今必要なのは別の場所で、見られ、見ることなのです。

――それはどこだ？　修道士よ。

――新世界です、知識が再生し、イコンの固定化から自由になり、あらゆる時代とあらゆる場所で、あらゆる方向に無限に広がっていく、そうした処女地です。

――純真なわが友よ、新世界など存在しておらん。

――そんなことを今ごろおっしゃられても困ります、セニョール。存在しています、なぜならわれわれがそれを望んでいるからです。存在しています、なぜならそれを想像し、それを必要としているからです。言葉に出すというのは望むということですから。

――ならば行くがいい、海が大瀑布となって落ちるところまで狂人の船に乗って行くがいい、修道士よ、《阿呆船》の帆を高く掲げるがいい。愚か者よ、自分の芸術とともに、大海の瀑布に呑みこまれるがいい、後に何を残そうと言うのか？　もう一度よく見るがいい、空虚な鏡を。

——鏡を満たしてください、セニョール。

——わしがか？　わしの祭壇にそなた自身で別の画を描けばいいではないか。

——いやそれはだめです。わたしの画はすでに語りました。今度は別の画が語る番です。

——修道士よ、それは誰だ？　何を語るのだ？　そなたなら知っているはずだ、災難を加速させる方法を存じておるのはそなただからな。

——セニョール、あの哀れなフランドル人画家の斬首された首をお見せください。たしか寝室の大櫃に保管しておいでしたね、わたしの画が入っていた場所に入れて。

六日目

——ここから絶対に出られないのですか？　フェリペ。

——絶対にだ、ルドビーコ。何ごとも疑ってもいいが、これだけは別なのだ。ここはわしの限られた空間だ。神意でわしに取り決められたことが何なのか知るまではここで暮らすつもりじゃ。永遠の天国なのか、永劫の地獄か、さもなければ、かつて平原に通ずる階段を昇った際に、鏡から告知された恐るべき蘇りになるか。

——他の者たちは立ち去ってしまいますよ。

——しかしこれ以上誰も来ないだろう。

——わたしたちが世界を獲得したとしても、貴方様はそこを訪れないのですか？

——たとえ存在したとしても決してな、ルドビーコ、他の者たちに蜃気楼を勝手に追い求めさせればいい。わしの宮殿には自分の運命を知るために必要なものすべてが具わっておる。

——あの階段お昇りになったのですか？

——そうだ。

——ご覧になったのはご自身だけですか？

——そうだ。

——ならば世界をご覧になれましたのに。

——そなたに言っているだろう、このわしの宮殿には世界がまるごと詰まっている。わしが建造したのはそのためだ。これは繁殖し、腐敗し、滅び去るものの罠から永遠に、独りきりになって身を守るための石の複製だ。野心、戦争、十字軍、不可避の犯罪、ありえない夢想などといったものの悪性腫瘍、いいかルドビーコ、それはわれわれのものでもあるし、われわれの青春のものでもある。どれだけわしらが悪に染まってきたか、そなたも考えてみよ。ペドロは自ら夢に描いた抑圧なき世界など見たこともなかった。シモンは飢えと疫病しか見ることはなかった。セレスティーナの知っていたのは肉体のもつ卑しさだけだ。ルドビーコ、そなたが人間的恩恵に満ちた神なき世界を知ることはよもやあるまい。

――そのような夢語りを始めたのはわたしたちだけです。

――時間によってそなたらはまんまと手玉に取られたのだ。

――おそらくそうかもしれません、でも今は他の者たちがそうした夢を追い続けています。

――いったいそれはどういった者たちだ？　セレスティーナ。

――この三人の少年たちです。

――哀れな女だね、お前は。もしそれがそうした夢で鼓舞されるなら、お前さんの記憶、叡智、傷ついた唇など他の女にさっさと譲ってしまいな。お前さんにそうしたものをくれた女衒婆さんの鏡に、自分の姿でも映してみるんだな。そなた、ルドビーコよ、神々もいなければ媒《なかだち》もいない、人間が直に得られる恩寵といったそなたの夢は、どこにその根拠を置くつもりだ？

――この二十年間にわたって学んできたことすべてにです。ここでわたしが述べたことで、貴方様が大方承知しておられるだろうことを、ざっとおさらいしてみてください。

――理解の仕方が間違っていなければ、そなたはわしに神の一性と、悪魔的分散について話したのではないか？

――たしかにその通りです。それにあの階段の途中で起きる人間同士の争いについてもです。しかし貴方様は階段でフェリペだけをご覧になって、世界をご覧になってはいません、個人的物質の変容ぶりはご覧になっても、昇る各段の側らで開く扉はご覧にはなっておりません、それらは他の可能性を見て取るようにとの趣旨で、貴方様に開けるように誘っていたのですが。

――どんな扉のことだ？　ルドビーコ、わしに教えてくれ。

――ひとつの生では足りないということです。つまりひとつの人格を完成させるには多くの存在が必要だということです。どんな独自性も他の独自性から滋養分をえています。わたしたちは自分たちのことを現在における連帯性と呼んでいます。また未来における希望と呼んでいます。わたしたちの後ろ、つまり想像上の過去には、存在する機会を逸したものすべてが、潜在的に生きています。なぜなら存在する機会を手に入れるべく、生まれることが期待されていたからです。何ものも完全には滅びることはなく、すべてが変化し、死んだと思っているものは単に場所を移したにすぎません。存在するものはすべて思考されたものです。思考されたものはすべて存在します。あらゆるものがかってそうあったものの霊気を含み、それが消滅する際に、そうなるべきものの霊気を含んでいます。人は同時に現在と過去と未来に属しています。つまり今日の叙事詩と過去の神話と未来の自由に。わたしたちは、ひとつの時代から他の時代に旅することができます。わたしたちは不死身なのです。死よりも長い生があります。しかしその長さは生よりも短いのです。貴方様は扉をお開けになりませんでした、フェリペ。世界全体をご自分の宮殿のなかに再現したと思っていらっしゃる。そしてご自分だけが在ると思っておられる、しかし貴方様は何ものでもなければ、一性でもなく、分散した存在でもなければ、天国でも地獄でも蘇りでもないのです。何ものでもありません。なぜならば寄せ集まってご自分の一性となるべき種々の一性というものを否定なさったからです。そうすることで天国を欠く存在となりました。最初で最後の一性ともいうべき天国を。天国がなければ地獄もありません。地獄がなければ分散もありません。これらの極の間で展開する人間的恩恵の舞台がなければ、真の蘇りが何なのか分るよしもありません。蘇りとは自らの皮膚のなかではなく、他者のなかに生存し続けることです。フェリペ、貴方様おひとりがご自分の恐れた存在となる唯一の人間となるでしょう。つまりご自分の領地において、貴方様のことを知らぬ子孫たちの手で捕獲されたオオカミに生まれ変わるのです。彼らの手で殺されます。

——他の手立てを講ずる余裕はないのか。

——ご自分の礼拝堂が……。

——記憶劇場か……。

——記憶を変化なさいませ。

——そなた、セレスティーナよ、わしといっしょに仕事をしようぞ。

——三人の少年が……。

——ご自分の年代記作家をお探しください。

——フリアンとトリビオを連れてまいれ。

——われわれの叡智を結集しましょう、この場所を真にすべての者たちを収容できる場所とし、真にすべての人々を生かす時とするべく。今貴方様の祭壇がある場所を、われわれの演劇の舞台とし、世界が展開し、すべての象徴と関係と陰謀と変化が目の前で演じられるような場にしましょう。その舞台では観客たちが聴衆のなかで上演が見られるような。三つの求心円が回転する舞台に、物質のすべての形態をそなえた円、精神のすべての形態をそなえたもうひとつの円、星辰世界のすべての星座をそなえた別の円。各々の円が回転するとき、三つの円はいっしょになって、自然界、知性界、星辰界のすべての結合体をひとつに統合していくでしょう。各々の結合から特殊な形態が生まれ、われわれの輪のなかに象徴的に居留まることで、結合体から活発に遊離していき、貴方様の階段を通って上昇し、外部世界へと出て行くのです。外部世界は貴方様の階段を通ってわれらの劇場の三重の輪に加わっていく新たな形態を、われわれに取り戻してくれることでしょう。劇場そのものを果てしなく変容させながら……。

——ルドビーコよ、そうすることでいったい何が得られるのだ？

——ものごとの秩序の真の在り様と、それらのなかにおけるわれらの立ち位置、われらとものごととの関係性といったものです。わたしたちはカオスと知性、夢と理性、一性と分散、上昇と下降などの戦いの中心のなかで、役者と観客を同時に演じることになるのです。存在するものすべてが、いかにして活動し、一体化し、関係をもち、生き、死ぬかということを見てゆくことになります。わたしたちはすべてを知ることになるでしょう、なぜなら、同じ瞬間に、すべてを記憶し、すべてを予知することになるからです。ですから、フェリペ、神聖なるわたしたちの真の人間性を再び勝ち取らねばなりません、神などはもはや不要です、天国も地獄も、蘇りも要りません。なぜならばすべての時間でもある一瞬において、またすべての場所を含む同一の場所において、わたしたちは永遠に、永遠の昔から、すべてが関連性をもっている在り様を見て取り、知ることになるからです。それはわたしたち人間がどのような存在であったか、現にどういう存在で、ありかた、将来どういう存在になりうるのかというトータルなあり方、個々の一性を犠牲にすることなく、すべてをひとつにする叡智の唯一の源泉に収斂していくトータルなあり方とその形のことです。フェリペ、われわれも永遠性の劇場に与ることにしましょう。ヴェネチア人ヴァレリオ・カミッロの秘された熱望的夢想の幕引きをいたしましょう。彼の夢想とは、ひとつの全体が個々の全体に変容し、個々の全体がひとつの全体と化し、永遠の多様性が永遠の一性を養い、一性が多様性の滋養分となるというものです、永遠にして同時的に。その時わたしたちはすべての再生となるべき新時代の、洗礼の言葉を歓喜のなかで叫ぶことができるのです。

ああ、人間とは何という偉大な奇跡よ、畏敬と名誉に値する存在よ！　自らが神のごとく神の資質に与るのです、しかし悪魔の血を引いているがゆえに、悪魔の本性もわきまえているのです。

——わしらはまだ間に合うのか？　この建築をこの建築物のなかで始めるべく、勅令を出すだけでいいのか？今日すぐにも？

——ひとつだけ行えばよろしゅうございます。

——何だ？

——申し上げたとおり、貴方様次第でございます、ご自由に。

——いつ？

——明日でございます。

——七日目にか？

フェリペは長い間じっとこのことを思案した。後になってセレスティーナとルドビーコに、七月のある朝、彼が幼い頃過ごした夏の果樹園を駆け抜けることを期待して、狩りに出かけたときのことを語った。ところがそのとき折あしく嵐に襲われて、グスマンの準備した狩猟を中断して、祈祷書と猟犬を抱えてテントに避難せねばならなくなった。ボカネグラは不可解にも逃げ出したが、それはあたかも重大な危険から主人を守ろうとするかのように思えた。犬は足に浜辺の砂をつけて、傷を負って戻ってきた。老練な犬は今にして主人が知る真実を語ることができなかった。それはグスマンが犬に怪我を負わせたこと、犬がフェリペを野豚の脅威よりも性質の悪い脅威から守ろうとしたこと、三人の簒奪者が戻ってきたことなどであった。いや、これがそのときフェリペが気に掛けていたことではなかった、そうではなく特異な二つのことであった。殺す喜びを禁じられ、煙と火でシカの存在を知らせるべく山頂に派遣されていた、哀れな勢子らの反逆心。そして連中が最終段階で行う行為の止むにやまれぬ性格。セニョールは正式にラッパを鳴らし、シカを解体し、その日の褒賞を与えるよう命じねばならなかった。ところが実際にはすべてがあたかも彼の命令どおりになされたごとく、命令とは無関係に勝手に行われたのである。

彼はその夜いつも通り礼拝堂に赴いた。矛槍兵二人が片手に松明を掲げ、片手に血塗られた剣をもってセニョールを待っていた。セレスティーナ婆さんは二人の護衛の間で頭を揺らせていた。

——わしの命令は果たされたか？

——セニョール、われわれにおっしゃった現場監督は、腰に金の詰まった提げ袋をぶら下げて生国に戻りました。しかし摑むべき手もなければ、語るべき舌ももっていません。

——よろしい。

——セニョール、この女は貴方様の指輪をはめて戻ってきました、女の話だと指輪のおかげで御許まで来られたそうです。わたしたちが独居房回りをしているところを見つけたのですが、名誉を汚すのを専らとしている例の女たちのひとりです。家に三度上がり込んでは疑いを抱かせているのです、ですからここまで連れてまいりました……。

セニョールは矛槍兵たちを立ち去らせた。祭壇の奥のがらんとした空間を横目でちらりと見た。セレスティーナ婆さんにこう尋ねた。

——例の阿呆と侏儒女はちゃんと自分たちの場所にいるか？

——陛下、同じシーツにくるまってちゃんとベッドに就いております、くたばる時までずっと。

——そなたは修道女と話したか？

——イネスちゃんはじりじりして、わたしを待っておりました。そして戻ってきたとき突然入ってきました。天使そのものでしたよ、二人とも互いに惹かれあうように見えたし、あの凛々しい騎士がイネスを見下すことなんてとうていできませんよ。イネスはわたしにこう言いましたよ。——母さん、わたしの体のなかで蛇がこの心を貪っているの。ああ弱きもの、そなたの名は女なり。わたしは処女膜を再生してやりました、それはあの女の名誉を愚弄する男に対する貴方様の意図を汲んでのことでございます。あの男の手柄については、他の修道女や侍女、アスセーナとロリーリャも、大いにわたしを楽しませてくれましたよ。わたしは貴方様がイネスと示しあわせた通りです、わたしは彼に言ってやりました、おいこら、ホモ野郎、自惚れ屋、青二才、あんたは修道院中の尼さんを手籠めにしよったろう。自分でも言ってたろうが、快楽は相手もそれを求めなきゃ何の味わいもないと、おいこら、わたしゃ年こそとっているけど、快楽を与えたり、感じたりできないとでもお思いかい？　心も感情もないとでも？　わたしには服のかわりにシーツをかぶせておくれ？　わたしを行かず後家《ごけ》にしようって魂胆かい？するとと騎士は笑い転げ、トロイアは思いのほか堅牢だったと言い、その場で半ズボンを脱ぎ捨てたので、わたしゃ言ってやりました、ローマは一日にしてならず、罪人を人の目から隠す夜の快楽こそずっと大きいのよ、だからこれからお連れする独居房で夜にお待ちしていますとね、セニョール様、あそこには彼がもう来ているはずですし、イネスも数時間前から頭巾をかぶってわたしと似た格好をしてそこにいますわ。

セニョールと遣り手婆さんは宮殿にある修道院の中庭にやってきた。その後、独居房のがらんとした長い廊下のひとつを歩いていった。セレスティーナ婆さんはある独居房の前で立ち止まると、指を口に当ててシッと言い、セニョールにこっそりと扉の覗き窓を開け、そこから中を覗いてみるように言った。

この建築物の施主であり、この行動の扇動者であるセニョールは狭い隙間から目にしたものを見たとき、見てはいけないものを見たように感じ、一歩後じさりし、両手を口に当てた。それはドン・フアンとドニャ・イネスがあられもない格好で交合していたからである。男は金襴の豪華な毛布を、女はセレスティーナ婆さんの襤褸布を被って顔を隠していた。しかし二人はことに及ぶとき、毛布とぼろ着を腰までたくし上げ、若い騎士はそそり立つ男根を修練尼の柔らかで丸みをおびた秘肉のなかに深々と挿入した。二人は鏡の床の上で、くんずほぐれつしながら姦淫し、女は目をかっと開けたまま快楽を貪り、男は目を閉じて激情に身を委ねていた。女は喜びに浸っていたが、男のほうは鏡の床と鏡の壁、鏡の窓と鏡の扉と天井に映る自分の姿を見ることを何としても避けようと必死であった。うつ伏せになったときは床の鏡を見ることを、また仰向けになったときは天上の鏡を見まいとして、再び毛布を手繰り寄せて顔を埋め、目を閉じた。彼は永遠に自分の姿を見るように余儀なくされるか、あるいは女を愛している自分の姿を見ないように強いられるかしたのである。鏡のなかの鏡に無限に映し出されている天空、大地、空気、火、東西南北。女の口から漏れるよがり声、果てしなき快楽、隠された情火、心地よい痛み、美味なる毒、甘美なる苦痛、快なる病、楽しき災厄、甘く恐ろしき傷、優しき死。甘美なる恋。一方、彼は無意識に女の言っていた言葉を繰り返していた。

——わたしゃ竜血樹の葉についている刺でもう一度、あの女の処女を奪ってやったよ、とセレスティーナ婆さんは言った、そして魚の歯の二重刃で快楽の入り口をしっかり封じてやった。そして膣の一番奥に砕いたガラスを入れ、恥丘にはコウモリの血を垂らしてやった、そしてビウエラの弦ほども丈夫で、頭髪ほど細い糸でそこを縫ってやったのよ、そうすれば騎士にしてみても、この行かず後家のわたしだと思いながら、処女とやっている気分になるだろうしね、いずれ鏡のなかの存在が誰なのか分からなくなる日がやってきますよ、セニョールの旦那……。

七日目

——今日は七日目だ、とセニョールは言った、ルドビーコよ、もう一度、そなたは見るか？　目を開けるか？

——すでに申し上げましたけれど、すべてが貴方様次第だと……。

——ならばわしから何を期待しておる？

ルドビーコはセレスティーナに触れようとして手を伸ばした。小姓の恰好をした少女が盲人の手を取ると、ルドビーコはゆっくりと語り出した。

——二十年前、《災難岬》の海岸で偶然にも四人の男とひとりの女が出会いました。そのときのわれわれの夢が何だったのかご存知でしょう。その夢は到底かなわない夢だとおっしゃいましたよね。しかしご自分の夢が何なのかは話されませんでした。わたしたちもどうしてかなわぬ夢となるのか言えませんでした。

——今わしにそうしろとでも言うのか？

——お待ちください、フェリペ。たしかペドロに、彼のいう自由人間の共同体など敗北するのがおちだとおっしゃいました。コムネーロスは生き延びるために圧政者と同じような行動をすることを余儀なくされると。自由は彼らの目標かもしれないが、自由を勝ち取るためには圧政の手段を講じねばならないと。そうなると彼らは決して自由な人間とはなりえないでしょう。

——そうはならなかったのではないか？　彼らの圧政はわしの圧政よりも悪いということにはならなかっただろう？　なぜならわしは自由の名のもとで自分の行動を正当化する必要などないからだが、連中はそうではない。

わしは類を見ないほど温情的な性格だが、連中はそうではない。わしは誰からも釈明を求められることなく、人の過失を許すことができる。連中はそうはいかん。そんなことでもすれば、連中は他の者たちによって断罪されるかもしれぬ。一人物による圧政が非難するに値するなら、多数派の圧政は非難される必要がないとでも言うのか？　多数者の圧政となれば抑圧はもっと倍加するし手心を加えられることもない。わしは自分を含め人間誰しも、心のうちで天使と野獣が戦っている存在だと考えておる。連中はそうではない、自由を掲げた異端というのは善悪二元論的異端の娘みたいなもので、彼らは善と悪という、決して和解しえない二つの言葉のなかですべてを考えているからだ。ルドビーコよ、わしの啓蒙的で分別のある独裁のほうが、俗衆の歪んだ無政府主義的熱情よりも好ましいのだ、なぜならより悪質な圧政とはそうしたものであって、前者のそれではないからだ。

——貴方様はペドロの夢に、それを叶えるチャンスを一度も与えようとはなさらないのですか？

——ならばペドロの夢は、わしにチャンスを一度でも与えたと言うのか？　あまつさえ、あの老人は死んでしまった、ここで水死しあの地で槍に貫かれてな、どちらでも変わらぬが……。

——宮殿の外でペドロの同盟者たちが集まってきています。貴方様は連中の子供たちを猟犬の餌食にして取り除こうとされました。でも今ペドロはかつてないほど多くの息子たちをもっています。労働者たちは不満を募らせています。都市の者たちは貴方様の思いつきの勅令に腹を立てているのです。迫害されているモーロ人とユダヤ人といえども、貴方様やわたし同様、このスペインの一部でございます、カスティーリャ人やアラゴン人、西ゴート人やローマ人、ケルト人がそうであるのといっしょです。連中はここで生まれ、育ち、死んでいきました、そしてこの地に労働と美、聖堂と書籍を残していきました。そうした賜物をもった土地など、この旧世界で他にはどこにもありません。ここは異なる三文化と三宗教を抱えた共通の家なのです。彼らを迫害し追放するのではなく、キリスト教徒と共存できる方法を探し求めてくださいませ、三つの輪によって貴方様の宮殿は本当の要塞となるはずです。

——この宮殿はわが権力と信仰という、二つにしてひとつの秘蹟を保護すべく建造したわが要塞なのだ。わしは混乱とか癌《がん》といったものは求めぬ。そなたが言うようなバベルの混乱はな。

――フェリペ、貴方様の霊園とその一体感のある厳めしい正面の防壁の向こう側で、もうひとつ別のスペイン、古く多様な本来のスペイン、多くの文化と多様な願望を抱え、たったひとつの本から異なる読みをもった作品が生まれたのです。

――いや、神の書（聖書）というのは一通りの読みでしか読みえないものだ。それ以外の読みというのはどれもこれも狂気の沙汰だ。

――気づいておられないかもしれませんが、多くの者たちが貴方様の神権に対抗して、じりじりと自らの人権を手に入れてきています。ここに閉じこもっておられたからでしょうが、ご自分の金倉が破産して、セビーリャの高利貸しに金策に行かねばならなかったことを忘れてしまわれたようですね。

――単に言葉とものが合致せねばならないだけではない、あらゆる読みは聖書の読みでなくてはならぬ。

――知っていただきたい、ある市が守ったのは殉教者に捧げられた神殿だったのです……。

――……階段を昇っていくとすべてが神という名の同一の存在と言葉に流れ込むのだ……。

――知っていただきたい、別の市はご先祖のおひとりが気まぐれで出した法令を廃棄しました……。

――神、神、存在する全ての埋め合わせをしてくださる、実行力をもった最終的にして最初の原因たる方。

――知っていただきたい、彼方の市では討論と投票を実施すべく、住民が集まり始め、集会を開こうとしています……。

――従って、世界に対する見方はひとつしかないのだ……。

――知っていただきたい、彼方の市では解放農奴に自由を与えるという決定をしたそうです。

――あらゆる言葉とあらゆる物事には、永遠に決まった場所と正確な働き、神の永遠性との正確な対応といったものがあるのだ……。

――知っていただきたい、この市には気まぐれではなく法律と合致した裁きを下す判事がおりました、人々は目を覚ましたのです……。

――人間の世界と神の世界とは、いわゆる言語的紋章を通して互いに表現し合うのだ、その紋章は豊かさをもたらし、互いに結びつき、互いに解釈しうるとはいえ、最終的には変化しえないのだ、ルドビーコよ。

――知っていただきたい、あちらの市ではひそひそ声で貴方様の命令についてこう言っております、従いはしても守りはせん、と。

――しかし、言葉のもつあらゆる豊かさ、結びつき、解釈といったものは、常に現実に対する唯一の読みである、階層的で統一的な見方へわれわれを導いていくものだ。この規範を措いて、あらゆる読みは不法なものとなる。

――知っていただきたい、スペイン人は少しずつですが、密やかに自由の制度を生み出してきています。

――ああ、神よ、ああ神よ、ああ神よああ、厭わしや……

――ばらばらに述べたこうした出来事を束にしてまとめてみてください。そうすれば自由という名の植物が生えていることがお分かりになるでしょう。それを踏みつぶしたりしないでいただきたい。ペドロの夢に今一度チャンスを与えてください。

――それでわしはいったい何が得られるのだ?

――スペインは新しい世界になるはずです、寛容さと人間的やり取りという徳性の証をもった世界です。誰もがこの新しい世界の上に、真の新世界を海の彼方に築くことができるのです。彼の地でもこの地と同様のことをなすとしましょう、つまり土着民文化との共存です。

――そなたは夢をみておる、ルドビーコよ、わしは偶像崇拝者と人肉嗜好者との共存などありえないとみておる。

――宗教や王権や戦争的野心などの名で行った、わたしたちの犯罪がより良いものであったはずなどありません。貴方様がこの地で寛容さを示されるなら、あの地でも確実に説得力を発揮されるでしょう。ケツァルコアトルの道徳が彼の地の権力者によって地に落されてしまったために、イエスのそれもこの地の権力者によって地に落されたのです。わたしたちはこの地とあの地でともに、恐怖と束縛から自由になって、本来の良き存在に戻ることはできないのでしょうか?

――このことはすべてわしの一存にかかっておると申すのか?

――もし貴方様が反逆心を抱いて近隣の村や、この建築現場のレンガ工場や鍛冶工房、居酒屋などに集まった者たち、そしてご先祖様をここまで連れてきた供奉の一行たちを快く受け入れてくださるなら、ということです。

――そなたは言っておったろう、労働者や都市住民、モーロ人とユダヤ人はわしを取り囲み、脅しをかけておると。このことはよく承知しているぞ、反旗を翻す聖職者もおるのか?

――はるばるポルトガル、バレンシア、ガリシア、カタルーニャ、マリョルカの津々浦々から三十もの行列がやって参りました。それに合流したのが修道士や修道女、乞食や旅人に変装した連中と、かつての異端ヴァルド派、カタリ派、アダム派の隠れ信者たちです。フェリペ、貴方様はこういった連中に包囲されているのです。彼らを穏便に受け入れますか？

――連中にいったい何を提供せねばならぬのか？

――この王国をご自身と共同統治することです。彼らも自由を得、貴方様も同様、ご自分の自由を得るのです。あの日の午後、ご自分の夢をわたしたちに語らなかったとしても、海辺でわたしたちに示されたのは恐怖心でしたよね。

――恐怖心などなかった。自分の行いはよくわきまえておった。わしは自分が父の後を継ぎ、権力を増大し、統一を全うするにふさわしい人間だと父に証明した。そなたはこれらすべてを、わしを脅かしておる分派のために犠牲にしろとでも言うのか？

――貴方様はおひとりではありません。わたしには三人子供がおります、貴方様には三人の兄弟が。

――簒奪者どものことか、ルドビーコ？

――お持ちになれなったお世継ぎの方々でございます、フェリペ。

――持とうとしなかっただけだ。

――フェリペ、わたしの人生は貴方様なくしてはありえません。それほど愛しているのです。どうかわたしの子供らとご兄弟たちを認めてください、お一人の境遇と多数の人々とを結びつけると思って。三人です、覚えておられますか？　三という数字は自己を失うことなく増えていく一性なのです。

――どうかお願いだ、ルドビーコ、わしに辛抱するように言ってくれ、静かにこの世から消えさせてくれ。そうすれば反旗を翻すまでもなく、すべてを手に入れられるのだから。最後まで自分の運命が何なのかを分からせてほしい。

――消え失せてしまうなんて、運命でも何でもありません。

――おそらく運命というのは、無の力、つまりわが特権のことなのだろう。

――それすら共有しようとはなさらないのですか？

――不満を抱く労働者や暴動を起こした都市住民、モーロ人やユダヤ人、破門された異端者らに言ってほしい、どうかお願いだから、あちこちに分散して、ここでわしを静かにさせてくれと、愛とは無縁の世界に閉じこもって暮らしたいのだからと。他には何も求めはせぬ。

——反乱というのも一種の愛でございます。貴方様の運命はもはやご自分の運命ではありません。残念ですが運命を共有さなっているのです。どうあがこうとも、あの三人の少年はここにやって来たときすでに運命を変えてしまったのです。貴方様が考えておられた、あるいは望んでおられたものとは同じにはなりえないでしょう。

——不動の世界……。

——新世界について知ったせいで、運命はすでに動き出しています。新世界は想像力のなかで、あるいは三番目の少年が語ったことを聞いたり悟ったりした者たちの強い思いのなかですでに存在しています。

——儚い人生は……。

——二番目の少年はその儚い人生を、己の聖なる狂人の運命を果たすことで引き伸ばしました、そしてフェリペ、貴方様の宮殿に暮らす最も愛にふさわしい者、つまりバルバリーカという、女のなかで最も卑しい、軽蔑すべき片端者のうちに、王家を引き継ぐ存在を見出したのです。夫婦となることで一体となり、反乱の火花を撒き散らし、すべての人間の王朝に人生を拡大したのです。もはや貴方様だけのものではなくなった運命の数奇な道筋なのです、フェリペ……。

——永遠の栄光は……。

——それを長引かせたのは第一の少年です、直接的な快楽と、行為と化した欲望と、現在に根付いた情熱のなかにおいて……フェリペ、修道士シモンは病気や死のない世界を夢見ました。貴方様はご自分の恐怖心に満ちた夢で彼に答えられたのです。つまり果てなき孤独によってです。

——わしはそのときこう言ったのだ、もし肉が死なないのなら、精神が肉の名において死ぬだろうと。わしなら人間の自由といったものを否定するところだ、人間は奴隷となっても死にたくはないはずだからな。従ってシモンの夢も潰えるだろう。

——貴方様は護衛兵に守られ、一歩も外に出ずに、永遠にご自分のお城に籠って暮らすとおっしゃいました、ご自分の不可能な死よりももっと性質の悪い何ものかを経験するのではと恐れつつ、つまりご自分の奴隷たちの目にきらりと光る反逆心のことです。

——そなたは今日、わしを包囲しているのが奴隷たちの目の光だと申すが、本当はそうではない、篝火だ。しかしそなたにも分かろう、わしはそんなものは怖くはない。

――いいえ、おっしゃったのは別のことです。わたしといっしょに思い出してもみてください。二十年前に海岸で交わした会話を。数を恃《たの》む者たちの単純で非合理的な暴動の兆しなど恐れはしないと。むしろ怖いのは貴方様を認めぬ反乱のほうだと。また誰ひとり殺しはしないと。唯一、命じようと思うのは、あらゆる人間などという存在はないということだ。どうして連中は同じ条件でわしと交渉しようとしないのかと。これこそ世の中の復讐なのだ、だからわしがこの世に在るということを忘れて、世の中はわしを殺そうとするのだと。

――別のことを求めてもいいか、ルドビーコ、今日の反逆者どもはわしのことを知っておる、挑戦しようというのだからな……。

――おそらく貴方様の最後のチャンスです。もし彼らを認めようとされないなら、ご自分の恐ろしい夢が実現することになります。お城で亡霊となってしまうのですよ。

――別のことを求めてもいいか？　わしが再度連中を殺すように命じたことを、そなたは忘れたのか？

――わたしは貴方様のことを憎むほどに愛しております。どうしてなのか自分でも分かりません。おかげで自分の夢は孤独で不毛な誇りにされてしまいました。たしかにおっしゃる通りでした。ひとりの人間が獲得した知識の恩寵により、神を殺すことができるでしょうが、恩寵を得た人間をも殺すことになります。今日、学問のエゴイズムに対するわたしの強い嫌悪感のせいで、再びキリスト教の神への厭わしい信仰に飛び込むことになるかもしれません。わたしは自分のことをお話し申し上げました。あの日の午後、ご指示のあった道を辿ることはしませんでした。ひょんなことから、奇妙にも三人の子供たちの運命を自分もいっしょに辿ることになったのです。そして多くの場所の、多くの人々の叡智に結び付けられたのです。わたしは悟りました、恩寵というのは人が共有する知識のことだと。誰ひとり恩寵を独り占めすることはできないということを。共有された知識とは真の創造、つまり多くの切望、過ち、喜び、恐怖、想定外の損失、突然の発見などが支えるような、常にもろく壊れやすい創造のことです。わたしは自分自身を切り離すことができないのです、自分が保護した三人の命から、トランシト・ユダヤ会堂での博士との会話から、またアレクサンドリアの屋上で抱いた夢から、たまたまパレスティナの砂漠で天の住人たちと暮らした十年間から、ヴェネチアのヴァレリオ・カミッロ劇場で見たものから、フランドルにおける自由精神の十字軍から、風車の老人との出会いとその語った話から、新世界におけるわたしの三番目の息子の夢から、当時と現在の二人のセレスティーナから。わたしが自分だと思っているすべてに加えたこれらの生命、これらの物語、これらの言葉から。わたしは貴方様にこれらをすべて差し上げます、今日付け加わったあらゆる出来事、考え、運命を通して。ごく少数の者しか持ちえなかったもの、再度のチャンスを差し上げます、フェリペ。

——哀れなセレスティーナよ、完全な愛というものをこれほどまで夢に思い描いていたのか。わしらは一度でもそんなものを経験したことがあったか？　三人が王城で夜なよな愛を交わし合ったとき、そんな愛を味わっただろうか？　何という刺激だ！　ルドビーコ、昼に殺し、夜に愛するとは、あそこでわしの青春はピークを迎えた、おそらくわが人生のピークを。

——フェリペ、聞いてください、再度のチャンスです。すべての者たちを入れさせてください、今度という今度は人を殺してはなりませぬ。歴史を繰り返さないで、ご自分の自由を勝ち取ってください、歴史が不可避のものではないということを証明して、すべての人間の自由を勝ち取ってください。再び罪を犯すことを避け、ご自分の最初の犯罪を永遠に洗い清めてください。

——わしはそのときそれを知らなんだ。何と奇妙なことよ、何と昔の思い出か、ルドビーコよ、わしは自分が愛されないことを恐れていたために、認められないことを恐れたのだ。わしは愛されたかった。わしはイサベルを愛した。イネスを愛した。たしかにわれらの仲間である若いセレスティーナの与えてくれた快楽を愛することもした、ルドビーコよ、そしてセレスティーナ婆さんを知った。婆さんはわしのことを覚えてなどいないが。セレスティーナ婆さんは唇でもって、そなたといっしょにいるこの女に記憶を移したのだ、ルドビーコよ、愛のたどる運命をしっかり見届けるのだ、それだけをな……。

——再度のチャンスです、フェリペ。若気の過ちを繰り返さないでください。

——しかし今日という日は、分かるか、ルドビーコよ？　わしは誰も愛さないから何も怖いものなどない。分かるか、ルドビーコ？　やっと目を開くつもりなのか？

——千年期の日にそうするつもりです。

――いったいそれはいつになる？

――スプリトの魔術師の予言を思い出してみてください。シビュラは平和と豊饒の王である最後の皇帝の到来を予言しました。それは真のキリスト教の勝利の予言でもありました。この王は反キリストを打ち破って、エルサレムに入城し、ゴルゴタの丘で王冠とマントを置き、神の側に立って退位し、歴史にピリオドを打つべき永遠の審判を待ち望みつつ、歴史の第三の世代を始めたのです。この王は世界のすべての民を唯一の群れにして集め、彼らを統治することになると記されています「新たな王がすべての人間を輪にして集めるために到来する」。フェリペ、貴方様こそ神意にかなったその王におなりください、貴方様とわたしの二人の名において、またわれらの失われた青春と取り戻した生にかけて……。

――わしには力が足らぬ、ルドビーコよ。

――彼らが応援してくれますよ。そのためにここに連れてきたのですから。シビュラは語っています、背中に十字を背負い、両足に六本ずつの指をもつと。彼らこそ第三の世代を始動させる者だと。

――それは反キリストだ。わしはどうやって見分けたらいいのだ？

――フェリペ、セニョール、これは歴史を再創造するためのチャンスなのです。どうかご自分に打ち克ってください。


セニョールにはそれ以上の会話を続ける力がなかった。その晩、ルドビーコとセレスティーナが寝室の灰色の暖炉のそばで眠っている間に、櫃から生首を取り出し、それをもって礼拝堂に向かった。

オルヴィエートの画が消えてできた空白の場所の前に立ち止まった。灰色がかった長髪を摑んで首を押さえ、それを高く掲げて祭壇に向かって示した。半開きの目が瞬きした。セニョールは叫びそうになり、とっさに御影石の床に首を投げ出し、寝室に逃げ戻ろうとした。しかしセニョールの手が震え、生首の目が瞬きしようとしたことで、がらんとした空間は再び、ものの形と色で満たされ始めた。セニョールは余りの不思議に身がすくんで動けなくなってしまった。オルヴィエートの画の線と量感、形象と遠近法が、フリアンの光の三角形のほうへ逃げていったせいで、今度は生首の目から新たな形象、陰影、色彩が、祭壇の後ろにある空間のほうへ流れていった。それらはそこでしかるべく構成されるようにと、自らの場所を探し求め、うまく他と調和し、最終的に三つのパネルをもつ三部作となるようにと、しのぎを削っていた〔ボッシュの『悦楽の園』〕。

　左側の最初の翼でセニョールが見たのは、地上の楽園の失われた約束で、いかにも穏やかな明るさがあった。動物や植物、鉱物といったあらゆる創造物が光のもとに描かれていた。池からは原始動物や翼をもった魚類、カワウソ、ツグミが出現している。なだらかな丘を辿っていくとオレンジの林と青い湖に出る。湖の中央にはバラ色の暁のごとき不老の泉が屹立している。湖水では一角獣が水を飲み、白鳥やガチョウやアヒルが泳ぎ、そばの野原ではキリンや象がじっと佇んでいる。遠景には青みがかった山々が鳥の群れに囲まれて聳え立っている。前面には三人の人物が描かれている。裸姿の青年が腰を下ろしているが、彼は新世界の旅人である。表情には純朴さと驚きと忘却が見て取れる。彼の近くで跪いているのは赤銅色の長い髪をした裸体の女で、若いセレスティーナの顔を彷彿させる。両人の間には髪を長く垂らし、分厚い唇をし、顎鬚のなかに隠れてはいるが顎が突き出て、冷えた狂気の漂う目をし、頭の薄くなりかけた主セニョールが女の手をとり、男に渡そうとしている。主セニョールはこの光景を見て喜び、男と女をどのようにひとつに結ぶべきか思案している。彼が目をやっているのは、座った男の近くにある善をもたらす生命の木と、棕櫚の葉、まとわりつくツタと、石果の実である。セニョールは相変わらず生首を高く掲げたまま、この楽園のパネルに近づいた。そしてぼんやりとしか見えない遠景の細部を恐ろしげに見つめた。そこにはヤマネコが死んだネズミを咥えて逃げようとしていたり、サソリがガマガエルを殺したり、むく毛で褐色のほぼ人間の姿をした、といっても人間か獣か区別がつかないが、一匹の獣が横たわる死体を貪り、カラスが山の洞穴や不老の泉の土台部分に巣を作り、さらに時間をもたぬフクロウが円形内部に閉じこもっている……。

　セニョールは後じさりして、三部作の中央部分の画を眺めた。大きな悦楽の園が描かれていたが、それはまさしく小さな人間どもが連続した場面に連なっている小宇宙で、裸の人間たちの豪華絢爛たるタペストリーであった。恩寵に満たされ、螺鈿《らでん》を散りばめられたこれらの肉体は植物に似ていて、入り混じって汚れなき遊戯に興じている。裸体の川は画面の下部から中央の第二場面にかけて流れ、地平線上で消えてゆく第三場面でピークを迎えている。この部分は全体が明るい青と淡いピンク、オリーブ色の濃い緑で彩られている。至福の人間たちの光輝く甘美な情景である。セニョールの目は手の届かない空想的な官能性にくらくらとして、一点に定まらなくなった。しかし生首の半眼はぱちくりと瞬《まばた》きしていた。人物たちの間で姿を現わしているのは怪物的な動物たちや巨大な魚、猛禽類、巨大なイチゴ、キイチゴ、サクランボ、スモモなどである。男女のカップルが乳房のかたちをしたガラスを被せられ、別の肉体はアサリの二枚貝のなかに吸い込まれている。また男がひとりきりでイチゴを貪り食らう様は、まるで褐色獣が獲物に食らいつくようにも見える。また男がひとり別の男の肛門に花のついた枝を突き刺し、その後、別の枝で彼の尻をひっぱたいている。また別の男は持ち上げた脚の裏にカラスをとまらせ、凶兆の鳥から逃れようとして大きなスモモを差し出している。川に浮かんでいるのは紅い果物で、その開口部からはガラスの筒が飛び出し、果物のなかにいる男が筒の先にいるネズミとにらめっこをしている。その上に浮いているのは青みがかった透明な薄い膜状の球体で、そのなかに恋する男女のカップルがいる。彼らは鏡の球体のなかに永遠に閉じ込められている。また女がひとり顔を川のなかに突っ込み、足を開脚して宙に広げ、手で性器を覆い隠している。その性器の上に巣を作っているのが潰れたキイチゴである。あらゆる肉体が何ものかの虜にされている、それは自分自身であったり、ガラス、鏡、二枚貝、サンゴ、鳥たち、巻貝、じっと動かぬフクロウの視線などであったりする。

——幸せもガラスもすぐに壊れる、と生首はフランドル語で言った。セニョールはそれを今にも放り出そうとしたが、一瞬目を閉じ、じっと堪えてから三部作の中央部分に描かれた第二場面に目をやった。再び目に入ったのは不老の泉で、その周囲を裸の男女が馬や一角獣、野豚やバク、グリフィン、雌山羊、トラ、クマ、などに跨って行進している。その円形の泉は悦楽と叫喚、オルガスムの痙攣と味わい尽くされた快楽の永遠の園で、白人女、黒人女が泉で水を浴びている。頭には七面鳥、コオノトリ、カラスといった鳥がとまっている。セニョールは急いでこの画のもっとも遠い遠景部分に視線を移した。凍った鉱質の沼沢地の中心には鋼でできた青い球体があって、ピンクの大理石の角を頭上に戴いている。これは姦通の泉であって、そこには黒人男と白人女、兄と妹、母と息子、父と娘、女同士、男同士という禁じられたカップルが描かれている。彼らの周りを取り巻くのは大理石の植物とか、真珠の花とか、金の樹木とか、水銀の小川といった冷たい世界である。そしてすべてが岩でできた四つの城で取り囲まれ、監視されている。セニョールは近づいて見てみたが、人物たちがあまりにも小さく、顔かたちを判別するのが困難であった。かといって判別しようとして近づくことも、恐怖心から憚られた。セニョールは顔を手で覆い、指の隙間から確かに見たのは、あちらこちらにたくさんの顔が増えているさまで、さらにトンネルのなかに入り込み、怪鳥のくちばしで啄《ついば》まれる裸体の自分自身の姿であった。また他にも妻であるセニョーラ、つまりイサベルが黒人男との情事に耽り、母である《狂女》が城の塔に身を隠し、別のトンネルのなかに隠れた別の人物の肛門に指を突っ込んでいるさまであった。フェリペ、フェリペ坊や、わが息子よ、お前のおしりに指を突っ込んでやろうか？　また告解師フリアンと占星術師トリビオの二人は、植物小屋から顔をのぞかせ、巨大な魚をイサベルと修道女のミラグロス、アングスティアス、クレメンシア、ドローレスに手渡していた。彼女らは裸体で、頭にサクランボの実をつけ、互いに愛撫し合っていた。セニョールはというと、跪いて肛門に花を突っ込み、ルドビーコに鞭打ちを食らっていた。ガラスの筒のなかで手にリンゴを持っていたセレスティーナは、《狂女》と侏儒バルバリーカの亡霊に見張られていた。イサベルは髪の毛もなく、化粧もしていない変わり果てた姿で、目に世の中のすべての悲しみを湛えるかのように、王妃の顔を齧るべくガラスのトンネルを走ってくる悪魔的なネズミを眺めていた。王妃の上には、透明鏡のガラスの球体である牢獄があって、そのなかでドン・フアンとイネスが性交していた。グスマンといえば、四本の腕と四本の足をもったフクロウとなっていた。再度、ドン・フアンについてだが、彼は新世界の阿呆と旅人とともに裸になって、セレスティーナといっしょに森から果実をもぎとっていた。すべての者たちが情熱の駿馬に跨り、拍車それ自体に唯々諾々と従い、同じ馬銜《はみ》で制御されていた。つまり天と地と海と火と風と熱と寒さと、画全体の上部にかかる月経月の満ち欠けである。円形、恐怖、情熱、不可侵の法、警告、警鐘、脆さ、逃亡、一日花。セニョールが見たものはそうしたものだった。そのとき生首が再び口を開けてこう言った。

——それこそお主が見ているものだ……腐りきった奴め……わしは別のものを描いた……かくも汚れなき性交は神の目には祈りとなるのだ……良心の呵責なき、神をも畏れぬ肉の行為……外なる人間は内なる人間を汚すことなどできぬ……神をより愛するのは誰だ？　軽蔑を受け虐げられた民、罪人や収税吏の民、隣人を愛するサマリア人だ……わしが描いた絵を見るがいい……左手には本来の楽園がある、人間はかつてひとつの存在であったが、呪いの神は良き神、アンドロギュノス的至高神の似姿として、男を女から切り離したのだ……中央は神を必要とせぬ人間の自由精神によって復活した楽園だ、原罪など存在せず、あらゆる肉は罪から免れている……さて、哀しいお主よ、右翼を見るがいい、お主が生み出した真の地獄だ……。

　セニョールはあたかもメドゥーサに睨まれた人間のようにじっとたじろがず、最後の第三のパネルを眺めた。それはすべてが真っ赤な炎に包まれた火炎地獄であり、あらゆる者たちが集められていた。イネスは雌豚となって憔悴したドン・フアンを誘惑し、他の二人の少年は十字架にかけられていた、阿呆はハープの上で、旅人はカーディガンの上で、両者とも蛇に貪り食われていた。《狂女》は裸体で火蜥蜴に食われ、イサベルは頭上にサイコロを置いていた。ルドビーコは頭巾をつけた悪魔を背負いながら手で顔を覆い、裸のトリビオは服を着た大きな鳥に手を引かれている。グスマン、そう、あのグスマンは賭け事用の壊れたテーブルに釘づけにされ、バルバリーカは両手にバグパイプほどのピンクの巨根をつかんで踊りまくっている。修道女らは巨大な口と瞬きせぬ目と鼻のない顔をもつ怪物であり、お尻の五線譜の上に書かれた音符を歌っている。修道士らはサルテリオの隙間から顔を出し、トリビオは裸のままもたれかかり、鉄のクランクで自らに拷問を加えていた。彼、セニョール自身もまた表現しえないほどの怪物、人間の姿をした野ウサギであった、木の便器に腰かけ、銅の深鍋を頭に被り、人間を次々と貪っていた。その後、糞ったれの王座に食ったものを吐きだし、その上に糞をひって糞溜めにぶち込んだ。画の中央には髪の毛を引っ摑んでいた蒼白い生首が、卵の割れた殻の上に置かれていた。彼の胸部と白骨そのものとなった彼の長い脚は青い大きな木靴に埋まっていた。顔と胸部と脚と顔と卵と、そして幽体的白さのなかに石化した恐るべきカバノキの骨。背後には世界が燃えさかっていて、建物は炎に包まれ、生涯の建物である彼の宮殿、権力の中枢、信仰の砦は燔祭《はんさい》そのもの、廃墟、排水溝となりはてた……。

　セニョールはうめき声を押し殺し、片手で生首の口を閉じた。その薄い唇と雑な剃り方をした顎は石のように固く、やっとのことで閉じた。次に片手で生首の目を覆い、瞼を閉じたが、目についた肉は締まりがなく、皺だらけで爬虫類を思わせた。画に向かって生首を投げつけると、画の中央にある、凍えた不老の泉である鋼の球体にぶつかってばらばらになった。それは画の上に一条の血痕を残して落ちて行った。血痕は画の上を流れ、小さなゴシック文字で名前を記したが、それをセニョールはほとんど読むことができなかった。

彼は駆け寄ると、三部作のパネルをすべて閉じ、考えられたり、生み出されたものすべての生と情熱と幸福と死についての、かの怪物的な情景の悪魔祓いをしようとした。そこでそのフランドル絵画の扉を閉めようとしていたとき、新たな画の上に置かれた手にぶち当たったのである。この最終的なイメージは世界全体のそれ、つまり月の光だけが照らしだす人の住まない完璧で透明な球体、海に囲まれた大地の最初の風景であった。そこにおいて神は世界の果てに追いやられた最低の存在にすぎなかった。あたかも世界が神よりもずっと以前に存在していたかのようだった。神などは最近になって到来した、遅れてきたよそ者といった存在で、遺恨を抱き、弱々しく、遅まきながら、いそいそと、仮りの姿として世界に入って行くかのように見えた。画の上部まで金文字でこう記されていた。《汝はここに新たな地を見る　そして新たな空と新たな島を》。

——ああ、わが神よ、ああ神よ、ああ神よああ、とセニョールは叫んだ。これは世界の終りなのか？　これは世界の始まりなのか？　わが世の終わりが世界の始まりなのか？

反乱

《拝啓　都市の事態は日毎に切迫してきております。敵もまたそのことに気づいているようです。この期に及んでは可及的すみやかに全員に武器をとらせるべきものと存じます。ひとつには暴君どもを罰するため、もうひとつはわれらの安全を確保するためでございます》。カテイリノン、そなたはどこでこの手紙を見つけたのだ？　誰から渡された？　これはいったいどういうことだ？

手書きでなく、同じ活字で書かれていてインクも乾いておらぬ、指で消したり汚したりもできるではないか。わたしは手紙をひったくって言った、わが主人のドン・グスマン様、これはカラトラバ修道会の騎士団長殿に宛てられたものでございます。すでにわが主人ドン・ファアン様の手にかけられてこの世にはおられませんが。そこでわたしは騎士団長の小姓として振る舞うことにしたのです。アビラから馬で至急やってきた伝令の数人が、ごくごく内密にということで、これをわたしに託したのです。これは何か裏がありそうだと思い、王様には近づけなかったので、こうして貴方様にお渡しししているのです。《とりわけこれらの都市の混乱に秩序を与えるために、われらが一致団結することが何よりも大切でございます。と申しますのもかくも多くの、この種の重要な事態に対しては、多くの、しかも熟達した者たちの助言によって決定されることが妥当だからであります》。わしは連中が画策を始める前に、できるだけ早く行動に移らねばならぬ、カティリノン、労働者やモーロの囚人ども、《阿呆》の手で解放されたユダヤ人どもの間に広く知らしめねばならぬ、レンガ工場や鍛冶工房、作業場、居酒屋を駆け回って触れ回ってこい、時報は鳴ったぞ、セニョールがゴルゴンの首を手に祭壇の前で凍りついたようにじっと動かぬ、扉はどれも開いている、衛兵どもは気づかない、中で騒動でも起きたくらいに思うのが関の山だ、カティリノン、ならず者、さあ出て行け、自分のなすべきことをさっさとやるのだ。《われらはよく存じております、多くの者たちがわれらを誹謗中傷して傷つけ、その後、ペンでもってわれらの行動を、血に飢えた暴動だと非難がましく糾弾することを。しかしそうした連中とわれらのどちらが正しいかは、神のみぞ知るところであります。神に裁きを委ねることにしましょう。なぜといえば、われらの目的は主君たる王への帰順に対し叛旗を翻すことではなく、その取り巻きたちの横暴を排除することだからです。彼らはわれらを王の臣下としてではなく、奴隷扱いししているからです》。勢子頭たるわたしグスマンは、貴方様の現場監督であり、貴方様方は建築家、施工主でありますゆえ、誰一人、セニョールの狂気や気まぐれから免れうる者などおりません。ほんの数日前にも、セニョールの命令で手と舌を切り取られ、内部で起きていることの漠たる秘密を何ひとつ語ったり、書き記すこともできなくなって、ここから去って行った臣下がひとりおりましたでしょう? これは昨日のこと、今日は別のことが、また明日にはあなた方とわたしの身にも起きうることです。アビラやトレード、ブルゴスなどの都市住民の仲間たちの勇気もぜひ認めてやってください、連中はこれらの都市が気まぐれではなく、法の支配のもとに置かれるべく、武器をとろうとしているのです。扉はすでに開けられています。わたしは断言できます。ヘロニモ、マルティン、ヌーニョ、今こそ行動の秋ですよ、不正はますます募ってゆき、遺恨の念も増すばかり、たしかに二十年前にセニョールは婚礼の日、わたしの若い花嫁を力づくで凌辱し、そのせいで彼女は気が狂ってしまいました。それ以来、二度とわたしの花嫁ではなくなったのです、それが処女権という領主の特権でした。わたしはこの作業現場にやってきました、ここで時間がくるまでじっと待ち続け、ついにわたしの時間が到来したのです、マルティン、ヌーニョ、権利よ、正義よ、わたしの兄弟は冬のさなかに素っ裸で、ナバーラの丘に放置され、軍隊に包囲されたなかで飢えと寒さと渇きのために七日後に亡くなりました。われらを統治される方よりも劣った男の命令によって罰せられたのです。もし小者がそんなことをするとしたら、ましてや大立て者ならどんなことでもしかねないでしょう。ヌーニョ、わたしたちは不完全ながら自由な人間となるべく、そして居場所を変えるために、自分らの所有地を生まれ故郷の高貴な領主に譲り渡さねばなりませんでした。ヘロニモ、マルティン、グスマン、この地でわたしはあなた方ほど傷つけられてはいません、しかし心構えでは負けるものではありません。《皆様方、われらだけがこの騒動を起こしたのだと思われたら大間違いです、本当のことを言いますと、多くの寛大な騎士たちや、三身分の代表者たちもわれらに合流したのです》。ここまで天蓋の下で護衛や矛楯兵に守られ、聖歌を歌い全勅令の章を唱えるなどして運ばれてきた三十人ものセニョールのご先祖たちの埋葬に、どれだけの費用がかかったでしょうか？　土砂が崩落して窒息死し、未亡人に看取られ、腐るに任せて放置された労働者が埋葬されたとしても、たいした費用もかかりはしないでしょうに。去勢牛のほうがわれわれよりも安定した食料を確保しています。牛どもには二年後の分まで干し草、藁、小麦、ライ麦が用意されているのに、工事が終了した際にわれわれに与えられる食い扶持は何もないのですから。わしらは給料で食ってきました、三カ月ごとの為替手形で五ドゥカードです。《かくしてセゴビアでも、レオンでも、バリャドリードでも、トレードでも、ソリアでも、サラマンカでも、アビラでも、グアダラハラでも、クエンカでも、ブルゴスでも、メディナでも、トルデシーリャスでも、皆同じ声で語っています、それは中流階級の騎士や代議士、判事、村長、地区住民、役僧、修道院長、助祭、主任司祭、聖歌隊先唱者、医者、外科医、商人、両替商、公証人、薬剤師などです》。ユダヤ人にモーロ人、お前らは追放され、迫害されるだろう。血の純潔が幅を利かせる旧キリスト教徒の国で、お前らの居場所はない。連中は何者だ？ どれだけいるのだ？ かつてはモサラベのキリスト教徒がイスラムの土地で暮らし、ムデハルたるイスラム教徒がキリスト教徒の土地で暮らしたという時代もあった。互いに寛容な態度を示していたし、ユダヤ人とも共存していた。彼らは啓典の民と言われていた。カスティーリャのフェルナンド聖王は、三宗教の王と呼ばれていたし、モーロ人もユダヤ人もゴートの野蛮な風土に、建築、音楽、産業、哲学、医学、詩などをもたらした。異端審問所も王権を超えることがないように分をわきまえさせられていた。かくして諸都市は繁栄し、地方ごとの自由な制度が生み出されたのだが、今や異端審問の新たな権力に立ち向かえる者などひとりとしてない。何気ない行動でも、そこに疑いがもたれ、罪を着せられ、抹殺されることとなるのだ。拷問や投獄や死、家族や財産や生命の損失から身を守るために講ずる手立てもない。訴えるべき人間もいないし、何の目的で訴えるのか？ 誰もがセニョールのこの勅令を読めば分かる。いかなる人間といえどもその無実を立証しえぬ者は罪に問われるものとす。モーロ人よ、お前は拷問台につけられて自分の無実を証明できるか？ ユダヤ人よ、お前はガローテにかけられる段になってそれができるか？ 人夫よ、お前はさらし台の責め苦を前にそれができるか？ 《われら諸都市全域の職種もまたいかにも多様です、たとえば天幕職人、旅籠屋、武器職人、銀職人、宝石商、黒玉商、刀剣職人、馬蹄職人、鋳物師、パン焼き職人、油商人、肉屋、香辛料屋、塩商人、蠟職人、革なめし職人、帽子職人、毛羽立て職人、リンネル商人、紐商人、靴下職人、角帽職人、馬具職人、靴屋、仕立屋、床屋、椅子職人、大工、彫金師、ナプキン職人などです》。グスマン、今は助言を求めるときではない、行動、そう行動を起こすべき時だ。われわれは今セニョールの陣地におるし、扉はすべて開け放たれている、宮殿の住人どもは眠りについているか、あるいは何らかの勤行に明け暮れていて、これから起きることにとんと無関心だ。今こそ敵方の要衝を突いて一刀のもと首を掻っ切ってやろうぞ、槍でも棍棒でも、鎖でもいい、そなたの鍛冶工房で鍛えた剣でもよかろう、ヘロニモよ、貧者の武器をすぐに集めるのだ。扉は開いている。《したがって殿方たちよ、われらは国を挙げて衆議一決し、われら全員に関わる僻事を正さねばならないのです。そのためになすべきことについても。戦争を始めるための費用を貴殿たちに要求してはいない点を見ていただければ、われらの正しさを裏付けるに十分でしょう。そうではなく、和平を求めるための助言だけを求めているのです》。以前、われわれが家畜を放牧していたゴジアオイの野はどこだ？　まさにこの辺りに決して涸れることのない泉があったのだが、そして泉のそばに、家畜が夏冬と逃げ場にしていた森が鬱蒼と茂っていたのだが。この荒れ果てた果樹園に生育しているのは、黒く縮んだバラだけだ。そのあと何がある？　ヘロニモ、そなたは疑っているのか？　いやマルティン、おれは思い出しているだけだ、たしかにあの時も扉が開いていた、虐殺が起きたときのことだ、用心しろ、待て、もう無理だ、ヘロニモ、群衆を見ろ、わしらは皆、セニョールの礼拝堂につながる平地に出る階段を下りて行くことにしよう。それは二度と閉まることのない扉だ。みんな愚かにも扉を有難がっていたが、何ということはない、いつでも開いていたのだ。そなたは侮辱を受けたことに気づいたか？　しかも連中はわしらのことを何も怖れていなかったのだ。墓地のある礼拝堂に通じる三十三階段を下りて行くだけでいいのだ。皆の衆、槍や突き棒、鎖、剣、大鍬、鉄斧や火斧などで武装するのだ、労働者にアラブ人、ユダヤ人、異端者ども、乞食、現場監督、売春婦、隠者、シモン、マルティン、ヌーニョ、それに群衆に引っ張られて行ったヘロニモ、いななく馬ども、それに囲いを破り、驚いて咆え声をあげカスティーリャの野を汗だくで興奮ぎみに疾駆する雄牛ども、いななきと咆え声、立ち上がる埃、カラスどもの飛び立ち。皆の衆、階段を下って行け。《これらの市の多くの若者がセニョールの最近の勅令に対し立ち上がり、直接暴力に訴えようとしています。われらが民主制を確立しようとしていることを説得するのは至難のわざです。連中は自由を勝ち取ることは、法的手続きによってはなしえないと言っています》。すべてを汚す連中を法で守るのか？　いかなる温情も示さぬ連中に温情をかけようとでも？　シモン、皆を集めろ、着替えさせる必要などない、修道士や修道女はそのままの格好でいい、乞食や旅人、隠者や娼婦、ペテロ・ヴァルド派の帰依者よ、王冠を戴く蛇にして、偽りの教皇を抱えるローマの横暴に立ち上がれ、異端審問の権力に立ち向かえ。いざ出陣だ、完全主義のカタリ派よ、ここで暮らすのは悪の神ぞ、その住まいに火を放ち燃やし尽くそう、これは悪魔の館ぞ、アダム主義者ども、人類最初の父とその子たるすべての人間の肉体の無罪を信じる者どもよ、いざ宮殿へ。扉は開いている。わしの後に続け、シモン、わしは人間の病と苦しみと貧しさをこの目で見てきた。わしに続け、古びた短刀の鞘を抜くのだ、杭を立てろ、松明に火を点けよ。《すぐに手を打たないと連中を押しとどめることは難しくなりましょう。ですから貴殿たちに是非ともお願いしたいのは、この書簡を読まれたならすぐにアビラの議会に代理人を送っていただきたいのであります。事態は切迫してきておりますゆえ、行動が遅れれば遅れるほどスペインの損失が増大していくことをご承知おきください》。グスマン、むしろお前こそ急げ、いやセニョールこそ、どうかこの礼拝堂から、寝室から遠くへ立ち退いてください、災厄が過ぎ去るまで土牢の一番奥で身を隠してください、連中が階段を下りてきます、何だと、グスマン？　この階段は上るだけで、誰一人下りて行った者はいないぞ、わしは自分の死と蘇りを知ろうとして上った。連中は自分らの命と復活について知ろうとして下りてくるのか？　セニョール、生命でも復活でもありません。すべてはこの今の時点で整っています。二十年前にそうであったようにです。衛兵らはどこかに引っ込んでいて、疑いをもたれる心配などないようです。しかし二十年前の貴方様がなさったように、すべての者たちが行動を起こす体制に入っています。グスマンよ、わしはそなたにあれこれ命じはしなかったぞ。わしはこの問題について心中、未だにあれこれ考え続けておる、自分の心に問いただしながらな。セニョール、もう遅きに失しております。どうかお逃げください、身を隠してください。連中は武装して階段を下りてきます。わたしは貴方様ご自身が二十年前に示されたやり方を、忠実に手本としてやってきました。セニョール、遠くに逃げてください。土牢に辿り着けば、そこには新世界からの旅人と、過ぎ去った七日間の貴方様の同伴者たち、それに盲目のアラゴン人フルート吹き、小姓に身をやつした少女がいますから。セニョール、この手紙をお受け取りください、いつも申し上げたことですが、他にももっと程度の悪い反乱分子が貴方様を付け狙っています。明日の反乱者を防ぐためにもすぐに連中をつぶしておかねばなりませぬ。セニョール、遠くに逃げてください、わたしに貴方様の名代として行動することをお許しください。あのボカネグラが死んでしまった今、この男グスマン以上の忠臣はおりませぬ。《議会で討議されることは、神への奉仕においてなされるものであります。第一にわれらがセニョールへの忠誠であり、第二に王国の平和であり、第三には王室資産の回復であり、第四に土着民に加えられた損害であり、第五に身分制議会の場において市議会の招集を怠った件であり、第六にわれらの側の人間によってでっち上げられた暴政についてであり、第七としてこれらの諸都市が蒙った耐え難い重税や負担についてであります》。墓を見てみるがいい、こんな埋葬をわしらにしてくれる者が誰かいるか？　偽りの教会の華美さかげんを見てみるがいい、偽物の教皇とみだらな顔つきをした王を、墓石を掘り起こせ、大理石の像に斧を振り下ろせ、墓の外に古い骨を放りだせ、聖体容器を取れ、ぶどう酒を飲め、オスティアで朝飯を食え、この聖櫃にはわしらの両親が一生かかっても食いきれないほどのパンがあるぞ、大鍬で柱形をぶっ壊せ、抽斗やアルバ〔司祭服〕やダルマチカ〔助祭服〕やスペリペリティウム〔短白衣〕、僧服紐を洗いざらいぶちまけろ、それらを引っ被れ、五年間もかけて造った無駄な建物を一日にして破壊し尽くせ、王家の墓地を五年かけて造ったのか、くそったれ、そんな労力があったなら、通路や中庭、廊下、厨房、厩舎、土牢などに使え。囚人どもを解放せよ、食い物に満足せよ、タペストリーを引っ剥がせ、厩舎に火をかけろ。わたしの修道女たちを独居房に閂をかけてお祈りをさせなさい、貴女様が神に救われますよう、王妃たる母よ、慈悲の王妃よ、預言は実現しました、反キリストの群盗どもがやってきました、アングスティアス、クレメンシア、ドローレス、イネスはどこに行っちゃったの？　見かけないけれどどこにいるのかしら？　ミラグロス修道院長、一向に分かりません、ひどく人騒がせな、物見高い人ですから。扉に閂をかけて閉めておきなさい、ああ聖母マリア様、罪なく懐妊されたお方よ、そうだ、寝室に行け、あそこにいるはずだ、そこを探してみろ、セニョールとセニョーラと阿呆と小人と狂った老女が隠れているはずだ、連中を探し出せ、その後《したがってこれらスペインの七つの大罪を打ち砕くために、かの聖会議において七つの方策が練られたというわけであります。賢明なる皆様方がわれらと意見を同じうするものと信じております。こうして練られた方策がすべてきっちり果たされた暁には、われらの敵どもはもはや、われらが議会とともに反乱決起している、などと言うことはできないでありましょう、われらは新たな〈祖国を救うローマの荒くれ者〉なのですから》。マルティンは松明を高く掲げて、白い鉛板ぶき屋根で覆われた廊下を、扉を開けながら走って行った。何も見えなかった、セニョールこそ捕まえねばならなかった、それが命令であった。暴君の首を切り刻むこと。セニョーラこそ捕まえねばならなかった、彼は扉を開けた、寝室は白い砂と青いアラビアン・タイルと太守のタペストリーで彩られていた。セニョーラはベッドの前で跪いていて、ベッドの上には死体がひとつあった。切り刻まれて動かなくなったミイラが。そして彼が何度も目にし、求めたあの女が。彼は石をたくさん詰め込んだ担架を運び、一方、彼女は拳にオオタカを止まらせ炎天下を歩いて行った。そして今ここ、手を伸ばせば届くところに、白くして甘美なる、高嶺の花が目の前にあるのだ、彼はついに燃えさかる松明、砂漠の火焔、欲望を砂地に投げ出し、飢えた肉体、実体化した情景が求めてやまないこと、待ちきれないことをやろうとしたのである。女の拳をつかむと跪いた姿勢から立ち上がらせた。女は叫び声を上げなかったし言葉も発しなかった。挑みかかるような輝くライトブルーの瞳と、歪んだ半開きのしっとりとした唇、地獄を思わす乳白色の深い襟元、彼は彼女の腰を抱き寄せ、激しくキスした。女は彼を拒んだ、拒もうとしていた、しかしついに獣を受け入れた。女は嘘偽りのない男の体の汗の匂い、ニンニクの臭い、糞の臭いを嗅いだ。濃い胸毛の生えた胸と日焼けした腕をかきむしった。反乱だと？　何のことだ？　どこでそんなことがあった？何のために？　いまここに。欲しかったものを手に入れる、それがすべてだった。マルティンはセニョーラの服をはぎとった。乳房を露わにし、乳首を吸った。砂の上に投げだし、女の尻の下に手を入れた。固くなったペニスで腰巻を破り、それを女の両足の間から取り去った。矢のようにしなった脈打つ男根が、液をしたたらせながら飛び出した。別の手で女の口を塞ぎ、セニョーラの脚を広げさせた。彼は宝物の密林、海の底を見てそこに入り込もうとした。銀色のメルルーサの海に潜入しようとした。そのとき扉のところで砂の上を踏む素早い足音がして、部屋に入ろうとする気配がした。グスマンの刃、短刀がマルティンの背中の峰の部分にぐさっとめり込んだ。労働者はセニョーラのフープの上に苦悶の色を表しながら落下した。女は指を噛みしめ、熱を帯びた視線を向けた。グスマンは匕首《あいくち》を手に突っ立っていた。マルティンは固いペニスを立てたままうつ伏せになって死んだ。グスマンは重いマルティンの体を湿った脇の下をもって持ち上げ、それを仰向けにして砂の上に横たえた。砂は血で汚れ、最後に沈黙が支配した。グスマンよ、おれはお前にどんな借りがある？　いったいどんな借りがあるというんだ？　沈黙のなかでマルティンの閉じた眼が尋ねた、血のしたたる抜き身の剣、いや何も。セニョーラ、何も借りなんかないさ、わしにはまだやることがいっぱいあるんだ、セニョーラは高笑いし、グスマンは寝室を出て行った。セニョーラの不敬にして侮辱的な傲慢さ、従僕のろくでなし、ドン・ナディエ、どうしてお前はぬけぬけとこの男との素晴らしいオマンコの邪魔立てをしたのよ！《われわれは何の相談もなく一方的に服従することには嫌気がさしています。われわれは三身分の合意から生まれた議会に集まって、セニョールの直近の勅令で骨抜きにされた法律を復活させました。村民のすべてが承諾しないような特別税など払うつもりはありません》。厨房にはガチョウ、飼育小バト、ウナギの稚魚のパイ、ルーケやトーロやマドリガル産のぶどう酒がたんまりあるから、せいぜい腹一杯食え、食って食って食いまくれ、いつも食ってるガルバンソなど忘れてな、乞食のお前、娼婦のおぬし、隠者のあんた、お祈りは気違いどもにやらせておけばいい、修道士シモンと神秘主義者たるカーニバル仮装者たちが礼拝堂に顔をそろえ、彼らのうちのひとりが描いたという三部作の飾り衝立が、汚されたり壊されたりしないように見張っていた。彼らは聖堂を占拠していたからである。それは新たな宗教であり、再建されたキリスト教であり、第三の時代の始まりであり、純粋さそのものであり、偽りの像の破壊、いや不純そのものの破壊であった。魂が純粋に天国に昇っていけるようにと、地上で痛めつけ疲弊させる肉体といったもの、宗教論争や鞭打ち、叫び声、裸体の信者、フランドル画で描かれたような、祭壇の前で堂々と絡み合う男女たちをぶち壊すものだった。シモンは腕を高く掲げて、秩序を、秩序を、秩序を、と叫んでいた。それはアダム主義者や自由精神の帰依者、照明主義者、王墓の上に寄りかかっていたカタリ派、死を待ち望む自殺派〔カタリ派の信者のなかにいた一派で、完成に至るために肉体を汚さずにすぐに生を終えることを望んだ〕、ヴァルデス派〔貧しさを良しとし、奢侈を打ち倒し、石の上に石を置くなというのがモットー〕などがいたからだ。またアダム派とヴァルデス派の間にも画をぶち壊せ、画を守れといった対立で、論争や衝突、中傷合戦があった。アラブ人が占星術師のトリビオの高い塔まで入り込んできている、怖がるな、兄弟、われわれは何も破壊したり、触ったりはしない。この塔の一番高いところからお祈りを唱えさせてくれ。わしらは長い間、芋虫のように地を這いずり回ってきた。天から天に向けて歌わせてくれ。ユダヤ人はメシアを待ち望んで、中庭に座り込んだ。《その仕事によりスペインを豊かにすることに貢献しているコンベルソは、これ以上の迫害を受けることはないはずです。キリスト教社会に溶け込んでいるムデハルも同様です。血統ゆえに裁判にかけられることもなくなるでしょう》。ヘロニモはセニョールの宮殿に忍び込んだ群盗たちからひとり離れ、狭くじめじめしたらせん階段を下りて、一番奥にある土牢に探しにやってきた。そこには地下の黒い水が滴れ落ちていた。その水は太鼓の音で馬や雄牛が走り回っている、白茶けた平地にまで達することはなかった。ヘロニモがその独居房で目にしたのは、ベンチにじっと腰掛けて世の中のことには全く無縁で、内に籠りきったセニョールの姿だった。鍛冶工房の火のように赤茶けた髭の老人は、彼に自分のことを覚えているかと尋ねた。するとセニョールはふと我に返ったかのように首を横に振った。ヘロニモよ、わしは二十年前に長い間、穀物倉庫で婚礼を待っておった。セニョール・フェリペ様、ずいぶん昔の話ですね、でもわたしはここに手錠をはめられております。自分が打った鎖につながれています。本当はこの鎖は貴方様のためのものだったのです、自分が精だして作ったもので貴方様を鎖打ちにして亡き者にしようとしたのです。するとセニョールは視線を上げて微笑みながら言った。わしはそなたのことを覚えていない。そなたが誰なのかも知らない。しかしそなたの申し出には感謝しておる。わしは死を待っている。わしは死んでしまいたい。わしは忠実そのもののキリスト教徒であり、自殺だけはしなかった。そなたからは自分の最も望んだことを望みたい。見知らぬお方よ、そなたはわしにとって、全く現実性を欠いた存在だ。いつとも知れぬがいつかそなたのことを有難く思うやもしれぬ。するとヘロニモはためらいがちにセニョールの方を見て言った。たしかにおっしゃる通りです、貴方様にとっては生きることが拷問なのです、お望みのものを叶えて差し上げることはできかねます。彼は鎖をセニョールの足元に落すと、暗い土牢から出て行った。不思議なくらい身軽になったせいで、自分の行為に妙に自信がもてた。衛兵たちが彼を土牢の外で捕縛した。グスマンが言った、奴の鎖で縛り付けるんだ、ヘロニモよ、そなたはわしを殺そうとしたに違いあるまい、ヘロニモはうめき声をあげて抗ったが、結局従わざるをえなかった。そして立ち上がるとグスマンの目を見て、その顔に唾を吐いた。ユダ、ユダ、《王ですら地位を永久に保証するような形で人に与える権利はないでしょうし、側近や宮廷人が王の気まぐれで免罪されることはないどころか、王自身と同様、訴追を受けることもあるのです。そうすることで初めて王国を構成する新たな秩序のなかで抵抗権が確立するのです。王はその秩序のなかの一要素にすぎません》。礼拝堂、廊下、中庭、厩舎、厨房、寝室、独居房、鐘楼、セニョールの矛楯兵、セニョールの矢、セニョールの火縄銃、セニョールの槍、セニョールの剣、セニョールの匕首《あいくち》、セニョールの斧、そうしたものはすべて各部屋の出口や窓の下、終わりの見えない工事のなかにある宮殿の隙間に置かれてあった。ネズミが出入りする穴はすべて塞がれ、獣の巣穴は燻蒸消毒された。礼拝堂では火薬が爆発し、中庭や厨房を走っていた連中の胸と背中には矢が刺さっていた。厨房で飲み食いしていた者たちの頭蓋骨は斧でかち割られていた。寝室で情事と食事を貪った後、うとうとしていた連中の心臓には短刀が突き刺さっていた。鐘楼でお祈りしていた連中の下腹部には剣が突き立てられていた。中庭で待っていた者たちのこめかみは矛楯が貫いていた。グスマンは叫んで言った、ひとりとして生かしておいてはならん、彼はあちこち走りながら、死んだと思われる者どもを含めて、動くものがあればなんでも、剣で刺し貫いてとどめを刺すように、また動かぬ死体に対しても、二度三度といわず千回でも死を与えるように命じた。アビラのコムネーロスの奴らに何が待っているか、見せしめとして広く知らしめるのだ、反乱軍をずたずたに引き裂いてやれ、目を開けたまま死んだ奴らから目をえぐり取ってやれ、口をあけたまま死んだ奴らから舌を引っこ抜いてやれ、手をおっぴろげて死んだ奴らから手を切り取ってやれ、すべての連中の頭を斧で切り落としてやれ、異端者、モーロ人、乞食、巡礼者、ユダヤ人、騒乱と瀆神の掛け声に集まった娼婦どもの。まもなく宮殿は血で溢れるグラスとなる、されば聖体の祭壇のまえでグラスを高く掲げようぞ、これはわが血なり、これはわが体なり。《いかなる決定といえども衆議一決によらざるものはないものとします》。《狂女》は壁で囲んだニッチから、自分の黄色い目で見える高さにある狭い隙間を通して、礼拝堂の大虐殺を眺めていた。手足をもがれた彼女は目に見えない台座に体をぴったりと付けて、居心地よさそうにしていた。胴体だけの体と呆けた頭は、石でできた永久の腹部に迎え入れられ、胎児のように懐深くに抱かれていた。彼女は敵たる者たちの死、数多なる大群の死、老いた王妃が生きているのか死んでいるのか分からない者たちの死を眺めていた。わたしは死んではいても生きているのよ。息子フェリペ、そなたには感謝するわ、再度わたしの後継ぎにふさわしい人間だということを証明したのだから。わたしの血をそなたの血に戻すのよ、スペインは偉大で強固な統一国家よ。《諸君が驚かれるのも無理はないでしょう、スペインで議会が招集されるというのは初めてのことですから、人が騒ぎ立てるのもむりはありません。賢明なる諸君、どうか時代を見極めていただきたい。聖議会から期待される大きな成果として、われらを裏切り者とみなすような悪い連中を見下すことになるということです。われわれは将来にわたって不滅の存在としての名声を博すことになるでしょう》。ヌーニョが了解したことがひとつだけあった。それは、囚人たちを解放せよ、ということだった。彼は地下の群集のなかで居場所を見失った。蠟燭がちらちら燃える独房に近づき、手にしていた槍で鎖と閂を壊し、扉を開けた。さあ、そなたたちは自由だ。彼は盲目のアラゴン人フルート吹きと小姓の恰好をした少女、夜方さほど遠からぬヘロニモの鍛冶場まで彼女といっしょにやってきた若者の三人を抱擁した。お前たちは自由だ。われわれは宮殿を占拠した。扉は開いている。セニョールは抵抗しなかった。わしといっしょに来るんだ、ここから脱出せよ。するとルドビーコが言った、わしを礼拝堂に連れていってくれ。そこで再び見ることができるのだ、フェリペは了解した。わしは目を開いて見ることができるのだ。彼ら三人はモーロ人の国境守備兵の息子であるヌーニョの手引きで脱出した。ルドビーコはセレスティーナに手を引かれ、新世界からの旅人はいろいろと事情を尋ねながら。わしの他の二人の息子のことをおぬしは知っておるか？　え、誰のことですか？　王の恰好をさせられた《阿呆》と、女たらしに身をやつしたドン・フアンのことだ。いえ、二人には会っていません。どういう方ですか？　ヌーニョ、こいつと同じだから、三人ともいっしょだ。いやいや、わたしは会っていません。するとこっちは世継ぎでわしの息子ということになる。新世界からやってきた自由人で、スペインの歴史に入った唯一の人物、しかもスペインに貪られることはなかったのだ。唯一の生き残り、わが息子。彼らは礼拝堂の背後にあるらせん階段を通っていった。一瞬、祭壇の前で立ち止まった。礼拝堂の静けさは土牢のそれよりも深かった。セレスティーナ、ヌーニョ、わしは見るぞ、わしは再び目を開けて見るぞ、わしは全世界を映す鏡を失くしてしまった。当初、見えなければ記憶はないと思っていた、記憶がなければ想像もできないと。その後、目を閉じる前にすべてを見ていたと気づいた。それを永遠に記憶に留めておくことができると。わしは自分の年で死んだ他の男しか見なかったのかもしれない。それがわしの記憶と想像力の限界だったのだろう。わしは目をばっさり切断しようと思えばできたが、そうはしなかった。なぜなら何はともあれ、いつか再び目が見えるようになると期待していたからだ。見る価値のあるものを見るという……千年至福とか人間的恩寵の勝利とか、神の死とか、人間の千年至福の日はすでに到来した、わしは目を開けて見る、わしらがフェリペの礼拝堂にやって来たのはいつだったか教えてくれ。そこで再びわしは目を開ける。《というのもあらゆる善行は、悪人どもによって異なる仕方で受け取られるというのが通例だからです。今後起きることに鑑みると、あらゆる事態が想定外に起きうるということです。わきまえておくべきは、連中がわれらの人格を危うくし、家や財産を破壊し、結局、生命を奪うという事態です》。

ああ、ロリーリャ、村にはもっとひどいことが起きているそうだ、そなたは祝いの席でモーロ人かユダヤ人かどちらでもいいが、異端者のサンポーニャでも弾いてもらいたくはなかったか？　ぼやくんじゃない、カティリノン、所詮お前もイギリス人売笑婦か罰当たり修道女のオマンコが欲しかっただけでしょう、わたしのオマンコで満足すべきだったのよ、あんたのデカマラでわたしが満足したようにね。でもぼやくんじゃないよ、わたしらはもう一稼ぎしたんだからさ、わたしゃペチコートに宝石をしっかり縫い込んでいるし、胴着には金貨もある。ロリーリャ、この繰り人形の巣窟からさっさとずらかって、バリャドリードやアビラ、セゴビア辺りで商店でも開くとしようじゃないか。さあさあ、行くんだよ、信心屋さん、威張り屋さん、こっちにおいで、悪口屋さん、この独居房で泥仕事にとりかかるんだよ、ほら吹き屋さん、すると連中はドン・フアンがドニャ・イネスとことに及んでいた鏡の間にどかどかと入ってきた。主人は従者に叫んだ、一番肝心なときにお前はどこにいたんだ？　わしを守ると言っていたではないか、わしの冒険の露払いをし、逃げ場を用意し、必要とあらば身代りになるとな。ああ、ご主人のドン・フアン様、この期に及べば喜んで身代わりになりますよ、イネスの代わりにロリーリャをお渡ししますって、とカティリノンはからからと笑った。彼は主人が修道女から身を離すのを手伝った。何で俺がそんな梅毒病みを抱かねばならんのだ、この阿呆が、とドン・フアンは呻いた。ロリーリャは彼を見ると大声で叫んだ、あらまあ、おったまげた、ドン・フアン様、チンポの先が血だらけでございます。淫売に皮を剥がされてしまったじゃありませんか。するとドン・フアンは傷ついた局部を金襴のタペストリーで覆った。ドニャ・イネスは泣きながら起き上がり、カティリノンとロリーリャは鏡の壁、鏡の天井、鏡の床に映った自分たちの姿を見て驚嘆した。お前ら、どんな荷物を抱え込んできたんだ？　この罰当たりめ、お前は産婦みたいだな、この悪女が、それにお前はデカパイつけた雄鶏ドンか？小姓たちの顔は火がついたように赤くなった。ドン・フアンは二人に服を脱ぎ、鏡の床に横になるように言いつけた。イネスはロリーリャの上にセレスティーナ婆さんの襤褸着をかけた。またドン・フアンはカティリノンの体に金襴のマントを被せた。彼らは小姓の服をまとった。さあ息子をローラの生皮にぶち込め、それ行け、カティ公、阿呆ども、鏡の牢獄をせいぜい楽しめ、イネス、俺と逃げてくれ、そなたの脚の間で俺は弟の夢を取り戻した。ベルガンチン船がわしらを待っている。この牢獄に閂と鎖をかけろ。宮殿のなかで大事が起きる予感がする。いっしょに逃げよう、貴方の面倒をみるわ、愛しい人、貴方がいるだけで夢心地なの。貴方の素敵な敬称だって戻ってくるわ。貴方の言葉を聞いているだけでうっとりするの、ここから遠くでいっしょに暮らしましょう。貴方の吐息で毒気に当たりそうよ、ねえ来て、ドン・フアン、来いよ、イネス、いっしょに天国を呼びましょう、もし神様が耳を貸さないで、門戸を閉じるというなら、地上でのわたしたちの行いに応えてもらえばいいわ。神様に、でわたしじゃないわよ、《われわれはこう申し上げることにします、かかるケースにおいては、不興は恩顧であり、危険は安全であり、盗みは富であり、追放は栄光であり、負けることは勝つことであり、迫害は王冠であり、死は生なのです。なぜならば人間が国家防衛のために死ぬことほど、栄光に満ちた死はないからです》。地上では放牧から戻って囲い込まれた馬や去勢牛の蹄よりも、もっとけたたましい葬送の太鼓の音が鳴り響いていた。居酒屋の小屋から立ち上る煙ももはや消え、ヴェールを被った喪服の老女たちが黙って見ている傍らで、目やにを付けた裸足の子供たちが金切り声をあげたり、走り回ったり、女たちのスカートや手にしがみついたりしていた。子供たちは黒く日焼けし、ふさふさした黒髪は太陽を浴びて金色に輝いていた。その黒い瞳は丸みを帯び、爪は割れていた。疥癬もちの犬がうろつき回り、コウノトリが巣を探して飛んでいた。セニョールの三列縦隊の兵士らが槍を高く掲げ、黒い軍旗をはためかせ、装填した火縄銃を担ぎ、矛槍をそばに置いて、埃っぽい空間の三方に広がってそこを閉鎖した。セニョールはその奥にある未完で、完成のめども立たない宮殿の南側の高いファサードの下で、木でできたバラ形装飾の玉座に座っていた。彼は黒の天蓋の下で、同様に黒の服に身を包み、十三年で十三回出産した女たちのようにやつれはてていた。彼の側らには司教が立っていた。彼は教皇冠を被りダルマチカをまとい、金襴の十字をあしらった臙脂のミサ用祭服を身に付けていた。手には司教杖を携えていた。その隣にはテルエルの異端審問官がいた。彼は皮膚が骨に張り付いたような痩せた人物で、聖アウグスティノ会の修道士であった。両者の側らにはそれぞれ助祭と副助祭が十字架をもち、侍祭たちは高価な背の高い蠟燭を掲げていた。一同は皆揃ってダルマチカをまとい、銀織やダマスク織や絹織の紐を腰に巻いていた。儀式用の服を着たグスマンはセニョールの耳のそばに屈むようにしていた。彼は短い革のカーパとビロードの縁なし帽、黒の半ズボン姿で、剣の柄に手をかけていた。太鼓が鳴り響いた。最初の囚人たるヌーニョは平地の埃の上に突き立てられた、二本の棍棒のひとつに縛り付けられていた。彼は褌《ふんどし》ひとつの裸同然の姿で、衛兵たちに棒で何度も叩きのめされていた。体中から血が吹き出ていて、その後、ハチミツを塗りたくられ、ざらざらした雄山羊の舌で舐めさせられたのである。雄山羊は肉片までこそぎ取った。ヌーニョは目を閉じ、歯を食いしばった。肉、皮膚、血、神経、そして雄山羊のざらざらな舌。太鼓の音がなおいっそう大きくなった。次の頭目ともいうべき囚人は、炉の火のように赤い色をした髭の老人で、拷問台が棍棒のところに運ばれた。彼は足が地につかないように高く括り付けられ、両足の親指に七〇キロ近い重しをつけられた。連中は半時間ほど彼がゆっくりと苦しむ様子を眺めていた。一方、テルエルのアウグスティノ会士はだみ声で叫んでいた、教会こそ真実の支えであり要塞であり、信仰の守り手であり、宗教の宝、異端者から身を守る砦で、敵の言うまやかしに対する光明であり、純粋な教えの試金石である。ならず者どもは呪われよ、反逆者どもはくたばれ、わしは連中が死ぬところを見てみたい。逆徒の犬どもよ、われらは聖なる異端審問の執行者なるぞ。次に彼は裸体に獣脂を塗りたくられ、棍棒に火が放たれた。テルエルの異端審問官は叫んだ、火を掻き立てろ。ヘロニモはライオンのように呻き声をあげた。両側だけに火が点けられたのは、そうすることで脇腹だけが焼けるようにするためだった。火が消され、彼には硝酸の染みこんだシャツが着せられた。シャツに火が点けられるとヘロニモの髭はちりちりと燃え出した。彼は目を閉じたが、眉毛と睫が焼けていった。再び火が消され、シャツがはぎ取られると、連中は彼の痙攣する手をとって力ずくで開けさせ、指の爪の間に深々と針と釘を突き刺した。彼の体は悪臭のする他人の尿をかけられ洗われた。右手は焼ける鉄板に押し付けられて火傷させられ、手首は鉄のヤットコでぎりぎりと締め付けられた。しばし待て、グスマンは自分が死刑執行人になることを求めた。彼はケースから匕首《あいくち》を取り出すと、棍棒に括り付けられているヘロニモのところまでやってくると、彼のペニスを切断し、哀れな男の口にそれを突っ込み、さらに肛門に嵌め込むまで睾丸を後ろ側に引っ張った。そして十字に腹を切り裂き、内臓と心臓をえぐりだし、心臓を四つに切り裂いた。四つの部分を各々、東西南北の方角に投げ捨てた。彼は笑うと、やおら主の祈りとアヴェマリア、使徒信経、サルベ・レジナを唱えた。彼は最後の命令を下し、斬首し、宮殿の入り口でそれを槍に突き刺せと命じた。そして肉体は四つ裂きにして、宮殿の隅々に四本の棒に吊るすように指示した。これこそわれらが王セニョールの御意志であると。おいお前、ヌーニョ、モーロ国境を守る守備兵の息子、死ぬときにゃわしをしっかり見届けな、わしはタイファ国の貧しい領主の息子だ、お前やお前の親戚どもがわしらの土地を雑草地と旱魃地にして放置したせいで、百姓の労働力を失って悲惨な生活を余儀なくされたとき、父はそれを妨げるための資力がなかった。お前たちは王の百姓になるとかほざいて、父の乳兄弟になるのをやめ、つまらぬ自由を得た気になっておった。今どうなっているか自分を見てみろ、ヌーニョ、お前が死ぬ段になって初めてわしは奴隷となったお前を受け取るのだ。お前の体など反逆者への懲らしめと見せしめとしてここで腐るがいい、《諸君、われわれがこの手紙を書いたのは、本議会を開くに当ってその目的を明らかにするためです。命を危うくするのではと危惧する方々、財産を失うことを懸念される方々は、あえてこの企てを継続することや、ましてや議会に足を運ぼうなどとなさらなくて結構です。なぜならばこれは英雄的な行為ですから、高邁な精神をもった人間しかそれをなしえないからであります》。セニョーラとマンドラゴラ、例の顔がつるんとし、目はサクランボ、口は大根、髪はパンくず、体はカブでできた小さな人間の彼は、できるだけ己の醜い外見を隠そうとして、長めの靴下に分厚い半ズボン、宝石で飾った服と低い庇のついただぶだぶの角帽、長い耳覆い、宝石をちりばめた手袋をまとい、手にはオランダ布を持ち、顎の下には高い襟カラーをつけていた。両者はアラビア風寝室のベッドから、本物を寄せ集めてできたミイラを持ち上げた。侏儒女は言った、セニョーラ、今は全き静寂が支配しています、そして夜がやってきました、今こそ貴女におすすめしたことをなさるべき時です。わたしといっしょに貴女のプロメテウスを運び出しましょう、わたしが足を持ちますから、貴女は脇の下を支えてください、きちんと一つにくっついていますよ、各部分は蘇合香と松脂でしっかり接合されていますから。静かに、セニョーラ、いっしょに出ましょう。彼らはミイラを担いで回廊と内陣と中庭を通って出て行った。小男が先導するように前に立ち、ミイラの足を支えながら、四角い強固な柱形が並ぶ、厳粛な回廊を通り、前廊の格間のついた天井の下、アーチの森を潜り抜けながら、十一ある扉に沿ってゆき、セニョーラが見たこともないような大きな回廊に入った。それは奥行きが六〇メートル、高さが九メートルもあるような空間で、側面および正面、天井にはすべて画が描かれていた。壁に埋め込まれた柱は帯状装飾、側柱、楣《まぐさ》、バルコニー風の格子などの装飾が施されていた。天井および丸天井は化粧漆喰造りのグロテスクな装飾が規則正しく施されていた。そこに描かれていたのは異なる数多な人物と物語、石膏メダル、壁龕、ニッチ、台座、男、女、子供、怪物、鳥、馬、果物、花、壁掛け、ペンダント、その他多くの風変わりなものだった。突き当たりには粗雑な加工を施した石のゴート風の玉座があり、その後ろには半円形の壁があって、フックで吊り下げられた二枚の壁掛けの似せ絵が描いてあった。それらにはフリーズと縁飾りがついていた。セニョーラ、見てご覧なさい、あまりにもよく出来ていて、持ち上げて摑んでみたくなるほどでしょう？　セニョーラと小男は、本物の部位を繫ぎ合わせてできた身じろぎしないミイラを、玉座のある場所まで運んでいった。蝕まれた鼻はアリウス派の王のそれで、耳の一方は、自らの血と涙の色をもつ旗の縫い取りをしていた王女のそれであった。その旗はかつてセニョールがフランドルの落城都市にある腐臭漂う墓穴に投げ込んだものだった。もうひとつの耳は、神が世界創造について相談してくれなかったことに不平を鳴らした占星術師の王のそれであった。黒い目のほうは、兄弟殺しの王のそれ、白い目は反逆的な行動をとった王女のそれ、紫色をした舌は情婦の使った風呂の水を家臣に飲ませた《残虐王》のそれだった。ミイラ化した両腕は、継父に矢を向け、実母を殺した《反逆王》のそれ。黒い胸部は実の娘を犯した王のそれで、この王はシーツのなかで焼き殺された。骸骨は《病気王》のそれ、萎んだ性器は《不能王》のそれ、一本の脛はお祈り中に王の矛楯兵に殺された《処女王》のそれ、もう一方の脛は現セニョールの母親《狂女王》のそれで、自己犠牲の遺物そのもの。ひん曲がった唇は兄弟殺しの《召喚王》のそれ。彼は三十三日半目の神の裁きがやって来たとき、ベッドで殺されていた。絹のような繊細な髪は、月の光が降り注ぐ夜にユダヤ人によって拉致され斬首された王子たちのそれ。腐った歯は治世の日々を毎日のように自分の葬儀に参列することに費やした王のそれ。足は生涯一度として履いた靴を変えずに過ごし、死んだとき、へらで靴を足から剝がさねばならなかった貞潔を絵に描いたような王妃のそれ。小男は玉座の背後に走り寄り、サファイヤ、真珠、メノウ、水晶が埋め込まれた王冠と淡い赤紫色のマント、権杖、球体を取り上げた。彼はセニョーラに言った、貴女様はすべてに訴え、すべてを試そうとして、あらゆる魔力を呼び寄せようとされましたね、ご主人様、一番単純で明らかなことはさし措いて。ミイラはスペインで最古の玉座に鎮座していますから、貴女ご自身でそれをなさってください、王冠を頭に載せ、王のマントで身をくるみ、痛々しげな指を開き、その後でこの権杖と球体の上で再び指を閉じるのです。セニョーラは言われたようにした。するとその瞬間、ミイラは瞬きし、目には不透明な光が満ちてきて、権杖を手にして立ち上がった際に腕がぽきんと鳴った。ひかがみが軋んだと思ったら、今度はひん曲がった唇が開き、紫色の舌が動いた。それを見た小人のホムンクルスは欣喜雀躍し、一方、王冠をつけたミイラは咳き込んで早口にまくし立てた。辻褄の合わない言葉を連発したのだ。かかれ、サンティアゴ、われは生きずして生きている、もっと彼方に、さらに遠くへ、わたしは空腹を抱えて命じている、支配せよ、カスティーリャ、支配せよ、支配者よ、そなたの見知らぬものすべてを見下すがいい、われらはスペイン人、かつてあったように振る舞おう、とか。セニョーラは膝からがくんと倒れ込み、ありがとう、ありがとう、と呟いた。そして歴代王からできた王の手にキスをした。今やスペインには永遠の王、神聖ローマ帝国のカトリック王がおわしますのだ。《諸君、この地でもあの地でも、われらの心がひとつにまとまっていることは間違いありません。しかし物理的に遠く離れているせいで、互いの意思疎通がままなりません。そのためにわれわれが王国をよりよくするためになしてきた企てに対し、少なからず不都合が生じております。と申すのも、長い道のりであるがゆえに、後日、極めて困難な事態が出来すると思われるからです。ことわれわれに関しては、スペインの死がやってくるにしても、なるたけ遅くなってからにしてほしいと言ったドン・ペドロ・デ・トレードのように、言われないように願っております。この本状を持参される使いの方々に対しては、本状に鑑み、ご信頼のほどよろしくお願い申し上げます》。グスマンは言った、セニョールは鷹揚できわめて親切な方だった、というのもわしは、免罪された者というのは時を待たずに敵に変身するもので、すぐに糾弾された罪に対して報復するものだと、あの方にあきもせず再三警告申し上げたからだ。ところでお前たちは確かに罪深い、昨日わしらの罠に落ちた強欲者どもの忠実な仲間だからな、しかしわしは主人であるセニョールの欲することに、より忠実に従っている。お前、めくら、お前、娘っこ、お前、ペストに侵された市の修道士、お前らはもう自由だ、暴動の熱狂が国中に広がっている、またいつか出会う日も来るだろう、お前らは俗衆のなかにどっぷり浸かっていろ、カスティーリャ諸都市の反逆的なコムネーロスの側に立つがいい、わしグスマンは辛抱強いから王の側に立つ、いつか帳尻を合わす日が来るだろう。するとルドビーコが懇願して言った、わたしの息子は？　奴は何も悪いことはしていません、無罪です、罪に問われることは何もしていません、奴は自由ではないのですか？　自由だ、とグスマンは笑った、しかし今ではない、お前たちと一緒に放免になるわけではない、わしのやり方で自由にしてやる、それがセニョールのわしへの恩賞だからな。セレスティーナは新世界の旅人の額にキスをした。青年の手をとると低い声で耳元でこう言った、待ちましょう、いつか勝利するんですから、新たな千年紀を待ちましょう、約束します、ここから遠い別の市で会いましょう、ルドビーコはその市というのはあらゆる叡智の泉、パリだと言っていたわ、この千年紀が終わって、一九九九年の七月十四日に貴方を探しにいくわ、きっと見つけるからしょう。すべての海はつながっているのよ、海の上で会いましょう。海を通って行くのよ、カンタブリア海からセーヌ河に、テベレ川から死海へ、ナイル川から新世界の入り江を経巡って、貴方を探すわ。きっと見つけるわ、橋の上でね。自分の記憶と生命を他の女に受け継ぐわ、彼女にキスすることでね。わたしの唇は記憶そのものなの。わたしのことを思い出すように努力してよ。きっと貴方を探し出すから。グスマンは矛楯兵らに暑さで耐えがたい土牢から、セレスティーナとルドビーコ、シモンの三人を引き出すように命じた。彼らは表に連れ出され、一週間分の食料をあてがわれてその場に放置された。グスマンにはどうしてセニョールが彼らを赦したのか分からなかった。彼であればおそらく首魁のヘロニモのように拷問台にかけていただろう、彼は独房で二人きりになったとき、若者のほうを冷笑しつつ見つめた。《われわれは皆様方にお知らせいたします。昨日火曜日、十一日の日にグスマンが今にも戦争を始めるかのように、この市に二百名のライフル兵と八百名の矛楯兵を連れてやってきました。おそらくかのドン・ロドリーゴといえどもグラナダのモーロ人に対して、グスマンほどメディナのキリスト教徒に対する用心からそうしたように、さほど早起きはしなかったはずです。彼は総司令官だとのことで、市の城門のところまで大砲を探しにやってきたのです。われわれはそのとき彼が総司令官だということが知らされていなかったので、さっそく市の防衛に就きました。したがってわれわれは言葉を通じて同意することができなかったので、やむを得ず武器をもって、事の次第を見極めざるをえませんでした。グスマンと配下の者たちは、自分らが武力でわれらに劣ると見て取るや、われらの家や家財に火を放ったのです。というのもわれらが努力して手に入れたものを、欲の皮が突っ張っているからこうして失うんだと考えたのです。皆様方、われらの敵たちときたら、剣でわれらの肉を切り裂く間もなく、他のところでわれらの家財を焼き払いました。とりわけ目の前で目撃したのですが、兵士たちはわれらの妻子を奪っていきました。でも神に感謝いたしましょう、またこのメディナの人々の立派な努力に対して。われらはグスマンを打ち破ったことをお伝えします》。イサベルはその晩に言った、フェリペ、わたしは二十四年前、まだ子供のころこの家に連れてこられました、ぴんと張ったペチコートと巻き毛の小さな王女だったけど、覚えているかしら？　ちょうど恐ろしい虐殺事件があった日の前日に着いたわ。その当日にわたしたちの婚礼が催され、貴方の犯罪がなされたというわけ。今だからお願いするのだけど、哀れなわたしのフェリペ、わたしたちの別離を、貴方の人生の輪を完全に閉じることになる新たな虐殺事件の日に合わせてほしいの。貴方のことなら何でも知っていると思っているわ、フェリペ、わしもそなたのことを何でもな、イサベル。何でもですって？　哀れな人、何でもだ、イサベル。そなたの秘密をすべてな、最悪の秘密も知っているぞ、わしのすべての犯罪を合わせたものより大きな犯罪をな、分かるか、わしのそれは反復できるものだが、そなたのはそうではない。その種の特異な罪をもう一度犯そうとしたら、死者が蘇らねばならないだろうよ。わしはセレスティーナの肉体をわが父と、ルドビーコと、恐らく悪魔自身とかもしれないが、いっしょに味わった。またドン・フアンといっしょにイネスの体もな。ところがそなたの体はな、イサベル、そなたの最初の恋人といっしょに味わうことなどできなかったから、わしはそなたに決して触れることができなかったのだ。それゆえわしのそなたへの愛は常に触れることのできない、不滅で完璧な理想的愛となるはずだ。誰から傷つけられもしないだろう。わしの心の中でのみしっかりと保持し、養っているからだ。そなたは唯一、わしとともに死ぬだけだ。わが生命と死だけがその愛を味わうことができるのだ。このことが分かれば、イサベルよ、そなたとあのミハイル・ベン・サマとの情事など、わしにはどうでもいいことだと分かるはずだ。あの男は喜んで火炙りの刑にしてやったが、それでもわしは奴の本当の犯罪をあげつらっているのではない、それは単に二の次の犯罪にすぎない。あのドン・フアンとの情事のことを言っているんだ、鏡の牢獄にぶち込まれ、永遠に孤独な女と地獄の苦しみを味わっている男とのな、地獄堕ちをひどく恐れ、死ぬ日をさんざん日延べしたあげくに。フェリペ、貴方はいつでも真実を知っていたの？　いつでもな、イサベル。わたしに最初に愛した人がいても、わたしを愛してくれたの？　これからもずっと愛するよ、イサベル。生きている者たちのなかで唯一わたしだけが、貴方が過去にどういう人だったか知ることもできれば、愛することもできるのよ。愛するイサベル、わが愛の証こそあの可愛い少女への奉献として建立したあの聖堂なのだ。人形で遊んだり、ぐずぐずして起きない女官たちを起こしに行ったり、果樹園にモモの種を埋めたりして遊んでいたあの少女のことだ。わが少女のイサベル、わが永遠の恋人よ、そなたは別の存在になりえたし、わしも同じように別の存在になりえたかもしれない、二人ともそうなり得たかもしれない。われらの可能性の枯れ果てた束と、われらの現実の生きた屑。フェリペ、可哀そうなフェリペ、わたしは貴方をずいぶん傷つけたわ、もっと傷つけるかもしれない、貴方の土地に恨みつらみの根深い種を植えて、スペインから完全に解放されるまでスペインを憎み続けていくつもりよ。わたしがどれほど遠くに立ち去っても、貴方はわたしの災いを味わうことになるわ。何はともあれ、フェリペ、わたしたちは自分たちに共通する悲惨さ、弱さを味わいつつも、こうして以前からあったように、あるがままでありつづけることになるのよ。ねえ、フェリペ、教えて頂戴、結局わたしたちって愛し合うことを学んだのかしら？　わたしは貴方をずっと愛してきたわ、イサベル、自分自身に答えてみてくれ、結局そなたはわしを愛することを学んだのか？　ええ、もちろん。フェリペ、何度でも言うわ、そうよ、わたしの可愛い子ちゃん、わたしの素敵な役人さん、鎖でつながれたわたしの仔犬ちゃん、わたしの傷ついた小鳥ちゃん、わたしの哀れな病人さん、卑屈と傲慢に同時に屈してしまったのね。優しいけれどありえないわたしの恋人、自分の建てた神聖な牢屋の石にかどわかされたりして。自分が受け継いだ権力の犠牲者になった能天気な人。わたしが貴方に憎しみと同じくらい大きな愛情を注がない訳がないでしょう？　強烈な憎しみを抱く人というのは、時として自分で気づくことなく、嫌悪すると思っている相手に、強烈な愛情を注ぐものなのよ。ええ、だからわたしは貴方を愛しているの、貴方がわたしを愛しているようにね。わたしはあるがままの貴方を愛しているのよ。ありがとう、イサベル、今夜初めて頼みもしないのに、自分の方からわしのベッドに来てくれてありがとう、見てごらん、何て殺風景な、貧弱で不気味な部屋だろう。ともかくわしの所に来てくれてありがとう、わしらも知る通り、これが最初で最後となるだろうが、実際そうだろう？　もういいのよ、話さないで、フェリペ、手をとってベッドに連れて行ってちょうだい。いっしょにこの最初で最後の夜を過ごしましょう、服を着たまま、触れ合うことなく。フェリペ、黒いシーツの上で死んだ兄と妹のように、貴方がご先祖たちを集めてきた地下礼拝堂に安置されている彫刻につけ加わったみたいに、さあお眠りなさい、お眠りなさい、お眠りなさい。《諸君、これから申し述べることに驚かないでいただきたい。しかし言わずにおくことには驚いてもらって結構です。すでにわれらの身体は武器で疲労困憊し、家々はすべて焼き払われ、家財はすべて略奪され、女子供を守る所すらなく、神の住まわれる聖堂は瓦礫の山と化してしまいました。とりわけひどいのは、精神が混乱して気が狂いそうになってしまっていることです。グスマンとその手下共が単に大砲を探しにやってきたとはとうてい思えません。もしそうなら、八百人もの槍兵と五百人もの兵士が、実際にそうしたように、広場での戦いを止めて、家々に略奪に走るなどということはありえなかったからです。悲しくもメディナにて火をかけられて蒙った損害、たとえば焼き払った金銀、金襴、絹、宝石、真珠、タペストリー、財物など口でもペンでも表現しようにもないくらいですし、考えようにも考えが及ばず、測るにもその手立てすらなく、涙なくして見ることすらできません。これらの暴君たちが不幸なメディナを焼き払うことで与えた損害は、かつてギリシア人がしたたかなトロイヤを焼き打ちにしたのに匹敵するほどです。諸君、われわれは正しい裁きを求めていますし、その企てを放棄することなど決してあってはなりません。もし必要とあらば、戦場にもっと多くの兵士を送る用意がありますし、より多くの資金と大砲でもって支援を行うつもりであります。なぜならばかくも正しい戦いを遂行しないとすれば、それこそメディナに対する大きな侮辱となるからです。まずグスマンとの妥協を模索しましょう。もしわれらが策を講じなければ、彼がメディナで行ったことはグスマンの挑発によって武力衝突が起きました。もしわれらが策を講じなければ、彼がメディナで行ったことはクエンカ、ブルゴス、アビラ、トレードにおいても繰返されるでしょう。ここでわれらが縷々述べたことに関しては、本状を持参する者に対して、全きご信頼を置かれるようにお願い申しあげる次第です》。ガリシアの湿った壁面にはツタが一面に這っていた。葉は枯れ、地面は冷たかった。ベルガンチン船がラ・コルーニャの港から出帆した。セニョーラは見納めと思ってスペインの海岸を眺めた。セニョールには結婚無効に反論する意志はなかった。イサベルを一度として抱いたことがなかった事実を受け入れた。たとえこの事実がバチカンの人々の間で知られたとしても痛くもかゆくもなかった。どこかのおかしな枢機卿が貞潔は聖人の要件ゆえに、彼を聖人の列に加えたらいいと語った。セニョールは修道士のフリアンにローマに赴いて、ローマ教皇庁控訴院での審査を始めるように委託した。英国に亡命せんとするセニョーラに同伴しようとする者はひとりとしていなかった。それは単に彼女にとっての里帰りにすぎなかったからである。女官のアスセーナは涙を流して悲しんだものの、言い訳に終始していっしょに行こうとはしなかった。奥様、イギリスに戻られるんですか？　あの土地ではどんなことが話題になっているんですか？　わたしはバカですから何も分からないし、分かってももらえませんわ。アスセーナ、わたしが英語を話すとでも思っているのかい？　おやまあ、間違ってもそんなことがないように願っていますわ。奥様、ちょっと注意して見てくださいい、貴女様のホムンクルスと同様、こうした小男たちは処刑台とか絞首台、晒し台、拷問台の足元で生まれるんです。苦悶にあえぐ罪人たちの涙から出て来るんです。ああ、捕獲されたシカみたいにずたずたに切り刻まれたヘロニモよ、血抜きをされて腐ってしまい、肉を雄山羊に舐めまわされたヌーニョよ、セニョーラ、両者の足元からは貴女様のそれと同じ、ホムンクルス、マンドラゴラが二つ出て来るはずです。奥様、お願いがあるのですけれど、わたしが月明かりで出ていくのを待って、わたしの三つ編みを切って、黒い犬の尻尾にそれを結わいつけ、もう一方の端をマンドラゴラの根に結んでほしいのですけど、早くはやく、わたしの耳を塞いでくださいい、今は聞こえはしないけれど、ひどく恐ろしい叫び声がして、泥と涙で湿った揺籃からわたしらのホムンクルスが飛び出て来るかもしれないのですから。そうしたらサクランボを目に嵌め込んでやります。口には大根が出てきますよ、小さな頭には小麦が生えて、話し出しますよ、髪の毛も生えてくるかも。足の間には大きなニンジンが出て来るはずです。奥様、ヒヒヒ、これで年とってから自分で楽しむデカマラちゃんを手に入れられるんですよ、わたしは陰口好きの淫売ですからね、神様にはうんと守っていただかなくっちゃ。とはいっても、奥様、ロリーリャがいなくなったせいで、いったいわたしは誰と陰口を叩いたり、ものをくすねたりしたらいいのやら。痩せのローラがどこに行ったのか分からないけど、姿を消したんです。あの虐殺事件のときにイギリス淫売女と間違われたのではと思っただけで怖気をふるいます。わが奥方様の前で本当に失礼な言い方ですが。あのポン引き女は斧で真っ二つに頭をかち割られてしまいました。ですからわたしたちが悪魔に攫われるとしたら、あっちでもこっちでも同じことだと見定めてください。これから出会う悪魔より、すでに出会った悪魔のほうがましですよ。下女は泣いて別れを告げました。ところが小男のほうはいやだと言って、行こうとしませんでした。となるといったい誰が本当の王様の面倒を見ようだなんて気になったでしょう？　絵画と柱廊と漆喰の回廊にあるゴート人の玉座に座ったミイラ様の面倒を。そのミイラが語ることに耳を傾けようだなんて誰が思います？　腕のおかしな動作や、震えるようなぎこちないその身振りを称賛したり、紫色に変色した舌で訥々と話す聞きづらい言葉を誉め讃えたり、身ぎれいに世話したり、服装に気を配ったり、季節や流行ごとに変化する習慣に合わせて服を変えたりすることなどなされると思いますか？　あの王は本当の王ですが、実際、何世紀にもわたって玉座に座ったままになっているはずです。小男は王の唯一の小姓で道化、腹心、助言者、執行者というわけです。セニョーラについて行ったのはフリアンだけですが、それでもイギリスの港までです。そこからはセニョールからの特命を果たすべくローマに赴いたはずです。で、その後、修道士は？　その後どうした？　フリアン修道士は左舷の舷側に寄り掛かって、セニョーラに言った、ガリシアの入り江が遠ざかっていくのを見た。彼はセニョーラに言った、奥方様、王国に平和が戻り、コムネーロスの叛乱が鎮圧された暁には、反逆者どもや追放されたユダヤ人、打ち負かされたモーロ人から奪い返したあらゆる富が、航海と発見の事業に使われることになるでしょう。新世界は存在せねばなりません、なぜなら敗者にとっても勝者にとっても新世界が必要だからです、前者にとってはそこに逃げ出すために、また後者にとっては夏の中盤辺りから表面化してきているあらゆる勢力や不満に対し、処女地への道筋をつけるためです。スペイン統一の名のもとでそれを行うことは、唯一の絶対権力の存在と、福音化という使命の証となるのです。こうした大義名分のもとで数多の野心家が行動を起こし、この地でうだつの上がらぬ者たちも、彼の地では一端の郷士として振る舞うことができるのです。一旦故郷を出れば、いかなるスペイン人と言えども王侯貴族になれますし、新世界では豚飼い〔インカ帝国を征服したピサロは豚飼いであった〕でも鍛冶屋でも百姓でも、スペインにいるスペイン人がとうてい手にしえないような血筋を手に入れることができるのです。兄弟殺しのスペイン人は、そこにある秘められた財宝に引きつけられ、勝者も敗者も新世界に呼び寄せられています。前者がスペインを支配下においた後、有り余るエネルギーを向けて屈服させるべきは偶像崇拝者です。わたしは彼らとともに行くつもりです。彼の地でなすべきことがあるからです。彼らは秋のガリシアの緑と金色の海岸の景色をいっしょに眺めた。セニョーラは今日の宮殿で、また昨日の王城で、スペインに初めて到着したとき、スペインを立ち去るとき、虐殺現場の死体を焼く焚火の煙と炎のことを思い出した。そして陸地に背を向け、ベルガンチン船の進む前方で石のような波をかき分けてゆく、波立つ灰色のスレートを眺めた。彼女は修道士フリアンに彼女の故郷、イギリスをずいぶん遅く出たわね、と言った。ずいぶん遅く戻っているのね、いやそうじゃありません、そんなに遅くではなかったです、いや、なかったはずです、まだ時間があったはずです、屈辱を味わい、悲しみと遺恨を背負われた処女王様、こうして故郷に戻られているのです、ブリン叔父様夫妻が家でお待ちになっておられます、あの忘れ去られたウィルトシャーの野から、貴女は復讐を企むことになるでしょう。貴女ほどスペインの土地と人々のことを知っている者はございません、貴女ほどイギリス国民に恐ろしいスペインの秘密と弱点を明らかにして助言できる方はございません、イサベル処女王様〔フェリペ二世の王妃をイギリスのエリザベス処女王に擬している〕、イギリスの軍旗と大砲を装備し、復讐心に燃えた強力な兵士を載せてイギリス艦隊が故国に向けて、コルーニャをポーツマスから隔てるあの海域に来ております。後にはスペインのみならず、アルビオン〔グレートブリテン島の古称〕の息子たちもまた、西方、新世界に向けて船出することとなります。再び洗礼時と同じエリザベスとなった彼女は、イギリスを焚きつけ、急かせ、陰謀をめぐらせ、追い立て、照らし出して、国民をして新天地を踏ませ、スペインの息子たちとの永遠の対立をもたらしたのである〔股肱の臣たるフランシス・ドレークのスペイン船団への海賊行為がその象徴〕。彼らは挑戦する相手であるスペイン人と同様に、残虐で、強欲で、悪事に手を染めた者たちだった。いやもっと酷かった。しかしスペイン人のように宗教的大義とか郷士身分への夢とか、肉への誘惑などは持ち合わせなかった。新世界を褒賞としてではなく、挑戦と捉え、スペイン人と同様、土着民を根こそぎ絶滅させた。しかし彼らは土着民との肉体的混血も、混血から生じるさまざまな苦難を経験することもなかった。スペイン人のように財宝を探し求めようとしたがそれも無理な話で、彼らは汗水たらし、手にたこを作って荒地から産物を得なければならなかったのである。スペイン人であれば濡れ手に泡という気楽な仕事にも、彼らイギリス人は大いに努力した。スペイン人にとって感覚を意気阻喪させることでもイギリス人は規律正しく努力した。前者は奢侈の蜃気楼を見るが、後者はつましい現実を見ている。ことほど左様に何から何まで逆転しているのだ。スペイン人は苦行、貧窮、悲しみといったものを投げ捨て、地上的出世などに扉を閉ざし、究極の安楽、有り余るほどの奢侈、新世界における個人的偉業の安易な獲得に熱をあげてきた。黄金の安逸という沼沢にどっぷり浸かり、現実と己の人格とを一緒くたにしてきたのだ。ところがイギリス人は同様に自国における圧政、戦争、飢えなどから逃げ出そうとしたが、新世界においては、いかなる安逸も奢侈も安易さも求めなかった。彼らは逃れてきたこととの埋め合わせとして、手ずから汗水たらして働く以外に、何ものも生み出さないような処女地に挑戦するしかなかったのである。スペインが金塊の溢れる都市を征服するのなら、イギリスは人跡未踏の密林、手の加えられていない土地、人里離れた川を征服するがいい。スペインが鉱山を掘る場所でイギリスは畑を耕せばいい。スペインが採石場から宮殿を建てるなら、イギリスは木の小屋を建てるがいい、彼らが銀で覆うなら、白く塗装するがいい。スペインが見かけで満足するなら、本質で勝負すればいい。スペインがそうしたいと公言しているなら、イギリスはその結果を要求するがいい。夢想的なことを言うだけなら、こちらは実際に行動で示せばいい、名誉に身を捧げると言うなら、こちらは労働に身を捧げればいい、スペインが運命に期待を寄せるなら、イギリスは時間きっかりにことを運べばいい、相手が幻想から幻滅へ、幻滅から新たな幻想へ乗り換えようというなら、こちらは常に冷めた精神で生きていけばいい、スペインが威厳とか英雄的外見を保ち、他者から称賛の喜びを得ることに汲々としているなら、イギリスは厳密な効力の算定においてのし上がればいい、たしかにイギリスは自らが拒まれていたものすべてを要求したのだ。イギリスにとって、その土地は快楽と奢侈の土地ではなかったのだろう、そこでそうしたものを喜んで犠牲にしたのだ。それは飢えて質素に暮らしていたスペインが、最初は新世界から提供される過剰なものに、その後はうんざりした気分から幻滅を味わったことで、毒気に当たり、消化不良を起こしてくたばることを目論んだからである。スペイン。フリアン、わたしはコルーニャの波止場の袂にいた乞食に一ドゥカード金貨を恵んでやったわ。これは出発のお祝いよって、そうしたら何て答えたと思う？セニョーラ、別の貧乏人を探しな、だって。ならロンドンの乞食にくれてやるわ、そしてそれをどうやって増やし、投資し、再投資し、利息と条件をつけて貸し付け、投資家、銀行家、指定業者、スペインを追放されたユダヤ人諜報員、武装海賊団を集める方法を伝授してやるわ、スペイン人の誇りに対しあらゆる手段をもって挑発してやるわ、フリアン。誓って言うけど、新世界の金はスペインに湯水のごとく流入するかもしれないけれど、最後はイギリスの金庫に収まるのよ。イサベル、貴女にとって、セニョーラにとって、いったい何がお望みなんですか？　わが故郷イギリスへ戻るために船出するこの秋の日の朝かしら？　エリザベスがただ一つ求めたのは、少女の人形だった。髪をカールし、キャラコのぴんと張ったペチコートをまとった少女のそれだった。その少女にこう尋ねた、ちゃんとお人形さんは着いたかしら？　旅の途中でなくなったものなどない？　桃の種を埋めたのはどこかしら？　ああ、何て可哀そうなオオタカ、何ていう飛び方をしてるんでしょう、黒い羽を羽ばたかせようとして！　あんたは白砂の撒かれた居室のこととか、アラビア風タイルとか、ふわふわの掛け布のことを聞いたことはないの？　愛の宮廷にわたしといっしょに来る？　そこでは白装束の騎士たちが黒装束の騎士たちとあんたを巡って戦争をするのよ。洗面器の上にブロンズの小さな玉が落ちて、時を刻んでいるのが聞こえる？さあいっしょに遊びましょう、「バラの花輪だ、手をつなごうよ、バラの花輪だ、手をつなごうよ、ポケットに花束さして、ハックション！　ハックション！　みいんなころぼ」。《昨日木曜日、われらは知りたくないことを知りました。聞きたくないことを聞きました。実はグスマンがあの忠実そのもののメディナ市全体を焼き払ったのです。どうかわれらの主なる神よ、どうかみそなわれんことを、連中が村の家々を焼き払ったことで、われらの内臓が煮えくり返ったということを。しかし諸君、どうか信じてください、メディナがセゴビアのせいで失われたとしたら、セゴビアについての記憶が残らないか、さもなくばセゴビアがメディナに対する仕返しに、その受けた侮辱に対する報復をするだろうということを。われわれは皆さん方がグスマンと戦われたと伺っております、それも商人としてではなく、司令官として。不意を突かれた者としてではなく、挑戦を受けた者として。弱気な人間としてではなく、逞しいライオンとして。皆さんは賢明な方々ですから、焼き討ちについて、神に感謝を捧げてください。と申すのも、それがかくも偉大な栄光を得る機会となったからです。なぜならば今にして考えてみれば、失ってしまった財産よりも、勝ち得た名声のほうをずっと高く評価すべきだからです。われわれは戦争の惨禍を見て、アビラの議会をバリャドリードに移すことにしました。われらはセニョールが行った悪い統治と諮問によって引き起こされた王国の窮状に対する全般的な改革への戦いを、その地から続けていく所存です》。メディナで負け、セゴビアで負け、トレシーリャスとトレロバトンで勝利したが、わしの敗北と勝利はすべてわしの勝利だ、なぜならわしはコムネーロスを挑発し、奴らを戦争に追いやったが、奴らの無能な顧問のおかげで軍事的戦略の拙さが露呈し、奴らは威厳を傷つけられ、涙を呑んだからだ。しかしそうした勝利と不運など、未だにそなたに勝利していないとしたら何の意味があろう？　グスマンはカンタブリア山脈の支脈で最初の狩猟が行われた場所に再び連れて来られた、新世界からの若き旅人にそう言った。若者よ、海岸のほうを眺めてみろ、これでわしがいかに忠実な人間かということが分かるだろう？　そなたは晴れたあの日にここから出帆したのだ、だからこの場所にそなたを連れてきたのだ、海岸と《災難岬》がこの高みからはよく見えるだろう？　セニョールはわしに言われた、あの男を解放せよ、その兄弟のうちのひとりがヴェルダンで、永遠にベッドに括りつけられて眠っている。また別の兄弟のひとりが鏡の牢獄で、味わった悦楽と異端的言動の償いをしている。予言は外れた、三人でも二人でもない、ひとりだ。奴を自由にしてやれ、わしらにとって何の害も及ぼさない、わしらの力はすべて反乱分子のコムネーロスに向けねばならぬ。奴らこそ本当の脅威だ。新世界のことを夢想した惨めな男に対してではない。奴は三人だと言った、そう信じるように仕向けたのは、盲目のフルート吹きと唇にタトゥーの入った少女だった。しかしグスマン様はそうたやすく騙されはせん。わしは真実を知っておる。連中はたったひとりだったのだ、わしは三人がいっしょにいるような所など見たことがない。目でも見ていないし、頭でも理解できない。わしは異なる場所、異なる身なり、異なる顔立ちとはいえ、常に同一人物を見たのだ。すべての人物はそなただった、そなたこそあの三人だったのだ、わしはセニョールにお願いした、どうか自分の思うようなやり方で彼を解放させてください、狩猟でシカに対してやるような、正しい裁き方と好機を狙って行いますから、と言って。彼はそれを受け入れた。だから今こうして、追い詰められた最後の金髪少年たるそなたが、破れた服を着て寒さに震えているそなたが、そして海の恐ろしさを知りつくし、真珠海岸に足を踏み入れ、川に住む土着民や人跡未踏の密林、聖なる井戸、煙るピラミッド、雪をかぶった火山、白色地獄の内奥、湖沼の都市、新世界の金の宮殿を体験したそなたが、昨日から走り、歩き、転び、起き上がるということをしているのだ。グスマンは言った、一日の猶予をそなたに与えよう、その後、そなたを追い立てに出るつもりだ。一日中雪が降った。当初、そなたはそのことにひどく驚いた。海のほうに向かって山を歩いたときに自分の足跡が付いたのだろう。グスマンはそなたにそのことを注意した。そなたはわしらより一日先に発つのだ、しかし今は雪が降っている、雪で前の足跡は消されてしまう、新しい痕跡ははっきり残って見える、風で木の枝に積もっていた雪が吹き飛ばされる、改めて獲物を追うにはいいチャンスだ、犬たちも息せき切っている。しかし午後になると山の切り立った峰々から吹き下ろす風がいっそう強まり、後ろを振り返ると、白い雪のカーパで山は覆われていた。雪でそなたの足跡も消えて見えなくなっていた。そなたは一日の先発で勝ったのか、負けたのかどちらかだ。そなたにも監視塔の兵士らによって山の頂上に据えられた槍の印が見えるだろう、それはそなたを含めて誰もが目にするように置かれたものだ。それはシカを追い立てるように指示する印だ。そなたは暴風雨のさなかに一瞬立ち止まるのだ。角笛やラッパの音をかき消すような嵐は、そなたがそこを通って山から脱出してきた雪で覆われた林間の空き地に、幻想的な静けさを押し付けているようにも見える。しかしすぐにも暴風雨は静まった。グスマンは猟犬の一団を放し、さらに次の一団、次の一団と放して行った。そなたは自分の後を追ってくる犬たちの、波のように押し寄せる吠え声を数えている、グスマンはそなたにそう言った、自由よ、自由よ、そなたは自由について語ろうとしてやって来た。あの地の新世界にとっての自由について、この地の新世界についての自由について。そなたにも分かろう、己の自由が彼我の地においてどれだけ持続するものかを。そして自由が与えられるたびに、スペインが上げる叫び声が聞こえるだろう。束縛よ万歳！　そなたにも聞こえるだろう、刻々と近づいてくるラッパの音が。グスマンは従者らに指示を与えた。従者とは血の臭いを嗅がねば追跡をしない猟犬どもである。そこのイノシシを殺して、犬どもをけしかけよ、あいつはシカだ、旅人よ、グスマンはそなたにそう言ったのだ。シカをやっつける一番の手は結局、体の一番長い部分を狙うことだ、しかし一番大胆で致命的なのは、正面からやっつけることだ。槍を深々と突き刺し、引っ掻きまわし、その後、犬どもが抑えつけるに任すのだ。走れ、少年よ、走れ、旅人よ、走れ、創始者よ、走れ、最初の人間よ、走れ、羽毛の蛇よ、そなたにはイノシシの計略など知るよしもあるまい、奴らは二、三頭の仔を先頭にして山から出て来て麦畑に侵入すると、その場でキバを立てて二、三回食い荒らし、騒がしい音を立てて一旦畑が見渡せる高い場所に引き揚げる。それを三回ほど行って、周りに猟師がいないことを確かめてから、四回目に何の気遣いもせず、下りてくる。そのとき捕らえるのだ。そなたは本能も計略もない、ともかく海まで走れ、猟犬どもが追っかけてくる、グスマンはお気に入りのオオタカを前腕に止まらせ、褐色のケープにフード、ゲートル、革サンダルを身に着けて馬にまたがっていた。そなたに言っただろう、オオタカ、美しいオオタカ、怒り狂ったオオタカ、そなたの時がやって来る、今こそそなたの時だ。わしはそなたに大狩猟会を用意した。グスマンのことを覚えておくがいい、元気のよいオオタカよ、お前はわしの武器だ。わしの信頼だ、わしの息子、わしの贅沢、わしの願いを映す鏡、わが憎しみの顔だ。海がお前の視線の前でぼんやりとかすんだ姿を現した。《災難岬》と、セレスティーナやペドロやシモン、ルドビーコたちがかつて夢見た海岸、フェリペの幻想のなかの海岸、歴史と運命、千年紀を加速させるために、そなたと二人の兄弟たちを永遠の黄昏の国であるスペイン、夕暮れ、金星、ウェヌスの地において迎え入れた海岸。苦悩に満ちて絶えず別の顔を探し求めている、自分自身の身代わりとなっている国、スペイン。さあ、あの幸せをもたらす海に突っ走って戻って行くがいい、そなたの心は言っている、何はともあれあの海こそ自分を救ってくれるのだと。恐ろしいラッパの音、犬の吠え声、馬のひづめの音、喘ぎ声が後ろから刻々と迫ってくる、シカのように走るんだ、山と海の間に挟まれた砂漠帯が次第に狭まってゆく。グレーハウンドが立ちはだかって、右手の道を遮る。別の猟犬どもが左手で行く手を阻む、猟犬どもはグレーハウンドが先手を打って、先にそなたを捕らえるのをどうしても妨げねばならない。とうとう、そなたは脅しをかける二列の犬どもに捕捉されてしまう。グスマンは自分の役目をよくわきまえている、そなたを砂地に連れ出す道が狭くなっていること、砂丘の凍えて固くなった部分でくたばってしまうこと、砂浜で腕を十字に広げた状態で、うつ伏せになって倒れるということを。そなたは起き上がる、犬の吠え声、ラッパの音、グスマンは笑いながら砂地の一番高いところに陣取っている、そなたの目の前には靄のかかった海があり、後ろにはグスマンと狩猟隊が待ち構えている。グスマンはオオタカを放つ、さあ行くがいい、オオタカよ、美しきオオタカよ、お前には約束したぞ、騙したことなど一度もない、誓ったとおりだ、一番旨い新鮮な肉をやるぞ、あれが獲物だ、祈りのごとくゆっくり静かに大空に舞い上がれ、呪いのごとく一気呵成に獲物に襲い掛かれ〔アラブの諺〕、そなたは海まで行けず、腕をグレーハウンドに咬みつかれ、肉をえぐり取られる、猟犬がグレーハウンドを引き離し、そなたは解放される。しばらく倒れたままだが、起き上がると、浜辺の泥に足を取られて立ち上がれない。荒い波が岩にぶつかって膝の辺りで砕け散る。オオタカが矢のように大空を舞っている。呪いのように急降下する。そなたの腕に取りつくと鋭い爪を肉に食い込ませる。長い足首で腕にしっかり身を固定し、犬の牙で開けられた傷口に嘴《くちばし》を突っ込む。そなたは走って海に逃れようとするが、猛禽は離そうとしない。そなたは抗い、転げまわり、叩き落とそうとするが、オオタカは腕を貪ったまま。そなたは泳ごうとするが片手ではそれもままならぬ。そこで猛禽を水中で溺れさせようと試みる。グスマンは馬に跨ったまま砂丘からその有様を笑いながら眺めている。そなたはオオタカに捕らえられた腕を水中に沈めこもうとし、あまつさえ全身を沈める、そなたは阻まれた大空に自分の星、船乗りの導き、金星の輝きを探し求める、深い海のなかで、離れがたい兄弟たちの炎、聖エルモの火を追い求める、《親戚たる侯爵殿、お知らせ申し上げます、去る火曜日、聖ホルへの祝日にビリャラールの近くにて、わが軍との戦闘が行われました。参加したのはわが国の副王およびすべての知事たちであり、相対する敵軍は、反逆者と裏切り者たちで、われらが主と聖母様のご加護により、幸いなことにわが軍の被害は全くなく、完全勝利を収めることができました。われらの大砲は一時、敵軍により略奪されて奪われたのですが、すぐに奪還することができました。また敵の全体評議会の頭目すべてを捕縛し、処刑いたしました。この戦いにおいて傑出した活躍をしたのが、司令官ドン・グスマン氏であります。馬に跨ったその顔は朱色に染まり、額には汗がにじみ、心配事で暗い影をのぞかせつつ、部下に大声で命令をかけすぎて声を枯らしております。あの悪党どもをぶっ殺せ、堕落した不信心者を叩きのめせ、誰ひとり容赦するな、あの呪われた奴らを地上から撲滅すれば、天国で義人とされて永遠の安らぎが得られるのだ、安寧を乱す奴らに正面から斬りかかれ、背後から斬りかかれ、何の手ごころも要らぬ、といった具合です。夜が更けるまでにコムネーロスたちは、十四キロほど先まで逃走していました。敵方において戦場で命を落とした者は約百名、怪我を負った者四百名、捕虜として捕らえた者千名を数えております。わが方で命を落とした者はひとりもおりません。コムネーロスのなかで逃げ足の速い者たちや、ちゃっかりわれらの白十字章を、他と見分られるように連中が胸と背中につけていた赤十字章と交換して、目を欺こうとした奴らは生き延びることができました。ビリャラールでコムネーロスは死体の山を築きましたが、三人しか住人のいない村よりももっと静かな村になってしまいました。親戚たる侯爵殿、貴殿の変わらぬ忠臣にして奉公人、最も熱心にして確実かつ卑しき信奉者たる者より、謹んでご挨拶申し上げます、など、など、など》。グスマンはセニョール・フェリペ王に対し、今回の手柄に対する恩賞として、唯一の願いを申し出た。それは大洋を越えて新世界を見つける探検隊のリーダーにしてもらうことだった。それで新世界が存在するのかしないのか、はっきりさせようと思ったからである。セニョールは恩寵と寛大さの証として、それを快く受け入れた。彼はグスマンのその船に、スペイン王国の数多のペテン師どもを同乗させることを求めた。連中は社会の安寧を乱すほどに過剰な力をもちすぎていたからで、霊廟における祈りと平安が、異端者、反逆者、狂人、恋に現《うつつ》を抜かす連中によって、これ以上乱されないようにするためだった。――グスマン、そなたならこうした連中をうまく取り仕切れるだろう、何ひとつ失うもののない者しか挑もうとしないかかる危険な企てにおいて、せいぜい連中を利用するがいい。グスマンはカディスにて三本のマストと三角帆、長い航海に合わせて準備された帆桁をつけたカラベラ船団の建造の監督を行った。このカラベラ船こそ斬新さそのものであった。というのも、それ以前にはオールと帆だけのガレー船とか、小船くらいしかなかったからである。後者はその形状と丸い帆のせいで、操舵と航行が緩慢になってしまった。グスマンは腹のなかで笑いながら、《災難岬》の海岸で老ペドロが行った仕事のことを思い出した。彼は今度の船の建造を指図して、ガレー船のように長く、小船のように高い甲板をもった、両者の利点をあわせもつと同時に不都合を取り除いた船体を造り上げた。というのもラテン様式の三角帆のおかげで、風により近づくことができ、風を一番いいかたちで利用することができたのである。また軽量化を図ったことで、航海と操舵がより軽快になった。セニョールは二百万マラベディの資金を用意してくれた。それは追放された裕福なユダヤ人の三家族、サンタンヘル家、サンタフェ家、ベルス家から遠征用費用として徴発されたものである。またアンダルシーア沿岸の各都市の当局に証書を送り、艦隊にとって必要な身の回り品すべてをグスマンに売上税抜きで提供するように命じた。別の証書においては、カラベラ船の船籍登録をする者すべてに対し、犯してしまった犯罪がいかなるものであれ、財産・生命の保証がなされることを約束していた。こうしたこともあって、登録した者は三百人に上った。グスマンは貧弱な荷物を抱えてカラベラ船に乗り込んだ連中を見て、想像しながら微笑んでいた、この地でコムネーロスは屈服したが、あの地では犯罪者がのさばる、この地では貴族が貧している、あの地ではコンベルソが身分を隠している、この地では故郷の乳兄弟、あの地では恨みを抱く鍛冶職人。あいつらも少し待つことさえできたなら、ヘロニモ、ヌーニョ、マルティン、それにカティリノン……いつも諺を乱用して話すあのならず者の従者にも、二度と会うことはなかった。あいつは宮殿内の虐殺事件で、間違って命を落としたのか？　グスマンはぼんやりしていたので、カラベラ船の一隻に見慣れぬ二人連れが抱き合うようにして乗り込んできたのに気づかなった。男のほうは頭巾を被り、ゆっくりとした足取りの猫背で、痛みのせいか性器を片手でかばっていた。もう一方の手は、襤褸に身を包み、女っぽい仕草をした背の低いモサラベ男の肩に置いていた。頭は剃られていて、顔も汚れていて見わけがつかなくなっていた。船は出帆しようとしていた。カディスの街の狭い窓を通して、緑の波打ち際の背後に、怪訝そうに見つめる蒼白い顔が覗いた。グスマンは連中の考えていることが分かった。こいつらは災難に遭いに行く気違いどもだ、二度と戻ってこれないだろうさ。カラベラ船の軍旗が翩翻《へんぽん》とひるがえった。なお二日待つようにと、セニョールからの伝言があった。宮廷の聖画絵師、修道士フリアンが遠征に合流することとなった。グスマンは何ともいやな気がした。

聴罪師の告白

フリアンは年代記作家に言った、ここまでがわたしの知っている話だ。誰もわたしの知っていることを知らないし、わたし以上に知っている者もない。わたしはあらゆる人間の聴罪師だ。事実についてはわたしの解釈以外を信じてはならぬ。他の者たちが何と言おうとそんなものは退けよ。セレスティーナはすべてを知っているとか、すべてを語っていると信じ込んでいる。その根拠として、唇を通して記憶を受け継ぎ、それを伝えたからだという。しかし彼女は聖体拝領する前にセニョールが日常的に行っていた告解を聞いたこともなかったし、セニョールの若い頃の挫折した夢を事細かに聞いたこともない、加えて礼拝堂での苦行の意味とか、外に通じる階段のことと か、われらがセニョーラとの関係とか、後日のイネスとの情事なども、全く何も聞いたことはなかったし、あえてセニョールが異端のリストをあげつらったりしたのを耳にしたこともなかった。しかしわたしはそのこと以外にも、《狂女》や、修道女、下女たちの告解まで聞いている。阿呆と侏儒女がわたしの祝福を受けて結ばれる前にした告解も聞いた。労働者たちの告解も聞いた。グスマンの告解も聞いている。彼が新世界を探し求めて国から逃げ出し、罪の記憶を忘れ去ろうとしても、行く手に待ち受けているのは大きな挫折感だ。年代記作家君、わたしはルドビーコとセレスティーナがセニョールの寝室で話したことまで聞いている。唯一わたしだけが知っているのは、王が薄茶けた地図を掛けている壁にまで通じる通路だ。わたしは地図を飾るネプチューンの目に、なかの音が聞こえるように、そしてなかが覗けるような穴を開けた。ここで人が話したこと、ここで起きたこと、ここで人がなしたこと、ここで人が感じたこと、人に感じられたこと、そのすべてがひそひそ声を通してわたしにもたらされた。わたしは苦行と思って彼らの告解に耳を傾けた、苦行というわけは、しばしば告解者よりも聴罪師のほうが辛いからだ。告解者は告白することで気が晴れるが、聴く方の聴罪師は逆に重い気分になる。

フリアンは続けて言った、他の者たちが何と言おうと、関心を向けたり信用してはならぬ、今の時代について、直線的で終末を迎える歴史に肩入れするように書かれた、単純で嘘っぱちの年代記的記述なども信じてはいけない。真実の歴史というのは円環的で永遠のものなのだ。そなたにも分かるだろう？　若いセレスティーナは新世界の旅人に海岸で出会ったときに、彼に真実のすべてを語ったわけではないのだ、それは想像されていた海の彼方の見知らぬ土地の存在について、セニョールを前に語るという主たる目的から、彼の関心を逸らさないようにとの配慮からだった。それどころか、セニョーラはファンと呼ばれた難破者を自分の部屋に連れてきて、そこで狂ったように激しくセックスしたときに、あらゆる真実を明かしてしまったのだ。グスマンがわたし以外の誰に自分の烈しい行動や、心の葛藤、自らの生きがいなどを話せるかね、どんなことがあっても人の秘密を封印して漏らさないわたし以外に？　わたし以外に誰が、セニョールを麻痺させることになった非常識のことを知って、それを口に出さない者があろうか？　われらのセニョールに眠気を催させ、犬をけしかけ、心中に王殺しの動機を秘めて、彼を殺すように仕向けたのも彼の非常識からだ。殺すといっても匕首《あいくち》でも狂気の惚れ薬によってでもない、不能にすることによってだ。鏡が修復され、水差しに飲むための酒がなみなみと注がれ、蠟燭は時間と経つほどに燃えさかり、死んだ亡霊犬が吠え立て、礼拝堂の修道女らが騒ぎ立て、ボカネグラが死に、イネスがあってはならぬ情火に身を焦がす……ますます大きくなっていく、ありえないものすべてとの出会いをわたし以外の誰が知って、黙っていられようか。

純真なるわが友よ、わたしは一切口を開かなかった、今すべてをそなたに語ったのは、どうしてもそなたの前で自分の罪を告白し、そなたに及ぼした損害ゆえの苦行を行わねばならないからだ、そう考えると自分の聖職者としての誓願など、告白の秘密も含めて、すべて二の次になってしまう。わたしはこれから遠くに旅立つ。だから何としても誰かにこうした話を知ってもらい、書き記してもらいたいのだ。それをそなたに委ねようと思っている。わたしは別の土地に行く定めだ。しかしこの〈ハディース〉小説〔ハディースはモハメッド自身が日常生活の名で語った言葉や行動についての証言をまとめたもの。従ってフリアンの言行録といった意味〕にはどうしても頓挫してほしくない、それはそなたが言うように、語りには威厳がなければならないからだ、それはかつてわれらの半島に暮らしたアラブ人が、情報伝達に対して与えたような威厳といったものだ。そなたにはわたしの知っていることすべてを伝える。そなたがトルコとの海戦で片腕を失い、疲労困憊した物乞いの恰好で戻ってきた日以来、ずっとそなたに語ってきたように。友よ、そなたは素晴らしい想像力を発揮した。しかしそなたに自由が与えられたのは、戦闘での勇猛果敢な手柄に対する褒賞としてではない、しかし、片手男となってしまったからには、ガレー船では何の貢献もできなかった。そなたはアラブ人の虜となって、アルジェの浜に置き去りにされた。捕虜として良い扱いをされはしたが、キリスト教徒であったそなたは美しいモーロ娘のソライダと恋に落ち、彼女もまたそなたにぞっこんとなった。秋という季節に春を味わったのだ。ソライダの父はそなたを娘から引き離そうとした。そなたはバレンシアの浜でアルジェの海賊たちの手で置き去りにされ、再びアリカンテの牢獄に入れられた。わたしはその地までそなたを探しに出かけた。あの名高い戦いで死亡した者、負傷した者、帰還した者の名簿を手に入れたからだ。わたしの手腕をもってすれば、そなたの解放を命ずるセニョールの署名を模倣するのは何の造作もなかった。ドン・フェリペの指輪で印章を刻印するために、彼が眠っているときをうまく利用したが、それはもっと造作なかった。そしてそなたを乞食に仮装させてここに連れてきたのだ、マスカットやアーモンド、イチジクなどが好き勝手に生っているテラスから、バレンシアの果樹園や奥深い空き地、稲作地を通って、カスティーリャのメセータまで、この占星術師トリビオの塔まで。ここでこそ、たとえ一時的かもしれないが、学知と技術にかかわる仕事が、今われわれの視線の下で蠢いている狂気と犯罪と不条理と災厄から、しっかりと守られるのだ。そなたはここですべてを聞いた。ここに到着する前後に起きたあらゆること、フェリペの最初から直近までの犯罪のすべてを。夢みたいなことを言っているかもしれぬ、でもわたしがそなたに話をするのは、それを書き記してほしいからだ。そうしてくれればおそらく物語は繰り返されることはないだろう。しかし歴史は繰り返されるものであり、まさにそこに歴史の喜劇と犯罪性といったものがある。人間というものは何も学ばないのだ、時代は変わり、背景も変わる、名前も変わる。しかし情念だけは不変だ。とはいえそなたに語った話の謎というのは、話が繰り返されることで、終わりがないということだ。このハディース、この小説のさまざまな側面を見てくれ。終わりがあるように見えても、実は中断しているだけだ、伏在しつつ、再び姿を現すべき次の時と、生まれるべき別の空間を待っているのだ、自らを表象するための機会を、名を名乗るための別の名前を……。

セレスティーナはかなり先の千年紀最後の日に、パリで旅人と会う約束をした。われわれが、そのときに何が起きるのか知らぬまま、この物語に終止符を打つことなどどうしてできようか？　だからわたしはそなたに、告白の秘密を明かしたのだ、そなただけに。なぜならばそなたは未来のためにものを書くからだ。いまそなたは自分が書いていることに対し、何と言われようがどうでもいいと思っているからだ。自分の書いたものが人の笑いを誘うものであったとしても。いつの日かそなたのことを誰も笑わなくなる日がやって来よう。逆に今日、尊敬と名誉を独占している王侯貴族、神官らのことを人が笑いものにする日が来よう。ルドビーコはひとつの生では足りないと言った、つまりひとつの人格に統合されるには、数多くの存在が必要なのだ。他にもわたしの印象に残ることをいくつか言った。彼は時期を隔てて再現する者たちのことを不滅な存在と呼んだ。なぜなら己の死以上の生を持つことになったからだが、己の生よりも短い時間しか持てなかった。彼はこうも言った、男も女もともに精神的に複数の人格になり得るがゆえに、肉体的にもそういう存在になり得ると。われわれは時間の亡霊であり、われわれの現在には、過去にそうであった存在の影と、また消滅したときにこれから成りうる存在の影が含まれていると。友たる年代記作家君、そなたには分からないか？　こうした話はセニョールが遺言で幾度となく放った呪いの言葉と、いかにもうまく結びついているということが？　その遺言は蘇りの未来を伝えるものであり、忘れ去られた休止時間や時間の開口部、つまりその間に過去自体が未来を想像しようと努めた、暗く空虚な時間にわずかに垣間見えるものにすぎない。いわば未来とは闇雲にして執拗な、苦痛に満ちた回帰なのだ、この民族、この土地、スペインのそれ、ないしはスペインから派生したすべての民族のありうべき唯一の未来として、過去のなかに未来を想像することへの回帰なのだ。

わたし、修道士で画家たるフリアンは、そなたに申し上げる、セニョールとルドビーコの相反する言葉は、互いに入り混じり判別がつかなくなってしまったせいで、われらは相反するもの同士の出会いから生まれる新たな理性といったものを手に入れているのだ。したがって影と光、陰影と実体、キャンバス上の平板な色と深い遠近法といったものが互いに手を携え、そなたの書において言うなら、現実と仮想、現にあったものとかくありえたもの、現にあるものとかくありえるものの、両者が手を携えねばならなくなるだろう。そなたはわれらがすでに知っていることだけを、われらに語る理由などなかったはずだ、そうではなく、未だに知らないようなことを明らかにしようとしたはずだ。そなたはこの時代、この空間だけを描写しようなどとは思わなかったはずだ、そうではなく、われらの時代、空間のなかに含まれるすべての時代、空間といったものを描こうとしたはずだ。つづめて言えば、そなたが己のペンによって同時的なるものを完全に手に入れたのならどうして継起的なるものの痛ましき滴りなどで満足するなどということがありえたであろうか？　年代記作家よ、満足するというのはわれながらは確かにうまい言い方をしたものだ。そなたは不満だらけな人間だったせいで、時代と空間と事実の同時性といったものを強く希求しているのだろう。なぜならば、人間というのは己の生を消耗させる、日々の忍耐強い滴りに忍従しているからだ。自分の誕生を忘れ去るやいなや、すぐにも死に直面することとなる。ところがそなたは不可能なものを追い求めて、そなたにとって唯一の自由という翼でもって飛翔しつつ、苦しむことを決意した。そなたにとって唯一の自由とはペンの自由であった。すべてを囲い込み、減少させ、やせ細らせ、平板にする、忌まわしい現実の束縛によって、地に縛り付けられてはいても。友よ、わたしたちは不平をこぼしたりはすまい、われらの夢はもし現実という醜い重圧がなければ、何の意味もなくなってしまうし、根拠のないまま終わってしまうだろう、そうなれば価値の乏しい、些末な信念だったということになるのが落ちだ。想像力と現実とのこうした戦いに感謝することにしよう、それは虚構に重みを、事実に翼を与えることにもなるからだ。空気抵抗のないところで鳥は飛べない。しかし大地というのは、もし継続的に思考され、夢想され、歌われ、記され、刻まれ、描かれることがないなら、空気にも劣る何ものかに転化するだけだ。わが兄弟のトリビオはこう言っている、数学的に見たら、あらゆる人間の年齢はゼロである。世界はもし誰かが夢想したり、記憶したり、書き記すことを止めたら、その時点で消え去る。時間というのは人格ゆえに人が生み出したものである。クモもオオタカも雌オオカミにも時間はない。

記憶するのを止めることだ。わたしは次々とつながる記憶というものが怖い。時間の痛みが倍加していくことを意味するからだ。友よ、すべてを生ききることだ、それがすべてを記憶することを意味する。すべてを記憶して生きることと、すべてを生ききって記憶することとは異なる。今日、そなたに頼もうとしているこの小説を完成させるのに、そなたはそのどちらを選ぶかね？　このわたしの傍らにいるそなたは、自分の見るところでは、まさに過去・現在・未来という時間の占い師だ、しかしそなたの方は、わたしがこの語りを中途半端にしているからといって非難している。というのもわたしが忘却のせいで、多くの行動をきちんと果たさず、言葉の多くも黙して語らぬままにしているが、むしろそのことを、そなたに対し感謝するように求めているからだ。でもわたしの賢い助言といえども、未来を占うことに対するそなたの渇望を満足させることはないだろう。そなたは自問する、過去の未来とは、いったいどういうものとなるのだろうかと。

わたしはそなたのために、あえて告解の秘密を犯してしまった。そなたはこう言うだろう、秘密というのは死と同じだと。秘密とはすでに存在しなくなった、言葉と事実のことだ。ならば過ぎ去ったものはすべて、死に絶えて秘密となったものなのか？　そうではあるまい？なぜならば記憶に残された過去は、秘密であると同時に生きてもいるからだ。ならばどうやって記憶によって救い出し、過去から脱するのか？　現在そのものとなることによってだ。そのときにはすでに過去ではなくなっている。そのとき、真に過ぎ去った過去は、とうてい探りを入れることの叶わぬ秘密、死となっている。そなたは、わたしが現在に変えるべく救い出そうとしている過去について、さんざん語ってきたにもかかわらず、まだ過去でありつづけるべく、秘密と死であらねばならぬものについて話せというのか？　すべてそうしたものは、そなた自身が全く知らぬものに委ねることになる。つまり未来に終わることとなる歴史だ。ああ、わが無分別な代筆屋よ、だからそなたはガレー船行きとなったのだ、そして絶えず現実を書き物と混同している、八裂きにされてあのアドリア海に放り投げられた隻眼の魔術師と同様に。

今一度言うが、話を中途半端なままにしていることを感謝せよ、《狂女》の語る真実を受け入れよ、あらゆる人間は墓まで秘密をもっていく権利がある。あらゆる語り手は秘密を明らかにしないという資格を有している、秘密が秘密でなくならないように。それが嫌なら、金を要求すればいい。

これはいったい誰が言った？　誰が？　待て、ちょっと、もっと知りたいという者が金を出せばいいんだ……わたしにも理解できないことがわんさとあるんだ、わが友よ、たとえばそなたと同様、三人の少年の物語を理解するにはルドビーコとセレスティーナに頼るしかないんだ。わたしにしてみれば、彼らはいつに変わらず、セニョールの意図を挫くために手を組んだ三人の簒奪者だった、王によって指示された死と不動の限界を超えて歴史を先延ばしするために。三人の世継ぎ、三人の私生児、そう確かにルドビーコが言ったように三人の創始者である、でもはっきり誓って言うが、わたしにはこの話はよく理解できなかった、これらの印も。わたしはルドビーコから何度も繰り返すようにと言われたことをセニョーラに繰り返した。背中の赤い十字と両足の六本の指のこと、ローマ世界が未だに終わっていないこと、アグリッパこそ元からあった世界を引き継いでいるということ、自分でも理解せずに、中途半端なまま繰り返した文章のこと。それらを受け入れよ、それらに感謝せよ、とわたしはそなたに言っている……。

三本のボトルとか、そこには何が入っていたかも分からない。もっと知りたい者が金を……と言っているだろう？　平等だって？　ここで平等をもち出すなら、わたしが知らないことはそなたも知らないと認めるがいい、ところがわたしの知っていることのすべてを聞き出そうとするだけじゃないか。秘密にしておくことを一切認めないし、わたしだってそなたのように、自分の知らないものくらいしか、墓まで持っていくことはできないのだ。他でもなくこうした付き合いに免じて、ああ、わが友よ、わたしこそそなたが蒙った様々な害、ガレー船行き、戦闘の前日の確実な死、戦闘中の片腕切断、アラブ人への引き渡し、アリカンテでの下獄の原因を作った張本人であったことを赦してもらいたい。

わたしは遠くに立ち去る、哀れなわが友よ、この地で起きることは何ひとつ知ることはできまい。セニョールたるドン・フェリペの話を続けるのは、偏にそなたの手と目と耳にかかっている。わたしが赴くところに知らせはわずかしか届くまい。わたしについての消息も、届いてもごくわずかか、ほとんどないはずだ。新世界が存在しているかどうかわたしには分からない。あると想像しているだけだ。あって欲しいと願っている。ゆえにわたしにとっては存在している。わたしは苛立ったキリスト教徒だ。わたしは知りたい、もし存在するのなら守りたい、もし存在しないのなら養子にとりたい、自然と調和して生き、いかなる私物もなく、すべてが共有されるような、そういう人々の暮らす最小共同体としての新世界を。新世界というのは、新たに見出されたからそう言うのではなく、当初の黄金時代がそうした社会だったからであり、現にそうであるように、またいずれそういう社会になるはずだからだ。純真で罪深きわが友よ、そなたに語ったことすべてを思い出してみてくれ、わたしとともに自問してくれ、何という盲目性であろうか、自分たちのことをキリスト教徒と呼びながら、卑しい獣どもよりも悪い生き方をするとは。もしこのキリスト教の教えがどこかの妖術のように思えるなら、どうしてすっかり捨て去ろうとしないのだ？　わたしはこの宮殿を後にする。友人たち、そなたやわが兄弟のトリビオを捨てていく。セニョールも同様だ。わたしにとって必要な人間だけと一緒に行く、それはグスマンだ。これは確かだ、そんなに驚いたふうに見ないでくれ。わたしは至福の黄金時代を求めて行くのだから。グスマンは良からぬ考えを抱き、一山当てようという気で、金の在り処を探しに行く。新世界における奴の時代は鉄か、さもなくばもっと低いものだろう。わたしは手探りで、真のキリスト教の刷新を目指している。ところがグスマンときたら、間違いなく、幸せなグスマン的あり方を生み出そうと目論んでいるのだ。この地よりもむしろあの地においてこそ、わたしという存在は必要なのだ。敗者の声なき声を拾い上げる人間が、創始者の夢をより永続化させるような、彼らの生命を守り、仕事を守り、人は荷役のための動物などではなく、心をもった存在であることをきっぱり明言し、美しいものを長く維持するよう腐心し、数多の小さな仕事への嗜好を守ろうと努力する者が必要なのだ。また神の栄光のために新たな神殿、今まで見たこともないような新世界の神殿を建造するように人の心を方向づける人間が。一度きりかつ永遠に啓示された真理を反映するような聖画の頑なさを打ち破るような、新たな芸術の新たな開花をもたらす者が。そうした聖画とは異なり、あらゆる方向に展開してゆくと同時に、あらゆる感覚の喜びとなる新たな知識を明らかにしてくれる者が。それは彼らのみならずわたしとてよくわきまえている事柄の円環的邂逅であり、メスティソ芸術であり、皆が夢のなかに閉じ込めてきた天国とよく似た、またそれを象って建てられた神殿なのだ。白ぶどうの房、多彩なぶどうの樹、銀の果実、そして褐色の天使があしらわれた天上の天蓋において、色彩と形態が自由に羽ばたき、広がり、実を結ぶがいい。タイルのファサード、金色の枯葉で飾られた祭壇、彼らにもわたしにも共通する天国のイメージ、未来のための聖堂、名もなき反乱の種子、すべてを一新させる想像力、果たされざる永遠の願い。優しき友よ、これは永遠に動きを止めぬ広大な円環なのだ。わたしの白い手と彼らの小麦色の手は、わたしには旧世界でとうていなしえないようなことをなすべく、互いに携え合うのだ。王の意識を混乱させるべく秘密裏に罪深い画を描いたりして。新世界のメスティソ神殿は、われわれすべての黙した遺産を石の抱擁のなかに溶け込ませている。ピラミッド、教会、メスキータ、シナゴーグがたったひとつの場所に集められているからだ。あの蛇の壁面と、あの移設された尖塔アーチと、あのモーロ風のタイルと、あの砂の床を見てみるがいい……。

こんな場所などあるだろうか？　あるわけはない、そうだろう、わが友。もしそれを空間のなかに探そうというなら、探してみるがいい、でも時間のなかで探すほうがいい、物議をかもす性質ゆえに模範小説と銘打った作品のなかで、そなたが探りだそうという未来のなかで。わたしの白い手とあの褐色の手は、別の時代の約束を作りだすために、新旧二つの世界の同時的空間を対比させることになろう。優しくも辛辣な、親しくも絶望的なわが友よ、あの遠い日の午後、《災難岬》の浜で、ルドビーコ、セレスティーナ、ペドロ、シモンが夢見はしたものの、見失ってしまったあの夢を、今度はわたしが引き継ぐことにしよう。わたしはそのことに気づかれることなく、セニョールとグスマンと騎士団長と異端審問官の夢を引き継ぐつもりだ。というのも彼らはわたしたちが行うことを知らないからだ。しかし、われわれ人間が道具としてある神はご存知だ。グスマンは金と財宝を求めて新しい国々を探すだろう。セニョールはこの地の罪と厳格さ、絶滅の意志をあの地に移すべく、事実を受け入れるはずだ。しかし神よ、そしてあなたの僕《しもべ》フリアンはもっと高い目標のために働くつもりです。友よ、われらが昔の過ちを背負うことなく、すべてを新たに始めることができるのは、人間の全体史を始めることができるのは、本当に新世界から、新たな世界からなのだろうか？　そうなったとき、われらヨーロッパ人は自分たち本来のユートピアの高みに達しているだろうか？

模範をもって教えを説こうとするそなたのやり方を受け入れるとしよう。つまりわたし自身が罪深い秘密と厭わしい重荷から自由になって、新世界に到達するということだ。そなたもわたしも、同じように無知なままでいよう。同じように知ることにしよう。より多く知ろうとする者には金を払わせればいい、わたしの話が気に入らぬ者には金を求めればいい。これはセニョールの父親の王宮で、おどけた言動と下手な笑いで、広く人を楽しませたかの吟遊詩人の言葉だ。彼は眉まで深く被った頭巾から見える父親とそっくりな丸い両目に、瀕死の日のようなしかめ顔を作って人を笑わせた。セニョールの父親が、両親の死後、スペイン人叔父夫妻の庇護と慰めを求めてイギリスからやってきた美しい少女イサベルに、肉欲に満ちた視線を投げかけないわけはなかった。かの淫乱な女郎好きのセニョールは、ぴんと張ったキャラコのペチコートに長い巻き毛をしたエリザベスを幼少期から目を付けていたのだが、彼は土地の百姓娘を片っ端から犯し、領主権として領地内の貞節な娘たちの処女を奪い、フランドルの娘たちを追い回していたのである。自分の妻がブラバントのお城の厠で、今のわれらがセニョールたる息子を出産している間も、雌オオカミと交わって淫欲を満たしていた。そして自分の姪であるイギリス娘と遊び、人形やプレゼントを与え、あげたばかりの人形を床の上で捻りつぶしてしまった後、姪っ子の可愛い乳首と黒々とした脇の下の毛を見たセニョールはむらむらときて、娘を手籠めにしてしまったのである。

少女が信頼できたのは、かの王宮でいっしょに遊んだ唯一の人物、吟遊詩人しかいなかった。しかし少女はわたしに何も言わなかった、そのとき以来、わたしは絵筆と肖像画と細密画で彼女の心を楽しませていたが、ある日、泣いているので見てみると、お腹も胸も次第に大きくなっていたのだ。彼女はわたしに二カ月前から出血が止まらないと泣きながら言った。

それを聞いてわたしは恐怖でおののいた。イギリス娘に対して何をしてあげられるのか？　若き世継ぎのフェリペは愛のこもった目で娘のことを見ていたが、行為自体よりももっと性質の悪いことをしでかしてしまった。それは宮廷人のなかの最大のペテン師で疑わしい男、己が存在のなかにいかなる楽しさも見出していなかったがゆえに、いつも苦虫を噛みつぶしたような顔をしていたあの道化、例の吟遊詩人に本当のことを話してしまったからである。しかしわたしが秘密を共有していたこの男に本当のことを知らせ、秘密を守るように求めることなど所詮、無意味であった。彼は黙っていればよかったのに、うかつに口を滑らせたことでひどい目に遭わされた。何となれば道化は何を謀《はか》ったのか愚かにも、真実を知っているとわれらがセニョールの父親にばらしてしまったからである。

まずもってわれらの貪欲な主人は、王女イサベルを七カ月間、トルデシーリャスの古城に連れてゆき、そこで宮廷の行儀作法の手ほどきを受けさせるように命じた。随行したのは唯一、騎士団長ひとりと侍女三人、十二人の矛楯兵、著名なユダヤ人医師、猫背のホセ・ルイス・クエバス医師だけだった。この医師は否認したものの、月の光のもとでキリスト教徒の子供六人を煮えたぎる油に投げ込んで殺した罪に問われて、牢獄にぶち込まれ、そこから引き出されてきた。それはかつて彼の先祖のひとりが、三人の王子を同じようにして殺したことで、時の王が三万もの偽りのコンベルソをログローニョの広場で焼き殺すように命じたのと符合している。クエバスはトルデシーリャスに連れて来られ、多くの狂った王族の逃げ場であった陰鬱な城で、仕事を立派に成し遂げた暁には、減刑してもらえると約束された。クエバスは出産に立ち会った。彼は赤ん坊に奇怪な印がついているのを見て驚愕した。かくも美しい少女の子というよりは、むしろ自分の子のように見えると笑って言った。笑ったのはそれが最後となった。というのも矛楯兵らが出産した部屋で彼の首を切り落としたからである。そのとき若きイサベルが、雌オオカミが生んだ仔に対してするように、体を張って赤子を守らなかったとしたら、彼らは同じことを嬰児に対してもしていただろう。彼女は赤子を胸に掻き抱きながらこう言った。

——もしこの子に少しでも触れたりしたら、わが子を絞め殺した後、わたしも死にます、わたしが死んだことを、そなたたちは主君のセニョールに何と言って説明するつもりなの？　自分たちにだって死が待っているだけよ、ぜったい王宮になんぞ戻ってこれやしないわ、セニョールはこの哀れなユダヤ人医師と同様、そなたたちを殺すように命じるはずよ、ここで起きたことを口封じするために。ところがわたしのほうは、もしこの子がわたしといっしょに生きてここから出られたなら、永遠に沈黙を守ると神の前、人々の前で誓ったわ。わたしの言葉とそなたたちの言葉のどちらに、大きな価値があるかしら？去った。

矛槍兵たちはこの言葉を聞いて、尻に帆をかけて逃げ去った。それはセニョールの父親の厳しい処遇をよく知っていたからである。イサベルの言葉に疑いを挟むことなどしなかった。彼女は侍女の二人を伴なって、王宮に戻った。もうひとりの侍女は騎士団長といっしょに別の通路を通って赤子を連れ出した。わたしは若きわが女主人から、出来事の大まかな日付を聞いていたので、数日前からつば広帽子をかぶり覆面をし、追剥のような服をまとって、トルデシーリャスの宮殿の周辺をほっつき歩いた。そして侍女と騎士団長を襲い、私生児を奪い取ると腕に抱えて、馬に跨がり主君の住む王宮に取って返した。そして赤子を若い母親イサベルにこっそりと手渡した。

良き分別こそわたしの武器であり、願いであった。世継ぎたるフェリペはこの少女を愛していた。結婚するつもりでいた。後の王妃はわたしのおかげで最大の恩恵を得たのだ。これでわたしの身も安泰となり、修道士で画家という職を確保してもらえるだろう。そうした安泰たる境遇は、年代記作家のそなたや、わたしの兄弟の占星術師トリビオにも及ぶことだろう。しかしもし真実が明らかになったら、どれだけ混乱や無秩序、恨みつらみが起こり、わが運命が脅かされるか知れたものではない。フェリペはイサベルを忌み嫌うだろう、フェリペの母は夫のいかさまをあれだけ許してきたとはいえ、今度ばかりは別として、夫の背信行為を許すことはないだろう。そうなればわたし自身の運命も累卵の危うきにある。エディプスのように近親相姦で破滅するかもしれぬ。わたしはバリャドリードの路地で、処女膜再生に長けている遣り手婆として有名な、あるおしゃべり婆さんを探した。わたしはこっそりと婆さんをイサベルの寝室に連れていき、そこで婆さんは手慣れた技で少女の苦しみを解消してやった。そしてやってきたときと同様、そそくさと暗闇のなかに姿をくらました。

イサベルはあまりの不幸続きに泣いた。わたしは赤子のことを尋ねた。彼女はまごついた様子ですすり泣きながら言った、どうやって面倒を見たり食事を与えたりしたらいいか全く分からなかったので、友人の吟遊詩人の手に渡し、城内の秘密の場所で保護してもらっている。わたしは少女の無思慮を呪った、それは武器という武器を、あの策士の道化に与えてしまったからである。この道化はわれらのセニョールたる女郎買いのとんでもない王様に、遅滞なく、粗漏なく、そのことを注進したからである。道化は秘密を守る代償として金を要求した。そなたにも分かるとおり、《美王》と称せられたセニョールは、侍女と騎士団長が自らの指示にしたがって、赤子を籠にいれてエブロ川に流したとばかり信じていた。一方、吟遊詩人の企んだ欲深い計画は長続きしなかった。というのも、同じ日の午後、王宮の部屋に宮廷人がすべて集まった場で、われらの主君セニョールが笑いの場を盛り上げようとして彼に毒入りのぶどう酒を一杯与えたのだ。すると不用心な物まね師はトンボ返りのさなかに、口から泡を吹いて死んでしまったのである。

わたしはすぐさまいなくなった赤子を探しに行った。何とも分かりやすい場所で見つかった。吟遊詩人が使用していた独居房の藁ベッドに寝かされていたのだ。わたしはイサベルの侍女のアスセーナに子供を託した。侍女は赤ん坊をイサベルのもとに連れてゆき、彼女に説明して言った、吟遊詩人が死んだとき生まれた赤ちゃんは彼の粗末なベッドに置き去りにされていました、と。イサベルは子供を自分の手もとに置いておこうと決心したものの、母乳は枯れていて出なかった。ならばイサベルの寝室で出産したばかりの雌犬の乳房を借りて授乳できないだろうか。イサベルは未だに産褥の床で出血が止まらず、それはいいと言った、そして自分の叔父であるセニョールにこう言った。

——わたしたちの子は吟遊詩人とアスセーナの子ということにします。もう誰も殺さないでください。貴方の秘密はちゃんと守ります。もし貴方が子供に触れないならば。もし殺そうというのなら、すべてを話します。そのあとで後を追って死にます。

しかしこの凄まじき美王は、誰を殺すつもりもなかった、改めてイサベルを愛そうと思っていた。あらゆる生きた女性を、血を流すあらゆる雌を手に入れ、際限なく愛したいと思っていた、満足するということを知らなかったのだ。彼は同じ日の午後、礼拝堂にてイサベルが聖餅《ホスティア》を口にした際に、一匹の蛇を吐き出すのを見た。そこに彼が見たのは、自分自身の子フェリペがイサベルを見たのと同じ、愛に満ちた目であった。彼はもはやそれ以上イサベルを愛することができず、したがって、今までになく彼女を強烈に求めていたので、酒を飲んで酩酊し、黄色い馬にまたがると畑のなかを鞭を揮って小麦をなぎ倒しながら駆け抜けていった。そして罠にかかったメス狼を見つけると、馬から下り、獣を犯したのである。彼は獣と同様の雄叫びを上げ、ともに咆えつつ、ありったけの漠たる暗い欲求、不満、燃えあがる情欲を満たした。獣と獣とに化したそうした行為は彼にとっておぞましくとも何ともなかった。むしろイサベルを再び愛することのほうが、自然にもとる行為であったかもしれない、動物同士では自然なことであった。このことを彼が語ったのは、イサベルとフェリペが結婚式を終えたばかりの、中庭の焚火で焼かれた死体が荷車で運び出された夜のことで、彼がわたしに告解をしたときであった。告白したのはこれだけでなく、それ以前のあらゆる犯罪についても語ったが、それはわたしが口を割らないのをいいことに、自分の苦しい思いを誰かに吐露して楽になりたかったからである。

——わしは雌オオカミを孕ませてしまったのだろうか？

彼は忌まわしい想像にさっさとけりをつけようとでもするかのように、格子窓からこう尋ねた。

——どうか落ち着いてください、セニョール。落ち着いて。そんなことはありえません。

——これは呪われた血筋なのだ、狂気と近親相姦と犯罪にまみれた……と彼は呟いた、わしらには犬畜生と愛を交わすしかなかったのだ。いったい息子に何を残せばいいのだ？　世代を重ねるごとに瑕疵《かし》を増やしていくのだ。そして瑕疵は不妊と絶滅へとつながっていく。退化した者が退化した者を生んでいく、抑えがたい力が働いて退化した者同士が出会い、結ばれていくのだ……。

——セニョール、種子というのは同じ土壌に蒔かれると、疲弊して次第によく育たなくなってしまうものです。

——わしが獣と交わったことで何が生まれるのか？　生きている人間ならざるものと血を刷新しようという暗い欲望が、わしを突き動かしたということか？

——セニョール、古典的な叡智が何と言おうと、自然というのは時として奇妙な飛躍をするものです、とわたしは何の気なしに言った、それは赤子の父親に関するあらゆる知識から自分を引き離そうと思ったからでもある。また普通通りの生まれであることを後押ししようという気も働いた。わたしは付け加えて言った、その子を見てご覧なさい、人間と獣の間の子ではなく、吟遊詩人と下女との子ですよ、なぜならいかにもけったいな退化の印をつけているじゃないですか。

——何だと？　とセニョールは叫んだ、彼は一度も子供を見ていなかったのだ。

――背中の十字と、両足に指が六本ずつついています……。

　そこで《美王》と呼ばれたセニョールは咆哮し、獣の唸り声は教会の丸天井にこだました。彼は叫ぶようにして遠ざかった。お前はティベリウス帝の予言を知らぬのか？　簒奪者や叛逆する奴隷どもの印を？　わしは自分の王国を奪うような奴隷や叛逆者どもを生んだのか？　父の血の上に築かれた王位を簒奪するような、親殺しの息子たちを生んだのか？

　わたしは彼が子供を殺すように命じたことを知った。しかしこの子はセニョール〔フェリペ〕の仲間であるルドビーコやセレスティーナが姿を消して、フェリペがひどく悲しんだように、その同じ晩に姿を消していたのである。またわたしはセニョール〔美王〕が、毎週土曜日にうろつくオオカミを絶滅させるまで、狩りをするように命じたことも知った。そしてこうした命令の背後にどういう理由があったのか理解した。セニョールがつい最近、ボール遊びをした後で亡くなったときには感謝した。フェリペ王子がその後を襲い、わが女主人たるイサベルがしかるべき地位に就いたからである。

　イサベルは新王ドン・フェリペの妃として大いなる威厳と分別を守った。わたしはバリャドリードの路地のおしゃべり女の手で再生された処女膜が、無傷のままであったとはとうてい想像できなかった。わたしとセニョーラとの敬意に基づく友情には変わりがなかった。いつものように七宝細工や細密画で楽しませるように努め、アンドレアス・カペラヌスの『宮廷風恋愛の技法』の宮廷愛についての本を何冊か読んでやった。彼女の威厳の高さの裏に、何かが欠けているような、メランコリーの影が日ごとに増していくのを見て取ったからである。しばしば人形や桃の種をねだったりしていたので、セニョーラが異国の少女の身の上からこうした孤独な王妃へ、手元から引き離された子供の身元を明かしえない秘密の母親の立場に立ったのは、あまりに早すぎたのではないかと独りごちた。村人たちも噂していた、この異国の女性はスペイン人のお世継ぎをいつ作ってくれるのかしらねえ？　ご懐妊の知らせがあったと思ったら、いつでも、残念ながら流産したといった話になるんじゃないかい。

　とはいえ、わが女主人にそのとき起きたことに勝る不幸はなかった。それは夫がフランドルでアダム派の異端者や、彼らを庇護する公爵らを相手に戦っていたときのことであった。屈辱的にも王宮中庭の敷石の上に三十三日半の間、放り出されていたことで、わがセニョーラの心は変化をきたしてしまった。かなり以前から間違いなく心の中で脈打っていた、力、情念、憎悪、熱望、記憶、夢想などが一挙に噴き出したのである。きっかけとして、恐ろしくも愚かしい驚愕の出来事が起きるのを、ひたすら待っていただけである。実は、われらがセニョールの男性器ではなく、一匹のネズミがわがセニョーラの修復された処女膜を食い破ったのである。彼女はわたしを寝室に呼びに来てから、もとの寝室に戻った。セニョーラがわたしに求めたのは、ネズミが始めたことにきちんとピリオドを打つことだった。わたしは彼女をものにし、バリャドリードの取り持ち婆さんが繕った細い縫い糸の網を破るはめになってしまった。貞操を守る約束を破ったじゃないとわたしに悪態をつきながらも、夢見心地の状態にいた女をわたしは、その場に残して去った。貞操の誓いは言い直せばすむことだ、そんなことはわが肉体のすべてのエッセンスをわが技術に託そうとした決意に比べたら、大して神聖でも何でもない。技術を完成させるためにここ数年を費やしたのだ。

わたしはしばしば外の野畑に出たが、それは人の顔貌や景色、建物、様子などを木炭でデッサンするためだった。こうした日常的現実の細部を熱心におさえて、セニョールがフランドル地方の堕落した公爵や異端者に対する勝利の記念として建造した新宮殿の地下にある独居房で、秘密裏に描いた画の人物や空間のなかに取り込んだのである。こんなふうにしてモンティエルの野を散歩していたある朝、わたしはひとりの金髪の少年が牽いてくる荷車と出会った。彼の傍らには目が緑色の日焼けした盲人が座っていて、横笛を吹いていた。わたしは盲人に頼み込んで彼の容姿を描かせてもらおうとした。彼は皮肉っぽい笑いを浮かべて、いいよと言ってくれた。少年はそれで休めることに感謝した。彼は近くの井戸に行き、桶に水をいっぱい汲むと、やおら裸になって何度も桶をかぶった。わたしは自分のほうが見えない盲人を見るのを止めて、ペイディアスやプラクシテレス〔紀元前五世紀およびび三世紀のギリシアの彫刻家〕の彫った完璧な勇姿を彷彿させる少年の方に視線を移した。わたしは恐怖に近い驚きを心に感じながら、背中にある印に注目した。それは肩甲骨の間の赤い十字であった。裸足を見ると両方とも六本ずつ指があった。

わたしは震える拳をじっと堪えた。今にも盲人に自分の知っていることを言いそうになったが、あえて口を噤んだ。この少年は現在のわれらがセニョールの兄弟で、わがセニョーラの息子さんですよ。婚礼と犯罪が手を結んだあの晩に姿を消した私生児ですよ……そう言う代わりにわたしは自分が修道士で宮廷画家であり、いとやんごとなきドン・フェリペに仕えていますと言った。すると戸惑ったのは盲人の方で、今にも逃げ出したい気持ちと、もっとそのことを知りたい気持ちの間で葛藤している様がまざまざと窺えた。わたしは彼に、荷車にはシートの下に何が積まれているのか尋ねた。すると彼は積み荷を保護しようとするかのように手を伸ばして言った。

——触ってはいかん、修道士殿、さもないとここで少年に叩きのめされますよ。

——ご心配には及びません、ではどちらに行かれるんですか？

——海岸へ。

——海岸は長いですよ、多くの海に面していて……。

——そなたはずいぶん詮索好きと見えますな、修道士殿、ご主人は国中、陰口をたたいて回るそなたにいい報酬を与えてくれますか？

——密かに自分の役割を果たすために、セニョールの庇護を利用しているんです。自分の仕事は何も告げ口をすることではありません、本職は芸術家です。

——どういう芸術家かね？

わたしはしばらく考え込んだ。失踪したわがセニョーラの息子と行動を共にしている盲人の信頼を得ようと思っていたからである。とはいえ、本当のことを洗いざらい語ろうとは思わなかった。いろいろ突き合わせて考えてみた。この人物は何らかのかたちで子供の失踪と関係があったのではないか、おそらく他の人物から子供を受け取ったのだろう。いやひょっとしたらあの晩、彼自身で血まみれの宮殿から攫ってきたのかもしれない。子供と同時に失踪した者は誰だったのか？　フェリペの仲間のセレスティーナとルドビーコだ。しかし良く知っていた叛抗的な学生〔ルドビーコ〕の影は、この盲人のなかに見いだすことはできなかった。わたしは盲人の信頼を得られるか、さもなくば、若い同伴者の棒打ちを食らうか分からぬままに、危険を冒してみようという気になった。暗闇で剣を力いっぱい突き刺したのだ。

——これはそなたの思想に相通ずる技だ、と彼に答えて言った、わたしは自分の技のことを、神が人間に近づくための手っ取り早い手段だと思っている。人間は誰でも啓示とか生まれながらの恩寵をもっている。人間は罪なくして生まれたからであり、抑圧的な仲介者など必要とせず、直接的に恩寵を得ることができるのだ。そなたの思想はわたしの画のなかに具現しているのだ、ルドビーコ。

盲人は今にも目を開けようとしていた。誓って言うが、年代記作家の友よ、不思議な希望の光が、頑なに閉じていた彼の瞼を横切ったのだ。わたしは彼の赤銅色の手を、白い自分の手でつよく握りしめた。少年は桶を井戸に戻し、服で体を拭きながら、裸のままわれわれの方にやって来た。

——わたしはフリアンと言います、どうぞよろしく。

わたしは宮殿に戻ったとき、夢から醒めたばかりで動揺していたセニョーラに出会った。どんな夢をご覧になったのですかと尋ねると、それを語ってくれた。わたしは驚きながらも平然としたふりをして、同じような夢を見たと答えた。それは海岸に打ち上げられた若い難破者の夢だった。それはどこでした？　わたしは彼女に、自分の見た夢には場所があったと言った。それは《災難岬》の海岸でしたよ、でもどうして？　彼女に自分の夢には話の筋もあった旨を伝えた。多くの年代記にモルッカやジパング、カタイの宝物を積んでその辺りで沈没した船のことが記されている。それらの船はカディスの船乗りと異教徒との戦争で得た捕虜もろとも失踪したものだ。しかしその埋め合わせに語られているのは、恋人たちが帆船に乗って逃亡を図ったために、岩にぶつかって破壊されたといった話である。

セニョーラはわたしに尋ねた、——わたしたち二人が夢見たこの少年の名は何ていうの？

わたしは答えて言った、——どの土地に足を踏み入れるかによります。

セニョーラはわたしに手を差し出した。——修道士殿、どうかわたしをその海岸に連れていってちょうだい、その少年のもとに……。

——辛抱してください、セニョーラ。わたしたちは二年九カ月と十五日、つまり千日と半月の間、待たなければなりません。これは貴女様の御亭主が、王たちの墓地を造り終えるのにかかる時間です。

——どうしてなの？　修道士さん。

——なぜなら、この若者はわれらの王であるセニョールの死の意志に対抗する、生の意志だからです。

——そなたはどうしてそんなことを知っているの？　修道士さん。

——セニョーラ、それはわたしたちが夢に見たからですよ。

――嘘おっしゃい、本当はもっと知っているのでしょう?

――でも全部話したとしたら、セニョーラはわたしを信用しなくなるでしょう。奥様の秘密を裏切りたくはありませんから。どうかわたしの秘密を裏切るようなことを求めないでください。

――それもそうね、修道士さん。そなたがわたしに見向きもしなくなってはいけないし。自分で約束したことは守らなくてはいけないわ。それじゃ、千日と半月したら、その少年のもとに連れていってちょうだい。そうしてくれたら、褒美をとらすわ、修道士のフリアン。

わが友よ、わたしは間違ったことを言った。わたしはセニョーラにわが傷心の聖なる心が、他でもないあのことを求めているとは答えなかった。そうではない、わたしはセニョーラの情夫になろうなどとは思わなかった。計画にこそ集中させねばならない精力と寝ずの努力を、閨房で使い果たすわけにはいかなかったのだ。わたしはこの女性を恐れていた。恐れ始めていた。彼女はルドビーコとわたしの間でのみ起きたことを、どうして夢見ることなどできたのだろう? あのとき盲の老人はわたしに言った、自分は《災難岬》に向かっている、十七年以上前に自分とセレスティーナとフェリペとペドロと修道士シモンが集まった海岸に、そしてこれから、ペドロの船が新世界を目指して大海を越えて出帆することになろう、その際、背中に十字の印のある少年がいっしょに乗船する予定だ、そしてきっかり千日と半月後に当たる七月十四日の朝に、同じ海岸に戻ってくるのだ、その後、自分といっしょにセニョールたるドン・フェリペ王の王宮に赴き、少年の第二の運命、彼の原点たる未来の運命をたどることとなるだろう、第一の運命を新世界で辿ったのと同様に。わたしはこうした言葉をはき違えていた。とはいえ場所と時間はしっかりと記憶に留めていた。なればわがセニョーラが失踪した自分の子を取り戻すすべも分かるのではと思っていた。しかしルドビーコはわたしたちの約束にもうひとつ条件を加えた。それは何とかして、セレスティーナに同じ海岸に来るように知らせるというものだった。セレスティーナだって? 盲人は自分がスペインに戻ってきたとき、とわたしに言った、シモンから聞いたことを覚えていた。それによると、セレスティーナは小姓に身をやつして、フェリペの母である《狂女》の行列に加わり、葬列の太鼓を叩いていたとのこと、《狂女》はスペイン中を、己の救いようのない夫を埋葬することを拒み、腐敗処理を施した遺骸を引きずって旅していたのである。わたしにしてみれば、気のふれた王妃の小姓に伝言することなど容易かった。

しかし言っておくが、わがセニョーラはわたしをどきっとさせた。そんな夢をどうして見たのだろう？ 狂気を和らげようとして提供したベラドンナが効いたのか？ わたしが見たり想像したりして話したあの難破事件のことを覚えていたのだろうか？ それともわたし自身もごそごそ部屋で動き回るのを目にした、あのすばしこいネズミのせいだろうか、ネズミはベッドのシーツの間に隠れてわたしたちのことをじっと見ていたが。夢を見たのは、時々わたしも寝室のカーテンの間で密やかに蠢くのを見たほとんど小人と言ってもいいような、人間の形をした白く節くれだった根のせいだったのだろうか。それともセニョーラの寝室に入ったときに戦慄を覚えた得体の知れぬもの、いわば悪魔の契約のせいだったのか。己が技量の根拠と生きる上での信仰そのものを傷つけ、脅かすような恐ろしい秘密のせいなのか。わたしの言葉に耳を傾けてくれる純真なる友よ、わたしの意図は芸術を通して理性と信仰を和解させ、両者の分断によって脅かされた人間的知性と神的確信に、一体性を取り戻させることではなかったか？ なぜなら理性と敵対するような宗教なんて、悪魔に容易に食われる餌食に他ならないと思ってきたし、今でもそう思っているからだ。

わたしは次第に増してくる悪魔的なものに対するこうした恐れから遠ざかり、さらにセニョーラに対する鬱勃たる情欲からも身を引き離そうとして、セニョーラの寝室へこっそり送り込もうという目的から、細身の若者たちを探した。告白するが、わたしはバリャドリードの処女膜再生を生業とする、あのお喋り女と同じような売春斡旋人になりはてた。否、もっと悪かったかもしれない、というのも、寝室まで連れて来られた若者たちは生きてその場を出られなかったからだ。もし出られたとしても永遠に失踪者となって、誰ひとり二度とその消息を知ることができなかった。宮殿の通路や不潔な土牢のなかで発見されたときは、すでに血が抜かれて蒼白になっていた。ごくわずかだが、他の者たちについてはある者は絞首刑になり、別の者は晒しものにされ、ガローテにかけられて死んだ者があったことぐらいしか分からない。わたしはわが庇護者たるセニョーラがまともではないことにますます恐怖を抱いた。それがたとえどのようなものであれ、自分自身の強い願いと彼女のそれにとって説得力のある良い方法となるものを、セニョーラの激情に対して講じなければならなかった。わたしはトレード、セビーリャ、クエンカ、メディナのアラブ人居住区やユダヤ人街において、非常に特殊なある若者を探し回り、彼を見つけた。そして彼を工事中の宮殿に連れて行った。

彼はカスティーリャの旧キリスト教徒の名家の間ではミゲルと呼ばれ、ユダヤ人街ではミシャーと呼ばれている。アラブ人街ではミハイル・ベン・サマとして知られている。アラビア語で生命のミゲルという意味である。貴女様の夫であるセニョールは異端者、モーロ人、ユダヤ人に対する致命的な迫害に命をすり減らしてきました、この少年は三つの血統、三つの宗教をもった人物です。ローマとイスラエルとアラビアの子です。どうか血を刷新してください、セニョーラ。ご自分の臣下たちを欺くのはもうおやめ下さい。お世継ぎへの高まる期待を少しでも和らげようとの思いから、ご懐妊したとのありもしない知らせを世の中に広めたことで、貴女様は止むかたなく、ご自分のフープにクッションを詰めて腹ぼてを装わざるをえなくなりました。その後は、案の定、流産されたとの知らせです。期待外れの思いはあけすけな反発ではないにせよ、とかく苛立ちに変わっていくものです。どうかご用心ください。大向こうを唸らせる行いで不満を抑え込んでください、本当に子を得ることで期待を膨らますのです。どうかわたくしにお任せください。親子関係を立証する唯一の証拠は、御子さんが貴女様の御主人に似ているということでしょう。風貌はわたしが民衆や後世の人々のために、ご主人の御子さんだと思えるように、切手やミニチュア、メダル、版画などに描いておくことにします。俗衆も後世の歴史も、貴女様の御子さんの顔を、王国間で交換・流通される、わたしがでっちあげた肖像のついた貨幣だけで知るだけで、比較して本当の顔かどうか知ることなど誰もできやしません。ですからどうかセニョーラ、ご自分の快楽と義務とを結び付けてください、スペインにお世継ぎを与えてください。

年代記作家よ、わたしは誓って言うが、セニョーラがわたしに答えて言った返事を、わたしは聴いても聞こえないふりをし、まともに聴きはしなかった。

――でもフリアン、もうわたしには子供がいるのよ。

そう平然と言い放ったのである。だが平静な狂気ほどたちの悪い狂気はない。わたしはまともに聞いてはいなかった。そこでわたしは続けてこう言った。スペインの真の統一を取り戻してください、この美しい青年、ミハイル・ベン・サマ、生命のミゲル、カスティーリャのモーロ人でありユダヤ人であるミゲルをしっかり見てくださいい。年代記作家よ、そなたにははっきり言っておくが、そんなふうにわたしを見ないでくれ、実際、そのときはそういうふうにセニョーラに言ったんだ、後になってそう言ったわけではない、後とは、彼女の子たる《災難岬》で拾われた子を、セニョーラのもとに連れて行ったときのことだ。そなたにこのことを話したとき、嘘を言ってしまったようだ、それは認めるよ、そのときはこの話がどのような結末になるか分からなかったのだ。あのときわたしは誰かに自分の最大の秘密を明かそうだなんて思いもしなかった。今思ったのは、そなたに話し始めたとき、他のどんな秘密でも最悪の秘密になりうるということだ。たとえばセニョールが三十段の階段を昇って行った際に鏡のなかに見たものをわたしに話したとき、これは秘密のことだと心で呟いた。なぜならセニョールの父親が姦通していた相手の雌オオカミは、数世紀以前にすでに亡くなっていた老いた王妃に他ならなかったからだ、因みにこの老婆は血と涙の色のついた旗の縫い取りをしていたが、オオカミの体に入り込んで蘇った不快な人間であった。したがってその腹から別の子が生まれてもおかしくはなかった。血は血を呼び、退化した者たち同士が出会い、交わり、子供をつくるのだ。美王と呼ばれたセニョールの三人の子は私生児であり、簒奪者であり、フェリペの三兄弟である。そなたはこの秘密を知るだけで満足ではないか？　さらに知りたいとでも？　わたしはそなたに対し正直であろうとしたけれど、今はこれで勘弁してほしい、わたしがあまりに戸惑わせるようなこと言うといって非難なんかしないでくれよ、わたしはただ、セニョーラにミハイル・ベン・サマとの間に子を作ってほしいと頼んだだけだ。そなた、そなたこそ本当に罪深いぞ、辛辣で絶望的な年代記作家よ、なぜならそなたが書き記したものは、そなたが願っているように、人生そのものと同じではないからだ。そなたは自分の愚かしい詩でもって、わたしの計画を中断してしまったではないか、そなたはミハイルを生から引っ張り出し、文学に嵌め込んでしまった。そして自らが繋がれていなければならなかったガレー船の縄を、紙でもってあざなってしまった。そなたは愚かしくも、深く考えもせずミハイルを火刑場に送ってしまった。覚えていないか？　そなたは自分が亡命し、彼が殺されることになったその晩に、独房で彼と一緒だったことを。そんなとき、このわたしが息子を実母の性愛の相手として引き渡すような、ポン引きまがいの不正なことができるはずがない。セニョーラが本当にそんなことを望んでいたかどうか、知るすべもない。彼女はたしかに息子だと認めた、そこに十字と足の六本指を見たからだ。わたしは自分が同情心にほだされて、母子を会わせているのではないかと思った。彼女は相手が誰か知っていた、自分の血を分けた子と姦通していることを。そのことは分かっていた。それでいて喜悦の叫び声を上げたのだ。わたしは知っていた。わたしはそのことを祈りと慟哭でもって嘆いた。近親相姦から生まれた子が、その出発点ともいうべき完全なる円環を閉じてしまったからだ。倫理規範の侵犯の例として、カインがアベルを殺し、セトがオシリスを、煙る鏡が羽毛の蛇を、ロムルスがレムスを殺し、ゼウスの子ポルックスが、白鳥の子である兄弟のカストールが死んだとき、不死性を拒んだことなどが挙げられる。また魔女や雌オオカミや王妃の子たちもしかり。王妃の子は三人だったが、互いに殺し合うことはなかった。それは三という数字が彼らを救ったからである。しかし血の犯罪、またその時は肉だったので肉の犯罪だが、それに基づかないような秩序というのもありえない。ドン・フアンという名の哀れなヨハンネス・アグリッパよ、そなたが犯さねばならなかったのは、三人の兄弟の名において、秩序を新たに打ち建てる必要があったからだ。ドン・フアン、そなたの運命はセトでもカインでもロムルスでもポルックスでもなく、エディプスのそれだ。原点に歩いて行こうとして終点に向かって歩いている影なのだ。未来は過去の謎にのみ応えるはずだ、なぜならその未来は原点と同じものだからである。悲劇とは存在の黎明を回復することだ。王であって囚人、罪人であって無辜の人、犯罪者であって犠牲者、ドン・フアンの影はドン・フェリペの影である。セニョーラは息子ドン・フアンのなかに夫ドン・フェリペの肉を知った。年代記作家よ、ことほど左様なり、まさにこうした方法しかないのだ、純真なる驚嘆の友よ、蠟の魂よ、どうかわたしの言うことを聞いてくれ、わたしは失踪した子を彼女に戻そうと考えた、そして彼女は自分の本当の恋人を取り戻した、そなたが悪いのだ、馬鹿者、わたしじゃない、わたしじゃない、これはわたしの目論見ではなかった、誓って断言する、許してくれ、ああ許すよ、事実というのはそれ本来の命というものを獲得する。しかるに事実はわれわれの手からすり抜けてしまった。わたしは畏れ多くも神と人間の規範を侵犯しようなどとは思わなかった。ところがそなたは文学でもって、わたしの目論見を頓挫させてしまったのだ。今やそなたは真実を知っている。これからはすべての言葉を変えるがいい、この長い物語の意図を変えてしまうがいい、そなたに語ったことすべてを改めるがいい、年代記作家よ、あらゆる文のなかに嘘と欺瞞と虚構を探しだすがいい、そうだ、虚構をだ、そなたに話したことすべてに疑いをかけるがいい、しかしわたしの主観的な言葉と、客観的真実とを照らし合わそうとしてもそうはいくまい。え、何だって？　そなたは〈生命のミゲル〉を火刑場に送ったのだ、そしてわたしを近親相姦的侵犯の共犯者だと非難した。そなたが書き記すページのすべてに立ち上がる火刑の炎を見てみよ。年代記作家ドン・ミゲルよ、そなたが書くあらゆる言葉ににじみ出ている近親相姦の血を見てみよ。そなたは真実を求めた、今からは真実を嘘によって救い出せ……。

――セニョール、この立派な画はわざわざオルヴィエートから貴方様に送られてきたものです。かの謹厳実直で精力的な、悲しい画家たちの故郷ともいうべきあのオルヴィエートからです。貴方様は信仰の防衛者であられます。ですから貴方様と信仰へのオマージュとして送られてきたのです。このスケールの大きさをご覧ください、測ってみましたが、貴方様の礼拝堂の後ろにある空いたスペースにぴったり収まります。

蠟の魂

修道士フリアンは、昨日カディス港を出帆したグスマンのカラベラ船の一隻に乗船した。わたしは占星術師の塔で、羽根ペンと紙とインクを前にしてひとり佇んでいた。ひとりと言うのはトリビオにほとんど時間がなく、あたかも自分の仕事に世界の平安がかかっているかのように、仕事に熱中していたからである。彼はわたしがいても気にしなかった。そのことを感謝した。フリアンが始めた語りにピリオドを打てるからだ。わたしはひょっとしてドン・フェリペ王の亡霊なのかもしれない。彼の魂の痕跡が最後の最後まで、刻印されるような蠟なのかもしれない。わたしは忠実な証人であろうとした。このハディースの結末部分を書くために腰を下ろした時点から、どこでも忍び込むわが想像力が姿を現して、わが年代記の信頼すべき目論見が、異なる方向に逸れていってしまったのである。当初、わたしはこう記した、「すべてがありうる」と、そしてすぐにその傍らに「すべては疑わしい」と記した。かくして学んだのは、書くという行為それだけでは、新時代の入り口で書いているにすぎないことだ。わたしはサラマンカの教室で過ごしたごく短い期間〔セルバンテスはロペス・デ・オーヨスの私塾で学んだが、サラマンカ大学で学んだ事実は知られていない〕に頭に叩き込まれた確実性というものを懐かしんだ。言葉と物事とは合致する。結局、あらゆる読みというのは聖なる言葉の読みであって、昇り階段を上がっていき、最終的に神そのものと言っていいような言葉と存在に辿り着くのだ。実効性のある最終的な第一原因にして全存在の修繕者たる神に。こうした点からすると、世界の見方というのはひとつしかないことになる。キリスト教世界においては、あらゆる言葉とあらゆる物事が、ある出来上がった場所と正確な機能、精確な対応関係といったものをもっている。あらゆる言葉が内包するものを意味し、意味するものを内包している。わたしはそのとき、ルドビーコとその子らが風車のなかで出会った例の騎士のことを考えた。そして確実性という規範にしがみ付こうとするラ・マンチャの郷士の話を書き始めた。彼にとって、疑わしいものなど何もないが、すべてが可能である。つまり信念の騎士である。信念というのは、とわたしは独りごちた、読みから生まれたのだ。読みは狂気そのものであった。騎士はテクストの唯一の読みにしがみ付いたにちがいない。そしてそれを多様化し曖昧模糊と化した現実に移そうと試みた。一再ならず挫折したことだろう。そして毎回のように再び、読みのなかに避難するのである。読みから生まれた彼は、自らの読みの理性を失わずに、羊しかいない場所に軍勢の存在を見続ける。彼が読みに忠実であったのは、彼にとってそれ以外に正しい読みが存在しなかったからであろう。彼は冒険と現実のなかで、現実ではなく、読むことによって知った魔法使いどもと、依然として遭遇し続けるのである。

　わたしはこのところで立ち止まった。そして大胆にも自分の本のなかに大いなる斬新さを取り込もうと決意した。読みから生まれた愚弄の対象たるこの英雄を、博識であること以外に、自己認識における最初の英雄にするというものであった。彼が己の冒険を体験する間に、その冒険が書かれ、出版され、他の者たちに読まれるという趣向だった。読みの二重の犠牲者となった騎士は、二度にわたって正気を失うのだ。最初は本を読むことによって、その後は読まれることによって。英雄は自分のことが読まれていることを知っている。アキレウスにこうしたことは決して起きなかった。そのことで英雄は自らの想像力のなかで自分自身を創造せざるをえなくなる。しかし武勲詩のすべての読者が、何かに憑かれたかのように彼を現実に引き戻そうとするせいで、彼は挫折する。しかしあらゆる読みの対象のなかでは、現実を負かし、現実そのものに、彼自身の狂気の読みを感染させ始めるのだ。この新たな読みによって世界は変わって行く、世界はますます騎士の冒険が語られる本の世界に似てくるのだ。世界は仮の姿をまとう。魔法にかけられた者が、魔法をかける側になる。しかし彼が払うべき代償として、自身の魔法を失うこととなる。彼は理性を取り戻すのだ。騎士は物語が語る本のなかでのみ生き続ける。彼自身の存在を確かめるすべは他にはない、彼に命を吹き込んだ唯一の読みではなく、現実において彼の命を奪った多様なる読みにおいてのみ。命を奪われたとはいえ、本のなかで、本のなかでのみ永遠の命を与えられたのだ。わたしは読者自身が読まれているという認識をもち、著者自身が書かれているという意識をもっている本を、開かれたままにしておくつもりだ。

読者よ、わたしはこうした原則に基づき、治世の最後の年月の忠実な年代記と並行して、セニョールたるドン・フェリペ王の生涯を書き記したのだ。わたしはここまでこの話を語ってきた人物、修道士フリアンの恐るべき任務をこうして果たした。彼は未知なる大洋の彼方に真に新たなスペイン（ヌエバ・エスパーニャ、つまりメキシコ）となるべき新世界を発見しようという希望を抱いて、カラベラ船に乗ったのである。わたしは辛いとはいえ、夜っぴいて仕事をするつもりだ、一本しかない手は疲れるかもしれないが、魂は光に照らされている。

コルプス

みんなはどこに行ってしまったのか？

彼は日々、この宮殿のあらゆる場所を休みなく歩き回ることに費やした。ハンマーやふいご、鑿、荷車の音など慣れてしまうと無感覚になる、執拗な騒音を改めて聞こうとしたがそれも無駄だった。しかし真昼の建物正面のところで行われたヌーニョとヘロニモの拷問の後、工事現場には大きな静寂が支配した。それはあたかも神が自らの手で大きなグラスをひっくり返して建物全体を覆い、神の休戦を課したかのようだった。

彼はその日、嵐が収まり、労働者たちが死んだ後、宮殿の北面にある三つの扉のひとつに入って行った。そこは北風が入ってくるために窓が付いていなかった。彼が最後にそこで見たのは宮殿の外側の壁、御影石の塊、隅ごとに聳え立つ高い塔であった。それらは各々、勝利の神殿、死者の都市、世界の八不思議と称されていた。彼は厨房につながる扉と、セニョーラの館に通じる扉だけは避けた。両者ともいやな思い出があったからである。宮殿の中庭に出る扉を選び、しばらく側柱、楣《まぐさ》、台輪、壁柱などを眺めていた。仕上げ面はどれもがよく彫られていて、石もうまく嵌め込まれていたので、接合部分はほとんど見えなかった。円柱は仕上げにかかっていて、低い台座や帯状装飾、蛇腹とうまく調和していた。扉を開けて入るとき、二度とここから出て来ることはないと心に誓った。

――みんなはどこに行ってしまったのだ？

修道女は残っていた。修道士も残っていた。そしてわずかな数の厨房係と寝室係だけが残っていた。この者たちはわざわざ指図されることもなく、密かにセニョールの食事の準備や部屋の掃除、飾り付けに勤しんだ。しかしほとんどいつも豪華な皿は手つかずのままで厨房に戻されたし、セニョールは寝室の黒のシーツを交換するのを拒み、自分自身も死者を送る最後の儀式を執り行うときにまとった黒装束を、一度として着替えなかったのである。厨房係も下働きも部屋係も、自分たちがやった仕事の仕儀を確かめるくらいしか、何ひとつなすべき仕事がなかった。セニョールは修道士たちに、永久に死者を弔う勤行だけをやるように命じ、こう言った。

――そなたらの仕事はただひとつ、死者のため、わしのために祈ることだ。

最初に命じたのは、彼と死者たちの霊のために、夜を日に継いで絶えず神に祈るべく、祭壇の聖体の前に、二人の修道士が常にいるようにすることだった。その後、コルプス・クリスティ（聖体）の祭日には、彼の魂の安寧のために、三万回のミサを一挙にあげるように命じたのである。修道士たちは驚愕し、そのうちのひとりが敢えて申し出た。

――貴方様はまだ生きていらっしゃるのでは……。

――そう信じておるのか？　とセニョールは苦笑いをして答えた。そしてこう付け加えた、三万回のミサが終わったら、同数の新たなミサを始めるのだ、自分が生きていようが死んでいようが、無限にそうするのだ。

――それは天上に対する無体というものでございます、と口の減らない修道士は言った。

――情けをかけぬものでもないわ、とセニョールはひとつ身震いをして答え、付言した。

――よかろう、それなら煉獄で苦しむ魂に二千回のミサをあげるがいい、しかしそれぞれのミサの最後にわが魂へ、死者の祈りをあげるのじゃ、こうした意図のもとで、適当なお布施を貧者に分配するがいい。

彼はミラグロス修道女に向かってこう言った。

――そなたの修道女らにわしを見張らせるがいい、そして恐怖を追い払わせよ。

――イネシーリャが失踪しました、セニョール、それこそわたしたちの恐怖です。

――ひとりくらいで修道院が騒ぎ立てることもあるまい、代わりは補充したのか?

――はい、修練者が入ってきました、ソル・プルデンシア、ソル・エスペランサ、ソル・カリダ、それにソル・アウセンシアです。

――わしは外部から侵入されたくない。修道女らには、わしに近づく者があれば犬のように吠え立ててもらいたい、かつて犬どもが吠え声とか鎖の音、わが忠実な猟犬ボカネグラの大声に反応して吠えたようにな。

修道女らは数年間、セレスティーナ婆さんがセニョールを訪ねにやって来るたびに、吠え声をあげた。婆さんはますます老けていたが、あの恐るべき簒奪者たる阿呆王子が、ヴェルダンの修道院で侏儒のバルバリーカと依然、同衾していると告げにやってきたのである。髭の生えた老婆は、セニョールが独りさびしく貧しい境遇にあるのを知って驚いた。老婆は頭を横に振って、次のように語ったが、そんなことはセニョールがとうてい彼女以外には許さなかったことだった。

――理性や分別のない者というのは、失くしたものしか愛しはしないのよ、ドン・フェリペ、あんたはご自分が失った時代のせいでひどく苦しんでおられるようだね。最初の時代に戻りたいかい?

彼はノーと自分自身に言ったはずである。するとセレスティーナは彼に語った、ミサごとに渡されるお布施の声が漏れてきたせいで、乞食たちがどんどん数を増して宮殿の戸口のところにやって来て、そこを取り囲み、労働者たちの住んだ昔の小屋や、放棄された居酒屋や鍛冶場に居座って、その日の御慈悲の分け前を待っていた。

その後、老婆は立ち去り、セニョールは長い時間、火の消えた暖炉のそばの王の椅子に座っていた。そして鍛冶職人へロニモとの婚礼の日に強姦された若い花嫁のことをつらつら思い出していた。少女は浜辺まで彼に付いてきて、そこで愛と肉体にとって自由な世界という夢について語ったと同時に、彼やルドビーコとともに血塗られた王宮の夜を共に過ごした恋の相手だった。彼らは最初の時代に戻りたいと思っているのだろうか？

　しばしばドン・フェリペは、鏡の牢獄のなかでセックスによって繋がったカップルは、道端をうろつく雄犬と雌犬と同様、呻きあって離れられないままいるしかないと確信した。悦楽の愛液が出し尽くされ、みだらな開口部は乾き切り、乾いたペニスと萎えたヴァギナが結合したままの姿で。両者とも傷つき、傷口はセレスティーナ婆さんがイネスの膣の奥深くに挿入した粉末ガラスをもってしても塞がることはなかった。修復された処女の陰唇を縫った鋭い魚の骨をもってしてもだめだった。ドニャ・イネスとドン・フアンは食事をした際に、彼女の方はいつも修道女の頭巾で顔を覆っていたし、騎士の方は、いつも金襴のケープで覆面をしていた。セニョールは彼らを見ようとはしなかった。セニョールにしてみれば、彼らが目を閉じて生きるのに疲れたとき、目を開けて見ることができる唯一のもののなかに、ある日、自分の姿を見るはめになるということを知ればそれで十分だった。つまりそのとき純粋な鏡の世界に、自分自身の像を見ることになるのだ。

　召使たちは独居房の扉を開けることなく、毎日、扉の下から乾燥肉の料理を差し入れた。彼らはこうした仕事の他に、セニョールの食事の残飯をタイル置き場の下に集まった物乞いたちに渡す仕事も行っていた。彼らはお告げの祈り《アンジェラス》の時間になると、北側ファサードの厨房入口に来て施しものをもらいにやって来た。セニョールは一度もイネスとフアンが食事をしているところを見たことはなかった。ある晩、ひとりの召使が次第に部屋の隅に埃の貯まってきた寝室に夕食を運んできた際に、意を決してセニョールにこう言った。

――連中ときたら、獣のように干し肉を取り合って喧嘩しています、旦那様、でも顔に被せたものは絶対にとらないのです。施しをやっている飢えた物乞い連中のほうがまだましです……。

　セニョールは召使に黙れと叱り、大胆なことを言う奴だと鞭打ちを命じた。同じ夜に修道女らが静かに遠吠えを発したので、何事かと見てみると、ひとりの修道士がいかにも学問のありそうな老人を連れて、セニョールの部屋にやって来たのであった。ペドロ・デル・アグアという人物で、自分は死体防腐処理者だといった顔をしてセニョールを見ると、大きい声でこう尋ねた。

――父子ともども死体処理するのがわしの定めなのかのう？

スペインではユダヤ人以外の医者は存在しないのではないか。また毒を盛らないユダヤ人医師もいないのではないか。腹を立てたセニョールは不用意な修道士に、デル・アグア医師を異端審問に告発するように命じた。そして査問にかけ、拷問を加え、泥をはかせよと言った、デル・アグアというマラーノの名前〔水とか家といった一般名詞や出身地の名称をつけるのがユダヤ人の間でありふれていた〕からして、腹が破裂するくらい水《アグア》責めにしてやるがいい。セニョールは爾来、ものを伝える際には直接口頭ではなく、常に書面のみで行うように命じた。

――唯一、書かれたものだけが現実的なのだ。言葉は風に飛ばされるように消え去る。書かれたものは残る。わが人生も読んでこそ信じることができる。わが死も読んでこそ信じることができるのだ。

かくて数日後に別の修道士が彼に紙一葉をもってくると、セニョールはそれを読んだ。そこに書かれていたのは、王国から追放されたユダヤ人の苦しみについてであった。この記録に署名したのはロス・パラシオスの司祭アンドレス・ベルナルデス〔一四五〇－一五一三年。カトリック両王時代の聖職者で歴史家〕であった。ユダヤ人たちは金銀の輸出が禁止されていたせいで、金銀に代えて財産を売却することができず、家や土地など所有するものすべてを、旧キリスト教徒に買いたたかれて売り払った。しかし売ろうと思ってもなかなか買い手が見つからなかった。家一軒をロバ一頭と、またぶどう畑をわずかな衣服と引き換えにすることもあった。その後、管理の悪い船にすし詰めになってスペインを脱出したが、途中、暴風雨にあって溺死したり、アフリカ北部に辿り着いても、略奪者の犠牲になるか、多くの者がトルコ人に殺されて金を奪われるかした。金は呑み込んで隠し持ってきたものだった。また飢えや疫病で死ぬ者も多くあった。また船長によって裸のまま島に置き去りにされるケースもあった。ジェノヴァや近隣の村で召使や女給仕として売られることもあった。海に投げ捨てられる者も少なからずいた。幸運に恵まれた者だけがよろよろしながら、ヨーロッパ北部の諸都市、アムステルダムやリューベック、ロンドンなどに辿り着いた。そこで彼らは受け入れられ、両替商、御用商人、宝石商、哲学者といった職種についたのである……。

セニョールは当初この記録を読んで大いに楽しんだ、それはキリストの神性を否定する輩が国から追放されたことで、セニョールの個人的な安寧と孤独を脅かす存在が消えたことに感謝していたからである。しかし後になると、野ウサギか雌山羊がやるような下痢に苛まれ、一週間も床につかざるをえなくなった。にもかかわらず、依然として意思伝達には書面をもってするというやり方は変えなかった。唯一、訪ねてくるセレスティーナ婆さんと、実母の《狂女》とは口を利いて会話をした。礼拝堂の壁に埋め込まれたニッチに近づいてこう言った。

——どうしてる、母さん?

手足をもがれた王妃の黄色い目の高さにある開いた格子から、絞り出すような老婆の声が聞こえた。

——息子よ、わたしゃお前が小さかった頃のことを思い出しておった。長い冬の夜に、わたしらの古い王宮の暖炉の火のそばで、足元とか膝の上に座らせてね。母さんは正真正銘の王様にしようとお前の教育に当たったのよ、立派な教育係が正式な世継ぎの王子に対して叩き込むような規範を何度も言い聞かせてね。そのときにそなたに言ったのは、より多くの良い知識というものは、王子こそ持つにふさわしいものだし、そうしたものは称賛すべき英雄的目的に大いに役立つはずだ、といったことだった。ミツバチはあらゆる花につくわけではないし、蜂の巣をつくるのに必要でない余計なものは吸い集めたりもしない。博識な王はすべてを知る必要もなければ、生来の計画につながるものに無知であってもいけない。息子よ、これはそなたについて言わねばならないことよ、王は知っておくべきことをすべて心得ていた、知らなくていいことは何ひとつ学ばなかったと言われなくちゃね。当時、わたしは若くて綺麗だったし五体満足だった、金髪で小さかったそなたは思いやりがあってとても真面目だった、きりっとした白い首筋、細く華奢な蒼白い手、膝に頭をもたせかけ、わたしの話にじっと聞き入っていたわ。でもね、いいかい、月ごとに告解をしたり、聖体拝領をするだけじゃ足りないのよ、聖なる秘蹟を用いることで初めてそなたは守られるんだから、最初は半月ごとに、その後は一週間ごと、そして最後は毎日、告解をするようになさい。それにそなたが犯した罪の告解をするときは、一番最後に聖体拝領した時点からではなく、毎日そうするようになさい。最初はそなたの直近の十年間、その後は二十年間、三十年間を告解し、慣れてきたら毎日、人生のすべての罪を告白するのよ。そして告解をより純粋な心持ちで行うためには、正しくないことをきっぱりと自分に対し禁じるだけでなく、断食を守るなどして正しいことを行って身を正さねばだめよ、医者は別の助言をするかもしれないけれどね。それに辛抱して自分の苦労を耐え忍び、自分の欲望を抑えるのよ、苦行をしない王などカトリックの教王にはなれませんからね。身持ちの正しさを喜びとして自分の徳を輝かすのです、わが息子たる王よ、そなたは真珠のようだったと人に言わしめるのよ、真珠貝のなかから出るときは、天上から降る露を浴びるときだけ。こうした徳の課す限界に悖《もと》ることがないようにね。たとえ貞潔な婚姻という厳格な規範のなかにおいてすら守っていくのよ。それはこの堕落した時代においてはめったにお目にかかれない奇跡かもしれないけれど。ましてや完全な肉体においておや、若い王においておや。世の中の喜びと愉楽が満ちみちた宮殿においておや。清廉なる神々のことを好き勝手に語るのは寓話に任せておけばいい。おしめにくるまれたヘラクレスが蛇を退治したとか何とか、でもここではすべて本当のことを率直に言うことにしましょう、若き王が宮殿のなかで、己の情欲という名の蛇をすべて絞め殺したと。何という立派な勝利でしょう。ともかく不死鳥にはアラビアの高い山々で、ふんだんな芳香に包まれて巣を掛けてもらいたいものだわ。しかし白テンがバビロンの黒い煙のなかでも汚れることがないというのは驚くべきことね。でも驚きもよそごとよ、権力は外見、名誉も外見、スペインの騎士も王もそのように見せかけているだけ、外見が現実なのだから。現実ははかない蜃気楼。狭い部屋に閉じこもって苦行に励み、生活を質素にし、観想生活に耽る王というのは、身も心も汚れない人物だということは容易に理解できます。でもあらゆる悦楽を享受し、音楽でどんちゃん騒ぎをし、夜会や祝祭、あらゆる楽しい誘惑でいい気にさせられた王が、常に中庸を守る人であったらほんとうに奇跡と言っても過言でないでしょう。神はアダムを楽園に据えました。ここで聖アウグスティヌスは訂正を施しています、曰く、誰が誰を守るべきだったのか？　楽園がアダムを、アダムが楽園を？　そなたがこの問いに今答えるのよ。もしそなたがわたしに「どうしてる、母さん？　今どこにいるの？」と尋ねたら、こう答えるわ、わたしはそなたといっしょよ、わたしは若いし、そなたは小さい、四十年前にそなたに帝王学を教えこんで言ったわ、わたしの主人である美王のような父親のようになってはだめと。そなたをいつも救おうという思いで、貞潔な生き方をするように励まし、誘惑に屈しないで、妻を含むいかなる女性にも触れず、知らなくていいことを学ばず、苦行に邁進するように言ったでしょう。そうしていればちゃんと世継ぎの王にするつもりだったし、そなたが王となれば、これを最後に血筋が絶えてしまうことはなくなるどころか、初代からずっとわたしたちの血筋は存続することになるのでしょう。フェリペちゃん、わたしはね、自分のやるべきことはちゃんと果たしたのよ、今度はそなたに後継ぎができるのよ、もし自分の体を汚したりしなければね。そなたはわたしをさんざん苦しめた父親のようにはならないでしょう。そなたには父親とは全く裏腹な、貞潔で苦行を経た、分別ある人間になってもらいたいの。もしそういう人間にならないとしたら、そなたの名を名乗っても世継ぎは別よ。わたしが物乞いたちの棒打ちや突っつき、いじめから辛くも救い出してやったあの世継ぎのことよ、そなたにはできないことを、代わりに彼にやってもらいますからね。そなたは王の名に値する人間だったかしら。わたしは若く美しい、名誉ある、そなたという息子の尊敬を受けるべき王妃なのよ、名前はフアナというの。

彼はひとり黒いシーツ、黒いタペストリー、黒い十字架と高い天窓のついた、埃っぽい寝室のなかで、母のこうした言葉について考えた。そこで腰かけたまま、夏の最後の一日を楽しんだ。そうした日は二度と来ることはないだろうという予感がした。孤独のなかでずっと冬の日を過ごすこととなるだろう。時々、修道女たちの合唱隊のほうに目をやった。エンカルナシオン、ドローレス、エスペランサ、カリダ、アングスティアス、クレメンシア、ミラグロス、アウセンシア、ソレダ。彼、フェリペもまた、永遠の薄暗がりのなかで座っている女たちに混じって、ひとり閉じこもっていた。

彼は人生最後となる夏の日に、幼い頃よく遊んだ果樹園を馬に乗って走った。狩猟に出たのである。グスマンがすべてを準備して整えていた。彼のお供をしたのは忠犬ボカネグラであった。あいにく雨が降った。彼は自分のテントに引きさがり、そこで祈祷書を読んでいた。ボカネグラが逃げ出した。雨は上がった。一同が獲物として捕らえたシカのまわりに陣取った。彼は最後となる儀式のための命令を下した。それは角笛を吹き鳴らし、シカを解体し、猟犬どもに食らいつかせ、その日の褒賞と懲罰を各々に課すことであった。彼は命令を下すべく手を上げた。彼が命令を下そうとする前から、あたかもそれが下されていたかのように、すべてがすでに進んでいた。あたかもセニョールの旗振りに従ったかのように、狩猟会の最大の見せ場が進んでいった。セニョールの存在は完璧であったにもかかわらず、あたかもそこに彼はいないようだった。

——みんなはどこに行ってしまったのだ？

彼の名で命令を下したのは誰だったのか？　代わりに仕切っていたのは誰だったのか？　セニョールが書類に署名し、命令を下し、禁止し、褒賞を与え、懲罰を課すのではなく、すべてがあの日の山の中であったように、惰性で起きたのだろうか？

彼は中庭を歩き、扉を横切り、ホールを通り抜け、修道院の小さな回廊、面会室として使用されている大部屋、花崗岩でできた柱形をすり抜けた。縁起の良くない採光窓の下、クルミでできた背つきの椅子の列をくぐり抜け、多くのアーチのところで交差している長い壁面と、回廊をもつ修道院の上階を通りすぎ、前廊の格間を施した天井の下を通って、一度も見たことのない広い回廊に入った。そこは奥行きが約六十メートル、高さが九メートルもある広い空間で、前面と丸天井にはすべて画が描かれていた。壁面には埋め込み式の円柱があり、天井および丸天井には化粧漆喰のグロテスク様式の彫刻が規則正しく施されていた。そこには千差万別の人物や物語、壁龕、ニッチ、柱脚、男、女、子供、怪物、鳥類、馬、果実、花、着衣装飾、花綱装飾、その他数多の珍しいものが彫り込まれていた。大部屋の奥には、宝石を飾り付けたゴート風の玉座があった。彼は男がひとり玉座に座っていたのを見て、それが誰なのか見極めようとした。男は幅広のぴんと張ったひだ襟をつけ、金銀の象眼細工を施した服をまとい、ぴったりした編み上げ靴を履いていた。脚は片方がやや短く、上半身が硬直し、顔は蒼白く全体的に粘土色がかって見えた。視点の定まらぬ、まどろむような目をしていて、あたかも無害のトカゲの目のようだった。口は半開きで締まりがなく、下唇は分厚く垂れ下がっていて、ひどく下顎が突出していた。眉毛はほとんどなく、黒く油じみた巻き毛になった長いかつらを着けていた。頭頂部には血塗られた白い小鳩が載っていた。血が王の顔に滴れ落ちてきた。この秘密の王は片腕をぴんと上に張って持ち上げると、別の腕でも同じことをした。フェリペは彼こそが自分の名を名乗って統治していた王であり、セニョーラが作り上げた本当のミイラだったことをそのとき初めて知り、理解したのである。彼の先祖たちすべての亡霊であり、玉座に座り、鳩を頭に戴く人物。ありがとう、ありがとう、イサベル、これはみんな君のおかげだ、この幽霊がわたしの代わりに統治し、わたしはもっと偉大なことに専心できるのだ。わが魂の安堵という……。

サファイヤ、真珠、メノウ、水晶が埋め込まれたもうひとつの金の玉座は、ミイラの足元に置かれていたのだ。彼が震えながらどれほど強く凝視しても、彼に目を向けることのなかったこの生きた死者の足元に。

フェリペは咄嗟にゴートの王冠を取り上げると、玉座の陰に隠れていた侏儒のくすくす笑いを聞くこともなく、回廊から逃げ出した。足早に歩いて、喪に服した場所や、未完成の庭園、隠し階段、褐色の大理石の敷石を通ったが、礼拝堂やキリストの聖体の聖なる日の儀礼を行っている場所は、通るのをことさら避けた。そして妻のイサベルの居室までやってきた。かつてそこでミイラがベッドに横たわっているのを見た部屋だった。部屋に入ったものの、そこはもぬけの殻だった。床にまかれた白砂があるだけだった。生温かな六月の風が、かつてセニョーラが高価な窓ガラス取り外し、それを荷造りするように言いつけた窓から吹き込んできた。アラビア風の化粧室のなかのニス塗りタイルは剥がされ、ベッドも壊されていた。彼の不在中に、イサベルの寝室はセニョール自身のそれと似たようになってきた。それはわびしく置き去りにされ、栄華の儚さを象徴していた。

床の砂に埋もれて輝くものがあった。セニョールは近づいて身をかがめてそれを手にとると、砂の墓地から出てきたのは緑のボトルであった。

封印してあった赤い封蠟を取り去った。

ボトルには手書きの書が封印されていた。

セニョールはやっとのことでそれを取り出した。いかにも古びた羊皮紙だった。汚れのついたページは互いにくっついてしまっていた。それらはラテン語で書かれていた。

彼は砂の上に座って読んでみた。

禁欲主義者の手稿（その1）

わたしはティベリウス帝〔第二代ローマ皇帝 在位一四－三七年〕治世の最後の年に記している。アウグストゥス帝が残した帝国は最大の版図を誇っていた。雌オオカミの子らによって建設された太陽の中心たるローマから、領土は大きな輪を描くように広がった。北はカエサルによって征服されたガリア全土をさらに北上し、フリジア〔オランダ、ドイツにまたがる北海に面した地方〕やバタビア〔オランダの一部〕まで、南と西においては、スキピオが反逆者ビリアートを暗殺すべく、三人のルシタニア人を手なづけた土地〔ヌマンシア〕を経て、ピレネー山脈からタホ川まで達した。その土地ヌマンシアはかつて反乱と血と裏切りの上にすべてが築かれていたが、英雄的な敗北を喫したという名誉の上にすべてを新たに建設せねばならなかった。ヌマンシアは落城する前に、イベリア人は家々に火を放ち、女たちを殺し、息子たちを焼き殺し、自ら毒をあおり、互いに胸を刺し違えて、馬のひかがみを切断していたのである。こうした集団自殺で生き残った者たちは、槍を身構えてローマ人めがけて塔から身を躍らせた。彼らは砕け散って死んだ後、串刺しにされて侵略者の前に引き出されることを信じて疑わなかった〔ヌマンシア人は一人でも生きたまま虜囚とされることをよしとせず、あえて集団自殺で名誉を守ろうとした。セルバンテスは『ヌマンシアの包囲』でその悲劇的な運命を感動的に描いている〕。

　ローヌ川の東、ダニューブ川の南、ウィーンからトラキア〔バルカン半島東部の地方〕に至る地域もまたローマ人の土地となった。ビザンチン、ボスポラス海峡、アナトリア、カッパドキア、キリキア〔トルコ南部の地中海に面した地方〕、アンティオキアからカルタゴに至る大丘陵地帯もまたローマの支配下にあった。地中海は言うに及ばず、ロードス島、キプロス島、ギリシア、シシリア、サルジニア島、コルシカ島、バレアレス諸島も同様である。世界は一つきりであり、ローマは世界の長であった。ローマこそが世界であった。とはいえローマ市民が未だに征服しえぬまま残していた部分があったことに鑑みれば、この真実に留保がつくかもしれない。それはモーリタニアやアラビア半島、ペルシャ湾、メソポタミア、アルメニア、ダキア〔現代のルーマニア〕、ブリテン島などである。とはいえ、われわれは偉大なわれらの建国の詩人〔ウェルギリウス『アエネーイス』第一巻二八二〕とともに、誇りをもってこう言うことができる。ローマ人こそトーガを身につけた世界の主人たる民族であると。

　読者よ、オオタカのごとくこの高い空から舞い降りて見てみるがいい、ローマの主人たるティベリウス帝が住まわれる地、広大な一大帝国の在り様を。

　つい最近までわれわれ語り手たちは、年代記を始めるに当たってひとつの前置きを行ってきた。「読者よ、よく聴くがいい、きっと楽しい思いをするだろう」というのがそれである。わたしはこれが自分に当てはまるかどうか分からない。読者をカプリ島に案内することでそうしたご期待に沿えないとしたら、申し訳ないと今から謝っておくことにする。この島はナポリ湾に浮かぶ、山羊の多い切り立った島で、水深の深い海に囲まれ、高い断崖で守られた小さな浜辺からしか近づけなかった。頂上にはローマ帝国に属す村があるが、そこは難攻不落の島のなかで最も近づくのが難しい場所であった。

とはいえ今日の午後、運よく巨大なスズキを釣り上げたひとりの漁師が、足取りはしっかりしていたものの、ぜいぜい息を切らしながら坂を上ってきた。というのも彼は幼いころから島の子供たちと、切り立った岩の間を誰が一番速く上れるか競走していたからである。彼は汗をかき、口を開け、足に傷を負いつつ、時々足を取られそうになると、片手で黄色がかった鋭い岩にしがみついた。もう一方の腕でしっかり胸に抱え込んでいたのは、銀色の腹をし、透明な膜で半ば覆われた目をした(生きているのか死んでいるのか分からない)例の魚であった。夜になったが漁師は島の頂上まで魚を運ぶという必死の努力を止めようとはしなかった。そこにはティベリウス帝が住んでいたからである。夜が更けたが、ティベリウス帝の大きな眼に動じる気配はなかった。彼が暗闇でも目が利くというのは周知のことだった。

皇帝は夜になると、しゃんとした太い首を前の方に傾けるようにしてものを見た。昼間は村内であっても、太陽を避け、陽だまりから身を守ろうとして、つば広の帽子を使用していた。ところがそのとき彼は帽子を脱ぎ捨ててしまった。空が曇ったのを見て、相談役のテオドールスに月桂樹の王冠を被らせるように言いつけた。テオドールスは皇帝に言った、夜だけでございます、われわれの上に自然が降りかかるのは夜だけでございます。するとティベリウスは答えて言った、そんなことは誰にも分からぬ、空は暗くなるが、それは夜になったからか、あるいは嵐が近づいているからかもしれぬ、雷に打たれぬようにわしの頭に月桂樹の冠をつけてくれ、いいかテオドールス、わしが死んだら、必ずや一メートル半以上の深さに穴を掘って埋葬するのじゃ、雷が届かぬようにな。そして手はわしが最も恐れる火の神ウルカヌスに委ねるのじゃ。

皇帝は暗闇のなかでじっと黙りこくっていた。時間を刻む水時計の滴る音だけを聞いていた。水が刻む時間。彼は唐突に相談役の腕をとった。皇帝は東洋の地で身につけた習俗を何ひとつもらさず纏っていた。麻の長衣と棕櫚の繊維でできたサンダル、それにしっかり剃り上げた頭であった。テオドールス、わしは午後に午睡をとっていたら、また夢を見たぞ、亡霊が戻ってきたのじゃ。皇帝、それはいったい誰でございますか？　アグリッパじゃ、テオドールス。これもわしのせいか？　正直に申せ。わしはそなたなら何を言われても我慢する。そなたはわしの修辞学の師、ガンダラのテセリウスの息子〔これはテオドールス・デ・ガダラのことで、スエトニウスによると、彼は紀元前一世紀にガダラ（現ヨルダン）に修辞学の学校を建てた修辞学者で、そこで後のローマ皇帝ティベリウスを指導した〕であるからして、他の者が言えば命に関わることでも、許してつかわす。

——陛下、義父たるアウグストゥス帝はかつて貴方様に、誰がわたしらの悪口を言おうと気にすることはないとおっしゃいました。陛下、わたしは悪口を言うことで善をなすものと存じます。そうすること以外に帝国内の者たちの不満、噂、怒り、悲しみをどうやって知ることができましょう？

——それを知ることは吝かではないが、不平をもつ者、中傷者、怒った者、悲しむ者に対して、だからと言ってどうこうしようとは思わぬ。そこははっきりさせよ。テオドールスよ、そなたはいつの日か、わしの怒りがそなたに向かい、密告した犯罪や、わしに伝える意見が、そなたの責任になるのを恐れはせぬのか？

相談役が軽く会釈をすると、ティベリウスは暗闇のなかで、剃りあがった銀の頭蓋骨がきらっと光るのを見て取った。——陛下、わたしとて危険を承知の上で……かがり火を焚くように命じましょうか？

——わしは夜でもものが見える。それにそなたの顔を見ず声だけ聞くほうがいい。目は閉じることにしよう。そうすると自分に対して話しているように思えるのじゃ。そうすることを忘れてしまったゆえにな。だからそなたを必要とするのじゃ。だが午後になるとわしのもとを訪れるあの亡霊には、話しかけることができぬ。触れることも、声を聞くこともな。奴はわしが食事をとり、その後午睡をとる横臥食卓の足元のところに出現し、わしに微笑むのじゃ、微笑むだけなのじゃ。

相談役は部屋の周囲を見回した。彼には部屋を飾る蠟の仮面が微笑んでいるのかどうか判断できなかった。それらはティベリウス帝の先祖たちの仮面であった。

——陛下、ご自分の心を落ち着かせるのに真実の話をお聞きになりたいとおっしゃるのでしたら、申し上げましょう、夢に出てきたとおっしゃる例の哀れな少年を殺したことが、貴方様が行った最初の行為でした。この少年こそ、父の死後に生まれたアグリッパ〔アグリッパ・ポストゥムス〕、アウグストゥス帝の直系の孫で、世継ぎの皇帝となるべき方でした……。

　ティベリウスはいつも話すとき、いらいらした様子で指を動かした。

――そうはいっても、わしだけがアウグストゥス帝の継子ではないか。そなたは本当にそう言うつもりなのか？　アウグストゥス帝はわしを選び、死の床にわしを呼んでこう言ったのじゃ、そなたが皇帝となるがいい、間違ってもあの少年がなってはならぬ、体は頑強でも心は脆弱、美貌であっても頭の弱い、あの愚かでがさつな少年が……そなたこそ皇帝になるのだ、ティベリウス。

――しかし民草はそうは思っておりませぬ。

――どう思っておるのじゃ？　忌憚なく申すがいい。

――貴方様がアウグストゥス帝の死を明らかにしたのは、あえて真の世継ぎであるアグリッパ・ポストゥムスを暗殺した後にするように配慮したのだと。アウグストゥス帝の遺骸は隠蔽され、腐るにまかされ、その間に貴方様はアグリッパを暗殺するように命じたと……。

――アウグストゥス帝は手紙を一通残したのじゃ。

――民草によるとそれは貴女様のご母堂であられるリヴィア様が、夫のアウグストゥス帝の名で書いたもので、孫たる若いアグリッパを亡命に追いやって、継子である貴方様に道を開くためだったとか。

――少年は兵士らの護民官によって殺されたのじゃ。

――護民官によると、貴方様のご命令によるものとのことでした。

――しかしわしはそうすることを拒んだ、そしてわしを誹謗中傷したため、護民官を殺すように命じたのだ。元老院と軍団によって受け入れられた、わしという新皇帝を中傷したがゆえにな。法的正統性がこれだけあってもまだ足りぬか？

――ことはどうあれ、アグリッパ・ポストゥムスが追放先のプラナシア島で殺されて亡くなったのです。夜ごとに夢枕に立つ少年は亡霊にすぎません。わたしは亡霊などここまでやって来ることはないと信じています。隠遁生活を選択されたのは正解でした。島というのは自然の要塞ですから。

　すると皇帝は大声を上げ、腕を挙げると震える指を一本差し出した。修辞学の師の息子テオドールスは目を細めて、主人にとってはいかにも慣れ親しい暗闇に探りを入れようと試みた。この時に限って亡霊は夜に戻ってきたのだぞ、カーテンの後ろのあそこのバルコニーからだ、篝火を点けろ、テオドールス、とティベリウス帝は震えながらも目を大きく見開き、しゃんとした姿勢で言った。相談役は麻くずを束ねた篝火に火を灯した。すると狼狽《うろた》えたような低い呟き声が聞こえた。

——皇帝陛下様……この島で誰よりもつましい男が伏してお願い申し上げます、どうかわたしたちのおもてなしをお受けください。

篝火の光で見えたのは、伏し目がちの男盛りの人物で、髭は薄く、髪はぼさぼさで、腕は汗でてかてか光っていた。胸には魚を一尾抱きかかえていた。彼は腕を伸ばしてスズキを皇帝に差し出した。

——そなたは何者じゃ？　ここまでどうやって来たのじゃ？

——わたくしめは漁師でございます。皇帝陛下にわたくしなりの最高のおもてなしをしようと思い、つまらぬものですが海の賜物であるこの美しいスズキをお持ちしたのです。どうかご覧くださいまし、いかにも大きくて、脇腹は灰色で、腹は銀色に輝いておりますでしょう？　ひれも綺麗じゃございませんか？

——となると、ここには誰でもやって来れるということか？

——皇帝陛下様、わたくしめは幼少のみぎりから……

——……するとそなたは誰でも連れて来られるということか……。

——よく分からないのですが、両親から教わったのは、つましい者たちが偉い方々におもてなしをするのが正しいということでして、偉い方々はそうされたからといって、どうということもなくお受け取りになるのでは……。

——能天気な奴よな、そなたは亡霊どもに道を教えてしまったのだぞ。

皇帝が大声をあげたので、召使たちの一団が部屋にどたどたと入ってきた。彼らは篝火やランプ、大小さまざまな蠟燭などの照明物を掲げていた。召使たちの後ろからは守備兵が肩を震わせながら入ってきて、同じように身を震わせている男の腕を摑んだ。皇帝もまた身を震わせ、ここには誰でも入って来られるのだと呟いた。しがない漁師ですら、そして亡霊もまた。彼を付け回しているあの亡霊も。そいつは毒を盛った魚といっしょに、夜の使いを送ろうとしているのだ。いえ、滅相もございません、皇帝陛下様、誓ってそんなことなど、わたしは今日の午後にこいつを釣り上げたのでございます。この海で未だかつてこんなにでかいのは上がった試しはございません。自分と貧しい家族のためにとっておけば、漁師冥利に尽きると思ったくらいです。皇帝陛下様、わしらがよくやるおもてなしとお取りください。他の漁師たちはアグリッパ様が亡くなられたと申しております。確かプラナシア島やクロサ島などの島々で姿が見うけられたとのこと、祖父のアウグストゥス帝の遺産を要求しにここにも奴隷軍団といっしょに上陸するかもしれません。アグリッパ様は若い金髪の青年で、夜のみ、それも二度と同じ場所には姿を現さないそうです。あのアグリッパ・ポストゥム様でございます。皇帝陛下様、わたしは仲間たちと言い争って言いました、貴方様こそ皇帝であり、だからスズキを一尾、カプリ島のおもてなしとして差し上げるのだと、貴方様の見る夢が安泰としたものとなり、それでわたしも同様に安らかな気持ちになれるからです。わたしたちは平和を望んでおります。わが父はカシウスとブルータスとことを構えた内戦で戦死いたしましたから。漁をして静かな生活をしたいだけなのです、皇帝陛下様をおもてなししたいという思いだけでして……。

——馬鹿者、とティベリウスは言った、そなたはわしの悪夢をさらに掻き立てただけじゃ。守備兵ども、スズキをこやつの顔になすりつけてやるがいい、魚の口と歯でもって漁師の顔を擦ってやれ。どうじゃ、愚か者が、これで思い知ったか？　あえて二度とわが宮殿の背後にある断崖を上がってこようなどとするではないぞ、そなたがやったように誰でも、アグリッパの亡霊までも上って来られると、わしに思わせるとはどういうつもりじゃ？

——皇帝陛下様、すべては上首尾でございます。わたしは柔らかな肉のついたスズキを釣れたことを感謝しております、それにカニをお持ちしなかったことも……。

するとティベリウス帝は笑い、衛兵のひとりに命じて厨房からカニを一匹持って来させた。また召使のひとりに、その時間兵舎で休憩をとっている交代要員を連れてくるように命じた。皇帝は不幸な漁師の顔をカニでもって擦らせたため、彼は涙を流し、血だらけになったあげく、視力を失うのではという恐れを抱いた。漁師は宮殿から放り出された。

——今後はそなたもまた、あの王座を狙う亡霊のことを信じることになるのか、とティベリウスは漁師に向かって、そしてテオドールスと自分自身に向かって叫んだ。

彼は交代要員の衛兵に、夜回りの衛兵と代るように命じた、それは彼らが漁師ひとり侵入するのも防げず、召使たちの後に部屋にのこのこやって来たからである。はっきりしているのは、連中が彼の裏をかいていたことである。彼ら衛兵たちは本当の兵士ではなく、死の神オルクスの恩恵によって解放された《遺言によって定められた者》たち、主人の遺言によって解放された奴隷たちだったのである。そうした恩恵は所詮、長続きしないものである。いいか、臆病者の夜回りの衛兵たちには、一人ひとりに水をたくさん飲ませ、おしっこができないように性器をしばり、夜の間、排尿させないで尿を貯めこませ、腎臓をぱんぱんに腫らせ、朝になってティベリウス帝にそのあり様をしっかり見届けさせてから、全員を一人ずつ断崖のてっぺんから海につき落とすようにしろ。そして水兵の一団に海上で待機させ、溺れ死にし損なっている者たち、こいつらの骨をひっかき鉤とオールで叩き割るようにさせるがいい。交代要員の衛兵たちに、これがわしのやり方だと見せつけてやるがいい。

相談役のテオドールスは、親殺しの辿る運命はもっと過酷だと思った。彼らは棒で打ち付けられた後、犬や雄鶏、猿や蛇の入った皮袋に入れられ、縫い合わされて海に捨てられるからである。

――テオドールスよ、わしは動物たちのなかに蛇を一匹入れたのだが、ある時見たら蛇は蟻どもに貪り食われておった。卜占官はわしに大衆のもつ権力に対しては、警戒するように言った。

――陛下、警戒するに越したことはありません。どんなことがあっても皇帝はフィダナエの剣闘場にお出ましになろうとはされなかった。そうしたら円形競技場が崩壊し、二万人の観客が下敷きになって死にました。へたをすればその内のひとりになっていたかもしれません。陛下、群衆からは遠ざかっているに越したことはございません。ご先祖の第二代クラウディア様のことをお忘れではないでしょう？　あの方の蠟仮面があそこのバルコニーの隣に掛けられていますが。

――忘れはせぬ。そなたはなぜわしにあの流布している伝説について教えてくれはせなんだ？

――セニョール、それはあまりの要求でございます。

ティベリウスはやかましいほど大きく手を叩いた。召使ども参れ、服を脱がせよ、風呂に連れて行け、わしの好きな魚をかき集めよ、晩餐と祝祭の用意をせよ、乙女たち、若者たち、漁師や亡霊のことは忘れるがいい、漁師は海に帰るがいい、亡霊は灰に戻るがいい、漁師よさらば、魚をもってこい……。

――陛下、噂が広まっております。もちろんこの幽霊はアグリッパの亡霊ではありません。彼の奴隷であったクレメンスその人なのです。この男は主人と同年代で同じ背丈で、姿かたちが不思議なくらい似ていたことを利用して、世継ぎが死んではいないという情報を広めようとしたのです。この知らせは決して知ってはならない話のように、密かに噂として広がったのです、静かな夜中のことでもあり、見世物に集まった群衆たちが秘密をこっそり守ったせいかもしれません。と申しますのも、夜も群衆も判別できる顔といったものをもってはおりませぬゆえ。この話を聞いたのは、ほとんどが耳をそばだてて何でも聞こうという愚か者か、不満から謀反を企てようとする連中たちです。クレメンスは夜しか姿を見せませんし、決して同じ場所には現れません。彼を見たり聞いたりしたとしても、二度とそうする機会はありません。この男は自分が広めている噂のように、足が速くてつかみどころがないのです。情報は公になったことと相俟って、それ自体びくともしませんから、信憑性は極めて高いものと愚考いたします、陛下。他人になりすますには神秘のヴェールに包まれていることが必要ですし、場所も次々に替えねばならないでしょう。イタリア中がアグリッパは生きていると信じております……。

――アグリッパはもう遺灰になっておる、イタリア中に遺灰を見せてやればいい……。

――陛下、遺灰は奴隷のクレメンスに盗まれてしまいました〔クレメンスはプラナシア島から主人アグリッパの遺骨を盗み出し、顔が酷似していたためにアグリッパになりすましてローマに入ったとされる〕。

――どうしてそなたはわしにそのことをすぐに話さなかったのじゃ？　そなたはわしに今ごろ知らせればいいとでも思っておるのか？　馬鹿な漁師風情が山を登ってきて、そのことをわしに知らせるまで待っておれとでも？

――陛下、貴方様の恐怖心をあおりたくはなかっただけでございます。所詮、この世から消え去るだけのなりすまし男などどうでもいいではないですか。そもそもそれ自体がお笑い種ですから自然に消えるでしょうし、そうでなければ軍隊の力で奴隷たちを情け容赦なく押しつぶすなりすれば済むことです。噂など自然に消えてなくなりますよ。どんな奇跡も九カ月もった試しはないのです。時間がたてば消耗してしまい、人は別の奇跡を求めるものです。あまつさえアグリッパは暗殺された最初の世継ぎというわけでもありません。セサリオンも殺されました。皇帝ユリウス〔ジュリアス・シーザー〕とクレオパトラの間の子です。

――もういい、ぬるめの清めの湯を用意しろ、湯につかるとどれほど疲れがとれ、生き返れるか。わしのかわいい従順な子たち、すぐに小魚たちを湯に入れるんだ、わしは腰かけ、お前たちは素早く、やさしくわしの足の間で泳ぐ、小魚たちよ〔『ローマ皇帝伝』を著したスエトニスによると、ティベリウスは少年らを一緒に泳がせて魚のように体を啄ませたと言われる〕、お前たちは日に焼けて褐色だが、わしは蒼白い、お前たちはほっそりしているが、わしはぶよぶよだ。わしの足の間で、自分たちの金の釣り針を見つけるのだ、わしの消えかかった炎を、老いて疲れ切ったわしのペニスを、皺だらけのわしのふぐりを見つけるまで泳ぐのだ、小魚たちよ、何と無駄なことか、でも何とも気持ちいい、止めるな、いらいらするな、どうでもいい、舐めるんだ、吸い付け、撫でまわせ、もうよい、テオドールス、わしは湯から出るぞ。わしの体を拭かせろ、トーガと月桂冠、半長靴をまとわせろ、すべてを弓型に配置せよ、ボラとカニ、それにぶどう酒を割るためのぬる湯、漆喰で封をした水差しなどだ。そこまでわしを担いで行って横たえるのだ。わしのうら若き乙女たち、倒錯した若者たちを入れさせよ、そして食べさせ、飲ませ、女流詩人エレファンティスの本を読ませよ、そこには一年中、毎晩変えて楽しむ三百の性交体位が描かれておるのだ。お前たち、シンティア、ガイウス、レスビア〔皇帝の息子の嫁〕よ、いいかレスビア、お前はその可愛い舌をシンティアのつるつるしたオマンコに挿入するがいい、シンティア、お前はわしらのガイウスのぬるぬるした旨いペニスをしゃぶるのだ、ペルシウスよ、お前はガイウスに跨り、やつの固く締まった菊の御紋を広げて、唾をつけた指で柔らかく解きほぐすのだ。そしてお前の固く長い黒人ペニスをぶち込んでやれ。ガイウス、お前はわしらのシンティアのピンクの乳首を吸うがいい、そしてわしの子供たち、小魚どもよ、近う寄れ、そしてお前たちは日焼けした手で残った部分を撫でまわせ、レスビアの尻やペルシウスのふぐり、ガイウスの脇の下、シンティアの臍などだ。ファビアヌス、お前はマスをかけ、陰茎の根元から紅いカリまで力いっぱいしごくのだ。そうだ、そうだ、良い調子だ、ずっしりした逸物に優しく手の力を加え、みだらな包皮を延ばし、血と精液を勢いよくほとばしらせよ。わしはいつも不思議に思ってきた、どうしてわしらは血を射精しないのであろうかと。血であれば見栄えがいいだろうに、赤い血に白いトーガとか、お前の血管をブタの内臓のように膨らますのだ、そうだ、そうだ、さあぶちまけろ、降り注げ、銀色の白濁液を、子供たち、男たち、女たち、全ての者たちに。皆の衆、さあ身をふりほどくのだ、鎖をぶち壊せ、われらのファビアヌスのザーメンを飲むのだ、それを胸や足の間に塗りたくるのだ、そしてその濃厚なぶどう酒を指で掬い取って、アヌスに挿入するのだ。体をわしらの雄山羊の熱い雪の層で覆うがいい。わしらの逞しく美しい、毛むくじゃらの種ロバのザーメンを。尻の穴、ペニスの先、彩色された唇に赤い傷がいっぱいついていて、紅い斑点模様となった金髪の白人青年ファビアヌスのそれを。さあ、皆の者、体位を変えるのだ、まだ行ってはならん、これから新しい織物を織るのだ、各人が口、陰毛、ヴァギナ、ペニス、ふぐり、アヌス、乳房、脇の下、足、臍を一つずつ探すのだ、そして全員裸になって、セックスをして楽しむのだ。一対一で顔を突き合わせて一戦を交え、恐れることなく戦い、死ぬまで痛めつけあうのだ、容赦はいらぬ。恐れることはない、子孫もいなければ、成果もない。女どもは絶滅しているし、男どもの精液も尽き果てている。お前たちの肉体だけは汚れなく、洗い清められ、毛を剃られ、完全なものだ、テオドールスよ、羨むべきプリアモスは自分のどの親戚よりも長生きしたが、子孫をひとりも残さなかったのだ、己が血統の頂点となったのじゃ、わしティベリウスもまたそうありたいと願っておる。そうなりうるし、ならねばならぬのじゃ……。

――陛下、貴方様は目的のためとはいえ、ずいぶん手回しよく、養子のゲルマニクス様を毒殺されたようですね。嫁の手でもうひとりの息子さんを殺すのを許したわけですから。しかし嫁はそのせいで鎖を背負わされ、密閉された輿に入れられ、囚われの息子たちといっしょに、終わりなき旅をすることを余儀なくされました。彼らはこの世に生きて存在することはないでしょう。陛下はご自身の孫たちを殺すように命じられました、ポンティアではネロを、宮殿の地下室ではドルススを。二人とも飢えで亡くなりました。ドルススは飢えのあまりクッションの中身まで食べようとしました。貴方様は彼の遺骸をばら撒くように命じられました。陛下、貴方様には子孫はありません、プリアモスと同じように幸せになれましょう。唯一、亡霊にびくびくさせられるだけです。亡霊とはお分かりのように、奴隷なのです。ちゃんと名前も体も備えていますから、見つけ次第、十字架にかければいいのです。他の多くのケースと同様、奴に厳罰を与えればよいのです。陛下、正当な罰であれば、貴方様の偉大さと鷹揚さにふさわしいものとなります。あの貴族が奴隷に売られたのは、戦争に行けないように自分の息子たちの親指を切断したためでした。歩兵隊が大量に殺されたのは戦場で卑怯な態度をとったからです。あらゆる者たちが拷問や投獄に遭い、公民権を剥奪されました。

——……確かにそうじゃ、何度でも繰り返して言うがいい、テオドールス、わしはこうした者たちの肉体を存分に楽しみたいのじゃ、だからわしに良くしてくれ、そなたにはこうした厭なことを考えさせられつつも、ああした楽しいことを考えさせてほしいし、悦楽を思い浮かべつつも苦痛を味わいたいのじゃ。わしの悦楽はそうすることでより大きくなる、だからわしはそなたに感謝して生きていくつもりじゃ。そう考えただけでわしのペニスは勃起してくる。奇跡だ、奇跡だ、ペルシウス、ファビアヌス、小魚ども、レスビアよ、わしがわが子ゲルマニクスの妻アグリッピナが、あえてわしのことを疑ったとき女に対しどういう仕打ちをしたのか語るがいい、シンティア、ガイウス、お前たちはそのまま続けていろ……。

——たしか陛下はパンダテリア島に追放されましたよね、貴方様が勇敢なゲルマニクスを殺したといつまでも言い張るので、百卒長に眼が飛び出すまで顔を殴らせました。そのあげくあのような片目になってしまって。すると女は死ぬ覚悟で断食をしたのですが、貴方様は兵士たちに無理やり鉤で口を開けさせ、食べ物を詰めこむように命じられたのです。

——……お前らはそのまま続けていろ、そなたは話すがいい、わしのやった不当な裁きをたっぷり聞かせてくれ、そうすると興奮するのじゃ。

——陛下はご自分ではなくブルータスとカシウスのことを最後のローマ人と呼んだ詩人の本を焼却させただけでなく殺すようにとも命じられました……。

——……わしこそ最後のローマ人だ、テオドールス、唯一の。ローマはすべての歴史をひとまとめにした存在である。つまり世界が最も遅れた部族や原始的村落であったときから、ずっと追い求めてきたもの、つまりひとつの世界を実現したのだ。ローマが征服したのは土地や海、都市、民族、戦利品を超えるような何ものかなのだ、つまりひとつの世界である。単一の法、唯一無二の皇帝という一体性だ、それはティベリウスたるローマ、ローマたるティベリウス以後の版図拡大を措いてはあり得ぬし、あってはならぬ。蘇ったアグリッパに皇位に就かせるがいい、ローマに集中した権力と広大な版図は、月の砂のごとく手の間から失われるだろう。わしはそうなることを望む、シンティアのアヌスにキスするのを望むのと同じくらいにな、わしの後にはぜひそうなってほしいものよ……。

――陛下、それは貴方様の時代にすでに起きていることでございます。どうか不平不満に耳を傾けてください。皇帝陛下は未だに騎士十人組の空いたポストの任命をされていませんし、兵士の護民官どころか、地方の長官や知事までも交代させてはおりません。貴方様の無頓着さがあだとなって、大きな不安を呼び覚ましております……。

――……早速にな、ところで皆の者、いいか、すぐに自分の一番近くにいる者に黒いキス、糞のキスをするんだ……。

――陛下は何年もの間、スペインとシリアに執政官を置かずに放置してこられました。それにアルメニアがパルティア人の、モエシア〔ダニューブ川下流域にいた一部族〕がダキア人の、ガリア地方がドイツ人の支配下に落ちるのを見過ごしてこられました。民衆はこういったことは帝国にとって危険であり、不名誉だと申しております。それを皇帝陛下のせいだと……。

――テオドールスよ、わしに職務のことを話さんでくれ。悦楽のことを話せ。

――陛下はご自分の肖像の近くで、奴隷のひとりを鞭打ちした男を殺すように命じられました。貴方様の別の肖像の近くで服を着替えようとした男のことです。

――……みんなたっぷり酒を飲んだか？　ならばオシッコをしろ、他の人間の口の中にな、すぐにだ。

――陛下はご自分の肖像が刻印されていた指輪をはめて公衆便所に入った男と、それと似たような指輪をはめて売春宿に入った男を殺すように言われました。

――……突っ立っている男ども、ファビアヌス、ペルシウス、それにガイウス、バックからやりまくれ、女どもは跪いて、男の金玉にキスするんだ。誰もかもうすぐ死んで、自分らには墓が待っていると考えてな、また死ぬときには己の肉体なんてばかばかしい皮袋だとか、己の行為なんて死を宣告するような愚かな不品行だと考えるはずだ。相談役よ、語るがいい、そうしてわしの悦楽をいや増すのだ……。

――陛下は、自分の生まれ故郷において名誉を捧げられたあるパトリキ〔ローマ貴族〕を殺されましたね、単に同じ頃、同じ場所で、別の機会に貴方様へ恭順の意を表したという理由だけで。陛下、どんな村といえども貴方様が訪ねる日に歴史が始まるということですか？

――今ではどんな小さな村も決して訪れたりはせぬ、満足してカプリ島の自分の村に閉じこもっておるからな。高尚なことをいろいろ想像しているだけで楽しいのじゃ。自分の死をわしの帝国と同じ日に迎えるにはどうしたらいいのだ？　わしは自分の後を誰かが継ぐなどというのは耐えられぬ。それはあたかも美しいシンティアが、生きた象牙のように白い尻をわしに差し出す代わりに、この瞬間に陣痛の痛みを感じ始めて、わしのシグマ〔半円形の食事用臥台〕で出産でもするようなものだ。考えただけでもおぞましい。わしの後を誰か他の人間が襲い、わしの場所に横たわり、レスビアの乳首を触り、ファビアヌスの陰毛を一本引き抜くなどと考えただけでもぞっとするわ。だめだ、絶対そんなことはさせぬ、だめだ、皆わしよりも前に死ぬがいい、わしはひとり自分の帝国とともに滅びる。テオドールス、われわれは身を引き締めてかからねばならないぞ、口実は最小にして、処刑しまくるのだ、ひとりも生かしておいてはならぬ、わしはひとりで死ぬが、最後の最後だ。処刑しまくれ。テオドールス、処刑しまくれ、射精しまくれ、死体はフォロの階段から放り投げ、ひっかけ鉤でテベレ川まで引きずっていくがいい。

――陛下、すでに仰せのとおりやっております。

――……処女を絞殺するのは神をも畏れぬ習慣ゆえ、最初に死刑執行人に犯させてからその後、絞首刑に処するがいい……。

――御意、すでに仰せのとおりやっております
――……わしの許可なくして誰にも自殺させてはならぬ。

――カルムルスが、あの不満分子のカルムルスが自殺してしまいました。

――……するとわしの目を盗んだというわけか、相談役よ、見てみろ、どれほど軽薄で、どれほど注意散漫なことか……。

――アグリッピナも亡命先で果てました、思いのままに飢えて死んだのでございます。

――……誰にも二度と裏をかかせてはならぬ、みんな注意しろ。

――陛下、誰にもですって？　死にたがっている連中もですか？

――そうだ。

――となるとそういう連中をどうやって断罪するおつもりですか？

――生きるように強いるのだ……。

――陛下、最初に誰のところに向かいましょうか？　イ

タリアはスパイや密告者、遺恨を抱く者、侮辱を受けた連中がわんさとおります。これは相当手ごわいですよ。貴方様に傷つけられた者たち自身、自分たちのケースなど決して特別ではないと考えているのです。連中は友人でも敵でも密告しますし、親戚仲間も他の友人や敵を密告しあっている始末です。ことほど左様にイタリアは復讐の上に復讐で出来上がっている国です。どこでけりがつけられるか分からないのです。家族に陛下の手で殺された人間のいない者というのは、自分たちが低く見られているように感じて、殺されるという名誉を得んがために時をおかず陰謀を企むなどというケースもあります。人はあらゆる密告者の言うことに耳を傾け、陛下に殺されることは彼らの望むところなのです。最初に誰のところに向かいましょうか？

――テオドールスよ、小人どもの言うことを聞いてみよ。奴らはいかにも裏切り者という感じがするではないか。背信の臭いがプンプンするぞ。神々は肉体的欠陥の埋め合わせに、この才能を奴らにお与えになったのかもしれぬ。もし小人のひとりが皇帝陛下を裏切ろうとしているのに、なぜあいつやこいつを生かしておくのですかと尋ねたら、密告された者たちは即座に処刑せねばならん、たとえわしの愛人であるファビアヌスやシンティアであろうともな。教えてくれ、わしは誰の子なのじゃ？

わしの非情な先祖たちのことを思い出させてくれ、テオドールス……。

――ルキウス家の血筋でございます、陛下。しかしこの名の家系の者たちは無人地で盗みと殺人を犯したことで断罪され、貴方様は姓を変えたのでございます。もう一方はクラウディア家のほうです、陛下。初代のクラウディア様についてですが、ご自分の貞節に疑いの余地のないことを証明しようとして、肩に縄を結わい付け、テベレ川の泥まみれの浅瀬から、聖なるものをいっぱい詰めこんだ船を曳いたとのことです。

――……テオドールス、何とも女というものは……。

――第二代のクラウディア様ですが、元老院で裏切り者の烙印を押されて断罪されました。というのもある日、彼女は輿に乗って通るのを村の群衆が邪魔したため、輿から下り、弟のプルケールを蘇らせ、生前の彼がやったように、敵を前にして別の船団が敗れるように公然と謀ったからです。そうすることでローマの群衆が数を減らし、貴族が安全に旅をすることができるようにしたかったのです。

――……そういうこと、女という動物はいつも群衆を見下してきた……。

――第二代クラウディア様は断罪された際に、赦免を求めるべく喪装さえしませんでした。赦免などというのは奴隷か去勢者がするもので、これからステュクス川のどんよりとした黒い水のそばの黄泉の国で、すべての友人や称賛者と会いたいと願っている女には必要ないと言い放ったのです……。

――……そうだ、確かに、テオドールス、この家系はわしをもって最後を迎えるのだ。そなたの古文書と記憶を辿って探し出してくれ、わしに対する反逆のなかで一番不明で知られることの少なかった、忘れ去られたケースというものを。群衆から出てきた個人による反逆で、われらに対する暴動とも言えるものをな。わしらは優れた無二の存在であったがゆえに、集団的倫理そのものを体現している。それは大理石の神殿と法律のなかに見れるとおりだ。唯一、他ならぬわしだけが、それらを灰燼に帰し、足蹴にすることができるのであって、間違っても群衆や大衆などではない。わしの蛇を貪り食ったアリどもではない。テオドールスよ、わしらのローマ法は、万人にとって、ひとつになった広大なローマ帝国において全く同じように適用されておる。ローマはひとつであり、ひとえにティベリウス帝以外のものではありえない。わしとともにローマは滅びる。修辞学者の息子であるそなたよ、棕櫚のサンダルを履いて探しに行くがいい、そしてわしの求めるものを見つけてこい。わしのほうは子供や若者、乙女らと楽しませてもらう。連中はどうした？

もう疲れきってしまったのか？　すぐにでもエレファンティスに見てもらえ、別の体位だ、すぐにだ、わしの快楽に仲立ちは無用、お前たちはわしの悦楽のためにここにいるのであって、自分たちのためではないぞ、すぐにでもエレファンティスに助けを求めよ……。

禁欲主義者の手稿（その2）

わたし、テオドールスはこうした出来事の語り手だが、そのことを振り返りながら夜を過ごした。そして読者たるあなたがお持ちの、あるいはいつか手にするだろう書付に、あたかも自分のことを別の人格のようにみなし、つまり客観的な語りの第三者として、また主観的語りの対話手、ティベリウスの相手、観察者、召使としてそれを記述した。今やっとわたしは旅を通して収集してきた、厖大な量の書付が所狭しと積まれた狭い寝室で、窓辺に置かれた板張りのみすぼらしい寝台にひとり腰かけている。そこからは海も見えず、見えるのはカプリ島の黄土色をした岩肌だけの景色だけだった。ひとり孤独であるというのはわたしのわずかな自主性だったが、そのなかで初めて自分は一人称、つまり語り手なのだと思いなすことができるのだ。

わたしはこうした出来事をつぶさに見聞きした。最も人間離れした連中のことだ。なぜならば皇帝の淫乱ぶりも、もし彼が小魚と呼ぶ子供たちが、実際はまともな子たちであり、レスビアやシンティアも美しい女たちであり、ファビアヌスやガイウスも凛々しい若者であったとしたら、それも理解できようというものだ。しかしこうした乱痴気騒ぎに居合わせたわたしにしてみれば、彼の性的追随者どもを美しいと想像し、そう言い張るティベリウスに従いつつも、自分が目にしたものを見る限り、あれはどんな分別のある平静な人間でも心の安寧をかき乱すものであったことは間違いない。哀れな子供たちは盲であったし、シンティアとガイウスは侏儒だった。またペルシウスはせむしだったし、ファビアヌスは白子であった。レスビアは鼻から顎にかけての顔の下半分が欠けた怪物だった。この女の顔は処々でかさぶたのできた大きな穴ともいうべきもので、かみ砕いた食べ物を嚥下するには別の所を開かねばならないほどだった。彼女は気のふれたような目でわたしにこう語りかけているようだった、可哀そうといった目で見ているけれど、わたしがここにどうしてやってきたのか、そしてここでわたしが何をし、どういう訳でこんなわけの分からない行為を何度も繰り返さねばならないのかも説明して頂戴。こんな嘲りと拷問を受けねばならない訳を……。

わたしが読者にご説明しましょう、皇帝は不具者たちの生まれに興味をもち、彼らをサーカスや突発的病気で荒廃した港、近親相姦が至上の価値をもつ遠い山々、犯罪都市の地下区域において探し出そうとした。そして女流詩人エレファンティスの本をマスターするように強いられた、哀れなこれらの者たちを皇帝の住む街に連れて来させたのである。彼らはまた、皇帝がでっちあげた美の規範といったものをまとわねばならなかった。それは皇帝が自身のまともさや均斉と比較するためだったのか、それとも皇帝の老齢や不能と比べれば、何はともあれ、不具でも自分たちのほうが美しいと感じるためだったのかは定かではない。というのも彼らの肉体は醜く歪んではいても、皇帝がもはや自分の肉体ではなすことのできないことを、なすことができたからである。

わたしには分からない、自分の仕事というのが、すべてのことに感情的に首を突っ込み、その問いに解決を出すべく、そのことを調べることなのかどうかが。わたしは証人としての仕事を果たすだけだ。ティベリウスは口には出さなかったが、自分と同じ性格の証人を求めている。その必要性があったればこそ、わたしたちは救われているのだし、今後も救われるだろう。そうでもなければ、わたしたちはライオンの前に放り出されて食い殺される最初の人間となっていたかもしれない。わたしはかつて皇帝と見世物の野獣狩りにお付き合いしたことがある。ある男が砂場で猛獣たちと戦い、最後には食い殺されてしまった。剣闘士の目にいささかの恐怖心も見えなかったのが驚きだった。冷静沈着な男だった。何も期待せず、何も失わなかった。

おそらくわたしもまた、身を滅ぼした人間なのであろう。殺される時期を延ばされたのは、皇帝が証人をもつ必要があったからである。皇帝はわたしが書いていること、これらの出来事を記録に残していること、そして将来のローマ人がそのことを知るだろうということをわきまえているはずだ。つまるところ、皇帝はわたしがあまり聞いて楽しくないことを書きとめていることが分かっているのだ。にもかかわらずそれを許している。いや、それどころかそれを望んでいるのだ。ひょっとしてわたしは単なる行動にすぎない出来事の証人というだけではないのかもしれない、何にもまして彼の性格の証人でもあった。因みに性格こそ人間を動かす動因である。行動というのは変化するし、いろいろな人間が行動を起こすものだ。しかし性格は不変であり、唯一、ひとりの人間だけが動因であるにすぎない。ティベリウスの晩年の性格はいつもの彼の性格であった、とはいえ彼の人生の青春《はる》において、おそらく彼を含めてそのことに気づいた者は誰もいなかっただろう。良い人間が悪い人間になることもなければ、その逆もない。権力をもったからといって人間の性格が変わることはない。性格がどんなものか明らかにするだけである。わたしたちはこのことをしっかりわきまえ、権力者の性格を常に理解しておくことにしよう。少なくとも権力には次のような徳性がある。つまり不当な権力を有する者は、嘘をつくことができないということだ。歴史の光はきわめて強いので、権力者にとって猫を被ることは何の役にも立たないだろう。というのも権力の行使によって、猫かぶりの大きさが暴露されるからである。かくして少数者に多くを与えることと、多数者にわずかしか与えないことは、賢明な自然の均衡となっているのである。少数者は真実を隠ぺいすることはできない。これこそ権力をもつことに伴う苦行である。多数者は決して真実を見そこなうことはない、それは彼らの弱さに対する褒美である。

こうしたことを理解しているとはいえ、わたしのような人間がいったん歴史を記述するとなると、二つの態度のどちらかを選択せねばならない。歴史はわたしたちが見たことと、それによって裏付けることができることの証言であるか、さもなくば、こうした事実によって決定される不動の原則を探究するものなのか。不確実な世界に生き、侵略や内戦、自然災害に苦しんだ古代ギリシアの歴史家たちにとって、とるべき態度ははっきりしている。つまり歴史は不易なるもののみを扱うべきである。それは不変なるものだけが認知しうるからである。変化しうるものは認識しえない。ローマはこうした考えを受け継いできた。しかし彼らはそれに実利的目的を与えた。つまり歴史は正統性と継続性に奉仕せねばならないのである。未来の出来事は、新たに造り出す行為を支えるものでなくてならない。ローマ法は血縁、所有、婚姻、遺産、契約についての様々なケースを定義する法的措置である。こうした事実のいかなるものも、原則や法的措置、個人に正当性を付与する上位の一般的規範への言及がなければ法的正当性をもつことはないだろう。となると法的正当性の根拠とは何であろう？　民族そのもの、ローマ人、その起源、その建国である。この法的正当性が反映しているものは何か？　それは世界全体である、というのもローマ人はありのままの自然、宇宙《コスモス》を社会的・歴史的・全世界的な世界に変容させる能力をもった、普遍的原則を体現しているからである。これこそがローマの特権である。したがって世界を征服することができたのであり、統一をもたらし、世界の指導者となりえたのである。指導者といっても、自然界のそれではなく、われらの法と道徳、民政、軍政の、侵すべからざる法的措置の拡大として想定された世界の長のことである。前者であれば偶発性によって法が蹂躙されることもままあり、所詮、分散することを運命づけられた世界である。われらの成功こそ、このことが真実であることの最良の証拠である。われらローマ人は、純粋な創造によって熟成されたぶどう酒に形を与える大型壺《アンフォラ》である。

こうした真理と二者択一を前にして、わたしはたまたま運命としてティベリウスという主人に仕えることで、つぶさにその人となりを実際に身近で見聞きするという選択をしたのである。それにつけても、征服を法的に正当化することにかくも関心を払った社会を支える、あらゆる徳性をはなから否定する人物が帝位に就くことができたのは、いったいどういう偶然が作用したのだろうか？　わたしは実際に東洋を知っている。われらの教師たちは、想像に基づいた東洋的腐敗を、それと同じく想像の産物であるローマの単一性、力、善性への信念とを比較するとき、どうしていい加減な嘘をつくのだろうか？　どうして人はそんなことを信じつつも、ローマにおける悪徳やヴィーナス、バッカスへの崇拝を密かに推し進めたりするのだろうか？　その一方で、詩人たちに圧力をかけて、三月のあの不吉な日に起きたユリウス・カエサルの暗殺後に、破滅的に変わってしまった秩序を維持する政府によって示された美徳を称揚させたのである。われらの主人ティベリウス帝が真になさねばならぬあらゆる義務から免れることができたのは、どれほどおかしな矛盾のせいだったのだろうか？

わたしとて自分の抱いた疑問が、ひとつの誘惑を意味することはわきまえている。つまり偶然が支配する世界に一枚加わり、行動するということである。そして事実という偶然性が支配する海岸に、己の砂粒を置くことである。その誘惑に負けるなら、栄光を得ることなく生を失うだろう。わたしの王国は必要性のそれではない、必要性があったとしてもなお勝ち取ることのできる、壊れやすい自由のそれである。わたしは行動するという誘惑に対して、信念を対置する。なぜならばわたしは世界の事実に影響を与えることを望みもしないし、与えることもできないからだ。わたしの使命は、心の内的な一体性とバランスを保持することだ。それこそが原初の行為の純粋性をふたたび勝ち取る、わたしなりの方法なのだ。わたしなりの砦であり、敵意に満ち腐敗した世界から自分を救うために、そこに引きこもるつもりだ。わたし自身の砦であり、そのなかにあって初めて、わたしはかけがえのないわたし自身となるのだ。

実際にわたしが屈することになる唯一の誘惑とは、より品位のある親密な光のもとで、自分のことを三人称でもって表現することだとここで告白しよう。真実はさほど美しいものではない。

しかしそうした行動への誘惑は……その余りにも人間

的なそうした誘惑は……。

禁欲主義者の手稿（その3）

皇帝、わたしは自分の書付のなかに、記憶の深い狭間に、それ以上ないほどの暗闇を見出したのです、とテオドールスはその日の正午にティベリウス帝に言った。皇帝は食事前に、裸姿で燃えさかる篝火に近づき、召使たちの手で冷水浴をし、体に香油を擦り込ませた。それまでになく暗く、忘れ去られた情景だった。

そなたは神々の伝令メルクリウスだ、とティベリウスは笑って言った。いいえ、陛下、違います、わたしは古文書をあさるネズミ、東方からやってきたしがない旅人です。わたしのやり方をご覧ください、わたしこそ人が未だかつて考えたことのないことを考えた最初の人間です。つまり陛下ご自身の前提から出発して、不可能なこと、知られていないことを考えたのです。それは群衆の中から生まれた個人的反逆で、最も知られていない証拠を見つけ出すということです。そこであまりにも多くの文書で記述されたローマ史を繙《ひもと》きました。その後、属州の歴史を一つずつさらって見ました。最後に辿り着いたのは最も貧しく、最も辺境にあって、どうでもいいユダヤの地です。その歴史を調べていると、わたしの関心を呼ぶ、つい最近の出来事に出会いました（そのせいで知られていないのです。昔の出来事であれば記憶に残るはずです）。

陛下の執政官のひとりでポンティオ・ピラトという名の男は、シリアのローマ総督の下にあって、陛下のお気に入りセイアヌスの庇護のもとにあった者ですが、彼は去年解任され、自殺に追い込まれました。理由としては、何世紀も前からイスラエル王国の北部に住み、そこを支配していたサマリア人という名の野蛮民族に対する不平を鳴らしたからです。陛下、わたしは疑問に思いました、どれほどいかがわしい人物であろうと、ティベリウス帝の執政官を退位と死に追いやったのはどうしてなのかと。砂漠地帯のユダヤ王国の一部族、一党派がそのようなことを成し遂げるには、どんな力をもっていたのだろうかと。なぜだろう？　またどんな前例があるのだろうか。

わたしはずっと忘れていたことをふと思い出しました。かれこれ五、六年前にわたしはニサン月〔ユダヤ暦で四月〕に、ラオディキア〔小アジア西部フリギア地方の都市〕方向に行こうとしてエルサレムの街を歩いていました。ユダヤ人の群衆が集まっているアントニウスまたはガバサの広場と呼ばれる場所を通っていたところ、遠方の法務官官邸のアトリウムのところに、二人の人物が立っているのが見えました。ひとりはトーガをまとい、群衆の前で手を洗っていました。もうひとりはその傍で、茨の冠をつけた頭をかがめるようにしていました。まるで人から愚弄されているようで、みすぼらしい身なりの、髭をぼさぼさに生やした乞食にみえました。彼は血を流したままじっと動かずにいました。何が起きたのか、わたしは案内役に尋ねると彼はこう答えました。

――皇帝の執政官がここで裁きの判決を下しているんです。

わたしたちはそこを通り過ぎました。わたしは疲れていてひどく喉が渇いていました。ラオディキアに早く着きたいと思っていました。実は今日に至るまでその事件のことを思い出すことはなかったのです。事件をきっかけとして、次々と湧き上がる疑問に対する解答を想像することができました。執政官は平和を維持すると同時に、裁きを下すという役目を仰せつかっています。唯一ユダヤの平和を脅かすのはユダヤ人のメシア待望論です。これはダビデ王の血をひくユダヤ民族の救世主の到来を主張するもので、彼によってイスラエルの政治的主権が回復されるとするものです。セニョール、こうしたメシア、救世主はユダヤには余るほどいましたよ、砂漠の椰子の木をゆすってごらんなさいませ、ナツメヤシが二十個、救世主が十人も落ちてきます。わたしの詮索の幅は狭まりました。執政官ピラトはこうした事件の何かと関係があったのでしょうか？　わたし自身があの夏の暑い日の午後に、かの執政官および、ユダヤ人預言者のひとりと出会った生き証人だったのでしょうか。

わたしはわれらの古文書館で最も参照されることの少ない書付を引っ張り出しました。ついにごく小さな官報のようなものを見つけました。そこには五年足らず昔に処刑された、疑わしい習慣を実践するユダヤ人の魔術師、預言者、ならず者のことが記されていたのです。彼は娼婦らと懇ろになり、十二人の労働者と暮らし、ナザレ人、神の聖人と呼ばれていました。このナザレ人はダビデの子孫で、預言されたメシア、ユダヤ人の王であると名乗りました。ユダヤの人気のない場所を数カ月間彷徨って、陛下がわたしに要求されたものと符合するような、一種独特な反逆を人々に説いていました。つまり大衆から生まれたとは言いながらも、それは純然たる個人の反乱なのです。そのナザレ人は大工の子として馬小屋で生まれました。とはいえ、自分のことを男の種なくして生まれた神の子と称していました。地上の権力や富には何の価値もない、一番重要なのは魂を救うことであり、天上の王国、つまりナザレ人の想像上の父たる唯一の神の王国を勝ち取ることだと言っておりました。

こうした考えでもって人々の心を逆なでし、かき乱したのです。陛下、彼は武器を取るよう命じられるのを待っていた者たちのやる気を殺いだのです。ところがナザレ人は隣人への愛と優しさ、全く軍事とは縁のない美徳を説き、敵に右の頬を殴られたら、左の頬を差し出すようにとまで言ったのです。エルサレムの聖職者たちだけでなく、われわれの同盟者であるサドカイ派の貴族たちも怒らせました。というのも群衆を前にしてユダヤ人の秩序と、彼らのローマとの賢い同盟に対し、批判と非難をぶつけたからです。彼は文字通り、進んで危険に身をさらしたのです。彼はエルサレムに赴き、鳩商人に汚い言葉をなげつけ、神殿のアトリウムで商いをしていた両替商を厳しく非難し、ユダヤ人がベルセブブに帰してきた（本当はエスクラピウスにのみ帰するべきだった）治癒でもって、彼らのサバト（安息日）を犯すことで、混乱に油を注いだのです。彼は法学者たち、公証人たち、パリサイ人を白茶けた墓とか、何か気の利いた名で呼んで心を深く傷つけました。こうしたことがあったせいで、ユダヤ人貴族はピラトを前に、彼を危険な扇動者として告発したのです。皇帝、貴方様の執政官は当初、妻の圧力にもかかわらず疑いの目で見ていました。妻は夢のなかで〈義なる人〉に苦しめられたという理由で、彼とは関係をもたないようにとする手紙を送ったのです。しかし執政官は次のような論拠でもって合意しました、ナザレ人は自らをユダヤ人の王と称している。しかしわれわれユダヤの指導者たちは、ティベリウスを措いていかなる王も認めない。ピラトよ、もしそなたが扇動者を解放するというのなら、そなたがティベリウス帝の友ではないことが示されるのだ。

ピラトは止むを得ざる状況をうまく政治に転じました。彼はこうした状況をあるチャンスだと見て取ったのです。聖職者と貴族から気に入られ、感化された他のユダヤ人たちを脅すいい機会だと。こうした連中はナザレ人と同様、ローマ支配およびローマと同盟したユダヤ人権力者たちの安定にとって脅威となっていたからです。前に貴方様に申し上げたとおり、連中はその数を増していたのです。自らを《聖別された者》と呼んで、死者を蘇らす力をもっていると言う者もあれば、また自らをヨハナン〔ヘブライ語でヤハウェは恵みを示してくださったという意味。ヨハネ、英語ではジョン〕と呼び、ヨルダン川で悪人を溺死させる一方で、水の上を歩いて見せたりしたのです。

ナザレ人は誰もが同意したことで、十字架に連行され、そこでニサン月（四月）の十四日に絶命しました。しかし彼の不屈の弟子たちは彼が蘇り、昇天したと言っています。彼の奴隷たちの天国は永遠ですが、貴方様の貴族の王国ははかない存在となるでしょう。これらの追随者たちは師の犠牲の記憶のなかで、顔と胸で十字を切るという習慣になっています、それはわれわれローマ人が崇敬の気持ちを表すときに、右手を口にもっていくのと同様のことです。

ですが陛下、貴方様の執政官の話にもどりましょう。ナザレ人の磔刑は、ローマ権力とユダヤ人協力者たちの間のバランスを維持する最後の手段でした。ピラトはナザレ人から解放され、政治的な成功を得ておごり高ぶり、ローマの地方権力を伸長させるのにそれを利用できると信じたのです、成功したのは自分の力のおかげだと思い込んだすえに。彼は預言者を一掃し、磔刑に手を貸した者たちも支配下におくことができると考えました。彼は能天気にも、ユダヤの聖職者と貴族がナザレ人の人気をよく知っていることに気づきませんでした。彼らはピラトを締め付けようとして、実際にローマの司法権を失墜させ、われらの権力を弱体化させ、ユダヤ人のそれを増大させたのです。本当のところは哀れにもピラトは人間的誘惑に負けたというのが真相です。彼は自分が達成したと思っていたバランスに満足せず、それを維持するのではなく、破壊してしまったのです。なぜでしょう？それは自分自身の権力を増大させるためだったと言えば確かにそうですし、あるいは己ならざる者の力を見せつけるためだったといえば、そうとも言えましょう。ですが陛下、彼は何にもまして、生命を得ること、かつてのバランスの破綻からのみ生まれる生命を得たいと思ったのです。

ピラトはユダヤ人権力者たちの心を踏みにじりました、彼らは偶像を忌み嫌う者どもですが、ローマ兵たちにエルサレムの街を皇帝の像を描いた帝国旗を掲げて行進させました。ところがかつてのヘロデ王の宮殿で、皇帝の名を記した奉納盾を、皆が見えるようにその前に据えたのです。陛下、これは間違いありません、ピラトはそこに貴方様のではなく、自分の名前があるように想像しました。ユダヤの地は遠くにあります。どうして彼が皇帝の役回りをしないでおれましょう？　小皇帝の気分にならないわけがありましょう？　ナザレ人がユダヤの王を称したように、ピラトもまた、皇帝に相談することもせず、皇帝の名で振る舞ったのではないでしょうか？　皇帝しか王はいないということを強く訴えるために。陛下、ピラトの混乱ぶりを想像してみてください、次々と疑問が湧いてきたはずです、ナザレ人は神の子だったのか、それとも神の霊だったのか？　砂漠に浮かび上がる蜃気楼に呼び寄せられた亡霊なのでは？　ティベリウス帝の代理人が神の代理人を殺したのか？　それともティベリウス帝自身が神を殺したのか？　ピラトがこうした疑問を解消しようとするには、ひとつの手段しかありませんでした。すでに従属下に置かれていた者たちを、さらに不必要なかたちで、服従させることにこだわったのです。それは神殿の宝物でもってエルサレムの水道橋を造営するための費用に充てようとして、消極的な抵抗を挑発することになりました。その結果、サマリア人に対し、そうする必要もないのに残虐な振る舞いに及んだのです。帝国のうさん臭い片隅のうさん臭い代理人たるピラトは、今ひとたび、栄光に包まれたかったのです。それが神の死を命じたあの瞬間でした。彼が考えたのは、もし自分が人畜無害の扇動者を十字架につけるように命じただけなら、その手柄は人の記憶に残ることはないだろう、しかし神の子を死に追いやったとなると、その記憶すべき栄光は彼のもの、彼だけのものとなるはずだと。陛下、貴方様の雇われ人である人間が、貴方様の名でもって、どうでもいいような祈祷師、おしゃべり男を処刑しえたのです。何とピラトの名でもって、神を十字架にかけたのです。これはピラトがティベリウス帝に勝っていたということです。

陛下、わたしはこう考えます。実際、ピラトの曖昧模糊とした傲慢さのせいで、われらとユダヤ人との危うい合意が危殆に瀕してしまったということです。この政治的問題を解決すべく、シリアから来たヴィテリウスが仲介に入って、ピラトは罷免されました。かつての執政官はローマまでやってくると、謁見を求めましたが、貴方様は賢明にもそれを撥ね付けました。いったん政治的問題が解決をみたとなれば、ポンティオ・ピラトの精神上の、あるいは行政上の問題を解決することに関心を持つ者などひとりとしていませんでした。それでピラトが精神に異常をきたし、テベレ川のほとりで何度も何度も手を洗う姿が見られたのだと思います。ついに自らテベレ川に身を躍らせて溺れ死んだのですが、彼の体はテベレ川によっても拒否されてしまいました。人々の噂では、ポンティオ・ピラトの遺体は水に乗って川から川へ運ばれはしたが、誰ひとり二度とそこで水浴びをすることのかなわない水の流れによって、いやいやながら押し戻されてしまったそうです。かの哲学者〔万物流転を説いたギリシアの哲学者ヘラクレイトス〕が言うように、流れる水は決して同じ水ではないからです。彼の遺体は平安を得ることができなかったのです。

　ここで話は終わります。陛下、この種の暗く恐ろしい話が、全くお気に召さないものではなかったことを期待しています。いったんお話ししたからには、この小さな怪談めいたお話しなど忘れていただき、本来、引っ張り出すべきではなかった暗闇に戻してもらいたいと思います。

禁欲主義者の手稿（その4）

　皇帝は相談役の話を聞きながら、召使たちに脚にうぶ毛が生えてくるように、火のついたクルミの殻で脚を炙らせた。その後、ティベリウス帝はぼんやりとした様子で服を着させた。拙い仕草で額に十字を切り、満足した様子で笑いながら横臥食卓に赴き、そこで食事するために身を横たえた。

——テオドールスよ、わしは気に入ったぞ、気に入った、あの十字の印だ。あれは拷問と死の道具で、肉体の苦痛と結びついた印だ。なかなかいい、そいつをわしの死後に切望している死と分散と増大と群衆の印にしてはどうだ？　相談役よ、よく聞け、もしローマが唯一無二の存在で、歴史の頂点だとするなら、ローマは繰り返されてはならないし、類をみないものであり続けるだろう。将来出現する王国など、どれも部分的で分裂したものだろうが、繰り返されることのない唯一のローマをせいぜい夢見るがいい、あの十字架の印のもとで戦い合うがいい、争い合い、血を流し合うがいい、ローマを支配する特権をめぐって、また第二のローマとなる特権をめぐって。こうした増大してゆく分裂状態から、新たな戦争や多くの愚かしい国境が生まれればいい。国境のせいで王たちが支配する小王国に小さく分断されていくことになろう。第三のローマになろうとして戦ったあのピラト某のようにな、そうして、次々と際限なく。相談役よ、感謝するぞ、そなたはわしが望んでいた武器と印、つまり奴隷たちの十字架、一放浪ユダヤ人の叛乱の印を与えてくれたのだからな。ナザレ人とその十字架が勝利を収めんことを。そしてローマの力と統一が灰のごとく、風や埃のごとくに拡散すればいい……どこかの大きな勢力にわしらが打ち負かされることなどあるまい、今日わしらの国境を脅かしているドイツ人、パルティア人、ダキア人も、内部の異端分子も、放埒も、淫蕩も、国民性の退廃も、規範も、市民精神の失墜も、軍を制圧するに及ばぬ帝国軍の無能も、商業の沈滞も、低い生産性も、金銀の不足も、土地の消耗も、森林伐採も、旱害も、疫病も、病気も、労働蔑視の傾向も、征服と租税と奴隷への依存など、そのどれをもってしても。唯一打ち負かされるとしたら、それは天上の王国に受け入れられるという期待をもたせる、どうということもないユダヤの人生哲学によってだけだ。テオドールスよ、そなたにはそれこそわしが想像できるかぎりの大勝利だということが想像できるか？　またユダヤ人メシアの中で最もいかがわしいあの男以上の勝利にまさる愚かしいことをそなたは想像できるか？　印として苦痛の首枷をつけているあの男以上の。

皇帝は笑った。そして最後の杯を飲み干した。するとテオドールスは尋ねた。

――陛下が今おっしゃったのは、秩序のことですか？

――モーロ流のゲームをしようじゃないか〔ローマ帝国の時代にはまだイスラムは生まれていなかったので、時代錯誤的な形容ではある〕。

二人は手を隠してから咄嗟に指を出す数ジャンケンを始めた。相談役は「一」と言って人差し指ひとつを差し出した。皇帝のほうは「三」と言って指三本を突き出した。ティベリウス帝はテオドールスの示した指の数を完全に見通していたのだ。彼は残念ながら皇帝にしてやられた。ティベリウスも「三」という数を示したからだ。皇帝は見てはいなかったし、予測もしてはいなかった。自分で選んだ数字を繰り返そうとしただけだった。彼はいつもそうしていた。そしていつも勝ったのである。予想を立てたり、相手の手の内を見る余裕などなかった。選んで、その選んだ数を繰り返す暇があっただけである。

――そうそのとおり、秩序だ、とティベリウスは言った。

――どのようにそれを実現したらよろしいのですか？

――わしの予言祭司によれば、生あるすべての人間は、背後に三十人の亡霊をもっているそうだ、十の三倍の。わしらの亡くなった先祖たちもおそらくその数だけいるのだ。しかしわしが何人か殺したから、もっと数は多いかもしれぬ。

――陛下、それは良いことをなさいました。権力の機能というのはおそらく死者の数を増やすことでしょうから……陛下は死者たちに帝国を残されるのですか？

――テオドールス、わしには後を継ぐ子孫などなかったのだ。何とも情けないことだが。もしおれば三人の子の間で帝国を分割し、さらにその子らに三つの王国をさらに三等分して九分割するように約束させるところだ、そしてそれをずっと続けるようにな。子供らにはわしらのローマ建国の記念として、世継ぎを得るために雌オオカミと交わるように約束させる。その一人ひとりがナザレ人のように人からひそひそと嘲られるように、背中に十字を刻印するようにさせるのだ。そうなればわしの後継ぎということになろうが、それも所詮は別の時代のこと、敗北と分散を喫したときのことだ。おぬしは途方もないことと思うか？

――滅相もございません、陛下。亡霊となった帝国をご自分の死後に残されようとされているわけですね、わたしたちに亡霊はいくらでもおりますゆえ。陛下の願いは、それが確かなものなら必ず実現しますよ。

――もうよいわ、わしに後継ぎは生まれなかった。睡魔に襲われそうじゃ。少し眠らせてくれ、テオドールス。

ティベリウス帝は深く息をついた。わたしはカーテンを引き、待った。カプリ島の穏やかな午後に包まれていた。篝火の火が消えるのが目に入った。皇帝ティベリウスの時間を刻む水時計の滴る音だけが聞こえた。彼は太ってはいたが矍鑠《かくしゃく》としていて、寝心地悪そうに眠り、呼吸は辛そうだった。わたしは帝国の街を取り巻くように植えられたキョウチクトウの野生の香りを深く吸い込んだ。わたしは自分に言い聞かせた、気をつけよ、テオドールス、キョウチクトウはいい香りがするが、毒気があるぞ。わたしは立ち上がると、皇帝の顔に絹布をかけた。蠅が昼食の残り物に群がってきたからである。皇帝の分厚い唇からぶどう酒やハチミツなどが垂れ落ちていた。わたしは沈黙という聖なる規則がその場を支配していることに感謝した。

しかし沈黙を破ったのはわたし自身であった。水時計を見てみると例の時間であった。何か必要があったり、前もって身を清めることをしなければ入ることのできない部屋というものがあった。人がもしそうした要件を欠いて入ろうとすれば恐怖を感じた……こうした部屋で寝る人間は、触知できない大きな力によってベッドから投げ出され、その後半死半生の状態で発見されることとなった。わたしはネレイス〔海の精〕とイルカの海、ワインレッドの広大な海、ネプトゥヌスの華麗なる宮廷、キルケの水の洞窟に面したバルコニーのほうに赴いた。そこで改めて味わったのは皇帝の部屋の心地よさであった。消えかかっていた篝火の炎が突然、燃え上がった。わたしは震えを覚え確信した、そこでカーテンを引いた、そこに見たのは立った姿のアグリッパの亡霊であった。太陽が背中から射していて、頭を輪光で飾っていた。しかし暗い顔に反映していたのは部屋の暗さだけだった。彼は黒のチュニックを身にまとってじっと動かずにいた。亡霊の後ろのバルコニーから飛び降り、尖った岩場のほうにすり抜けていく男の姿があった、それは亡霊に道を教えた漁師であった。漁師は幼いころからこのルートに通じており、岩場を登ったり、このあたりの海で一番大きなスズキを獲る仕方もよく心得ていた。顔にはカニの尖ったハサミやごつごつした甲羅で傷ができていた。わたしは二度とその姿を見ることはなかった。逃走してしまったのだ。高い岩場に居留まっていたのは、仔を孕んだ何頭かの山羊だけだった。

アグリッパの亡霊が部屋に入ってくる間に、わたしは背を向けずに後じさりした。あたかも己れの影を呼び寄せる力でももっているかのような、彼の深く覆われた視線を暴こうと試みた。しかし亡霊はわたしのほうを見ようとはしなかった。あたかもわたしがその場にいなかったかのように見過ごしたのだ。それは見えない亡霊が進んでくるのを、わたしの体が見過ごすのと変わりなかった。亡霊が行こうとしていた場所は想像がついた。主人ティベリウスがうとうと眠っていた横臥食卓であった。ずっしりと重い、不消化の、性的不能の老いた皇帝の姿が横たわる場所であった。わが主人は世界の主人、殺人者、異常性愛者たる人物。わたしは彼の召使でかけがえのない証人、年代記作家、追従者。アグリッパ・ポストゥムスの黒と金色をまとった亡霊は近づいてきて、皇帝の眠った顔の上に身をかがめ、ティベリウスのかさかさになった青白い頬の近くで息を吸い込んだ。彼は最初に皇帝の顔を覆っていた絹布を乱暴に取り除けると、次に時を移さず、頭を載せていた枕を取り去った。暗闇でもよく利いたわが主人の目は、恐怖で深い湖のようにかっと見開いた。その恐怖を見たとき、わたしは冷静に自問した、どうしてわが主人は毎日午睡の時間になると、この亡霊に襲われて、こんな恐怖の表情を見せるだろうか？　ひょっとしたら慣れきってしまっているのか？　わたしのなかで礼節は驚きよりも大きな力があった。そこでわたしはその二つを示した。

――陛下、これはアグリッパの亡霊にございます。

すると皇帝は大声をあげた、叫んだのである、何を申す？　とんでもない、これは亡霊などではないわ、そやつの亡霊ならよく存じておる、これは奴隷クレメンスよ、こいつは奴隷クレメンスの亡霊じゃ、目が異なっておるからに〔アグリッパとその奴隷クレメンスは瓜二つ〕、わしは暗くても目が利く、異なった二つの目も判別できるのじゃ。亡霊と奴隷、アグリッパとクレメンスの目をな。奴がどうしてアグリッパに変身しえたのじゃ？　皇帝の上に屈みこんでいる黒と金の人物は、手に枕を抱えながら、ついに答えてこう言った。

――そなたが皇帝になったのと同じやり方でだ……。

亡霊はほっそりとした強靭で蒼白い腕を振り上げ、二本の手で枕を摑み、信じられない力でティベリウス帝の顔をそれで覆った。暖炉の火が勢いを増し、高い炎を上げ、争い合う二人の震えをさらにいや増した。わたしは誘惑に屈してしまった。そこで奴隷であれ亡霊であれ死刑執行人であれ、そばにかけ寄った。そのときわたしは醜く歪んだレスビアの哀願するような目と、彼女の屈辱感、恐怖心を思い出していた。そしてわが主人の息の根を止めようとするべく亡霊に加担してしまった。

がさつな老人ティベリウスは抗い、身を震わせ、ついに断末魔の恐ろしい呻き声をあげて魂を解き放った。恐怖の訪問者が唾液と血に塗れた枕を引き離すと、ティベリウスは大きな眼をかっと見開いて彼を見ていた。亡霊または奴隷は、その光景を楽しんだ。彼には楽しむ権利があったのである。ところがわたしは中庭まで走って行って、密かに衛兵たちを呼び寄せた。彼らを伴って部屋に戻ると、ティベリウスの最後の視線で凍りついたかのように、死んだわが主人のそばで、じっと動かずに跪く地獄の使者の姿をとらえたのである。あの視線こそ、黒いガラス様の眼窩の計り知れぬ深淵そのものであった。

禁欲主義者の手稿（その5）

語り手たるわたしテオドールスは、出来事の起きた翌日にこうしたことすべてを書き記していた。わが主人の漠とした遺言の独特の論理に従って、三倍にして書いた。

そして三つの書き物を三つの長い緑色のボトルに入れ、それを注意深く赤い蠟で封蠟し、ティベリウス帝の指輪の刻印を押した。

奴隷クレメンスはその同じ朝に、断崖の一番高いところから海に投げ落とされた。そこには水兵の一団が落ちてくる体を、オールとひっかけ鉤で打ち据えて殺そうと待ち構えていた。わたしはその場に居合わせなかった。血の病気に罹っていたからである。もういい、もういい、わたしは吐き気を感じている。

しかし午後、わたしはカプリ島の村に下りて行った際に、居酒屋や、網元、古い港の船着き場辺りで噂になっている話を小耳にはさんだ。それは、奴隷クレメンスが海に投げ落とされ、船乗りたちが彼をオールで殴り、骨を砕いて確実に殺そうと、捜索したにもかかわらず、見つからなかったという話だった。むだに終わったのは、クレメンスが海に放り出されたとき、空中でアウグストゥスの孫で帝国の世継ぎたるアグリッパ・ポストゥムスに変身したからであった。彼の裸体は雲に包まれ、雲は白のトーガに変化し、トーガは翼に姿を変え、翼のおかげでイルカの背に乗って安全な港に辿り着いたのである。世継ぎの男は港から、奴隷たちからなる名もなき無数の軍団を前にして、皇位簒奪に対する戦いに身を投ずることとなる。

わたしはこうした話が単なる幻想譚であることは承知している。しかし無知な者どもが伝説を信じ込むことを誰も妨げることなどできまい。そうした信念を打ち消そうとすればどれほどの脅迫が待ち受けていることか、このことはわたしも分からない。わたしが唯一やろうとしたのは、主人ティベリウスの最後の命令をしっかりと遵守することだけだった。昨夜、わたしは自分で殺人者たる奴隷の背中に血染めの十字を描き、痛みをこらえた奴隷の姿を前にして、主人の言葉を呼び出したのである。

――いつの日か、アグリッパ・ポストゥムスが蘇えらんことを、ローマ帝国の版図を眺めるべく、雌オオカミの胎から三倍数になって生まれて。そしてアグリッパの三人の子から三倍、九人の孫が、九人の孫から二十七人の曾孫が、さらに八十一人の玄孫が……そして最後はひとつの纏まりが何百万もの個人に分裂し、実際はたとえそうではなくとも、各々すべてが皇帝となり、あげくに今われわれがもっているこの権力は二度と存在しえなくなるだろう。こうしたことはばらばらになった帝国のあらゆる地域で起きるのだ、イシスとセト、オシリスの三位一体的な神秘が埋もれているエジプトの砂漠でも、反逆者ビリアートと集団自殺したヌマンシア人の故郷、焼けつく太陽の下、不満を抱く反抗的なヒスパニアでも、またユリウス・カエサルによって落とされたガリアの不落の都市で、異端審問的で疑惑に満ちた精神をはぐくむ都市ルテティア〔ローマ時代のパリ〕でも、そしてまたナザレ人の説教がなされ、ピラトが現世的野心を抱いたイスラエルの砂漠地帯でも。ユダヤの預言者ナザレ人が死ぬことで支配したように、汚辱の十字架はこうした未来の人間たちを支配することとなろう。彼らは背中にヘブライ語でヨハナンという名前を背負い、アグリッパの息子たちと呼ばれるがいい。それは〈恩寵はヤハウェより〉を意味するものだ。

　最後の部分はこの書を読もうとする者のために、わたしが急遽付け加えたものである。単にわたしの知識の片鱗を示す小さな幻想にすぎない。

　重要なのはこのことではない。重要なのはわたしが逆徒クレメンスの背中に匕首《あいくち》で十字を刻んだ際に、呪われた彼の目を見るにいたったことである。目に血の十字架を二度にわたって見たことである。それこそが彼の眼差しであった。彼の最後の言葉は以下の通り。

——わたしの死はどうでもいい。群衆が立ち上がるだろう。

　わたしは彼に次のように呪ったとき、自分が笑ったかどうか分からない。

——お前の両足に指が一本ずつ多く生えてくるがいい、立ち上がってもっと速く走れるように……。

　自分が笑ったかどうか分からない。あれは自分で発した言葉ではなかったのだ。わたしが唯一、自分の本当の声で言おうとしたのは、「わたしを密告しなかったことを感謝している」だった。

禁欲主義者の手稿（その6）

　ティベリウスの死の知らせは、ペガサスに勝るとも劣らぬ駿馬の翼に乗ってローマに届いた。今後イタリア中に葬送のラッパが鳴り響き、われらの眠りを妨げることになろう。さまざまな声と悲しみの慟哭《どうこく》が広がるだろう。わたしは哀惜の念とともにこのように想像する。ところが真実に対する感覚からすれば、多くの群衆はローマ中を欣喜雀躍して走り出すかもしれぬ。独裁者の死を喜び、テベレ川にティベリウスを投げ込めと叫び、わが主人の遺体をひっかき鉤にかけて引きずり、皇帝が地獄以外に休息の地を見出すことがないように、母なる大地に祈りを捧げるやもしれぬ。愚かで哀れな群衆どもよ、お前たちが唯一求めるのは祝祭、カーニバル、サーカス、お祭り騒ぎだけだ。死者にかかずらうのではなく、どうして生者に関心をもたぬのだ？　誰がティベリウスの後を襲うのか、ローマにどんな不幸が新たに起きるのか、そういったことを考えてもみよ。

しかしそれはわたしの問題ではない。禁欲的な精神が快楽主義の手に命じて、わたしに書き記すように命じるのは、この用紙の最後の言葉だ。あらゆる善行のなかで最も価値あるものは努力である。成功は単に偶然の問題にすぎない。そしてそれと相俟ったかたちで罪深い行為に関して言うと、結果がどうあれ、意図したことが法に照らして罰に値するのである。手は潔白であっても、魂は血で汚されているからである。

わたしは実際に奴隷に手を貸したのだろうか？　それともわが主人を窒息死させようとした奴の努力に対し、抗いはしたが成功しなかっただけなのか？　わたしは己れが書いたものを書いたという以上の道徳的な言い逃れはできない。もしこれらのボトルのうちのどれかが、わたしの同時代人の誰かに海上で拾われたとすれば、わたしは罰せられるだろう。もしわたしの書いたものが遠い未来に読まれるとしたら、ひょっとして称賛されるかもしれない。わたしは今書いている、両方の危険を冒しつつ。わたしたちがここで殺したのは誰だったのか？　肉となった亡霊なのか、それとも亡霊となった肉だったのか？　すべてが幻影、まやかし、品のないお化けやごそごそ這いずり回る幼虫の喜劇だったのか？　おそらく真実の歴史とは、事実の物語でも、原理の追求でもなく、幽霊の笑劇、幻影を生み出す幻影、己れの実体を信じ込む蜃気楼なのではないか？　わたしはピラトのように手を洗い続けるだろう。そして時が決定を下すのを待つこととしよう、皇帝ティベリウスが最後の遺言としてここに明記し、求め、呪った転生によって決定をみるべく。

前に述べたように、それを書き終えた暁には三本のボトルを封印し、カプリ島の高い展望台のところから、〈われらの海〉の果てしない深海に向けて一本ずつ投げ入れるつもりだ。今夜のような暗い海は、まるでわが主人たる皇帝の遺骸を包む黒いビロードの経帷子のように見える。幼い頃、修辞学の師だった父テセリウス・デ・ガンダラは、わたしに皇帝についてこう語った。

——この人物は血の混じった泥だ。

わが手稿の入ったボトルよ、地中海の津々浦々を、ヒスパニアの海岸、パレスティナの海岸を彷徨って旅していくがいい。そしてわたしは自分の最大の秘密を守っていくつもりだ。それはティベリウス帝のこの呪いが、それを彼が口に出す以前から実を結び始めたという秘密の知識のことである。というのも実際にわたしはエルサレムのニサン月（四月）のあの遠い日の午後、ラオディケア方面に旅していた際に、自分の目でポンティオ・ピラトを見たのである。彼は裁判所で同じ三人の男たちを裁いていた。彼らは一様に襤褸をまとい、髭ぼうぼうの姿で、おそらく三兄弟と思しき魔術師、予言者であった。頭に茨の冠をつけ、鞭打ちで体中は傷だらけになっており、とりわけ背中には血で十字の印が浮き出ていた。ピラトは三人にうちどの男を偽りのメシアとして断罪し、サンヘドリンに引き渡し、死の十字架につけたのだろうか？　他の二人はどうなったのか？　史書によればゴルゴタの丘には、三人の罪人がいたという。ナザレ人と盗賊二人である。本当にこの盗賊二人はナザレ人の兄弟だったのであろうか？　ピラトはソロモンのごとく賢明に、他の二人の予言者を卑しい盗賊として断罪し、その名誉を剥奪することでひとりの死すべきメシアを見定めることができたのか？　ピラトはこうしたやり方で、ローマの権力者とユダヤ人権力者たちの関係のバランスをとろうと考えたのであろうか？　ユダヤ人の側に彼らが要求するものすべてとは言わぬにせよ、かなり多くのものを与えた一方、自らに対しては唯一神を殺し、ユダヤ人に唯一神以外の神を与えることを拒み、唯一神しか信じようとしないユダヤ的信仰を巧みに愚弄した、という特権を与えたのである。三人などではない、ローマのすべての神々を祀るパンテオンとは、ローマの特権である。そなたたちユダヤ人よ、唯一神と二人の盗賊をもつがいい。ローマはひとりの皇帝と数多くの神々をもてばいい、イスラエルよ、そなたは唯一神と多くの皇帝をもつがいい、ピラトとナザレ人よ、ひとりの皇帝とひとりの神をもつがいい。哀れな幻視者よ、そなたの特異性はそなたが死ぬ存在だということだ。ところがわたしはあの三人の全く同じ魔術師を遠くからでも見分けがつくと思っている。彼らは東方の土用の季節に立つ陽炎の間でも、互いに入れ替えが利くがゆえに、永遠の存在となるはずである。

ちょうどその時、部屋から小さな笑い声が聞こえた。そしてレスビアとシンティア、ガイウス、ペルシウス、ファビアヌスの呻き声、叫び声、ため息が聞こえた。居室にわたしを呼ぶ主人ティベリウスの声が聞こえた。テオドールス、来い、入れ、怖がるな、肉体について話してくれ、テオドールス、わが悦楽と苦痛と淫欲をひとつにせよ、テオドールス、恐れるな、来い……。

灰

彼には自分の顔の漠然としたイメージしかなかった。通すがりにちらっと色つき鏡に映る姿を見ただけだった。鏡は逃げ足の速い宮殿の住人たちが、塔にある居室のあちらこちらに忘れていったものであった。顔には皺もなければ、白髪も老人斑もなかった。ただ日を増すごとに影が身を包んでいった。それこそ老齢を示すものだった。思い出すものといったら、中庭や白い鉛枠の窓などで、昔はそこからよく日が射し込んでいた。今ではもう射し込まない。影が少しずつ宮殿を攫っていったからである。

——皆はどこに行ってしまったのだ？

彼は貧しい者たち百人に、逃げ去った者たちが大櫃に忘れていった服を身にまとうように命じた。また身寄りのない評判のいい貧しい女たちを選んで、結婚資金として一万ドゥカード与えるように指示した。セレスティーナ婆さんが灰の水曜日に先立つ日曜日に定期的な訪問をした際には、修道女たちは静かな唸り声を上げげた。セニョールは取り持ち婆さんの肉体に、時の流れが容赦なく刻んだ代償を見てとり、密かに喜んだ。上唇にはうす髭が見え、下顎には白い髭が生えていた。セニョールはかつて取り持ち婆さんが発した言葉を、自分でも気づくことなく繰り返して言った、ずいぶん年取ったね。日々は漫然と過ぎ去るわけでないとはよくいったものだ、思うに昔は綺麗だったのにな、今じゃ別人だ、ずいぶん変わったな。すると彼女は二人のためを思って、笑って彼に答えた、いつか鏡を見ても自分だと分からなくなる日が来るわよ、するとセニョールは宮殿に迫りくる陰影が時間の流れを示す唯一の印であることに感謝した。しかし老獪な女狐が口をすべらすことはなかった。不平と微笑のはざまでこう言った。

——あなたは二十年前のわたしを知らなかったようですね。かつてわたしに会った人や今会っている人が、心痛でこころを押しつぶされないなんて考えられませんからね。でも自分でもよく分かります、わたしが下りるために上ったこと、枯れるために開花したこと、悲しむために愉しんだこと、生きるために生まれたこと、成長するために生きたこと、老いるために成長したこと、死ぬために老いたこと……貴方様だってお分かりでしょう？

　その後セレスティーナは、セニョールが皇帝の相談役テオドールスの手稿を読んだ後であったこともあり、何よりも彼が知りたいと思っていたことを繰り返し語った。それは《阿呆》王子がヴェルダンで侏儒女と長い午睡をとっていたこと、新世界の旅人がオオタカの鋭い嘴で腕を捕まれたこと、そして青年と猛禽の二者が《災難岬》の海岸で溺死したことだった。セニョールにとって三番目の安全は自分の家にあった。色事師と見習い修道女〔ドン・ファンとイネス〕の二人が、鏡の張り巡らされた牢獄で、逸脱した愛の法則のもとで永遠に結ばれたままであったからである。その他にも何か？　旦那様、この宮殿の周囲には、物乞いたちの一団がその数を増しています、まるで厨房は連中のためだけに働いているようなものです、旦那様は陛下ですから、軽食など召し上がることはないでしょうね、王国中で旦那様の慈悲深さがますます評判になってきております。

　彼は多くの病気に苦しめられてきた。肉体的な病気のなかで最も長引いて、都合の悪い病気は痛風であった。それは腐った体液のせいで手足の指関節に鋭い痛みを引き起こすのである。手足というのは先端にある敏感な部分であり、肉があまり付いておらず、すべてが神経と骨でできている。一旦発作が始まると、休んでいても情け容赦なく人を苦しめるのは、セニョールの叫び声を聞いてみればよくわかる。彼は足が軟弱であったせいで、いつも体を支える杖を携えていなければならなかった。また何日も歯茎が腫れることがあった。そして奥歯は虫歯でぼろぼろになっていた。彼はあれやこれやの理由で、王国のみならず外国からも、すべての聖遺物を彼のもとに運んでくるように命じた。そのためにどれほど費用や負担があろうとも問題にしなかった。十二月のある日、彼のもとに遺物の入った大きな箱が二十個ほど届いた。それらにはたくさんの封印と証明書が付されており、水や雪によって傷つけられないよう厳重に布で梱包されていた。

「これらの聖遺物はきわめて古く、キリスト教徒の誠実と清貧が教会にて輝いていた頃のものです。したがってその多くは粗雑で貧弱なかたちの装飾しかされていません。ものによっては木箱とか銅箱に入れられており、そこにガラス片やくず真珠があしらわれてはいますが、単純そのものです。すべてが信仰と清貧があふれていた古き良き時代の、純粋さと敬虔と真実をきわめて忠実に証するものとなっています」。

セニョールのもとに届いた箱についていた書付にはこうあった。とはいえ署名していたのはロランド・ブエイエルストラス〔実在の人物で、聖人の遺物がどこで集められたかを証言した〕という名の教皇庁付書記で、証明書を出す役回りとして聖遺物の出所と集荷場所を示していた。セニョールは前に見たことがある文字だと確信した。

セニョールは礼拝堂の祭壇と、彩色された小扉の後ろに注意深く隠されたフランドルの三連の祭壇画の前に跪き、聖女バルバラの腕と教皇聖シクストゥスのそれ、聖アルバヌスの肋骨、聖ロレンソの半分の骨盤、使徒聖パウロの大腿骨、殉教者聖セバスティアンの鋸引きされ脛毛のついた膝全体の骨に口づけした。恍惚とした表情で分厚い唇で舐めまわしたのは、殉教者聖女レオカディアの脛であった。彼女はトレードの土牢で拷問を受けて亡くなったが、その美しい脛には皮膚とうぶ毛が完全なかたちで残っていて、彼は何度も何度もそれにキスした。

夜半に黒シーツのかかった彼のベッドに運び込まれたのは、あの十三歳の少女の完全な顎骨であった。どんな無骨者よりもしたたかな恋する仔羊、殉教者イネス〔聖女イネス一二九一？―一三〇四年〕は、死ぬときに夫イエス・キリストの血によって頬を美しくしてもらったと言った。そして今、セニョールは聖女の顎骨を撫でまわしながら、次の言葉を繰り返した。

――その方の血がわたしの頬を染めました（Sangius eins ornavit gennas meas.）〔聖女アグネスは貞節を護るべく、こう言ってイエスと婚約していることを示唆し男の誘惑を退けた〕。

別の晩にはベッドに聖アンブロシウスの片腕を持ち込んだが、彼が最も好んだのは実父によって拷問を受けて亡くなった勇敢な王で殉教者、聖ヘルメネヒルドの頭蓋骨を愛撫し、それを抱いたまま眠ることであった。彼は頭部に向かってこう言った。

――かくも名高い殉教者には、それに劣らぬ名高い独裁者、死刑執行人が必要だったのだ。

持ち込まれた遺物の長い価格表には、頭蓋骨が多く含まれていた。セニョールはうち二つの髑髏としばしばベッドをともにした。ひとつは福音書でライ病者聖シモンと呼ばれた七十二人の弟子のひとりであり、もうひとつは聖ヒエロニムス博士のそれだった。後者の髑髏は健康的で男ざかりの人物のがっしりした頭部であった。ある日の明け方、召使たちは干しぶどうの朝食を運んでいくと、処女で殉教した聖女ドロテーアの髑髏が、黒シーツの間からあたかも生きた者のようにぬっと頭を出して、セニョールと同じ枕元に横たわっているのを見て度肝を抜かされた。

——わしの腕にはもう力がないから、強い腕でわしに力をつけてもらうのじゃ、と彼は呟いた、ウエスカ生まれのスペイン人殉教者聖ビセンテの腕とか、処女の殉教者聖女アゲーダの腕とかでな。この聖女はその教えによると、高貴な血筋だったらしいが、イエスキリストの婢女であったところからすると、さらに高貴な女だったかもしれぬ。

セニョールは袖元からこうした聖人たちの腕をピンでぶら下げ、そこからパワーをもらうことで礼拝堂の墓列の間を休むことなく走り回った。

彼は神学校の教室で夕食をとるべく食卓の用意をし、修道女たちにかつての良き時代のように、ふんだんな軽食を提供させるように命じた。そして聖遺物の模範に数えられた完全な遺体を高い席に座らせるように言った。修道女のアングスティアス、プルデンシア、ドローレス、レメディオス、ミラグロス、エスペランサ、アウセンシア、カリダは、不動の遺体の前に不安げな面持ちで、手を震わせながら、銅皿にガチョウ、シャコ、小鳩の料理をふんだんに盛った。完全な遺体の人物とは、クローヴィス一世〔五世紀メロヴィング朝フランク王国の初代国王〕の時代の長老で殉教者の聖テオドリクス、栄光の殉教者聖メルクリウス、かの勇敢なテーベ軍団の司令官マウリシウス、ディオクレティアヌス帝の迫害によって殉教した聖コンスタンティヌスなどであった。セニョールが食卓を仕切っていたが、彼の食べていたのは干しぶどうだけだった。食卓の反対側の席にはベツレヘム生まれの聖なる無辜の子〔新しい王イエス・キリストが生まれたと聞いて、ユダヤの支配者ヘロデ大王は二歳以下の男児すべてを殺すように命じたが、それによって殺された子供のこと〕が座っていた。この子はユダと同じ血を引く子孫で、とても小さく、生まれて一カ月ほどに見えた。

——実はな、とセニョールは水を向けるように子供に言った、肉はもちろん骨ですら、本来柔らかいものであっても、長い時が経てばかなり小さく縮んでしまうものでな……。

子供はセニョールに返事することなく、聖メルクリウス〔三世紀の聖人。皇帝デキウスの下で兵士だったが、皇帝がキリスト教徒を迫害し始めたことで三度拷問を受けたにもかかわらず天使によって信仰を貫いた〕のほうを向いた。聖人の体は時間の経過と、埃だらけの聖体顕示台に放置されていたせいで、黒く痛んでいるように見えた。

——わたしたちに喜びをお与えください、と子供は言った。デキウス〔ローマ皇帝、在位二四九―二五一年〕の迫害であなたが受けられた苦しみを語ってください、その何年後かに、あなたは背教者ユリアヌスの弾圧から教会を救おうとして、主イエス・キリストによって選ばれたわけですね、そして皇帝が神に投げかけた誹謗中傷に復讐しようとして、彼に槍を投げ、皇帝はその手に掛かって死んだという……。

　聖メルクリウスは子供に返事をすることはなかった。招待者たちの前に置かれた料理は冷めてしまった。セニョールは干しぶどうを何粒か噛んで、教室の彩色天井のほうを見上げると、玉座に据えられた聖三位一体を指し示した。そして客人たちに、あそこの一番高いところにいるのは天使で、低いところには太陽と月と星辰が描かれていて、一番下が動物と植物をもつ大地だと説明した。

——一方では人間の創造が、他方では人間が嫉妬した蛇にだまされて、禁断の木の実から食べたことで罪を犯し、楽園を追放された様が描かれている。聖トマスの第一部〔トマス・アクィナス『神学大全』〕を読めばそうしたことがすべて出ている。ここで講義されているのは聖トマスの教えであり、彼の講座だ。神のなかに存在する、例の二つの流出といったものが見られる。われらの神学者が〈内へと外へ〉（Ad intra et ad extra）と呼ぶものだ、つまり〈永遠の昔から〉（ab aeterno）実在する神性をもった者たちの流出と、時間の始原において創造された全存在の流出のことだ。

　こうしたキリスト教にまつわる楽しい会話を交わしながら、セニョールが殉教者たちに提供した晩餐は過ぎて行った。その後、すべての遺骸はガラスケースに入れられ、多くの花と絹紐で飾られた大櫃に戻された。セニョールは聖ヒエロニムスのどっしりした頭蓋骨とともにベッドに横になり、召使たちは冷えて残った食べ物を土地の物乞いに分配した。

　奇跡的に奥歯の痛みを癒す聖女アポローニアから、二つの箱に入れられて宮殿まで届いたのは、彼女の神秘的な下顎骨の二百二本の歯であった。セニョールは痛みを和らげるためにそれをこよなく珍重し、ドーム形をした金のコップに大切に保管していた。

　聖週間の聖水曜日、いわゆる灰の水曜日に、セニョールはグスマンからの長い書付を受け取った。フェリペはそれを一読し、不快感を催した。その一方で、礼拝堂ではほとんど百歳になろうかという太った司教が、助祭や侍祭、聖歌隊員らを引き連れて拝跪し、ミトラを脱いで讃美歌〈来たり給え、創造主なる聖霊よ〉（Veni, creator

Spiritus）を歌っていた。グスマンはこんな驚くべきことを語っていた。若い旅人が見た夢は確かなものだった。カラベラ船が青年の述べていた海岸に到着し、真珠の浜に碇をおろした。船乗りたちは両手にいっぱい真珠を拾い、中にはそれを呑み込む者もあった。彼らは密林ルートを辿って火山のほうへ向かった。土着民たちは馬も車輪も火薬も知らなかった。連中を驚かすのは容易だった。というのも騎手の姿を見て超自然的存在だと思い込んだからである。火縄銃も大砲も魔法のようなものだと思っていた。その上、連中は互いに反目し合っていた。最も弱い部族は最強の部族に従属し、すべての部族がトラトアニ〔ナワトル語で《話す人》の意味。支配者のこと〕と呼ばれる皇帝に服属していた。彼の本拠地は潟湖の都市であった。どうかセニョールにはご心配なきよう。武器の力は信仰の力に奉仕するものだった。勇敢なスペイン軍は行く先々で偶像を破壊し、神殿に火を放ち、忌まわしい悪魔の宗教にまつわる文書を毀損した。彼は修道士フリアンに対し不満を抱いていた。フリアンはそうしたことに干渉し、偶像や文書を破壊から守ろうとしたからである。彼はこれらの野蛮人もまたわれわれと同じ神の子であり、同じように武器の所有者だと主張した。グスマンは部族の皇帝トラトアニへの遺恨を利用して、皇帝に対して敵対するようにけしかけたのである。スペイン軍と皇帝に敵対する部族が手を組んだせいで、湖に浮かぶ都市は崩壊した〔アステカ帝国の都テノチティゥラン滅亡のこと。従ってグスマンはエルナン・コルテスを示唆している〕。広大な都市は泥のなかに沈んでしまった。偶像は堕ち、神殿や王の部屋を飾っていた金や銀ははぎ取られてしまった。古代都市は荒廃し、その上にスペインの都市が建設された。厳格な区割りは、キリスト教君主のセニョール、まるで聖ロレンソが串刺しで焼かれたときの網のように見えた。わたしは貴方様の御意志を尊重していると確信している、御意志とはスペインの至高の徳性をこれらの海外領土に持ち込むことだと理解している。

その後に語られていたのは次のようなことだった、帝都が陥落した後、土着民は別の従属が彼らを待ち受けていることを知った。グスマンが彼らの迷いを覚まさせることはなかった。彼らの驚愕は底をついてしまった。つまり反旗を翻したのである。グスマンはどのように対処したらいいか知っていた。従順な者たちを軍勢に駆り立てて他の部族との戦いに引っ張り出した。田畑を荒らしまくり、収穫物を焼き払った。囚人たちに鎖をつけ家畜のように焼き印を押し、彼らを兵士の間で奴隷として分配した。遠征に参加したすべての兵士は一千人以上の奴隷を所有するに至った。スペインから裸一貫でやってきた者たちはこの地でわけなく郷士身分を獲得した。全員を懲らしめるために、大きな囲い場に男と女、子供が集められた。男たちは首に首枷をはめられ、女たちは十人ずつ縄で縛られた。子供たちは五人ずつ縛られた。彼らはあらゆる地方で、逃げればこうなる、すぐに服従するほうがいい、という見せしめとして村から村へと引き回された。あらゆる村で、彼らのうちの何人かは焼き印を押され、殺され、荷役獣のごとく生きることを受け入れれば命を助けてやると言われた。グスマンは兵士らに好きな女を自分のものにする許可を与えた。誰もがそのことに驚愕した。彼は抵抗しない部族に対してすら、見事な手本を打ち建てるべく彼なりの作戦を続けた。それは服従か死かという二者択一であった。しかし奴隷となることを受け入れた者たちの間ですら、結局、彼は多くの者を殺したのである。鎖をつけられ、縄で縛られた者たちのなかの多くが、飢えで死んだ。母親の乳を奪われた幼い子たちは死んだほうがましだと道中で置き去りにされたが、そのことは衆目にさらされた。こうした子供に対する怒りが頂点に達したのは、プレペチャス族、あるいはタラスコ族と呼ばれる部族に対してであった。この住民たちは温和な性質だということを示そうとして、グスマンに何頭かブタを献上したのだが、彼はお返しに死んだ子を大きな袋にいっぱい詰めて渡したのである。次の村に着いても同じような〈偉業〉を繰り返した。ツィンツンツァンとアスタトラン、メチュアカンとシャリスコ、クイツェオ湖とシナロア川の間で、子供を殺されて泣かぬ村、女が汚され汚名を負わぬ村、男が殺されて悲しみに浸ることのない村などひとつとしてなかった。

かの哀れな夢想家の旅人が話で語ったことに引きかえ、実際の神殿と宮殿と鉱山の富の大きさはずっと巨大だった。わたしがこの目で見、この耳で聞いたものは本当に厖大なものだった。北部の砂漠地帯を通って金の都市へ通じるルートがあるとの噂があった。また男勝りの腕前で弓を引くために、あえて右の乳房を切り取ったアマゾン族の女戦士についての話も聞かれた。セニョール、若さを取り戻すのに一度その水に浸かるだけでよいという、永遠の若さが保てる不老の霊泉が密林の奥深くにあるとも。こうした幻想的な話は全くの夢物語だということははっきりしている。しかしわが兵士たちはこうした空想を逞しくして、あえて大きな危険を冒そうとしたのだ、それは彼らが一攫千金を狙い、名誉をこよなく追求していたからだ。若い旅人が夢物語からもたらしたものなど何もなかった。ところがセニョール、わたしはお送りするこの報告をもって、新世界の富が膨大であることの証拠をはっきりとお示しした。われらが貴方様に負っているものは五分の一レアルほどで、たかが知れている。戦利品はこの遠征に参加した勇敢な者たちの間で分配した。勇敢さと資質の高さは、アレクサンダー大王やハンニバル、カエサルの兵士らに引けをとるものではなかった。それは誰一人、自分の持ち場を拒否することもなかったからで、御下命があったればこそわたしが辛抱したあのフリアン修道士ですらそうだった。どうか陛下には、われらが征服した土地に礼拝堂や教会を建設することで、信仰が求める役割を果たしていただきたい。われらがこの地にやってきた動機は決して金銀を求めるだけではなく、神へのご奉仕のためであったことをお忘れなきようお願い申し上げる。

この長い手紙に署名していたのは、こよなき貴顕の士ドン・エルナンド・デ・グスマンであった。

セニョールは視線を上げた。すると年配の香部屋係が金色の篩《ふるい》を使って、礼拝堂に灰を撒いていた。彼は聖堂の端から端まで、中央で交差するように二つの線を引いていた。歌い手たちが「ほむべきかな、主イスラエルの神」を唱和している間に、司教は牧杖で灰の上にラテン文字を書き、もう一方の線にギリシア文字を書き、灰よりも熱く燃えた声でこう言った。

――見るがいい、イスラエルよ、われらはここにそなたのヘブライ語を書くことはしない、それはそなたの民が恩知らずであることを明らかにするためだ、そなたはかくも素晴らしい宝を約束された最初の民でありながら、宝を知ろうともせず、頑なで蒙昧で盲目の民として、部外者であることを望んだからだ。

セニョールは灰のなかを痛む足を引きずりながら祭壇のほうへ、やっとのことで歩いて行った。聖体の聖なるテーブルの足元には、入りきれないほど多くの溶融金が詰まった大櫃があった。金は異教性を払拭するためにインディオたちの耳飾りや腕飾り、偶像、床面、天井、首飾りなどを溶かして作ったもので、軍隊に武装させ、異教徒と戦い、宮殿を建造し、貴族を懐柔し、修道院に便宜を図り、聖職者を喜ばすための貨幣や宝飾品として、真に価値あるものに姿を変えたものである。セニョールは灰の祈りのさなかに、欲の皮の突っ張った司教や助祭、香部屋係や歌い手たちが、大櫃のほうに向けたもの欲しそうな眼差しを見た。

セニョールは大声で言った。

——この宝物をここからわずかたりとも動かすことはまかりならぬ。櫃はわれらの主なる神への献上品として常に開けたままにせよ。この宝物を使ったり、扱ったり、何らかの用に供したりすることは、足元にお供えしている神以外の何人たりとも行ってはならぬ。

セニョールは床に撒かれた灰を拾い集めようとして身をかがめた。彼は指を用いて額に灰で黒い十字を描いた。

彼は自分の寝室に戻った。そこからなら誰に見られることもなく、今日のような儀式を毎日、毎年見ることができたのである。

彼が修道女らの訪問を知らせる叫び声を、二度と聞かなくなってから長い年月が経った。どうしてセレスティーナ婆さんは、彼を訪ねにやって来なくなったのだろう？　自由の身とはいえ、平原に捨て置かれたルドビーコや若きセレスティーナ、修道士シモンはどうなってしまったのか？　セニョールは自分の母を忘れ去った。確かなことは母親が生きたまま死んだか、死んだまま生きているかだ。息子は墓碑銘もなければ葬儀もしないような城壁に囲まれた墓に、自分を置いてほしいという母の意志を尊重したのだ。彼は関節炎の指でこう書いた、「世界は神の手に導かれることによってのみ治められる。わが孤独こそ尊重されるべし、人がもし魂を失ったら、たとえ世界を得たとしてそこに何の価値があろう？　わたしは神を渇望する。そして死を渇望する。その二つはわが熱望のなかでひとつだ。重大な知らせがあれば書面でわたしに知らせよ。とかくそうしたものに良い知らせはない。諦めの境地で耐え忍ぶすべは心得ている」。

セニョールは正しかった。時々彼のもとに、書簡や紙に記載された噂話、警告、提案、忠告、署名を要する布告書が届いた。彼はそれらに目も通さずに署名した。また署名すら忘れて、署名を促されることもあった。セニョールは疑いをもった、それで署名は遅れた、そしてさらに疑った。こうした決断の遅さが《慎重王》の異名をとった理由であった。彼はローマの後ろ盾から永遠に離れ、新しい教会を打ち立てた異端者どもによって書かれた書物を、恐るおそる受け取った。伝えられる情報を秘密のように秘匿した。それが周知のものとなっていたときは、あたかも感知せぬかのように振る舞ったにちがいない。

わしに近づいてくるのは年月などではなく、暗闇だと心のなかで呟いた。わしの年齢は暗闇がどれだけ広がっているかで測られるのだ、わしの体とわしの宮殿にひしひしと迫ってくる。

　セニョールはそうこうして暮らしているとき、ある夜、礼拝堂で恐ろしい叫び声を耳にした。その日は別の〈灰の水曜日〉の晩であった。彼は杖を手に取った。叫び声は礼拝堂の丸天井に響き渡った。どこから発せられたのか探ろうとした。ゆっくりと二列に並んだ王墓の間を歩いて行った。階段の裾近くにある片隅にやってきてはじめて叫び声の出所がわかった。生前城壁に囲まれて暮らし、死して壁のなかに押しこめられた、《狂女》と呼ばれた自分の母親のいるニッチであった。

――息子よ、わが子よ、どこにいるんだい？　と母は叫んだ、ああ、お前はわたしのことを忘れちまったのかい？

――母さん、どこにいるの？　いったいどうなっちまったんだい？

――鐘を鳴らすように言っておくれ、と《狂女》は喚いた、わたしにキリストの王位の印である三本の茨を頭に被せておくれ、本当の十字架の釘で片手を打ち付けておくれ、もう一方の手には聖ドミンゴ・デ・シロスの牧杖を握らせておくれ。わたしの大きなおなかに、聖フアン・デ・オルテガ修道院の安産ベルトを巻いておくれ、わたしは産気づいているんだ、息子よ、最後の子だよ、六人生んだけどみんな死んじまった。ところが生きてぴんぴんしているのはみんなわたしの夫、美王の生ませた庶子ばかり、わたしが生むのはハプスブルグ家の六番目の世継ぎの王〔フアナ狂女王から数えて六代目は、継嗣のないカルロス二世《不能王》《痴呆王》〕で、サソリの月の六日目に生まれるのよ、この子でもって庶子どもを負かしてやるわ、この子は生き残るわ、そして六代を経て濃くなってきた血の毒を払拭するのよ、ああ生まれた、わたしの胸元と腕のなかに赤子を連れてきて。わたしが十五で嫁入りしたとき、王は四十四歳だった。近親婚と自堕落のせいで腐りきっていたわ、惨めで豪勢な結婚、わたしたちが結婚したのはナバルカルネーロという、埃っぽいスペインの惨めで豪勢な町、そこが婚礼の地に選ばれたのはね、王様同士が結婚する土地では租税が免除されるからなのよ、そこでわたしはノミと雌山羊と片端者と盲人の小さな村で結婚式を挙げたってわけ、子供を産んでも死産ばかり、生きて産まれてきたのはこの子だけ、お前だけよ、はやく産んだ子を連れてきて、この子は生き延びるわ、そして負けてぼろぼろになった王国を統治し、敗北を喫した大艦隊〔一五八八年の無敵艦隊アルマダの敗北のこと〕と、蒸発したインディアスの金と、敗走したロクロワの歩兵連隊〔三十年戦争中の一六四三年にスペイン軍はフランス軍に大敗を喫した〕と、失われたスペインと、無能なスペインを統治することになるわ。お前の偉大さは掘れば掘るほど大きくなる穴のよう、スペイン王は宮殿の雇い人たちに給料を払えないのよ、だから食べ物は犬とか去勢豚とか、ものにたかる蝿よりも小さなパン屑くらいしかないの。わたしの健康で輝くように美しい、気立てのいい可愛いわが子を、わたしのもとに連れてきて、スペインの死と悲惨にはこの子をもって応えるわ、弱々しいちっちゃなわが子よ、湿疹がいっぱいできたほっぺ、魚やトカゲみたいに鱗片で覆われた頭、魔法にかけられたわが子よ、頭に帽子を被せてもらいなさい、耳から膿を垂らしなさい、おちんちんを覆ってもらいなさい、誰にもサソリのちょん切られた紫色の尻尾を見られないようにね。あの子が女の子と思われてもどうということはないのよ、膿をもったおちんちんを誰にも見せてはだめ、魔法〔痴呆〕にかかった子よ、すぐにでもこの子に王冠をつけるのよ、頭はじきに王冠の重みに慣れてくるでしょうからね、もう五歳ですよ、でもまだ歩けないから、いつも官女がおんぶせねばならないの、話せもしない、意志疎通ができるのは犬と小人と道化だけ、成育しても麻痺のせいで体は硬直したまま、どもりで不能、いつも涎をたらしている、お前の楽しみは手負いの鳩を頭に載せること、黄色い顔に沿って流れる血の跡を感じること、お前のベッドは凍えたまま、母のわたしに向ける憎しみは膨れ上がっているわ、わたしはお前の幸せのためにお前の名で国を治めたい、お前はわたしに剃髪させ、修道女の服を着させ、顔をヴェールで覆い、トルデシーリャスの王宮に幽閉するように命じた狡猾な強欲者たちによって囲い込まれた愚かな囚人なのよ、お前はいつもひとりぼっち、陰謀を企む者どもに囲まれてね、魔法にかかった子よ、舌は腫れあがり、目は昏迷し、動物の鳴き声をまね、片隅で訳もなく泣いて、歯を食いしばって食べようともせず、血にはアリがたかり、脳にはカエルが住みつき、腹には蛇がとぐろを巻き、両手にはいつも魚が……神様の祝福がありますように。お前は陰鬱な夢に囚われて日々を何の気なしに過ごしている。悪魔がお許しくださるように。お前は毎日、自分を爪で引っ掻き、薄い髪を引っこ抜きながら過ごしている。お前は自分を自分で追い詰めて、殺そうとしている。お前は女を見ても吐き気を催すだけ。痛みの野イチゴがわたしの胸で大きく成育している。慎みが邪魔して医者にもかかれない、良きキリスト教徒というのもそれに加わっているわ。ユダヤ人やアラビア人やコンベルソ以外で医者などいないのですから、わたしはお前よりも前に、楽しくこの世とおさらばするわ、わたしの忠実なイエズス会士たちが、スペインの説教壇からわたしを讃える歌を歌ってくれるでしょう。カニは幸せ者よ、ユノに星座にしてもらったのだから、でもわれらのやんごとなき王妃の命を奪ったそなたは別よ、なぜならそちらのカニのほうは〔カニは癌の意味〕、己が苦しめた王の胸部に、輝く死の領域だけでなく、生きるための滋養分を見つけたのですもの。母のないお前はどうなってしまうのかしら？　魔法にかかったわたしの可哀そうな王様さん、わたしの名前はマリアーナ〔マリアーナ・デ・アウストリアのこと、フェリペ四世の妻でカルロス二世《不能王》の母〕よ。

壁に囲まれた女の声は消えた。しかしその折に別の声がドン・フェリペにまとわりついてきた。それは彼がゆっくりと苦しげに、松葉杖をついてサロンのほうに向かおうとしていたときだった。サロンには触れられることのない彼の妻イサベルが拵えた裁ちくず製のミイラがどんと構えていた。セニョールは回廊と中庭の入り組んだ場所にある、石と空の支配する丸天井辺りで、歌詩や冗談、小唄などが大声で反響しているのを耳にした。王国のない王がわしらの王をやっている、王様は飛びまわっている、王妃様は泣いている、王家は衰退している、修道女らはおしゃべりし、別嬪さんは喚いている、神様どうか父様にお許しを、悪い病気で苦しんだ父様を、人間になるために、母の不幸を引き継いだ、絶対権力をもったお馬鹿さん、支離滅裂に摑むがいい、ごった煮さん、せいぜいわたしらを地獄に落すがいいさ、ごった煮、ごった煮、ごった煮さん、皆に言われろ、言われちまえ、歌ってやればいいさ、伊達男も、悪党も、小悪魔もみんなで奴のこと歌ってやれ。ゴシック風の玉座に太った赤ら顔の王が座っていたとさ、三角帽子に整えた白いカツラを被ってさ、正面から見たら二角帽、二本の角を生やしてる、金繻子と黒ビロードのカザック着て、メダルとモールをいっぱいぶら下げて、銀の剣を佩き、白ラシャのストッキングを穿いてはいても、愚かな眼差しの惨めさは隠しようもあるまいさ、締まりのない口元と、破れた血管で網状になった赤い鷲鼻と。今度お供をさせられたのは、蒼白い体と厚かましい顔をした醜い女ときた、醜女の厚化粧とはよく言ったものよ、ネズミの髪を結っている様ときたら、巻いた前髪を高く聳えさせ、耳の上には唾で固めたカールときた、着ているものといえば薄いレースのだらしない服、高い胸回りの下には皺だらけのおっぱいよ、胸を高く見せようとしてきつく締め付けたせいで、透けた布からはみ出てる。子供ときたら両親の全くの引き写しじゃないか、ハゲタカとネズミの掛け合わせ、両親に足元でじゃれついている、とそのとき戸口で父フェリペを見ると、けたけたと笑い、セニョールに向けて金とダイヤモンドの球をボールのように転がしたのである。

――そこのお化けは何がほしいの？　と子供が金切声をあげて、両親のアホ丸出しの黒いドングリ眼に尋ねた。

　フェリペは自分の見たお化けが、逆に彼のことを別のお化けと見なしたのではないかと疑って、恐ろしくなって逃げ出した。彼は自分の隠れ家に逃げるように戻った。次第に大きくなってゆく暗闇という尺で測った数年という年月の流れのなかで、いつもそうしているように。

　時々、彼は玉座に座り、指を焦がし、老人を蠟で汚す、蠟燭の短い芯の光に助けられて、相談役テオドールスが手書きで書いた、ほとんど読み解くことのできない書付に何度も目を通した。そして辛い気持ちで、古代人の運命と、彼というよりむしろ、自分の一族の運命との関係について考えた。というのも孤独な記憶のなかで、一時も眠れぬ己れの魂のために、自分の生と合致した者たちすべてを、己れのものにしたいと願っていたからである。彼が愛した者、憎んだ者、戦った者、殺した者すべてを。

　彼の微笑みは苦味ばしっていた。自分のことを陳腐で惨めな人間だと感じていた。専制君主としては皇帝ティベリウスと比べて、どれほどつまらぬ存在と思ったことか。あの皇帝以上の悪王になるには時間が足りなかったのだろう。かつてのローマの属州は今日のスペインの領土よりも大きかった。しかし彼は皇帝のように、世界の頭目は我なりと言うことができなかった。他の勢力が彼に敵対していたからである。自らが打ち破った同じ土地で異端が再びその顔を現していた、つまりフランドル、オランダ、ドイツである。異教徒たるイスラム教徒は、第二ローマの中心、〈トルコ宮廷〉コンスタンチノープルに居座っていた。依然としてその地からキリスト教世界を脅かしていた、われらの海〔地中海〕という呼び名の〈われらの〉という所有詞を嘲笑うかのように。スペインを追放されたユダヤ人は北方の王国に教養と技術をもたらした。イスラム教徒とユダヤ人はスペインに対する覇権をめぐって争っていた。イサベルの子孫たちはイギリス王家を支配していた。彼らの行いはすべてフェリペに挑戦し、屈辱を与えることを目指しているように見えた。何はともあれ、その勢力は余りにも広大な領土に及んだために薄まってしまった。彼は最初で最後にその名を聞いただけで、遠い土地のことなど何も知ろうとはしなかった。つまりチョルーラ、トラスカラ、マチュピチュ、ペテン、アタカマなどである。スペイン風の聖なる名前をつけた土地ですら関心はなかった、サンタ・マリア・デル・ブエン・アイレ、サンティアゴ・デル・ヌエボ・エストレモ、サント・ドミンゴ、ブエナベントゥーラなどである。新世界の地に足を踏み入れようなどとは夢にも思わなかった。そこは彼にとって、厄介者の大群によってとんでもない大罪が犯されていた地であり、グスマンのような小皇帝がわんさかいる地であった。印刷術の出現によって、自分が目を通すためにのみ書かれたものの独自性は失われた。科学によって大地は丸いことが証明された。彼は芸術を通して、創造の業というのは、たったひとつの不変的啓示によって完成されたのではなく、休むことなく新たな土地と場所で発展していくことを知った。

セニョールは自分に腹を立てている現実の上に遺恨のカーテンを引いた。そうした現実は彼の宮殿、修道院、王墓を形づくる御影石の、よく整備されたブロックの間から染み透ってきた。歴史とは巨大なパズルであった。歴史はセニョールの透き通るような手の間に、破綻した断片をいくつか残しただけだった。彼は目を閉じ、キリスト教の当初の統一を破壊した三位一体に関わる異端を、どうにか元のさやに収めようと試みた。それはこの寝室で、ルドビーコが謎解きの鍵とも言えるティベリウス帝の呪いの言葉をもって語った秘密のことである。つまりカバラ、ゾハル、セフィロト、三という秘数のことであった。彼はティベリウスの意図とは別に、不可視なるもの、砂と水で織られた企みごときものが、地中海の周辺一帯で描かれているように想像した。それは常に三人、三つの動き、三つの時代に化身した、共通の運命のようなものであった。それはカプリ島の切り立った岩場や、アレクサンドリアの飢えた街角とナイル川とのとりとめのない出会いのなかに、またパレスティナの砂漠における天の住民らの特殊な共同体のなかに、アドリア海沿いにある洞窟や館のなかに、ヴェネチアの幻想的な記憶劇場のなかに、そして自らの宮殿や修道院、墓そのものであるユダヤ的・ラテン的・アラブ的世界の、この新たな傷痕のなかに読み取ることができた。皇帝ティベリウスとアグリッパ・ポストゥムスの亡霊、叛逆した奴隷クレメンスの言葉と行動をひとつにまとめた秘密の思想とはいったい何か？　砂漠で選ばれた不可視なる者たちと、ポルタ・アルゲンテア〔スプリトにあるディオクレティアヌス宮殿の東門のこと。直訳すると〈銀の門〉〕の隻眼の魔術師、フランドルの曇りがちな土地でフェリペが戦った一群の異端者らの言葉と行動をひとつにしたものとは？　いったいいかなる指導的思想に吹き込まれた結果、こうした堅固にして豪壮な建築物が建てられたのか、ディオクレティアヌス宮殿、ヴァレリオ・カミッロの記憶劇場、フェリペ王のスペイン霊廟などが。ローマの独裁者とエジプトの兄弟殺しとギリシアの魔術師の声が、いったいどういう予言を異口同音に語っているのか？　時代と海に隔てられたとはいえ、併行した三人の兄弟、善行者、殺人者、近親相姦者の歴史が、エジプトの川の砂地で、新世界の密林で、いったいどのような、人類の恐ろしく、消すことのできない初めの印を刻印することになったのか。この宮殿にいる、背中に十字の印をもち、足に六本指をもった奇形の三人の少年がそのことを如実に物語っているのではないのか？　つまり起源を表象するもうひとつの行為を、そして夜明けの記憶と地上の都市建設という恐ろしい行為への辛い接近を物語っているのではないのか？　アリアドネはペルセウスに迷宮から脱出するために糸を与えた。セニョールは唇にタトゥーを入れた女のことを夢見た。彼女はアレクサンドリアとスプリトにはいたが、カプリ島、パレスティナ、ヴェネチアにはいなかった、そして再びこの地スペインに姿を現したのだ。そして征服される以前の海外のスペイン領の土地に。彼は目を覚まし、眠れない夜に戻る際に伴いがちな突然の、須臾《しゅゆ》のひらめきでもって、自らに問い質した。はたしてルドビーコはテオドールスの手稿を読んでいただろうか？　ティベリウスの呪いを知っていただろうか？　それともすべては、意志と論理に縁のないところで起きたのだろうか？　すべては全く因果関係のない、一連の根拠のない出来事だったのか？

　彼はそんなことは決して知りえないことだと分かっていた。とはいうものの、自らの問いかけと夢と眠れない夜の一番深いところで、執拗な煌めきが光を放っていた。王子の教育に当たって一番重要なのは、自分が無知であることを知ることである。ミツバチはどんな花にもとまるわけではない……。

——わが子よ、そなたはこのことを知らねばならぬ。いつの日かわしの地位と特権をそなたに譲ることとなろう、しかしわれらの領土についての蓄積された叡智も同様だ。叡智なくして地位も特権も空しい願いにすぎないからな。

——父さん、わたしが図書館で古い書物を読んでいて、ラテン語も熱心に学んでいるのをご存じでしょう?

——わしが言う叡智とはラテン語の知識をさらにずっと超えたもののことじゃ。

——二度と父さんを失望させることなどしません。

彼はそのとき自分の父親を見知らぬ他人のように思った。なぜと言えばいつも遠く離れていてやっと世の中に出てきて、夢想家や叛逆者、子供、漁師、恋人たちと交わりをもったものの、父は彼らを王宮で殺人者の手に引き渡したのだから。彼の父はその見返りにイサベルと結婚させてくれた。しばらくして父は亡くなった。彼が王位を継ぎ、母は中庭に身を横たえて自らの死を待ち望んだ、そして四肢切断を受け入れた。その後、スペイン中を父王の腐敗処理した遺体を引きずって旅したのである。村の女たちを犯すことを何とも思わぬ娼婦好きのセニョールがブラバントの宮殿で乙女たちの尻を追っかけていた間に、その息子が便所で産声をあげたのだ。小さな火花が大きな篝火になったのだ。彼の母親しかその子の父親が誰だか知らなかった、母は自分ひとりのために夫を愛した、たとえ生きていなくとも、死んでいたとしても、自分ひとりのために。誰にも近づかせなかった、女も男も、息子ですら……。

——そなたはローマの後継者たちの上に、呪いがかかっていることを知らねばならぬ。

——どんなことでも貴方を許すわ、女たちに淫欲にたぶらかし……何でもよ、でもあの事だけは許せないわ。

——わしはあの呪いを背負って生きてきたし、統治もしてきた。夜を日に継いで苦労を重ねた、命を縮めながらな。

——わたしの息子に呪いを背負わせてはなりません。

——フアナ、それを言うなら、われわれの子だろうが?

——いえ、わたしだけの子です。あの子はラケルのときと同様、わたしはひとりぼっちでフランドルの便所で、陣痛の苦しみのなかで生んだのですからね、ところが貴方ときたら……第一のローマは奴隷の一団によって滅ぼされ、落城しました、第二のローマ、コンスタンチノープルはマホメットを奉ずる連中によって滅亡しました。スペインは第三のローマとなるでしょう。でも滅びはしません、もう他にないのですから、フェリペはスペインをちゃんと統治するはずです。

――フアナ、お前の気は確かか？　アラゴンとカスティーリャが、カスティーリャとアラゴンを治めることなどほとんどないわ〔アラゴンとカスティーリャはともに相入れない性格の王国の意〕。

――わたしの子は、わたしたちの悪い資質をずいぶんたくさん受け継いだものね、貴方を食い荒らした苦悩やらは、自分の子だけにはごめん蒙りたいわ。美王などと呼ばれた、わたしの哀れなご主人様、貴方は皮膚こそ残ってはいてもぞっとする屍、わたしは自分の子だけには死の恐怖を味わわせたくないのよ、わたしたちの血筋が絶えることのないように頑張るわ……。

――フアナ、お前は気でも狂ったか？　まるで死人を生き返らせられるような口ぶりだ……。

――わたしたちを支配するのが亡霊だとしても、血筋が絶えることはありません。後生だからわたしの息子には、無名の群衆に足蹴にされ、しまいには首を括られる最後の王になるかもしれないという、ご自分の恐怖心を受け継がせたりしないでよ。息子は貴方の悪夢の蛇のように、アリどもに貪られることはありません。きっとあの子はわたしが知って欲しいことを知るでしょうし、知らないで欲しいことは知らないでしょう。


セニョールは父親の墓に走って行きたいほどだった。しかし杖を手放すことはできなかった。痛々しそうな足取りで寝室を出て、灰の水曜日の儀式で黒く覆われた礼拝堂へ向かった。その時彼を襲ったのは、おお神よ、ああ何としよう、神よ、恐るべき悪臭だった。勝利の日の臭気そのもの、信仰の日を勝ち取った傭兵どもによって冒瀆された僧院の何とも忌まわしい臭いであった。

　彼はびっこを引きながら祭壇に近づいた。新世界の黄金が詰まった櫃を見た。櫃それ自体も輝いていた。黄金にいやな臭いはなかった。糞がいっぱい詰まった櫃が臭かったのだ。黄金は糞に変わっていた。新世界の贈り物であった黄金が。ああ神よ、あなたの創造の錬金術よ、創造が廃墟であるなら、糞はあなたの贈り物。おお神よ、糞に変質した黄金が奪われたのは、いったいどの密林の神殿からなのか、偶像たちの住むどの宮殿からなのか？　あの時は黄金であったものが、ここでは糞となるのか？

――フェリペ、金というのは神々の糞なのだよ、と祭壇の後ろに置かれたフランドルの三連の祭壇画から、虚ろな声が言った。

　辛そうにして杖で体を支えたセニョールは息を切らして父親の墓に辿り着くと、墓石の上に熱病患者のように寄りかかった。父の遺体はペドロ・デル・アグア師の手で防腐処理を施されていた。したがって生きた時のままの姿で見ることができるはずだ。父は未だに美貌のまま若くして亡くなった。洒落者で娼婦買いの王は皮膚の下に腐敗した内臓を隠していた。四十歳にならぬ前に亡くなったのだ〔フェリペ一世、一四七八—一五〇八年。実際には二十八歳で亡くなった〕。今となれば、父の服や半ズボンを切り裂いて、イサベルを犯した防腐処理済みの性器を見ることができるだろう。自分の妻イサベルを手に入れ妊娠させた男の、釘とアロエのペニス、息子が決してイサベルに対し、なすことも、手に入れることも、孕ますこともできなかったことを、堂々となして保存されている男根。唯一そこには傷がある、白くなったかつての陰毛、脚の間に広がったクモの巣。アグア師は腐敗した部分、腐敗しうる部分すべてを取り除いて切除した。彼はわが亡父の去勢を行ったのだ。父の性器は女のそれと同様、切り裂かれた溝となった。

しかしある日、侏儒女のバルバリーカとの婚礼の夜、あの《痴呆》王子がセニョールの父親が横たわるその墓の上に、重ねられるように埋葬されたのである。バルバリーカはそこで気狂いの夫、色事師、淫売あさり、身持ちの悪い少年、父の真実の後継ぎ、父とイサベルの間の子、つまりドン・フアンと瓜二つの身代わりとセックスしたのである。防腐処理した死体のそばには、石膏で封蠟された別の、第二の緑のボトルが置かれていた。

セニョールはそれを手に取り、ゆっくりと自分の寝室に戻り、玉座に腰を下ろした。

ボトルのなかの手稿を取り出した。

彼は高い採光窓から射し込む朝方の弱い光のもとでそれを読んだ。

回復

煙る小屋の中央で、自分の手を下にして腰かけ、白布で顔を覆ったその女は、恐怖の内なる不動性とは無縁の、自分自身の動きを探る写真機である。白布は寒冷地におけるこの夜の夢想的な光を集め、光そのものを装っている。彼女は無意識の動きのせいでそうした想像上の光の流れ（この暗い粗末な家で、光点は白い仮面そのものとなっている）が遮られているように感じている。そして光の流れは耳鳴りとなって、脳髄が打ちたたく太鼓に伝わってくるのだ。バランスなどというものは存在しない。仮面を被った白い顔は、崩れかけた日干しレンガの塀と藁の天井でできた小屋そのものである。それは現実と空想の入り混じった音声の、音量や攻撃や持続や減衰を受け取っている。

　そなた〔メキシコ第二代皇帝マクシミリアン一世のこと〕は彼女が語るその瞬間の太鼓のリズムを聞くがいい。

　決して繰り返されることのない一度きりのこと。老セニョーラはいつも軍隊の太鼓か葬列の太鼓か分からないが、無声の太鼓の響きを聞くと言う。しかしそこにある音質の違いは分からないらしい。そなたに尋ねているのは、バチの先端が木でできているのか、それとも革か海綿かということだ。真珠母貝の太鼓をたえず打ち叩く音がたしかに存在してはいるが、どこか遠くに聞こえているだけだ。今そうしているように、時々彼女がそなたに確言するのは、その音がどうしようもなく肉体すべてを緊張のなかに引き寄せて、穴という穴を閉じさせてしまうということだ。抑えられた注入と叫び。奥歯をがたがたいわせるドリル。メスの切開。飛行機の離陸。肉体は排他的で閉鎖的な秩序に変わると言う、喜びとなりうる脅迫とは一切関係のない秩序に。そなたはそこに彼女の姿を見ている、この小屋に閉じこめられたまま、地面に腰を下ろし、ぶるぶる震えながら火のそばにいる彼女を。太鼓のバチの革の先端が、厳かな曲のリズムを刻んでいる（あるいは単にリズムを拾っている）その音を老女はじっと耳を傾けて聞いている。Deus fidelium animarum adesto supplica tionbus nostris et de animae famlae tuae Joanne Regime.〔神はわれら忠実なる魂の求めとともにあり、そなたの下女たるフアナ王妃の魂の求めに対しても〕。

　彼女は穏やかな覚めた調子で言葉を繰り返した。生来の大声を出せば正しいことを言っていると分かったはずだが、そうはしなかった。言いたい言葉を繰り返すたびに、手が埃に触れた、それは「戻れ」という言葉だった。そして長い沈黙を守った。そなたにも聞こえるだろう、シエラ・マドレ山の寒い夜からわれらの身を守るこの火に滋養分を与える枯れ枝が、ぱちぱち音を立てているのが。外ではわたしたちの男どもが自転車に油を差し、はしけを作るために木を伐り出したり、長い列をなして明日渓谷から取り払うことになっている巻き上げ橋を担いで行っている。わたしたちはミルタスの繁みで身を守っている。またそれ以上に守ってくれるのは、午後になってからコフレ・デ・ペローテ山〔メキシコ・ベラクルス州にある死火山〕の頂上から下りてくる靄のほうかもしれない。老女はあぐらを組んで座っている。そなたは彼女のことを、破れた大きなスカートを穿いた吟唱詩人と言うかもしれない、自分の話をするのにも、他人事を語るときにするようなためらいがちな様子の……老婆がそなたに語るのは伝説などではない、彼女から伝説は諳んじるものだと言われたはずだ。たったひとつの言葉を変えるだけで伝説は伝説ではなくなる。老婆の長い沈黙は静かなものでもなければ、中立公平なものでもない。それは記憶ではなく、わたしたちの周りにある密林の時間において、それを継続し、支えることを求めるひとつの発明なのだ。

そなたは閉じこめられた老女がそこで震えながら、葬礼の太鼓の音を口ずさんでいるのを見ている。そして恐怖心というのはあらゆる創造物の、いかなる力強い関係とも縁のない、自給自足による真実の状態なのだと呟いている。恐怖心とは大地との実体的な結合状態であり、大地から永遠に切り離されたいという願いである。歴史とは——それとは別物で、多くの者たちのそれ、たったひとりのそれだが——恐怖におののくと同時に、大地の上で麻痺し、大地の外に放り出される肉体に入り込むことはできない。確かに老女はその音が実際には近づいているのか、それともそうした接近が恐怖心と同じものなのか、知りようがないのだ。老女がそなたに言っているのは、自分の体に何か浸透しえないものを感じる際に、うめき声が次第に近づいてくるのが聞こえるということだ。他人の手が体に触れはするのだが、二つの感覚が脳髄の特別なリズムが広がったものなのかどうか、はっきり分からないのである。あたかも恐怖心が、頭蓋骨に付けられて様々な脳波を敏感に捉える強力な電極でもあるかのように。

たった一回、二度と繰り返されることのないことだが、老女は再び太鼓の音を聞いていると言っている。しかしその瞬間、彼女ははるか彼方から聞こえてくる、ずいぶん昔から割れたままのガラスの音とでもいった表現がふさわしいような、耳障りな何かの音との出会いを求めているのだ。割れてはいても、個々の破片のなかに、輝きと有用さが作り直されている。床から立ち上がってくる割れたガラスの山は、あたかも割れた瞬間が磁気テープに録音されたかのようであり、今それを巻き戻しで再生しているかのようだ、ガラスとはまさに煙る鏡のことである。

最初の航空部隊が低い空を通過すると、老女は無礼と知りながら舌打ちをした。とそのとき、誰かがこの村にあるたったひとつの教会の鐘を鳴らした。彼女は今にも行動を起こそうという身構えをしながら、語りの距離を維持しようと腐心した。彼女には出来事そのもの以上に、出来事がどのように外に現れ、関係をもつに至ったかという点を分析することがどうしても必要であった。彼女によると、飛行機と鐘は互いに了解し合って、かち合う瞬間には互いに自分はいないことにすると宣言した。戦闘機の須臾《しゆゆ》の騒音は、鐘のブロンズの快い音色のハーモニーをかき消しはするが、しかし実際には新しい音の響き——女はそこから、そなたのうっとりした沈黙を保証するのだ——が出会いをきっかけに己自身を呼び寄せているのだ。

そなたは老女の手に触れる。彼女はいっそうの注意力を払う。そなたは老女が常に触れているものに気づかれないようにさっと触れる。両者ともそれが産毛と殻のふれあい、羽根の翼と昆虫の肢の触れ合いだと分かっている。

——ずいぶん進歩しましたね、とそなたは静かな口調で老女に言う、それは何ですか？

——プレゼントよ、かたちを描いてもらったの、わたしはモデルに近づくわ。でもとっても難しいのよ。

老女は物欲しげなそなたの手をぱちんと叩いた。

——じっとしなさい、終わるまで待っているの。

老女は突然寒さを感じたかのように、ショールを肩にかけた。ぶるっと震える感覚が耳まで達した。透き通った磁器の耳殻《じかく》。あたかも己自身を模倣するかのように笑った。再びかつて失われた機会にしたような高笑いをしたが、その笑いには彼女が蘇らせようとしていたあのときのような、透き通った大胆さはなかった。それはあのとき放った笑いのパロディであって、今こうして連続し壊れたかたちでそなたの耳に達しているのだ。波の完全さとガラスの脆さの違い。その時、たった一瞬だが、そなたは老女の声がもつ意味は、太鼓の音が彼女にとってもつ意味と同じようなものだと思った。

しかしすぐにそなたの感覚は散漫になっていった。女たちが朝食を用意し、小屋にあまりぞっとしない臭いが漂ってきた。それは筋をとって小さく刻んで切り口の開いたチリと新鮮なトマト、刻んだタマネギ、すり潰したアボカドを合わせた料理の臭いだった。入り口から二つの椀をもった手が差し出され、そなたはそれらを手にとると、老女のそばに置いた。彼女は聞いたり、話したり、記憶をたどることをやめ（そなたは老女がそうしたことを同時に行ったことに気づいたはずだ）、あたかもその時初めて食事が発明され、提供されたかのように（手から永遠に奪い取られてしまわないように）しゃがみこんで食事を貪り食った。白い布の後ろに隠れてよく見えはしなかったが、そなたを見る小さな目は何か人を愚弄するかのようだった。白布はものを食べるときに上唇の上にたくし上げられ皺が寄った。口をもぐもぐさせながらそなたに言ったのは、自分は食べる喜びを得るために食べていて、十分その喜びを得ているとのことだった。今はものを考えたり理屈をこねたりするときではないとも言った。老女は食事のせいで、なお一層、地面にどっしりと腰を下ろして根を生やしてしまった。（老女に言わせると）食事は余りにも軽い体をどっしり落ち着かせる鉛なのだ。

　遠方では空爆が再開した。これはその日が近づいていることの前触れであった。しかし老女は新たな夜明けが来るたびに、われわれを襲う新たな恐怖にあっても、静けさのなかにあっても、そんなことはどこ吹く風で話し続けた。それを中断するときはたっぷり時間をとり、映画のフェイドアウトのようだった。あたかも話を再開する許しを得るのに、翌日の最初の朝日を待たねばならないかのようだった。またあたかもベラクルスの山並みに射す今日の新鮮な光が、前もって予見され約束された、何ということもない陳腐な一日の、凍りついた光であるかのようだった。

　篝火は次第に消えていった。

　そなたは当たり前のようなしぐさで、腕を広げて伸びをした。そうしたしぐさは、すでに夜の寒さを熱帯の暑さに変え始めている、出たばかりの朝日（それは同時に、容赦なく照りつける灼熱の太陽の、長く蒸し暑い一日を予告するものでもあった）を崇敬する姿勢と見紛うものだった。しかし顔を覆う白布のせいでほとんど表情の見えなかった老女の細い横顔（一晩中、大地から弱い篝火で照らし出され、今は彷徨い出た太陽の光で東方より照らされた）にはひとつの数字があった。そなた自身、自問したのだ、この新鮮な光は光自体を照らし出しているのか、それともわれらを照らし出しているのかと。しかしそなたには単に、自分がその囚われ女が沈黙のなかで語っているのかどうか、という問いかけを繰り返しているだけとしか思えなかった。

　ファントム機〔F－4ファントムIIが初めて実戦配備されたのはベトナム戦争時である。アメリカによるベラクルス占領（一九一四年）とベトナム戦争（一九六〇―一九七五年）をオーバーラップさせている〕は毎朝、手当たり次第に機銃掃射をして低空を猛スピードで飛んで行った。われわれは皆自衛をした。頭を膝の間に隠し、こめかみの上に両手を合わせて頭を守った。遠くの方で、爆撃機が炸裂弾の山をどっさりと落としてから空を舞い上がり、姿を消した。老女は訳もなく笑い出し、頭を振りながら探し物も見つけるまで床を這って行った。いかにも唐突な動きであった。死の恐怖が毎朝のようにやってきた。しかし習慣化した瞬時の脅威は終わることがなかった。正常な状態は奇跡的な速さで回復された。老女は他のすべての者たちと同様、胎児のように身をかがめていた。手にもっていたものを遠くに放った。そして今、あたかも何事もなかったかのように、それを当たりまえのように拾いあげ、一度ならず何度もそれを愛撫した。そして膠《にかわ》の詰まった古い器を見つけると、ごそごそ何やら働き始めたのである。光はほとんどなかった（篝火はすでに消えていた。しかし、朝の光が射していたから別の篝火を点けるまでもなかった。人々は恐怖の後の沈黙のなかにあった。時々、互いに顔を見合わせた。彼らは待った。老女は機敏に両手を動かした。そなたは老女に尋ねた。

——一体それは何ですか？

——こちらにおいで。

——見てもいいんですか？

——暗くて見えないかもしれないから、こっちに来て触ってごらん、怖がらなくてもいいよ。

——すると、もう仕事は終わったのですか？

そなたは老女が微笑み、二つのことを言おうとして笑っていると感じた、ひとつは老女がずいぶん前に仕事を終えていたこと、もうひとつは、老女が決して仕事を終えることはないだろうというものだった。

——さあ近くにおいで、これは何だと思う？

——鳥のかたちをしていますね。

——そうだよ、でもこれはたまたまそうなっただけで、ほとんど偶然のたまものよ。

——まるで鳥に触れているようですね。これって羽根ですよね。

——真ん中も羽根かい？　真ん中にあるものも？

——ちょっと待ってください、いや、これは羽根ではないな、違う、違う。ひょっとして、これはアリですか？

——それとも違うよ。これはクモさ、時間をもたない昆虫さ。

——でもそこに見える支脈というか翅脈で、クモの巣が分かれているように見えますけど……。

――クモの巣と呼びたければそう呼んでもいいわ。

――……羽根の部分に分かれているようですね、それにクモの巣の羽根そのものも分かれているようで……クモの巣っておっしゃいましたよね、真ん中にあるのって？

――触ってごらん、いいから。指でなぞって。翅脈をずっと端まで。

――じゃあ触らせてくださいでもこれって何か細い枝とか、細い糸のようですけど、あれ、でも末端は尖って矢みたいになっている……。

――そう、矢なのよ、矢でもってクモの巣が分かれているのよ、あのクモの巣がね、小さな部屋に分かれているの。暗くて見えないけれど、彩りも見られたらいいのだけど。

――もう日が昇ってきていますよ。

――緑と青、暗紫色、黄色の羽根をもった小部屋よ。

――すぐに一緒にそれを見られますよ。

――クモの巣とその色から、そこで捕捉できる鳥の種類が分かるのよ。それだけじゃないわ、密林の各地域に住む鳥たちの本物の羽根がこれよ。ケッツアル鳥、ハチドリ、コンゴウインコ、黄金キジ、野ガモ、サギなどのね。各地域はどれもみな一様ではないことが分かった？


中心部は別だけれど。そこは一様で似たり寄ったりよ。そこは過不足のない完全な環境なのよ。そして密林でも人を寄せ付けない禁断の地なの。そこには羽根もないし、そこからは食料も調達できないし、何を捕捉することも、飢えを満たすために鳥を殺すこともできないのよ。住んでいるのは言葉と記号と魔術を持っている者だけ。その国は死んだクモたちの住む野であって、そなたがクモの巣と呼ぶものをわたしは膠でもって貼り付けているのよ。クモの巣の境界は、既知の世界のそれになっていて、それより遠くに行くことはできないの。でも遠くに行きたいと思うことはできるの。矢の先端部分はどれも外に向いているでしょう？　未知の世界ということよ、限界ということだけれど、わたしたちを手招きしているの。つまり勝手を知っている家と、見知らぬ驚異の間の境界ということね。

老女はわたしにこういったことを原語〔ナアトル語〕で語った、このインディオの女こそ、わたしがこの地に初めて足を踏み入れた際にこの贈り物をくれた人物だったのだ。そなたは覚えているだろうか、意思疎通が困難だったせいで得られる情報がごく少なかったことを。彼女は観光ビザで入国した人類学者だった。少なくとも新聞にはそう出ていた。父親はイギリス人で母親はスペイン人——あるいはその逆かもしれないが——と言われていたが定かではない。本人の名前も生年月日も調べようがない。顔に蚊よけの白い布を被ってキャンプ場を巡回していたときに捕らえられてしまったのだ。もはや現状において見られた態度はひとつしかなかった。それは彼女が何か罪を犯したのではないかという疑念であった。彼女は自分の職業柄、何も悪いことはしていないし、そなたが抵抗戦を指導した、あの同じ場所で姿を現したとしても、そこには何の悪気もなかった、ということを証明できるようなことは、何ひとつ申し述べなかったのだ。そなたは彼女の声や手、曲がった腰などから、それが老人だということを見て取った。だからそなたは〈老女《ビエハ》〉と呼んだのだ。老女は依然としてクモを膠で貼り付けているが、今は黙々とそれをやっている。そなたはその姿を見ている。生命がわたしたちの周りで再び蘇っている。そなたはそれに耳を傾ける。自噴井戸が手で汲み上げられる。自転車のタイヤが膨らみ、鋭い音が漏れ出る。弾丸がライフルの弾倉に込められる。誰かが隣人の畑をきれいに掃いている。避難した子供たちが、壁を背に日差しを受けて、しゃがみ込んだ女たちの乳首を吸っている。しかし太鼓の響きがすべてを包み込んで、すべてを消し去った。するとひとりの伝令が素っ裸の血まみれ姿で、息も絶えだえにキャンプに入ってくると、前にばったり倒れてしまった。遠くでインディオのファイフが聞こえた。

——あれはナヤル〔メキシコ北西部の町〕の音楽だわ、と老女は呟いた。わたしは教会が見捨てられてしまったコーラ族〔メキシコ北西部ハリスコ州やナヤルの峡谷や山岳部に住む民族〕の村に行ったことがあったけど、そこに滞在した際に、あのファイフと太鼓の音を聞いたような気がするわ。あの教会は八百年あまり前、あの近づきがたい反逆的な土地を、スペイン人が後年征服した後に建造されたものよ。建築に携わったのは没落した古代インディオの王たち。宣教師たちは彼らに聖人の版画を見せ、インディオは自分たちのやり方で聖像を新たに描いたのよ。教会というのは土着民の楽園で、失われた王国の色彩と形状を彷彿させる聖器かもしれないわ。祭壇は地上に繋がれた金の鳥。丸天井は大きな煙る鏡。漆喰彫刻の白い顔は、狂暴な顔つきで笑っていたし、浅黒い顔は涙を流していた。コーラ族は征服されるや否やすぐに、征服者たちのシンボルを自らのものとして、昔からの土着民の天国と地獄を表現してきたある形式を身にまとって、昔から続いてきた自分たちの生活を立て直したのよ。宣教師たちもそうした変わり身を認めたわ、でも結局は十字架が天下を取ったの。このたったひとつの印で表現されたのは、かつて風や太陽、水、シカ、オウム、燃える藪など多種多様な神々に分かれていたものを、同じひとつの約束にしたということ。教会の建築が完成したころ、宣教師が祭壇のキリストを指さし、教会は愛の場所であると、なぜならそこには愛の神が君臨されているからだと言ったわ。インディオはそれを信じ込んでしまった。夜になると教会にやってきて、祭壇の裾で、鳥の笑い声と仔犬のため息をつきながら、彼らと同様に苦痛に喘ぐキリストが見ている下でせっせこ姦淫に耽ったわけ。宣教師がそれを見て、お前らは皆地獄に堕ちろとすごい剣幕で雷を落としたけれど。でもインディオたちは、愛の神が愛の行為をみそなわすお方ではない理由が理解できないの。彼らは自分たちにされた約束を許可と思い込んでいたのね、それが突然、通告どおりにすれば、ああしたことはやってはいけないのだと悟ったというわけ。インディオたちは反旗を翻し、宣教師のもとに駆け寄り、声には出さずともがっかりした表情を顔いっぱいに表して、偽りの愛の神が司る教会の扉を閉鎖してしまった。彼らは年に一回だけ、地獄の僧院と化してしまった教会を、悪魔の仮装をして訪れようということに決めた。土塀にはひびが入り、中庭は草が生え放題になっていた。何でものみ込む砂漠と化した、荒れ果てた土地にある唯一の神殿は、リュウゼツランだけとなった。でも大空は広大で、太陽は焼けつくように照っている。インディオたちは互いに撫であいながら身体に黒や白、青を塗りたくっている、まるで昔からの儀式の衣装を再び身に着けようとでもするかのように。キャンバスは大地であり、絵の具は自然の草木であった。後に彼らは集団的姦淫と見紛うものを大空の下で行うようになった。しかし聖週間ごとになされるそうした官能的情熱の発露は、キリスト教の受難の行為そのものとみなされた。オリーブ畑でのイエスが置き去りにされたときの嘆き、酢を飲まされたこと、十字架の道行き、磔刑、盗賊二人の同伴、脇腹への槍突き、賭けに付されたチュニック、イエスの死、十字架からの降下、聖体の埋葬などは、痛みを伴う男色と同様に性的に解釈された。神は肉体的に人間を愛された。それはとても不思議なことだわ。教会は象徴だったけれど、人間はそこでは実際的な行為をなそうとしたわけだから。太陽は現実のものだけれど、人間はその光の下で象徴的な行為を繰り返している。あらゆる儀式は馬に跨った、つば広帽をかぶった仮面姿の男によって監視されている。その男は赤いシルクのマントを羽織り、顔を羽根の仮面で覆っている。顔をさらすのは栄光の土曜日だけ。キリストは復活したかもしれないが、ティベリウス帝治下のローマ帝国で迫害を受け、ピラトの手に引き渡された、わたしたちの歴史的なあのキリストは復活などしていない。復活したのは、トウモロコシの種を人間に与え、耕作や収穫を教えてくれた創造主。つまりキリストの時間こそ持たないものの、いつに変わらず刷新された起源のあらゆる時間をもった神のこと。でも何とも不思議だわ。そなたはその場所とその儀式を知っているの?たしかにそなたは知っている、でもその女には何も言わない。ただ質問の真意を忖度《そんたく》している。女は質問を繰り返しては黙り込み、その後、今日は何曜日などと尋ねる。そなたはいちいち答えることは無駄だと思う。女はゆっくりと立ち上がる。しかしそなたは倒れるのではないかと恐れる。立ち上がって女の腕をつかもうとするが、本能的に身を引いてしまう。それでもずっと女のことが気に掛かってしょうがない、決して女に触れはしないが、おぼつかない足取りをさりげなく真似する、それは疲れ切った体が今にも倒れるかもしれないからだ。

結局、女は小屋の中央で椰子の葉天井を支える柱に突然寄り掛かった。そなたが女のほうへ進むと、女は柱に抱きつき、そなたのほうに手を差し伸べて、聞こえないくらいか細い声で哀願するようにこう言った。

——何て、何て言っているの?　よく聞こえないの。

そなたは女にまるで少女か動物に近づくかのように近づいた。そして女の求めていることを推測した。どうしても女の臭いを嗅がざるをえなかった。昔ながらの塩の臭い。鉱物の殻のような。草食の魚のような。腐ったリンゴのような。浮遊する黒い厚み。女の手からそなた自身の無防備な皮膚へと移って行く、べとついた第二の皮膚。ついにそなたはそれを少女か動物の手を取るかのように取って、女の求めているものが何なのか推し量る。小屋の背後で成育する小さな畑に女を連れてゆく。ここは三本の葦の棒とひとつの厚い土壁で仕切られた小さな私有地で、彼方の爆撃機が物笑いの種にして無視するほどの場所だった。

そなたは女の臭いを嗅ぐことも、女に触れるのも止めなかった。その体を包んでいる湿った襤褸着も。捕らえがたい記憶の眩暈を感じつつ。

見捨てられた畑に雑草が生い茂り、もし誰かがそれに手を入れたとしても、代わって今日そこに在るのは、人間の仕事だとわかる別の証拠だけ、自転車の錆びたタイヤ、手引き鋸、釘の入った箱、空になったガソリン樽など。それはまるで鉱物庭園のようでもあり、瓦礫彫刻の部屋のようでもある。誰ひとりその畑に注意を向ける者はないが、思いもかけぬときに役立つことになるとも思わないで、不用品としてそこにものを捨てにやって来る者だけは例外である。タイヤについているワイヤーだって役立つし、樽であれば水に浮く。残壁だって新たに役立つ。

——見えるかい?

——確かに、畑にいろんなものがたくさん。

——いや、もっとあるのよ。

——ここでは何も起きやしないでしょう?

——何か飲むものをおくれよ。

そなたは老女にヒョウタンを手渡し、周囲を見た。そなたの眼差しにとって繋みなどはどうでもよかった。唯一視覚に入ってきたのは、こぢんまりとした緑色のその場所ならではの性質、つまり太縄で結束された葦の格子で三方を区切られ、もう一方が荒れ果てた土壁となっている場所だった。薮はじめじめした地面から上に向かって生え、その先は燃えてカラカラになっていた。

われわれは少しずつこの土地のことが分かってきた。チャチャラカス川からコフレ・デ・ペローテ山まで、またタマウリパス州のウワステカからコワツァコワルコス川の河口までの領域のことである。半月型に周りを囲うように配置された、侵略者に対するわれらの最後の防衛線である。土地の残りの部分はすでにアメリカ軍によって占領されてしまった。メキシコ湾沿岸を目前にして、アメリカのカリブ艦隊は監視と空爆と襲撃を行った〔ベラクルスは一九一四年にタンピコ事件がきっかけとなり、フレデリック・ファンストン将軍率いるアメリカ軍によって七カ月占領された〕。この地、ベラクルスは征服者の手で最初の植民市となった、そしてほぼ五世紀経った今、別の征服者によって、永遠に破壊されようとしている。われらは少しずつ、山から山へ、渓谷から渓谷へ、木から木へ、このわれらのアイデンティティの最後の砦のことが分かってきた。

老女は腕を差し伸べ、汚れた手を襤褸着の間から出して密林の奥のほうを指さした。野生の樹木の彼方、眠ったようなすみれ草や、まだら模様の飢えたようなジャガーに似た花々の彼方を。指さしてから、女はあたかも粉の上に円を描くようにうずくまった。頭部から垂れるヴェールが揺れ、女はピューマのように飛び上がった。そなたの胸に爪を食い込ませ、覆いかぶさってそなたを今にも倒そうとしていた。そなたは首を手で止血帯のように押さえ込まれ、口のあたりに長旅の疲れた後の息を感じ取った。

——どうしてわたしたちはここにいるんですか？　なぜわたしを他の場所に連れて行ってくれないのですか？

すると老女は答えて言った（そのことはそなたも知っていよう）、その質問は自分たちを見つめる密林と、密林に秘められている財宝に至る道筋とも言うべき、彼女の口からしか発せられることはないのだと。そなたは受身となった戦いのなかで老女としっかり抱き合っていた。老女は手のなかにあの布を携えていた（そなたにはそれを地図とか、狩猟ガイドとか作戦計画とか、魔除けとしか呼びようがなかった）。そこには羽根とクモとフィラメントが入っていた。太鼓だけがなお一層リズムを早めて、息づまる調子で鳴り響いていた。

そなたは老女を肉体的な嫌悪感（臭い息、動物的な手、汚い服、とりわけキノコや霧の息）から、身を離して放りだした。そしてはっきりした態度で怒りを込めてこう言った。

——その場所は知っていますよ、見放されたピラミッドでしょう？　何度かそこに身を隠したことがありますから。ぼくらの武器庫として使っていました。こんなことを言っても、誰にもそのことをばらさないでくださいよ。

しかしそなたは畑に投げ出され、じっと土壁のほうを見ている老女を見て、情にほだされてしまわないように必死にこらえていた。老女の周りを大きな沈黙が取り巻いていた。現に見てわかる不在と同様に手に触れることのできる沈黙が。死と似たような沈黙、その名に値する安らぎ。少なくとも常習的な夢の死と似た沈黙。

太鼓は鳴り響き、老女は土壁の下にいた。そなたには女が何を待ち望んでいるのか、そなたをどこに招こうとしているのか、いったいそなたから何を期待しているのかが分からなかった。女がそこにずっと居留まっていたいのか、それとも密林が呑み込んでしまったトトナカ族の立派な墓に行きたいと思っているのかどうかも。

老女は畑の地面で転げまわると、他の叫び声と区別のつかないような大声を上げた。というのも、ファントム戦闘機が低空飛行して戻ってきたせいで、コンゴウインコの群れが恐怖におびえて大きな鳴き声を発していたからだ。

キーンという空気を引き裂く音、衝撃音、無駄なターゲットである葉の繁みで少しは和らぎはしても、耐え難いほど何度も繰り返される爆発音。奴らは無そのものにして密林を荒廃させたのだ。

　そなたはいま一度連中を呪うように拳を振り上げた。それこそがそなたがする日常的な祈りであり、十字架の印なのだ。あのクソッタレのヤンキーどもが。翼に黒字でＵＳＡＦとはっきり読めるほど低空飛行しやがって。

　轟音がフライパンをこするナイフのような不快音を伴って小太鼓を引っ掻いた。そなたは腕の下に狂ったダーウィーシュ〔イスラムの托鉢修行僧〕を抱え込むと、老女は鋭い叫び声を上げ、蜂の巣状になった土壁の下で地面にしがみ付こうとした。そなたは力づくで老女を小屋の中に引きずっていこうとしたが、それは爆撃が続くあいだ、そこでじっと伏せていなければならなかったからだ。今回の爆撃はもっと近く、もっと過酷なものだった。しかも、それは想定外だった。普段は早朝に一回限り、ナパーム弾やミサイル弾を投下し、基地に戻っていくのだが、今日はいつもの爆撃を何度も繰り返した。そなたはいったいどうなるのかと気がきではなかった。これは奴らの勝利の雄叫びとなるのか、それともわれらの抵抗のそれとなるのか？　畑と小屋の間の空間が幻想的な湖のように見えた。老女は同時に、動かぬ物体、鉱物的神経、破れた襤褸の袋、地面から数メートルも下に埋まった根となった。また叫び声と恐怖心と欲求の合わさった電気の通う導線でもあった、そして、おそらく自らの力をつけるためにこうした弱さを利用していたのだろう。従来から語られてきたことによると、この種の人間はすぐに見分けがつくし、何の障害もなく、聖なる場所であれ俗なる場所であれあらゆる場所に入っていくことができた。声と動作は、曖昧宿と同じように聖なる神殿で差し迫った危険を告げる者たちのそれだった。

　そなたはどうして思い切って、女の顔から白布をはぎ取ろうとしないのかい？　聖なる神殿と曖昧宿。老女はナヤル山にあるサンタ・テレサ教会のことを話していたけれど、そなたがひどく恐れていたその場所に、あのとき行ったことがあったのだ。そなたも老女が話すのを聞いただろう？　彼女が祖国ないしは生命に対して、罪を犯そうとしていたのを知らなかったのか。このベラクルスの密林の奥深くにあるキャンプにやってきたとき、反乱軍をスパイしていたのか、そなたをスパイしていたのかも。老女がスペイン人宣教師の監視の下、コーラ族によって建設された神殿のことを話すのを聞いただろう？

そして別の機会に、そなたが自分の天職は別のこと、つまりライフルではなく絵筆だということを知った時に、そこで過ごしたときのことも覚えているだろう。あのときは二十歳くらいだったかもしれない、そなたはチュルブスコの修復師グループのもとに送られて、何世紀もの間、湿気やキノコ、無関心のせいで放置されてひどく傷んでしまった大きな古い絵画に、昔の輝きを取り戻すように指示された、あれはインディオたちが悪魔の曖昧宿にしてしまった、聖なる神殿にあった祭壇の背部に追いやられていたものだ。擦り減ってがさがさになってはいるけれど、正面の画面に描かれていたのは、イタリアの大きな広場の中央に陣取った裸体男の集団で、見る者に背を向けていて、仕草から差し迫った終末を前に、苦しみとやるせない思い、恐怖心といったものを表現していた。正面の右手には青いマントと白いチュニック、説教するときの昔からの装いをしたキリストが描かれていて、これらの男たちをじっと見つめていた。キャンバスの遠い半円形の背景には、新約聖書の場面が細かに描かれていた。プロの修復師たちは擦り減った油絵具をなぞり、傷んだ部分を修復し、もとの色彩を取り戻す仕事に取り掛かった。《きっと誰かがかなり以前に、この絵画に鞭打ちを加えたにちがいないぞ。キャンバスに血が流れた痕があったとも言える、だって描かれていた皮膚の傷口がまだ癒えていなかったじゃないか》。

そなたはこんな思いつきで仲間たちの笑いを誘った。でもすぐに皆、そなたの空想が真実だということに気づいた。この画は上書きして描かれたものだった。一見しただけでは気づきにくいが、上書きしたものも原画もかなり古いものだった、しかし画材は両方ともよく似ている。それが言わんとしていることが何なのか議論が起きたらしい。連中の間では、ある老画家が自分の画が気に入らなくなって描き直そうと思ったが、画材がなくて仕方なく同じキャンバスの画の上にもっと出来のいい画を重ねて描いたと想像した。ある者に言わせると、おそらくひとつの画だったが、上書きした方は下書きしたものとはかなりかけ離れたものになる傾向があるそうだ。別の意見では、間違いなくあれは単なる下絵だったらしい。ただ画家は下絵から完成の段階まで、余りにも長い時間を空けてしまったとか。

修復師らはキャンバスにエックス線を当ててみたが、結果はきわめて漠然としたものに留まった。画にはエックス線があまりよく透過しえない色彩がたくさんあった。

鉛の白、鉛の朱色と黄色など。エックス線の乾板では判別できないような曖昧な画像があったし、幾重にも重なった一連の亡霊のようなものが、何度も己の不吉な影を投げかけていた。画は古く、厚みのあるもので、おそらくそなたたちが見たものは原画の忠実な写しにすぎなかったのだろう。過ぎ去った過去の修復、悔いた芸術家のぴりぴりした思い、単純な色彩の置き換え。そなたは最終的な試みを行う許しを求めた。つまりメスで横一線に小さな切り口を開けるという。何はともあれ油絵具はひどい扱い方をされていて、自然に劣化して破れていた小さな部分を持ち上げ、ガラスの上で松脂と香油でそれに手を加え、顕微鏡を覗いて、色つきの上層と下層の間で、汚れや黄色いニスの跡のうす膜が出ているかを見るだけでよかった。そなたの試みは成功した。出てきた色は原画本来のものではなかった。両者と分け隔てる、触れることのできない時間の分かれ目があった。

彼らはますます興奮して画を洗浄していった。しかし同時に、きわめて用心深く。表面に溶剤をかけ、長方形の小さな区分けをし、スタッコやキノコ、頑固にこびりついたものをメスで剥ぎ取っていった。すると少しずつ油絵具から偽りの上塗りが剥げ落ちていった。そしてわずかずつ、ほんの一日に三十センチ足らずだが、慎重を期して油やアンモニア液、アルコール、テレビン油などを塗布することで、芸術家の小グループの目の前に、原画のもとの姿が現れていった。

それは見たこともない大きな宮廷の画であった。スペイン宮廷以外のものではありえなかった。それもひとつだけではなく、あらゆる宮廷であって、波乱含みの影をおびた天蓋の下、唯一の灰色がかった石の回廊のなかにあらゆる時代が集約されていた。まずもってひどく憂鬱そうな表情をして、手に祈禱書をもって跪く王が描かれていた。そばに立派なブラッドハウンド犬が寝転んでいる一方、王は喪服を身に着け、官能性を押さえ込んだような禁欲的な表情を痩せぎすの顔に浮かべていた。分厚い唇を半開きにした下顎は突き出ていて、虚空を彷徨っていながら、人を詮索するような視線を向けていた。髪や髭はつやつやとして薄かった。前には円陣を作るように二人の人物がいた。ひとりは豪奢な身なりをした王妃で、たが骨で大きく膨らんだ複雑なフープスカートを穿き、高いひだ襟をつけ、腕にオオタカを止まらせていた。かくも白い肌に青い目をして、力がなく弱々しくもひどく同情を催すような表情を、そなたもかつて見たことはなかったはずだ。もうひとりは勢子頭の服装をして、片手を剣の柄に置き、背中に頭巾を被ったタカを載せ、別の手で猟犬を数頭しっかり抑えていた。左手の背景には葬列が入ってくる場面が描かれていた。先頭にいるのは手足がなく黄色い目をした、黒の襤褸着を着た老女で、歯の抜けたふっくらした頬の侏儒女の引く荷車に載せられていた。侏儒女は体の小ささとは不釣り合いな、だぶだぶ襞の服をまとっていた。女たちの背後には、唇にタトゥーを入れ、灰色の従順な目をした黒づくめの小姓たる鼓手がいた。鼓手の後ろには、車に乗せられた豪奢な柩と、画の遠景で次第に見えなくなっていく、引きも切らぬ長い葬送車の葬列に同伴する大勢の者たちがいた。村長、捕吏、瓶商人、秘書、お付の官女、農民、乞食、矛槍兵、ユダヤ人やイスラム教徒の捕虜などで、葬送車の周りには、司教、助祭、香部屋係、あらゆる修道会の面々が顔を揃えていた。右手の空き地で光景をじっと眺めているように見えるのは、うずくまるような恰好をしたフルート吹きと、黄ばんだ顔に青い目をした出目の物乞い、その後ろにいるのはサメとハイエナを掛け合わせたような、火の海を漂って、口を開けて獲物を貪り食う大きな化け物のような者だった。画の中央部分、つまり跪く黒衣の王が真ん中を占める半円形の後ろ側、以前は裸体の男たちが占めていた場所だが、そこには同じく裸体で組み合った三人の若者が、背中をこちらに向けて描かれてあった。三人の背中には赤い肉色の十字が刻印されていた。画面の背部、灰色の石と黒い影の遠景のなかにさらに薄くなってぼやけて見えはするが、そこには自分の体に苦行用のシリスで鞭打ちをする半裸の修道女たちが描かれていた。そのひとりの一番美しい女が、口に割れたガラスを咥えこみ、口から血を流していた。大きな蠟燭を抱えて頭巾を被った者たちの行列、ひとつの塔と遠い空を眺めるひとりの赤毛の修道士。並列して立つ高い塔と、古い羊皮紙の上に身をかがめる隻腕の筆耕。騎乗の騎士団長。責め苦に煙る棍棒、拷問台、苦痛に身をよじる晒し者にされた者たち、戦争と虐殺、細かな細部、割れた鏡、洗礼盤の下の焼けた土から生え出たマンドラゴラ、半ば燃え尽きた蠟燭、疫病に冒された村々、鳥の嘴を被った修道士、遠くに見える海岸、建造中の船、手にハンマーをもった老水夫、空を舞うカラスの一群、キャンバスの境目あたりで消えていく二列の王墓、碧玉の墳墓、横たわる彫像、単なる素描、絶えることなき死の連続。めくるめくような無限への引力。背景はますます暗く、正面では色彩があふれて目にまぶしい。青、白、黄金色、鮮やかな赤に薄い赤。

蛇と戦うラオコーンのように、三人の若者たちは身をよじらせて互いに抱き合っていたが、顔を見せていたのはそのうちのひとりだけだった。それはそなたの顔だった。

画に日付はなかったが、署名はあって、そこに、「画家にして修道士なるフリアン作」と記されていた。

四、五、六世紀も昔に描かれた画にそなたの肖像があったのを見て、そなたと同様、誰もが驚愕した。しかし彼らの間では、そんなことは単なる偶然の一致だという話になり、与太話ということになって、彼らは教会から出て行き、コーラ族の病んだ土地で巨大な太陽の光を浴びて暮らす白装束のインディオたちと食事を共にした。

「沈黙は決して絶対的なものとはならないだろう」とそなたは女の言葉を耳にしたとき呟いて言う、「遺棄というものは恐らく絶対的だろう、疑わしい裸体もまた同様だ、暗闇もまた確かにそうなるだろう……」。

実はこう言ったのは、そなたが引っ張って行った老女だったのだ、老女がそなたの声を借りてそう言ったのだ。彼女の瞼からは黒い鱗が落ちた。白い指先が青い血管で覆われた。老女の目が囚われた二つの月のように眼窩でぐるぐると回った。白いヴェールが落ちた。

「とはいっても、このように騒々しいものがいろいろ集まったというのは、その場所とか永遠に抱き合っている者たちが、いかにも寂しげで孤立していたせいなのかしら（女はそなたのことを《騎士殿》と呼んだ）。（太鼓の音、御車の車輪の軋る音、馬たち、荘厳な歌、《天のむれは、よろこびおどれ》の讃美歌、女の喘ぎ声、今朝そなたが朝を迎えた海岸の遠い波音などよ、そなたは自分の名前と同様、全く未知の土地で再び朝を迎えたのよ）。それらは見せかけの沈黙のなかに（あたかも自分たちの武器の疲れを利用しようとでもするかのように）、何にもまして執拗で研ぎ澄まされた、いかにも騒々しさを暗示するものを刻み込んだというわけよ」。

アリどもがこの畑の埃まみれの場所に、仰向けになって倒れている老女の蒼白の顔の上を這いずり回っていた。「騎士殿、間違わないでくださいよ、これはわたしの声ですよ、喉と口から出てくる声はわたしの声です」。

そなたは何も言うことができなかった。それは彼女のしわしわの唇がそなたの唇を塞いでいたからだ。そなたは上に覆いかぶさっている女が、呼び出そうとするものの名をかりて口に出す言葉を、図らずもそのまま繰り返した。そなたは女と同様、無気力な存在となり、エネルギーが通り抜ける暗渠《あんきょ》と化した。そなたは道を行く途中で発見された。そなたの運命は本当はそれとは別物だったのだ。彼女は唇をそなたの唇から離し、あたかもそなたの顔の上に第二の顔を描こうとでもするかのように、手でもってそなたの顔を撫でまわした。その指は重厚で、ごつごつしていた。そこには色とりどりの宝石が嵌められていた。それらは、そなた自身であった顔の上でうまく取り合わされていた。昔ながらのそなたの顔は女が手であちこち撫でまわすなかで消えていった。女は爪でそなたの歯を撫でまわし、爪で鋭く尖るように磨いた。乾燥した掌でそなたの髪を梳り、金色と赤色に染めた。手が頬に移ると、手でもって羽根のように軽い髭を生やさせた。女の指はそなたのかつての皮膚の上で立ち働いたのである。

「わたしたちを取り巻く沈黙は（騎士殿、と女は膝に頭をもたせながらそなたに言った）、沈黙の仮面なのよ、それを代弁しているだけなのよ」。女は痛ましい恰好で、手探りのまま進んだ。そなたは女にプルケ〔リュウゼツランの根から作った濁酒〕の入った瓢箪《ひょうたん》を差し出すと、女は体が求めるままに、それを一気に飲み干した。そして再び指でそなたの唇に触れた。プルケは女の震える顎を滴れ落ちた。そなたは口移しで与えられたものを飲んだ。そなたは女の甘い囁きを耳にし、戦争からも死の恐怖からも遠く、母親の膝に抱かれた子供のような気分を味わった。女はそなたに可愛い坊ちゃん、さあお眠り、お眠り、おやすみ、おやすみと言った。目はとても澄んでいて、頬は柔らかな感触をもち、唇もしっとりと濡れていた。女はそなたの腋の下を愛撫した。そなたは腕を上げ、組んだ手の下に頭を乗せた。女はそなたの湿った胸毛と、いたずらっ子の感じやすい乳首をもてあそんだ。

「そなたをまんまと騙してやったわね。毎晩、わたしに会えないときは、手紙を書いてあげるわ。わたしの可愛い人、わたしたちの一番素晴らしい歳月の思い出が詰まったこの土地から、そなたのことをずっと想っているのよ。ここではあらゆるものがそなたのことを話題にしているの。そなたがあれほど愛したコモ湖〔イタリア北部ロンバルジア州にある湖、マクシミリアンはロンバルド・ヴェネト王国の副王であった〕は、目の前で静かな青い水を湛えて広がっているし、すべてが以前のままなのよ。違うのはそなたが遠くはるばるあの地にいるということだけ……。わたしは夜も読めるのよ、騎士殿」。

女は笑いながらそなたの肋骨の数をかぞえた。女の指はそなたの臍に食い込み、そこに溜まっていた汗と土で湿り気を帯びた。そんなものが溜まっていたのは、そなたが川に数日前から下りて行っていないことの証拠でもあった。それは時間がなかったせいでもあり、食事や睡眠、起床など、なさねばならぬことが多くあったからでもある。わたしたちは一緒に川で水浴をしたが、他の者たち、兵士や随行者たちの姿はどこにも見えなかった。わたしたちの体もまた同じ制服を着ているようなものだった。最後の戦いを一戦交えねばならなかったからだ、さもなければ、生き続ける理由はなかっただろう。岸辺にある茂みの葉で身を隠すことができたし、わたしたちの体は、熱帯の川の臥所とも言うべき深い茂みの色に溶け込んでしまっていた。下腹部は穏やかな川の奥深くにあるすべすべした石そのものであった。女はそなたを愛撫し、優しく囁いた。陰毛は濁った川の奥深くで安らぐ石についた苔そのものであった。

「空気と光。そんなものは未だに己の感覚を自ら欺こうとする者たちが必要とするものよ、思想は花盛りとなってもすぐに枯れてしまうもの、記憶は失われていくもの、それに感情だって当てにならない。嗅覚、触覚、聴覚、視覚、味覚はわたしたちが生きていることを確信させ、世界の現実を映しだす唯一の証拠。そなたもそのことは分かるでしょう？　否定してはだめよ」。

サソリ、小さな紅サソリ、湿った泥でできた房。女はそなたを愛撫し、握り締め、上にのしかかった。

「わたしたちは家から出たのよ、だから奇跡の代価を払わなければならないの。放浪の身になったというのは、わたしたちの原点に対する素晴らしいオマージュなのよ」。

歯抜け女の口がそなたの陰部まで降りてきた。

「そなたは時間がいつも前に進んでいると思っているでしょうね、すべてが未来だとも。そなたは未来が欲しいし、未来なくしては何も考えられないのでしょう。そなたは時間が消滅し、その後、愛だけの特別な瞬間を見つけるまで、時間が己の足跡を辿って戻っていくことをわたしたちが求めているのに、そのわたしたちに何のチャンスも与えてくれないのね。その瞬間が来れば本当にその時だけは、時間は永遠に止まるのに」。

女はそなたのペニスの熱くすべすべした部分を舌で舐め上げるようにした。歯のない歯茎でそれを強く咥え込んだ。すべてが開けっぴろげで、ぬるぬるとした湿り気であった。女はそなたの神経の束がいかにも生きいきしているのに気づいた。

「そなたがわたしほど長生きしないのは残念ね。わたしの夢に入り込めないなんてもっと残念だわ。わたしが王たちの死骸が眠る墓の袂で、永遠にひれ伏している姿を見られないなんて。気が変になったわたしが、未だに建造中の宮殿の回廊をぶらぶらほっつき回る姿を見られないなんて。たしかに気が狂っているんでしょうよ、身分の高い者同士の結婚と狂気しか持ちこたえられない喪失を前にして、余りの辛さで気が変になったのよ。わたしは時間から時間へ、お城からお城へ、霊廟から霊廟へ彷徨いながら、己れの姿を目にし、己れを夢見、己れに触れるのよ。あらゆる王たちの母として、すべての人間の母として、すべての者たちよりも長生きして、最後は雨と靄のかかる牧草地に囲まれたお城に閉じ込められ、太陽の地で起きる別の死を嘆きながら、堕落したわれらの血統〔ハプスブルグ家〕に連なる別の王の死を嘆きながら。わたしは枯れ果てて小さくしぼんでしまったスズメのように小さく震えながら、歯もなければ耳も聞こえなくなって。ただすすり泣くだけ。《最後の王を忘れないで、神様、悲しいけれど憎めない人の記憶をどうかわたしたちに与えてくださいい》」。

そなたは女の口のために脚を開いた。

「前からあの人には言っていたの、無様なまねはしないで、いつも立派な皇帝でいなさい、人から尊敬されなさいと。王というのは良き牧者であって、大統領は傭兵にすぎない、国というのは継母であり、王家こそが本当の母だってね。そなたとわたし〔皇后シャルロッテ〕はこの民の両親になるとも言ったわ、そしてベラクルスの海からメキシコ高原へ上ってくる際に、うちわサボテンの国境や、太鼓腹をした裸の子供たち、ショールで身を包んだ無表情の女たち、寡黙で厳しい顔をした男たちを見たわ。わたしたちは彼らを深く愛したわよね、マクスル〔皇帝マクシミリアン一世〔一八三二—一八六七年〕の愛称〕、覚えているかしら、マクスル？ そなたの兄〔オーストリア皇帝フランツ・ヨーゼフ一世〕の兵士たちがイタリア人反逆者を殴りつけ、銃殺したとき、ミラマールのカーテンの陰に隠れて見ていたときのことを。トリエステで妊婦が鞭打たれ、そのあげく血の海になってしまうのをそのまま見過ごしたことを。われらの手で九万人ものメキシコ人が殺されたって聞いているわ。わたしたちは彼らの両親だったというのに。彼らはみな無名の人間たちだった。そなたとわたしだけよ、無名の地で名前をもっていたのは。でも今になって考えるの、愛するマクスル、遠くで一人ぼっちで囲われたまま亡くなってしまったのね、指ひとつ動かさずに人殺しをした者たちと、わたしたちがミラマールとチャプルテペックで踊りに興じている間に、わたしらの手で銃殺された者たちの名において、わたしは大声で言いたい、あなた方たちこそわたしたちの持っていなかった慈悲の心をもってほしいと。わたしたちの犯罪をあなた方の慈悲の心で罰してほしいと。あなた方の慈悲の心がわたしたちの責め苦となるようにと。わたしたちの迫害を赦すことなどないようにと。だって、わたしたちには赦してもらう資格などないわ。資格などないのよ。マクスル、わたしたちは全ての先祖たちを含めて、メキシコの犠牲者と言えるのかしら？　このインディアスの地を最初に征服し、この地で王家の血を絶やすことになったとして、はたしてフランドルとハプスブルク家とスペインの血を引く王たちのすべてが犠牲者だと言えるかしら。いいえ、とんでもない、結局、わたしたちはみなメキシコの子なのよ。だって憎しみによってしかメキシコへの愛は測ることはできないからよ。鐘の音が丘の上で聞こえるわ。聞こえる、マクスル？　あの鐘はメキシコの太陽の叫びと、銃の泣き声、祈祷者のため息、あの乾燥地の震えを乗り越えようとしているのが分かる？　わたしの愛する人の遺体をわたしに戻してちょうだい」。

沈黙がその場を圧していた。沈黙が人間となった。死の間際の苦く、腐ったミルク。ペニスは老女の口のなかにあった。女の口で受け止められた精液は唾と混じり合い、唇から液体はもとの場所、だらりと萎えた陰嚢に流れて行った。睾丸は檻に入れられた獣のようにリズミカルに息づいていた。そなたはそれを天に向けた。

「わが子よ、もうこれでやりとりは終わりよ、心からの贈り物に対しては誰も見返りなんか求めはしないからね。真実の贈り物というのは他と比べられるものでもなければ、値段もつけられやしない。わたしたちには帝国がひとつプレゼントされたということよ。それに対して、単純な死とか狂気などで、どうやって埋め合わせができたというの？　何てことでしょう、このわたしは失くしたものを探しに戻ったわけかしら。今一度、この忌まわしい密林に入り込んでしまったわ。新世界の地図に描かれたままやってきたらこのざま、矢印と昆虫の地図に従ってきたら、知らない世界の、全くお呼びでない場所に足を踏みこんでしまったらしい、人跡未踏の密林のど真ん中、あのピラミッドのあったところにね」。

そなたは日の光を浴びながら大壁のそばで、息を切らしていた。

「無駄だった、わたしの場所はすでに取られてなくなっていた。ピラミッドの階段には、インディオの女が、別の女がいたのよ。黒曜石とトルコ石の首飾りをして、火打ち石の匕首《あいくち》を握っていたわ。すぐに誰だか分かった。わたしがノヴァラ号から下船した際〔マクシミリアンは妻シャルロッテを伴って一八六四年五月二十一日にベラクルスに上陸した〕に、この羽根の仮面をくれた女だったのよ。

穴の多い石段の上に裸足の足を載せていたけれど、踝には鉄と鎖でできた傷痕がはっきり見えたわ。誰かを待っているのだと分かった。おそらく改めて案内しようとして別の男を待っていたのでしょうよ。密林と海から高原と火山へ向けて、永遠に続く敗北と勝利の旅を繰り返すためにね。わたしは同情したわ。そこで彼女に地図を戻してやった。ここから脱出し、忘れ去って、自分を待ち構える暗がりに戻ろうと思うなら、地図をもう一度作り直さねばならない……靄のかかったあの城へ戻るために」。

ひとりの使者が息を切らして入ってきて、血を流してばったりと前に倒れ込んだ。

「さあ休むがいい、わたしのことすべてを忘れてしまうがいい、わたしの言葉は何もかも昨日言ったこと」。

老女はベラクルスの山々から野営地に到着した手負いの男の息遣いを真似した。そなたはゆっくり起き上がり、股袋を締めて、頭に手をやり、足で篝火を消した。灰のピラミッド。

「わたしたちには墓まで秘密をもっていく権利があるのよ」。

そなたは囚われ女を兵士らに引き渡すと、一晩中、葬列の太鼓の音を催眠術にでもかかったかのように同じ調子で繰り返していた、バッテリー入りのテープレコーダーを切った。これは老女が囚われの身になった際に唯一もっていたもので、ある伝言を聞こうとしていた。それは老女に指令を与える暗号で、それを解こうとしていたのだ。唯一そこに入っていたのは、葬送の太鼓の音が録音されたテープであった。そなたは苦境に立った女が、あの小屋で自分の目の前で拵えた布――それを女と同様、そなたも密林の地図とは呼べなかった――を探し出そうとしたが、それは無駄に終わった。

そなたは畑に出て、大壁のたもとにある薮の近くの瓦礫の間で、それを探し回ったが貴重な時間を浪費しただけで、まったくの徒労であった。そなたが布に描かれていた正確な図だけでも覚えていたらよかったのだけれど。たしかにそれは昔の狩猟地図であり、周りを取り巻くクモと羽根の部分とで構成されていた。そこには羽根の色と矢印でもって方向が指示されていた。そなたは時間をつぶしてしまった。腕はだらりと垂れたままになった。そなたは今朝、喘ぎながらわたしたちの野営地に到着した手負いの使者のことを尋ねようとして外に出た。

使者は日陰でござの上で横になっていた。そなたが差し出した瓢箪からやっとのことで水を飲んだ。前夜タヒンを通ったが、そなたから指示された通り、その機会にピラミッドの内部に隠していた武器の数を確認したと言った。彼はそこで不意に雷に打たれたこともあり、トトナカ族の神殿の庇の下で難を避けて夜を明かそうと決めた。豊かな植生と、神殿正面の豪勢な彫刻を区別することはもともと困難であった。その地の鬱蒼とした密林の暗さと、石の影とは分け隔てができない一体の建造物となっていた。錯覚というものはどこにでもあった。しかし使者はそなたに強い調子で、庇の下で避難しようとして神殿正面の窪みのひとつに身を寄せていたとき、手探りをしていて触れたのがひとつの顔だったと言った。

彼はすぐに手を引っ込めた。しかし恐怖心を抑えて、いつもベルトに携えていたランプを点けて壁伝いに歩いて行った。最初に照らし出されたのは神殿の豪奢な稲妻模様であった。最後に見たのは、明らかに血族の天空墳墓であった切妻壁の窪みに嵌め込まれたもので、まさに彼が探していたものだった。彼がそなたに語ったのは、そこに見知らぬ体、時間と腐敗によって洗われた横顔があったということだ。それは百年もの時を経た古い体で、綿が詰まった籠に入れられ、周りに真珠がちりばめられていた。顔は崩れ去り容貌は分からなくなっていて、かっと見開いた黒い目にはガラスが嵌め込まれていた。

彼はもっと近くで調べようとした。嵐でずぶ濡れになった虫食いだらけのマントを持ち上げた。しかし二つのことで彼の注意は逸らされてしまった。ひとつは彼の背後に稲妻で照らされたインディオの女が現れたからである。落ち着いた眼差しでありながら寂しげな表情をした女は、唇にタトゥーを入れて美しく着飾っていたが、踝には足枷で傷があって、ピラミッドのたもとで、何かを待っているかのように裸足で座っていた。手には羽根と矢印のついた布を、足元には死んだ蝶のサークルをもっていた。もうひとつは、同時に彼の耳に驚くべき音が飛び込んできたことである。すでに行ったものかこれから行うのか、あることを告げる太鼓の音が、密林の中を次第に近づいてきたのである。彼は夢でも見ているような気分に襲われた。繁みのなかを別の時代の人々からなる葬列がやってきた。白い頭巾を被った修道女、褐色の頭巾を被った修道士、火の灯った蠟燭、物乞い、金襴をまとった貴婦人、白の高ひだ襟をつけた黒装束の騎士、胸にダビデの星をつけた囚人、アラビア人と思しき囚人、矛楯兵、従者、肩に棍棒を担いだ農民、松明や蠟燭などであった。われらの使者は頭が混乱し、ランプを消して走り出した。太鼓の音の上を、銃声が一斉に鳴り響いた。使者は肩と腕に何かで刺されたような痛みを感じた。野営地までどうして辿り着けたかも分からなかった。

そなたは爾後、いくつかの命令を下し、昼の給食を平らげてから、吊り橋の状態を確かめに行った。橋のおかげであの晩に渓谷を渡ることも、敵陣の側面を攻撃し、即座に密林に姿をくらますこともできたのだ。われわれはいつも夜中に攻撃を仕掛けた。日中は戦闘のための準備に当て、密林と部落に紛れ込んで身を隠していた。全員が土地の百姓の恰好をしていた。まさにカメレオンのようだった。われわれは食べ、眠り、愛し、川で水浴びをした。もしわれわれを絶滅しようと思うなら、森と川と渓谷と廃墟と空気と土地をまるごと絶滅しなければなるまい。

そなたの兄〔司令官ウエルタ〕は大統領〔マデロ〕とその家族を暗殺した後〔一九一三年二月〕、軍政下で首相のポストを得て、そなたにいっしょに手を組むように求めた。自由と主権と自決権。大統領はこうした空しい言葉をあたかも実体があるかのように見なし、それらを守ろうとして命を捨てた。そなたはしっかりと現実を見据えねばならなかった。クーデターを免れた政府は秩序を維持し、平和と繁栄への道を担保しようとして、アメリカ軍の介入を求めていた〔タンピコ事件（一九一四年二月）〕。世界が水も漏らさぬ完全な勢力圏に分断されることで、われわれすべては核の対立〔キューバ危機（一九六二年十月二十四―二十八日）〕から救われるということになった。大統領はこういったことを国立宮殿の執務室でそなたに語った。その一方でリモコンのボタンを操作し、テレビ画面を映し出した。主賓席には一ダースもの器具が設置されていた。煙る鏡にはそなたの兄が、言わずもがなで語っていた画面が流れた。残酷な現実とはこの現実のことだ。国が養うことのできる人口は一億人を超えることができない。大量殺戮は唯一の現実的政策だ。宗教的にみて必要であったように、人間的犠牲を受け入れるための洗脳が必要だったのだ。心臓をふんだんに消費するアステカ人の伝統は、生贄にされた神のキリスト教の伝統と結びつかなければならない。十字架で流された血とピラミッドで流された血を見てみよ、と彼は映し出された画面の方を指しながらそなたに言った。それはテオティワカン、トラテロルコ、ソチミルコ、ウシュマル、チチェン・ニッツァ、モンテアルバン、コピルコなどだった。これらの遺跡には新たな用途がある。彼は笑いながら、各プログラムでの説明には違いがあることを指摘した。広報活動の顧問たちは絶妙なやり方で、十二のチャンネルにふさわしいコメンテーターを配分し、儀式に対してスポーツや宗教、祝祭、経済、政治、美術、歴史のニュアンスを加えるように塩梅した。あるアナウンサーがたどたどしく興奮気味に、テオティワカンとウシュマルの試合について説明したとき、一方のチームを応援する者と他方を応援するものがたくさん出てきたとすると、別のアナウンサーは、生贄の場所とかつての大市場との比較をするというふうな。生命を生贄にするということは、死と無縁なメキシコ人を養う上で大いに役立つだろう。するとそのとき画面には、虐殺行為〔トラテロルコ広場に集まった学生に対するエチェベリア大統領による武力弾圧（一九六八年十月二日）〕の受益者と目される典型的な中産階級の家族が、笑い顔をして登場する。また別のアナウンサーは祝祭《フィエスタ》の持つ意味をことさら強調し、失われた集団間の絆の回復に役立つ、祝祭のもつ共生的な意義を持ち上げる。別のアナウンサーは真面目な顔をして世界情勢について語る、残虐性と血の惨劇は決してメキシコ国民だけの先天宿命などではなく、あらゆる国民が人口過剰と食糧不足、エネルギー問題を解決するために実践していること、メキシコは単にその感受性と文化的伝統、国民性と合致してそうした解決法をとっているだけのこと、火打ち石の短刀はメキシコ人の誇りである、等々。また著名な医者が登場し、誰もが受け入れねばならぬといった厳めしい口ぶりで安楽死とその選択について説教を垂れるのだ、大衆は無知だからその選択をしないとか、マチズムは時代錯誤的な信仰だとか、局部的ないしは全身的麻酔の使用などについてである。

　そなたは兄政府の、電子鏡に映し出される死の儀式を見ながら戦慄を覚えた。何百万ものメキシコ人はメキシコ史の黎明から今まで、こんなことのために生まれ、夢を見、戦い、そして死んでいったのか。そなたの頭のなかで別の煙るイメージがそれらのイメージに重なり、クルミ材と金襴の執務室の映像にとって代わっていった。執務室のある宮殿は、建材用火山岩と採石場の石でできたもので、血腥い魔法をもったハチドリ、ウィチロポチトゥリの神殿跡、つまりかつてのアステカ帝国の中核となった広場〔今日のソカロ〕に建てられたものだった。そこでは蛇が壁面を飾る遺跡の上にカトリック教会が建ち、また骸骨の壁面が建っていた場所には、スペイン人征服者の館が、そして破壊された皇帝モクテスーマの宮殿の基礎部分には市役所が建った。この宮殿には鳥や動物が飼われた中庭や、白子やせむし、侏儒たちの住む部屋、さらに金と銀が壁一面に張り詰められた部屋などもあった。そうしたイメージは、すべて敗北したとはいえ、アステカ族があらゆる運命に対して執拗な戦いを挑んだことを表していた。そなたの民は何と哀れなことよ、そなたにはそうした明滅する画面のなかで、また執務室の分厚いカーテンの背後で、また沈んだ湖の泥の上に据えられた欠けた石の巨大な広場において、強者の栄光に対するあらゆる戦いと、歴史的・地理的・精神的なあらゆる運命の名のもとで、メキシコに課せられた宿命に対するあらゆる戦いを映像化するのに、今いる場所から何ら動く必要はなかったのだ。画面と広場。テノチティトゥランの権力に服した人々は、アステカ神官たちの貪欲な食欲を満たすべく、また死にゆく太陽の恐るべき儀式と花戦争〔捕虜を生贄として差し出すための集団内の闘争〕に献身すべく、熱い沿岸地帯から追いやられ、熱帯の肥沃な渓谷から、貧しい牧草地から、木々の生い茂る寒冷の高地から追いやられたのだ。画面と広場。消え去ることのない夢、奴隷たちの目に活きいきと焼きついた夢、善意の建国の神、羽毛の蛇が東から戻ってくるとき、平和と労働と隣人愛の黄金時代が蘇るだろう。画面と広場。ケツァルコアトルが帰還するとされた日に、海の上を動く家々から、馬に乗った仮面の神々が、爪の間に火をともし、歯の間に灰をつめて降りてきた、血まみれのキリストの名のもとで新たな専制を敷くために。動物のように焼き印を押された民族、エンコミエンダの奴隷、スペインの儚い偉大さを支えた金鉱の奥底に繋がれた囚人、結局は勝者も敗者も物乞いと堕してしまったのだ。頂点を極めた征服者たちと、敗北した王。画面と広場。執拗な夢、死刑執行人と生贄、スペイン人とインディオ、白人と赤銅色の民、新しい民、浅黒い民族、われわれは自分たちの父母が荒廃させようとしたもの、つまり孤児の民、無視された父、汚された母、クソ野郎どもを守って行くのだ。そして二つの世界の最良のものを救い出すのだ、真の意味で新しい世界、ヌエバ・エスパーニャ（新スペイン）を、歴史の罪過によって贖われたキリスト教の救世主を、遠い伝説から解き放たれた羽毛の蛇を、混血の民、新しい自由な社会の建設者を。父は赦され、母は純化された。画面と広場。緑と白と赤の国旗、解放者たちによって屈服させられた勝利の民、強欲なクリオーリョや首領たち、太りすぎの聖職者たち、羽根付の三角帽子、示威行進する騎馬隊、輝きはしても役立たずの剣、法律、宣言、演説のさかんな国。空虚な言葉とダンボールの勲章の詰まったゴミ箱が葬り去るのは、奴隷のように襤褸をまとい、永遠の下働きを余儀なくされ、取り立てに追われ、生贄にされる人々だ。見慣れぬ不思議な国旗、横棒と星、ナポレオンの三色旗、オーストリア〔ハプスブルク家〕の双頭の鷲、睥睨するメキシコの鷲、侵略され、踏みにじられ、手足をもぎとられた土地。画面と広場。消え去ることのない夢。死に打ち克つために生を与える。チュルブスコやチャプルテペックではアメリカ野郎と戦うための公園などない。フランス人はあらゆる村々を焼き払い、住人全てを吊るして殺した。頑固な黒いインディオが恐るべき存在だったのは、一部族のあらゆる夢と悪夢の持ち主だったからだ、一方、対抗する金髪で優柔不断な王が臆病なのは、一王家のあらゆる病根と蜃気楼の持ち主だったからだ。画面と広場。勝利した民が再び敗北し、あらゆる国旗が降ろされ、裸足の兵士がラティフンディオに戻って行った。兵士は圧搾機で怪我をし、インディオは略奪と殺戮から身を隠した。内部の圧政者たちが外部の圧政者らの地位をわがものとした。画面と広場。羽根飾り、金モール、ワルツ、緞帳の前で火薬の王座に腰を据えた永遠の独裁者。啓蒙専制君主と老学者、金満地主、ポマードを塗りたくった将軍どもが集う宮廷。画面と広場。夢は権力よりも長く続き、銃剣が緞帳を切り裂いた、ファサードは機関銃で蜂の巣にされて倒され、背後から大きなソンブレロと顎紐を胸に当てた男どもが現れた。モレーロスの燃えるような目、ソノラのガラガラ声、ドゥランゴのたこのできた手、チウアウアの埃だらけの足、ユカタンの割れた爪、ひとつの叫び声が仮面をひとつ打ち壊すと、次の叫び声が別の仮面を打ち壊していった。ひとつの高笑いが前の高笑いの下でわれらの姿を隠ぺいした。蜂の巣にされた日干しレンガの大壁のところに、げっそり痩せた本物の、もろもろの歴史以前の顔が現れた。というのも何世紀もの間、夢を見ながら、己が歴史の時間がくるのを待ちわびてきたからだ。見分けがつかなくなった肉と骨。しかめ面か笑い顔かその区別もつかなかった。優しい城塞、残酷な同情、死すべき友情、束の間の生、すべてのわが時間はただひとつ、過去は今であり、未来は今であり、現在は今であり、執着もなければ、懐旧の念もなく、幻想もなければ、宿命もない。わたしが力と優しさと無慈悲と同情と友愛と生命と死でもって唯一要求したのは、今日という日に瞬時にすべてが起きるような、あらゆる歴史をもった民だったのだ。昨日も明日もないわが歴史、今日が永遠の時間となることを願ったのだ、今日、今日、今日、まさに今日という日に、わたしは愛と祝祭と孤独と共生と楽園と地獄と生命と死を求めたのだ。今日という日に仮面はもはやひとつとしてない。あるがままの自分を受け入れてくれ、わが傷は傷跡から切り離すことはできない。涙は笑いから、花は短剣から切り離すことなどできない。画面と広場。これほど期待した者など誰一人いなかった、これほど夢を見た者もなければ、他の者たちが彼を断罪するために持ち出した運命とか、受身の態度、無知などに対して、これほど勇敢に戦った者もなかった。この超自然的民族は、圧政者たちがメキシコの傷ついた体に蓄積してきた生来の不正と嘘と侮蔑ゆえに、本来であればかなり以前に滅んでいてもおかしくはなかったのだ。画面と広場。そなたは自問する、こんなことのために、長年の戦いと苦しみと抑圧の拒絶があったのか？　何世紀もの間の不屈の敗北を味わい、己の遺灰から何度も何度も蘇ってきた民の行く末はこんなことだったのか？　儀礼として起源を抹殺し、植民地的なやり方で原点を屈服させ、再び、笑顔で目的を偽るのか？

そなたの兄はそなたの目を見てこう言った、抵抗など無駄だ、勇敢なふりをしていても中身は空っぽだ、数人の戦士では土地で最強の軍隊をやっつける訳にはいくまい。われわれに必要なのは秩序と安定であり、世界の現実を受け入れることであり、アングロサクソン的民主主義の保護領となることを受け入れることだ。われわれは独立国家だ。誰も助けになど来てくれないだろう。勢力圏はきわめてはっきりしている、アメリカ、ソ連、中国、アラブだ。アナクロ的考えは捨てろ。世界を支配するのは四大国のみだ、世界政府の夢を実現しよう、遅れたナショナリズムなど捨て去れ。

そなたは首相のテーブルにあったペーパーナイフを手に取ると、兄の腹にそれをぐさりと突き刺した。兄は叫ぶ間もなかった。血が口からあふれ出て、息ができなくなった。さらに胸と背中と顔に青銅の短剣を突き刺した。彼は様々な色をしたボタンの上でひっくり返った。画面はゆっくりと暗転し、鏡は再び煙で覆われた。

そなたは静かに執務室を出ると、女秘書たちに別れを告げた。そなたの兄はいかなる理由でも邪魔立てするなと命じていた。そなたは廊下と国立宮殿の中庭をゆっくり落ち着いて歩いて行った。一瞬、中央の階段と中庭のところにある、ディエゴ・リベラの壁画の前で立ち止まった。軍事評議会はその壁画を板で囲むように命じていた。一刻も早く修復せねばならないという口実が与えられた。

そなたは目を開けた。周りにある現実世界を目にし、自分が世界そのものであり、世界のために戦っていることを知った。われわれが戦ったのはそれが初めてではなかった。そなたから微笑みが消えた。おそらくそれは最後の微笑みだったかもしれない。

——司令官、あの老女はどういたしますか？

——分からん、自分が決めたくはない。

——すみません。司令官がいやだとおっしゃるなら、一体どなたが？

——どこかに押し込めておいたらいいではないか、どこかしっかり戸締りのできる人気のない家にでも入れたらどうだ？　精神病院か修道院でもいいぞ、若造。こういったことを決められる上官はいないのか？

——いません、司令官どの、もう時間がありません。

——それはもっともだ。囚人どもを見張る余った者もいときてる……。

——その上、連中はわたしらの足手まといで。

——若造、懲らしめだ、懲らしめ。あいつは絶対スパイだ、敵のひとりに違いない。ここは奴の土地ではない。

——御意。今日中に銃殺させましょう。あそこの裏がい、わしの小屋の壁のところで。

——老女は何をしておる？

——埃のところに指で名前を書いています。

——どんな名前だ？

そなたは太陽の下、掘立小屋のほうに戻って行った。そなたは自問した、太陽は毎朝、己が姿を見せるとき、わたしたちの要求に敬意を表して、光を差し出しているのかと。もしや光は何か自足的なやり方で、わたしたちの不透明性を明らかにしつつ、自らの透明性を費消しているのかと。しかし光はわたしたちの肉体に輪郭と現実性を与えてくれる。そなたはこの悪夢から目覚めねばならない。光のおかげでわれわれは己れが何者なのかが分かる。しかし光がなければ、自分たちが触れて認識しようとする肉体を探知するべき、自己同一性のアンテナを、自らでっち上げねばならなくなるだろう。亡霊を銃殺することができるだろうかと、そなたは自問した。そなたはもはや自分に嘘をつかなかった。自分がどこで黒い襤褸をまとった手足のない老女の目を見たのか、弱々しい力と無慈悲な同情心を具えた王妃の目を見たのか。悪夢が再びそなたを呼び出した。そなたもまたあの画の一部だったのだ。

　そなたは足を止めた。掘立小屋の入り口近くに、唇にタトゥーを入れ、踝に傷を負った、痩せてはいるがしっかりした顔つきのインディオの少女（だと確信していた）が、落ち着いた巧みな手さばきで、風変わりな羽根の布を織ったり、解いたりしていた。傍らでは、ひとりの兵士が、ギターを手に歌を歌っていた。そなたは少女に近づいた。その瞬間、空爆が再開したのだ。

　レイジードッグ爆弾〔または怠け者の犬〕は軽金属から造られた親爆弾で、地上から低い所、あるいは地上で破裂する。親爆弾のなかには三百個ものテニスボール大の金球が入っていて、親爆弾が破裂すると勝手に回転して様々な方向に飛び散っていき、繁みや大地において破裂したり、間をおいて破裂したりし、子供が踏んだり女が手で触れたりすると、手足や頭を吹き飛ばされたのだ。男たちはみな山のなかにいた。

レクイエム

　そのとき彼の身を襲ったのは、恐るべき辛い体験だった。

　彼の体からは〈五つの傷口〉が出現したのである。宮殿の修道女らがそういう言い方をしたのは、王の苦しみがキリストの苦しみと同じだと言いたかったからである。フェリペはあえてこうした瀆神的表現を受け入れはしたが、それはキリストをつよく求めていたからである。右手の親指にひとつ、同じ右手の人差し指に三つ、右足の指にひとつの計五つであった。その五カ所の傷は化膿して、日夜、彼に苦痛を与えた。シーツが触れることすら耐え難かった。しまいに傷は癒えてかさぶたとなりはしたものの、自分ひとりでは身動きもままならなかった。場所を移動する際には四人の修道女が交代で手車を作って行った。セニョールはミラグロス修道院長にこう言い含めた。

――いったん修道院に入った者は、二度とそこから出ることはまかりならん。人間も金も、秘密事項もだ。わしは本当は移動するための運び手を、四人の聾唖者にすることもできたのだ、しかしそなたと修道女らにすることにした。ミラグロス、見たり聞いたりしたことを一切口に出すでないぞ。

彼はいま一度、母の《狂女》が城塞に閉じ込められている暗い礼拝堂の一角に連れて行くように命じた。そして彼女にこう尋ねた。

――修道院長、そなたは何をしておる？

ミラグロス修道院長と修道女のアングスティアス、カリダ、アウセンシアは驚いた様子で跪くと、低い声でお祈りを始めた。そのとき彼女らはレンガの間にできた溝のところから、老王妃の琥珀色の目が覗いているのを見て取った。老女の運命については巷《ちまた》や井戸端で多くのことが語られていた、王妃はトルデシーリャスのお城に完全に閉じこもるために戻ってきたとか、愛する亡夫の遺骸といっしょに生きたまま身を葬ったとか、亡夫は礼拝堂でグスマンが指揮をとった恐ろしい虐殺事件において、間違って殺されてしまったとか、グスマンはグスマンで侏儒の屁こき女や、おかしな《阿呆》といっしょに、新しい土地に逐電してしまったとか。彼女らはその声を聞いた。

――ああ、わが子よ、そなたは何と賢明であったことか、部屋の中にしっかり踏みとどまり、よもや波濤を超えて、広大なインディアス帝国に赴こうなどという気を起こさなかったのだから。スペイン王家で新世界の地に足を踏み入れた者などひとりとしてなかった。彼らはわたしよりもずっと賢明だった。でも考えてごらん、息子よ、実はわたしは板挟みになっていたのよ、夫の美王は太陽のような金髪で、王位継承の二番目にすぎなかった、わたしたちはウィーン宮廷の舞踏会と礼儀作法の浮ついた雰囲気に浸ったマクシル〔マクシミリアン一世（一八三二―一八六七年）〕の兄の皇帝〔フランツ・ヨーゼフ一世〕の豪華な食卓の陰で、ひっそりと残飯を食べさせられていたのよ。一番手ではなく、いつも二番手で。それにオーストリア家に服従する、あのアラゴン統治下の喧しいイタリア、つまりミラノとトリエステだけれど、そこで真の権力を握った皇帝の代理人ないしは使節といったかたちでね。わたしたちには人を惑わすセイレーンの声がどうしても耳に入ってきたわ。メキシコというわたしたちの帝国、スペイン王家に発見され、征服され、植民地化されたあのわたしたちの土地のことが。でもベラクルスの浜には、王家の人間のうち誰ひとりとして足を踏み入れたことがなかった、マクシル、マクシル、近親婚の害毒はそなたのなかに凝縮して出てきたようね〔マクシミリアンはファナと同様、ハプスブルク家の血筋をひく〕、わたしの愛する子、代々受け継がれてきた遺伝のせいかしら、下顎が突き出て、骨も弱くて折れやすく、しまりのない厚い唇というのは。でもそなたの青い目と金髪の顎鬚はイエス様そっくりよ。でも子供はできなかった。ミラマール〔マクシミリアンの意志によって造られたイタリア・トリエステにある皇帝の宮殿〕でそなたに言ったでしょう、もし子供ができないのなら、帝国を持てばいいって。善良なメキシコ人はわたしたちに王座を与えてくれたわ。だからあの民の良き両親となってあげましょう。そなたの兄の皇帝は、わたしたちに何の援助もしてくれない。そなたを妬んでいるのよ。ボナパルト〔ナポレオン三世〕の援助を受け入れなさい。彼の軍隊はわたしたちに仇なす反逆者たちから守ってくれるはずよ、わたしたちはノヴァラ号〔マクシミリアンは一八六四年四月―五月にかけてメキシコ皇帝となってフリゲート艦ノヴァラ号に乗って、トリエストからベラクルスまで航海した〕から下りて熱帯地方に降り立ったのね、黒コンドルが空を舞い、オウムが密林に住み、バニラの香りがし、ランとオレンジの咲き誇る土地に。そしてこのカスティーリャとよく似た乾いた高原、われらのご先祖たちの本拠地、落城都市のメキシコ、叛旗を掲げた国メキシコに上ってきたの。マクシル、この古い伝説に、金髪の髭を蓄えた白人の神、羽毛の蛇、善と平和をもたらす神というのがあるそうよ。でもね、息子よ、連中はわたしたちを求めなかっただけでなく、欺いたのよ。わたしたちに対し、死を賭して戦ってきたの。密林や山や平野に紛れ込み、昼間は百姓をし、夜になると出没して攻撃を仕掛け、逃げては繁みに隠れるなどして、それはまるで目に見えない裸足のインディオ軍団よ。もちろんわたしたちはスペイン人の血をたぎらせて対抗したわ。インディオは人質にされたり、部族ごと焼き討ちにあったり、叛逆者として銃殺されたり、女たちも絞殺されたりしたわ。それでも屈服させることはできなかった。フランス軍はわたしたちを見捨てたことで、当初、そなたは彼らといっしょに逃亡しようとしたわね、そなたはわたしたちの王家は卑怯なかたちで逃亡など図ったりはしないと踏んでいたし、わたしがパリとローマに赴いて、ナポレオンに約束を果たすように強いたり、ローマ教皇にも自分たちを守ってくれるように強く要請するだろうとも思っていた。でも、わたしは侮辱され、屈辱を味わわされたの、本当に気が狂いそうだった、わたしに毒を盛ろうとしたのよ、おかげで眠れぬ一夜をバチカンで過ごした最初の女になったというわけ。その後、われらの領地であるコモ湖〔イタリア・ロンバルジア地方の湖〕の村に赴いたわたしはそこで、マクシル、あなたの手紙を受け取ったの。あなたはひとり取り残されていたようね、手紙にはこうあったわ、「もし神様が母さんの健康を回復することをお赦しになり、この手紙を読むことがかないますならば、母さんが行かれてからというもの、小生の身に次々と襲い掛かる打撃でどれほど痛めつけられてきたか、お分かりになるはずです。小生は行く先々で不幸に追い回され、あらゆる希望が打ち砕かれてしまっています。唯一、死だけが幸せな解決法のようにすら思えます。わたしたちは包囲されているのです。皇帝の使者たちは共和派たちの手によって、わたしたちの目の届く対岸の木に吊り下げられました。オーストリア騎馬兵は救援に駆けつけることはできなかったのです。弾薬や糧食は尽きてしまいました。善良な修道女らから、ホスティア用の小麦で作ったパンを少しばかりもらっています。食べる肉といったら、雌ラバか馬の肉などです。今暮らしているのは最後の逃げ場であるクルス修道院です。塔からはケレタロの街が一望できます。わたしたちがどれだけ持ちこたえることができるか、見当もつきません。小生は最後まで、名誉ある敗軍の将として振る舞うつもりです。愛するお方へ、さようなら」、そこでわたしは返事してこう言ったの、「愛する子よ、いつもわたしはこの地からそなたのことを思っているのよ、楽しく過ごしたあの頃を懐かしみながら。ここでは皆、そなたのことを噂しているわ、そなたが深く愛した、青い水を静かに湛えたコモ湖の情景が目に浮かぶようだわ、すべてが全く変わらず昔のままよ。そなただけが遠いとおい彼の地にいるだけ……可愛い息子よ、わたしの手紙は余りにも着くのが遅かったみたいね。脚は痙攣し傷だらけの体を抱えて、大壁のたもとで死と戦っていたそのとき、兵士がひとり近づいてきて、息子の胸に一発銃を発射して止めをさしたわ〔一八六七年六月九日に兵士によって執行された、《鐘の丘》でのマクシミリアン処刑のこと〕。黒衣に火が回ったので、執事が自分の着ている制服でもって火を消しに走ったの。遺体は修道院に運ばれ、防腐処理をされてから遺族に戻されました。フアレス将軍麾下の軍に属す大工などは、彼の顔を生涯一度も拝んだことはなかったわ。従って彼の身長など正確に測りようもなかった。遺体は《鐘の丘》から共和派軍の前車に載せられて下ろされた。柩が余りにも小さくて、足がぶら下がって外にはみ出していたわ。遺体は板の上に裸体で横たえられた。でもメスを入れて解剖するまでにはずいぶん時間がかかった。修道院には防腐剤のナフタリンがなかったのよ。でもそこにはたまたま、亜鉛塩化物のはいったフラスコがあったの。そこでその液体を動脈と静脈に注入したわけよ、施術には三日かかったわ。胸を四発の銃弾が貫いていて、三発は左胸部から、一発は右乳首から入っていた。五発目は眉毛とこめかみを焼いていた。目はあたかも太陽を瞬きもせず見続けて一生をすごしたかのように、眼窩から飛び出して破裂していた。人は教会のなかで、聖人や処女の間で、彼と同じ青色の目を探したものの、あったのは黒い目だけだった。青い目はその国の眼差しから逃げ出してしまったというわけ。人々は彼を腰から首まで一列に金色のボタンのついた、青布でできた軍用チュニックに包んだのよ。そして長いズボンと、ネクタイ、キッド革の手袋をまとわせて。彼の体で残っている部分はほとんどなかった。ガスがたんまり溜まっていたくらいかしら。節穴となった眼にガラス玉を嵌め込んだせいで、誰の顔かも分からなくなってしまった。開いた腸からはへたったガスが漏れ出し、耳穴はぶくぶく泡立ち、唇からは緑の泡があふれ出た。体は痙攣して倒れた。兵士は胸に向けて止めの一発を放ち、日干しレンガの大壁に寄り掛かると、たばこを吹かした。二週間たってみると遺体は真っ黒に変色していた。亜鉛化合物の液体の注入で、髪の毛根はずたずたにされていた。柩のガラスの下に横たわる禿頭で、下顎に髭がなく、義眼をつけ、当初は腫れあがっていたものの後になって肉がこそげ落ち、金メダルに描かれた皇帝の変わり果てた姿を見て、誰だか判別のつく人などいなかったわ。顔が消し去られてしまったようなものだもの。わたしの息子は新世界の浜辺のような顔をしていたわ。遺体はいま一度、わたしたちを運んできてくれたときと同じあの船《ノヴァラ号》で、大西洋を渡ってきたということね〔遺体はトリエステに到着後、ウィーンに運ばれ、一八六七年一月十八日、帝室墓地に埋葬された〕。でも誰ひとりその正体が分からなかった。わたしも二度と息子の姿を見なかった。わが子よ、わたしを見てちょうだい。わたしはあの年取った人形さん、レースのガウンをまとい、絹の頭巾を被った、フランドルのお城に幽閉されたお人形さんなのよ、時々、霧のかかった牧場の木々の下で、クルミや冷たい水を少しばかり求めて抜け出すだけなの。わたしは毒殺されるかもしれないわ。わたしの名はカルロータ〔マクシミリアン一世の妻カルロータ・デ・ベルヒカ、ベルギー王女シャルロッテのこと〕。

セニョールはその日、ひどく辛い思いを胸に、母の《狂女》の遺体が収められた壁穴を後にした。もはや修道女らに静かにするよう強要する必要もなくなった。あえてそうするまでもなく、彼女ら四人の血の気が引いて、恐怖でひきつった顔を見るだけで足りた。彼は手車で寝室まで運ばれ、ベッドに移された。この頃、彼には水腫の初期症状が出て、下腹部や太腿、脚には浮腫が現れていた。この病には耐えがたい渇きが伴っていて、ひどい苦しみを与えた。水腫は何にもまして水を飲みたいという欲求で人を極限まで苛むからである。そうした状況のなかで、王国の大貴族たちの署名入りの文書が回されてきたが、そこには旱魃と労働力不足、新世界からの財宝を狙った海賊によるガレオン船襲撃から発生する哀れむべき国庫財政の逼迫について、および北ヨーロッパに定住したユダヤ人家族らが並べる財政上の屁理屈についても述べられていた。

セニョールは怪我した手を用いて、痛々しい文字で書いた勅命を発し、今後、王国内の修道士は王のために戸口から戸口を回って、物乞いをすべしと命じたのである。己れのキリスト教的なへりくだりを示そうとして、聖木曜日には、洗足式を挙行するために礼拝堂に連れて行くようにと命じた。そのために残飯を求めて宮殿をうろつく多くの物乞いたちのなかから、貧しい七人を選んで連れて行ったのである。彼は身体を動かすことで生じる痛みをこらえつつ、貧者の足を洗うという儀式を、自分から率先して行うことにこだわった。彼は聖木曜日になると、腕をクレメンシアとドローレスの二人に支えられ、エスペランサが差し出す水の入った洗面器と、傷ついた手に湿ったぼろ布をもって、乞食たちのところに跪いて近づき、彼らのかさぶたやみみず腫れのある、刺のささった足を洗い始めた。片足ずつ洗い終えると、跪いてそれに口づけした。貧者のうちのひとりが手で身をかがめた彼の肩に触れたが、彼は怒りをじっと押し殺した、そしてふと目を上げた際に、ルドビーコと目が合ったのである。かつての神学生の諦念を漂わす緑色のドングリ眼がそこにはあった。

フェリペは最初ルドビーコの膝の上で泣き、その後、乞食の肩に手を置かせたままの姿勢で、彼の膝を抱きしめた。修道女らも目を剝いてその様子を眺めていた。その間、司教は服喪のために暗紫色の織物で覆われた祭壇で祭儀を執り行っていた。礼拝堂にあるあらゆる彫像と墓がそうしたもので覆われていた。セニョールは身振りで何か言いたげな様子であった。もういい、怖がることはない、わしらに話させよと。ルドビーコはフェリペの頭にふれるくらいに深くお辞儀をした。

――わが友よ、古くからの友人よ、とセニョールは呟いた。どこからやってきた？

　ルドビーコは情のこもった悲しげな目で彼を見た。

――ヌエバ・エスパーニャ〔メキシコ〕からです、フェリペ。

――するとそなたは成功を収めたのだな？　夢が現実となったということか。

――いいえ違います、フェリペ、勝利したのは貴方様ですよ、夢は悪夢になったのです……貴方様がスペインに対して求めておられた秩序が、ヌエバ・エスパーニャにもたらされたのですから。硬直化した垂直的な階級制度や、本国と同じような政体、権力者にはあらゆる権利があってもいかなる義務もないといったあり方、弱い者にはいかなる権利もないのに、あらゆる義務があるといった制度です。新世界は予想だにしないような贅沢、気候、混血、罰せられずにすむ不正義への誘惑などで、気力をなくしたスペイン人たちの住処となっています。

――とすると、わしもそなたも勝利しなかったということか。勝利したのはグスマンだ。

　ルドビーコは謎めいた微笑みを浮かべた。フェリペの顔を両手にして、まじまじとセニョールの隈のできた窪んだ目を見つめた。

――しかしわしはフリアンを派遣したぞ、ルドビーコ、とセニョールは言った、グスマンの行動を、あらゆるグスマン的行動をできる限り抑制するように奴を派遣したのだ。

――それは存じませんでした、とルドビーコは首を横に振った。

――グスマンは自分の教会を建て、自分の画を描き、敗者どもの声を拾い集めたということか、とフェリペはますます苦しげな声で尋ねた。

――ええ、そうです、仰っていることすべてをやりました、とルドビーコは答えた、奴に言わせると、新しい学問である宇宙の全体的ヴィジョンを、芸術と生に移しうるような、ユニークな創造の印のもとでそうしたとのことでした。

――そうした創造というのはどういう呼び方をするのだ？

――バロックでございます。これは直に開花したものでして、極めて完成度の高いものですから、青春期は円熟期でもあり、壮麗さは弊害でもあります。フェリペ、この芸術は自然がそうであるように、空隙というものを厭うのです。そして現実が提供する空隙すべてを満たそうとします。延長はそれ自身の否定でもあります。この芸術にとって、誕生と死とは同じ行為なのです、つまり外見は固定されているのです。それは自らが選び取った現実を満たすことによって、完全に現実を抱え込んでしまうがゆえに、もはや広がったり発展したりすることができないのです。こうしたかたちで死と誕生がいっしょになったところから、死とか生をもっと感じさせるものが何か生まれるかどうか、わたしたちには分かりません。

――ルドビーコ、わしの言うことを理解してくれ、わしは連中の言っていることなど信じはしない、読んだことしか……。

――ならばお読みください、ここに挙げる詩句を。

ルドビーコは虫食いの服から一枚の紙を取り出すと、それをセニョールに差し出した。彼は開いて低い声で読みだした。

まればかりの不吉な影が
大地のピラミッドから天へ歩んでいた
空しいオベリスクの傲慢な尖端が
空の星辰を求めて昇りつめる〔ソル・フアナ・イネス・デ・ラ・クルスの『第一の夢』一‐四〕

その後にこう続く、

警護を気取ったかの王〔森の王ライオン〕は
目を見開きながら見張りせず
自分の犬に追い掛け回される王〔アクタエオン〕とても
当時であれば光り輝いていた
怖気づいたシカのよう
警戒心の耳をそば立てて
静まり返った周辺の
動きばかりを感じとる
微細なものを変化させ
あちこちと鋭く耳をそばだてる
軽いざわめきも感じとり
眠ったものすらかき乱す〔『第一の夢』一一一‐一二二〕

――これを書いたのは誰だ？　あえてわしのことをこんなふうに書いたのは？

――修道女イネス〔ソル・フアナ・イネス・デ・ラ・クルス（一六五一‐一六九五年）〕でございま

す、フェリペ。

　セニョールは身を震わしてルドビーコから離れようとした。ひたすら物乞いの胸に頭を埋めるばかりだった。修道女らは呆然とした表情でそれを見ていた。そして自分の胸を拳で何度も強く叩いていた。

――イネスはこの宮殿のなかの鏡の牢獄に入れられておるぞ、ルドビーコ、そなたの息子への愛の鎖に繋がれ、ファンという名の簒奪者への愛の囚人となってな。

――フェリペ、どうか聞いてください、耳をわたしの口に近づけて……宮殿に侵入した群衆どもは、槍を使って監獄のあらゆる鎖と門を壊してしまいました、そこに誰が住んでいたか確かめもせずに、走りながら「お前たちは自由だ」などと叫ぶだけで……。

――わしは虐殺せよなどと命じはしなかった、ルドビーコ、誓ってな。グスマンがわしの名でそうしたのじゃ。

――それはどうでもいいことでございます。どうかお聞きください、牢獄にぶち込まれている恋人というのは、下女のアスセーナとピカロのカティリノンでございます。あの日の騒ぎに乗じて、まんまとイネスとファンの場所を横取りしたのです。

――嘘をつけ、ならばどうしてあの卑しい者どもが、一度も身分を名乗らずにあの牢獄での生活を耐え忍んだのだ？

――おそらく、楽しさのない自由よりも、獄中での楽しみを優先させたのでしょう。それはわたしも分かりません。自分らを郷士で古い名家の家柄だと思われたい一心で、ああした変装をしたんでしょうね、殺されることを覚悟で。

――イネスだと？　ファンだと？　あの二人組か？

――二人してわたしと逃げました。そしてグスマンのカラベラ船に変装して乗り込んだのです。貴方様の寵臣のやり方の余りのひどさも、画家修道士のことをお話しすれば、少しは霞むかもしれません。己の剣に対して、われらの芸術、われらの哲学、われらのエロティシズム、われらの詩に対して行ったことに鑑みてください。本当にありえないことでした。どうかご安心ください、修道女のイネスは権力者らによって口封じさせられました。もう一行たりとも書かないでしょう、聴罪師〔ヌニェス・デ・ミランダ〕と司教〔プエブラ司教マヌエル・フェルナンデス・デ・サンタクルス〕の命で、多くの書籍と、数学や音楽に関わる貴重な道具を放棄させられ、魂の修養に専念することになったからです。

――それはまことにめでたい、ところでドン・ファンはどうした？

——ご心配には及びません、己れの行くべき道を見つけました。イネスのことを諦めました。奴はインディアスの女、クリオーリョの女を孕ませました。つまりヌエバ・エスパーニャに自分の子孫を残したのです。でも奴が死者の日にスペインに戻る決心をしました、これはメキシコの土着民が墓のそばで、黄色い花をふんだんに飾り付けて行う昔ながらの習俗です。それは、奴が兄弟たちの失踪のこと、この地での貴方様の意味のない埋葬のこと、貴方様が残すことになる、座る主のない王座のことなどを知ったからなのです。奴は庶子たる自分の正統性を要求するべく国に戻りました。その途上、セビーリャに留まりました。貴方様はイネスにその地で、亡父の墓に石像を建立してやると約束なさいましたが覚えておられますか？

——もちろんじゃ、わしは約束を守った。何のこれしき、訳はないわ。修道女の持ち金は父親が死んだおかげで、わしのものとなり、わしを大いに潤してくれた。

——持ち金をどうされたのですか？

——知らぬ、わしは関わっておらぬから分からぬ、おそらく対異端者戦争とか、遠征とか、迫害とか、領土上のいざこざとか、未完成のわしの宮殿とかの費用に使ったのだろう、ルドビーコよ。

——ドン・フアンは騎士団長の墓を訪れ、じっと石像を眺めていました。すると石像が息を吹き返し、彼の死を確約したのです。「かくも長きのご信頼」とドン・フアンはほざいていました。そして石像を夕食に招待したわけです。騎士団長は彼に夕食を墓場にしてほしいと申し入れました。ドン・フアンはそれに応じました。ところが主人は胆汁と酢のぶどう酒を客に出してもてなしたのです。色事師は火で胸が引き裂かれると叫んで、短剣を何度も振り回したものの、生きたまま業火に焼かれたのです。イネスの父親の石像はドン・フアンを抱えて、もろとも墓場に永遠に落ちて行きました、生き返った死者と、死した生者がともに手を携えて。

——そなたはそんなことをどうして知ったのだ？　目で実際に見たのか？

——レポレーリョ〔モーツァルトの歌劇『ドン・ジョヴァンニ』に登場するジョヴァンニの下僕〕という名の、ならず者のイタリア人従者から伺いました。

——そんな奴の言葉を信じておるのか？

——いえ、貴方様と同様、書かれたものしか信じません。ここにドン・フアンの恋愛沙汰と生死についての一覧があるのでご覧ください。従者がある劇場の出口でわたしに渡してくれたものです。

――となると、ルドビーコ、そなたが養った若者の生涯は、そうして幕を閉じたということか？

――おそらく、あのヴェールをつけたトレードの騎士の顔が、わたしの息子のそれに変化したとき以来、ああした運命を辿ることになっていたのでしょう。別に悲しいとも思いません、己の運命ですから。彼の運命は神話になっています。

――どういうことだ？

――永遠の現在ということです、フェリペ。

――そなたはわしに語ったことを、どれも実際に見たり聞いたりしたのか？　となると、また見えるようになったのか？　もう盲人ではないのか？

――ええ、フェリペ、もう見えます。われらの恐ろしい時代から救われた唯一のものを読むために目を開けたのです。

――そなたは目を開けるために、千年期を待ち望んでいたと申していたな？　千年期を……。

――わたしはもっと謙虚な人間でした。目を開けたのは、三冊の本を読むためでした。遣り手婆さんの本と、憂い顔の騎士の本、それに色事師ドン・ファンのそれです〔スペイン文学が生み出した三大作品が『セレスティーナ』、『ドン・キホーテ』、『セビーリャの色事師と石の客人』である〕。信じてください、フェリペ。本当にその三冊のなかにわれらの歴史の運命を見出したのですから。貴方様もご自分の運命を見出せますか、フェリペ？

――まだ運命があるなら、ここにあるぞ。わしは決して宮殿から出ることはせぬ。

――さようなら、フェリペ。もう二度とお会いすることはないでしょう。

――待て、おぬしのことを話してくれ、新世界で何をした？　どうやっていつ戻ってきた？

――すべてご想像にお任せいたします。わたしは神話の永遠の現在に仕えてきただけです、さようなら。

　ルドビーコはセニョールと抱擁し、彼から身を放した。王は依然、貧者らの足を洗い、足に口づけするのを止めなかった。それを終えたとき、青春時代の友人が座っていた場所のほうを見つめた。もはやそこに彼の姿はなかった。セニョールは礼拝堂のなかを目で探し回った。ルドビーコは遠くの方で、平地に通じる階段を昇っていた。セニョールは貧者のうちのひとりの足を噛んだ。すると男は大声を上げた。聖職者らが驚いて互いに顔を見合わせた。ルドビーコは死への通路であり、物体への還元であり、偶発的な再生とも言うべき三十三階段を昇っていた。フェリペは懇願するようなしぐさで腕を差し伸べた。そして修道士らに自分を祭壇の前まで連れて行き、腕を広げて体を支えてくれるように求めた。ただし彼らがそこに安置された櫃には触れてはならないと言った、そこには糞に姿を変えた新世界の宝物が詰まっていたからである。また足があの忌まわしい階段のステップに決して触れてもならなかった、己が魂の救済の敵である泡沫の世界が、こうした孤独な生活にも浸み込んできた。糞と化した金に触れてみたいという誘惑、階段を通って逃げ出すという誘惑が。

——わしの血管に亡霊の毒がにじみ出てくる、狂気が精神に浸みてくる。わしは神の友になりたいだけだ。

熱にうなされたセニョールは疲労していたにもかかわらず、修道女らに自分を手車にのせて、鏡の独居房まで運んでいくように命じた。

彼らはそこに着くと部屋に入った。

セニョールは修道女のミラグロスに、鏡の床の上に横たわって、マントの下で交わっている二人から覆いをとるように命じた。

聖女は十字を切ると、古びた襤褸をはねのけた。するとそこに性交している姿の二つの骸骨が現れた。

セニョールは七日間にわたって熱にうなされた後、右膝の少し上の部分に悪性の腫物ができた。それは次第に大きくなってひどい痛みを伴ってきた。胸にも四つの膿瘍が現れた。腫物は手の下しようがなく、次第に成長していったので、医者たちはナイフで切開するしかないと判断したが、そこが危険で微妙な場所だっただけに、皆一様に彼が苦しみながら死亡するのではないかと恐れた。

ドン・フェリペはこうした言葉を冷静に聴いていたが、そうした施術がなされる前に、修道女らに輿に載せてもらい、これから指示する場所に連れて行くようにと命じた。彼はゴート王の玉座のある部屋まで案内したが、それはセニョーラが王たちの遺骸の断片を寄せ集めて作った王の分身を、見納めになると思って（病の徴候が重篤で潜行的であったゆえ）、最後に見ておこうと思ったからである。セニョールは孤独と病と、彼および宮殿のもうひとりに瓜二つの肉体の影のなかで、この世から消えていく間に、分身が彼の名でもって統治することを確信していた。

ミラグロス、アングスティアス、アスンシオン、ピエミイラはどこにあったのか？

――わしを早くここから出してくれ、とセニョールは修道女たちに叫んだ。

――おぬし、偽王よ、走るな、と小男が金切声を上げた。わしの王冠を盗みやがって、わしの金の王冠や、サファイヤ、真珠、メノウ、岩水晶を盗んだな。すぐにわしに返せ、クソったれ！

輿に載せられたセニョールと四人の修道女はその場を逃げ出した。セニョールは内心叫んで言った、何てこった、お前はスペインに何をしたというのだ？　一切の祈禱、信仰を守る戦い、霊魂の啓示、苦行、不眠に不足があったとでもいうのか？　小男のマンドラゴラ、処刑台と洗礼台から生まれた息子が、ついにスペインの玉座に上ったというのか？

セニョールは疲労困憊し、ついに主の御変容の祝日に、膿瘍を切開することに応じた。執刀したのはクエンカの外科医アントニオ・サウラと、助手でマドリードの医者、ヘロニモ会修道士サンティアゴ・デ・バエーナの二人だった。それはセニョールが俗人の手で治療されるのを嫌ったからである、下手をすればユダヤ人改宗者（マラーノ）の手に掛るやもしれず、聖職者の目でしっダの四人の修道女は、輿を担いで行った。彫刻を施した天井と円蓋のある広い回廊に入ると、そこにはゴート王の玉座があり、その後ろにはフックにかけられた二つの壁掛けのだまし絵、縁飾り、房飾りが半円形になって壁に吊るされていた。

――まあ何て豪華な壁掛けでしょう、とピエダが言った、彼女はそれにしか目がいかなかった。近づいて行って、持ち上げて後ろに何があるのか見てもいいかしら？

――何もないのよ、お馬鹿さん、とミラグロス修道女が言った、目を欺くためにうまく描いてあるだけなのが分からないの？

セニョールは玉座に収まった人物を、ただただ恐怖に駆られて見ているだけだった。それは小男で、最後に見たときよりも、ごくわずかに成長しているように見えた。彼は黒のベレー帽と粗いフランネル地の青の御仕着せをまとい、大きなぶよぶよの腹に黄色と赤の飾り帯を巻き付け、おもちゃの小さな刀を帯び、黒のブーツをつけて腰かけていた。哀れな仔羊のような目と、切り揃えられた小さな顎鬚、彼は右腕を高く掲げて甲高い声でこう叫んだ。

――知性に死を！　知性に死を！

かりと手術を見定めてもらいたかったのだ。

医者たちは膿瘍を切開してかなりの量の腫物を取り出した、腿はほとんど膿の袋のような状態になっていて、骨にまで達していたのだ。膿瘍は余りにも多く、手術とメスでできた開口部だけではどうしてもうまく収まらず、別に二カ所穴を開けた結果、セニョールは大量の膿を排出することができた。これほど疲弊した人物が、かかる手術に耐えて生き永らえたのはまさに奇跡と思われた。バエーナ修道士が気分を盛り上げようとしてこう言った。

——こいつは見上げた膿さんだわ。

ドン・フェリペの皮膚全体が蒼白く透明なものに見えた。また細く繊細な髪の毛と顎鬚と口髭は雪を被った絹のようだった。ぞっとするような白さと対照的だったのは、宮殿にこもってからというもの一度も替えたことのない黒い身なりであった。

膿瘍が開けられ、ランセットによる切開がなされた後、セニョールはその場に居合わせたすべての者たち、医者、外科医、修道士、修道女、召使に命じて、神への感謝を捧げるように言った。全員が跪き、恩恵に対する感謝の祈りを行った。セニョールはこれで大満足し、ほっと安堵の胸をなでおろした。彼は自分たちを贖うべく死んだイエスの受難を自らが味わうことで、苦しみをものともしなかった聖なる殉教者に自らをなぞらえていたのだ。彼は腹がへったと言い、すぐにチキンスープをもって来させた。スープを飲んだ後、ひどく寒気を感じてベッドに横たわると、片手で傍らにいた忠犬ボカネグラをまさぐった。猟犬だけはいつも彼といっしょにいてくれるのだと思い、微笑みながら、がたがた震えながらもこう語りかけた。

——分かるか、ボカネグラ? 立派なスペイン人と愛犬が、食事の後、寒さでぶるぶると震えているのだぞ。

しかしながら、彼の苦しみはその時も癒えることがなかった。治療の度ごとに注射を打たれ、膿を排出するために傷口を絞り出されたからである。朝から午後までの間、セニョールはボール二杯分の膿を排出したが、それはこの上ない苦痛であった。

痩せて見る影もなくなったセニョールは、時には猛烈な眠気に襲われることもあり、また時には耐え難い不眠で眠れないこともあった。昼の間、彼の目を覚まさせるために大変な努力を払わねばならないこともあった。それは腐敗した足から悪い精気が頭に上がったせいだったのかもしれない。そのとき枕元に長い時間いて、許可される範囲で彼の面倒を見ていたミラグロス修道女は、いささかきつい調子で言った。

——聖遺物に触れてはなりませぬ。

セニョールはこの声に飛び上がり、目を開けてベッドのそばに置かれた聖遺物のほうを見た。それは聖アンブロシウスの骨、使徒聖パウロの脚、聖ヒエロニムスの頭部などであった。またキリストの茨の冠の三本の刺、十字架の釘のうちの一本、十字架の破片、聖母マリアのまとったチュニックの切れ端などもあった。聖ドミンゴ・デ・シロスの奇跡の杖もベッドに立てかけてあった。セニョールは聖遺物のなかに、医者たちから得られなかった健康を求めたのであった。老修道女ミラグロスの声で目覚め、修道女らを目にしたとき、よくこう説明したものだった。

——こうした聖遺物があるからこそ、わしは何度もここを至福の家と呼んだのだ。わしはこれ以上、神聖な宝物を手にしたことも、望んだこともない。

ところがセニョールは新世界から到来した宝物のことを思い出すと、情けないことにとたんに鬱病にでも罹ったかのように、再び睡魔に襲われたのである。

医者の間で会話が交わされるのを、辛うじて聴くことができただけだった。

——わたしは胸部の膿瘍をあえて開ける勇気はないな、とサウラはバエーナに言った、余りにも心臓に近いからな。

ヘロニモ会士がそれに同意した。ある日の午後、修道士サンティアゴがセニョール宛ての手紙を携えてきた。彼は、その汚い封書が宮殿の周辺で次第に多く住み着くようになった物乞いたちのうちのひとりから、扉のところで手渡されたものだと言った。しかしこの物乞いは、自分はセニョールのお気に入りのなかでも特によくしてもらっていたし、自分が王に負っているよりも、王が彼に負っている部分のほうが大きいと言ったので、バエーナはそれを聞いて笑った。鈍色で強い眼力をもち、前頭が禿げあがった小柄な修道士が度肝をぬかれたのは、男の余りの厚かましさであった。——はい、これが手紙にございます、セニョール。

拝復　神聖なるカトリックの皇帝陛下　小生、若かりし頃に働いた功により老年には安楽な境遇が得られるものと思っておりました。かくしてこの四十年、小生は睡眠もとらず、粗食に甘んじ、武具を背負い、身を危険に晒し、財産および齢を費してまいったのであります。すべては神に仕えるべく、羊どもを囲い場に連れ戻し、すべてをわれらが半球の遠隔の地、聖書にも記載のない、未知の土地で行ったのであります。わが王の名声をいや増し、広く伝えんがために、数多の野蛮人を従える多くの権力者どもを王権の軛につながんとして、わが身と犠牲を惜しまず、いかなる援助も受けることなくやってきたのであります、しかし援助どころか、ヒルに血をたんまり吸われるごとく、数多くの妬み深い連中に足をすくわれてきたのであります。わたしはただ一人この征服という事業に飛び込みました。征服のおかげで聖職者、異端審問官、聴訴官、聴訴院や裁判所の下っ端役人どもが新世界で身を落ち着けることができました。しかし連中はわたしのことを、宝物を独り占めしているとか、それをわがもの顔に使いまくっているとか、どこかにちょろまかしているとか言って非難するのです。だから神聖なカトリック皇帝陛下に納めるべき五分の一税が、一度としてしかるべき額に達することがなかったなどと申すのです。まるでこの地の野蛮人たちがもつ根強い偶像崇拝に対して、別の対処のしかたでもあるかのように、土着民に対する過剰なる残虐行為を非難しています。まるで人が、あるものとないもののどちらを選ぶか自由に選択でもできるかのように、偶像崇拝のインディオの女たちと性関係を結んでいることに対しても、非難するのです。不服従とか無政府、陰謀、専制的なやり方などについても同様です。ならばセニョール、わたしがどうして自分のために命を投げ打ったりしましょうか、決してそのようなことはいたしません。それはわが王とわが神のために他なりません。勝ち取ったものがあるとすれば、それはひとえに教会と王室に差し上げるためであって、間違っても自分のためではありません。小生は証書でもって貴方様から戴いた権益を守ろうとしたにすぎません。小生が今手にしているものは何もありません、すべてを教会と王室が握っております。小生はすでに老いて貧しく、借金を負う身で、七十三の齢を数えております。もはや居酒屋をはしごする年ではなく、仕事の成果を取り入れるべき年齢です。神聖なるカトリック皇帝陛下、小生が求めるのは正しい御裁きだけです。唯一求めるのは小生が征服した世界のわずかな土地のみです。陛下、陛下は小生のおかげで新世界の主人となられました、ご自身の身にいかなる危険も苦難も及ぼすことなく。今一度、陛下に……命じていただけることをお願い申し上げます……。

セニョールは懇請の内容を読み飛ばしてしまった。そこにあったのがおかしな署名だったからである。何とそこには、「いとも輝かしきセニョール・ドン・エルナンド・デ・グスマン」とあったのである。彼は、涙が出るほどに笑ってしまった。勢子頭の策士、いつも主人の意図に先手を打った秘書。セニョールが笑ったのはそれが最後であった。彼はバエーナの修道士のほうを厳めしい表情で見た。

――そのドン某かに言ってやれ、わしはおぬしなど存ぜぬとな。

それが最後の喜びとなった。セニョールは傷と切開でひどく苦しみ、開口部からは自然に排出物が漏れ出ていたせいもあって、ベッドで寝返りもできないほどの痛みに襲われていた。昼も夜も、仰向けのまま身じろぎせずに、じっとしているしかなかった。

かくして王のベッドは腐敗したゴミ捨て場と化し、そこからは耐えがたい臭いがたえず発散していた。セニョールは自らの糞尿の上に横たわっていたのである。

この病気が続いた三十三日間にわたって、彼は服を着替えることもできなければ、かといってそれに耐え忍ぶこともできなかった。自然の要求である排泄物を取り除くために、身動きもできなければ、起き上がることもできなかった。膿瘍と傷口からもれ出た膿をきれいにすることもかなわなかった。

――わしは生きたまま葬られておるようじゃ、生命は嫌なにおいがする。

彼は膿汁を出させるために一度高く脚を持ち上げ、ひかがみの下をきれいに洗浄する必要があったが、そういう姿勢をとることで、痛みがとてつもないものになったので、もはやこれ以上は耐えきれないと言った。医者たちは治療にどうしても必要な処置だと答えたが、セニョールは感情を高ぶらせてこう言った。

――わしは抗議する、苦しくて死にそうじゃ。

いかにもその言葉には信憑性があったので、医者たちはその時だけは処置を取りやめた。他の場合でも、ひどい痛みを訴えたときは、処置を中断して止めるように命じることが多々あった。また神の技だと言わんばかりに手放しで称賛することもあった。こういう状態で寝返りもできずに長い間横たわっていたせいで、背中と臀部には床ずれが生じてしまい、苦痛にも耐えねばならなかった。

頭痛に恒常的な喉の渇き、悪臭。食べたものを吐き出さずにはおれなかった。ある日にはチキンスープと砂糖を食しただけで、四十回も嘔吐したのである。嘔吐しないときには、山羊のように下痢をし、青っぽい糞便を黒いシーツの上にまき散らした。召使たちはいやいやながら連れてこられると、濡れた布で鼻と口を覆ってベッドの下に入り込み、ベッドの木部と藁のクッションの間をナイフでえぐって穴を作り、糞尿と汗と膿が混じった汚物を排出したのである。召使たちは顔から体まで汚物まみれになって、下から急いで這い出てきた。美味なる悔恨の祈りとして、ベッドの穴の下に跪いて盥《たらい》を置いたのは、ミラグロス修道女その人であった。

——わしには骨と皮しか残っていない、とフェリペは言った。死ぬという話になったら、わし以上に名誉ある死に方をする者などあるまい。

盥は一日に十一回もいっぱいになった。汚物全体に血の色が混じることがあったが、セニョールはその際には、終油の秘蹟と最後の告解、聖体拝領をすることを求めた。しかし修道士たちは聖餅《ホスティア》を吐き出すのではないかと恐れ、セニョールにそうなれば恐るべき瀆神行為となることを説いた。セニョールは彼らに尋ねた。

——わしが健康でいれば、ホスティアをケツからひることになるのではないか？　口から放りだすほうがずっと悪いのではないのか？

しかし彼は自分の罪深い体は、救世主の体を受け入れることすらできないのではないかと訝っていた。

——となると、わしの体には悪魔が住みついているのか？

彼は再び、体中から上ってきて脳まで達する腐った憂鬱性のどろりとした体液のなかに身を沈めた。体液はより湿気を帯びて、もたれるような性質の場合もあれば、また望ましく活きいきとしている場合もあった。時に体液が脳から心臓あたりまで下りてきて、突然恐怖感に襲われることがあり、それがひどく彼の心を不安にしたのである。しかし最後にこう言った。

——こんなわしでも目と舌と魂だけはまともじゃ。

とはいえ彼は最後の夜、何のせいか分からないが、むずむずして目覚めた。

ミラグロス修道女と三人の修道女は寝室の床の上で眠った。低くなった蠟燭の先端がぱちぱちと音を立てて燃え尽きようとしていた。腐敗した部屋の影が震えながら長く伸びていた。女たちは顔を隠すようにベルガモットの匂いのする布を上に被せて眠っていた。セニョールは鼻にむずむずする感覚を覚えた。彼はうろうろした様子でハンカチを探すと、それでもって体から浸出した膿と併せて、垂れてきた鼻汁をすっかり拭った。しかし鼻汁は垂れているのではなく、生き物のように自分の力で前に出て来ようとしているのを感じて、怖気をふるった。つまり引っ込んだり、留まったり、フェリペの小鼻の出口のほうへ、再び出てきたりしていたのだ。

彼は血の気の引いた蠟のような手を鼻にもっていき、そこから白い蛆虫を取り出した。叫ぼうとする声を押し殺した。ハンカチで鼻をかんだ。白く蠢く小さな卵がどっさりとオランダ織の布の上に飛び出した。セニョールの手のひらの上で身をよじっている白い蛆虫の子たちであった。

彼は大声を上げた。修道女らが起き上がり、寝室の入り口を見張っていた矛楯兵や、礼拝堂で転寝をしていた医者たち、祭壇の前で祈りを捧げていた修道士らが彼のもとに駆け付けた。ミラグロス修道女は手に蠟燭をもって近づき、セニョールは切れぎれの声で彼女に言った。

——ここにそれを寄越してくれ、そろそろ時間だ。

セニョールは一同に向かって、彼を礼拝堂に連れて行くように命じた。体の痛みも、鼻をつく悪臭も、もはや彼には全くどうでもよかった。イエス・キリストの体を拝領する価値すらないとして、自分を柩に収めるようにと言った。せめて自分自身の死に立ち会うことくらいは赦されるだろう、それは昔から長い間願ってきたことだし、己れの墓に立ち会うことくらい赦されるはずだと思った。自分自身、この死者の宮殿を建造した当人だし、この仮の遺体安置所にスペイン王家のすべての人々を安置してきたではないか。彼はまさに罪の告解をしているように思った。ひどい痛みをこらえて、寝室から礼拝堂へと運ばれて行く間に、大声でこう語っていた。主よ、わたしは罪深い人間です、告解いたします、ペドロよ、わたしは自分を責めます、ルドビーコよ、わが過ちです、セレスティーナよ、わたしは罪人です、シモンよ、悪かった、イサベルよ、許してくれ、許してくれ、許してくれ、そしてセニョールは数日前から祭壇の前に据えられていた鉛の柩に身を横たえた。彼はそこでほっと息をつくと、柩の裏張りをしている白い絹と同じ絹で体が覆われ、さらに外側を黒い金織物、臙脂色の繻子の十字架と金色の釘で保護されたように感じた。

セニョールは柩に収められたまま、フランドルの三連の祭壇画〔ボッシュの『悦楽の園』〕の両翼を開くように命じた。そして修道士のひとりに聖ヨハネの黙示録を読み上げるよう、また修道女らにはレクイエムを歌うように言いつけた。また別の修道士には遺志を口述筆記するように言った。

「主よ、わたしの祈りに耳を傾け、わたしの願いの声をお聞きください」〔詩編八六―六〇〕。

「御使はわたしを御霊に感じたまま、荒野へ連れて行った。わたしは、そこでひとりの女が赤い獣に乗っているのを見た。その獣は神を汚す数々の名でおおわれ、また、それに七つの頭と十の角とがあった」〔ヨハネの黙示録一七章三〕。

わたしは命じ、言いおく。

「天使の合唱があなたを迎えますように、またいつか貧しきラサロとともに永遠に平安を得られますように」〔ラテン聖歌〈楽園にて〉〕。

女は紫と深紅の服をまとい、金や宝石や真珠で着飾っていた。わたしにスペイン最初の王家であるゴート王家の、金とメノウとサファイヤと水晶をあしらった王冠を被せておくれ、それを被せてわたしを葬っておくれ。

「わたしは復活であり、命である」〔ヨハネ福音書一一―二五章〕。

女は手に金杯をもっていたが、それはこの世の王たちとの姦淫による嫌悪すべきもの、汚らわしいもので満たされていた。セレスティーナはどこにおる？　あの女はどうなったのか？　どうしてルドビーコにそのことを尋ねるのを忘れてしまったのだろう？

「わたしを信じる者は、死んでも生きる」〔同上〕。

娼婦らの母〔大淫婦〕たる大バビロンよ〔『黙示録』によると〈悪魔の住むところ〉の意味だが、暗喩としてローマ帝国を指す〕、シモンは？　シモンはどうなった？　ルドビーコはどうしてシモンの行く末を話してくれなかったのだろう？

「また生きていて、わたしを信じる者は、いつまでも死なない」〔ヨハネ福音書一一―二六章〕。

そなたが目にしている、娼婦が上に座っているあの海は、民衆であり、群衆であり、諸民族であり、諸言語である。

わしは命じ、言いおく。第三のボトルを見つけよ、ボトルは三つあった、わしはまだ二つしか見つけていない、二つだけ読み解いた、三番目のボトルを探し出せ、わしは最後の手稿を読まねばならぬ、最後の秘密を知らねばならぬ。

「あなたの到着にあたって殉教者たちがあなたを迎えますように」。

わしは殉教者らの血で酔いしれた女を目にした。どうかわしの髭を剃り、毛を抜き、そして歯を抜き、叩き潰してから焼き捨ててくれ、魔女どもによってわしの歯が呪いに利用されないようにな。

「主よ、わたしは深い淵からあなたに呼ばわる」〔詩編一三〇〕。

そなたが見た女とは、この世のすべての王たちの上に君臨するあの大都会のことである。聖遺物は譲渡したり質入れしたりせず、代々、子孫がまとめて大事に保管せよ。

「主よ、永遠の死からわたしをお救いください、恐るべきその日に」〔ヴェルディのレクイエム〕。

女の額には《神秘》という名が記されていた。開いたものであれ、閉じられたものであれ、商売や過去の出来事について書かれた文書は、見つけ次第すべて焼却せよ。

「その日は怒りの日、災いと不幸の日」〔同上〕。

わしは太陽のなかで立っている天使を見た。天使はあらゆる鳥たちに大声で叫んだ、王たちの肉を啄《ついば》むために、神の祝宴にこぞってやって来るがいい。

「主よ、永遠の安息を彼らに与え、絶えざる光でお照らしください」〔同上〕。

皆の衆、聞いてくれ、時は過ぎ去り、戦争も、飢えも、死者も過ぎ去っていく。しかしこの霊廟はずっとわが魂の永遠の信仰に捧げられていく。最後の時代の最後の年の最後の日に、わが墓所のところで祈りを捧げてくれる者もあるだろう。

「そして永遠の光でわれわれを照らしたまえ」〔同上〕。

毎年欠かさずわが誕生日と命日の二回、祝ってもらいたい。晩課と夜課、ミサと死者のための祈り、わしと聖なる聖体への畏敬と崇敬の念を込めて歌うように命じ、言いおく。夜も昼も修道士二人が聖体の前にはりつき、世界の終末がくるまで、わが魂と亡きわが縁者の魂にかけて神に懇願するのだ。

「その日は怒りの日、災いと不幸の日」〔同上〕。

獣の印をつけた彼の背中には悪性の腫瘍ができていた。

わしは命じ、言いおく、死んだときには三万回のミサを一挙に上げるのだ、そして天を力づくでも動かすのだ。

「主よ、永遠の安息を彼らにお与えください」〔同上〕。

かくしてこれらのものがないまぜになった、うら悲しい歌声、短い蠟燭の輝き、聖ヨハネの福音書の朗読、薫香の煙、セニョールの命令、深遠なフランドルの三連祭壇画に収斂する光、悦楽の園、千年至福の王国、永遠の地獄、地獄では父母、腹違いの兄弟たち、妻、若い頃の仲間など、セニョールが生涯に出会ったすべての人々の顔を見ていた、それに浜辺での遠い日の午後、目の前に広がる海、海はまさに彼の青春の汲めども尽きぬ真の泉であった。彼は海に背を向け、黄土色の荒れたメセータ〔イベリア半島中央に位置する広大な乾燥高原〕に戻り、そこに宮殿であり修道院であり王墓である建物を、聖ロレンソが焼かれた焼き網と似た矩形の上に建造したのだ〔エル・エスコリアル宮殿の正式名称はサン・ロレンソ・デ・エル・エスコリアル王室修道院という〕。それは厳格な輪郭のもつ調和であり、禁欲的な単純さであり、あらゆる感覚的、異教的、異端的な装飾を排し、神の栄光と権力への敬意を込めて奉献された、世界の動乱が収斂する唯一の中心であった。彼は己自身の葬儀の執行人、証人として、柩のなかからフランドル絵画を眺めていた。彼は噂でオルヴィエートから持ってこられたという画を初めて見たときと同様、どうしても楽園を開けられなかった者にとって、本当にこうした今際の苦しみのなかに、楽園の扉を開けるに足る力があるのかどうかを、画に問いただした。

しかし彼が以前にも同じように死にそうな状態に陥ったときどうしても知る必要があったのは、人生における事実や夢、情念、手抜かり、幻視、再度の幻視が神の手によるものなのか、それとも悪魔の仕業なのかという点であった。実際には、神も悪魔も一度として完全に姿を現したことはなかった。人がもし彼のように次のような永遠の疑問を、今改めて自らに問いかけたとしたら、それもまた同情に値しなかっただろうか——神はどうして人間の盲目的信仰を、神の存在の明確な確実さよりも優先させるのだろうか、もし目に見えるかたちでのみ存在を現すものだとしたら。今の彼のように、人が次のような永遠の疑問を神に投げかけたとしたら、天国には入れないのだろうか——神が善であるならば、どうして悪の存在を許し、正しい人が苦しみ、邪悪な者が称えられるようなことをお許しになるのか。ドン・フェリペは柩のなかでそうしたことを呟いて言った、口を開いたのは、蠟燭と薫香、歌と予言で煙る礼拝堂の逃げやすい空気を取り込もうとしたからである。彼は幾度となく、神の名において、しかし神が関わることなく、運命や無関心、単なる儀礼にしたがって自由に振る舞ってきた。もし神の手がそうしたというのなら、哀れな被造物に、何かをするすべがあっただろうか？ 彼もまたそうした点から、他の者たちの命題に幾度となく近づいたのかもしれない。つまりグスマンやテルエルの異端審問官〔テルエルは中世にユダヤ人が多く暮らしていたアラゴンの都市で、一四八五年に異端審問所が設置されマルティン・ナバーロが異端審問官となった〕、カラトラバ騎士団長、それに彼自身の父である美王などである。彼が善と悪、天使と獣という不可分の一性のもつ、深い意識でもって行動したのも、そうした点からだったかもしれない。年代記作家、修道士フリアン、ルドビーコやセレスティーナの自由、塔に閉じ込められたトリビオの自由。わしは行動したか、あるいは行動するのを止めたかのどちらかだ、と彼は呟いた、その間にもフランドル絵画の官能的な場面が視界から遠ざかり、消えて行った。というのも神も悪魔も、はっきりしたかたちで姿を現すことを拒んだからである。もし業が神の手になるものならば、それはめでたいことだ。もし悪魔の手になるものであったなら、わしに罪はない。わしはしなかったし、することも止めた。人を断罪することはしなかった、むしろ人を許してきた。断罪したときには二義的な理由からであって、一義的な理由からではない。もし罪を犯したとすれば、わが神よ、どうしてそうしないですむように手を差し伸べてくれなかったのだ?

彼は聖別されたホスティアを求めたが、声は誰にも聞こえず、魂の糧を差し出そうとして駆けつける者はなかった。誰もが歌い、祈り、柩の周りで跪いていた、あたかも彼がすでに亡くなったかのように。

彼に唯一できたのは、罪の告解をすることだけだった。自分が行動したことで責任が生じたケースがどういったものだったかを、彼は自らに問いただした。若い頃にメシア派の一団を欺き、城のなかで虐殺させたことがあった。イサベルにセックスを拒み、イネスと懇ろになったこともあれば、フランドルの異端者を打ち破り、早速この霊廟を建設させたこともあった。そのことを意識し、責任を感じていたとしたら、はたしてこうした行動に徳性があっただろうか? 王の徳性とは何だったのか。彼は横たわっていた柩のなかから、信仰の城塞ともいうべき建物の灰色の丸屋根を眺めた。それは同時に権力の大聖堂でもあった。王の徳性とは王の名誉であり、名誉とは情熱であり、情熱こそ徳性であった、したがって徳性とは名誉であった。王家の太陽と呼ばれる名誉であり、臣民は王から離れていけばいくほど、冷淡になり、ばらばらになっていくのだ。セニョールはすべてを一カ所に集中しようとした。ここにある宮殿、修道院、墓所を見てみればよく分かる。彼という人物がそうだ、創造しようという意志のなかで啓示を受けて行なった行為自体がまさにそうであったように、頂点を極めようという意志のなかで、最終的かつ決定的な紋章に関わる場所と人格をこの人物に集中させたのだ。子孫もいなければ庶子もなく簒奪者もいなければ反逆者もなく夢想家もいなければ恋人たちもいない、権力の名誉と信仰の徳性の象徴ともいうべき不変のイコンを建てたのだ。

彼は腐った耳の一番深いところ、すでに蛆がもぞもぞ這い出してきた場所で、グスマンや、騎士団長にまで昇りつめたセビーリャ人高利貸し、メディナやアビラ、トレロバトン、セゴビアなどで彼と戦い、ビリャラールで敗戦の憂き目に遭ったコムネーロスたちの恐ろしい高笑いを聞いた。王は専制政治によって、名誉を得ることを祈願した。平民たちの政府は名誉と戦い、後に名誉を度外視した。徳性とは個人のすぐれた資質であって、それを決定づけるのは利害である。個人が求めるとすればそれは善いものとなる。セニョールは野心的な小粒の人間ども、言い換えると、名誉の核心的概念に挑戦し、自由とか進歩とか民主主義といった新しい言葉を、それに対立させようとしていた連中に対して、苦しげな口調でこう言った、諸君は名誉などという太陽から遠く離れてばらばらに生きるがいい、生命以上に豊かさを尊重せよ、財産を享受するためにも長生きをせねばならぬ。叛逆したコムネーロスがそうすることを求めたように、一般法による統治をせねばならない。ちなみに彼らはなすべきことに従い、禁じられたことはしないように努めていたのである。皆の衆、諸君が幻滅する日には、わしの墓でも振り返って、わしのものであった名誉の規範といったものが何であるのか理解してくれ、財産をこよなく重視せよ、決して生命ではない。法が禁じてはいないことすべてを避けるがいい、そして法が求めはしないことのすべてを成し遂げよ。諸君、これこそが名誉の徳性というものだ。白い蛆の巣が彼の視界を遮った。ああ何ということだ、わが主よ、わが悪魔よ、自由と情熱はいったいどのように折り合うのだろう？　王の名誉というのは、商人の野心よりももっとましな、情熱に対する歯止めではないのか？

彼は答えるすべがなかった。答えることができなかった。その問いかけは薫香や蠟燭の獣脂、膿、糞、浸出液などの間で、永遠に棚上げされたままとなった。医者たちが彼のもとにやってきた。足にカンタリスを処方し、殺したばかりのハトを頭に載せた。サウラ医師が言った。

——これは眩暈が起きるのを防ぐためですよ。

その後、厨房の下働きたちが熱湯の入った大鍋を抱えて入ってきた。するとバエーナの修道士が鍋から湯気の立った熱々の雄牛や雌鶏、犬、猫、馬、ハヤブサなどの内臓を取り出した。そしてそれらをセニョールの下腹部にあてがった。

——これは腹を温めて、発汗作用を促すためです。

セニョールはこう言いたかったのだが、言えなかった。

——無駄だ、わしは一時代しかもてなかった。わしは便所で生まれ、便所で死んだ。老いたまま生まれたのだ。しかしもはや話すことはできなかった。彼は自分が別の人間だと感じた。別人格のように感じた。独り言のようにこう言った。

——わしは亡霊のせいで少しずつ尽きてゆく。

そのとき、鋭く研いだ切れ味の良いメスを手にした二人の外科医が、再び柩のところに戻ってきた。それで最初に臭気の漂う黒の服を切り裂き、蒼ざめた無毛の白堊《はくあ》の肉体をさらけ出した。セニョールは叫んだ。しかし自分の声を自分で聞くことはできなかった、そして誰ひとり決して聞くこともないと知った。医者、修道女、修道士たちは黙ったままだった。彼は違った、彼だけが叫んだのである。

胸部の四つの膿瘍が切開された。話によると、三カ所は膿でいっぱいであった。四つ目の膿瘍はシラミの洞窟となっていた。

サウラ師はメスで胴体を切り開いた。二人の医師が検体をして、内臓を摘出した。獣たちの内臓の入っていた大鍋にそれを投げ入れながら、こう言った。

——クルミ大の心臓。

——腎臓に三つの大きな結石。

——肝臓に水がたまっている。

——大腸は腐敗状態。

——睾丸は黒くなってひとつだけ。

三十三段

その後、長い間誰もいなくなった。

——みなどこに行ってしまったのだ?

その後、長い沈黙があった。

——陛下、どうか口を閉じてください、スペインの蠅はとてもしつこいですから。

セニョールは大きな疲労感と同時に大きな安らぎを覚えた。安らぎとは死であった。疲労感は死んでなお何百年も生きねばならないことからきた。つまり自分の時間のみならず、果たされぬまま残された己の運命を、己の時間が澱まで飲み干すために必要な、すべての時間を生きねばならなかったからだ。母によって告知された王妃らと、ゴートの王位に就くことになる王たちにとって必要となる何百年もの時間を。

――時間とわしは二つとも価値がある。

日の光が差し始めたころ、彼は自らの遺骸を覗き込もうとする二人の人物を柩の奥底から認めた。ひとりは即座に誰だか判別がついた。それは燃える髪が後光のように見える、旅好きの占星術師トリビオであった。王の遺骸を見ると、こう言った。

――哀れな阿呆やな、大地は平らだと信じて死によったわ。しかし、もうひとりは……もうひとりの方は……。

顔を見ながら必死になって、彼はそれが誰だったか思い出そうとした。ガレー船の徒刑囚となり、トルコとの大海戦で傷を負い、アルジェで捕虜となった男だ、たしか無分別なことを書いたせいで、ぶち込まれた土牢のなかで死に、忘れ去られた男にちがいない。フリアン修道士はかつて彼にどれだけ嘘を吹き込んだことか。それはあの年代記作家のことですか、セニョール？　そんなこと忘れちまえ。彼はシマンカスの塔と牢獄に連行されましたよ、そこは多くのコムネーロスたちの首が刎ねられたところです、彼も連中と同様、首を刎ねられたのですか？……そして今こうしてここで生きていたのだ、死んだセニョールの顔を見ようと姿を見せて。彼には片手がなかった。一方の手には、朽ちた封蠟の付いた、緑色の長いボトルが握られていた。

――哀れなセニョール、独居房にいたあの旅人の残したボトルのなかにあった、三番目の手稿に何が書かれていたのかも知らずに、あの世に逝ってしまって、あの旅人はたしかグスマンの手で独居房から残酷な狩猟に引っ張り出されたはずだが……可哀そうなセニョール、バビロンの大淫婦のように、額に《神秘》という文字が刻まれたりして。

――そなたは余りにも同情がすぎるぞ、ミゲル、と占星術師は作家に言った。そなたが誰にも読まれるというのなら、愚かしいやり方で己の頭脳を披歴することも許されるだろう。そなたはセニョールが無気力なのをいいことにわしの庇護の下、淋しいわしの塔にこもって著した二冊の本をもって満足するがいい。憂い顔の騎士の話は誰もが読むだろう、でもわれらが国王の晩年の話は誰にも見向きもされまい。

――このボトルに入っている手稿は、いったい誰が読むのだ、修道士よ。それはわしが書いたものではない。あの若者たちのひとりが海から持ってきたのだ。

——もしそなたがよいと思うなら、それを公にしたらどうだ。ここに横たわるセニョールを除いて、誰もが読めるようにな。ミイラのように包帯を巻いて防腐処理を施した遺体を見てみるがいい。

天体学者の修道士は腕を広げてみせた。

——今度は、あの驚くべき千年至福王国を描いた三連祭壇画を見てみるがいい。自由精神に帰依したフランドルのつましい職人が描いたあの画は、人間世界のあらゆる真実を密かに語っているのだ、それは霊魂における神の王国になろうとする教会に対する反逆であり、俗世における神の王国になろうとする王権への反逆だ。そなたはセニョールがこうした挑戦の意味を少したりとも理解していたと思うかね？　礼拝堂という場所に身を置いて、あらゆる苦しみにもかかわらず、毎日目にしてきたこの画の意味が。セニョールは亡くなってしまったのだ。

——するとわれわれがセニョールに感謝するべきことは何もないとでも？

——いや、ある。関心がなかったせいで、わしの塔まで足を運んで、突然仕事場の姿を見られるなどということがなかっただけでも感謝したいね。セニョールは死んだ、そう言っているだろう？　わしの学問、そなたの文学、そしてこの画が生き残った。すべてが失われることはなかった。悲しむのは他の者たちに任せよう、そなたもわしも、それにヘルトゲンボッシュの画家の魂もまた、話は別だ。

彼らは姿を消した。

フェリペは柩のなかから、フランドル絵画の意味を詮索することに一日を費やした。しかしトリビオ修道士がいう神秘を探り当てることは叶わなかった。その画はいつの時代のものか？　皇帝ティベリウスの顧問テオドールスの手稿について、人は誰しも過去のものだと信じたが、新世界の密林と山々における見知らぬ戦いについての手稿が、未来のものだとは誰も思わなかった。しかしこの三部作は……過去のものとも未来のものとも決めかねたのである。おそらく永遠の現在に属したのかもしれぬ。

夜になってセニョールは眠った。

暗闇のなかで突然、目を覚ました。すでに墓のなかに埋葬されたのだろうか？　大理石の敷石に覆われたのか？　あのざわめきは土を掘るスコップの音なのか？　いや違う、彼の遺志はこの遺体安置所に、先祖たちといっしょに埋葬されることだった。それとも異端者どもや気違いども、異教徒どもが勝利し、自分に復讐しようとして、猟犬ボカネグラの死体といっしょに共同墓地に投げ込んだのだろうか？　いや、礼拝堂の消えた蠟のにおいや、古い薫香の香り、ここから三十三段を下っていく鉱滓から発する金属質の空気の臭いがするではないか……。

足音がする、重い足音が、悪夢。

影がひとつ死んだ彼の顔の上に落ちた。

ひとりの人物。

ひとつの亡霊。彼はそれを見て正体を知った。しかし亡霊のほうは彼を見なかった。亡霊、それはわれわれの方を見ることはない。亡霊にとってわれわれはそこに存在していないのだ。だからこそわれわれは怯えるのだ。

彼は柩のそばに立ち止まっている、いかにも身近に思える存在のほうへ、ものすごく惹かれていくように感じた。亡霊は彼のほうを見たりはしなかった、あたかもセニョールが生きていても、死んでいても、存在していなかったかのように。フェリペは傷を負って包帯巻にした手を、柩の白の絹布にかけて立ち上がった。そして柩のなかで座った。身動きできたこともあり、もはや過去の苦しみを感じることはなかった。彼は柩の外に片脚を出し、もう一方の脚も外に出した。彼は鉛の箱から出て立ち上がった、凛々しく、軽々と、楽しげに。彼は祭壇の三部作のほうを眺めた。それは三つのパネルからなる巨大な鏡であり、フェリペはそこに三重になった己の姿を見た。ひとりは城のなかで婚礼と犯罪があった日の若者の姿であり、もうひとりはフランドルの異端者を打ち負かし、この地下礼拝堂を建造するように命じた中年男、三番目は、仮の遺体安置所で生きながら腐っていく蒼白の病んだ老人であった。

——さあ選ぶがいい、と亡霊の声は言った。

彼は振り返って見たが、亡霊は背中を向けてしまった。そこで再び三部作の方を見てみた。彼は青年となる決心をし、死が彼に返してくれた第二の好機をつかんで、再び人生を生き直そうと思った。他の二つの鏡は暗転し、最初の鏡だけが輝いていた。経帷子として巻かれていた包帯が、自然に解け、御影石の床に落ちた。フェリペは己の姿を見た、イサベルとの婚礼の日のように、凛々しく、華麗に着飾り、フランドル風の光沢のある靴を履き、バラ色の半ズボンに、アーミン裏地のついた金襴の上着を着ていた。頭には宝石をあしらった帽子、胸には宝石でできた十字架、そしてアーミン裏地のあいだにはオレンジの蕾が散りばめられていた。彼は画の鏡のなかに、己の十七歳の容姿を見た。それは優雅とはいえ、ほとんど女性のような姿だったが、際立っていたのは、家系の刻印ともいうべき下顎の突出、いつも半開きの厚い唇、重く覆いかぶさる瞼などであった。しかし彼が何にもまして感じたのは、自分の若々しい肉体であった、新世界を探し求めて、シモン、ルドビーコ、セレスティーナを伴って、ペドロの船で空想の旅をしている己れの肉体であった。肌は日焼けし、頭は大洋の金色に染まり、太腿は強靭で、筋肉はきりりと締まっていた。

彼は祭壇と柩から墓所の広々とした身廊を通って、次第に遠ざかってゆく亡霊の足音を聞いた。彼は亡霊や他の誰かに見られてはいないかと気遣いながら、その後を追った。今こうして彼は再び青年に戻り、死んだことでいま一度、第二の機会を得たのである。

しかし柩の傍らを通る際に、ある姿を見て立ち止まり、ぞっとして鳥肌が立った。それは死んで白い包帯を巻かれ、真珠やサファイヤ、メノウ、岩水晶をあしらったゴート王の王冠を戴いた、経帷子をまとって横たわる老いた王であった。彼は自分が何をしたのか、どうしてそうしたのかも分からなかった。自分が遺骸に対し感じたのが、愛なのか、憎しみなのか、無関心なのかも分からなかった。ただひとつ、ある情念、やむをえざる情念を感じたことは確かであった、それは決して敬意でもなければ、冒瀆でもなかった。彼の行為を決定づけたある種の熱狂だった。彼は帽子を脱がせ、王冠を剥ぎ取り、自分で帽子を被り、王冠を頭上に戴いた。

亡霊は彼を見ずして踵を返すと、階段のたもとで足を止めた。

そのとき、亡霊はくるりと振り返り、若いフェリペを見た。王子は亡霊の顔が誰のものなのか推量し、想起し、おそらく予見しようとしたのだろう、目を細めて様子を窺った。亡霊は彼と同様、若者だった。遺伝性の混血によってそうなったのか分からないが、髪は金色の巻き毛で、目は黒く、肌は小麦色、鼻は長く美しく、唇は官能的であった。若者は裸体姿であった。彼は手を伸ばし、フェリペについてくるよう手招きをした。

——わたしのことを覚えていないか？　わたしはキリスト教世界ではミゲルと呼ばれている。ユダヤ人街ではミシャー、アラブ人街ではミハイル・ベン・サマという名で、命のミゲルという意味だ。ある日わたしはそなたの命により、厨房の下手で、生きたまま火炙りにされた。わたしが断罪されたのは、主たる理由によってではなく、副次的な理由からだった。

彼はフェリペに未完成の階段を一段ずつ昇って、ついてくるように言った。フェリペは膝をついて倒れ込み、犠牲者たる彼の前で十字に腕をひろげた。いや、違う、そうではない、階段は死へとつながっているのだ、わしはかつて手に鏡をもって階段を昇ったことがある、そこに見たのは二度と見たくもない、わが老年、わが苦悶、わが死、わが腐敗、原物質《ビーダ》へのわが回帰、わが変貌、わが魂の転移、オオカミへのわが蘇りであった。オオカミはわし自身の領土において、ミシャーやミハイル、ミゲル・デ・ラ・ビーダというわたし自身の子孫たちの手で、獲物として捕獲されたものだった。ミゲル・デ・ラ・ビーダよ、どうかわしの犯罪を許してくれ、そして《生命》という自分の名を辱めるなかれ、二度とわたしの生命を奪うことはやめてくれ……。

ミゲルという名の男は微笑んで言った、――そなたはあの時、まるでナルキッソスのように、鏡のなかで自分の姿だけを見ていた。フェリペ、今度は世界の鏡を見るがいい。さあいっしょに来い。

若い王子は後ろを振り返って見た、そこにあったのは墓と彼自身の鉛の柩、修道女らの合唱、祭壇、三連の祭壇画、秘密の悦楽と辛い苦行を味わった殺風景な寝室へ通じる扉などあった。部屋からはベッドから動かずして、聖なる勤行に与ることができた。彼は父のことを思い出した。もし階段に背を向け、あの地下世界へ舞い戻ったとしたら、獲物に食らいつくハヤブサのように、礼拝堂の閉鎖された暗がりを、夜の無限な空間と混同するかもしれないと思った。そして柱形や石の丸天井、鉄の格子に衝突し、片腕を失って、再び死んでしまったかもしれない。

彼は亡霊の熱い手を取った。片足を挙げ、階段の一段目を踏んだ。

――いいか、今度は自分の姿を見てはならぬ、そなたの世界を見るのだ、そして再び、選択するのだ。

フェリペはゆっくりと昇った、ミハイル・ベン・サマの熱い手を握りしめて。

彼は今度こそ、前のように自分の姿ではなく、世界を見ようと思って目を閉じた。世界は一段ごとに時代の黎明期から、改めて選択するようにと誘惑した。黎明期とはいえ、常に変化した同じ場所においてであった。この黄昏の土地、ヒスパニア、《われらの大地《テラ・ノストラ》》において。

彼は各段を踏みしめながら、ミハイル・ベン・サマの二重の声を聞いた。二声である一声、二つの声は澄んで明瞭な時もあれば、曖昧で切迫したような調子のときもあった。二つにしてひとつ、ひとつにして二つの声。

己の姿に似せて造った存在を生み出した
アンドロギュノス的創造主

最初の人間は汚れなき大地のごとく、
子孫を増やして己を豊かな存在にする

息子らの世界の調和は、両親の世界の
原初の調和をさらに引き継いでいく

民族、言語、信仰の多様性は
人類の一体性を強固にする混成の結果である

すべてがすべての者たちのもの

わたしは死なねばならぬ、変身して戻るだろう
わたしは生きるべきである、わたしは死を求める

不完全な男を造った父なる創造主
女はどこにいる？

男は女を犯し、二人は自然を汚したことで
病んだ楽園から追放される

兄は弟が従順な妻と、手つかずの畑を手に
入れたことで殺める

勝利で得た女と土地は民族同士の怒りに
火を点ける。不足は優越性として称賛され
必要は条理として賛美される

汝のものと我のもの
われわれのもの

わたしは死なねばならぬ、二度と地上には戻らぬ
わたしは死なねばならぬ、わたしは栄光を求める

わたしは川である
すべてが変化する
すべてが留まっている
わたしは動くものを理解する
わたしは見知らぬものを愛する
わたしは差異のなかにある存在である
わが血はすべての人々の血と混じるべし
わが肉体は混血によって豊かになって蘇るべし
わたしは刷新されたわが手による仕事を愛し
楽園を新たに生み出す
わたしは庭園を造る

わたしは影である
何ひとつ変わってはならぬ
すべてが永続せねばならぬ
わたしは不動のものだけを理解する
わたしは理解できぬものを憎む
わたしは異なるものを絶滅する
わが血は蛭と焼灼で純化すべし
わが肉体は血の純潔で貧しくなって滅びるべし
奴隷の仕事は禁欲的なわが手にはふさわしからず
わたしは霊園を造る

噴水とアラセイトウ
わたしの肉体はひとつになる
愛または孤独
わが地上的感覚に対する知性
あらゆる豊饒さに開かれたわが肉体と精神の自由
共同
寛容さ
多くのもの
キリスト教徒、モーロ人、ユダヤ人
スペイン人

石と経帷子
わたしの肉体は分離する
名誉または恥辱
永遠の救いからわたしを引き離すものすべてに対する無知
苦行に課せられたわが肉体と精神の抑圧
権力
抑圧
ひとつのみ
純血のイダルゴ
朕、王なり

新世界

アルハンブラ

疑念

多様性

生命

——選択しましたか、フェリペ？　いま一度選べましたか？

燃えるように熱い亡霊の二重の声で、セニョールは軽快な夢から醒めた。目を開けてみた。すでに礼拝堂の三十三段ある階段を昇り切っていた。太陽の光で目がくらんだ。目の前には激しく荒々しい渓谷が開けていた。ごつごつした岩が広く散在していた。山峡の上のほうを見てみると、活きいきした岩肌の円錐型火山が聳え立っていた。岩山の頂上には、あたかもそこから出現したかのように、石の十字架が、セニョールの顔の上に影を投げ

旧世界

エスコリアル

信仰

一性

死

かけていた。十字架は二重の土台の上に据えられていた。

基底部分には四人の福音書作家〔マタイ、ルカ、ヨハネ、マルコ〕の像が彫り込まれていた。より小さな上の土台には、各々の角の部分に四つの基本的徳性の像が据えられていた。十字架を支える根元部分には、岩の上に据えられた大きな石段を伝って昇っていかねばならなかった。岩山の内部には、地下墳墓が作られていて、そこは上部に使徒の聖ヤコブ像を取り巻く天使や記章や頂華の鋸壁が付けられた三段の格子でしっかり守られていた。

フェリペはこの同じ場所でヌーニョとヘロニモの責め

苦に立ち会ったとき以来、二度と見ることのなかった太陽に痛めつけられ、空間に戸惑い、時間に屈したかのように、踵を返して出口を探した。恐怖に襲われた獣はそこに、三日間の髭を蓄え、粗布の灰色のお仕着せを着て、銅片をつけたよれよれの帽子を被った背の低い小男の老人がいるのに気づかなかった。

——旦那、何かして差し上げられることはないですか？ と愛想よく小男は尋ねた。

——わしはいったいどこにおるのだ？ どうか教えてくれ、どこに？ フェリペはやっとのことで呟いた。

——旦那、《死者の谷》〔マドリード近郊にあり、スペイン内戦でフランコ側の戦死者を追悼する大きな十字架が聳えている〕でございます。

——何だと？ どこの戦死者だ？

——何をおっしゃいます、スペインのために戦死した者たちですよ、聖十字架の記念碑のことで……。

——今日は何日だ？

——何日かといった点は誰も分かりゃしませんよ、今年が何年かという点は存じてますがね、今年は一九九九年です。旦那は《死者の谷》に行かれたことはないんですか？ 失礼、これはわたしの名刺です、公認ガイドですから、何なりと……。

フェリペは巨大な石の十字架を見上げた。——いや、一度もない。わしが世を去ったのは四百年以上も昔のことだ。

小男は無関心とはいえ、その時まで親切な態度で接し、初めてフェリペの顔と身なりをじっくりと眺めた。そしてどもりがちにこう言った。

——実を言うと……この辺りには観光客が大勢来ておりまして……それも皆同じで……いつも同じ説明を繰り返してますから……すっかり暗記しておるのです……。

彼は帽子を地面に放り投げると、大声をあげ、目を剥いてフェリペから遠くに走り去ってしまった。腕を振り回し、ガラガラ声をあげると、その声は彫られた岩の塊の間でこだました。

——皆の衆、集まれ、集まれ、わしの言うことを聞くがいい。四百年前に身罷った人間が戻ってきたぞ。さあ集まってこい、皆の衆、聞くがいい。

その晩、フェリペは険しい岩山に生えたカシの木やトショウ、キイチゴ、マヨラナの低灌木の間で、恐怖と飢えから逃れるためのねぐらを探しながら、ますます近くで聞こえてくる夜の狩猟の法螺貝の音、松明の火花がぱちぱち弾ける音、猟銃の発砲音、絶えず吠える猟犬の吠え声を聞きながら、十二月の北風から守るように、岩の間で注意深く灯された小さな焚火のほうにやってきた。

　本能的に安堵し、感謝の念を抱いていたフェリペは、そこで古いコーヒーポットを沸かし、大きな丸パンを切り分けていた山男の足元に身を投げ出した。

　山男から額を撫でられたフェリペは、痛みのある大きなうるうるした目を上げて、パンとハモンセラーノの切れ端を差し出した山男のほうを見上げた。彼らは黒人であった。しかし髪は金色でカールしており、肌は小麦色で、鼻はすらりと高く、唇は官能的であった。

　フェリペはハモンとパンを口と犬歯で貪り食った。恐ろしげな狩りのざわめきが、依然として近づいてきていた。しかし、この若い山男の傍らにいた友人は、もはや何の恐怖心も抱いてはいなかった。彼は山男がブーツで火を消しながら、ゆっくりと語ったときの言葉すら理解した。山男は言葉尻に不確実さを漂わしていたが、オオカミには理解してもらえるという、はっきりした思いを抱いて話したのである。

――確かに、これこそ真実だ。わしがある場所のことを話すときは、すでにその場所が存在していないからだ。わしがある時代のことを話すときは、すでにその時代が過ぎ去ってしまったからだ。わしがある人物について語るときは、その人物を求めているからだ。

最後の都市

　雪は何時間ものあいだ降ったのだろう。川は増水した。急流がアルマ橋の石のズアーブ兵〔アルジェリア人で編成されたフランスの歩兵隊兵士〕を呑み込んだ。濁った水がサン＝ルイ島の舳先部分で渦巻いていた。ルクセンブルクの白い聖骸布。モンスリ公園が荒廃した曙のなかに姿を現す。恐ろしいほど白く美しいモンソー公園で目がくらむ。霜の降りたモンパルナスの墓地の樹木が墨絵のようだ。ペール・ラシェーズ墓地を覆う雪は、遅ればせの生贄のようだ。雪を被ったフランシスコ・デ・ミランダとシャルル・ボードレールとオノレ・ド・バルザックとポルフィリオ・ディアスの墓〔オアハカ出身のメキシコ大統領。一八三〇―一九一五年。死後、遺骸は一九二一年十二月にパリのモンパルナス墓地に移設された〕。庭園と霊園のなかの銀色のクモ。

　ポン・ロワイヤルホテルのアパルトマンのだだっ広い天井にはり付いた金色のクモ。赤いスイートルーム。燃えるようなビロード。外には溶けた軍旗のような雪、国旗の左片脚で立ち上がったライオンのような川。中は白のスタッコ。ぶどう園。豊饒角。ケルビン。石膏像。紅いビロードと白漆喰。鏡。汚れた鏡。古色蒼然とした鏡。鏡で狭いアパルトマンの空間は幾重にも広がる。

鉄格子のエレベーターはかなり前から止まったままだ。黒みがかったブロンズ。面取りされた水晶。外側。二重扉の反対側。そなたはまだ二重扉を開けてはいない。長い間。そなたは鏡を避ける。等身大サイズの、枠がくすんだ金と傷んだ水銀でできた大きな鏡がいくつかある。小さな手鏡もある。赤い縞目の入った黒大理石のもの。指紋で覆われ、ひびの入ったもの。双頭の鷲が枠の上部を飾る丸いもの。三角形のもの。その他にもたくさんある。そなたはそうしたものを遠ざける。アルゼンチンのオリベイラ〔コルタサルの『石蹴り遊び』の主人公オラシオ・オリベイラを指すが、ここではコルタサルのこと〕はそなたに指摘した、そなたが今いる場所を映す鏡などひとつとしてないと。狭い部屋がぎっしり連なった空間。大広間、居室、化粧室、浴室、すべての部屋が扉で通じ合う。そなたの顔を映す鏡などひとつとしてない。鏡に触れはするが、鏡を見もしなければ、自分を映して見ることもしない。唯一残った片手ですべてに触れる。コロンビア人のブエンディーア〔ガルシア＝マルケスの『百年の孤独』の主人公。マルケス自身を指す〕はフランスに到着した際にそなたに指摘した、パリは本当の空間を倍に見せる数限りない鏡のせいで、実際の姿よりもずっと大きく見えると。パリはパリであり、それに鏡が加わっているのだ。

後日、老人ピエール・メナール〔ボルヘスの『伝奇集』の中の「ドン・キホーテの作者ピエール・メナール」から。ボルヘスのこと〕は自分の姿、他人の姿、己の領地、他人の領地、それらを無限に生み出す能力を備えた鏡の詰め合わせを、動物や人間や人々に贈呈することを提案した。それは所有することの破壊的野心がもつ、至上命令的幻想を永遠に緩和することを目的としていた。所有したとしても、後で手に入れたものも、すでに手のなかにあるものも、ともに所詮いつかは失われることは確実なのだが。そんな途方もない幻想を思いついたのは、この盲人くらいである。その上、彼は文献学者でもあった。

オリベイラ、ブエンディーア、クーバ・ベネーガス〔カブレラ＝インファンテ『TTT』に登場する女性歌手〕、唖者のウンベルト〔ホセ・ドノソ『夜のみだらな鳥』の語り手〕、従兄妹エステバンとソフィア〔アレホ・カルペンティエル『光の世紀』〕、それにリマ出身のサンティアゴ・サバリータ〔バルガス＝リョサ『ラ・カテドラルでの対話』〕、こいつはいつでもペルーがどの時点でだめになったか、自問しながら暮らしていた、そして他の者たちと同様、身の安全を図ってパリに亡命してきて、他の者たちと同様、ただしキューバン・ビートの女王〔クーバ・ベネーガス〕

は除くが、スペイン系アメリカがどうしようもなくなったのは、いつの頃からなのか自問していた。そなたは彼らと二度と会うことはなかった。まだ健在ならば、そなたといっしょに、馬鹿たれペルー、くそったれチリ、阿呆くさアルゼンチン、くたばれメキシコ、滅びろ世界などとほざいていることだろう。今日という日は、苦悶の二十世紀最後の日であり、二千年が過去の百年の最後の年なのか、来るべき次の一世紀の最初の年なのか、議論は百出していつまでも尽きない。われわれは破壊された亡霊のなかで生きている。あのぶよぶよで厚化粧の婆さん、どでかいハートのようなケツをした陽気な歌手クーバ・ベネーガスだけは、最後までアンティル諸島の楽天性とでもいった態度を貫いた。哀愁にみちたボレロをかすれた声で、ピガールの最悪の穴倉で歌っていた。意味していることも分からずにこう言っていた。

――ラテンアメリカの立派な人は、誰もがパリに骨を埋めにやってくる。

おそらく当たっているだろう。多分、パリはわれわれを引き裂いた二つの世界、つまりゲルマンと地中海、北と南、アングロサクソンとラテンという二つの世界の間の道徳的、性的、知的な均衡点そのものだったのだ。

クーバ・ベネーガスはエバ・ペロンとチェ・ゲバラが亡くなった年忌日に、それぞれペール・ラシェーズとモンパルナスの墓地で花を手向けた。

サヴォワ通りの古家の最上階で過ごした遠い日々、夜になってオリベイラの淹《い》れてくれるマテ茶を啜《すす》ろうと一同が集まり、金髪のリトアニア女性ヴァルキリアがレコードをかけ、ピスコやテキーラ、ラム酒を振る舞ってくれる間に、みんなで〈超馬鹿たれ〉のポーカー遊びをやった。これは一番、恥辱、敗北、戦慄の最大数を集めたものが勝利するというゲームで、スペード、ハート、ダイヤ、クラブの四枚の札の代わりに〈犯罪〉〈専制〉〈帝国主義〉〈不正〉という札が切られたのである。

――多国籍企業のストレートと、大使のスリーカードではどっちが上なの？　とクーバ・ベネーガスが尋ねた。

――時と場合によるさ、とリマ人サンティアゴが答えた、おれは五枚揃った、ユナイテッド・フルーツとスタンダード・オイル、パスコ・コーポレーション、アナコンダ・カッパー、それにアイ・ティ・ティだ。

――歌い手はどこからきたかお分かり？　とルンバ女王は叫んだ、ジェンリー・レン・ウィルソン、ショール・

ポンセット、エスプラル・ブレイデン、ション・プエリフッキ、ナタニエル・デビスとかがさ？　やったわ、わたしも三枚揃ったわ。

——熱い心よ、寂しさなんぞ見せるでない、なんぞとお前は呟いてたな、と無口なウンベルトのほうを向いて言った。おれはお前の出したウビコ〔グアテマラの軍人独裁者〕一枚とトゥルヒージョ〔グアテマラの将軍〕二枚を、マルモレーホ三枚に替えるよ。

——ねえ、知ってる？　とオリベイラはカードを切りながら言った。マルモレーホがどうやってボリビアの権力者に成り上がったか？　独立記念日の祝日に、大統領に挨拶しようと列に並んだのよ、そして彼のところにやってきたとき、大統領の腹に一発銃弾をぶち込んだの。すぐに大統領の飾り帯を奪うと、それをまとって宮殿のバルコニーに赴き、民衆から大統領として喝采を受けたっていうわけ。手札は何、むっつり屋さん？

　ウンベルトは五枚の戦争カードを広げた。ウィンフィールド・スコット分隊、アラル・バゼーヌ軍、カスティーリョ・アルマスの傭兵、バイア・デ・コチーノスの蛆虫ども、ソモサの国家警察軍などであった。

——フルハウス！　とブエンディーアは叫んだ、マスフエレールの虎ども、ドゥバリエ〔ハイチの独裁者〕のトントンマクート、ブラジルのドップス、それにオルディアとピノチェトで決まり。

——これで見事上がり、と勝ち誇ったようにオリベイラがテーブルに監獄ポーカーを五枚広げた。サン・フアン・デ・ウリョアの大甕、ドーソン島、トゥルローの荒地、リマの第六監獄、さあ、賭けた、賭けた……。

——掛け金を上げて、もう一度カードを切ったら？　とヴァルキリアがコップにマテ茶を注ぎながら提案した。

——サンタ・アナはサン・ハシントの戦いでテキサスの第五列と戦って負けた。本当は勝ち戦だったのに、立ち止まってタコスを頬張ったあげく、シエスタを決め込んでいたからよ。

——サバリータはどんな手札？

——そうだな、公開処刑の同組三枚続きとしよう、イサルコでのマキシミリアーノ・マルティーネス、トスカトル祭でのペドロ・デ・アルバラード、トラテロルコのディアス・オルダスといったところかな。

——最後の二つは同じでワンペアだぞ、馬鹿たれ。

——《わたしはそなたの道を覆う黒い雲だから、そなたの運が変わるよう立ち去ろう》とサバリータは歌いながら、カードを伏し目がちに捨てた。

――サンタ・アナがどうしたって？

――足を一本吹っ飛ばされて、その足がメヒコの大聖堂の天蓋の下で眠っているよ。ヤンキーたちに捕まった奴さん、何と国土の半分を売り払っちまった。その後、守備兵の制服を購入し、カラーラの大理石で騎馬像をおっ建てるための費用を捻出するために、奴らにさらに土産をくれてやったんだから呆れるぜ。

――プチャ・ディエゴ、とウンベルトの口からそっと言葉が漏れた。

――あの従兄妹たちのことか？　とブエンディーアは尋ねた。

――エステバンとソフィアよ、しっ、とヴァルキリアが言った、連中は寝室に入るのよ。

――してやられた！　とそなたが落ち込んで叫んだ、フアン・ビセンテ・ゴメス某〔ベネズエラの大統領〕、ハリスコのヌーニョ・デ・グスマンの手で焼印を押されたインディオ、ポトシ銀山の奴隷、プエルト・プリンシペ〔ポルトープランスのこと。ハイチの首都〕の黒人奴隷船、マプーチェ族に対するブルネス将軍の絶滅キャンペーン。

――おい、ブエンディーア、ビセンテ・ゴメスの二度の死のことを話してくれ。

――フアン・ビセンテ・ゴメスは反対者らがカラカスの街で喝采を挙げるように、自分の死を告知するように仕向けた。そして宮殿のカーテンの陰に隠れて、喜ぶ連中のことを目を皿のようにして観察したんだ、そして警察に命じて、次々と槍玉に挙げて投獄し拷問して銃殺したってわけよ。実際に死んだときには、大統領の椅子に飾り帯と礼服を着て、座らされた姿で人目に晒される羽目となったが、民衆は遺体を触って、ああ今度は本当に死んだんだと確かめたんだとか。何ともはた迷惑なこった。

――お前さんのゴメスをペレス・ヒメネスとクキネにあるバティスタ〔キューバの大統領〕の金のシャワールームの二つと替えっこよ、鼻歌でルンバ女王が言った、そなたの目のエメラルドは海からの贈り物……。

――そなたの可愛い口もとの、血のサンゴが色あせる……。

――そなたの美声にのせて、聞こえるは愛の歌……。

――そなたの目の隈に見える、太陽に酔った椰子の木が……。

――バティスタときたら、クリスマスの日にリボンのついた大きな箱のプレゼントをきれいな包装紙に包んで、シエラ・マエストラや都会の隠れ場で戦う少年たちの母親のもとに送りつけたのよ、開けてみたら、中に入っていたのは息子たちの切断死体だった。

――ＣＩＡのポーカーにしようぜ、とオリベイラがテーブルの中央に山積みされたチップを胸元に引き寄せながら大声で言った。

――さよなら、バイバイ、ユートピア。

――あばよ、太陽の都〔十七世紀イタリアの哲学者・魔術師カンパネッラの著書のタイトルでもある〕。

――はい、さいなら、バスコ・デ・キローガ〔十六世紀のメキシコ・ミチョアカンの司教、インディオの啓蒙教化に尽くしたスペイン人聖職者〕。

――御免なすって、カミーロ・エンリーケス〔十八世紀チリの聖職者・作家・政治家。チリ独立の英雄〕。

――フアレス〔メキシコ・オアハカ出身のインディオの大統領。レフォルマ（改革）を推進した〕は死なせちやだめよ、ああ死なせちゃ。

――マルティ〔ホセ・マルティ。キューバの詩人でキューバ独立の父〕もよ、あんた。

――サパータ〔エミリアーノ・サパータ。メキシコの革命家、農民運動指導者〕もあかん、兄弟。

――あばよ、チエ、チエ〔チェ・ゲバラ。アルゼンチン生まれの革命指導者。キューバ革命のゲリラ指導者〕。

――おさらばです、ラサロ・カルデナス〔メキシコの政治家・大統領〕。

――お別れね、カミーロ・トーレス〔コロンビアのカトリック教会司祭。解放の神学を唱えた〕。

――さらばじゃ、サルバドール・アジェンデ〔チリの大統領、共産主義者で暗殺された〕。

――おれはもう一度、流離の吟遊詩人にでもなるとするか。

――愛を求めて幾千里ってか。

――ひとり寂しく、見捨てられ、踏みにじられて。

――黄金時代、そうよ、黄金時代なのよ、とクーバ・ベネーガスがむせび泣きし始めた。

そなたは二重扉ですべてつながった部屋をゆっくりと歩いていった。すべてに触れながら、否、家具の赤いビロード、カーテン、壁などには触れなかった。ここで収集したものすべて、洋服ダンス、棚、安楽椅子、調度品一式、遮蔽付の古風な書斎机、十八世紀風の低いライティングテーブル、ナイトテーブル、ガラス棚、大理石のテーブルなどを用心深くなぞりながら。黒真珠。犬用の《未だし》という銘の入ったトゲ付首輪。長いこと苔で覆われていた、空の長い緑色のボトル、いくつかはコルクで手荒に栓がされ、他のいくつかは開けられた後、赤い漆喰で閉められていた。いつ開けられたのか？　誰の手で？　皇帝認印つきの印章で、見るからに慌てて封緘されたものもあった。そなたがコルドバ革の長いケースを開けてみると、そこには白いシルクの下敷きの上に、古銭が収納されていた。そなたはそれを丹念に撫でまわしたせいで、すり減って見づらくなった、忘れ去られた王や王妃たちの肖像を一層すり減らしてしまった。彼は唯一残った片手をブール象眼の調度品のなかに保存されていた文書の方に伸ばした。それらは読まれずして透き通るほどに薄くなった年代記であった。そなたは字体やインクの質、時の流れに耐え抜いた強さといった点を比較検証した。書かれていたのはラテン語、ヘブライ語、アラビア語、スペイン語であった。それはアステカ象形文字の古文書であった。クモの文字、蝿の文字、川の文字、石の文字、雲の絵文字。

そなたはすぐに読むのに疲れてしまった。そなたはこうした文書、かつての時代の人々の声なき声が、今の時代の人間たちの死を超えて存続しうることを、喜んだらいいのか、悲しんだらいいのか、全く判断できなかった。文書を何のために保存するのか？　誰ひとり読みはしないだろう、なぜなら読み、書き、愛し、夢を見、傷つけ、求めるべき人間自体がいないからだ。書かれたものすべては、触れられずに存続するはずだ、なぜなら手を触れて破壊するべき者がいないからだ。書いたものが禁書となり、破り捨てられ、洗礼盤のなかで焚書されて、画一的な大衆がホメロス、ダンテ、シェイクスピア、セルバンテス、カフカ、ネルーダの死に慟哭したとしても、それでもなお、書くということに伴う不確実さよりも、こうした確実な荒廃のほうがましだとでもいうのか？　そなたの目は疲れてしまった。眼鏡を手に入れる手立てもなかった。体もまた疲労困憊していた。鏡という劇場のなかで他の男たち、他の女たち、他の子供たちが、いつも同じ場面を繰り返しながら、動いたり、静止したりしているのを見るのではなく、自分自身だけを見つめることができたら、そしてそこに、自分自身を見るだけだと知ることができたら、どんなにいいことだろうに。しかしそなたはもはや思い出せなくなった。自分の年齢も分からないほどにひどく年を取ったのだ。しかし裸体になったときに目にする、そなたの胸、腹、性器、脚、隻腕は若者のそれであった。戦いで失った手と腕がどんなものだったか覚えてもいなかった。

そなたは再びアパルトマンのなかをぶらぶら歩き始めた、あらゆるものに触れながら。先端部分が切り取られ、かさかさになった指のついた脂ぎった手袋。骨と赤石でできた指輪。臼歯のいっぱい詰まった聖体器。中に切断された頭や脛、ミイラ化した手などがたくさん収められ、撚った金糸で飾られた古い櫃。そなたはある日、得体のしれない笑みを浮かべながら、こうした遺物のうちの二つ、他人の腕と手を自分の切断された腕の断端に合わせてみた。他人の腕と手を。その後、吐き気を催した。そなたはすべてのものをよく見て知っていた。すべてのものに触れるだけでなく、手当たり次第、どんなものでも説明することができた。ところが完全に記憶しているかどうか不安になって、自分の記憶を確かめようとしてすべてのものを説明することで時間を費やしたことも何度かあった。もしホテルの天井が崩落したら、ロワイヤル橋のアパルトマンにあるあらゆるものの数をかぞえ、説明し、配置することができるかもしれない。ひとつの集光鏡。二つの大きさの異なる石。黒光りする仕立屋のハサミ。真珠と綿、乾燥したトウモロコシの粒。そなたはいつの日か新世界のパンを糧として暮らし、ヴェルダンのスペイン人のごとく、忍苦に身を捧げるカタリ派のごとく、ベッドのなかで何もせずじっと死を待ち望む日のことを楽しく想像していた。しかし今日という今日まで、その日の唯一の食事が運ばれてこない日はなかった。そなた目に見えぬ者の拳がそなたの部屋の扉を叩いた。そなたは数分してから、得体のしれぬ召使が立ち去ったのを確かめに行った。扉を開けて、お盆を取り上げた。そなたはゆっくりと食事をとった。老いたせいで動作は緩慢でぎこちなくなり、最小限で、繰り返しと無駄の多いものとなった。

食事後にそなたは自分の仕事に戻った。再度ものを調べることである。たしか古代アメリカの宝物があふれるほど入った櫃があったはずだ、ケツァル鳥の羽根飾り、ブロンズの耳飾り、金の宝冠、黒曜石の首飾り。一刀で殺された一羽のハト、そなたはそこに白い胸部の傷痕と、血で汚れた跡を羽根に認めた。ハンマーに鑿、灌水器、古いふいご、錆びついた鎖、碧玉の聖体顕示台、古い航海用コンパス。

しかしそなたにとって、地図が何よりも大きな喜びであったことは間違いない。それは色あせた海図、中世の港湾海図帳であった。地中海周辺、末端、ヘラクレスの柱、フィニステール岬、最北端、このチャートに愛をこめて名を留めてもらった古代の地名は以下のとおり、スペインではジェベル・タリク、ガデス、コルドゥバ、カルタゴ・ノヴァ、トレートゥム、マヘリット、フランスではルテティア、マッシリア、ブルディガラ、ルグドゥヌム、イタリアではジェヌア、メディアラーヌム、ネアポリス。平らな地上、未知の大海、大瀑布。そなたはこの地中海《マーレ・ノストゥルム》の地図を、例の未踏の密林の地図と比較した。中央に死んだクモの黒い背景が描かれた、緑と暗紫色と青と黄色の羽根の仮面、羽根の部分を仕切るリブ、布から吊り下げられた投槍。

しかしそなたのもっている地図のなかで、一番謎めいていたのは、あえて触れようともしなかった最古のフェニキアの海図だった。それは触れればたちまち塵と化してしまって、描かれている秘密もろとも消え去ってしまうほど壊れやすかった。あらゆる海と水面下のトンネルが、地下通路と通じている秘密の連絡網、そこでは世界中のあらゆる水源が、互いに養分を与え合いながら、同一水面となるべく流入していた。高い山脈から逆巻くように落下したり、地下深くから吹き上げたり、その源泉が沼沢であったり、火山であったりした。また砂漠や渓谷から湧き出るものもあれば、氷や火から流れ出るものもあった。セーヌ川からカンタブリア海へ、ナイル川からオリノコ川へ、《災難岬》からウスマシンタ川〔メキシコ、グアテマラを流れる中央アメリカ最大の川〕へ、リフェイ川からオンタリオ湖へ、ユカタンのセノーテからパレスティナの死海へ。水の根源を意味する〈atl〉という意味素のついたアトラス、アトランティス、そしてケツァルコアトル。因みにこれは大きな海のルートを辿って戻ってくるとされた羽毛の蛇である。大きな海とはテベレ川からヨルダン川、ユーフラテス川からスヘルデ川〔フランス北部、ベルギー西部、オランダ南西部を流れ、北海に流入する川〕、アマゾン川からニジェール川へ通じる秘められた水路のことであった。〈秘められた〉(esotérico)というのは「わたしは入れさせる」(eisotheo)を意味する〔ギリシア語〕。通過儀礼《イニシエーション》の地図。秘法を授けられた者のチャート。この地図の左余白部分に、スペイン語で陳腐な言い伝えが記されてあった。「自然の成り行きとして、水はすべてに通じて、同じ水面となる」。砂の詰まったアンフォラ〔古代世界で使用された陶器の壷〕。

夏以来、そなたは窓を開けていなかった。ずっしり重いカーテンを引いたままだった。昼も夜も電気をつけて暮らしてきた。焼け焦げた肉や爪や髪の毛の煙と悪臭が耐え難かったからだ。クリの木やバナナ園のむっとくる香りもまた耐え難かった。サン・シュルピスの塔から上がる煙。以前はホテル七階の部屋の窓から塔を見ることも出来たのだが。いまでは昼間にモンタランベール通りからサン・ジェルマンへ向けて進む鞭打ち苦行者らの行列にも、またデュバック通り辺りからヴォルテール河岸やセーヌ河岸に向けて、近年急増してきた新住民の喧騒にも我慢がならなかった。セーヌ川は人であふれ、透明ガラスのルーヴルは品がなく、展示スペースがどんどん増えていく。モナリザの前は人だかり、野生ロバの皮はラファエル・ド・ヴァランタン〔バルザック『あら皮』の主人公〕の熱い手で小さくされ、ヴィオレッタ・ゴーチエ〔レズリー・ウィリアムによるとヴィオレッタはヴェルディのオペラ『椿姫』のヴィオレッタ・ヴァレリーから、ゴーチエはアレクサンドル・デュマの小説『椿姫』のマルグリット・ゴーチエから採られたもので、合成語〕は低い声でこう歌いながら、ツバキのベッドで亡くなった。

ただひとり、見捨てられ
この都会の砂漠で
パリという名の

煙に包まれて姿の見えぬ裸足の男たちの行列が、サン・シュルピス教会の厳密に計画された死と恐るべき悪臭の場に入ってきた。黒い海の迷路のなかでジャベールがジャン・ヴァルジャン〔ヴィクトル・ユゴー『レ・ミゼラブル』の主人公〕を追い詰めていた。

そなたはここに閉じこもった。支払う金はあった。古代アステカやマヤ、トトナカ、サポテカの宝物が詰まった櫃。そなたは亡命先で、そうした宝物を、抵抗運動を組織したり、追放された者たちを支援するために、使っていいと聞かされていた。宝物は確かに保管せねばならないが、同時に自分自身の生存のためでもあった。そなた自身が亡命者だったからだ。最近の新聞を読んだ後、それをトイレに破り捨てた。スキャンダラスな表題と頑固一徹の評論が、無駄に塩素殺菌された水流に吸い込まれていった。事実は確かなものだった。しかしあまりにも確かで、あまりにも近いがゆえに、真の真実とあまりにもかけ離れていた。私見では、ニュースのもつ見下げるべき魅力とは常にそうしたものだった。われわれは今日の日が近いことで、明日がどれほど遠くになるかを思い知らされた。確かである、細菌の世界はバクテリアの新たな発生を中和化するために、ますます加速して、免疫でもって自らを武装するようになった。塩素も抗生物質もどんなワクチンも無駄となった。しかし人間世界はどうして最小の安全策すら講じないで、そうしたやり方で、細菌の世界を制したという気分に引きつけられ、言い換えれば、催眠術にはまってしまったのだろうか。卑近な言い訳、常套句として言われるのは、あらゆる衛生計画を放棄することで、過剰人口の問題の解決が自然それ自体に任されたということである。枯渇した地球に住む五十億人は、自分たちの従来の習慣から離れることができなかった。わずかしかいない少数者のための豊かさと大多数にとっての飢え。紙やガラス、ゴム、プラスチック、腐った肉、枯れた花、湿った物質で中和化された可燃物、タバコの吸い殻、解体された自動車、小さいものから大きなものまで、コンドーム、生理綿、新聞、空き缶、浴槽などなど。ロサンゼルス、東京、ロンドン、ハンブルク、テヘラン、ニューヨーク、チューリヒなどはどれもゴミの展示場だ。

疫病がお望みどおりの効果を発揮した。中世のペストは老若男女、富める者、貧しき者を問わなかった。近代の災害は計画されたものである。プラスチックの鐘型容器の下で滅菌消毒された新たな都市においては、若干の億万長者や多くの官僚、一握りのテクノクラート、学者、さらにエリートたちを満足させるために必要なわずかな女たちが、救われることになった。別の都市では、かつて一切の皮肉なしで《国家の気風》と呼ばれたものと一致した解決法を与えることで、死そのものに力が与えられた。メキシコは人身御供に訴えた。それは宗教的に聖別され、政治的に正当化され、スポーツ的にテレビの娯楽に供された。観客には選択の自由があった。ある種の番組は花合戦〔神に生贄として捧げる捕虜の獲得を目的としたアステカ族の戦い〕を再演して見せた。リオデジャネイロにおいては、カレンダーに限りのない、永遠のカーニバルを執り行うことが軍部の法令で強制された。そこでは死ぬまで踊り、飲み、仮装行列し、セックスをして楽しく過ごさねばならないものとされた。またブエノスアイレスでは、タンゴやガウチョの詩で扇動された結果、場末のマチズム、嫉妬心、横柄な態度、個人的ドラマが織りなすどろどろした世界がますます促成された。復讐のナイフがきらりと光り、何百万もの人間が自殺した。モスクワはより絶妙でより直接的であった。何百万ものトルストイの作品をばら撒いたあと、それを読んでいるあらゆる人間どもを銃殺するように命じたのである。シナで起きていることなど誰も知る由もなかった。ベナレス、アディスアベバ、ジャカルタ、キンシャサ、カブールは飢えでもって死んでしまったにすぎない。

パリは当初、人口減少についての世界委員会の勧告を受け入れた。必要とされる死はできるだけ自然でなければならなかった。つまり飢えや疫病ということだが、特定の解決法は各々の国の国民性に委ねられた。しかしパリという、説得力のある悪魔がある種の知識人たちに邪悪な知性を植え付けた、あらゆる叡智の源泉ともいうべき都市は、別の道を選択した。ついこの春のことだったが、そなたは部屋で、あるテレビ討論を視聴した。あらゆる理論が提示され、デカルト的知性を発揮して批判がなされた。参加者がすべて話し終わると、アカデミー会員であるルーマニア出身の老劇作家が登場した。彼は童話に出てくる小鬼のような風貌で、もっと正確を期して当時の共通語を用いるとすると、アイルランドの森のレプラコーン〔アイルランド方言で小さな老人の姿をした妖精〕そのものであった。禿げ頭の周囲に白髪をたっぷり蓄えたこのエルフは、純真さと狡猾さを兼ね備えた尋常ならざる目つきで、生と死に同等の機会を与えるように提案した。

——要は、出生率を上げると同時に死亡率も上昇させることですな。いかなる一般的規範も例外なくしては効力がないからじゃ。誰も生まれなければ、われわれは死にようがあるまいに。

——ありがとうございました、イヨネスコさん〔ウジェーヌ・イヨネスコ。フランスで活躍したルーマニアの劇作家。不条理演劇を代表する作家のひとり〕、と司会者が言った。

そなたが口にした唯一の食べ物はいつも同じであった。牛の睾丸、黒ソーセージ、腎臓からなるミックスグリルであった。食べ終えると、再び扉を開けた。空のお盆をロビーのテーブルセンターの上に置いた。数時間後にこっそりと足音が近づいてきた。物音と人が遠ざかる音を聞いた。エレベーターは動かなかった。手紙も電報も来なかった。電話が鳴ることもなかった。テレビ画面にはいつも同じ番組、同じメッセージが流れた。それはそなたがこの部屋にこもる以前に購入した最後の新聞で読んだ最後の見出しであった。そなたはいま一度、小銭箱を開けた。コインに刻印された、すり減って消えかかった横顔を見た。狂女王フアナ、フェリペ美王、慎重王と呼ばれたフェリペ二世、エリザベス一世、カルロス二世痴呆王、マリアーナ・デ・アウストリア〔カルロス二世の母〕、カルロス四世、メキシコのマクシミリアンとカルロータ、フランシスコ・フランコといった過去の亡霊たち。

そなたは実のところ、自分が眠っているのが昼間なのか、部屋を歩き回り、ものに触れたり引っ込めたりしているのが夜中なのか判然としなかった。時間の感覚がなかったのである。それは何の役にも立たなかった。電気の明かりは日を重ねるごとに暗くなっていった。一九九九年の十二月三十一日。今夜、明かりは消えることになる。そなたは無駄とは知りながら、明かりが戻ってくることを期待する。そなたは鏡を打ち砕いてしまった。照り返すのは暗闇だけとなろう。もはやカーテンを引くこともあるまい。ものがどこにあるのか、記憶にあったからである。ベッドの近くの抽斗に隠しておいた蠟燭の残りに火をともす必要もなかった。マッチ箱ひとつ残っているだけだった。スリッパが自然に足からずり落ちた。金糸の縁かがりのついたチュニジアの黒いカフタンにくるまった。ボトルのなかにあった手稿を手に取った。書いてある文章を低い声で何度も繰り返し読んだ。しかし普通の読み方をやっただけであり、言葉を呟いた後で一枚ずつ折りたたんだ。そなたは何も見なかった。外では雪が降っていた。窓の下で行列が通り過ぎた。どんな行列なのか想像を逞しくした。引き裂かれた軍旗、シリス、死神の鎌。おそらく最後の者たちだったのだろう。そなたの顔に微笑みが浮かんだ。おそらくそなたは最後の人間だったのだろう。連中はそなたに対し何をするつもりなのだろうか？　この疑問が浮かんだとき、そなたは自分の置かれた状況と、暗闇のなかでの読みという、ばらけた両端を結びつけていた。そしてはっきりしたことに気づいた。カーテンを閉める前に窓辺から最後に見たイメージと、手のなかにもっていた書付の死文と結びつけていたのだ。ローマとアレクサンドリアのごくごく古い歴史、ダルマチア海岸、カンタブリア湾岸、パレスティナとスペイン、ヴァネチア、ドン・ヴァレリオ・カミッロの記憶劇場、背中に十字を刻印した三人の少年、皇帝ティベリウスの呪い、カスティーリャ霊園にいるドン・フェリペの孤独。ドン・フェリペが己の時代に持つことのなかった、自己を表現する機会を彼に与えること、そしてわれらの時代と、果たされていない他の時代とを完全に一致させること。一人格を完成させるのはいくつかの生が必要である。新聞やテレビが飽きるほど、そのことを繰り返して言ってはいなかったか。毎分のようにサン・シュルピスでは男がひとり亡くなっていた、しかし毎分のようにセーヌ川埠頭では子供がひとり生まれていた。男は死ぬだけ、子供は生まれるだけだが、女は生まれも死にもしない。女は出産の手段にすぎず、男によって孕まされるものの、男はすぐに死へと導かれ、子供は背中に十字を背負い、両足に六本ずつの指をもって生まれた。この不思議な遺伝的変質については誰も説明できなかったが、そなたは理解できた、いや理解できたと信じた。勝利は生のものでもなければ死のものでもなかった。生も死も疫病の時代、あるいは後の無差別殺戮の時代では、もはや対立する力ではなくなった。パリでは今日あらゆる人々が、百歳を超えた人は例外として、今世紀に生まれたすべての人々が亡くなった。他の者たち、妊娠させた男、妊娠した女、生まれてくる子供、死に続ける者たちはすべて、別の時代の存在であり、戦いは過去と現在の間のものであって、生と死の間のものではなかった。パリは純然たる亡霊の住む街であった、でもそれはどうして？　なぜ？　何ゆえに？

そなたは熱に浮かされたように窓辺に走ってゆき、厚いカーテンを開いた。人々が雪の上を傷ついた足を引きずっていた。フルートの音が聞こえた。通りからそなたの窓の方を見上げる者もあった。緑のどんぐり眼が通りからこちらを覗き込み、下りて来るように誘った。通りを通る者たちがどこから来て、どこに向かうかは分かっていた。日毎にその数は減っていった。かつては行列がサン・ジェルマンの方まで行った。いま行く行列はサン・シュルピスの方に行くのだろう。最後の行列にちがいない。しかしそなたは間違っていた。死が勝利したのだ。生まれた者も多かったが、それにもまして多くの者が死んだ。結局、生まれた者よりも多く死んでしまったのだ。雪のなかをサン・シュルピスのほうに向かっているこの最後の犠牲者だけが生き残るのだろう。死刑執行人は仕事を終えたら、何をするのだろう？　自殺でもするのか？　己自身の死刑執行人とはいったい何者だろうか？　そなたの窓辺を見上げるフルート吹きは？　血の気のない能面のような顔に暗い目をしたあの修道士は？　あの少女は？　この三人がそなたのほうを見ていた。最後の者たち。あの少女の目は灰色で鼻筋が通っていて、唇にタトゥーを入れている。あの娘は動くたびに色とりどりのスカートの裾を軽く揺らせて、スカートに影と光をつくりだしていた。そなたは彼らを見た。彼らもそなたを見た。そなたにはそれが最後の人間だということが分かっていた。

ありきたりな催し物と得体の知れない秘儀の間で、両極から自分自身を救い出すためには理性が必要だった。今いるのはパリだ。そなたはメキシコから、デカルトを読み間違えた。デカルトは実はこう言ったのだ、理性はそれ自身、十分だと感じて、己自身についてのみ語るとき、貧弱な悪い理性なのだと。そして今そなたはデカルトをパスカルと調和させるのだ。人間は必然的に狂気を発症するので、狂人となることは狂気の沙汰とはならないだろう。それこそが理性の箍《たが》を外すということだ。パスカルのことを考えると、そなたの老エラスムスのことが頭をよぎる。かつての世界と今の世界の、おためごかしの絶対者たちを相対化したのだ。エラスムスは中世から不動の真理、強権的ドグマを剥奪し、あまつさえ近代に対しては、理性の絶対性と〈我〉の帝国を皮相的なバランスに還元してしまったのだ。エラスムス的狂気とは、人間自身によって人間に王手をかけることであり、罪や悪魔などではなく、理性自体によって理性を追い詰めることであった。しかしそれは同時に理性に対する批判的意識でもあり、自分を含めて誰からも騙されはしないという自我でもあった。

そなたはエラスムス主義がそなた自身のイスパノアメリカ文化の試金石となりえたのにと、悲しい思いで振り返った。しかし、スペインという篩《ふるい》にかけられたエラスムス主義は敗北の憂き目に遭った〔エラスムス主義は異端思想とされた〕。それは人間と世界との皮相的な距離を取り払いはしたものの、その結果、人は恐るべき個人主義の悦楽に浸ってしまったのだ。とはいえ個人主義も社会から切り離されたとはいえ、外面的素振り、称賛を受ける態度、自他の前で解き放たれた特異性の幻想を、正当化するに足るような外見といったものに寄りかかっている。本当はそれと対峙せねばならなかったものに、逆に養分を与えることになってしまった、ひとつの精神的反逆であった。戦うべき相手とは名誉、序列、下級貴族（イダルゴ）の横柄さ、神秘主義者の独我論、啓蒙専制君主の期待などであった。

そなたは初めて何カ月かぶりに、通りそのものと、自分を下から見上げている三人の人物を眺めながら自問した。はたして自分は近代科学から、直接的知識や秘教的神秘、人文主義的狂気の仮説とは異なる、別の仮説を得ることができるだろうか。またこのようにも自問した、もし世界が疫病、飢餓、計画された皆殺しによって、人間の住む場所でなくなったとするなら、世界を忌み嫌った自然は何でもって空白を埋めたのだろうか？　反物質というのは、全エネルギーを逆転させたものか、さもなければそれに対応したものである。それは潜在的状態のなかに在るもので、かかるエネルギーが消滅するときに顕在化するだけである。そのとき、前にあった物質の消滅によって解き放たれて己の場所を占めるのだ。

パリのサン・シルベストルの今宵のどんよりと曇った空に、星の輝きは何も見えない。宇宙に漂うエネルギーの源泉である準星は、銀河と反銀河の衝突によって生まれ、潜在的物質、反物質となり、さらに不在となった場所を占めようとして、何ものかの消滅を待っている。もしそれが確かなら、完全にとって代わることができるものすべて、最大のもの、最小のもののなかで、われらの世界と全く同じ別の世界が、われらの場所を占めようとして、われらの死を待っているのかもしれない。反物質というのは二重の存在であるか、さもなければ、あらゆる物質の亡霊である。つまり二重の存在なのか、存在するものすべての亡霊なのだ。

　そなたは微笑んだ。虚構としての科学は常にひとつの前提の周りで、筋立てを練ってきた。人が住んでおり、力や叡智の面でわれわれに勝るような別の世界が存在していて、われわれを監視しているとか、静かに脅迫を加えているとか、いつの日か、火星人に侵略されるとか。二人のウェルズ。ヘルバート・ジョージ・ウェルズとジョージ・オーソン・ウェルズ〔前者のサイエンス・フィクション『世界戦争』を、後者がラジオで脚色して放送した。火星船が地球に襲来し熱波で北米軍を襲うという話〕。しかしそなたは別の現象に立ち会っていると信じた。つまり侵略者は別の土地ではなく、別の時代からやってきたのである。そなたの現在の空白を満たした反物質は、過去において生成され、己の瞬間を待ったのだ。火星人も金星人もわれわれを侵略したりなどしなかった。侵略したのは、十五世紀の異端者であり、修道士であった。十六世紀の征服者であり、画家であった。十七世紀の詩人であり、御用商人であった。十八世紀の哲学者であり、革命家であった。十九世紀の宮廷人であり、野心家であった。われわれは過去によって占領されたのだ。

　ならばそなたは自分の時代に生きているのか？　それとも別の時代の亡霊なのか？　雪が積もった通りからそなたを見上げている、あのフルート吹きと修道士と少女もまた、同じように自問していたのだ。わたしたちは別の時代に連れてこられたのではないか、別の時代がわれわれの時代に入り込んできたのではないかと。

　そなたは片手でカーテンを二つに分けたまま、考えられないことをあえて考えていたのだろうか。そなたは歴史上の過去が歴史を欠くような未来へと移っていく状況を目の当たりにしていたのだ。

　そなたは自分が何者であり、どこからやってきた人間であるか、そのことを考えるにつけ、強迫観念のように自分に言い聞かせていた。もしそういうことならば、過去の未来への移動というのは、歴史のなかで最も実現されにくく、最も頓挫し、潜在的に人が最も希求するようなものでなければならない。それはスペインとイスパノアメリカの歴史である。そなたは辛い気持ちで、密かな軽蔑を込めた渋面をつくった。同じようなことをインドネシア人、ビルマ人、モーリタニア人、パレスティナ人、アイルランド人、イラン人にも言えるのではないのか？愚か者、そなたは髪粉をまぶしたかつらを被った、百科全書派のような考え方をしてきたのか。イラン人になどどうしてなり得ようか。実際問題、メキシコ人、チリ人、アルゼンチン人、ペルー人になど、どうやってなれるのか？

そしてそなたは？ 連中はそなたをどうしようというのだろう？ まだ唯一の食事が運ばれてきていない、こんなことは今日が最初だとそなたは突然のように気づいた。飢え死にさせるつもりなのか？ おそらくここにいることを知らないのだろう、ポン・ロワイヤルホテルのスウィートルームにいることを。まあいい。絶滅の論理が幅を効かせているのだから、そなたの存在などどこ吹く風だ。間違いなくそなたの召使は殺されてしまったのだ。通りに出ていくなり、窓辺を見つめる三人に合流するべく、すぐに行動を起こしたほうがいいのか？ まあどうでもいい。本当の死刑執行人が誰であろうと、ここにいるそなたのことを知らぬ者たちによって殺されてしまうだろう。なぜならば、誰も食事を用意してくれないのだから。そなたは眠り、夢を見て、そのなかで己の死を認識せねばなるまい。そなたは自分がかつてのカタリ派のように、このようなかたちで死ぬことになる唯一の人間なのかどうか疑問に思った。そなたは微笑んだ。その瞬間、そなたは自分が自分であることを信じなくなった。このことは別の人間にも起こっていた。どこにでもいるような他人ではなく、〈他者〉、かの〈他者〉に。

眩暈がそなたを襲った。その瞬間、聖パウロがコリント人に叫んだように、こう叫んだかもしれない。——わたしは狂人のように語っている、誰よりもわたしは狂気じみているからだ。

そなたは自分に戻った。惨めな肉体、血と内臓と感覚と、風を切るだけの切り落とされた片腕だけの存在に。そなたはもう一方のまともな片腕を唯一の頼みの綱として、自分自身にしがみ付いた。そなたはそなたであった。そして今、一九九九年の十二月三十一日にパリにいるのだ。ある日、ジャック・モノー〔フランスの生物学者。一九六五年にノーベル生理学医学賞を受賞した〕の記念碑の前を通った。そこはロダン作になるバルザック像のある場所にほど近い、ラスパイユ大通りにあった。不変性によってからめとられた偶然が、必然に変化したのだ。しかしひとり偶然だけが、また偶然によってのみ、あらゆる目新しさ、あらゆる創造が生まれ出るのである。純粋な偶然、場当たり的ながら完全なる自由によって、素晴らしく進歩的な建造物の土台が作られるのだ。こうした創造的な偶然が関与することで、すべてのもの、すべての人間が、缶詰の桃のように、石化し、しっかりと保存されるだろう。

そなたは片手をカーテンから離し、自然に落ちて閉じるに任せた。これであの三人の生き残りを二度と見ることはないだろう。雪に覆われた街の静けさがそなたにすべてを語った。すべての者が死んだ、要素の順序が変化しても、生産物の質が変わることはない。過去からやってきた男たち、男たちと交わって孕んだ現在からやってきた女たち、未来へ運命づけられた子供たち、セーヌ川埠頭で生まれた新生児たち。誰もが皇帝であり、誰もがキリストだが、誰ひとり皇帝でもなければ、キリストでもない。理性？　狂気？　アイロニー？　偶然？　反物質？　ゲームの規則は守られた。毎日、生まれてくる数だけ死ぬのだ。フルート吹きと修道士と少女、彼らは生き残ったからには、必然的に死刑執行人となったのだ。これからそなたを殺しに上ってくるだろう。そしてその後、自殺するだろう。

そなたは寝室に向かった。そこで横になり、夢を見、死ぬのだ。そのとき、扉をコッコッと叩く音が耳に入った。

そなたを探しに来たのだ。

わざわざ連中を探しに行く手間が省けた。

夢を見ながら死ぬまでもなかった。

そなたは扉を開けた。

少女の顔は陶磁器のように白く、髪の毛は亜麻色で長く、色とりどりのスカート、ジプシー風のネックレスをつけていて、深い灰色の目でそなたの方を見ていた。「わたしは三つの都市で女たちに歌を歌ってきたわ、でも三つともひとつよ」。女たち？　三つの都市？　「女たちはみな灰色の目をしていたわ。これから太陽に向かって歌います」。少女はそなたを長い間見ていた。その後、ネックレスやスカートのように色とりどりのタトゥーの入った唇を動かした。

――これはこれは。ずっとあなたのことを探していました。

そなたの心は当惑した。

――あのとき会う約束をしましたよね、覚えていますか？　去る七月十四日、橋の上で。

——いや、覚えていないな。

——ポーロ・フェーボ。

——「太陽に向かって歌う」と言うけれど、何を言っているのか分かっているの？

——貴方の胸の胴よろいに記された言葉が輝いていて、消え去った後には別の言葉がそこに現れたわ。

——ぼくを幻滅させるものなど何ひとつない。ぼくは世界に魅了されてしまったんだ、とそなたは言った、あたかも代わりに他人が話しているかのように。

——貴方はポン・デザール橋からセーヌ川の沸き立つ水のなかに落ちたのよ。

——「時間とは存在するものと不在のものとの関係である」。

——貴方の一本だけの手が、一瞬だけ川面の外に出ているのが見えたわ。

——「そしてもしわれわれが皆、突如として、他人になってしまったとしたら？」。

——わたしは川に封印した緑のボトルを投げ入れたの。それで助けられたらと思って。

——「全体が変化することで、恐るべき美が生まれる」。

——それじゃ、入ってもいいかしら？

そなたは首を横に振った。うまく窮地を切り抜けた。ごめんよ、マナーをわきまえず悪かった。……ひとりで暮らしていると忘れてしまうんだ……付き合い方をね、ごめんよ、どうぞ入って、ゆっくり寛いで。

少女は部屋の暗がりに入った。

彼女はそなたの手を取った。少女の手は冷たく凍えていた。そなたを優しくサロンに導いた。そなたは暗がりで少女がやっていることを、見ることができなかった。スカートの布地をこすっている音だけが聞こえた。胸のネックレスの数珠玉がカチカチと鳴った。

——ボカネグラの首輪に……修道士トリビオの集光器でしょ、それにあらゆる鏡があるわ、修道士フリアンの三角鏡も、ほら画家がオルヴィエートの画を持って行こうとしたとき、フェリペが壊すことのできなかったあの鏡よ、それにフェリペが礼拝堂の三十三階段を昇ったときに用いた丸鏡もあるわ。ある晩セニョーラとドン・ファンが、そこに姿を映した血の斑入りの黒大理石の鏡もあれば、貴方がペドロといっしょに新世界を探しに出帆する前、ガリシアで盗んだ小さな手鏡もあるわ。また真珠の駕籠に入った老人が見入った鏡も。それに貴方が蝶を頭に飾ったわたしの姿を見た鏡だってあるわ。

そなたは苦しい喘ぎ声を出すことをぐっと抑えた。

――暗い所にいるのにどうして分かるんだい？

――わたしは暗い場所でしかこうした鏡を覗くことができないの。少女はそなたの取り乱した声とは裏腹に、いかにも落ちついた声で答えた。貴方だって、わたしが同じように暗いところで扉を開けるのをご覧になったでしょう？　わたしの目と唇を見ませんでしたか？

少女は身体をそなたに近づけた。クローブと胡椒とアロエの香りがした。耳に近づいてこう言った。

――お疲れじゃないですか、旅人さん？　あの日の午後、橋から川に落ちて行方不明になり、岬の海岸に投げ出されてからというもの、ずいぶん旅をされたもの。

そなたは少女の肩に手をやって押しやった。――いやそんなことはないさ、ぼくはずっとここに閉じこもってどこにも移動しなかったし、夏以降、まったく窓を開けていないんだ。君はぼくがここに持っている年代記や手稿や折本のなかで読んだことを話してくれた。あの部屋で君もぼくと同じ小説を読んだというわけだ、ぼくのほうはここから一歩も出なかったけれど……。

――どうして反対のことを考えないのですか？　と少女はそなたの頬にキスしてから言った、どうしてわたしたち二人が同じように暮らしたこと、そして修道士フリアンと年代記作家が書き記したあの書付のおかげで自分たちが生きていることがはっきりした、というふうに考えないのですか？

――それはいつ？　いつのこと？

少女はそなたのカフタンの布の下に手を入れ、胸を愛撫した。――貴方が川に落ちてから今夜のここでの再会まで、六カ月半が過ぎたのよ。

そなたはだらんと身を任せて、頭を少女に預けた。

――時間がなかったんだ、すべてああしたことは半世紀前に起きたことさ……あれはとても古い年代記なんだ……これはありえないことだ……。

そのとき彼女はそなたの唇に熱いキスをした。しっとりとした長いディープキス。キスそのものが時間のもつ別の物差しであった、一分は一世紀であり、一瞬は一時代であった。終わりのないキス、須臾《しゆゆ》のキス、タトゥーの入った唇、長く細い舌、甘い快楽のあふれ出る口蓋、そなたは思い出して記憶を辿る、そして長々と続くそうしたキスの一時一時が、新たな思い出となるのだ、ルドビーコ、ルドビーコ、ぼくたちは自分たちの人生を生き直すための第二の機会を夢見てきた。そう、第二のチャンスを。改めて選択し、過ちを回避し、蔑ろにしたことを正し、すぐに広げなかった手を快く差し出し、かつて野心に捧げた日を喜びに捧げ、ありえなかったことすべてに新たな機会を、また種子が死んで植物が発生するように、こっそりと期待したことに新たな機会を与えるために。がらんとした空間における、引き離された二つの時間の一致。ひとつの人格を完成させ、ひとつの運命を完遂するためには、いくつかの生が必要なのだ。不死の人々は自らの死以上の長い生命をもっていた。しかしそなたの生命ほど長い時間を持つことはなかった。

　そなたは譫言のように言った、ぼくは記憶劇場に連れてこられて、サン・ベルナベ運河とサンタ・マルゲリータ広場〔ヴェネチア〕の間の家にいるのだ。そしてそなたは唇にタトゥーの入った少女とのキスから身を離した。昔の記憶で彼の頭はいっぱいになっていた。神に変装した悪魔、悪魔に変装した神がセレスティーナの上を通り過ぎたという記憶が、そなたに蘇った。そなたは彼女から離れた際に、嫌悪感を抱いた。そなたは覚えているだろう、そなたが最後の世紀の最後の百九十五日間、最後の五千時間の間に、そのことを読み、そのことを体験し、すべてを体験したということを。もはやそれ以上の生命はなかったが、歴史には第二のチャンスがあった。スペインの歴史は改めて選択を行うために生き返ったのだ。場所のいくつかは変更され、名称も同様だった。三人は二人に、二人はひとりに融合された。しかしそれがすべてだった。ニュアンスの違いや許容できる差異はあったものの、歴史は繰り返された。歴史は同じものとなった。歴史の枢軸は墓所となった。その根は狂気であり、その結果は犯罪であった。その救いは修道士フリアンが書き記したように、いくつかの美しい建造物や、摑みどころのない言葉であった。歴史は同じものとなった。かつては悲劇であったものが今では笑劇であり、最初笑劇であったものが後には悲劇となった。そなたは知らなかったか、どうでもよいことだったのだ、すべては終わったし、すべては嘘だった、同じ犯罪、同じ間違い、同じ狂気、同じ見落としが繰り返されたのだ、容赦なく人を疲弊させる線状の年代順配列、つまり一四九二年、一五二一年、一五九八年という真実の日付の、そのすべての年に起きたことと同じだったのである。

　ある戦士の暴力。ひとりの聖人の活動。ある病人の吐き気。そなたの肉体はこうしたものすべてを感じたのだ。

セレスティーナがそなたを愛撫し、落ち着かせ、抱きしめ、居室へ導いてくれた。そしてそなたに、確かだと言った。そなたが記憶していたことは確かであり、記憶していないことも確かだった。ローマ皇帝の呪いとキリストの救いというものは、完全にいっしょになってしまった。選良たちは王や神が望んだように、ひとりでもなく、敵の兄弟たちすべてが危惧したように、二人でもなかった。ルドビーコやトレードの美しいシナゴーグ、トランシト教会にいた老人が夢想したように三人でもなかった。すべての者が選良であり、ここで同じ印である十字と六本指をもって生まれたすべての子供が選良であった。すべての簒奪者が、すべての私生児が、すべての塗油された者たちが、すべての救世主が、生まれたばかりですぐにサン・シュルピスの絶滅部屋に連れて来られた者すべてが、人間のあらゆる過去の子供のすべてが、古代の精液が流されて懐胎したすべての者たちが選良だった。パレスティナの砂漠から、アレクサンドリアの街から、シシュフォスの狡猾な息子の荒れ果てた家庭から、スプリトの海岸から、ヴェネチアの石の庭園から、カスティーリャ高原の霊廟宮殿から、新世界の密林やピラミッドや火山から、流された精液によって懐胎した者たちすべてが選良だった。最初に子供たちが死に、その後に女たちが、最後になって初めて男たちが死んだ、二度と懐胎する機会をもつこともなく。最後に死刑執行人が死んだ、自分自身を殺す以外に殺すべき人間とてなく……。

——夜と霧。最終的解決。これって悪い冗談じゃないか？

セレスティーナ。すべての人間が死んでから、最後に死刑執行人が死ぬはめになるなんて。ぼくは……。

——お取りよ、ほら、これって密林の仮面なのよ。

——でもセレスティーナ、呪詛という名のドグマを、ぼくは毎日行列が通るたびに聞いたんだ。ぼくたちが生前もっていた肉体の復活とは異なる、復活を信じている者たちへの呪詛をね。

——貴方の肉体とわたしの愛……。

——ぼくには分からない……。

——ドグマが布告されたことで、逆に異端がさらに深く根付いて広がることにしかならなかったわ。すべてのものは変化するし、すべての体は己れの変身したものだし、すべての魂は己れの生まれ変わりなのよ。ねえ仮面をとって、すぐに……。

——そういえば、人は女たちから何も受け取らない、とカフェ《ル・ブーケ》の主人が奥さんに言っていたな。苦行者たちは女からは何も受け取らないんだ、汚れているからだよ、出血するし、悪魔の器だからな……。

——わたしは迫害されたあげく、隠れることくらいしかできないわ。でも許された存在よ、だって役立たずだもの。聖別されたから、こうして迫害を加える者たちと同様に、非情な人間になったの、断罪されて堕ちてしまったから、こうして忘れ去られた過去の叡智の炎をしっかり守っているのよ。わたしも生き延びなければならなかったわ、さっさと仮面を受け取って、もうわたしたちには時間がないのよ。

そなたは暗闇のなかでセレスティーナの顔に触れた。そして彼女の顔に、羽根と死んだクモと投槍のついた別の仮面をつけた。

——さあ、つけてやったぞ。

——わたしのと、貴方のと両方よ、さあ早く。

——君のほうこそ……ぼくのほうはここにあるし、ほら、枕の下に……でも君のほうはどこにあるんだい？

——陳列ケースを思い出してよ、ヤコブ通りにある骨董店にあった……あれをわたし壊しちゃったの。そしてケースごと盗んだの。でもどうしてあそこにあったのかしら。見当がつかないわ。ともかく貴方は自分の仮面をつければいいのよ、わたしは自分のをつけるわ。二つとも同じものよ。さあ早く。時間がないの。あまりないのよ。今何時？

そなたはナイトテーブルの上の目覚まし時計をちらっと見た。蛍光文字盤の針と数字が示していたのは、夜の零時三分前だった。

そなたは自分に襲いかかってくる内外のあらゆる平衡感覚を奪い去るような、目くるめくような交霊術の靄を吹き払いたいと思った。女はクローブと胡椒とアロエの香りがした。

——もうほとんど夜中ね。十二粒のぶどうが必要だわ〔スペインでは大晦日に鳴らされる十二の鐘の音と合せてぶどう粒を食べる〕。シャンパンを用意できなくてごめんなさい。もうルームサービスもないし。何か歌いましょうか？「ゴロンドリーナ」？それとも「蛍の光」にする？

そなたは笑った。パリでの新年を迎える大晦日にシャンパン抜きとは。何というお笑い草、何という現実、これは洒落にもならん！

——君はおかしくないのか？ユーモアのセンスがないね。

——さあ早く、時間がないのよ。

――いったいどうしたって言うんだい？

セレスティーナは一瞬、黙り込んだ。そして言った。

――ルドビーコとシモンが零時五分前に亡くなったのよ。二人とも最後だったわ。学生の方が修道士を殺して、その後で彼は自殺したのよ。貴方にはこのことを理解してほしいの。わたしたちは死刑執行人ではなかった。彼らを決して見なかったから、彼らから身を守れたのよ。彼らはわたしたちが亡霊だと信じたわ。彼らはわたしたちを見たけれど、わたしたちのほうは彼らを見なかったのね。わたしたちは生き残って、こうして貴方のもとにやってきた。貴方の言うことは正しいわ。死刑執行人は貴方のことを決して知らなかった。わたしが貴方を守ったの。毎日食事を持って行ってあげたのはわたしよ。このホテルには何カ月も前から誰も住んでいないの。ルドビーコとシモンは役目を果たしたので亡くなったのよ。ねえ、ここにわたしをいっしょに置いて。サン・シュルピス教会の内陣に死体はもうなくなっているはずよ。さあ早く、仮面をつけましょう。

そなたは女の言うことに従った。

居室は生温かな輝き、新牧草地の色彩、細かく砕かれたエメラルドの光で照らし出された。仮面には目の高さに二つの隙間があった。そなたは仮面をつけたセレスティーナを見た。少女はそなたに近づき、カフタンを脱がせると裸体が露わになった。カフタンは床に落ちた。裸体とともに、恐ろしい腕の断端が晒された。セレスティーナはネックレスとスカート、ガウン、スリッパを脱ぎ捨てた。着ていた服と安い装身具が床に落ちた。二人とも一糸まとわぬ姿になって向かい合った。そなたが女と愛を交わすのは久しぶりだった。そなたは女を見、女もそなたを見た。二人は近づき、そなたは優しく、女は激しく、互いに抱き合った。

仮面が外れた。仮面をつけていたときの眼差しから生まれた光が残っていた。そなたはセレスティーナをベッドに連れていった。そなたと女はゆっくりと全身くまなくキスと愛撫を交わし合った。女はそなたの全身にキスし、そなたもまた同様だった。二人とも触れ合うことで元気を取り戻しているように感じた。女は二本の手で、そなたは片腕で。唇から目から耳からすべてにキスをした。女はそなたの陰毛に顔を埋めた。そなたは女の脇下に顔を埋めて若い娘の香りを嗅いだ。片手で一方の乳首を弄びながら、別の乳首を唇で舐めて湿らせた。女はうめき声を上げ、そなたの背中をかきむしった。そなたの尻を撫でまわし、指をアヌスに突っ込み、アヌスと睾丸のあいだの快楽のツボを爪でかき回した。女はそなたのずっしりした陰嚢を手に取った。そなたは女の上に脚を広げて四つん這いになり、舌を這わせて臍をまさぐり、顔を次第に下げて、赤毛の叢のなかに顔を埋めた。鼻で叢をかき分け、舌を使って、湿ったクリトリスを包む、ぴくぴく動く隠れた襞への道を切り開いた。そうしている間にも、女はペニスを口に含み、舌と喉と可愛い歯を使ってむしゃぶりついていた。女はそなたの睾丸を舐め、舌をアヌスに差し入れた。一方、そなたは脚を外して、なおも少女のアヌスが分泌する酸性の美味を味わおうと躍起になっていた。そなたは女のアヌスを、雨の通りに捨てられた銅貨のように、光ってぬめぬめとした状態にして放棄した。そなたは一旦女から身を離し、片手で女の脚を持ち上げて肩の上に乗せると、ゆっくりと怒張した紫色の亀頭部分を挿入し、少しずつペニス全体を根元まで押し込んだ。快楽の限界部分まで、震える洞窟の最も暗く、最も無防備なままある最奥の壁に突き当たるまで。そなたは途端に別のことを考えだした。まだいきたくなかったからだ。女と一緒にいくまで待とうとした。別のこと、ビエーヴル通りでかつて暮らしたこと、セーヌ川に注ぐ、ビーバーたちの住む旧来の運河のこと、聾唖者の触れ声、クスクスのにおい、アラブ音楽の哀しい調べ、老いた浮浪者、やんちゃな子供たち、アスファルトに描かれた石蹴り遊び、かつてダンテも住んだことがあったとされる街、そこで書き、書き始めたとされるパリ。聖書のあらゆる叡智の源泉であり泉であったパリ。説得力のある悪魔が、賢人のうちの幾人かに、地獄という邪悪な知識を吹き込んだ街、そなたは黙ったまま、かの詩句を繰り返した。まだいかないように、われわれの人生の道半ば、暗い密林、われわれは道に迷ってしまった、人跡未踏の荒々しく厳しいジャングル、恐怖の記憶、いや、違う、そなたが思い出そうとしたのはそんなものではない。もっと先の歌だ、まだだ、そう、あの第二五歌〔ダンテ『神曲』地獄篇二八－一二四〕だ、そのとおり、「それは一身の二部分であり、二分された一身だった」というやつだ。するとそのとき少女が叫んだ。そなたは大きな声で、「それは一身の二部分であり、二分された一身だった」という詩句を唱えた。女は大声をあげ、目を閉じた。そなたはオルガスムで顔をひきつらせた女の方を見た。太腿は震え、性器は嵐に襲われていた。まさにそのとき女といっしょに達したのであった。そなたは黒々としてピンクがかった真珠色のぎざぎざしたヴァギナのなかに、銀と毒と煙と琥珀をぶちまけたのである。「それは一身の二部分であり、二分された一身だった」。快楽は尾を引いて続き、愛液と精液があふれ出た。女は未だに体をぶるぶる震わせていた。そなたは獣のように雄叫びをあげたが、体を引き離すことはできなかった。引き離したいとも思わなかった。女の肉のなかに入ったままでいた。女もまた男の肉のなかで呆然となっていた。二つでひとつ、ひとつで二つ。そなたの腕は蘇り、そなたの手が生えてきたのだ。爪も手のひらも、再び手のひらが開いてものを摑み、受け取ったのだ。そなたの運命、そなたの愛、知性、生命、死の失われた半分が蘇ったのである。失っていた腕を持ち上げた。それは記憶にある自分の腕であった。レパントやベラクルス、《災難岬》で起った人間同士の殺し合いの場で、そなたが失った腕ではなかった。何とそれは少女の腕だった。そなたの体は少女のそれであった。彼女の体はそなたのそれであった。そなたは気が狂ったように、瞬間的にベッドの上でもうひとつの体を探し求めた。これは夢のなかのことではなかった。そなたは実際、ポン・ロワイヤルホテルの一室の自分の部屋のベッドで、女を愛したのだ。少女はすでにいなかった。確かにいたことはいた、しかしもういなかった。あったのはたった一つきりの体だった。そなたはそれを見、自分の姿を見、二本の手で、はちきれんばかりの自分の乳房と、盛り上がった乳首と、若々しい狭い不思議な腰と、きゃしゃなウエストと、尊大なお尻に触れたのである。そなたは手探りで、男性のシンボルを失ったのではという恐れを抱きながら、毛深い草むらに触れてみた。触れた先にあったペニスは未だ固く屹立していた。濡れた先からは液が滴れ落ちていた。萎えてしぼんだ睾丸は、いまだに蠢いていた。そなたは脚の間の睾丸の後ろで、自分の穴たるヴァギナを探し続けていた。そなたは自分の指をそこに突っ込んでみた。それは今しがたものにした女のそれであった。それは再び手に入れることになるはずの、あの同じヴァギナだった。そなたは話していた、君を愛している、ぼくは自分を愛している、そなたの声と少女の声が、同時に聞こえた。それはたった一つの声だった。もう一度、お前を愛させておくれ、もう一度やりたいんだ。そなたは自分の収縮性があり、蛇のように長く、くねくねした新しいペニスを自分自身のぴくぴくと蠢くように口を開け、愛液で潤った悦楽のヴァギナに挿入したのである。そなたは自分を愛したのだ、わたしは自分を愛したのだ、わたしはそなたを受胎させ、そなたはわたしを受胎させた。わたしは男であり女である自分自身を受胎させたのだ。われわれから息子が生まれるだろう。その後に娘が。二人は愛し合って、互いに受胎させ合うだろう。そして子供をつくるだろう、子供たちは孫を生み、孫は曾孫をつくるだろう。わが骨の骨、わが肉の肉、ふたりはひとつの肉となって結ばれ、女は苦痛をもって子を生み、そなたゆえに土地は肥えて祝福されるであろう。そして穀物と果実が土地から得られるであろう、笑顔を浮かべてパンを口にするだろう、ふたたび土に還るまで。なぜなら、そなたは土から生まれたからには塵そのものであり、塵に還るだけなのだから。罪から免れ、喜びのなかで。

パリの教会に十二の鐘の音が鳴り響くことはなかった。しかし雪は止んだ。翌日には冷たい太陽が輝いた。

（完）

訳者あとがき

本書はメキシコの作家カルロス・フエンテス（一九二八―二〇一二年）の畢生の大作『テラ・ノストラ』（*Terra Nostra*, 1975）の全訳である。出版から四十年の年月を経て、やっと日本の読者にこの膨大な作品を紹介できることとなった。これは訳者にとって望外の喜びであると同時に、大きな不安でもある。というのもフエンテス自身、原語ですらこの書を最後まで読んでくれるような読者を想定していなかったと言うくらい、内容・形式の両面からいっても本書が膨大にして読みづらく、複雑な構成になっているからである。しかし著者自ら述べるように、この作品が自身の最良の作品であり、作品に込められたメッセージの大きさから考えると、どうしても最後まで訳了せねばならないというつよい思いに突き動かされて今日までやってきた。訳に取りかかってから十年の歳月を閲しやっと訳了し、ここに読者の真摯な批判にあえて身をさらす次第である。

一言で言えば、とてつもない本である。なぜならば歴史上の人物と文学上の人物と、著者が生み出した想像上の人物（たとえばフェリペ二世は実在の人物、セレスティーナ、ドン・キホーテ、ドン・フアン等は文学上の登場人物、グスマンや修道士フリアンなどは作者が創作した架空の人物）が、三つ巴になって独自の対話を交わし、各々の声が交錯しつつ、そこにさらに著者フエンテスの声が重なるといった、バフチンが言うようなカーニバル的で多声的なポリフォニー（『ドストエフスキイ論』）を形づくっているからである。時空を超えた物語の展開と「語り」の頻繁な転換に、読者はどう理解したらいいのか、どこに連れていかれるのか分からないような不安に駆られるのではないか。ひょっとしたらそこにジェイムス・ジョイスの『ユリシーズ』や『フィネガンズ・ウェイク』を、あるいはマルセル・プルーストの『失われた時を求めて』を見るかも知れない。あるいはセルバンテスの『ドン・キホーテ』そのものを彷彿するかもしれない。たしかにフエンテスはセルバンテスとジョイスを対比させて、こう述べている――「セルバンテスによる読みの批判が、一元的な読み、階級的な読み、叙事詩的読みを粉砕したように、ジョイスによる記述の批判は、個人的記述、自我の記述、単一的な記述に対する批判である」（『セルバンテスまたは読みの批判』）。

複雑さゆえに本書の内容について要約することは至難であり、非才な訳者をもってしてはなしえないし、それをここで期待されては少し困惑してしまう。もし手短にあらすじを知りたいという向きは、作品紹介と概要を要領よくまとめてある、木村栄一著『ラテンアメリカ十大小説』を参照されたい。また言い訳がましくなるが、訳者は本来フエンテス研究者ではなく、スペインの古典文学、とくにセルバンテスに関心を寄せてきた一学徒にすぎない。したがってここで十分なフエンテス論を展開することができないことを、最初におことわりせねばならない。フエンテスのなかで本書がどういう位置づけになっていて、どのような意味があるのかといった点に関しては、新進気鋭のラテンアメリカ文学研究者諸氏にお任せすることとして、筆者が記すことができるのは、フエンテスがこの作品において、何にこだわり、何を伝えようとしたのか、という点だけである。

フエンテスというメキシコ人作家は、改めて言うまでもなく、メキシコの詩人オクタビオ・パスと同様、メキシコ人のアイデンティティの根源を根本的に問い直すことを終生のテーマとしてきた。オクタビオ・パスにおけるメキシコ人論が『孤独の迷宮』であるとすると、フエンテスのそれは『メキシコの時間』（*Tiempo mexicano*, 1971）であり、『埋もれた鏡』（*El espejo enterrado*, 1992）であった。一言で言えば、スペインの征服によって新大陸、メキシコにもたらされたものはハプスブルク・スペインの負の遺産であって、いかにしてメキシコ人はそれを乗り越えて、新しいものを生み出していけばいいのかという問題意識である。これはことメキシコだけの問題ではなく、イスパノアメリカ全体の問題かもしれない。そのためにメキシコ人は自らの前に鏡を差し出して、自己の姿を直視せねばならない。フエンテスが《鏡》にこだわるのはそのためである。メキシコ人の国民性（「国家の気風」）としてある知的閉鎖性、排他主義、専制主義、純血主義、信仰と死への傾き、一性への傾きといったものは、対極にある、肉体と精神に開かれた、自由にして生命力あふれる多様な世界（たとえば異教的で快楽主義に浸ったローマ社会や、三つの異質な信仰と文化が共存した中世スペインが生んだ異色な作品、フアン・ルイスの『よき愛の書』の背景にあるイスラム的な官能的世界）と対置されている。こうした世界はハプスブルク家以前の中世スペイン、あるいは今のスペインが〈ヒスパニア〉と呼ばれた古代には存在していたが、〈セニョール〉という名に集約され、象徴されるハプスブルク家の王たち（フェリペ美王、カルロス一世、フェリペ二世、フェリペ三世、フェリペ四世、カルロス二世）が統治する近代に入ってからは消滅していった。

「テラ・ノストラ」Terra Nostra（われらの大地）とは、イエスを処刑した時代のローマ皇帝ティベリウス帝が統治した〈ヒスパニア〉のことを指している（一〇四七頁）。フエンテスの想像力によると、ティベリウス帝の呪いは、今日のメキシコまで連続して繋がっているのである。なぜならば権力と腐敗と狂信と死のスペイン的あり方が、コロンブスとコルテスによる新大陸征服とともに、メキシコにもたらされたからである（小説ではフェリペの忠実な腹心であるグスマンが、コロンブスやコルテスなどの征服者一般を表象している）。

小説（第Ⅲ部「別世界」）の最後のほうで、柩のなかで次第に肉体を腐敗させてゆく瀕死のフェリペを見に、占星術師の修道士トリビオと年代記作家ミゲルの二人がやってくる場面がある。トリビオは地動説を唱えて異端審問にかけられたガリレオをイメージさせる。一方の年代記作家は、ガリレオ同様、異端審問によって目を付けられたミゲル・デ・セルバンテスその人に他ならない。二人はともにフェリペの年代記を記す役割を課せられている。その意味でこの書はフェリペの言行録ともいうべき〈ハディース〉小説である（九〇五―九〇六頁）。彼ら二人がフェリペの残した負の遺産について興味深い会話を交わした後、瀕死のフェリペが登場し、柩から自らが熱望して建設した、信仰の城塞たるエル・エスコリアル宮殿を前にして罪の告解をする。彼は自らの来し方を振り返りつつ、眠りにつき、ふと目をさますと、そこに彼だけに見える亡霊が出現する（このあたりは同作者による短編小説『アウラ』の妖気漂う不気味な世界を彷彿させる）。

亡霊は死にかけのフェリペに、三重になったフェリペ自身の姿を映す鏡を見せ、青年（フェリペ一世《美王》）と中年（フェリペ二世《慎重王》）と老人（カルロス二世《不能王》）のどれかを選んで、生き返るチャンスを与える。フェリペは〈青年〉を選択し、再び若返って十七歳の容姿に蘇るのである（一〇四五頁）。亡霊もまた金髪の裸体の若者であることが判明する。金髪の青年は、キリスト教世界ではミゲル・デ・ラ・ビーダ（「生命のミゲル」）、ユダヤ人街ではミシャー、アラブ人街ではミハイル・ベン・サマという名の人間であり、フェリペのせいで、生きたまま火炙りにされて殺された人間だと明かす。フェリペはミゲルに謝罪し、赦しを乞うと、ミゲルは彼に、自己陶酔して鏡のなかに自分の姿だけを見ていたことをなじり、これからは世界の鏡（世界を映す鏡）を見るようにと諭す。すると彼は今度こそそうしようと呟いて目を閉じる……。

フェリペ二世が抹殺した三つの名をもった金髪の青年こそ、本来あるべきスペインの姿であって、中世スペインを構成した三宗教、つまりキリスト教、ユダヤ教、イスラム教が混然一体となった文化を象徴しているのである。「三つにしてひとつ」という、この作品にさまざまなかたちで出てくるテーマは、読者にスペインの根源的あり方（フエンテスが高く評価する歴史家アメリコ・カストロの言う「九百年にわたるキリスト教－イスラム教－ユダヤ教の三重構造」）を呼び戻そうとしている。修道士フリアンは王妃イサベルに「スペインの真の統一を取り戻してください、この美しい青年、ミハイル・ベン・サマ、生命のミゲル、カスティーリャのモーロ人でありユダヤ人であるミゲルをしっかり見てください」（九二四―九二五頁）と言い、イサベルに青年との間に子を作ってほしいと願い出る。夫であるフェリペから性的満足を得られないイサベルは《災難岬》に打ち上げられた裸体の青年、難破者フアンを本人の意志に関わりなく、自分の寝屋に連れ込み囲い込むが、フアンが連れてこられたのは、まさに夫フェリペが火刑場で火刑に処した「生命のミゲル」という見知らぬ若者の〈身代わり〉となるためだった。この「三つの血統、三つの宗教をもった、ローマとイスラエルとアラビアの子」は、「年代記作家」（ミゲル・デ・セルバンテス）とレパントの海戦のとき、敵のトルコ人に捕らえられ獄中で出会っていた。「わしはミゲルだ」「俺もミゲルだ」という言葉を交わした両者は、互いの境遇について語り合う。セルバンテスを示唆する「年代記作家」は、自らマラーノとして「宗教的・政治的理性の残虐性や偏狭性によって手足をもぎ取られ、獄に繋がれてしまっていた」。その彼が「混血の血筋」をもったもうひとりのミゲルを《純血ならざるヒーロー》、《あらゆる血統、あらゆる情念を備えたヒーローとして》描こうと決意するのである。そこで年代記作家ミゲルは〈信念の騎士〉たるラ・マンチャの郷士の話を書き始めた。彼が試みた大いなる斬新さは、〈読み〉から生まれた愚弄の対象たるこの英雄を〈自己認識における最初の英雄〉にするというものであった。この自己認識のヒーローは、最初は本（騎士道本）を読むことによって、その後は（自らの行状を描いた『ドン・キホーテ』前篇が）読まれることによって、二度にわたって正気を失う。つまり「ドン・キホーテは現実の世界において、みずからの書物の世界がみずからの目の前に提示されたその瞬間に、信念を失う」（『セルバンテスまたは読みの批判』）からである。

　後篇のモチーフである、ドン・キホーテの冒険譚を読んだ人々（公爵夫妻ら）が、彼を愚弄することで、世界は逆説的にドン・キホーテ化する。そのとき〈読み〉の権化たるドン・キホーテは魔法から解放され、自己に対する懐疑心を抱くことで己の存在意義を失ってしまう。ここからこの作品は、すべてが悲哀と幻滅、現実の悲哀と、理性に対する幻滅であるアイロニーとなってしまうのである。しかしフエンテスは借問する、「読書はそれが現実と相応しているとしたら意味があろうか、そうであるなら、書物は何の役に立つだろうか」。小説が現実をアイロニーでもって問題化するには、現実を想像力によって「すでに知られたもの」によって解体し、変形し、再構成する必要があった。

『テラ・ノストラ』で大きな役割を果たす、イタリアのオルヴィエート大聖堂からエル・エスコリアルに持ち込まれたとされる絵画（ルカ・シニョレッリのフレスコ画《罰されし者を地獄に追いやる天使》）が象徴するように、セルバンテスもまたシニョレッリと同様、中世の現実の叙事詩的規範に依拠しつつも、戦慄すべき新奇さを生み出している。つまり両者は絵画と文学という異なる分野にありながらも、ともにそれらがもつ唯一の〈読み〉と唯一の〈記述〉を変形したのである。フエンテスは「記号と記号内容の同一性を破棄して、唯一の読みを打破し、かくして切り開かれた深淵に、新たな文学の形姿を定着させようという、したたかな意図でもってなされる時には、記述は内包的な差異をもたらす」（同上）と述べている。『テラ・ノストラ』とはこうした唯一の読みを打破し、内包的な差異を生み出すべく構想された、フエンテスの野心的な文学的試みに他ならない。

フエンテスは『テラ・ノストラ』（一九七五年）と同時期に発表した評論『セルバンテスまたは読みの批判』（一九七五年）のなかで、前者を、創造に対する批判、読みという行為の批判たる『ドン・キホーテ』の向こうを張った作品として創出したとも読めるような、以下のような表現をしている。

> はっきりしているのは、この評論〔『セルバンテスまたは読みの批判』を指す〕が、わたしが六年間取り組んできた小説『テラ・ノストラ』の枝分かれ（una rama）だということである。この小

説の時代背景となっている三つの年——一四九二年、一五二一年、および一五九八年——によって、セルバンテスと『ドン・キホーテ』の歴史的背景が何なのかを見極めることができるはずである」。

一四九二年はコロンブスのアメリカ大陸発見とユダヤ人の追放、グラナダ・イスラム帝国の滅亡が、一五二一年はコムネーロスの敗北とコルテスによるアステカ帝国の滅亡が、一五九八年はフェリペ二世のエル・エスコリアル宮殿での死とスペイン帝国の衰亡が起きた。『ドン・キホーテ』はまさにこうしたスペイン史の大事件を踏まえたうえで、エラスムス的逆説を文学的に応用した、マラーノたるセルバンテスによって、天才的な創意を駆使して生み出された作品である。その要諦は、読書から陥った狂気によって一元的信念にしがみ付く遍歴の騎士を、現実によって批判し揶揄することであった。とはいえセルバンテスの真の矛先は、当時のフェリペ二世によってもたらされた精神の一元的支配に向けられており、狂気の騎士の合わせ鏡としてのフェリペ（「セニョール」と称されるハプスブルク家の王たち）を揶揄し、批判することにあった。

ドン・キホーテもフェリペも矛盾なく懐かしんでいるのは一貫したリアリズムであり、両者に共通するのは、書かれたものしか信じないという頑な態度である。セルバンテスが唯一の解読をする騎士の信念を、逆に自らが読まれるという存在に仕立てあげることで、主人公に懐疑心を抱かせて死に追いやったのと符合するかのように、フエンテスは死の象徴であるフェリペという人間を、性的悦楽に溺れる不能のローマ皇帝ティベリウスと対比し、堕落した不毛のエロス的存在と化すことで、そのリアリズムを破壊するのである。そのとき関与するのが時間と空間を超越した文学的キャラクターたちである。フェリペが姦淫する相手は、修道女イネス（ホセ・ソリーリャ『ドン・フアン・テノリオ』の女主人公）であり、若き男装のセレスティーナ（フェルナンド・デ・ロハスの『セレスティーナ』の女主人公たる取り持ち婆のもう一つの別の姿）である。また「憂い顔の騎士」が父親を殺された修道女イネスの前で、取り持ち婆のセレスティーナと会話する部分では、彼が若い頃、老婆の口車に乗せられて貞操を失ったことが（七四二頁）、さらに後のほうでは、老婆の力を借りてドゥルシネーアの貞操を奪ったことなどが明かされる（八〇〇頁）。（何と、かの清廉なるドン・キホーテが愛するドゥルシネーア姫を、汚らわしい女衒の手を借りて貞操を奪うとは！）。まさにルドビーコが「スペインの歴史の運命を見出した」三冊の古典作品の主人公が、同じ場に居合わせて、言葉を交わすのである。こうした途方もない場面設定とありえない構想が、時空を超えてフェリペという歴史的存在の周りに配置されることで、古典作品の正統的読みは完全に逸脱し、「多様な解読、異端的読書」（フエンテス）が意図されるのである。こうした異端的な読みによって、唯一の解読を要請するリアリズムが破壊される。ドン・ファンの愛人である修道女イネスは、さらに時代と空間を超えて、メキシコの修道女ソル・フアナ・イネス・デ・ラ・クルスへと転移される。新大陸から戻ったルドビーコはフェリペに言う、「勝利したのは貴方様ですよ、夢は悪夢になったのです……貴方様がスペインに対して求めておられた秩序が、ヌエバ・エスパーニャにもたらされたのですから。硬直化した垂直的な階級制度や、本国と同じような政体、権力者にはあらゆる権利があってもいかなる義務もないといったあり方、弱い者にはいかなる権利もないのに、あらゆる義務があるといった制度です。」（一〇二四頁）。そしてソル・フアナのバロック詩をセニョールに見せて言う「修道女イネスは権力者によって口封じさせられました」。ここでドン・ファンに籠絡されたドニャ・イネスとバロックの女流メキシコ詩人ソル・フアナ・イネスは、異なる時代、異なる国、異なる脈絡にありながら同じ位相に置かれている（フエンテスに言わせると「歴史は繰り返される」）。ドン・ファンはイネスをあきらめ、メキシコに赴いてクリオーリョの女を孕ませる。ドン・ファンのマチズムはメキシコに植え付けられ、メキシコ的マチズムとなって根付いていく。

かくして作者は『テラ・ノストラ』で、ハプスブルク家の征服者的スペインの価値観と伝統が、新世界メキシコへ転移され、存続していくことを手厳しく糾弾する。そしてハプスブルク家最後の皇帝となったメキシコのマクシミリアン一世の暗殺によって、その幕は閉じられるが、ローマ帝国を引き継いだスペイン帝国（第三のローマ）が終焉を迎えても、メキシコの悲劇は終わらない。今度は最後のローマ帝国たるアメリカによって、ベラクルスが占領され（一九一四年）、インディオの村々が空爆（ナパーム弾による空爆［一〇〇一頁］。アメリカのベトナム戦争［一九六〇―七五年］のイメージが重なる）にさらされたからである。さらにスペイン本国でも、スペイン内戦の悲劇がもたらされる。フェリペは自らの死後四百年後に、内戦によるフランコ側戦没者を悼む聖十字架の聳える《死者の谷》（Valle de los Caídos）に、小男の観光ガイドによって導かれる（一〇五二頁）。

これは遠く、かのティベリウス帝の呪いの結果であった。なぜならば、ティベリウス帝は性的不能と異常性愛により世継ぎを得ることなく、ライヴァルであるアグリッパ・ポストゥムスの亡霊によって殺されるが、その死に手を貸した顧問のテオドールスは、皇帝の遺言（「将来出現する王国は、拷問と死の道具たる十字架の印のもとで戦い合い、争い合い、血を流し合うがいい、ローマを支配する特権をめぐって新たな戦争と、多くの愚かしい国境が生まれるがいい、自分には世継ぎがいなかったが、いたとすれば、子供らにローマ建国の印として、世継ぎを得るために雌オオカミと交わるように約束させる、その一人ひとりがナザレ人のように人からひそひそ嘲られるように、背中に十字を刻印させる」というもの）を三つの書物にして、三本の長い緑色のボトルに入れて封印し、カプリ島から地中海の深海に投げ入れた。アグリッパ・ポストゥムスは所有する奴隷クレメンス（主人と瓜二つ）が変身したものであり、ティベリウスを殺した犯人クレメンスは海に投げ落とされ、その死体に対し、テオドールスは「お前の足に一本ずつよけいに指が生えるがいい」という呪いを投げかける。

時代が下って、第三のローマとなった《亡霊帝国》スペインのフェリペ王はその書付をエル・エスコリアルの書斎で、新大陸から戻った臣下グスマンの手から受け取る。これによってフェリペにはティベリウス帝とその顧問テオドールスの呪いが降りかかることとなるのである。実際、フェリペの父フェリペ美王は雌オオカミと交わることで、背中に紅い十字と足指が六本ある子が生まれ、フェリペの三人の私生児の兄弟の一人となる。

この小説「第I部」の冒頭に描かれた場面、つまり一九九九年七月十四日のパリ祭の日に、ポーロ・フェーボという名の隻腕のサンドイッチマンが、パリのアパルトマンで、九十過ぎの老婆の管理人マダム・ザハリアが背中に紅い十字をつけ、六本の足指をもつ子を生むという、異様な光景を見るが、まさにこの現象はテオドールスの予言通り、パリ（ローマ時代のルテティア）を含むすべての「ばらばらになった帝国のあらゆる地域」（九六八頁）で起きたことなのである。そしてわれわれは最後の場面、一九九九年十二月三十一日の夜更けに今一度ポーロ・フェーボと再会する。そして作者が隻腕の《そなた》と呼ぶ亡命者こそ、セルバンテスであり、作者自身であったことが明らかとなる。ここで物語は大いなる円環となって最初と最後がつながるのである。

フエンテスはこの大著によってラテンアメリカ文学最高の名誉である、ロムロ・ガリェーゴ賞を受賞し（一九七八年）、その後の精力的な文筆活動によりスペイン語圏文学の最高峰ともいうべきセルバンテス賞を受賞（一九八七年）した。フエンテスにとって、この作品はもっとも尊敬する作家であるセルバンテスに対するオマージュと言ってもよい。彼はセルバンテスに関連するスペイン史上最も重要と考える三つの年で示された歴史上の出来事が、いかにセルバンテス以降、現在に至る四百年に起きた出来事と関連性があるかを、われわれに教えてくれる。セルバンテスの身に起きたことが単にあの時代だけの、特殊な境遇にあった人間の出来事などではなく、今日のメキシコ、ひいてはイベロアメリカ全体に影響を及ぼす射程をもつ、本質的な悲劇性なのだと気づかせてくれる。フエンテスはそれを従来のリアリズムで描くことはできなかった。『テラ・ノストラ』は、フエンテスが神話と歴史、虚構と現実、理性と狂気、記憶と夢想、著者と読者、自己と他者など、相対立する要素を複雑に絡めて、われわれの想像力を解放する開かれたテクストとして提示し、『ドン・キホーテ』の手の込んだ斬新な手法を駆使し、それを越えようという大いなる野心をもって構想した産物である。フエンテスはこれによってセルバンテスを越えたいと願った。それこそが最大のオマージュだからである。結果『テラ・ノストラ』はもうひとつの『ドン・キホーテ』となった。

今回、この翻訳を依頼されたとき、訳者は大いに迷った。読んでみて誰もが敬遠するような曰くつきの難解な作品だと気づいたからである。途中で何度投げ出したいと思ったことか知れない。やっと長い、苦難の航海から母港に帰着できたのも、友人や恩師の息の長い励ましがあったからである。版権をとってから長い間出版できずにおいた訳者の怠慢を寛大に見守っていただいた、水声社社主鈴木宏氏にここで深く感謝の意を捧げる次第である。また長い原稿を細かく読んで適切な助言をしてくれた、編集部の井戸亮氏に心よりお礼を申し上げる。なお、本出版にあたっては、神田外語大学より平成二八年度出版助成を受けたことを記して、謝意を表する次第である。

永く読み継がれることを祈念して。

平成二十七年　十月吉日

本田誠二

著者／訳者について――

カルロス・フエンテス（Carlos Fuentes）　一九二八年パナマに生まれ、二〇一二年メキシコシティに没する。父は外交官で、幼少から諸外国を転々とし、一九四〇年代半ばよりメキシコシティに落ち着いてからは雑誌の創刊や小説の執筆など、精力的に文学活動に乗り出す。一九六〇年代以降は「ブームの牽引車」としてラテンアメリカ文学をリードする存在となる。主な作品に、『澄みわたる大地』（寺尾隆吉訳、現代企画室、二〇一〇年）、『ガラスの国境』（寺尾隆吉訳、水声社、二〇一五年）、批評に、『セルバンテスまたは読みの批判』（牛島信明訳、水声社、一九八二年）などがある。

＊

本田誠二（ほんだせいじ）　一九五一年、東京に生まれる。東京外国語大学スペイン語学科卒業。同大学大学院外国語学研究科修了。現在、神田外語大学教授。専攻、スペイン黄金世紀文学。主な著書に、『セルバンテスの芸術』（水声社、二〇〇五年）、主な訳書に、アメリコ・カストロ『スペイン人とは誰か――その起源と実像』（水声社、二〇一二年）、フアン・ゴイティソロ『スペインとスペイン人』（水声社、二〇一五年）などがある。

装幀――宗利淳一

テラ・ノストラ

二〇一六年四月三〇日第一版第一刷印刷　二〇一六年一〇月一五日第一版第二刷発行

著者――カルロス・フエンテス

訳者――本田誠二

発行者――鈴木宏

発行所――株式会社水声社
東京都文京区小石川二―一〇―一
郵便番号一一二―〇〇〇二
郵便振替〇〇一八〇―四―六五四一〇〇
電話〇三―三八一八―六〇四〇
FAX〇三―三八一八―二四三七
URL : http://www.suiseisha.net

印刷・製本――ディグ

ISBN978-4-8010-0129-9

フィクションの楽しみ

〔価格税別〕

ステュディオ　フィリップ・ソレルス　二五〇〇円
煙滅　ジョルジュ・ペレック　三二〇〇円
美術愛好家の陳列室　ジョルジュ・ペレック　一五〇〇円
人生使用法　ジョルジュ・ペレック　五〇〇〇円
家出の道筋　ジョルジュ・ペレック　二五〇〇円
Wあるいは子供の頃の思い出　ジョルジュ・ペレック　二八〇〇円
ぼくは思い出す　ジョルジュ・ペレック　二八〇〇円
秘められた生　パスカル・キニャール　四八〇〇円
骨の山　アントワーヌ・ヴォロディーヌ　二二〇〇円
長崎　エリック・ファーユ　一八〇〇円
わたしは灯台守　エリック・ファーユ　二五〇〇円
1914　ジャン・エシュノーズ　二〇〇〇円
家族手帳　パトリック・モディアノ　二五〇〇円
地平線　パトリック・モディアノ　一八〇〇円
あながこの辺りで迷わないように　パトリック・モディアノ　二〇〇〇円
赤外線　ナンシー・ヒューストン　二八〇〇円
草原讃歌　ナンシー・ヒューストン　二八〇〇円
モンテスキューの孤独　シャードルト・ジャヴァン　二八〇〇円
バルバラ　アブドゥラマン・アリ・ワベリ　二〇〇〇円
涙の通り路　アブドゥラマン・アリ・ワベリ　二五〇〇円
これは小説ではない　デイヴィッド・マークソン　二八〇〇円
神の息に吹かれる羽根　シークリット・ヌーネス　二二〇〇円
ミッツ　シークリット・ヌーネス　一八〇〇円
暮れなずむ女　ドリス・レッシング　二五〇〇円
生存者の回想　ドリス・レッシング　二二〇〇円
シカスタ　ドリス・レッシング　三八〇〇円
メルラーナ街の混沌たる殺人事件　カルロ・エミーリオ・ガッダ　三五〇〇円
モレルの発明　アドルフォ・ビオイ＝カサーレス　一五〇〇円
連邦区マドリード　J・J・アルマス・マルセロ　三五〇〇円
古書収集家　グスタボ・ファベロン＝パトリアウ　二八〇〇円
リトル・ボーイ　マリーナ・ペレサグア　二五〇〇円